杜甫全詩訳注（一）

下定雅弘・松原 朗 編

講談社学術文庫

まえがき

杜甫は、「詩聖」すなわち古今第一の詩人と称された。杜甫の詩は、中国のみならず日本や周辺の国の文化に大きな影響を与えてきたし、今後も人類の文化遺産として読み継がれる価値を持つ。その杜甫の詩は難解であり、注釈なしでは読めないほどに典故を多用したものが多く、味読するには、一般読者はもとより、研究者であっても訳注が必須である。しかし杜甫全詩の訳注は、日本では鈴木虎雄『杜少陵詩集』（国民文庫刊行会、続国訳漢文大成、一九二八～三一年。日本図書センター復刻版『杜甫全詩集』、一九七八年）の一書があるだけだった。鈴木以後、吉川幸次郎氏が全訳を志したが道半ばで逝去。目加田誠氏も宿願であったが断念している。

こうして鈴木の大業以後、八十数年の時が経った。鈴木の訳注は不朽の成果だが、この間、杜甫研究には大きな進展があった。また鈴木の訳文は今となっては古めかしく、とりわけ「語釈」は漢文書き下し調で、現代の一般読者にはなじみにくいだろう。杜甫詩の、近来の成果を採り入れた現代語の全訳が、学界・一般読者を問わず広く社会から求められている。

杜甫詩の全詩訳注が求められている事情は、中国でも大きな違いはない。二〇〇〇年前後から杜甫全詩の注釈書が次々と出され、二〇一四年には蕭滌非主編『杜甫全集校注』全十二冊（人民文学出版社）が完成している。また日本では、吉川幸次郎の遺稿を補筆する形で興膳宏編・吉川幸次郎『杜甫詩注』（岩波書店、二〇一二年〜）が刊行され始めた。

本書の企画も、こうした杜甫詩の生新な訳注を求める時代の気運の中で、二〇一二年、あたかも杜甫生誕千三百年の春、下定・松原の両名によって立てられた。その主たる企画意図は以下の通りである。

一、全詩の訳注である。

二、杜甫詩の標準的な解釈を提供する。具体的には、清・仇兆鰲『杜詩詳注』（康熙四十二年〔一七〇三〕初刻。略称「詳注」）を底本とし、訳注はこれに準拠する。

三、新しい研究成果を反映する。近来、陸続と出ている注釈・論考をふまえ、詳注とは異なる解釈、詳注が言及していない新事実等を記す。

四、正確で平明な訳文。高校生にもわかる訳を心がける。

五、研究者にとどまらず、広く漢文や漢詩を愛する一般読者も杜甫に親しめるよう、簡便かつハンディな構成にする。

この事業は共同作業によってこそ達成することが可能である。そこで主たる杜甫研究者及び全国の第一線の中国古典文学研究者たちに呼びかけると、短時日に数十名の研究者が結集した。講談社はこれを受けて、学術文庫という理想的な形で出版することを決断し、以後四年の歳月をかけて本訳注は完成を見た。

本書により、杜甫の詩が多くの人々の心に新たな感動をもたらすことを願ってやまない。

二〇一六年五月

下定雅弘

目次

杜甫全詩訳注㈠

凡例

一、本書は、杜甫全詩の簡明な訳注である。
二、底本は、清・仇兆鰲《きゅうちょうごう》（一六三八～一七一七）『杜《と》詩詳注《ししょうちゅう》』とする（略称は「詳注」）。詳注は宋代以降のテキスト校勘・伝記研究の成果を吸収してテキストとして信頼性が高く、杜甫詩の標準的な解釈として今日なお安定した評価を得ている。
三、詩題の後に記す四桁の数字は、詳注収録の一四五七首にその順序に付けた作品番号である。なお詳注の杜甫詩は制作時期に従って排列されているので、作品番号は原則として制作順を示す。
四、訳注は、原詩及び書き下し文、詩型・押韻、題意、現代語訳、語釈、補説で構成し、この順とする。
五、訳注は、詳注の解釈に準拠する。詳注の解釈が不足する部分については、南宋・郭知達『九家集注杜詩』など、仇兆鰲が参考にした先行注釈書から当時の通説と思われるものを選んで解釈を補った。
六、歴代の有力な異説や近年の杜甫研究の成果は、【語釈】あるいは【補説】の中で紹介し、訳注には杜甫研究の最新の成果を反映した。なおその場合も、書き下し文と現代語訳は詳注の解釈に従った。
七、原詩及び書き下し文について。
杜甫詩の本文は、原則として活版本『杜詩詳注』（中華書局）に拠る。ただし異体字がある場合、現代の漢字使用の実態を考慮し適宜統一を行った（例えば、「峰・峯」は「峰」に、「煙・烟」は「煙」に）。

詳注の分段を示すために、原詩に括弧（『』）を付けた。

書き下し文は常用漢字・新仮名遣いとする。常用漢字がない場合は旧漢字を用いる。

漢字の音読みは、原則として漢音を優先する（「日月《じつげつ》」「三尺《さんせき》」）。また活用は基本形に従って音便は用いず、「走《はし》りて」「寛《ゆる》くす」「泣《な》きて」などとする。
八、詩型は五言絶句、七言絶句、五言律詩、七言律詩、五言排律、七言排律、五言古詩、七言古詩に分類し、

分類の基準は清・浦《ほ》起龍《きりよう》『読杜《どくと》心解《しんかい》』に従った。また雑言古詩の分類は立てず、七言古詩にまとめた。

九、押韻の韻字は、「平水韻」（元以後一〇六韻）を基準とする。杜甫当時の押韻の基準は、『切韻』（隋・陸法言著）系（後、北宋に『広韻』〔二〇六韻〕として整理される）の韻書だったが、分類が多すぎるために、近似する類の韻を同用（同じ韻とみなして用いる）するのが常だった。その実態は、後世の「平水韻」に近い。本書では煩瑣を避けて、「平水韻」を基準とし、『広韻』との関係は必要に応じて記すに留める。「通用」（近体詩における異なる分類の韻の同用）・「通押」（古体詩における異なる分類の韻の同用）は、小川環樹『唐詩概説』の韻目表に拠って記す平水韻に従って出現順に記した。また同字が出現する場合はその順で二度記した。

十、【題意】には制作の時期・背景・作品の主題を説明した。また『杜詩詳注』（中華書局）全五冊と鈴木虎雄の訳注『杜少陵詩集』全四冊（「続国訳漢文大成」国民文庫刊行会。その後日本図書センターで『杜甫全詩集』と改名して復刻。「鈴木注」と略称）の冊数と頁数を示した。鈴木虎雄の訳注は詳注を底本とするので、杜甫詩の排列は詳注と一致する。

十一、【現代語訳】は、正確かつ平明であることを心がけた。また詳注の分段と対応して、括弧（』）を付けて改行した。

十二、【語釈】について。

先行文献を引用するときは書名・巻数（経書や先秦諸子の文献では篇名）を記して書き下し文を掲げ、分量の多いものは要旨を掲げた。

詩文については、『文選《もんぜん》』所収であれば『文選』に拠り、それ以外は原則として『先秦漢魏晋南北朝詩』『全上古三代秦漢三国六朝文』『全唐詩』『全唐文』に拠るが、書名は記さず、作者名と作品名のみを記した。ただし『文選』で李善注や五臣注まで引用する場合には、書名の『文選』と巻数を示した。

声母（語頭子音）を共有する双声語（「磊落《らいらく》」「仔細《しさい》」など）、韻母（母音）を共有する畳韻語（「徘徊《はいかい》」

「寂寞《せきばく》」など）を努めて指摘した。特に対句での双声・畳韻語の用例はすべて指摘した（杜甫詩の双声語・畳韻語の認定は丸井憲氏による悉皆調査に依拠）。

参照頻度の高い注釈書について下記のように略称した。

宋・郭知達『九家集注杜詩』↓『九家注』
宋・蔡夢弼《さいぼうひつ》『草堂詩箋』↓『草堂詩箋』
宋・黄鶴『補注杜詩』↓『黄鶴補注』
明・王嗣《おうし》奭《せき》『杜臆』↓『杜臆』
清・銭謙益『杜工部集箋注』↓『銭注』
清・朱鶴齢『杜工部詩集輯注』↓『朱鶴齢注』
清・施鴻保《しこうほ》『読杜《どくと》詩説《しせつ》』↓『施鴻保注』
清・浦起龍『読杜心解』↓『読杜心解』
清・楊倫《ようりん》『杜《と》詩鏡銓《しきょうせん》』↓『杜詩鏡銓』
韓成武《かんせいぶ》・張志民《ちょうしみん》『杜甫詩全訳』（河北人民出版社、一九九七年）↓『全訳』
李寿松《りじゅしょう》・李翼雲《りよくうん》『全杜詩新釈』（中国書店、二〇〇二年）↓『李寿松注』
信応挙『杜詩新補注』（中州古籍出版社、二〇〇二年）↓『信応挙注』
張忠綱《ちょうちゅうこう》主編『杜甫大辞典』（山東教育出版社、二〇〇九年）↓『杜甫大辞典』
張志烈《ちょうしれつ》主編『杜詩全集今注』（天地出版社、一九九九年）↓『今注』
蕭滌非《しょうできひ》主編『杜甫全集校注』（人民文学出版社、二〇一四年）↓『校注』
吉川幸次郎『杜甫詩注』（筑摩書房～岩波書店）↓『吉川注』

十三、担当者について。

各詩の訳注末尾に、担当者名を［下定］［松原］のように記す。担当者の略歴は、各巻末尾に記す。

『杜甫全詩訳注』他巻構成

第二巻

〇六四八　短歌行送祁錄事
〇六四九　送韋郎司直歸成
〇六五〇　寄題江外草堂
〇六五一　陪章留後侍御宴
〇六五二　臺上
〇六五三　送王十五判官扶
〇六五四　喜雨
〇六五五　述古三首
〇六五六　　其二
〇六五七　　其三
〇六五八　陪章留後惠義寺
〇六五九　送竇九歸成都
〇六六〇　章梓州水亭
〇六六一　章梓州橘亭餞成
〇六六二　隨章留後新亭會
〇六六三　客舊館
〇六六四　戲作寄上漢中王
〇六六五　　其二
〇六六六　椶拂子
〇六六七　送陵州路使君之
〇六六八　送元二適江左
〇六六九　九日
〇六七〇　對雨
〇六七一　薄暮
〇六七二　閬州奉送二十四
〇六七三　王閬州筵奉酬十
〇六七四　閬州東樓筵奉送
〇六七五　放船
〇六七六　薄遊
〇六七七　嚴氏溪放歌
〇六七八　警急
〇六七九　王命
〇六八〇　征夫
〇六八一　西山三首
〇六八二　　其二
〇六八三　　其三
〇六八四　與嚴二郎奉禮別
〇六八五　贈裴南部
〇六八六　巴山
〇六八七　早花
〇六八八　發閬中
〇六八九　江陵望幸
〇六九〇　愁坐
〇六九一　遣憂
〇六九二　冬狩行
〇六九三　山寺
〇六九四　桃竹杖引贈章留
〇六九五　將適吳楚留別章
〇六九六　舍弟占歸草堂檢
〇六九七　歲暮
〇六九八　送李卿曄
〇六九九　釋悶
〇七〇〇　贈別賀蘭銛
〇七〇一　閬山歌
〇七〇二　閬水歌
〇七〇三　江亭王閬州筵餞
〇七〇四　陪王使君晦日泛
〇七〇五　　其二
〇七〇六　泛江
〇七〇七　收京
〇七〇八　巴西聞收京闕送
〇七〇九　　其二
〇七一〇　城上
〇七一一　傷春五首
〇七一二　　其二
〇七一三　　其三
〇七一四　　其四
〇七一五　　其五
〇七一六　暮寒
〇七一七　遊子
〇七一八　滕王亭子二首
〇七一九　　其二
〇七二〇　玉臺觀二首
〇七二一　　其二
〇七二二　奉寄章十侍御
〇七二三　南池
〇七二四　將赴荊南寄別李
〇七二五　奉寄別馬巴州
〇七二六　奉待嚴大夫
〇七二七　渡江
〇七二八　自閬州領妻子却
〇七二九　　其二
〇七三〇　　其三
〇七三一　別房太尉墓

第三巻

〇八一四　春遠
〇八一五　絶句三首
〇八一六　　其二
〇八一七　　其三
〇八一八　三韻三篇
〇八一九　　其二
〇八二〇　　其三
〇八二一　天邊行
〇八二二　莫相疑行
〇八二三　赤霄行
〇八二四　聞高常侍亡
〇八二五　去蜀
〇八二六　喜雨
〇八二七　宿青溪驛奉懷張
〇八二八　狂歌行贈四兄
〇八二九　宴戎州楊使君東
〇八三〇　渝州候嚴六侍御
〇八三一　撥悶
〇八三二　宴忠州使君姪宅
〇八三三　禹廟
〇八三四　題忠州龍興寺所
〇八三五　哭嚴僕射歸櫬
〇八三六　旅夜書懷
〇八三七　放船
〇八三八　雲安九日鄭十八
〇八三九　答鄭十七郎一絶
〇八四〇　別常徵君
〇八四一　長江二首
〇八四二　　其二
〇八四三　承聞故房相公靈
〇八四四　　其二
〇八四五　將曉二首
〇八四六　　其二
〇八四七　懷錦水居止二首
〇八四八　　其二
〇八四九　青絲
〇八五〇　三絶句
〇八五一　　其二
〇八五二　　其三
〇八五三　遣憤
〇八五四　十二月一日三首
〇八五五　　其二
〇八五六　　其三
〇八五七　又雪
〇八五八　雨
〇八五九　南楚
〇八六〇　水閣朝霽奉簡雲
〇八六一　杜鵑
〇八六二　子規
〇八六三　客居
〇八六四　石硯
〇八六五　贈鄭十八賁
〇八六六　別蔡十四著作
〇八六七　寄常徵君
〇八六八　寄岑嘉州
〇八六九　移居夔州作
〇八七〇　船下夔州郭宿雨
〇八七一　漫成一首
〇八七二　客堂
〇八七三　引水
〇八七四　示獠奴阿段
〇八七五　上白帝城
〇八七六　上白帝城二首
〇八七七　　其二
〇八七八　陪諸公上白帝城
〇八七九　白帝城最高樓
〇八八〇　武侯廟
〇八八一　八陣圖
〇八八二　曉望白帝城鹽山
〇八八三　灩澦堆
〇八八四　老病
〇八八五　近聞
〇八八六　負薪行
〇八八七　最能行
〇八八八　寄韋有夏郎中
〇八八九　峽中覽物
〇八九〇　憶鄭南
〇八九一　贈崔十三評事公
〇八九二　奉寄李十五祕書
〇八九三　　其二
〇八九四　雷
〇八九五　火
〇八九六　熱三首
〇八九七　　其二

第四巻

一一四八　送李八祕書赴杜
一一四九　巫峽敝廬奉贈侍
一一五〇　孟氏
一一五一　吾宗
一一五二　奉酬薛十二丈判
一一五三　寄狄明府博濟
一一五四　同元使君舂陵行
一一五五　秋日夔府詠懷奉
一一五六　寄劉峽州伯華使
一一五七　秋清
一一五八　秋峽
一一五九　搖落
一一六〇　峽隘
一一六一　秋日寄題鄭監湖
一一六二　其二
一一六三　其三
一一六四　秋野五首
一一六五　其二
一一六六　其三
一一六七　其四
一一六八　其五

一一六九　課小豎鋤斫舍北
一一七〇　其二
一一七一　其三
一一七二　返照
一一七三　向夕
一一七四　天池
一一七五　復愁十二首
一一七六　其二
一一七七　其三
一一七八　其四
一一七九　其五
一一八〇　其六
一一八一　其七
一一八二　其八
一一八三　其九
一一八四　其十
一一八五　其十一
一一八六　其十二
一一八七　自瀼西荊扉且移
一一八八　其二
一一八九　其三

一一九〇　其四
一一九一　社日兩篇
一一九二　其二
一一九三　八月十五夜月二
一一九四　其二
一一九五　十六夜玩月
一一九六　十七夜對月
一一九七　曉望
一一九八　日暮
一一九九　暝
一二〇〇　晚
一二〇一　夜
一二〇二　九月一日過孟十
一二〇三　孟倉曹步趾領新
一二〇四　送孟十二倉曹赴
一二〇五　憑孟倉曹將書覓
一二〇六　簡吳郎司法
一二〇七　又呈吳郎
一二〇八　晚晴吳郎見過北
一二〇九　九日五首闕一首
一二一〇　其二

一二一一　其三
一二一二　其四
一二一三　登高
一二一四　覃山人隱居
一二一五　東屯月夜
一二一六　東屯北崦
一二一七　從驛次草堂復至
一二一八　其二
一二一九　暫往白帝復還東
一二二〇　茅堂檢校收稻二
一二二一　其二
一二二二　刈稻了詠懷
一二二三　季秋蘇五弟纓江
一二二四　其二
一二二五　其三
一二二六　戲寄崔評事表姪
一二二七　季秋江村
一二二八　小園
一二二九　寒雨朝行視園樹
一二三〇　傷秋
一二三一　即事

執筆者一覧

★は本巻執筆者。肩書きは二〇一六年六月十日現在

池田智幸（梅光学院中学高校講師）
★市川桃子（明海大学名誉教授）
内田誠一（安田女子大学准教授）
★遠藤星希（青山学院大学助教）
★太田　亨（愛媛大学准教授）
★大橋賢一（北海道教育大学准教授）
小川恒男（広島大学教授）
★加藤国安（二松学舎大学教授）
加藤　敏（千葉大学教授）
加藤　聰（京都女子大学准教授）
狩野　雄（相模女子大学教授）
小池一郎（同志社大学名誉教授）
後藤秋正（北海道教育大学特任教授）
紺野達也（神戸市外国語大学准教授）
今場正美（立命館大学講師）
佐竹保子（東北大学教授）
佐藤正光（東京学芸大学教授）
★澤崎久和（福井大学教授）
下定雅弘（岡山大学名誉教授）
★詹　満江（杏林大学教授）
★高芝麻子（横浜国立大学准教授）
竹村則行（九州大学名誉教授）
橘　英範（岡山大学准教授）
★谷口眞由実（長野県短期大学教授）
富永一登（安田女子大学教授）
中尾健一郎（熊本大学准教授）
中木　愛（龍谷大学准教授）
西上　勝（山形大学教授）
二宮俊博（椙山女学園大学教授）
萩原正樹（立命館大学教授）
★樋口泰裕（文教大学准教授）
松原　朗（専修大学教授）
丸井　憲（早稲田大学講師）
森岡ゆかり（大連東軟信息学院講師）
諸田龍美（愛媛大学教授）
柳川順子（県立広島大学教授）
芳村弘道（立命館大学教授）

［五十音順］

杜甫全詩訳注（一）

001

遊龍門奉先寺

龍門《りゅうもん》の奉先寺《ほうせんじ》に遊《あそ》ぶ

已従招提遊　更宿招提境
陰壑生虚籟　月林散清影
天闕象緯逼　雲臥衣裳冷
欲覺聞晨鐘　令人發深省

已《すで》に招提《しょうだい》の遊《ゆう》に従《したが》い、更《さら》に招提《しょうだい》の境《きょう》に宿《しゅく》す
陰壑《いんがく》に虚籟《きょらい》生《しょう》じ、月林《げつりん》に清影《せいえい》散《さん》ず
天闕《てんけつ》に象緯《しょうい》逼《せま》り、雲臥《うんが》に衣裳《いしょう》冷《ひや》やかなり
覚《さ》めんと欲《ほっ》して晨鐘《しんしょう》を聞《き》けば、人《ひと》をして深省《しんせい》を発《はっ》せしむ

＊五言古詩。韻字は上声二三梗「境・影・冷・省」。

【題意】　開元二十四年（七三六）以降に、東都洛陽（河南省）を旅して奉先寺を訪れ、宿泊した夜の作。龍門は山の名。河南省洛陽市にあり、二つの山が向かいあって宮殿の門のように見える。龍門の石窟はユネスコの世界遺産に登録されている。奉先寺は龍門の西岸にある石窟寺。第二聯と第三聯は寺の夜の情景で、第四聯には奉先寺で迎えた早朝の心持ちが描かれている。詳注一―一、鈴木注一―一。

【現代語訳】　今日は寺で充分に楽しみ、さらに寺の境内に泊めてもらった。北の谷からは風の音が響き、月の照る林のもとには澄んだ光が散り敷く。龍門山は天に至る門となって星座が近づき、雲の高みに眠れば衣《ころも》が冷たい。目覚めに朝の鐘が聞こえてくると、しみじみと深い感慨が湧いてくる。

■語釈

○**招提**　寺院の異名。梵語に由来する。○**陰壑**　山の北側の谷。日陰になる。○**虚籟**　風の音。自然が発する音。○**清影**　澄んだ月影。月の光。魏・曹植「公讌詩」（『文選』巻二〇）に「明月清景《めいげつせいけい》澄《す》み、列《れつ》宿《しゅう》正《まさ》に参差《しんし》たり」。唐・李善注に『説文解字』を引いて「景、光なり」。「景」は「影」に同じ。○**天闕**　天の門。二つの山が向かいあう龍門のさまを天然の門ととらえた。○**象緯**　星のつらなり。星座の形象。○**雲臥**　雲に横たわる。雲の湧く山中に宿ること。○**深省**　深い悟り。迷いから目覚めること。

［市川］

〇〇三

望嶽

岳《がく》を望《のぞ》む

岱宗夫如何　齊魯青未了
造化鍾神秀　陰陽割昏曉
盪胸生曾雲　決眥入歸鳥
會當凌絶頂　一覽衆山小

岱宗《たいそう》夫《そ》れ如何《いかん》、斉魯《せいろ》青《あお》未《いま》だ了《つ》きず
造化《ぞうか》神秀《しんしゅう》を鍾《あつ》め、陰陽《いんよう》昏暁《こんぎょう》を割《わ》かつ
胸《むね》を盪《ゆる》がせて曾雲《そううん》生《しょう》じ、眥《まなじり》を決《けつ》すれば帰鳥《きちょう》入《い》る
会《かなら》ず当《まさ》に絶頂《ぜっちょう》を凌《しの》ぎ、衆山《しゅうざん》の小《ちい》さきを一覧《いちらん》すべし

＊五言古詩。韻字は上声一七篠「了・曉・鳥・小」。

【題意】　開元二十四年（七三六）以降の遊歴中の作。五岳の一つ、泰山《たいざん》（山東省泰安市）を訪れて作った。第一聯は遠くからの眺め、第二聯は山の勢い、第三聯は具体的な情景を麓から望み、第四聯には山頂から一望したいとの気持ちを述べる。詳注一―三、鈴木注一―二。

【現代語訳】　泰山とはどのような山か。その青さは斉と魯の地に果てしなく広がる。造物主はここに霊妙の気を集め、山の南と北は昼の光明と夜の暗闇とに分かれる。湧き起こる雲を見れば胸がとどろき、目を見開けば鳥がねぐらに帰っていく。いつか必ず絶頂を極めて、小さく見える山々を一望のもとに収めよう。

■語釈

○岱宗　泰山の別名。五岳の長とされ、天子が天地をまつる封禅《ほうぜん》の儀式が行われた。五岳のうち東に位置するので東岳ともいう。『詩経《しきょう》』魯頌「閟宮《ひきゅう》」に「泰山巌巌《たいざんがんがん》として、魯《ろ》邦詹《ほうみ》る所《ところ》（泰山は岩山が聳えたち、魯の国の人たちが仰ぎ見る山）」。○齊　周代から戦国時代にかけて今の山東省東部にあった国。またその地方。○魯　周代から戦国時代にかけて今の山東省中部にあった国。またその地方。『史記』巻一二九「貨殖列伝」に「泰山《たいざん》の陽《よう》は則《すなわ》ち魯《ろ》、其《そ》の陰《いん》は則《すなわ》ち斉《せい》」とあり、魯は泰山の南、斉は泰山の北に当たる。○造化　万物の創造者。○神秀　霊妙な気。東晋・孫綽《そんしゃく》「天台山に遊ぶ賦の序」に「天台山《てんだいさん》は、蓋《けだ》し山岳《さんがく》の神秀《しんしゅう》なる者《もの》なり」。双声語「シンシュウ」。○陰陽　ここでは山の北と南。○昏曉　暮れ方と明け方。陰になって暗い所と日が当たって明るい所の比喩。双声語「コンギョウ」。○決眥　まなじりが裂けるほどに目を見開く。○衆山　多くの山。『揚子法言』巻二に「東岳《とうがく》に升《のぼ》りて衆山《しゅうざん》の峛崺《りい》たるを知《し》るなり」とあり、泰山に登れば天下の山々の卑小さがわかるといわれる。

［市川］

〇〇三

登兗州城樓

東郡趨庭日　南樓縱目初
浮雲連海岱　平野入青徐
孤嶂秦碑在　荒城魯殿餘
從來多古意　臨眺獨躊躇

兗州《えんしゅう》の城楼《じょうろう》に登《のぼ》る
東郡趨庭《とうぐんすうてい》の日《ひ》、南楼縦目《なんろうしょうもく》の初《はじ》め
浮雲海岱《ふうんかいたい》に連《つら》なり、平野《へいや》青徐《せいじょ》に入《い》る
孤嶂《こしょう》に秦碑《しんぴ》在《あ》り、荒城《こうじょう》に魯《ろ》殿《でん》余《あま》る
従来《じゅうらい》古意《こい》多《おお》し、臨眺《りんちょう》して独《ひと》り躊躇《ちゅうちょ》す

＊五言律詩。韻字は上平六魚「初・徐・餘・躇」。

【題意】　開元二十五年（七三七）、斉《せい》や趙《ちょう》（山東省から河北省南部）を遊歴した時に兗州《えんしゅう》の城楼に登ってそこからの眺望を詠じた作。兗州は魯の国の都があった所で、今の山東省済寧市。『書経』禹貢に「済河《せいか》は惟《こ》れ兗州《えんしゅう》」とあり、古代の九州の一つの地名でもある。「杜甫の父杜閑《とかん》は兗州で司馬（↓「用語説明」）の任に就いていたことがあり、杜甫は旅の途中でその頃を思い出している。「城楼」は、城壁に作られた遠くを見るためのやぐら。詳注一‐五、鈴木注一‐四。

【現代語訳】　兗州で父から教えを受けた日々に、初めて城郭の南の高楼に登って遠くを眺め渡した。空ゆく雲は泰山《たいざん》から海へと向かい、地に広がる平原は青州と徐州に連なる。抜きでた峰には始皇帝の石碑があり、荒れた町には霊光殿の跡が残る。私はもともと古代を慕う気持ちが強かった。独りこの高楼から辺りを眺めればいつまでも去りがたい。

■語釈

○東郡　兗州のこと。都の東に当たる。○趨庭　庭を小走りに過ぎる。子が父の教えをうけること。息子の鯉《り》が庭を走っていくときに孔子が呼び止めて詩や礼を学ぶように教えたところから（『論語』季氏）。○南楼　城郭の南門は町の正門である。その門の上に立てられた物見の高楼。○縦目　遥か遠くに目を向ける。○初　父にしたがって兗州にいた子供の頃を追憶した（『九家注』巻一七）。『吉川注』筑摩版第二冊はそれを誤りとし、「眺望の目を縦《ほ》しいままにするのの開始となる新鮮な時間」とする。○海岱　泰山から渤海に至る地方。兗州の東。『書経』禹貢に「海岱《かいたい》は惟《こ》れ青州《せいしゅう》」。○青徐　青州と徐州。ともに古代の九州の一つに数えられる。兗州の北に青州、南に徐州。『書経』禹貢に「海岱《かいたい》は淮《わい》に及《およ》び惟《こ》れ徐州《じょしゅう》」。○孤嶂　孤峰。ここでは鄒《すう》の嶧《えき》山を指す。○秦碑　秦の徳を刻んだ石碑。秦の始皇帝が鄒の嶧山に登ったときに建てられた（『史記』巻六「秦始皇本紀」）。○荒城　曲阜（山東省曲阜市）を指す。○魯殿　前漢の景帝の子、魯の恭王が建てた霊光殿（後漢・王延寿「魯の霊光殿の賦」）。○古意　古代の事柄を懐かしむ気持ち。杜甫は懐古の情が強く、またこの辺りには懐古の情を引き起こす遺跡が多い。

［市川］

〇〇〇四

題張氏隠居二首　張氏《ちょうし》の隠居《いんきょ》に題《だい》す二首《にしゅ》

春山無伴獨相求　春山《しゅんざん》伴《とも》無《な》く独《ひと》り相《あ》い求《もと》む
伐木丁丁山更幽　伐木丁丁《ばつぼくとうとう》として山《やま》更《さら》に幽《ゆう》なり
澗道餘寒歴冰雪　澗道《かんどう》の余《よ》寒冰雪《かんひょうせつ》を歴《へ》

石門斜日到林丘
不貪夜識金銀氣
遠害朝看麋鹿遊
乘興杳然迷出處
對君疑是泛虛舟

石門《せきもん》の斜日林丘《しやじつりんきゆう》に到《いた》る
貪《むさぼ》らずして夜《よる》に金銀《きんぎん》の気《き》を識《し》り
害《がい》より遠《とお》ざかりて朝《あした》に麋《び》鹿《ろく》の遊《あそ》ぶを看《み》る
興《きよう》に乗《じよう》じて杳然《ようぜん》出《い》ずる処《ところ》に迷《まよ》い
君《きみ》に対《たい》して疑《うたが》うらくは是《こ》れ虚舟《きよしゆう》泛かぶかと

*七言律詩。韻字は下平一一尤「求・幽・丘・遊・舟」。

【題意】 開元二十四年（七三六）以降、斉《せい》や趙《ちよう》（山東省から河北省南部）の辺りを遊歴していたときの作品。隠棲していた張氏を初めて訪れて、その住まいに詩を書き付けた。張氏は、『旧唐書』巻一九〇下「李白伝」に見える張叔明か、または〇五一五及び杜甫の文の「雑述」に見える張叔卿。両者は同一人もしくは兄弟と考えられる（詳注に引く黄鶴注）。前半で景色を述べ、後半で心情を述べる。詳注一-八、鈴木注一-六。

【現代語訳】 春の山の中を連れもなく一人で張氏を訪ねて行った。木を切る音がかーんかーんと聞こえてくるので、いっそう深い山中に来た思いがする。冷気が残っている谷間の道の凍った雪の上を渡って、石の堰《せき》に夕日が当たる頃に木々の茂る君の住む丘まで来た。君には物欲がないのでかえって夜になると山に埋まっている金銀の気が立ちのぼるのがわかり、危難とは縁のない暮らしをしているので朝には鹿が安心して遊んでいるのが見える。興趣の湧くままに山奥深く入って帰り道がわからなくなり、君を見れば君は無人の舟が浮かんでいるかのように無心だ。

■語釈

〇伐木丁丁　『詩経《しきょう》』小雅「伐木《ばつぼく》」に「伐木丁丁《ばつぼくとうとう》、鳥鳴《とりな》きて嚶嚶《おうおう》」とあり、厚い友情を表すとされる。「伐木」にはさらに「嚶《おう》と其《そ》れ鳴《な》くや、其《そ》の友《とも》を求《もと》むる声《こえ》なり。彼《か》の鳥《とり》を相《み》るに、猶《な》お友《とも》を求《もと》むる声《こえ》、矧《いわん》や伊《こ》れ人《ひと》なるや、友生《ゆうせい》を求《もと》めざらんや」とあり、起句の「独相求」の「求む」に呼応する。〇餘寒　春になってもまだ残る寒さ。〇石門　石門という山の名、あるいは済水にある水門の名とも考えられるが、ここは必ずしも特定の地名と取ることはなく、石で作った堰堤《えんてい》の総称である。〇不貪　無欲。『春秋左氏伝』襄公十五年に「子罕《しかん》曰《いわ》く、我《わ》れは貪《むさぼ》らざるを以《もっ》て宝《たから》と為《な》す」。〇夜識金銀氣　『地鏡図』（『芸文類聚』巻八三）に拠れば、金玉の気は雨上がりの朝か夕暮れ、または夜半に見えるという。〇乗興　興趣の湧くままに行動を起こす。東晋の王徽之《おうきし》は夜に雪を見て酒を飲み、友人の戴逵《たいき》を思い出して舟に乗って訪ねて行ったが門前で引き返し、「私は興に乗じてでかけたが、興が尽きたので帰った。だから戴逵に会う必要はない」といった（『世説新語』任誕《じんたん》）。〇杳然　はるばると遠くまた深いさま。『荘子』知北遊に「夫《そ》れ道《みち》は窅然《ようぜん》として言《い》い難《がた》きかな」（「窅然《ようぜん》」は「杳然《ようぜん》」に同じ）。「遊子」〇七一七に「巴蜀《はしょく》愁《うれ》うるも誰《たれ》にか語《かた》らん、呉門《ごもん》に興杳然《きょうようぜん》たり」。〇出處　出るところ。詳注に「処《しょ》、昌拠《しょうきょ》の切《せつ》」とあり、「処」を去声に読む。この場合、「処」は「場所」という意味となる。『吉川注』筑摩版第二冊はこの解釈に反対し、「処」を上声に読んで「出処進退」の「出処」の意味と取る。〇虚舟　無人の舟。無心を喩える。『荘子』山木に、舟で川を渡るときに「虚舟」なら流れてきてぶつけられても、心の狭い人でさえ怒ったりしない、とある。

［市川］

其二　〇〇〇五

之子時相見　邀人晩興留
霽潭鱣發發　春草鹿呦呦
杜酒偏勞勸　張梨不外求
前村山路險　歸醉每無愁

＊五言律詩。韻字は下平一一尤「留・呦・求・愁」。

其《そ》の二《に》

之《こ》の子《し》時《とき》に相《あ》い見《み》る、人《ひと》を邀《むか》えて晩興《ばんきょう》留《とど》まる
霽潭《せいたん》に鱣《てん》は発発《はつはつ》、春草《しゅんそう》に鹿《しか》は呦呦《ゆうゆう》
杜酒《としゅ》偏《ひとえ》に勧《すす》むるを労《ろう》し、張梨《ちょうり》外《そと》に求《もと》めず
前村《ぜんそん》山路《さんろ》険《けわ》しきも、帰《かえ》りに酔《よ》いて毎《つね》に愁《うれ》い無《な》し

【題意】　張氏が隠棲しているところを訪ねて酒を楽しんだときのさまを書く。前詩とは別の時の作。「時に相い見る」とあるので幾度か訪ねているのであろう。「杜酒」と「張梨」は暗に杜甫と張氏の姓を使っている。前詩と詩形は異なるが韻は同じ。

【現代語訳】　この人とは時々会う。歓待してくれて夜遅くまでゆっくり楽しむ。雨後の陽に照らされた淵に鯉がぴちぴちと跳ね、春の草が茂る中、鹿がゆうゆうと鳴く。ひたすら酒を勧めてくれ、梨を庭から取ってきてくれる。向かいの村の山道は険しいが、帰りは酔っているのでいつも良い気分だ。

■語釈

○之子　張氏を指す。○時相見　時々会う。前漢の成帝の時代の童謡に「張公子《ちょうこうし》、時《とき》に相《あ》い見《み》る」（『漢

書』巻二七中之上「五行志中之上」）とあるのを活用し、主題の張氏と同じ姓なので起句に「時相見」と入れた。○晩興　夜遅くまで尽きない楽しさ。初唐・杜審言「宿羽亭《しゅくうてい》にて宴《えん》に侍《じ》す応制《おうせい》」に「聖情《せいじょう》晩興《ばんきょう》を留《とど》め、歌管《かかん》余杯《はい》を送《おく》る」。○鱣發發　「鱣」は鯉。『詩経』衛風「碩人《せきじん》」「鱣鮪《てんい》発発《はつはつ》たり」の「鱣」に、毛伝は「鯉」と注する。「発発」は畳字（同じ文字を重ねる）の擬態語。○鹿呦呦　『詩経』小雅「鹿鳴」に「呦呦《ゆうゆう》と鹿鳴《しかな》き、野《の》の苹《へい》を食《くら》う」。「呦呦」は畳字の擬声語。○「杜酒」二句　杜酒は酒。杜康がキビの酒を作ったという伝説から（『急就篇』巻三顔師古註）。張梨は梨。西晋・潘岳「閑居《かんきょ》の賦《ふ》」に「張公大谷《ちょうこうだいこく》の梨《なし》」。

［市川］

〇〇六　劉九法曹鄭瑕丘石門宴集

秋水清無底　蕭然浄客心
掾曹乘逸興　鞍馬到荒林
能吏逢聯璧　華筵直一金
晩來横吹好　泓下亦龍吟

＊五言律詩。韻字は下平一二侵「心・林・金・吟」。

劉九法曹《りゅうきゅうほうそう》、鄭瑕丘《ていかきゅう》、石門《せきもん》の宴集《えんしゅう》

秋水《しゅうすい》清《きよ》くして底《そこ》無《な》く、蕭然《しょうぜん》客心《かくしん》を浄《きよ》くす
掾曹《えんそう》逸興《いっきょう》に乗《じょう》じ、鞍馬《あんば》荒林《こうりん》に到《いた》る
能吏《のうり》聯璧《れんぺき》に逢《あ》い、華筵《かえん》一金《いっきん》に直《あた》る
晩来《ばんらい》横吹《おうすい》好《よ》し、泓下《おうか》に亦《ま》た龍吟《りょうぎん》ず

【題意】　開元二十四年（七三六）以降に、劉九法曹と鄭瑕丘とともに石門で宴会をした時の作。劉九法曹は劉が姓、九が排行（↓「用語説明」）、法曹が官、正式には法曹司法参軍事、裁判・司法を掌る（『新唐書』巻四九下「百官志」）。鄭瑕丘は鄭が姓で瑕丘の長官。瑕丘は兗州府《えんしゅうふ》（山東省）にある県名。石門は、兗州府の平陰県と瑕丘県の境にある山の名。詳注一―三、鈴木注一―八。

【現代語訳】石門の水は秋に底知れず深く澄んで、旅人の心は静かに清められる。劉法曹は俗世を離れた感興を覚えて、鞍にまたがり荒涼とした林までおいでになった。優れた役人のお二人に出会って、このすばらしい宴会は黄金一斤《きん》もの価値がある。日が暮れて横笛の音が心にしみる。深い水の底では龍もうたっている。

■語釈

○秋水　秋になって清く澄んだ川の水。○蕭然　静かなさま。○客心　故郷を離れて客寓している者の気持ち。ここでは杜甫の心。○掾曹　事務官。ここでは劉九。○聯璧　一対の宝玉。仲のよい二人の秀才を喩える。ここでは劉と鄭。○直　値に同じ。○一金　一黄金は一斤（『史記』巻三〇「平準書」）。また「黄金《おうごん》の重《おも》さ一斤《いっきん》は銭《せん》の万《まん》に直《あた》る」（『漢書』巻二四下「食貨志下」）。○泓　水の深いところ。○龍吟　龍が大きく澄んだ声で鳴く。後漢・馬融「長笛《ちょうてき》の賦《ふ》」に「龍《りょう》水中《すいちゅう》に鳴《な》きて己《おのれ》を見《あらわ》さず、竹《たけ》を截《き》りて之《こ》れを吹《ふ》くに声相《せいあ》い似《に》たり」。

［市川］

〇〇〇七

與任城許主簿遊南池

任城《じんじょう》の許主簿《きょしゅぼ》と南池《なんち》に遊《あそ》ぶ

秋水通溝洫　城隅進小船

秋水《しゅうすい》　溝洫《こうきょく》に通《つう》じ、城隅《じょうぐう》に小船《しょうせん》を進《すす》む

晩涼看洗馬　森木亂鳴蟬
菱熟經時雨　蒲荒八月天
晨朝降白露　遙憶舊青氈

＊五言律詩。韻字は下平一先「船・蟬・天・氈」。

晩涼《ばんりょう》 洗馬《せんば》を看《み》、森木《しんぼく》鳴蟬《めいせん》乱《みだ》る
菱《ひし》は時《とき》を経《ふ》る雨《あめ》に熟《じゅく》し、蒲《がま》は八月《はちがつ》の天《てん》に荒《あ》る
晨朝《しんちょう》 白露《はくろ》降《お》り、遥《はる》かに憶《おも》う旧《きゅう》 青氈《せいせん》

【題意】　開元二十四年（七三六）以降、斉《せい》や趙《ちょう》（山東省から河北省南部）の辺りにいて、兗州《えんしゅう》府《ふ》の任城県で許主簿と遠出して南池に遊んだときの作。任城は今の山東省済寧市。南池は済寧の東南隅にあった（『明一統志』巻二三）。主簿は記録や文書を掌る官の名。詳注一―一四、鈴木注一―一〇。

【現代語訳】　秋の澄んだ水が掘割りに流れ、町はずれを小舟で行く。涼しくなった夕暮れに仕事を終えて馬を洗っているのが見え、大きな木々には蟬が鳴きさわいでいる。長雨に菱《ひし》の実が熟し、仲秋の空に蒲《がま》が末枯《すが》れている。明朝は露の降りる白露節である。遠い昔に故郷の家に置いてきた青い毛氈《もうせん》がなつかしい。

■語釈

○溝洫　畑の間にある用水路。浅い溝《みぞ》が溝《こう》、深い溝が洫《きょく》。○森木　高く聳える大木。「森」は樹木が並んでいるさま、また、木が高く聳えているさま。○經時　長い間。○晨朝　早朝。「晨」は夜明け。○白露　露。また白露節。白露は二十四節気の一つで、陽暦では九月八、九日頃に当たる。○青氈　青い毛氈《もうせん》。「氈」はフェルト製品。旧家に代々伝えられたものという意味がある。東晋の王献之が夜寝てい

――ると夜盗が部屋に入ってきたので、王献之が夜盗に、青氈は我が家に古くから伝わる物だから置いていけといったという故事から（『晋書』巻八〇「王献之伝」）。［市川］

對雨書懷走邀許主簿　〇〇八

東嶽雲峰起　溶溶滿太虛
震雷翻幕燕　驟雨落河魚
座對賢人酒　門聽長者車
相邀愧泥濘　騎馬到階除

＊五言律詩。韻字は上平六魚「虛・魚・車・除」。

雨《あめ》に対《たい》して懐《おも》いを書《しょ》し走《はし》らせて許主簿《きょしゅぼ》を邀《むか》う

東岳《とうがく》に雲峰《うんぽう》起《お》こり、溶溶《ようよう》として太虚《たいきょ》に満《み》つ
震雷幕燕《しんらいばくえん》を翻《ひるがえ》し、驟雨河魚《しゅううかぎょ》を落《お》とす
座《ざ》に賢人《けんじん》の酒《さけ》に対《たい》し、門《もん》に長者《ちょうじゃ》の車《くるま》を聴《き》かん
相《あ》い邀《むか》えて泥濘《でいねい》を愧《は》ずるも、馬《うま》に騎《の》りて階除《かいじょ》に到《いた》れ

【題意】　許主簿は前詩〇〇七にある任城《じんじょう》の許主簿。開元二十四年（七三六）以降に兗州《えんしゅう》（山東省）で許主簿と南池に遊んだ頃の作品であろう。雨の中、一緒に酒を飲まないかと、この詩を持たせて許主簿を迎えに使いを走らせた。前半四句は雨の光景を、後半は許主簿を待つ気持ちを述べる。詳注一―一五、鈴木注一―一二。

【現代語訳】　泰山《たいざん》に峰のような雲が湧き起こり、空いっぱいに果てしなく広がりました。幔幕《まんまく》の燕の巣がひっくり返るような雷がとどろき、河の魚が空から落ちてくるほどの激しい

雨が降っています。そんなあいにくの天候ですが、座敷に濁り酒を用意して、門にあなたの車の音が聞こえないかと待っています。ぬかるみの中をお迎えするのは恐縮なのですが、馬に乗って門口までおいで下さい。

［市川］

■語釈

○**東嶽**　泰山。雲が岩から湧きだして、朝も終わらぬうちに天下すべてに雨を降らす、そうした山はただ泰山だけであるという（『春秋公羊伝』僖公三十一年）。○**溶溶**　水や雲がゆったりと広がっているさま。○**太虚**　虚空。おおぞら。○**幕燕**　幔幕に巣をつくる燕。亡命者の孫林父が鐘を打って楽しむ音を聞いて、呉の公子季札《きさつ》が「燕が不安定な幕の上に巣をつくるように危ない」といったことから（『春秋左氏伝』襄公二十九年）。○**落河魚**　河の魚が打ち上げられる。また、河の魚が空から降ってくる。河が氾濫して魚が平地まで打ち上げられた（『史記』巻六「秦始皇本紀」）、道士が書符を雨の中に投げ入れると大魚数百匹が降ってきた（『杜詩博議』の引く「汝南先賢伝」）、という二つの記事が背景にある。また詳注は、龍が昇る時に魚が巻き上げられて空から降ってきたという明の万暦年間のできごとも追記する。○**賢人酒**　濁り酒。清酒は聖人酒という。○**長者**　身分の高い人。徳のある人。許主簿を指す。○**階除**　きざはし。家の入り口の階段。

巳上人茅斎　000九

巳公茅屋下　可以賦新詩

巳上人《ししょうにん》の茅斎《ぼうさい》

巳《し》公《こう》茅屋《ぼうおく》の下《もと》、以《もっ》て新詩《しんし》を賦《ふ》す可《べ》し

枕簟入林僻　茶瓜留客遅
江蓮揺白羽　天棘蔓青絲
空忝許詢輩　難酬支遁詞

＊五言律詩。韻字は上平四支「詩・遲・絲・詞」。

枕簟《ちんてん》林《はやし》に入《い》りて僻《へき》に、茶瓜《さか》客《かく》を留《とど》めて遅《おそ》し
江蓮《こうれん》白羽《はくう》を揺《ゆ》らし、天棘《てんきょく》青糸《せいし》を蔓《はびこ》らす
空《むな》しく忝《かたじけな》くす許詢《きょじゅん》の輩《はい》、支遁《しとん》の詞《し》に酬《むく》い難《がた》し

【題意】　開元二十九年（七四一）、巳上人の粗末な住まいを訪ねたときの作。巳《し》上人については未詳。上人は僧侶に対する敬称。『吉川注』筑摩版第二冊は己《き》上人とする。詳注一―一六、鈴木注一―三。

【現代語訳】　巳上人の質素な家は、新しい詩を作るのにふさわしい。枕とござを林に運べば世俗から遠く、茶と瓜でゆっくりもてなしてくれる。川に咲く蓮は白い羽が揺れているようで、天門冬《てんもんとう》の糸のような葉が青々とはびこっている。もったいないことに許詢《きょじゅん》のように親しくしていただいているが、支遁《しとん》のようなあなたの詩に答えて詩を作るのはたいそう難しい。

■語釈
○**茅屋**　茅葺きの家。質素な家。○**簟**　竹のござ。○**僻**　辺鄙な所。世俗を離れた所。○**茶瓜**　茶と瓜。茶菓。○**天棘**　天門冬。春にツルを伸ばし、葉は糸のように細く、トゲがあるものもある（『救荒本草』巻三）。○**空忝**　自分が値《あたい》しないほどの待遇を受けている。謙遜した言い方。○**許詢**　東晋の人。都講（塾頭のこと）として、司馬昱《しばいく》（のちの東晋・簡文帝）のもとにいた。思想家として名声があ

った。〇支遁　東晋の人。仏法を講じて、司馬昱のもとにいた。支遁がある奥義を解決すると、人々は「許詢はさらに難題を作ることはできないだろう」といい、許詢がある難題を提出すると、人々は「支遁でも解決することはできないだろう」といい、支遁と許詢の二人はつねに並び評された（『高僧伝』巻四）。支遁は玄言詩（玄学すなわち老荘思想に基づく哲理を詠ずる詩）の詩人としても知られる。

［市川］

0010　房兵曹胡馬

胡馬大宛名　鋒稜瘦骨成
竹批雙耳峻　風入四蹄輕
所向無空闊　眞堪託死生
驍騰有如此　萬里可横行

房兵曹《ぼうへいそう》の胡馬《こば》

胡馬《こば》大宛《たいえん》の名《な》、鋒稜《ほうりょう》 瘦骨《そうこつ》成《な》る
竹批《たけそ》ぎて双耳《そうじ》峻《しゅん》に、風《かぜ》入《い》りて四蹄《してい》軽《かる》し
向《む》かう所《ところ》 空闊《くうかつ》無《な》く、真《しん》に死生《しせい》を託《たく》するに堪《た》えたり
驍騰此《ぎょうとうかく》の如《ごと》き有《あ》れば、万里《ばんり》横行《おうこう》す可《べ》し

*五言律詩。韻字は下平八庚「名・成・輕・生・行」。

【題意】　房兵曹の房は姓、兵曹は官名で兵曹参軍事。軍事を掌る。人物については未詳。開元二十八、二十九年（七四〇、七四一）頃の作。「胡」は西方や北方の異民族で、胡の馬は高く評価されていた。房兵曹所有の名馬について、前半は馬の姿を、後半は馬の能力を、結句は房兵曹の活躍を述べる。詳注一―一八、鈴木注一―一四。

【現代語訳】　この西域から来た駿馬は大宛国の名を冠し、するどく引き締まって無駄のない骨格をしている。二つの耳は竹を斜めに断ち切ったようにすっくと立ち、四つの蹄《ひづめ》は風を巻きこんで軽々と駆ける。向かう先に飛び越えられない所はなく、まことに命を託すことができる。このように勇猛で高く跳躍する馬がいるのだから、あなたは万里の間を自在に駆け回ることだろう。

■語釈

○大宛　漢代、西域にあった国の名。名馬の産地として知られていた。前漢の武帝は大宛の汗血馬を手に入れ、天馬と名付けた（『史記』巻一二三「大宛伝」）。○鋒稜　ほこ先のとがったかど。また、ごつごつと角張ったさま。○無空闊　越えられない空間はない。「空闊」は大きな川や谷間など、普通では飛び越えられないほど大きな空間。鈴木注は、この馬の向かう所、千里の広野も眼中に置くに足らない、と解す。○横行　思うままに駆けめぐる。

［市川］

〇〇二

畫鷹

素練風霜起　蒼鷹畫作殊
攫身思狡兔　側目似愁胡
絛鏇光堪摘　軒楹勢可呼
何當擊凡鳥　毛血灑平蕪

画鷹《がよう》

素練《それん》風霜《ふうそう》に起《た》ち、蒼鷹《そうようえ》画《が》き作《な》して殊《しゅ》なり
身《み》を攫《すく》めて狡兎《こうと》を思《おも》い、目《め》を側《そば》めて愁胡《しゅうこ》に似《に》たり
絛鏇光《とうせんひか》りて摘《つま》むに堪《た》え、軒楹《けんえい》勢《いきお》い呼《よ》ぶ可《べ》し
何《いつ》か当《まさ》に凡鳥《ぼんちょう》を撃《う》ち、毛血平蕪《もうけつへいぶ》に灑《そそ》ぐべき

＊五言律詩。韻字は上平七虞「殊・胡・呼・蕪」。

【題意】 鷹《たか》の絵を見て作った詩。いつどこで書かれたか未詳。前半は描かれている鷹の描写、頸聯は画工の巧みさ。尾聯は絵の鷹から本物の鷹へと思いをめぐらす。詳注一―一九、鈴木注一―一五。

【現代語訳】 白い絹の上に風と霜を翼にはらんで飛び立つばかりに、鷹が巧みに描き出された。身を引き締めているさまは素早い兎に思いを凝らしているようで、横目で見ているさまは異人が悲しんでいるかのようだ。足ひもや金具は光っていて摘《つま》んで鷹を解き放せそうだし、軒先から呼べば飛んできそうな勢いだ。何時になったら並の鳥に撃ちかかり、荒れ野に血を撒き羽毛を散らすのだろうか。

■語釈

○練　灰の汁で煮て柔らかく白くした絹布。○風霜起　描かれている鷹の猛々しい様子は風霜をわきばさんで起《た》っているようだ。鈴木注は絹面から風や霜が起こるかと怪しまれる、と解す。○蒼鷹　鷹。一説にごましおの羽色の鷹（鈴木注）。○殊　普通と違って特に優れている。○攫身　獲物を狙って体をすくめているさま。「攫」は詳注によれば「㩳」の誤り。『宋本杜工部集』巻九、『九家注』巻一八は「㩳」とする。『漢書』巻二三「刑法志」に見える晋灼の注に「㩳は古《いにしえ》の竦《しょう》の字《じ》」。「竦」はすくむ、そばだつの意。鈴木注は「肩を怒らせて」、黒川洋一は「肩をそびやかしたさま」（『中国詩人選集・杜甫』上三五頁）と訳す。○狡兎　身のこなしが軽くて素早く逃げる兎。○似愁胡　鷹の青い眼や深い眼窩は、しばしば胡（西方や北方の異民族）が愁えるさまに喩えられる。胡人は目が落ちくぼんで、悲しげに眉をひそめるような容貌に見えた。西晋・孫楚「鷹《たか》の賦《ふ》」に「深目蛾眉《しんもくがび》、状《じょう》は愁胡《しゅうこ》の如《ごと》し」。○「絛鏇」二句　足に繋いだひもを解き鷹を軒端から呼んで獲物を襲わせようとする。意味は次の句に続く。「絛」は足に繋ぐ組ひも、「鏇」は足ひもを台などに固定する金具で、ひもがからまないように回転する仕掛けの棒。「軒楹」は軒《のき》の柱。または軒と軒柱。○毛血灑平蕪　戦国・楚の文王の鷹が雲の果ての鳥を目指して飛び立ち、やがて雪のように羽が落ち雨のように血が降り灑《そそ》いだとあるのを踏まえる（『幽明録』）。

［市川］

過宋員外之問舊莊　〇〇三

宋公舊池館　零落首陽阿
枉道秖從入　吟詩許更過
淹留問耆老　寂寞向山河
更識將軍樹　悲風日暮多

*五言律詩。韻字は下平五歌「阿・過・河・多」。

宋員外之問《そういんがいしもん》の旧荘《きゅうそう》に過《よ》ぎる

宋公《そうこう》の旧池館《きゅうちかん》、零落首陽《れいらくしゅよう》の阿《くま》
道《みち》を枉《ま》げて秖《た》だ入《い》るに従《したが》うも、詩《し》を吟《ぎん》じて更《さら》に過《よ》ぎるを許《ゆる》さんや
淹留《えんりゅう》耆老《きろう》に問《と》い、寂寞山河《せきばくさんが》に向《む》かう
更《さら》に識《し》る将軍《しょうぐん》の樹《き》、悲風日暮《ひふうにちぼ》に多《おお》きを

【題意】　宋之問《そうしもん》の古い別荘を訪ねた時の作。宋員外之問は宋之問（↓「人物説明」）、員外は官名で考功員外郎の略。尚書省吏部に属し、官吏の査定を掌る。杜甫は洛陽郊外の偃師《えんし》

（河南省）にいたとき、首陽山（偃師からは西北に二五里、洛陽からは東北に二〇里）のふもとにあった宋之問の古い別荘を訪ねた。開元二十九年（七四一）に杜甫が首陽山の下で祖先の杜預《どよ》（↓「人物説明」）を祭った時の作かと考えられる。宋之問は杜甫の祖父杜審言《としんげん》（↓「人物説明」）と親交があった。前半は別荘を訪ねたこと、後半は別荘での感慨を述べる。詳注一-二〇、鈴木注一-一七。

【現代語訳】　宋氏のかつての館《やかた》と庭園は、首陽山のふもとにあって荒れ果てていた。立ち寄れば誰でも気ままに入れる場所ではあるが、ここを訪れて偉大な詩人宋之問の詩に重ねて私が詩を作ることを宋之問は許してくれるだろうか。しばらく過ごして土地の古老にさまざま尋ね、心寂しく山や川を眺めた。武名の高かった弟君にゆかりの樹木にも、日暮れになれば風が悲痛な音で吹きすさぶ。

■語釈

○阿　山。ここは山のふもと。○枉道　目的地に行く途中、寄り道をすること。○秖従入　訪れてきた人は自由に入れる。すなわち、すでに館の主人はいない（『朱鶴齢注』巻一）。○許更過　宋之問は尊敬すべき詩人で、この園林を詠った宋之問の詩がある以上は、後人は詩を作ることを遠慮するべきであろう。しかし杜甫はいまここに来てさらに詩を作ろうとしているので、宋之問の許しを期待する。一説に、「更」を重ねて来る意味にとって、私は再びここに来られるだろうか、と解す（『朱鶴齢注』巻一）。一説に、以前に来て、今日再びここを訪ねるとする（鈴木注）。○問耆老　知識の豊富な老人に宋之問の子孫や宋家のことを尋ねた。○寂寞　寂しい。家の跡は残っているのに住んでいた人がいないことを傷む。畳韻語「セキバク」。〇**将軍樹**　将軍たちが已の功績をいいあう中、馮異《ふうい》は独り木の下にいた。そこで馮異は大樹将軍と呼ばれるようになった（『後漢書』巻一七「馮異伝」）。原注に「員外《いんがい》の季《き》弟執金吾《ていしつきんご》、代《よ》に知《し》らる。故《ゆえ》に下句《かく》有《あ》り（宋之問の末の弟は執金吾〔京師を守る武人〕として世に知られていたので末の聯にこういう）」とある。宋之問の弟宋之悌《そうしてい》は武人として名があり、右羽林将軍などを歴任したので、馮異の故事を借りて宋之悌をしのんだ。このとき、宋之悌もすでに亡くなっていた。北周・庾信《ゆしん》「江南《こうなん》を哀《かな》しむ賦《ふ》」に「将軍一《しょうぐんひと》たび去《さ》りて、大樹飄零《たいじゅひょうれい》たり。壮士還《そうしかえ》らず、寒風蕭瑟《かんぷうしょうしつ》たり（将軍が去って、大木は葉を落とした。意気盛んだった人は帰ってこず、寒風が吹きすさぶ）」。

［市川］

〇〇三

夜宴左氏荘

林風纖月落　衣露靜琴張
暗水流花徑　春星帶草堂
檢書燒燭短　看劍引杯長
詩罷聞吳詠　扁舟意不忘

夜左氏《よるさし》の荘《そう》に宴《えん》す

林風《りんぷう》に纖月落《せんげつお》ち、衣露《いろ》静琴張《せいきんは》る
暗水《あんすい》花径《かけい》に流《なが》れ、春星《しゅんせい》草堂《そうどう》を帯《お》ぶ
書《しょ》を検《しら》ぶれば燭《しょく》を焼《や》きて短《みじか》く、剣《けん》を看《み》れば杯《はい》を引《ひ》きて長《なが》し
詩罷《しや》みて呉詠《ごえい》を聞《き》き、扁舟《へんしゅう》意《い》忘《わす》れず

＊五言律詩。韻字は下平七陽「張・堂・長・忘」。

【題意】　左氏の別荘で夜に開かれた宴席での作。左氏とその別荘については不詳。杜甫は科挙の試験を受ける前に呉越《ごえつ》（江蘇省から浙江省）を旅し、落第の後、斉趙《せいちょう》（山東省から河

北省南部）を旅した。末句から、斉趙を旅していた頃の作品であろう。また、前作〇〇三と同じ頃の作と考えれば、左氏の別荘もやはり河南にあったと考えられる。首聯、ようやく夜になり、宴会が始まる。頷聯は宴席の外の描写、頸聯は宴席の様子。詳注一―三、鈴木注一―六。

【現代語訳】 風をはらむ林にほっそりとした月が落ちていき、衣が夜露に湿るころ琴に弦を張って音楽が静かに聞こえてきた。小川が花の咲く小道にひそやかに流れ、春の星空が藁葺きの家をつつみこむ。左さんの書巻を見て語りあううちに蠟燭《ろうそく》は燃えて短くなり、剣《つるぎ》を観賞していつまでも杯を重ねてしまう。詩の応酬を終える頃に呉の歌が聞こえてきて、小舟に乗って呉の湖水地方を旅したときの心持ちが思い出される。

■語釈

○琴張　琴に弦を張って小さな音を出す。音楽が始まるときの様子。○暗水　見えない水の流れ。伏流。ここでは夜の闇で見えない流れ。○検書　左氏が蔵書を披露してみなで考証する。○呉詠　呉の地方の歌。江南の民歌。呉越を旅した思い出にあるだろうし、また、次の「扁舟」の故事にあげる越の范蠡《はんれい》も呉と関わる。○扁舟　小舟。扁舟に乗って隠棲する故事から、隠棲へのあこがれを含む。「范蠡《はんれい》……扁舟《へんしゅう》に乗《の》りて江湖《こうこ》に浮《う》かぶ」（『史記』巻一二九「貨殖列伝」）。

［市川］

〇〇四

臨邑舎弟書至苦雨黄河泛溢堤防之患簿領所憂因寄此詩用寛其意

臨邑《りんゆう》の舎弟《しゃてい》の書至《しょいた》る。苦雨《くう》ありて黄河《こうが》泛溢《はんいつ》し、堤防《ていぼう》の患《かん》、簿領憂《ぼりょううれ》うる所《ところ》なり

と。因《よ》りて此《こ》の詩《し》を寄《よ》せ、用《もつ》て其《そ》の意《い》を寛《ゆる》くす

二儀積風雨　百谷漏波濤
二儀《にぎ》風雨《ふうう》積《つ》み、百谷《ひやくこく》波濤《はとう》を漏《も》らす

聞道洪河坼　遙連滄海高』
聞《きく》道《なら》く洪河《こうが》坼《さ》け、遥《はる》かに滄海《そうかい》に連《つら》なりて高《たか》しと

職司憂悄悄　郡國訴嗷嗷
職司《しよくし》憂《うれ》えて悄悄《しようしよう》たり、郡国《ぐんこく》訴《うつた》えて嗷嗷《ごうごう》たり

舍弟卑棲邑　防川領簿曹
舎弟《しやてい》邑《むら》に卑棲《ひせい》し、川《かわ》を防《ふせ》ぎて簿曹《ぼそう》を領《りよう》す

尺書前日至　版築不時操
尺書《せきしよ》前日《ぜんじつ》に至《いた》る、版築《はんちく》時《とき》あらず操《あやつ》る

難假黿鼉力　空瞻烏鵲毛』
黿鼉《げんだ》の力《ちから》を仮《か》り難《がた》く、空《むな》しく烏鵲《うじやく》の毛《け》を瞻《み》る

燕南吹畎畝　濟上沒蓬蒿
燕南《えんなん》畎畝《けんぽ》に吹《ふ》き、済上《せいじよう》蓬蒿《ほうこう》を没《ぼつ》す

螺蚌滿近郭　蛟螭乘九皋
螺蚌《らぼう》近郭《きんかく》に満《み》ち、蛟螭《こうち》九皋《きゆうこう》に乗《の》る

徐關深水府　碣石小秋毫
徐関《じよかん》水府《すいふ》より深《ふか》く、碣石《けつせき》秋毫《しゆうごう》と小《ちい》さし

白屋留孤樹　青天失萬艘』
白屋《はくおく》孤樹《こじゆ》を留《とど》め、青天《せいてん》万艘《ばんそう》を失《うしな》うと

吾衰同泛梗　利涉想蟠桃
吾《わ》れ衰《おとろ》えて泛梗《はんこう》に同《おな》じく、渉《わた》るに利《り》あれば蟠桃《ばんとう》を想《おも》う

却倚天涯釣　猶能掣巨鼇』
却《かえつ》て天涯《てんがい》に倚《よ》りて釣《つ》れば、猶《な》お能《よ》く巨鼇《きよごう》を掣《ひ》かん

＊五言排律。韻字は下平四豪「濤・高・嗷・曹・操・毛・蒿・皋・毫・艘・桃・鼇」。

【題意】「臨邑県の弟から手紙が届き、大雨で黄河が氾濫し、堤防が決壊する恐れがあっ

て、主簿である自分の心労が多いと伝えてきた。そこでこの詩を送って、弟の気持ちを慰める」。杜甫の弟、杜穎《とえい》が臨邑県（山東省徳州市臨邑県）で主簿という文書管理その他の事務を掌る官に就いており、このとき河川に関わる事務を扱っていたらしい。なお杜甫には、穎・観・豊・占の四人の弟がいた（↓「人物説明」）。詳注は「開元二十九年（七四一）の秋に河南河北の二四の郡に水が出て作物に害があった」（『新唐書』巻三六「五行志」）という記事を引いてこの年の作とする説を載せ、あわせて黄河はたびたび氾濫しているので年代を確定できないという説を載せる。詳注一―三、鈴木注一―二〇。

【現代語訳】　天地の間に長く雨風が続き、多くの谷から沸き立つ波浪となって水が溢れ出した。黄河の堤防が破れ、遥か大海原まで水かさが増しているという。『

治水の役人はあれこれと心を砕くのだが、各地から騒がしく訴えが届いてくる。弟は村の低い役職に就いており、河を守る事務を管轄している。弟からの手紙が前日届き、休みなく土木工事をしているが、橋は流されたままで、周の穆王《ぼくおう》のように鰐《わに》を並べて橋にすることも難しいし、天の川に橋を架けて毛が抜けてしまったという鵲《かささぎ》の抜け毛を茫然と眺めるしかない有り様だ、という。』

燕《えん》の南部では田畑が風雨に侵され、済水《せいすい》のほとりでは生い茂る雑草が水没した。近郊には貝がはびこり、広い沼沢ができて龍や蛟《みずち》が跳梁する。徐関の地は龍宮よりも深く沈み、碣石《けっせき》山は細い毛ほどにしか見えない。民家は流されて一本の木しか残っていないし、青空の下に前はひっきりなしに往来していた船が来なくなっている、という。』

私は力がなくてまるで桃の木で作った人形が水に浮かんでいるようなものだ。木の人形なら水の上を渡っていくのにちょうどよいから、漂って行って仙山の桃の実でも手に入れようかと思う。それとも天の彼方で釣りをすれば、大海亀《おおうみがめ》だって引き上げることができるかもしれない。』

■語釈
○**二儀**　天と地。『抱朴子』外篇巻一に見える。○**聞道**　聞くところでは。下句「遥《はる》かに滄海《そうかい》に連《つら》なりて高《たか》し」までかかる。弟の手紙によってこのように述べる。○**卑棲**　低い地位にいる。暗に鳳凰のように優れた者が住む所ではないことをいう。○**簿曹**　事務官。詩題にいう主簿を指す。○**版築**　土崩れを抑える板（版）と土を突き固める杵《きね》（築）。そこから広く土木工事をいう。○**不時**　時を定めず、絶え間なく。突貫工事を行うさま。○**黿鼉**　ワニの類。『竹書紀年』に、周の穆王《ぼくおう》の話として「東《ひがし》のかた九《きゅう》江《こう》に至《いた》り、黿鼉《げんだ》を架《か》けて以《もっ》て梁《りょう》と為《な》す（東方の九江まで来て、鰐をならべて橋とした）」という。○**烏鵲**　カササギ。旧暦七月七日になると、鵲《かささぎ》の首の毛が抜けて禿げる。伝説によると、この日、彦星に会うために織姫《おりひめ》が渡れるようにと天の川に鵲が集まって橋を架ける。その苦労のために鵲の毛が抜けてしまうのだという。『爾雅翼』巻一三に見える。○**燕**　戦国時代に河北にあった国。燕の南に黄河が流れている。○**畎畝**　農地。○**濟上**　済水のほとり。黄河下流の山東の済南、兗州《えんしゅう》一帯。済水はその後に黄河に吸収されるが、現在の黄河下流は、ほぼ唐代の済水の河道と重なる。○**螺蚌**　巻き貝と二枚貝。貝類。○**蛟螭**　龍とみずち。伝説上の動物で、雲雨を興し、時に洪水を引き起こす。○**九皐**　奥深い沼沢。『詩経』小雅「鶴鳴《かくめい》」「鶴《つる》は九皐《きゅうこう》に鳴《な》く」の毛伝に「皐《こう》、沢《さわ》なり。身《み》隠《かく》れて名《な》著《あらわ》るるを言《い》うなり」。○**徐關**　斉の地方にある地名。『春秋左氏伝』成公二年に「（斉公《せいこう》）遂《つい》に徐関《じょかん》より入《い》る」。○**水府**　伝説中で水神や龍が住む所。○**碣石**　山の名。黄河は碣石山の南から渤海にそそぐ。『書経』禹貢に見える。○**秋毫**　秋に抜け替わる獣の細い毛。微細なものの喩え。○**白屋**　飾り気のない庶民の家。○**泛梗**　水に漂う木彫り人形。泥人形が桃の木で作った人形（梗桃）に向かって「漂うお前はどこに行くのか」と尋ねたという（『戦国策』斉策三）。○**利渉**　さしさわりなく川を渡ることができる。『周易』需卦に「大川《おおかわ》を渉《わた》るに利《り》あり」。○**蟠桃**　滄海《そうかい》に度朔《どさく》という山があり、山の上には張り出した枝が三千里もうねっているような大きな桃の木があるという（『論衡』巻二二に引く『山海経』）。○**却**　『読杜心解』巻五、『杜詩鏡銓』巻一は「頼」の字とする。また『銭注』巻九は「却倚」を「倚頼」とする。いずれも「……によって」の意。○**巨鼇**　オオウミガメ。伝説によると、その昔滄海に岱輿《たいよ》、員嶠《いんきょう》、方壺《ほうこ》、瀛《えい》洲《しゅう》、蓬萊《ほうらい》という五山があり、一五の巨鼇が支えていた。ところが龍伯の国の巨人が五山まで行って六匹の鼇を釣ったので、岱輿と員嶠の二山は大海に沈んでしまったという（『列子』湯問）。

［市川］

〇〇一五

假山　竝序

仮山《かざん》　並《なら》びに序《じょ》

天寶初、南曹小司寇舅、於我太夫人堂下、壘土爲山、一匱盈尺、以代彼朽木、承諸焚香瓷甌、甌甚安矣、旁植慈竹、蓋茲數峰、嶔岑嬋娟、宛有塵外致、乃不知興之所至、而作是詩

天宝《てんぽう》の初《はじ》め、南曹小司寇《なんそうしょうしこう》の舅《きゅう》、我《わ》が太夫人《たいふじん》の堂下《どうか》に於《お》いて、土《つち》を塁《かさ》ねて山《やま》と為《な》す、一匱尺《いっきしゃく》に盈《み》ち、以《もっ》て彼《か》の朽木《きゅうぼく》に代《か》え、諸《こ》れに香《こう》を焚《た》く瓷甌《しおう》を承《う》くれば、甌甚《おうはなは》だ安《やす》

んず、旁《かたわら》に慈竹《じちく》を植《う》え、茲《こ》の数峰《すうほう》を蓋《おお》う。嶔岑嬋娟《きんしんせんけん》にして、宛《あたか》も塵外《じんがい》の致《ち》有《あ》り、乃《すなわ》ち興《きょう》の至《いた》る所《ところ》を知《し》らず、而《しか》して是《こ》の詩《し》を作《つく》る

一簣功盈尺　三峰意出群　一簣功《いっきこう》は尺《しゃく》に盈《み》つ、三峰意《さんぽうい》は群《ぐん》より出《い》ず

望中疑在野　幽處欲生雲　望中野《ぼうちゅうや》に在《あ》るかと疑《うたが》い、幽処雲《ゆうしょくも》を生《しょう》ぜんと欲《ほっ》す

慈竹春陰覆　香爐曉勢分　慈竹春陰《じちくしゅんいん》覆《おお》い、香炉暁勢《こうろぎょうせい》分《わ》かる

惟南將獻壽　佳氣日氤氳　惟《こ》れ南《みなみ》にして将《まさ》に寿《じゅ》を献《けん》ぜんとす、佳気《かき》日《ひ》に氤氳《いんうん》たり

＊五言律詩。韻字は上平一二文「群・雲・分・氳」。

【題意】　祖母の住まいの前におじが築山《つきやま》を作ったことを述べる。「假山」は築山。山をかたどったもの。天宝元年（七四二）の作。『宋本杜工部集』巻九は、序の部分を詩題とする。序にいう。「天宝元年に、南曹小司寇の任に就いているおじが、私たちの祖母君の住まいの前に、土を積み上げて築山を作った。ひと籠の土で一尺ほどの盛り土となった。それをこれまで使っていた古い木組みの代わりとして、ここに香を焚く磁器の甌《かめ》を置くと、甌はしっかりと安定した。横に慈竹を植え、築山の幾つかの峰を蔽った。山は険しく聳え竹はほっそりとなよやかで、まるで俗世界の外の趣きがある。興の尽きることはなく、そこでこの詩を作った」。南曹は、尚書省吏部に属する官で、官吏の業績を審査する。小司寇は、尚書省刑部に属する司寇の属官で、刑獄や警察を掌る。おじは南曹と小司寇を兼ねていた。舅は、母方の

おじ。ここではおそらく太夫人の身内。太夫人は、祖父である杜審言《としんげん》（↓「人物説明」）の後妻、盧氏《ろし》。天宝三載（七四四）に亡くなり、杜甫が墓誌を書いている。匱は、簣《もっこ》。土を運ぶ竹籠。慈竹は、竹の名。古竹が叢生している中に筍が生えるので母子のように見え、別名を子母竹という。詳注一-二六、鈴木注一-二四。

【現代語訳】ひと籠の土で一尺ほどの築山《つきやま》ができた。三つの峰の威勢は群山から抜きんでている。眺めれば広野に立っているようで、奥深いところから雲が湧きでようとしている。ほっそりとした慈竹が春霞《はるがすみ》をまとって蔽い、香炉からは朝靄《あさもや》が幾つにも分かれて漂い出る。これは南にある築山なので、南山の倣《なら》いによって祖母君の長寿を言祝《ことほ》ごう。めでたい雲気が日々にたちこめることだろう。

■語釈

○功　仕事。ここでは土を小高く盛って築山《つきやま》を作ったこと。『書経』旅獒《りょごう》に「山《やま》の九仞《きゅうじん》を為《な》すに、功《こう》の一匱《いっき》を虧《か》く」。○尺　およそ三一センチ。○春陰　春の曇った空にたちこめる気。隋・侯夫人「自《みずか》ら感《かん》ずる詩三首《しさんしゅ》」其の三に「春陰正《しゅんいんまさ》に際無《はてな》く、独歩意《どくほい》は何如《いかん》」。○香爐　仮山に据えた、香を焚く甌《かめ》。『九家注』巻一七は廬山の香炉峰（江西省）に見立てたとする。○惟南将獻壽　南にある築山から、終南山（陝西省）を連想する。終南山は、『詩経』小雅「天保《てんぽう》」「南山《なんざん》の寿《じゅ》の如《ごと》く、騫《か》けず崩《くず》れず」により、長寿の象徴。築山が長く存在することを願い、さらに祖母の長寿を祈る。

［市川］

龍門　〇一六

龍門橫野斷　驛樹出城來
氣色皇居近　金銀佛寺開
往來時屢改　川陸日悠哉
相閲征途上　生涯盡幾回

＊五言律詩。韻字は上平一〇灰「來・開・哉・回」。

龍門《りゅうもん》

龍門《りゅうもん》野《や》に横《よこ》たわりて断《た》ち、駅樹《えきじゅ》城《しろ》より出《い》でて来《き》たる
気色《きしょく》皇居《こうきょ》近《ちか》く、金銀《きんぎん》仏寺《ぶつじ》開《ひら》く
往来《おうらい》時《とき》は屢ゝ《しばしば》改《あらた》む、川陸《せんりく》日《ひ》は悠《ゆう》なるかな
相《あ》い閲《み》る征途《せいと》の上《うえ》、生涯《しょうがい》 尽《ことごと》く幾回《いくかい》

【題意】　龍門は山西省から河南・陝西省にわたる山嶺だが、ここでは特に石窟寺院のある洛陽（河南省）南郊の山を指す。杜甫は天宝元年（七四二）に洛陽のおばのために、また天宝四載には洛陽にいた祖父の後妻盧《ろ》氏《し》のために墓誌を書いているので、その頃の作である。頸聯から見るに、再度の訪問であろう。前半は景色を、後半は感慨を述べる。詳注一―二九。鈴木注一―二六。

【現代語訳】　龍門山は平野にどっしりと構えて切り立ち、駅の並木は東都洛陽からまっすぐ続いてくる。宮城に近い壮麗で繁華な土地柄で、金銀に彩られた仏寺が洞門を開いている。ここを往来するたびに季節はしばしば異なるが、川や山を眺めれば日々変わることなく悠久だ。旅路の先を眺めつつ思う、一生のうちでここに何回来られることだろうか。

一■語釈

○断　龍門山は二つの山が向かいあって門のように聳え、間を北流する伊河に面して断崖となっている。そこで「断つ」という。○驛　街道沿いにあって旅行者が馬を乗り継ぐ所。宿場。○佛寺　龍門の石窟寺院。詳注に引く元・薩都拉《さつとら》「龍門記」に、もと八つの寺があったという。〇〇〇一にある奉先寺もその一つ。○「往來」二句　杜甫は幾度か龍門を通って故郷の洛陽と南方の地との間を往復していた。そのたびに、季節が異なることは多かったが、川や山のたたずまいは変わらなかった。循環する四季と永遠の時の対比。また往来する人という人事と川陸という自然の対比。○相閲　見る。旅路の先を眺める。一説に、道行く人々を見る（『九家注』巻一七）。

［市川］

〇〇一七

李監宅二首

尚覺王孫貴　豪家意頗濃
屛開金孔雀　褥隱繡芙蓉
且食雙魚美　誰看異味重
門闌多喜色　女壻近乘龍

李監《りかん》の宅《たく》二首《しゅ》

尚《な》お覚《おぼ》ゆ王孫《おうそん》の貴《とうと》きを、豪家《ごうか》意《い》頗《すこぶ》る濃《こまやか》なり
屛《へい》は開《ひら》く金《きん》の孔雀《くじゃく》、褥《しとね》は隠《ぬ》う繡《しゅう》芙蓉《ふよう》
且《か》つ食《しょく》す双魚《そうぎょ》の美《うま》きを、誰《たれ》か看《み》ん異味《いみ》の重《かさ》ぬるを
門闌《もんらん》に喜色多《きしょくおお》し、女壻近《じょせいちか》く龍《りゅう》に乗《の》る

＊五言律詩。韻字は上平二冬「濃・蓉・重・龍」。

【題意】　李監の屋敷で作った詩。天宝年間（七四二～七五六）の初め、洛陽（河南省）での作。李は姓、監は官名。監は秘書省や殿中省などの長官。第一句から、王族に連なる家柄と思わ

れる。詩意から、この李監は李《り》令問《れいもん》かと考えられる。開元年間（七一三〜七四一）に秘書監であった李令問は、珍味を好む贅沢な人物として世に知られていた（『太平広記』巻二三〇に引く『霊怪録』）。宴席の様子を述べ、併せて李監が立派な婿《むこ》を取ることを称える。『銭注』巻一八は第二首の詩題を「李塩鉄二首」とする。詳注一―三〇、鈴木注一―二七。

【現代語訳】　さすがに王家の子孫なのでご身分の高貴なことが感じられ、また富豪のお宅なのでまことに手厚いお心遣いでおもてなしいただけます。金の孔雀が描かれた門の扉が開かれ、蓮の花の刺繍がされた敷物が敷かれています。おいしい二匹の鯉《こい》を食べればまあ充分なのに、さらに次々に出される珍味は見たこともありません。お屋敷には喜びが満ちています。近くお嬢さまに立派なお婿《むこ》さまを迎えられるのですから。

■語釈

○孔雀　次の故事から、婿を迎える意味を含む。唐の高祖李淵の皇后竇《とう》氏が結婚する前、父の毅《き》は門の扉に二羽の孔雀を描き、求婚者にその目を射させた。高祖が射止め、妻とした（『旧唐書』巻五一「高祖太穆皇后竇氏伝」）。○隠　「繶」と同じで、衣を縫う意。『九家注』巻七は「蔽《おお》う」意に、『黄鶴補注』巻一七は「倚《よ》りかかる」意に取る。○芙蓉　ハスの花。梁・王僧孺の「人《ひと》の為《ため》に夢《ゆめ》を述《の》ぶる詩」に「以《もっ》て芙蓉《ふよう》の褥《しとね》に親《した》しみ、方《まさ》に合歓《ごうかん》の被《ひ》を開《ひら》く」というように、新婚の意味を含む。○雙魚　二匹の鯉。後漢・蔡邕《さいよう》「飲馬長城窟行《いんばちょうじょうくつこう》」の「我《わ》れに双鯉魚《そうりぎょ》を遺《おく》る……中《なか》に尺素《せきそ》の書《ふみ》有《あ》り」から、近く婿《むこ》を迎える嬉しい便りの意味を込める。○門闌　門の前の柵《さく》。身分によって規定がある。ここでは立派な屋敷を指す。○乗龍　龍のように優れた若者を婿とする（『芸文類聚』巻四〇に引く「楚国先賢伝」）。

［市川］

〇〇一八

其二

華館春風起　高城煙霧開
雜花分戸映　嬌燕入簾回
一見能傾座　虛懷只愛才
鹽車雖絆驥　名是漢庭來

＊五言律詩。韻字は上平一〇灰「開・回・才・來」。

其《そ》の二《に》

華《か》館《かん》に春風《しゅんぷう》起《お》こり、高城《こうじょう》に煙霧《えんむ》開《ひら》く
雑《ざっ》花《か》戸《こ》に分《わ》かちて映《えい》じ、嬌燕《きょうえん》簾《すだれ》に入《い》りて回《めぐ》る
一見《いっけん》すれば能《よ》く座《ざ》を傾《かたむ》け、虚懐《きょかい》にして只《た》だ才《さい》を愛《あい》す
塩車《えんしゃ》驥《き》を絆《つな》ぐと雖《いえど》も、名《な》は是《こ》れ漢庭《かんてい》より来《き》たる

【現代語訳】　華やかなお屋敷に春風が吹き起こり、霧が晴れて洛陽の壮大な都が姿を現しました。色とりどりの花が家ごとに照り映え、かわいい燕が簾の中に飛んできて部屋を飛び回っています。あなたがひとたび姿を現せばその場の人々はみな注目します。それはあなたが傲らず謙虚に才能ある人を愛するからです。あなたは、重い塩を載せた車に繋がれている駿馬のように今はつまらない職に就いておいでですけれど、帝室に連なる方なのですからいずれは天馬のように重用されることでしょう。

■語釈

〇入簾回　簾から部屋に入ってきて飛び回っている。一説に、「回《かえ》る」と訓じて、簾の中に入ってまた引き返す（鈴木注）。〇虚懐　謙虚な心。また、私欲のない心。〇鹽車雖絆驥　塩を載せた車は重いの

で、轅《ながえ》に繋がれていれば駿馬も坂を上れない。立派な人が賤しい仕事をしていること（『戦国策』巻一七）。また、それでも優れた馬にはなお千里を駆ける力がある。北周・庾信《ゆしん》「謹《つつし》みて司寇淮南公《しこうわいなんこう》に贈《おく》る詩《し》」に「絆驥《はんき》還《ま》た千里《せんり》（繋がれていてもなお千里を馳せる名馬である）」。○**名是漢庭来**　李の名は帝室に由来する。「漢庭」は漢王朝のこと。ここでは借りて唐の王室を指す。唐の王室の姓は李なので、李監は唐の王室の血を引く。『銭注』巻一八は詩題を「李塩鉄」とするが、その場合は李の官が塩や鉄を管理する塩鉄使であり、尾聯がいっそう李にふさわしい句となる。

［市川］

〇〇一九

贈李白

二年客東都　所歷厭機巧
野人對腥羶　蔬食常不飽
豈無青精飯　使我顏色好
苦乏大藥資　山林跡如掃
李侯金閨彥　脫身事幽討
亦有梁宋遊　方期拾瑤草

李白《りはく》に贈《おく》る

二年《にねん》東都《とうと》に客《かく》となり、歴《ふ》る所《ところ》機巧《きこう》を厭《いと》う
野人《やじん》腥羶《せいせん》に対《たい》するも、蔬食《そし》常《つね》に飽《あ》かず
豈《あ》に青精《せいせい》の飯《はん》の、我《わ》が顔色《がんしょく》をして好《よ》からしむる無《な》からんや
大薬《たいやく》の資《し》に乏《とぼ》しきに苦《くる》しみ、山林《さんりん》跡《あと》は掃《はら》うが如《ごと》し
李侯《りこう》は金閨《きんけい》の彦《げん》、身《み》を脱《だっ》して幽討《ゆうとう》を事《こと》とす
亦《ま》た梁《りょう》 宋《そう》の遊《ゆう》有《あ》り、方《まさ》に瑶草《ようそう》を拾《ひろ》うを期《き》す

＊五言古詩。韻字は上声一八巧「巧・飽」、上声一九皓「好・掃・討・草」。巧・皓韻は蕭部の通押。

【題意】　天宝三載（七四四）、洛陽（河南省）での作。李白（↓「人物説明」）は高力士（六八四～七六二、玄宗に寵愛された宦官）の讒言によって朝廷から追放され、洛陽で杜甫と知りあった。その時に李白に贈った詩。仙薬や仙人にあこがれる気持ちを述べ、最後に李白とともに仙草を探す旅に出る期待を述べる。詳注一-三、鈴木注一-三〇。

【現代語訳】　この二年、洛陽に仮住まいをしてきたが、これまでのことを思い返すにうまく立ち回ることが嫌でならなかった。私は田舎者なので贅沢な肉や魚に向かえば生臭く思われ、清浄な野菜を食べたいと思うがいつも充分に食べることができない。私の顔色を若々しくする青精飯ならこの世にないわけはなかろう。仙薬を作る材料資金が少なくて困っているし、仙薬の材料がある山林には久しい間行っていないので私の足跡は掃き清めたように消えてしまっただろう。』

　李白殿は金馬門で天子に仕えていた人だったが、そこから脱け出て山奥の道士を訪ねようとなさっている。さらに私と一緒に梁宋の辺りを旅しようとする計画があるから、そこできっと仙草を手に入れられることだろう。』

■語釈

○腥羶　肉食と草食の獣。また肉と魚。生臭い食物。道士は腥羶を遠ざけ清浄な物を近付けようとする（『抱朴子』内篇巻二）。○蔬食　菜食。詳注の音注に「嗣《し》」。○青精飯　南燭という植物の葉や茎の煮汁によって蒸した、青い米飯。前漢の王褒《おうほう》は青精飿飯《せいせいしんはん》を食べて、険しい山を飛ぶ鳥のように素早く歩いた（『太平御覧』巻六六一に引く『三洞珠嚢』）。○大薬資　仙薬を作るための材料。「大薬」は仙薬の一つ。顔色を良くする青精飯よりも寿命を延ばす大薬の方が仙薬として優れている。○**山林**　仙薬は名山で作られる（『抱朴子』内篇巻二）。○**跡如掃**　以前は居た人の形跡が掃いたようになくなっている。「子路は荷蓧丈人《かじょうじょうじん》に会ったことを孔子に話し、すぐに車で引き返したが、荷蓧丈人は子路が戻ってくることを予知して跡を掃ったように消えており、部屋は元どおり空室だった」（『佩文韻府』に引く「高士伝」）。鈴木注は自分の足跡を払うと取って「仙を求めて深く山林に入ることをせぬ」と訳す。○**金閨**　宮殿の金馬門。学士が控える所。仙人になったという伝説がある前漢の東方朔は金閨で武帝（在位前一四一～前八七）に仕えていた。李白は翰林院で玄宗に仕えていたので、東方朔の故事を借りて金閨の語を用いた。○**幽討**　山林のような幽邃《ゆうすい》なところに道士を訪ねる。○**梁宋**　「梁」は戦国時代の魏国の別名で、その地方。「宋」は戦国時代の国の名で、その地方。いずれも今の河南省。こののち杜甫は李白とともにこの地方を旅した。○**瑤草**　仙草。仙人がこの草を丹薬と合わせて服用する。

［市川］

〇〇三〇

重題鄭氏東亭

華亭入翠微　秋日亂清暉
崩石敧山樹　清漣曳水衣
紫鱗衝岸躍　蒼隼護巣歸
向晩尋征路　殘雲傍馬飛

＊五言律詩。韻字は上平五微「微・暉・衣・歸・飛」。

重《かさ》ねて鄭氏《ていし》の東亭《とうてい》に題《だい》す

華亭《かてい》翠微《すいび》に入《い》り、秋日《しゅうじつ》清暉《せいき》乱《みだ》る
崩石《ほうせき》山樹《さんじゅ》に敧《そばだ》ち、清漣《せいれん》水衣《すいい》曳《ひ》く
紫鱗《しりん》岸《きし》を衝《つ》きて躍《おど》り、蒼隼《そうじゅん》巣《す》を護《まも》りて帰《かえ》る
晩《ばん》に向《む》かいて征路《せいろ》を尋《たず》ぬれば、残雲《ざんうん》馬《うま》に傍《そ》いて飛《と》ぶ

【題意】　鄭氏の東亭で二度目に作った詩。最初の詩は残っていない。天宝三載（七四四）秋、洛陽（河南省）での作。原注に「新安《しんあん》の界《かい》に在《あ》り」という。新安は今の河南省洛陽市新安県。洛陽の西約三〇キロ。鄭氏は不詳だが〇〇二六の詩題にある駙馬の鄭潜曜《ていせんよう》か。東亭の美しい景色を描き、尾聯で夕暮れに帰ることを述べる。詳注一－三四、鈴木注一－三。

【現代語訳】　美しい別邸は山中の緑に包まれており、秋の日差しに澄んだ光が散らばる。崩れかかった岩の中に山の木々が傾く趣きある景観で、透き通るさざ波に水草が靡《なび》く。魚は紫の鱗《うろこ》をきらめかせて岸に当たりそうに飛び跳ね、ハヤブサは巣を守ろうと帰っていく。日が暮れてきたので帰路につけば、ちぎれ雲が馬の歩みとともに流れていく。

［市川］

■語釈

○**翠微**　山の中腹。遠くからは翠《みどり》に見え、近づくと翠が微《かす》かになる。○**水衣**　藻の一種。別名、水苔、石髪。○**紫鱗**　紫の鱗の魚。一説に鯉（『吉川注』筑摩版第二冊）。○**蒼隼**　ハヤブサ。鈴木注はごましおの羽色のハヤブサとする。○**征路**　旅路。ここでは帰路。

〇〇三二

陪李北海宴歴下亭

李《り》北海《ほくかい》に陪《ばい》して歴下《れきか》亭《てい》に宴《えん》す

東藩駐皀蓋　北渚凌清河

東藩《とうはん》皀蓋《そうがい》を駐《とど》め、北渚《ほくしょ》清河《せいが》を凌《しの》ぐ

海右此亭古　済南名士多』

海右《かいゆう》に此《こ》の亭《てい》古《ふる》く、済南《せいなん》に名士《めいし》多《おお》し

雲山已發興　玉珮仍當歌
修竹不受暑　交流空湧波』
蘊眞愜所遇　落日將如何
貴賤俱物役　從公難重過』

雲山《うんざん》已《すで》に興《きよう》を発《はつ》し、玉珮《ぎよくはい》仍《な》お当《あ》たりて歌《うた》う
修竹《しゆうちく》暑《あつ》さを受《う》けず、交流《こうりゆう》空《むな》しく波《なみ》を湧《わ》かす
真《しん》を蘊《つつ》み遇《あ》う所《ところ》に愜《かな》うも、落日《らくじつ》将《は》た如何《いかん》せん
貴賤《きせん》倶《とも》に物《もの》に役《えき》せられ、公《こう》に従《したが》いて重《かさ》ねて過《よ》ぎり難《がた》し

＊五言古詩。韻字は下平五歌「河・多・歌・波・何・過」。

【題意】　天宝四載（七四五）、歴下亭で李北海の宴会に陪席したときの作。李北海は李邕《りよう》（↓「人物説明」）。この頃北海《ほくかい》郡（山東省青州市）の太守（↓「用語説明」）であった。歴下亭は歴山（山東省済南市）のふもとにあり、山と湖に臨む、風光明媚な楼閣。勝れた景色と立派な宴会を褒め、別離を惜しむ。詳注一―三六、鈴木注一―三三。

【現代語訳】　ここ東の国では、太守の黒い車が清河を歴《へ》て北海の渚に駐《と》まっている。海の西にあるこの楼閣は歴史が古く、ここ済南の地には優れた方がたくさんいらっしゃる。』

雲のかかる山のたたずまいだけでも詩興を覚えるのに、帯玉《おびだま》を鳴らして酒が運ばれ、さらに宴席に美しい歌声も響いてきた。高く茂った竹林のために暑さは感じられず、幾筋もの川が乱れ流れてただ波立っている。』

この地には真の情緒があり見るものすべてが心にかなうのに、残念なことに日が傾いてきた。高い身分の李邕《りよう》殿も低い身分の私もともに世間に囚われているので、李邕殿に随って再

びこの地に来るのは難しいに違いない。』

■語釈

○東藩　都の東にある国。北海は長安（陝西省西安市）の東に当たる。「藩」は古代の諸侯の領土。李《り》邕《よう》は太守なので、古代の諸侯に当たる地位にあるとして、その任地を「藩」といった。○皂蓋　「皂」は黒、「蓋」は車のかさ。諸侯は皂《くろ》い蓋《かさ》の車に乗った（『後漢書』巻三九「輿服志上」）。○清河　北海を通り海に注ぐ河。別名を済河《せいが》。○海右　右は西を指す。北海郡は海の西にある。○濟南　済河の南方一帯。ここでは北海付近。○名士　人望や名声のある人。原注に「時《とき》に邑人《ゆうじん》の蹇処士《けんしょし》輩坐《はいざ》に在《あ》り（このとき当地の蹇氏たちが同席していた）」という。「名士」はこれらの人を指す。また、『書経』の学者である前漢・伏生など、歴史上の名士もいる。○玉珮　玉を組紐で繋いで帯に付ける飾り。ここでは玉珮を身につけた、酒を勧める人。○當歌　宴席に向かって歌を歌う。『吉川注』筑摩版第一冊は「仍お当に歌うべし」と読んで「歌もよからん」と訳す。○交流　入り交じって流れる。歴山の近くを流れる歴水には多くの水源から水流が流れこむ。○空湧波　空しく波が湧き立つ。すでに竹林があって暑熱を防ぎ涼しいのに、川の水はさらに涼しくしようと空しく湧き立つ。○蘊眞　真実をたくわえる。真理を含む。南朝・宋・謝霊運「江中《こうちゅう》の孤嶼《こしょ》に登《のぼ》る」に「蘊真誰《うんしんたれ》か為《ため》に伝《つた》えん」。○物役　外界の事物に使役される。世間的な事柄や仕事などに拘束される。

［市川］

同李太守登歴下古城員外新亭　〇〇三

李太守《りたいしゅ》の歴下《れきか》古城《こじょう》の員外《いんがい》の新亭《しんてい》に登《のぼ》るに同《どう》ず

新亭結構罷　隠見清湖陰

新亭結構罷《しんていけっこうや》み、隠見《いんけん》す清湖《せいこ》の陰《いん》

跡籍臺觀舊　氣冥海嶽深
圓荷想自昔　遺堞感至今』
芳宴此時具　哀絲千古心
主稱壽尊客　筵秩宴北林
不阻蓬蓽興　得兼梁甫吟』

跡《あと》は台観《だいかん》の旧《ふる》きに籍《よ》り、気《き》は海岳《かいがく》の深《ふか》きに冥《めい》たり
円荷《えんか》昔《むかし》よりするを想《おも》い、遺堞《いちよう》今《いま》に至《いた》るに感《かん》ず
芳宴《ほうえん》此の時《とき》具《そな》わり、哀糸《あいし》千古《せんこ》の心《こころ》
主《しゅ》は称《しょう》し尊客《そんかく》を寿《ことほ》ぎ、筵《えん》は秩《ととの》い北林《ほくりん》に宴《えん》す
蓬蓽《ほうひつ》の興《きょう》を阻《はば》まず、梁甫《りょうほ》の吟《ぎん》を兼《か》ぬるを得《え》たり

＊五言古詩。韻字は下平一二侵「陰・深・今・心・林・吟」。

【題意】　制作時・制作地は前詩と同じ。歴下（山東省済南市）に李員外が新たに建てた楼閣に李太守が登って作った詩に唱和した（【附録】参照）。李太守は李邕《りよう》（→「人物説明」）、李員外は李之芳《りしほう》（→「人物説明」）。原注に「時《とき》に李之芳尚書郎《りしほうしょうしょろう》より斉州《せいしゅう》に出《い》で此《こ》の亭《てい》を製《つく》る」とある。李之芳は唐の太宗李世民（在位六二六～六四九）の五代目の子孫で、開元年間（七一三～七四一）末に尚書省（→「用語説明」）兵部に属す駕部員外郎となった（『旧唐書』巻七六「蔣王惲伝」）。杜甫の原注に拠ればこのとき李之芳は斉州（山東省済南市）の役人であった。歴下の「新亭」は前作の歴下亭とは別に、新たに李之芳が建てた亭。前半は新亭のさまを述べ、後半は宴会の興趣を述べる。詳注一─三八、鈴木注一─三五。

【現代語訳】　新しい楼閣の建築が完成し、そこから見ると澄んだ湖の南岸が明るく照り映えたり陰《かげ》ったりしています。その礎《いしずえ》は古い高殿の跡に拠っていて、その気象は遥かな東海

と泰山の気をひそかに受けているのです。水に浮かぶ丸い蓮の葉には古代から変わらぬ風景が見られ、今も残るひめがきには現在に至るまでの長い歴史が感じられます。』

　このとき風雅な宴会が準備され、哀愁を帯びた琴の音が千年の昔から変わらぬ思いを奏で始めました。主人の李員外は尊敬する主賓の李太守のために杯をかかげて長寿を祝い、宴席は整然として北林に宴《うたげ》が始まりました。粗末な家に住む私までも楽しませていただき、その上、三国時代の孔明《こうめい》が「梁甫吟《りょうほぎん》」を歌ったように私も拙ないこの詩を詠じることができました。』

■語釈

○**隠見清湖陰**　「隠見」は天候によって明るく輝いて見えたり暗く陰って見えたりする。原注に「亭《てい》は鵲山湖《じゃくさんこ》に対《たい》す」。「清湖」は鵲山湖、「陰」は湖の南。新亭は鵲山湖の北にあり、亭から湖の南岸を眺めると水面が空の様子によって明るくなったり暗くなったりして見える。鈴木注は「（新亭が）清らかな鵲山湖の南にみえかくれしてゐる」とする。○**臺觀舊**　以前ここに高殿があり、その礎石を利用して新築した。○**冥**　暗い。奥深くて外からはっきりとわからない様子。○**海嶽**　東海と泰山。『書経』禹貢に「海岱《かいたい》惟《こ》れ青州《せいしゅう》」。岱は泰山。○**遺堞**　残されたひめがき（城外が覗けるように低い土塀を設けた城壁）。歴下城は戦国・斉の時代からあり、歴史のある古代のひめがきが残っていた。○**絲**　琴の弦。琴の音。○**不阻蓬蓽興**　「蓬蓽」は蓬《ほう》や竹で門戸を編んだ粗末な家。ここでは杜甫自身の家の謙称。杜甫の興趣がさえぎられずに、充分楽しめた。一説に、新亭は幽遠な所にあるので「蓬蓽《ほうひつ》の興《きょう》」という（『九家注』巻二）。○**梁甫吟**　三国・蜀の智将諸葛孔明《しょかつこうめい》が作ったとされる歌の名。戦国・斉の非業の死を遂げた戦士をうたう。梁甫は泰山のふもとにある小山。孔明は泰山に近い琅邪《ろうや》（山東省沂《ぎ》南《なん》県）の出身。泰山は徳のある人君に、梁甫は徳のない小人《しょうじん》に喩えられる。小人は、自分を謙遜していう語でもある。梁甫のように泰山の近くにある歴山、そのふもとで歌う小人の歌という所から、「梁甫吟」はここでは杜甫のこの詩の意。

【附録】

登歴下古城員外孫新亭

吾宗固神秀　體物寫謀長
形制開古跡　曾冰延樂方
太山雄地理　巨壑眇雲莊
高興泊煩促　永懷清典常
含弘知四大　出入見三光
負郭喜粳稻　安時歌吉祥

歴下《れきか》古城《こじょう》の員外孫《いんがいそん》の新亭《しんてい》に登《のぼ》る　李邕《りよう》

吾《わ》が宗固《そうもと》より神秀《しんしゅう》、物《もの》を体《たい》し 謀《はかりごと》 を写《うつ》して長《なが》し
形制古跡《けいせいこせき》を開《ひら》き、曾氷《そうひょう》 楽方《らくほう》を延《ひ》く
太山《たいざん》地理《ちり》に雄《ゆう》にして、巨壑《きょがく》雲荘《うんそう》に眇《はる》かなり
高興《こうきょう》 煩促《はんそく》を泊《と》め、永懐《えいかい》典常《てんじょう》を清《きよ》む
含弘《がんこう》四《し》大《だい》を知《し》り、出《しゅつ》 入《にゅう》 三光《さんこう》を見《み》る
負郭《ふかく》粳稲《こうとう》を喜《よろこ》び、安時《あんじ》吉祥《きっしょう》を歌《うた》う

〔現代語訳〕我が同族の李之芳はもとより優秀であり、この楼閣に古い建物の設計を復元して長く伝えようとした。この楼閣の造形は古くからある基礎を切り拓いて作られており、用意された幾重もの氷は夏の楽しみを誘う手立てである。彼方に見える泰山は大地の雄であり、巨大な鵲山湖の遥か向こうには雲間に家々が見える。この地の興趣にせわしない気持ちはおさまり、この地を長く思って私の守るべき道を清らかにしたいと思う。万物を包括して

いるので、ここから眺めれば天と地と道と王の四つの偉大さが知られ、また、日と月と五星の三つの光が昇っては沈むさまが望まれる。城郭の外にある稲の稔りが喜ばしく、太平の世にこのめでたい歌を歌う。

［市川］

暫如臨邑至㟙山湖亭奉懷李員外率爾成興　〇〇三

暫《しばら》く臨邑《りんゆう》に如《ゆ》き㟙山《たくざん》の湖亭《こてい》に至《いた》りて李員外《りいんがい》を懐《おも》い奉《たてまつ》り率爾《そつじ》として興《きょう》を成《な》す

野亭逼湖水　歇馬高林間
鼉吼風奔浪　魚跳日映山
暫遊阻詞伯　却望懷青關
靄靄生雲霧　惟應促駕還

野亭《やてい》湖水《こすい》に逼《せま》り、馬《うま》を歇《とど》む高林《こうりん》の間《かん》
鼉《だ》吼《ほ》えて風浪《かぜなみ》を奔《はし》らせ、魚《うお》跳《は》ねて日《ひ》山《やま》に映《えい》ず
暫《しばら》く遊《あそ》ぶに詞伯《しはく》に阻《へだ》たり、却《かえ》りて望《のぞ》み青関《せいかん》を懐《おも》う
靄靄《あいあい》として雲霧《うんむ》生《しょう》ず、惟《た》だ応《まさ》に駕《が》を促《うなが》して還《かえ》るべし

＊五言律詩。韻字は上平一五刪「間・山・關・還」。

【題意】 天宝四載（七四五）の作。弟の杜穎《とえい》（→「人物説明」）が臨邑《りんゆう》（山東省徳州市臨邑県）の役人なので、杜甫はしばらく臨邑に行くことになり、その途上で歴下（山東省済南市）にある㟙山《たくざん》の湖亭に寄り李員外に挨拶をしようと思った。しかし李員外はちょうど青州（山東省青州市）に行っていて会えなかったので、李を思ううちに、にわかに詩興が湧いて

きてこの詩を作った。李員外は李之芳（前作の【題意】及び「人物説明」参照）、㟂山湖は別名を鵲山湖《じゃくさんこ》といい、前作に描かれる湖。前半は湖亭の様子を、後半は李員外への思いを述べる。詳注一―四二、鈴木注一―三八。

【現代語訳】野《の》の中《なか》に立つ楼《たかどの》は湖のすぐそばで、高い木々の中に馬を駐《と》めました。鰐《わに》が吼えるとその大きな声が風に乗って響きわたり、大波が起こって湖面を走ります。魚が飛び跳ねて波が立つと陽光が反射して山が輝きます。しばらくここで楽しもうにも詩の大家《たいか》のあなた様と遠く離れているのがどうにも残念で、振り返って滞在していらっしゃる青関の方角を眺めております。そこは雲や霧が湧いてたなびいているばかりでございます。どうか馬車を急がせて早くお帰りになって下さい。

■語釈

○**鼉**　ワニの一種。体長は二～三メートルあり、太鼓のような声で吼える。『李寿松注』三六頁は、ヨウスコウワニとする。○**暫遊**　今回の短い旅行。臨邑に行く途中、㟂山の湖亭に来ていること。鈴木注は㟂山の湖亭からさらに臨邑に行く旅とする。○**詞伯**　詩の大家。ここでは李員外を指す。○**青關**　青州の関。臨邑の近くにある要衝の地。○**靄靄**　雲や霧がたなびくさま。○**惟應促駕還**　李員外の帰還を期待する。鈴木注は「還るなるべし」と読んで、李が帰ることを推量していると解し、『吉川注』筑摩版第二冊は「還る」のは杜甫が李のもとへ帰ることとする。

［市川］

〇〇二四

贈李白

秋來相顧尙飄蓬
未就丹砂愧葛洪
痛飮狂歌空度日
飛揚跋扈爲誰雄

李白《りはく》に贈《おく》る

秋来《あきき》たりて相《あ》い顧《かえり》みれば尚《な》お飄蓬《ひようほう》
未《いま》だ丹砂《たんさ》に就《つ》かずして葛洪《かっこう》に愧《は》ず
痛飲狂歌《つういんきようか》空《むな》しく日《ひ》を度《わた》る
飛揚跋扈《ひようばっこ》誰《た》が為《ため》に雄《ゆう》なる

＊七言絶句。韻字は上平一東「蓬・洪・雄」。

【題意】 天宝四載（七四五）の秋、一緒に旅を続けていた李白（↓「人物説明」）と別れる頃の作。失意のうちに旅を続けていることを悲しみ、李白のように豪快な人物の不遇を惜しむ。詳注一―四三、鈴木注一―三九。

【現代語訳】 秋になってふと二人で顔を見合わせれば相い変わらず風の吹くままにさすらっている。仙薬を作るための丹砂はまだ見つからず、ちゃんと手に入れたであろう葛洪《かっこう》に顔向けができない。あなたが大いに酒を飲みとり憑かれたように詩を詠っているうちに月日ばかりが過ぎていった。空に浮かび大海に跳ねるように豪快なあなたは、いったい誰のためにこれほど雄々しいのか。

■語釈

○**秋來**　秋になって。一説に、秋からかけて（鈴木注）。○**飄蓬**　ころがっていく蓬。「蓬」は草の名で、砂地に生え、秋になると根が切れて風に吹かれてころがっていく。居所が定まらない生活の比喩。○就　鈴木注は「丹砂の産する地方に就く」とし、目加田注は、「地方にゆく」（目加田誠『杜甫』集英社）、吉川注は「成就」（『吉川注』筑摩版第二冊）とする。○丹砂　赤い砂。仙薬の材料。李白は仙界にあこがれていた。○葛洪　東晋の人。号は抱朴子。神仙術を好み、交趾《こうし》（ベトナム北部）に丹砂が出ると聞いて、県令となって仙薬を作ろうとした（『晋書』巻七二「葛洪伝」）。○痛飲狂歌　浴びるほど酒を飲んで、とり憑かれたように詩を詠じる。〇〇三六に「李白《りはく》は一斗《いっと》にして詩《し》は百篇《ひゃっぺん》」。○飛揚跋扈　「飛揚」は、浮揚すること。「跋扈」は、大魚が尾を水に打ちつけて跳ねるさま。意志や気力が強いことをいう。本詩の後半は、暗に李白を戒める意味も含む。一説に、この詩は全体として李白とともに杜甫自身についてもいう（鈴木注）。

［市川］

與李十二白同尋范十隱居　〇〇二五

李侯有佳句　往往似陰鏗
余亦東蒙客　憐君如弟兄
醉眠秋共被　攜手日同行
更想幽期處　還尋北郭生
入門高興發　侍立小童清
落景聞寒杵　屯雲對古城

李十二白《りじゅうにはく》と同《とも》に范十《はんじゅう》の隠居《いんきょ》を尋《たず》ぬ

李侯佳句有《りこうかくあ》り、往往《おうおう》にして陰鏗《いんこう》に似《に》たり
余《わ》れも亦《ま》た東蒙《とうもう》の客《かく》、君《きみ》を憐《あわ》れむこと弟兄《ていけい》の如《ごと》し
酔眠《すいみん》して秋《あき》に被《ひ》を共《とも》にし、手《て》を携《たずさ》えて日〻《ひび》に行《こう》を同《とも》にす
更《さら》に幽期《ゆうき》の処《ところ》を想《おも》い、還《ま》た北郭生《ほくかくせい》を尋《たず》ぬ
門《もん》に入《い》れば高興《こうきょう》発《はつ》し、侍立《じりつ》小童《しょうどう》清《きよ》し
落景寒杵《らくえいかんしょ》を聞《き》き、屯雲《ちゅんうん》古城《こじょう》に対《たい》す

向來吟橘頌　誰與討蓴羹　　向来《きょうらい》 橘頌《きつしょう》を吟《ぎん》ず、 誰《たれ》か与《ため》に蓴羹《じゅんこう》を討《もと》めん
不願論簪笏　悠悠滄海情』　　簪笏《しんこつ》を論《ろん》ずるを願《ねが》わず、 悠悠《ゆうゆう》たり滄海《そうかい》の情《じょう》

＊五言排律。韻字は下平八庚「鏗・兄・行・生・清・城・羹・情」。

【題意】　天宝四載（七四五）の秋、李白（↓「人物説明」）とともに兗州《えんしゅう》（山東省）の北の郊外に隠居していた范某《なにがし》のもとを訪れて詠んだ詩。李十二白の十二と、范十の十は排行（↓「用語説明」）。范某の名や事績については未詳。なお、李白にも「魯城《ろじょう》の北《きた》の范居士《はんこじ》を尋《たず》ねて道《みち》を失《うしな》い、蒼耳《そうじ》の中《うち》に落《お》つ。范《はん》の置酒《ちしゅ》して蒼耳《そうじ》を摘《つ》むを見《み》ての作《さく》」という詩があり、范某を訪問した時の様子を知ることができる。詳注一-四五、鈴木注一-四一。

【現代語訳】　李白殿には優れた詩句が多く、しばしば陰鏗《いんこう》の詩を彷彿とさせる。私も蒙山《もうざん》の辺りに身を寄せているが、あなたのことを実の兄弟のようにお慕いしている。酔っぱらった秋の夜は一枚のかけ布団で一緒に寝て、毎日のように手を繋いで出歩いた。』

さらに訪ねる約束をしてあった幽幻な場所を思い出し、北の郊外に住む范先生のところに会いに行った。家の門をくぐると高雅な趣きがあり、そばに侍る召使いの少年も清々《すがすが》しい雰囲気だ。やがて日は沈み寒々とした砧《きぬた》の音が聞こえ、古びた城壁と向かいあうように雲が集まってきた。』

かねてより私は自分の変わらない本性を讃える「橘頌《きつしょう》」の歌を好んで吟じてきた、ジュン

サイの吸い物が食べたいといって官を辞め故郷に帰った張翰《ちょうかん》のように世俗を棄てることができるのは誰だろう、私たち二人だ。官界の話題など口にしたくはない、私の心は遥か彼方の大海原に惹かれているのだ。』

■語釈

○**侯**　官人に対する尊称。このとき李白は官を離れているが、前年まで翰林供奉として玄宗（↓「人物説明」）の朝廷に仕えていたことを尊重し、このように呼んだ。○**陰鏗**　南朝・陳の詩人。五言詩を得意とし、当時名声を博した。○**東蒙**　蒙山の別名。魯（山東省）の東部にあるのでこう呼ばれる。杜甫がいる兗州は、蒙山がある沂州《ぎしゅう》（山東省）と接しているので「東蒙《とうもう》の客《かく》」と自称した。畳韻語「トウモウ」。○**被**　かけ布団。○**攜手**　手を繫ぐ。友情の表れ。『詩経』邶風《はいふう》「北風」に「恵《けい》して我《わ》れを好《この》み、手《て》を携《たずさ》えて同行《どうこう》す」。○**北郭生**　范十を指す。北郭は北の郊外。范十が魯城（山東省兗州市）の北郊に隠居していたことは【題意】に引いた李白詩の詩題からもわかる。○**寒杵**　杵《きね》で衣を打つ寒々しい音。布を柔らかくし、艶《つや》を出すために、砧《きぬた》（石や木の台）の上に衣をのせて杵で打つ音は秋の夜の風物だった。○**古城**　兗州、もしくはその城壁。兗州はいにしえの九州の一。○**橘頌**　『楚辞《そじ》』九章の一篇。戦国・楚の屈原《くつげん》の作とされる。深く地に根ざして移植が難しい橘《たちばな》の性質を賛美し、節《せつ》を枉《ま》げまいとする誓いを述べたもの。橘は屈原自身を寓する。○**蓴羹**　ジュンサイの吸い物。西晋の張翰《ちょうかん》は洛陽で斉王《せいおう》の司馬冏《しばけい》に仕えていたが、ある秋の日、故郷である呉の名産の「蓴羹」と鱸魚《ろぎょ》のなますを思い出し、官を辞して帰郷した（『晋書』巻九二「張翰伝」）。○**簪笏**　冠を髪に固定するのに用いるかんざしと、朝見《ちょうけん》の時に手に持つ板。官吏の象徴。○**悠悠**　遥か遠いさま。○**滄海情**　神仙の住む大海原に惹かれる心。「滄海」は脱俗した空間の象徴。

〔遠藤〕

〇〇二六

鄭駙馬宅宴洞中

鄭駙馬《ていふば》の宅《たく》にて洞中《どうちゅう》に宴《えん》す

主家陰洞細煙霧
留客夏簟青琅玕
春酒杯濃琥珀薄
冰漿碗碧瑪瑙寒
誤疑茅堂過江麓
已入風磴霾雲端
自是秦樓壓鄭谷
時聞雜佩聲珊珊

主家《しゅか》の陰洞《いんどう》煙霧《えんむ》細《こまや》かなり
客《かく》を留《とど》めて夏簟《かてん》琅玕《ろうかん》青《あお》し
春酒《しゅんしゅ》杯《さかずき》に濃《こまや》かにして琥珀《こはく》薄《うす》く
氷漿《ひょうしょう》碗《わん》は碧《みどり》にして瑪瑙《めのう》寒《さむ》し
誤《あやま》りて疑《うたが》う茅堂《ぼうどう》を江麓《こうろく》に過《よ》ぎり
已《すで》に風磴《ふうとう》の雲端《うんたん》に霾《うま》るに入《い》るかと
自《おのずか》ら是《こ》れ秦楼《しんろう》鄭谷《ていこく》を圧《あつ》し
時《とき》に聞《き》く雑佩《ざっぱい》の声《こえ》珊珊《さんさん》たるを

＊七言律詩。韻字は上平一四寒「玕・寒・端・珊」。

【題意】 長安（陝西省西安市）近郊にある鄭潜曜《ていせんよう》の邸宅を夏に訪れ、洞窟の中で酒盛りをした時の様子を詠んだ詩。天宝五載（七四六）頃、長安に帰って以後の作とされる。鄭潜曜は、杜甫の親友鄭虔《ていけん》（→「人物説明」）の甥《おい》で、玄宗皇帝（→「人物説明」）の娘臨晋公主《りんしんこうしゅ》の婿《むこ》。駙馬《ふば》は皇帝の娘婿に与えられる爵位で、正式名は駙馬都尉《ふばとい》。詳注一―四六、鈴木注一―四三。

【現代語訳】公主《こうしゅ》の邸宅にある霧が薄く立ちこめる日陰の洞窟に、主人は宝玉の琅玕《ろうかん》のように青く美しい夏のむしろを敷いて客の私をもてなしてくれた。淡い色の琥珀《こはく》の杯《さかずき》には春に醸《かも》した濃厚な酒が湛えられ、碧色のひんやりした瑪瑙《めのう》の碗には冷たい飲み物が注がれる。洞窟の涼しさは川辺の森にある茅《かや》ぶきの家に立ち寄ったかのようであり、風の吹きぬける石段を登って雲の中に入りこんでしまったかのようでもある。公主の邸宅はもともと秦の弄玉《ろうぎょく》が昇天したという楼閣であり、鄭子真《ていししん》が隠棲した谷口《こくこう》の地を見下ろしている。ここではときおり上空からさらさらと佩《お》び玉《だま》のふれあう音が聞こえてくる。

■語釈

○**主家**　公主（皇帝の娘）の邸宅。○**陰洞**　日が当たらない洞窟。夏なので涼しい洞窟を宴会の場に選んだ。○**簟**　竹で編んだむしろ。○**琅玕**　青碧色をした宝玉の一種。青いむしろの美しさを琅玕になぞらえた。○**琥珀**　樹脂が長年地中に埋没して化石となったもの。澄んだ黄褐色を呈する。ここでは杯《さかずき》の材料。一説に、酒の色（『黄鶴補注』巻一七）。○**冰漿**　冷たい飲料。漿《しょう》は飲み物の総称。○**瑪瑙**　メノウ。鉱物の一種で美しい縞模様がある。ここでは碗の材料。一説に、漿の色と碗の材料とを兼ねる（『読杜心解』巻四）。○**茅堂**　茅ぶきの質素な家。○**江麓**　川辺の森。○**磴**　石を敷きつめた坂道。○**霾**　原義は風に巻き上げられた土や砂が空から降ることだが、ここでは同音の「埋」に通じ、すっぽり入りこむこと。○**自是**　以前は。○**秦楼**　春秋・秦の穆公《ぼくこう》の娘である弄玉《ろうぎょく》の住んでいた楼閣。弄玉は簫《しょう》の名人蕭史《しょうし》を好きになったので、穆公は二人を結婚させた。数年たつと、二人は簫で鳳凰の鳴きまねができるようになり、鳳凰が飛んでくるようになった。そこで穆公が鳳台という楼閣を築くと、二人はそこに籠もって降りてこなくなり、ある朝、鳳凰とともに昇天した（『列仙伝《れつせんでん》』巻上）。臨晋公主を弄玉に、鄭潜曜を蕭史になぞらえた。鄭潜曜の邸宅がある長安近郊は、かつての秦の地。○鄭谷　前漢の鄭《てい》子真《ししん》が隠棲した谷口（陝西省）の地。鄭子真はその志《こころざし》を終生曲げることなく、荒れ地を耕して隠棲し、都の評判になった（『揚子法言《ようしほうげん》』巻四「問神」）。漢代の行政区画では、谷口県と臨晋県はともに左《さひ》馮翊《ようよく》に属する。公主の封地が臨晋なので、この故事を用いた。○雑佩　数種類の佩び玉を綴り合わせたもの。衣服につける装身具。○珊珊　佩び玉がふれあって出る音。畳字の擬音語。これが聞こえるとは、仙界に身を置いている心地がすることをいう。

【補説】　頸聯《けいれん》（第五・六句）がやや難解。詳注は、第五・六句の内容が第一句の「陰洞」を承《う》けているとし、「江麓」と「雲端」は、洞窟の「清涼さ」が俗世間のものではないことをいうのだと注する。『朱鶴齢注《しゅかくれいちゅう》』巻一も、頸聯の内容を、洞窟の中の薄暗さを極端に描写したものとみなす。今はこの両説を参照して訳出した。なお頸聯を、鈴木注は洞窟を出てからさらに高い丘の上に向かう途中の実景とみなし、『吉川注』筑摩版第二冊は鄭氏の山荘にたどりつくまでの途中の経験をいうとみなす。

［遠藤］

〇〇二七

冬日有懐李白

寂寞書齋裏　終朝獨爾思
更尋嘉樹傳　不忘角弓詩

冬日《とうじつ》李白《りはく》を懐《おも》う有《あ》り

寂寞《せきばく》たり書斎《しょさい》の裏《うち》、終朝《しゅうちょう》独《ひと》り爾《なんじ》を思《おも》う
更《さら》に嘉樹《かじゅ》の伝《でん》を尋《たず》ね、角弓《かくきゅう》の詩《し》を忘《わす》れず

短褐風霜入　還丹日月遅　短褐《たんかつ》風霜《ふうそう》入《い》り、還丹《かんたん》日月《じつげつ》遅《おそ》からん
未因乗興去　空有鹿門期　未《いま》だ興《きょう》に乗《じょう》ずるに因《よ》りて去《さ》らず、空《むな》しく鹿門《ろくもん》の期《き》有《あ》り

＊五言律詩。韻字は上平四支「思・詩・遅・期」。

【題意】　天宝四載（七四五）の冬、洛陽（河南省）で李白（→「人物説明」）のことを思いつつ詠んだ詩。李白と杜甫が兗州《えんしゅう》（山東省）で別れたのは同年の秋のこと。その後、李白は江南地方へと旅し、杜甫は洛陽を経由して長安（陝西省西安市）に向かった。一説に、天宝五載（七四六）冬に長安で詠んだとも（『全訳』三頁）。詳注一‐五〇、鈴木注一‐四五。

【現代語訳】　しんと静まり返った書斎の中で、朝からずっと一人で君のことを考えていた。今一度『春秋左氏伝《しゅんじゅうさしでん》』をさがしては「嘉樹《かじゅ》」をめぐる佳話を読みなおし、韓宣子《かんせんし》が「角弓《かくきゅう》」の詩に託した友情の大切さを忘れまいと心に誓う。私の粗末な服には風や霜が沁みいるままで、仙薬の完成には長い月日がかかりそうだ。王徽之《おうきし》のように興の赴くまま君のところへ出かけることもできずにいて、一緒に鹿門山《ろくもんざん》に隠棲しようという約束ばかりが頭から去らないのだ。

■語釈
○終朝　朝からずっと。一日中。「終日」と同義。○「更尋」二句　春秋時代、使者として派遣されてきた晋の韓宣子《かんせんし》を魯の昭公《しょうこう》がもてなしたところ、韓宣子は「角弓《かくきゅう》」（『詩経《しきょう》』小雅の一篇。兄弟親類が互いに仲良くすべきことを詠う）の詩を吟じて、魯と晋の両国が今後も親しく付きあうべき意を表した。

その後、さらに魯の季武子《きぶし》の邸宅で宴が催されたが、その庭にあった「嘉樹《かじゅ》」（美しい樹木）を韓宣子が褒めたところ、季武子は「今後もこの樹を大事にして、あなたが歌った『角弓』の意を忘れないようにしたい」と答えたという（『春秋左氏伝』昭公二年）。○「短褐」二句　杜甫が自身のことを述べたと解したが、『吉川注』筑摩版第二冊のように、江南にいる李白の様子を想像して述べたのだとする説もある。○**短褐**　目のあらい布で織った丈の短い衣。貧者の服。○**還丹**　九転還丹《きゅうてんかんたん》の略称。道教で用いられる丹薬の中でも上質のもので、これを服用すれば立ちどころに昇天できるとされた。○**乗興去**　興が湧くままに行動を起こす。東晋の王徽之《おうきし》が山陰（浙江省紹興市）にいた頃、夜に大雪が降った。目覚めると外は一面の銀世界だったので、そこでふと剡《せん》（浙江省嵊州市）にいる友人の戴逵《たいき》のことを思い出し、夜中に小舟に乗って戴逵に会いに行った。一晩かけてやっと着いたが、門まで来ると、入らずに引き返してしまった。人がその理由を尋ねると、「私はもともと興に乗じて出かけたが、興が尽きたので帰ったに過ぎない」と答えた故事を踏まえる（『世説新語《せせつしんご》』任誕《じんたん》）。○**鹿門**　襄陽《じょうよう》（湖北省）にある山の名。後漢の龐徳公《ほうとくこう》がこの山に隠棲したことから（『後漢書』巻八三「龐公伝」）、隠者の住む山の代表とされる。

［遠藤］

春日憶李白

〇〇二八

白也詩無敵　飄然思不群
清新庾開府　俊逸鮑參軍

春日《しゅんじつ》　李白《りはく》を憶《おも》う

白《はく》や詩《し》に敵無《てきな》し、飄然《ひょうぜん》として思《おも》い群《ぐん》ならず
清新《せいしん》なるは庾開府《ゆかいふ》、俊逸《しゅんいつ》なるは鮑参軍《ほうさんぐん》

渭北春天樹　江東日暮雲
何時一樽酒　重與細論文
＊五言律詩。韻字は上平一二文「群・軍・雲・文」。

渭北《いほく》春天《しゅんてん》の樹《き》、江東《こうとう》日暮《にちぼ》の雲《くも》
何《いず》れの時《とき》か一樽《いっそん》の酒《さけ》もて、重《かさ》ねて与《とも》に細《こま》かに文《ぶん》を論《ろん》ぜん

【題意】　天宝五載（七四六）の春、長安（陝西省西安市）で李白（↓「人物説明」）のことを思い出しつつ詠んだ詩。詳注一―五二、鈴木注一―四六。

【現代語訳】　李白よ、あなたの詩にかなう者などおらず、浮き世を離れたその発想は抜群に優れている。清々《すがすが》しく新鮮なのは庾信《ゆしん》のようだし、才気溢れるのは鮑照《ほうしょう》のようだ。私は渭《い》水《すい》のほとりで春の木々を眺めているが、あなたは浙江《せっこう》の東で日暮れの雲を見ているだろう。いつになったら一樽《いっそん》の酒を酌み交わしつつ、再び一緒に詩について深く語りあうことができるのだろうか。

■語釈

○也　名の後に添えて親愛の情をあらわす助詞。『論語』為政に「回也不愚（回《かい》や愚《ぐ》ならず）」。**○飄然**　物事にとらわれず世俗を超越しているさま。**○清新**　さっぱりしていて新鮮。**○庾開府**　北周の庾信《ゆしん》（↓「人物説明」）。五言詩に長じた。開府儀同三司《かいふぎどうさんし》の官位を授けられたので庾開府と呼ばれる。**○鮑参軍**　南朝・宋の鮑照《ほうしょう》（↓「人物説明」）。七言の楽府詩《がふし》に長じた。**○渭北**　渭水《いすい》の北。ここでは杜甫が今いる長安の辺りを広く指す。渭水は黄河の支流で長安の北を流れる。**○春天**　春。一説に、春の空（『吉川注』筑摩版第二冊）。**○江東**　ここでは浙江の東、会稽《かいけい》（浙江省）の辺りを指す。李白が今いる

地域。○樽　酒器の一種。貯蔵用の木製の酒樽《さかだる》ではなく、金属製が一般的で、杯に酒を注ぐのに用いる。○文　ここでの「文」は詩歌を含む文学。

［遠藤］

〇〇二九

送孔巢父謝病歸游江東兼呈李白

孔巣父《こうそうほ》の病《やまい》を謝《しゃ》して帰《かえ》り江東《こうとう》に游《あそ》ぶを送《おく》り、兼《か》ねて李白《りはく》に呈《てい》す

巢父掉頭不肯住　巣父《そうほ》頭《こうべ》を掉《ふ》りて肯《あえ》て住《とど》まらず
東將入海隨煙霧　東《ひがし》のかた将《まさ》に海《うみ》に入《い》りて煙霧《えんむ》に随《したが》わんとす
詩卷長留天地閒　詩巻《しかん》長《なが》く留《とど》む天地《てんち》の間《かん》
釣竿欲拂珊瑚樹』　釣竿《ちょうかん》 払《はら》わんと欲《ほっ》す珊瑚《さんご》の樹《じゅ》
深山大澤龍蛇遠　深山大沢龍蛇《しんざんだいたくりょうだ》遠《とお》く
春寒野陰風景暮　春《はる》寒《さむ》く野《の》陰《くも》りて風景《ふうけい》暮《く》る
蓬萊織女回雲車　蓬萊《ほうらい》の織女《しょくじょ》 雲車《うんしゃ》を回《めぐ》らし
指點虛無是征路』　虚無《きょむ》を指点《してん》して是《こ》れ征路《せいろ》なりとす
自是君身有仙骨　自《おのずか》ら是《こ》れ君《きみ》が身《み》に仙骨《せんこつ》有《あ》るも
世人那得知其故　世人《せじん》那《なん》ぞ其《そ》の故《ゆえ》を知《し》るを得《え》ん

惜君只欲苦死留　君《きみ》を惜《お》しみて只《た》だ苦死《くし》して留《とど》めんと欲《ほっ》するも
富貴何如草頭露』　富貴《ふうき》何《なん》ぞ草頭《そうとう》の露《つゆ》に如《し》かん
蔡侯靜者意有餘　蔡侯《さいこう》静者《せいしゃ》にして意《い》余《あま》り有《あ》り
清夜置酒臨前除　清夜《せいや》に置酒《ちしゅ》して前除《ぜんじょ》に臨《のぞ》む
罷琴惆悵月照席　琴《こと》を罷《や》めて惆悵《ちゅうちょう》とすれば月《つき》は席《せき》を照《て》らす
幾歳寄我空中書　幾歳《いくとし》か我《わ》れに寄《よ》せん空中《くうちゅう》の書《しょ》
南尋禹穴見李白　南《みなみ》のかた禹穴《うけつ》を尋《たず》ねて李白《りはく》に見《まみ》ゆれば
道甫問訊今何如』　道《い》え甫《ほ》は問訊《もんじん》す今何如《いまいかん》と

＊七言古詩。韻字は去声七遇「住・霧・樹・暮・路・故・露」、上平六魚「餘・除・書・如」。

【題意】　制作時、制作地は前詩と同じ。孔巣父《こうそうほ》が病気を理由に官を辞し、長江の東南地域（江蘇省南部と浙江省）へと旅に出るのを見送る宴《うたげ》の席で作り、あわせて会稽（浙江省）に滞在中の李白（→「人物説明」）に宛てたもの。孔巣父は杜甫と李白共通の友人で、字《あざな》は弱翁《じゃくおう》。李白ら五人とともに徂徠山《そらいざん》（山東省）に隠居し、「竹渓《ちくけい》の六逸《りくいつ》」と呼ばれた。なお、杜甫は散文「雑述」の中でも孔巣父のことを褒め称えている。詳注一-一五四、鈴木注一-一四六。

【現代語訳】　孔巣父はかぶりを振ってこの地に留まろうとはせず、遥か東の海原《うなばら》に舟を浮かべて霧とともに漂《ただよ》おうとしている。あなたの詩集は永遠に人間世界に留まり、あなたが垂らす釣り糸はサンゴの枝をかすめることだろう。』

龍や蛇のひそむ遠い彼方の深山幽谷に向かうあなたを、曇って肌寒い春の野辺で見送れば景色は暮色に包まれてゆく。織姫《おりひめ》が蓬莱山《ほうらいざん》から雲の車をめぐらして迎えにあがり、あれがあなたの進むべき道なのだと虚空《こくう》を指さしている。』

あなたの身体には生まれつき仙人になる骨相があらわれているのに、世間の人々にはあなたが隠遁しようとしているその理由が理解できないのだ。あなたが去るのを残念がって懸命に引き留めようとしているが、あなたにとっては富と地位など草の上の露よりはかないものなのだ。』

蔡《さい》どのはもの静かな方だがあなたへの溢れる思いから、清々《すがすが》しい夜に前庭の石段の近くで酒宴を設けてくれた。琴の演奏が終わって悲しみに沈んでいると月は宴席を明るく照らしだす。あなたが私に仙界から便りをくれるのは何年後のことだろう。もし南方の禹穴《うけつ》を訪れて李白に会うことがあったなら、「今どうしているのかい、と杜甫が尋ねていたよ」といってくれないか。』

■語釈

○掉頭　頭をふる。否定や拒否の意思表示。友人たちの慰留を断った。○詩巻　詩集。『草堂詩箋』巻二によれば、孔巣父には『徂徠集《そらいしゅう》』という詩文集があり、世に出回っていたという。○釣竿　釣り竿。第二句「東将入海随煙霧」を承ける。釣りは隠者の生活を代表する行為。○珊瑚樹　樹枝の形状をした、いわゆる宝石サンゴ。その美しい色や形から、古来南方の地方で採取され、宝石として利用された。孔巣父が向かおうとしている江東（浙江省）が南方なので、ここでは南方の風物であるサンゴに言及した。○**龍蛇**　龍と蛇。『春秋左氏伝《しゅんじゅうさしでん》』襄公《じょうこう》二十一年に「深山大沢《しんざんだいたく》、実《まこと》に龍蛇《りょうだ》を生《う》む」。一説に、傑出した人物の喩えとして孔巣父に比したとも（鈴木注）。○**蓬莱**　東海にあるという神山の一つ。○**織女**　織姫《おりひめ》のことだが、ここでは借りて仙女を指す。織女星の分野《ぶんや》（天上の星座に対応する地上の地域）が孔巣父が向かおうとしている呉越（江東）に当たるので、この語を用いた。○**虚無**　虚空と同じ。前漢・司馬相如「大人《たいじん》の賦《ふ》」に「虚無《きょむ》に乗《じょう》じて上《うえ》に仮《いた》る」。○**那**　どうして。反語の語気を表す。口語的な語。○**苦死**　懸命に。しきりに。口語的な語。○**蔡侯**　蔡は姓、侯は官人に対する尊称。餞別の宴の主催者だが、詳しい事跡は不詳。○**置酒**　酒席を設ける。○**前除**　庭から家にあがる石段。○**惆悵**　失意に沈んで悲しむ様子。双声語「チュウチョウ」。○**空中書**　仙界から届けられる書簡。昔、ある少年が一人の道士のお供をし、空を飛んで蓬莱山の仙人のもとへ連れていかれた。そこで一通の書簡を預かり、また空を飛んで広陵（江蘇省）の史宗のもとに届けたという話（梁・慧皎《えこう》『高僧伝《こうそうでん》』巻一〇）を踏まえる。○**禹穴**　会稽山（浙江省）にある洞穴。伝説上の聖王である禹（↓「人物説明」）が葬られた場所とされる。

［遠藤］

〇〇三

今夕行

今夕何夕歳云徂
更長燭明不可孤

今夕行《こんせきこう》

今夕何《こんせきなん》の夕《ゆう》べぞ歳《とし》云《こ》こに徂《ゆ》く
更《こう》長《なが》く燭《しょく》明《あき》らかにして孤《そむ》く可《べ》からず

咸陽客舎一事無
相與博塞爲歡娯
馮陵大叫呼五白
袒跣不肯成梟盧
英雄有時亦如此
邂逅豈卽非良圖
君莫笑
劉毅從來布衣願
家無儋石輸百萬

咸陽《かんよう》の客舎《かくしゃ》一事《いちじ》無《な》く
相《あ》い与《とも》に博塞《はくさい》して歓娯《かんご》を為《な》す
馮陵《ひょうりょう》大《おお》いに叫《さけ》びて五白《ごはく》と呼《よ》び
袒跣《たんせん》するも肯《あ》えて梟盧《きょうろ》を成《な》さず
英雄《えいゆう》も時《ときあ》有りて亦《ま》た此《か》くの如《ごと》し
邂逅《かいこうあ》豈に即《すなわ》ち良図《りょうと》に非《あら》ずや
君《きみわら》笑う莫《な》かれ
劉毅従来《りゅうきじゅうらい》布衣《ふい》の願《ねが》い
家《いえ》に儋石《たんせきな》無きも百万《ひゃくまん》を輸《しゅ》す

＊七言古詩。韻字は上平七虞「徂・孤・無・娯・盧・圖」、去声一四願「願・萬」。

【題意】　天宝五載（七四六）の大晦日《おおみそか》の夜、咸陽《かんよう》（陝西省）の宿屋で賭け事に興じたことを詠んだ詩。「夕」は夕方ではなく晩。「行」は「うた」の意。中国では古来、大晦日の夜に寝ないで年越しをする「守歳」という風習があった。『銭注』巻一に「斉趙《せいちょう》より西《にし》に帰《かえ》り咸陽《かんよう》に至《いた》りて作《つく》る」の原注あり。詳注一―五八、鈴木注一―五一。

【現代語訳】　歳《とし》もいよいよ押し詰まった今宵は何という楽しい夜だろう、夜は長くて火も明るく灯《とも》されている、この貴重な時を無駄に過ごすわけにはいかない。咸陽の宿屋で私はすることが何もないので、同宿の人たちと一緒に博打《ばくち》を楽しむことにした。意気ごんで「全部白の目になれ」と大声で叫んだり、靴を脱ぎ肌脱ぎになって気合をかけるものの、良い賽の目はなかなか出てくれない。英雄といわれる人物でもこんな風に博打に興じる時があったのだから、ここでみなと出会ったのも天の思し召しではなかろうか。諸君、私を笑わないでおくれ。あの劉毅《りゅうき》が平民だった時の心意気を見よ、家にわずかな蓄えもないのに劉裕《りゅうゆう》と豪気に賭博をして、百万もの負けを喫しているのだから。

■語釈

〇今夕何夕　楽しい夜に詠嘆する時の常套句。『詩経』唐風「綢繆《ちゅうびゅう》」に「今夕何《こんせきなん》の夕《ゆう》べぞ、此《こ》の良人《りょうじん》を見《み》る」。また、「衛八処士《えいはちしょし》に贈《おく》る」〇三五三にも「今夕《こんせき》は復《ま》た何《なん》の夕《ゆう》べぞ、此《こ》の灯燭《とうしょく》の光《ひかり》を共《とも》にするとは」。一説に、今宵はどのような夜か、と疑問文に解する（鈴木注）。〇更　夜の時間を計る単位。ここでは広く夜の時間を指す。〇孤　機会などを見逃して無駄にする。一説に、「不可孤」を「一人ではいられない」と解する（鈴木注）。〇咸陽　渭水《いすい》を隔てて長安の北側にある町。〇博塞　さいころを使った博打の一種。〇馮陵　意気ごみが盛んな様子。畳韻語「ヒョウリョウ」。〇五白　樗蒲《ちょぼ》という博打において、五木《ごぼく》（五個の木製のさいころ。表が黒くて裏が白い）を投げて、すべて白の目が出ること。〇袒跣　肌脱ぎになり（袒）、裸足になる（跣）こと。礼儀も忘れて熱中するさま。〇梟盧　梟《きょう》は、古代の六博《りくはく》（すごろくの一種）における最良の賽の目。盧《ろ》は、樗蒲における最強の出目で、五木を投げてすべて黒の目が出ること。この句と上の句は、ともに『楚辞』「招魂」の「梟《きょう》を成《な》して牟《ぼう》せんとし、五白《ごはく》を呼《よ》ぶ」（「牟」は倍勝ちの意）を踏まえる。「招魂」の句は、六博について述べたものだが、ここでは樗蒲に打ち興じる様子を描くために、その表現を借用した。〇有時　時には。〇邂逅　人と人とが偶然に出会うこと。双声語「カイコウ」。〇**良圖**　良き因縁。〇**劉毅**　東晋の軍人。劉裕《りゅうゆう》（後の宋の武帝）と共謀して兵を挙げ、帝位の簒奪を謀った桓玄《かんげん》を滅ぼした。名を広く知られる前、数百万銭の大金を賭けて劉裕と樗蒲の勝負をしたが、劉毅がまず雉《ち》の目（五木を投げて四つが黒、一つが白の目が出ること）を出して大喜びしたところ、ついで劉裕が最強の盧の目（すべて黒）を出したので顔色を失ったという（『晋書』巻八五「劉毅伝」）。〇**布衣**　平民の着る麻布の服。転じて無官の平民を指す。〇**儋石**　（穀物などの）わずかの分量。儋は二石、石は一石。ここではわずかな蓄え。劉裕と劉毅・何無忌《かむき》等が兵を起こしたことを耳にした東晋の桓玄は、「劉毅《りゅうき》は家《いえ》に儋石《たんせき》の儲《たくわ》え無《な》きも、摴蒱《ちょぼ》は一《ひと》たびに百万《ひゃくまん》を擲《なげう》つ」といって怖気づいたという（『南史』巻一「宋本紀上」、『晋書』巻八五「何無忌伝」）。〇**輸**　賭け事に負ける。

［遠藤］

〇〇三

贈特進汝陽王二十二韻

特進群公表　天人夙徳升
霜蹄千里駿　風翮九霄鵬
服禮求毫髮　惟忠忘寢興
聖情常有眷　朝退若無憑
仙醴來浮蟻　奇毛或賜鷹
清關塵不雜　中使日相乘

特進汝陽王《とくしんじょようおう》に贈《おく》る二十二韻《にじゅうにいん》

特進《とくしん》群公《ぐんこう》の表《ひょう》、天人《てんじん》夙徳《しゅくとく》もて升《のぼ》る
霜蹄《そうてい》千里《せんり》の駿《しゅん》、風翮《ふうかく》九霄《きゅうしょう》の鵬《ほう》
礼《れい》に服《ふく》して毫髪《ごうはつ》を求《もと》め、惟《こ》れ忠《ちゅう》にして寝興《しんこう》を忘《わす》る
聖情《せいじょう》常《つね》に眷《かえり》みること有《あ》り、朝《ちょう》より退《しりぞ》くも憑《よ》る無《な》きが若《ごと》し
仙醴《せんれい》浮蟻《ふぎ》を来《き》たし、奇毛《きもう》或《ある》いは鷹《たか》を賜《たま》う
清関《せいかん》塵《ちり》雑《まじ》わらず、中使《ちゅうし》日ゞ《ひび》に相《あ》い乗《じょう》ず

晩節嬉遊簡　平居孝義稱
自多親棣萼　誰敢問山陵
學業醇儒富　辭華哲匠能
筆飛鸞聳立　章罷鳳騫騰
精理通談笑　忘形向友朋
寸長堪繾綣　一諾豈驕矜』

晩節嬉《ばんせつき》遊簡《ゆうかん》にして、平居孝義《へいきょこうぎ》称《たた》えらる
自《みずか》ら多《おお》く棣萼《ていがく》に親《した》しみ、誰《たれ》か敢《あ》えて山陵《さんりょう》を問《と》わん
学業《がくぎょう》醇儒《じゅんじゅ》富《と》み、辞華《じか》哲匠《てつしょう》能《よ》くす
筆《ふで》飛べば鸞聳《らんしょう》立《りつ》し、章《しょう》罷《や》めば鳳騫騰《ほうけんとう》す
精理《せいり》談笑《だんしょう》に通《つう》じ、形《かたち》を忘《わす》れて友朋《ゆうほう》に向《む》かう
寸長《すんちょう》繾綣《けんけん》に堪《た》え、一諾《いちだく》豈《あ》に驕《きょう》矜《きょう》せんや

＊五言排律。韻字は下平一〇蒸「升・鵬・興・憑・鷹・乗・稱・陵・能・騰・朋・矜」。

【題意】　天宝五載（七四六）頃、長安（陝西省西安市）で、特進《とくしん》の官位にあった汝陽王《じょようおう》の李璡《りしん》に贈った詩。特進は文官の官位の一つで正二品。一種の名誉職で、実際の職務はなかった。李璡は皇族で、玄宗皇帝（↓「人物説明」）の甥《おい》。開元二十九年（七四一）に父の李憲《りけん》（玄宗の長兄、謚《し》号《ごう》は譲皇帝《じょうこうてい》）が亡くなるが、その喪が明けた天宝三載（七四四）、特進の官位を加えられた。詳注一-六〇、鈴木注一-五三。

【現代語訳】　特進の位にあるあなたは貴人たちの鑑《かがみ》であり、天界の人かと思われるほどの才と早くから具わっていた徳とによって高位に昇られました。あなたは霜に覆われた千里の道を一日で駆ける駿馬《しゅんめ》のようであり、風に乗って空高くはばたく鵬《おおとり》のようでもあります。』
ほんの些細な礼法でも疎《おろそ》かにせず遵守し、忠義を尽くすあまり寝食も忘れるほどです。帝《みかど》

からはいつも特別にお目をかけられていますが、朝廷から退出した後も権勢をかさに着て威張る御様子はありません。帝からは芳醇な泡の浮く甘酒が届けられることもあれば、珍しい羽の鷹が下賜されることもございます。清らかなお屋敷の門に俗人の姿は見えず、宮中からの使者が毎日ひっきりなしに派遣されてまいります。』

お年を召されてからは御遊びも控えめになされ、平素から親兄弟へ尽くされていた孝行と義理は人々の称賛の的になっております。ご自身、ご兄弟とは非常に仲良くされており、父君の陵墓の造営については過分のこととして固辞しようとされました。あなたは豊かな学識をお持ちの純粋な儒者であり、華やかな文章を綴られる優れた文人でもあります。ひとたび筆を揮うとすっくと立ち上がった鸞鳥《らんちょう》のような筆跡が紙に浮かびあがり、文を書き終えるとその書には舞い上がる鳳凰のような勢いがございます。何気ない談笑さえも精妙な道理に裏打ちされており、友人たちとは身分の違いを忘れて交際されておられます。相手に少しでも長所があれば親しく付きあわれ、人の頼みを快諾しても決して傲慢な態度をお見せになりません。』

■語釈

○表　手本。模範。○天人　天上界の人。魏の陳思《ちんし》王曹植《おうそうしょく》（↓「人物説明」）がその才を邯鄲淳《かんたんじゅん》に「天《てん》人《じん》」と称えられた話を踏まえる（『三国志』魏志巻二一「王粲《おうさん》伝」の注に引く「魏略」）。なお〇九四七でも、杜甫は汝陽王李璡のことを「天人」と称えている。○霜蹄　霜をふむ蹄《ひづめ》。『荘子』馬蹄に「馬《うま》の蹄《ひづめ》は以《もっ》て霜雪《そうせつ》を践《ふ》む可《べ》し」。○風翮　風に乗って羽ばたく翼。○九霄　九重《きゅうちょう》の天。大空。○鵬　伝説上の巨大な鳥。おおとり。○**毫髪**　細い髪の毛。転じて、微細なこと。○**寝興**　寝ることと起きること。転じて、日常生活。○**聖情**　皇帝の御心。○**眷**　寵愛する。目をかける。○**無憑**　権勢をかさに着ることがない。一説に、頼みとする相手を失うこと（『朱鶴齢注』巻一）。その場合、主語は皇帝になる。○**仙醴**　甘酒。「仙」は美称。○**浮蟻**　酒の表面に浮かんだ泡。○**相乗**　相い次ぐ。○**嬉遊**　楽しんで遊ぶ。○**簡**　減らす。質素にする。○**自多**　みずから非常に（『全訳』三七頁）。一説に、「自《みずか》ら多《た》とす」と訓読し、汝陽王の亡き父李憲に対する玄宗皇帝の兄弟愛に、汝陽王自身がすでに十分満足していることをいう（鈴木注）。○**棣萼**　ニワウメの花。花同士が寄りあって咲くことから、仲の良い兄弟の比喩に用いられる。汝陽王とその弟である漢中王李瑀《りう》（↓「人物説明」）との仲の良さをいう。一説に、汝陽王の父李憲とその弟である玄宗とが相い親しむさま（鈴木注）。○**山陵**　陵墓。李憲の死後、玄宗は譲皇帝という諡号を贈った。長子の汝陽王は過分のこととして固辞したが、玄宗はそれを許さず、さらに李憲のために恵陵《けいりょう》という陵墓を造営した（『旧《く》唐書《とうじょ》』巻九五「譲皇帝憲伝」）。○**醇儒**　学問に専一である純粋な儒者。○**辭華**　華美な文辞。優れた詩文のこと。○**哲匠**　飛び抜けた才能を持つ文人。○**鸞**　下句の鳳とともに、伝説上の聖鳥。『佩文斎書画譜』巻一九所引『法書要録』に「(許《きょ》)圉師《ぎょし》、古《こ》蹟《せき》を見《み》ること多《おお》し。今《いま》、聖蹟《せいせき》（太宗の書跡）を観《み》るに、兼《か》ねて二《に》王《おう》（王羲之《おうぎし》・王献之《おうけんし》）を絶《しの》ぎ、鳳翥《ほうと》び鸞廻《らんめぐ》り、実《まこと》に古《こ》今《こん》の書聖《しょせい》なり」。○**聳立**　聳え立つ。この句と次句は、ともに汝陽王の書跡の美しさと力強さを称える。○**鶱騰**　空高く舞い上がる。○**忘形**　容貌や地位などにとらわれない。○**寸長**　わずかな長所。○**繾綣**　親しく付きあって離れないさま。畳韻語「ケンケン」。○**一諾**　一《ひと》たび承諾すること。前漢の季《き》布《ふ》は信義を重んじることで名を知られており、郷里の楚では「黄金百斤《おうごんひゃくきん》を得《う》るは、季《き》布《ふ》の一諾《いちだく》を得《う》るに如《し》かず」という諺が広まっていた（『史記』巻一〇〇「季布伝」）。

已忝歸曹植　何如對李膺
招要恩屢至　崇重力難勝
披霧初歡夕　高秋爽氣澄
樽罍臨極浦　鳧雁宿張燈
花月窮遊宴　炎天避鬱蒸
硯寒金井水　簷動玉壺冰
瓢飲惟三徑　巖棲在百層
謬持蠡測海　況挹酒如澠
鴻寶寧全祕　丹梯庶可凌
淮王門有客　終不愧孫登

＊韻字は下平一〇蒸「膺・勝・澄・燈・蒸・冰・層・澠・凌・登」。

已《すで》に曹植《そうしょく》に帰《き》するを 忝《かたじけな》くす、何如《いかん》ぞ李膺《りよう》に対《たい》せん
招要《しょうよう》 恩屢《おんしばしば》ゝ至《いた》り、崇重《すうちょう》 力《ちから》 勝《た》え難《がた》し
霧《きり》を披《ひら》きて初《はじ》めて歓《よろこ》ぶ夕《ゆう》べ、高秋《こうしゅう》 爽気《そうき》澄《す》む
樽罍《そんらい》極浦《きょくほ》に臨《のぞ》み、鳧雁《ふがん》張灯《ちょうとう》に宿《しゅく》す
花月《かげつ》遊宴《ゆうえん》を窮《きわ》め、炎天《えんてん》鬱蒸《うつじょう》を避《さ》く
硯《すずり》には寒《さむ》し金井《きんせい》の水《みず》、簷《のき》には動《うご》く玉壺《ぎょくこ》の氷《こおり》
瓢《ひさご》もて飲《の》み惟《た》だ三径《さんけい》、巌《いわお》に棲《す》みて百層《ひゃくそう》に在《あ》り
謬《あやま》りて蠡《れい》の海《うみ》を測《はか》るを持《じ》す、況《いわん》や酒《さけ》の澠《じょう》の如《ごと》きを挹《く》むをや
鴻宝《こうほう》寧《なん》ぞ全《まった》くは秘《ひ》せんや、丹梯《たんてい》 庶《こいねが》わくは凌《しの》ぐ可《べ》し
淮王門《わいおうもん》に客《かく》有《あ》り、終《つい》に孫登《そんとう》に愧《は》じざらん

【現代語訳】　非才の私が曹植《そうしょく》にも比すべき王族の賓客にしていただけただけでもすでに十分恐縮しております、杜密《とみつ》ほどの名声もない身でどうして李膺《りよう》のような名士のあなたのお相手がつとまりましょうか。恩情あるお招きをたびたびいただいておりますが、私を尊重して下さるご期待に応えられるか不安でございます。初めてお目にかかって歓を尽くした夜はま

るで霧が晴れて青空を目にしたような心地がいたしましたが、あれは空が高く澄み渡って空気の清々《すがすが》しい秋の日のことでございました。遥か遠い水辺で酒盛りをしていると、いつしか鴨や雁が張りめぐらせた篝火《かがりび》のそばで眠っていたものです。春には花や月を愛でつつ酒宴の楽しみを満喫し、蒸し暑い夏の日には避暑に出かけました。硯《すずり》には美しい井戸から汲み上げた冷たい水が張られ、軒端《のきば》の風鈴は玉の壺に入った氷のように涼しげな音を立てていました。』

私は門を閉ざし散歩するにしても庭の小道ぐらいのもので、ひさごで水を飲むような質素な生活をして、高い山の岩穴に隠棲している身でした。ただでさえ不相応な待遇を受けているのは何かの間違いとしか思えませんのに、ましてや澠水《じょうすい》の水ほどもある大量の酒を酌ませていただけるなど思いもよらないことでございました。あなたは秘蔵の神仙の書『鴻宝《こうほう》』をまさか隠したままにはなさらないでしょう、それを読ませていただいて仙界へと通じる赤いきざはしを登りたいものでございます。かの淮南王《わいなんおう》と同じく賓客を好んだあなたの門下に私も加えていただけましたからには、孫登《そんとう》のごときあなたのお導きに背いて恥じいるような真似は決していたしません。』

■語釈

○忝　恐縮なことに。相手から過分の待遇を受けたことに感謝し謙遜する言葉。○曹植　曹操《そうそう》の子（↓「人物説明」）。王粲《おうさん》をはじめとする当時の文人たちは彼のもとに身を寄せた。ここでは汝陽王に比する。○李膺　後漢末の名士。杜密《とみつ》と名声を等しくし、当時「李杜《りと》」と並称された。李膺を同じ李姓の汝陽王に比し、杜密を同じ杜姓の杜甫自身に比したもの。○**招要**　招邀に同じ。招いて迎える。畳韻語「ショウヨウ」。○**披霧**　霧を押し払う。初めて楽広《がくこう》の姿を目にした時の感動を、西晋の衛瓘《えいかん》は「之《こ》れを見《み》れば雲霧《うんむ》を披《ひら》きて青天《せいてん》を睹《み》るが若《ごと》し」と形容した（『世説新語《せせつしんご》』賞誉《しょうよ》）。○**樽罍**　樽《そん》も罍《らい》も酒器の一種。ここでは酒宴を指す。○**極浦**　遥か遠い水辺。○**遊宴**　酒宴を開いて遊び楽しむ。○**鬱蒸**　蒸し暑さ。○**金井**　井戸の美称。○**玉壺氷**　玉製の壺に入った氷。非常に清らかなものの比喩に用いる。南朝・宋の鮑照《ほうしょう》「白頭吟《はくとうぎん》」に「清《きよ》きこと玉壺《ぎょくこ》の氷《こおり》の如《ごと》し」。ここでは軒にぶらさげた風鈴の比喩。○**「硯寒」二句**　一説に、上句を秋の情景、下句を冬の情景とみなし、「玉壺氷」を軒端に下がったつららの比喩とみる（鈴木注）。○**瓢飲**　ひさご（ヒョウタンを半分に割って作った、飲料を入れる容器）で水を飲む。伝説上の隠者許由《きょゆう》や孔子の高弟顔回《がんかい》がひさごで水を飲んだ話が知られることから、隠者の清貧な暮らしの象徴とされる。○**三徑**　三本の小道。前漢末の蔣詡《しょうく》が、官を辞して郷里に帰ってからは門を閉ざし、庭に三本の小道を作って一生外出しなかったことから（詳注の引く魏・嵇康《けいこう》『高士伝《こうしでん》』）、隠者の暮らしの象徴。○**巖棲**　岩穴に隠棲すること。古代の隠者許由は、箕山《きざん》（河南省）の岩穴に隠棲したとされる。○**百層**　高い山。○**蠡**　ひさご。前漢・東方朔《とうぼうさく》「客《かく》の難《なん》に答《こた》う」に、身の程を知らないことの喩えとして「蠡《れい》を以《もっ》て海《うみ》を測《はか》る」。○**澠**　河川の名。今の山東省を流れる。『春秋左氏伝《しゅんじゅうさしでん》』昭公十二年に、晋侯《しんこう》と斉侯《せいこう》の宴《うたげ》の盛大さを形容して「酒《さけ》の澠《じょう》の如《ごと》き有《あ》り、肉《にく》の陵《りょう》（やま）の如《ごと》き有《あ》り」。○**鴻寶**　神仙術について書かれた秘蔵の書。前漢・淮南王劉安《りゅうあん》のところに「枕中鴻宝苑秘書《ちんちゅうこうほうえんひしょ》」という書物が秘蔵されていたという話を踏まえる（『漢書』巻三六「劉向伝」）。○**丹梯**　仙界へ通じる赤いきざはし。○**淮王**　前漢の淮南王劉安。高祖の孫に当たる。『漢書』巻四四「淮南王伝」に「賓客《ひんかく》、方術《ほうじゅつ》の士《し》数千人《すうせんにん》を招致《しょうち》す」。ここでは汝陽王に比す。○**孫登**　後漢末の隠者。かつて嵇康（↓「人物説明」）と山中に遊んだ折、「君は才に富むが識に乏しい、今の世で難を免れるのは難しいだろう」と忠告をしたが、嵇康はそれを生かせず、後に罪を得て刑死した。嵇康は獄中で「幽憤詩」を作り、「今《いま》は孫登《そんとう》に愧《は》ず」と後悔の念を述べた（『晋書』巻九四「孫登伝」）。

［遠藤］

〇〇三

贈比部蕭郎中十兄

有美生人傑　由來積德門

漢朝丞相系　梁日帝王孫

蘊藉爲郎久　魁梧秉哲尊

詞華傾後輩　風雅靄孤騫』

宅相榮姻戚　兒童惠討論

見知眞自幼　謀拙愧諸昆』

漂蕩雲天濶　沈埋日月奔

致君時已晚　懷古意空存

中散山陽鍛　愚公野谷村

寧紆長者轍　歸老任乾坤』

比部《ひぶ》の蕭《しょう》郎中《ろうちゅう》十兄《じっけい》に贈《おく》る

有美《ゆうび》の人傑《じんけつ》を生《う》むは、由来積徳《ゆらいせきとく》の門《もん》

漢朝《かんちょう》丞相《じょうしょう》の系《けい》、梁日《りょうじつ》帝王《ていおう》の孫《そん》

蘊藉《うんしゃ》郎《ろう》為《た》ること久《ひさ》しく、魁梧《かいご》哲《てつ》を秉《と》りて尊《とうと》し

詞華《しか》後輩《こうはい》を傾《かたむ》け、風雅《ふうが》靄《あい》として孤騫《こけん》す

宅相《たくそう》姻戚《いんせき》を栄《さか》えしめ、児童《じどう》討論《とうろん》を恵《めぐ》まる

知《し》らるること真《まこと》に幼《おさな》きよりし、謀《ぼう》は拙《せつ》にして諸昆《しょこん》に愧《は》ず

漂蕩《ひょうとう》雲天《うんてん》濶《ひろ》く、沈埋《ちんまい》日月《じつげつ》奔《はし》る

君《きみ》を致《いた》すは時《とき》已《すで》に晩《おそ》く、古《いにしえ》を懐《おも》いて意《い》空《むな》しく存《そん》す

中散《ちゅうさん》山陽《さんよう》の鍛《たん》、愚公《ぐこう》野谷《やこく》の村《むら》

寧《なん》ぞ長者《ちょうじゃ》の轍《わだち》を紆《ま》げん、帰老《きろう》して乾坤《けんこん》に任《まか》せん

＊五言排律。韻字は上平一三元「門・孫・尊・騫・論・昆・奔・存・村・坤」。

【題意】　天宝六載（七四七）、長安（陝西省西安市）で、比部郎中だった蕭某《しょうなにがし》に贈った詩。蕭郎中の家柄と人物とを称え、わが身の感懐を述べたもの。「甫《ほ》の従姑《じゅうこ》の子なり」という原注があることから、蕭郎中が父（杜閑《とかん》）の従姉妹《いとこ》の子であったことがわかる。十兄の「十」は排行（→「用語説明」）。比部は尚書省の刑部に属する部局の名で、郎中はその長官。会計監査を職掌とする。詳注一―六八、鈴木注一―五九。

【現代語訳】　叔母上は立派な方で傑出した人材をお生みになった、それはこれまで代々徳を積んできた由緒ある家柄のたまものである。あなたは漢王朝の丞相《じょうしょう》蕭何《しょうか》の血筋を引かれ、梁の皇帝蕭衍《しょうえん》の子孫に当たる。円満な人柄のあなたは郎中の職に就かれてすでに久しく、堂々たる体軀の内に知性を具えられ気品に満ちている。その美しい詩文は後学の徒を傾倒させ、高雅な作品はただ一人雲の高みへと天翔《あまが》けんばかり。』

あなたは晋の魏舒《ぎじょ》のように出世して親戚にも栄誉をもたらし、親族の子供たちもあなたの議論を拝聴する恩恵にあずかったものだ。あなたには実に幼い頃から目をかけていただいたが、私は世渡りが下手で、兄君《あにぎみ》がたには面目ない。』

雲の浮かぶ果てしない空の下で放浪しているうちに、世に埋もれたまま時間だけがあっという間に過ぎていった。君王を輔佐しようにも時すでに遅く、いにしえの聖なる御代《みよ》を慕う気持ちを空しく心に抱《いだ》くばかり。山陽に住んで鍛冶をした嵆康《けいこう》のように、あるいは山あいの村に住んで愚鈍な生き方を選んだ愚公のように、私も身を隠すことにしよう。あなたのような年長者にわざわざ御来訪いただくことなどとてもできない。私は故郷に帰って天地の間に身をゆだねつつ老い果てていこうと思うのだ。』

■語釈

○有美　美しき人。あるいは立派な人。原注にいう「従姑」を指す。『詩経』鄭風《ていふう》「野有蔓草」に「美《び》なる一人《いちにん》有り」。○由來　もともと。これまで。○積徳　長い年月にわたって徳行を積み重ねること。○門　家門。家柄。○漢朝丞相　前漢の初代丞相である蕭何《しょうか》。○梁日帝王　南朝の梁を建国した武帝蕭《しょう》衍《えん》。○蘊藉　度量が大きくて心穏やかなさま。○魁梧　体格が大きくて立派なさま。○秉哲　知性を心の内に秘める。『書経』酒誥に見える言葉。○風雅　『詩経』の国風《こくふう》と大雅《たいが》・小雅《しょうが》。転じて、『詩経』の精神を継ぐ高雅な詩文。○靄　雲が集まる様子。○騫　鳥などが空高く飛びあがる。○宅相　邸宅の風水の相。西晋の魏舒《ぎじょ》は若くして孤児となり、母方の親戚である寧氏《ねいし》の家で養育されたが、寧氏が邸宅を新築する際、「宅相《たくそう》」を占った風水師が「きっとこの家から身分の高い甥が輩出されるであろう」と予言したため、魏舒は「母方の一族のために私がこの『宅相』を実現させよう」と述べ、後に果たして三《さん》公《こう》の位にまで昇った故事（『晋書』巻四一「魏舒伝」）から、「宅相」は外甥《がいせい》（姉妹の子）の代称として用いられるようになる。ここでは杜甫の一族の外甥に当たる蕭郎中を魏舒になぞらえた。○兒童　子供。ここでは蕭郎中の親族の子供たち。幼少時の杜甫も含む。○見知眞自幼　杜甫が幼少の時期から。一説に、主語を蕭郎中とみなし、「あなたは実に幼い頃から世間に名を知られていた」と解する（『全訳』三六頁）。○諸昆　兄たち。蕭氏の兄弟を指す。○沈埋　世に埋もれること。落ちぶれる。○日月　太陽と月。流れる時間を象徴する。○致君　君主を輔佐して古代の聖王のような名君にする。魏・応璩《おうきょ》「従弟《じゅうてい》君苗《くんびょう》 君冑《くんちゅう》に与うるの書《しょ》」に「君《きみ》を有虞《ゆうぐ》に致《いた》し、蒸人《じょうじん》を塗《と》炭《たん》より済《すく》わんと思《おも》う（君主を舜帝のごとき名君たらしめ、人民を塗炭の苦しみから救済しようと思う）」。「致君」は杜甫の愛用語で、〇〇三五、〇八三四、一二五二、一二五四、一三六九、一四一四、一四一六にも見える。○中散山陽鍛　中散《ちゆうさん》は魏の嵇康《けいこう》（↓「人物説明」）。中散大夫の官にあったのでこう呼ばれる。嵇康はまだ貧しかった頃、山陽（河南省）に住んでおり、夏になると庭の柳の下で鉄を打って生計にあてていた（『晋書』巻四九「嵇康伝」）。○愚公野谷村　春秋・斉の桓公《かんこう》は猟で鹿を追っていて谷の中に入りこみ、見かけた老人に谷の名を聞くと「愚公の谷だ、私の名を取ってつけた」と答えた。桓公が名の由来を聞くと、老人がいうには、かつて母牛を飼っており、生まれた子牛が大きくなったので、子牛を売ってその金で子馬を買ったところ、若者に「牛は馬を生めないはずだ」と難癖をつけられ子馬を連れ去られてしまったが、その話を耳にした隣人から「愚かだ」といわれたので、この谷を「愚公の谷」と名づけた。桓公はこの老人を本当に愚かだと思い、帰ってこれを宰相の管仲に話すと、管仲は、「その老人は、斉の刑罰が公正でないので、若者の横暴に関わるまいと、馬を与えたに過ぎない」といった（『説苑《ぜいえん》』政理）。○紆長者轍　「紆轍」は乗り物を迂回させてわざわざ立ち寄ること。人の来訪を敬っていう表現。○帰老　郷里に帰ってその地で年老いる。

［遠藤］

〇〇三三　奉寄河南韋尹丈人

有客傳河尹　逢人問孔融
青囊仍隱逸　章甫尙西東
鼎食分門戶　詞場繼國風

河南《かなん》の韋尹丈人《いいんじようじん》に寄《よ》せ奉《たてまつ》る

客有《かくあ》りて伝《つた》う河尹《かいん》は、人《ひと》に逢《あ》えば孔融《こうゆう》を問《と》い
青囊《せいのう》は仍《な》お隠逸《いんいつ》し、章甫《しようほ》は尚《な》お西東《せいとう》するかと
鼎食《ていしよく》門戸《もんこ》を分《わ》かち、詞場国風《しじようこくふう》を継《つ》ぐ

尊榮瞻地絕　疏放憶途窮』
濁酒尋陶令　丹砂訪葛洪
江湖漂短褐　霜雪滿飛蓬
牢落乾坤大　周流道術空
謬慚知薊子　眞怯笑揚雄』
盤錯神明懼　謳歌德義豐
尸鄉餘土室　誰話祝鷄翁』
＊五言排律。韻字は上平一東「融・東・風・窮・洪・蓬・空・雄・豐・翁」。

尊栄地《そんえいち》の絶《た》ゆるを瞻《み》、疏《そ》放《ほう》途《みち》の窮《きゅう》するを憶《おも》う
濁酒陶令《だくしゅとうれい》を尋《たず》ね、丹砂《たんさ》葛洪《かっこう》を訪《と》う
江湖《こうこ》短褐《たんかつ》を漂《ただよ》わせ、霜雪《そうせつ》飛蓬《ひほう》に満《み》つ
牢落乾坤大《ろうらくけんこんだい》にして、周流《しゅうりゅう》道術《どうじゅつ》空《むな》し
謬《あやま》りて慚《は》ず薊子《けいし》を知《し》るに、真《まこと》に怯《おび》ゆ揚雄《ようゆう》を笑《わら》うを
盤錯神明《ばんさくしんめい》懼《おそ》れ、謳歌《おうか》す徳義《とくぎ》の豊《ゆたか》なるを
尸郷土《しきょうど》室《しつ》を余《あま》す、誰《たれ》か話《かた》らん祝鶏翁《しゅうけいおう》

【題意】　天宝七載（七四八）、長安（陝西省西安市）の近郊で当時河南府の尹《いん》（↓「用語説明」）であった韋済《いせい》に宛てて書き送った詩。「丈人」は、年長者に対する敬称。原注に「甫《ほ》の故廬《ころ》は偃師《えんし》に在《あ》り、韋公《いこう》の頻《しき》りに訪問《ほうもん》する有《あ》るを承《う》く。故《ゆえ》に下句《かく》有《あ》り」（「故廬」は、もともと住んでいた家の意）とあることから、偃師県（洛陽の東三〇キロ）にあった杜甫の留守宅を、韋済がしばしば訪ねていたことがわかる。「下句」とは末尾の二句のこと。一説に、杜甫が最晩年、湖南を流浪中の作とも（『九家注』巻一八）。詳注一―六、鈴木注一―六三。

【現代語訳】　ある人の話によると河南府の長官の韋済《いせい》殿が、幼い孔融《こうゆう》のような若輩者の私について誰かに会うたびに消息を尋ね、青い袋をさげ相い変わらず隠者の暮らしをしてるの

かい、章甫《しょうほ》の冠をかぶり依然としてあちこち放浪してるのかい、などと仰《おっしゃ》っていたとか。あなたは鼎《かなえ》を並べて豪勢な食事をされている立派な御一族の生まれであり、詩壇では文学の根本である『詩経』の伝統を継承する者とみなされています。隔絶した高い地位で名声を博しているあなたを私はただ仰ぎ見るばかりですが、気ままに暮らして行き詰まっている私のことをあなたは忘れずにいて下さいます。』

私はにごり酒を愛した隠者の陶淵明《とうえんめい》のもとを訪《たず》ねたり、丹砂《たんさ》を探し歩いている道士の葛洪《かっこう》のもとを訪《おとず》れたりしています。粗末な服を着て世の中を放浪し、ぼさぼさの髪は雪や霜のように真っ白です。広大な天地の間ですっかり落ちぶれてしまい、さすらっているうちに身につけた方術も無用のものとなってしまいました。もったいなくもかの蓟子訓《けいしくん》に比すべき知遇をあなたから受けたのは誠にかたじけないことでしたが、かの揚雄《ようゆう》のように人から嘲笑されるのではないかと誠に不安に思っております。』

困難な事案を果断に処置するあなたの行政手腕は天の神もひれ伏すほどであり、民衆はあなたのすばらしい人徳と信義を歌にして褒め称えています。穴倉のように粗末な留守宅を尸郷《しきょう》の地に残したままさすらっている、仙人の祝鶏翁《しゅうけいおう》のごとき私のことを話題にして下さるのはあなた以外に誰がいましょうか。』

■語釈

○河尹　河南府の尹《いん》。韋済《いせい》を指す。○孔融　後漢末の文人。一〇歳のとき、河南府の尹であった名士李《り》膺《よう》のもとを訪れ、交わりを結んだ（『後漢書』巻七〇「孔融伝」）。ここでは同じ河南府の尹である韋済を李膺に、自分自身をまだ若くて名声を得る前の孔融に喩える。○**青嚢**　方術に関する書物を入れる青い袋。西晋の郭璞《かくはく》は郭公《かくこう》という人物から教えを受け、「青嚢中《せいのうちゅう》の書《しょ》」を授かって、五行《ごぎょう》や卜筮《ぼくぜい》の術に通じるようになった（『晋書』巻七二「郭璞伝」）。○**章甫**　冠の一種。孔子がこれをかぶったことから（『礼記《らいき》』儒行）、儒者の象徴。○**西東**　あちこち放浪すること。『礼記』檀弓《だんぐう》上に「丘《きゅう》や東西南北《とうざいなんぼく》の人《ひと》なり」。「丘」は孔子の名。○**鼎食**　鼎を並べて食事をする。豪勢な食事。「鼎」は、三つの足と二つの耳を持つ青銅製の器。○**分門戸**　二つの屋敷に分かれて住むほど一族の勢力と規模が大きい。「分」を「為」に作るテキストがあるが（『宋本杜工部集』巻九など）、それだとこの句は「鼎を並べて食事をとるほど高貴な家柄である」の意。○**國風**　『詩経』に収められた各地方の歌謡。ここでは転じて『詩経』そのもの。儒教の経典であり、文学の根本とされた。韋済は若年の頃から詩文の才能で世に名を知られていた（『旧唐書』巻八八「韋済伝」）。○**尊榮**　身分が高く名声のあること。○**疏放**　放縦なさま。気まま。○**途窮**　道が行き詰まる。逆境にあることの喩え。魏の阮籍《げんせき》（↓「人物説明」）が車を気ままに走らせては袋小路に行き着くたびに慟哭した故事を踏まえる（『晋書』巻四九「阮籍伝」）。○**陶令**　東晋の陶淵明《とうえんめい》（↓「人物説明」）。彭沢《ほうたく》県（江西省）の県令を辞してから郷里で隠遁生活を始めた。○**丹砂訪葛洪**　丹砂は仙薬の原料として珍重された鉱物（水銀の原料）。葛洪《かっこう》は東晋の学者。神仙術を好み、交趾《こうし》（ベトナム北部）に丹砂が出ると聞いて、県令となって仙薬を作ろうとした（『晋書』巻七二「葛洪伝」）。○**江湖**　世の中。世間。○**短褐**　粗末な麻布で作られた、丈の短い服。貧者の服。○**飛蓬**　乱れてぼさぼさの髪。風に飛ばされる蓬（ムカシヨモギの類）に似ていることから。○**牢落**　落ちぶれる。双声語「ロウラク」。○**周流**　各地をさすらう。『論衡』巻八「儒増」に「孔子《こうし》世《よ》に容《い》れらるる能《あた》わず、七十余国《しちじゅうよこく》を周流遊説《しゅうりゅうゆうぜい》す」。畳韻語「シュウリュウ」。○**道術**　道家の不思議な術。第三句の「青嚢」を承ける。○**薊子**　薊子訓《けいしくん》のこと。後漢の方術士で、不思議な術を心得ており、都に着くと待ちわびた政府の高官たちがひっきりなしに彼を接待した（『後漢書』巻八二下「薊子訓伝」）。○揚雄　前漢末の文学者（↓「人物説明」）。『易経』を模して『太玄経《たいげんきょう》』を執筆したところ、人の嘲《あざけ》りを受けたので「解嘲《かいとう》」を著して反駁した（『漢書』巻八七下「揚雄伝下」）。○盤錯　「盤根錯節《ばんこんさくせつ》」の略。曲がりくねった木の根と、入り組んだ木の節《ふし》。複雑で対処するのが困難な事柄の喩え。匪賊の巣窟となっていた朝歌《ちょうか》県（河南省）の長官に赴任した後漢の虞詡《ぐく》が、「槃根錯節《ばんこんさくせつ》に遇《あ》わざれば、何《なに》を以《もっ》て利器《りき》たるを別《わか》たんや（困難な状況に遭遇しなければ、どうやって鋭い刃物のような能力を試すことができよう）」と述べた故事から（「槃」は「盤」と同義）。虞詡はその後見事に匪賊を掃討し、仁政を称えられた（『後漢書』巻五八「虞詡伝」）。○尸郷　地名。題下の原注にその名が見えた偃師《えんし》県に属す。ここでは借りて杜甫の留守宅がある偃師を指す。○土室　山の崖を掘って造った住居。杜甫の住まい。題下の原注によると、杜甫の留守中に韋済がしばしばここを訪問していた。○祝鶏翁　仙人の名。尸郷《しきょう》の北山の麓に住み、千羽の鶏を飼っていた（『列仙伝』巻上）。ここでは杜甫自身の喩え。「祝《しゅう》」は鶏を呼び集める時の掛け声。

［遠藤］

〇〇三四

贈韋左丞丈濟

左轄頻虛位　今年得舊儒
相門韋氏在　經術漢臣須
時議歸前烈　天倫恨莫俱

韋《い》左丞丈済《さじょうじょうせい》に贈《おく》る

左轄《さかつ》頻《しき》りに位《くらい》を虚《むな》しくするも、今年旧儒《こんねんきゅうじゅ》を得《え》たり
相門《しょうもん》　韋氏《いし》在《あ》り、経術《けいじゅつ》　漢臣《かんしん》須《もと》む
時議《じぎ》前烈《ぜんれつ》に帰《き》するも、天倫《てんりん》倶《とも》にする莫《な》きを恨《うら》む

鴒原荒宿草　鳳沼接亨衢
有客雖安命　衰容豈壯夫
家人憂几杖　甲子混泥塗
不謂矜餘力　還來謁大巫
歳寒仍顧遇　日暮且踟躕
老驥思千里　饑鷹待一呼
君能微感激　亦足慰榛蕪

鴒原《れいげん》に宿草《しゅくそう》荒《あ》るるも、鳳沼《ほうしょう》は亨衢《こうく》に接《せっ》す
客《かく》有《あ》り命《めい》に安《やす》んずと雖《いえど》も、衰容《すいよう》豈《あ》に壮夫《そうふ》ならんや
家人《かじん》几杖《きじょう》を憂《うれ》え、甲子《こうし》泥塗《でいと》に混《こん》ず
謂《おも》わず余力《よりょく》を矜《ほこ》りて、還《ま》た来《き》たりて大巫《だいふ》に謁《えっ》せんとは
歳寒《としさむ》くして仍《な》お顧遇《こぐう》せられ、日暮《ひく》れて且《か》つ踟躕《ちちゅう》す
老驥《ろうき》千里《せんり》を思《おも》い、饑鷹一呼《きよういっこ》を待《ま》つ
君《きみ》能《よ》く微《わず》かに感激《かんげき》すれば、亦《ま》た榛蕪《しんぶ》を慰《なぐさ》むるに足《た》らん

＊五言排律。韻字は上平七虞「儒・須・倶・衢・夫・塗・巫・躕・呼・蕪」。

【題意】　天宝七載（七四八）の冬、長安（陝西省西安市）で尚書左丞《しょうしょさじょう》の韋済《いせい》に贈った詩。前半で韋済の尚書左丞就任を慶賀し、後半で自身の不遇を訴えて引き立てを求める。韋済は同年に河南の尹《いん》となり、さらに尚書左丞に栄転した（『旧唐書』巻八八「韋済伝」）。ただし近年発見された韋済の墓誌銘によれば、韋済が河南の尹から尚書左丞に栄転したのは天宝九載（七五〇）であり、その場合、本詩及び「韋《い》左丞丈《さじょうじょう》に贈《おく》り奉《たてまつ》る二十二《にじゅうに》韻《いん》」**〇〇三五**は天宝九載以降の作となる。尚書左丞の官位は正四品上。尚書省（↓「用語説明」）の長官と副官を輔佐し、尚書右丞とともに中央行政機構を統括して、罪のある官吏を弾劾し、省内の風紀を正すことを職掌とする。「丈」は、年長者に対する敬称。詳注一―七一、鈴木注一―六六。

【現代語訳】　尚書左丞の職位は適任者を得がたく空《あ》いていることが多いのですが、本年は幸いにも経験豊富な儒者であるあなたがその地位に就くことができました。代々宰相を輩出している家柄といえば韋氏一族の存在がまず思い浮かびますし、経学に通じた人材としては漢の臣下であった韋賢《いけん》父子のような方々こそ今の世に必要なのです。父祖のすばらしい功績によってあなたは左丞の地位を得たと世論は取り沙汰しておりますが、ただ兄君《あにぎみ》があなたと一緒に栄達できなかったことは残念な限りです。亡くなられた兄君のお墓には雑草が久しく生い茂っていますが、あなたはというと尚書左丞を拝命し、出世街道を進んで宰相の地位もすぐそこに迫っています。』

長安に寓居している私は運命を静かに受け入れるつもりでおりますが、こんなにやつれた顔かたちでは立派な男とはいえますまい。家族が脇息《きょうそく》や杖の心配をするほどに年老いた私は、長い歳月を泥にまみれながら惨めに過ごしてきました。ところがこのたび思いがけなくも余力で磨いてきた文学の才を恃《たの》んで、再び大先達《だいせんだつ》のあなたに謁見しに参ることになりました。年の暮れが迫っても依然としてあなたは私に目をかけ手厚く待遇して下さいますので、人生の黄昏《たそがれ》を迎えてもなおここを立ち去りがたく感じるのです。』

私は年老いた駿馬《しゅんめ》のように千里を駆ける気持ちを失っておらず、飢えた鷹《たか》のように呼び声がかかるのを待っています。あなたが少しばかり心を動かして下さったなら、それだけでも草木に埋もれているように惨めな私は十分に力づけられることでしょう。』

■語釈

○左轄　尚書左丞の雅称。○舊儒　経験の豊富な老齢の儒者。ここでは韋済のこと。○相門韋氏在　「相門」は、宰相を輩出している家柄。韋済の祖父韋思謙《いしけん》、父の韋嗣立《いしりつ》、伯父の韋承慶《いしょうけい》はいずれも宰相の位に昇った（『旧唐書』巻八八「韋思謙伝」）。○經術漢臣須　「経術」は経学と同義で、儒教の経典に基づいた学問のこと。前漢の韋賢《いけん》は広く経学に精通しており、七〇歳を過ぎて丞相になった。息子の韋《い》玄成《げんせい》も経学に通じていたことから昇進して丞相となった（『漢書』巻七三「韋賢伝」）。ここでは韋済の一族を韋賢父子に重ね合わせている。○時議　当時の人々が一般に唱える意見。世論。○前烈　先祖の功績。鈴木注は「前烈」を韋済の兄韋恒《いこう》を指すとし、尚書左丞の位にはすでに功績のある韋恒を充てるのがよいということに世論が帰着したと、この句を解釈する。○天倫　兄弟。ここでは韋済の兄韋恒。高官を歴任した後、陳留郡の太守となったが、赴任前に亡くなった（『旧唐書』巻八八「韋恒伝」）。○鴒原　野原にいるセキレイ。『詩経』小雅「常棣《じょうてい》」に「脊令原《せきれいはら》に在《あ》り、兄弟《けいてい》に急難《きゅうなん》あり」。「脊令」は鶺鴒と同じでセキレイのこと。セキレイは水鳥であって野原では生きられないことから、「鴒原《れいげん》」は急難に遭った兄弟の比喩となる。ここでは韋済の兄韋恒の逝去を指す。○宿草　古い根から新たに生えた草。『礼記《らいき》』檀弓《だんぐう》上に「朋友《ほうゆう》の墓《はか》、宿草《しゅくそう》有《あ》れば哭《こく》せず」。親しい人が亡くなってから一年以上経過したことを表す。○鳳沼　中書省（↓「用語説明」）の雅称。唐以降は宰相の地位も指す。この句は、尚書左丞になったことで宰相の地位がすぐそこに近づいたことをいう。○亨衢　四方へ通じている大道。前途が開けていることの比喩。○客　故郷を離れている人。ここでは杜甫自身。○安命　運命に身を任せる。『荘子』徳充符に見える語。○几　坐る時に寄りかかったり物を置いたりする小さな机。○甲子混泥塗　長い歳月を泥にまみれながら過ごす。「甲子」は歳月。十干十二支の最初の日が原義。「混泥塗」は泥にまみれる。困窮している境涯の喩え。この句は『春秋左氏伝』襄公三十年に見える次の逸話を踏まえる。戦国・晋の悼公《とうこう》の夫人が城壁の修築に従事している人夫たちに食事をふるまった際、人夫の中に老人がいたので年齢を尋ねると、「私はつまらぬ人間で、年齢などは存じません。ただ私が生まれた年は、正月の一日が甲子（干支《かんし》の最初の日）であった年であり、それから六〇日ごとの甲子の日を四五回数えましたが、今日は最後の甲子の日から二〇日目に当たります」と答えた。この非凡な老人の存在を報告によって知った晋の家老の趙武《ちょうぶ》は、老人に「吾子《ごし》をして辱《はずかし》め泥塗《でいと》に在《あ》ること久《ひさ》しからしむ（あなたを長いこと泥まみれにさせて辱めました）」と謝罪し、老人を任用しようとした。○餘力　余力で磨いた文学の才。『論語』学而に「行《おこな》いて余力有《よりょくあ》れば、則《すなわ》ち以《もっ》て文《ぶん》を学《まな》べ」。○大巫　立派な神官。ここでは韋済を指す。張紘《ちょうこう》に自分の文章を称賛された陳琳《ちんりん》が、張紘に出した手紙の中で「所謂小巫《いわゆるしょうふ》の大巫《だいふ》に見《まみ》ゆ」と述べ、張紘を「大巫」に、自らを「小巫（若くて経験の浅い神官）」に喩えて謙遜した故事（『三国志』巻五三「張紘伝」裴松之《はいしょうし》の注に引く「呉書」）を踏まえる。○歳寒　年の暮れ。下句の「日暮」とともに、年老いて困窮していることの喩え。○且　なおも。それでもやはり。○老驥　年老いた駿馬。この句は、魏・曹操「歩出夏門行《ほしゅつかもんこう》」の「老驥《ろうき》は櫪《れき》に伏《ふ》するも、志《こころざし》は千里《せんり》に在《あ》り。烈士《れっし》は暮年《ぼねん》なるも、壮心《そうしん》は已《や》まず」を踏まえる。○饑鷹　飢えた鷹。曹操が呂布《りょふ》を評した言葉に「譬《たと》えば鷹《たか》を養《やしな》うが如《ごと》し、饑《う》うれば則《すなわ》ち用《よう》を為《な》し、飽《あ》けば則《すなわ》ち揚《あ》がり去《さ》る」（『三国志』巻七「張邈伝《ちょうばくでん》」）。○榛蕪　草木が生い茂った荒れ地。困窮した境遇の喩え。

［遠藤］

奉贈韋左丞丈二十二韻

韋《い》左丞丈《さじょうじょう》に贈《おく》り奉《たてまつ》る二十二韻《にじゅうにいん》

〇〇三五

紈袴不餓死　儒冠多誤身

紈袴《がんこ》餓死《がし》せず、儒冠《じゅかん》多《おお》く身《み》を誤《あやま》る

丈人試靜聽　賤子請具陳』

丈人《じょうじん》　試《こころ》みに静《しず》かに聴《き》け、賤子《せんし》請《こ》う具《つぶさ》に陳《の》ぶるを

甫昔少年日　早充觀國賓
讀書破萬巻　下筆如有神
賦料揚雄敵　詩看子建親
李邕求識面　王翰願爲鄰
自謂頗挺出　立登要路津
致君堯舜上　再使風俗淳』
此意竟蕭條　行歌非隱淪
騎驢十三載　旅食京華春
朝扣富兒門　暮隨肥馬塵
殘杯與冷炙　到處潛悲辛
主上頃見徵　欻然欲求伸
青冥却垂翅　蹭蹬無縱鱗』

甫《ほ》昔《むかし》少年《しょうねん》の日《ひ》、早《はや》くも観国《かんこく》の賓《ひん》に充《あ》てらる
書《しょ》を読《よ》みて万巻《ばんかん》を破《やぶ》り、筆《ふで》を下《くだ》せば神《しん》有《あ》るが如《ごと》し
賦《ふ》は料《はか》る揚雄《ようゆう》の敵《てき》なりと、詩《し》は看《み》る子建《しけん》の親《しん》なりと
李《り》邕《よう》は面《おもて》を識《し》るを求《もと》め、王翰《おうかん》は隣《となり》と為《な》るを願《ねが》う
自《みずか》ら謂《おも》えらく頗《すこぶ》る挺出《ていしゅつ》し、立《たちどこ》ろに要路《ようろ》の津《しん》に登《のぼ》らん
君《きみ》を堯《ぎょう》舜《しゅん》の上《うえ》に致《いた》し、再《ふたた》び風俗《ふうぞく》をして淳《あつ》からしめんと
此《こ》の意《い》竟《つい》に蕭 条《しょうじょう》たり、行〻《ゆくゆく》歌《うた》うは隠淪《いんりん》に非《あら》ず
驢《ろ》に騎《の》ること十三載《じゅうさんさい》、旅食《りょしょく》す京華《けいか》の春《はる》
朝《あした》には富児《ふじ》の門《もん》を扣《たた》き、暮《くれ》には肥馬《ひば》の塵《ちり》に随《したが》う
残杯《ざんぱい》と冷炙《れいしゃ》と、到《いた》る処《ところ》潜《ひそ》かに悲辛《ひしん》す
主上《しゅじょう》に頃《このご》ろ徴《め》され、欻然《くつぜん》として伸《の》ぶるを求《もと》めんと欲《ほっ》するも
青冥《せいめい》却《かえつ》て翅《つばさ》を垂《た》れ、蹭蹬《そうとう》として鱗《うろこ》を縦《ほしいまま》にする無《な》し

＊五言古詩。韻字は上平一一真「身・陳・賓・神・親・鄰・津・淳・淪・春・塵・辛・伸・鱗」。

【題意】　天宝七載（七四八）、長安（陝西省西安市）にて尚書左丞《しょうしょさじょう》の韋済《いせい》に贈った二二韻の詩。前半は自らの才能に対する強い自負心とそれとは裏腹に惨めな現在の境遇を述べ、後半

は自身の数少ない理解者である韋済に敬意を示しつつ、長安を去って東に旅立とうとしている心境を明かし、暇乞《いとまご》いの言を述べる。「丈」は、年長者に対する敬称。尚書左丞と韋済については〇〇三四の【題意】を参照。内容から見て〇〇三四よりも後の作と思われる。詳注一―七三、鈴木注一―六九。

【現代語訳】　白い薄絹《うすぎぬ》のズボンをはくような貴族の子弟は飢え死にの心配などありませんが、儒者の冠をかぶった私のような読書人は生き方を誤って落ちぶれる例がほとんどです。韋済殿よ、まずは静かにお聴きください、私《わたくし》めが詳しく事情を申し述べることをお許しいただけますよう。』

私はかつて若かりし頃、早くも科挙の受験生の一人に選ばれて上京致しました。万巻の書物をぼろぼろになるまで熟読し、ひとたび筆を下ろすと神霊の助けを得たように詩文ができあがります。賦でしたら前漢の揚雄《ようゆう》に匹敵し、詩でしたら魏の曹植《そうしょく》とも大差がないものと見積もっております。当世の大学者李邕《りよう》さえ私との面会を希望し、有名な詩人の王翰《おうかん》まで私の隣人になりたいと願うほどでした。自分でも思っておりました、才能はかなり傑出しており、あっという間に出世して政府の要職に就けるであろう、そして主君《しゅくん》を輔佐して聖天子の堯や舜を凌ぐほどの名君にし、乱れた風俗を再び純朴なものに変えてみせようと。』

この思いはあろうことか遂げられずさんざんな有《あ》り様《さま》で、隠者でもあるまいに道すがら歌を歌っている始末です。ロバの背にまたがって一三年もの間放浪し、今は春の盛りの都で旅住まいの身。朝には富豪の家の門を叩いて訪れ、夕方には肥えた馬が立てる土ぼこりの後をついて行って金持ちの御機嫌をとる毎日です。あてがわれるのは飲み残しの酒や食べ残しの冷えたあぶり肉で、どこに行っても心の中につらく悲しい気持ちを抱いていました。このほど皇帝陛下に召し出され、発揮できないでいた能力を思う存分振るう機会がにわかに訪れたのですが、結果は予想とはうらはらに青空のもとで飛び立てずにうなだれるばかり、もはや勢いを失って自由に泳ぎ回ることはかなわぬ身となっていたのです。』

■語釈

○**紈袴**　白い薄絹で作ったズボン。貴族の子弟が身に着ける。○**儒冠**　儒者がかぶる冠。読書人の象徴。○**丈人**　年長者に対する敬称。韋済を指す。○**賤子**　自分を卑下した謙称。小生。○**少年**　年が若い。青年期の年齢を指す。○**觀國賓**　推挙されて科挙の試験を受けに上京した者。『易経《えききょう》』観の卦の「国《くに》の光《ひかり》を観《み》る、用《もっ》て王《おう》に賓《ひん》たるに利《り》あり（国都の輝かしい光を眺める者は、王から賓客の待遇を受けるのがふさわしい）」を踏まえる。杜甫は二〇代前半の頃、郷里の長官に推挙されて上京し、科挙の試験を受けて落第した経歴がある。○**讀書破萬卷**　万巻の書物をぼろぼろになるまで熟読する。一説に、万巻の書物の内容をすっかり理解しつくす（詳注に引く清・張遠の説）。○**料**　推量する。見積もる。○**揚雄**　前漢末の文学者（↓「人物説明」）。賦の大家として知られる。○**敵**　匹敵する者。好敵手。○**看**　みなす。思う。上句の「料」とほぼ同義。○**子建**　魏の曹植《そうしょく》（↓「人物説明」）。子建は字《あざな》。五言詩に優れた。○**李邕**　唐の文学者（↓「人物説明」）。杜甫がこの詩を書いた頃、文壇の重鎮であった。『新唐書』巻二〇一「杜甫伝」に「少《わか》きとき貧しくして自《みずか》ら振《ふ》るわず、呉越斉趙《ごえつせいちょう》の間に客《かく》たり。李邕《りよう》は其《そ》（杜甫）の材《ざい》を奇《き》とし、先《ま》ず往《ゆ》きて之《こ》れを見《み》る」。○**王翰**　唐の詩人。その詩「涼州詞《りょうしゅうし》」はとりわけ有名。○**挺出**　才能が抜きん出ている。○**要路津**　重要な交通路に当たる渡し場。政府の要職の喩え。

○堯舜　伝説中の聖天子（↓「人物説明」）。魏・応璩《おうきょ》「従弟君苗《じゅうていくんびょう》君冑《くんちゅう》に与《あた》うるの書《しょ》」に「君《きみ》を有虞《ゆうぐ》に致《いた》し、蒸人《じょうじん》を塗炭《とたん》より済《すく》わんと思《おも》う（君主を舜のような名君にし、人民を塗炭の苦しみから救済しようと思う）」。○淳　純朴なさま。質朴で素直な様子。○竟　思いがけず。意外なことに。○蕭條　もの寂しいさま。わびしい様子。畳韻語「ショウジョウ」。○行歌　道を歩きながら歌を歌う。隠者が好む行為。○隠淪　世を避けて隠遁すること。転じて隠者を指す。畳韻語「インリン」。○十三載　他の主要なテキストは「三十載」に作る。載は年と同じ。詳注は、杜甫が開元二十三年（七三五）に科挙受験のため上京してから、天宝六載（七四七）に特別試験を受けるため再度上京するまでの一三年間を指すとする。一説に、テキストは「三十載」で正しく、ただ長い年月を表すだけの概数であるとも（『吉川注』筑摩版第一冊）。○旅食　旅先で寄食する。旅住まい。○京華　都の美称。○富児　富豪。金持ち。一説に、金持ちをいやしめていう語（『吉川注』）。○肥馬　よく肥えた馬。金持ちの乗る馬。○主上　皇帝に対する尊称。ここでは玄宗《げんそう》（↓「人物説明」）を指す。○見徴　召し出される。天宝六載（七四七）に、玄宗は詔《みことのり》を出して一芸に秀でた天下の人材を都に召し出し、特別任用試験（制科）を受けさせた。杜甫もこの試験に応じたが、宰相李林甫《りりんぽ》（↓「人物説明」）の根回しによって受験者は全員落第となった。○欻然　忽然と同じ。にわかに。たちまち。○求伸　屈していた身を伸ばそうとする。これまで発揮できないでいた能力を思う存分振るおうとすること。『易経』繋辞《けいじ》下に「尺蠖《せきかく》の屈《くつ》するは、以《もっ》て信《の》ぶるを求《もと》むればなり（シャクトリムシが体を曲げるのは、その身を伸ばそうとするためである）」。○青冥　青空の雲。転じて青空のこと。畳韻語「セイメイ」。○垂翅　鳥が飛べずに翼を垂れる。失意のさま。○蹭蹬　勢いを失う様子。畳韻語「ソウトウ」。○縦鱗　魚が自由に泳ぎ回る。特別任用試験に落ちたことを暗に示す。我が意を得ているさま。

甚愧丈人厚　甚知丈人眞
毎於百僚上　猥誦佳句新
竊效貢公喜　難甘原憲貧
焉能心怏怏　祇是走踆踆
今欲東入海　即將西去秦
尙憐終南山　回首清渭濱
常擬報一飯　況懷辭大臣
白鷗沒浩蕩　萬里誰能馴

＊韻字は上平一一真「眞・新・貧・踆・秦・濱・臣・馴」。

甚《はなは》だ丈人《じょうじん》の厚《あつ》きに愧《は》じ、甚《はなは》だ丈人《じょうじん》の真《しん》なるを知《し》る
毎《つね》に百僚《ひゃくりょう》の上《うえ》に於《おい》て、猥《みだ》りに佳句《かく》の新《あら》たなるを誦《しょう》す
貢公《こうこう》の喜《よろこ》びに窃《ひそ》かに効《なら》うも、原憲《げんけん》の貧《ひん》に甘《あま》んじ難《がた》し
焉《いずくん》ぞ能《よ》く心《こころ》怏怏《おうおう》として、祇《た》だ是《こ》れ走《はし》りて踆踆《しゅんしゅん》たらんや
今東《いまひがし》のかた海《うみ》に入《い》らんと欲《ほっ》し、即《すなわ》ち将《まさ》に西《にし》のかた秦《しん》を去《さ》らんとす
尚《な》お憐《あわ》れむ終南《しゅうなん》の山《やま》、首《こうべ》を回《めぐ》らす清渭《せいい》の浜《はま》
常《つね》に一飯《いっぱん》にも報《むく》いんと擬《ぎ》す、況《いわ》んや大臣《だいじん》に辞《じ》するを懐《おも》うをや
白鷗《はくおう》浩蕩《こうとう》に没《ぼっ》せば、万里《ばんり》誰《たれ》か能《よ》く馴《なら》さん

【現代語訳】　あなたさまの手厚い待遇は大変かたじけなく、あなたさまの真心《まごころ》は身に染みてわかっております。いつも数多《あまた》の官僚の上に立つ高貴な身分にありながら、しきりに私の出来の良い詩句の新作を口ずさんで下さいます。勝手ながら王吉《おうきつ》の出世を知った貢禹《こうう》の真似をして喜んでおりましたものの、原憲《げんけん》のような貧しい暮らしにはこれ以上甘んじていられません。どうして心中鬱々としたまま、ただあたふたと走り回ってばかりでいられましょう。今から私は東の海へと舟で漕ぎ出すべく、まもなく西の長安を離れようと思っておりますが、なおも終南山の姿がいとおしく、澄んだ渭水の岸辺の方を振り返ってしまいます。日頃

から一度めぐんでもらっただけの食事の恩にすら必ず報いるつもりでおりましたのに、ましてや大恩のある高官のもとを恩返しもできぬまま暇乞《いとまご》いせねばならない私の気持ちはいうまでもありません。けむる波間《なみま》へと白い鷗《かもめ》のように消えてしまえば、万里の彼方にいる私をもはや誰も手なずけることはできないでしょう。』

■語釈

○丈人　年長者に対する敬称。ここでは韋済を指す。○於百僚上　数多《あまた》の官僚の上にいる。尚書左丞の位の高さをいう。一説に、数多の官僚の前で、の意（『李寿松注』五三頁）。○猥　しきりに。一説に、「もったいなくも」という意の謙遜語とも（『吉川注』筑摩版第一冊）。○新　新作。一説に、内容の新鮮さを兼ねるとも（『吉川注』）。○竊　私見では。自分の考えなどを述べる際に用いる謙遜の語。○貢公　前漢の貢禹。同郷の王吉と非常に仲が良く、王吉が仕官すると、自分も近いうちに推挙されるであろうと喜び、冠の塵を払って出仕の用意をしたという（『漢書』巻七二「王吉伝」）。ここでは韋済を王吉に、自分自身を貢禹に喩える。○原憲　孔子の弟子の一人。清貧な生活を貫いたことで知られる（『史記』巻六七「仲尼弟子列伝」）。○怏怏　心に不平を抱《いだ》いて鬱々とした様子。○踆踆　ばたばたと走る様子。一説に、行きつ戻りつして逡巡《しゅんじゅん》する様子（『読杜心解』巻一之一）。○秦　戦国時代に秦の国があった地方。ここでは長安。○終南山　長安の南五〇里（約二八キロ）にある山の名。○清渭　清らかな渭水。渭水は長安の北五〇里（約二八キロ）を流れる川の名。○報一飯　一度めぐんでもらっただけの食事の恩にも必ず報いる。春秋・晋の趙盾《ちょうとん》にかつて食事をめぐんでもらった霊輒《れいちょう》が、後に命がけで恩返しをした故事が有名（『春秋左氏伝』宣公二年）。○大臣　政府の枢要な地位にいる高官。ここでは韋済。○白鷗　白いカモメ。杜甫自身に比す。○没浩蕩　もやのかかった波間《なみま》に消えてゆく。「没」を

「波」に作るテキストもあるが、北宋・蘇軾《そしょく》はこれを非とし、「没」の字に「神気（精彩）」があるのを積極的に支持する（『東坡題跋』巻二）。

［遠藤］

〇〇三六

飲中八仙歌

知章騎馬似乗船
眼花落井水底眠』
汝陽三斗始朝天
道逢麴車口流涎
恨不移封向酒泉』
左相日興費萬錢
飲如長鯨吸百川
銜杯樂聖稱避賢』
宗之蕭灑美少年
擧觴白眼望青天
皎如玉樹臨風前』

飲中《いんちゅう》八仙歌《はっせんか》

知章《ちしょう》の馬《うま》に騎《の》るは船《ふね》に乗《の》るに似《に》たり
眼花《めくら》み井《い》に落《お》ちて水底《すいてい》に眠《ねむ》る
汝陽《じょよう》は三斗《さんと》にして始《はじ》めて天《てん》に朝《ちょう》し
道《みち》に麴車《きくしゃ》に逢《あ》えば口《くち》より涎《よだれ》を流《なが》し
封《ほう》を移《うつ》して酒泉《しゅせん》に向《むか》わざるを恨《うら》む
左相《さしょう》は日《ひ》ゞ《び》興《きょう》に万銭《ばんせん》を費《つい》やし
飲《の》むこと長鯨《ちょうげい》の百川《ひゃくせん》を吸《す》うが如《ごと》し
　杯《さかずき》を銜《ふく》みて聖《せい》を楽《たの》しみ賢《けん》を避《さ》くと称《しょう》す
宗之《そうし》は蕭灑《しょうしゃ》たる美少年《びしょうねん》
　觴《さかずき》を挙《あ》げ白眼《はくがん》もて青天《せいてん》を望《のぞ》み
皎《きょう》として玉樹《ぎょくじゅ》の風前《ふうぜん》に臨《のぞ》むが如《ごと》し

＊七言古詩。韻字は下平一先「船・眠・天・涎・泉・銭・川・賢・年・天・前」。

【題意】八人の大酒飲みを仙人に見立てて歌った詩。天宝年間（七四二〜七五六）に往時を追憶して作った。詳注一-八、鈴木注一-七。

【現代語訳】賀《が》知章《ちしよう》が酔って馬に乗る様子はまるで船に心地よく揺られているかのようであり、目がちらついて井戸に落ちても気にせず水の中で眠ってしまう。』

汝陽王《じよようおう》の李璡《りしん》は三斗《さんと》の酒を飲んでからやっと朝廷に参内し、道すがら麴《こうじ》を積んだ車に出くわすと口からよだれを垂らしては、領地を酒泉に遷してもらえないのを残念がっている。』

左丞相《さじようしよう》の李適之《りてきし》は酔って心地《ここち》よくなるために毎日一万銭ものお金を使い、巨大な鯨《くじら》があらゆる川の水を吸いこむように酒を飲んで、杯《さかずき》を口にしながら「聖なる清酒はたしなむけれど賢なる濁酒は遠慮したい」などといっている。』

崔宗之《さいそうし》は垢抜けた美青年であり、酒杯をかかげては白目をむいて青空を眺め、酔っぱらったその様子は輝いて風に揺られる玉の樹のようだ。』

■語釈

○知章　賀知章（六五九〜七四四）。会稽《かいけい》（浙江省紹興市）の人。文壇の重鎮であり、政治家としても高位に昇った。川が多い江南地方出身の賀知章は船に乗り慣れているので、ここでは乗馬の様子を乗船になぞらえた。○水底　水の中。「底」はそこではなくなかの意。宇野直人「水底の眠り――詩に見える方位詞「底」の附帯観念について」（『中国詩文論叢』第六集）参照。○汝陽　李璡《りしん》（？〜七五〇）。皇族で玄宗皇帝（↓「人物説明」）の甥《おい》。汝陽（河南省）の王に封ぜられた。○**斗**　容量の単位。一斗は約五・九リットル。○**朝天**　朝廷に参内して天子に謁見する。○**麴車**　酒の原料となる麴《こうじ》を載せた車。一説に、酒を載せた車（『李寿松注』五五頁）。○**酒泉**　酒泉郡（甘粛省）。その地に酒のような味の泉が湧いたことが地名の由来。酒好きで有名な西晋の姚馥《ようふく》が、朝歌《ちょうか》（河南省）の長官に任命されたのを辞退し、酒泉に任地を遷してもらった故事を踏まえる（『拾遺記』巻九）。○**左相**　李適之《りてきし》（六九四～七四七）。天宝元年（七四二）に左丞相となったが、天宝五載（七四六）に李《り》林甫《りんぽ》（↓「人物説明」）に陥れられて辞任に追いこまれ、左遷先で死を賜った。酒を一斗飲んでも乱れないほどの酒豪で、夜《よ》ごとに宴会を開いたという（『旧唐書』巻九九「李適之伝」）。○**興**　酒興。酒に酔って気持ちよくなること。一説に、起床する（『吉川注』筑摩版第一冊）。○**銜杯樂聖稱避賢**　この句は、李適之が左丞相を辞めた直後に作った詩句「賢《けん》を避《さ》けて初《はじ》めて相《しょう》を罷《や》め、聖《せい》を楽《たの》しみて且《しばら》く杯《さかずき》を銜《ふく》む」を踏まえる。「聖」と「賢」は清酒と濁酒をそれぞれ指す隠語。魏の曹操が禁酒令を出した時、酒飲みたちは清酒を「聖人」、濁酒を「賢人」と隠語で呼んで、こっそり酒を飲んだ（『三国志』巻二七「徐邈《じょばく》伝」）。また、「避賢」には「賢人に道を譲る」という意味もある（『世説新語』黜免《ちゅつめん》）。○**宗之**　崔宗之《さいそうし》（生没年未詳）。玄宗の即位に功労のあった崔日用《さいじつよう》の子で、李白と親交があった。○**蕭灑**　洒脱。垢抜けていて俗気がない様子。双声語「ショウシャ」。○**白眼**　白目。魏の阮籍《げんせき》（↓「人物説明」）は凡俗の客が来ると白目をむいて応対したことから（『晋書』巻四九「阮籍伝」）、世俗を軽んじた傲岸不遜な目つき。○**玉樹**　玉でできた美しい樹木。魏の夏《か》侯玄《こうげん》はその美しい容姿を玉樹に喩えられた（『世説新語』容止）。

蘇晉長齋繡佛前

蘇《そ》晋《しん》は長斎《ちょうさい》す繡仏《しゅうぶつ》の前《まえ》

醉中往往愛逃禪』　酔中《すいちゅう》 往往《おうおう》にして逃禅《とうぜん》を愛《あい》す
李白一斗詩百篇　李白《りはく》は一斗《いっと》にして詩《し》は百篇《ひゃっぺん》
長安市上酒家眠　長安《ちょうあん》の市上酒家《しじょうしゅか》に眠《ねむ》る
天子呼來不上船　天子《てんし》呼《よ》び来《き》たるも船《ふね》に上《のぼ》らず
自稱臣是酒中仙』　自《みずか》ら称《しょう》す臣《しん》は是《こ》れ酒中《しゅちゅう》の仙《せん》なりと
張旭三杯草聖傳　張 旭《ちょうきょく》は三杯《さんばい》にして草聖《そうせい》と伝《つた》えられ
脫帽露頂王公前　帽《ぼう》を脱《ぬ》ぎて 頂《いただき》を露《あらわ》す王公《おうこう》の前《まえ》
揮毫落紙如雲煙』　毫《ふで》を揮《ふる》いて紙《かみ》に落《お》とせば雲煙《うんえん》の如《ごと》し
焦遂五斗方卓然　焦遂《しょうすい》は五斗《ごと》にして方《はじ》めて卓然《たくぜん》たり
高談雄辯驚四筵』　高談雄弁《こうだんゆうべん》は四筵《しえん》を驚《おどろ》かす

＊韻字は下平一先「前・禪・篇・眠・船・仙・傳・前・煙・然・筵」。

【現代語訳】　蘇晋《そしん》は仏像の刺繍の前で長い期間にわたって精進《しょうじん》しているが、しばしば酔っぱらって禅の戒律に背いてばかりいる。』

李白は一斗の酒を飲み干すうちに詩が百篇できるほどの才を持ち、長安の盛《さか》り場《ば》にある酒屋で眠りこけている。陛下に召し出されても一人で舟に乗ることすらできず、「私めは酒びたりの仙人でございます」などと自分で名乗っている。』

張旭《ちょうきょく》は酒を三杯もひっかけると「草聖《そうせい》」と評判になるような草書を書き上げ、王公貴人の前でも平気で頭巾《ずきん》をとって頭のてっぺんをむき出しにする。毛筆を揮《ふる》って紙に下ろすとたちまち字が雲や霞《かすみ》のように浮かび上がる。』

焦遂《しょうすい》は五斗の酒を飲むとようやく飛び抜けた才能がほとばしり、堂々たる議論と力強い弁舌によって満座の人々を圧倒する。』

■語釈

○**蘇晉**　玄宗の治世前期の政治家。若年より文才にも恵まれていた。開元二十二年（七三四）没。○**長齋**　長い期間にわたって肉食と飲酒を断ち、身心を清める。○**繡佛**　布地に刺繡で描き出した仏の像。○**逃禪**　禅の戒律に背く。一説に、禅の世界に逃げこむ（『九家注』巻二）。○**李白**　盛唐の詩人（↓「人物説明」）。賀知章は李白を「謫仙人《たくせんにん》（地上に追放された仙人）」と呼んでその才能を高く評価した。○**長安市上酒家眠**　玄宗が翰林供奉《かんりんきょうほう》の李白を召し出して詩を作らせようとしたところ、酒屋で泥酔していた故事を踏まえる（『新唐書』巻二〇二「李白伝」）。「市」は長安の東西に一ヵ所ずつあった盛り場、「東市」と「西市」。○**天子呼來不上船**　宮中の池で舟遊びをしていた玄宗が李白を召して文を作らせようとしたものの、泥酔していた李白は一人で舟にも乗れなかった故事を踏まえる（唐・范伝正「贈左拾遺翰林学士李公新墓碑」）。○**臣**　皇帝に対して臣下が用いる一人称代名詞。○**張旭**　盛唐の書家（↓「人物説明」）。草書を得意とした。○**草聖**　草書の達人に対する美称。後漢の張芝《ちょうし》は草書の達人として知られ、「草聖」と呼ばれた（詳注の引く『文章志』）。○**脱帽露頂**　頭巾を脱いで頭のてっぺんを露出させる。礼法に反した行為。張旭は酒に酔うたびに毛筆を揮《ふる》って大声で叫び、頭を墨に浸して髪で書した

（『唐国史補』巻上）。ここでの「露頂」は頭髪を筆代わりにして書く行為を意識したものか。○焦遂　盛唐の人物。詳しい事跡は不明。唐の袁郊《えんこう》『甘沢謡《かんたくよう》』によると、杜甫の友人孟雲卿《もううんけい》と親交があった。○四筵　四方に敷いた宴席のむしろ。転じて、そこにいる一座の人々。

［遠藤］

〇〇三七

高都護驄馬行

安西都護胡青驄
聲價欻然來向東
此馬臨陣久無敵
與人一心成大功
功成惠養隨所致
飄飄遠自流沙至
雄姿未受伏櫪恩
猛氣猶思戰場利
腕促蹄高如踣鐵
交河幾蹴曾冰裂

高都《こうと》護《ご》驄馬《そうば》行《こう》

安西都護《あんせいとご》の胡《こ》青驄《せいそう》
声価《せいか》欻然《くつぜん》として来《き》たりて東《ひがし》に向《む》かう
此《こ》の馬陣《うまじん》に臨《のぞ》みて久《ひさ》しく敵無《てきな》く
人《ひと》と心《こころ》を一《いつ》にして大功《たいこう》を成《な》す
功成《こうな》れば恵養《けいよう》せられて致《いた》す所《ところ》に随《したが》い
飄飄《ひょうひょう》として遠《とお》く流沙《りゅうさ》より至《いた》る
雄姿《ゆうし》は未《いま》だ受《う》けず伏櫪《ふくれき》の恩《おん》
猛気《もうき》は猶《な》お思《おも》う戦場《せんじょう》の利《り》
腕《わん》は促《せま》り蹄《ひづめ》は高《たか》くして鉄《てつ》を踣《ふ》むが如《ごと》く
交河《こうか》幾《いく》たびか曾氷《そうひょう》を蹴《ふ》みて裂《さ》く

五花散作雲滿身　五花《ごか》散《さん》じて雲《くも》の身《み》に満《み》つるを作《な》し
萬里方看汗流血』　万里《ばんり》方《はじ》めて汗《あせ》の血《ち》を流《なが》すを看《み》る
長安壯兒不敢騎　長安《ちょうあん》の壮児《そうじ》敢《あえ》て騎《の》らず
走過掣電傾城知　走《はし》り過《す》ぎて電《でん》を掣《ひ》くこと城《しろ》を傾《かたむ》けて知《し》る
青絲絡頭爲君老　青糸《せいし》頭《こうべ》に絡《まと》いて君《きみ》が為《ため》に老《お》ゆるも
何由却出橫門道』　何《なに》に由《よ》りてか却《かえ》って出《い》でん横門《こうもん》の道《みち》

＊七言古詩。韻字は上平一東「驄・東・功」、去声四寘「致・至・利」、入声九屑「鐵・裂・血」、上平四支「騎・知」、上声一九皓「老・道」。

【題意】　安西副都護《あんせいふくとご》であった高仙芝《こうせんし》の葦毛《あしげ》の馬を目にして作った詩。「行《こう》」は「うた」の意。「驄馬《そうば》」は白毛と黒毛が混じった葦毛の馬。天宝八載（七四九）、長安（陝西省西安市）での作。安西副都護は、西域統治と防衛のために設置された安西都護府（治所は亀茲《きゅうじ》、今の新《しん》疆《きょう》ウイグル自治区クチャ県）の副司令官で、官位は正四品上。天宝六載（七四七）、唐に背いた小勃律《しょうぼつりつ》国を高仙芝は兵を率いて討伐し、その国王を虜《とりこ》にして、天宝八載に長安に帰還した（『旧唐書』巻一〇四「高仙芝伝」）。詳注一―八六、鈴木注一―八一。

【現代語訳】　安西副都護の高仙芝《こうせんし》殿が乗っている西域由来の駿馬《しゅんめ》の青海驄《せいかいそう》は、にわかに高い評価を得て東に向かい長安にやってきた。この馬は戦場にあって長い間無敵をほこり、主人と心を一つに合わせて大きな手柄を立てたのだ。』

手柄を立ててくれたので今後は手厚く世話をしようと、そう考えた主人に連れてこられるまま、遠い砂漠の彼方から飛ぶように軽々と駆けて都に到着した。しかし雄壮なその姿は馬小屋で飼い馴らされるだけの恩寵にはまだ甘んじようとしない様子で、猛々《たけだけ》しい覇気を放ってなおも戦場で勝利することを考えているかのようだ。』

その足首は短く引き締まっていて蹄《ひづめ》は分厚く、鉄を踏みしめるような足取りで、交河《こうか》に幾《いく》重《え》にも張った氷をいったい何度踏み割ったことだろう。毛並みにはさまざまな模様が散らばって雲を全身にまとっているかのよう、万里を馳せた後《のち》にやっと血の汗を流す姿が見られるだろう。』

長安の若者たちもこの馬に乗る度胸はない、なにしろ稲妻がひらめくような速さで疾走することを町中の者が知っているのだから。青い糸で編んだ美しいおもがいをつけられて丁重に扱われ、主人の意向に沿って年を取っていったとしても、なんとかして横門《こうもん》の道から外に抜け出し、再び西域の戦場へ向かいたいという志は消えないだろう。』

■語釈
○胡青驄　西域由来の名馬の一種である青海驄。部族吐谷渾《とよくこん》の支配地である青海湖《せいかいこ》の一帯に生まれた、西域のペルシャ産の牝馬を母にもつ、一日に千里を走る名馬（『隋書』巻八三「吐谷渾伝」）。一説に、「青驄《せいそう》」は黒みが勝《か》っている葦毛の馬（『吉川注』筑摩版第一冊）。○聲價欻然　にわかに評判になる。「声価」は名声、評判。「欻然」は忽然と同じ。にわかに。一説に、「欻然」は下の「来向東」にかかり、にわかに東の方へやってきた、の意（鈴木注）。○人　馬の乗り手。ここでは高仙芝。○随所致　主人に導かれるままに。一説に、連れて行かれる先々で、の意（『吉川注』）。○飄飄　鳥などが飛翔する様子。○流沙　西域の砂漠地帯。○伏櫪　馬小屋に突っ伏す。一説に、飼《か》い葉桶《ばおけ》に頭を伏せる（『吉川注』）。いずれにせよ、名馬が活躍の機会を与えられないまま飼い馴らされている様子。魏・曹操「歩《ほ》出夏門行《しゅつかもんこう》」に「老驥《ろうき》は櫪《れき》に伏《ふ》するも、志《こころざし》は千里《せんり》に在《あ》り」。○腕促　足首が短い。名馬の条件の一つ。「腕」は、脚と蹄《ひづめ》をつなぐ湾曲した部位。○蹄高　蹄が厚い。やはり名馬の条件の一つ。○交河　交河県（新疆ウイグル自治区トルファン地区）を流れる川の名。○曾冰　幾重にも張った厚い氷。「曾」は層と同じ。○五花　馬の毛並みにある多彩な模様。一説に、馬のたてがみを五つに分けて編んだもの（『朱鶴齢注』巻一）。○汗流血　血の色の汗を流す。フェルガナ地方にあった大宛《たいえん》国で産する名馬は血のような色の汗を流し、「汗血馬《かんけつば》」と呼ばれた。○掣電　稲妻をひらめかせる。馬の速さの形容。○傾城　町中の者が。城は都市のこと。ここでは長安。○青絲　青い糸。南朝・梁・元帝「紫騮馬《しりゅうば》」に「宛《えん》転《てん》す青糸《せいし》の鞚《おもがい》」。一説に、黒い絹ひも（『吉川注』）。○絡頭　おもがい、またはそれを馬の頭につけること。おもがいは馬具の一種。馬の頭から頬にかけて装着させる組ひもで、くつわの固定や顔の装飾に用いる。○却　状況や心理、方向などの転折を表す副詞。ここでは、状況に逆らって、というニュアンス。○横門　漢代の長安にあった城門の名。北側の城壁の一番西寄りにあり、西域に向かう人はここを通った。この門の名の場合は「横」を「こう」と読む。

［遠藤］

冬日洛城北謁玄元皇帝廟

冬日洛城《とうじつらくじょう》の北《きた》にて玄元皇帝《げんげんこうてい》の廟《びょう》に謁《えっ》す　〇三八

配極玄都閟　憑高禁籞長
守祧嚴具禮　掌節鎭非常
碧瓦初寒外　金莖一氣旁
山河扶繡戸　日月近雕梁』
仙李蟠根大　猗蘭奕葉光
世家遺舊史　道德付今王』
畫手看前輩　吳生遠擅場
森羅移地軸　妙絶動宮牆
五聖聯龍袞　千官列雁行
冕旒俱秀發　旌旆盡飛揚』
翠柏深留景　紅梨迥得霜
風箏吹玉柱　露井凍銀牀』
身退卑周室　經傳拱漢皇
谷神如不死　養拙更何鄉』

極《きょく》に配《はい》して玄都《げんと》閟《と》じ、高《たか》きに憑《よ》りて禁籞長《きんぎょなが》し
守祧《しゅちょう》 厳《おごそ》かに礼《れい》を具《そな》え、掌節《しょうせつ》 非常《ひじょう》を鎮《しず》む
碧瓦《へきが》初寒《しょかん》の外《そと》、金茎《きんけい》一気《いっき》の 旁《かたわら》
山河《さんが》繡戸《しゅうこ》を扶《たす》け、日月《じつげつ》雕《ちょう》 梁《りょう》に近《ちか》し
仙李《せんり》蟠根《ばんこん》大《だい》にして、猗蘭《いらん》奕葉《えきよう》光《ひか》る
世家《せいか》は旧史《きゅうし》に遺《す》てらるるも、道徳《どうとく》は今王《きんおう》に付《ふ》す
画手《がしゅ》前輩《ぜんはい》を看《み》るに、呉生《ごせい》遠《とお》く場《ば》を 擅《ほしいまま》にす
森羅《しんら》地軸《ちじく》を移《うつ》し、妙絶《みょうぜつ》 宮《きゅう》 牆《しょう》を動《うご》かす
五聖《ごせい》龍袞《りょうこん》を聯《つら》ね、千官《せんかん》雁行《がんこう》を列《つら》ぬ
冕旒《べんりゅう》 倶《とも》に秀発《しゅうはつ》し、旌旆《せいはい》 尽《ことごと》く飛揚《ひよう》す
翠柏《すいはく》深《ふか》く景《かげ》を留《とど》め、紅梨《こうり》迥《はる》かに霜《しも》を得《え》たり
風筝《ふうそう》玉《ぎょく》 柱《ちゅう》を吹《ふ》き、露井《ろせい》銀床《ぎんしょう》 凍《こお》る
身《み》は退《しりぞ》きて周室《しゅうしつ》 卑《おとろ》うるも、経《けい》は伝《つた》わりて漢皇《かんこう》拱《こまぬ》く
谷神《こくしん》如《も》し死《し》せざれば、拙《せつ》を養《やしな》うは更《さら》に何《いず》れの郷《きょう》ぞ

＊五言排律。韻字は下平七陽「長・常・旁・梁・光・王・場・牆・行・揚・霜・牀・皇・鄉」。

【題意】 天宝八載（七四九）の冬、洛陽（河南省）の北の郊外にある老子の廟を拝観して作った詩。唐の皇室は、同じ李姓である老子（姓は李《り》、名は耳《じ》）を遠い祖先として敬《うやま》い、玄元皇帝という尊号を贈った上で、長安（陝西省西安市）、洛陽及び全国各地に老子廟を建てさせた。詳注一―八九、鈴木注一―八四。

【現代語訳】 洛陽の北にあって北極星に対応する玄元皇帝の廟は厳重に閉ざされており、高い山に築かれた建物の周囲には竹垣が長く張りめぐらされている。廟に仕える役人は作法に則っておごそかに儀礼を執りおこない、警護の役人は通行証を確かめて緊急の事態に備えている。廟の外側を覆っている瑠璃《るり》の瓦《かわら》は初冬の寒さに曝《さら》され、そばに並び立つ銅の柱は根《こん》元《げん》の気が天地を貫くかのようだ。華やかな扉は雄壮な山河に取り囲まれ、美しい梁《はり》の近くを太陽と月がめぐる。』

　庭にある神聖な李《すもも》の木は地面に巨大な根を張りめぐらし、美しい蘭の葉は絶えることなく次々と茂って日光に照り輝いている。老子の伝記は古い歴史書『史記』の「世家《せいか》」からは漏れてしまったが、その『道徳経《どうとくきょう》』の教えは今の世の皇帝に伝えられている。』

　先人の画家たちを見渡しても、呉道子《ごどうし》は遥かに傑出した存在だ。彼の壁画はこの世界のあらゆる存在を大地もろとも移動してきたかのように真に迫っており、絶妙な筆づかいによって宮殿をそのまま写し入れたかのように生き生きと描かれている。龍の御衣を召した五人の聖帝が居並び、数多《あまた》の官吏が雁《かり》のように整然と列をなして並んでいる。聖帝の冠はいずれも美しい光彩を放ち、旗さしものはみな高くひるがえってはためいている。』

柏《はく》の木々はなおも緑の葉陰《はかげ》を色濃く地面に落としており、遥か彼方では梨の木々が霜に打たれて紅《あか》く色づいた葉を散らしている。玉の柱に掛けられた琴は風に吹かれて音を鳴らし、覆いのない井戸は銀の井桁《いげた》に囲まれて凍りついている。』

老子は身を退《ひ》いて衰微した周王朝を後《あと》にしたが、『道徳経』の教えは後世に伝わって漢の皇帝はそれに恭《うやうや》しく敬意を表している。もし老子の神霊が不滅であるとすれば、今頃はいったいどの地に隠れ住んで自らの本性を保っていることやら。』

■語釈

○配極　北極星に対応させる。「極」は北極星。「配」は天文を地理に対応させること。洛陽の北に位置する地上の老子廟を、星々の運行の中心にある天の北極星に対応させることで、敬意を示した。○玄都　道教の神々が住むとされる想像上の都。老子が祀られた廟を玄都に見立てた。○閟　奥深く厳重に閉ざされる。○憑高　高い地勢に建物などを構える。玄元皇帝廟は北邙山《ほくぼうざん》（洛陽の北の郊外にある山。王侯貴人たちの墓所として有名）の上にあった。○禁籞　人の侵入を禁ずるための竹製の垣根。○守祧　廟に仕えて儀礼を管掌する役人。「祧《ちょう》」は遠い祖先を祀った廟。唐の皇室は老子を遠い祖先とみなすため、老子廟をこう呼んだ。○掌節　廟に出入りするための通行証を管掌する警護の役人。「節」は証明用の書類や割り符。○非常　非常事態。思いがけない事故。○金莖　銅の柱。前漢の武帝が不老長生を得るために建立した、承露盤（天から降る露を承けるための盤）を支える巨大な柱は「金茎」と呼ばれた。○一氣　天地や万物を構成する根元の気。○繡戸　彩色や彫刻が施された美しい扉。○雕梁　彫刻が施された美しい梁《はり》。「梁」は、柱の上部に水平方向に差し渡して屋根の重みを支える材。○仙李　神秘的な李《すもも》の木。老子は生まれてすぐに言葉を話し、李の木を指さして「此《こ》れを以《もっ》て我《わ》が姓《せい》と為《な》さん」といった（『太平広記』巻一に引く『神仙伝』）。○**蟠根**　地面に渦状に張りめぐらされた、がっしりした根。唐の皇室のルーツが老子であり、一族の土台となっていることの比喩。畳韻語「バンコン」。○**猗蘭**　美しい蘭。また、前漢の武帝が生まれた宮殿の名でもあることから、名君として知られる武帝を玄宗皇帝（↓「人物説明」）に暗になぞらえた。○**奕葉**　絶え間なく茂り続ける葉。老子の子孫である唐の皇室が代々繁栄していることの比喩。双声語「エキヨウ」。○**世家遺舊史**　古い歴史書の「世家《せいか》」から記載が漏れる。『史記』は孔子の伝記を諸侯や王の家柄の歴史を記した「世家」の部分に載せているのに対して、老子については個人の伝記を記した「列伝」の部分に載せていることをいう。○**道徳**　老子の著書とされる『道徳経』。『老子』の別称。○**今王**　現在の皇帝。玄宗を指す。開元二十一年（七三三）に玄宗は『道徳経』に自ら注をつけ、老子の教えを世に広めた（『封氏聞見記』巻一）。○**前輩**　世代が上の先人。先達。○**呉生**　唐の画家呉道玄《ごどうげん》。字《あざな》は道子。「生」は敬称。「廟《びょう》に呉道子《ごどうし》の画《えが》ける五聖《ごせい》の図有《ずあ》り」の原注あり。玄元皇帝廟の壁には呉道子が描いた「五聖の真容（先代の皇帝五人の肖像）」及び「老子化胡経《かこきょう》」の絵があり、古今に類いのない出来栄えであった（『劇談録』巻下）。○**擅場**　その場に匹敵する者がいない。技芸が群を抜いている。○**森羅**　森羅万象《しんらばんしょう》の略。この世界のありとあらゆる存在。○**地軸**　大地を支えていると考えられた想像上の軸。地中に三六〇〇本あるとされた。転じて、大地そのもの。○**動宮牆**　宮殿を写し入れる。絵の中の宮殿が、実際の宮殿を移動させたかのようにリアルなことをいう。一説に、廟の壁に描かれた絵画が動き出しそうなほど生き生きしている（『吉川注』筑摩版第二冊）。○**五聖**　五人の聖帝。天宝八載（七四九）に玄宗は、唐王朝の先代の皇帝五人（高祖、太宗、高宗、中宗、睿宗《えいそう》）に「大聖皇帝《だいせいこうてい》」の諡号《しごう》を贈った（『旧唐書』巻九「玄宗本紀下」）。○**龍袞**　龍の模様が刺繍された服。皇帝が着用する。○**冕旒**　皇帝の冠。「冕」は上に四角い板を載せた冠で、「旒」はその前後に垂れ下げた、玉を数珠状につらねた飾り。○**秀發**　草木が盛んに茂って花が咲きほこるように、美しい光彩を放つ。○旌旆　旗さしもの。皇帝に随行する儀仗隊が持つ。○柏　ヒノキ科の常緑高木。コノテガシワ。○留景　葉陰を残す。「景」は影。柏は常緑樹なので冬でも葉を落とさない。○風箏　箏（琴の一種）を風の当たる場所に掛け、風が吹けば音が鳴るようにしたもの。一説に、風鈴（鈴木注）。○露井　屋根がついておらず、むきだしになった井戸。○銀牀　銀で作られた井桁。一説に、銀で飾られた轆轤《ろくろ》架《か》（鈴木注）。轆轤架とは、轆轤（井戸から水を汲むために使う滑車）を固定する木棚。二句は論理的には「吹玉柱風箏、凍銀床露井」（玉柱の風箏を吹き、銀床の露井を凍らしむ）とすべきものの語順を錯綜させている。○身退　身を退《ひ》いて今の地位から離れる。老子は宮中図書室の役人をしていたが、周王朝が衰微すると、『道徳経』を著して西方に去った（『列仙伝』巻上）。『老子』九章に「功《こう》成《な》り名《な》遂《と》げて身《み》退《しりぞ》くは、天《てん》の道《みち》なり」。○卑周室　周王朝が衰微して徳のある政治が行われなくなる。一説に、周王朝に仕えていた老子の地位が低かったこと（鈴木注）。○拱漢皇　漢の皇帝が恭《うやうや》しく敬意を表する。「拱」は、敬意を表すために両手を胸の前で重ねあわせる動作。前漢の文帝は仙人河上公《かじょうこう》にひざまずいて『道徳経』の教えを乞うほど老子を敬《うやま》った（『神仙伝』巻八）。一説に、漢の皇帝が老子の教えを実践し、懐《ふところ》手《で》のまま無為《むい》にして世の中を治めたこと（『黄鶴補注』巻一七）。○谷神　体内に宿る神霊。ここでは老子の神霊。「谷」は体内のすき間の比喩。『老子』六章に「谷神《こくしん》は死《し》せず、是《こ》れを玄牝《げんぴん》と謂《い》う（体内に宿る神霊は不滅であり、これを玄妙な母性と呼ぶ）」。○養拙　生まれつきの拙《つたな》さを受け入れ、名利を棄てて隠れ住む。

［遠藤］

〇〇三九

故武衛将軍挽詞三首

嚴警當寒夜　前軍落大星
壯夫思敢決　哀詔惜精靈
王者今無戰　書生已勒銘
封侯意疏闊　編簡爲誰靑

＊五言律詩。韻字は下平九青「星・靈・銘・靑」。

故武衛将軍《こぶえいしょうぐん》の挽詞《ばんし》三首《さんしゅ》
厳警《げんけい》寒夜《かんや》に当《あ》たり、前軍《ぜんぐん》大星《たいせい》落《お》つ
壮夫《そうふ》敢決《かんけつ》を思《おも》い、哀詔《あいしょう》 精霊《せいれい》を惜《お》しむ
王者《おうじゃ》今《いま》戦《たたか》い無《な》く、書生《しょせい》已《すで》に銘《めい》を勒《ろく》す
封侯《ほうこう》意《い》は疏闊《そかつ》なり、編簡《へんかん》誰《た》が為《ため》にか青《あお》き

【題意】　天宝六～七載（七四七～七四八）頃、長安（陝西省西安市）で、武衛将軍であった人物の死を悼んで作った葬送の歌。武衛将軍は官名で、官品は従三品。宮中の警護を掌《つかさど》る（『旧唐書』巻四四「職官志三」）。この武衛将軍が誰を指すのかは定かでないが、詳注の引く張希良の説によると、天宝年間に夷狄の討伐に功があり、剣舞と弓術を得意とした裴旻《はいびん》を指す可能性が高い。「挽詞」は挽歌。人の死を哀悼する葬送の歌。もともとは死者の棺を挽《ひ》きながら歌われたのがその名の由来。唐代では五言律詩の形式で作られることが多い。本詩は、第一首で亡くなった当初の情況を述べ、第二首で生前の勇猛さを称え、第三首で死後もなお影響力を持つその威光に思いを馳せる。詳注一―九四、鈴木注一―八九。

【現代語訳】　寒い夜に宮中を厳重に警護していたところ、最前線の陣中に大きな流星が落ち、武衛将軍は亡くなられた。部下の若者たちは果敢で決断力のある将軍を慕い、皇帝陛下も哀悼の詔を発して将軍の御霊《みたま》に痛惜の意を表された。帝王の治める御代《みよ》には今や戦争もなく、将軍の墓碑には文人の手によってすでに功績が刻まれている。諸侯に封ぜられる望みが絶たれてしまった今、歴史を記すための竹簡《ちくかん》はいったい誰のために青々とした色を湛えているのか。

■語釈

○**前軍**　最前線の部隊。三国・蜀・諸葛亮「歩隲《ほしつ》に与《あた》うる書《しょ》」に「僕《ぼく》の前軍《ぜんぐん》は五丈原《ごじょうげん》に在《あ》り」。○**落大星**　大きな流星が落ちる。五丈原（陝西省）で蜀の諸葛亮が魏軍と対峙していた時、真っ赤な流星が蜀の陣営に落ち、ほどなくして諸葛亮が病死した故事を踏まえる（『三国志』巻三五「諸葛亮伝」の裴松之《はいしょうし》の注が引く『晋陽秋』）。武衛将軍の死を暗に示す。『吉川注』筑摩版第二冊は、「武衛将軍」は中央での名目上の官であり、将軍が実際には辺境部隊の司令官であって、亡くなったのも辺境の地であった可能性を指摘する。○**書生**　儒者。文人。一説に、杜甫自身（『黄鶴補注』巻一九）。○**勒銘**　人の功績などを石や青銅器などに刻みこむ。ここでは武衛将軍の功績を墓碑に刻むこと。一説に、武衛将軍の戦功の碑ではなく、今が太平の世となったことを記した戦功の碑（鈴木注）。○**封侯意疏闊**　諸侯に封ぜられる望みが絶たれる。「疏闊」は、遠く隔絶する。一説に、諸侯に封ぜられたいという気持ちを将軍が持っていなかった（鈴木注）。○**編簡**　竹簡を編んで作った書物。ここでは国の歴史を記すための書物。○**為誰青**　誰のために青いのか。「青」とは、何も書かれていない青い竹簡のままであること。将軍の功績こそがそこに記されるべきことを暗に示す。

［遠藤］

其二

舞剣過人絶　鳴弓射獣能
銛鋒行愜順　猛噬失蹻騰
赤羽千夫膳　黄河十月冰
横行沙漠外　神速至今稱

＊五言律詩。韻字は下平一〇蒸「能・騰・冰・稱」。

其《そ》の二《に》

剣《けん》を舞《ま》わしては人《ひと》に過《す》ぐること絶《はなは》だしく、弓《ゆみ》を鳴《な》らしては獣《けもの》を射《い》ること能《よ》くす　〇〇四〇
銛鋒《せんぽう》行《ゆ》くこと愜順《きょうじゅん》にして、猛噬蹻騰《もうぜいきょうとう》を失《うしな》う
赤羽《せきう》千夫《せんぷ》の膳《ぜん》、黄河《こうが》十月《じゅうがつ》の氷《こおり》
横行《おうこう》す沙漠《さばく》の外《そと》、神速《しんそく》今《いま》に至《いた》るも称《しょう》せらる

【現代語訳】将軍の剣舞の腕は群を抜いて優れており、弓の弦《つる》を響かせて獲物を射とめることも得意としていた。剣の切っ先は鋭く進軍は思いのままで、襲いかかる猛獣も矢を受けて倒される。赤い軍旗のもとで千人の兵士たちと食事をとり、彼らを率《ひき》いて十月に早くも凍りついた辺境の黄河を渡る。敵地である砂漠の彼方《かなた》までも自在に駆けまわり、その人間離れした行軍の速さは今日に至ってもなお賞賛の的《まと》となっている。

■語釈
○愜順　思いどおり。『草堂詩箋』巻八は、外敵が帰順する意とする。また一説に、剣の切っ先が意のままにめぐらされる（鈴木注）。○猛噬　人に咬《か》みついてくる猛獣。「噬」はかみつく。○蹻騰　勢いよく躍《おど》りあがる様子。○赤羽　赤い軍旗。一説に、食料にするために射落とした鳥（『杜臆』巻一）。○横

行　思うがままに通行すること。畳韻語「オウコウ」。○神速　人間離れした速さ。『三国志』巻一四「郭嘉伝」に「兵《へい》は神速《しんそく》を貴《たっと》ぶ」。双声語「シンソク」。

〔遠藤〕

〇〇四一

其三

哀挽青門去　新阡絳水遙
路人紛雨泣　天意颯風飄
部曲精仍鋭　匈奴氣不驕
無由睹雄略　大樹日蕭蕭

其《そ》の三《さん》

哀挽《あいばん》青門《せいもん》より去《さ》り、新阡《しんせん》絳水《こうすい》遥《はる》かなり
路人《ろじん》雨泣《うきゅう》紛《ふん》として、天意《てんい》風飄《ふうひょう》颯《さつ》たり
部曲《ぶきょく》精《せい》仍《な》お鋭《するど》く、匈奴《きょうど》気《き》驕《おご》らず
雄略《ゆうりゃく》を睹《み》るに由《よし》無《な》く、大樹《たいじゅ》日《ひ》に蕭《しょう》　蕭《しょう》たり

＊五言律詩。韻字は下平二蕭「遙・飄・驕・蕭」。

【現代語訳】慟哭する人々に挽《ひ》かれて柩《ひつぎ》を載せた車は青門《せいもん》から遠ざかってゆき、新しい墓標が立てられた遥か遠い故郷の絳水《こうすい》のほとりへと向かう。道ゆく人々もはらはらと雨のように涙をこぼし、天も心を揺さぶられたのか一陣のつむじ風が吹きすぎた。将軍の部下たちはなおも鋭気が漲っているので、外敵たちは恐れて傲慢な振《ふ》る舞《ま》いはしない。もはや将軍の遠大な計略を見るすべはなく、ゆかりの大樹《たいじゅ》も日一日と風に葉を散らしていくばかりである。

【語釈】

○青門　漢の長安城の東門のうち、最も南にあった覇城門の別名。青く塗られていたので青門という。ここでは借りて、唐の長安城の延興門を指す。東の城壁の最も南にあり、長安から絳水《こうすい》の地方に向かう時はこの門を通った。○阡　墓標。墓があることを示す石や木。一説に、墓に通じる小道（『施鴻保注』巻二）。○絳水　川の名。絳県《こうけん》（山西省）の西南に源を発する（『水経注』巻八）。武衛将軍はこの川が流れる地方の出身なので、柩《ひつぎ》はそこへ運ばれ埋葬される。○風飆　下から上へと吹きあがる風。つむじ風。○部曲　古代の軍隊の編成単位。ここでは借りて、将軍の部下たち。○匈奴　中央ユーラシアに居住し、漢王朝と対立関係にあった異民族。ここでは、中国西北方に居住する敵対民族。○大樹日蕭蕭　後漢の馮異《ふうい》の故事を踏まえる。馮異は謙虚で自分の功を誇らず、将軍たちが車座になって自分の手柄を論じあっている時も、いつも一人で大樹の蔭《かげ》に身を避けたことから「大樹将軍《たいじゅしょうぐん》」と呼ばれた（『後漢書』巻一七「馮異伝」）。「蕭蕭《しょうしょう》」は、樹木の葉が風に吹かれて散る音。

［遠藤］

〇〇四二

贈翰林張四學士垍

翰林逼華蓋　鯨力破滄溟
天上張公子　宮中漢客星
賦詩拾翠殿　佐酒望雲亭
紫誥仍兼綰　黄麻似六經
内頒金帯赤　恩與荔枝青

翰林《かんりん》の張四学士《ちょうしがくし》垍《き》に贈《おく》る

翰林華《かんりんか》蓋《がい》に逼《せま》り、鯨力滄溟《げいりょくそうめい》を破《やぶ》る
天上《てんじょう》の張公子《ちょうこうし》、宮中《きゅうちゅう》の漢《かん》の客星《かくせい》
詩《し》を拾翠殿《しゅうすいでん》に賦《ふ》し、酒《さけ》を望雲亭《ぼううんてい》に佐《たす》く
紫誥仍《しこうな》お兼綰《けんわん》し、黄麻《こうま》六経《りくけい》に似《に》たり
内《うち》にて金帯《きんたい》の赤《あか》きを頒《わ》かち、恩《おん》もて荔枝《れいし》の青《あお》きに与《あずか》る

無復隨高鳳　空餘泣聚螢　復《ま》た高鳳《こうほう》に随《したが》う無《な》く、空《むな》しく聚蛍《しゅうけい》に泣《な》くを余《あま》す
此生任春草　垂老獨漂萍　此《こ》の生《せい》春草《しゅんそう》に任《まか》せ、垂老《すいろう》独《ひと》り漂萍《ひょうひょう》たり
儻憶山陽會　悲歌在一聽』　儻《も》し山陽《さんよう》の会《かい》を憶《おも》えば、悲歌《ひか》一聴《いっちょう》に在《あ》り

＊五言排律。韻字は下平九青「溟・星・亭・經・青・螢・萍・聽」。

【題意】　翰林学士《かんりんがくし》であった張垍《ちょうき》に贈った詩。天宝九載（七五〇）、河南から長安（陝西省西安市）に戻った時の作。「四」は排行（→「用語説明」）。張垍は宰相張説《ちょうえつ》の次子で、兄は張《ちょう》均《きん》。玄宗（→「人物説明」）の娘婿《むすめむこ》として厚遇を受けた。当時は翰林学士の任にあった。天宝十三載（七五四）に楊国忠《ようこくちゅう》（→「人物説明」）の讒言《ざんげん》によって盧渓《ろけい》郡（湖南省）に左遷されたが、まもなく長安に呼び戻され、太常卿《たいじょうけい》（九卿の一つ、礼楽を掌《つかさど》る）となった（『旧唐書』巻九七「張垍伝」）。翰林学士は官名で、詔書（天子が下す命令書）の起草を掌る。詩は前半の一〇句で栄誉に満ちた張垍の境遇とその文才を褒めたたえ、後半の六句で自身の不遇を訴えて同情を求める。　詳注一―九八、鈴木注一―九三。

【現代語訳】　張殿《ちょうどの》は天子のおそば近くお仕えする翰林学士《かんりんがくし》の地位にまで昇られ、まるで大海原の波をつき破って進んでゆく鯨《くじら》のように勢いがおありです。雲の上におわします貴公子の張殿は、禁中ににわかに現れた新星といえましょう。』

張殿は拾翠殿《しゅうすいでん》では詩を詠んで御製の作に唱和し、望雲亭《ぼううんてい》では天子の宴席に侍《はべ》る栄誉に浴し

ていらっしゃいます。さらには詔書の起草をも分掌されており、黄麻紙《こうまし》にお書きになった起草文は儒家の経典のようにおごそかです。禁中では赤く輝く黄金の帯を下賜され、天子の覚《おぼ》えのめでたさは熟した緑色のライチの御馳走にあずかれるほど。』

私はといえば、天の高みへと鳳凰のように昇っていく張殿にはもはやついていけず、空しく取り残されて、集めた蛍《ほたる》の光で泣きながら勉学に励むばかりです。春の草もやがては枯れてゆくように衰えゆくわが身の不遇をただ受け入れるしかなく、老境に差しかかったというのに私は水面に漂う浮き草のように独りで流浪《るろう》しています。もし山陽《さんよう》の地で親しく集《つど》ったかつての日々を古人のように思い出していただけるようでしたら、どうかこの悲しみの歌にひとたび耳をお傾けくださいませ。』

■語釈

○華蓋　星の名。大帝という星の上に九つ並び、玉座を蔽《おお》っているように見える（『晋書』巻一一「天文志上」）。「蓋」は玉座の蔽《おお》い。ここでは天子の玉座を指す。○張公子　張姓の貴公子。張垍《ちょうき》は宰相である張説の子なのでこう呼んだ。また、前漢の成帝はお忍びで外出する時、いつも富平侯の張放《ちょうほう》と一緒であり、彼の家の者だと身分を偽ったので、当時の童謡で、成帝のことを「張公子《ちょうこうし》、時《とき》に相《あい》見《み》る」と唱った故事をも踏まえる（『漢書』巻九七下「孝成趙皇后伝」）。○宮中　禁中。張垍は玄宗の厚遇を受け、宮中に邸宅を構えることを特別に許された（『旧唐書』巻九七「張垍伝」）。○客星　いつもは見えず、一時的に現れる星。前漢の張騫《ちょうけん》が武帝の命《めい》を承けて西域に使いし、黄河を遡ったところ天の川に到達したが、その日地上からは牽牛星と織女星のすぐそばに「客星《かくせい》」が見えたという故事を踏まえる（『荊楚歳時記』）。張垍は張騫と同姓であり、また天子の娘婿《むすめむこ》として皇族に外から加わった人物なので

「客星」と呼んだ。一説に、宮中に招かれた後漢の厳光が、夜中に足を光武帝の腹の上に乗せて寝たところ、翌朝になって天文を掌る官吏が「昨夜、客星が玉座の星を犯し、はなはだ切迫していた」旨を奏上したという故事を踏まえる（『黄鶴補注』巻一八）。○**拾翠殿**　宮殿の名。大明宮《だいめいきゅう》の中にあった。○**佐酒**　酒宴に同席し、酒を注《つ》いでまわる。○**望雲亭**　あずまやの名。太極《たいきょく》宮《きゅう》の中にあった。○**紫誥**　詔書。紫の泥で封をしたので、このように称する。○**仍**　一般的には「今もなお」という意味であり、『吉川注』筑摩版第二冊もそのように解するが、ここでは『信応挙注』三六頁に従い「さらに」と解した。○**兼綰**　分担して管掌する（『黄鶴補注』巻一八）。詔書の起草はもともと集賢学士《しゅうけんがくし》の職掌であったが、開元二十六年（七三八）、玄宗が翰林供奉の名称を翰林学士に改め、学士院を設立してからは、翰林学士もまた詔書の起草に携《たずさ》わるようになった（『唐会要』巻五七）。一説に、外《ほか》に本官を持ちつつ兼務する（『吉川注』）。○**黄麻**　紙の一種。黄麻紙。詔勅を記すのに用いた。○**六經**　儒家が特に重んじた六種の経典。『易経』・『詩経』・『書経』・『春秋』・『礼記』・『楽経《がくけい》』。○**金帶赤**　赤く輝く黄金の帯。官品が四品もしくは五品の官人は黄金の帯を身につけた（『新唐書』巻二四「車服志」）。○**茘枝青**　緑色のライチ。ライチは中国の南方に産する果物。楊貴妃《ようきひ》（↓「人物説明」）は新鮮なライチが好物だったので、玄宗は南方から都まで早馬《はやうま》で直送させた（『新唐書』巻七六「楊貴妃伝」）。戎州《じゅうしゅう》（四川省）に産する緑茘枝は、果肉が熟しても皮はなお緑色であったという（『海録砕事』巻二二下）。○**聚螢**　集めた蛍《ほたる》。東晋の車胤《しゃいん》は家が貧しく、灯火の油を買うお金にも事欠《ことか》いたので、夏には蛍を集めて袋に入れ、その明かりで読書をし、勉学に励んだ（『晋書』巻八三「車胤伝」）。○**此生任春草**　春の草がやがて枯れてゆくように、不遇なまま年老いてゆくわが人生をただ受け入れる。一説に、『楚辞』「招隠士」の「王孫遊《おうそんあそ》びて帰《かえ》らず、春草生《しゅんそうしょう》じて萋萋《せいせい》たり」を踏まえ、流浪の生涯を送って、故郷の春草は生えるがままに任せている（鈴木注）。○**山陽會**　山陽の集《つど》い。魏の嵇康《けいこう》（↓「人物説明」）は河内《かだい》郡の山陽《さんよう》県（河南省）に寓居していた頃、王戎《おうじゅう》や向秀《しょうしゅう》らと親しく交際し、しばしば集まって遊んだ（『三国志』巻二一「嵆康伝」裴松之《はいしょうし》の注に引く『魏氏春秋』）。向秀はのちに山陽の旧居を訪れ、嵆康とのかつての交遊を思い出して「思旧《しきゅう》の賦《ふ》」を作った。ここは張垍を向秀に比し、自らを嵆康に喩える。〇悲歌在一聴　悲しみの歌にひとたび耳を傾けてくれるかどうかにかかっている。耳を傾け、引き立てて欲しいということを張垍に暗に求める。「悲歌」は杜甫のこの詩を指す。「在」は、……に依存する、かかっているの義。

〔遠藤〕

〇〇四三

樂遊園歌

樂遊古園崒森爽
煙綿碧草萋萋長
公子華筵勢最高
秦川對酒平如掌』
長生木瓢示眞率
更調鞍馬狂歡賞
青春波浪芙蓉園
白日雷霆夾城仗
閶闔晴開詄蕩蕩

楽遊園《らくゆうえん》の歌《うた》

楽遊《らくゆう》の古園《こえん》崒《しゅつ》として森爽《しんそう》たり
煙綿《えんめん》たる碧草《へきそう》萋萋《せいせい》として長《ちょう》ず
公子《こうし》の華筵《かえん》勢《いきお》い最《もっと》も高《たか》く
秦川《しんせん》酒《さけ》に対《たい》して平《たい》らかなること　掌《たなごころ》の如《ごと》し
長生木《ちょうせいぼく》の瓢《ひょう》もて真率《しんそつ》を示《しめ》し
更《さら》に鞍馬《あんば》を調《ととの》えて歓賞《かんしょう》に狂《くる》う
青春《せいしゅん》の波浪《はろう》芙蓉《ふよう》の園《えん》
白日《はくじつ》の雷霆《らいてい》夾城《きょうじょう》の仗《じょう》
閶闔《しょうこう》晴《は》れに開《ひら》きて詄《てつ》として蕩蕩《とうとう》たり

曲江翠幙排銀牓
拂水低回舞袖翻
緣雲清切歌聲上』
却憶年年人醉時
只今未醉已先悲
數莖白髮那拋得
百罰深杯辭不辭
聖朝亦知賤士醜
一物但荷皇天慈
此身飲罷無歸處
獨立蒼茫自詠詩』

曲江《きょくこう》の翠幙銀牓《すいばくぎんぼう》を排《つら》ぬ
水《みず》を払《はら》いて低回舞袖《ていかいぶしゅう》 翻《ひるがえ》り
雲《くも》に縁《よ》りて清切歌声《せいせつかせい》上《のぼ》る
却《かえ》って憶《おも》う年年人《ねんねんひと》酔《よ》う時《とき》を
只《た》だ今未《いまいま》だ酔《よ》わざるに已《すで》に先《ま》ず悲《かな》し
数茎《すうけい》の白髪《はくはつ》那《なん》ぞ拋《なげう》ち得《え》ん
百罰《ひゃくばつ》の深杯《しんぱい》辞《じ》するや辞せざるや
聖朝《せいちょう》 亦た賤士《せんし》の醜《みにく》きを知《し》るも
一物《いちぶつ》但《た》だ皇天《こうてん》の慈《いつく》しみを荷《にな》うのみ
此《こ》の身《み》飲《の》み罷《や》みて帰《き》する処《ところ》無く
独《ひと》り立《た》ち蒼茫《そうぼう》として 自《おのずか》ら詩《し》を詠《えい》ず

＊七言古詩。韻字は上声二二養「爽・長・掌・賞・仗・蕩・牓・上」、上平四支「時・悲・辭・慈・詩」。

【題意】 天宝十載（七五一）の一月末日に長安（陝西省西安市）の楽遊園《らくゆうえん》で作った詩。楽遊園は長安城内の東南部にあった行楽地の名で、楽遊原とも呼ばれる。前漢の宣帝によって神爵《しんしゃく》三年（前五九）に造営された（『漢書』巻八「宣帝本紀」）。詳注の引く『西京記』によると、楽遊園は高台になっていて四方を眺望することができ、上巳《じょうし》（三月三日）と重陽《ちょうよう》（九月九日）の節句には多くの人々がこの地に行楽に訪れ、大いに賑わったという。『宋本杜工部集』巻一に「晦日賀蘭《かいじつがらん》の楊長史《ようちょうし》の筵《えん》にて酔中《すいちゅう》に作《つく》る」の原注あり。当時は一月の晦日（月末の日）も節句であり、行楽に出かける風習があった。杜甫もこの日、賀蘭州（寧夏回族自治区）の長史（州の副官）であった楊氏の宴席に侍《はべ》り、酔い心地でこの詩を作った。詩は冒頭の四句で楽遊園の見晴らしの良い場所に楊氏が宴席をしつらえたことを述べ、中間の八句で宴席の様子と楽遊園から見渡して目に入った情景を描き、末尾の八句で酒の力を借りて憂さを晴らす詩人の様子を述べる。詳注一―一〇二、鈴木注一―九六。

【現代語訳】　古い歴史を持つ楽遊園《らくゆうえん》は高く険しい台地で、鬱蒼《うっそう》とした木々に蔽《おお》われてすがすがしく、見渡す限り青々とした草が茂っている。貴公子の楊殿《ようどの》が豪華な宴席をしつらえて下さったのは園内でも一番地勢が高いところなので、手のひらのように平らな秦川《しんせん》の地が酒杯ごしに一望できる。』

　気取らない宴席の雰囲気を表す長生木《ちょうせいぼく》の素朴な器で酒を酌み交わし、さらにその後には鞍《くら》をつけた馬を乗り馴らし心ゆくまで景勝の数々を遊覧して楽しむことにした。芙蓉園《ふようえん》を見おろせば御池《おいけ》には春めいた波が立っており、そこへと通じる夾城《きょうじょう》の道を、陛下とその儀仗隊は白昼から雷のような車馬の音を響かせながらお通りになる。やがて御苑《ぎょえん》へと通じる城門が晴れた空のもとでがらんと大きく開け放たれ、また貴人たちの緑の天幕と銀の扁額《へんがく》が曲江《きょくこう》のほとりに連なっている様子も望める。舞っている女性たちの袖はあちらこちらと水面《みなも》をかすめながらひるがえり、その澄んだ哀切な歌声は雲を伝って大空へと昇ってゆく。』

ふと思い出されるのは毎年この時節に心地よく酔っていたかつての自分のこと、だが今日はまだ酔いが回らないうちに悲しみが早くも先にこみあげている。ちらほらと生えてきた白髪をどうすることもできない以上、なみなみと注《つ》がれた百杯の罰酒《ばっしゅ》でも辞退せず飲まずにはおれない。わが見苦しさをお知りになった朝廷からもすでに見放されてしまったが、天はそんな私をなおも憐れんでわずかに酒という恩恵に浴する機会を今回与えて下さった。さて宴会はお開きになったもののわが身には帰るべき場所がなく、独りで立ちすくんでいたところ、にわかに興が湧いて気がつけば詩を詠じていたのである。』

■語釈
○**森爽**　樹木の枝葉が方々に伸び広がって繁茂し、空気がすがすがしい様子。双声語「シンソウ」。○**煙綿**　連綿と同じ。遠くまで連なるさま。畳韻語「エンメン」。一説に「煙」を名詞と取り、春霞《はるがすみ》が遠くまでかかる（『吉川注』筑摩版第一冊）。○**公子**　貴公子。原注に見える楊長史を指す。○**秦川**　長安の南の秦嶺山脈に源を発する川の名。また、その川の流域に広がる平野も秦川と呼ばれる。○**對酒**　酒杯を前にする。魏・曹操「短歌行《たんかこう》」に「酒《さけ》に対《たい》しては当《まさ》に歌《うた》うべし」。○**長生木瓢**　長生木《ちょうせいぼく》で作られた器。長生木は木の名。「瓢」はふくべ。ヒョウタンの果実で作られる器だが、一般に広く酒を注いで飲む器をも指す。○**示眞率**　率直で飾らない宴席の雰囲気を表す。○**調**　調教する。ここでは馬を乗り馴らすこと。一説に、選んで用意する（『吉川注』）。○**青春**　春。五行思想で春の色は青とみなされるため。○**芙蓉園**　長安城の東南隅にあった御苑《ぎょえん》の名。園内には芙蓉池という池があった。○**雷霆**　雷。また雷鳴。ここでは、天子を護衛する儀仗隊の車馬が立てる音の形容。○**夾城**　城壁によって両側を挟まれた天子専用の通路。開元二十年（七三二）に開通し、長安の東の城壁に沿って、北の大明宮《だいめいきゅう》から南の曲《きょく》江《こう》・芙蓉園へと通じた（『両京新記』）。○**閶闔**　天帝のいる宮城の門。ここでは御苑に通じる城門のこと。○**詄蕩蕩**　門が大きく開け放たれるさま。前漢の郊祀歌「天門《てんもん》」に「天門開《てんもんひら》き、詄蕩蕩《てつとうとう》たり」。一説に、がたがた音をとどろかせる様子（鈴木注）。○**曲江**　長安城の東南隅にあった湖の名。曲江池ともいう。芙蓉園の北に位置し、節句には風光明媚な行楽地として賑わった。○**銀牓**　銀でできた扁額《へんがく》（横に長い額）。『吉川注』は、貴人たちの天幕の一つ一つに持主の名などを記した標札が掲げられており、それを銀の扁額に見立てたとする。○**低回**　名残り惜しげに行きつ戻りつする。ここでは、同じところを行ったり来たりしながら舞うさま。畳韻語「テイカイ」。○**人**　杜甫自身を指す。一説に、人々（鈴木注）。○**辭不辭**　辞退したりするだろうか。反語表現。別のテキストはこの三字を「亦不辞」に作る。○**聖朝**　聖なる朝廷。当代の朝廷に対する尊称。○**賤士**　身分の卑しい士人。杜甫の謙称。○**一物**　酒を指す。東晋・陶淵明「子《こ》を責《せ》む」に「天運《てんうん》苟《いやしく》も此くの如《ごと》くんば、且《しばら》く杯中《はいちゅう》の物《もの》を進《すす》めん」。一説に、杜甫自身の謙称（『施鴻保注』巻二）。○**蒼茫**　興がにわかに湧くさま。一説に、荒涼としてもの寂しいさま（『九家注』巻二）。また一説に、暮色蒼然としたさま（『全訳』四二頁）。畳韻語「ソウボウ」。

［遠藤］

同諸公登慈恩寺塔　〇〇四四

高標跨蒼穹　烈風無時休
自非曠士懷　登茲翻百憂

諸公《しょこう》の慈恩寺《じおんじ》の塔《とう》に登《のぼ》るに同《どう》ず

高標《こうひょう》　蒼穹《そうきゅう》に跨《またが》り、烈風《れっぷう》時《とき》として休《や》むこと無《な》し
曠士《こうし》の懐《かい》に非《あら》ざるよりは、茲《こ》こに登《のぼ》れば翻《かえっ》て百憂《ひゃくゆう》せん

方知象教力　足可追冥捜
仰穿龍蛇窟　始出枝撐幽』
七星在北戸　河漢聲西流
義和鞭白日　少昊行清秋
秦山忽破碎　涇渭不可求
俯視但一氣　焉能辨皇州』
廻首叫虞舜　蒼梧雲正愁
惜哉瑤池飲　日晏崑崙丘
黄鵠去不息　哀鳴何所投
君看隨陽雁　各有稻粱謀』

方《はじ》めて知《し》る象教《しょうきょう》の力《ちから》、追《お》いて冥捜《めいそう》す可《べ》きに足《た》るを
仰《あお》ぎて龍蛇《りょうだ》の窟《くつ》を穿《うが》ち、始《はじ》めて枝撐《しとう》の幽《ゆう》を出《い》ず
七星北戸《しちせいほくこ》に在《あ》り、河漢声西《かかんこえにし》に流《なが》る
義和白日《ぎかはくじつ》に鞭《むち》ち、少昊《しょうこう》清秋《せいしゅう》を行《おこな》う
秦山《しんざん》忽《たちま》ち破砕《はさい》し、涇渭《けいい》求《もと》む可《べ》からず
俯視《ふし》すれば但《た》だ一気《いっき》のみ、焉《いずくん》ぞ能《よ》く皇州《こうしゅう》を弁《べん》ぜん
首《こうべ》を廻《めぐ》らして虞舜《ぐしゅん》に叫《さけ》べば、蒼梧《そうご》雲《くも》正《まさ》に愁《うれ》う
惜《お》しいかな瑶池《ようち》の飲《いん》、日《ひ》は晏《く》る崑崙《こんろん》の丘《おか》
黄鵠《こうこく》去《さ》りて息《や》まず、哀鳴《あいめい》して何《いず》くに投《とう》ずる所《ところ》ぞ
君看《きみみ》よ陽《ひ》に随《したが》う雁《がん》の、各〻《おのおの》稲粱《とうりょう》の謀《はかりごと》有《あ》るを

＊五言古詩。韻字は下平一一尤「休・憂・捜・幽・流・秋・求・州・愁・丘・投・謀」。

【題意】　高適（↓「人物説明」）や薛拠（↓「人物説明」）らの「慈恩寺《じおんじ》の塔《とう》に登《のぼ》る」に唱和した詩。「三大礼《さんたいれい》の賦《ふ》」を奉献した天宝十載（七五一）から、安禄山《あんろくざん》（↓「人物説明」）の反乱軍によって都が占領される天宝十五載（七五六）の間に、長安（陝西省西安市）で慈恩寺の塔に登った時の作。「同」は、他の人が作った詩に唱和すること。「諸公」は、地位のある

人々に対する敬称。慈恩寺は貞観《じょうがん》二十二年（六四八）に造営された名刹《めいさつ》で、長安東南部の晋昌《しんしょう》坊《ぼう》にあった。永徽《えいき》三年（六五二）、僧の玄奘《げんじょう》によって境内に仏塔が建立されたが、その高さは三百尺（約九三メートル）もあったとされる（『両京新記』）。塔は修築を経たものが現存し、大雁塔《だいがんとう》の名で親しまれる。この詩にある「時《とき》に高適《こうせき》、薛拠《せっきょ》先ず作有《さくあ》り」という原注によれば、高適、薛拠と一緒に慈恩寺の塔に登った折、二人がまず詩を作って、それに杜甫が唱和した。一説に、高適と薛拠がまず一緒に塔に登って詩を作り、後日に杜甫も登って二人の作に唱和したとも（『吉川注』筑摩版第一冊）。なお、高適の詩「諸公《しょこう》の慈恩寺《じおんじ》の浮図《ふと》に登《のぼ》るに同《どう》ず」は現存するが、薛拠の作は伝わらない。また、岑参《しんじん》（↓「人物説明」）と儲光羲《ちょこうぎ》の作にも、「高適薛拠《こうせきせつきょ》と与《とも》に慈恩寺《じおんじ》の浮図《ふと》に登《のぼ》る」、「諸公《しょこう》の慈恩寺《じおんじ》の塔《とう》に登《のぼ》るに同《どう》ず」という詩がそれぞれ伝わる。詳注一―一〇三、鈴木注一―一〇〇。

【現代語訳】聳《そび》える巨木のような慈恩寺《じおんじ》の塔は天空をも凌駕し、その高さゆえ猛烈な風に日夜さらされている。よほど度量の大きな心の持ち主でない限り、この塔に登るとむしろさまざまな憂いが生じてしまうことだろう。』

今初めてわかったのは、仏法の力によって建てられたこの塔こそ、高適《こうせき》らにならってその幽遠な闇の中を手探りで登るに値するということだ。龍や蛇がひそむ岩屋《いわや》のような螺旋《らせん》状の階段をあお向いて通り抜け、木組みの支柱すら定かには見えない塔の中からやっと頂《いただき》に出ることができた。』

その高さたるや、北側の窓のすぐ外に北斗七星があり、西へと流れる天《あま》の川《がわ》の水音さえ聞こえてくるほど。見上げると羲和《ぎか》が鞭を当てて太陽を急がせ、少昊《しょうこう》が清々《すがすが》しい秋の季節をもたらそうとしている。終南山《しゅうなんざん》の峰々はにわかに破片のように小さく散らばって見え、濁った涇水《けいすい》と澄んだ渭水《いすい》の区別もつかない。見下ろしても視界には根元の気が茫漠と広がるばかりで、どこに帝都があるのか見定めることすら困難だ。』

振り返っていにしえの聖天子舜帝《しゅんてい》に大声で呼びかけると、蒼梧《そうご》にかかる雲もその時ちょうど憂いを帯びていた。残念なことだ、瑶池《ようち》のほとりで穆王《ぼくおう》と西王母《せいおうぼ》が酒宴にうつつを抜かしているうちに、崑崙山《こんろんざん》が黄昏《たそがれ》を迎えてしまった。飛び立った黄鵠《こうこく》は羽を休めることもなく、悲しげに鳴くばかりでどこに身を寄せたらよいというのだろう。見よ、あの雁《かり》でさえも、穀物を得ようともくろんで陽気を追いかけ、それぞれに生を営んでいるというのに。』

■語釈

○高標　高く聳《そび》える木のこずえ。一説に、高い目印（鈴木注）。どちらの場合も塔を指す。○蒼穹　青空。天空。「穹」はアーチ形をしたさま。古代の中国では天はアーチ形をしたものと考えられていた。

○自非　もし……でなければ。……でない限りは。○曠士　度量が大きく、物事にこだわらない闊達《かったつ》な人物。○登茲翻百憂　この塔に登るとかえってさまざまな憂いが生じる。本詩の第一七句以下の内容に呼応する。「翻」は却と同じ。逆に。この句は、後漢・王粲《おうさん》「登楼《とうろう》の賦《ふ》」に「茲《こ》の楼《ろう》に登《のぼ》りて以《もっ》て四望《しぼう》し、聊《いささ》か暇日《かじつ》に以《もっ》て憂《うれ》いを銷《け》さん」とあるのを踏まえる。王粲のように憂いを消そうとして塔に登ったのに、逆に世の乱れを憂える気持ちが生じるので「翻《かえっ》て」といった。一説に「翻」は動詞で、（さまざまな憂いが）沸きかえる（『全訳』五五頁）。○象教　仏教。仏像などの形象（イメージ）を用いて人々を教え導くため。○足可　十分に……できる。……するに値する。○冥捜　幽遠な境地を捜し求める。東晋・孫綽《そんしゃく》「天台山《てんだいさん》に遊《あそ》ぶの賦《ふ》」序に「遠《とお》く寄《よ》せて冥捜《めいそう》し、信《しん》に篤《あつ》く神《しん》に通《つう》ず（幽遠な境地を捜し求めることに思いを寄せ、熱心に道を信じ自然の不可思議に精通する）」。またここでは、塔の暗闇の中を手探りで進むという意味をも含む。○**枝撐**　建築物の梁《はり》などを補強するため、斜めに渡された木組みの支柱。○**羲和**　神の名。太陽を載せた車の御者。双声語「ギカ」。○**少昊**　神の名。秋の季節を司る。畳韻語「ショウコウ」。○**行**　運行し、主宰する。○**秦山**　終南山《しゅうなんざん》。長安の南を東西方向に走る山脈の名。○**破砕**　山の峰々が大小入り混じった破片のようにちらばって見える。○**涇渭**　涇水《けいすい》と渭水《いすい》。渭水は黄河の支流で長安の北を流れる。涇水は渭水の支流。渭水は澄んでおり、涇水は濁っていた。○**一氣**　天地や万物を構成する根元の氣。○**皇州**　皇帝のいる都。長安を指す。○**虞舜**　伝説上の聖天子舜帝（↓「人物説明」）。有虞氏なので虞舜と呼ばれる。堯帝（↓「人物説明」）から天子の位を譲り受けた。ここでは、唐の高祖（諡号《しごう》は神堯大聖皇帝）から譲位を受けた太宗皇帝を暗に指す。太宗の治世は「貞《じょう》観《がん》の治《ち》」と呼ばれ、理想的な政治が行われていた。○**蒼梧**　中国南方の伝説上の地。舜帝は巡視の途中にこの地で崩御し、葬られた（『礼記』檀弓上）。太宗が葬られた昭陵を暗に指す。○**瑤池**　崑崙山《こんろんざん》にある伝説上の池。西周の穆王《ぼくおう》は西方に旅して崑崙山に登り、女神の西王母《せいおうぼ》に賓客として迎えられ、この池のほとりで酒宴に興じた（『列子』周穆王）。穆王と西王母に玄宗（↓「人物説明」）と楊貴妃（↓「人物説明」）を比し、二人が遊興にふけった華清宮《かせいきゅう》の温泉を瑶池になぞらえる。○**日晏**　日が暮れる。天下が今にも乱れようとしていることの暗示（『銭注』巻一）。○**崑崙丘**　西方にあったとされる伝説上の山。華清宮があった驪山《りざん》（陝西省）を暗に指す。「崑崙」は畳韻語「コンロン」。○**黃鵠**　鳥の一種。黄色みを帯びた白鳥。非常に高く飛ぶ。高潔な人士の象徴。ここでは杜甫自身になぞらえる。双声語「コウコク」。○**隨陽雁**　太陽の後を追いかける雁《かり》。雁は渡り鳥であり、穀物を得るために秋になると南へと移動して陽気を追いかける。鈴木注は、権力者に取り入って官職にありつこうとする人々の比喩とする。○稲粱　稲とアワ。また、穀物の総称。

【附録　二】

與高適薛據登慈恩寺浮圖

塔勢如湧出　孤高聳天宮
登臨出世界　磴道盤虛空
突兀壓神州　崢嶸如鬼工
四角礙白日　七層摩蒼穹
下窺指高鳥　俯聽聞驚風
連山若波濤　奔湊似朝東
青槐夾馳道　宮館何玲瓏
秋色從西來　蒼然滿關中
五陵北原上　萬古青濛濛
淨理了可悟　勝因夙所宗
誓將挂冠去　覺道資無窮

高適薛拠《こうせきせつきょ》と与《とも》に慈恩寺《じおんじ》の浮図《ふと》に登《のぼ》る　岑参《しんじん》

塔勢《とうせい》湧出《ゆうしゅつ》するが如《ごと》く、孤高《ここう》天宮《てんきゅう》に聳《そび》ゆ
登臨《とうりん》すれば世界《せかい》を出《い》で、磴道《とうどう》虚空《こくう》に盤《わだかま》る
突兀《とっこつ》として神州《しんしゅう》を圧《あっ》し、崢嶸《そうこう》として鬼工《きこう》の如《ごと》し
四角《しかく》白日《はくじつ》を礙《さまた》げ、七層《しちそう》蒼穹《そうきゅう》を摩《ま》す
下《した》に窺《うかが》えば高鳥《こうちょう》を指《ゆび》さし、俯《ふ》して聴《き》けば驚風《きょうふう》を聞《き》く
連山《れんざん》波濤《はとう》の若《ごと》く、奔湊《ほんそう》して東《ひがし》に朝《ちょう》するに似《に》たり
青槐《せいかい》馳道《ちどう》を　夾《さしはさ》み、宮館《きゅうかん》何《なん》ぞ玲瓏《れいろう》たる
秋《しゅう》色《しょく》西《にし》より来《き》たり、蒼然《そうぜん》として関中《かんちゅう》に満《み》つ
五陵《ごりょう》北原《ほくげん》の上《ほとり》、万古《ばんこ》青濛濛《せいもうもう》たり
浄理《じょうり》了《りょう》として悟《さと》る可《べ》し、勝因《しょういん》夙《つと》に宗《そう》とする所《ところ》
誓《ちか》いて将《まさ》に　冠《かんむり》を挂《か》けて去《さ》り、覚道《かくどう》もて無窮《むきゅう》に資《し》せんとす

〔現代語訳〕　塔の体裁はさながら大地から湧き出たかのようであり、ただ一つ群を抜いて

高く天帝の宮殿に届かんばかりに聳えている。この塔に登って眺めやれば人界を抜けでた心地がし、石づくりの階段は虚空にとぐろを巻いている。高く突きでたその姿は中国全土を圧倒し、険しくそそり立つ様子はあたかも神霊が作りなしたかのようだ。あまりの高さゆえ四方の軒の角《かど》は天を運行する太陽の進路をも遮り、七層の頂《いただき》は蒼天にも触れんばかり。塔の上から見下ろせば高く飛ぶ鳥を眼下に指さすことができ、頭を垂れて耳を澄ますと疾風の音が足もとから聞こえてくる。連なる山脈は波のようにうねり、他の山々と合流しながら東に向かって流れているかのように見える。青い葉を茂らせた槐《えんじゅ》の並木が都大路を挟んで植えられ、宮殿が冷たく輝いて何と美しいことか。おりしも秋の気配が西から到来して、ここ関中の地に色濃く満ちてきた。北の原野にある五つの御陵は、万古の昔から青々とした草木に深く覆われている。今こそ仏法の清浄な道理をはっきりと悟る好機、果報をもたらす善き因縁こそ私がもとから尊んでいたものなのだ。これから冠を城門に引っかけて官職など辞してしまい、悟りの道に帰依して永劫の仏果を得るよすがにすることを誓おう。

【附録 二】

同諸公登慈恩寺塔　　諸公《しょこう》の慈恩寺《じおんじ》の塔《とう》に登《のぼ》るに同《どう》ず　　儲光羲《ちょこうぎ》

金祠起眞宇　直上靑雲垂　　金祠《きんし》に真宇《しんうた》起ち、直《ただ》ちに青雲《せいうん》の垂《ほとり》に上《のぼ》る

地靜我亦閑　登之秋淸時　　地《ち》は静《しず》かにして我《わ》れも亦《ま》た閑《かん》なり、之《こ》れに登《のぼ》るは秋清《しゅうせい》の時《とき》

蒼蕪宜春苑　片碧昆明池
誰道天漢高　逍遙方在茲
虚形賓太極　攜手行翠微
雷雨傍杳冥　鬼神中躨跜
靈變在倏忽　莫能窮天涯
冠上閶闔開　履下鴻雁飛
宮室低邐迤　群山小參差
俯仰宇宙空　庶隨了義歸
崱屴非大廈　久居亦以危

蒼蕪《そうぶ》たり宜春苑《ぎしゅんえん》、片碧《へんぺき》たり昆明池《こんめいち》
誰《たれ》か道《い》う天漢高《てんかんたか》しと、逍遥《しょうよう》して方《まさ》に茲《こ》に在《あ》り
形《かたち》を虚《むな》しくして太極《たいきょく》に賓《ひん》たり、手《て》を携《たずさ》えて翠微《すいび》に行《ゆ》く
雷雨《らいう》杳冥《ようめい》に傍《そ》い、鬼《き》神中《しんうち》に躨跜《きじ》たり
霊変倏忽《れいへんしゅくこつ》に在《あ》り、能《よ》く天涯《てんがい》を窮《きわ》むる莫《な》し
冠上《かんじょう》に閶闔《しょうこう》開《ひら》き、履下《りか》に鴻雁《こうがん》飛《と》ぶ
宮室《きゅうしつ》は低《ひく》くして邐迤《りい》たり、群山《ぐんざん》は小《ちい》さくして参差《しんし》たり
俯仰《ふぎょう》すれば宇宙《うちゅう》空《むな》し、庶《ねが》わくは了義《りょうぎ》に随《したが》いて帰《き》せん
崱屴《しょくりょく》たるも大廈《たいか》に非《あら》ず、久《ひさ》しく居《お》れば亦《ま》た以《もっ》て危《あや》うからん

〔現代語訳〕　絢爛《けんらん》たる寺院に仏塔が建てられ、まっすぐ青空の雲の辺りにまで伸びている。この場所はとても静かで私の心もおだやかになり、清々しい秋の日にここの塔に登ったのであった。塔の上からは遥か東南の宜春苑まで緑色に見え、西南の昆明池も一片の碧色となって目に映る。天の川は高い空の彼方などと誰がいっているのだ、俗世を離れて楽しんでいる私が今いる場所こそ天の川ではないか。肉体から抜けだした心を天上の太極宮に遊ばせては賓客となり、友人と手を繋いでは翠微宮の辺りを訪れてみる。雷鳴とともに雨が降りだして次第に薄暗くなっていき、天地の神霊がその闇の中でうごめきだす。辺りは目まぐるしく霊妙に変化して、空の果てを見極めることもできない。頭上で天の門が開け放たれ、足も

とを雁が飛びすぎてゆく。宮殿が低くくねくねと並んでおり、山々が小さく不揃いに連なって見える。天を仰ぎ地を見下ろせばこの世界が空虚に感じられてならず、仏教の教えに帰依したいと願うばかりである。この塔は高く立派に聳えてはいるが大きな建物ではない、長く留まるのはやはり危なかろう。

【附録 三】

同諸公登慈恩寺浮圖
香界泯群有　浮圖豈諸相
登臨駭孤高　披拂欣大壮
言是羽翼生　迴出虚空上
頓疑身世別　乃覺形神王
宮闕皆戸前　山河盡簷向
秋風昨夜至　秦塞多清曠
千里何蒼蒼　五陵鬱相望
盛時慚阮歩　末宦知周防
輸效獨無因　斯焉可遊放

諸公《しょこう》の慈恩寺《じおんじ》の浮図《ふと》に登《のぼ》るに同《どう》ず　高適《こうせき》
香界群有《こうかいぐんゆう》泯《ほろ》ぶ、浮図《ふと》豈《あ》に諸相《しょそう》ならんや
登臨《とうりん》して孤高《ここう》なるに駭《おどろ》き、披払《ひふつ》せられて大壮《たいそう》なるを欣《よろこ》ぶ
言《こ》こに是《こ》れ羽翼生《うよくしょう》じ、迴《はる》かに虚空《こくう》の上《うえ》に出《い》ず
頓《にわか》に身世《しんせい》の別《わか》るるかと疑《うたが》い、乃《すなわ》ち形神《けいしん》の王《さか》んなるを覚《おぼ》ゆ
宮闕《きゅうけつ》は皆《み》な戸前《こぜん》、山河《さんが》は尽《ことごと》く簷向《えんこう》
秋風《しゅうふう》昨夜《さくや》至《いた》り、秦塞清曠《しんさいせいこう》多《おお》し
千里《せんり》何《なん》ぞ蒼蒼《そうそう》たる、五陵鬱《ごりょううつ》として相《あ》い望《のぞ》む
盛時《せいじ》阮歩《げんほ》に慚《は》じ、末宦周防《まつかんしゅうぼう》なるを知《し》る
輸効《しゅこう》せんとするも独《ひと》り因《よ》る無《な》く、斯焉《こ》こに遊放《ゆうほう》す可《べ》し

〔現代語訳〕　寺の境内ではあらゆる存在が滅して空《くう》となるのだから、この仏塔もどうして目に見える姿のままであるはずがあろうか。塔に登って見渡してはただ一つ抜きんでたその高さに驚き、風に吹かれながら壮大な景観に心を躍らせる。まるで翼が生えて、遥かに飛翔し虚空を突きぬけたかのようだ。突如としてわが身が俗世から解き放たれたような錯覚を覚え、さらには肉体も精神も活力を得たように感じられてきた。都の宮殿はいずれも塔の入り口のすぐ前にあり、山や川もすべてが塔の軒の辺りにあるかのようにすぐそばに見える。おりしも秋の風が昨夜から吹きはじめ、かつて秦の国があったここ関中の地には清らかに澄んだ気が満ちわたる。千里の彼方まで草木は何と青々と茂っていることか、漢代の五つの御陵が鬱蒼《うっそう》とした木々に覆われているのを遠く眺めやる。この繁栄の御代に生まれあわせたのに何の貢献もできず、文才がありながら時運に恵まれなかった歩兵校尉《ほへいこうい》の阮籍に恥じいるばかりで、下級官吏である私は学問しか能のない周防のような身に過ぎないことを思い知るのだ。国の御恩に報いようにもただ伝手《つて》がない以上は、ひとまずこの地で心ゆくまで遊覧することにしよう。

〔遠藤〕

投簡咸華兩縣諸子　咸華《かんか》の両県《りょうけん》の諸子《しょし》に投簡《とうかん》す　〇〇四五

赤縣官曹擁才傑　赤県《せきけん》の官曹才傑《かんそうさいけつ》を擁《よう》し

軟裘快馬當冰雪
長安苦寒誰獨悲
杜陵野老骨欲折』
南山豆苗早荒穢
青門瓜地新凍裂
郷里兒童項領成
朝廷故舊禮數絶
自然棄擲與時異
況乃疏頑臨事拙
饑臥動即向一旬
敝衣何啻聯百結
君不見空牆日色晩
此老無聲涙垂血』

*七言古詩。韻字は入声九屑「傑・雪・折・裂・絶・拙・結・血」。

軟裘《なんきゅう》 快馬《かいば》もて氷雪《ひょうせつ》に当《あ》たる
長安《ちょうあん》の苦寒《くかん》誰《たれ》か独《ひと》り悲《かな》しむ
杜陵《とりょう》の野老《やろう》骨《ほね》折《お》れんと欲《ほっ》す
南山《なんざん》の豆苗《とうびょう》 早《つと》に荒穢《こうわい》し
青門《せいもん》の瓜地《かち》新《あら》たに凍裂《とうれつ》す
郷里《きょうり》の児童《じどう》項領《こうれい》成《な》り
朝廷《ちょうてい》の故旧《こきゅう》礼数《れいすう》絶《た》ゆ
自然《しぜん》に棄擲《きてき》せらるるは時《とき》と異《こと》なればなり
況《いわん》や乃《すなわ》ち疏頑《そがん》にして事《こと》に臨《のぞ》むこと拙《せつ》なるをや
饑臥《きが》動《やや》もすれば即《すなわ》ち一旬《いちじゅん》に向《なんな》んとす
敝衣《へいい》何《なん》ぞ啻《ただ》に百結《ひゃくけつ》を聯《つら》ぬるのみならんや
君《きみ》見《み》ずや空牆《くうしょう》 日色《にっしょく》 晩《く》れ
此《こ》の老《ろう》声《こえ》無《な》くして涙《なみだ》 血《ち》を垂《た》るるを

【題意】 咸陽《かんよう》県と華原《かげん》県（ともに陝西省）にいる知人たちへ書簡として送った詩。天宝十載（七五二）、長安（陝西省西安市）滞在時に献上した「三大礼《さんたいれい》の賦《ふ》」が玄宗（→「人物説明」）の目に止まり、召されて文章を試された後、任官の沙汰を待っていた時期の作。詩題の「咸」を「成」に作るテキストがあるが、その場合は「成華」で成都《せいと》県と華陽《かよう》県（ともに四川省）を指し、上元二年（七六一）、成都（四川省）での作とされる（『黄鶴補注』巻七の引く梁権道の説）。詩は全編にわたって飢えや寒さで苦しむわが身の境遇を嘆き、自らの窮状を訴える。詳注一―一〇七、鈴木注一―一〇四。

【現代語訳】　都《みやこ》の省庁は傑出した人材を大勢抱えておりまして、ふわふわの皮衣《かわごろも》を身にまとい駿馬《しゅんめ》に乗った彼らは雪や氷で凍える寒さなど物ともしません。一方、厳しく冷えこむ長安で一人悲しみに沈んでいるのは誰かといえば、不遇を嘆くあまり骨が折れてしまいそうな杜陵《とりょう》の田舎《いなか》おやじでございます。』

　豆の苗を植えた終南山のふもとの畑にはとうの昔に雑草がはびこり、瓜を植えた青門《せいもん》の郊外の土地も最近凍りついてひび割れてしまいました。同郷の若僧どもは私に傲慢な態度をとるようになり、朝廷にいる古い馴染《なじ》みの友人たちとも身分がすっかりかけ離れてしまう始末です。ただでさえ時流に乗れなかったので見棄てられたのも当然といえますが、ましてやうつかり者のわからず屋で何をするにも不器用ですからなおさらです。ともすれば十日近く腹を空かせて寝ていることもありますし、ぼろぼろの服の継ぎはぎをした箇所は百をくだりません。諸君には見えませんか、ひと気のない垣根に日の暮れかかる頃、血の涙をこぼして忍び泣くこの老いぼれの姿が。』

■語釈

○赤縣　都《みやこ》である長安。当時、長安は西の長安県と東の万年県から成っており、「赤県」とはその二県のこと。一説に、詩題にいう「両県《りょうけん》」を指す（『九家注』巻七）。**○當**　防ぎ止める。さえぎる。**○杜陵野老**　杜陵《とりょう》の田舎《いなか》おやじ。杜甫の自称。杜陵は長安南郊の地名で、杜甫の本籍地。**○骨欲折**　骨が折れてしまいそうなほど憂《うれ》え憤《いきどお》る。前漢の霍光《かくこう》は、自分が即位させた昌邑王《しょうゆうおう》が暗愚であったのを骨が折れんばかりに憂え憤った（『後漢書』巻六三「李固伝」）。一説に、骨が折れんばかりに寒い（鈴木注）。**○南山豆苗早荒穢**　罷免《ひめん》されて爵位を失い、農業に従事していた前漢の楊惲《よううん》が、祭りの日に歌った詩「彼《か》の南山《なんざん》に田《でん》するも、蕪穢《ぶわい》にして治《おさ》まらず。一頃《いっけい》の豆《まめ》を種《う》うるも、落《お》ちて萁《まめがら》と為《な》る」を踏まえる（『漢書』巻六六「楊惲伝」）。「南山」は長安の南にある終南山。「荒穢」は「蕪穢」と同じ意味で、雑草が茂って土地が荒れること。**○青門瓜地**　青門《せいもん》の郊外の瓜畑。「青門」は漢の長安城の東の城壁にあった門の名。秦の邵平《しょうへい》は祖国が滅びた後、青門の東の郊外に隠居し、瓜を植えて生活したが、その瓜は美味なことで評判になった（『三輔黄図』巻一）。**○鄉里兒童**　同郷の若僧。東晋の陶淵明（→「人物説明」）が、彭沢《ほうたく》県（江西省）の長官であった時、視察にきた郡の役人を卑しんで「郷里《きょうり》の小児《しょうじ》」と呼んだのを踏まえる（梁・蕭統《しょうとう》「陶淵明伝」）。**○項領成**　「項領」は、太い首すじ。それが「成る」とは、傲慢で人に頭を下げない人間になること。**○禮數絶**　身分が隔絶する。「礼数」は、身分によって定められた礼儀や等級。転じて身分。「絶」は隔絶する。一説に、（杜甫に対して）礼儀を尽くさない（鈴木注）。**○疏頑**　世間知らずで頑固。**○何啻**　どうしてたんに……で済むだろうか（いや、それだけでは済まない）。その範囲に留まらないことを表す反語の表現。**○百結**　継ぎはぎだらけの服。西晋の董威輦《とういれん》は、手に入れた絹のぼろ切れを繋ぎあわせて服を仕立て、「百結」と呼んだ（『芸文類聚』巻六七の引く東晋・王隠『晋書』）。**○空牆**　ひと気のない垣根。一説に、四方に壁があるだけの何もない家（『李寿松

一注』七三頁）。　［遠藤］

〇〇四六

杜位宅守歳

守歳阿戎家　椒盤已頌花
盍簪喧櫪馬　列炬散林鴉
四十明朝過　飛騰暮景斜
誰能更拘束　爛酔是生涯

杜位《とい》の宅《たく》にて歳《とし》を守《まも》る

歳《とし》を守《まも》る阿戎《あじゅう》の家《いえ》、椒盤《しょうばん》已《すで》に花《はな》を頌《しょう》す
盍簪《こうしん》櫪馬《れきば》喧《かまびす》しく、列炬《れっきょ》林鴉《りんあ》を散《さん》ず
四十《しじゅう》明朝《みょうちょう》過《す》ぎ、飛騰《ひとう》暮景《ぼけい》斜《なな》めなり
誰《たれ》か能《よ》く更《さら》に拘束《こうそく》せん、爛酔《らんすい》是《こ》れ生涯《しょうがい》

＊五言律詩。韻字は下平六麻「家・花・鴉・斜・涯」。

【題意】 天宝十載の大晦日《おおみそか》（陽暦では七五二年の一月二十日に当たる）、長安（陝西省西安市）の杜位《とい》の邸宅で開かれた年越しの宴《うたげ》に参加した時の感慨を詠った詩。「守歳《しゅさい》」とは、大晦日の夜に寝ないで年越しをする風習のこと。杜位は杜甫の従弟《いとこ》。宰相李林甫《りりんぽ》（↓「人物説明」）の女婿《むすめむこ》であり、右補闕《ゆうほけつ》となった（『旧唐書』巻一〇六「李林甫伝」）。「杜位《とい》に寄《よ》す」〇四八三の原注に「位《い》の京中《けいちゅう》の宅《たく》は、西《にし》の曲江《きょくこう》に近《ちか》し」とあることから、長安城の東南隅にある曲江の近くに邸宅を構えていたことがわかる。詳注一―一〇九、鈴木注一―一〇七。

【現代語訳】 このたびは従弟《いとこ》の邸宅にて年を越すことになり、山椒を盛った大皿が用意される中、主人の長寿を言祝《ことほ》ぐ言葉もすでに献上された。集まってきた官吏たちの馬で廐舎《きゅうしゃ》は騒々しくなり、連なった松明《たいまつ》の火で林にいた鴉《からす》も驚いて飛び去ってしまった。私はといえば明日には四十の坂を越えてしまい、高い飛翔を志《こころざ》していた人生も黄昏《たそがれ》を迎えようとしている。これ以上わが身の自由を奪うような真似《まね》を誰ができよう、ただ酩酊《めいてい》あるのみ、これこそ私にふさわしい人生ではないか。

■語釈

○阿戎　従弟《いとこ》に対する呼び名。杜位《とい》を指す。南朝・斉の王晏《おうあん》が従弟の王思遠《おうしえん》のことを「阿戎《あじゅう》」と呼んだ故事を踏まえる（『南史』巻二四「王思遠伝」）。詳注によれば「阿戎」は王思遠の幼名。一説に、魏の阮籍《げんせき》が二〇歳ほど年下の王戎《おうじゅう》のことを「阿戎《あじゅう》（戎ちゃん）」と呼んで親しく交際した故事（『晋書』巻四三「王戎伝」）を踏まえる（鈴木注）。「阿」は親しみを表す接頭辞。また一説に、北宋・蘇軾《そしょく》が杜甫のこの詩を踏まえて作った除夜の詩で、甥のことを「阿咸《あかん》」と呼んでいることから、杜甫の詩句の「阿戎」は「阿咸」が正しく、杜位の幼名は「阿咸」であったとも（『九家注』巻一八、趙次公注）。○椒盤　お屠蘇《とそ》用の山椒を盛った大皿。陰暦の正月一日には、山椒を浸《ひた》した屠蘇酒を飲む習慣があった。○頌花　主人の長寿を言祝《ことほ》ぐ言葉を献上する。晋・劉臻《りゅうしん》の妻の陳氏は文才があり、ある年の元旦に「椒花《しょうか》の頌《しょう》」という祝詞を献上した故事を踏まえる（『晋書』巻九六「劉臻妻陳氏伝」）。○盍簪　朋友の官吏たちが集まる。『易経』豫卦に見える言葉。「盍《こう》」は、集まること。「簪《しん》」は、冠を髪に固定するためのかんざし。転じて、冠をかぶった官吏。○列炬　連なった松明《たいまつ》。官吏の供回りが持つ。○四十明朝過　明日になると四〇歳になる。当時は数え年なので、元日を迎えると一歳年《とし》を取る。四〇は仕官すべき年齢とされたが（『礼記』曲礼上）、杜甫はまだ無官であった。○飛騰　高く飛びあがる。官界で出世することの喩え。○暮景斜　夕陽《ゆうひ》が斜めに差しこむ。老年を迎えたことの喩え。「景《けい》」は光。○拘束　自由を奪う。ここでは、地位を得るためにわが身を屈し、権勢のある者にこびへつらうこと。○爛酔　泥酔する。酒を飲んで酩酊《めいてい》する。

［遠藤］

〇〇四七

敬贈鄭諫議十韻

諫官非不達　詩義早知名
破的由來事　先鋒孰敢争
思飄雲物外　律中鬼神驚
毫髪無遺憾　波瀾獨老成』
野人寧得所　天意薄浮生
多病休儒服　冥捜信客旌
築居仙縹緲　旅食歳崢嶸
使者求顔闔　諸公厭禰衡』
將期一諾重　欻使寸心傾
君見途窮哭　宜憂阮歩兵』

敬《つつし》みて鄭諫議《ていかんぎ》に贈《おく》る十韻《じゅういん》

諫官《かんかん》達《たつ》せざるに非《あら》ざるも、詩義《しぎ》早《つと》に名《な》を知《し》らる
破的《はてき》由来《ゆらい》の事《こと》、先鋒《せんぽう》孰《たれ》か敢《あえ》て争《あらそ》わん
思《おも》いは飄《ひるがえ》る雲物《うんぶつ》の外《そと》、律《りつ》中《あ》たりて鬼神《きしん》驚《おどろ》く
毫髪《ごうはつ》も遺憾《いかん》無《な》く、波瀾《はらん》独《ひと》り老成《ろうせい》す
野人《やじん》寧《なん》ぞ所《ところ》を得《え》んや、天意《てんい》浮生《ふせい》に薄《うす》し
多病《たびょう》にして儒服《じゅふく》を休《や》め、冥捜《めいそう》して客旌《かくせい》に信《まか》す
居《きょ》を築《きず》くは仙縹《せんぴょう》緲《びょう》たり、旅食《りょしょく》しては歳《とし》崢嶸《そうこう》たり
使者《ししゃ》顔闔《がんこう》を求《もと》むるも、諸公《しょこう》禰衡《でいこう》を厭《いと》う
将《まさ》に一諾《いちだく》の重《おも》きを期《き》せんとし、欻《たちま》ち寸心《すんしん》をして傾《かたむ》けしむ
君《きみ》途窮《ときゅう》の哭《こく》を見《み》れば、宜《よろし》く阮歩《げんほ》兵《へい》を憂《うれ》うべし

＊五言排律。韻字は下平八庚「名・争・驚・成・生・旌・嶸・衡・傾・兵」。

【題意】 諫議《かんぎ》大夫《たいふ》の鄭《てい》氏に贈った一〇韻の詩。天宝十一載（七五二）、長安（陝西省西安市）での作。諫議大夫は官名で、官品は正五品上。門下省（↓「用語説明」）に属し、天子の側《そば》近く仕えてその非を諫《いさ》めることを職掌とした（『旧唐書』巻四三「職官志二」）。鄭諫議は鄭《てい》審《しん》（↓「人物説明」）を指す。詩は前半の八句で鄭諫議の詩才を褒めたたえ、後半の一二句で自身の不遇を訴えて引き立てを求める。詳注一―一二〇、鈴木注一―一〇九。

【現代語訳】 あなたは諫議《かんぎ》大夫《たいふ》の官にお就きになっていらっしゃるので栄達していないなどとは決していえませんが、それよりも『詩経』の精神を継ぐ詩人として早くから世にその名を知られていました。その詩の的《まと》を射ぬくような表現の的確さは一朝にして成ったものではありませんし、先陣を切って戦うような筆の勢いは誰も競おうとする者がいないほどです。詩に込められた思いは雲の彼方へ心を遊ばせているかのように高遠で、よく調和したその韻律は神霊さえも驚嘆させます。字句もよく練られていて毛筋《けすじ》ほどの瑕《きず》も見当たらず、構成は波立つ水のように起伏に富んでいて、もはや誰の手も届かない円熟の境地に達しておられます。』

一方この田舎者はというと、どこにも身の置きどころがなく、天の御心はわが人生に対してあまりにも薄情です。病気がちで儒者として身を修めることすらできなくなり、静かな景勝の地を求めては足の向くまま放浪するばかりです。住居でも構えて身を落ち着けたいのですが、そのような場所は遠い彼方の仙郷のように見つけられないまま、仮住まいの日々を過ごしているうちに年を重ねてしまいました。魯の国の君主が使者を遣わして顔闔《がんこう》を召し出そうとされたように、陛下も世に埋もれた賢者を探し求められましたが、高官の方々はあたかも禰衡《でいこう》に対するかのごとく有能な人材を嫌って妨害してばかりいます。』

あなたは一度承諾されたら必ずその言葉を重んじて実行して下さる方であると信じますゆえ、唐突ながらお引き立ていただきたいという心からのお願いを申し上げる次第です。袋小《ふくろこう》路《じ》で号泣している私の姿を目にされましたならば、窮地に陥った阮籍《げんせき》のようなこの私のことをどうかお心にかけていただければ幸いです。』

■語釈

○**諫官**　天子の非を諫《いさ》める官。ここでは諫議《かんぎ》大夫《たいふ》。○**詩義**　『詩経』の根底に流れる文学の精神。『詩経』は儒教の経典であり、文学の根本とされた。○**破的**　矢で的《まと》を射ぬく。発言や表現が核心を突いていることの喩え。○**先鋒**　戦闘に際して部隊の先頭に立つ猛者《もさ》。詩の勢いが勇壮であることの喩え。○**雲物**　吉凶を占うために観測した天の雲気。ここでは雲。○**鬼神**　天地の神霊。『詩経』の大序に「天《てん》地《ち》を動《うご》かし、鬼神《きしん》を感《かん》ぜしむるは、詩《し》より近《ちか》きは莫《な》し」。○**毫髪**　一本の毛髪。転じて、微細な事物。○**波瀾**　小波と大波。詩や文の構成が起伏に富んでいて変化極まりないことの比喩。一説に、溢れんばかりの詩才の喩え（『九家注』巻一七）。○**野人**　田舎者。杜甫の自称。○**浮生**　流れに浮かんでいるかのように定めなき人生。○**休儒服**　儒者の服を着るのをやめる。転じて、儒者として生きていくことが困難になる。○**冥捜**　静かな景勝の地を探し尋ねる。○**客旌**　古代の官吏が旅する時に持った旗。転じて、旅人の足跡。○**仙縹緲**　遠い彼方の仙郷のように非現実的ではっきりとは見えない。「縹緲」は、遥かに遠くてはっきりとは見えない様子。畳韻語「ヒョウビョウ」。○**歳崢嶸**　日に日に年を取っていくさま。一説に、歳が暮れていくさま（『施鴻保注』巻二）。「崢嶸」は畳韻語「ソウコウ」。〇「使者」二句　春秋・魯の君主が使者を遣わして賢者の顔闔《がんこう》を召し出そうとしたが、顔闔は富貴を嫌って身を隠した故事（『荘子』譲王）と、才能はあるものの傲慢であった後漢の禰衡《でいこう》が、曹操に憎まれて劉表のもとへ厄介払いされ、そこでも手に余って黄祖のもとへ送られ、結局殺された故事（『後漢書』巻八〇下「禰衡伝」）とを踏まえる。天宝六載（七四七）に玄宗（↓「人物説明」）が詔を出して一芸に秀でた天下の人材を都に召し出し、特別任用試験を受けさせたが、杜甫を含む受験者全員が、宰相李林甫《りりんぽ》（↓「人物説明」）の根回しによって落第となった出来事を暗に指す。一説に、天宝十載（七五一）に杜甫が献上した「三大礼《さんたいれい》の賦《ふ》」が玄宗の目に止まり、召されて文章を試された後、任官の沙汰を待ったが誰からも官に推薦されなかった出来事を指す（『黄鶴補注』巻一七）。〇一諾　ひとたび承諾したら必ず実行すること。前漢の季布《きふ》は信義を重んじることで名を知られており、郷里の楚では「黄金《おうごん》の百斤《ひゃくきん》を得《う》るは、季布《きふ》の一諾《いちだく》を得《う》るに如《し》かず（百斤の黄金を手に入れるより、季布の承諾を得ることの方が価値がある）」という諺《ことわざ》が広まっていた（『史記』巻一〇〇「季布伝」）。〇欻　にわかに。唐突に。〇寸心　心。心の働きを担うと考えられた心臓が、一寸四方の大きさであるとみなされていたことから。〇途窮哭　道が行き止まりになって号泣する。窮地に立つことの喩え。魏の阮籍《げんせき》（↓「人物説明」）が車を気ままに走らせては袋小路《ふくろこうじ》に行き着くたびに慟哭した故事を踏まえる（『晋書』巻四九「阮籍伝」）。〇阮歩兵　阮籍のこと。歩《ほ》兵校尉《へいこうい》の官に就いたことから（『晋書』巻四九「阮籍伝」）。

［遠藤］

兵車行

兵車行《へいしゃこう》　〇〇四八

車轔轔　馬蕭蕭
行人弓箭各在腰
耶孃妻子走相送
塵埃不見咸陽橋
牽衣頓足攔道哭
哭聲直上干雲霄』
道旁過者問行人
行人但云點行頻
或從十五北防河
便至四十西營田
去時里正與裹頭
歸來頭白還戍邊
邊庭流血成海水
武皇開邊意未已
君不聞漢家山東二百州
千村萬落生荊杞

車《くるま》は轔轔《りんりん》、馬《うま》は蕭蕭《しょうしょう》
行人《こうじん》の弓箭《きゅうせん》 各〻《おのおの》腰《こし》に在《あ》り
耶嬢妻子《やじょうさいし》走《はし》りて相《あ》い送《おく》る
塵埃《じんあい》に見《み》えず咸陽《かんよう》の橋《はし》
衣《ころも》を牽《ひ》き足《あし》を頓《とん》し道《みち》を攔《さえぎ》りて哭《こく》せば
哭声《こくせい》直《ただ》ちに上《のぼ》りて雲霄《うんしょう》を干《おか》す
道旁《どうぼう》の過《す》ぐる者《もの》行人《こうじん》に問《と》えば
行人《こうじん》但《た》だ云《い》う点行《てんこう》頻《しき》りなりと
或《ある》いは十五《じゅうご》より北《きた》のかた河《か》を防《ふせ》ぎ
便《すなわ》ち四十《しじゅう》に至《いた》るも西《にし》のかた田《でん》を営《いとな》む
去《さ》りし時《とき》は里正《りせい》与《ため》に頭《かしら》を裹《つつ》み
帰《かえ》り来《き》たれば頭《かしら》 白《しろ》くして還《ま》た辺《へん》を戍《まも》る
辺庭《へんてい》の流血《りゅうけつ》 海水《かいすい》を成《な》すも
武皇《ぶこう》辺《へん》を開《ひら》きて意《い》未《いま》だ已《や》まず
君《きみ》聞《き》かずや漢家《かんか》山東《さんとう》の二百州《にひやくしゅう》
千村万落《せんそんばんらく》荊杞《けいき》を生《しょう》ずるを

縦有健婦把鋤犂　縦《たと》い健婦《けんぷ》の鋤犂《じょれい》を把《と》る有《あ》るも
禾生隴畝無東西　禾《か》は隴畝《ろうほ》に生《しょう》じて東西《とうざい》無《な》し
況復秦兵耐苦戰　況《いわん》や復《ま》た秦兵《しんぺい》は苦戦《くせん》に耐《た》え
被驅不異犬與鷄』　駆《か》らるること犬《いぬ》と鶏《にわとり》とに異《こと》ならず

＊七言古詩。韻字は下平二蕭「蕭・腰・橋・霄」、上平一一真「人・頻」、下平一先「田・邊」、上声四紙「水・已・杞」、上平八斉「犂・西・鷄」。

【題意】　戦車のうた。「行」は「うた」の意味。天宝九載（七五〇）から天宝十一載（七五二）、杜甫三九歳から四一歳の間の作。領土を拡張するため、たびたび吐蕃《とばん》（チベット）に出兵していた玄宗皇帝（→「人物説明」）の治世を背景とした上で、出征兵士との問答というスタイルを用いることにより、戦争の愚かさを訴えている詩。『宋本杜工部集』に「古楽府《こがふ》に云《い》う、耶娘《やじょう》の子《こ》を哭《こく》する声《こえ》を聞《き》かず、但《た》だ黄河《こうが》の流水《りゅうすい》一《ひと》えに濺濺《せんせん》たるを聞《き》くのみと」の原注あり。詳注一―一三、鈴木注一―一三。

【現代語訳】　車はがらがら、馬はひひぃーん。出征する兵士たちはめいめい腰に弓矢を帯びている。兵士の両親や妻たちは走ってその後を追いかけながら見送る。車と人が立てる土ぼこりで咸陽の橋も見えやしない。彼らが大事な人を行かせまいとして服を引っぱり足を踏み鳴らしながら道を遮り泣き叫ぶと、その泣き声はまっすぐに上っていって大空に突き刺さらんばかり。』

通りすがりの人が兵士にそのわけを尋ねると、兵士はこう答えた。「ひっきりなしに徴兵されるのですよ。一五歳の若さで北の黄河上流へと辺境の守備に駆りだされ、そのまま四〇歳になっても、今度は吐蕃に備えて西方で屯田兵をしている者もいるとか。出征する時には村長が年端のゆかぬ彼のために頭を布で包んでくれたのですが、兵役を終えて戻ると、白髪頭になっているにもかかわらずなおも辺地の守りに行かされたそうです。国境地帯では海水のようにおびただしい量の血が流されているというのに、国土を拡張しようとするわが君の御心はいまだ留まるところがありません。あなたも耳にしているでしょう、漢王朝の山東地方にある二百の州では、数多くの集落が働き手を失い、雑草が生えて荒れ放題になっていることを。たとえ夫の留守を守る健気な妻たちが農具を手に取り耕したとしても、畑の作物はでたらめに生えて東と西も判別できない有り様。ましてや我々のような秦の兵卒は苦しい戦いにもよく耐え忍ぶとかいう理由で、犬やニワトリ同然に駆り立てられ、酷使されているのです。』

■語釈

○**轔轔**　からからと走る車の音の形容。畳字の擬音語。○**蕭蕭**　馬がいななく声の形容。畳字の擬音語。○**行人**　出征する兵士。○**耶嬢**　父と母。下の「妻子」とともに口語的な用法。○**妻子**　妻のこと。一説に妻と子を指すともいう（鈴木注）。○**咸陽橋**　長安の北を流れる渭水《いすい》にかかる橋の名。当時長安から西方に旅立つ人は、まずこの橋を渡り、咸陽（陝西省咸陽市）に出るのが常であった。○**頓足**

地団太を踏むこと。感情のたかぶりを表す。○**攔道**　道に立ちはだかって通行の邪魔をする。○**干雲霄**　「干」は勢いよく突き当たること。「雲霄」は天空。○**行人但云**　この兵士の返答がどこまでかかるかについては諸説あるが、今は詩の末尾まですべてと解しておく。【補説】を参照。○**點行**　戸籍簿に照らして人を戦争に徴用する。○**防河**　黄河上流の地方（甘粛省の辺り）で吐蕃軍の侵入を防ぐことを指す。○**營田**　屯田兵になる。屯田兵とは、辺地に駐屯して耕作をし、食料を自給しながら、有事の時は武器を取って戦う兵。○**里正**　村長。唐代では一〇〇世帯を一里とし、一里ごとにその長として里正を置いた。○**與**　「為」と同じ。……のために。○**裹頭**　頭を黒い布で包む。出陣する時の姿。一説に、成人に達した時に行う元服の印とも（『吉川注』筑摩版第一冊）。○**還**　「猶」と同じ。なおも。やはり。○**邊庭**　国境地帯。○**武皇**　前漢の武帝。積極的な領土拡張政策を当時とり、西北方にしばしば出兵した。ここでは暗に玄宗を指す。同時代の皇帝を直接示すことを憚《はばか》った。○**開邊**　辺境の領土を拡張する。○**君不聞**　読者に呼びかけて同意を求める表現。第三二句の「君不見」とともに、楽府《がふ》詩によく見られる。○**漢家**　漢王朝。実際は唐を指す。唐人はしばしば自国のことを漢と呼ぶ。○**山東**　華山より東の地方を広く指す。現在の山東省の山東とは異なる。一説に太行山脈以東の地とも（『九家注』巻一）。○**二百州**　唐代では函谷関より東に行政区として七道二一七州が置かれた。ここはその概数を挙げたもの。○**千村萬落**　数多くの村落。「落」は集落。○**荊杞**　イバラやクコ。広く雑草をいう。○**縱**　たとえ……したとしても。○**健婦**　壮健でしっかりしている妻。「婦」は既婚女性のこと。○**鋤犂**　土を耕す農具。すき。○**禾**　穀物の総称。○**隴畝**　畑に作物を植えるため、土を盛り上げたところ。うね。広く畑を指す。○**無東西**　東と西も判別できないほど畑が荒れ果てている様子。○**秦兵**　秦の地方（長安一帯）出身の兵士。

長者雖有問　役夫敢伸恨
且如今年冬　未休關西卒
縣官急索租　租稅從何出
信知生男惡　反是生女好
生女猶得嫁比鄰
生男埋沒隨百草
君不見青海頭
古來白骨無人收
新鬼煩冤舊鬼哭
天陰雨濕聲啾啾』

長者《ちょうじゃ》　問《と》う有《あ》りと雖《いえど》も、役夫《えきふ》敢《あ》えて恨《うら》みを伸《の》べんや
且《か》つ今年《こんねん》の冬《ふゆ》の如《ごと》きは、未《いま》だ関西《かんせい》の卒《そつ》を休《やす》めず
県官急《けんかんきゅう》に租《そ》を索《もと》むるも、租税《そぜい》何《いず》くより出《い》でん
信《まこと》に知《し》る男《おとこ》を生《う》むは悪《あ》しく、反《かえ》って是《こ》れ女《おんな》を生《う》むは好《よ》きを
女《おんな》を生《う》めば猶《な》お比隣《ひりん》に嫁《か》するを得《う》るも
男《おとこ》を生《う》めば埋没《まいぼつ》して百草《ひゃくそう》に随《したが》う
君《きみ》見《み》ずや青海《せいかい》の頭《ほとり》
古来白骨人《こらいはっこつひと》の収《おさ》むる無《な》し
新鬼《しんき》は煩冤《はんえん》して旧鬼《きゅうき》は哭《こく》し
天陰《てんくも》り雨湿《あめうるお》いて声《こえ》啾啾《しゅうしゅう》たり

＊韻字は去声一三問「問」、去声一四願「恨」、入声六月「卒」、入声四質「出」、上声一九皓「好・草」、下平一一尤「頭・收・啾」。問・願韻は真部の通押、月・質韻は真部の通押。

【現代語訳】　旦那さまがお尋ね下さっても、一介の兵卒に過ぎぬ私がどうして恨み言など申せましょうや。おまけに今年の冬などは、函谷関より西の兵卒には休暇がまだ与えられていません。お上《かみ》は厳しく租税を取り立ててきますが、税などいったいどこから捻出できましょう。『男の子を生んでもろくなことはない、むしろ女の子を生んだほうがましだ』という

言葉の意味が確かにわかりました。女の子を生んだならまだ隣り近所に嫁にやることもできましょうが、男の子を生んだならその子は戦場の土に埋もれて雑草とともに朽ち果てるしかないのです。御覧なさい、青海のほとりでは、昔から白骨が誰にも拾われないまま転がっています。亡くなって間もない兵士の亡霊はもだえ怨み、亡くなって久しい兵士の亡霊は泣き叫んで、空がどんよりと曇り、雨のそぼ降る日には、痛ましくむせび泣く彼らの声が聞こえてくるのです」。』

■語釈

○**長者**　年長者。ここでは、質問者である「道旁の過ぐる者」に対する兵士からの呼びかけの言葉。○**役夫**　兵役に服する男。ここでは兵士の自称として用いられている。○**伸恨**　恨み言を述べる。「伸」は「申」と同じ。○**且**　ましてや。○**休**　休息させる。一時的に故郷に帰すこと。○**關西卒**　函谷関より西の兵卒。第二〇句の「秦兵」と同じ意味。一説に、関西は隴西《ろうせい》（甘粛省）を指すとも（鈴木注）。○**縣官**　国家のこと。一説に県の役人（松浦友久編『校注唐詩解釈辞典』大修館書店）。○**急**　厳しい。○**租**　穀物で納める税。○**「信知」二句**　唐の陳鴻《ちんこう》「長恨歌伝《ちょうごんかでん》」に「当時《とうじ》の謡詠《ようえい》に、女《おんな》を生《う》むも悲《ひ》酸《さん》する勿《なか》れ、男《おとこ》を生《う》むも喜歓《きかん》する勿《なか》れと云《い》う有《あ》り」。男子を偏重する社会通念に反し、女子を生んだほうがまだ良いという趣旨の俗謡が当時歌われていたが、なるほど全くそのとおりであることがわかった、ということ。○**比鄰**　隣り近所。○**百草**　もろもろの草。雑草。○**青海**　青海省東部にある湖。モンゴル名ココ・ノール。その近辺は、しばしば唐と吐蕃（チベット）との激戦地になった。○**新鬼**　亡くなって間もない幽霊。「鬼」は幽霊。○**煩冤**　もだえ怨む。畳韻語「ハンエン」。○**舊鬼**　亡くなって久しい幽霊。○**啾啾**　痛ましげな声を表す畳字の擬音語。

【補説】　第九句「行人但だ云う」の範囲については諸説紛々としている。最も多いのは詩の末尾までとする解釈（鈴木注など）だが、それ以外にも第二九句「反是生女好」までとする説（前野直彬・石川忠久『漢詩の解釈と鑑賞事典』）、第三一句「生男埋没随百草」までとする説（加藤常賢・前野直彬『新選漢文　上・下〈古典Ⅰ乙〉』改訂版）があり、また「点行頻」の三字でひとまず「行人」の返答は終わり、後ろの第二二句（「長者雖有問」）以下の数句が再び返答の直接話法的表現になるとする説（黒川洋一『杜甫』など）もある。これら諸説については、松浦友久編『校注唐詩解釈辞典』（大修館書店）にわかりやすく整理されている。

〔遠藤〕

〇〇四九

前出塞九首

戚戚去故里　悠悠赴交河
公家有程期　亡命嬰禍羅
君已富土境　開邊一何多
棄絶父母恩　吞聲行負戈

前出塞《ぜんしゅつさい》　九首《きゅうしゅ》

戚戚《せきせき》として故里《こり》を去《さ》り、悠悠《ゆうゆう》として交河《こうか》に赴《おもむ》く
公家《こうか》には程期《ていき》有《あ》り、亡命《ぼうめい》すれば禍羅《から》に嬰《かか》る
君《きみ》已《すで》に土境《どきょう》富《と》むに、辺《へん》を開《ひら》くこと一《いつ》に何《なん》ぞ多《おお》き
父母《ふぼ》の恩《おん》を棄絶《きぜつ》し、声《こえ》を吞《の》みて行《ゆく》ゝ《ゆく》戈《ほこ》を負《お》う

＊五言古詩。韻字は下平五歌「河・羅・多・戈」。

【題意】辺境の塞《とりで》からの出撃。九首の連作。天宝年間（七四二～七五六）、将軍の哥舒翰《かじよかん》が兵を率《ひき》いて吐蕃《とばん》を征伐していた時期の作。一説に、乾元《けんげん》二年（七五九）、秦州（甘粛省）で天宝年間の出来事を追想しての作（『黄鶴補注』巻五）。当初の題は「出塞《しゆつさい》」であったが、後に同じ題の詩をさらに五首作ったため、それぞれ「前出塞《ぜんしゆつさい》」「後出塞《こうしゆつさい》」として区別した。「出塞」は、前漢の李延年《りえんねん》が作った楽曲の名（『晋書』巻二三「楽志下」）。その題を借りて、西北の辺境地帯に出征し、従軍する兵士に代わってその苦しみを詠い、領土拡張を目的とした戦争の愚かさを訴える。詳注一―一二八、鈴木注一―一二八。

【現代語訳】悲しみを抱《いだ》きつつ故郷を後にして、遥か彼方の交河《こうか》へと向かう。お上《かみ》が定めた期日までに到着しなければならず、逃亡でもすれば法の網にかかって必ずや禍いをこうむるのだ。わが君《きみ》は領土をもう十分お持ちなのに、いったいどうしてさらに版図《はんと》を広げようとなさるのであろう。育ててくれた両親の恩愛を断ち切り、思いをこらえて口には出さず矛《ほこ》を背負って歩きつづける。

■語釈
○戚戚　憂え悲しむさま。○交河　交河《こうか》県（新疆ウイグル自治区トルファン市）。北庭都護府《ほくていとごふ》に近く、吐蕃《とばん》に対する防衛上の要地。○公家　国家の政府。官庁。○程期　旅程の期日。ここでは赴任先の交河に到着すべき期日。定められた期日までに到着できないと罪に問われた。○亡命　国外に逃げて戸籍を失う。また、広く逃亡すること。○嬰禍羅　禍いの網にひっかかる。「羅」は鳥を捕らえる網。○君　玄宗（→「人物説明」）を指す。○呑聲　いいたいことを飲みこんで口に出さない。口に出すのをぐっ

―とこらえる。

［遠藤］

〇〇五

其二

出門日已遠　不受徒旅欺
骨肉恩豈斷　男兒死無時
走馬脱轡頭　手中挑青絲
捷下萬仞岡　俯身試搴旗

其《そ》の二《に》

門《もん》を出《い》でて日《ひ》に已《すで》に遠《とお》く、徒旅《とりょ》の欺《あなど》りを受《う》けず
骨肉《こつにく》恩《おん》豈《あ》に断《た》えんや、男児《だんじ》死《し》するに時《とき》無《な》し
馬《うま》を走《はし》らせて轡頭《ひとう》を脱《だっ》し、手中《しゅちゅう》に青糸《せいし》を挑《かか》げ
捷《と》く万仞《ばんじん》の岡《おか》を下《くだ》り、身《み》を俯《ふ》して試《こころ》みに旗《はた》を搴《ぬ》かん

＊五言古詩。韻字は上平四支「欺・時・絲・旗」。

【現代語訳】わが家《や》の門を出てから故郷は日に日に遠くなってゆき、軍隊での生活にも次第に慣れて仲間から侮《あなど》られることもなくなった。肉親の恩愛はそう簡単に断ち切れるものではないが、男子たる者いつ死んでもよいように覚悟を決めておかねばなるまい。馬に乗って疾走しながら手綱《たづな》をゆるめ、手に持った手綱を高く振りあげて馬を打ち、そそり立つ山を迅速に駆けおり、身をかがめて敵陣の旗を抜きとる訓練でもしてみようではないか。

■語釈

〇徒旅　旅に同行している仲間。ここでは、一緒に任地に向かっている兵士の仲間。〇欺　侮《あなど》る。馬鹿

にする。○無時　時が決まっていない。時がいつ訪れるかわからない。○轡頭　馬のくつわと手綱《たづな》。これを引っぱって締めると馬が速度を落とし、ゆるめると速く走る。○青絲　青い糸。ここでは手綱。鞭の代わりとしても用いられる。○萬仞　極めて高いこと。「仞」は、高さや深さを表す単位。

［遠藤］

其三　〇〇五一

磨刀嗚咽水　水赤刃傷手
欲輕腸斷聲　心緒亂已久
丈夫誓許國　憤惋復何有
功名圖麒麟　戰骨當速朽

其《そ》の三《さん》

刀《かたな》を嗚咽《おえつ》する水《みず》に磨《みが》けば、水赤《みずあか》くして刃《やいば》手《て》を傷《きず》つく
腸断《ちょうだん》の声《こえ》を軽《かろ》んぜんと欲《ほっ》するも、心緒乱《しんしょみだ》るること已《すで》に久《ひさ》し
丈夫国《じょうふくに》に許《ゆる》すを誓《ちか》えば、憤惋復《ふんわんま》た何《なん》ぞ有《あ》らん
功名《こうみょう》麒麟《きりん》に図《えが》かるれば、戦骨当《せんこつまさ》に速《すみ》やかに朽《く》つべし

*五言古詩。韻字は上声二五有「手・久・有・朽」。

【現代語訳】むせび泣くような音を立てて流れる隴山《ろうざん》の川で刀《かたな》を研《と》いでいると、水が赤く染まったので刃《やいば》で手を怪我したことに気づいた。人を深い悲しみに沈ませるというこの水音など気にかけまいと思っていたが、わが心はとうの昔からすでに乱れていたようだ。男子たる者いったんお国のために身を捧げると誓ったからには、怒りや恨みの感情などどうして抱《いだ》いたりするものか。麒麟閣《きりんかく》に肖像を描かれるほどの手柄を立てて名を上げられたならば、戦

死した私の骨などさっさと朽ちてしまってかまわないのだ。

■語釈

○嗚咽水　むせび泣くような水音。古楽府「隴頭歌《ろうとうか》」其の二に「隴頭《ろうとう》の流水《りゅうすい》、鳴声幽咽《めいせいゆうえつ》す。遥《はる》かに秦川《しんせん》を望《のぞ》めば、肝腸断絶《かんちょうだんぜつ》す」とあるのを踏まえる。「隴頭《ろうとう》」は隴山《ろうざん》（陝西省と甘粛省の境に位置する山の名）の頂《いただき》。「秦川《しんせん》」は長安一帯の平原。西域へと旅する人は隴山を経由する必要があり、ここを越えると長安一帯はもはや望めなくなるため、この山の頂から流れくだる川の水音はまるで嗚咽しているかのように悲しげに聞こえる。「嗚咽」は双声語「オエツ」。○輕　軽視する。意に介さない。○腸斷　腸《はらわた》がちぎれるほど深く悲しむ。前掲「隴頭歌《ろうとうか》」の「肝腸断絶《かんちょうだんぜつ》す」を踏まえる。双声語「チョウダン」。○心緒亂　心の動きが乱れる。心の平静さが失われる。○許國　国の恩に報いるために一身を捧げて力を尽くす。○憤惋　憤って恨みに思う。「憤《ふん》」は、憤激する。「惋《わん》」は、恨みなげく。○功名　功績と名声。○麒麟　前漢の武帝が宮中に築いた楼閣の名。前漢の宣帝は一一人の功臣の肖像をこの楼閣に描かせ、彼らの功績を称えた。「麒麟閣」は杜甫の詩にしばしば見える語。

［遠藤］

其四　〇〇五二

送徒既有長　遠戍亦有身
生死向前去　不勞吏怒瞋
路逢相識人　附書與六親

其《そ》の四《し》

徒《と》を送《おく》るに既《すで》に長有《ちょうあ》り、遠《とお》く戍《まも》るに亦《ま》た身有《みあ》り
生死《せいし》前《まえ》に向《む》かいて去《さ》る、吏《り》の怒瞋《どしん》するを労《ろう》せず
路《みち》に相識《そうしき》の人《ひと》に逢《あ》い、書《しょ》を附《ふ》して六親《りくしん》に与《あた》う

哀哉兩決絶　不復同苦辛　　哀《かな》しいかな両《ふたつなが》ら決絶《けつぜつ》し、復《ま》た苦辛《くしん》を同《とも》にせず

＊五言古詩。韻字は上平一一真「身・瞋・人・親・辛」。

【現代語訳】兵士を戦地へ送り届けるために隊長がいるというのはわかるが、遠い辺境で守りにつく私たちだって生身の人間なのだ。死のうが生きようがもう前に進むしかないのだから、引率の役人にわざわざ目を剝《む》いて怒鳴《どな》っていただく必要などない。道中で知人に逢ったので、家族に宛てた手紙をことづけた。ああ悲しいよ、お互い離れ離れになってしまい、もう二度と苦労を共にすることができないなんて。

［遠藤］

■語釈

○長　隊長。兵士たちを引率する役人。第四句の「吏」も同じ。○有身　生身の身体を持つ人間である。一説に、(遠い辺境の地を守るために) この身体が存在する (『杜臆』巻三)。○不勞　お手を煩《わずら》わせない。わざわざ……していただく必要はない。○附書　手紙をことづける。「書」は、手紙。○六親　親しい肉親・家族。一般的には父母・兄弟・妻子を指すが、異説も多い。○「哀哉」二句　手紙に記された兵士の思い。○決絶　縁が切れて会えなくなる。

其五　　其《そ》の五《ご》　　〇〇五三

沼沼萬里餘　領我赴三軍　　沼沼《ちょうちょう》たり万里《ばんり》の余《よ》、我《わ》れを領《りょう》して三軍《さんぐん》に赴《おもむ》く

軍中異苦樂　主將寧盡聞
隔河見胡騎　倏忽數百群
我始爲奴僕　幾時樹功勳

軍中《ぐんちゅう》 苦楽《くらく》異《こと》なり、主将《しゅしょう》 寧《なん》ぞ 尽《ことごと》く聞《き》かんや
河《かわ》を隔《へだ》てて胡騎《こき》を見《み》、倏忽《しゅくこつ》にして数百群《すうひゃくぐん》
我《わ》れ始《はじ》めて奴僕《どぼく》と為《な》る、幾時《いくとき》か功勲《こうくん》を樹《た》てん

＊五言古詩。韻字は上平一二文「軍・聞・群・勳」。

【現代語訳】 はるばると一万里を超える遠い彼方から、私は隊長に率《ひき》いられて軍の本隊に合流した。軍隊ではどの将軍の下につくかで苦楽がまるで違うのだが、こうした不平等を総司令官がすっかり聞き知ることなどどうして期待できよう。交河《こうか》の向う岸に異民族の騎兵の姿が見えたかと思うと、瞬《またた》く間《ま》に何百騎もの集団に膨れあがった。私は奴僕《ぬぼく》のような雑兵《ぞうひょう》になったばかり、手柄を立てて出世できる日はいったいいつになることやら。

■語釈
○迢迢　遥かに遠いさま。○領　引率する。主語は〇〇五三に見える「長」。○三軍　軍隊。古代の軍隊は、上軍・中軍・下軍の三つに分かれていたことから。○異苦樂　苦労と安楽の違いがある。前漢の李《り》広《こう》と程不識《ていふしき》はどちらも名将として知られたが、程不識の部隊は軍律が厳しく部下の兵は苦労をしたのに対して、李広の部隊は軍律が緩やかで部下の兵はのんびりしていたという故事を踏まえる（『漢書』巻五四「李広伝」）。一説に、楽をする将軍と苦労をする兵士との違い（『黄鶴補注』巻五）。○河　交河《こうか》県（新疆ウイグル自治区トルファン市）を流れる川の名。○胡騎　異民族の騎兵。「胡」は北方または西北の異民族の総称で、ここでは吐蕃を指す。○奴僕　召使い。雑役に従事する者。前漢の衛青《えいせい》は奴僕《ぬぼく》の身

分から奮起し、後に大将軍にまで出世した。『漢書』巻五八「公孫弘卜式児寛伝」に「衛青《えいせい》は奴僕《どぼく》より奮《ふる》う」。

［遠藤］

其六

挽弓當挽强　用箭當用長
射人先射馬　擒賊先擒王
殺人亦有限　立國自有疆
苟能制侵陵　豈在多殺傷

其《そ》の六《ろく》　〇〇五四

弓《ゆみ》を挽《ひ》かば当《まさ》に強《つよ》きを挽《ひ》くべし、箭《や》を用《もち》いば当《まさ》に長《なが》きを用《もち》うべし
人《ひと》を射《い》ば先《ま》ず馬《うま》を射《い》よ、賊《ぞく》を擒《とりこ》にせば先《ま》ず王《おう》を擒《とりこ》にせよ
人《ひと》を殺《ころ》すも亦《ま》た限《かぎ》り有《あ》り、国《くに》を立《た》つるに自《おのず》から疆《さかい》有《あ》り
苟《いやしく》も能《よ》く侵陵《しんりょう》を制《せい》すれば、豈《あ》に殺傷《さっしょう》すること多《おお》きに在《あ》らんや

＊五言古詩。韻字は下平七陽「强・長・王・疆・傷」。

【現代語訳】弓を引くなら弦《つる》がきつく張られた強力な弓を引くべきで、矢を使うなら長くて威力のある矢を使うべきだ。人を弓で射たいのなら乗っている馬をまず射よ、賊を捕らえたいのなら彼らの首領をまず生け捕りにせよ。敵兵を殺すにも限度というものがあるし、国が建てられた時に自然と定まった国境というものがある。かりにも領土を侵《おか》され辱《はずかし》めを受けることさえ防げているのであれば、むやみに多くの人を殺傷する必要がどうしてあろう。

一■語釈

○「挽弓」四句　事に当たる時にはまずその肝要な部分をしっかり押さえるべきことの喩え。大事なのは敵兵を多く殺傷することではなく、国土を守る点にあることを述べる後半部分を導く。なお、前半四句はいずれも諺《ことわざ》・成語に類する表現。第一句の「強」は強弓《ごうきゅう》。弦《つる》の張りが強く、威力のある弓。○制　制止する。防ぎ止める。○侵陵　侵犯し陵辱する。

［遠藤］

其七　〇〇五

驅馬天雨雪　軍行入高山
徑危抱寒石　指落曾冰閒
已去漢月遠　何時築城還
浮雲暮南征　可望不可攀

其《そ》の七《しち》
馬《うま》を駆《か》れば天雪《てんゆき》を雨《ふ》らすも、軍《ぐん》行《ゆ》きて高山《こうざん》に入《い》る
径《みち》は危《あや》うくして寒石《かんせき》に抱《いだ》かれ、指《ゆび》は落《お》つ曾氷《そうひょう》の間《かん》
已《すで》に漢月《かんげつ》を去《さ》ること遠《とお》し、何《いず》れの時《とき》にか城《しろ》を築《きず》きて還《かえ》らん
浮雲《ふうん》暮《く》れに南《みなみ》に征《ゆ》くも、望《のぞ》む可《べ》くして攀《よ》ず可《べ》からず

*五言古詩。韻字は上平一五刪「山・閒・還・攀」。

【現代語訳】馬を急がせているうちに空から雪が降ってきたが、わが軍はかまわず進んで険しい山の中へと分け入っていく。危険な山道は冷たい岩に囲まれて寒さが厳しく、指は凍傷でちぎれ厚く張った氷の上に落ちた。すでに祖国からは遠く隔たってしまったが、城塞を築き終えて帰還できるのはいったいいつになることやら。浮き雲が夕暮れ時の空を南に向か

って流れていくが、遠くから眺めることしかできず、よじ登って故郷に乗せていってもらうことはできないのだ。

■語釈
○雨雪　雪が降る。「雨」は動詞で、降るの意。○抱寒石　冷たい岩に周囲を取り囲まれる（『李寿松注』八四頁）。一説に、築城のため冷たい岩を抱きかかえて運搬する（『全訳』四七頁）。この場合の訓読は「径《みち》は危《あや》うくして寒石《かんせき》を抱《だ》く」。○指落　凍傷にかかった指が腐ってちぎれ落ちる。厳しい寒さを表す。○曾冰　積み重なり層状になった厚い氷。「曾」は「層」に通じる。○漢月　唐の国土を照らす月。転じて祖国を指す。唐はしばしば漢王朝になぞらえられる。

〔遠藤〕

00五六

其八

單于寇我壘　百里風塵昏
雄劍四五動　彼軍爲我奔
虜其名王歸　繫頸授轅門
潛身備行列　一勝何足論

＊五言古詩。韻字は上平一三元「昏・奔・門・論」。

其《そ》の八《はち》

単于《ぜんう》我《わ》が塁《るい》に寇《あだ》し、百里《ひやくりふうじん》風塵昏《くら》し
雄剣《ゆうけん》四五《しご》たび動《うご》けば、彼《か》の軍《ぐん》我《わ》が為《ため》に奔《はし》る
其《そ》の名王《めいおう》を虜《とりこ》にして帰《かえ》り、頸《くび》を繋《つな》ぎて轅門《えんもん》に授《さず》く
身《み》を潜《ひそ》めて行列《ぎようれつ》に備《そな》う、一勝《いつしよう》何《なん》ぞ論《ろん》ずるに足《た》らん

【現代語訳】吐蕃《とばん》王の軍がわが陣営に攻めこんできて、土ぼこりが風に巻きあげられ周囲

は百里にわたって薄暗くなった。そこで手にした宝剣を何度か振り回したところ、敵の軍勢は私の働きによって敗走したのだ。名だたる敵の大将を捕虜にし、その首を縄でくくって軍営に引き渡した。あとは人に知られないよう兵士の隊列に加わるのみ、一度の勝利を得たくらいの功績などわざわざいいたてる必要もなかろう。

■語釈

○單于　漢王朝と敵対関係にあった匈奴の君主の称号。ここでは借りて吐蕃《とばん》の王を指す。○壘　防衛のため、陣営の周囲に巡らした壁。○「雄劍」二句　春秋時代、晋の軍隊に城を包囲されて窮地に陥った楚の王が、名剣「泰阿《たいあ》」を城壁の上で振り回したところ、包囲軍が壊滅した故事（『越絶書』巻一一）と、唐の将軍である宋青春が、吐蕃との戦《いくさ》の際に剣を振り回したところ、青龍が敵陣に襲いかかり、敵軍を打ち破った故事（『太平広記』巻二三一の引く『酉陽雑俎』）とを踏まえる。「雄劍」は、いにしえの刀匠である干将《かんしょう》・莫邪《ばくや》が鋳造した宝剣（『捜神記』巻一一）。○名王　匈奴の諸王の中でも特に名声のある王。ここでは借りて名だたる敵の大将を指す。〇〇五四に「賊《ぞく》を擒《とりこ》にせば先《ま》ず王《おう》を擒《とりこ》にせよ」とあるのを踏まえる。○轅門　軍営の門。ここでは軍営。「轅」は馬車の梶棒《かじぼう》。軍営の門は、二台の車の轅《ながえ》を向かいあわせにして作った。

［遠藤］

其九

從軍十年餘　能無分寸功

其《そ》の九《きゅう》　〇〇五七

軍《ぐん》に従《したが》うこと十年余《じゅうねんよ》、能《よ》く分寸《ぶんすん》の功無《こうな》からんや

衆人貴苟得　欲語羞雷同
中原有鬬爭　況在狄與戎
丈夫四方志　安可辭固窮

＊五言古詩。韻字は上平一東「功・同・戎・窮」。

衆人《しゅうじん》　苟得《こうとく》を貴《とうと》ぶも、語《かた》らんと欲《ほっ》して雷同《らいどう》を羞《は》ず
中原《ちゅうげん》にすら闘争《とうそう》有《あ》り、況《いわ》んや狄《てき》と戎《じゅう》とに在《あ》りてをや
丈夫四方《じょうふしほう》の志《こころざし》、安《いずく》んぞ固窮《こきゅう》を辞《じ》す可《べ》けん

【現代語訳】軍隊に入ってからすでに十年余り、どうしてわずかな戦功すら立てていないことがあろうか。人々はみな手段を問わず恩賞を得ることを重視しているが、私はそのような周囲の雰囲気に流されるのを恥ずべきこととし、口にしかけた自分の戦功をぐっと飲みこむのだ。功績をめぐる争いをしていては中国本土すら安泰ではなくなる、ましてや遠い夷狄《いてき》の地を征伐することなどできるはずもない。男子として天下国家に報いんとする志を抱《いだ》くうえは、苦しい境遇にだって甘んじる覚悟はできているのだ。

■語釈
○分寸　ごくわずかなことの喩え。○苟得　道義にもとる方法で何かを手に入れる。ここでは、功績をいつわって恩賞を得ること。○雷同　他人の意見や行動に流されて同調する。雷が鳴ると多くの物がその響きに応じることから。○「中原」二句　功績をめぐって誰もが争ってばかりいると、中原地方ですら情勢が不安定になるのだから、ましてや遠い夷狄《いてき》の地への征伐などとてもできない。一説に、中原地方ですら功績をめぐる争いが絶えないのだから、ましてや夷狄との国境地帯においてはいうまでもない（『全訳』四八頁）。「中原」は、黄河中流から下流にかけての平原地帯。中国本土の政治・文化の中心地。

○狄與戎　北狄と西戎。北方の異民族を狄、西方の異民族を戎という。ここでは広く夷狄の地。○固窮　道義を貫いて困窮した境遇に安んじる。西晋・張協「雑詩《ざつし》十首」其の十に「君子《くんし》固窮《こきゅう》を守《まも》り、約《やく》に在《あ》りても貞《てい》に爽《たが》わず（君子は困窮しても道義を貫き、苦しい境遇にあっても正しい道に背くようなことはしない）」。

［遠藤］

〇〇五八

送高三十五書記十五韻

崆峒小麥熟　且願休王師
請公問主將　焉用窮荒爲』
饑鷹未飽肉　側翅隨人飛
高生跨鞍馬　有似幽并兒
脫身簿尉中　始與捶楚辭』
借問今何官　觸熱向武威
答云一書記　所愧國士知
人實不易知　更須愼其儀』
十年出幕府　自可持旌麾
此行既特達　足以慰所思

高三十五書記《こうさんじゅうごしょき》を送《おく》る十五韻《じゅうごいん》

崆峒《こうどう》小麦《しょうばく》熟《じゅく》す、且《しばら》く願《ねが》う王師《おうし》を休《やす》めんことを
公《こう》に請《こ》う主将《しゅしょう》に問《と》え、焉《いずくん》ぞ荒《こう》を窮《きわ》むるを用《もち》いんやと
饑鷹《きよう》未《いま》だ肉《にく》に飽《あ》かず、翅《つばさ》を側《そばだ》てて人《ひと》に随《したが》いて飛《と》ぶ
高生鞍馬《こうせいあんば》に跨《また》がれば、幽并《ゆうへい》の児《じ》に似《に》たる有《あ》り
身《み》を簿尉《ぼい》の中《うち》より脱《だつ》し、始《はじ》めて捶楚《すいそ》と辞《じ》す
借問《しゃもん》す今何《いまなん》の官《かん》ぞ、熱《ねつ》に触《ふ》れて武威《ぶい》に向《む》かうや
答《こた》えて云《い》う一書記《いちしょき》、愧《は》ずる所《ところ》は国士《こくし》として知《し》らると
人実《ひとじつ》に知《し》り易《やす》からず、更《さら》に須《すべから》く其《そ》の儀《ぎ》を慎《つつし》むべし
十年《じゅうねん》にして幕府《ばくふ》より出《い》でなば、自《おのずか》ら旌麾《せいき》を持《じ》す可《べ》し
此《こ》の行既《こうすで》に特達《とくたつ》、以《もっ》て所思《しょし》を慰《なぐさ》むるに足《た》る

男兒功名遂　亦在老大時』
常恨結歡淺　各在天一涯
又如參與商　慘慘中腸悲
驚風吹鴻鵠　不得相追隨
黃塵翳沙漠　念子何當歸
邊城有餘力　早寄從軍詩』

男児《だんじ》功名《こうみょう》の遂《と》ぐるは、亦《ま》た老大《ろうだい》の時《とき》に在《あ》り
常《つね》に恨《うら》む歓《かん》を結《むす》ぶこと浅《あさ》く、各〻《おのおの》天《てん》の一涯《いちがい》に在《あ》るを
又《ま》た参《しん》と商《しょう》との如《ごと》く、惨惨《さんさん》として中《ちゅう》腸《ちょう》悲《かな》しむ
驚風《きょうふう》鴻鵠《こうこく》を吹《ふ》き、相《あ》い追随《ついずい》するを得《え》ず
黄塵《こうじん》沙漠《さばく》を翳《おお》う、子《し》が何《いつ》か当《まさ》に帰《かえ》るべきを念《おも》う
辺城《へんじょう》余力《よりょく》有《あ》らば、早《はや》く従軍《じゅうぐん》の詩《し》を寄《よ》せよ

＊五言古詩。韻字は上平四支「師・爲・兒・辭・知・儀・麾・思・時・涯・悲・隨・詩」、上平五微「飛・威・歸」。支・微韻は支部の通押。

【題意】　高三十五書記すなわち高適《こうせき》（↓「人物説明」）を見送る詩。「書記」は官名で、節度使（↓「用語説明」）の属官。文書を掌る。偶数句末の脚韻が一五あるので「十五韻」という。しかし、実際は一六韻。「三十五」は排行（↓「用語説明」）。杜甫は天宝三載（七四四）秋、李白（↓「人物説明」）や高適と梁宋（河南省）に遊んでいる。この詩は天宝十一載（七五二）、高適が吐蕃《とばん》（チベット）との戦いで軍功をあげている隴右節度使哥舒翰《かじょかん》（？〜七五七）の掌書記として涼州（甘粛省武威市）に赴くのを見送った際の作である。最初に無用な戦への疑問を詠じつつも、中頃には高適の栄達を祝い、終わりには別れを悲しみ、詩の便りを求めて結んでいる。詳注一-一三六、鈴木注一-一二八。

【現代語訳】　君が向かう先の崆峒山《こうどうさん》では小麦が実る頃だから、農繁期の農民を徴兵して吐蕃と戦うのはしばらくやめてほしいのだ。君、大将の哥舒翰《かじょかん》に訊きたまえ、どうして痩せた僻地を得る必要があるのかと。』

飢えた鷹は肉を食べ飽きるまでの間だけ翼を縮めて飼い主について飛ぶ。高君は馬に跨れば、弓の得意な幽州や幷州の若者のように勇ましい。その身は主簿や県尉という下級官僚から抜け出し、罪人を鞭打たねばならない身分とようやくおさらばするのだ。』

さて、君は今、何の官に就いて、暑さを押して武威に向かうのかね。答えていう、「一介の書記に過ぎないさ、しかし、忝《かたじけな》くも国の一級の人物として認められたのだよ」。そうはいうが、人に自分をわかってもらうのは難しいものだ。君はさらに品行を慎むほうがよい。』

十年も経って幕府を出てしまえば、君は自然と軍の長官として采配を揮うようになれるだろう。今回の旅からしてすでに特別の抜擢だ。私の心も十分慰められるというもの。男児が功名を上げるのは、やはり年を取ってからなのだから。』

一緒に楽しく過ごす時間は少なく、互いに天の果てにいるのをいつも恨めしく思っているのに、今回また、参《しん》と商の二つの星座のように離れてしまうと思うと、腸《はらわた》もちぎれんばかりに悲しい。荒々しい風が鴻鵠《こうこく》を吹き飛ばすが、私はそれについて行くことができない。黄色い土ぼこりが砂漠の空を暗く覆っている辺りを見晴かし、君はいつ帰ってこられるのだろうかと思う。国境の城塞に着いて、余裕ができたなら、早く王粲《おうさん》のように従軍の詩を作って便りを寄こしたまえ。』

■語釈

○崆峒　山の名。臨洮《りんとう》（甘粛省岷《びん》県の西）にある。高適《こうせき》が向かう涼州に近い。畳韻語「コウドウ」。○王師　唐の官軍。つまり哥舒翰《かじょかん》が指揮する軍隊のこと。「王師《おうし》を休《やす》める」とは、休戦すること。○窮荒　痩せた僻地をどこまでも手に入れようとする。○爲　文末に置いて反語の語気をあらわす助詞。○饑鷹　飢えた鷹。『魏志』巻七「張邈伝《ちょうばくでん》」に曹操が呂布を評した言葉として、「譬《たと》えば鷹《たか》を養《やしな》うが如《ごと》し、饑《う》うれば則《すなわ》ち用《よう》を為《な》し、飽《あ》けば則《すなわ》ち揚《あ》がり去《さ》る」と見える。不遇だった高適が哥舒翰の部下となって旅立つのは、さながら飢えた鷹が肉を求めて飼い主（鷹匠）についていくようなものだが、もともと才能があるのだから肉を食べ飽きれば飛び立つことだろうというのである。○側翅　翼を縮める。飢えた鷹が飽食すれば、翼を広げて空高く飛翔するのだとすると、肉を求めて飼い主に随っている間は、翼を縮めているということ。○高生　高適のこと。「生」は敬称。○幽幷兒　万里の長城にも近い北方の幽州（北京一帯）や幷州（山西省北部）、いにしえの燕趙の地の騎馬や弓術に優れる若者。梁の簡文帝の「鴈門大《がんもんたい》守歌《しゅか》二首」其の一に「少《すこ》しく解《かい》す孫呉《そんご》の法《ほう》、家《いえ》は本《もと》と幽幷《ゆうへい》の兒《じ》」。○簿尉　「簿」は県の書記、主簿ともいう。「尉」は県の刑罰を掌る官。これら二つの官名で身分の低い官職を代表させた。高適は封丘県（河南省封丘県）の県尉だった。○捶楚　「捶《すい》」はむちうつ。「楚」はイバラの笞《むち》。県尉は職務として罪人をむちうたねばならないことがあった。○武威　前漢の郡名（甘粛省武威市）。河西節度使の駐屯地、涼州を指す。○國士　一国の中で最も優れた男。『史記』巻八六「予讓伝」に「智伯《ちはく》に至《いた》りては国《こく》士《し》もて我《わ》れを遇《ぐう》す。我《わ》れ故《ゆえ》に国士《こくし》もて之《こ》れに報《むく》ゆ」。高適が哥舒翰に高く評価されたことをいう。○人實不易知　人物を知ることの、転じて人間関係を作ることの難しさをいう。『史記』巻七九「范雎伝《はんしょでん》」に「人固《ひともとよ》り未《いま》だ知《し》り易《やす》からず、人《ひと》を知《し》るも亦《ま》た未《いま》だ易《やす》からざるなり」。ここでは高適が哥舒翰に理解してもらうのが難しいこと。○儀　威儀。品行。○幕府　河西節度使の幕府。○旌麾　軍隊の指揮官が手に持つ指図旗。○特達　徳が優れる。『礼記』聘義に、徳のある者は玉だけを贈り物とし、他の物は贈らないと見え、それを「特達」という。この詩では特別の取りたて。双声語「トクタツ」。○所思　作者の思い。○結歡　仲良く交際する。○參與商　「参《しん》」は、オリオン座。「商」は、さそり座。前者は冬の星座、後者は夏の星座。巡り合えない喩え。○慘慘　悲しむさま。○鴻鵠　鳥の名。オオハクチョウ。ここでは高適に喩える。双声語「コウコク」。○從軍詩　後漢の王粲《おうさん》（↓「人物説明」）に「從軍詩五首」がある。ここでは高適を王粲に喩えて敬意を表している。

［詹］

奉留贈集賢院崔于二學士　〇〇五九

昭代將垂白　途窮乃叫閽
氣衝星象表　詞感帝王尊』
天老書題目　春官驗討論
倚風遺鶂路　隨水到龍門
竟與蛟螭雜　空聞燕雀喧
青冥猶契闊　凌厲不飛翻』
儒術誠難起　家聲庶已存
故山多藥物　勝概憶桃源

集賢院《しゅうけんいん》の崔于《さいう》二《に》学士《がくし》に留贈《りゅうぞう》し奉《たてまつ》る

昭代《しょうだい》将《まさ》に白《はく》を垂《た》れんとし、途窮《みちきわ》まりて乃《すなわ》ち閽《こん》に叫《さけ》ぶ
気《き》は星象《せいしょう》の表《おもて》を衝《つ》き、詞《し》は帝王《ていおう》の尊《たっと》きを感《かん》ぜしむ
天老題目《てんろうだいもく》を書《しょ》し、春官《しゅんかん》験《しら》べて討論《とうろん》す
風《かぜ》に倚《よ》りて鶂路《げきろ》に遺《のこ》り、水《みず》に随《したが》いて龍門《りょうもん》に到《いた》る
竟《つい》に蛟螭《こうち》と雑《まじ》わり、空《むな》しく燕雀《えんじゃく》の喧《かまびす》しきを聞《き》く
青冥《せいめい》猶《な》お契闊《けつかつ》たり、凌厲《りょうれい》すれども飛翻《ひほん》せず
儒術《じゅじゅつ》誠《まこと》に起《お》こし難《がた》きも、家《か》声《せい》庶《こいねが》わくは已《すで》に存《そん》せんことを
故山《こざん》薬物《やくぶつ》多《おお》く、勝概《しょうがい》桃源《とうげん》を憶《おも》う

欲整還郷旆　長懐禁掖垣
謬稱三賦在　難述二公恩』

郷《きょう》に還《かえ》るの旆《はい》を整《ととの》えんと欲《ほっ》し、長《なが》く禁掖《きんえき》の垣《えん》を懐《おも》う
謬《あやま》りて三賦《さんぷ》在《あ》るを称《しょう》され、二公《にこう》の恩《おん》を述《の》べ難《がた》し

＊五言排律。韻字は上平一三元「閽・尊・論・門・喧・翻・存・源・垣・恩」。

【題意】 杜甫は故郷に帰ろうとして、この詩を崔国輔《さいこくほ》と于休烈《うきゅうれつ》に贈った。「留贈」とは旅立つ人が留まる人に詩を留め贈ること。「学士」とは官名で、詔勅の文の起草を掌る。五品以上が学士、六品以下が直学士（『唐六典』巻九）。詩題には崔の後に「国輔」、于の後に「休烈」と原注がある。天宝十一載（七五二）の作。崔国輔（生没年不明）は山陰（浙江省）の人（『唐詩紀事』巻一五には呉郡の人とある）。この頃集賢院（図書の輯佚《しゅういつ》と校勘《こうかん》を掌る館。集賢殿ともいう）直学士に礼部（尚書省に属し、礼楽・祭祀・外交・教育を掌る部署）員外郎を兼ねていた（『唐才子伝』巻二）。于休烈（六九二〜七七二）は河南（河南省）の人。この頃集賢殿学士（『旧唐書』巻一四九「于休烈伝」）。これより以前、杜甫は「三大礼《さんたいれい》の賦《ふ》」を献上して玄宗（→「人物説明」）の目に止まり、召されて文章を試された。崔国輔と于休烈はそのときに杜甫の文を評価する役目だったのだろう。【補説】参照。任官するまでには至らなかった経緯と、故郷に帰るに当たっての崔国輔と于休烈への謝意を詠じている。詳注一―一三〇、鈴木注一―一三三。

【現代語訳】 徳高き天子の御世に白髪になりつつある私は、逆境に苦しんだ挙句、宮門に

向かって声を上げ、賦を奉ってみた。私の気概は星空の高みにのぼり、賦の言葉は天子の尊き御心を感動させた。』

そこで宰相が出題し、礼部の役人が私の答案を審査し話し合った。私は風に乗って飛んでいったので逆風に弱い鷁《げき》のようでも進む道をはずれず、鯉のように流れをたどって泳ぎ登龍門の下に行き着いたのだ。しかし任官まではできずに龍になろうとする蛟《こう》や螭《ち》にまじり、燕や雀のような小人《しょうじん》どものやかましい無駄話を聞かされる羽目に陥った。青空は依然として遥かに遠く、激しく翼を動かしても飛び立って羽ばたくことはできない。』

儒者の学術で身を起こすのはほんとうに難しいが、賦を献上したことでせめて我が家の名声は保たれていることを願う。故郷の山には薬草などが多いし、美しい景色は桃源郷を思わせる。帰郷の支度を整えようとしつつ、いつまでも宮廷が思われてならない。あなたには「三大礼の賦」があるではないかと忝《かたじけな》くも称賛して下さった崔于両公のご恩は筆舌には尽くせないほどのものだ。』

■語釈

○昭代　天子の徳の明らかな時代。玄宗の世をいう。○垂白　白髪を垂れる。○途窮　途《みち》が行き止まりになる。逆境にあることをいう。魏の阮籍《げんせき》（→「人物説明」）が車を馳せて行き止まりに遭うたびに哭いたという故事（『世説新語』棲逸所引『魏氏春秋』）をふまえる。○閶　宮城の門。○星象表　星空の上（表面）。○帝王　玄宗を指す。後に杜甫は「往時《おうじ》文采《ぶんさい》人主《じんしゅ》を動《うご》かす」（「莫相疑行《ばくそうぎこう》」〇六二三）と、「三大礼の賦」が帝王の心を動かしたことを詠っている。○天老　宰相のこと。○題目　人材を選抜し採用する際に出す問題。『晋書』巻四三「山濤伝《さんとう》」に「人物《じんぶつ》を甄抜《けんばつ》し、各〻《おのおの》題目《だいもく》を為《つく》る」。○春官　礼部の古名。○驗討論　杜甫の答案を審査して可否を議論する。○鷁路　鷁《げき》が飛ぶ道。鷁は水鳥の名。逆風にあうと前に進めず後に下がるという。『春秋左氏伝』僖公《きこう》十六年に「六鷁退飛《ろくげきたいひ》す」。「鷁《げき》」は「鶂《げき》」と同じ。○随水到龍門　鯉のように水の流れを遡って「龍門《りょうもん》」すなわち登れば龍になる門に到った。杜甫がようやく役人に登用される資格を得たことをいう。『三秦記』に、龍門は河東《かとう》（山西省内の黄河の東）の境にあり、毎年春の終わりに多くの鯉が海から遡ってきて争ってこの門を登ろうとし、登れた鯉は龍になるが、登れなかった鯉はエラを水上に曬《さら》し額《ひたい》を打ちつけて退《しりぞ》くとある。○蛟螭　みずち。「蛟《こう》」も「螭《ち》」も水中に棲み、天に昇れば龍になるという。○燕雀　ツバメやスズメのようにつまらない人々。『史記』巻四八「陳渉世家」に「燕雀 安《えんじゃくいずくん》ぞ鴻鵠《こうこく》の志《こころざし》を知《し》らんや」。○青冥　青空。「青冥却《せいめいかえ》つて翅《つばさ》を垂《た》れ、蹭蹬《そうとう》として鱗《うろこ》を縦《ほしいまま》にする無《な》し」〇〇三五。畳韻語「セイメイ」。○契闊　遥かに離れているさま。『吉川注』筑摩版第二冊は「苦労の場所」とする。双声語「ケッカツ」。○凌厲　高く飛び上がろうとがむしゃらに励む。双声語「リョウレイ」。○儒術　儒者の学術。○故山　故郷の山。○藥物　薬になる植物や鉱物。○勝槪　景勝地。○桃源　地名。桃花源とも。仙境のこと。東晋の陶淵明の「桃花源記」に基づく。○旆　はた。「郷《きょう》に還《かえ》るの旆《はい》を整《ととの》える」とは、故郷に帰る支度をすること。○禁掖垣　宮城の墻《かき》。ここでは宮廷を指す。○謬稱三賦在　杜甫に「三賦」すなわち「三大礼の賦」があることを、崔国《さいこく》輔《ほ》と于休烈《うきゅうれつ》が称賛してくれたことをいう。「謬称（誤って褒める）」とは、謙遜した表現。○二公　崔国輔と于休烈。原注に「甫《ほ》『三大礼《さんたいれい》の賦《ふ》』を献《けん》じて出身《しゅつしん》（官となる資格を取得）し、二《に》公嘗《こうかつ》て謬《あやま》りて称《しょう》述《じゅつ》す」。

【補説】　杜甫は天宝十載（七五二）に「三大礼の賦」を朝廷に献じ、翌年、召されて試験を受け合格し官僚となる資格（官資）を得た。官資を取得することを出身という。唐代の出身には、科挙及第とならんで、朝廷に賦を献じて抜擢される「献賦出身」の道があった。杜甫はこれによって官資は取得できたものの、任官のために待機していた。参照：王勲成「杜甫授官、貶官与罷官説」（『天水師範学院学報』第三〇巻第四期、二〇一〇年）。

［詹］

〇〇七〇

貧交行

翻手作雲覆手雨
紛紛輕薄何須數
君不見管鮑貧時交
此道今人棄如土

貧交行《ひんこうこう》

手《て》を翻《ひるがえ》せば雲《くも》と作《な》り手《て》を覆《くつがえ》せば雨《あめ》
紛紛《ふんぷん》たる軽薄《けいはく》何《なん》ぞ数《かぞ》うるを須《もち》いん
君見《きみみ》ずや管鮑貧時《かんぽうひんじ》の交《まじ》わりを
此《こ》の道今人棄《みちきんじんす》つること土《つち》の如《ごと》し

＊七言古詩。韻字は上声七麌「雨・數・土」。

【題意】「貧しいときの付きあい」。「行」は「うた」の意味。「三大礼《さんたいれい》の賦《ふ》」を奉った後、仕官できずにいる杜甫は、久しく長安（陝西省西安市）に寓居する間、栄達した旧友から疎んぜられたのであろう。薄情な当時の世相を嘆いている。天宝十一載（七五二）の頃の作。詳注一―一三、鈴木注一―一五。

【現代語訳】手のひらを上にすれば雲が湧き、手のひらを下にすれば雨が降る。そんな天気のようにころころと変わる軽薄な人情など数えきれないほど沢山ある。諸君、見たまえ、管仲《かんちゅう》と鮑叔《ほうしゅく》の貧しかった頃の友情を。そのような友情を今の人は土くれのように棄てて顧みないのだ。

■語釈

○**翻手作雲覆手雨**　「翻手」、「覆手」は手のひらを反すこと。容易なこと。「雲」、「雨」は人の態度の喩え。容易に人の態度が変わること。○**紛紛**　入りみだれるさま。浮ついた人情をいう。○**輕薄**　相手を軽んじて尊重しない不誠実な態度。ここでは友情を重んじないこと。○**何須數**　数える必要があろうか。数えるまでもなく多いこと。○**管鮑貧時交**　春秋時代の斉の管仲《かんちゅう》と鮑叔《ほうしゅく》の厚い友情。管仲が貧しいことを知っていた鮑叔は、二人で商売をしたとき、管仲がより多くの分け前を取っても、それを責めなかった。後に鮑叔は管仲を斉の桓公《かんこう》に推挙した。管仲は「私を生んだのは父母だが、私を理解しているのは鮑叔だ」といった（『史記』巻六二「管仲伝」）。○**此道**　管仲と鮑叔とのような変わらぬ友情。

［詹］

送韋書記赴安西　〇〇六一

夫子欻通貴　雲泥相望懸
白頭無藉在　朱紱有哀憐
書記赴三捷　公車留二年
欲浮江海去　此別意茫然

韋《い》書記《しょき》が安西《あんせい》に赴《おもむ》くを送《おく》る

夫子《ふうし》欻《たちま》ち通貴《つうき》なり、雲泥《うんでい》相《あ》い望《のぞ》みて懸《けん》す
白頭《はくとう》に藉在《しゃざい》無《な》く、朱紱《しゅふつ》に哀憐《あいれん》有《あ》り
書記《しょき》三捷《さんしょう》に赴《おもむ》き、公車留《こうしゃとど》まること二年《にねん》
江海《こうかい》に浮《う》かび去《さ》らんと欲《ほっ》す、此《こ》の別《わか》れ意《い》茫然《ぼうぜん》たり

＊五言律詩。韻字は下平一先「懸・憐・年・然」。

【題意】　天宝十一載（七五二）、長安（陝西省西安市）での作。韋《い》書記が安西都護府（治所は新疆ウイグル自治区亀茲《きゆうじ》市）に赴任するのを見送った詩。韋書記については未詳。天宝十一載、封常清《ほうじようせい》（？～七五五）が安西副大都護として節度使（↓「用語説明」）の職務に就いたので、韋書記はその書記となった。「書記」は官名で節度使の属官。詳注一―一三三、鈴木注一―一三七。

【現代語訳】　君はにわかに栄達し、こうして向きあっていても、私とは雲泥の差が開いてしまった。私は白髪頭になっても寄る辺のない身だが、印に付ける朱色の紐を下賜された君は、そんな私を憐れんでくれる。君は書記として一ヵ月に三度も勝ち戦《いくさ》をするほどの激務に就こうとしているが、私は宮門の詰め所で詔を待って二年もたった。このままなんの御沙汰もないなら、川や海に浮かんで隠遁しようと思っているので、このたびの君との別れに臨み、もう会えなくなるかとひとしお落ちこんでしまうのだ。

■語釈

○夫子　男子の尊称。韋《い》書記を指す。○通貴　五品以上の官をいう（『吉川注』筑摩版第二冊）。書記はそれほど高い官ではないが、相手を称えていう。○雲泥　天の雲と地の泥のようにかけ離れていること。○相望懸　互いに相手を眺めると、両者の間の距離がかけ離れている。○白頭　白髪頭。杜甫のこと。○藉在　頼りにすること。『吉川注』では「無藉在」で楽しみがないとする。双声語「シャザイ」。○朱紱　印に付ける朱色の紐。唐代の制度では御史（監察を掌る役職）には金印と朱紱《しゆふつ》を賜った。韋書記はおそらく御史を兼ねていた。**○三捷**　一ヵ月に三度勝つこと。『詩経』小雅「采薇《さいび》」に「豈《あ》に敢《あえ》て定居《ていきょ》せんや、一月《いちげつ》に三捷《さんしょう》せん（一ヵ所に留まっていられない、一ヵ月に三度戦《いくさ》に勝とうとするのだから）」。韋書記の多忙な活躍をいう。『吉川注』は、戦果を上げている安西都護府とする。**○公車留二年**　「公車」は漢代の警護を掌る役所。天子の命令を待つ者が控えている所。ここでは借りて天子の命令を待つことをいう。杜甫は「三大礼《さんたいれい》の賦《ふ》」を奉った後、天宝十載（七五一）から十一載にかけての足掛け二年間、官僚資格試験実施の命令を待っていた。**○浮江海**　川や海に浮かぶ。隠遁すること。『論語』公《こう》冶長《やちょう》に「道行《みちおこな》われず。桴《いかだ》に乗《の》りて海《うみ》に浮《う》かばん」。**○茫然**　気落ちして元気が出ないさま。

［詹］

〇〇六三

玄都壇歌寄元逸人　玄都壇《げんとだん》の歌《うた》、元逸人《げんいつじん》に寄《よ》す

故人昔隠東蒙峰　故人《こじん》昔《むかし》　隠《かく》る東蒙峰《とうもうほう》
已佩含景蒼精龍　已《すで》に佩《お》ぶ含景蒼精龍《がんえいそうせいりょう》
故人今居子午谷　故人《こじん》今《いま》子午谷《しごこく》に居《お》り
獨竝陰崖白茅屋』　独《ひと》り陰崖《いんがい》に並《そ》う白茅屋《はくぼうおく》
屋前太古玄都壇　屋前《おくぜん》太古《たいこ》の玄都壇《げんとだん》
青石漠漠松風寒　青石《せいせき》漠漠《ばくばく》として松風《しょうふう》寒《さむ》し
子規夜啼山竹裂　子規《しき》夜《よる》啼《な》きて山竹《さんちく》裂《さ》け

王母晝下雲旗翻』　王母《おうぼ》昼下《ひるくだ》りて雲旗《うんき》翻《ひるがえ》る
知君此計成長往　知《し》る君《きみ》が此《こ》の計《けい》長往《ちょうおう》を成《な》すを
芝草琅玕日應長　芝《し》草琅玕《そうろうかん》日《ひ》に応《まさ》に長《ちょう》ずべし
鐵鎖高垂不可攀　鉄鎖《てつさ》高《たか》く垂《た》れて攀《よ》ず可《べ》からず
致身福地何蕭爽』　身《み》を福地《ふくち》に致《いた》すこと何《なん》ぞ蕭爽《しょうそう》たる

＊七言古詩。韻字は上平二冬「峰・龍」、入声一屋「谷・屋」、換韻して上平一四寒「壇・寒」、上平一三元「翻」、上声二二養「往・長・爽」。寒・元韻は真部通押。

【題意】　天宝十一載（七五二）の頃、長安（陝西省西安市）での作。玄都壇《げんとだん》に隠棲する元逸人《げんいつじん》に寄せた詩。玄都壇は長安の南、終南山《しゅうなんざん》（秦嶺山脈《しんれいさんみゃく》の主峰の一つ）の子午谷《しごこく》にあり、前漢の武帝（前一五六～前八七）が築いた壇。「壇」とは道教の寺院のこと。元逸人は道士の元丹丘《げんたんきゅう》のことであろう。逸人とは、世を避けて隠れ住む人の意。杜甫は天宝四載（七四五）、李白（↓「人物説明」）と斉・魯（山東省）に遊んだ際、元丹丘と知りあったらしい。初めは元逸人の住まいを、中頃は玄都壇の景色を詠じ、末尾は元逸人の隠逸の暮らしを称えている。詳注一―一三四、鈴木注一―一三八。

【現代語訳】　君は昔東蒙山《とうもうざん》に隠棲し、そのときすでに仙人となる含景蒼精龍《がんえいそうせいりょう》のお札《ふだ》を身に帯びていた。そして今は子午谷にいて、北向きの断崖に沿ったチガヤで葺いた家に一人で住んでいる。』

君の家の前には大昔に建てられた玄都壇があり、青い岩の断崖がどこまでも続いて、松風が寒々と吹き渡る。夜には山の竹が裂けるような悲しい声を響かせてホトトギスが鳴き、昼には雲の旗のような尾をはためかせて鳥のオウボが天から降りてくる。』

君がここに暮らすのは、俗世間から永遠に隔たって仙界に行くためなのだ。そこではきっと仙薬となる芝草《しそう》や宝玉の琅玕《ろうかん》が日に日に育っているだろう。断崖の高い所から鉄の鎖が垂れ下がっているが、とてもよじ登ることはできない。その身をそのような神仙の地に置くのは、どんなにか静かで爽やかなことだろう。』

■語釈

○故人　旧友。元逸人《げんいつじん》を指す。○東蒙峰　山名。蒙山《もうざん》のこと。山東省蒙陰県《もういんけん》の南にある。○含景蒼精龍符籙《ふろく》（お札《ふだ》）の名。これを身につけると仙人になれる。○子午谷　終南山《しゅうなんざん》（秦嶺山脈《しんれいさんみゃく》の主峰の一つ）を南北に走る谷の名。○白茅屋　白茅《はくぼう》（チガヤ）で葺いた粗末な家。○漠漠　広々しているさま。○王母鳥の名。足は青く、くちばしは赤みがかった黄色、翼は白く、頭は深紅（詳注に引く『酉陽雑俎』）。○雲旗　雲でできた旗。○長往　遠く行く。転じて死ぬこと。ここでは仙界に行くこと。○芝草琅玕　芝《し》草《そう》は霊芝のこと。琅玕《ろうかん》は仙界にある玉樹。どちらも仙薬。詳注に引く『漢武内伝』に「王母《おうぼ》曰《いわ》く、『太《たい》上《じょう》の薬《くすり》に、黄庭《こうてい》の芝草《しそう》、碧海《へきかい》の琅玕《ろうかん》有《あ》り』と」。○福地　仙人のいるところ。『初学記』巻五の注に引く『福地記《ふくちき》』に「終南《しゅうなん》　太一山《たいいつさん》、長安《ちょうあん》の西南《せいなん》五十里《ごじゅうり》左右《さゆう》に在《あ》り、四十里《しじゅうり》内皆《ないみ》な福地《ふくち》なり」。○蕭爽　静かで爽やかなさま。双声語「ショウソウ」。

【補説】「王母昼下雲旗翻」の解釈について、詳注は「王母」を鳥と解釈しているが、鈴木注や『吉川注』筑摩版第一冊は鳥ではなく西王母と解釈している。『吉川注』には、前の句の「子規」が伝説上の蜀の望帝の化身であるから、この句の王母が西王母となってもよいとある。「子規」二句は、表面的には鳥の名を詠じながら、イメージとしては蜀の望帝と西王母を想起させる対句と見ることができる。〔詹〕

曲江三章章五句　〇〇六三

曲江蕭條秋氣高
菱荷枯折隨風濤
遊子空嗟垂二毛
白石素沙亦相蕩
哀鴻獨叫求其曹

曲江三章《きょくこうさんしょう》、章《しょう》ごとに五句《ごく》
曲江《きょくこう》 蕭 条《しょうじょう》として秋気高《しゅうきたか》く
菱荷《りょうか》枯《か》れ折《お》れて風濤《ふうとう》に随《したが》う
遊子《ゆうし》空《むな》しく嗟《さ》す二毛《にもう》を垂《た》るるを
白石素沙《はくせきそさ》亦《ま》た相《あ》い蕩《うご》き
哀鴻《あいこう》独《ひと》り叫《さけ》びて其《そ》の曹《そう》を求《もと》む

＊七言古詩。韻字は下平四豪「高・濤・毛・曹」。

【題意】　天宝十一載（七五二）秋の作か。一説に至徳二載（七五七）の作とする（『九家注』）。長安（陝西省西安市）の東南隅にある曲江に遊んでの作。曲江は曲江池ともいい、前漢の武帝（前一五六～前八七）がここに宜春苑《ぎしゅんえん》を造った際、水の流れが折れ曲がっていたのでそう名づけた

（『太平寰宇記《たいへいかんうき》』巻二五）。上巳節などには水辺で過ごす人々で賑わう行楽地であり、杜甫はよく詩に詠じている。詩題に「三章、章ごとに五句」は『詩経』に倣った言い方。七言五句、第三句で区切りがある変わった詩形。杜甫の独創である。詳注一―一三七、鈴木注一―一四一。

【現代語訳】曲江は静かで寂しく、秋の気配が空高く満ち、ヒシもハスも枯れ折れて、風が起こす波に弄ばれている。旅人の私はただ白髪混じりの髪が垂れているのを嘆くだけだ。白い石も砂も水に揺られ、孤独な雁が哀しげに鳴いて仲間を探している。　［詹］

■語釈

○蕭條　静かで寂しいさま。畳韻語「ショウジョウ」。○菱荷枯折　枯れて折れたヒシとハスの姿は、次句の白髪混じりの髪に重なる。○遊子　旅人。杜甫を指す。○二毛　白い毛と黒い毛、白髪混じりの髪。○哀鴻　白石・素沙・哀鴻、すべて漂泊の杜甫自らになぞらえる。

其二　〇〇六四

即事非今亦非古
長歌激越捎林莽
比屋豪華固難數
吾人甘作心似灰

其《そ》の二《に》

即事《そくじ》今《いま》に非《あら》ず亦《ま》た古《いにしえ》に非《あら》ず
長歌激越《ちょうかげきえつ》にして林莽《りんぼ》を捎《うご》かす
比屋《ひおく》の豪華《ごうか》固《もと》より数《かぞ》え難《がた》し
吾人《ごじん》甘《あま》んじて心《こころ》の灰《はい》に似《に》たるを作《な》す

弟姪何傷涙如雨　　弟姪《ていてつ》何《なに》を傷《いた》みてか涙《なみだ》雨《あめ》の如《ごと》き

＊七言古詩。韻字は上声七麌「古・莽・數・雨」。

【現代語訳】見て感じたままを歌うこの詩は、今風でも古風でもない。何章もの歌を唱うと、大きく激しく響いて、周りの木々や草むらを震わすほどだ。曲江のほとりに並ぶ豪華な邸宅は数えきれないほど多い。私は冷えた灰のように心を空《から》にして貧窮など気にせず過ごそうと思う。弟よ、甥よ、何を悲しんで雨のように涙を流すのか。

■語釈

○卽事　眼前の事物を素材として詠じる。○非今亦非古　七言だからといって今様（近体）でもなく、奇数の五句を一章としているからといって古体でもない。○長歌　詳注に「長歌《ちょうか》と曰《い》うは、連章畳歌《れんしょうじょうか》なり」とあり、何番も重ねて唱う歌。○林莽　木々と草むら。「莽」は押韻のため「ボウ（モウ）」ではなく「ボ」と読む。○比屋　家並み。「比」は隣りあうさま。○吾人　わたし。鈴木注・『吉川注』筑摩版第一冊は「われわれ・われら」と複数形にして、末句の「弟姪」を含めて呼びかけていると解する。○心似灰　心が燃えつきた灰のように冷たく虚ろである。『荘子』斉物論に「心《こころ》固《もとよ》り死灰《しかい》の如《ごと》からしむ可《べ》きか」。○弟姪　弟とその子供。

［詹］

其三　〇〇六五

自斷此生休問天
杜曲幸有桑麻田
故將移住南山邊
短衣匹馬隨李廣
看射猛虎終殘年

其《そ》の三《さん》

自《みずか》ら此《こ》の生《せい》を断《だん》ず天《てん》に問《と》うを休《や》めん
杜曲《ときょく》幸《さいわい》に桑麻《そうま》の田《でん》有《あ》り
故《ゆえ》に将《まさ》に南山《なんざん》の辺《ほとり》に移住《いじゅう》せん
短衣《たんい》匹馬《ひつば》李広《りこう》に随《したが》い
猛虎《もうこ》を射《い》るを看《み》て残年《ざんねん》を終《お》えんとす

＊七言古詩。韻字は下平一先「天・田・邊・年」。

【現代語訳】 自分の人生はこうと覚悟を決めたのだ、天に運命を問うのはやめよう。杜曲には幸いに桑や麻を植える畑がある。だから、終南山《しゅうなんざん》の辺りに移住しよう。短い上着で馬に乗って名将李広《りこう》のような男に付き従い、獰猛な虎を射殺すのを眺めつつ余生を終えようと思う。

■語釈
○此生　この世。人生。○杜曲　地名。終南山《しゅうなんざん》（長安の南方にある秦嶺山脈《しんれいさんみゃく》の主峰の一つ）の北の麓を流れる樊川《はんせん》沿いにある。杜甫はここに土地を持っていた。○桑麻　クワとアサ。農作物の代表。東晋・陶淵明の「園田《えんでん》の居《きょ》に帰《かえ》る」詩に「但《た》だ道《い》う桑麻《そうま》長《なが》しと」。○李廣　前漢の武将。弓の名手。終南山に隠棲していたときに、自分のいる郡に虎が出たと聞くと、いつも自ら出向いて射殺した（『史記』巻一一〇九「李将軍列伝」)。

［詹］　〇〇六

奉贈鮮于京兆二十韻

王國稱多士　賢良復幾人
異才應間出　爽氣必殊倫
始見張京兆　宜居漢近臣
驊騮開道路　鵰鶚離風塵』
侯伯知何算　文章實致身
奮飛超等級　容易失沈淪
脱略磻溪釣　操持郢匠斤
雲霄今已逼　台袞更誰親』
鳳穴雛皆好　龍門客又新
義聲紛感激　敗績自逡巡』

鮮于《せんう》京兆《けいちょう》に贈《おく》り奉《たてまつ》る二十韻《にじゅういん》

王国士《おうこくし》多《おお》しと称《しょう》せらるるも、賢良《けんりょう》 復《ま》た幾人《いくにん》ぞ
異才《いさい》応《まさ》に間出《かんしゅつ》すべく、爽気《そうき》必《かなら》ず殊倫《しゅりん》なり
始《はじ》めて見《まみ》ゆ張《ちょう》 京兆《けいちょう》、宜《よろし》く漢《かん》の近臣《きんしん》に居《お》るべし
驊騮《かりゅう》道路《どうろ》を開《ひら》き、鵰鶚《ちょうがく》 風塵《ふうじん》を離《はな》る
侯伯《こうはく》知《し》んぬ何《なん》ぞ算《かぞ》えん、文章《ぶんしょう》 実《まこと》に身《み》を致《いた》す
奮飛《ふんぴ》して等級《とうきゅう》を超《こ》え、容易《ようい》に沈淪《ちんりん》を失《しっ》す
磻渓《はんけい》の釣《ちょう》を脱略《だつりゃく》し、郢匠《えいしょう》の斤《きん》を操持《そうじ》す
雲霄《うんしょう》 今已《いますで》に逼《せま》り、台袞《たいこん》更《さら》に誰《たれ》か親《した》しまん
鳳穴《ほうけつ》雛《すう》皆《み》な好《よ》く、龍門《りょうもん》 客《かく》又《ま》た新《あら》たなり
義声《ぎせい》紛《ふん》として感激《かんげき》するも、敗績《はいせき》自《みずか》ら逡巡《しゅんじゅん》す

＊五言排律。韻字は上平一一真「人・倫・臣・塵・身・淪・親・新・巡」、上平一二文「斤」。真・文韻は真部の通押。

【題意】京兆府《けいちょうふ》の尹《いん》（→「用語説明」）鮮于《せんう》仲通《ちゅうつう》（六九三～七五四）に贈った二十韻の詩。天宝十一載（七五二）十二月の作。鮮于仲通は、閬州《ろうしゅう》（四川省）の人。鮮于は複姓で、名は仲通、字《あざな》は向《しょう》（『新唐書』巻一四七「李叔明伝」）。私財を投じて便宜を図ったことで楊国忠《ようこくちゅう》（→「人物説明」）に気に入られて京兆府の尹にまでなった（『新唐書』巻二〇六「楊国忠伝」）。この時杜甫は、天宝十載（七五一）に朝廷に献上した「三大礼《さんたいれい》の賦《ふ》」が玄宗（→「人物説明」）に評価されて任官待機となっており、有利な任官を期待して、鮮于仲通に楊国忠への口利きを頼んでいる。前半で鮮于仲通の才能と栄達を称え、後半で自身の仕官への道の困難なさまを詠じる。詳注一―一四〇、鈴木注一―一四。

【現代語訳】今上《きんじょう》の天子のお国には優れた人材が多いといわれますが、賢明で善良な者はどれだけいるでしょうか。飛び抜けた才人はめったに出ませんし、出ればその爽快な心意気は傑出しているものです。かの張敞《ちょうしょう》のような鮮于《せんう》京兆《けいちょう》さまに初めてお目にかかり、なるほど唐王朝の天子のおそばに侍るべきお方だと思いました。その見事なご栄達は、駿馬の前に道が自然と開け、鷲が高く飛んで俗世から遥かに離れるようなものです。』

侯爵や伯爵といった世襲の貴族は数えきれないほどにいますが、あなたこそは本当に文学の才で高位高官に昇進されたのです。奮起して等級を跳び越し、低い地位から難なく身を起こされました。磻渓《はんけい》に釣り糸を垂れた太公望《たいこうぼう》など歯牙にもかけないほどのご出世、寸分の狂いもなく斧《おの》を振るう郢《えい》の名匠のように政務をお執りになっています。あなたは今や空の高みに迫っておいでです。あなたよりも三公と親しい方がおられるでしょうか。』

お子様がたはみな鳳凰《ほうおう》の雛《ひな》のようにご立派で、登龍門となるお宅には新しい客が引きも切らずやってきます。義侠心で知られるあなたの名声に、私は心乱れるほど感激していますが、「三大礼の賦」を奉ってもなかなか仕官できない自らの不首尾を思いますと、お力添えをお願いしたいと申し上げることもためらわれるのです。』

■語釈

○**王國**　天子が治める国。唐王朝。○**間出**　たまにしか出ない。○**殊倫**　普通とは異なる。傑出している。○**張京兆**　前漢の張敞《ちょうしょう》。京兆府《けいちょうふ》の尹《いん》として治績があり、しばしば天子を諫めた。鮮于《せんう》仲通《ちゅうつう》を喩える。○**漢近臣**　漢の天子に近く仕える臣下。唐を漢に喩えている。○**驊騮**　赤栗毛の駿馬。西周・穆王《ぼくおう》の八駿の一。○**鵰鶚**　どちらもワシの種類の名。「鶚《がく》」のほうが大きい。○**侯伯**　侯爵と伯爵。世襲の貴族官僚。○**知何算**　どうして数えられようか。数えきれないほど多い。○**致身**　身を高位に昇らせる。○**等級**　官吏叙任の序列。○**沈淪**　零落。落ちぶれること。○**脱略**　軽んじる。歯牙にかけない。○**磻溪釣**　呂尚《りょしょう》すなわち太公望《たいこうぼう》が渭水《いすい》の磻溪《はんけい》に釣り糸を垂れ、通りかかった周の文王（→「人物説明」）に見出されたこと（『水経注』巻一七）。○**操持**　しっかり握って使う。○**郢匠斤**　楚の都の郢《えい》の人が鼻に土を薄く塗り、石《せき》という名匠に斤《おの》で削らせたところ、鼻を傷つけることなく土を削ったこと（『荘子』徐無鬼）。○**雲霄**　大空。高位高官の喩え。○**台袞**　「台」は三台。三つの星の名。最高の官職である三公（太尉・司徒・司空）に当たる。「袞《こん》」は袞衣《こんい》。龍のぬいとりのある衣。三公が着る。併せて高位高官をいう。楊国忠を指す。○**鳳穴**　鳳凰《ほうおう》の棲む穴。鮮于の家門の高さをいう。○**雛**　鳳凰の雛《ひな》。鮮于の子を指す。○**龍門**　山西省と陝西省の境を流れる黄河の瀑布の名。ここを遡った鯉は龍になれるという（『三秦記』）。また、後漢の李膺《りよう》に面会がかなった者は龍門に登るといわれた（『後漢書』巻六七「李膺伝」)。ここでは鮮于仲通の邸を表す。○**義聲**　義俠心があるという名声。○**紛**　心が乱されるさま。○**敗績**　戦争に大敗すること(『春秋左氏伝』にしばしば見える)。杜甫が仕官できなかったことをいう。○**逡巡**　進むのをためらう。畳韻語「シュンジュン」。

途遠欲何向　天高難重陳
學詩猶孺子　鄉賦忝嘉賓
不得同晁錯　吁嗟後郤詵
計疏疑翰墨　時過憶松筠』
獻納紆皇眷　中閒謁紫宸
且隨諸彥集　方覬薄才伸
破膽遭前政　陰謀獨秉鈞
微生霑忌刻　萬事益酸辛』
交合丹青地　恩傾雨露辰
有儒愁餓死　早晩報平津』

途遠《みちとお》くして何《いず》くにか向《む》かわんと欲《ほっ》する、天高《てんたか》くして重《かさ》ねては陳《の》べ難《がた》し
詩《し》を学《まな》ぶは猶《な》お孺子《じゅし》、郷賦《きょうふ》嘉賓《かひん》を忝《かたじけな》くす
晁錯《ちょうそ》に同《おな》じきを得《え》ず、吁嗟《ああ》郤詵《げきしん》に後《おく》れたり
計《けい》は疏《そ》にして翰墨《かんぼく》を疑《うたが》い、時《とき》は過《す》ぎて松筠《しょういん》を憶《おも》う
献納《けんのう》皇眷《こうけん》を紆《めぐ》らし、中間《ちゅうかん》紫宸《ししん》に謁《えつ》す
且《しばら》く諸彦《しょげん》の集《あつ》まるに随《したが》い、方《まさ》に薄才《はくさい》の伸《の》ぶるを覬《ねが》う
破胆《はたん》前政《ぜんせい》の、陰謀《いんぼう》独《ひと》り鈞《きん》を秉《と》るに遭《あ》う
微生《びせい》忌刻《きこく》に霑《うるお》い、万事《ばんじ》益〻《ますます》酸辛《さんしん》たり
交《まじ》わりは合《がっ》す丹青《たんせい》の地《ち》、恩《おん》は傾《かたむ》く雨露《うろ》の辰《とき》
儒《じゅ》有《あ》り餓死《がし》せんことを愁《うれ》う、早晩《そうばん》平津《へいしん》に報《ほう》ぜん

＊韻字は上平一一真「陳・賓・詵・筠・宸・伸・鈞・辛・辰・津」。

【現代語訳】　仕官への道は遠く、どこに向かったらいいのかわかりませんし、天子のお住

まいは遥かに高すぎて自分の抱負を重ねてお伝えすることも難しいのです。『詩経』を学んだのはまだ子供の頃でした。科挙の地方試験に合格して、もったいなくも賓客として都に召されました。ところが、本試験では上位で及第した晁錯《ちょうそ》のようにはいきませんでしたし、悲しいことに及第して議郎となった郤詵《げきしん》にも後《おく》れをとったのです。計画が杜撰だったためにしまいには自分の文才さえも疑い、役人となる時機も逸してもはや出世もあきらめ松や竹のような節操を貫くしかないと思いもしました。』

その後「三大礼《さんたいれい》の賦《ふ》」を奉った際には恐れ多くも天子のお目に止まり、その間には紫宸殿《ししんでん》で拝謁したこともございました。しばらくは一緒に選ばれた俊秀たちと集まり、詔を待つ間、非才ながらも抜擢されることを願っていたのです。ところが驚きましたことに先の宰相の李林甫《りりんぽ》さまが、陰謀を巡らして国政を独占してしまわれました。吹けば飛ぶような存在の私は、人材を嫌う残忍な謀略の巻き添えになって任官も遠のき、何から何まで益々辛いことになりました。』

しかし、今やあなたは重臣の方々と親密に交際する公卿《こうけい》の地位にいらっしゃるのですから、下々の者に雨露のような恩恵を施す時を迎えられたのです。ここに餓死することを心配している儒者がおります。いったいいつ平津侯のような楊国忠さまに私のことをお知らせくださいますでしょうか。』

■語釈

○途遠　目的達成まで遠いこと。○天高　天子の居所が遥かに高く離れていること。○學詩　『詩経』

を学ぶ。『論語』季氏に、孔子（↓「人物説明」）の前を子の鯉《り》が通り過ぎると、孔子が「詩を勉強したか」と問い、「まだです」と答えると、「詩を学ばなければ、まともなこともいえぬぞ」と諭す話がある。○**孺子**　幼児。○**郷賦**　郷挙。地方で行われる科挙の予備試験。これに合格すれば中央に推挙されて本試験を受けることができた。○**嘉賓**　立派な客。地方試験に及第した者は都に召され、賓客の待遇を受けた。○**晁錯**　前漢の文帝が賢良文学の士を選んだとき、晁錯《ちょうそ》は上位で合格し、中大夫になった（『漢書』巻四九「鼂錯《ちょうそ》伝」）。○**郤詵**　晋の泰始中（二六五〜二七四）、賢良直言の士を選んだとき、郤詵《げきしん》は上位で合格し、議郎になった（『晋書』巻五二「郤詵伝」）。○**翰墨**　筆と墨。文学の才。○**松筠**　松と竹。変わらぬ節操の喩え。○**獻納**　杜甫が「三大礼《さんたいれい》の賦《ふ》」を奉ったこと。○**紆皇眷**　皇帝すなわち玄宗（↓「人物説明」）の目に止まる。「眷」は目をかける意。○**紫宸**　紫宸殿《ししんでん》。天子が政務を執る所。○**諸彦**　優秀な人々。杜甫とともに選ばれて詔を待つ者たち。○**覬**　分に過ぎたことを願う。○**薄才**　乏しい才能。謙遜していう。○**破膽**　胆《きも》をつぶす。驚く。○**前政**　前の政権。前宰相李林甫（↓「人物説明」）のこと。玄宗皇帝が人材を自ら選ぼうとした際、杜甫も含めて一人も合格者を出させなかった（『新唐書』巻二二三上「李林甫伝」）。ここでは杜甫の「三大礼の賦」が玄宗の目に止まりながら、李林甫の妨害によってすぐに任官とならず、任官待機の処遇となったことを示唆する。○**秉鈞**　国政を執る。『詩経』小雅「節南山」に「国《くに》の均《きん》を秉《と》る」。「鈞」と「均」は同じ。○**微生**　とるにたらない命。やっと生きている自分をいう。○**霑**　うるおう。影響を受けること。○**忌刻**　「忌《き》」は能力のある人を嫌うこと。「刻《こく》」は残忍なこと。双声語「キコク」。○**酸辛**　つらいこと。双声語「サンシン」。○**交合**　交際が親密なこと。○**丹青地**　公卿《こうけい》の地位。鮮于仲通の地位を指す。「丹青」は絵画のこと。『塩鉄論』巻五に「公卿《こうけい》は四海《しかい》の表儀《ひょうぎ》、神化《しんか》の丹青《たんせい》なり（公卿は天下の手本、造化の神が描いた絵である）」。○**雨露**　恩恵の喩え。○**儒**　儒者。杜甫のこと。○**早晩**　いつ。○**平津**　前漢の公孫弘。武帝に重用され、

丞相となり、平津侯に封じられ、天下の賢人を広く招いた（『漢書』巻五八「公孫弘伝」）。宰相の楊国忠を指す。〔詹〕

〇〇六七

白絲行

繰絲須長不須白
越羅蜀錦金粟尺
象牀玉手亂殷紅
萬草千花動凝碧
已悲素質隨時染
裂下鳴機色相射
美人細意熨貼平
裁縫滅盡針線跡
春天衣著爲君舞
蛺蝶飛來黃鸝語
落絮遊絲亦有情

白糸行《はくしこう》

糸《いと》を繰《く》るに長《なが》きを須《もち》い白《しろ》きを須《もち》いず
越羅《えつら》蜀錦《しょくきん》 金粟《きんぞく》の尺《しゃく》
象床《ぞうしょう》 玉手《ぎょくしゅ》 殷紅《あんこう》乱《みだ》れ
万草《ばんそう》千花《せんか》 凝碧《ぎょうへき》 動《うご》く
已《すで》に悲《かな》しむ素《そ》質《しつ》の時《とき》に随《したが》いて染《そ》まるを
裂《さ》きて鳴機《めいき》より下《お》ろせば色相《いろあ》い射《い》る
美人《びじん》細意《さいい》に熨貼《うっちょう》 平《たい》らかにして
裁縫《さいほう》滅《めつ》し尽《つ》くす針線《しんせん》の跡《あと》
春天《しゅんてん》 衣著《いちゃく》して君《きみ》が為《ため》に舞《ま》えば
蛺蝶《きょうちょう》 飛《と》び来《き》たりて黄鸝《こうり》語《かた》る
落絮《らくじょ》遊糸《ゆうし》も亦《ま》た情《じょう》有《あ》り

随風照日宜輕擧　風《かぜ》に随《したが》い日《ひ》に照《て》らされて軽挙《けいきょ》に宜《よろ》し
香汗清塵汚顏色　香汗清塵顔色《こうかんせいじんがんしょく》を汚《けが》せば
開新合故置何許　新《しん》を開《ひら》き故《こ》を合《と》じて何《いず》れの許《もと》にか置《お》く
君不見才士汲引難　君見《きみみ》ずや才士《さいし》の汲引《きゅういん》せられ難《がた》く
恐懼棄捐忍羈旅』　棄捐《きえん》を恐懼《きょうく》して羈旅《きりょ》を忍《しの》ぶを

＊七言古詩。韻字は入声一一陌「白・尺・碧・射・跡」、上声七麌「舞」、上声六語「語・擧・許・旅」。
麌・語韻は魚部の通押。

【題意】　白い生糸《きいと》のうた。「行」は「うた」の意味。『墨子《ぼくし》』所染《しょせん》に、もとは白い生糸が、青にも黄にも染められ、どんな色にもなることから、為政者の政治も、起用する人材によって、良くも悪くもなることを論ずる。杜甫はこれを踏まえ、起用される者の立場から、本来の才能が評価されず、その時々の為政者の好悪《こうお》に迎合しなければならない才士の身の上を嘆く。天宝十一載（七五二）から十二載にかけての長安（陝西省西安市）での作。前半で白い糸を染めて機を織り、美しい衣装を仕立てるさまを詠じ、後半で舞姫がそれを着て舞い、汚れれば着なくなるさまを詠じる。詳注一-一四、鈴木注一-一五〇。

【現代語訳】　生糸を繭から巻き取るには、長さこそ必要で、染めてしまうのだから白さは必要でない。染めた糸で織るのは越の薄物《うすもの》や蜀の錦《にしき》、織物の長さを測るには金の粒のついた物差し。象牙で飾った腰掛けに坐る乙女が美しい手に糸を繰り出すと、千もの深紅の花が乱れ、万もの濃緑の草が揺れて、色鮮やかな模様が織られてゆく。悲しいことに、もともと白かった生糸はその時々の流行に応じて染められてしまう。ぱたぱたと鳴る機織りから絹地を裂いて下ろせば、その模様は目を射るほどに色鮮やかだ。乙女は丁寧に火のしをかけて皺《しわ》を伸ばし、巧みな裁縫で縫目の跡もわからない。』

春の日に、仕立てあがった服を着て殿方のために舞うと、服の模様をほんとうの花と間違えてチョウチョウが飛んできたりウグイスが鳴いたりする。舞い散る柳絮《りゅうじょ》や空に漂う蜘蛛の糸も心ある風情で、風に吹かれ、日に照らされて、軽やかに翻る絹の服に似つかわしい。それが舞姫の汗や舞い上がる塵に汚れると、箱を開けて新しい服を出し古い服はしまいこまれ、さてどこへやったのやらと忘れられてしまうのだ。見たまえ、才能ある人材もそう簡単には引き立ててもらえない。だから私は用いられてもすぐに捨てられるのを恐れて、旅暮らしの苦労に耐えているのだ。』

■語釈

○繰絲　生糸を繭から引き出して巻き取る。○越羅　越（浙江省）で産する薄い絹織物。○蜀錦　蜀（四川省）で産する色鮮やかな文様を織った絹布。○象牀　象牙で飾った腰掛け。○玉手　女性の美しい手。○殷紅　深紅。「殷《あん》」は暗い赤色。○萬草千花　絹布に織られたたくさんの草や花。○凝碧　濃緑色。「凝」は「殷」との対で、やはり深く濃いことを表す。詳注に「織《お》る所《ところ》の花草《かそう》、色《いろ》は紅碧《こうへき》を兼《か》ぬ」とあり、前の句の「殷紅」と合わせて、さまざまな草花の模様が紅や碧の色であることをいう。○

素質　生糸が染められる前のもともとの白い性質。○**鳴機**　ぱたぱたと音を立てていた機織り機。○**熨貼**　火のし（アイロン）で布地の皺《しわ》を伸ばす。○**針線跡**　縫い糸の跡。○**衣著**　二字とも衣服を着るの意。○**黃鸝**　コウライウグイス。○**落絮**　舞い散る柳絮《りゅうじょ》。柳絮は柳の種子に生える綿毛で、春に雪のように宙を舞う。○**遊絲**　空中に浮遊する蜘蛛の糸。○**輕擧**　舞いに応じて衣服がひらひらと揺れる。○**顏色**　衣服の色。口語用法。○**開新合故**　衣装箱を開けて新しい服を出し、着古した服をしまって閉じる。○**汲引**　井戸で水を汲み釣瓶《つるべ》を引き上げるように、有力者が無官の者を引き立てること。○**棄捐**　二字とも捨てるという意味。ここでは古くなった服が捨てられるように、時流に合わない者が起用されないこと。○**羈旅**　旅暮らし。杜甫はこのとき故郷を離れて長安に住んでいたので、ここで旅暮らしを忍んでいる。

［詹］

陪鄭廣文遊何將軍山林十首　〇〇六八

鄭広文《ていこうぶん》に陪《ばい》し、何将軍《かしょうぐん》の山林《さんりん》に遊《あそ》ぶ十首《じっしゅ》

不識南塘路　今知第五橋
名園依綠水　野竹上青霄
谷口舊相得　濠梁同見招
平生爲幽興　未惜馬蹄遙

識《し》らず南塘《なんとう》の路《みち》、今知《いまし》る第五橋《だいごきょう》
名園緑水《めいえんりょくすい》に依《よ》り、野竹青霄《やちくせいしょう》に上《のぼ》る
谷口《こくこう》旧《も》とより相《あ》い得《え》、濠梁《ごうりょう》同《とも》に招《まね》かる
平生幽興《へいぜいゆうきょう》の為《ため》、未《いま》だ馬蹄《ばてい》の遥《はる》かなるを惜《お》しまず

*五言律詩。韻字は下平二蕭「橋・霄・招・遙」。

【題意】 鄭広文《ていこうぶん》とともに何将軍《かしょうぐん》の山荘に遊んで楽しみを尽くしたことを詠う五言律詩一〇首の連作。鄭広文は鄭虔《ていけん》（↓「人物説明」）。広文館博士（進士及第者教育機関の教員）だった。何将軍については不詳。杜甫は鄭虔と親しかったので、おそらく鄭虔の友人である何将軍の山荘にともに招かれたのだろう。「山林」は山荘。庭園の中に山があるので「山林」という。何将軍の山林は少陵原（長安の東南郊外にある丘陵）の西の端にあった。天宝十一載（七五二）か十二載の夏の作。詳注一―一四六、鈴木注一―一五三。

【現代語訳】 南塘《なんとう》沿いの道は今まで来たことがなかったが、今、これが第五橋《だいごきょう》だと知った。何将軍の名園は緑色の水を湛える池に沿い、野生の竹が青空に伸びている。昔、谷口《こくこう》に隠棲した鄭子真《ていししん》のような鄭君は何将軍と古くから付きあいがあるので、荘子《そうし》が恵子《けいし》と遊んだ濠梁《ごうりょう》のような水辺のある何将軍の山荘に、私も一緒に招待された。私は常日頃、奥深い自然を楽しむためなら、馬を遠くに走らせることを惜しんだりはしないのだ。

■語釈
○南塘　南の池。未詳。終南山《しゅうなんざん》（秦嶺山脈《しんれいさんみゃく》の主峰の一つ）の麓の韋曲《いきょく》に近い池か。何将軍の山林はその付近である。韋曲は長安（陝西省西安市）の南郊三〇里（一里は約五六〇メートル）にあり、韋后（唐の中宗の后）ら王侯貴族の別荘があった風光明媚な行楽地。唐・許渾「春日《しゅんじつ》 韋曲《いきょく》の野老《やろう》の村舎《そんしゃ》に題《だい》す」詩に「北嶺南塘《ほくれいなんとう》に枕《まくら》し、数家村落長《すうかそんらくなが》し」。○第五橋　韋曲の西にある橋の名。○谷口　地名。終南山の子午谷《しごこく》という谷にある。前漢の隠者、鄭子真《ていししん》が隠棲したところ。鄭虔《ていけん》を喩える。双声語「コクコウ」。○濠梁　濠水《ごうすい》（安徽省にある川の名）にある飛び石。戦国・宋の荘子《そうし》が恵子《けいし》（恵施《けいし》）と遊び、魚の楽しみについて問答したところ（『荘子』秋水）。何将軍の山林を流れる美しい川を喩える。○幽興　自然の中の静けさを楽しむ心。○馬蹄遙　馬の蹄《ひづめ》を蹴立てて遥か遠くへ行くこと。　［詹］

其二

百頃風潭上　千章夏木清
卑枝低結子　接葉暗巣鶯
鮮鯽銀絲鱠　香芹碧澗羹
翻疑舵樓底　晩飯越中行

其《そ》の二《に》　〇〇六九

百頃《ひゃくけい》風潭《ふうたん》の上《ほとり》、千章《せんしょう》夏木《かぼく》清《きよ》し
卑枝《ひし》低《た》れて子《み》を結《むす》び、接葉《せつよう》暗《くら》くして鶯《うぐいす》を巣《す》くわしむ
鮮鯽《せんそく》銀糸《ぎんし》の鱠《なます》、香芹《こうきん》碧澗《へきかん》の羹《あつもの》
翻《かえ》って疑《うたが》う舵楼《だろう》の底《そこ》、晩飯《ばんはん》越中《えっちゅう》を行《ゆ》くかと

＊五言律詩。韻字は下平八庚「清・鶯・羹・行」。

【現代語訳】百頃《ひゃくけい》もの広さの水面に風が吹きわたる池のほとり、千本もの夏の木々が清らかに茂っている。低い枝が実をつけて垂れ下がり、重なりあった葉の暗がりに鶯《うぐいす》が巣をかけている。白い糸のように細くきざまれた新鮮なフナの刺身、緑の谷あいで摘まれた香《かぐわ》しいセリの吸い物。そんな食事を供されていると、まるで舵《かじ》を取る楼《やぐら》の下で、夕食をとりつつ江南の越を旅しているような気分だ。

■語釈

○百頃　敷地が広いことをいう。「頃」は広さの単位。唐代の一頃は六ヘクタール弱。○千章　千本。「大材《たいざい》を章《しょう》と曰《い》う」（『漢書』巻九一「貨殖伝」「山居千章《さんきょせんしょう》の萩《しゅう》」顔師古注）。○鶯　コウライウグイス。○鮮鯽　新鮮なフナ。双声語「センソク」。○銀絲　白い糸。鱠が細く切られた様子。○鱠　生《なま》の魚を細く切ったもの。刺身。○碧澗　緑色の谷川。○羹　吸い物。スープ。○舵樓　操舵室。船の後方にある舵《かじ》を取るための楼《やぐら》。○越中　越（浙江省）の国。杜甫は二〇代に呉越（江蘇省と浙江省）に漫遊したことがある。

［詹］

〇七〇

其三

萬里戎王子　何年別月支
異花來絶域　滋蔓匝清池
漢使徒空到　神農竟不知
露翻兼雨打　開拆漸離披

其《そ》の三《さん》

万里《ばんり》戎王子《じゅうおうし》、何《いず》れの年《とし》か月支《げっし》に別《わか》る
異花《いか》絶域《ぜついき》より来《き》たり、滋蔓《じまん》清池《せいち》を匝《めぐ》る
漢使《かんし》徒《いたずら》に空《むな》しく到《いた》り、神農《しんのう》竟《つい》に知《し》らず
露《つゆ》翻《ひるがえ》り兼《か》ねて雨打《あめう》ち、開拆《かいたく》漸《ようや》く離披《りひ》たり

＊五言律詩。韻字は上平四支「支・池・知・披」。

【現代語訳】万里も遠くから来た戎王子《じゅうおうし》の花、いったいいつ月支《げっし》国に別れを告げたのか。異国の珍しい花は最果ての地からやってきて、この清らかな池の周りに咲きそろっている。漢の使いの張騫《ちょうけん》は無駄に西域に行ったものだ、この花を持って帰らなかったのだから。神農《しんのう》さえこの花を知ることはなかった。露の重みに翻され雨に打たれて、花は次々と開いては散ってゆく。

■語釈

○**戎王子**　草花の名。独活《うど》ともいわれるが、不詳。○**月支**　国名。漢代、西域にあった。月氏。○**漢使**　前漢の武帝が西域に遣わした張騫《ちょうけん》。西域から葡萄や良馬などを漢にもたらした。○**神農竟不知**　「神農」は太古の伝説の帝王の一人。あらゆる草の毒と薬を見分け、医薬を創始したという。「不知」は、もと神農が著したという『神農本草経』に「戎王子」が見えないのでこういう。○**開拆**　花が開く。○**離披**　分離する。花がはらはらと散るさま。畳韻語「リヒ」。

［詹］

其四

旁舍連高竹　疏籬帶晩花
碾渦深沒馬　藤蔓曲藏蛇
詞賦工無益　山林跡未賒
盡捻書籍賣　來問爾東家

其《そ》の四　〇〇七〇

旁舍《ぼうしや》高竹《こうちく》連《つら》なり、疏籬《そり》晩花《ばんか》を帯《お》ぶ
碾渦《でんか》深《ふか》くして馬《うま》を没《ぼっ》し、藤蔓《とうまん》曲がりて蛇《へび》を蔵《ぞう》す
詞賦《しふ》工《たくみ》なるも益無《えきな》く、山林跡未《さんりんあといま》だ賒《はるか》ならず
尽《ことごと》く書籍《しょせき》を捻《つま》みて売《う》り、来《き》たりて爾《なんじ》が東家《とうか》を問《と》わん

＊五言律詩。韻字は下平六麻「花・蛇・賒・家」。

【現代語訳】　となりの宅まで高い竹林が続き、粗い垣根に夕方の花が咲いている。水車か

ら流れる水は渦を巻いて淵は馬が没するほどに深く、藤のつるは蛇が身をくねらせてひそんでいるかのように曲がっている。詩文や賦が上手でも何の役にも立たず、隠棲にふさわしいこの山林までの道のりはそう遠くない。書物などすっかりつまみ出して売り払い、引っ越してきてお宅の東どなりの何《か》氏を訪ねたりしよう。

■語釈

○晩花　夕方の花。『吉川注』筑摩版第二冊は、『施鴻保注』巻二に「花《はな》の遅《おそ》く開《ひら》きし者《もの》（遅咲きの花）」とあるのを採る。○碾渦　水車の下流にできる渦。「碾《でん》」はひきうす。転じてひきうすを動かす水車。○詞賦　詩文や賦。○盡捻書籍賣　「捻」は手に取ることを表す口語語彙。『杜臆』巻一に、杜甫は朝廷に賦を献上したが売れず（仕官に繋がらず）、困窮していた。だから本を売り家を買いたいというのは憤りの言葉だ、という。○跡　人の足跡。転じて道。○爾東家　お前の東どなりの家。「爾」は、第一句の「旁舍」、つまり何将軍の隣家の農民を指し、「東家」はその東どなりの何将軍を指す。孔子の西どなりの人が孔子が聖人であることを知らず、「東家《とうか》の丘《きゅう》（孔子の名）」と呼んだことを踏まえる。後漢・陳琳「曹洪《そうこう》の為《ため》に魏《ぎ》の文帝《ぶんてい》に与《あと》うるの書《しょ》」（『文選』巻四一）の張銑注に見える。つまり「東家」は孔子のように立派な何将軍が住む家の含意。『吉川注』筑摩版第二冊には、「東家」をただ隣家をいうとし、結句は「爾」＝「旁舍」の隣を求めて引っ越したい意とする。

［詹］

〇〇七三

其五

剰水滄江破　殘山碣石開
緑垂風折筍　紅綻雨肥梅
銀甲彈箏用　金魚換酒來
興移無灑掃　隨意坐莓苔

＊五言律詩。韻字は上平一〇灰「開・梅・來・苔」。

其《そ》の五《ご》

剰水《じょうすい》滄江《そうこう》破《やぶ》れ、残山《ざんさん》碣石《けつせき》開《ひら》く
緑《みどり》は垂《た》る風《かぜ》に折《お》らるる筍《たけのこ》、紅《くれない》は綻《ほころ》ぶ雨《あめ》に肥《こ》ゆる梅《うめ》
銀甲《ぎんこう》箏《そう》を弾《ひ》くに用《もち》い、金魚《きんぎょ》酒《さけ》に換《か》え来《き》たる
興《きょう》移《うつ》りて灑掃《さいそう》無《な》く、随意《ずいい》に莓苔《ばいたい》に坐《ざ》す

【現代語訳】　この山林の池は昔大江が決壊したときに溢れ出たその余り水であり、築山は碣石山が砕け散ったときに残されたその岩なのだ。タケノコは風に折られて緑の頭を垂れ、梅の実は雨に熟して紅く膨《ふく》らむ。何《か》将軍は銀の爪で箏《そう》を弾《ひ》かせ、高官が身につける金の佩魚《はいぎょ》を売って酒に換えて私たちをもてなしてくれる。私は興の赴くままに、掃除されていないことなどかまわず、気ままに苔の上に坐ってしまう。

■語釈
○剰水　あまった水。双声語「ジョウスイ」。○滄江　青々と広がる川。主に長江を指す語。○残山　残った山。畳韻語「ザンサン」。○碣石　山名。『書経』禹貢に見える渤海湾岸の岩山。○「緑垂」二句　本来は風が筍《たけのこ》を折ったから緑が垂れ、雨が梅を肥やしたから紅《くれない》が綻《ほころ》んだということだが、ここでは倒置法を使い、原因と結果の順が逆に表現されている。○銀甲　箏《そう》を弾くときに指にはめる白い爪。一説に将軍の甲冑の一部を爪の代わりに用いる（『吉川注』筑摩版第二冊）。○箏　琴の一種。○金魚　高

官が身に佩《お》びる金でできた魚の形の割符。佩魚《はいぎょ》。東晋の阮孚《げんぷ》が冠の飾りの金貂《きんちょう》（金製の貂の尾）を酒に換えたという故事がある（『晋書』巻四九「阮孚伝」）。○灑掃　水をそそいで洗ったり、埃を掃いたりする。賓客を接待するためである。双声語「サイソウ」。○莓苔　二字ともコケ。畳韻語「バイタイ」。

〔詹〕

其《そ》の六《ろく》　〇〇七三

風磴《ふうとう》に陰雪《いんせつ》吹き、雲門《うんもん》に瀑泉《ばくせんほ》吼ゆ
酒醒《さけさ》めて簟《てん》に臥《ふ》すを思《おも》い、衣冷《ころもひ》ややかにして綿《わた》を装《よそお》わんと欲《ほっ》す
野老《やろうき》来たりて客《かく》を看《み》、河魚《かぎょ》銭《ぜに》を取《と》らず
秖《た》だ疑《うたが》う淳樸《じゅんぼく》の処《ところ》、自《おのずか》ら一山川《いちさんせんあ》有るかと

其六
風磴吹陰雪　雲門吼瀑泉
酒醒思臥簟　衣冷欲装綿
野老來看客　河魚不取銭
秖疑淳樸處　自有一山川

＊五言律詩。韻字は下平一先「泉・綿・錢・川」。

【現代語訳】　風が渡る石段の道には雪のように冷たい飛沫《しぶき》が吹きつけ、雲がかかったように煙る断崖には滝の音が獣の咆哮《ほうこう》のように響く。酒の酔いが醒めて、むしろに横たわろうと思うと、服が冷たく感じられて綿入れを着こみたいほどだ。田舎の爺さんがお客の私に会いにやってきて、お金も取らずに川魚を置いていく。これほど純朴なところは、この世の外の別天地ではないかと思われてくる。

■語釈

○風磴　風が吹く石段。○陰雪　曇り空から降る雪。ここでは滝の飛沫《しぶき》が飛び散ることを雪に喩える。○雲門　雲が湧く石門、断崖。○瀑泉　瀑布、滝。○簟　たかむしろ。竹や葦《あし》などで編んだむしろ。○野老　田舎の老人。○河魚　川魚。○淳樸　純粋で素朴なさま。○山川　別天地。東晋・陶淵明の「庚子《こうし》の歳《とし》五月中《ごがつちゅう》 都《みやこ》より還《かえ》り、風《かぜ》に規林《きりん》に阻《はば》まる」詩二首其の二に「山川一《さんせんいつ》に何《なん》ぞ曠《こう》として、巽坎《そんかん》与《とも》に期《き》し難《がた》し」。ここから陶淵明の「桃花源記」にある桃源郷を連想させる。

［詹］

其七

楝樹寒雲色　茵蔯春藕香
脆添生菜美　陰益食單涼
野鶴清晨出　山精白日藏
石林蟠水府　百里獨蒼蒼

＊五言律詩。韻字は下平七陽「香・涼・藏・蒼」。

其《そ》の七《しち》　〇〇七四

楝樹寒雲《そくじゅかんうん》の色《いろ》、茵蔯春藕《いんちんしゅんぐう》 香《かぐわ》し
脆《ぜい》は添《そ》う生菜《せいさい》の美《び》、陰《いん》は益《ま》す食単《しょくたん》の涼《りょう》
野鶴《やかく》清晨《せいしん》に出《い》で、山精白日《さんせいはくじつ》に蔵《かく》る
石林水府《せきりんすいふ》に蟠《わだかま》り、百里《ひゃくり》独《ひと》り蒼蒼《そうそう》たり

【現代語訳】　楝《そく》の樹は冷たい雲の色に染まり、茵蔯《いんちん》の葉は瑞々しい春の蓮根のように香る。茵蔯は生《なま》で食べるとさくさくとしていっそうおいしく、ご馳走を並べた敷物は楝の木陰にあってさらに涼しい。清々《すがすが》しい朝に野の鶴が姿を現し、昼間になって山の精は身を隠してしまった。石林は深い水底に根をおろし、見渡す限りただそれだけがほの暗く聳えている。

■語釈
○棟　樹木の名。詳注の音注に「色」。「色」の漢音はソク。樹皮が薄くて白い。山中に叢生する（『爾雅』釈木の注疏）。○茵蔯　草の名。蒿《こう》の類。冬にも枯れず、古い草の根元から新しい芽が出るので、「陳《ふる》きに因《よ》る」と名付ける。畳韻語「インチン」。○食單　料理を並べる敷物。○山精　想像上の生き物。人間に似るが一本足、三四尺（一尺は約三一センチ）の背丈で、夜出て昼隠れる（『太平御覧《たいへいぎょらん》』巻八八六に引く『玄中記』）。双声語「サンセイ」。○石林　林のように密集して聳えている巨石群。○水府　水神が住む水の深いところ。ここでは石林が水の深いところから聳えていることをいう。○百里　一里は約五六〇メートル。百里四方。

［詹］

〇〇七五

其八

憶過楊柳渚　走馬定昆池
醉把青荷葉　狂遺白接䍦
刺船思郢客　解水乞吳兒
坐對秦山晚　江湖興頗隨

＊五言律詩。韻字は上平四支「池・䍦・兒・隨」。

其《そ》の八《はち》

憶《おも》う楊柳《ようりゅう》の渚《なぎさ》に過《よ》ぎり、馬《うま》を定昆池《ていこんち》に走《はし》らすを
酔《よ》いて把《と》る青荷葉《せいかよう》、狂《くる》いて遺《うしな》う白接䍦《はくせつり》
船《ふね》を刺《さ》すは郢客《えいかく》を思《おも》い、水《みず》を解《かい》するは呉児《ごじ》に乞《こ》う
坐《ざ》して対《たい》す秦山《しんざん》の晩《く》れ、江湖《こうこ》興《きょう》　頗《すこぶ》る随《したが》う

【現代語訳】　柳の渚を訪ね、定昆池《ていこんち》のほとりに馬を走らせたことを思い出す。酔って青い蓮の葉を杯《さかずき》にしたり、はしゃいで白い頭巾《ずきん》を落としたりした。巧みな棹《さお》さばきの郢《えい》の人がいれば舟を浮かべられたし、水をよく知る呉の人がいれば教えを請いたかった。終南山が暮れてゆくのを坐って眺めていると、水郷《すいごう》にいるような興趣がしきりに湧いてくる。

■語釈

○**憶**　思い出す。この夏に何《か》将軍の山荘に遊んだ数日間のことを追憶する。前の詩に「水府」とあるので、水辺で遊んだことを記す。前半は体験、後半は想像。○**定昆池**　唐の中宗（六五六～七一〇）の内親王、安楽公主（六八四～七一〇）が開鑿させた池。韋曲《いきょく》の北にある。韋曲は長安（陝西省西安市）から南へ三〇里にある（『杜臆』巻二）。一里は約五六〇メートル。○**青荷葉**　緑色の蓮の葉。魏の鄭愨《ていかく》は蓮の葉に酒を入れ、葉と茎の間に穴を開けて茎から飲み、「碧筒杯《へきとうはい》」と名付けた（『酉陽雑俎《ゆうようざつそ》』巻七）。○**白接䍦**　白い頭巾《ずきん》。西晋の山簡《さんかん》は襄陽《じょうよう》（湖北省襄陽市）の太守だったとき、よく水辺で酒宴を催し、帰りには酔って、白い頭巾を後ろ前にかぶっていた（『晋書』巻四三「山簡《さんかん》伝」）。○**刺**　棹《さお》を差す。詳注本文には「剌《らつ》」に作るが、注釈には「刺《し》」の用例を載せているので「刺」の意味で解釈した。○**郢客**　郢《えい》（春秋戦国時代の楚の都があった辺り）の人。船を漕ぐのがうまい。○**解水**　水を知る。水の性質を熟知している。『吉川注』筑摩版第二冊は、泳ぎのこととする。○**呉児**　呉（江蘇省）の人。呉は水郷なので、呉の人は水に慣れている。頸聯は、水のほとりで遊んでいるときに、郢や呉の人がいれば、船遊びができるだろうと思ったことを述べる。○**秦山**　終南山（秦嶺山脈の主峰の一つ）。双声語「シンザン」。○**江湖**　川と湖。江南地方を代表とする風光明媚な水郷地帯。○**隨**　ついてくる。終南山の景色が清らかで奥深いので、それにつれて江湖の興趣が湧く（『九家注』巻一八）。

〔詹〕

〇〇七六

其九

牀上書連屋　階前樹拂雲
將軍不好武　稚子總能文
醒酒微風入　聽詩靜夜分
絺衣掛蘿薜　涼月白紛紛

＊五言律詩。韻字は上平一二文「雲・文・分・紛」。

其《そ》の九《きゅう》

牀上《しょうじょう》書《しょ》は屋《おく》に連《つら》なり、階前樹《かいぜんじゅ》は雲《くも》を払《はら》う
将軍《しょうぐん》武《ぶ》を好《この》まず、稚子《ちし》総《すべ》て文《ぶん》を能《よ》くす
酒醒《さけさ》めて微風《びふう》入《い》り、詩《し》を聴《き》きて静夜《せいや》分《わ》かる
絺衣《ちい》蘿薜《らへい》に掛《か》かり、涼月《りょうげつ》に白《しろ》く紛紛《ふんぷん》たり

【現代語訳】寝台の上には天井に届くほどうずたかく本が積まれ、戸口の階段の前には雲に触れるほど高い樹が聳えている。何《か》将軍は武術がお好きでなく、ご子息もみな詩文がお上手だ。かすかな風が入ってきて酔いが醒め、静かに夜がふけるまでお子さまがたが朗誦する詩を聴いている。葛《くず》の上着がツタにかかり、涼やかな月の光にきらきらと白く輝く。

■語釈

○牀　横になったり、くつろいだりする家具。その上に本が置かれるとは、何将軍が読書を好んだことを表す。○階　きざはし。家屋の入り口にある数段の階段。○稚子　幼い子供。何将軍の子らのこと。○聴詩　何将軍の子らが誦する詩を聴く。○夜分　夜が半ばになる。○絺衣　かたびら。葛《くず》の糸で織った布でできたひとえの服。畳韻語「チイ」。○蘿薜　ツタやカズラのようなツル植物の類。○紛紛　乱れ混じるさま。月光がそよ風に揺れるツタの隙間から差しこんで、照らされた絺衣《ちい》が白くきらきらと輝くさま。　［詹］

〇〇七

其十

幽意忽不愜　歸期無奈何
出門流水住　回首白雲多
自笑燈前舞　誰憐醉後歌
祇應與朋好　風雨亦來過

其《そ》の十《じゅう》

幽意《ゆうい》忽《たちま》ち愜《かな》わず、帰期《きき》奈何《いかん》ともする無《な》し
門《もん》を出《い》ずれば流水《りゅうすい》住《とど》まり、首《こうべ》を回《めぐ》らせば白雲《はくうん》多《おお》し
自《みずか》ら笑《わら》う灯前《とうぜん》の舞《ま》い、誰《たれ》か憐《あわ》れまん酔後《すいご》の歌《うた》
祇《た》だ応《まさ》に朋好《ほうこう》と与《とも》に、風雨《ふうう》にも亦《ま》た来《き》たり過《よ》ぎるべし

＊五言律詩。韻字は下平五歌「何・多・歌・過」。

【現代語訳】山懐《やまふところ》に心ゆくまで抱《いだ》かれていたいという思いもあっという間にかなわなくなったが、帰るべき時が来たからにはどうしようもない。私が門を出ると庭園に流れていたせせらぎは途切れ、振り返ると白い雲が幾つも浮かんでいる。我ながらおかしかったのは灯火の前で舞ったこと、誰に喜ばれなくとも酔えば歌も唱った。良き友の鄭《てい》君と、風が吹こうと雨が降ろうときっと一緒にまた来よう。

■語釈

○幽意　山林にある幽玄な趣き。第一首の「幽興」に呼応する。○愜　思いのままになる。○流水住　水の流れが何《か》将軍の園林の内に止《とど》まる。杜甫の名残を惜しむ気持ちを表す。北周の庾《ゆ》信《しん》の「同泰寺《どうたいじ》の浮《ふ》図《と》に和《わ》し奉《たてまつ》る」詩に「画《が》水《すい》流《なが》れ全《まった》く住《とど》まり、図《と》雲《うん》色《いろ》半《なか》ば軽《かろ》し」。『黄鶴補注』巻一八に「師《し》曰《いわ》く、水住《みずとど》まるとは水帰《みずかえ》り駐《とど》まるを言《い》うなり」。一説に、流れる水が名残を惜しみ、流れを停止した（『吉川注』筑摩版第二冊）。○白雲　世俗の束縛から離れた自由の象徴。○憐　愛する。

〔詹〕

〇〇七八

麗人行

三月三日天氣新
長安水邊多麗人
態濃意遠淑且眞
肌理細膩骨肉勻
繡羅衣裳照莫春
蹙金孔雀銀麒麟
頭上何所有
翠微㔩葉垂鬢唇

麗人行《れいじんこう》

三月三日《さんがつみっか》天気《てんき》新《あら》たに
長安《ちょうあん》の水辺《すいへん》麗人《れいじん》多《おお》し
態《たい》濃《こま》やかにして意《い》遠《とお》く淑《しゅく》にして且《か》つ真《しん》なり
肌理《きり》細膩《さいじ》にして骨肉《こつにく》勻《ひと》し
繡羅《しゅうら》の衣裳《いしょう》莫春《ぼしゅん》を照《て》らし
蹙金《しゅくきん》の孔雀《くじゃく》銀《ぎん》の麒麟《きりん》
頭上《とうじょう》には何《なん》の有《あ》る所《ところ》ぞ
翠《すい》は㔩葉《おうよう》に微《かす》かにして鬢唇《びんしん》に垂《た》る

背後何所見　背後《はいご》には何《なん》の見《み》る所《ところ》ぞ

珠壓腰衱穩稱身』　珠《しゅ》は腰衱《ようきゅう》を圧《あっ》して穏《おだ》やかに身《み》に称《かな》う

＊七言古詩。韻字は上平一一真「新・人・眞・匀・春・麟・唇・身」。

【題意】「美人のうた」。「行」は「うた」の意。天宝十二載（七五三）春、長安（陝西省西安市）での作。玄宗（→「人物説明」）に寵愛された楊貴妃（→「人物説明」）の姉として格別に処遇され、豪奢な暮らしをしていた虢国夫人《かくこくふじん》と、やはり楊貴妃の血縁として権力の座に就いた楊国忠（→「人物説明」）との節度のない付きあい方を風刺している。前段は長安の東南にある行楽地の曲江に遊ぶ華麗な女性たちを、中段は楊貴妃の姉たちの豪華で贅沢な宴席の様子を、後段は楊国忠の強大な権勢を詠じる。詳注一―一五六、鈴木注一―一六六。

【現代語訳】三月三日、天は晴れ空気は澄み、長安の曲江のほとりには多くの美しい方々が集まっている。彼女たちの物腰は優美で、思慮深く、気高くて清らかだ。肌はきめ細かく滑らかで、体つきは均整がとれている。刺繡をした羅《うすもの》の衣裳が晩春の景物に照り映え、金糸の孔雀と銀糸の麒麟が目にまばゆい。その頭にあるのは何か、かすかに翡翠《ひすい》があしらわれた髪飾りが顔の横に垂れている。その背に見えるのは何か、腰帯《こしおび》が珠玉で綴られていてしっくりと体に合っている。』

一■語釈

○三月三日　上巳《じょうし》の節句。もとは川で禊《みそぎ》をする習慣があったが、後、水辺に行楽する日となった。唐代には長安の東南にある曲江が多くの人で賑わった。○態濃意遠淑且眞　詳注が記す比喩によって解釈すると、「態濃」は、麗人の姿態が露に潤う赤い桃の花のように濃《こま》やかに優美であること。「意遠」は、心持ちが霞《かすみ》のたちこめる緑の竹林のように幽遠であること。「淑且真」は、瑞祥の太陽や雲のように輝くばかりに気高く、澄んだ川の水や月の光のように清らかであること。後漢・王粲《おうさん》「神女《しんじょ》の賦《ふ》」に「何《なん》ぞ気《き》を産《う》むことの淑真《しゅくしん》たる」。一説に、女性の美徳を詠うことで、楊貴妃の姉たちを逆に批判しているとする（『朱鶴齢注』巻二）。○莫春　春の終わり。「莫」は「暮」に同じ。○蹙金孔雀銀麒麟　「蹙金」は撚金《ねんきん》。金糸で模様を密に刺繡して縮めたものを衣服に貼りつける技法。「麒麟」は想像上のめでたい動物。玄宗と楊貴妃は金雀で飾った上着をそれぞれ持っていて、楊貴妃の姉たちはその服を真似た。○翠翡翠《ひすい》。緑色の宝玉。一説に、カワセミの羽（『草堂詩箋』巻四）。○㔩葉　女性の髪飾り。○鬢脣　耳の上の髪の辺り。顔の側面。○腰衱　裙帯《くんたい》。もすそ（腰から下にまとう服）に締める帯。あるいは「衱《きゅう》」は衣の後ろの裾《すそ》。

就中雲幕椒房親
賜名大國虢與秦
紫駝之峰出翠釜
水精之盤行素鱗
犀筯厭飫久未下

就中《なかんずく》雲幕《うんばく》椒房《しょうぼう》の親《しん》
名《な》を賜《たま》う大国《たいこく》虢《かく》と秦《しん》と
紫駝《しだ》の峰《ほう》翠釜《すいふ》より出《い》で
水精《すいしょう》の盤《ばん》素鱗《そりん》を行《や》る
犀筯《さいちょ》厭飫《えんよ》して久《ひさ》しく未《いま》だ下《くだ》さず

鸞刀縷切空紛綸　鸞刀縷《らんとうる》切《せつ》するも空《むな》しく紛綸《ふんりん》たり
黄門飛鞚不動塵　黄門《こうもん》鞚《こう》を飛《と》ばして塵《ちり》を動《うご》かさず
御廚絡繹送八珍　御厨《ぎょちゅう》 絡繹《らくえき》として八珍《はっちん》を送《おく》る
簫管哀吟感鬼神　簫管《しょうかん》 哀吟《あいぎん》して鬼神《きしん》を感《かん》ぜしめ
賓從雜遝實要津』　賓従《ひんじゅう》 雑遝《ざっとう》して要津《ようしん》に実《み》つ
後來鞍馬何逡巡　後来《こうらい》の鞍馬《あんば》何《なん》ぞ逡 巡《しゅんじゅん》たる
當軒下馬入錦茵　軒《のき》に当《あ》たりて馬《うま》より下《お》り錦茵《きんいん》に入《い》る
楊花雪落覆白蘋　楊花《ようか》雪《ゆき》落《お》ちて白蘋《はくひん》を覆《おお》い
青鳥飛去銜紅巾　青鳥《せいちょう》 飛《と》び去《さ》りて紅巾《こうきん》を銜《ふく》む
炙手可熱勢絶倫　手《て》を炙《あぶ》れば熱《ねつ》す可《べ》し勢《いきお》い絶倫《ぜつりん》なり
愼莫近前丞相瞋』　慎《つつし》みて近《ちか》づき前《すす》む莫《な》かれ丞 相《じょうしょう》瞋《いか》らん

＊韻字は上平一一真「親・秦・鱗・綸・塵・珍・神・津・巡・茵・蘋・巾・倫・瞋」。

【現代語訳】　なかでも雲のように軽やかな幕の中においでの楊貴妃さまのご親族は、大国である虢《かく》国や秦《しん》国の名を賜わり今を時めく方々だ。紫の駱駝《らくだ》の瘤《こぶ》の料理が翡翠《ひすい》の釜から出され、水晶の大皿に盛られた白い魚が運ばれる。ご馳走を食べ飽きて犀《さい》の角《つの》の箸は料理に付けられないままで、鸞《らん》の鈴を鳴らしつつ包丁を振るって細かく切っても、肉の細切りがおびただしく入り乱れるばかりだ。後宮の御用係が塵も立てずに馬を飛ばしてやってくるし、宮中の厨房からはひっきりなしに山海の珍味が送られてくる。簫《しょう》の笛は哀切な調べを奏《かな》でて神霊をも感動させ、楊氏一族に付き従う方々が出世の伝手《つて》を求めて大勢集まっている。』

後から馬に乗ってきた楊国忠さまは護衛に囲まれてなんとゆっくりとやってくることか。幕のそばまで来ると悠々と馬から降りて錦の敷物を踏んで中に入っていった。柳絮《りゅうじょ》が雪のように舞い落ちて白い浮草を被《おお》い、青い鳥が紅い布をくわえて飛びたつ。手を近づければ火傷《やけど》しそうに権勢はこの上ない。慎んで近づかないようにするがよい、さもないと丞相の楊国忠さまが目を剝《む》いて怒るだろう。』

■語釈

○**椒房**　后妃の部屋。ここでは楊貴妃を指す。「椒」はサンショウ。皇后の部屋の壁に塗り、多産を願ったり、悪気を避けたりした。○**虢與秦**　虢《かく》と秦《しん》という領国。楊貴妃の上の姉は韓国夫人に、下の姉は虢国夫人に、その下の姉は秦国夫人に封じられた。○**紫駝之峰**　紫の駱駝《らくだ》の瘤《こぶ》。『酉陽雑俎《ゆうようざつそ》』巻七に「駝峰炙《だほうしゃ》」という料理名が見え、非常に美味だという。○**翠釜**　翡翠《ひすい》で作られた釜。唐・王績「北山《ほくざん》に遊《あそ》ぶの賦《ふ》」に「丹鑪《たんろ》を拭《ふ》きて石髄《せきずい》を調《ととの》え、翠釜《すいふ》を裛《うるお》して金精《きんせい》を出《い》だす」。○**行素鱗**　白い魚を運んで供する。「素鱗」は白い鱗の魚。○**犀筯**　犀《さい》の角《つの》でできた箸。玄宗は安禄山（↓「人物説明」）に犀の角でできた匙《さじ》と筯《はし》を下賜した（『酉陽雑俎』巻一）。○**厭飫**　食べ飽きる。双声語「エンヨ」。○**鸞刀**　伝説上の鳥である鸞《らん》の形の鈴がついた包丁。鸞刀《らんとう》には環がついていて、環には鈴があり、切るときに鳴る（『詩経』小雅「信南山《しんなんざん》」毛伝）。○**縷切**　糸のように細く切る。「縷」は糸。西晋・潘岳《はんがく》「西征《せいせい》の賦《ふ》」

(『文選』巻一〇)に「雍人縷《ようじんる》切《せつ》し、鸞刀《らんとう》飛《と》ぶが若《ごと》し」とあり、劉良の注に「縷《る》切《せつ》は魚《さかな》を切《き》りて細《ほそ》きこと線縷《せんる》の如《ごと》きを言《い》うなり」。**○紛綸**　肉が乱れて多いさま。一説に、せわしなく包丁を動かすさま(『吉川注』筑摩版第一冊)。畳韻語「フンリン」。**○黄門飛鞚**　「黄門」は宦官《かんがん》。後宮の御用係。「鞚《こう》」はくつわ。手綱《たづな》を付けるために馬の口に噛ませる金具。転じて馬。虢国《かくこく》夫人は宮中に出入りする際いつも紫の葦毛《あしげ》の駿馬に乗り、端正な容姿の宦官を従者にしていた(『明皇雑録』巻下)。**○御厨**　宮中の調理場。玄宗は珍しい物や貢物を楊貴妃の姉たちに分け与えた(『新唐書』巻七六「后妃上」)。**○絡繹**　次々と続くさま。畳韻語「ラクエキ」。**○八珍**　八種の山海の珍味。『周礼《しゅらい》』天官・冢宰《ちょうさい》に「珍《ちん》に八物《はちぶつ》を用《もち》いる」。**○鬼神**　天地の神霊。『詩経』の大序に「天地《てんち》を動《うご》かし、鬼神《きしん》を感《かん》ぜしむるは、詩《し》より近《ちか》きは莫《な》し」。**○賓従雑遝實要津**　付き従う者たちが大勢権力者のもとに集まっている。「雑遝」は、多く集まるさま。畳韻語「ゾウトウ(ザフタフ)」。「実」は、満ちる。『吉川注』は「実《じつ》に」と読んで副詞とする。「要津」は、交通の要衝となる渡し場。権力のある地位。ここではその地位に就いている楊氏一族。「古詩十九首」其の四に「先《ま》ず要路《ようろ》の津《しん》に拠《よ》る」。一説に、「要津」にいるのは付き従う「賓従」とする(『李寿松注』五九頁)。**○逡巡**　なかなか進まないさま。ここでは悠然としているさま。畳韻語「シュンジュン」。**○當軒**　軒のそばで。ここでは幕のそばで。**○楊花雪落覆白蘋**　「楊花」は柳絮《りゅうじょ》。「白蘋《はくひん》」は白い浮草。北魏・孝明帝の母の胡太后は、逃げた愛人の楊白花のことを思って、「楊白花」という歌を作った(『楽府詩集』巻七三)。この句はその歌を踏まえ、「楊花」を楊氏一族に喩える。**○青鳥飛去銜紅巾**　「青鳥」は鸚鵡《おうむ》の類。「紅巾」は紅い布。女性の装飾品。あるいは樹間にかけられた彩りのある絹の布。この青鳥は人に飼い慣らされており、紅い布を銜《くわ》えて飛んでいった。『漢武故事』に、前漢の武帝が承華殿に待っていると、青鳥が西から飛んできて、その後、西王母が現れたとある。ここから、青鳥は男女の間を取り持つ鳥。「楊花」と「青鳥」は実景であり、かつ、この花と鳥によって楊国忠と虢国夫人の傍若無人な振る舞いを風刺している。○炙手可熱　手をかざすと火傷《やけど》しそうに熱い。楊国忠たちの権勢の強大さを喩える。唐・崔顥《さいこう》「長安道《ちょうあんどう》」に「手《て》を炙《あぶ》ると言《い》う莫《な》かれ手《て》熱《ねっ》す可《べ》し」とあり、当時の諺か。○丞相　天子を補佐する最高の官。楊国忠を指す。楊国忠が右丞相となったのは天宝十一載（七五二）十一月。この詩が作られる数ヵ月前のことである。［詹］

〇〇七九

虢國夫人

虢國夫人承主恩
平明上馬入金門
却嫌脂粉涴顏色
淡掃蛾眉朝至尊

虢国夫人《かくこくふじん》

虢国夫人《かくこくふじん》主恩《しゅおん》を承《う》け
平明《へいめい》馬《うま》に上《の》り金門《きんもん》より入《い》る
却《かえ》って脂粉《しふん》の顔色《がんしょく》を涴《けが》すを嫌《きら》い
淡《あわ》く蛾眉《がび》を掃《は》きて至尊《しそん》に朝《ちょう》す

*七言絶句。韻字は上平一三元「恩・門・尊」。

【題意】　玄宗（→「人物説明」）に寵愛された楊貴妃（→「人物説明」）の姉の虢国夫人を詠じた作。『朱鶴齢注』は巻末の「杜工部集外詩」にこの詩を載せ、題下に「『草堂逸詩』に見える」と述べる。また、この詩は、一説に「集霊台」と題し張祜《ちょうこ》（七九二？～八五二？）の作とする（『万首唐人絶句』、『三体詩』）。制作時期は安史の乱勃発（七五五）以前。虢国夫人を遠回しに批判している。詳注一―一六三、鈴木注一―一七一。

【現代語訳】　虢国夫人は天子さまの恩寵を受け、夜明けに馬に乗って金馬門から宮中に入る。紅《べに》や白粉《おしろい》が美貌を損なうのを嫌って、薄く眉を引いただけで天子さまに拝謁する。

■語釈

○虢國夫人　楊貴妃の姉で、虢《かく》国（陝西省）に封じられ、天子の覚え目出度く、後宮に出入りし、その権勢は天下を傾けた（『旧唐書』巻五一「楊貴妃伝」）。○金門　金馬門。前漢の都長安、未《び》央宮《おうきゅう》にあった門の名。この詩では宮中に通じる門を指す。『漢書』巻八七下「揚雄《ようゆう》伝下」の「金門《きんもん》を歴《へ》、玉堂《ぎょくどう》に上《のぼ》る」の後漢・応劭《おうしょう》注に「金門《きんもん》は金馬門《きんばもん》なり」。○顔色　表情。ここでは容貌のこと。○蛾眉　美人の眉。蛾の触角を女性の眉に喩える。『詩経』衛風「碩人《せきじん》」に「螓《しん》の首蛾《こうべが》の眉《まゆ》」。○至尊　最高の位。皇帝を指す。

〔詹〕

〇〇八〇　九日曲江

綴席茱萸好　浮舟菡萏衰
百年秋已半　九日意兼悲
江水清源曲　荊門此路疑
晩來高興盡　搖蕩菊花期

九日曲江《きゅうじつきょくこう》
席《せき》に綴《つづ》りて茱萸《しゅゆ》好《よ》く、舟《ふね》を浮《う》かべて菡萏《かんたんおとろ》衰う
百年《ひゃくねん》 秋《あき》已《すで》に半《なか》ば、九日《きゅうじつ》 意《い》兼《か》ねて悲《かな》し
江水清源《こうすいせいげん》より曲《ま》がり、荊門《けいもん》此の路《みち》かと疑《うたが》う
晩来高興《ばんらいこうきょう》 尽《つ》き、揺蕩《ようとう》す菊花《きくか》の期《き》

＊五言律詩。韻字は上平四支「衰・悲・疑・期」。

【題意】　九日は陰暦九月九日の重陽《ちょうよう》の節句。この日は茱萸《しゅゆ》を帯び高い所に登り菊花酒を飲んで邪気を払う習わしがあった。この詩は天宝十二載（七五三）の秋、長安（陝西省西安市）の東南隅にある景勝地、曲江池での作。詳注一―一六三、鈴木注一―一七三。

【現代語訳】　見事に赤い茱萸《しゅゆ》が宴席に飾られ、しおれた蓮《はす》の花を惜しみつつ舟を浮かべる。人生百年の秋もすでに半分は過ぎ、今日九日は老いの悲しみにさらに秋の悲しみまでが重なる。曲江の水は清らかな源から緩やかにめぐり、そのまま荊門《けいもん》まで流れて行くかと思われる。夕暮れになるとすばらしい楽しみも尽きて、舟にゆらゆらと揺られながら菊の花の時は過ぎてゆく。

［詹］

■語釈

○**茱萸**　カワハジカミ。実《み》は重陽節の頃に熟し、味は辛く色は赤く、その房を折って頭に挿し邪気を避ける。○**菡萏**　ハスの花。ハスの花は「菡萏《かんたん》」、実《み》は「蓮」、根は「藕《ぐう》」という（『爾雅』釈草）。○**百年**　人の一生の長さを概数で百年という。このとき杜甫は四二歳。「古詩十九首」其の十五に「生年百《せいねんひゃく》に満《み》たず、常《つね》に千歳《せんざい》の憂《うれ》いを懐《いだ》く」。○**荊門**　荊門《けいもん》県（湖北省）。この句は荊門の東にある龍山で行われた盛大な宴会を連想させる。東晋の桓温《かんおん》が開いた九日の宴会で、帽子を落としてからかわれた孟嘉《もうか》が当意即妙の立派な文を作り、みなを感嘆させた（『晋書』巻九八「孟嘉伝」）。○**揺蕩**　ゆらゆらと定まらないさま。暗に人生の浮沈を表し、思いどおりにいかない境遇を嘆く。

奉陪鄭駙馬韋曲二首　〇〇八一

韋曲花無頼　家家悩殺人
緑樽須盡日　白髪好禁春
石角鉤衣破　藤梢刺眼新
何時占叢竹　頭戴小烏巾

鄭駙馬《ていふば》に韋曲《いきょく》に陪《ばい》し奉《たてまつ》る二首《にしゅ》

韋曲《いきょく》花無頼《はなぶらい》にして、家家《いえいえ》人《ひと》を悩殺《のうさつ》す
緑樽《りょくそん》須《すべか》らく日《ひ》を尽《つ》くすべし、白髪《はくはつ》好《よ》く春《はる》に禁《た》えんや
石角《せきかく》衣《ころも》を鉤《か》けて破《やぶ》り、藤梢《とうしょう》眼《め》を刺《さ》して新《あら》たなり
何《いず》れの時《とき》か叢竹《そうちく》を占《し》め、頭《こうべ》に小烏巾《しょううきん》を戴《いただ》かん

＊五言律詩。韻字は上平一一真「人・春・新・巾」。

【題意】「鄭駙馬《ていふば》が韋曲《いきょく》におでかけになるのにお供する」。二首連作の第一首。鄭駙馬は鄭《てい》潜曜《せんよう》。杜甫の親友鄭虔《ていけん》（↓「人物説明」）の甥、玄宗皇帝（↓「人物説明」）の娘臨晋公主《りんしんこうしゅ》の夫。駙馬《ふば》は皇帝の娘婿に与えられる爵位で、正式には駙馬都尉《ふばとい》という。韋曲は長安（陝西省西安市）の南郊三〇里（一里は約五六〇メートル）にあり、韋后（唐の中宗の后）ら王侯貴族の別荘があった風光明媚な行楽地。韋曲の美しい自然に触れ、隠遁したくなったことを詠じる。天宝十四載（七五五）に安禄山（↓「人物説明」）の乱が起こる前の作。詳注一―一六六、鈴木注一―一七五。

【現代語訳】韋曲の花は傍若無人、どの家にも咲き誇って人の心をかき乱します。酒の器に入った緑の美酒を一日中飲んでいなければ、この白髪の年寄りは命溢れる春の勢いに気《け》圧《お》

されてしまうでしょう。岩の角《かど》に衣がひっかかって破れるし、蔦《つた》の先は眼を射るばかりに鮮やかです。いつになったらここにあるような竹林を我が物にして、頭に小さな黒頭巾をかぶる隠者の暮らしができるようになるでしょう。

■語釈
○無頼　無法な振る舞い。口語表現。○悩殺　非常に悩ませる。「殺」は強めの助辞。口語表現。○緑樽　「緑」は「醁《りょく》」と同じで美酒の意。次の句の「白髪」と色彩上の対になっている。「樽《そん》」は酒器の一種。○禁春　春の勢いに耐える。○「石角」二句　前句の春の勢いを承ける。春の勢いに翻弄される様子を詠じることによって、春を迎えた喜びを表している。「石角」は岩の尖った角《かど》。「藤梢」は蔦《つた》の蔓《つる》の先。一説に、春の景物があたかも作者を引き止めているかのようだ（『読杜心解』巻三之一）。○小烏巾　小さな黒い頭巾。隠者がかぶる。

〔詹〕

〇〇八二

其二

野寺垂楊裏　春畦亂水間
美花多映竹　好鳥不歸山
城郭終何事　風塵豈駐顔
誰能與公子　薄暮欲俱還

其《そ》の二《に》

野寺《やじ》垂楊《すいよう》の裏《うち》、春畦《しゅんけい》乱水《らんすい》の間《あいだ》
美花《びか》多《おお》く竹《たけ》に映《えい》じ、好鳥《こうちょう》山《やま》に帰《かえ》らず
城郭《じょうかく》終《つい》に何事《なにごと》ぞ、風塵《ふうじん》豈《あ》に顔《かんばせ》を駐《とど》めんや
誰《たれ》か能《よ》く公子《こうし》と、薄暮《はくぼ》俱《とも》に還《かえ》るを欲《ほっ》せんや

＊五言律詩。韻字は上平一五刪「間・山・顔・還」。

【現代語訳】野の寺は枝垂《しだ》れ柳《やなぎ》に包まれ、春の畑は縦横に流れる水路に囲まれています。美しい花が竹の緑に照り映えて咲き乱れ、かわいらしい鳥も山に帰ろうとはしません。都にいても結局何にもなりはせず、喧騒の中で若さを失うだけです。公子さまがたと一緒に、夕暮れが迫ってきたからといって都に帰る気にはなれません。

■語釈
○野寺　郊外の寺。○城郭終何事　長安での日々は結局何だったのか。「城郭」は都長安（陝西省西安市）を指す。当時、杜甫は長安に長く住んでいたが、官職はまだ得られていなかった。○風塵　俗世間の騒がしさ。○駐顔　壮年の容貌を保つ。○公子　諸侯の子。ここでは鄭《てい》駙《ふ》馬《ば》たちを指す。

［詹］

重過何氏五首　〇〇八三

問訊東橋竹　將軍有報書
倒衣還命駕　高枕乃吾廬
花妥鶯捎蝶　溪喧獺趁魚
重來休沐地　眞作野人居

重《かさ》ねて何氏《かし》に過《よ》ぎる五首《ごしゅ》

東橋《とうきょう》の竹《たけ》を問訊《もんじん》すれば、将軍《しょうぐん》より報書《ほうしょ》有《あ》り
衣《ころも》を倒《さかしま》にして還《ま》た駕《が》を命《めい》じ、枕《まくら》を高《たか》くするは乃《すなわ》ち吾《わ》が廬《いおり》なりと
花《はな》の妥《お》つるは鶯《うぐいす》の蝶《ちょう》を捎《かす》むるなり、渓《けい》の喧《かまびす》しきは獺《かわうそ》の魚《うお》を趁《お》うなり
重《かさ》ねて休沐《きゅうもく》の地《ち》に来《き》たれば、真《しん》に野人《やじん》の居《きょ》と作《な》る

＊五言律詩。韻字は上平六魚「書・廬・魚・居」。

【題意】　再び何《か》将軍の山荘を訪れた時の五首の連作。何将軍については未詳。山荘は長安（陝西省西安市）の南郊にあった。前回（〇〇六八）の訪問は夏。今回は天宝十三載（七五四）の春に何将軍の山荘を訪れ、自然を愛《め》でる喜びと何将軍の質素な暮らしぶりを詠じ、それに憧れつつ自身の不遇を嘆く。詳注一―一六七、鈴木注一―一七〇。

【現代語訳】　東の橋に以前あった竹は今はどんな様子ですかと手紙を出すと、何将軍から返事が来た。「大急ぎで身支度をし、馬車の用意を命じてお出でください。そして今夜は拙宅で枕を高くしてゆっくりお休みください」とのこと。花が落ちたのはウグイスが蝶をつかまえたためで、谷川で大きな水音がしたのはカワウソが魚を追いかけていたためだった。再びこの憩いの地である何将軍のお宅に来てみると、ほんとうに野趣に富んだお住まいなのであった。

■語釈

○問訊　ごきげんを伺う。〇〇七三にいう「緑《みどり》は垂《た》る風《かぜ》に折《お》らるる筍《たけのこ》」のその後の様子を尋ねる。口語表現（『吉川注』筑摩版第二冊）。○東橋　韋曲《いきょく》の西にある第五橋のこと。〇〇六八に「今《いま》知《し》る第五橋《だいごきょう》」。○「倒衣」二句　何将軍の返書の内容。一説に、杜甫の行動（『九家注』巻一八）。「倒衣」は、上衣をさかさまに着るほど大急ぎで支度すること。「高枕」は、安心して眠ることで、何将軍からの、泊まっていきなさいとの誘いの言葉。「吾廬」は、自分の家。ここでは何将軍の家。東晋・陶淵明「山海経《せんがいきょう》を読《よ》む十三首」其の一に「吾《わ》れも亦《ま》た吾《わ》が盧《いおり》を愛《あい》す」。○「花妥」二句　原因と結果を逆に述べる倒装句法。「妥」は「落ちる」の意。口語表現（『吉川注』）。一説に「おだやか」の意（鈴木注）。○休沐　官僚の休暇。「沐《もく》」は沐浴《もくよく》。○野人　自然の中で暮らす人。一説に杜甫自身のこと（鈴木注）。

［詹］

〇〇八四

其二

山雨樽仍在　沙沈榻未移
犬迎曾宿客　鴉護落巣兒
雲薄翠微寺　天清皇子陂
向來幽興極　歩屧向東籬

其《そ》の二《に》

山雨《さんう》樽《そん》仍《な》お在《あ》り、沙《すな》沈《しず》みて榻《とう》未《いま》だ移《うつ》さず
犬《いぬ》は曾《かつ》て宿《やど》る客《かく》を迎《むか》え、鴉《からす》は巣《す》に落《お》とす児《こ》を護《まも》る
雲《くも》は翠微《すいび》寺《じ》に薄《うす》く、天《てん》は皇子陂《こうしひ》に清《きよ》し
向来《きょうらい》幽興《ゆうきょう》極《きわ》まり、歩屧《ほしょう》東籬《とうり》に向《む》かう

＊五言律詩。韻字は上平四支「移・兒・陂・籬」。

【現代語訳】山に雨が降ってきてもなお酒でもてなされ、縁台に砂埃《すなぼこり》が積もってきてもまだ場所を移さない。犬は以前泊まっていた私のことを覚えていて出迎えてくれ、カラスは今年巣に産み落とした雛を守っている。翠微寺《すいびじ》の前には雲が薄くかかり、皇子陂《こうしひ》の上の空は晴れてきて澄んでいる。先ほどから感じられるこの上ない興趣に誘われて、履物《はきもの》をつっかけて東の垣根に向かった。

■語釈

○「山雨」二句　「樽」は酒器。「榻」は幅が狭くて長い台。寝台や腰掛けとして使う。雨の中で酒宴が依然として続けられていることをいう。何将軍が心をこめて客をもてなす様子。一説に、前日の酒宴の樽と榻がそのまま置かれている（『九家注』巻一八）。また一説に、前回訪問時の樽と榻が放置されている（『吉川注』筑摩版第二冊）。○翠微寺　長安郊外の終南山の上にあった寺。○皇子陂　秦の皇子の墓がある堤の名（『長安志』巻一一に引く『十道志』）。韋曲の西にある。○向來　これまで。今回、ここを訪問してから今まで。一説に、前回、何将軍の山荘を訪ねてから今まで（『九家注』巻一八）。○幽興　奥深い自然の中にある趣き。前回訪問したときの連作の第一首（〇〇六八）に見える「幽興」と呼応する。○歩屧向東籬　「歩屧《ほしょう》」は草履《ぞうり》。「東籬《とうり》」は東の垣根。東晋・陶淵明「飲酒《いんしゅ》二十首」其の五に「菊《きく》を采《と》る東籬《とうり》の下《もと》、悠然《ゆうぜん》として南山《なんざん》を見《み》る」。この句は次の詩の「平台《へいだい》」の遊びに繋がる。

［詹］

〇〇八五

其三

落日平臺上　春風啜茗時
石欄斜點筆　桐葉坐題詩
翡翠鳴衣桁　蜻蜓立釣絲
自今幽興熟　來往亦無期

其《そ》の三《さん》

落日《らくじつ》平台《へいだい》の上《うえ》、春風《しゅんぷう》に茗《めい》を啜《すす》る時《とき》
石欄《せきらん》に斜《なな》めに筆《ふで》を点《てん》じ、桐葉《とうよう》に坐《ざ》して詩《し》を題《だい》す
翡翠《ひすい》衣桁《いこう》に鳴《な》き、蜻蜓《せいてい》釣糸《ちょうし》に立《た》つ
今《いま》より幽興《ゆうきょう》熟《じゅく》さん、来往《らいおう》亦《ま》た期《き》無《な》からん

＊五言律詩。韻字は上平四支「時・詩・絲・期」。

【現代語訳】夕日が照らす平らな見晴らし台の上で、春風に吹かれて茶をすするこのひとときに、石の欄干《らんかん》の上にある硯《すずり》に体を傾けて筆を浸《ひた》し、坐ったまま桐の葉に詩を書きつけた。翡翠《かわせみ》が物干し竿の上で鳴き、蜻蜓《とんぼ》が釣り糸に止まっている。これからは山の幽玄な趣きにいっそう親しみ、いつでも行ったり来たりして楽しみたいものだ。

■語釈

○斜點筆　体を傾けて筆に墨を付ける。『吉川注』筑摩版第二冊は、「筆を斜めにもって」。○衣桁　衣を干す竹竿。衣架。○幽興　前詩の語釈参照。○無期　時間を定めないこと。「期」は、決まった時間。

［詹］

〇〇八六

其四

頗怪朝参懶　應耽野趣長
雨抛金鎖甲　苔臥緑沈槍
手自移蒲柳　家纔足稲粱
看君用幽意　白日到羲皇

其《そ》の四《し》

頗《すこぶ》る朝参《ちょうさん》の懶《ものう》きを怪《あや》しむも、応《まさ》に野趣《やしゅ》の長《なが》きに耽《ふけ》るべし
雨《あめ》に抛《なげう》つ金鎖《きんさ》の甲《よろい》、苔《こけ》に臥《ふ》す緑沈《りょくちん》の槍《やり》
手自《てずか》ら蒲柳《ほりゅう》を移《うつ》し、家《いえ》纔《わず》かに稲粱《とうりょう》足《た》る
君《きみ》が幽意《ゆうい》を用《もっ》て、白日《はくじつ》に羲皇《ぎこう》に到《いた》るを看《み》る

*五言律詩。韻字は下平七陽「長・槍・粱・皇」。

【現代語訳】　何《か》将軍が朝廷に出仕するのを面倒にお思いなのがいささか不思議だったが、それはきっと自然の趣きのすばらしさに浸《ひた》っていらっしゃるからなのだろう。金鎖《きんさ》の鎧《よろい》は放り出されて雨曝《あまざら》しになり、深緑色の柄の槍は苔の上にころがっている。将軍は自分の手で柳の樹を移植し、家にはやっと食べるに足りるだけの稲《いね》や粱《あわ》があるばかり。見ればあなたは山の幽玄な風情を愛して、満ち足りた神話時代の羲《ぎ》皇《こう》の頃に心を遊ばせて昼間から悠然と暮らしていらっしゃる。

■語釈

○「雨抛」二句　前回訪問時の連作其の九（〇〇七六）に「将軍武を好まず」とあることとの具体的な表現。「金鎖甲」は、金の糸で綴りあわせて飾った鎧《よろい》。「緑沈」は深緑色の漆。○**蒲柳**　柳の一種。矢の材料となる（『爾雅』釈木の北宋・邢昺《けいへい》の疏）。○**幽意**　自然の幽玄な趣き。前回訪問時の連作其の十（〇〇七七）の「幽意」と呼応する。○**羲皇**　神話時代の優れた皇帝。羲《ぎ》皇《こう》の時代には民衆がのんびりと満ち足りた生活を送っていた。東晋・陶淵明「子《こ》の儼《げん》等に与《あた》うる書《しょ》」に、夏に北向きの窓の下に横になって涼風に吹かれると、羲皇よりも前の時代の人になったように思う、とある。

［詹］

其五　〇〇八七

到此應常宿　相留可判年
蹉跎暮容色　悵望好林泉

其《そ》の五《ご》

此《こ》こに到《いた》れば応《まさ》に常《つね》に宿《やど》るべし、相《あ》い留《とど》むれば年《とし》を判《はん》ず可《べ》し
蹉《さ》跎《た》として容色《ようしょく》暮れ、悵望《ちょうぼう》す林泉《りんせん》の好《よ》きを

何日霑微祿　歸山買薄田　何《いず》れの日《ひ》にか微祿《びろく》に霑《うるお》い、山《やま》に帰《かえ》りて薄田《はくでん》を買《か》わん
斯遊恐不遂　把酒意茫然　斯《こ》の遊《ゆう》恐《おそ》らくは遂《と》げざらん、酒《さけ》を把《と》りて意《い》茫然《ぼうぜん》たり

＊五言律詩。韻字は下平一先「年・泉・田・然」。

【現代語訳】 ここ何《か》将軍の山林に来ると必ずいつも泊めていただくことになる。もし引き止められれば一年でも滞在したいほどだ。私の人生は挫折続きなので容貌はすっかり老いさらばえてしまい、ここの美しい木々や水の流れを悲しく眺めるばかり。いつの日かわずかでも俸禄をもらえる身分になったら、退官後はこの山に帰ってきて痩せた田地でも買って隠居したいものだ。だが、ここで遊ぶようなすばらしい暮らしはおそらく実現しないだろう。酒杯を手に心は愁いに沈む。

■語釈
○**判年**　一年を過ごしてもかまわない。「判《はん》」は「拚《はん》」と同じで棄てて顧みないの意。一説に、半年の意（『黄鶴補注』巻一八）。○**蹉跎**　つまずく。困難な人生を表す。畳韻語「サタ」。○**悵望**　失意の心で眺める。畳韻語「チョウボウ」。○**斯遊恐不遂**　この地に隠退したいがかなわないだろう。一説に、今ここを去ればこのたびのような遊びはもうできないだろう（鈴木注）。○**茫然**　気落ちするさま。愁えるさま。

［詹］

〇〇八

陪諸貴公子丈八溝攜妓納涼晩際遇雨二首

諸貴公子《しょきこうし》の丈八溝《じょうはちこう》に妓《ぎ》を携《たずさ》え涼《りょう》を納《い》るるに陪《ばい》し、晩際《ばんさい》に雨《あめ》に遇《あ》う二首《にしゅ》

落日放船好　輕風生浪遲
竹深留客處　荷淨納涼時
公子調冰水　佳人雪藕絲
片雲頭上黑　應是雨催詩

落日《らくじつ》船《ふね》を放《はな》つに好《よ》く、軽風《けいふう》浪《なみ》を生《しょう》ずること遅《おそ》し
竹《たけ》は深《ふか》し客《かく》を留《とど》むる処《ところ》、荷《はす》は浄《きよ》し涼《りょう》を納《い》るる時《とき》
公子《こうし》氷水《ひょうすい》を調《ととの》え、佳人《かじん》藕糸《ぐうし》を雪《ぬぐ》う
片雲《へんうん》頭上《とうじょう》に黒《くろ》し、応《まさ》に是《こ》れ雨《あめ》の詩《し》を催《うなが》すなるべし

*五言律詩。韻字は上平四支「遲・時・絲・詩」。

【題意】妓女を引き連れて丈八溝《じょうはちこう》まで納涼に出かけた貴公子たちのお供をし、日が暮れる間際に雨に降られた時の様子を詠った二首の連作。天宝十四載（七五五）に起こった安禄山（→「人物説明」）の乱以前、長安（陝西省西安市）の南の郊外にある丈八溝での作。「貴公子」は、貴族や皇族の子弟。「丈八溝」は、天宝元年（七四二）に韋堅が開鑿した水路の名。詳注の引く『通志』によると、第五橋（〇〇六八に見える）の近くにあった。納涼を題材とした詩は南朝の梁代頃から詠まれるようになる。唐・白居易の納涼詩は特に有名で、『和漢朗詠集』にも採られている。詳注一―一七二、鈴木注一―一四四。

【現代語訳】日が沈みかかる今こそ船を漕《こ》ぎだすのにちょうどよい頃あい、そよ風が吹いて水面に波がゆっくりと広がっている。奥深い竹林の陰に浮かぶ船が賓客をもてなす場とな

り、清らかな蓮《はす》の花咲く水上で夕涼みの時を過ごす。貴公子は冷たい飲み物の用意をし、妓女は身にまとわりついた蓮の糸をぬぐっている。黒い千切《ちぎ》れ雲が頭上に現れたのは、もうすぐ雨を降らせるからそれまでに詩を作れと催促をしているのであろう。

■語釈

○**留客處**　賓客を引き留めてもてなす場所。今は水上の船の中と解した。一説に、岸辺（鈴木注）。○**調冰水**　氷を用いて冷たい水を作る。一説に、甘い物を氷水に混ぜて飲料を作る（『九家注』巻一八）。○**佳人**　美人。ここでは妓女。○**雪藕絲**　蓮《はす》の糸をぬぐって取り除く。蓮の茎や根を折ると切り口から糸が出る。ここでは、戯れに手折った蓮から糸が出て身にまとわりついたのを妓女がぬぐう仕草。一説に、レンコンをぬぐって洗う（鈴木注）。

［遠藤］

〇〇八九

其二

雨來霑席上　風急打船頭
越女紅裙濕　燕姫翠黛愁
纜侵堤柳繫　幔卷浪花浮
歸路翻蕭颯　陂塘五月秋

其《そ》の二《に》

雨来《あめき》たりて席上《せきじよう》を霑《うるお》し、風急《かぜきゆう》にして船頭《せんとう》を打《う》つ
越女紅裙湿《えつじよこうくんうるお》い、燕姫翠黛愁《えんきすいたいうれ》う
纜《ともづな》は侵《おか》して堤柳《ていりゆう》に繫《つな》ぎ、幔《とばり》は巻《ま》きて浪花浮《ろうかう》かぶ
帰《き》路《ろ》翻《かえっ》て蕭颯《しようさつ》たり、陂塘《ひとう》五月秋《ごがつあき》なり

*五言律詩。韻字は下平一一尤「頭・愁・浮・秋」。

【現代語訳】雨が降ってきて宴会の席はしとどに濡れ、突風が起こって船のへさきに激しく吹きつける。越《えつ》の娘がはいている紅色《べにいろ》のスカートには雨が染みこみ、燕《えん》の美女は青く描《か》いた眉をひそめて心配げな表情。船を岸に近づけて土手の柳にともづなを結びつけると、風で幔幕がめくれあがり波の飛沫《しぶき》があがる。雨のおかげで帰り道はかえってさっぱりと涼しく、池の堤《つつみ》は五月だというのにまるで秋のようだ。

■語釈
○**越女**　越《えつ》の地方（浙江省一帯）出身の娘。下句の「燕姫」とともに、詩題にいう「妓」、すなわち宴席に侍っていた妓女を指す。○**燕姫**　燕《えん》の地方（北京市・河北省一帯）出身の美女。「越女」と「燕姫」はともに美女の代名詞。○**翠黛愁**　眉をひそめて心配する。内陸部である燕の出身者は船に慣れていないので、風雨に遭遇すると心配になる。「翠黛」は、青黒い眉墨《まゆずみ》で描《か》いた眉。○**纜**　船を岸に繋ぐための綱。ともづな。○**侵**　近づく。接近する。一説に、（堤の柳を）押しわける（『吉川注』筑摩版第二冊）。○**幔**　日光を遮るため船上に張りめぐらした幔幕。○**巻**　風でめくれあがる。一説に、人が巻きあげる（『吉川注』）。○**蕭颯**　さっぱりと涼しげなさま。一説に、もの寂しい（『全訳』七三頁）。双声語「ショウサツ」。○**五月**　旧暦の五月は真夏であり、暑いさかり。
［遠藤］

〇〇九〇　醉時歌
酔時《すいじ》の歌《うた》

諸公袞袞登臺省　諸公《しょこう》袞袞《こんこん》として台省《だいしょう》に登《のぼ》るも

廣文先生官獨冷
甲第紛紛厭粱肉
廣文先生飯不足
先生有道出羲皇
先生有才過屈宋
德尊一代常坎軻
名垂萬古知何用』
杜陵野客人更嗤
被褐短窄鬢如絲
日糴太倉五升米
時赴鄭老同襟期
得錢卽相覓　沽酒不復疑
忘形到爾汝　痛飮眞吾師』

広文先生官《こうぶんせんせいかん》独《ひと》り冷《ひ》ややかなり
甲第紛紛《こうていふんぷん》として粱肉《りようにく》に厭《あ》くも
広文先生《こうぶんせんせい》飯《はん》足《た》らず
先生《せんせい》道《みち》有《あ》りて義皇《ぎこう》に出《い》で
先生《せんせい》才《さい》有《あ》りて屈宋《くつそう》に過《す》ぐ
徳《とく》は一代《いちだい》に尊《とうと》きも常《つね》に坎軻《かんか》たり
名《な》は万古《ばんこ》に垂《た》るるも知《し》んぬ何《なん》の用《よう》ぞ
杜陵《とりよう》の野《や》客人《かくひと》更《さら》に嗤《わら》い
褐《かつ》の短窄《たんさく》なるを被《き》て鬢《びん》は糸《いと》の如《ごと》し
日《ひ》ゞ《び》に太倉《たいそう》の五升《ごしよう》の米《こめ》を糴《てき》するも
時《とき》に鄭老《ていろう》の襟期《きんき》を同《おな》じくするに赴《おもむ》く
銭《ぜに》を得《う》れば即《すなわ》ち相《あ》い覓《もと》め、酒《さけ》を沽《か》いて復《ま》た疑《うたが》わず
形《かたち》を忘《わす》れて爾《じ》汝《じよ》に到《いた》り、痛飲真《つういんまこと》に吾《わ》が師《し》なり

＊七言古詩。韻字は上声二三梗「省・冷」、入声一屋「肉」・入声二沃「足」、去声二宋「宋・用」、上平四支「嗤・絲・期・疑・師」、屋・沃韻は東部入声の通押。

【題意】　酔った時の詩。天宝十三載（七五四）春、長安（陝西省西安市）での作。題下に「広《こう》文館博士《ぶんかんはくし》の鄭虔《ていけん》に贈《おく》る」という原注があることから、杜甫の親友である鄭虔（↓「人物説明」）に贈ったことがわかる。鄭虔は当時、広文館の博士に任じられていた（『新唐書』巻二〇二「鄭虔伝」）。広文館は、国立大学に当たる国子監に附設された機関で、進士科の受験生を育成する。詩は第一段の八句で鄭虔の徳と才能を称えつつその不遇を嘆き、第二段・第三段の一四句でわが身の窮状及び鄭虔との酒宴の様子を描き、最終段の六句で嫌なことは忘れて今を楽しもうという気持ちを述べる。詳注一―一七四、鈴木注一―一八六。

【現代語訳】　高官の方々は続々と中央の省庁に出勤されているのに、広文館の鄭虔《ていけん》先生だけは閑職におかれたまま。立派なお屋敷の住人たちはごたごたと並べられた御馳走にうんざりしているほどだが、広文館の鄭虔先生は日々の食事にも事欠いている始末。先生は伏羲氏《ふっきし》を上回るほどの道義を抱《いだ》かれ、屈原《くつげん》や宋玉《そうぎょく》を凌駕するほどの才能をお持ちである。当代では随一の人徳を備えているのにその身はいつも不遇であり、死後に不朽の名声が伝えられたとしても何の意味があろう。』

　この杜陵の田舎者は鄭虔先生よりも人から馬鹿にされていて、着ているのは粗布《あらぬの》の窮屈な服であり耳ぎわの髪は白い糸かと見まごう有り様《ありさま》。政府の米蔵から毎日五升の米を払い下げてもらうような貧しい身だが、しょっちゅう気の合う鄭虔殿を訪ねる。金が手に入ればすぐ会いに行きたくなり、酒を買うのにもはやためらうことはない。正体もなく酔って互いに「お前」「貴様《きさま》」と呼びあう仲になり、心ゆくまで酒をくらう鄭虔殿こそ真《まこと》にわが師と呼ぶにふさわしい。』

■語釈

○衮衮　ひっきりなしに続いて絶えない様子。○登臺省　中央の省庁に出勤する。「台」は御史台、「省」は中書省・門下省・尚書省。いずれも国家の中枢をなす機関。「登」は出勤する。『李寿松注』一三頁は出世する義とする。○甲第　立派な屋敷。「甲」は甲乙丙丁の甲。第一級の意。○紛紛　多くのものが入り乱れているさま。ここでは御馳走が無秩序に並べられている様子。一説に、屋敷が無数に構えられた様子（鈴木注）。○粱肉　御馳走。粱は良質な穀物。○出羲皇　羲皇を上回る。「羲皇」は、聖徳をそなえた伝説上の古代の帝王である伏羲氏《ふっきし》。一説に、伏羲氏に淵源を持つ（『吉川注』筑摩版第一冊）。○屈宋　戦国・楚の屈原《くつげん》（→「人物説明」）と宋玉《そうぎょく》（→「人物説明」）。どちらも辞賦の作り手として知られる。○坎軻　思いどおりにならず不遇なさま。双声語「カンカ」。○杜陵野客　杜陵の田舎者。杜甫の自称。杜陵は長安南郊の地名で、杜甫の住まいがあった所。○褐　目の粗《あら》い布で作られた粗末な衣服。貧者の着るもの。当時杜甫は無官であり、生活は困窮していた。○鬢　側頭部の髪の毛。耳ぎわの毛。○糴　穀物を買い入れる。○太倉　都に置かれた官営の穀物倉庫。天宝十二載（七五三）八月、都で長雨が降って米価が高騰した折、政府は太倉の米十万石を放出して貧民に安価で払い下げた（『旧唐書』巻九「玄宗本紀下」）。○升　容量の単位。唐代では約〇・五九リットル。○老　年長者の姓の後ろにつけて敬意を表す接尾辞。○同襟期　志向や気質を同じくする。意気投合する。○忘形　自己の肉体を忘れる。ここでは正体もなく酔うこと。一説に、型にはまった礼儀にこだわらない（『李寿松注』一三頁）。○爾汝　互いに「お前」「貴様《きさま》」と呼びあう間柄。年齢差があるにもかかわらず気兼ねなく交際できる親密さを表す。鄭虔は杜甫より二〇歳以上年長であった。「爾」と「汝」はともに相手を気安く呼ぶ際に用いる二人称代名詞。○吾師　わが師。鄭虔を指す。一説に、酒を痛飲することによっ一て得られる調和の世界（『吉川注』）。

清夜沈沈動春酌　清夜《せいや》沈沈《ちんちん》として春酌《しゅんしゃく》を動《うご》かし
燈前細雨簷花落　灯前《とうぜん》の細雨《さいう》簷花《えんか》落《お》つ
但覺高歌有鬼神　但《た》だ覚《おぼ》ゆ高歌《こうか》して鬼《き》神《しん》有《あ》るを
焉知餓死塡溝壑　焉《いずくん》ぞ知《し》らん餓《が》死《し》して溝壑《こうがく》に填《うず》むるを
相如逸才親滌器　相如《しょうじょ》は逸才《いっさい》なるも親《みずか》ら器《うつわ》を滌《あら》い
子雲識字終投閣』　子雲《しうん》は字《じ》を識《し》りて終《つい》に閣《たかどの》より投《とう》ず
先生早賦歸去來　先生《せんせい》早《はや》く賦《ふ》せ帰去来《ききょらい》を
石田茅屋荒蒼苔　石田《せきでん》茅屋《ぼうおく》蒼苔《そうたい》に荒《あ》れん
儒術於我何有哉　儒術《じゅじゅつ》我《わ》れに於《お》いて何《なに》か有《あ》らんや
孔丘盜跖倶塵埃　孔丘《こうきゅう》盗跖《とうせき》倶《とも》に塵埃《じんあい》なり
不須聞此意慘愴　須《もち》いず此《こ》れを聞《き》きて意《い》惨愴《さんそう》たるを
生前相遇且銜杯』　生前《せいぜん》相《あ》い遇《あ》いては且《しばら》く杯《さかずき》を銜《ふく》まん

＊韻字は入声一〇薬「酌・落・壑・閣」、上平一〇灰「來・苔・哉・埃・杯」。

【現代語訳】　静かにふけゆく清々《すがすが》しい春の夜に杯《さかずき》を酌みかわしつつ、灯火《ともしび》に照らしだされた小雨《こさめ》の中で軒先の花が散っていくのを眺める。高らかに歌えば神霊も感動しているのが感じられるばかりで、餓死してしかばねを野《の》に曝《さら》すことになろうと知ったことではない。傑出した才人の司馬相如《しばしょうじょ》でさえ文才が認められる前は自《みずか》ら皿洗いをしていたのだし、古い文字に精通していたばかりに揚雄《ようゆう》も結局は楼閣から身を投げる羽目になったではないか。』

先生も陶淵明のように早く「帰去来《ききょらい》の辞《じ》」を詠んで郷里にお戻りになるがいい、石だらけの田畑も茅《かや》ぶきの家も青く苔むして荒れてしまっているはずだ。儒教の教えなど私となんの関わりがあろう、聖人の孔子《こうし》も悪人の盗跖《とうせき》も死んでしまえば同じく灰になってそれまでである。だがこんな話を聞いたからといって心を悩ませる必要はない、せっかく生きているうちに出会えたのだから、とりあえずは酒を飲んで楽しもうではないか。』

■語釈

○簷花　軒先に咲いた花。一説に、灯火《ともしび》に照り映えて銀色の花のように見える軒端《のきば》の雨だれ（『杜臆』巻一）。○有鬼神　神霊が存在する。一説に、詩ができあがるのに神の助けを得ている（鈴木注）。○塡溝壑　しかばねを溝や谷に埋める。のたれ死んで正式に埋葬されないこと。○相如　司馬相如《しばしょうじょ》（↓「人物説明」）。前漢の著名な文学者。○親滌器　自《みずか》らの手で食器を洗う。司馬相如は武帝にその才能を認められる前、駆け落ちした卓文君と一緒に臨邛《りんきょう》（四川省成都の南西）で酒屋を営み、自ら皿洗いをしていた時期があった（『漢書』巻五七上「司馬相如伝上」）。○子雲　揚雄《ようゆう》（↓「人物説明」）の字《あざな》。前漢末の著名な文学者で、古代の文字にも精通していた。○投閣　楼閣から身を投げる。揚雄は晩年、かつての弟子が起こした文字の禍に巻きこまれて罪に問われた際、追っ手から逃れようとして楼閣の上より身を投げ、瀕死の重傷を負った（『漢書』巻八七下「揚雄伝下」）。○歸去來　「帰《き》去来《きょらい》の辞《じ》」。東晋の陶淵明（→「人物説明」）は彭沢《ほうたく》県（江西省）の長官になったが、視察にきた郡の役人に腰を屈《かが》めることに耐えられず、職を辞して「帰去来兮《かえりなんいざ》、田園将《でんえんまさ》に蕪《あ》れんとするに胡《なん》ぞ帰《かえ》らざる」に始まる「帰《き》去来《きょらい》の辞《じ》」を詠み、郷里に帰った（梁・蕭統「陶淵明伝」）。○石田　石が多くて痩せており、耕すのが困難な田畑。○於我何有哉　私と何の関わりがあろうか。堯の時代の歌謡とされる「撃壌歌《げきじょうか》」に「帝力我《ていりょくわ》れに於《お》いて何《なに》か有《あ》らんや」。○孔丘　孔子《こうし》（→「人物説明」）。丘はその名。孔子を実名で呼ぶことは宋代以後は禁忌であったが、唐代の人はまだ気にかけていなかった。○盜跖　春秋時代にいたと伝えられる大盗賊。悪人の代表。○此　前の句「孔丘盗跖倶《こうきゅうとうせきとも》に塵埃《じんあい》なり」を指す。○銜杯　酒杯を口にふくむ。酒を飲む。「銜」は口にくわえる。

［遠藤］

〇〇九一

城西陂泛舟

青蛾皓齒在樓船
橫笛短簫悲遠天
春風自信牙檣動
遲日徐看錦纜牽
魚吹細浪搖歌扇

城西《じょうせい》の陂《ひ》に舟《ふね》を泛《う》かぶ

青蛾《せいが》皓歯《こうし》楼船《ろうせん》に在《あ》り
横笛短簫《おうてきたんしょう》　遠天《えんてん》に悲《かな》し
春風《しゅんぷう》　自《おのずか》ら牙檣《がしょう》の動《うご》くに信《まか》せ
遅日《ちじつ》徐《おもむ》ろに看《み》る錦纜《きんらん》の牽《ひ》くを
魚《うお》は細浪《さいろう》を吹《ふ》きて歌扇《かせん》を揺《ゆ》らし

燕蹴飛花落舞筵　燕《つばめ》は飛花《ひか》を蹴《け》りて舞筵《ぶえん》に落《お》とす
不有小舟能蕩槳　小舟《しょうしゅう》の能《よ》く槳《かい》を蕩《うご》かす有《あ》らざれば
百壺那送酒如泉　百壺《ひゃくこ》那《なん》ぞ送《おく》らん酒《さけ》の泉《いずみ》の如《ごと》くなるを

＊七言律詩。韻字は下平一先「船・天・牽・筵・泉」。

【題意】天宝十三載（七五四）、長安（陝西省西安市）の西郊にある湖に船を浮かべて遊んだ時の作。船上で催された宴席の楽しみを描く。「陂」は湖。ここでは渼陂《びひ》を指す。渼陂は、京兆府鄠《こ》県《けん》（西安市戸県）の西にある湖の名（『長安志』巻一五）。〇〇九三は同じ時の作。詳注一―一七七、鈴木注一―一九〇。

【現代語訳】やぐらのついた大船に乗っているのは細い眉に白い歯の美しい女たち、横笛《よこぶえ》や短簫《たんしょう》の哀切な音色が遠い空の彼方へと響きわたる。象牙の帆柱《ほばしら》に吹く春の風を受けて船が流れるにまかせ、うららかな日に錦のともづなで船が引かれる様子をのどかに眺める。魚も喜んで湖面に口を出してはさざ波を起こし、水に映った歌姫《うたひめ》の扇の影を揺らめかせ、燕も嬉しそうに飛びまわっては花を蹴散らし、舞姫の足もとに花びらを降らせる。巧みに櫂《かい》を操《あやつ》って往来する小舟がなければ、大量の酒壺がこの大船に届けられることはなく、泉のように次々と出てくる酒を楽しむこともできなかったであろう。

■語釈

○青蛾　青黒く掃いた眉。「蛾」は蛾眉。蛾の触角のように細長く美しい眉で、美女の形容。○短簫　管の長さが短めの簫《しょう》。「簫」は管楽器の一種で、長さが異なる竹の管を横に複数並べたもの。南朝・陳・江総「梅花落《ばいからく》」に「横笛短簫凄《おうてきたんしょうせい》にして復《ま》た切《せつ》なり」。○牙檣　象牙の帆柱《ほばしら》。帆柱の美称。○遅日　春のうららかな日。『詩経』豳風《ひんぷう》「七月《しちがつ》」に「春日遅遅《しゅんじつちち》たり」とあるのによる。○錦纜牽　錦のともづなが船を引っ張る。「纜」はともづな。「錦纜」はともづなの美称。○「魚吹」二句　いにしえの琴の名人瓠巴《こは》が演奏すると、鳥が舞い魚が躍った（『列子』湯問）。その意を暗に用いる。○舞筵　舞姫の舞う場所に敷かれた敷物。

［遠藤］

〇〇九二

渼陂行

岑參兄弟皆好奇
攜我遠來遊渼陂
天地黤慘忽異色
波濤萬頃堆琉璃
琉璃汗漫泛舟入
事殊興極憂思集
鼉作鯨吞不復知

渼陂行《びひこう》

岑参兄弟《しんじんけいてい》皆《み》な奇《き》を好《この》み
我《わ》れを携《たずさ》えて遠《とお》く来《き》たりて渼陂《びひ》に遊《あそ》ぶ
天地《てんち》黤惨《あんさん》として忽《たちま》ち色《いろ》を異《こと》にし
波濤《はとう》万頃《ばんけい》琉璃《るり》を堆《つ》む
琉璃《るり》汗漫《かんまん》として舟《ふね》を泛《うか》べて入《い》れば
事《こと》は殊《こと》なり興《きょう》は極《きわ》まり憂思《ゆうし》集《あつ》まる
鼉《だ》作《おこ》り鯨《げい》呑《の》むも復《ま》た知《し》らず

惡風白浪何嗟及』
主人錦帆相爲開
舟子喜甚無氛埃
鳧鷖散亂棹謳發
絲管啁啾空翠來』
沈竿續縵深莫測
菱葉荷花淨如拭
宛在中流渤澥清
下歸無極終南黑』

悪風白浪《あくふうはくろう》何《なん》ぞ嗟《なげ》き及《およ》ばん
主人《しゅじん》錦帆《きんぱん》相《あ》い為《な》して開《ひら》けば
舟子《しゅうし》喜《よろこ》び甚《はなは》だしく氛埃《ふんあい》無し
鳧鷖《ふえい》散乱《さんらん》し棹謳《とうおう》発《はっ》し
糸管《しかん》啁啾《ちゅうしゅう》し空翠《くうすい》来《き》たる
竿《さお》を沈《しず》め縵《いと》を続《つ》ぐも深《ふか》くして測《はか》る莫《な》く
菱葉《りょうよう》 荷花《かか》浄《きよ》くして拭《ぬぐ》うが如《ごと》し
宛《あたか》も中流《ちゅうりゅう》に在《あ》りて渤澥《ぼっかい》清《きよ》く
下《した》無極《むきょく》に帰《き》し終南《しゅうなん》 黒《くろ》し

＊七言古詩。韻字は上平四支「奇・陂・璃」、入声一四緝「入・集・及」、上平一〇灰「開・埃・來」、入声一三職「測・拭・黑」。

【**題意**】「渼陂《びひ》のうた」。「行」は「うた」。天宝十三載（七五四）、岑参《しんじん》（→「人物説明」）兄弟とともに渼陂に遊んだときの作。渼陂は長安の西方、鄠《こ》県（陝西省西安市戸県）の西にある湖。終南山（長安の南にある山）の多くの谷を水源とする（『長安志』巻一五）。陂は土手で囲まれた湖。変わりやすい天候の中で船遊びをしたときの情景を四句ずつのまとまりをもって展開する。詳注一―一七九、鈴木注一―一九三。

【現代語訳】　岑参兄弟はみなもの好きで、私を連れて遠く渼陂まで遊びに来た。空も地も暗く陰《くも》り突然景色が変わって、広々とした湖一面に瑠璃《るり》の宝玉をうずたかく積み上げたように波が立った。』

瑠璃の波が果てしなく広がる中に船を乗り入れると、天候が急変して愉快な気分が尽きるとともに恐れや不安が押し寄せてきた。鰐《わに》が顔を出し鯨《くじら》が船をひと呑みにするかもしれない。吹きつける風と白く泡立つ大波に、来るのではなかったと思ってももうどうしようもない。』

主人の岑参が美しい帆をつぎつぎに上げて船を進めると、船乗りたちは大喜びで、大風が吹き過ぎ辺りは塵ひとつなく澄んだ。舟歌が湧き起こって驚いた水鳥が散り散りに飛びたち、管弦の音楽が一斉にかなでられ青空が見えてきた。』

棹を水に沈めさらにひもを結んで長くしてみたが湖の深さは測りきれず、菱の葉や蓮の花は拭《ぬぐ》ったように清らかだ。湖心に船を進めればまるで澄んだ海にいるかのようで、下を見れば果てしない世界が広がり終南山が逆さに黒々と映っている。』

■語釈

○岑参兄弟　岑参は兄の渭《い》と況《きよう》、弟の乗《じよう》と垂《すい》の五人兄弟（『新唐書』巻七二中「宰相世系表」中）。○琉璃　青い宝玉。沸き立つ波が青く澄んでいるさま。鈴木注は好天気で深い水が澄み渡るさまとする。双声語「ルリ」。○「琉璃汗漫」四句　船で湖に乗り出したところ、突然風波が激しくなった。「琉璃」は前の句末を受けて繰り返される形で、本詩のような歌行体の七言古詩に特徴的な技法。『吉川注』筑摩版第一冊は、この四句を恐怖に満ちた幻想とする。「汗漫」は水が果てしなく広がっているさま。畳韻語「カンマン」。○事殊　晴天を期待して来たが、来てみると事態はそれとは異なって悪天候であった（『九家注』巻二）。一説に、悪天候に船を乗り入れるという異常な事態に、興奮し憂慮する（『李寿松注』一三七頁）。○鼉　オオワニ。『李寿松注』一三七頁はヨウスコウワニとする。○相爲　次々に（『今注』一八三頁）。鈴木注は「我我《われわれ》のために」とする。○無氛埃　「氛埃」は大気中の細かな塵。このとき風波が収まり塵が一掃されて空気が澄んだ。○鳧鷖　カモメなどの水鳥。○棹謳　舟を漕ぐときに歌う歌。○啁啾　さまざまな楽器が一斉に演奏される音。畳韻語「チュウシュウ」。○空翠　青空。晴れてきたこと。『吉川注』は「山のみどりを透明感をおびていう語」。○縵　ひもや弦《つる》。○渤澥　海から分かれた、海の一部。「渤澥《ぼっかい》は海《うみ》の別枝《べっし》なり」（前漢・司馬相如「子虚《しきょ》の賦《ふ》」応劭注）。『九家注』巻二は、海の名とする。

半陂以南純浸山
動影裊窕冲融間
船舷瞑戛雲際寺
水面月出藍田關』
此時驪龍亦吐珠
馮夷撃鼓群龍趨
湘妃漢女出歌舞

半陂《はんぴ》以《い》南《なん》純《すべ》て山《やま》を浸《ひた》し
動影《どうえい》裊《じょう》 窕《ちょう》たり冲融《ちゅうゆう》の間《かん》
船舷《せんげん》瞑《めい》に戛《う》つ雲際寺《うんさいじ》
水面《すいめん》月《つき》は出《い》ず藍田関《らんでんかん》
此《こ》の時《とき》驪龍《りりょう》亦《ま》た珠《たま》を吐《は》き
馮夷《ふうい》鼓《つづみ》を撃《う》ち群龍《ぐんりょう》 趨《はし》る
湘妃漢女《しょうひかんじょ》出《い》でて歌舞《かぶ》し

金支翠旗光有無』
咫尺但愁雷雨至
蒼茫不曉神靈意
少壯幾時奈老何
向來哀樂何其多』

金支《きんし》翠旗《すいき》光《ひか》り有無《うむ》
咫尺《しせき》但《た》だ愁《うれ》う雷雨《らいう》の至《いた》るを
蒼茫《そうぼう》として暁《さと》らず神霊《しんれい》の意《い》
少壮《しょうそう》幾時《いくとき》ぞ老《お》いを奈何《いかん》せん
向来《きょうらい》 哀楽《あいらく》何《なん》ぞ其《そ》れ多《おお》き

＊韻字は上平一五刪「山・閒・關」、上平七虞「珠・趨・無」、去声四寘「至・意」、下平五歌「何・多」。

【現代語訳】 湖の南半分すべてに山がどっぷりと影を落としていて、静かな湖面に山影がたゆたっている。薄暗くなって船《ふな》べりが雲際寺のふもとの岸をこする音がした。水の面《おもて》に藍田関から昇ってきた月が映っている。』

この時龍が吐く珠《たま》のように水の彼方に船の灯火が輝き、水神の馮夷《ふうい》が打つような太鼓の音が遠くに響いて、多くの船が龍の群れのように争って走りだした。湘水や漢水の仙女のような女性たちが現れて歌い舞い、その服や飾りは金《きん》の柱や翠《みどり》の旗のようにちらちらと燦《きら》めく。』

目の前に雷雨が迫ってきてもただうろたえるばかりで、まことに神霊の意思は広大ではかりがたい。若く健やかな時期はいくばくもなく、老いていくのはどうしようもないことだ。今日これまででさえ雷雨や歌舞など愁いや喜びがこれほどたくさんあった、人生というのは何と定まりないものか。』

■語釈

○裊窕　揺れてやまない。ここでは湖面に映る山影が揺れているさま。畳韻語「ジョウチョウ」。**○冲融**　波が静かで湖面が平らなさま。畳韻語「チュウユウ」。**○船舷暝戛雲際寺**　「雲際寺」は寺の名。雲際山にある大定寺（『長安志』巻一五）。鈴木注は「雲中の寺」。「暝戛」は、暗くなって船が岸をこする音。鈴木注は、たそがれに鳴る船べりの音が山上の寺まで響くとする。『吉川注』筑摩版第一冊は、湖面にさかさに映った雲際寺の影に舷《ふなばた》がカッと音を立ててぶつかるとする。**○藍田關**　長安（陝西省西安市）の南東にある藍田山の、軍事上重要な地点。ここでは藍田山。**○驪龍亦吐珠**　船の灯の比喩。「驪龍」は、黒い龍。九重《きゅうちょう》の深淵にひそみ頷《あご》の下に千金の珠を抱く（『荘子』列禦寇）。鈴木注は、水面の月影を龍珠にみたてたとする。双声語「リリョウ」。なお、鈴木注は以下の四句を空想とする。**○馮夷**　水神。河を渡るときに死に、天帝によって黄河の神となった（『捜神記』巻四）。魏・曹植「洛神《らくしん》の賦《ふ》」に「馮夷鼓《ふういこ》を鳴《な》らす」。**○湘妃**　古代の聖天子舜《しゅん》（↓「人物説明」）が逝去して後、湘水で殉死して女神となった二人の妃、娥皇と女英（『列女伝』巻一）。**○漢女**　漢水の仙女。魏・曹植「洛神の賦」に「南湘《なんしょう》の二《に》妃《ひ》を従《したが》え、漢浜《かんひん》の遊女《ゆうじょ》を携《たずさ》う」。**○金支翠旗**　楽器を飾る金の支柱や緑の旗。遠くの船で舞う女性の服飾を喩える。前漢の「安世房中歌《あんせいぼうちゅうか》」に「金支《きんし》の秀華《しゅうか》、庶旄《しょぼう》と翠旌《すいせい》」。『吉川注』は「従者のかざす旗さしもの」。**○咫尺**　咫は八寸、尺は一〇寸。一寸は約三センチメートル。非常に短い距離。**○少壮幾時奈老何**　前漢・武帝「秋風《しゅうふう》の辞《じ》」に「歓楽《かんらく》極《きわ》まりて哀情多《あいじょうおお》し、少壮《しょうそう》幾時《いくとき》ぞ老《お》いを奈何《いかん》せん」。**○哀樂**　愁いと喜び。「哀」は鯨・鼉や雷雨の句に、「楽」は錦帆や糸管の句に歌われていること。この一日だけでもこれほど哀楽があったのだから、若いときから老いるまでの哀楽はどれほどか多くあることだろう。

[市川]

〇〇九三

渼陂西南臺

高臺面蒼陂　六月風日冷
蒹葭離披去　天水相與永
懷新目似擊　接要心已領
仿像識鮫人　空濛辨魚艇
錯磨終南翠　顚倒白閣影
崷崒增光輝　乘陵惜俄頃』
勞生愧嚴鄭　外物慕張邴
世復輕驊騮　吾甘雜鼃黽
知歸俗所忌　取適事莫竝
身退豈待官　老來苦便靜
況資菱芡足　庶結茅茨迥
從此具扁舟　彌年逐清景』

渼陂《びひ》の西南台《せいなんだい》

高台蒼陂《こうだいそうひ》に面《めん》し、六月風日《ろくがつふうじつ》冷《ひや》やかなり
蒹葭離披《けんかりひ》として去《さ》り、天水《てんすい》相《あ》い与《とも》に永《なが》し
新《しん》を懐《おも》いて目《め》撃《う》つに似《に》、要《よう》に接《せっ》して心《こころ》已《すで》に領《りょう》す
仿像《ほうしょう》鮫人《こうじん》を識《し》り、空濛魚艇《くうもうぎょてい》を弁《わか》つ
終南《しゅうなん》の翠《みどり》を錯磨《さくま》し、白閣《はくかく》の影《かげ》を顚倒《てんとう》す
崷崒《しゅうしゅつ》光輝《こうき》を増《ま》し、乗陵《じょうりょう》俄頃《がけい》を惜《お》しむ
生《せい》に労《ろう》するは厳鄭《げんてい》に愧《は》じ、物《もの》を外《そと》にするは張邴《ちょうへい》を慕《した》う
世《よ》復《ま》た驊騮《かりゅう》を軽《かろ》んずれば、吾《わ》れ甘《あま》んじて鼃黽《あぼう》に雑《まじ》わらん
帰《き》を知《し》るは俗《ぞく》の忌《い》む所《ところ》、適《てき》を取《と》るは事《こと》並《なら》ぶ莫《な》し
身《み》退《しりぞ》くは豈《あ》に官《かん》を待《ま》たんや、老来便静《ろうらいべんせい》に苦《くる》しむ
況《いわん》や菱芡《りょうけん》の足《た》るに資《し》し、庶《ねが》わくは茅茨《ぼうし》の迥《はる》かなるを結《むす》ばん
此《こ》れより扁舟《へんしゅう》を具《そな》え、弥年《びねん》清景《せいけい》を逐《お》わん

＊五言古詩。韻字は上声二三梗「冷・永・領・影・頃・邴・黽・静・景」、上声二四迥「艇・竝・迥」。以上、梗・迥韻は庚部の通押。

【題意】　前詩〇〇九二と同じく、天宝十三載（七五四）夏、渼陂《びひ》での作。前半で西南台という高楼の上から眺めた湖の景色を描き、後半で俗世間から離れたところで静かに暮らしたいという気持ちを述べる。詳注一―一八二、鈴木注一―一九七。

【現代語訳】　高楼に登れば青い湖が目の前に広がり、晩夏の六月なのに吹く風や日差しが冷たい。葦《あし》が遥か彼方まで立ち乱れ、天と水が一色となって果てしなく広がっている。新しい景色を見たいと思っていたが、一目で感動し、この上ない光景に接して心を奪われてしまった。深い水の中にはおぼろげに伝説の鮫人《こうじん》の姿が認められ、薄く立ちこめる靄《もや》の中には小さな釣り舟が見分けられた。水面《みなも》に映る終南山の緑は波に磨かれ、白閣峰の影もさかさまに映っている。高く聳える山々が湖に照り映えてますます輝いている。高楼に登っていられるのがわずかな間でしかないのが残念だ。』

私はあくせくと生きているので、身を修め徳を磨いて暮らした漢の厳君平《げんくんぺい》や鄭子真《ていししん》に対して恥ずかしく、世俗の欲を持たないでいようとしているので、官位を捨てて隠者となった漢の張仲蔚《ちょうちゅううつ》や邴曼容《へいまんよう》のような生き方が慕わしい。世間の人々が古代の驊騮《かりゅう》のような名馬をあなどるのなら、私は甘んじてこの水辺で青蛙《あおがえる》とともに過ごそう。出世をあきらめて引き返すことを世間の人は嫌うが、心にかなう生き方こそ何よりも得難いのだ。功成り名を遂げてから引退するのでなくてもよいではないか。年を取ってからあまりに静かなのは辛いから、隠居するならこの渼陂の辺りがよい。ましてここには菱《ひし》のような食糧も充分にあって助かる。

世間から遠く離れたこの地にささやかな住まいを作ろう。そして今から小舟を準備して、一年中美しい風光を求めて過ごそう。』

■語釈

○蒹葭　水辺に生える葦《あし》の類。双声語「ケンカ」。○離披　乱れて揃わないさま。畳韻語「リヒ」。○懐新　新しい景色を求める。南朝・宋の謝霊運「江中《こうちゅう》の孤嶼《こしょ》に登《のぼ》る」に「新《しん》を懐《おも》いて道転《みちうた》た迥《はる》かなり」。○目似撃　目で見た瞬間にわかった。『荘子』田子方に「目《め》撃《う》ちて道存《みちそん》するなり（一目見て人の道の在りかがわかった）」。○接要　景色の要《かなめ》となる部分に触れる（鈴木注）。○仿像　おぼろげに。畳韻語「ホウショウ」。○鮫人　水に棲むという伝説上の生き物。涙が真珠になるという（『捜神記』巻一二）。○空濛　薄い霧。畳韻語「クウモウ」。○艇　細長い小舟。○錯磨　やすりをかけ、磨く。ここでは水面に映る終南山の影を波がこするように見えるさま。○終南　長安の南にある山の名。○白閣　峰の名。渼陂のある鄠《こ》県（陝西省西安市戸県）の東南に、紫閣峰、白閣峰、黄閣峰がある。○嶒崒　山が高く険しいさま。双声語「シュウシュツ」。○乗陵　西南台の高みにのぼる。『吉川注』筑摩版第一冊は、水中に倒映する山影をこの展望台から見おろし、その上に乗るとする。畳韻語「ジョウリョウ」。○労生　人生に疲れる（『荘子』大宗師）。○嚴鄭　前漢の人、厳君平《げんくんぺい》と鄭子真《ていししん》。ともに自らの精神を鍛え徳性を磨いて過ごした（『漢書』巻七二「王貢両龔鮑伝」）。○外物　世俗的な欲望を捨てさる。「外」は、外に出す。○張邴　後漢の張仲蔚《ちょうちゅううつ》と前漢の邴曼容《へいまんよう》。ともに官吏をやめ隠者となって心身を養い、評判が高かった。○「世復」二句　「騂騮」は西周の穆王が持っていた八頭の駿馬の一（『博物志』巻六）。「黿黽」は青蛙。騂騮もその能力を理解する人がいなければ、仕方なく青蛙と一緒に過ごすこととなる。騂騮は杜甫に擬える（『吉川注』）。○知帰　引き返すべきことを知る。梁・任昉《じんぼう》「王文憲集序《おうぶんけんしゅうじょ》」に

「涯《がい》窮《きわ》まりて反《かえ》り、量《りょう》盈《み》ちて帰《かえ》るを知《し》る」。○俗所忌　俗世間の人々が嫌うこと。『九家注』巻二は「俗《ぞく》は忽《こつ》とす可《べ》し」として、俗世間のことは軽視するべきだという意味とする。○身退豈待官　『老子』九章に「功《こう》成《な》り名《な》遂《と》げて身《み》退《しりぞ》くは天《てん》の道《みち》なり」とあるのに反論し、隠居するのに官吏となって功績を上げるのを待たなくともよいだろうという。杜甫はこの時、「献賦出身」の資格で任官を待つ状態だったのでこういう。○便靜　安楽で静か。南朝・宋の謝霊運「始寧《しねい》の墅《しょ》に過《よ》ぎる」に「還《ま》た静者《せいじゃ》の便《べん》を得《う》」とあり、静かな安らぎを得たと満足する。杜甫は「便静」を「静かで寂しい」意味とし、そこで苦痛を感じて渼陂に行楽に行く。『読杜心解』巻一は「苦便」を「苦《はなは》だ愛《あい》す」と解釈し、静けさを深く愛する意とする。○菱芡　いずれも湖に生え、食用となる植物。○茅茨　茅《ちがや》と茨《いばら》で屋根を葺いた粗末な家。○扁舟　小舟。

［市川］

〇〇四

與鄠縣源大少府宴渼陂

應爲西陂好　金錢罄一餐
飯抄雲子白　瓜嚼水精寒
無計迴船下　空愁避酒難
主人情爛熳　持答翠琅玕

鄠県《こけん》の源大少府《げんだいしょうふ》と与《とも》に渼陂《びひ》に宴《えん》す

応《まさ》に西陂《せいひ》の好《よ》きが為《ため》なるべし、金銭一餐《きんせんいっさん》に罄《つ》く
飯《はん》は雲子《うんし》の白《しろ》きを抄《すく》い、瓜《うり》は水精《すいしょう》の寒《さむ》きを嚼《か》む
船《ふね》を廻《めぐ》らして下《お》りる計無《けいな》く、空《むな》しく酒《さけ》を避《さ》くること難《かた》きを愁《うれ》う
主人情《しゅじんじょう》は爛熳《らんまん》、持《もっ》て翠琅玕《すいろうかん》に答《こた》う

＊五言律詩。韻字は上平一四寒「餐・寒・難・玕」。

【題意】鄠《こ》県《けん》は長安を管轄する京兆府（陝西省西安市）に属す。源は姓、大は排行（↓「用語説明」）で同世代の最年長、少府は地方官（↓「用語説明」）。源大少府については未詳。渼陂《びひ》（長安〔陝西省西安市〕の西方、鄠県〔陝西省西安市戸県〕の西にある湖）に舟を浮かべて一緒に宴会をしたときの作。制作時は前詩と同じ。前半は宴席の食事を、後半は源少府のもてなしに対する感謝を述べる。題下注に「寒《かん》の字《じ》を得《え》たり」とある。幾人かで詩を作る時に韻字を各自に割り当てることがあり、杜甫は「寒」字を引き当てたので「寒」及び同韻の字を用いて作った。友人の岑参《しんじん》（↓「人物説明」）にも「鄠《こ》県《けん》の源少府《げんしょうふ》と与《とも》に渼陂《びひ》に泛《うか》ぶ」と題する詩があり、題下注に「人《じん》の字《じ》を得《え》たり」とある。詳注一−一八五、鈴木注一−二〇〇。

【現代語訳】きっと西陂《せいひ》がこれほど美しい湖だからでしょう、あなたは一度の食事に気前よくお金を使い果たして下さった。仙薬の雲子《うんし》のように真っ白なご飯を匙《さじ》ですくい、水晶のように冷たい瓜を嚙んで味わいました。このご馳走責めに、船を戻して降りようにも手立てがないし、お酒を辞退するのも難しくて困っているばかりです。ご主人のお気持ちはまばゆいほどで、その篤いおもてなしにこの詩を贈ってお返しとしましょう。

■語釈
○西陂　渼陂の別名。鄠県の西にあるので西陂という。○罄　尽きる。空になる。○雲子　雲母《うんも》を砕いて作る仙薬。白飯の比喩。『九家注』巻一八は菰米《こべい》（マコモの実）とする。○情爛熳　主人のもてなしに心がこもっていること。「爛熳」は畳韻語「ランマン」。○翠琅玕　帯玉《おびだま》にする緑の宝玉《ほうぎょく》。贈り物の意味で使われ、ここでは源大少府が準備したご馳走。後漢・張衡「四愁詩《ししゅうし》」に「美人《びじん》我《われ》に贈《おく》る金琅玕《きんろうかん》、一何《なに》を以《もっ》て之《こ》れに報《むく》いん双玉盤《そうぎょくばん》」。

［市川］

〇〇九五

贈田九判官梁丘

崆峒使節上青霄
河隴降王款聖朝
宛馬總肥秦苜蓿
将軍只數漢嫖姚
陳留阮瑀誰争長
京兆田郎早見招
麾下頼君才竝美
獨能無意向漁樵

田九《でんきゅう》判官《はんがん》梁《りょう》丘《きゅう》に贈《おく》る

崆峒《こうどう》の使節《しせつ》青霄《せいしょう》に上《のぼ》り
河隴《かろう》の降王《こうおう》聖朝《せいちょう》を款《かん》す
宛馬《えんば》総《すべ》て秦《しん》の苜蓿《もくしゅく》に肥《こ》え
将軍《しょうぐん》只《た》だ漢《かん》の嫖姚《ひょうよう》に数《かぞ》う
陳留《ちんりゅう》の阮瑀《げんう》誰《たれ》か長《ちょう》を争《あらそ》わん
京兆《けいちょう》の田郎《でんろう》に早《はや》く招《まね》かる
麾下《きか》君《きみ》に頼《よ》りて才《さい》並《なら》びに美《うるわ》しく
独《ひと》り能《よ》く意《い》の漁樵《ぎょしょう》に向《む》かう無《な》からんや

＊七言律詩。韻字は下平二蕭「霄・朝・姚・招・樵」。

【題意】 田梁《でんりょう》 丘《きゅう》に贈る詩。天宝十三載（七五四）の作。田は姓、九は排行（→「用語説明」）、判官は官名（→「用語説明」幕職官）、梁丘は名。田梁丘は有力な武将哥舒翰《かじょかん》の幕僚であった。哥舒翰はこの年、病気で倒れているが、本詩はそれ以前の作。前半は哥舒翰の戦功を称え、後半は田梁丘が優れた人材を推薦していることを称賛し、自分も引き立ててくれるように願う。詳注一―一六六、鈴木注一―二〇三。

【現代語訳】　崆峒《こうどう》山に赴く天子の使者として哥舒翰将軍は青空に上っていくように西域に向かい、河隴《かろう》で降伏した異国の王は拝謁のために朝廷に下ってきました。大宛《たいえん》の駿馬はみな長安に来て好物の苜蓿《うまごやし》を食べて太っており、優れた哥舒翰将軍に喩えられるのは漢の名将霍《かく》去病《きょへい》しかいません。漢の阮瑀《げんう》にもなぞらえられる才子の高適《こうせき》は誰もかなう者もない逸物で、「京兆の田郎」と称えられた漢の田鳳《でんぽう》のような田判官殿に招かれて早くから登用されています。田殿のご尽力で哥舒翰将軍の旗のもとに集まった人々はみな粒ぞろいのすばらしい才能の持ち主です。そのお心を、漁師や樵《きこり》のように世に埋もれて暮らしている私にも向けていただくわけにはいかないでしょうか。

■語釈
○崆峒使節上青霄　「崆峒《こうどう》」は隴右《ろうゆう》（甘粛省）にある山の名。哥舒翰《かじょかん》はこのとき隴右節度使（↓「用語説明」）と河西節度使を兼ねていた。「使節」は天子の使者。ここでは哥舒翰。崆峒のある地方は地勢が高いので、天子の使者が崆峒に向かうことを天に上るようだという。一説に、「青霄」を朝廷の比喩として、哥舒翰が吐蕃《とばん》と戦ったのち、降伏した王を連れて朝廷に入り天子に拝謁したこと（『九家注』巻一八）。「崆峒」は畳韻語「コウドウ」。○河隴降王款聖朝　「河隴《かろう》」は哥舒翰が節度使として守っていた河西と隴右。「款《かん》」は、門をたたくという意味で、唐朝に拝謁するためにやってくること。「降王」は吐《と》谷渾《よくこん》の蘇毗王《そひおう》のことで、降伏してきた時に哥舒翰が天子の命令で会いに行った。「天宝十三載《てんぽうじゅうさんさい》、吐《と》谷渾《よくこん》の蘇毗《そひ》王款附《おうかんぷ》し、翰《かん》に詔《みことのり》して磨《ま》環川《かんせん》に至《いた》り応接《おうせつ》せしむ」（『新唐書』巻一四七「王思礼伝」）。〇**宛馬總肥秦苜蓿**　「宛馬」は大宛《たいえん》国の馬。大宛は名馬の産地（〇〇一〇参照）。「秦」は長安（陝西省西安市）一帯の地。「苜蓿」は大宛の馬が好んで食べた草。ウマゴヤシ。畳韻語「モクシュク」。前漢のとき、使者が苜蓿の実を採って帰り、天子はそれを植えて馬を養うことができるようになった（『史記』巻一二三「大宛伝」）。ここでは、西方が征服され、大宛の名馬がすべて唐の都に連れてこられたことをいう。〇**嫖姚**　前漢の霍去病《かくきょへい》。「嫖姚」は官名。一八歳の時、叔父の大将軍衛青《えいせい》に従って戦いに出、嫖姚校尉《ひょうようこうい》となり、輝かしい戦績を挙げた。哥舒翰を誉め称える比喩。畳韻語「ヒョウヨウ」。〇**陳留阮瑀**　後漢の文学者。陳留（河南省開封市）の人。魏の曹操《そうそう》のもとに集まった文学集団である建安七子《けんあんしちし》の一人。七子の中で最も優秀とされた所から「誰《たれ》か長《ちょう》を争《あらそ》わん」と称えられた。盛唐の詩人で杜甫の友人の高適《こうせき》（↓「人物説明」）に喩える。高適は陳留に近い封丘県の尉（↓「用語説明」）であった。一説に、田梁丘に喩える（『九家注』巻一八）。〇**京兆田郎**　「田郎」は後漢の田鳳《でんぽう》、字は季宗《きそう》。本籍地が京兆《けいちょう》（陝西省西安市）、官が尚書郎なので「京兆の田郎」と呼ばれた。容貌も態度も端正だったので、霊帝が宮殿の柱に「堂堂《どうどう》たるかな張《ちょう》京兆《けいちょう》田郎《でんろう》」と書いた（『太平御覧』巻一八七に引く『三輔決録』）。ここでは同姓の田梁丘を喩える。〇**漁樵**　漁師と樵《きこり》。隠者の象徴でもある。ここでは官吏になっていない杜甫を指す。

［市川］

〇〇九六

投贈哥舒開府翰二十韻

哥《か》舒《じょ》開《かい》府《ふ》翰《かん》に投贈《とうぞう》す二十韻《にじゅういん》

今代麒麟閣　何人第一功

今代《きんだい》の麒麟閣《きりんかく》、何人《なんぴと》か第一《だいいち》の功《こう》

君王自神武　駕馭必英雄』
開府當朝傑　論兵邁古風
先鋒百戰在　略地兩隅空
青海無傳箭　天山早掛弓
廉頗仍走敵　魏絳已和戎』
毎惜河湟棄　新兼節制通
智謀垂睿想　出入冠諸公
日月低秦樹　乾坤繞漢宮
胡人愁逐北　宛馬又從東』

君王《くんおう》自《みずか》ら神武《しんぶ》、駕馭《がぎょ》するは必《かなら》ず英雄《えいゆう》なり
開府《かいふ》当朝《とうちょう》の傑《けつ》、兵《へい》を論《ろん》ずれば邁古《まいこ》の風《ふう》あり
先鋒《せんぽう》百戦《ひやくせん》在《あ》り、略地《りやくち》両隅《りょうぐう》空《むな》し
青海《せいかい》箭《せん》を伝《つた》うる無《な》く、天山《てんざん》早《つと》に弓《ゆみ》を掛《か》く
廉頗《れんぱ》仍《かさ》ねて敵《てき》を走《はし》らせ、魏絳《ぎこう》已《すで》に戎《じゅう》を和《わ》す
毎《つね》に河《か》湟《こう》の棄《す》てらるるを惜《お》しみ、新《あら》たに節制《せっせい》を兼《か》ねて通《つう》ず
智謀《ちぼう》睿想《えいそう》垂《た》れ、出入《しゅつにゅう》諸公《しょこう》に冠《かん》たり
日月《じつげつ》秦樹《しんじゅ》に低《た》れ、乾坤《けんこん》漢宮《かんきゅう》を繞《めぐ》る
胡人《こじん》逐北《ちくほく》を愁《うれ》い、宛馬《えんば》又《ま》た東《ひがし》に従《したが》う

＊五言排律。韻字は上平一東「功・雄・風・空・弓・戎・通・公・宮・東」。

【題意】　哥舒翰《かじょかん》開府に贈る二〇韻の詩。天宝十三載（七五四）、長安（陝西省西安市）での作。「投贈」は人に詩を差し出して贈ること。哥舒翰は唐の将軍。天宝八載（七四九）、隴右節《ろうゆうせつ》度使《どし》（↓「用語説明」）として吐蕃《とばん》の石堡城《せきほうじょう》を落城させ、天宝十一載（七五二）、開府儀同三司《かいふぎどうさんし》（従一品）の官を追加され、翌年、河西節度使を兼ね、涼国公、ついで西平郡王に封じられる。翌十三載、風疾に倒れ、長安に戻った。節度使の安禄山（↓「人物説明」）及びその従兄弟の安思順とは早くから対立しており、安禄山の乱の最中に捕らえられ殺された（『旧唐

書』巻一〇四「哥舒翰伝」)。開府儀同三司の位を得ているので詩題に「開府」とある。前の三〇句は哥舒翰の功績を称え、後の一〇句は杜甫自身の窮状を述べ引き立てを依頼する。詳注一―一六八、鈴木注一―三〇四。

【現代語訳】　功臣の肖像が並ぶ麒麟閣に掲げられる、今の世で第一の功労者はどなたでしょうか。皇帝陛下はご自身が神のような武勇を持ち、手足となる者たちは英雄に決まっています。』

開府の哥舒翰《かじょかん》将軍は当代随一の英傑で、兵法について語りだせば古人をもしのぐ見識をお持ちです。先頭に立って百もの戦いで勝利され、辺境を攻略し二つの地方を勝ち取って敵軍を一掃なさいました。西の彼方の青海では夜更《よふ》けに時刻を知らせて夜通し警戒することがなくなり、異民族の本拠地であった天山でも戦いがなくなって早くから弓をしまいこんでいます。趙《ちょう》の名将廉頗《れんぱ》のように幾度も敵軍を敗走させ、晋の智将魏絳《ぎこう》のようにすでに異民族と和睦の協定を締結なさいました。』

陛下は、いつも黄河や湟水《こうすい》の地方が異民族の領土のままに捨て置かれているのを残念にお思いになっていて、あらたに将軍に河西節度使を兼任させ規律を行き渡らせました。将軍が巧みな戦略によってこの地を回復してから陛下がお目をかけられ、命令を受けて戦いに出るときも朝廷に帰るときもその栄誉は高官たちの中で第一となりました。太陽と月のような陛下の英明な統治が都の長安を輝かせ、広大な天地が我が朝の宮殿をとりまいています。異民族はさらに追いやられるかと慄《おのの》き、西方の大宛《たいえん》国の馬も東の長安に捧《ささ》げられるようになりました。』

■語釈

○**麒麟閣**　楼閣の名。前漢の武帝が建て、宣帝が功臣の画像をこの閣に掲げた（『漢書』巻五四「蘇武伝」）。○**君王**　当時の皇帝玄宗《げんそう》（→「人物説明」）。○**神武**　神のように優れた武力。○**駕馭必英雄**　天子は英雄だけを働かせる。『三国志』巻五二「張昭伝」に「夫《そ》れ人君《じんくん》たる者《もの》は能《よ》く英雄《えいゆう》を駕御《がぎょ》（馭）し群賢《ぐんけん》を駆使《くし》すと謂《い》う」。○**邁古**　古人を越える。○**先鋒百戦**　哥舒翰は初め節度使の王倕《おうすい》の軍に、ついで王忠嗣の軍にあって先頭に立って戦い、多くの軍功を挙げた。○**両隅**　二つの辺境の地。ここでは天山と青海。一説に、突厥《とっけつ》と吐蕃《とばん》（『黄鶴補注』巻一七）。一説に、河西と隴右（『銭注』巻九）。○**青海**　湖の名。中国西北部、青海省の東部にある塩水湖。ココノール。哥舒翰は天宝七載（七四八）に青海の龍《りゅう》駒島《くとう》に城を築いた。そののち吐蕃は青海に近づかなくなった（『旧唐書』巻一〇四「哥舒翰伝」）。○**傳箭**　眠らずに塞《とりで》を守るために深夜に時刻を知らせたこと。「箭」は、水時計の部品で、水位を示し時刻を表す棒。一説に、敵襲を知らせる伝令のための矢（『九家注』巻一七）。○**天山**　山脈の名。今の新疆《しんきょう》ウイグル自治区中部にある。哥舒翰は天宝八載（七四九）、吐蕃に占領されていた天山の石堡城を配下の将に奪還させた（『旧唐書』巻一〇四「哥舒翰伝」）。○**掛弓**　弓をしまう。戦いがないこと。○**廉頗**　戦国・趙の武将。斉を破り魏を攻めて、信平君に封じられた（『史記』巻八一「廉頗伝」）。哥舒翰に喩える。○**魏絳**　春秋・晋の武将。異民族との和議の利を説き、盟約を結んだ（『春秋左氏伝』襄公四年）。天宝十二載（七五三）に哥舒翰は功績によって楽団と田園を賜った（『新唐書』巻一三五「哥舒翰伝」）。そこで同じく楽団を賜った魏絳（『春秋左氏伝』襄公十一年）になぞらえた（『銭注』巻九）。○**毎惜**　河湟地方が敵陣にゆだねられているのを玄宗が残念に思う（『九家注』巻一七）。一説に杜甫が惜しむ（鈴木注）。一説に哥舒翰が惜しむ（『吉川注』筑摩版第二冊）。一説に人々が惜しむ（『李寿松注』三五頁）。

○河湟　黄河と湟水。湟水は黄河の上流で黄河に合流する。その一帯は西方異民族の住む地とされていた（『新唐書』巻二一六下「吐蕃伝下」）。双声語「カコウ」。○新兼節制通　「節制」は法による規律。双声語「セッセイ」。『荀子』議兵に、「桓文《かんぶん》の節制《せっせい》は以《もっ》て湯武《とうぶ》の仁義《じんぎ》に敵《てき》す可《べ》からず」。「通」は、あらたに河湟の地域にも節度使の規律が行き渡ったこと。すなわち哥舒翰が河西節度使を兼ねたこと。一説に、河西節度使を兼任してこの地を取り戻した意（『李寿松注』一三五頁）。○睿想　天子の意志。「睿」は、天子への敬意を示す語。○出入　天子の命令で戦いに出ることと、戦地から朝廷に帰ること。一説に、哥舒翰が朝廷に出入りすること（鈴木注）。○「日月」二句　「日月」は帝業の比喩。「秦樹」は戦国・秦の国があった陝西付近の樹木をいい、ここでは長安を指す。一説に、「樹」は哥舒翰が凱旋する途中の街道の並木（『吉川注』）。「漢宮」は漢の王朝名を借りて唐の宮殿をいう。日月のような帝業が唐朝の都を輝かせる。「乾坤」は天地。唐朝の領地が広大であることをいう。双声語「ケンコン」。一説に、日と月は、秦樹に低く臨んで親しみ、大地は、朝廷の宮殿を取り巻き包み、天も地も唐の手の届くところにある（『九家注』巻一七）。一説に、朝廷の政治が優れていて、四方の民族が唐朝に従っている（『杜詩鏡銓』巻二）。○逐北　敗走する兵を追撃する。「北」は敗北の意。『史記』巻八二「田単伝」に「燕軍《えんぐん》は擾乱奔走《じょうらんほんそう》し、斉人《せいひと》は追亡逐北《ついぼうちくほく》す」。○宛馬　大宛国の馬。大宛は、天山山脈にあった国で、西域の代表的な国とみなされていた。良馬の産地として有名。〇〇一〇参照。

受命邊沙遠　歸來御席同
軒墀曾寵鶴　畋獵舊非熊
茅土加名數　山河誓始終

命《めい》を受《う》けて辺沙《へんさ》遠《とお》く、帰《かえ》り来《き》たりて御席《ぎょせき》同《おな》じ
軒墀《けんち》曾《かつ》て鶴《つる》を寵《ちょう》し、畋猟《でんりょう》旧《もと》より熊《くま》に非《あら》ず
茅土《ぼうど》に名数《めいすう》を加《くわ》え、山河《さんが》に始終《しじゅう》を誓《ちか》う

策行遺戰伐　契合動昭融
勳業青冥上　交親氣概中』
未爲珠履客　已見白頭翁
壯節初題柱　生涯獨轉蓬
幾年春草歇　今日暮途窮
軍事留孫楚　行間識呂蒙
防身一長劍　將欲倚崆峒』

策行《さくおこ》なわれて戦伐《せんばつ》を遺《す》て、契合《けいがつ》して昭融《しょうゆう》を動《うご》かす
勲業《くんぎょう》 青冥《せいめい》の上《うえ》、交親気《こうしんき》概《がい》の中《うち》
未《いま》だ珠履《しゅり》の客《かく》と為《な》らざるに、已《すで》に白頭《はくとう》の翁《おきな》 見《あらわ》る
壮節《そうせつ》初《はじ》めに柱《はしら》に題《だい》し、生涯《しょうがい》 独《ひと》り転蓬《てんぽう》
幾年《いくねん》か春草《しゅんそう》 歇《つ》き、今日《こんにち》暮途《ぼと》窮《きゅう》す
軍事《ぐんじ》に孫楚《そんそ》を留《とど》め、行間《こうかん》に呂蒙《りょもう》を識《し》る
身《み》を防《ふせ》ぐ一長剣《いちちょうけん》、将《まさ》に崆峒《こうどう》に倚《よ》せんと欲《ほっ》す

＊韻字は上平一東「同・熊・終・融・中・翁・蓬・窮・蒙・峒」。

【現代語訳】　陛下のご命令で遠く辺境の砂漠に向かい、帰ってくると陛下が宴会を催してくださり将軍は安禄山と同じ席にお着きになりました。衛《えい》の懿《い》公《こう》は鶴をかわいがって自分の車に乗せたといいますが、朝廷ではそのように安禄山を大切にしていました。しかし西周の文王が猟に出て手に入れたのはもとより熊ではなく天子の補佐太公望《たいこうぼう》であり、つまりは哥舒翰将軍だったのです。将軍は陛下から領地をいただきさらに食邑《しょくゆう》を加えられ、黄河が帯のように細くなり泰山《たいざん》が砥石《といし》のように小さくなってもその功績は永遠であることが誓われたのです。戦略は実行されて戦いはやみ、その戦功は天子の御意にかない、将軍の前には輝かしい偉大な道が開けました。そのすばらしい功績は空の上に昇るほどですが、友人とは変わるこ

となく男気《おとこぎ》のあるつきあいをしておいでです。』

　私はまだ客分としての待遇を受けていないうちに、もう白髪の老人になってしまいました。漢の高名な文人司馬相如《しばしょうじょ》のように、若い頃には勇ましい志を柱に書いて出世を誓いましたが、そのあとはずっと独りで根無し草のように転々としてきました。春草が萌《も》え出ては枯れつきるさまを何年見てきたことでしょう。今は人生の黄昏《たそがれ》になって道が行き詰まり途方に暮れています。あなたは軍事に関しては傲岸《ごうがん》な晋の孫楚《そんそ》のような人物をも心服させ、陣営では呉の君主孫策《そんさく》が聡明な武将の呂蒙《りょもう》を抜擢したように優れた人材を重用《ちょうよう》なさっています。私も自分を守る剣《つるぎ》一本を携えて、あなたのおられる崆峒山《こうどうさん》に身を寄せたいと思っているのです。』

■語釈
○**御席**　天子から賜った宴席。不仲であった哥舒翰と安禄山を和解させようとして、天宝十一載（七五二）、玄宗は宴会を開いて安禄山と哥舒翰の二将軍を招いた（『旧唐書』巻一〇四「哥舒翰伝」）。○**軒墀曾寵鶴**　春秋・衛の懿公《いこう》は鶴を好み、貴人の乗る車である軒車《けんしゃ》に鶴を乗せていた（『春秋左氏伝』閔公二年）。「墀《ち》」は地面を塗料で塗った所。「軒墀」はあるいは「軒車」の誤り。「鶴」は、ここでは安禄山に喩える。鈴木注は鶴を哥舒翰になぞらえるとする。○**畋獵舊非熊**　西周の文王が狩りに出る前にその首尾を占うと、獲物は虎でも熊でもなく王を補佐する人物だという結果が出た。果たして文王は賢人太《たい》公望《こうぼう》に出会い、車に乗せて帰った（『史記』巻三二「斉太公世家」）。ここでは哥舒翰を太公望に喩え、哥舒翰が安禄山より優れていることをいう。○**茅土**　領土。天子が諸侯を封ずるとき、その領土の方角に当たる色の土を茅《ちがや》につつんで授けたことから（『書経』禹貢の前漢・孔安国の伝）。○**名數**　戸籍の数。その租税分が収入となる。哥舒翰は天宝十二載（七五三）に西平郡王に封じられ、食邑五〇〇戸を与えられた（『旧唐書』巻九「玄宗本紀下」）。○山河誓始終　「山河」は黄河と泰山《たいざん》。ともに変わらぬものの喩え。『漢書』巻一六「高恵高后文功臣表」に「この者に爵位を与え、黄河が帯のように細く泰山が砥石《といし》のように小さくなったとしても、遠い子孫まで国を永存させると誓った」とある。○遺　捨てる。ここでは戦乱がなくなったこと。○契合動昭融　「契合」は符合する。君主の意志と臣下の功績が一致する。「昭融」は明らかで偉大なこと。「動」は発動する、活動しはじめる。この句は、哥舒翰が戦功によって天子の信頼を得、自信を得たことをいう。一説に、「昭融」は天子の徳光とする（鈴木注）。○珠履客　「客」は食客。戦国時代に特別な技術や才能によって客分として雇われた門人。戦国・楚の春申《しゅんし》君《んくん》は食客を大切にし、上級の客はみな真珠を綴った履物を履いていた（『史記』巻七八「春申君伝」）。○見　詳注の音注に「現」とあり、あらわれる、の意味。杜甫が客観的に自分の姿を述べる。○壮節　壮大な志。一説に、壮年期の節操（鈴木注）。○題柱　志を柱に書きつける。前漢の司馬相如《しばしょうじょ》は都に上る途中に蜀郡の昇仙橋の柱に「四頭立ての馬車に乗らなければ再びこの橋を渡らない」という誓いの言葉を書き記した（『太平御覧』巻七三に引く『華陽国志』）。○暮途窮　「暮途」は人生の終わり。晩年に人生の行路が行き詰まって進めなくなる。○軍事留孫楚　「軍事」は軍隊や戦いに関わる諸事。一説に、職名で参軍事（『吉川注』筑摩版第二冊）。「孫楚」は西晋の人。将軍石苞《せきほう》の参軍事となったが自分の才能を誇って石苞を侮り憎まれた（『晋書』巻五六「孫楚伝」）。ここではそのように傲慢な人物さえ哥舒翰の下に止《とど》まったことをいう。哥舒翰は厳武（↓「人物説明」）を節度判官《はんがん》とし、呂諲《りょいん》を度支《たくし》判官とし、高適《こうせき》（↓「人物説明」）を掌書記《しょうしょき》とし、蕭昕《しょうきん》を掌書記とし、彼らに軍事をゆだねていた。○行間　軍中。陣営。○呂蒙　呉の孫策《そんさく》に仕えた武将。孫策の聡明さの証拠として、孫策が呂蒙を行陣《こうじん》（軍隊）の中から抜擢したことを挙げる（『三国志』巻四七「孫権伝」）。○「防身」ニ句　「倚」はよりかかる意。「崆峒」は臨洮《りんとう》（甘粛省岷《びん》県）にある山の名。畳韻語「コウドウ」。崆峒山は哥舒翰が節度使をしていた隴右道《ろうゆうどう》にある。剣を崆峒山に倚せるとは、剣を携えていき、それを崆峒山によりかからせる意。転じて身を寄せる。戦国・楚の宋玉「大言《たいげん》の賦《ふ》」に「長剣耿耿《ちょうけんこうこう》として天外《てんがい》に倚《よ》す」。この句は哥舒翰の軍隊に参加したいという杜甫の希望を示す。

［市川］

〇〇九七

寄高三十五書記

嘆息高生老　新詩日又多
美名人不及　佳句法如何
主將收才子　崆峒足凱歌
聞君已朱紱　且得慰蹉跎

高三十五書記《こうさんじゅうごしょき》に寄《よ》す

嘆息《たんそく》す高生老《こうせいお》ゆるを、新詩《しんし》日《ひ》ゞ《び》に又《ま》た多《おお》し
美名《びめい》は人及《ひとおよ》ばず、佳句《かく》は法如何《ほういかん》
主将《しゅしょう》 才子《さいし》を収《おさ》め、崆峒凱歌足《こうどうがいかた》る
聞《き》く君已《きみすで》に朱紱《しゅふつ》すと、且《しばら》く蹉跎《さた》を慰《なぐさ》むるを得《え》たり

＊五言律詩。韻字は下平五歌「多・何・歌・跎」。

【題意】　隴右・河西の節度使哥舒翰《かじょかん》の幕僚として、西域に在った高適《こうせき》（↓「人物説明」）に送り届けた詩。三十五は排行（↓「用語説明」）。書記は節度使の幕職官（↓「用語説明」）で文書行政を掌る。天宝十二載（七五三）以降の作品か。詳注一―一九四、鈴木注一―三一〇。

【現代語訳】　高君よ、君が年老いたのは嘆かわしいことだけれど、新しい詩を日ごとに作

っているのだね。君の詩人としての名声は誰もかなわないほど、その優れた詩句はどうやって作っているのか。哥舒翰将軍は才能ある君を配下におさめたものだから、西方の戦線には戦勝の歌が満ちていることだろう。聞くところによれば君は出世したとのこと、それを知って不遇の内にある私の気持ちはいくらか慰められたよ。

■語釈

○高生　高適。「生」は敬称。この詩が作られた当時、すでに五〇歳を超えていた。○美名　名声。高適の詩人としての評判。○主將　高適の仕えた将軍哥舒翰。○才子　有能な者。ここでは高適。○崆峒　甘粛省にある山の名。ここでは広く河西の地を指す。畳韻語「コウドウ」。○足　充分にある。○凱歌　戦勝を称える歌。○朱紱　身につける朱色のもの。一説に朱色のひざかけ（鈴木注）、一説に印《いん》につける朱色の紐（『黄鶴補注』巻一六）。唐代の制度では御史（監察を掌る役職）には金印と朱紱《しゅふつ》を賜った。高適は哥舒翰の幕府で書記（幕職官）の実務を担当し、加えて御史という実務を伴わない中央官の肩書きを与えられた。ここでは高書記がそれを着られるほど出世したこと。○且　まずまず。○蹉跎　不遇。志の満たされぬ悲しさ。畳韻語「サタ」。

［高芝］

〇〇九八

送張十二參軍赴蜀州因呈楊五侍御

張十二參軍《ちょうじゅうにさんぐん》の蜀州《しょくしゅう》に赴《おもむ》くを送《おく》り、因《よ》りて楊五侍御《ようごじぎょ》に呈《てい》す

好去張公子　通家別恨添

好《よ》し去《さ》れ張公子《ちょうこうし》、通家《つうか》に別恨《べつこん》添《そ》う

兩行秦樹直　萬點蜀山尖
御史新驄馬　參軍舊紫髯
皇華吾善處　于汝定無嫌

両行《りょうこう》 秦樹《しんじゅ》直《なお》く、万点《ばんてん》蜀山《しょくざん》 尖《とが》らん
御史《ぎょし》は新《あら》たなる驄馬《そうば》にして、参軍《さんぐん》は 旧《いにしえ》の紫髯《しぜん》なり
皇華《こうか》は吾《わ》が善《よ》く処《しょ》するところ、汝《なんじ》に于《おい》て定《さだ》めて嫌《けん》無《な》からん

＊五言律詩。韻字は下平一四塩「添・尖・髯・嫌」。

【題意】 張十二参軍が蜀（四川省）に赴任するのを見送り、あわせて楊五侍御に贈った詩。前半四句は張十二、後半四句は楊五に向けられたもので、張十二を楊五に紹介し推薦するための作品。張十二は張が姓、十二が排行（↓「用語説明」）。参軍とは参軍事の官（↓「用語説明」）。楊五は楊が姓、五が排行。侍御とは侍御史（↓「用語説明」）。天宝十三載（七五四）、長安（陝西省西安市）での作か。詳注一―一九五、鈴木注一―二三三。

【現代語訳】 さあ行きたまえ、張公子よ、君の家と私の家は古くからのつきあいなのでこの別れはとりわけ悲しいものだが。街道沿いの二列に並んだ木々はまっすぐに立ち、無数につらなる蜀の山々はどれも鋭くそそりたっていることだろう。楊君は漢の桓典《かんてん》のように新たに侍御史になられた。張君はかつての郗超《ちちょう》のような優れた参軍となるだろう。皇帝陛下の使者である楊君は私によくしてくれる人なので、張君はきっと楊君とも打ち解けることができるはず。

一■語釈

〇**好去**　さあ行きなさい。「去」は行くこと。立ち去る者への挨拶。〇**張公子**　公子は貴族の子弟の呼び名。前漢の成帝がお忍びで出歩くときに、常にいとこ（元帝の妹の子）である張放を伴い、成帝は張放の一族の子弟を装って「張公子」と名乗ったとされる（『漢書』巻九七下「孝成趙皇后伝」）。この故事に基づき、張姓の者をしばしば張公子と称する。ここでは張十二。〇**通家**　祖先の代から付きあいのある家。ここでは杜家と張家。〇**別恨添**　別れの恨みが増す。北周・庾信「庾四《ゆし》に和《わ》す詩《し》」に「関《せき》を離《はな》れて一《いっ》に長望《ちょうぼう》すれば、別恨幾重《べっこんいくちょう》にも愁《うれ》う」。〇**兩行**　道の左右両側。〇**秦樹**　長安近郊の街道の木々。「秦」とは陝西省一帯。〇**御史**　侍御史である楊五。〇**驄馬**　葦毛《あしげ》の馬。後漢の侍御史だった桓典が葦毛の馬に乗っていたので（『後漢書』巻三七「桓典伝」）、転じて侍御史を「驄馬」と称する。ここでは新たに侍御史となった楊五。〇**紫髯**　東晋の桓温の参軍だった郗超《ちちょう》。「髯」はほおひげ。郗超は桓温を助けて非常な功績があり、立派な髯《ひげ》があったので髯参軍と称された（『晋書』巻六七「郗超伝」）。ここでは、いにしえの郗超のごとき優れた参軍の意味で張十二。〇**皇華**　皇帝からの使者。『詩経』小雅「皇皇者華」に、王命を帯びて使者として地方に赴く臣下を詠うのを踏まえる。ここでは侍御史である楊五。〇**善處**　親しくする人（『九家注』巻一八）。〇**汝**　おまえ。ここでは張十二。〇**無嫌**　嫌疑がない。疑いを抱かず打ち解ける。

［高芝］

贈陳二補闕

陳二補闕《ちんじほけつ》に贈《おく》る

〇〇九九

世儒多汨沒　夫子獨聲名
獻納開東観　君王問長卿

世儒《せいじゅ》は多《おお》く汨没《こつぼつ》するも、夫子《ふうし》は独《ひと》り声名《せいめい》あり
献納《けんのう》すれば東観《とうかん》を開《ひら》き、君王《くんおう》は長卿《ちょうけい》に問《と》う

皂鵰寒始急　天馬老能行
自到青冥裏　休看白髪生

＊五言律詩。韻字は下平八庚「名・卿・行・生」。

皂鵰《そうちょう》は寒《さむ》くして始《はじ》めて急《きゅう》に、天馬《てんば》は老《お》いて能《よ》く行《ゆ》く
自《おのずか》ら青冥《せいめい》の裏《うち》に到《いた》れば、看《み》るを休《や》めよ白髪《はくはつ》の生《しょう》ずるを

【題意】制作時、制作地は前詩と同じ。陳二は陳が姓、二が排行（↓「用語説明」）。補闕とは皇帝を諫める官。『吉川注』筑摩版第二冊に拠れば、陳二の名は兼、字は不器《ふき》。詳注一―一九六、鈴木注一―二三。

【現代語訳】世の儒学者はほとんどが日の目を見ることはないけれど、先生だけは名声を博しておられます。天子にも意見を申しあげて宮中の書庫への出入りが許されるほどの信頼を得、皇帝陛下は先生を司馬相如《しばしょうじょ》のように尊んであれこれお尋ねになるとのこと。黒いクマタカは寒くなる時期にこそ力強さを増し、天翔《あまがけ》る馬は年老いてもなおよく走ると申します。先生は出世して天の高みに到っておられるのですから、白髪が生えたなどと思い悩むのはおやめください。

■語釈

○世儒　世間の儒者。○汨没　「汨」も「没」も沈む。世間に埋没して日の目を見ないこと。畳韻語「コツボツ」。○夫子　男子を敬って呼ぶ表現。先生。老儒者である陳二。○献納　天子に意見を申しあげる。補闕は諫言の官であるのでいう。○東観　後漢の頃、宮中の蔵書を収めた場所。一説に、唐の集賢院の雅称（鈴木注）。○君王　ときの皇帝。玄宗（↓「人物説明」）。○長卿　前漢の司馬相如（↓

「人物説明」）の字。武帝は相如の「子虚の賦」を読んでその才能に感嘆し、召し出して側近くに仕えさせた（『漢書』巻五七上「司馬相如伝上」）。○皂鵰　「皂」は黒、「鵰」はクマタカ。唐の王志愔《おうしいん》が左台御史となったとき、法を執行することが非常に厳正であり、人々が恐れ敬って「皂鵰」と称したこと（『旧唐書』巻一〇〇「王志愔伝」）に基づき、同じ諫官である補闕の陳二を敬って呼んだもの。○天馬　天翔る馬、中央アジアにあった大宛国の名馬を指す。ここでは老いてなお健やかな陳二。○自　自然とそのようになる。鈴木注は「到《いた》り自《よ》り」と書き下し、「自」を「……する以上は」の意と解す。○青冥　青い空。高い地位。

［高芝］

0100

病後過王倚飲贈歌　　病後《びょうご》王倚《おうい》に過《よ》ぎり飲《の》みて贈《おく》る歌《うた》

麟角鳳觜世莫辨　　麟角鳳觜《りんかくほうし》世《よ》に弁《べん》ずる莫《な》し
煎膠續弦奇自見　　膠《にかわ》を煎《せん》じ弦《つる》を続《つ》げば奇《き》は自《おのずか》ら見《あら》わる
尙看王生抱此懷　　尚《な》お王生《おうせい》の此《こ》の懐《おも》いを抱《いだ》くを看《み》れば
在於甫也何由羨』　　甫《ほ》に在《あ》るや何《なに》に由《よ》りて羨《うらや》まん
且過王生慰疇昔　　且《しばら》く王生《おうせい》に過《よ》ぎりて疇昔《ちゅうせき》を慰《なぐさ》めん
素知賤子甘貧賤　　素《もと》より賤子《せんし》の貧賤《ひんせん》に甘《あま》んずるを知《し》る
酷見凍餒不足恥　　酷《はなは》だ凍餒《とうだい》を見《み》るも恥《は》ずるに足《た》らず

多病沈年苦無健
王生怪我顔色悪
答云伏枕艱難遍
瘧癘三秋孰可忍
寒熱百日相交戰
頭白眼暗坐有胝
肉黄皮皺命如線』

多病沈年《たびょうちんねん》健《けん》無《な》きに苦《くる》しむ
王生《おうせい》は我《わ》が顔色《がんしょく》の悪《わる》きを怪《あや》しむに
答《こた》えて云《い》う枕《まくら》に伏《ふ》して艱難《かんなん》遍《あまね》し
瘧癘《ぎゃくれい》三秋《さんしゅう》孰《たれ》か忍《しの》ぶ可《べ》けん
寒熱《かんねつ》百日《ひゃくじつ》相《あ》い交《こもごも》ゞ戦《たたか》う
頭《かしら》白《しろ》く眼《め》暗《くら》く坐《ざ》して胝《たこ》有《あ》り
肉《にく》黄《き》ばみ皮《かわ》皺《しわ》ありて命《いのち》は線《いと》の如《ごと》しと

＊七言古詩。韻字は去声一七霰「見・羨・賤・健・遍・戰・線」。

【題意】「病が癒えた後で王倚の家に立ち寄り酒宴の席で贈った詩」。前半では杜甫が王倚に病状を訴え、後半では王倚の杜甫に対する友情を称える。王倚については未詳。典故をあまり用いず、平易な詩句を連ねている。天宝十三載（七五四）の秋、長安（陝西省西安市）での作。詳注一―一九八、鈴木注一―二二五。

【現代語訳】麒麟の角《つの》と鳳凰の 嘴《くちばし》 の真価は人に知られていませんが、それらを煮て膠《にかわ》を作り切れた弓の弦《つる》を繫げてみればその優れた価値は自然とわかります。王さんがこの膠のように篤い友情を私に持っているのを見るにつけても、私にはあなたに羨んでいただくほどの美徳があるわけもなく、恐縮するばかりです。』

ひとまずは王さんのもとにお邪魔して日頃の寂しいこの気持ちを癒してもらいましょう、王さんは私が貧乏でもかまわないと思っているのを前から知っているのですから。衣食に事欠く貧しさは恥ずかしくもありませんが、年中病気ばかりで健やかに過ごせないのは辛いものです。王さんが私の顔色がよくないと案じるので、「病気で寝こんでばかりおり、苦労が多いのです。秋の間ずっと熱病にかかって耐え難い日々を過ごし、百日の間悪寒と発熱とが交互に襲ってきました。髪は真っ白になり目は霞《かす》み、坐っているばかりでタコができました。肌は黄ばみ皮膚はしわになって、私の命は糸のように細く今にも切れそうです」と答えました。』

■語釈

○麟角鳳觜　麒麟の角《つの》と鳳凰の嘴《くちばし》。西海の中央には鳳麟洲があり、そこには鳳凰と麒麟が群れを成して暮らしており、麒麟の角と鳳凰の嘴とを煮詰めて膠にすると、切れた弓の弦や折れた剣を繫ぐことができる（『海内十洲記』）。○世莫辨　世の中にその真価を知る人はいない。○煎膠續弦　煮詰めて膠を作り、切れた弓の弦を繫ぐ。○「尚看」二句　王さんの篤い友情は麒麟や鳳凰の膠と同様に強いが、杜甫自身にあっては、それに値しないと謙遜する。「何由羨」は「どうして憧れることがあろうか」の意、王さんは杜甫に憧れを抱《いだ》き、友として大切にしてくれるのだが、その友情に値するだけの価値はない。○疇昔　昔。ここでは宿願。かねてよりの会いたいと思う願い。○賤子　謙遜した自称。杜甫自身。○凍餒　こごえ、飢えること。○沈年　一年中。○伏枕　病気で寝こむこと。○遍　いたるところにある。○瘧癘　おこり。マラリア。高熱と悪寒が繰り返す熱病。○三秋　陰暦七月から九月。秋の間の三ヵ月間。次句の「百日」とほぼ同じ意。○交戰　悪寒と発熱が交互に起きる。

惟生哀我未平復
爲我力致美肴膳
遣人向市賒香粳
喚婦出房親自饌
長安冬菹酸且緑
金城土酥淨如練
兼求畜豪且割鮮
密沽斗酒諧終宴
故人情義晩誰似
令我手足輕欲旋』
老馬爲駒信不虛
當時得意況深眷
但使殘年飽喫飯
只願無事長相見』

惟《こ》れ生《せい》は我《わ》れの未《いま》だ平復《へいふく》せざるを哀《あわ》れみて
我《わ》が為《ため》に力《つと》めて美《び》肴《こう》の膳《ぜん》を致《いた》す
人《ひと》を遣《や》りて市《いち》に向《む》かい香粳《こうこう》を賒《おきの》らせ
婦《ふ》を喚《よ》びて房《ぼう》を出《い》で親《した》しく自《みずか》ら饌《せん》せしむ
長安《ちょうあん》の冬菹《とうそ》は酸《さん》にして且《か》つ緑《みどり》なり
金城《きんじょう》の土酥《どそ》は浄《きよ》らかなること 練《ねりぎぬ》の如《ごと》し
兼《か》ねて畜豪《ちくごう》を求《もと》めて且《か》つ鮮《せん》を割《さ》き
密《ひそ》かに斗《と》酒《しゅ》を沽《か》いて諧《かな》いて宴《うたげ》を終《お》う
故人《こじん》の情義《じょうぎ》晩《ばん》に誰《たれ》にか似《に》る
我《わ》が手足《しゅそく》をして軽《かる》く旋《めぐ》らんと欲《ほっ》せしむ
老馬《ろうば》の駒《こま》と為《な》るは信《まこと》に虚《きょ》ならず
時《とき》に当《あ》たりて意《い》を得《え》たり況《いわん》や深眷《しんけん》をや
但《た》だ残年《ざんねん》をして喫飯《きっぱん》に飽《あ》かしめば
只《た》だ願《ねが》う無事《ぶじ》にして 長《とこしえ》に相《あ》い見《まみ》ゆるを

＊韻字は去声一七霰「膳・饌・練・宴・旋・眷・見」。

【現代語訳】　王さんは私が本調子でないのを不憫《ふびん》に思って、私のために精いっぱいご馳走を用意してくれました。人を市場にやって香り米を掛けで買ってこさせ、部屋から奥さんを呼んで手料理を作らせました。長安の冬野菜の塩漬けは酸味があって青々としており、金城の名産のヨーグルトは練り絹のように美しい白さです。王さんはさらに豚を手に入れてきて捌《さば》き、こっそりと一斗の酒を買い求めてくれて和やかに宴を終えました。年老いた私には我が友の王さんのように親密な情愛を示してくれる人など他におらず、おかげで軽やかに手足をくるくると回して踊り出したくなるほど嬉しくなったのでした。』

「年老いた馬を子馬のように扱い侮る」という言い方がありますが全くそのとおりで、今時の人は一時的に意気投合してもすぐに忘れてしまいます、まして王さんのように深い心遣いをする者などおりません。これからは満足に日々の糧《かて》を得られれば、あとは平穏に何事もなくいつまでもお付き合いできるようにと願うばかりです。』

■語釈

○平復　病気が完治する。○賒　掛けで買う。後払いの約束で買う。○香粳　香りのいい米。○房　奥向きの部屋。女性の居るところ。○饌　食事を用意する。○葅　塩漬けの野菜。○金城　地名。陝西省咸陽市。至徳二載（七五七）に興平と改称された。○土　その土地で作られるもの。名産。○酥　ヨーグルトの一種。牛や羊の乳から作る。○練　練り絹。練り糸で織りあげた絹織物。○畜豪　豪猪に同じ。豚に似て毛の白いもの（『太平御覧』巻九〇三に引く『山海経』）。ここでは家畜の豚。○鮮　新鮮な肉。○情義　友情と義理。王倚の杜甫に対する気遣いをいう。○旋　くるくる回す。当時胡旋舞《こせんぶ》という西域から来た激しい舞いがはやっていた。〇老馬爲駒　『詩経』小雅「角弓《かくきゅう》」に「老馬《ろうば》反《かえ》って駒《こま》と為《な》り、其《そ》の後《あと》を顧《かえり》みず」。「駒」は若い馬の意味。老人に対して子供に対するかのように遇し侮蔑する意。杜甫を軽んじる同時代の人々を批判し、王倚のような優れた人は他にいないと褒める。一説に、老人が元気づいて若駒のようになったこと（鈴木注）。〇當時得意況深眷　「当時」はそのとき。「深眷」は王倚から杜甫への深い友愛。近世の人情は、その時だけ満足しても過ぎればすぐに忘れてしまう。まして、王さんのような深い思いやりなどはない。詳注に異説として、「当時」をふだんの意とし、ふだんから意気投合しており、まして今このようにさらに篤い思いを受け取ったからには、と解釈して、王倚の友情が人並み外れていることをいうとする。〇殘年　残りの人生。〇無事　悪いことが何もないこと。平穏無事。

［高芝］

〇一〇一

送裴二虯尉永嘉

孤嶼亭何處　天涯水氣中
故人官就此　絶境興誰同
隱吏逢梅福　遊山憶謝公
扁舟吾已僦　把釣待秋風

裴二虯《はいじきゅう》の永嘉《えいか》に尉《い》たるを送《おく》る

孤嶼《こしょ》の亭《てい》は何《いず》れの処《ところ》ぞ、天涯水気《てんがいすいき》の中《うち》
故人《こじん》官《かん》は此《こ》こに就《つ》き、絶境《ぜっきょう》興《きょう》は誰《たれ》か同《とも》にせん
隠吏《いんり》梅福《ばいふく》に逢《あ》い、遊山謝公《ゆうさんしゃこう》を憶《おも》う
扁舟《へんしゅう》吾《わ》れ已《すで》に僦《やと》い、釣《ちょう》を把《と》るに秋風《しゅうふう》を待《ま》たん

＊五言律詩。韻字は上平一東「中・同・公・風」。

【題意】　裴二虬が永嘉県（浙江省温州市）の尉（↓「用語説明」）として赴任するのを見送る詩。裴二虬は姓が裴、名が虬、二は排行（↓「用語説明」）。天宝十一載（七五二）あるいは十三載（七五四）、長安（陝西省西安市）での作か。詳注一―二〇二、鈴木注一―二三〇。

【現代語訳】　孤嶼《こしょ》の亭《てい》はどこにあるかというと、天の果て、水が豊かに流れる中にある。我が友はその地に官職を得て赴くことになったが、俗世から離れたその地の楽しみは誰と味わうのだろうか。隠者のような官吏である君は仙人の梅福に出会い、山水に遊んでは南朝の詩人謝霊運《しゃれいうん》に思いを馳せることだろう。小舟はすでに雇って用意してあるから、秋風が吹く頃に一緒に釣りをしようじゃないか。

[高芝]

■語釈

○**孤嶼亭**　温州永嘉県にある亭《あずまや》の名。南朝・宋の謝霊運（↓「人物説明」）が永嘉の太守であったころ「江中孤嶼に登る」という詩を作り、後世の人がそれにちなんで亭を建てた。○**故人**　友人。ここでは裴虬。○**絶境**　俗世から隔絶された場所。○**隠吏**　隠者のような生活をする官吏。○**梅福**　前漢に仕え、王莽が政治をほしいままにするや、官を捨てて隠遁し、仙人になったとされる（『漢書』巻六七「梅福伝」）。梅福の隠遁の地である会稽（浙江省）が永嘉に近いことから、裴虬が梅福に出会うであろうと述べたもの。○**謝公**　謝霊運。登山を好み、山水を描く詩賦に優れた。○**扁舟**　小さい舟。○**僦金**　金を払って雇う。ここでは舟を雇うこと。○**把釣**　「釣」は釣り竿。釣り竿を手にする。○**秋風**　西晋の張翰《ちょうかん》が秋風に吹かれて故郷の鱸魚《ろぎょ》のなますが恋しくなり、官を辞して故郷に帰った故事を踏まえる（『晋書』巻九二「張翰伝」）。

〇一〇二

贈獻納使起居田舍人澄

獻納使起居田舍人澄《けんのうしききよでんしやじんちよう》に贈《おく》る

獻納司存雨露邊
地分清切任才賢
舍人退食收封事
宮女開函捧御筵
曉漏追趨青瑣闥
晴窗點檢白雲篇
揚雄更有河東賦
唯待吹嘘送上天

献納《けんのう》の司存《しそん》雨露《うろ》の辺《へん》
地分《ちぶん》清切《せいせつ》にして才賢《さいけん》を任《にん》ず
舎人食《しやじんしよく》に退《しりぞ》きて封事《ふうじ》を収《おさ》め
宮女《きゆうじよ》 函《はこ》を開《ひら》きて御筵《ぎよえん》に捧《ささ》ぐ
暁漏《ぎようろう》 追趨《ついすう》す青瑣《せいさ》の闥《たつ》
晴窓《せいそう》点検《てんけん》す白雲《はくうん》の篇《へん》
揚雄《ようゆう》は更《さら》に有《あ》り河東《かとう》の賦《ふ》
唯《た》だ吹嘘《すいきよ》して送《おく》りて天《てん》に上《のぼ》すを待《ま》つ

＊七言律詩。韻字は下平一先「邊・賢・筵・篇・天」。

【題意】 起居舎人で献納使を兼ねる田澄《でんちよう》に贈る詩。起居舎人は天子の側近くに仕えて記録を掌る官。献納使は一般の人からの上書や詩賦を受けつける官で、本来は宮廷の外にいる。杜甫は詩賦を天子に献じようと考え、その取り次ぎを掌る田澄にあらかじめ詩を贈ったものか。天宝十三載（七五四）、「西岳《せいがく》に封《ほう》ずるの賦《ふ》」を献上するのに先駆け届けたものか。長安

（陝西省西安市）での作。詳注一－二〇三、鈴木注一－三二。

【現代語訳】献納使のお役目にありながらあなたは天子のおそば近く仕える恩沢を賜られ、起居舎人に任ぜられておられます。舎人の仕事を終えると献納使として人々からの上奏を取りまとめ、宮女がそれを納めた箱を開いて皇帝陛下の御座所にお持ちするのです。早朝に宮中の青瑣の門に小走りに出仕し、晴れわたった明るい窓辺で在野の人士が献じた詩文を一篇ずつ丁寧にお調べになるのでしょう。私は揚雄が「甘泉の賦」に続けて「河東の賦」を捧げたように、もう一篇献上しようと思っているのですが、あなたのお取りなしによってそれが皇帝陛下のもとに届くことをひたすら待ち望んでおります。

■語釈

○献納　献納使。○司存　職掌。『論語』泰伯に「籩豆《へんとう》の事《こと》は則《すなわ》ち有司《ゆうし》存《そん》す（祭祀の供え物の器のことには担当の者がいる）」。○雨露　天子の恩沢。献納使は、朝廷の外部と天子とを繋ぐ立場であることから、天子の側近く仕える舎人である田澄が献納使を兼任することをいう。○地分　地位。○清切　天子の側近くに仕える重要な職。○才賢　才能のある賢明な人。田澄。○退食　食事のために宮中から退出すること。ここでは仕事を終えること。○封事　献納使として取り扱う、人々からの上書などの封をした文書。○函　人々からの上書が投函された箱。延恩匭《えんおんき》を指す。○御筵　天子の御座所。○暁漏　出仕の時刻。「漏」とは水時計。○追趨　宮中に仕える者は小走りに移動する。○青瑣闥　連続する輪の模様を彫刻された、青く飾られた宮中の門。「闥」は小さい門。○白雲篇　在野の人士が献呈した詩文。一説に、皇帝の言葉、すなわち詔勅（『九家注』巻一八）。○揚雄　前漢の文人（↓「人物説明」）。ここでは杜甫自身。杜甫は自身が揚雄に匹敵すると考えていた。〇〇三五に「賦《ふ》は料《はか》る揚雄《ようゆう》の敵《てき》なりと」。○河

東賦　揚雄が成帝に奉った賦。揚雄はすでに「甘泉の賦」を奉っており、それに続く献上作品。杜甫もすでに「三大礼の賦」「鵰の賦」という作品を献上しており、さらに「西岳に封ずるの賦」を献上しようとしていたことを指す。○**吹嘘**　息を吹きかける。転じて、引き立てる。○**送上天**　空に送り届ける。杜甫の作った詩賦を献納使である田澄が天子に奉ること。

［高芝］

〇一〇三

崔駙馬山亭宴集

蕭史幽棲地　林間踏鳳毛
洑流何處入　亂石閉門高
客醉揮金碗　詩成得繡袍
清秋多宴會　終日困香醪

崔駙馬《さいふば》の山亭《さんてい》の宴集《えんしゅう》
蕭史幽棲《しょうしゆうせい》の地《ち》、林間《りんかん》に鳳毛《ほうもう》を踏《ふ》む
洑流《ふくりゅう》は何《いず》れの処《ところ》より入《い》る、乱石門《らんせきもん》を閉《と》ざして高《たか》し
客《かく》は酔《よ》いて金碗《きんわん》を揮《ふる》い、詩《し》は成《な》りて繡袍《しゅうほう》を得《う》
清秋《せいしゅう》　宴会《えんかい》多《おお》く、終日《しゅうじつ》　香醪《こうろう》に困《くる》しむ

＊五言律詩。韻字は下平四豪「毛・高・袍・醪」。

【題意】　崔駙馬が長安（陝西省西安市）近郊にある山中の別邸にて開いた宴で作った詩。崔駙馬とは玄宗（→「人物説明」）の娘婿で駙馬都尉《ふばとい》の崔恵童《さいけいどう》。駙馬は皇帝の娘婿に与えられる爵位。天宝十三載（七五四）秋の作か。詳注一―二〇四、鈴木注一―三四。

【現代語訳】　鳳凰に乗って天に昇った蕭史のような崔駙馬がひっそり住まう地を訪れて、

林の中、かつて舞い降りた鳳凰の羽毛を踏みつつ歩む。優美にめぐるせせらぎはどこから入ってくるのだろう。門を塞ぐかのように岩が林立し聳えている。客たちは酔って黄金の杯《さかずき》を酌み交わし、良い詩ができるとご褒美に縫い取りのある綿入れをちょうだいする。清々しい秋には宴会が多く、一日中芳しい酒に酔いしれる。

■語釈

○**蕭史**　春秋時代の秦の穆公《ぼくこう》の娘婿。妻の弄玉《ろうぎょく》と簫を吹いて鳳凰を呼び寄せ、後に妻とともに鳳凰に乗って昇仙したという（『列仙伝』巻上）。ここでは崔恵童。○**踏鳳毛**　地上に落ちている鳳凰の羽毛の上を歩く。蕭史と弄玉がこの地で鳳凰に乗って昇仙した伝説に基づく。○**洑流**　くねくねと曲がる流れ。一説に地中に潜伏している流れ（鈴木注）。○**何処入**　どこから入りこむのか。ここではせせらぎがくねくね曲がって趣きある景色となっているのを褒めている。○**亂石**　大小入り交じりあちこちに林立する岩。趣きのある庭石を褒めている。○**閉門**　門を閉ざし塞ぐかのように岩が聳える様子。○**揮**　杯を振るって酒の滴を落とす。飲み干した杯の滴を落としては新たに酒を酌み交わす。○**金碗**　黄金の器。漢の盧充《ろじゅう》は、死者である崔少府の屋敷に偶然たどりつきその娘と結婚したが、すぐに盧充だけ生者の世界に帰された。三年後、崔少府の娘が、三歳の息子と金碗とを盧充に托しにきて、息子は盧充の子として立派に育ったとの故事（『捜神記』巻一六）。この故事を踏まえたものならば崔恵童の妻は故人であったと考えられる。○**繡袍**　刺繡のある綿入れ。いい詩を作った褒美として与えられた。則天武后の故事にちなむ（『旧唐書』巻一九〇中「宋之問伝」）。○**困**　酒に酔う。『周易』「困」の卦に「酒食《しゅしょく》に困《くる》しむ」。○**香醪**　芳しい酒。

［高芝］

〇一〇四

示従孫済

平明跨驢出　未知適誰門
權門多噂沓　且復尋諸孫』
諸孫貧無事　宅舍如荒村
堂前自生竹　堂後自生萱
萱草秋已死　竹枝霜不蕃』
淘米少汲水　汲多井水渾
刈葵莫放手　放手傷葵根』
阿翁懶惰久　覺兒行歩奔
所來爲宗族　亦不爲盤飧
小人利口實　薄俗難具論
勿受外嫌猜　同姓古所敦』

従孫《じゅうそん》の済《せい》に示《しめ》す

平明《へいめい》に驢《ろ》に跨《また》がり出《い》ずるに、未《いま》だ知《し》らず誰《た》が門《もん》に適《ゆ》くかを
権門《けんもん》は噂沓《そんとうおお》多く、且《しばら》く復《ま》た諸孫《しょそん》を尋《たず》ぬ
諸孫貧《しょそんひん》にして事《こと》無《な》く、宅舎《たくしゃ》は荒村《こうそん》の如《ごと》し
堂前《どうぜん》に自《おのずか》ら竹生《たけしょう》じ、堂後《どうご》に自《おのずか》ら萱生《けんしょう》ず
萱草《けんそう》は秋《あき》に已《すで》に死《し》し、竹枝《ちくし》は霜《しも》に蕃《しげ》らず
米《こめ》を淘《と》ぐには少《すこ》しく水《みず》を汲《く》め、汲《く》むこと多《おお》ければ井水渾《せいすいにご》らん
葵《き》を刈《か》るには手《て》を放《ほしいまま》にすること莫《な》かれ、手《て》を放《ほしいまま》にすれば葵《き》の根《ね》を傷《いた》めん
阿翁《あおう》は懶惰《らんだ》なること久《ひさ》しきも、児《じ》の行歩《こうほ》して奔《はし》るを覚《おぼ》ゆ
来《き》たる所《ところ》は宗族《そうぞく》の為《ため》なり、亦《ま》た盤飧《ばんそん》の為《ため》ならず
小人《しょうじん》は口実《こうじつ》を利《り》す、薄俗《はくぞく》は具《つぶさ》には論《ろん》じ難《がた》し
外《そと》の嫌猜《けんさい》を受《う》くる勿《な》かれ、同姓《どうせい》は古《いにしえ》より敦《あつ》き所《ところ》なり

*五言古詩。韻字は上平一三元「門・孫・村・萱・蕃・渾・根・奔・飧・論・敦」。

【題意】 従孫（甥の子）である杜済《とせい》（↓「人物説明」）に見せる詩。貧しい暮らしの中、訪れた杜甫を杜済らが懸命にもてなそうとするのに対し、それをやんわり退け、近隣の者に何をいわれようとも気にするな、年寄りだからといって無理にもてなす必要はないと諭している。三、四句目によれば杜済が長安（陝西省西安市）にいると考えられることから、天宝十三載（七五四）の作か。詳注一―二〇五、鈴木注一―三三五。

【現代語訳】 夜明けにロバに乗って出かけるが、誰の家に行くかは決めていなかった。権力者の家は心にもないおしゃべりばかりだから気が乗らない、とりあえず甥の子のところに行くことにしよう。』

杜済ら甥の子は貧しいが平穏無事に暮らし、その住まいは荒れ果てた集落のようだ。母屋の前には竹が生え、母屋の後ろにはワスレグサが生えている。しかしそのワスレグサは秋にはもう枯れてしまい、竹の枝は霜が降りれば葉が茂ることもない。』

米をとぐなら水少なめに、汲めば汲むだけ井戸が濁る。葵《き》を刈るならむやみに刈るな、刈れば葵の根が傷む。』

このじいさんは長らく怠け者だが、お前たちが駆け回って酒食を整えてくれるのは気が引ける。訪ねてきたのは同じ一族だからで、ご馳走を食べるためではない。度量の狭い者たちは人の悪口をいいたがるが、軽薄な風潮はとりたてて話題にしなくていい。外からあれこれいわれても気にするな、同姓の一族の絆は昔から固いのだから。』

一■語釈

○「平明」四句　夜明け。また冒頭の四句は東晋・陶淵明「食を乞う」の「飢《う》え来《き》たりて我《わ》れを駆《か》りて去《ゆ》かしむるも、竟《つい》に何《いず》くに之《ゆ》くかを知《し》らず。行《ゆ》き行《ゆ》きて斯《こ》の里《さと》に至《いた》り、門《もん》を叩《たた》けども言辞《げんじ》拙《つたな》し」を踏まえる。○噂沓『詩経』小雅「十月之交」に「噂沓《そんとう》して背《そむ》けば憎《にく》む」、鄭玄の箋に「噂噂沓沓《そんそんとうとう》、相《あ》い対《たい》して談語《だんご》し、背《そむ》けば則《すなわ》ち相《あ》い憎《にく》みて逐《お》う」とあることから、「噂沓」は面と向きあったときには和やかに語ること。ここでは権門の主人の気に入るように語らうこと。○諸孫　自分より二世代下の一族の者。

○貧無事　貧しいが平穏無事である。一説に貧しくて仕事がないこと（『吉川注』筑摩版第一冊）。○萱　ワスレグサ。人に愁いを忘れさせるとされた。鈴木注はこの萱を杜済の母親、次句の竹枝を杜済の兄弟の比喩とする。○蕃　増える。○淘米　米をとぐ。以下の四句は蟬聯体（尻取り式、「汲水」と「放手」を下の句で受けている）風の歌謡調に仕立てているので、七五調に訳した。○井水渾　井戸の水が濁る。水に水源があることと、次句の葵《き》に根があることとを、祖先を同じくする一族に結びつけて、一族を大切にすべきことを述べている。「葵」は野菜の名。○放手　ほしいまま、好き勝手する。○傷葵根　葵の根を傷つける。「古詩」に「葵《き》を採《と》るに根《ね》を傷《いた》むる莫《な》かれ、根《ね》を傷《いた》むれば葵《き》生《しょう》ぜず。交《まじ》わりを結《むす》ぶに貧《ひん》を羞《は》ずる莫《な》かれ、貧《ひん》を羞《は》ずれば交《まじ》わりは成《な》らず」。○阿翁　老人に親しんで呼びかける語。従孫の立場から見た杜甫。○兒　子供。杜済ら従孫。○所來　来た理由。○宗族　同姓の一族。○盤飧　大皿に盛ったご馳走。○口實　満腹になること、あるいは悪口をいうこと。ここでは後者の意味がよりふさわしい。○薄俗　軽薄な俗世のやり方。習わし。○外　一族ではない人。○嫌猜　疑い。南朝・宋の鮑照「代放歌行」に「明慮《めいりょ》自《おのずか》ら天断《てんた》ち、外《そと》の嫌猜《けんさい》を受《う》けず」。杜済がよそから悪くいわれていたか。

［高芝］

九日寄岑參

〇一〇五

出門復入門　雨脚但如舊
所向泥活活　思君令人瘦
沈吟坐西軒　飲食錯昏晝
寸步曲江頭　難爲一相就』
吁嗟乎蒼生　稼穡不可救
安得誅雲師　疇能補天漏
大明韜日月　曠野號禽獸
君子强逶迤　小人困馳驟』
維南有崇山　恐與川浸溜
是節東籬菊　紛披爲誰秀
岑生多新詩　性亦嗜醇酎
采采黃金花　何由滿衣袖』

九日《きゅうじつ》 岑参《しんじん》に寄《よ》す

門《もん》を出《い》で復《ま》た門《もん》に入《い》る、雨脚《うきゃく》は但《た》だ旧《きゅう》の如《ごと》し
向《む》かう所《ところ》は泥活活《どろかつかつ》、君《きみ》を思《おも》えば人《ひと》をして痩《や》せしむ
沈吟《ちんぎん》して西軒《せいけん》に坐《ざ》し、飲食《いんしょく》するに昏昼《こんちゅう》を錯《あやま》る
寸歩《すんぽ》にして曲江《きょくこう》の頭《ほとり》なるも、一《ひと》たび相《あ》い就《つ》くを為《な》し難《がた》し
吁《あ》嗟《あ》乎蒼生《そうせい》、稼穡《かしょく》すれども救《すく》う可《べ》からず
安《いずくん》ぞ雲師《うんし》を誅《ちゅう》するを得《え》んや、疇《たれ》か能《よ》く天《てん》の漏《も》るるを補《おぎな》わんや
大明日月《たいめいじつげつ》を韜《つつ》み、曠野《こうや》に禽獣《きんじゅう》号《さけ》ぶ
君子《くんし》は強《し》いて逶迤《いい》たるも、小人《しょうじん》は馳驟《ちしゅう》に困《くる》しむ
維《こ》れ南《みなみ》に崇山《すうざん》有《あ》るも、恐《おそ》らくは川浸《せんしん》と与《とも》に溜《りゅう》せん
是《こ》の節東籬《せっとうり》の菊《きく》、紛披《ふんぴ》として誰《た》が為《ため》に秀《しゅう》なるや
岑生《しんせい》は新詩《しんし》多《おお》く、性《せい》は亦《ま》た醇酎《じゅんちゅう》を嗜《たしな》む
黄金《おうごん》の花《はな》を采《と》り采《と》るも、何《なに》に由《よ》りてか衣袖《いしゅう》に満《み》たさん

＊五言古詩。韻字は去声二六宥「舊・痩・晝・就・救・漏・獸・驟・溜・秀・酎・袖」。

【題意】 重陽の節句に友人である岑参（↓「人物説明」）に送った詩。重陽の節句とは旧暦九月九日の行事で、菊の花を酒に浮かべて飲み、家族や親しい友人たちと山など高いところに登る習わしがあった。天宝十三載（七五四）九月九日、長安（陝西省西安市）での作。詳注一―二〇八、鈴木注一―三六八。

【現代語訳】 君を訪ねようと門を出たがまた家に戻ってしまった、雨脚《あまあし》は依然として激しいままだ。どこに行こうにも泥水がばちゃばちゃと跳ね、君のことを考えると私は寂しさに痩せ衰えてしまう。思い悩みつつ西の窓辺に坐し、飲み食いをしようにも空が暗くて昼なのか夜なのかわからない。すぐ近くに君のいる曲江池のほとりがあるのに、訪問することも難しい。』

ああ人々は農事に勤《いそ》しんだにもかかわらず、彼らもこの雨では救われまい。どうにかして雲の神を罰することができないだろうか、誰か天空の穴を塞いで雨を止めることができないだろうか。太陽も月も明るい光は厚い雲に覆われ、広大な野に鳥や獣たちが啼《な》き騒いでいる。地位のある者は何とかぬかるみを迂回しながら車馬で出かけるものの、地位の低い者は徒歩なのでどこに行くにも困り果てている。』

南方には重陽の節句に登るにふさわしい高い山があるけれど、川や淵とともに流れに呑まれ覆われてしまっているだろう。この重陽の日に東の籬《まがき》の菊は、見る人もいないのに誰のために美しく乱れ咲くのか。岑君は新しい詩を次々と作り、また上質な酒を好む方。だが酒に浮かべる黄金色の菊の花を摘み取ろうにも、雨が激しい今日なぞはその袖に満たすほど摘むことはできますまい。』

■語釈

○出門　岑参を訪問しようと出かける。○入門　訪問を断念して家に戻る。○活活　泥水の中を行くときに立てる音。畳字の擬音語。○思君令人痩　「君」は岑参。「人」は杜甫。「古詩十九首」其の八に「君《きみ》を思《おも》えば人《ひと》をして老《お》いしむ」。○沈吟　思い悩む。畳韻語「チンギン」。○西軒　「軒」はひさし。西向きの窓の辺り。○錯昏晝　雨が降りしきっているせいで昼と夜とを間違える。「錯」は間違える、「昏」は暗い、夜。○寸歩　ほんのわずかな距離。唐・盧照隣「獄中《ごくちゅう》騒体《そうたい》を学《まな》ぶ」に「寸歩《すんぽ》も千里《せんり》にして相《あ》い聞《き》こえず、公子《こうし》を思《おも》うも日将《ひまさ》に曛《く》れんとす」。○曲江頭　長安にある曲江池のほとり。岑参のいる場所。○吁嗟乎　ああ。嘆きの言葉。○蒼生　人々、人民。○稼穡　「稼」は植え付け、「穡」は刈り入れ。農事全般をいう。○雲師　雲を操る神。○補天漏　天空に穴があるとそこから水が漏れて雨が降るという伝説に基づく。女媧《じょか》が五色の石を練って天に空いた穴を補修したとの神話がある（『列子』湯問）。○大明　太陽と月。○韜　包み隠す。昼夜雨が降り続いているので暗いこと。○君子　ここでは地位が高い者。○逶迤　曲がりくねる様子。畳韻語「イイ」。地位の高い者は車馬があるが、それでもぬかるみに車輪をとられないように、ゆっくり蛇行して進まねばならないとの意。○小人　地位が低い者。○困馳驟　小人は徒歩なのででかけられないこと。「馳驟」は駆け回る。○崇山　高い山。重陽の節句に高い場所に登る慣習から。○川浸　川や淵。『漢書』巻二八上「地理志上」に附された唐・顔師古の注に「川《せん》は水《みず》の通流《つうりゅう》する者《もの》なり。浸《しん》は引《ひ》きて以《もっ》て灌漑《かんがい》する者《もの》を謂《い》う」。○溜　水たまり。ここでは氾濫した大量の水が流れること。○東籬菊　東の籬《まがき》に咲いた菊。東晋・陶淵明「飲酒二十首」其の五に「菊《きく》を采《と》る東籬《とうり》の下《もと》、悠然《ゆうぜん》として南山《なんざん》を見《み》る」。第一七句「維南有崇山」で南に高い山があると詠うのもこの句の南山を踏まえる。○紛披　乱れ咲く様子。○岑生　岑参。「生」は敬称。○醇酎　上質な酒。

――中山《ちゅうざん》（河北省定州）の人である狄希《てきき》は、飲むと千日酔っていられる酒を造ったという（西晋・張華『博物志』巻一〇）。西晋・左思「魏都の賦」に「醇酎《じゅんちゅう》は中山《ちゅうざん》、流湎《りゅうべん》すること千日《せんにち》なり」。〇采采　採る。『詩経』周南「巻耳」に「巻耳《けんじ》を采《と》り采《と》るも、頃筐《けいきょう》に盈《み》たず」。

［高芝］

嘆庭前甘菊花　〇一〇六

庭前甘菊移時晩
青蕊重陽不堪摘
明日蕭條醉盡醒
殘花爛熳開何益
籬邊野外多衆芳
采擷細瑣升中堂
念茲空長大枝葉
結根失所纏風霜

庭前《ていぜん》の甘菊花《かんぎくか》を嘆《なげ》く

庭前《ていぜん》の甘菊《かんぎく》移《うつ》すに時晩《ときおそ》し
青蕊重陽《せいずいちょうよう》に摘《つ》むに堪《た》えず
明日《みょうにち》蕭条《しょうじょう》として酔《よ》い尽《ことごと》く醒《さ》め
残花爛熳《ざんからんまん》として開《ひら》くも何《なに》の益《えき》あらん
籬辺野外衆芳《りへんやがいしゅうほう》　多《おお》く
細瑣《さいさ》なるを采擷《さいけつ》して中堂《ちゅうどう》に升《のぼ》す
念《おも》う茲《こ》の空《むな》しく長《ちょう》じて枝葉《しよう》を大《だい》にし
根《ね》を結《むす》ぶに所《ところ》を失《しつ》して風霜《ふうそう》を纏《まと》うを

＊七言古詩。韻字は入声一一陌「摘・益」、下平七陽「芳・堂・霜」。

【題意】 天宝十三載（七五四）九月九日、長安（陝西省西安市）での作。庭の菊の開花が重陽の節句（〇一〇五の【題意】参照）に間にあわなかったことを嘆いている。重陽の節句には酒に菊の花を浮かべて飲む習わしがあった。菊には甘菊と苦菊があり、苦菊は正確には菊ではなく、別品種の花である薏《よく》を指すという。甘菊は君子、第五句「衆芳」は薏の類いで小人《しょうじん》の喩え、「衆芳」が家の中に飾られて甘菊が風霜の中に苦しむとは、君子が就くべき位におらず、小人が高い地位を占めるさまをいう。詳注一―三〇、鈴木注一―三三。

【現代語訳】　庭先の甘菊は移植するのが遅かったので、蕾《つぼみ》が青いまま重陽の節句を迎えてしまい摘むこともできない。明日、重陽の宴も終わって静かになり酔いもすっかり醒めてから、名残の花が美しく咲いたところで何になろう。籬《まがき》の辺りや野辺に薏《よく》のような雑草ばかりがたくさん花開き、そのどうでもいいような花を摘み取って母屋に飾る。しかし甘菊はといえばただ生長して枝葉を茂らせるばかりで、根付く場所を誤って冷たい風や霜の中に苦しんでいるのだ。

■語釈

○甘菊　菊の一種。重陽の節句に花を酒に浮かべる。南陽酈《り》県の山中には甘菊が多く生えており、その花が落ち入る谷川の水は甘く、その水を飲めば不老長寿になるとされていた（『抱朴子』内篇巻一一「仙薬」）。○青蕊　まだ黄色く色づいていない菊の蕾。○明日　九月十日。○残花　重陽の節句を過ぎた後の花。○爛熳　花が盛りである。ここでは本来満開であるべき重陽の時期を過ぎてから満開となること。畳韻語「ランマン」。○衆芳　雑多な花々。小人の喩え。○中堂　母屋。○茲　これ。甘菊。

［高芝］

承沈八丈東美除膳部員外郎、阻雨未遂馳賀、奉寄此詩　〇一〇七

沈八丈《しんはちじょう》 東美《とうび》の膳部《ぜんぶ》員外郎《いんがいろう》に除《じょ》せらるるを承《う》くるも、雨《あめ》に阻《はば》まれ未《いま》だ馳賀《ちが》するを遂《と》げず、此《こ》の詩《し》を寄《よ》せ奉《たてまつ》る

今日西京掾　多除南省郎
通家惟沈氏　謁帝似馮唐
詩律群公問　儒門舊史長
清秋便寓直　列宿頓輝光』
未暇申安慰　含情空激揚
司存何所比　膳部默悽傷
貧賤人事略　經過霖潦妨
禮同諸父長　恩豈布衣忘』
天路牽騏驥　雲臺引棟梁
徒懷貢公喜　颯颯鬢毛蒼』

今日西京《こんにちせいけい》の掾《えん》、多《おお》く南省《なんしょう》の郎《ろう》に除《じょ》せらる
通家《つうか》は惟《た》だ沈氏《しんし》のみ、帝《てい》に謁《えつ》すること馮唐《ふうとう》に似《に》る
詩律群公《しりつぐんこう》問《と》い、儒門旧史長《じゅもんきゅうしなが》し
清秋《せいしゅう》 寓直《ぐうちょく》に便《べん》たり、列宿《れっしゅう》 頓《にわか》に光《ひかり》を輝《かがや》かす
未《いま》だ安慰《あんい》を申《もう》すに暇《いとま》あらず、情《じょう》を含《ふく》みて空《むな》しく激揚《げきよう》す
司存《しそん》何《いず》れに比《くら》ぶる所《ところ》ぞ、膳部《ぜんぶ》なれば黙《もく》して悽傷《せいしょう》たり
貧賤《ひんせん》にして人事《じんじ》略《りゃく》なり、経過《けいか》せんとするも霖潦《りんろう》妨《さまた》ぐ
礼《れい》は諸父《しょふ》と同《おな》じく長《ちょう》とし、恩《おん》は豈《あ》に布衣《ふい》にして忘《わす》れんや
天路《てんろ》に騏驥《きき》を牽《ひ》き、雲台《うんだい》に棟梁《とうりょう》を引《ひ》く
徒《いたずら》に貢公《こうこう》の喜《よろこ》びを懐《いだ》き、颯颯《さつさつ》として鬢毛蒼《びんもうそう》たり

＊五言排律。韻字は下平七陽「郎・唐・長・光・揚・傷・妨・忘・梁・蒼」。

【題意】　沈八丈東美が膳部員外郎（尚書省礼部の官名）に任官されたとの知らせを受けたが、雨が激しいため祝いに駆けつけることができず、代わりに贈った祝いの詩。沈八丈東美は姓が沈、名が東美。八は排行（→「用語説明」）。丈は目上の者への敬称。沈佺期《しんせんき》（→「人物説明」）の子。天宝十三載（七五四）九月、長安（陝西省西安市）での作。詳注一－二二、鈴木注一－三三。

【現代語訳】　今日京兆府《きょうけいちょうふ》の多くの役人が尚書省の員外郎に昇任なさいました。その中であなたがた沈家のみが代々我が家とお付きあいをいただいています。あなたはかの優れた馮唐が老いて初めて皇帝の信任を得たように、これからもいっそうご活躍なさることでしょう。沈家は詩の韻律に詳しいので高貴な方たちからも教えを請われておられますし、儒学の家柄で歴史家としての伝統も長く続いています。清々しい秋の夜は宿直にちょうど良い頃あい、連なる星々のように、あなたがその一員となることで京兆府はにわかに輝きを増すことでしょう。』

　雨が激しいのでまだお祝いを申し上げに伺うこともできませんが、しみじみと独りあなたのご就任に感激しております。仕事内容は何に喩えましょう、祖父の務めた役職だと思えば胸がつまって言葉もありません。私は貧しさゆえに人付きあいがおろそかになり、訪問しようとしても大雨が邪魔をします。けれども心中おじのようにあなたを敬慕していますし、無官の身ながらご恩を忘れることはございません。』

　天空に引き出された駿馬のように、雲衝《つ》く高殿に引き上げられた棟木《むなぎ》とはりのように、あなたはこれから高い所にお仕えになります。その知らせに、私は仲の良い王吉《おうきつ》の出仕を知って自分も出世できると喜んだ貢禹《こうう》のような思いをひそかにいだいております。風に吹かれる髪にはすでに白髪が目立つようになりました。』

■語釈

○**西京掾**　京兆府に属する事務官。正七品。京兆府は行政区画で、首都長安周辺の地域を管轄する。○**南省**　尚書省（↓「用語説明」）。○**郎**　員外郎のこと。原注に「府《ふ》掾《えん》四《し》人《にん》、同日《どうじつ》に郎《ろう》を拝《はい》す」。沈東美が拝した膳部員外郎は従六品上。○**通家**　代々交流のある家。杜甫の祖父杜《と》審言《しんげん》（↓「人物説明」）と沈東美の父沈佺期《しんせんき》は則天武后に仕えた修文館直学士《しゅうぶんかんちょくがくし》であり交流があった。○**馮唐**　前漢の政治家。文帝に五〇歳を超えて初めて仕え、郎（郎中署長）となったことに基づき（『漢書』巻五〇「馮唐伝」）、沈東美が年老いてから郎となったことをいう。○**詩律**　詩の韻律。南朝・梁の沈約《しんやく》や庾信《ゆしん》らがおおよそ定め、沈東美の父、初唐の沈佺期や宋之問《そうしもん》が整えたとされる（↓「人物説明」）。○**公**　身分の高い者。○**舊史長**　歴史を学ぶ伝統が長い。沈東美と同姓の梁の沈約は『宋書』の編者であるため、沈氏を沈約以来の歴史家の家系とみなしたもの。○**便**　ちょうどよい。○**寓直**　役所に夜間待機していること。宿直。○**列宿**　空の星々。ここでは京兆府に仕える者たちを褒めて喩える。○**安慰**　慰めの言葉。ここでは任官の祝いの言葉。○**激揚**　喜ぶ。感激する。○**司存**　職掌。仕事の内容。○**膳部**　ここでは沈東美の任ぜられた膳部員外郎。この官にはかつて杜甫の祖父杜審言が任ぜられていた。原注に「甫《ほ》が大父《たいふ》昔《むかし》此《しこ》の官《かん》に任《にん》ぜらる」。大父とは祖父の意で、杜審言。○**悽傷**　切なく寂しい。双声語「セイショウ」。○**人事略**　人付きあいが粗略であること。○**霖潦**　長く続く大雨。○**諸父**　おじ。父の兄弟。ここでは沈東美。年上であることから父の世代のように敬って称したもの。○**長**　年上の者を敬い尊ぶ。○**布衣**

仕官していない者。ここでは杜甫。一説に、「私が無官であるからといって、あなたは恩愛をかけてくださることを忘れるようなことはないでしょう」（『吉川注』筑摩版第二冊）。○**天路**　天上世界の路。○**騏驥**　一日に千里を走るとされる名馬。ここでは「天路」の先の高い身分に昇るにふさわしい優秀な人材の喩え。○**雲臺**　雲に届くような高い楼台。皇帝が百官を召す場所。○**棟梁**　「棟」は棟木、「梁」ははり。建物を支える重要な部分であることから優秀な人材の喩え。○**貢公喜**　前漢の王吉《おうきつ》と貢禹《こうう》は非常に親密であり、いずれかが仕官すれば必ずもう一方を推挙するほどであった。そのため王吉の仕官に際し、貢禹は己も推挙されるであろうと喜んだ（『漢書』巻七二「王吉伝」）。自身（杜甫）を推挙してほしいとの意。○**颯颯**　風の吹く様子。○**蒼**　白髪交じりの髪の色。

［高芝］

〇一〇八

苦雨奉寄隴西公兼呈王徴士

雨《あめ》に苦《くる》しみて隴西公《ろうせいこう》に寄《よ》せ奉《たてまつ》り兼《か》ねて王徴士《おうちょうし》に呈《てい》す

今秋乃淫雨　仲月來寒風
群木水光下　萬家雲氣中
所思礙行潦　九里信不通
悄悄素滻路　迢迢天漢東
願騰六尺馬　背若孤征鴻
劃見公子面　超然歡笑同『

今秋《こんしゅう》乃《すなわ》ち淫雨《いんう》、仲月《ちゅうげつ》寒風《かんぷう》来《き》たる
群木《ぐんぼく》水光《すいこう》の下《もと》、万家《ばんか》雲気《うんき》の中《うち》
思《おも》う所《ところ》行潦《こうろう》に礙《さまた》げられ、九里《きゅうり》信通《しんつう》ぜず
悄悄《しょうしょう》たり素滻《そさん》の路《みち》、迢迢《ちょうちょう》たり天漢《てんかん》の東《ひがし》
願《ねが》わくは六尺《りくせき》の馬《うま》を騰《は》せ、背《せ》にありて孤征《こせい》の鴻《おおとり》の若《ごと》く
劃《かく》として公子《こうし》の面《めん》を見《み》て、超然《ちょうぜん》として歓笑《かんしょう》同《とも》にせんことを

奮飛既胡越　局促傷樊籠　奮飛《ふんぴ》するも既《すで》に胡越《こえつ》、局促《きょくそく》として樊籠《はんろう》を傷《いた》む
一飯四五起　憑軒心力窮　一飯《いっぱん》に四五《しご》たび起《た》ち、軒《けん》に憑《よ》りて心力《しんりょく》窮《きわ》まる
嘉蔬没溷濁　時菊砕榛叢　嘉蔬《かそ》溷濁《こんだく》に没《ぼっ》し、時菊《じきく》榛叢《しんそう》に砕《くだ》く
鷹隼亦屈猛　烏鳶何所蒙　鷹隼《ようじゅん》も亦《ま》た猛《もう》を屈《くっ》し、烏鳶《うえん》は何《なん》の蒙《こうむ》る所《ところ》ぞ
式瞻北鄰居　取適南巷翁　式《もっ》て北隣《ほくりん》の居《きょ》を瞻《み》て、適《てき》を取《と》る南巷《なんこう》の翁《おきな》
挂席釣川漲　焉知清興終』　席《むしろ》を挂《か》け川《かわ》の漲《みなぎ》るに釣《つ》りて、焉《いずく》んぞ清興《せいきょう》の終《お》わるを知《し》らん

＊五言古詩。韻字は上平一東「風・中・通・東・鴻・同・籠・窮・叢・蒙・翁・終」。

【題意】　天宝十三載（七五四）の秋、長安（陝西省西安市）での作。「長雨に困り果てて隴西公に詩を差し上げ、同時に王徴士に贈る」。前半一二句で長雨に苦しみながら隴西公を思い、後半一二句では隴西公に会えぬままに王徴士を思う。原注に「隴西公《ろうせいこう》は即《すなわ》ち漢中王《かんちゅうおう》の瑀《う》、徴士《ちょうし》は瑯琊《ろうや》の王徹《おうてつ》なり」とあり、「隴西公」とは睿宗《えいそう》の孫の李《り》瑀《う》（↓「人物説明」）のこと。天宝十五載（七五六）に漢中王となるまでは、隴西に封《ほう》じられていた（『旧唐書』巻九五「李瑀伝」）。「漢中王」とあることから、原注は天宝十五載以降に書かれたものか。「王徴士」の王徹の経歴は未詳。「徴士」とは朝廷に召されて任官しなかった者への敬称。詳注一―二一四、鈴木注一―三三七。

【現代語訳】　この秋はどうしたことか雨が降り続き、秋の半ばの月だというのに冷たい風

が吹き始めました。遠くに見える木々は水面に映って水中に立ち並んでいるかのよう、数多《あまた》の家も長雨で立ちこめた靄《もや》に包みこまれています。慕わしい公子さまのもとに赴こうにも道に溢れた水に阻まれ、手紙も九里先にすら届けることができません。滻水《さんすい》の白い水に呑まれた道は誠に嘆かわしく、公子さまのお住まいは遥か天の川の東にあるかのよう。できることならば大きな馬を飛ぶように走らせ、その背に乗って、仲間を追う渡り鳥のごとく駆けつけて、はっきりと公子さまのご尊顔を拝し、世俗を離れて一緒に楽しく談笑したいと存じます。』

しかし、羽ばたいて飛んでいこうにも北の果ての胡《こ》と南の果ての越《えつ》のように遠く離れており、かごの鳥さながらに縮こまって哀しんでおります。雨がやまぬかと一度の食事に四度も五度も立ちあがって、軒先の辺りで外を見て身も心も弱りはてました。よく実った穀物や野菜は泥水の中に沈み、時をたがえず秋に花開いた菊も草むらの中に崩れ落ちております。鷹《たか》や隼《はやぶさ》も雨の前には猛々しさが失せてしまっています。まして鴉《からす》や鳶《とび》がどんな恵みをあてにすることができるでしょう。そこで北隣の王徹さんのお宅に目を向けますと、南に住む私の気持ちは晴れてまいります。舟に帆をかけ満々と水を湛える川で王さんと一緒に釣り糸を垂れたなら、風雅な楽しみは尽きないことでしょう。』

■語釈

○仲月　陰暦八月。○所思　思いを寄せる相手。ここでは隴西公《ろうせいこう》。○行潦　道を浸す雨水。「行」は道、「潦《ろう》」は雨水。○九里　隴西公の居所までの距離。一里は約五六〇メートル。ここでは、すぐ近くである意。○悄悄　憂える様子。○素滻　白い滻水《さんすい》。滻水は渭水《いすい》（長安の北を流れる川）の支流。当時、長安に引き入れて運河としていた（『九家注』巻一）。西晋・潘岳「西征《せいせい》の賦《ふ》」に「南《みなみ》には玄《くろ》き灞《は》と素《しろ》き滻《さん》有《あ》り」。○**迢迢**　遥か遠いさま。「古詩十九首《こしじゅうきゅうしゅ》」其の十に「迢迢《ちょうちょう》たる牽牛星《けんぎゅうせい》、皎皎《こうこう》たる河漢《かかん》の女《むすめ》」。○**天漢**　天の川。中国には古来、天体と地理とを対応させる考え方があり、「天漢」は渭水に当たるとされる。天の川に隔てられた牽牛と織女のように、杜甫と隴西公が会うことは難しい。一説に、滻水の水量が増量したことを天の川に喩える（鈴木注）。○**六尺馬**　大きな馬。「六尺」は約一八六センチメートル。○**背**　馬の背に乗る。○**孤征鴻**　群れから離れ一羽だけで飛んでいる鴻。「鴻」はオオガモ、渡り鳥。○**劃**　はっきり（鈴木注）。一説に、会う約束をする（『九家注』巻一）。○**公子**　皇族などの子弟。隴西公は唐の皇室の一族なのでこう呼ぶ。○**奮飛**　羽ばたいて飛ぶ。双声語「フンピ」。○**胡越**　「胡」は北方の、「越」は南方の異民族の地。遠く隔たっていることの比喩。○**局促**　伸びやかでないさま。身をかがめるさま。畳韻語「キョクソク」。○**樊籠**　鳥かご。○**「一飯」二句**　雨がやまず隴西公に会えずに心と体が弱ったことをいう。○**屈猛**　猛々しさを押さえこむ。西晋・張華「鷦鷯《しょうりょう》の賦《ふ》」には猛禽の捕らえられた姿を「猛志《もうし》を屈《くっ》して以《もっ》て服養《ふくよう》す（猛々しい気持ちを抑えて飼い慣らされる）」と描く。○**所蒙**　与えられる恩恵、庇護。一説に、食物の欠乏などの影響。いずれにしても、雨が激しく、平凡な鳥は食べる物も休む場所も得られず、生き残ることができない。○**北鄰居**　北隣の家。『杜詩鏡銓』巻二によれば王徹。一説に、次句の「南巷翁」とあわせて近所の人々（『九家注』巻一）。○**取適**　心にかなうことを選び取り気晴らしとする。楽しむ。「適」は心にかなうこと、慰め、楽しみ。一説に、気晴らしをするのは王徹（鈴木注）。○**南巷翁**　南の路地に住む老人。ここでは杜甫自身。○**挂席**　舟に帆を張る。舟で王徹に会いにいくこと。

［高芝］

秋雨嘆三首
雨中百草秋爛死
階下決明顔色鮮
著葉滿枝翠羽蓋
開花無數黃金錢
涼風蕭蕭吹汝急
恐汝後時難獨立
堂上書生空白頭
臨風三嗅馨香泣

＊七言古詩。韻字は下平一先「鮮・銭」、入声一四緝「急・立・泣」。

秋雨《しゅうう》の嘆《なげ》き三首《さんしゅ》
雨中百草《うちゅうひゃくそう》 秋《あき》に爛死《らんし》するも
階下《かいか》の決明顔色《けつめいがんしょく》 鮮《あざ》やかなり
葉《は》を著《つ》けて枝《えだ》に満《み》つるは翠羽《すいう》の蓋《かさ》
花《はな》を開《ひら》きて無数《むすう》なるは黄金《おうごん》の銭《ぜに》
涼風《りょうふう》 蕭 蕭《しょうしょう》として汝《なんじ》を吹《ふ》くこと急《きゅう》なれば
汝《なんじ》の時《とき》に後《おく》れて独《ひと》り立《た》ち難《がた》きを恐《おそ》る
堂上《どうじょう》の書生《しょせい》空《むな》しく白頭《はくとう》
風《かぜ》に臨《のぞ》みて三《み》たび馨香《けいこう》を嗅《か》ぎて泣《な》く

【題意】「秋の長雨を嘆く詩」。天宝十三載（七五四）の秋、六〇日間にわたり雨が止まなかったため、玄宗（→「人物説明」）はそれを案じていたが、宰相の楊国忠（→「人物説明」）がよく稔《みの》った稲穂を献じて、農作物には影響はないと奏上したこと（『資治通鑑』巻二一七）を受け、それを憂えて作った詩。長安（陝西省西安市）での作。詳注一-二六、鈴木注一-二四〇。

【現代語訳】長雨の中、あらゆる草花がただれ死んでいく秋に、戸口の階段辺りの甘菊だけは鮮やかな色をしている。緑の葉がカワセミの羽で飾った車の覆《おお》いのように枝いっぱいに茂り、丸い金貨のような花が数えきれぬほど咲いている。冷たい秋風がひゅうひゅうときつくお前に吹きつけるので、お前だけが季節に遅れて咲いたためになぎ倒されてしまうのではないかと心配だ。座敷では空しく白髪頭となった私が、風に吹かれて、三度、お前の香りをかいで涙を流しているのだ。

■**語釈**
○**決明**　植物の名。甘菊の異名。秋に黄色い花をつける。一説に決明子《けつめいし》という植物（『読杜心解』巻二之一）。○**涼風**　秋の風。『礼記』月令の孟秋（陰暦七月）に「涼風至《りょうふういた》る」。○**時**　ふさわしい時節。○**難獨立**　唐・房琯《ぼうかん》（↓「人物説明」）が長雨について政権を批判する上奏をしたため、宰相楊国忠に排斥されるのではないかと案じる意。○**書生**　儒生。読書人。杜甫自身。○**三嗅**　孔子は、己にふさわしい場所で暮らす雉《きじ》を称え、その雉が捕らえられ食卓に上がると、三回においを嗅いで食べずに席を立った（『論語』郷党）。ふさわしい時に咲くことができなかった甘菊の花が枯れてしまうことを嘆く意。決明は房琯の比喩。一説に不遇なまま老いゆく杜甫自身（『九家注』巻一）。

［高芝］

〇二〇

其二
闌風伏雨秋紛紛
四海八荒同一雲
去馬來牛不復辨

其《そ》の二《に》
闌風伏雨《らんぷうふくう》秋紛紛《あきふんぷん》
四海八荒《しかいはっこう》同《おな》じく一雲《いちうん》
去馬《きょば》来牛《らいぎゅう》 復《ま》た弁《べん》ぜず

濁涇清渭何當分
禾頭生耳黍穗黑
農夫田父無消息
城中斗米換衾裯
相許寧論兩相直

濁涇清渭《だくけいせいい》何《なん》ぞ当《まさ》に分《わか》つべけん
禾頭《かとう》耳《みみ》を生《しょう》じて黍穂《しょすい》黒《くろ》く
農夫《のうふ》田父《でんぷ》消息《しょうそく》無《な》し
城中《じょうちゅう》は斗《と》米《べい》衾裯《きんちゅう》に換《か》う
相《あ》い許《ゆる》さば寧《なん》ぞ両《ふた》つながら相《あ》い直《あた》るを論《ろん》ぜんや

＊七言古詩。韻字は上平一二文「紛・雲・分」、入声一三職「黑・息・直」。

【現代語訳】　風も吹き止まず雨も降り止まぬ荒れた秋の日、世界の果てまで一面の雲に覆われている。往来する牛馬の見分けがつかぬほどの雨に、濁った涇川《けいせん》と清らかな渭川《いせん》の区別もできない。禾の脇芽《のぎ》の先は巻き上がって耳のようになり、黍《きび》の穂は黒ずんできたというのに、農夫たちはこの天災をお上に訴えることもできず黙りこんでしまっている。長安の城内では一斗の米が大切なかけ布団と交換されるほどに高騰しているというが、それでも交換が許されればいい方で、米と布団の値段が釣りあうかなど二の次なのだ。

■語釈

○闌風伏雨　やまない風雨。「闌」「伏」はともに尽きそうで尽きない意。○紛紛　天候が乱れている様子。○四海八荒　四方の海と、八方の果ての地。この世界のどこも。○不復辨　見てもわからない。『荘子』秋水に「秋水《しゅうすい》時《とき》に至《いた》り、百川《ひゃくせん》河《かわ》に灌《そそ》ぐ、涇流《けいりゅう》の大《だい》なること、両涘渚《りょうししょ》の崖《がけ》の間《かん》に、牛馬《ぎゅうば》を弁《べん》ぜず」、「涘渚」とは水辺。○**濁涇清渭**　「涇」「渭」は川の名。涇川は濁り、渭川は清いことで知られ、長安の北で合流する。西晋・潘岳「西征《せいせい》の賦《ふ》」に「北《きた》に清渭《せいい》濁涇《だくけい》有《あ》り」。○**何當分**　清らかな渭川が長雨で増水して濁り、もともと濁っている涇川と区別がつかなくなること。○**禾頭生耳**　「禾」は穀類の穂。長雨で穂に生えた脇芽が曲がり、耳のような形に見える。○**黍穗黑**　黍の穂が黒ずむ。長雨で病気になったさま。○**無消息**　知らせがない。当時権勢を誇った楊国忠（↓「人物説明」）がこの長雨を天からの警告とする意見を退けたため、誰も農民たちの窮状を朝廷に訴えられなかったこと。一説に農夫らが食料を売りに訪れなくなったこと（『吉川注』筑摩版第二冊）。○**衾裯**　「衾」はかけ布団、「裯」は薄いかけ布団。大切な日用の家材。○**兩相直**　「両」は米とかけ布団。「相直」とは同じ価値。

［高芝］

〇二二

其三

長安布衣誰比數
反鎖衡門守環堵
老夫不出長蓬蒿
稚子無憂走風雨
雨聲颼颼催早寒
胡雁翅濕高飛難

其《そ》の三《さん》

長安《ちょうあん》の布衣《ふい》誰《たれ》か比数《ひすう》せん
衡門《こうもん》を反鎖《はんさ》して環堵《かんと》を守《まも》る
老夫《ろうふ》は出《い》でずして蓬蒿《ほうこう》長《ちょう》じ
稚子《ちし》は憂《うれ》い無《な》くして風雨《ふうう》に走《はし》る
雨声《うせい》颼颼《しゅうしゅう》として早寒《そうかん》を催《もよお》し
胡雁《こがん》翅《はね》湿《うるお》いて高《たか》く飛《と》ぶこと難《かた》し

秋來未曾見白日　　秋来《しゅうらい》 未《いま》だ曾《かつ》て白日《はくじつ》を見《み》ざれば
泥汚后土何時乾　　泥《どろ》は后土《こうど》を汚《けが》して何《いず》れの時《とき》にか乾《かわ》かん

＊七言古詩。韻字は上声七麌「數・堵・雨」、上平一四寒「寒・難・乾」。

【現代語訳】 長安にいても無官の私は人並みに扱ってもらえない、門に鍵を掛けて土塀の内にじっとしていよう。老いた私が出かけぬ間に家の周りに深く雑草が茂ったが、子供らは何も心配事などなく雨や風の中を駆け回る。雨はびゅうびゅうと音を立てて一足早い寒さを呼び寄せ、北から渡ってくる雁は翼が濡れて高く飛べずにいる。秋になってから一度も太陽の姿を拝んでいないので、泥に覆われたこの天地はいつ乾くかわからない。

■語釈

○布衣　無官の者。杜甫自身。○比數　普通の人と並べて数える。人並みに扱う。○反鎖　内側から鍵を掛ける。閉じこもる。○衡門　横木を渡しただけの粗末な門。○環堵　周囲を一丈の土塀で囲んだ家。儒者の住まい。○老夫　年老いた男。杜甫自身。○蓬蒿　丈の高い雑草のくさむら。○颼颼　雨が降りしきる音。畳語の擬音語。○胡雁　北から渡る雁。「胡」は北方。○白日　太陽。太陽は皇帝の比喩で、太陽を見ないとは、宰相楊国忠（↓「人物説明」）が国事を隠蔽したこと。其の一の【題意】参照。鈴木注などは寓意をとらない。○后土　大地。『楚辞』「九弁《きゅうべん》」に「皇天淫溢《こうてんいんいつ》として秋霖《しゅうりん》す、后土《こうど》何《いず》れの時《とき》にか漧《かわ》くを得《え》ん（空はとめどなく秋雨を降らせ、天地はいつ乾くかわからない）」。

［高芝］

〇二三

奉贈太常張卿垍二十韻

方丈三韓外　崑崙萬國西
建標天地闊　詣絶古今迷
氣得神仙迥　恩承雨露低
相門清議衆　儒術大名齊』
軒冕羅天闕　琳瑯識介珪
伶官詩必誦　夔樂典猶稽
健筆凌鸚鵡　銛鋒瑩鸊鵜
友于皆挺拔　公望各端倪
通籍踰青瑣　亨衢照紫泥
靈虬傳夕箭　歸馬散霜蹄
能事聞重譯　嘉謨及遠黎
弼諧方一展　班序更何躋』

太常《たいじょう》張卿垍《ちょうけいき》に贈《おく》り奉《たてまつ》る二十韻《にじゅういん》

方丈《ほうじょう》は三韓《さんかん》の外《ほか》、崑崙《こんろん》は万国《ばんこく》の西《にし》
標《ひょう》を建《た》てて天地《てんち》闊《ひろ》く、絶《ぜつ》に詣《いた》るは古今《ここん》迷《まよ》う
気《き》は神仙《しんせん》の迥《はる》かなるを得《え》、恩《おん》は雨露《うろ》の低《ひく》きを承《う》く
相門《しょうもん》は清議《せいぎ》衆《おお》く、儒術《じゅじゅつ》は大名《たいめい》斉《ひと》し
軒冕《けんべん》は天闕《てんけつ》に羅《つら》なり、琳瑯《りんろう》に介珪《かいけい》を識《し》る
伶官詩《れいかんし》を必《かなら》ず誦《しょう》し、夔《き》楽《がく》典《つかさど》るところを猶《な》お稽《かんが》う
健筆《けんひつ》は鸚鵡《おうむ》を凌《しの》ぎ、銛鋒《せんほう》は鸊鵜《へきてい》に瑩《えい》たり
友于《ゆうう》皆《み》な挺抜《ていばつ》、公望《こうぼう》は各ゝ《おのおの》端倪《たんげい》あり
籍《せき》を通《つう》じ青瑣《せいさ》を踰《こ》え、衢《く》を亨《とお》りて紫泥《しでい》を照《て》らす
霊虬《れいきゅう》夕《ゆうべ》を伝《つた》うるの箭《せん》、帰馬《きば》霜《しも》を散《さん》ずるの蹄《ひづめ》
能事《のうじ》は重《かさ》ねて訳《やく》さるるを聞《き》き、嘉謨《かぼ》は遠黎《えんれい》に及《およ》ぶ
弼諧《ひっかい》は方《まさ》に一《いっ》に展《の》べ、班序《はんじょ》は更《さら》に何《なん》ぞ躋《のぼ》らん

＊五言排律。韻字は上平八斉「西・迷・低・齊・珪・稽・鵜・倪・泥・蹄・黎・躋」。

【題意】　太常卿である張垍《ちょうき》に奉る詩。前半で張垍の家柄や人望、能力を褒め、後半で己の惨めな境遇を訴えて引きたてを願う。天宝十三載（七五四）、長安（陝西省西安市）での作。張垍は玄宗（↓「人物説明」）の婿。天宝十三載にひとたび左遷されたがすぐに長安に呼び戻され、改めて太常卿（九卿の一つ、礼楽を掌る）となった（『旧唐書』巻九七「張垍伝」）。詩題の張垍をその兄の張均とする説もある（『九家注』巻一七など）。張垍は〇〇四二にも見える。詳注一―二九、鈴木注一―二四。

【現代語訳】　方丈山《ほうじょう》は朝鮮の遥か東の彼方、崑崙山《こんろん》は多くの国を越えた遥か西方にございます。その両者を目印とすれば間に位置する天地は広く、隔絶された仙界に行こうとすれば今も昔も迷ってたどりつけないものです。それなのに張垍《ちょうき》さまは遥かなその地を訪れて神仙の清らかな気を受け、雨露が低きに流れるように皇帝陛下の恩寵を承《う》けていらっしゃいます。宰相の家柄である張垍さまの一門は人々の高い評価を得ており、儒学にかけてはお父上の張説《ちょうえつ》さまと並んで立派な名声をお持ちです。』

高級官僚たちが宮殿に居並んでおいでですが、多くの官僚の中で張垍さまが群を抜いておられることは皇帝陛下もご存じです。伶官《れいかん》とは詩を朗唱するもの、雅楽についていえばそれを掌り考証するもの。その職にお就きになった張垍さまは筆を走らせれば「鸚鵡《おうむ》の賦《ふ》」で有名な禰衡《でいこう》よりも優れ、言葉遣いは鷿鵜《へきてい》の膏《あぶら》で研いだ鋭い刃のようにきらめいていらっしゃいます。ご兄弟はお二人とも抜群の才能の持ち主で、それぞれ三公にふさわしい人望によってこの上ない地位にお就きになることでしょう。翰林供奉《かんりんきょうほう》の身分を示して青瑣門《せいさ》からお入りになり、朝廷の中心の道を通って天子のおそばで輝かしい詔をお書きになっていたこともありました。陛下のご寵愛は篤く、龍を刻んだ水時計が夕の訪れを伝える頃に、霜を踏み散らして馬にてお帰りになったのでした。何人もの通訳を間に挟んで張垍さまの優れた礼楽知識が遠くまで伝わり、優れた政策が遥かな地の民にも行きわたりました。今では皇帝陛下の補佐となって存分に力を発揮され、これ以上ないほどの高い地位におられます。』

■語釈

○**方丈**　伝説上の仙山。東海にあるとされた。○**三韓**　古代、朝鮮半島の南部に位置していた三つの国。馬韓、弁韓、辰韓。○**崑崙**　伝説上の仙山。西方にあるとされた。○**萬國**　王朝の支配領域内に建てられた諸侯の支配する国。唐王朝の支配する領域をいう。○**建標**　目印とする。道しるべを建てる。○**詣絶**　隔絶された場所に至る。天宝九載（七五〇）、太白山人王元翼《おうげんよく》という道士が玄宗に「宝仙洞という場所に霊妙な真符（おふだ）がある」と奏上し、張均らが派遣されそれを手に入れたことを踏まえる（『旧唐書』巻二四「礼儀志四」）。張垍《ちょうき》は張均に同道したと考えられる。一説に玄宗の娘寧親公主を妻としていたので、宮中に屋敷を賜っていたこと（『九家注』巻一七）。○**雨露低**　「雨露」とは皇帝の恩沢の比喩。「低」は雨露が低い方に流れるように恩沢が与えられる。○**相門**　張垍の父張説《ちょうえつ》が宰相であったことから、宰相の家柄の意。○**清議**　月旦評。公正な人物評。張垍の一族が公正な批評をする人々から正当に高い評価を得ていることをいう。○**儒術**　儒家の学問。○**大名**　名声。ここでは張垍と父張説の名声。○**軒冕**　「軒」は馬車、「冕」は冠、ともに高官の持ち物。高官を指す。畳韻語「ケンベン」。○**天闕**　宮殿の門。朝廷を指す。○**琳瑯**　帯留めの飾りの玉。一般の官僚を指す。双声語「リンロウ」。○**介珪**　儀式などに用いる一尺二寸（約三七センチ）の玉器。玉の特に秀でたもの。張垍の比喩。双声語「カイケイ」。○**伶官**　音楽を掌る古代の官名。民衆の詩歌を集めて朗唱した。礼楽を掌る太常卿張垍をいう。○**夔楽**　先祖を祀る際に用いる雅楽。「夔」は舜（↓「人物説明」）の家臣で音楽を掌った。○**典**　伶官が掌るもの。「夔楽」を指す。○**稽**　慎重に考える。考証する。○**健筆**　優れた文才。○**凌鸚鵡**　後漢末の禰衡《でいこう》が「鸚鵡の賦」を宴席で即座に書き上げ、一文字も書き直す必要がなかったこと（『後漢書』巻八〇下「禰衡伝」）を踏まえ、それを凌《しの》ぐ張垍の文才を称える。○**銛鋒**　「銛」は鋭い、「鋒」は切っ先。切っ先が鋭い刀剣。そのように鋭い言葉遣い。○**鷿鵜**　鳥の名。刀剣を研磨するとき、砥石に膏《あぶら》を含ませる方法があり、鷿鵜の膏はそれに適している。ここではその膏。南朝・梁・載嵩「度関山《どかんざん》」に「馬《うま》は銜《くわ》う苜蓿《もくしゅく》の葉《は》、剣《けん》は鷿鵜《へきてい》の膏《あぶら》に瑩《えい》たり」。○**友于**　兄弟。張垍と兄の張均。『論語』為政に「友于兄弟《けいてい》（兄弟に友《ゆう》なり）」とある。「友于」で兄弟の意を表す歇後《けつご》（下の語を省略して全体の意味を表す）の語。○**公望**　三公（臣下の最高位である太尉・司徒・司空という官職）にふさわしい人望。○**端倪**　きざし。糸口。三公となるべき人望を備えているので、その人望が糸口となって三公に就任できる。○**通籍**　宮殿に出入りする。「籍」とは氏名などを書いた竹の札で、宮殿に出入りするときに身分を明らかにするために用いた。かつて張均、垍兄弟が翰林供奉として皇帝の側近く仕えていたことを踏まえる。○**青瑣**　青瑣門。漢代にあった宮中の門。宮門を指す。○**亨衢**　朝廷の中心を通る道。「亨」は支障なく通ずる、「衢」は四方に通じる大道。○**紫泥**　紫の泥。皇帝の詔書を封ずるのに用いる。詔（天子の命令書）を指す。○**靈虯**　龍を彫刻した水時計。「虯」はみずち。龍の仲間。○**箭**　水時計の仕掛けの一部。めもりが付いていて、水位を示して時刻を表す棒。○**能事**　得意とすること。張垍が得意とした礼楽に関わること。○**重譯**　各地の方言に何度も訳されて伝わる。次句とあわせ、張垍が遠方に左遷されていたことを踏まえる。○**嘉謨**　優れた政治、政策。「謨」ははかりごと。○**遠黎**　遠方の民。「黎」は庶民。○**弼諧**　政治を補佐して調和をはかる。『書経』皋陶謨《こうようぼ》に「謨《ぼ》は明《あき》らかにして弼《たす》け諧《かな》う」。○展　思う存分、その能力を発揮する。○班序更何躋　「班序」は爵位、官位の序列。張垍が非常に高い地位にあることを称えていう。一説に、近々さらに出世するとの意（『吉川注』筑摩版第二冊）。

適越空顚躓　遊梁竟慘悽
謬知終畫虎　微分是醯鷄
萍泛無休日　桃陰想舊蹊
吹噓人所羨　騰躍事仍睽
碧海眞難渉　青雲不可梯
顧深慚鍛錬　才小辱提攜
檻束哀猿叫　枝驚夜鵲棲
幾時陪羽獵　應指釣璜溪

＊韻字は上平八斉「悽・鷄・蹊・睽・梯・攜・棲・溪」。

越《えつ》に適《ゆ》きては空《むな》しく顚躓《てんち》し、梁《りょう》に遊《あそ》びては竟《つい》に惨悽《さんせい》たり
謬知《びゅうち》終《つい》に画虎《がこ》、微分《びぶん》是《こ》れ醯鶏《けいけい》
萍《ひょう》泛《うか》びて休《やす》む日《ひ》無《な》く、桃《とう》に陰《かげ》ありて旧《ふる》き蹊《けい》を想《おも》う
吹噓《すいきょ》せらるるは人《ひと》の羨《うらや》む所《ところ》、騰躍《とうやく》せんとするも事仍《こと》お睽《たが》う
碧海《へきかい》は真《まこと》に渉《わた》り難《がた》く、青雲《せいうん》は梯《てい》す可《べ》からず
顧《こ》は深《ふか》けれど鍛錬《たんれん》を慚《は》じ、才《さい》は小《ち》さければ提携《ていけい》を辱《はずかし》む
檻《おり》に束《つか》ねられて哀猿《あいえん》叫《さけ》び、枝《えだ》に驚《おどろ》きて夜鵲《やじゃく》棲《す》む
幾《いず》れの時《とき》にか羽猟《うりょう》に陪《ばい》し、応《まさ》に璜渓《こうけい》に釣《つ》るを指《ゆび》さ すべけん

【現代語訳】　私はと申せば、かつて越に参りましたが無意味につまずいてばかり、また梁を訪れましたがそこでも結局はみじめな有り様とあいなりました。誤って自らを買いかぶっておりましたが、虎を描こうとして力及ばず狗《いぬ》になってしまったとの喩えのとおり結局仕官

はかなわず、とるにたらぬ私は酒に浮かぶ小さな虫のようで、志を抱《いだ》きながらも何もできずにおります。水草のように寄る辺なく安らげるときもなかったので、桃の木陰にかつて歩み慣れた小道が懐かしくなり、張垍さまを思い起こしました。張垍さまのご推挙を受けるのは誰もが憧れることですが、それにすがって世に出ようとしても私は思いどおりにいきませんでした。私一人では果てしのない大海は渡りきることも難しく、雲を梯《はしご》として青空に昇るなど不可能なのです。張垍さまは目を掛けてくださいましたが私の努力が足りず、才能が乏しくて推薦していただいてもご迷惑をおかけするばかりでした。しかし檻にとらえられた不憫な猿のようになすすべもなく啼き叫び、鵲《かささぎ》のように夜休むのに枝が不安定で安らげずにおります。実力を発揮する場も頼るべき相手もいない私は、いつになったら皇帝陛下にお仕えして狩りにお供できるでしょうか、璜渓《こうけい》に釣りをしていた太公望のように周の文王に見いだしていただけるでしょうか、どうぞ私をお引き立てくださいませ。あなたにおすがりするばかりです。』

■語釈
○**適越**　杜甫が若い頃呉越（江蘇省、浙江省一帯）に旅行をしたことを指す。『荘子』逍遥遊《しょうようゆう》に宋の人が冠を仕入れて越に売りに行ったところ、越の人たちは文化が異なり、冠を必要としていなかったため失敗したとあるのを踏まえる。○**顚躓**　つまずく。失敗する。○**遊梁**　若い頃に梁（河南省一帯）を訪れたことを指す。『史記』巻一一七「司馬相如伝」に司馬相如が病で仕事を辞め梁に遊んだとあるのを踏まえる。○**惨悽**　いたましい。双声語「サンセイ」。○**謬知**　愚かな知恵。思い上がり。○**畫虎**　虎を描く。『後漢書』巻二四「馬援伝」に「虎《とら》を画《えが》きて成《な》らざれば、反《かえ》って狗《いぬ》に類《るい》するなり」とあるのを踏まえ、虎を描こうとして上手くいかず狗のような絵が仕上がること、実力以上の期待をかけられたものの結局は上手く行かないこと。○**微分**　微《いや》しい身分。謙遜していう。○**醯鶏**　酢や酒を入れた甕《かめ》の中にわく小さな虫。人の行うべき道を抱きながら何もできない杜甫自身。『荘子』田子方に孔子が自らを謙遜した言葉として「丘《きゆう》の道《みち》に於《おけ》るや、其《そ》れ猶《な》お醯鶏《けいけい》のごときか」、丘とは孔子。○**萍泛**　萍（水草）の浮かぶさま。寄る辺ないさま。○**桃陰想舊蹊**　『史記』巻一〇九「李広伝」に「桃李《とうり》言《ものい》わざれど、下《しも》に自《おのずか》ら蹊《けい》を成《な》す」とあるのを踏まえる。かつて歩み慣れた張垍の宅に向かう道。浮き草のように寄る辺なく旅をするうちに、張垍の旧居を思い出したのは、張垍が推挙してくれた後、出世しようとしたが結局落ちぶれてしまったため。再度の推挙を願っている。鈴木注は東晋・陶淵明「桃花源記《とうかげんき》」を踏まえるとし、また故郷への道と解する。○**吹噓**　「吹」「噓」いずれも息を吹きかける意味。恩情をかける。ここでは張垍の助けを得て地位を得ること。○**睽**　乖離する。離れる。○**碧海**　あおい海。果てしのないものの喩え。○**梯**　はしご。ここは、天に届くはしごを登る。『文選』巻二二の南朝・宋の謝霊運「石《せき》門《もん》の最高《さいこう》頂《ちよう》に登《のぼ》る」に「同懐《どうかい》の客無《かくな》きを惜《お》しみ、共《とも》に登《のぼ》る青雲《せいうん》の梯《てい》」、劉良の注に「仙者《せんじや》は雲《くも》に因《よ》りて升《のぼ》る、故《ゆえ》に雲梯《うんてい》と曰《い》う」。○**顧**　思い。慈しみ。○**鍛錬**　努力して能力や才能を鍛えあげる。畳韻語「タンレン」。○**提攜**　推挙する。畳韻語「テイケイ」。この句により、張垍はかつて杜甫を推薦したが採用されなかったことが窺える。○**檻束哀猿叫**　猿を檻の中に閉じこめると、どのように俊敏で賢い猿であっても自由にその能力を発揮することができない（『淮南子《えなんじ》』俶真訓《しゆくしんくん》）。自身を猿に喩える。次句の鵲の比喩とあわせて窮状を訴えることもできないさま。○**枝驚夜鵲棲**　「鵲」はカササギ。魏・曹操「短歌行《たんかこう》」に「月明《つきあか》るく星稀《ほしまれ》に、烏鵲《うじやく》南《みなみ》に飛《と》ぶ。樹《き》を繞《めぐ》ること三匝《さんそう》、枝《えだ》の依《よ》る可《べ》き無《な》し」とあるのを踏まえ、夜に宿るべき枝がない鵲に寄る辺なき自身を喩える。○**陪羽獵**　「羽獵」は帝王の狩り。それに付き従うこと、転じて皇帝の側近く仕えること。前漢・揚雄（↓「人物説明」）は「河東《かとう》の賦《ふ》」を献上して皇帝の目にとまり、狩りのお供をして「羽猟《うりょう》の賦《ふ》」を作った。ここでは自身を揚雄になぞらえ出仕を望む。一説に次句に関わらせ、呂尚《りょしょう》（杜甫）を指さすべく文王（玄宗）の狩りに張垍が従うこと（『吉川注』筑摩版第二冊）。○指　指をさす。指名する。○釣璜溪　周の文王が璜溪（陝西省宝鶏市、磻溪《はんけい》に同じ）で釣りをする太公望呂尚に出逢い、拝して招いたことを踏まえ（『宋書』巻二七「符瑞志上」）、自身を呂尚になぞらえて、張垍の引き立てに期待する意を述べる。一説に、故郷に帰って釣りをしたいとの意（『九家注』巻一七）。

［高芝］

〇二三

上韋左相二十韻

鳳暦軒轅紀　龍飛四十春
八荒開壽域　一氣轉洪鈞
霖雨思賢佐　丹青憶舊臣
應圖求駿馬　驚代得騏驎
沙汰江河濁　調和鼎鼐新
韋賢初相漢　范叔已歸秦
盛業今如此　傳經固絶倫

韋左相《いさしょう》に上《たてまつ》る二十韻《にじゅういん》

鳳暦軒轅紀《ほうれきけんえんき》し、龍《りょう》飛《と》びてより四十《しじゅう》の春《はる》
八荒寿域《はっこうじゅいき》を開《ひら》き、一気《いっき》洪鈞《こうきん》を転《てん》ず
霖雨賢佐《りんうけんさ》を思《おも》い、丹青旧臣《たんせいきゅうしん》を憶《おも》う
図《ず》に応《おう》じて駿馬《しゅんめ》を求《もと》め、代《だい》を驚《おどろ》かして騏驎《きりん》を得《う》
江河《こうが》の濁《にご》りを沙汰《さた》し、鼎鼐《ていだい》の新《あら》たなるを調和《ちょうわ》す
韋賢《いけん》初《はじ》めて漢《かん》に相《しょう》たり、范叔《はんしゅく》已《すで》に秦《しん》に帰《き》す
盛業《せいぎょう》今《いま》此《か》くの如《ごと》く、伝経《でんけい》固《もとよ》り倫《りん》を絶《た》つ

豫樟深出地　滄海闊無津』　予樟深《よしようふか》くして地《ち》より出《い》で、滄海闊《そうかいひろ》くして津無《しんな》し

＊五言排律。韻字は上平一一真「春・鈞・臣・麟・新・秦・倫・津」。

【題意】　天宝十四載（七五五）初春の作。韋左相に献上する詩。『宋本杜工部集』の原注に「見素《けんそ》」とあることから韋左相は韋《い》見素《けんそ》（六九七～七六二）。「左相」は門下省の長官。冒頭四句で玄宗（↓「人物説明」）の治世の太平を称え、続く一二句で韋見素が宰相となったことを述べる。次の一二句で韋見素の人望を詠い、最後の一二句で自身の窮状を訴えて引き立てを望む。韋見素は政治家で、楊国忠（↓「人物説明」）の推挙により、天宝十三載（七五四）八月に陳希烈《ちんきれつ》に代わって宰相となった（『旧唐書』巻一〇八「韋見素伝」）。左相となったのは至徳二載（七五七）のことであり、詩題の「左相」は後年に書き加えられたもの。詳注一‐二三四、鈴木注一‐二五一。

【現代語訳】　古代の聖天子に由来する暦に鑑《かんが》みれば、陛下が即位なさってから四〇年が過ぎました。この世界の隅々まで、人々が天寿を全うできるような太平の世が開かれ、根元の気が天を巡らせて新たな春となりました。』

陛下は日照りを潤す雨をご覧になって賢明な補佐役が必要だとお思いになり、重臣として古くから仕えていた韋見素さまに思いを致されました。絵姿を片手に優れた馬を探し求めたところ、駿馬どころか人々を驚かすような神獣である麒麟《きりん》、つまりは韋見素さまを手になさ

ったのです。長江や黄河の濁りを洗い流すように古い宰相を罷免し、政治の中枢の人々を刷新して人事を調《ととの》えられました。今や韋見素さまは、高名な学者である漢の韋賢が齢《よわい》を重ねて後ようやく宰相となり、魏の范雎《はんしょ》が秦に仕えて活躍し始めたようなもの。今やこれほどまでに功績は大きく、儒学の見識が抜きんでておられます。その学問は予樟の木が大地に深く根づくように韋見素さまの家に根づいて代々培《つち》かわれてきたもの、その度量は渡し場がない大海原のように果てしなく広大なものです。』

■語釈

○**鳳暦軒轅紀**　「鳳暦」は天文や暦。「軒轅」は伝説上の帝王黄帝の異称（『史記』巻一「五帝本紀」）。軒轅の子である少皞摯《しょうこうし》が即位したとき鳳凰の飛来という瑞祥があり、暦を記す役人を鳳鳥氏と名づけた（『春秋左氏伝』昭公十七年）。「紀」とは暦を用いること。○**龍飛**　龍が飛ぶ。帝王が即位することの比喩。○**四十春**　四〇回の春、すなわち四〇年。玄宗の即位からおよそ四〇年経っているのでいう。○**八荒**　八方の果ての地。この世のすべて。○**一氣**　天地や万物を構成する根元の氣。『荘子』知北遊に「天下《てんか》の一気《いっき》に通《つう》ずるのみ（万物を構成する一つの気に通じるのである）」。○**洪鈞**　天。万物を生み出す存在。「鈞《きん》」はろくろの意味があり、根元の気がろくろを回すように天を巡らせたために春が来た。○**霖雨**　長雨。『書経』説命上に「若《も》し歳《とし》に大旱《たいかん》あらば、汝《なんじ》を用《もち》いて霖雨《りんう》を作《な》さん」とあり、日照りの時の恵みの雨のような賢明な補佐役を象徴する。玄宗は二ヵ月にわたって雨が降り続く理由を、当時の宰相陳希烈がその器でないことを天が咎めているためと考えた。楊国忠が次の宰相として韋見素を推挙し、玄宗はかつて父睿宗《えいそう》に仕えていた韋見素の父韋湊《いそう》への恩を思い、これを採用した（『旧唐書』巻一〇八「韋見素伝」）。○**丹青**　赤と青の顔料、ここでは『塩鉄論』巻二〇に「公卿《こうけい》は四海《しかい》の表儀《ひょうぎ》、神化《しんか》の丹青《たんせい》なり（重臣である公卿は世界の模範であり、顔料で染めるように人々を徳に染め教化するものである）」とあるのを踏まえて「公卿」すなわち重臣をいう。『銭注』巻九の原注に「相公《しょうこう》の先人《せんじん》、遺風《いふう》と余《よ》烈《れつ》とは、今《いま》に至《いた》るも之《こ》れを称《たた》う。故《ゆえ》に『丹青老臣《たんせいろうしん》を憶《おも》う』と云《い》う」とあり、「旧臣」（『銭注』では「老臣」）は韋見素の父の韋湊。○**應圖**　絵画に描かれた姿と一致する。優れた馬の絵を見ながら神馬を市場で買い求めようとすること（『漢書』巻六七「梅福伝」）。○**驚代**　人々を驚かす。「代」は「世」。○**騏驎**　神獣の名。麒麟。○**沙汰**　汚れを取り除く。左相であった陳希烈が左遷されたことを喩える。○**調和鼎鼐新**　「調和」は味を調える。「鼎鼐」は煮炊きするための三本足の器具。祭礼にも用いる。「鼎」はかなえ。「鼐《だい》」は「鼎」の大きなもの。宰相など国政の中枢の職の比喩。ここでは政治の中枢の新たな人事がバランスよく整うことの比喩。陳希烈の左遷を受けて韋見素が宰相となったことを指す。○**韋賢**　前漢の宰相。儒者であり、宣帝の師として尊重され、晩年に宰相の任に就いた（『漢書』巻七三「韋賢伝」）。○**范叔**　范雎《はんしょ》。「叔」は字《あざな》。戦国・魏の出身で、帰順して秦の昭王に仕え、活躍して宰相に至った（『史記』巻七九「范雎伝」）。○**盛業**　盛大な功績。前聯の范雎を承ける。○**傳經**　家学である儒学。韋賢は子の韋玄成に儒学を伝え、二代にわたって儒者として名を知られた。前聯の韋賢を承けてここでは韋見素が父韋湊から儒学を伝えられたこと。○**絶倫**　並ぶ者がいないほどに優れている。○**豫樟**　「予」「樟」ともに香りのある樹木の名。家を建てるとき棟木《むなぎ》や梁《はり》になる。才能のある人の比喩。○**深出地**　深く根づく。韋見素の学問が家学に支えられて、しっかりとした土台を持っていること。一説に韋見素の才能の大きさ（鈴木注）。○**滄海闊無津**　海に渡し場（津）がなくて渉ることができないほど広大である。韋見素の度量を喩えていう（『九家注』巻一七）。

北斗司喉舌　東方領搢紳
持衡留藻鑑　聽履上星辰
獨步才超古　餘波德照鄰
聰明過管輅　尺牘倒陳遵
豈是池中物　由來席上珍
廟堂知至理　風俗盡還淳
＊韻字は上平一一真「紳・辰・鄰・遵・珍・淳」。

北斗《ほくと》喉舌《こうぜつ》を司《つかさど》り、東方《とうほう》搢紳《しんしん》を領《りょう》す
衡《こう》を持《も》ちて藻鑑《そうかん》を留《とど》め、履《くつ》を聴《き》きて星辰《せいしん》に上《のぼ》る
独歩《どっぽ》才《さい》古《いにしえ》に超《こ》え、余波《よは》徳《とく》隣《となり》を照《て》らす
聡明《そうめい》なること管輅《かんろ》に過《す》ぎ、尺牘《せきとく》陳遵《ちんじゅん》を倒《たお》す
豈《あ》に是《こ》れ池中《ちちゅう》の物《もの》ならんや、由来《ゆらい》席上《せきじょう》の珍《ちん》なり
廟堂《びょうどう》至理《しり》を知《し》り、風俗《ふうぞく》尽《ことごと》く淳《じゅん》に還《かえ》る

【現代語訳】天における北斗星にあたる尚書省で韋見素さまは陛下の喉《のど》や舌としてご命令を伝える役割を果たし、東方の諸侯を率いた周の畢公《ひっこう》のごとく兵部尚書として軍事を掌り百官を統率しておられました。秤《はかり》で量るかのように公平に人材を評価し、履《くつ》の音を陛下にご記憶いただくほど頻繁に宮中に参内なさいました。才能は他の追随を許さず古代の賢人たちにも勝り、高い徳は周りの人々にも波及して光を与えるのです。聡明さは天文を見て未来を予見できた管輅《かんろ》を上回り、書翰は多くの優れた書状を書いた陳遵《ちんじゅん》の作をも圧倒しています。そんな韋見素さまは当然いつまでも埋もれている存在などではなかったのです。もともと宝のような才能を備えた儒学者なのですから。そのおかげで朝廷ではすばらしい政治が行われるようになり、民衆の暮らしはすべて理想的で純朴なものに戻りました。』

■語釈

○喉舌　喉と舌。北斗星は天においては喉や舌にあたる。かつて韋見素は尚書侍郎であったが、尚書は天においては北斗星にあたり、皇帝の命令などを掌って喉や舌の役割を果たす存在であることから。○東方領搢紳　西周の畢公《ひっこう》が康王の即位に際し、東方の諸侯を率いて参上したことを踏まえる（『書経』康王之誥）。「搢紳」とは笏を帯の間に挿すこと。官吏の服装であり、ここでは官吏。この句は、韋見素が兵部尚書として百官を率いていたことから、周代に軍事を掌った畢公が東方の諸侯を率いたことになぞらえる。○持衡留藻鑑　天宝五載（七四六）に韋見素が吏部侍郎となり、公平な人材登用を行って高く評価されたこと（『新唐書』巻一一八「韋見素伝」）。「持衡」は秤《はかり》を持つこと。才能を公平に評価することの比喩。「藻鑑」は人物を品評、鑑定する。○聴履上星辰　「聴履」とは前漢・哀帝の時、尚書僕射《しょうしょぼくや》の鄭崇《ていすう》が直諫のためにしばしば参内したが、履《くつ》を引きずって歩いたので、謁見のたびにそれを聞いていた哀帝が、鄭尚書の履の音を覚えたと笑ったとの故事（『漢書』巻七七「鄭崇伝」）を踏まえ、皇帝の覚えのめでたいこと。「星辰」は星。ここでは帝座という皇帝を象徴する星座、転じて皇帝の居場所、宮中のこと。『宋本杜工部集』の原注に「公《こう》は時《とき》に兵部尚書《へいぶしょうしょ》を兼《か》ぬ、故《ゆえ》に『履《くつ》を聴《き》きて星辰《せいしん》に上《のぼ》る』と云《い》う」。○獨歩　並ぶ者がいないほど優れている。○照鄰　隣を照らす。韋見素の家と杜甫の家には代々の交流があった。ここでは暗に杜甫を照らして引き立ててくれるよう求めている。○管輅　後漢から三国時代の人。星を見ることを好み、未来を予見する能力を持っていた（『三国志』巻二九「管輅伝」）。○陳遵　前漢から新にかけての人。奔放な人柄であったが、能筆で、書いた手紙が評判となり、出世した。人々は彼の手紙を所蔵することを名誉に思った（『漢書』巻九二「陳遵伝」）。○豈是池中物　池の中で無為に過ごす存在ではない。『三国志』巻五四「周瑜伝」に「蛟龍《こうりょう》雲雨《うんう》を得《う》れば、終《つい》に池中《ちちゅう》の物《もの》に非《あら》ざるを恐《おそ》るるなり」。龍のように優れた者である韋見素もまた「池中の物」ではなく、天に昇るように高い地位に就くのも当然であると述べる。〇席上珍　席上にある珍しい宝玉。儒者の優れた才能の比喩。『礼記』儒行に「儒《じゅ》は席上《せきじょう》の珍《ちん》を有《ゆう》して以《もっ》て聘《へい》を待《ま》つ」。〇至理　最上の政治。「理」は「治」（おさめる）の意。「至治」に同じ。

才傑倶登用　愚蒙但隱淪
長卿多病久　子夏索居頻
回首驅流俗　生涯似衆人
巫咸不可問　鄒魯莫容身
感激時將晩　蒼茫興有神
爲公歌此曲　涕淚在衣巾

才傑《さいけつ》倶《とも》に登用《とうよう》せらるるも、愚蒙《ぐもう》但《た》だ隠淪《いんりん》するのみ
長卿《ちょうけい》 多病《たびょう》なること久《ひさ》しく、子夏《しか》索居《さくきょ》すること頻《しき》りなり
回首《かいしゅ》すれば流俗《りゅうぞく》に駆《か》られ、生涯《しょうがい》 衆人《しゅうじん》に似《に》る
巫咸《ふかん》問《と》う可《べ》からず、鄒魯《すうろ》身《み》を容《い》るる莫《な》し
感激《かんげき》して時将《ときまさ》に晩《く》れんとし、蒼茫《そうぼう》として興《きょう》に神《しん》有《あ》り
公《こう》の為《ため》に此《こ》の曲《きょく》を歌《うた》えば、涕涙《ているい》衣巾《いきん》に在《あ》り

＊韻字は上平一一真「淪・頻・人・身・神・巾」。

【現代語訳】　才能のある人々は誰もが採用されますが、私のような愚か者は落ちぶれたままです。私は長らく司馬相如《しばしょうじょ》のように病みがちであり、いつも子夏のように頼る者もなく孤独に暮らしております。振り返ってみれば俗事に奔走せざるをえず、世俗の人々の生き方と変わるところがありませんでした。未来を見通す力のある巫《みこ》の季咸《きかん》に私のこれからの運命を尋ねることもできず、故郷を追われた孔子のように天下のどこにも居場所がない有り様で

す。こうした不遇を激しく哀しむうちに時は流れ老いを迎えようとして、ふつふつと詩を作りたいという想いがわいてきました。韋見素さまのためにこの詩を詠ずれば、涙が溢れて衣も手拭いも濡れるばかりです。』

■語釈

○**才傑**　傑出した才能。梁・沈約《しんやく》「旧《きゅう》を懐《おも》う」に「吏部《りぶ》信《まこと》に才傑《さいけつ》なり、文鋒奇響《ぶんぽうききょう》を振《ふる》う」。○**長卿**　前漢の文学者、司馬相如（→「人物説明」）の字。長い間、糖尿病に苦しんでいた。○**子夏索居頻**　子夏は孔子（→「人物説明」）の弟子の一人。「索居」とは仲間と離れて孤独に暮らすこと。『礼記』檀弓《だんぐう》に「吾《わ》れ群《む》れを離《はな》れて索居《さくきょ》すること亦《ま》た已《すで》に久《ひさ》し」。○**巫咸**　古代の伝説上の巫《みこ》である季咸《きかん》のこと。人の生死や禍福を的確に言い当てた（『列子』黄帝）。○**鄒魯莫容身**　「鄒魯」は孔子の故郷のある地域。ここでは孔子が故郷を追われた時に、他国に受け入れてもらえず、身を落ち着ける先がなかったとの故事を踏まえる（『荘子』山木）。○**感激**　不遇に対して気持ちが高ぶる。一説に、年老いたことに対して（鈴木注）。一説に、与えられた好意に対して（『吉川注』筑摩版第二冊）。双声語「カンゲキ」。○**蒼茫**　ふつふつと詩興が湧き起こる様子。畳韻語「ソウボウ」。

［高芝］

〇二四

沙苑行

君不見左輔白沙如白水
繚以周牆百餘里

沙苑行《さえんこう》

君見《きみみ》ずや左輔《さほ》の白沙《はくさ》白水《はくすい》の如《ごと》く
繚《めぐ》らすに周　牆《しゅうしょう》を以《もっ》てすること百余里《ひゃくより》

龍媒昔是渥洼生
汗血今稱獻於此
苑中騋牝三千匹
豐草靑靑寒不死
食之豪健西域無
每歲攻駒冠邊鄙』
王有虎臣司苑門
入門天廄皆雲屯
驌驦一骨獨當御
春秋二時歸至尊
內外馬數將盈億
伏櫪在坰空大存
逸群絕足信殊傑
倜儻權奇難具論』
纍纍塠阜藏奔突
往往坡陀縱超越

龍媒《りょうばい》 昔《むかし》 是《こ》れ渥洼《あくわ》に生《しょう》じ
汗血《かんけつ》今此《いまこ》こより献《けん》ずと称《しょう》す
苑中《えんちゅう》の騋牝三千匹《らいひんさんぜんひき》
豊草青青《ほうそうせいせい》として寒《さむ》きに死《し》せず
之《こ》れを食《くら》いて豪健《ごうけん》なること西域《せいいき》に無《な》し
毎歳駒《まいさいこま》を攻《せ》めて辺鄙《へんび》に冠《かん》たり
王《おう》に虎臣《こしん》有《あ》りて苑門《えんもん》を 司《つかさど》り
門《もん》に入《い》れば天廄《てんきゅうみ》 皆な雲屯《うんとん》たり
驌驦《しゅくそう》 一骨独《いっこつひと》り御《ぎょ》に当《あ》たり
春《しゅん》 秋《じゅう》 二時《にじ》 至尊《しそん》に帰《き》す
内外《ないがい》の馬《うま》の数《かず》は将《まさ》に億《おく》に盈《み》たんとするも
櫪《れき》に伏《ふ》し坰《けい》に在《あ》るは空《むな》しく大《おお》いに存《そん》す
逸群絶足《いつぐんぜつそく》信《まこと》に殊傑《しゅけつ》なり
倜儻権奇《てきとうけんき》具《つぶさ》に論《ろん》じ難《がた》し
纍纍《るいるい》たる塠阜《たいふ》奔突《ほんとつ》するを蔵《かく》し
往往《おうおう》たる坡陀《はた》超越《ちょうえつ》を 縦《ほしいまま》にす

角壯翻騰麋鹿遊
浮深簸蕩黿鼉窟』
泉出巨魚長比人
丹砂作尾黃金鱗
豈知異物同精氣
雖未成龍亦有神』

壮《そう》を角《くら》べ翻騰《ほんとう》して麋鹿《びろく》と遊《あそ》び
深《ふか》きに浮《う》かび簸蕩《はとう》す黿鼉《げんだ》の窟《くつ》
泉《いずみ》に巨魚《きょぎょ》出でて長《なが》きこと人《ひと》に比《ひ》し
丹砂《たんさ》尾《お》と作《な》し黄金鱗《おうごんうろこ》とす
豈《あ》に知《し》らんや物異《ものこと》なるも精気《せいき》を同《おな》じくすとは
未《いま》だ龍《りょう》と成《な》らずと雖《いえど》も亦《ま》た神《しん》有《あ》り

＊七言古詩。韻字は上声四紙「水・里・此・死・鄙」、上平一三元「門・屯・尊・存・論」、入声六月「突・越・窟」、上平一一真「人・鱗・神」。

【題意】　天宝十三載（七五四）の作。「沙苑のうた」。「沙苑」は都長安（陝西省西安市）にほど近い同州馮翊《ひょうよく》県（陝西省渭南市の南）にあった唐王朝の所有する広大な牧場の名（『元和郡県志』巻二）。「行」は歌の意。沙苑の豊かな水や草を褒め、そこで飼育される馬が優れていること、その遊ぶ姿などを述べる。またこの年、安禄山（↓「人物説明」）がすべての牧場を管轄する地位に就いたことを批判する。詳注一―三八、鈴木注一―二五七。

【現代語訳】　見てごらん、白い砂が広がる馮翊《ひょうよく》の沙苑は真っ白な白水《はくすい》のようで、百里以上の長さの塀で囲まれている。昔は遥か西の渥洼《あくわ》という川の中から龍の同類である神馬が生まれたというが、今ではこの沙苑から千里を走る汗血の名馬が献上されるといわれている。沙苑の内には立派な馬が三〇〇〇頭もいて、生い茂る青々とした草は冬になっても枯れることはない。その青草を食《は》めば西域にもいないような頑強な馬となり、毎年その若駒を調教して辺境のどんな馬よりも優れた馬に仕上げるのだ。』

陛下には勇猛な武官がいて沙苑の門を管理しており、中に入ればどの馬小屋にも馬がひしめいている。なかでも驌驦《しゅくそう》という特別な骨格の馬のみがお役に立つものとして、春と秋の二回皇帝陛下に供される。都の近隣にも遠方にもおびただしい数の馬がいるが、馬小屋や野原にいかにたくさんの馬がいても意味はない。抜群の俊足である沙苑の驌驦はまことにすばらしく、その卓越して優れた資質は論じつくすことが難しいほど。』

縦横無尽に駆け巡る馬たちが折り重なる丘に見え隠れし、あちこち起伏のある砂地を飛び越えて駆け回っている。勇壮さを競っては跳びあがって鹿たちと遊び、深い流れに浮かんでは大亀の巣を探るように波を立てている。』

沙苑にある深い淵からは人間ほどの大きな魚が姿を見せたが、それは丹砂のような赤い尾と黄金色の鱗をしていた。不思議なことに、魚は馬と異なる動物なのに馬と同じく龍になりうる精気を持っており、龍になっていないにもかかわらず、ともに神秘的な力を有しているのだ。』

■語釈

○左輔　馮翊《ひょうよく》（陝西省渭南市）のこと。帝室を輔《たす》ける三地域（京兆尹、東〔左〕の馮翊、西〔右〕の扶《ふ》風《ふう》）を三輔と称す。○白水　同州の西北の白水《はくすい》県を流れる川。白い土を含んで白く見えるのでいう。○

繚以周牆百餘里　後漢・班固「西都の賦《せいとふ》」に「繚《めぐ》らすに周牆《しゅうしょう》を以《もっ》てすること四百余里《しひゃくより》」とあるのを踏まえる。「百余里」は約六〇キロメートル。○龍媒　優れた馬、天馬。「媒」は仲介する人やもの。天馬は龍の一種。龍を呼び寄せるのでいう（『漢書』巻二二「礼楽志」応劭注）。○渥洼　甘粛省を流れる川の名。前漢・武帝の時代に優れた馬が水中より生まれたとの伝説がある（『漢書』巻六「武帝本紀」）。○汗血　一日に千里も走る名馬。漢代、西域の国である大宛《たいえん》の馬は一日に千里も走り、血の汗を流すとされ、汗血馬と呼ばれた（『漢書』巻六「武帝本紀」応劭注）。○騋牝　「騋《らい》」は大きな馬。「牝《ひん》」は牝《めす》の馬。『詩経』鄘《よう》風「定之方中《ていしほうちゅう》」に「騋牝三千《らいひんさんぜん》」。○食之　まぐさを食う。「之」は草。一説に「食」は馬の飼料（『吉川注』筑摩版第一冊）。○攻駒　若い馬を調教する。「駒」は若い馬。○冠邊鄙　辺境に勝る。ここでは辺境にある諸牧場に勝るとの意味（『吉川注』）。○王　ここでは当時の皇帝である玄宗（→「人物説明」）。○虎臣　虎のように勇猛な武官。○天廄　皇帝陛下の馬小屋。○雲屯　雲のように群がり集まって数が多いさま。○驌驦　雁の羽のようにつややかで、首が長い優れた馬。雁を「粛霜」と呼ぶことに基づく。双声語「シュクソウ」。○當御　皇帝陛下のご用に当てる。○內外　内外の牧場。当時、都の近郊の内牧と都から遠く離れた外牧であわせて一二の牧場があり、四〇万頭以上の馬を飼育していた（『新唐書』巻五〇「兵志」）。○盈億　一億を越える。馬の頭数がおびただしいことをいう。○伏櫪　馬小屋の中にじっとしている。活躍していない状態。「櫪」はかいばおけ、あるいは馬を飼育する場所。○坰　都から遠く離れたところ。郊外。ここでは遠方の牧場。○絶足　走るのが速い馬。○倜儻　卓越して優れている。双声語「テキトウ」。○權奇　並外れていること。非凡。双声語「ケンキ」。『漢書』巻二二「礼楽志」に「志《こころざし》は俶《てき》（倜）儻《とう》にして、精《せい》は權奇《けんき》なり」。○塠阜　小さな山や丘。○坡陀　水際にある砂地の起伏。畳韻語「ハタ」。○角　競う。比べる。○麌鹿　シカのたぐい。「麌」はオオジカ。「鹿」はシカ。○簸蕩　波を立てる。一説に大亀の巣を揺り動かす（『九家注』

巻二）。○黿鼉　「黿《げん》」も「鼉《だ》」も大きな亀。○泉　ここでは淵。唐の高祖李淵の諱《いみな》を避け、「淵」ではなく「泉」とした。○巨魚　巨大な魚。安禄山に喩える。『易伝』に「海《うみ》に巨魚出《きよぎよい》ずれば邪人進《じやじんすす》められ、賢人疏《けんじんうと》んぜらる」。『後漢書』巻一五「五行志」の李賢注に引く。○丹砂　赤い砂。仙薬などの材料になる。○「豈知」二句　「異物」とは馬と魚が異なる生物であること。「同精気」とは魚と龍と馬に備わる気が同質であること。馬が「龍媒」であり、魚は龍に変化することから同質とみなされる。ここでは「巨魚」になぞらえられる安禄山が龍ではないにもかかわらず、僭越《せんえつ》にも龍のような力を備えようとしていることを批判する。一説に、沙苑では魚でさえこのように尋常ではないので、馬はさらに優れているとの意（鈴木注）。

［高芝］

〇二五

橋陵詩三十韻因呈縣內諸官

先帝昔晏駕　茲山朝百靈
崇岡擁象設　沃野開天庭
即事壯重險　論功超五丁
坡陀因厚地　却略羅峻屏』
雲闕虛冉冉　松風肅泠泠
石門霜露白　玉殿莓苔青

橋陵詩三十韻《きょうりょうしさんじゅういん》、因《よ》りて県内《けんない》の諸官《しょかん》に呈《てい》す

先帝昔《せんていむかし》 晏駕《あんが》し、茲《こ》の山《やま》百霊《ひやくれい》 朝《ちょう》す
崇岡《すうこう》象設《しょうせつ》を擁《よう》し、沃野《よくや》天庭《てんてい》を開《ひら》く
事《こと》に即《つ》けば重険《ちょうけん》に壮《そう》にして、功《こう》を論《ろん》ずれば五丁《ごてい》に超《こ》ゆ
坡陀《はた》厚地《こうち》に因《よ》り、却略《きやくりやく》 峻屏《しゅんぺい》を羅《つら》ぬ
雲闕虚《うんけつきょ》に冉冉《ぜんぜん》、松風《しょうふう》 粛《しゅく》として泠泠《れいれい》
石門《せきもん》に霜露《そうろ》白《しろ》く、玉殿《ぎょくでん》に莓苔《ばいたい》青《あお》し

宮女晩知曙　祠官朝見星
空梁簇畫戟　陰井敧銅瓶』
中使日相繼　惟王心不寧
豈徒卹備享　尙謂求無形
孝理敦國政　神凝推道經
瑞芝產廟柱　好鳥鳴巖扃』
高嶽前嵂崒　洪河左瀅濴
金城蓄峻趾　沙苑交廻汀
永與奧區固　川原紛眇冥
居然赤縣立　臺榭爭岧亭』

宮女《きゆうじよ》 晩《ばん》に 曙《あけぼの》を知《し》り、祠官《しかん》朝《あさ》に星《ほし》を見《み》る
空梁《くうりよう》に画戟《がげき》簇《むらが》り、陰井《いんせい》に銅瓶《どうへい》を敧《たた》く
中使《ちゆうし》日《ひ》に相《あ》い継《つ》ぐも、惟《こ》れ王《おう》心《こころ》 寧《やす》んぜず
豈《あ》に徒《た》だ備《そな》わる享《きよう》を卹《うれ》うるのみならんや、尚《な》お形《かた》無《な》きに求《もと》むと謂《い》う
孝理《こうり》国政《こくせい》を敦《あつ》くし、神凝《しんぎよう》 道経《どうけい》を推《お》す
瑞芝《ずいし》廟柱《びようちゆう》に産《さん》し、好鳥《こうちよう》 巌扃《がんけい》に鳴《な》く
高岳《こうがく》前《まえ》に嵂崒《りつしゆつ》、洪河《こうが》左《ひだり》に瀅濴《けいえい》
金城《きんじよう》 峻趾《しゆんし》を蓄《たくわ》え、沙苑《さえん》廻汀《かいてい》交《まじ》わる
永《なが》く奥区《おうく》と与《とも》に固《かた》く、川原《せんげん》紛《ふん》として眇冥《びようめい》たり
居然《きよぜん》赤県《せきけん》立《た》ち、台榭《たいしや》争《あらそ》いて岧亭《ちようてい》たり

＊五言排律。韻字は下平九青「靈・庭・丁・屛・泠・青・星・瓶・寧・形・經・扃・濴・汀・冥・亭」。

【題意】「橋陵の詩三〇韻（六〇句）を作り県内の諸官僚に示す」。天宝十三載（七五四）、奉先県での作。安史の乱が起こる少し前で、この時期、物価が高騰し食糧不足がいわれていた。橋陵は、先の天子である睿宗《えいそう》李旦《たん》の墓所。睿宗は、今の天子である玄宗（→「人物説明」）の父で、開元四年（七一六）十月にここに葬られた（『旧唐書』巻八「玄宗本紀上」）。橋

陵のある豊山《ほうざん》は、もと同州蒲城県《ほじょう》（陝西省渭南市）の管轄であったが、橋陵が作られたため、蒲城県は奉先《ほうせん》県と改められて京兆府に属することとなり、開元十七年（七二九）に、首都が直轄する最上級の県であることを示す赤県と同等となった。前半は橋陵の威容を述べ、後半は奉先県の官吏を称揚し、最後に杜甫自身の窮状を述べる。詳注一―三三、鈴木注一―二六。

【現代語訳】　先の天子睿宗《えいそう》陛下は、その昔、夕暮れに葬送の車に乗って橋陵においでになり、この山で多くの神々に迎えられて永遠の眠りにつかれた。聳える山には生前の生活をなぞるように馬などの石像が据えられ、豊かな広野には高大な祭殿が作られている。陵墓はたたなわる険しい地勢の上に荘厳に造営され、この地を切り開いた者の功績は、千鈞《せんきん》の石を王墓に立てたという伝説の五人の力士より大きい。重厚な大地を踏まえて山々は波打ちながら連なり、陵の後ろも屛風のように切り立つ山並みが取り巻いている。』

雲は宮門のようにそそり立って天空に流れ、松を揺らす風は涼やかに吹きすぎていく。石の門には霜や露が白く、玉の寝殿には苔が青い。宮女は晩のうちから夜明けの支度をし、祭祀の官は朝の空に星が残っている頃から勤めに励む。がらんとした天井の梁《はり》の辺りには多くの祭祀の官が持つ美しい矛《ほこ》が集まり、日の当たらぬ井戸では翌朝の準備をする宮女が銅の釣《つる》瓶《べ》で水を汲む音がする。』

宮中からは毎日使いが次々と寄こされるが、それでも今上陛下の御心は休まることがない。ただ供え物で先帝を喜ばせることに心を砕かれるばかりでなく、さらに形なき霊の世界に先帝のお姿を見ようとなさっている。陛下は孝行を基本とした政治によって国政に励まれ、専心して『道徳経』を世にお広めになった。それには天も感じて御《お》霊屋《たまや》の柱に霊芝が生じ、岩屋の入り口に鳥の美しい鳴き声が響いている。』

前には華山の高峰が屹立《きつりつ》し、左には壮大な黄河がめぐっている。陵を囲む城壁は高い土台の上に築かれ、とりまく沙苑には渚の砂浜が入り組んでめぐっているのが見える。険阻な地形に奥深く守られている長安と同様にここも永遠に堅固な守りを持ち、川の流域に広がる原野は地形が入り組み水は深い底を流れていてはっきり見えない。首都が管轄する赤県としてゆるぎなく存立し、壮麗な建物が競うように高く聳えている。』

■語釈

○**晏駕**　夕暮れに宮車が出る。天子の葬送をいう臣下の気持ちとして葬送というのが忍びないので、天子が宮車に乗ってお出かけになる、と表現したもの（『漢書』巻二六「天文志」の「宮車晏駕《きゅうしゃあんが》す」に対する韋昭注）。○**朝**　天子に謁見する。○**百靈**　山に棲む神々。○**天庭**　天への門。ここでは、沃野に開かれた、高大な祭殿。『吉川注』筑摩版第一冊は、「百霊を朝せしめるべき広にわ」。『李寿松注』一六六頁は、沃野が陵墓の庭となる。○**卽事**　事業をおこなう。ここでは、橋陵の造営工事について述べる。一説に、すでに存在する地形をそのまま利用して（『吉川注』）。一説に、眼前の景物（『李寿松注』一六六頁）。○**五丁**　蜀にいた五人の力士。王が亡くなるごとに、長さ三丈、重さ千鈞の大きな石を立てて墓標とした（『華陽国志』巻三「蜀志」）。○**坡陀**　山並みが起伏しながら高く連なるさま。〇二四に見える。鈴木注は、「坡陀《はだ》として厚地《こうち》に因《よ》り」と訓じ、「陵の在る所は高低起伏せる大地に因る」。畳韻語「ハタ」。○**却略羅峻屏**　陵墓のある豊山の後ろを、屏風のようにそそり立つ山並みが囲む。「却略」は、豊山の後ろを山々が取り巻くさま。畳韻語「キャクリャク」。一説に、「却略」を後退する意味と取って、「周辺の山山も、造営の壮大さに敬意を表し、却略とあとじさりしつつ、遠くの方で、峻《たか》き屏風を羅《つら》ねめぐらす」（『吉川注』）。○**雲闕虚冉冉**　宮門のような雲が虚空を凌いで高く大きく、次第に動いていく。「闕」は宮門。「冉冉」は、ゆっくりと進むさま。「山上《さんじょう》の雲気《うんき》宮闕《きゅうけつ》と成《な》る」（『後漢紀』巻八「光武皇帝」）。鈴木注は、雲の中の陵の小門が大きくうつろで、次第に山の方に高まるようにみえる。「虚」は、虚空。『吉川注』は、「虚」を、むなしく、むだに。○**石門**　墓門。○**宮女晩知曙**　宮女が夜のうちから翌朝の準備をするほど勤勉に仕事に励んでいるさま。この句の意味は、あとの「陰井敲銅瓶」句に続く。一説に、廟が奥深いところにあるので、時間が晩《おそ》くなってから夜が明けたことに気付く（『朱鶴齢注』巻三）。○**祠官朝見星**　祭祀の官が、朝まだ星の見える頃から敬虔に勤めるさま。この句の意味は、次の「空梁簇画戟」句に続く。一説に、場所が奥深いため時刻を取り違え、朝かと思うと実は夜の星を見ている（鈴木注）。○**陰井敲銅瓶**　宮女が井戸から水を汲むときに銅の釣瓶が井戸に当たる音がする。先帝の生前にしていたように、宮女は先帝の洗面の水を用意する。井戸は日陰に作られるので「陰井」という。○**中使**　宮中からの使者。○**王**　玄宗。○**寧**　落ち着く。○**卹**　憂う。心を配る。○**備享**　必要な物をすべて準備してもてなすこと。「備物《びぶつ》の饗有《きょうあ》りて、以《もっ》て其《そ》の徳《とく》を象《あらわ》す」（『春秋左氏伝』僖公三十年）。享と饗《きょう》は同じ意味。○**求無形**　実体のない物に求める。形のない物を見ようとする。『礼記』曲礼に「声無《こえな》きに聴《き》き、形無《かたちな》きに視《み》る」。○**孝理**　孝行に基づいた政治。「孝治」に同じ。玄宗の祖父、高宗の実名である「治」の字を避けて「孝理」とした。○**推道経**　『道徳経』を推奨した。『道徳経』は道家思想の開祖である老子の思想を述べた書で、『老子』とも呼ばれる。のちの天宝十四載には、玄宗は自ら注を付けた『老子』を天下に示した（『旧唐書』巻九「玄宗本紀下」）。○**「瑞芝」二句**　玄宗の真心に天が感応した結果、橋陵に現れた吉祥をいう。「瑞芝」は、霊芝。瑞祥として生える木質のきのこの類。「扃」は、かんぬき。借りて門扉。○**高嶽**　華山。『九家注』巻二は嵩山《すうざん》とする。○嵂崒　山が険しく聳えているさま。前漢・司馬相如「子虚《しきょ》の賦《ふ》」に壮大な山並みを形容して「隆崇嵂崒《りゅうすうりつしゅつ》たり」(『史記』巻一一七「司馬相如伝」)。畳韻語「リツシュツ」。○洪河　黄河。黄河は蒲城の東を流れる(『水経注』巻三「河水三」)。○瀅濴　めぐり流れるさま。畳韻語「ケイエイ」。『銭注』巻一は、「濴」字を「瀠」に作り、注に「当《まさ》に濚《えい》に作《つく》るべし」という。「濚《えい》」は、水のめぐり流れるさま。一説に、「水の光りをいう」(『吉川注』)。○金城　堅固な城壁。長城。県の東北に秦が築いた長城がある。○峻趾　高い基礎、土台。長城には高い土台の部分がある。○沙苑　地名。橋陵と黄河の間に広がる唐王朝の牧場。〇二四参照。○「永與」二句　地形が悠久の時を経てゆったりと広がるさまを述べる。「奥区」は、国の最も奥深く険阻な地形に守られているところ。国家の中央。後漢・班固「西都《せいと》の賦《ふ》」に、長安を称して「防禦《ぼうぎょ》の阻《そ》、則《すなわ》ち天下《てんか》の奥区《おうく》なり」(『後漢書』巻四〇上「班固伝」)。その長安と同様に、橋陵もまた険阻な山々によって永遠に堅固である。「眇冥」は、遥かで暗いさま。川の水が低い所を流れているのではっきり見えないことをいう。双声語「ビョウメイ」。○「居然」二句　橋陵の規模が遠大であることをいう。「居然」は、赤県が堂々としてゆるぎないさま。双声語「チョウテイ」。鈴木注は「そのまま」。「赤県」は、首都が管轄する県。「岧亭」は、建物が高く秀でているさま。双声語「チョウテイ」。「永与」二句と「居然」二句は、上の二句、下の二句が対になる隔句対の形。

官屬果稱是　聲華眞可聽
王劉美竹潤　裴李春蘭馨
鄭氏才振古　啖侯筆不停
遣詞必中律　利物常發硎

官属《かんぞく》果《は》たして是《こ》れに称《かな》い、声華《せいか》真《まこと》に聴《き》く可《べ》し
王劉《おうりゅう》 美《び》竹潤《ちくうるお》い、 裴李《はいり》春蘭《しゅんらん》 馨《かんば》し
鄭氏《ていし》才《さい》は 古《いにしえ》を振《ふ》るい、 啖侯筆《たんこうふで》は停《や》まず
遣詞《けんし》必《かなら》ず律《りつ》に中《あた》り、 利物《りぶつ》常《つね》に硎《けい》より発《はっ》す

綺繡相展轉　琳瑯愈青熒
側聞魯恭化　秉德崔瑗銘
太史候鳧影　王喬隨鶴翎』
朝儀限霄漢　客思廻林坰
轗軻辭下杜　飄颻凌濁涇
諸生舊短褐　旅泛一浮萍
荒歲兒女瘦　暮途涕泗零
主人念老馬　廨署容秋螢
流寓理豈愜　窮愁醉不醒
何當擺俗累　浩蕩乘滄溟』

綺繡《きしゅう》相《あ》い展転《てんてん》、琳瑯《りんろう》愈《いよい》ゝ青熒《せいけい》
側聞《そくぶん》す魯恭《ろきょう》の化《か》、徳《とく》を秉《と》る崔瑗《さいえん》の銘《めい》
太史《たいし》鳧影《ふえい》を候《ま》ち、王喬《おうきょう》 鶴翎《かくれい》に随《したが》う
朝儀《ちょうぎ》霄漢《しょうかん》に限《かぎ》られ、客思《かくし》林坰《りんけい》に廻《めぐ》る
轗軻《かんか》下杜《かと》を辞《じ》し、飄颻《ひょうよう》 濁涇《だくけい》を凌《しの》ぐ
諸生《しょせい》旧《きゅう》 短褐《たんかつ》、旅泛《りょはん》一浮萍《いちふひょう》
荒歳《こうさい》に児《じ》女《じょ》痩《や》せ、暮途《ぼと》に涕泗《ていし》零《お》つ
主人《しゅじん》老馬《ろうば》を念《おも》い、廨署《かいしょ》秋蛍《しゅうけい》を容《い》る
流寓《りゅうぐう》 理《り》豈《あ》に愜《かな》わんや、窮《きゅう》 愁《しゅう》 酔《よ》いて醒《さ》めず
何《い》つか当《まさ》に俗累《ぞくるい》を擺《はい》し、浩蕩《こうとう》滄溟《そうめい》に乗《じょう》ずべし

＊韻字は下平九青「聴・馨・停・硎・熒・銘・翎・坰・涇・萍・零・螢・醒・溟」。

【現代語訳】　御陵のある奉先県の官吏の方々はやはりその地位にふさわしく、その華々しい名声はまことにすばらしいものだ。王氏と劉氏はつややかに潤う美しい竹のようで、裴氏と李氏は香り高い春蘭に喩えられる。鄭氏の才能は古代の優れた気風を受け継いでおり、啖《たん》侯《こう》はよどみなく文を綴る能力の持ち主だ。この六名の方々はみな、詩や文を作ればいつも言

葉が音律の規則にかない、筆遣いの鋭さは常に砥石《といし》で研《と》ぎ出したばかりの刃《やいば》のようだ。綾錦《あやにしき》のように美しい詩は次々と広く伝えられ、珠玉のような文章は一段と青く輝いている。また、漢の魯恭のような徳政を行っておいでだと、さらに、漢の崔瑗《さいえん》のように座右の銘によって美徳を保とうとされていると伝え聞く。朝廷では太史が、仙人王喬《おうきょう》のように鴨の姿となって飛んでこられるみなさまを待ち受けていることだろう。そしてみなさまは仙人王子喬《おうしきょう》のように鶴の翼に乗って朝廷を後にされることだろう。』

朝廷の儀式は空の彼方の銀河に隔てられて私は参加できず、郊外の遠くに旅して思いをめぐらすばかりだ。思うに任せぬ暮らしのために、住んでいた下杜《かと》を出て、漂《ただよ》うように旅をして涇水《けいすい》の濁流をわたってきた。私は地位のない文人なので古い粗末な上着を着て、流浪の旅にひとひらの浮き草となってしまった。飢饉の年で子供たちはやせ細り、人生の黄昏《たそがれ》に行きづまって涙が流れ落ちる。役所の主人である県の長官は老馬のような私を気にかけて、秋の蛍のような私を官舎に泊めて下さった。異郷をさすらうこの境遇は道理にも心にもかなうものではなく、困窮の辛さをまぎらわせようといつも酒びたりだ。いつかこの世俗の煩わしさを棄て、遠大な志を持って大海に乗りだし安住の地を見付けられるだろうか。』

■語釈

○官屬　奉先県の官吏たち。詩に現れる王、劉、裴、李、鄭、啖の六名。○稱是　職にふさわしい。「是」は職。一説に「是」は奉先県が赤県となったこと（鈴木注）。○王劉美竹潤　王と劉を称揚する。竹は南方に産し、特に江南の竹は美しいことで知られる。二人は南方出身か（鈴木注）。劉は〇一三〇に見える、奉先県の少府（↓「用語説明」）である劉単《りゅうたん》か（『吉川注』）。○**裴李春蘭馨**　裴と李を称揚する。蘭は香草で、人物や詩文が優れていることの比喩。魏・嵆康「二郭《にかく》に答《こた》う三首《さんしゅ》」其の一に「二子《にし》嘉詩《かし》を贈《おく》らる、馥《ふく》として幽蘭《ゆうらん》の馨《かお》るが如《ごと》し」。○**振古**　古代の風格を発揚する。古代の風格は優れているとされていた。一説に、古代の人にも比肩すべき才能（『吉川注』）。○**啖侯**　儒教の経典である『春秋』の研究で高名な啖助《たんじょ》（『新唐書』巻二〇〇「啖助伝」）か。○**遣詞**　詩文の言葉の用い方。○**中律**　韻文に定められている音律にかなう。「律」は、もとは音階のこと。詩や文の音律の規則は、主に発音の高低やリズムによっている。○**利物**　鋭い物。鋭い言葉遣い。一説に、人民に利益を与える（『吉川注』）。○**常發硎**　常に砥石《といし》で研いだばかりのように鋭い。「硎」は砥石。「刀刃新《とうじんあら》たに硎《けい》より発《はっ》するが若《ごと》し」（『荘子』養生主）による。○**綺繡**　彩りの美しい絹織物。美しい詩文の比喩。○**展轉**　人々の間をめぐり移って伝えられる。一説に、光彩のうごくさまか（鈴木注）。畳韻語「テンテン」。○**琳瑯**　「琳」「瑯」ともに宝玉の名。美しい詩文の比喩。双声語「リンロウ」。○**側聞**　伝え聞く。○**魯恭化**　後漢の魯恭は中牟《ちゅうぼう》県の長官となり、刑罰に依らず徳による教化で政治を行い、県の民《たみ》を心服させた（『後漢書』巻二五「魯恭伝」）。○**崔瑗銘**　後漢・崔瑗《さいえん》「座右《ざゆう》の銘《めい》」（『文選』巻五六）に対する呂延済注によると、崔瑗は自戒の銘を作って座席の右に置いていた。○**太史候鳧影**　「太史」は官名。天文や暦法、歴史書の編纂を掌る。「鳧」は鴨。後漢の葉県の長官王喬が朝廷に参内するとき車馬が見えないので、天子が怪しんで太史に待ち伏せさせたところ、二羽の鴨が飛んできた（『後漢書』巻八二上「王喬伝」）。○**王喬隨鶴翎**　「王喬」は東周の霊王の太子、王子喬。緱氏《こうし》山から白鶴に乗って仙界に昇った（『列仙伝』巻上）。「翎」は鳥の美しい羽。二句は、王喬と王子喬の伝説を用いて、奉先県の諸官が朝廷に参内することをいう。鈴木注は、諸官が仙人のように優れていることをいうとする。○**「朝儀」二句**　杜甫はまだ無官で朝廷に上がれないことをいう。「霄」は空の果て。「漢」は天の川。「林坰」は都の郊外のうち、都から遠い地方。長安から遠い奉先県をいう。○「轗軻」二句　長安の杜陵から橋陵に来たことをいう。「轗軻」は不遇のさま。双声語「カンカ」。「下杜」は杜陵にある聚落の名。杜陵は長安南郊の地名で、杜甫は杜陵に住んでいた。「濁涇」は、杜陵から橋陵までの間にある涇水という川。水が濁っているといわれた。○諸生　官位のない知識人。杜甫自身。○短褐　庶民の着る粗末な短い服。○旅泛　放浪する。○浮萍　水面を漂う水草。さすらいの境涯にある杜甫の比喩。○荒歳　飢饉の年。天宝十三載は秋の長雨のために飢饉となった（〇一〇九参照）。○暮途　夕暮れの道。晩年の比喩。○涕泗　涙と鼻水。畳韻語「テイシ」。○主人念老馬　「主人」は奉先県の長官。「老馬」は杜甫の比喩。戦国・魏の田《でん》子《し》方《ほう》は道端の老馬を見て、若いときに力を尽くしたのに老いて棄てるのは慈愛の徳に背くといい、金を出して引き取った（『韓詩外伝』巻八）。○秋螢　秋の蛍。老齢となった杜甫の比喩。一説に、蛍の光で書物を読んだ東晋の車胤《しゃいん》の故事によって、秋蛍を集めて読書する文人としての杜甫（鈴木注）。○流寓　困窮して異郷をさすらう。○理豈愜　「理」は道理。南朝・宋の謝霊運「石壁精舎湖中《せきへきせいしゃこちゅう》に還《かえ》る作《さく》」に「意《い》愜《かな》いて理《り》も違《たが》う無《な》し」。謝霊運とは逆に、今の境遇は意《こころ》にも理にもかなっていない。○何當　いつか……したいものだ。○俗累　世俗のわずらい。○浩蕩　気持ちや志が大きく広々としているさま。一説に、大海が広いさま（鈴木注）。○乘滄溟　大海に乗りだす。俗界を離れて隠棲する。「滄溟」は、青々とした大海原。海の彼方に仙界や理想郷があると考えられていた。

［市川］

〇二一六

送蔡希魯都尉還隴右因寄高三十五書記

蔡希魯都尉《さいきろとい》の隴右《ろうゆう》に還《かえ》るを送《おく》り、因《よ》りて高三十五書記《こうさんじゅうごしょき》に寄《よ》す

蔡子勇成癖　彎弓西射胡
健兒寧鬬死　壯士恥爲儒
官是先鋒得　才緣挑戰須
身輕一鳥過　槍急萬人呼』
雲幕隨開府　春城赴上都
馬頭金匼匝　駝背錦模糊
咫尺雪山路　歸飛青海隅
上公猶寵錫　突將且前驅』
漢使黃河遠　涼州白麥枯
因君問消息　好在阮元瑜』

蔡子《さいし》勇《ゆう》は癖《へき》を成《な》し、弓《ゆみ》を彎《ひ》き西《にし》のかた胡《こ》を射《い》る
健児《けんじ》寧《むし》ろ闘《たたか》いて死《し》せん、壮士《そうし》儒《じゅ》と為《な》るを恥《は》ず
官是《かんこ》れ先鋒《せんぽう》に得《え》、才挑戦《さいちょうせん》に縁《よ》りて須《ま》つ
身《み》軽《かる》くして一鳥過《いっちょうす》ぎ、槍急《やりきゅう》にして万人《ばんにん》呼《よ》ぶ
雲幕開府《うんばくかいふ》に随《したが》い、春 城《しゅんじょう》 上都《じょうと》に赴《おもむ》く
馬《うま》の頭《こうべ》に金匼匝《きんこうそう》たり、駝《だ》の背《せ》に錦《にしき》 模糊《もこ》たり
咫尺《しせき》たり雪山《せつざん》の路《みち》、帰飛《きひ》す青海《せいかい》の隅《すみ》
上公《じょうこう》 猶《な》お寵錫《ちょうせき》、突将《とつしょう》 且《しばら》く前駆《ぜんく》す
漢使《かんし》黄河《こうが》遠《とお》く、涼 州《りょうしゅう》 白麦《はくばく》枯《か》る
君《きみ》に因《よ》りて消息《しょうそく》を問《と》う、好在《こうざい》なりや阮元瑜《げんげんゆ》

＊五言排律。韻字は上平七虞「胡・儒・須・呼・都・糊・隅・驅・枯・瑜」。

【題意】　天宝十四載（七五五）、長安（陝西省西安市）での作。「都尉である蔡希魯《さいきろ》が隴右《ろうゆう》に帰るのを見送り、あわせて高適《こうせき》に送る詩」。まず蔡希魯の武勇を称え、彼を見送る言葉を述べてから、高適への挨拶で結ぶ。蔡希魯は哥舒翰《かじょかん》の部下で、都尉は軍事を掌る官職名。隴右節度使であった哥舒翰に従って一時的に長安に戻っていたが、哥舒翰が病になり長安での滞在

が長引いたため、一足先に隴右（甘粛省）に戻ることになった。高三十五書記は高適（↓「人物説明」)。三十五は排行（↓「用語説明」)。杜甫の友人で、当時哥舒翰の幕下にいた。題下の原注に「時《とき》に哥《か》舒入奏《じょにゅうそう》し、蔡子《さいし》に勒《ろく》して先《さき》に帰《かえ》らしむ（そのとき哥舒翰は朝廷に報告に行ったが、蔡希魯に命じて先に帰らせた）」。詳注一―三八、鈴木注一―二七〇。

【現代語訳】 蔡《さい》さんは勇猛さがすっかり身についたお人柄、弓を構えて西域で異民族と戦っておられます。果敢な兵士らはむしろ討ち死にを望むもので、立派な男ならば学問にふける儒者のような生き方は恥じるものです。今の官職は先陣を切ったときの功績によって得られましたし、その才気は敵に挑みかかるために必要とされています。その軽やかな身のこなしは一羽の鳥が飛んでいくようで、鋭い槍の突きときたら一万もの敵兵が恐れ叫ぶほどだとか。』

雲のように幕をめぐらせた陣営で哥舒翰《かじょかん》さまのお供をして、春の盛りの長安にお戻りになりました。馬の頭は金の綱《つな》でくまなく飾られており、駱駝《らくだ》の背は鮮やかな錦の布で覆われていました。このたびは西域の雪山《せつざん》までの道を遠しともせず、飛ぶように青海《せいかい》のほとりまでお帰りになるとのこと。やんごとなき哥舒翰さまは陛下の恩寵ゆえにまだ都に留まられ、勇猛な武将たる蔡さんがまずは先駆けて戻られるのですね。』

漢の使いの張騫《ちょうけん》のように蔡さんが遥か遠い黄河の上流に至る頃には、涼州は秋を迎え白麦を収穫し終えていることでしょう。蔡さんに託して高適殿《こうせき》に伺います、阮瑀《げんう》のごとく文才に溢れた高適殿はお元気ですか、と。』

■語釈

○蔡子　蔡希魯のこと。「子」は男子への敬称。○胡　異民族。ここでは吐蕃。○須　求められている。必要とされる。○開府　官名。開府儀同三司。その官を兼任していた哥舒翰のこと。○上都　国都である長安。○匼匝　めぐる。巻きつけてある。ここでは金色の綱を幾重にも巻きつけて、馬の頭部を飾りたてている様子。畳韻語「コウソウ」。○駝　駱駝《らくだ》。哥舒翰は隴右から都へ赴くとき常に白い駱駝に乗っていた（『太平広記』巻四三六所収『明皇雑録』）。○模糊　覆いかぶさっている様子。畳韻語「モコ」。○咫尺　わずかな距離。ここではわずかな距離であるかのように長距離をあっという間に移動すること。「咫」は八寸、「尺」は一〇寸。一寸は約三センチメートル。○雪山　山の名。一年中雪の消えない山。天山など諸説があるが、いずれの山であるかは未詳。○青海　ココ・ノール湖（青海省）。隴右から近い。かつて哥舒翰が大功を立てた地。○上公　官位の高い人を敬う呼称。哥舒翰のこと。○寵錫　恩寵を受けて物をいただくこと。ここでは長安に長らく留まること。○突将　勢いのある猛々しい武将。蔡希魯のこと。○漢使黄河遠　「黄河」はここでは黄河の水源のある隴右をいう。かつて前漢の張騫《ちょうけん》が皇帝に命じられて、使者として黄河の水源を調査したことを踏まえる（『漢書』巻六一「張騫伝」）。○涼州　地名。哥舒翰は当時河西節度使を兼任しており、涼州（甘粛省）はその本拠地。○白麦枯　「白麦」は麦の一種、涼州の産物。春に種をまき、秋に収穫を終え、枯れる。鈴木注は、麦を収穫する夏の季節のこととする。○好在　当時の口語で、元気でいるか尋ねる挨拶の言葉。○阮元瑜　阮《げん》瑀《う》、元瑜は字。後漢末の人。優れた檄文《げきぶん》を書いて曹操に高く評価され、曹操に仕えた。ここでは哥舒翰に仕える高適《こうせき》の比喩。

［高芝］

酔歌行

陸機二十作文賦
汝更少年能綴文
總角草書又神速
世上兒子徒紛紛
驊騮作駒已汗血
鷙鳥擧翮連靑雲
詞源倒流三峽水
筆陣獨掃千人軍』
只今年纔十六七
射策君門期第一
舊穿楊葉眞自知
暫蹶霜蹄未爲失
偶然擢秀非難取
會是排風有毛質

酔歌行《すいかこう》

陸機《りくき》は二十《にじゅう》にして文《ぶん》の賦《ふ》を作《つく》り
汝《なんじ》は更《さら》に少年《しょうねん》にして能《よ》く文《ぶん》を綴《つづ》る
総角《そうかく》にして草書《そうしょ》も又《ま》た神速《しんそく》
世上《せじょう》の児子《じし》徒《いたずら》に紛紛《ふんぷん》たり
驊騮《かりゅう》は駒《こま》と作《な》りて已《すで》に血《ち》を汗《あせ》し
鷙鳥《しちょう》は翮《つばさ》を挙《あ》げて青雲《せいうん》に連《つら》なる
詞源《しげん》は倒《さかしま》に流《なが》す三峡《さんきょう》の水《みず》
筆陣《ひつじん》は独《ひと》り掃《はら》う千人《せんにん》の軍《ぐん》
只《し》今年《こんとし》纔《わずか》に十六七《じゅうろくしち》
策《さく》を君門《くんもん》に射《せき》するに第一《だいいち》なるを期《き》す
旧《もと》と楊葉《ようよう》を穿《つらぬ》きて真《まこと》に自《みずか》ら知《し》り
暫《しばら》く霜蹄《そうてい》を蹶《つまず》かしむるも未《いま》だ失《しっ》と為《な》さざらん
偶然《ぐうぜん》秀《しゅう》を擢《ぬきん》ずるは取《と》り難《がた》きに非《あら》ず
会《かなら》ず是《こ》れ風《かぜ》を排《しの》ぎて毛質《もうしつ》有《あ》らん

〇二七

汝身已見唾成珠
汝伯何由髮如漆』
春光潭沱秦東亭
渚蒲牙白水荇青
風吹客衣日杲杲
樹攪離思花冥冥
酒盡沙頭雙玉瓶
衆賓皆醉我獨醒
乃知貧賤別更苦
吞聲躑躅涕淚零』

汝《なんじ》が身《み》は已《すで》に唾《つばき》の珠《たま》と成《な》るを見《み》れば
汝《なんじ》が伯《はく》は何《なに》に由《よ》りてか髪漆《かみうるし》の如《ごと》からんや
春光《しゅんこう》 潭沱《たんだ》たり秦東《しんとう》の亭《てい》
渚蒲《しょほ》の牙《め》は白《しろ》くして水荇《すいこう》は青《あお》し
風《かぜ》は客衣《かくい》を吹《ふ》きて日《ひ》杲杲《こうこう》
樹《き》は離思《りし》を攪《みだ》して花《はな》冥冥《めいめい》
酒《さけ》は沙頭《さとう》に尽《つ》く双玉瓶《そうぎょくへい》
衆賓《しゅうひん》 皆《み》な酔《よ》うも我《わ》れ独《ひと》り醒《さ》む
乃《すなわ》ち知《し》る貧賤《ひんせん》の別《わか》れ更《さら》に苦《くる》しと
声《こえ》を呑《の》みて躑躅《てきちょく》し涕涙《ているい》零《お》つ

＊七言古詩。韻字は上平一二文「文・紛・雲・軍」、入声四質「七・一・失・質・漆」、下平九青「亭・青・冥・瓶・醒・零」。

【題意】 酔って唱う歌。「行」は「うた」の意。原注に「従姪《じゅうてつ》の勤《きん》の落第《らくだい》して帰《かえ》るに別《わか》る」。科挙に落第した甥杜勤《ときん》が郷里に帰るのを見送る詩。天宝十四載（七五五）の春に長安（陝西省西安市）で詠じた作か。詳注一―二四〇、鈴木注一―二七四。

【現代語訳】 陸機は二〇歳で「文の賦」を作ったが、お前はもっと若いのにもう上手に文章を作る。子供の頃から草書をすらすらと書いたお前に比べ、世の子供たちはただ大勢で騒いでいるばかりだ。伝説の駿馬は若駒となって千里をものともせずに駆け巡り、勇猛な鳥は翼を広げて雲の高みを飛んで行く。文章の勢いは三峡の水を逆流させるほど、草書の自在なことは千人の軍隊を一掃するほどの威勢だ。』

今年ようやく一六、七歳だが、科挙の射策《せきさく》の試験で一番になると期待していた。かねてより柳の葉を射抜けるほどの才能を自覚していたお前が、今の所はつまずいているがそれは失敗のうちには入るまい。幸いにも抜擢される日が来ても不思議はない、必ずやお前は向かい風を受けて翼を羽ばたき舞い上がれるだろう。お前が珠玉のような文章を吐きだすのを見るにつけて、叔父の私の髪がいつまでも黒いわけはない、年を取るのも当然だと思う。』

春の光は秦東亭に明るく降り注ぎ、水辺にはガマの芽が白く水中にはアサザが青く茂る。風はお前の旅衣をそよがせ陽は照りわたり、木々は別れの思いを掻き乱し花々は小暗く咲く。酒は飲みつくされ砂地には玉の徳利が二本、集まった客はみな酔っているけれど私だけは醒めている。そして貧しさの中の別離はよりいっそう苦しいと思い知り、声を呑んで何もいえずに立ちつくして涙を落とす。』

■語釈

○陸機　人名。西晋に仕え、詩賦の名手として知られた（↓「人物説明」）。○文賦　陸機が二〇歳の頃に作ったとされる、文学について論じた賦。○汝　お前。甥の杜勤。○總角　当時の子供の髪型。ここでは少年を指す。○紛紛　たくさんあって煩わしい様子。畳字の擬態語。○驊騮　周の穆王《ぼくおう》の飼っていたとされる八頭の駿馬のうちの一頭の名（『史記』巻五「秦本紀」）。ここでは駿馬を指す。○汗血　駿馬は血のような汗を流すとされる。前漢の張騫《ちょうけん》は中央アジアに使いして、一日に千里を走り血の汗を流す汗血馬《かんけつば》を中国にもたらした（『史記』巻一二三「大宛列伝」）。○鷙鳥　猛々しい鳥。鷹の類いの猛禽をいい、「驊騮」とともに杜勤の才能が優れていることを比喩。○詞源　詩や文を作る発想の源。ここでは文才の比喩。○三峡　揚子《ようす》江《こう》の三つの峡谷、急流で有名。四川省と湖北省の境界付近に位置する。○筆陣　筆による布陣。草書で文字を書くことの比喩。○射策　もと漢代の官吏登用試験の一種。経書あるいは政治上の問題を幾つかの策（竹の札）に書き、受験者に問題を見せずに選ばせ解答させる。転じて、科挙を受験する。○君門　皇帝の住む宮殿。科挙の最後の試験は宮殿で行われる。○穿楊葉　ヤナギの葉を遠くから弓矢で射貫く。弓の名手養由基《ようゆうき》の故事に基づく（『戦国策』西周策）。○蹶霜蹄　「蹶」はつまずく、「霜蹄」は駿馬の蹄《ひづめ》。第五句に「驊騮」とあるのを承けて、駿馬がつまずくこと、杜勤が落第したことの比喩。○排風　風に向かう。鳥は向かい風にのって舞いあがることから、ここではチャンスをつかむ比喩。○毛質　鳥の翼。ここでは才能の比喩。第六句に「鷙鳥」とあるのを受け、才能を発揮して科挙に合格し出世すること。○唾成珠　口から吐き出した唾が珠となる。美しい詩文を作ることの比喩。○潭沱　明るく清らかな様子。一説に波に従って動く様子（『吉川注』筑摩版第一冊）。双声語「タンタ」。○秦東亭　亭《あずまや》の名。長安の東の城外にあり、送別の宴が多く行われていた。○牙　芽に同じ。○水荇　水中のアサザ。○杲杲　日の光の明るい様子。○冥冥　薄暗い様子。○玉瓶　玉で作られた美しい酒瓶。○衆賓　杜勤を送別する宴席に集まった多くの客人。戦国・楚・屈原《くつげん》の「漁父《ぎょほ》辞」（『楚辞』）に「衆人《しゅうじん》は皆な酔《よ》うも我《わ》れ独《ひと》り醒《さ》む」を踏まえる。○躑躅　躊躇して立ちつくす。

［高芝］

〇二八

陪李金吾花下飲

勝地初相引　徐行得自娯
見輕吹鳥毳　隨意數花鬚
細草偏稱坐　香醪懶再沽
醉歸應犯夜　可怕執金吾

＊五言律詩。韻字は上平七虞「娯・鬚・沽・吾」。

李金吾《りきんご》に陪《ばい》して花下《かか》に飲《の》む

勝地《しょうち》初《はじ》めて相《あ》い引《ひ》かれ、徐《おもむ》ろに行《い》きて自《みずか》ら娯《たの》しむを得《う》
軽《かる》きを見《み》て鳥毳《ちょうぜい》を吹《ふ》き、意《い》に随《したが》いて花鬚《かしゅ》を数《かぞ》う
細草《さいそう》偏《ひとえ》に坐《ざ》に称《かな》い、香醪《こうろう》再《ふたた》び沽《か》うに懶《ものう》し
酔《よ》いて帰《かえ》れば応《まさ》に夜《よる》を犯《おか》すべし、怕《おそ》る可《べ》し執金吾《しつきんご》

【題意】「李金吾の宴に陪席して花の下で酒を飲む」。天宝十四載（七五五）春、長安（陝西省西安市）での作。金吾は官名。「執金吾」の略称。天子の護衛や都の治安などを掌《つかさど》る。李金吾は李嗣業《りしぎょう》。このとき左金吾大将軍であった（『旧唐書』巻一〇九「李嗣業伝」）。李嗣業ではないという説もある（『吉川注』筑摩版第二冊）。前半で花下の散策、後半で宴席での気持ちを述べる。詳注一―二四三、鈴木注一―二七八。

【現代語訳】この景勝の地に初めて連れてきていただき、のんびり歩いて独りで楽しんでおります。軽やかに舞っている鳥の和毛《にこげ》を見つけてそっと吹いてみたり、開いた花を気ままに覗いて蘂《しべ》の数を数えてみたり。萌《も》えいでた細《こま》かな草はまことに坐り心地がよく、香りの高い濁り酒は充分いただいてもう買い足しに行くのも面倒です。すっかり酔ったので帰りはき

っと夜の禁足令を犯すことになりましょう、執金吾《しつきんご》の李嗣業様の取り締まりが怖くてなりません。

■語釈

○毿　鳥の細い羽毛。○花鬚　蘂《しべ》。花の雄しべと雌しべ。○醪　醸造して濾過していない酒。○犯夜　夜の通行を禁じる規則を破ること。執金吾は治安を掌《つかさど》り、夜の規則の違反者を取り締まる官なので戯れていう。『説郛《せつぷ》』巻六〇下「西都雑記」に「西都京城《せいとけいじょう》の街衢《がいく》に金吾《きんご》有《あ》り、暁暝《ぎょうめい》に伝呼《でんこ》して以《もっ》て夜《や》行《こう》を禁《きん》ず」。『吉川注』筑摩版第二冊は、「怕《おそ》る可《べ》けんや」と読み、取り締まりの李金吾が招待の主人だから怕《こわ》くない、とする。

［市川］

〇二九

官定後戲贈

不作河西尉　凄涼爲折腰
老夫怕趨走　率府且逍遙
耽酒須微祿　狂歌託聖朝
故山歸興盡　回首向風飆

官定《かんさだ》まりて後戯《のちたわむ》れに贈《おく》る

河西《かせい》の尉《い》と作《な》らざるは、凄涼《せいりょう》として折腰《せつよう》の為《ため》なり
老夫《ろうふ》趨走《すうそう》を怕《おそ》れ、率府《そつぷ》に且《しばら》く逍遥《しょうよう》す
酒《さけ》に耽《ふけ》りて微禄《びろく》を須《ま》ち、狂歌《きょうか》して聖朝《せいちょう》に託《たく》す
故山《こざん》帰興《ききょう》尽《つ》き、首《こうべ》を回《めぐ》らして風飆《ふうひょう》に向《む》かう

*五言律詩。韻字は下平二蕭「腰・遙・朝・飆」。

【題意】任官が決まってから、諧謔をこめて自分に贈った詩。天宝十四載（七五五）、長安

(陝西省西安市)での作。原注に、「時《とき》に河西《かせい》の尉《い》を免《めん》ぜられて右衛率府兵曹《ゆうえいそつぷへいそう》と為《な》る」とある。「右衛率府兵曹」は右衛率府兵曹参軍(→「用語説明」)で、東宮官として皇太子の護衛を担当する。任官したものの意に染まぬ官職だったので、やりきれない思いからこの詩を作った。詳注一―二四、鈴木注一―二六〇。

【現代語訳】河西の尉という官職を辞退したのは、給料のためにお辞儀ばかりするのは空しいと思ったからだ。年を取ってから地方の役人になって走り回るのも大変だから、とりあえずは皇太子殿下の役所でのんびりすることにした。わずかな給料を当てにして酒をしこたま飲み、調子外れの歌を歌いながら神聖な朝廷に身を託そうと思う。故郷の山に帰ろうという気持ちはなくなったが、振り返って眺めれば風が吹きすさんでいるばかりだ。

■語釈

○河西尉　河西の尉(→「用語説明」)。現在の官職に就く前に提示された官職。「河西」は、河西節度使(鈴木注)、また河西県(雲南省玉渓市通海県河西鎮)(聞一多『聞一多全集』巻三「少陵先生年譜会箋」開明書店)、河西県(陝西省韓城市)(『杜甫大辞典』「地名名勝」)など諸説があり、確定されていない。○折腰　腰を折り曲げて人に頭を下げる。東晋の陶淵明(→「人物説明」)は彭沢《ほうたく》県の長官だったとき、郡から派遣されてくる監察官に威儀を整えて会うように要求され、「わずかな給料のために腰を折ることはできない」といって辞職した(『晋書』巻九四「陶潜伝」)。○老夫　老人。ここでは杜甫のこと。○趨走　走り回る。『列子』周穆王に「夢《ゆめ》に人《ひと》の僕《しもべ》と為《な》りて趨走《すうそう》し役《えき》を作《な》して為《な》さざる無《な》きなり」。双声語「スウソウ」。○狂歌　戯れに歌う。また、とり憑かれたように詩を詠う。○「故山」二句　官に就くことになったので、故郷に帰ろうという気持ちはなくなったが、前途に期待することもできな一い思いを述べる。

〇三〇　［市川］

去矣行

君不見鞲上鷹　一飽即飛掣
焉能作堂上燕　銜泥附炎熱
野人曠蕩無覥顔
豈可久在王侯間
未試囊中餐玉法
明朝且入藍田山

去矣《きょい》行《こう》

君《きみ》見《み》ずや鞲上《こうじょう》の鷹《たか》、一《ひと》たび飽《あ》けば即《すなわ》ち飛掣《ひせい》するを
焉《いずくん》ぞ能《よ》く堂上《どうじょう》の燕《つばめ》の、泥《どろ》を銜《ふく》みて炎熱《えんねつ》に附《ふ》すを作《な》さんや
野《や》人曠蕩《じんこうとう》にして覥顔《てんがん》無《な》し
豈《あ》に久《ひさ》しく王侯《おうこう》の間《かん》に在《あ》る可《べ》けんや
未《いま》だ試《こころ》みず囊中《のうちゅう》の餐玉法《さんぎょくほう》
明朝《みょうちょう》且《か》つ入《い》らん藍田山《らんでんざん》

＊七言古詩。韻字は入声九屑「掣・熱」、上平一五刪「顔・間・山」。

【題意】「いざ行かん」。「行」は歌の意味。天宝十四載（七五五）、長安（陝西省西安市）で、皇太子の属官である右衛率府《ゆうえいそつぷ》兵曹参軍（→「用語説明」）の官を辞任しようとしていたときの作。詳注一―二四五、鈴木注一―二八一。

【現代語訳】見てごらん、鷹匠の腕に止まっている鷹が、肉を充分に食べると、ただちに飛び立っていくのを。軒下にいる燕のように、酷暑の中に泥をくわえて飛び回ることなど私

にはとてもできない。私は野育ちでのびのびとしているのが好きなので、厚かましく恥知らずでいることにはがまんができない。いつまでも皇族や貴族の中で仕事をしてなどいられようか。玉《ぎょく》を服用する養生法の書は袋にしまったままでまだ試したことがないから、明朝になったらまずは美しい玉が産出される藍田山に分け入ってこの養生法を試してみよう。

■語釈

○鞲　腕に巻いて鷹を止まらせる革製の道具。○一飽即飛掣　肉を食べ飽きるとただちに飛び去る。「飛掣」は勢いよく飛び出す。〇〇五八に「饑《き》鷹《よう》未《いま》だ肉《にく》に飽《あ》かず、翅《つばさ》を側《そばだ》てて人《ひと》に随《したが》いて飛《と》ぶ」。○曠蕩　心が広々としてゆったりとしたさま。畳韻語「コウトウ」。○靦顔　厚かましい顔付き。○餐玉法　玉の粉末を服用して心身を強くし寿命を延ばす養生法。「餐」は食べる。○藍田山　長安の東南三〇里（約一七キロメートル）にある山。玉を産出するので玉山ともいう。隠遁の志を表す。

［市川］

夜聴許十一誦詩愛而有作　　夜許十一《よるきよじゆういち》の詩《し》を誦《しょう》するを聴《き》き愛《あい》して作有《さくあ》り　〇三二

許生五臺賓　業白出石壁　　許生五台《きょせいごだい》の賓《ひん》、業白《ごうしろ》くして石壁《せきへき》に出《い》ず
余亦師粲可　身猶縛禪寂　　余《わ》れも亦《ま》た粲可《さんか》を師《し》とするも、身《み》は猶《な》お禅寂《ぜんじゃく》に縛《しば》らる
何階子方便　謬引爲匹敵　　何《なん》の階《よすが》か子《し》の方便《ほうべん》ありて、謬《あやま》り引《ひ》かれて匹敵《ひってき》と為《な》る
離索晩相逢　包蒙欣有擊』　　離索晩《りさくばん》に相《あ》い逢《あ》い、蒙《もう》を包《つつ》みて撃有《げきあ》るを欣《よろこ》ぶ

誦詩渾遊衍　四座皆辟易
應手看捶鉤　清心聽鳴鏑
精微穿溟涬　飛動摧霹靂
陶謝不枝梧　風騷共推激』
紫燕自超詣　翠駮誰剪剔
君意人莫知　人閒夜寥闃』

誦詩《しょうし》渾《こん》として遊衍《ゆうえん》、四座《しざ》皆《み》な辟易《へきえき》す
手《て》に応《おう》じて捶鉤《すいこう》を看《み》、心《こころ》を清《きよ》くして鳴鏑《めいてき》を聴《き》く
精微《せいび》溟涬《めいけい》を穿《うが》ち、飛動《ひどう》霹靂《へきれき》を摧《くだ》く
陶謝《とうしゃ》枝梧《しご》せず、風騒《ふうそう》共《とも》に推激《すいげき》す
紫燕《しえん》自《おのずか》ら超詣《ちょうけい》し、翠駮《すいはく》誰《たれ》か剪剔《せんてき》せん
君《きみ》の意《い》人《ひと》の知《し》る莫《な》し、人間《じんかん》夜《よる》寥闃《りょうげき》たり

＊五言古詩。韻字は入声一二錫「壁・寂・敵・擊・鏑・靂・激・剔・闃」、入声一一陌「易」。錫・陌韻は庚部の通押。なお平仄律（二四不同・反法・粘法）を多く遵守し、対句も多用する点で、仄韻の古詩ではあるが、五言排律に近い性格を持つ。

【題意】　天宝十四載（七五五）、長安（陝西省西安市）での作。許十一の許は姓、十一は排行（→「用語説明」）。人物については不明だが、このとき五台山で仏教を学んでいた者。第一段は許十一が禅に精通していること、第二段は詩の朗誦を聴いたこと、第三段は許十一に理解者のいない寂しさを述べる。詳注一―二四六、鈴木注一―二八三。

【現代語訳】　許君は五台山の客分となって仏教の修行をし、功徳を積んで善の業《ごう》を得、古代の高僧曇鸞《どんらん》のように石壁に赴こうとしている。私もまた璨《さん》や慧可《えか》のような高僧に師事したが、いまだに座禅によって心を静める段階に止《とど》まっていて悟りに到っていない。何の縁《よすが》かあ

なたが導いてくださり、もったいなくも引き上げていただいてあなたと対等の座につくこととなった。仲間から離れて独り住まいの晩年にあなたに出会い、愚かな私はあなたに迎えられ、嬉しいことに無知の闇が打ち砕かれた。』

許君がこんこんと湧き出すようにゆったりと詩を朗詠し始めると、座にいる人々はみな驚きのあまり身を引いた。許君が口にする詩は職人技のように熟達していてまるで金属を毛筋ほども違《たが》わずに敲《たた》いて小さな鉤《かぎ》を作るさまを見るようだ。また清らかな心情が表れていて鏑《かぶら》矢《や》が発する澄んだ音色を聴くようでもある。緻密な作りは混沌とした世界に穴をあけて秩序を与え、躍動する調子は雷鳴をも打ち砕くほどだ。陶淵明や謝霊運のような昔の優れた詩人も手向かおうとはしないだろうし、文学の基本となる『詩経』や『楚辞』を尊重し高く掲げてその正統を継承している。』

紫燕のような名馬が群れから抜きんでて高く跳躍するようにあなたの作品は秀でており、翠駮《すいはく》のような神獣のたてがみは整える必要がないようにあなたの作品は誰からも添削される必要はない。それなのにあなたの心を理解する者はなく、この世にあって、夜はひっそりと静まっているばかりだ。』

■語釈

○業白　五戒、十善、四禅、四定という善の行いは白業と名付けられ、善行を積んで白業を得れば善い報いを受けることができ、悪い行いをすれば黒業を得て悪い報いを受ける（『大宝積経』巻五七）。○石壁　北魏・曇鸞《どんらん》は五台山（山西省）で出家し、のちに汾州《ふんしゅう》（山西省）石壁の玄中寺に移住した（『続高僧伝』巻五〇）。「出」は出遊する、出かける。一説に「石壁《せきへき》より出《い》ず」と訓読して山中の石壁の場所から俗世間すなわち長安に出てきたこととする（鈴木注）。○**粲可**　南北朝時代、天竺から禅を伝えた高僧達磨《だるま》は奥義を慧可《えか》に伝え、慧可は璨《さん》に伝えた。璨は粲に同じ。○**身猶縛禅寂**　悟りを得ず解脱に到っていないので、体がまだ禅の修行の段階に留まっている。「禅寂」は仏教用語。心を一つにし、乱れた気持ちを静めること。○**階**　階梯とする。階段やはしごのような、上に昇るための手掛かりとする。ここから「拠り所とする」また「因《よ》る」という意味となるので、『鈴木注』は「何《なん》ぞ子《し》が方便《ほうべん》に階《かい》せらるや」と訓じ、「どうしたおまへの方便によつたものであるかして」と訳す。○**方便**　仏教用語。悟りに導く、またその方法。方便があれば智恵は煩悩から解放され、方便がなければ智恵は煩悩に縛られて悟りに到らない（『維摩経』巻中）。○**離索**　離群索居。仲間から離れて独りで暮らすこと（『礼記』檀弓上）。○**包蒙欣有撃**　「包蒙」は、暗愚を包みこむ。暗愚な人を迎え入れる。「有撃」は、暗愚を打ち砕く。『易経』の蒙の卦に「九二《きゅうに》、包蒙《ほうもう》、吉《きつ》なり。……上九《じょうきゅう》、蒙《もう》を撃《う》つ」。○**渾**　湧き出るように。一説に「渾《す》べて」と訓じて「すべて」の意味に取る（『吉川注』筑摩版第一冊）。○**遊衍**　のびやかなさま。双声語「ユウエン」。○**辟易**　驚いて身を引き避ける。畳韻語「ヘキエキ」。○**應手**　手の動きのままに思いどおりの製品を作る。技芸に熟達していることをいう。○**捶鉤**　「捶」は打って鍛える。「鉤」は腰帯を留める金具。八〇歳になるのに毛筋ほどの狂いもなく金具を打って同じ重さの鉤を作る大司馬の官がいた（『荘子』知北遊）。○**鏑**　先端に蕪《かぶ》の形の玉を付け、射ると音を発する矢。○**溟涬**　果てしなく混沌としたさま。『事類賦』天部巻一の注に引く『帝系譜』に「天地《てんち》初《はじ》めて起《お》こり、溟涬濛鴻《めいけいもうこう》たり」。畳韻語「メイケイ」。○**陶謝**　東晋の陶淵明（↓「人物説明」）と南朝・宋の謝霊運（↓「人物説明」）。○**枝梧**　抵抗する。「枝」は小さな柱、「梧」は斜めに支える柱。○**風騒**　『詩経』の国風と『楚辞』の離騒篇。また『詩経』と『楚辞』。両者は最も古い詩集で、文学の基本とされる。○**推激**　推尊し激揚する。○紫燕　古代の駿馬の名。前漢の文帝が所有した良馬九匹の一（『西京雑記』巻二）。○超詣　空高く飛び上がり、遠くまで達する。能力が抜群である。○翠駮　翠龍。西周の穆《ぼく》天子が乗ったという、馬に似た神獣（『漢書』巻八七上「揚雄伝上」所収「河東《かとう》の賦《ふ》」の顔師古注）。○剪剔　馬のたてがみを切り毛を剃って形を整える。ここでは詩を添削すること。［市川］

戲簡鄭廣文兼呈蘇司業　〇二三

廣文到官舍　繫馬堂階下
醉則騎馬歸　頗遭官長罵
才名三十年　坐客寒無氈
賴有蘇司業　時時乞酒錢

戯《たわむ》れに鄭広文《ていこうぶん》に簡《おく》り兼《か》ねて蘇司業《そしぎょう》に呈《てい》す

広文官舎《こうぶんかんしゃ》に到《いた》り、馬《うま》を繋《つな》ぐ堂階《どうかい》の下《した》
酔《よ》えば則《すなわ》ち馬《うま》に騎《の》りて帰《かえ》り、頗《すこぶ》る官長《かんちょう》の罵《ののし》りに遭《あ》う
才名三十年《さいめいさんじゅうねん》、坐《ざ》客《かく》寒《さむ》くして氈《せん》無《な》し
頼《さいわ》いに蘇《そ》司業《しぎょう》有《あ》りて、時時《じじ》酒銭《しゅせん》を乞《あた》う

＊五言古詩。韻字は去声二二禡「舍・下・罵」、下平一先「年・氈・錢」。

【題意】　天宝十四載（七五五）の作。鄭広文は鄭虔《ていけん》（↓「人物説明」）、蘇司業は蘇源明（↓「人物説明」）。「鄭虔に冗談半分の詩を送り、あわせて蘇源明にも見せる」。前半は鄭虔の気ままな態度を描き、後半は蘇源明との友情を褒める。鄭虔は広文館の博士。蘇源明は国子監司業として広文館などを管轄していた。杜甫を含め三人は親しい友人。詳注一-二四九、鈴木注一

一二八六。

【現代語訳】　鄭虔は役所に到着すると、建物の階段の脇に馬を繋ぎっぱなしにする。酔っぱらうと馬に乗って帰ってしまう、そこで長官から大いに怒鳴られる。才能がある人物だと評判になってから三十年、寒いのに客に出す毛の敷物もないが、うまい具合に蘇源明がいて、折々に酒代を差し入れてくれる。

■語釈

○坐客　同席の客。○乞　与える。この意味では音「キ」。

［市川］

〇二三

夏日李公見訪

遠林暑氣薄　公子過我遊
貧居類村塢　僻近城南樓
傍舍頗淳樸　所須亦易求
隔屋喚西家　借問有酒不
墻頭過濁醪　展席俯長流』
清風左右至　客意已驚秋
巣多衆鳥鬬　葉密鳴蟬稠

夏日《かじつ》李《り》公《こう》訪《おとな》わる

遠林《えんりん》に暑気《しょき》薄《うす》れ、公子《こうし》我《わ》れに過《よ》ぎりて遊《あそ》ぶ
貧居《ひんきょ》村塢《そんお》に類《るい》し、僻《へき》にして城南《じょうなん》の楼《ろう》に近《ちか》し
傍舎《ぼうしゃ》頗《すこぶ》る淳樸《じゅんぼく》、須《もと》むる所《ところ》 亦《ま》た求《もと》め易《やす》し
屋《おく》を隔《へだ》てて西家《せいか》を喚《よ》び、借問《しゃもん》す酒《さけ》有《あ》りや不《いな》やと
墻頭《しょうとう》より濁醪《だくろう》過《す》ぎ、席《せき》を展《ひろ》げて長 流《ちょうりゅう》に俯《ふ》す
清風《せいふう》左右《さゆう》より至《いた》り、客意《かくい》已《すで》に秋《あき》に驚《おどろ》く
巣《す》多《おお》くして衆 鳥《しゅうちょう》闘《たたか》い、葉《は》密《みつ》にして鳴蟬《めいせん》稠《おお》し

苦遭此物聒　孰謂吾廬幽　此《こ》の物《もの》の聒《かまびす》しきに遭《あ》うに苦《くる》しむ、孰《たれ》か謂《い》う吾《わ》が廬幽《ろゆう》なりと
水花晩色靜　庶足充淹留　水花《すいか》晩色《ばんしょく》静《しず》かに、庶《ねが》わくは淹留《えんりゅう》に充《あ》つるに足《た》らん
預恐樽中盡　更起爲君謀』　預《あらかじ》め恐《おそ》る樽中《そんちゅう》の尽《つ》くるを、更《さら》に起《た》ちて君《きみ》が為《ため》に謀《はか》る

＊五言古詩。韻字は下平一一尤「遊・樓・求・不・流・秋・稠・幽・留・謀」。

【題意】天宝末年夏のある日、李公が家を訪ねてきたときの様子を述べる。長安（陝西省西安市）での作。詳注に拠れば「李公」を「李家令」とする本もあり、『新唐書』巻七〇上「宗室世系表」によると、この頃に李炎という人物が太子家令（皇太子家の事務を掌る官）となっているので、この「李公」は李炎のことかとする。自分の貧しい家や酒宴の準備を描き、最後に夕暮れの美しい風景を描いて客を引き留めようとする気持ちを述べる。詳注一―二五〇、鈴木注一―二六七。

【現代語訳】町から遠い林で暑さもやわらぎ、貴人が我が家に遊びにいらっしゃいました。私の粗末な住居は村にあるようなたたずまいで、南の城壁の物見台に近い町外れにあります。近所の人はとても素朴で、欲しい物があれば気軽に頼むことができます。そこで壁の向こうの西隣の家に叫んで、酒はないかと尋ねてみました。すると垣根越しに濁り酒がやってきたので、川を見下ろすところに敷物を広げました。

涼しい風が方々から吹き寄せてきて、客人のあなたはもう秋の気配だと驚いておられま

す。鳥の巣が多いのでさまざまな鳥が争って騒ぐし、茂った葉の中からはしきりに蝉の鳴き声が降ってきます。これらがやかましいのにはうんざりで、私の家にひっそりとした趣《おもむ》きがあるとはとてもいえません。それでも蓮の花に日暮れの気配が静かに広がる光景は、ゆっくり楽しんでいただける眺めだと思うのですが。樽の酒がなくなるといけないから、立って行ってあなたのためにまた都合をつけてきましょう。』

■語釈

○**公子**　諸侯や貴族の子。李公のこと。○**村塢**　村落。「塢」は村を囲む土の障壁。○**隔屋**　家の壁によって隔てられた向こう。隣家。○**西家**　西隣の家。「爾東家」〇〇七語釈参照。○**長流**　川の流れ。詳注は『九家注』巻二を引いて、樊川《はんせん》の支流の潏水《けっすい》が西北に向かって長安の南の下杜《かと》城の辺りを流れているので、本詩の「貧居」がそこにあったと推測する。○**客意**　客の気持ち。客は李公。○**滝留**　長く滞在すること。

［市川］

〇二四

天育驃圖歌

吾聞天子之馬走千里
今之畫圖無乃是
是何意態雄且傑
駿尾蕭梢朔風起

天育《てんいく》の驃《ひょう》の図《ず》の歌《うた》

吾《わ》れ聞《き》く天子《てんし》の馬《うま》千里《せんり》を走《はし》ると
今《いま》の画図《がと》は乃《すなわ》ち是《こ》れなる無《な》からんや
是《こ》れ何《なん》の意態《いたい》ぞ雄《ゆう》にして且《か》つ傑《けつ》なり
駿尾《そうび》蕭梢《しょうしょう》として朔風《さくふう》起《お》こる

毛爲綠縹兩耳黃
眼有紫焰雙瞳方
矯矯龍性含變化
卓立天骨森開張』
伊昔太僕張景順
監牧攻駒閲淸峻
遂令大奴字天育
別養驥子憐神駿
當時四十萬匹馬
張公嘆其材盡下
故獨寫眞傳世人
見之座右久更新』
年多物化空形影
嗚呼健步無由騁
如今豈無騕褭與驊騮
時無王良伯樂死卽休』

毛《け》は緑《りょくひょう》縹を為《な》して両耳《りょうじ》は黄《き》なり
眼《め》に紫《し》焰《えんあ》有りて双瞳方《そうどうほう》なり
矯《きょうきょう》矯たる龍性《りょうせい》は変化《へんか》を含《ふく》み
卓立《たくりつ》せる天骨《てんこつ》は森《しん》として開張《かいちょう》す
伊《こ》れ昔《むかしたいぼく》太僕の張《ちょうけいじゅん》景順
牧《ぼく》を監《み》て駒《こま》を攻《おさ》め清峻《せいしゅん》を閲《けみ》す
遂《つい》に大奴《だいど》をして天育《てんいく》に字《う》ましめ
別《べっ》に驥子《きし》を養《やしな》いて神駿《しんしゅん》を憐《あわ》れむ
当時《とうじ》四十万匹《しじゅうまんびき》の馬《うま》
張公《ちょうこうそ》其の材《ざいことごと》尽く下《くだ》るを嘆《なげ》く
故《ゆえ》に独《ひと》り真《しん》を写《うつ》して世人《せじん》に伝《つた》う
之《こ》れを座右《ざゆう》に見《み》るに久《ひさ》しくして更《さら》に新《あら》たなり
年多《としおお》く物化《ものか》して空《むな》しく形影《けいえい》あり
嗚呼《ああ》健歩《けんぽ》も騁《は》するに由無《よしな》し
如今《じょこんあ》豈に騕褭《ようじょう》と驊騮《かりゅう》と無《な》からんや
時《とき》に王良《おうりょうはくらくな》伯楽無ければ死《し》して即《すなわ》ち休《や》む

＊七言古詩。韻字は上声四紙「里・是・起」、下平七陽「黄・方・張」、去声一二震「順・峻・駿」、上声二一馬「馬・下」、上平一一真「人・新」、上声二三梗「影・騁」、下平一一尤「騮・休」。

【題意】　天育廄《てんいくきゆう》で養われた驃馬（駿馬）を描いた絵を見て詠んだ歌。「天育」は廄《うまや》の名で、天子の乗る馬が飼育されていた。「驃」は、疾く走る。一説に白い斑のある黄色い馬。『説文』に「黄馬にして白色を発す」《こうば　はくしょく　はっ》。画中の馬は、その昔、太僕（牧畜を掌る官）の張景順《ちょうけいじゅん》が選りすぐった駿馬。天宝末年の作とされる。詳注一―二五三、鈴木注一―二九一。

【現代語訳】　天子の馬は日に千里を走ると聞いたが、この絵に描かれた馬はまさしく一日に千里を走る駿馬だろう。その気力といい体つきといいなんとまあ雄々しく傑出していることか。たてがみと尻尾は激しく揺れ動き、鋭い北風が吹き起こっている。毛並みは緑と青白で、両耳は黄色、両目からは紫の炎が立ち、瞳は菱形である。逞《たくま》しい本性で、どんな状況にも変幻自在、他より抜きん出た天与の骨組みが、皮膚を破る勢いで突っ張っている。』

昔、牧畜を掌る官の張景順は、牧場を監察し、荒々しい馬を調教して清く引き締まった馬を見定めていた。そして、ついには偉丈夫の奴隷に任せて天育廄で子を産ませ、その優れた驃馬を特別扱いで養って、雄壮な姿態を愛した。当時四〇万匹の馬が飼育されていたが、張氏は驃馬に較べてそのどれもが才能で劣っていることを嘆いた。そのため驃馬だけを画に描き、世の人に伝え残した。描かれた画を傍らにして見るのに、随分時が経っているにもかかわらず、いっそう新鮮である。』

開元年間（七一三〜七四一）から数えると多くの年月が経過して、驃馬もすでに亡くなり、空しく画中にその姿を残しているばかりである。ああ、立派な健脚も画になってしまっては速く走るべき手段もない。今の世、騕褭や驊騮といった昔の良馬に匹敵する馬がどこかにいるはずである。しかし今や、名馬を見分ける昔の王良や伯楽のような人がいないので、どんな名馬も死んでそれで終わりになるのである。』

■語釈

〇**天子之馬走千里**　天子の馬は一日に千里を走る。『穆天子伝』巻一に「天子《てんし》の馬《うま》は千里《せんり》を走《はし》り、人《ひと》を猛獣《もうじゅう》に勝《まさ》らしむ」。〇**無乃是**　きっとこれであろう。「是」は千里を走る馬を指す。〇**騣尾**　馬のたてがみとしっぽ。〇**蕭梢**　揺れ動くさま。〇**朔風**　北風。〇**縹**　はなだ色。青白い色。〇**兩耳黄**　『穆天子伝』巻一の郭璞《かくはく》注に「魏《ぎ》の時《とき》鮮卑《せんぴ》千里《せんり》の馬《うま》を献《けん》ずるに、白色《はくしょく》にして、両耳黄《りょうじき》なり。名《な》を黄耳《こうじ》と曰《い》う」。〇**矯矯**　強くたくましいさま。畳字の擬態語「キョウキョウ」。〇**龍性**　立派な生まれつきの本性。南朝・宋・顔延之の「五君詠」に「龍性《りょうせい》誰《たれ》か能《よ》く馴《な》らさん」。〇**含變化**　どのようにも変化対応できる。〇**卓立**　他に抜きん出て立つ。〇**森**　厳《おごそ》かなさま。〇**開張**　伸び広がる。〇**伊**　発語の辞。〇**太僕**　車馬・牧畜を掌る官。〇**張景順**　盛唐・張説《ちょうえつ》の「大唐《だいとう》開元《かいげん》十三年《じゅうさんねん》隴右《ろうゆう》監牧《かんぼく》頌徳《しょうとく》の碑《ひ》」に、開元元年（七一三）に二四万頭であった馬が、十三年には四三万頭になっていたため、玄宗（↓「人物説明」）はそのことを張景順の功績として、「吾が馬はいったいどれほど多くなったのか。その繁殖はまさに君の力によるものだ」と称えたが、張景順は「すべては天子の力と長官の指示によるものです」と答えた。〇**監牧**　牧場を監察する。〇**攻駒**　若く荒々しい馬を調教する。『周礼《しゅらい》』夏官の鄭玄《じょうげん》注に「攻駒《こうく》、其《そ》の蹄《け》り齧《か》む者《もの》を制《せい》して之《こ》れを閑《しず》む」。「駒」は二歳馬。〇**淸峻**　すっきりとそそり立つさま。〇**字**　うむ。子を産んで繁殖させる。○驥子　優れた馬。ここでは驃馬を指す。○四十萬　張景順の項に引用した張説の文にあるように実数。○寫眞　「真」は絵姿・肖像。○年多　開元から天宝（七四二～七五六）末までの間、多くの年月が経過したことをいう。○物化　物が変化する。驃馬が死んだことをいう。○空形影　画中に描かれた驃馬のみが存することをいう。○騕褭　赤い口をした黒色の神馬。一日に万里を走るという。畳韻語「ヨウジョウ」。○騂騮　良馬の名。周の穆王《ぼくおう》の八駿の一。○王良　春秋時代、晋の人。馬を善く操った。○伯樂　孫陽のこと。春秋・秦の穆公《ぼくこう》の時の人。馬の良否を善く見分けた。○休　おわる。

［太田］

〇二五

驄馬行

鄧公馬癖人共知
初得花驄大宛種
夙昔傳聞思一見
牽來左右神皆竦
雄姿逸態何崷崒
顧影驕嘶自矜寵
隅目青熒夾鏡懸
肉騣碨礧連錢動』

驄《そう》馬《ば》行《こう》

鄧公《とうこう》の馬癖《ばへき》は人共《ひととも》に知《し》る
初《はじ》めて得《え》たり花驄《かそう》大宛《たいえん》の種《しゅ》を
夙昔《しゅくせき》より伝聞《でんぶん》して一《ひと》たび見《み》んことを思《おも》う
左右《さゆう》に牽《ひ》き来《き》たれば神《しん》皆《み》な竦《そばだ》つ
雄姿《ゆうし》逸態《いったい》何《なん》ぞ崷崒《しゅうしゅつ》たる
影《かげ》を顧《かえり》みて驕嘶《きょうせい》し自《みずか》ら寵《ちょう》を矜《ほこ》る
隅目《ぐうもく》青熒《せいけい》として夾鏡《きょうきょう》懸《か》かり
肉騣《にくそう》碨礧《わいらい》として連銭《れんせん》動《うご》く

朝來少試華軒下
未覺千金滿高價
赤汗微生白雪毛
銀鞍却覆香羅帕
卿家舊賜公取之
天廏眞龍此其亞
晝洗須騰涇渭深
夕趨可刷幽幷夜』
吾聞良驥老始成
此馬數年人更驚
豈有四蹄疾於鳥
不與八駿俱先鳴
時俗造次那得致
雲霧晦冥方降精
近聞下詔喧都邑
肯使騏驎地上行』

朝来《ちょうらい》 少《すこ》しく試《こころ》みて華軒《かけん》下《くだ》り
未《いま》だ覚《おぼ》えず千金《せんきん》の高価《こうか》に満《み》つるを
赤汗《せきかん》微《かす》かに生《しょう》ず白雪《はくせつ》の毛《け》
銀鞍《ぎんあん》却《かえっ》て覆《おお》う香羅《こうら》の帕《は》
卿《けい》の家《いえ》の旧賜《きゅうし》公《こう》之《こ》れを取《と》る
天廏《てんきゅう》の真龍《しんりょう》 此《こ》れ其《そ》の亜《あ》なり
昼洗《ちゅうせん》は 須《すべか》らく涇渭《けいい》の深《ふか》きに騰《あ》がるべく
夕趨《せきすう》は幽幷《ゆうへい》の夜《よ》を刷《は》く可《べ》し
吾《わ》れ聞《き》く良驥《りょうき》は老《お》いて始《はじ》めて成《な》ると
此《こ》の馬《うま》数年《すうねん》人《ひと》更《さら》に驚《おどろ》かん
豈《あ》に四蹄《してい》の鳥《とり》より疾《はや》く
八駿《はっしゅん》と倶《とも》に先《ま》ず鳴《な》かざる有《あ》らんや
時俗《じぞく》は造次《ぞうじ》に那《なん》ぞ致《いた》すを得《え》ん
雲霧《うんむ》晦冥《かいめい》にして方《まさ》に精《せい》を降《くだ》す
近《ちか》ごろ聞《き》く 詔《みことのり》を下《くだ》して都邑《とゆう》に 喧《かまびす》しと
肯《あえ》て騏驎《きりん》をして地上《ちじょう》に行《ゆ》かしめんや

＊七言古詩。韻字は上声二腫「種・竦・寵」と上声一董「動」の東部通押、去声二二禡「下・價・帕・亞・夜」、下平八庚「成・驚・鳴・精・行」。

【題意】　青と白の毛が混じった葦毛の馬について詠んだ歌。原注に「太常《たいじょう》の梁卿《りょうけい》に勅《みことのり》して賜《たま》わりし馬《うま》なり。李鄧公《りとうこうあい》愛して之《こ》れを有《ゆう》し、甫《ほ》に命《めい》じて詩《し》を製《つく》らしむ」とあるように、驄馬はもともと宗廟の祭祀や礼楽を掌った役所の長官である梁氏が天子より賜った馬であったが、それに鄧国の公爵である宗室の李氏が惚れこみ、譲り受けて所有するに至った。そこで、李氏は杜甫に命じて、その驄馬を称える詩を作らせた。天宝十四載（七五五）の作。詳注一―二五六、鈴木注一―二九四。

【現代語訳】　李鄧公に馬を愛する癖があることはみな知っている。その彼が美しい葦毛をした大宛国産の名馬を得た。以前から伝え聞いていて一度拝見したいと思っていたが、そば近くまでこの馬を連れてきてくださったので、みなあまりのすばらしさに釘づけになって見入ってしまった。その雄々しく立派な姿は、まるで高く聳え立っているようだ。自分の馬影を見ては得意気にいななき、可愛がられているのを誇っているようだ。角張った目は青くきらきらと輝き、二つの鏡を顔にくっつけているようだ。逞《たくま》しい筋肉とたてがみが隆起し、銭形の斑模様が躍動している。』

　朝から試しに美しい車に乗ってこられるのを見ると、千金をはたいても高いとは思えない。赤い汗がうっすらと雪かと見まがう白い毛ににじみ出ているかと思えば、銀の鞍が背中の香る薄絹の上に載っている。この馬はもともと梁卿が天子より賜った馬を李鄧公が所有するに至ったのだが、まさに天子の廏にいる龍馬につぐ駿馬だ。昼は体を洗うのに涇水と渭水の深い水の中で躍り上がり、夜はもう幽州と并州に行き、地をこするように速く走っている。』

私は、優れた馬は大器晩成だと聞いたことがある。この馬も数年すると、人々がもっと驚くことになるだろう。四つの健脚の蹄が鳥よりも速いからには、穆王《ぼくおう》の八頭の駿馬と一緒に真っ先にいななかないことがあろうか。このような馬は、世間の人々が望んでもすぐに手に入れることができるものではない。この馬は雲霧が暗く立ちこめる不穏な時勢に精霊として降下してきたのだ。近頃天子は良馬を求める詔を下され、都でも地方でもその噂で騒がしい。日に千里をも走る名馬（李鄧公）にただ地上を歩かせておくことなどがどうしてできよう。』

■語釈

○**鄧公**　原注に「李鄧公」とあるように、宗室の一人で鄧国の公爵である人物。○**花驄**　美しい葦毛の馬。○**大宛種**　大宛は西域の一国で名馬の産地として知られる。その名馬の一種。○**夙昔**　むかし、以前。○**神皆竦**　馬を見たみなの精神がそばだつ。馬のすばらしさに圧倒され、集中して見入ってしまう。○**逸態**　ひときわ優れたさま。○**嶒崒**　抜きん出て聳えるさま。双声語「シュウシュツ」。○**顧影**　自らの影を顧みる。○**驕嘶**　威張っていななく。○**矜寵**　人々から寵愛されていることを誇る。○**隅目**　角張った目。○**青熒**　青くきらきらと輝くさま。畳韻語「セイケイ」。○**夾鏡**　左右二個の鏡。両の目が輝いていることをいう。○肉騣　首の肉が隆起し、そこにたてがみが生えている馬。北宋の蘇軾《そしよく》が岐州にいた頃、秦州から献上された一頭の馬を見ると、そのたてがみが側面に伸びており、毛が盛り上がった肉の端から生じていた。異民族はその馬を「肉騣馬だ」といった（『東坡志林』巻二）。○碨礨　高く盛り上がっているさま。畳韻語「ワイライ」。○連銭　色の濃淡による銭形の斑模様。畳韻語「レンセン」。○華軒　はなやかな車。「軒」をのきばとする説もある。○満高價　十分に高価であること。○赤汗　赤い汗。名馬は血の汗を流すという。○香羅帕　香しい薄衣の細長い布。○卿家　原注に見える「太常の梁卿」を指す。○舊賜　もと天子から授かったもの。○公　李鄧公を指す。○天廄　天子のうまや。○眞龍　真《まこと》に龍の化身のような馬である。『周礼』夏官に「凡《およ》そ馬《うま》の八尺以上《はつしやくいじよう》なるは龍《りよう》と為《な》す」。○亞　それにつぐもの。○涇渭　涇水と渭水。二川ともに長安の北側を流れ、涇水は西北から南東へ、渭水は西から東へ向かって流れ、長安から東北にわずかな距離のところで合流する。○夕趨　夜に赴く。○刷　はらう。南朝・宋・顔延之「赭白馬《しやはくば》の賦《ふ》」（『文選』巻一四）に「旦《あした》に幽燕《ゆうえん》を刷《は》き、昼《ひる》に荊越《けいえつ》に秣《まぐさ》す」、その李善注に「説文《せつもん》に曰《い》う、刷《さつ》は刮《かつ》なり」とあり、地をこするように速く走ること。○幽幷　幽州と幷州。幽州は河北省、幷州は山西省北部。○吾聞　以下、卓越した才能を持つ馬が大いに用いられるべきことをいうのは、暗に李鄧公が重要な地位に任用されるべきことに喩える。○良驥　一日に千里を走る優れた馬。○老始成　年を取って完成する。大器晩成。○八駿　周の穆王が所有した八頭の駿馬。○先鳴　他の馬よりも真っ先にいななく。自らの能力の高さを示す。○造次　突然、すぐに。双声語「ゾウジ」。○致　手に入れる。○雲霧晦冥　雲霧が立ちこめ真っ暗になる。世の不穏なさまを表す。『楚辞』九思に「雲霧《うんむ》会《かい》して日《ひ》ゞ冥晦《めいかい》なり」。○降精　精霊を降す。天から雲霧とともに精霊として降りてきたことをいう。○都邑　都と地方。○騏驎　一日に千里を走る名馬。

［太田］

〇二六

魏将軍歌

将軍昔著從事衫
鐵馬馳突重兩銜
被堅執鋭略西極
崑崙月窟東嶄巖』
君門羽林萬猛士
惡若哮虎子所監
五年起家列霜戟
一日過海收風帆』
平生流輩徒蠢蠢
長安少年氣欲盡
魏侯骨聳精爽緊
華嶽峰尖見秋隼』
星纏寶校金盤陀
夜騎天駟超天河

魏《ぎ》将軍《しょうぐん》の歌《うた》

将軍《しょうぐん》昔《むかし》著《き》る従事《じゅうじ》の衫《さん》
鉄馬《てつば》馳《は》せ突《つ》くに両銜《りょうがん》を重《かさ》ぬ
堅《けん》を被《こうむ》り鋭《えい》を執《と》り西極《せいきょく》を略《おさ》め
崑崙《こんろん》月窟《げっくつ》は東《ひがし》に嶄巖《ざんがん》たり
君門《くんもん》の羽林《うりん》万《まん》の猛士《もうし》
悪《あく》は哮虎《こうこ》の若《ごと》きも子《し》の監《み》る所《ところ》なり
五年《ごねん》家《いえ》より起《お》こりて霜戟《そうげき》を列《つら》ね
一日《いちじつ》にして海《かい》を過《よぎ》りて風帆《ふうはん》を収《おさ》む
平生《へいぜい》の流輩《りゅうはい》は徒《いたず》らに蠢《しゅん》蠢《しゅん》たり
長安《ちょうあん》の少年《しょうねん》は気《き》尽《つ》きんと欲《ほっ》す
魏《ぎ》侯《こう》の骨《ほね》聳《そび》え精爽《せいそう》緊《きび》しかるは
華《か》岳《がく》の峰《みね》尖《とが》りて秋《しゅう》隼《じゅん》を見《み》るがごとし
星《ほし》の纏《まと》わりし宝校《ほうこう》金《きん》の盤陀《ばんだ》
夜《よる》天駟《てんし》に騎《の》りて天河《てんが》を超《こ》ゆ

欃槍熒惑不敢動　　欃槍熒惑《さんそうけいわく》敢《あ》えて動《うご》かず
翠蕤雲旓相蕩摩』　翠蕤雲旓《すいずいうんしょう》相《あ》い蕩摩《とうま》す
吾爲子起歌都護　　吾《わ》れ子《し》が為《ため》に起《た》ちて都護《とご》を歌《うた》う
酒闌插劍肝膽露　　酒闌《さけたけなわ》にして剣《けん》を挿《さ》して肝胆露《かんたんあらわ》す
鉤陳蒼蒼玄武暮　　鉤陳《こうちん》は蒼蒼《そうそう》として玄武《げんぶ》は暮《く》る
萬歲千秋奉明主　　万歳千秋《ばんざいせんしゅう》明主《めいしゅ》を奉《ほう》ず
臨江節士安足數』　臨江《りんこう》の節士《せつし》安《いずくん》ぞ数《かぞ》うるに足《た》らんや

＊七言古詩。韻字は下平一五咸「衫・銜・巖・監・帆」、上声一一軫「蠢・盡・緊・隼」、下平五歌「陀・河・摩」、去声七遇「護・露・暮」と上声七麌「主・數」の魚部通押。

【題意】魏将軍を称えた歌。魏将軍はまず西域の果てで功績を挙げ、その後天子の護衛軍を統率した。喪乱に言及していないことから、安禄山（↓「人物説明」）の乱以前、天宝末年の作とされる。詳注一―二五九、鈴木注一―二九九。

【現代語訳】魏将軍は昔甲冑を身につけて出陣し、鉄のように赤黒く頑丈な馬は、くつわをしっかり重ねて勢いよく突き進んだ。堅固な鎧を身にまとい、鋭利な武器を持って戦い、西の果ての地域を攻略した。その地からは高く聳える崑崙山や月窟山が東に見えるのだ。』

天子の御門の中には禁中を護衛する多くの勇敢な兵士がおり、獰猛なこと怒り吼える虎のようだが、すべて将軍に統率されている。わずか五年で、門前に白く輝くほこを並べるほどの高位に出世された。たった一日で西域を平らげて兵船の帆を片づけ青海を渡って帰ってこられたのである。』

かつての同輩たちはやたらとうろたえ、長安の若者たちは将軍の威厳を前に気が萎えてしまう始末である。魏将軍の体軀が堂々とし、その精神が引き締まっているのは、華岳の峰が鋭く聳え、そこに勇猛な秋の隼が飛び交っているようだ。』

金と銅で作られた馬具には、星をちりばめたように宝玉が飾られ、夜は天子の廐舎の馬に騎《の》り、天子が利用される宮城の河を巡視する。すると兵乱の兆しを告げるという欃槍星《さんそうせい》や熒《けい》惑星《わくせい》も一向に動かず、翠蕤《すいずい》や雲旓《うんしょう》という将軍の威勢を示す旗が触れあいつつゆったりと揺れている。』

私は将軍のために起ち、その功績を称えて「丁都護《ていとご》の歌」を歌い、酒宴も盛りを過ぎた頃、剣を地に挿して心の奥底を吐露する。(あなたが侍衛する宮殿を見やれば)後宮には夕闇が迫り、玄武門は暮れなずむ。あなたは千年も万年も天子に恭《うやうや》しく仕えられることだろう。あの臨江の忠義の士などあなたの忠誠心に比べれば物の数ではない。』

■語釈

○従事衫　戦《いくさ》に着るもの。甲冑。一説に州郡の下っ端の役人が着る仕事服。○鐵馬　赤黒い色の馬。その馬の色といい、頑丈なさまといい、まるで鉄のようであること。○馳突　激しく突き進む。○重兩銜　馬のくつわを二個かませて、より頑強にする。○被堅執鋭　堅固な鎧を身にまとい、鋭利な武器を持つ。○**西極**　西の果ての地域。○**崑崙月窟**　ともに西方にあるとされる山。「崑崙」は畳韻語「コンロン」。○**東**　将軍が攻略した西の果てからは崑崙と月窟が東に見える。○**嶄巖**　石山が高く聳えるさま。畳韻語「ザンガン」。○**君門**　天子の門。○**羽林**　禁中を護衛する軍。○**哮虎**　怒り吼える虎。○**子**　魏将軍。○**監**　監督する。指図し統率する。○**起家**　官に挙げられて立身出世する。○**列霜戟**　門前に威儀を示すためによく磨かれた白いほこを並べる。○**過海**　中国西部にある大きな湖の青海をよぎる。○**収風帆**　戦《いくさ》が終結し、風をはらんだ兵船の帆を収める。○**流輩**　同じ仲間。○**蠢蠢**　動き騒ぐ。○**氣欲盡**　精気がなくなりそうになる。魏将軍の富貴功名を目の当たりにして、すっかり気後れしてしまうこと。○**骨聳**　骨格が聳えるように堂々としている。○**精爽**　精神。○**華嶽**　五岳の一つ。陝西省東南部、秦嶺山脈中の高峰。○**峰尖**　峰が抜きん出て聳えている。魏将軍の骨格が聳えているのに喩える。○**秋隼**　秋のハヤブサ。秋の隼が最も元気が溢れていることを魏将軍の精神に喩える。○**寶校**　宝玉をちりばめた装飾。詳注は「校」は「鉸」に改めるべきだとする。「鉸」は装飾の意。南朝・宋・顔延之「赭白馬《しゃはくば》の賦《ふ》」（『文選』巻一四）に「宝鉸星《ほうこうほし》のごとくに纏《まと》う」、その李善注に「鉸《こう》は、装飾《そうしょく》なり」。○**金盤陀**　銭や仏像を溶かして、その金と銅を混ぜ合わせて作った装飾品。○**天駟**　天子の廏で飼われている馬。○**天河**　天子御用の河道。○**欃槍**　星の名。兵乱の兆しとされる。双声語「サンソウ」。○**熒惑**　火星の異名。同じく兵乱の兆し。○**不敢動**　二つの星が動かない。兵乱が起こらないことを示す。○**翠蕤**　翡翠の羽で作った旗。○**雲旓**　雲を縫い取りした旗。○**歌都護**　南朝・宋・武帝に楽府「丁督護の歌」（「督護」は「都護」）があり、「督護《とくご》北征《ほくせい》して去《ゆ》き、前鋒《ぜんぽう》平《たい》らかならざる無《な》し（督護が北に軍を進めれば、その行く所ことごとく平定される）」で始まる。「丁」は人名で「丁旿《ていご》」。「都護」は武官の職名。○**酒闌**　酒宴が盛りを過ぎたさま。○**插劍**　剣をさす。次の動作を起こせるように、剣を抜き払ったまま地にさす。○**肝膽露**　心の奥底をさらけ出す。自己の不遇への詠嘆を含むだろう。○**鉤陳**

星の名。紫微垣という星座の中にあり、北極にも近い。天子の玉座は、天上の北極星と対応し、後宮は鉤陳と対応すると考えられた。○**蒼蒼**　暗色。ここは星が光を失うさま。○**玄武**　星の名。北方にある七つの星座の総称。ここは大明宮《たいめいきゅう》の北門を玄武門と称する用法。○**臨江節士**　南朝・斉《せい》・陸厥《りくけつ》の楽府「臨江王節士の歌」に、「節士《せっし》慷慨《こうがい》し髪冠《かみかんむり》を衝《つ》き、弓《ゆみ》を彎《ひ》けば若木《じゃくぼく》に掛《かか》り、長剣《ちょうけん》は雲端《うんたん》に竦《そび》ゆ」。○**安足數**　どうして数えたてる必要があろうか。そのような必要はない。反語。魏将軍が臨江の節士よりも優れた人物であることをいう。

［太田］

白水明府舅宅喜雨　得過字　〇二七

吾舅政如此　古人誰復過
碧山晴又濕　白水雨偏多
精禱既不昧　歡娯將謂何
湯年旱頗甚　今日醉絃歌

白水明府《はくすいめいふ》の舅宅《きゅうたく》にて雨《あめ》を喜《よろこ》ぶ、過《か》の字《じ》を得《え》たり

吾《わ》が舅《きゅう》　政《まつりごと》　此《か》くの如《ごと》し、古人誰《こじんたれ》か復《ま》た過《す》ぎん
碧山晴《へきざんは》れて又《ま》た湿《うるお》い、白水雨《はくすいあめ》偏《ひと》えに多《おお》し
精禱既《せいとうすで》に昧《くら》からず、歓娯《かんご》将《は》た何《なに》をか謂《い》わん
湯年旱《とうねんひでり》　頗《すこぶ》る甚《はなは》だし、今日絃歌《こんにちげんか》に酔《よ》う

＊五言律詩。韻字は下平五歌「過・多・何・歌」。

【題意】　奉先《ほうせん》県の北隣に位置する白水県（陝西省渭南《いなん》市白水県）の長官をしているおじの家で雨が降ったのを喜んで詠んだ詩。「舅」は母方のおじ、崔《さい》某。後掲詩〇一三九によれば崔十九翁なる人物か。「喜雨」は魏・曹植以来のテーマで、〇四四八、〇六五四、〇八二六にも見える。題注

に「過《か》の字《じ》を得《え》たり」とあり、崔某宅に集まった人々が雨が降ったのを祝う宴で、割り当てられた韻を用いて詩を詠じた。杜甫に割り当てられた「過」の字は、下平五歌に属するため、韻字に下平「五歌」に属する字が用いられている。天宝十四載（七五五）、杜甫は世に不穏な空気が漂うなか、家族を疎開させるため、白水県と奉先県を往来していた。詳注一‐二六六、鈴木注一‐三〇三。

【現代語訳】私のおじが行う政治は喜雨を降らせるほどに優れ、いにしえの人でも誰も超えることはできない。青緑色の山は晴れてはまた雨が降って潤い、ここ白水県ではその雨量が特に多い。おじの心をこめた祈りが天に通じて雨を降らせたことは明らかであり、人々の喜びはいったいいかばかりであろうか。殷の湯王の時代の旱《ひでり》も随分ひどかったというが、幸いにも慈雨が降った今日は安心して琴に合わせて歌い酔うことができる。

語釈

○政如此　崔某の政治が喜雨を降らせるほどに優れていること。○誰復過　誰がおじの優れた政治を超えられようか。○晴又濕　晴れたり雨が降ったり。○偏多　特に多い。○精禱　精神をこめて祈る。『後漢書』巻二「明帝紀」に「群司《ぐんし》を煩労《はんろう》し、精《せい》を積《つ》みて禱《いの》り求《もと》む」。○不昧　明らかなこと。ここでは崔某の祈りが天に通じたことが明らかなことをいう。○歡娯　人々の喜び。○將謂何　いったいいかばかりであろうか。「将」は強意の助字。○湯年　殷王朝の創始者である湯の時代。○旱頗甚　大規模な旱があった。『説苑《ぜいえん》』巻七に「湯《とう》の時《とき》大旱《たいかん》あり」。○絃歌　琴の演奏とともに歌う。

［太田］

〇二八

九日楊奉先會白水崔明府

今日潘懷縣　同時陸浚儀
坐開桑落酒　來把菊花枝
天宇清霜淨　公堂宿霧披
晩酣留客舞　鳧舄共差池

九日《きゅうじつ》 楊奉先《ようほうせん》白水《はくすい》崔明府《さいめいふ》を会《かい》す

今日《こんにち》の潘懐県《はんかいけん》、同時《どうじ》の陸浚儀《りくしゅんぎ》
坐《ざ》には開《ひら》く桑落《そうらく》の酒《さけ》、来《き》たりて把《と》る菊花《きくか》の枝《えだ》
天宇《てんう》清霜《せいそう》浄《きよ》く、公堂《こうどう》宿霧《しゅくむ》披《ひら》く
晩《くれ》に酣《たけなわ》にして客《かく》を留《とど》めて舞《ま》い、鳧《ふ》舄《せき》共《とも》に差池《しち》す

＊五言律詩。韻字は上平四支「儀・枝・披・池」。

【題意】　天宝十四載（七五五）、九月九日、奉先県（陝西省渭南《いなん》市蒲城《ほじょう》県）の長官である楊氏が宴席を設け、その席に北隣の白水県の長官である崔氏を迎えた際に、杜甫も同席して詠んだ詩。詳注一―二六三、鈴木注一―三〇四。

【現代語訳】　今日九月九日、西晋時代に名高い懐県（河南省武陟県）県令の潘岳ともいうべき楊主人が宴を催し、時を同じくして活躍した浚儀県（河南省開封市）県令の陸雲にも匹敵する崔氏を招待された。この楊氏の宴座では桑落の酒壺を開いてもてなし、崔氏は重陽の節を祝う菊花の枝を取ってやってきた。空は清らかな霜の降りる気配で澄みわたり、官署の正殿に昨夜《ゆうべ》から立ちこめていた霧もすっかり晴れた。夕方になっても宴は盛り上がり、楊主人は客を引き留めて舞い、楊氏と崔氏の二人の県令の靴が一緒に入り乱れる。

■語釈

○潘懐県　西晋の潘岳（↓「人物説明」）。河内郡懐県の県令になったことがある。○陸浚儀　西晋の陸雲。陳留郡浚儀県の県令として善政を行った。○坐　楊主人の宴の座。○桑落酒　秋の末、桑の葉が落ちる時に醸した酒。○來　崔氏が来たことをいう。○菊花枝　九月九日の重陽節には、菊の花を飾ったり、花びらを酒に浮かべて飲み交わす風習があった。○天宇　大空。○公堂　官署の正殿。○宿霧　前の晩から立ちこめた霧。○酣　酒盛りの最中。〇三六の「闌」は盛りを少し過ぎた頃。○鳧舄　県令の靴を指す。葉県（河南省葉県）の県令であった王喬《おうきょう》が宮中に参内する時に、きまって鳧《かも》が飛んでくる。それを不審に思った役人が鳧を捕まえると舄《くつ》であったという故事（『後漢書』巻八二上「王喬伝」）を踏まえる。○差池　入り乱れるさま。畳韻語「シチ」。

［太田］

自京赴奉先縣詠懷五百字　〇三九

杜陵有布衣　老大意轉拙
許身一何愚　竊比稷與契
居然成濩落　白首甘契闊
蓋棺事則已　此志常覬豁
窮年憂黎元　嘆息腸內熱
取笑同學翁　浩歌彌激烈

京《けい》より奉先県《ほうせんけん》に赴《おもむ》く詠懐五百字《えいかいごひやくじ》

杜陵《とりよう》に布衣《ふい》有《あ》り、老大《ろうだい》にして意《い》転《うた》た拙《せつ》なり
身《み》を許《ゆる》すこと一《いつ》に何《なん》ぞ愚《ぐ》なる、窃《ひそ》かに稷《しよく》と契《せつ》とに比《ひ》す
居然濩落《きよぜんかくらく》を成《な》し、白首契闊《はくしゆけつかつ》に甘《あま》んず
棺《かん》を蓋《おお》えば事則《ことすなわ》ち已《や》まん、此《こ》の志《こころざし》常《つね》に豁《はら》さんと覬《ねが》う
窮年《きゆうねん》黎元《れいげん》を憂《うれ》い、嘆息《たんそく》して腸《ちよう》の内熱《うちあつ》し
笑《わら》いを同学《どうがく》の翁《おきな》に取《と》るも、浩歌《こうか》弥ゝ《いよいよ》激烈《げきれつ》なり

非無江海志　蕭灑送日月
江海《こうかい》の志《こころざし》の、蕭灑《しょうしゃ》として日月《じつげつ》を送《おく》らんとすること無《な》きに非《あら》ず

生逢堯舜君　不忍便永訣
生《う》まれて堯舜《ぎょうしゅん》の君《きみ》に逢《あ》うに、便《すなわ》ち永訣《えいけつ》するに忍《しの》びず

當今廊廟具　構廈豈云缺
当今廊廟《とうこんろうびょう》の具《ぐ》、廈《か》を構《かま》うるに豈《あ》に欠《か》けたりと云《い》わんや

葵藿傾太陽　物性固難奪』
葵藿《きかく》太陽《たいよう》に傾《かたむ》く、物性《ぶっせい》固《もと》より奪《うば》い難《がた》し

顧惟螻蟻輩　但自求其穴
顧《かえり》みて惟《おも》う螻蟻《ろうぎ》の輩《はい》、但《た》だ自《みずか》ら其《そ》の穴《あな》を求《もと》むるを

胡爲慕大鯨　輒擬偃溟渤
胡為《なんす》れぞ大鯨《たいげい》を慕《した》い、輒《すなわ》ち溟渤《めいぼつ》に偃《ふ》さんと擬《ぎ》するや

以茲悟生理　獨恥事干謁
茲《こ》こを以《もっ》て生理《せいり》を悟《さと》り、独《ひと》り干謁《かんえつ》を事《こと》とするを恥《は》ず

兀兀遂至今　忍爲塵埃沒
兀兀《こつこつ》として遂《つい》に今《いま》に至《いた》り、塵埃《じんあい》に没《ぼっ》するを為《な》すを忍《しの》ぶ

終愧巢與由　未能易其節
終《つい》に巣《そう》と由《ゆう》とに愧《は》ずるも、未《いま》だ其《そ》の節《せつ》を易《か》うる能《あた》わず

沈飲聊自遣　放歌破愁絶』
沈飲《ちんいん》して聊《いささ》か自《みずか》ら遣《や》り、放歌《ほうか》して愁絶《しゅうぜつ》を破《やぶ》る

＊五言古詩。韻字は入声六月「月・渤・謁・沒」、入声七曷「闊・豁・奪」、入声九屑「拙・契・熱・烈・訣・缺・穴・節・絶」。

【題意】　都の長安から家族の疎開先である奉先県（陝西省渭南市蒲城県）に赴いた時の懐いを詠じた五〇〇字の歌。天宝十四載（七五五）十月、玄宗（↓「人物説明」）は華清宮《かせいきゅう》に行幸し、滞在中の十一月九日、安禄山（↓「人物説明」）が反旗を翻す。詩中に驪山《りざん》の事が詳しいのは、杜甫が奉先県に赴く時、玄宗は華清宮にいたためであり、安禄山の反乱の状況が述

べられていないのは、反乱の報が長安に届く以前に長安を出立したためである。詳注以外の諸本に自注として「天宝十四載十一月の初めの作」とあるのは、反乱を知らなかったとする杜甫の感懐を示すといえる。詳注一―二六四、鈴木注一―三〇五。

【現代語訳】　杜陵に無官の男が住んでいるが、年を取るにつれて、その考えがますます世間からずれてしまった。おのれをこんなに高く評価するとは何と愚かなことか、心中ひそかに自分を古《いにしえ》の賢臣である稷《しょく》と契《せつ》になぞらえている。だが実際には何もできないまま世に用いられずに落ちぶれて、白髪頭で苦しんでいる。棺に蓋《ふた》をされてはじめて万事が終わる、生きている限りはこの志を果たしたいといつも願っている。』

私は年老いても世の人々の身の上を案じて、ため息をつき、腸《はらわた》が煮えくりかえるほどに嘆き悲しんでいる。かつてともに学び、今や年老いた友人たちに笑われても、いっそう大声で激しく歌うのだ。江海のほとりに隠遁し、さっぱりと清らかに月日を送ろうと思わないでもない。しかし、この世に生を受けて、堯舜のような聖天子玄宗の御代《みよ》にめぐり逢ったからには、このまま永遠にお別れするのは忍びない。今朝廷で政治を行う人材は揃っており、立派な家を建てるのに良い木材が欠けているわけではない。だが、葵や藿の葉っぱが太陽に向かって傾くように、天子に向かって傾く私の本性はもとより奪い取ることはできないのだ。』

思うにオケラやアリのようなつまらない連中は、ただ自分に合う住みかを求めていればそれでよいのに、どうして大きな鯨を慕って大海に横たわろうとするのか。彼らを見ていると処世の道理はこういうものかと腑に落ちる、しかし私は大臣に謁見しようとあくせくするのを恥ずかしく思うのだ。こうして困窮のまま今日に至り、俗世間に埋もれることに耐えている。世に未練なく隠遁した巣父《そうほ》や許由《きょゆう》に対しては恥ずかしく思うが、いまだに天子を補佐したいとの素志を変えることはできない。酒にひたって少しでも憂さを晴らし、辺りかまわず大声で歌って、このひどい悲しみを振りはらおう。』

■語釈

○**杜陵**　長安の南にあり、杜甫はかつてこの辺りに住んでいた。○**布衣**　官位のない人。庶民。当時、杜甫はすでに右衛率府兵曹参軍（↓「用語説明」）に任ぜられていたが、自分を第三者に設定し、感懐を吐露するために「布衣」を称した。○**轉**　いよいよ。ますます。心に深く感じ入るさま。○**拙**　世間と合わず、世渡り下手である。○**許身**　自分を高く評価する。○**一何愚**　ひとえにどうしてここまで愚かなのか。○**竊比**　ひそかにくらべる。『論語』述而に「窃《ひそ》かに我《わ》れを老彭《ろうほう》に比《ひ》す」。○**稷與契**　稷と契はともに堯・舜時代の名臣。稷は農業を掌って周の祖先となり、契は教育を掌って殷の祖先となった。○**居然**　じっとしているさま。そのまま。○**濩落**　世に用いられず、落ちぶれたさま。畳韻語「カクラク」。○**契闊**　勤苦、苦労。双声語「ケッカツ」。○**蓋棺**　棺の蓋《ふた》をする。人の死をいう。○**事則已**　万事が終わってしまう。○**此志**　稷と契のような賢臣でありたいとの思い。○**覬豁**　気持ちが晴れ晴れすることを願う。○**窮年**　老年。○**黎元**　人民。○**同學翁**　もと共に学問をした老人。○**浩歌**　大声で歌う。○**江海志**　隠遁しようとする思い。「江海」は官界を離れた広い世の中。二〇歳代に遊んだ呉越（江南）を思っている可能性がある。○**蕭灑**　さっぱりして清いさま。双声語「ショウシャ」。○**堯舜君**　堯と舜は伝説上の帝王（↓「人物説明」）。玄宗を指す。○**永訣**　永遠に別れる。○**廊廟具**　「廊」は宮殿の正堂に続く建物、「廟」は太廟。「廊廟」で、政務を執り行う所。「具」は材、政治をする人材。○

構廈　大きな家を建てる。○**葵藿**　葵《き》（葉物野菜）と藿《かく》（マメ）。葵が花を賞でるアオイや、ヒマワリの意になるのは後世。魏・曹植の「親親を通ずるを求むる表」に「葵藿《きかく》の葉《は》を傾《かたむ》くる若《ごと》きは、太陽《たいよう》の之《こ》れが為《ため》に光《ひかり》を廻《めぐ》らさずと雖《いえど》も、然《しか》れども終《つい》に之《こ》れに向《む》かう者《もの》は誠《まこと》なり」。○**物性**　それぞれが生まれつきに持っている本性。○**螻蟻**　オケラとアリ。○**求其穴**　自己にふさわしい住みかを求める。○**大鯨**　大きな鯨。つまらない人間が虚栄を張って存在を大きく見せることの喩え。○**擬**　……しようとする。○**偃**　ふせる。○**溟渤**　大海。双声語「メ（べ）イボツ」。○**生理**　処世の道理。魏・嵆康の「養生論」に「生理《せいり》の失《うしな》い易《やす》きを悟《さと》る」。○**干謁**　貴人に謁見を求める。○**兀兀**　困窮するさま。○**塵埃沒**　俗世間に埋もれる。○**巣與由**　巣父と許由。二人とも伝説上の隠者。堯帝が許由に天下を譲ろうとしたところ、許由は受けずに逃れて、汚れた話を聞いてしまったと潁川《えいせん》で耳を洗った。巣父はそれを見て、汚れた川の水は牛にも飲ませられないといって引き返した（『高士伝』巻上）。○**沈飲**　酒にひたる。○**自遣**　憂さを晴らす。自《みずか》ら慰める。○**放歌**　大きな声で辺りかまわず歌う。○**愁絶**　甚だしい愁い。

歳暮百草零　疾風高岡裂
天衢陰崢嶸　客子中夜發
霜嚴衣帶斷　指直不能結
凌晨過驪山　御榻在嵽嵲』
蚩尤塞寒空　蹴踏崖谷滑
瑤池氣鬱律　羽林相摩戛

歳暮《さいぼ》百草《ひゃくそう》零《お》ち、疾風《しっぷう》高岡《こうこう》裂《さ》く
天衢《てんく》陰《いん》として崢嶸《そうこう》たり、客子《かくし》中夜《ちゅうや》に発《はつ》す
霜厳《しもきび》しくして衣帯《いたい》断ゆるも、指《ゆび》は直《なお》くして結《むす》ぶ能《あた》わず
晨《あした》を凌《しの》ぎて驪山《りざん》を過《す》ぐれば、御榻《ぎょとう》は嵽嵲《てつげつ》に在《あ》り
蚩尤《しゆう》寒空《かんくう》を塞《ふさ》ぎ、崖谷《がいこく》の滑《なめ》らかなるを蹴踏《しゅうとう》す
瑶池《ようち》気《き》は鬱律《うつりつ》として、羽林《うりん》は相《あ》い摩戛《まかつ》す

君臣留歡娛　樂動殷膠葛
賜浴皆長纓　與宴非短褐』
彤庭所分帛　本自寒女出
鞭撻其夫家　聚斂貢城闕
聖人筐篚恩　實願邦國活
臣如忽至理　君豈棄此物
多士盈朝廷　仁者宜戰慄』
況聞內金盤　盡在衞霍室
中堂有神仙　煙霧蒙玉質
煖客貂鼠裘　悲管逐清瑟
勸客駝蹄羹　霜橙壓香橘
朱門酒肉臭　路有凍死骨
榮枯咫尺異　惆悵難再述』

君臣《くんしん》留《とど》まりて歓娯《かんご》し、楽《がく》動《うご》きて膠葛《こうかつ》に殷《いん》たり
浴《よく》を賜《たま》うは皆《み》な長纓《ちょうえい》にして、宴《えん》に与《あず》かるは短褐《たんかつ》に非《あら》ず
彤庭《とうてい》にて分《わ》かつ所《ところ》の帛《はく》は、本《も》と寒女《かんじょ》より出《い》ず
其《そ》の夫家《ふか》を鞭撻《べんたつ》し、聚斂《しゅうれん》して城闕《じょうけつ》に貢《みつ》ぐ
聖人《せいじん》筐篚《きょうひ》の恩《おん》、実《じつ》に邦国《ほうこく》の活《かつ》せんことを願《ねが》う
臣《しん》如《も》し至理《しり》を忽《ゆるが》せにせば、君《きみ》豈《あ》に此《こ》の物《もの》を棄《す》つるや
多士《たし》朝廷《ちょうてい》に盈《み》つ、仁者《じんしゃ》宜《よろし》く戦慄《せんりつ》すべし
況《いわん》や聞《き》く内《だい》の金盤《きんばん》、尽《ことごと》く衛霍《えいかく》の室《しつ》に在《あ》りと
中堂《ちゅうどう》に神仙《しんせん》有《あ》り、煙霧《えんむ》玉質《ぎょくしつ》を蒙《おお》う
客《かく》を煖《あたた》むるは貂鼠《ちょうそ》の裘《きゅう》、悲管《ひかん》は清瑟《せいしつ》を逐《お》う
客《かく》に勧《すす》むるは駝蹄《だてい》の羹《あつもの》、霜橙《そうとう》は香橘《こうきつ》を圧《あっ》す
朱門《しゅもん》には酒肉《しゅにく》臭《くさ》し、路《みち》には凍死《とうし》の骨《ほね》有《あ》り
栄枯《えいこ》咫尺《しせき》に異《こと》なり、惆悵《ちゅうちょう》として再《ふたた》び述《の》ぶること難《かた》し

＊韻字は入声四質「出・慄・室・質・瑟・橘・述」、入声五物「物」、入声六月「發・闕・骨」、入声七曷「葛・褐・活」、入声八黠「滑・戛」、入声九屑「裂・結・嵲」。

【現代語訳】　歳は暮れ草はみな枯れて、疾風が高い岡をも引き裂かんばかりに激しく吹く。都には陰惨な気が満ちている、旅人の私は真夜中に出発した。霜がひどく降り、着物の帯がちぎれても、あまりの寒さに指が凍えて曲がらず、結ぶこともできない。夜が明け始めて驪山のふもとを通り過ぎると、天子の玉座が険しい山の高いところに設けられていた。『禁軍の蚩尤《しゆう》の旗が寒空を覆う中、凍って滑りやすい崖や谷の路を踏んでいく。温泉の辺りには湯気が立ちこめ、近衛兵の武具のひしめきあう音が響いてくる。君臣ともにここに逗留して歓楽に耽けり、音楽が奏されて、辺り一帯に響きわたっている。しかし、この温泉で浴を賜わることができるのは、貴顕の人たちばかりであり、御宴への参加が許されるのは、短く粗末な服を着た身分の低い者たちではないのだ。』

赤土を塗りこめた宮中の庭で、天子が臣下にお分かち下さる絹は、もともと貧家の女性の手で織られたものである。役人がその家の主を鞭打ち、厳しく取り立てて宮中に貢がせたものなのである。天子がそれを竹かごに入れて臣下に賜るのは、実に国全体が活気づくようにと願われてのことである。賜る臣下がこの究極の道理をないがしろにするようなことがあれば、天子は下賜された物を無駄にお棄てになられたことになる。今や多くの優れた人材が朝廷に溢れているが、心あるものは、省みてどれだけ天子の願いに答えられているのかと恐れおののかねばならない。』

それに聞くところによると、宮中の黄金の皿は、尽く漢の衛氏や霍氏にも匹敵する安氏や楊氏一族の家に運ばれたということだ。その奥座敷には仙女のような美女がいて、お香の煙が漂い、玉のような美しい肌を包んでいる。客を暖めるのはテンの皮衣であり、哀調を帯びた笛の音が、澄んだ瑟《おおごと》の音を追いかける。客に勧めるのは駱駝《らくだ》のひづめの肉のあつものであり、霜を経た橙《だいだい》が、香《かんば》しい蜜柑《みかん》の上に積み上げられている。朱塗りの門の富貴の家には、酒肉があり余って腐った臭いを発しているのに、道端には凍え死んだ人の骨が転がっている。人の世の栄枯は、ほんのわずかな距離を距てるだけでこれほど異なるのだ。あまりに悲しくてこれ以上何もいえない。』

■語釈

○零　しおれる、枯れる。○天衢　都大路、また都。「衢」は四方に通ずる道。○陰　陰惨な気。○崢嶸　盛んに立ちこめているさま。畳韻語「ソウコウ」。○客子　旅人。杜甫を指す。○霜嚴　霜がひどく降りる。○驪山　長安の東北に位置する山。温泉の出る華清宮があり、玄宗は毎年十月に行幸していた。○御榻　天子が坐る椅子。○嵽嵲　山の高く険しいさま。畳韻語「テツゲツ」。○蚩尤　伝説上の人物。黄帝と戦って敗れたが、武勇に優れていたことから、軍旗の名として用いられるようになった。○瑤池　仙女西王母が住むという場所。ここでは、驪山の温泉。○鬱律　湯気が立ちこめるさま。畳韻語「ウツリツ」。○羽林　天子の親衛軍。○摩戛　ものが触れあって音を発すること。ここでは衛兵が多いため、武具や軍旗が触れあうこと。○君臣　玄宗とその臣下。○殷　とどろきわたるさま。○膠葛　広大な空間。○長纓　冠の長い紐。貴顕の人をいう。○與宴　宴に参加する。○短褐　短い粗末な織物。身分の低い人。○彤庭　赤土で塗りこめた宮中の広庭。「彤」は赤い。○所分帛　天子から分かち下される絹。○寒女　貧家の女性。○鞭撻　鞭で打つ。○夫家　一家の主人。○聚斂　租税を取り立てる。○城闕　宮門、ひいては宮中。○聖人　天子。○筐篚恩　竹かごに入れた恩賜。天子が群臣に賜る場合、竹のかごにその品を盛った。『詩経』小雅「鹿鳴序」に「幣帛《へいはく》を筐篚《きょうひ》に実《み》たし、以《もっ》て其《そ》の厚意《こうい》を将《おこな》う」。○忽　物事をいいかげんにしておく。○至理　究極の道理。「至治」とするところを、唐の高宗李治《りち》の諱を避けて「至理」としたとする説もある（『吉川注』筑摩版第一冊）。○多士　多くの優れた人材。『詩経』大雅「文王」に「済済《せいせい》たる多士《たし》」。○内金盤　宮中にある黄金の大皿。○衛霍室　衛青《えいせい》と霍《かく》去病《きょへい》の家。衛青と霍去病は重臣で、ともに前漢の武帝の外戚であったことから、楊国忠（↓「人物説明」）・安禄山を指す。○中堂　奥座敷。○神仙　神仙のように美しい女。楊貴妃（↓「人物説明」）姉妹。○煙霧　堂上の香《かぐわ》しい煙。○玉質　玉のように美しい肌。○貂鼠裘　テンの皮衣。○悲管　悲しげな笛の音。○清瑟　瑟《おおごと》の澄んだ音。○駝蹄羹　駱駝の蹄の肉を煮たあつもの。○朱門　朱塗りの門。富貴の家。○咫尺　ほんのわずかな距離。双声語「シセキ」。○惆悵　悲しみなげくさま。双声語「チユウチョウ」。

北轅就涇渭　官渡又改轍
群水從西下　極目高崒兀
疑是崆峒來　恐觸天柱折
河梁幸未拆　枝撐聲窸窣
行李相攀援　川廣不可越』
老妻寄異縣　十口隔風雪

轅《ながえ》を北《きた》にして涇渭《けいい》に就《つ》き、官渡《かんと》又《ま》た轍《わだち》を改《あらた》む
群水《ぐんすい》西《にし》より下《くだ》り、極目《きょくもく》高《たか》くして崒兀《しゅつこつ》たり
疑《うたが》うらくは是《こ》れ崆峒《こうどう》より来《き》たるかと、恐《おそ》らくは触《ふ》れなば天柱《てんちゅう》も折《お》れん
河梁《かりょう》幸《さいわ》いに未《いま》だ拆《くだ》けず、枝撐《しとう》声《こえ》窸窣《しつしゅつ》たり
行李《こうり》相《あ》い攀援《はんえん》するも、川《かわ》広《ひろ》くして越《こ》ゆ可《べ》からず
老妻《ろうさい》は異県《いけん》に寄《あず》け、十口《じっこう》は風雪《ふうせつ》を隔《へだ》つ

誰能久不顧　庶往共饑渇
入門聞號咷　幼子餓已卒
吾寧捨一哀　里巷亦嗚咽
所愧爲人父　無食致夭折
豈知秋禾登　貧窶有倉卒』
生常免租税　名不隷征伐
撫跡猶酸辛　平人固騒屑
默思失業徒　因念遠戍卒
憂端齊終南　澒洞不可掇』

誰《たれ》か能《よ》く久《ひさ》しく顧《かえり》みざらん、庶《こいねが》わくは往《ゆ》きて饑渇《きかつ》を共《とも》にせん
門《もん》に入《い》りては号咷《ごうとう》を聞《き》く、幼子《ようし》餓《う》えて已《すで》に卒《しゅっ》すと
吾《わ》れ寧《なん》ぞ一哀《いちあい》を捨《お》かんや、里巷《りこう》も亦《ま》た嗚咽《おえつ》す
愧《は》ずる所《ところ》は人《ひと》の父《ちち》と為《な》り、食《しょく》無《な》くして夭折《ようせつ》を致《いた》せしを
豈《あ》に知《し》らんや秋禾《しゅうか》の登《みの》れるに、貧窶《ひんく》には倉卒《そうそつ》たること有《あ》るを
生《せい》常《つね》に租税《そぜい》を免《まぬか》れ、名《な》は征伐《せいばつ》に隷《れい》せず
跡《あと》を撫《ぶ》すれば猶《な》お酸辛《さんしん》たり、平人《へいじん》は固《もと》より騒屑《そうせつ》たり
黙《もく》して失業《しつぎょう》の徒《と》を思《おも》い、因《よ》りて遠戍《えんじゅ》の卒《そつ》を念《おも》う
憂端《ゆうたん》は終南《しゅうなん》に斉《ひと》しく、澒洞《こうどう》として掇《ひろ》う可《べ》からず

＊韻字は入声六月「兀・窣・越・卒・卒・伐・卒」、入声七曷「渇・掇」、入声九屑「轍・折・雪・咽・折・屑」。以上、質・物・月・曷・黠・屑韻が真部の通押。

【現代語訳】　車の梶棒を北に向けて涇水・渭水の合流点に赴き、官設の渡し場に旧道とは別の道を取って行った。ところが川には大量の水が西から流れ下ってきて、見渡す限り高く激しい波をうねらせている。崆峒山から流れてきたのか、この水勢で天柱山にぶつかれば山もへし折れてしまうだろう。橋は幸いにもまだ壊れてはいないが、木組みはぎしぎしときしむ音を立てている。旅人たちは互いに手を取りあって渡るが、川幅が広いためになかなか越

えることができない。』

老いた妻は奉先県に預けてあり、家族一〇人は厳冬の風雪の向こうにいる。なんでいつまでも放っておくことができようか、早くそこへ行って飢えと渇きをともにしたいと切に望んでいた。やっとたどり着いて門に入ると、大声で泣き叫ぶ声が聞こえてきた、幼子が飢えて亡くなっていたのだ。どうして激しく嘆き悲しまずにおれよう、村人たちも同情してむせび泣いてくれる。恥ずかしいのは、人の子の父となりながら、食べ物がなくて幼い子供を死なせてしまったことだ。どうしてこの秋は作物がよく実ったというのに、貧乏人には思いがけずこんな不幸が襲いかかってくるのだろう。』

私は日ごろ租税を免れており、名前が兵籍にも入っていない。それでもこれまでのことをふりかえると、実に多くの辛い苦しい目にあってきた、ましてや普通の人々は、いうまでもなく不安定な日々を暮らしているに違いない。生業《なりわい》を失った人々のことをじっと思い、さらに遠く国境を守りに出征している兵士たちのことを考えると、さまざまな憂いが、終南山の高さに均しいほどに、また波が湧き起こるように生まれてきて、自分には収拾がつかないのである。』

■語釈

〇北轅　車の梶棒を北に向ける。「轅」は車のながえ。牛馬と車をつなぐ棒の部分。〇涇渭　涇水と渭水。二つの川は驪山の北西で合流する。〇官渡　官設の渡し場。〇改轍　車の道を変更する。〇群水　大量の水。〇崒兀　高く聳えるさま。畳韻語「シュツゴツ」。〇崆峒　甘粛省にある山。涇水と渭水等の川は、この山より流れていると考えられていた。畳韻語「コウドウ」。○天柱折　天柱は、山陽県（陝西省商洛市）にある山。長安との境に位置する。ここではすさまじい勢いの水が天柱山にぶつかれば山が折れてしまうこと。柱のように鋭くそそり立っているので「折」の語を用いる。『杜臆』巻一では、国家が今にも転覆しそうなことに喩える。天を支えている柱が折れるとする説もある。○枝撐　橋の木組み。○窸窣　安らかではない音の形容。橋がぎしぎしときしむ音。双声語「シッシュッ」。○行李　旅人。○攀援　手を取って頼みとする。○老妻　杜甫の妻である楊氏。○異縣　奉先県。○十口　一〇人の家族。○號咷　大声で泣き叫ぶ。畳韻語「ゴウトウ」。○捨一哀　こみあがる悲しみを抑える。『礼記』檀弓上に、「孔子《こうし》衛《えい》に之《ゆ》き……旧館人《きゅうかんじん》の喪《も》に遇《あ》い……入《い》りて之《こ》れを哭《こく》し、一哀《いちあい》に遇《あ》いて涕《なみだ》を出《い》だす（孔子が衛に行き……かつて泊まったことのある旅館の主人が亡くなった……家に弔問に行って泣哭したが、どっと悲しみがこみあげて涙を流した）」。○里巷　村里の人々。○嗚咽　声を詰まらせて泣く。双声音「オエツ」。○夭折　年が若くて死ぬ。○秋禾　秋の穀物。「禾」は稲などの穀物の総称。○登　みのる。○貧窶　貧乏でやつれる。○倉卒　思いがけず突然。双声語「ソウソツ」。○免租税　杜甫が租税を免除されていたのは、父の杜《と》閑《かん》が兗州《えんしゅう》（山東省）司馬で従五品下だったからだろう。五品以上の子には免税免役の特権があった（『唐六典』巻三「凡丁戸」の条）。○不隷征伐　兵役を免除される。○撫跡　自分のこれまでのことを考えてみると。○酸辛　苦しい思いや辛い目。双声語「サンシン」。○平人　官位のない普通の人民。「平民」を唐の太宗李世民の諱を避けて「平人」とした。○騒屑　乱れてまとまりがつかないさま。ここでは不安で落ち着かないこと。双声語「ソウセツ」。○失業徒　生業を失った人々。重税のため農地を捨てた流民。○遠戍卒　遠くの国境を守る兵士。○憂端　憂いの発端。さまざまな憂い。○終南　長安の南にある山。○澒洞　波が激しく湧き起こるさま。さまざまな憂いが湧き起こること。畳韻語「コウドウ」。○掇　拾い収める。魏・曹操の「短歌行」に「明明《めいめい》たるること月《つき》の如《ごと》きも、何《いず》れの時《とき》か掇《ひろ》う可《べ》けん。憂《うれ》いは中《うち》より来《き》たりて、断絶《だんぜつ》す可《べ》からず」。

〔太田〕

〇三〇

奉先劉少府新畫山水障歌　奉先《ほうせん》の劉《りゅう》少府《しょうふ》の新《あら》たに画《えが》きし山水《さんすい》の障《しょう》の歌《うた》

堂上不合生楓樹　堂上《どうじょう》 合《まさ》に楓樹《ふうじゅ》を生《しょう》ずべからず
怪底江山起煙霧　怪《あや》しむ底《なん》の江山《こうざん》か煙霧《えんむ》起《お》こるを
聞君掃却赤縣圖　聞《き》く君《きみ》は赤県《せきけん》の図《ず》を掃却《そうきゃく》し
乘興遣畫滄洲趣』　興《きょう》に乗《じょう》じて滄洲《そうしゅう》の趣《おもむ》きを遣画《けんが》すと
畫師亦無數　画師《がし》も亦《ま》た無数《むすう》なるも
好手不可遇　好手《こうしゅ》には遇《あ》う可《べ》からず
對此融心神　此《こ》れに対《たい》すれば心神《しんしん》を融《ゆう》し
知君重毫素　君《きみ》が毫素《ごうそ》を重《おも》んずるを知《し》る
豈但祁岳與鄭虔　豈《あ》に但《た》だ祁岳《きがく》と鄭虔《ていけん》とのみならんや
筆跡遠過楊契丹』　筆跡《ひっせき》は遠《とお》く過《す》ぐ楊契丹《ようきったん》
得非玄圃裂　玄圃《げんぽ》の裂《さ》くるに非《あら》ざるを得《え》んや
無乃瀟湘翻　乃《すなわ》ち瀟湘《しょうしょう》の翻《ひるがえ》る無《な》からんや

悄然坐我天姥下
耳邊已似聞清猿
反思前夜風雨急
乃是蒲城鬼神入
元氣淋漓障猶濕
眞宰上訴天應泣』
野亭春還雜花遠
漁翁暝踏孤舟立
滄浪水深青溟闊
攲岸側島秋毫末
不見湘妃鼓瑟時
至今斑竹臨江活』
劉侯天機精
愛畫入骨髓
自有兩兒郎
揮灑亦莫比

悄然《しょうぜん》として我《わ》れを天姥《てんぼ》の下《もと》に坐《ざ》せしめ
耳《じ》辺《へん》已《すで》に清猿《せいえん》を聞《き》くに似《に》たり
反《かえ》って思《おも》う前夜《ぜんや》風雨《ふうう》急《きゅう》なるは
乃《すなわ》ち是《こ》れ蒲城《ほじょう》に鬼神《きしん》入《い》ればなりと
元気《げんき》淋漓《りんり》として障《しょう》 猶《な》お湿《うるお》うは
真宰《しんさい》の上訴《じょうそ》すれば天《てん》応《まさ》に泣《な》くなるべし
野《や》亭《てい》春《はる》還《かえ》りて雑花《ざっか》遠《とお》く
漁翁《ぎょおう》瞑《くれ》に孤舟《こしゅう》を踏《ふ》みて立《た》つ
滄浪《そうろう》水《みず》深《ふか》くして青冥《せいめい》闊《ひろ》く
攲岸《きがん》側島《そくとう》秋毫《しゅうごう》の末《すえ》
見《み》ずや湘妃《しょうき》の瑟《しつ》を鼓《こ》する時《とき》を
今《いま》に至《いた》りて斑竹江《はんちくこう》に臨《のぞ》みて活《い》く
劉侯《りゅうこう》の天機《てんき》は精《せい》にして
画《が》を愛《あい》すること骨髄《こつずい》に入《い》る
自《おのずか》ら両児郎《りょうじろう》有《あ》り
揮灑《きさい》亦《ま》た比《ひ》する莫《な》し

大兒聰明到
能添老樹巓崖裏
小兒心孔開
貌得山僧及童子』
若耶溪　雲門寺
吾獨胡爲在泥滓
青鞋布襪從此始』

大児《だいじ》は聡明《そうめい》到《いた》り
能《よ》く老樹《ろうじゅ》を巓崖《てんがい》の裏《うち》に添《そ》う
小児《しょうじ》は心孔《しんこう》開《ひら》き
山僧《さんそう》及《およ》び童子《どうじ》を貌《かたど》り得《え》たり
若耶渓《じゃくやけい》、雲門寺《うんもんじ》
吾《わ》れ独《ひと》り胡《なん》為《す》れぞ泥滓《でいし》に在《あ》るや
青鞋布襪《せいあいふべつ》此《こ》れより始《はじ》めん

＊七言古詩。韻字は去声七遇「樹・霧・趣・数・遇・素」、下平一先「虔」と上平一四寒「丹」と上平一三元「翻・猿」との真部通押、入声一四緝「急・入・濕・泣・立」、入声七曷「闊・末・活」、上声四紙「髓・比・裏・子・滓・始」。

【題意】　奉先県（陝西省渭南《いなん》市蒲城《ほじょう》県）の県尉である劉氏が新たに画いた山水の屏風を称えた歌。『文苑英華』巻三三九の本詩の原注に「奉先《ほうせん》の尉《い》たる劉単《りゅうたん》の宅《たく》にての作《さく》」とあることから、劉氏の名は単、県の軍事・警察を掌った尉官であったことがわかる。「山水障」は、山水を画いた屏風や障子。詳注を含めて、「京《けい》より奉先県《ほうせんけん》に赴《おもむ》く詠懐五百字《えいかいごひゃくじ》」〇二九以後の作とする注釈書が多い。詳注一―二七五、鈴木注一―三八。

【現代語訳】　座敷の上に楓樹が生えるわけもなく、何という江か、山か、そこから煙や霧が立ち上っているかと怪しまれる。聞くところによると、あなたは奉先県の図を画き、さらに興に乗じて憂さ晴らしに仙境の風情を屏風に画いたとのこと。』

世に絵師はあまた存在するが、優れた絵師に遇うことはかなわないもの。しかし、この山水画に向き合うと、すっかり画に心を奪われてしまい、あなたがいかに絵画を重んじているかを知ることができる。どうして今の画家が祁《き》岳《がく》と鄭虔《ていけん》の二人だけに限られようか。その筆遣いは一昔前の楊契丹《ようきつたん》を遥かに凌《しの》ぐ。』

屏風に画かれる山は、崑崙山《こんろんざん》の頂が裂けて入りこんだものではなかろうか、またその水は、瀟湘《しょうしょう》の水がひっくり返ってこぼれたものではなかろうか。この画に向き合えば、知らぬ間に天姥《てんぼ》山《ざん》の麓に坐って、耳の近くで猿の澄みきった鳴き声を聞くかのようだ。振り返って思うに、昨夜の風雨が激しかったのは、何とこの地に鬼神が入りこんでいたためだったのだ。また宇宙根源の精気がしたたり落ちて、屏風がいまだに湿っているのは、造物主が天に訴えたために、天が泣いたものであろう。』

田舎のあずまやに春の気が巡り、さまざまな花が遠くにまで連なり、老いた漁師は夕暮れにぽつんと浮かぶ一艘の舟を踏みしめて立っている。滄浪の水は深く澄み、青い海原が広がり、突き出た岸や浮き出た島が毛筋の先のように小さい。娥皇《がこう》・女英《じょえい》が大琴《おおごと》をかき鳴らした時の様子が目に見えるようだ。今もその涙に濡れた竹が川に臨んで生えている。』

劉君は優れた天賦の才能を持ち、絵に対する愛情が骨の髄まで染みこんでいる。おのずとその感化を受けた二人の息子は、思いのままに書画を画いて、他に比類がないほどである。

上の子は理解が早いうえに賢く、高い崖の辺りに古木を描き添えた。また下の子はよく分別がついて、山寺の僧や幼い子供を描き出した。』

美しい若耶渓《じゃくやけい》と雲門寺よ、私一人どうして泥とかすの中にいる必要があろうか、足袋と草鞋《わらじ》をはいて、早速ここから旅に出よう。』

■語釈

○**堂上**　劉単宅の座敷の上。○**不合生楓樹**　当然楓樹が生えているはずはないが、あたかも生えているかに見える。○**底**　何の。唐代の口語で「何」と同じ。○**掃却**　絵を描く。一説に除去する（『吉川注』筑摩版第三冊）。○**赤縣圖**　奉先県の図。「赤県」は京都《けいと》が治める地をいう。中国全土の図とする説もある。○**遣畫**　憂さを晴らして画く。『吉川注』では「遣《ほ》しいままに」。鈴木注では「遣」を使役に解し、前句も合わせて劉単が他者に画かせたとする。○**滄洲趣**　仙境の風情。「滄洲」は仙人の居所。屏風に画かれた山水を指す。○**融心神**　画に心を奪われてしまう。○**毫素**　「毫」は筆、「素」は白絹。筆を白絹に振るう。書画。南朝・宋・顔延之《がんえんし》「五君詠《ごくんえい》」に「深心《しんしん》を毫素《ごうそ》に託《たく》す」。○**祁岳・鄭虔**　ともに当時に名声のあった画家。祁岳は岑参（→「人物説明」）とも親しく、鄭虔《ていけん》は杜甫と親交が深かった（→「人物説明」）。○**楊契丹**　隋代に名声のあった画家（唐・張彦遠『歴代名画記』巻八）。○**玄圃裂**　「玄圃」は仙人が住むとされる崑崙山《こんろんざん》の頂。屏風中の山を崑崙山の頂が裂けて入りこんだものかと称える。○**瀟湘翻**　「瀟湘」は、洞庭湖に注ぐ瀟水《しょうすい》と湘水《しょうすい》が合流する所。双声語「ショウショウ」。屏風中の水を瀟湘の水がひっくり返ってこぼれたものかと称える。○**悄然**　ひっそりしたさま。○**天姥**　浙江《せっこう》省《しょう》紹興《しょうこう》市新昌《しんしょう》県にある山。杜甫は若い頃にこの地を旅している。「壮遊《そうゆう》」〇九五に「帰帆天姥《きはんてんぼ》を払《はら》う」。○**清猿**　澄みきった高い声で鳴く猿。○**蒲城鬼神入**　「蒲城」は奉先県の旧名で、開元中に改められた。前句「風雨」を起こさせたのは、この地に鬼神が入ってきたためであり、山水を描くのに力を貸したに違いないとする。○**元氣**　宇宙間にあって、万物生成の根本となる精氣。○**淋漓**　水がしたたり落ちるさま。双声語「リンリ」。○**眞宰**　天地の主宰者。造物主。○**上訴**　天に画の巧みさを訴える。○**天應泣**　天が画のすばらしさに感動して泣く。昔倉頡《そうけつ》が字を作った時に、天が穀物を降らせ、鬼が夜に泣いたこと（『淮南子《えなんじ》』本経訓）を暗に踏まえる。○**野亭**　田舎の休息所。あずまや。○**春還**　春の気が巡り還ってくる。○**雜花遠**　さまざまな花が遠くまで咲き連なる。○**滄浪**　いにしえの楚の国を流れる川の名。隠者の世界の象徴。また青々と澄んだ水の色。畳韻語「ソウロウ」。○**青溟闊**　海が広がっている。『施鴻保注』巻四は、「溟」は本来「冥」が正しいとする。「青冥」は青空。○**攲岸**　突き出た岸。○**側島**　浮き出た島。○**秋毫末**　秋に抜け替わった獣の細い毛の先。極めて小さいことを意味する。○**不見**　どうして見ないのか。「豈《あ》に見《み》ずや」と同じ。○**湘妃**　堯《ぎょう》（↓「人物説明」）の娘でともに舜《しゅん》（↓「人物説明」）の妃となった娥皇《がこう》・女英《じょえい》の二人。舜が南方に巡幸した後を慕って湘水《しょうすい》のほとりに来た時、舜の死を聞いて泣き悲しみ、身を投げて、湘水の神となった。○**鼓瑟**　大琴を鳴らす。『楚辞』遠遊に「湘霊《しょうれい》（湘水の神）をして瑟《しつ》を鼓《こ》さしめん」。○**斑竹**　瀟湘《しょうしょう》に産する竹には斑《まだら》の文様があり、舜の死を悲しんだ湘妃《しょうき》が流した涙の跡であるという（『博物志』巻八）。○**天機**　天から与えられた才能。○**精**　巧みで優れている。○**入骨髄**　画を愛する思いが骨の髄まで染みこんでいる。○**揮灑**　思いのままに書画をかく。○**巓崖裏**　高い崖一帯。○**心孔開**　心の働きが始まる。分別がつき始めることをいう。○**貌得**　形を写し取る。「貌」は入声に読み「バク」。○**若耶溪**　浙江省紹興市の東南を流れる溪流。景勝地として知られ、杜甫は若い頃、ここに遊んだことがある。○**雲門寺**　若耶《じゃくや》の溪流付近にある寺。○**泥滓**　泥とかす。汚れたものの喩え。○**青鞋布襪**　「青鞋」は草鞋《わらじ》、「布襪」は布製の足袋。旅装を意味する。

奉同郭給事湯東靈湫作

東山氣濛鴻　宮殿居上頭
君來必十月　樹羽臨九州
陰火煮玉泉　噴薄漲巖幽
有時浴赤日　光抱空中樓』
閬風入轍跡　曠原延冥搜
沸天萬乘動　觀水百丈湫
幽靈斯可怪　王命官屬休
初聞龍用壯　擘石摧林丘
中夜窟宅改　移因風雨秋
倒懸瑤池影　屈注滄江流
味如甘露漿　揮弄滑且柔』
翠旗澹偃蹇　雲車紛少留
簫鼓蕩四溟　異香泱漭浮

郭給事《かくきゆうじ》が湯東《とうとう》の霊湫《れいしゆう》の作《さく》に同《どう》じ奉《たてまつ》る

東山気《とうざんき》濛鴻《もうこう》たり、宮殿《きゆうでん》上頭《じようとう》に居《お》る
君《きみ》の来《き》たるは必《かなら》ず十月《じゆうがつ》、羽《う》を樹《た》てて九州《きゆうしゆう》に臨《のぞ》む
陰火《いんか》玉泉《ぎよくせん》を煮《に》、噴薄《ふんぱく》巌《いわお》に漲《みなぎ》りて幽《ゆう》なり
時《とき》有《あ》りて赤日《せきじつ》を浴《よく》せしめ、光《ひかり》は空中《くうちゆう》の楼《ろう》を抱《いだ》く
閬風《ろうふう》に轍跡《てつせき》入《い》り、曠原《こうげん》に冥捜《めいそう》を延《の》ばす
天《てん》に沸《わ》きて万乗《ばんじよう》動《うご》き、水《みず》を観《み》る百丈《ひやくじよう》の湫《しゆう》
幽霊《ゆうれい》斯《こ》れ怪《あや》しむ可《べ》し、王《おう》官属《かんぞく》に命《めい》じて休《きゆう》せしむ
初《はじ》め聞《き》く龍《りよう》は壮《そう》を用《もち》い、石《いし》を擘《さ》きて林丘《りんきゆう》を摧《くだ》き
中夜《ちゆうや》窟宅《くつたく》を改《あらた》むるに、移《うつ》るは風雨《ふうう》の秋《あき》に因《よ》ると
倒《さかしま》に懸《かか》る瑶池《ようち》の影《かげ》、屈《くつ》して注《そそ》ぐ滄江《そうこう》の流《なが》れ
味《あじ》は甘露《かんろ》の漿《しよう》の如《ごと》く、揮《き》弄《ろう》すれば滑《なめ》らかにして且《か》つ柔《やわ》らかなり
翠旗《すいき》は澹《たん》として偃蹇《えんけん》たり、雲車《うんしや》は紛《ふん》として少《しば》らく留《とど》まる
簫鼓《しようこし》四溟《めい》を蕩《うご》かし、異香《いこうおうもう》泱漭として浮《う》かぶ

〇二三二　［太田］

鮫人獻微綃　曾祝沈豪牛
百祥奔盛明　古先莫能儔
坡陀金蝦蟆　出見蓋有由
至尊顧之笑　王母不遣收
復歸虛無底　化作長黄虯』
飄飄靑瑣郎　文采珊瑚鉤
浩歌淥水曲　清絶聽者愁』

鮫人微綃《こうじんびしょう》を献《けん》じ、曾祝《そうしゅく》 豪牛《ごうぎゅう》を沈《しず》む
百祥《ひゃくしょう》盛明《せいめい》に奔《はし》り、古先《こせん》能《よ》く儔《ちゅう》する莫《な》し
坡陀《はだ》たり金《きん》の蝦蟆《がま》、出見《しゅつげん》するは蓋《けだ》し由《よし》有《あ》り
至尊《しそん》之れを顧《かえり》みて笑《わら》い、王母《おうぼ》収《おさ》めしめず
復《ま》た虚無《きょむ》の底《そこ》に帰《かえ》り、化《か》して長《なが》き黄虯《こうきゅう》と作《な》る
飄飄《ひょうひょう》たる青瑣《せいさ》の郎《ろう》、文采珊瑚《ぶんさいさんご》の鉤《こう》
淥水《りょくすい》の曲《きょく》を浩歌《こうか》せば、清絶《せいぜつ》聴《き》く者《もの》愁《うれ》う

＊五言古詩。韻字は下平一一尤「頭・州・幽・樓・捜・湫・休・丘・秋・流・柔・留・浮・牛・儔・由・收・虯・鉤・愁」。

【題意】給事中《きゅうじちゅう》の郭氏が驪山《りざん》の温泉の東にある霊湫《れいしゅう》という霊妙な池に玄宗（↓「人物説明」）が行幸して盛大な祭事を行ったことを詠じた詩に和して献上した詩。「同」は唱和する意。給事中は門下省に属し、天子の詔勅《しょうちょく》を審査する職務。「湯」は驪山の温泉。「霊湫」は龍の住みかであるという池。天宝十四載（七五五）十月の作。安禄山《あんろくざん》（↓「人物説明」）の謀反の知らせは長安には届いていないが、作中の「蝦蟆《がま》」「長黄虯《ちょうこうきゅう》」が禄山を暗に示すことから、反乱の兆しがすでに現れている。詳注一―二七九、鈴木注一―三三三。

【現代語訳】長安の東にある驪山《りざん》は雲霧に覆われるように聳え、華清宮《かせいきゅう》はその上方に位置

する。天子は毎年十月になると必ずここを訪れ、車には五色の羽で作られた花傘を立てて飾り、天下に臨まれる。地底で燃え盛る火は清らかな泉水を沸かし、湧き出る温泉は大きな岩場に満ち溢れて奥深い。時には太陽の光のような天子が湯浴《ゆあ》みし、輝く光は空中に聳える楼を包みこむ。』

我が天子は（周の穆王《ぼくおう》のように）、崑崙山《こんろんざん》の北にある閬風山《ろうふうざん》を訪れて車の轍《わだち》と馬の足跡を残し、次いで東北に広がる曠原《こうげん》の野に奥深い世界を探られた。数え切れない車馬を従えた天子が動けば天に沸きたつ轟音が鳴り響き、さらに自ら歩みを進めて百丈の深さの霊妙な池の水をご覧になられた。この池に住む鬼神はまことに奇怪千万であるため、天子は臣下に命じて沐浴させ身を清めて祭祀を行わせた。昔聞いたことだが、龍はその屈強な力で石を裂き、林や丘を木《こ》っ端微塵《ぱみじん》にすることができ、真夜中に住みかである岩穴を変えるのに、嵐の吹く秋を利用して移動したと。瑶池《ようち》にも比すべき霊湫には宮殿が逆さまに映り、青々とした大川から多くの水が流れこんでいる。その味わいは天から降ってきた甘露のようであり、手ですくって肌に浸すと滑らかでしかも柔らかである。』

翡翠《ひすい》の羽飾りを付けた天子の旗が高くはためいて舞い、仙人が乗る雲の車は入り乱れて集まりしばらく留まる。笛と太鼓の音が四方に響き渡り、よい香りが辺り一面に漂う。人魚は海中で織った薄絹を献上し、祭祀を掌る重臣は足の毛が長い供物の牛を池に沈める。諸々のめでたい出来事が聖天子の盛んで明らかな世に起こり、いにしえの帝王にもそれに並ぶ者はないほどである。起伏のある山の上に金色のヒキガエル（安禄山）、その出現は何か理由があってのことだ。天子はそれを見てお笑いになり、王母（楊貴妃）もこれを捕まえさせはしなかった。そのため金色のヒキガエルは再び霊湫の深い底（范陽《はんよう》）に帰って行き、そこで長くて黄色いミズチになるであろう（謀反を起こすであろう）。』

優れた才能を持つ郭給事、その文章の美しさは珊瑚《さんご》の鉤《かぎ》のようだ。淥水《りょくすい》の曲に比すべき詩を大声で歌えば、音調は非常に清らかで、聞く者の心を痛め悲しませる。』

■語釈

○東山　驪山。都長安の東にある。○氣濛鴻　天地根源の気がいまだ分かれず旺盛なさま。山の形が雲霧に覆われたようである。「濛鴻」は畳韻語「モウコウ」。○宮殿　華清宮。始めは「温泉宮」と称したが、天宝十載（七五二）に「華清宮」に改めた。○必十月　玄宗は避寒と龍を祭るため、毎年十月に華清宮を訪れた。○樹羽　五色の羽毛で作った華傘を車に立てて飾る。○臨九州　中国全土に君臨する。「九州」は古代、全土を九つに分けたのでいう。○陰火　地底で燃え盛る火。○玉泉　清らかな温泉。○噴薄　温泉が湧き出るさま。双声語「フンハ（パ）ク」。○浴赤日　太陽が湯浴《ゆあ》みする。玄宗を「赤日」に比す。太陽は暘谷《ようこく》から現れ、咸池《かんち》に水浴びして、扶桑《ふそう》に到るという（『淮南子』天文訓）。○樓　驪山には観風楼《かんぷうろう》や羯鼓楼《かっころう》などがあった。○閶風　仙界にある山。崑崙山《こんろんざん》の北隅に位置する。○入轍跡　訪れた地に数えられるようになる。周の穆王《ぼくおう》が天下を巡って、「車の轍《わだち》」「馬の跡《あしあと》」を残したこと（『春秋左氏伝』昭公十二年）に比す。○曠原　崑崙山の東北の山すそ。『穆天子伝』巻四に穆王が崑崙の西王母を訪れた後、曠原を訪れたことが記されている。○延冥搜　奥深い所を探る。「延」は遠くまで進める。〇〇四に「追《お》いて冥捜《めいそう》す可《べ》きに足《た》る」。○沸天萬乘動　「万乗」は数多くの車馬を率いる天子。天子が動けば、その轟音が天に沸きたつようであること。南朝・宋・鮑照「蕪城《ぶじょう》の賦《ふ》」

に「歌吹《かすい》は天《てん》に沸《わ》く」。○百丈湫　百丈の霊妙な池。臨潼《りんとう》県の東三五里に「百丈水」という名の川があった。○幽靈　鬼神。○王命官屬休　玄宗が臣下に沐浴させ身を清めて祭祀をさせる。「休」は沐浴する。○初聞　以前から聞くに。○用壯　凄まじい強さを利用する。○窟宅　龍が住む岩穴。○移因風雨秋　龍が住みかを移るのに嵐が吹く秋を利用する。○倒懸瑤池影　宮殿の姿が麓の霊湫の水面に逆さまに映る。「瑤池」は崑崙山にある神仙が住む場所。〇〇四四の語釈参照。ここは霊湫を指す。○屈注　屈折して多くの水が流れこむ。○滄江　広く深く青々とした川。多くは長江を指すので、ここも長江の水が注ぎこむことを含意するか。○甘露漿　天が祥瑞として降らすという甘味のある液。○揮弄　手ですくって弄《もてあそ》ぶ。○翠旗　翡翠《ひすい》の羽を飾りに付けた旗。○澹　動くさま。○偃蹇　高く舞うさま。畳韻語「エンケン」。○雲車　仙人が乗る雲の車。○紛　入り乱れるさま。○簫鼓　笛と太鼓。○四溟　天下。○異香　龍を祭る際のよい香り。○泱漭　広大なさま。畳韻語「オウモウ」。○鮫人　人魚。南海に住み、水中で機《はた》を織る。〇〇九三の語釈参照。鮫人が織った布で作った服を着ると水に入っても濡れない（『述異記』巻下）。○微綃　薄絹。○曾祝沈豪牛　「曾祝」は祭祀を掌る重臣。「豪牛」は足の関節に長い毛がある牛。黄河の祭祀を行うに際し、曾祝は天子が宝玉を南に向かって献じるのを手助けし、祝《はふり》は供物として牛馬豚羊を水に沈めた（『穆天子伝』巻一）。○盛明　盛んで明らかな聖天子の世。○儔　匹敵する。○坡陀金蝦蟆　「坡陀」は土地に起伏があるさま。畳韻語「ハダ」。「蝦蟆」はヒキガエル。畳韻語「ガマ」。宰相の楊国忠《ようこくちゅう》（→「人物説明」）は玄宗に対し、安禄山《あんろくざん》に謀反の企《たくら》みがあるため呼び寄せても来ないだろうと忠告したが、安禄山は命令を聞くや華清宮に駆けつけた。ここでは「金蝦蟆」を安禄山に比す。鈴木注では「岡ほどもある大きな金色の蝦蟆」。○至尊　玄宗を指す。○王母不遣收　「王母」は崑崙山に住む仙女。ここでは楊貴妃《ようきひ》（→「人物説明」）を指す。「収」は、捕まえる。皇太子が安禄山の異心を見抜き進言したが聞き入れられず、楊国忠は安禄山を捕らえようとしたが、楊貴妃が承諾しなかった。楊貴妃の禄山への対応に比す。〇「復帰」二句　「虚無底」は、霊湫の無限に深い底。「長黄虯」は長く黄色いミズチ（角のない龍）。玄宗はますます安禄山（「金《きん》の蝦蟇《がま》」）を信頼し范陽《はんよう》（「虚無《きょむ》の底《そこ》」）に帰らせたところ、ついに禄山は謀反を起こす（「長《なが》き黄虯《こうきゅう》と作《な》る」）に至る。二句は安禄山の勢力が手のつけられないほどになっていたことをいう。〇**飄飄**　才能がとりわけ優れているさま。後漢・張衡「思玄《しげん》の詩《し》」に、「飄飄《ひょうひょう》として神挙《しんあ》がり、欲《ほっ》する所《ところ》を逞《たくま》しくす」。〇**青瑣郎**　給事中のこと。給事黄門侍郎《きゅうじこうもんじろう》は、毎日暮れに青瑣門《せいさもん》（王宮の門）を拝したのでいう。ここでは郭給事を指す。「青瑣」は双声語「セイサ」。〇**文采**　文章の美しさ。〇**珊瑚鉤**　鉤《かぎ》のように屈曲した見事な珊瑚樹《さんごじゅ》。瑞宝。〇**浩歌**　大声で歌う。〇**渌水曲**　古代楽曲の名。後漢・馬融「長笛《ちょうてき》の賦《ふ》」（『文選』巻一八）に「中《なか》は度《のり》を白雪《はくせつ》・渌水《りょくすい》に取《と》る」、その李周翰注に「白雪《はくせつ》・渌水《りょくすい》は雅曲《がきょく》の名《な》」。郭給事が霊湫について詠んだ詩を指す。〇**清絶**　非常に清らかなさま。

［太田］

〇二三

後出塞五首

男兒生世閒　及壯當封侯
戰伐有功業　焉能守舊丘
召募赴薊門　軍動不可留
千金裝馬鞭　百金裝刀頭
閭里送我行　親戚擁道周

後出《こうしゆつ》 塞五《さいご》首《しゅ》

男児《だんじ》世間《せけん》に生《う》まれては、壮《そう》に及《およ》びて当《まさ》に侯《こう》に封《ほう》ぜらるべし
戦伐《せんばつ》に功業《こうぎょう》有《あ》り、焉《いずく》んぞ能《よ》く旧丘《きゅうきゅう》を守《まも》らん
召募《しょうぼ》せられて薊門《けいもん》に赴《おもむ》くも、軍《ぐん》動《うご》けば留《とど》まる可《べ》からず
千金《せんきん》もて馬鞭《ばべん》を装《よそお》い、百金《ひやくきん》もて刀頭《とうとう》を装《よそお》う
閭里《りょり》我《わ》が行《こう》を送《おく》り、親戚道周《しんせきどうしゅう》を擁《よう》す

斑白居上列　酒酣進庶羞
少年別有贈　含笑看呉鉤

斑白《はんぱく》は上列《じょうれつ》に居《お》り、酒《さけ》酣《たけなわ》にして庶羞《しょしゅう》を進《すす》む
少年《しょうねん》別《べつ》に贈《おく》る有《あ》り、笑《わら》いを含《ふく》みて呉鉤《ごこう》を看《み》る

＊五言古詩。韻字は下平一一尤「侯・丘・留・頭・周・羞・鉤」。

【題意】「前出塞《ぜんしゅつさい》」〇〇四九～〇〇五七詩があるので、「後出塞」という。「出塞」は、塞《とりで》を出る。漢代より楽府《がふ》・横吹曲《おうすいきょく》の名として存在した。天宝十四載（七五五）三月壬午、安禄山《あんろくざん》（↓「人物説明」）は、奚《けい》・契丹《きったん》と戦い、これを潢水《こうすい》に破った。その後、洛陽の兵を徴発して漁陽《ぎょよう》に赴かせた。「後出塞」は安禄山の徴兵に応募した兵士の叙述として詠まれる。其の五に禄山の謀反について述べられていることから、天宝十四載冬の作。詳注一―二六五、鈴木注一―三三八。

【現代語訳】男児たるもの、この世に生まれたからには、壮年になれば諸侯に列せられるような活躍をするべきである。戦いに出ればこそ手柄を立てることができるのに、どうして故郷の地を守ってばかりおられようか。私は募集に応じて薊門《けいもん》へ赴くが、軍隊はいったん動き出すと一つ所に留まることはできない。さっそく千金で馬の鞭を飾り立て、百金で刀の柄《つか》頭《がしら》を飾り立てて出発に備えた。村里の人々は私の出発を見送り、親戚も道端で私を取り囲む。白髪交じりの老人は上席につき、酒を盛んに酌み交わし、多くの御馳走を勧めてくれる。若者はわざわざ呉鉤《ごこう》の剣を贈ってくれたので、その意を悟ってにっこり笑い、それを眺める。

■語釈
○及壯　働き盛りの年頃になる。○封侯　領土を与えて諸侯（大名）にする。○舊丘　故郷の地。○薊門　北京《ペキン》市の近く、安禄山が挙兵した所。○刀頭　刀の柄頭《つかがしら》。○擁　群がる。○道周　道のすみ。○斑白　白髪交じりの老人。「斑」はまだら。○庶羞　多くの御馳走。「羞」は食物を供える。○含笑　剣を受け取り、贈ってくれた若者の意を悟って笑う。森槐南『杜詩講義』下巻は、主語を「少年」とし、功を立てることを期待してにっこり笑ったとする。○呉鉤　剣の名。刃先の鋭い剣。呉王闔閭《ごおうこうりょ》が大金を懸けて鉤《かぎ》（尖端が曲がった刀）を作らせたところ、ある刀工が二人の子供を殺し、その血を金の鉤に塗り、呉王に献上した。刀工が子供の名を呼べばその鉤が反応したことから、呉王は驚いて大金を授けた（『呉越春秋』巻四）。

［太田］

〇二三

其二

朝進東門營　暮上河陽橋
落日照大旗　馬鳴風蕭蕭
平沙列萬幕　部伍各見招
中天懸明月　令嚴夜寂寥
悲笳數聲動　壯士慘不驕
借問大將誰　恐是霍嫖姚

其《そ》の二《に》

朝《あした》に東門《とうもん》の営《えい》より進《すす》み、暮《く》れに河陽《かよう》の橋《はし》に上《のぼ》る
落日大旗《らくじつだいき》を照《て》らし、馬鳴《うまな》きて風蕭蕭《かぜしょうしょう》たり
平沙万幕《へいさばんまく》を列《つら》ね、部伍《ぶご》各ゝ《おのおの》招《まね》かる
中天《ちゅうてん》に明月懸《めいげつか》かり、令厳《れいきび》しく夜寂寥《よるせきりょう》たり
悲笳数声動《ひかすうせいうご》き、壮士惨《そうしさん》として驕《おご》らず
借問《しゃもん》す大将《たいしょう》は誰《たれ》ぞ、恐《おそ》らくは是《こ》れ霍嫖姚《かくひょうよう》

＊五言古詩。韻字は下平二蕭「橋・蕭・招・寥・驕・姚」。

【現代語訳】早朝に洛陽城東門《らくようじょうとうもん》の兵営より出発すると、夕暮れにはもう河陽《かよう》の橋を渡る。沈みかかる太陽が大きな軍旗を照らし、馬はいなないて、風の音がもの寂しい。広大な砂原に数多くの兵舎がテントを列《つら》ね、それぞれの部隊ごとに呼び込まれて点呼を受ける。空の真ん中には明月が懸かり、軍令が厳しいため、夜はひっそりとしている。悲しい胡笳《こか》の音が数回響き渡ると、意気盛んな兵士も心にしみ入り、驕り高ぶる気持ちを抑えて行動を控える。ちょっとお尋ねします、この軍隊の大将はどなたですかと、それは漢の霍去病《かくきょへい》のようなお方。

■語釈
○東門營　洛陽城《らくようじょう》の東門《とうもん》にある兵営。○河陽橋　河陽《かよう》県は洛陽の北に位置し、そこを流れる黄河に架かる橋。○風蕭蕭　風の音がもの寂しいさま。戦国・荊軻《けいか》「歌」に「風蕭蕭《かぜしょうしょう》として易水寒《えきすいさむ》し」。○平沙　広々とした砂原。○萬幕　多くの兵舎用のテント。○部伍　部隊。○寂寥　ひっそりとしてもの寂しいさま。○悲笳　悲しい胡笳《こか》の音色。「笳」は葦笛。多く胡人が用い、その音色は悲哀に満ちる。○數聲動　数回響く。○慘不驕　「慘」は心にしみ入るようにつらい。「不驕」は驕り高ぶる気持ちを抑え、思い上がった行動をしない。軍法に従おうと気を引き締める様子。○借問　試しに問う。疑問の語を伴い、後に自答の語が続く。○霍嫖姚　漢の武帝の時の名将・霍去病《かくきょへい》。騎射を善くし、嫖姚校尉《ひょうようこうい》となった（『史記』巻一一一「霍去病伝」）。一説に天宝二年（七四三）に安禄山が驃騎大将軍を加えられているところから、「霍嫖姚」は安禄山になぞらえるとする（『銭注』巻三）。「嫖姚」は畳韻語「ヒョウヨウ」。

［太田］

〇三四

其三

古人重守邊　今人重高勳
豈知英雄主　出師亘長雲
六合已一家　四夷且孤軍
遂使貔虎士　奮身勇所聞
拔劍擊大荒　日收胡馬群
誓開玄冥北　持以奉吾君

其《そ》の三《さん》

古人《こじん》は守辺《しゅへん》を重《おも》んじ、今人《きんじん》は高勲《こうくん》を重《おも》んず
豈《あ》に知《し》らんや英雄《えいゆう》の主《しゅ》の、師《し》を出《い》だして長雲《ちょううん》亘《わた》るを
六合《りくごう》は已《すで》に一家《いっか》なるも、四夷《しい》に且《か》つ孤軍《こぐん》あり
遂《つい》に貔虎《ひこ》の士《し》をして、身《み》を奮《ふる》いて聞《き》く所《ところ》に勇《ゆう》ならしむ
剣《けん》を抜《ぬ》きて大荒《たいこう》を撃《う》ち、日《ひ》に胡馬《こば》の群《ぐん》を収《おさ》めん
誓《ちか》いて玄冥《げんめい》の北《きた》を開《ひら》き、持《じ》して以《もっ》て吾《わ》が君《きみ》に奉《ほう》ぜんと

＊五言古詩。韻字は上平一二文「動・雲・軍・聞・群・君」。

【現代語訳】　いにしえの人は国境で外敵の侵入を防ぐことに重きを置いたが、今の人は戦争で高い勲功を立てることに重きを置く。まさか天子様が、どこまでも続く雲のように連なる軍隊をお出しになろうとは、思いもしなかった。天下はすでに一家となったのに、四方の異民族に対してさらに少数精鋭の軍隊をつぎこむ有り様である。そこで勇猛果敢な兵士たちに、天子の命令を遂げるために身を奮って勇《いさ》み立たせることになる。（そのようにして出征した兵士は）剣を抜いて遠方未開の地を撃ち、日々に北方異民族の馬の群れを手に入れるだろう。誓って極北の地を切り開き、その勲功を持って我が君に献上するのだと。

■語釈
○守邊　辺境を守備する。○英雄主　英雄である君主。玄宗。○出師亘長雲　繰り出された軍隊が連綿と続く雲のように連なる。「師」は軍隊。○六合　東西南北と上下。転じて天下。前漢・賈誼《かぎ》「過秦《かしん》論《ろん》」に「六合《りくごう》を以《もっ》て家《いえ》と為《な》す」。○四夷　四方の異民族。○孤軍　少数ながらも精鋭兵が揃った軍隊。一説に四夷の「孤軍」とする（『李寿松注』二三頁など）。○貔虎士　「貔」はヒョウ・トラの類。「虎」とともに猛獣。勇猛果敢な兵士をいう。○所聞　命令として聞いたこと。軍令。○大荒　遠く離れた未開の地。○胡馬　北方異民族の馬。○玄冥北　極北の地。「玄冥」は北方の神を指し、北方の地をいう。『楚辞』遠遊に、「玄冥《げんめい》を歴《ふ》るに邪径《じゃけい》（横の小道）を以《もっ》てす」。

［太田］

〇二三五

其四

獻凱日繼踵　兩蕃靜無虞
漁陽豪俠地　擊鼓吹笙竽
雲帆轉遼海　粳稻來東吳
越羅與楚練　照耀輿臺軀
主將位益崇　氣驕凌上都
邊人不敢議　議者死路衢

其《そ》の四《し》

凱《がい》を献《けん》ずること日《ひ》に踵《くびす》を継《つ》ぎ、両蕃《りょうばん》 静《しず》かにして虞《おそ》れ無《な》し
漁陽《ぎょよう》は豪俠《ごうきょう》の地《ち》、鼓《こ》を撃《う》ちて笙竽《しょうう》を吹《ふ》く
雲帆遼海《うんぱんりょうかい》に転《てん》じ、粳稲東呉《こうとうとうご》より来《き》たる
越羅《えつら》と楚練《それん》と、輿台《よだい》の軀《く》に照耀《しょうよう》す
主将《しゅしょう》 位《くらい》 益ゝ《ますます》崇《たか》く、気《き》驕《おご》りて上都《じょうと》を凌《しの》ぐ
辺人《へんじん》敢《あえ》て議《ぎ》せず、議《ぎ》する者《もの》は路衢《ろく》に死《し》す

＊五言古詩。韻字は上平七虞「虞・竽・呉・軀・都・衢」。

【現代語訳】毎日次から次へと勝利の報がもたらされ、奚《けい》・契丹《きったん》は鎮圧されて恐れることはなくなった。漁陽《ぎょよう》は男気溢れた土地柄で、太鼓を鳴らして笛を吹き勝利を祝った。雲のように大きな帆を張った船が遼海《りょうかい》に物資を運んでくるため、粳米《うるちまい》も江蘇《こうそ》地方から手に入れることができる。浙江《せっこう》地方の薄絹や、湖北《こほく》・湖南《こなん》地方の練り絹は、賤しい兵士の体まで照り輝かす。主将の安禄山《あんろくざん》の地位はいよいよ高くなり、その意気は傲慢になって都の天子を凌ぐばかりだ。しかし、国境の地にいる人々は、誰もとやかくいおうとしない。いおうものなら、その者は街路で死ぬことになるからだ。

■語釈

○獻凱　勝利の報告を奉る。「凱」は戦勝を祝って奏される音楽。○繼踵　くびすを接して後から後から続く。使者によって安禄山が奚・契丹を破った報告が次から次へともたらされたことをいう。○兩蕃　奚・契丹。○漁陽　今の北京市の北東の地。この地で安禄山は謀反を起こした。○豪俠　強くて男気があること。○笙竽　どちらも竹製の笛の一種。○雲帆　雲のように大きな帆を張った船。○轉遼海　遼《りょう》東《とう》（遼寧省《りょうねいしょう》の東南部）の南は渤海《ぼっかい》に臨むことから、その海を「遼海」という。隋唐の時代、南方の物資は船を利用して東北の渤海に運ばれていた。○粳稻　うるち米。○東呉　江蘇《こうそ》地方。○越羅　越州《えっしゅう》（浙江《せっこう》地方）で産した薄絹。○楚練　楚（湖南《こなん》・湖北《こほく》）で産した練り絹。○輿臺　人の身分を示す等級の名。『春秋左氏伝』昭公七年に、一〇等級の身分が示され、そのうち「輿」が六番目、「台」が一〇番目とある。人に使役される賤しい身分。安禄山は奚・契丹に勝利すると、部下に手厚い恩賞を与え、支持を集めた。後漢・張衡「東京《とうけい》の賦《ふ》」（『文選』巻三）に「京倉《けいそう》を発《ひら》き、禁財《きんざい》を散《さん》じ、皇寮《こうりょう》に賚《たま》い、輿台《よだい》に逮《およ》ぶ」、その張銑《ちょうせん》注に「輿台《よだい》は賤称《せんしょう》、上《かみ》は大官《たいかん》に賜《たま》い、下《しも》は賤人《せんじん》に及《およ》ぶ」。○**主將**　安禄山。○**位益崇**　安禄山は天宝七載（七四八）に柳城郡公《りゅうじょうぐんこう》、九載に東平郡王《とうへいぐんおう》、十載に河東節度使《かとうせつどし》、十三載に尚書左僕射《しょうしょさぼくや》となった（『新唐書』巻二二五上「安禄山伝」）。○**上都**　天子の都。○**邊人**　国境の地にいる人。安禄山の支配下の人。○**路衢**　城郭内の四方に通ずる大通り。

［太田］

〇二三六

其五

我本良家子　出師亦多門
將驕益愁思　身貴不足論
躍馬二十年　恐孤明主恩
坐見幽州騎　長驅河洛昏
中夜間道歸　故里但空村
惡名幸脱兎　窮老無兒孫

其《そ》の五《ご》

我《わ》れは本《も》と良家《りょうか》の子《こ》、出師《すいし》亦《ま》た門多《もんおお》し
将《しょう》の驕《おご》れば益《ます》ゝ愁思《ますしゅうし》し、身《み》の貴《たっと》きは論《ろん》ずるに足《た》らず
馬《うま》を躍《おど》らすこと二十年《にじゅうねん》、明主《めいしゅ》の恩《おん》に孤《そむ》くを恐《おそ》る
坐《そぞ》ろに見《み》る幽州《ゆうしゅう》の騎《き》、長駆《ちょうく》して河洛《からく》昏《くら》し
中夜間道《ちゅうやかんどう》より帰《かえ》れば、故里《こり》但《た》だ空村《くうそん》
悪名《あくめい》は幸《さいわ》いに脱免《だつめん》するも、窮老《きゅうろう》にして児孫《じそん》無《な》し

＊五言古詩。韻字は上平一三元「門・論・恩・昏・村・孫」。

【現代語訳】　私はもともと忠義を知る良い家柄に生まれたものの、従軍してからは多くの将軍から命令を受けた。主将たる安禄山《あんろくざん》が驕り高ぶるので、それを見てますます心配が募

り、もはやわが身の出世など問題ではない。戦場で馬を走らせること二十年、天子の御恩に背くことを恐れるのだ。そこで目のあたりにしたのは、幽州《ゆうしゅう》の騎馬軍が、長い道のりを一気に駆け抜けて南下し、たちまち洛陽《らくよう》一帯を戦塵で覆いつくしてしまった光景だ。夜中にこっそり抜け道から帰ってみると、ふるさとは誰もいない村になり果てていた。謀反に荷担するという汚名《おめい》は運良く免れることができたが、困窮して年を取った上、家族は殺されて子や孫がおらず身寄りもない始末である。

■**語釈**

○**良家子**　家柄が良く、忠義を知る者の子。○**多門**　『春秋左氏伝』成公十六年に「晋《しん》の政《せい》は門多《もんおお》し」とあり、命令を下す人物が君主のみでなく多数存在することをいう。『施鴻保注』巻四はその典拠を否定し、何度も、の意。○**将驕**　安禄山が驕り高ぶる。○**益愁思**　安禄山が謀反を起こしはしないか心配する。○**躍馬**　勢いよく馬を走らせる。○**孤明主恩**　「明主」は玄宗。「孤」は背く。このまま安禄山の軍に従えば、謀反によって玄宗に背くことになってしまう。○**坐見**　目のあたりにする、見るよりほかない。○**幽州**　河北省《かほくしょう》の北部から遼寧省《りょうねいしょう》一帯の地。安禄山の根拠地。○**長驅**　馬を遠くまで走らせる。○**河洛**　黄河と洛水《らくすい》。洛陽一帯を指す。安禄山は十一月に謀反を起こすと、十二月には河南《かなん》洛陽を占領した（『新唐書』巻五「玄宗本紀」）。○**間道**　抜け道。○**空村**　ひと気のない村。○**惡名**　安禄山の軍に従って謀反を起こしたという汚名。○**脫免**　汚名を免れる。玄宗への忠節を守って賊軍から脱することをいう。○**窮老**　困窮して年を取った老人。○**無兒孫**　子孫がいない独り者。詳注は、軍から逃げたために妻と子を殺されて身寄りがないとする。

［太田］

蘇端薛復筵簡薛華醉歌　蘇《そ》端《たん》と薛復《せつふく》の筵《えん》にて薛華《せつか》に簡《かん》せし酔歌《すいか》

〇三七

文章有神交有道　文章《ぶんしょう》に神有《しんあ》り交《まじ》わりに道有《みちあ》り
端復得之名譽早　端復之《たんふくこ》れを得《え》て名誉《めいよ》早《はや》し
愛客滿堂盡豪傑　客《かく》を愛《あい》して満堂《まんどう》尽《ことごと》く豪傑《ごうけつ》
開筵上日思芳草　筵《えん》を開《ひら》きて上日《じょうじつ》に芳草《ほうそう》を思《おも》う
安得健步移遠梅　安《いずくん》ぞ健歩《けんぽ》もて遠梅《えんばい》を移《うつ》し
亂插繁花向晴昊』　乱《みだ》れて繁花《はんか》を挿《さ》して晴昊《せいこう》に向《む》かうことを得《え》ん
千里猶殘舊冰雪　千里《せんり》猶《な》お残《のこ》る旧 氷雪《きゅうひょうせつ》
百壺且試開懷抱　百壺《ひやっこ》且《しばら》く試《こころ》みに懐抱《かいほう》を開《ひら》かん
垂老惡聞戰鼓悲　垂老聞《すいろうき》くを悪《にく》む戦鼓《せんこ》の悲《かな》しきを
急觴爲緩憂心擣　急 觴 為《きゅうしょうため》に緩《ゆる》くす憂心《ゆうしん》の擣《うすづ》くを
少年努力縱談笑　少年 努力《しょうねんどりょく》して談笑《だんしょう》を縦《ほしいまま》にす
看我形容已枯槁』　看《み》よ我《わ》が形容已《けいようすで》に枯槁《ここう》するを
座中薛華善醉歌　座中《ざちゅう》の薛華《せつか》は酔歌《すいか》を善《よ》くし
歌辭自作風格老　歌辞《かじ》自《おのずか》ら風格《ふうかく》の老《お》ゆるを作《な》す

近來海內爲長句
汝與山東李白好
何劉沈謝力未工
才兼鮑照愁絶倒』
諸生頗盡新知樂
萬事終傷不自保
氣酣日落西風來
願吹野水添金杯
如澠之酒常快意
亦知窮愁安在哉
忽憶雨時秋井塌
古人白骨生青苔
如何不飲令心哀』

近来《きんらい》海内《かいだい》長句《ちょうく》を為《つく》るに
汝《なんじ》と山東《さんとう》の李白《りはく》と好《よ》し
何劉《かりゅう》 沈謝《しんしゃ》は力《ちから》 未《いま》だ工《たくみ》ならず
才《さい》は鮑照《ほうしょう》を兼《か》ぬれば絶倒《ぜつとう》せんことを愁《うれ》う
諸生《しょせい》頗《すこぶ》る尽《つ》くす新知《しんち》の楽《たの》しみ
万事《ばんじ》終《つい》に自《みずか》ら保《たも》たざるを傷《いた》む
気《き》酣《たけなわ》にして日《ひ》落《お》ち西風《せいふう》来《き》たる
願《ねが》わくは野水《やすい》を吹《ふ》きて金杯《きんぱい》に添《そ》えよ
澠《じょう》の如《ごと》きの酒《さけ》常《つね》に意《い》を快《こころよ》くすれば
亦《ま》た窮愁《きゅうしゅう》の安《いず》くにか在《あ》るを知《し》らんや
忽《たちま》ち憶《おも》う雨時《うじ》に秋井《しゅうせい》塌《くず》れ
古人《こじん》の白骨《はっこつ》に青苔《せいたい》生《しょう》ずるを
如何《いかん》ぞ飲《の》まずして心《こころ》をして哀《かな》しましむるや

＊七言古詩。韻字は上声一九皓「道・早・草・昊・抱・擣・槁・老・好・倒・保」、上平一〇灰「來・杯・哉・苔・哀」。

【題意】　蘇《そ》端《たん》と薛《せつ》復《ふく》の宴席で酒に酔って薛《せっ》華《か》に書き送った歌。詩中では薛華も宴で酔って歌を製していることから、その歌に感じてお返しに詠んだ。蘇端は作詩時においては無官であったが、乾元元年（七五八）に進士に及第。後に比《ひ》部《ぶ》郎《ろう》中《ちゅう》になったが、宰相の楊《よう》綰《わん》に「文貞」と諡《おくりな》することに異議を唱えたため、広《こう》州《しゅう》の員《いん》外《がい》司《し》馬《ば》に左遷された。「雨《あめ》に蘇《そ》端《たん》に過《よ》ぎる」〇一六〇と同一人物。薛華もこのとき無官であったが、後に右《う》金《きん》吾《ご》倉《そう》曹《そう》に栄進する。薛復は未詳。「酔歌」はたんに酔って歌うだけでなく、自由な詩形の長歌をいう。〇二一七、〇二四三、〇七六七、一三四一の詩題に「酔歌」の語が見える。詩中に戦乱を示す内容が含まれるが、身は城中にありながら長安陥落について触れていないことから、天宝十五載（七五六）正月初旬の作。別に乾元元年、首都長安回復後の最初の新年の作とする説もある（『吉川注』筑摩版第五冊）。
詳注一－一九二、鈴木注一－三三七。

【現代語訳】　文学には霊妙な働きがあり、交友には人として行うべき道義がある。蘇《そ》端《たん》と薛《せつ》復《ふく》はそれらを体得して早くから高い評価を得ている。両人は賓客を愛し、その宴席に満ち溢れた人々は優れた人物ばかりである。正月一日に宴会を催し、君子の美徳を示す芳しい草花を思慕された。なんとかして健脚にまかせて遠方の梅をここへ移植し、満開の花を髪いっぱいに挿して晴れた空に向かいたいものだ。』

　千里の彼方までまだ去年の氷と雪が残っているが、まずは試しに百杯の美酒を飲んで胸の思いを吐露しよう。老いの身に陣太鼓の悲しい音を聞くのはもう御免、矢継ぎ早に杯に注がれる酒を飲んで、憂いに波立つ胸の動悸を静めるのだ。若者は意気盛んにのびのびと談笑しているが、私の姿を御覧、もう枯れ木同然だ。』

一座では薛華《せつか》が酔って歌うことに長《た》けており、その歌辞は自然と老練な風格を有している。近ごろ天下で七言歌行を作ることにかけては、あなたと山東の李白が優れている。あなたと較べると、南朝・梁《りよう》を代表する何遜《かそん》・劉孝綽《りゆうこうしやく》・沈約《しんやく》・謝朓《しやちよう》も、その詩文の力は巧みとはいえず、しかもあなたは鮑照《ほうしよう》の才さえ併せ持っているので、周りの詩人が圧倒されはしないか心配だ。』

若者たちは新たに知りあいができて楽しみを十分に尽くしているが、私はこの戦乱の世で我が身さえ全うできないのではないかと心配だ。酔いが廻って意気盛んとなった頃、日が落ちて西風が吹いてきた。願うことなら西風が野の水を吹き起こして黄金の杯に酒を満たしてほしい。瀍水《じようすい》ほどの多量の酒があって、いつも人を晴れ晴れとした気持ちにさせることができれば、この辛い悲しみの存在すら知らなくてすむだろう。だが突然に思い起こされるのは、秋の雨に貴人の墳墓が崩れ、露出した古人の白骨に蒼い苔が生じていたあの光景だ。そのことを考えると、どうして酒を飲まずに悲しんでばかりおれようか。』

■語釈

○文章有神　文学には霊妙な働きがある。〇〇三五に「筆《ふで》を下《くだ》せば神有《しんあ》るが如《ごと》し」。**○端復**　蘇端《そたん》と薛復《せつふく》。知人の名を実名で呼ぶのは率直な友情の表現（『吉川注』）。**○上日**　正月一日。**○芳草**　芳香のある草花。君子の美徳の喩え。『楚辞』離騒《りそう》に「何《なん》の所《ところ》にか独《ひと》り芳草《ほうそう》無《な》からん」。**○舊冰雪**　前年から残っている氷と雪。**○懐抱**　思い考える。『楚辞』九章「懐沙《かいしや》」に「質《しつ》を懐《いだ》き情《じよう》を抱《いだ》くも、独《ひと》り匹《ひつ》無《な》し」。**○垂老**

老人になりかかっている。「垂」は今にも……なりそうだ。作者を指す。〇急觴　矢継ぎ早に杯に注がれる酒を続けて飲む。「觴」は杯。〇擣　杵《きね》でとんとん叩く。憂いのために胸が動悸を打つ。〇形容已枯槁　「形容」は姿形。「枯槁」は草木が枯れることから、人の痩せ衰えたさま。双声語「ココウ」。『楚辞』漁父《ぎよほ》の辞《じ》に「顔色《がんしょく》憔悴《しょうすい》し、形容枯槁《けいようここう》す」。〇長句　七言歌行。〇山東李白　李白（↓「人物説明」）の出身地は通説では西域とされるが、山東（山東省）の出身とする資料もある（『旧唐書』巻一九〇下「李白伝」など）。また、元稹《げんしん》が書いた杜甫の墓誌銘「唐《とう》の検校工部員外郎杜君墓係銘《けんこうこうぶいんがいろうとくんぼけいめい》並《なら》びに序《じょ》」など、当時の人が李白を「山東の人」と称することもあった。詳注は『銭注』巻二を引いて、李白を山東の出身とするのは李白の父が任城の尉となったためであり、時の人が「山東人」と称するのは李白が徂徠《そらい》山に隠遁したためだとする。〇何劉沈謝　何遜《かそん》（↓「人物説明」）・劉孝綽《りゅうこうしゃく》・沈約《しんやく》・謝朓《しゃちょう》。いずれも南朝・梁《りょう》を代表する文学者。当時の人は何遜と劉孝綽の文章を重んじて「何劉」と呼び、元帝は沈約・謝朓・何遜の詩を高く評価した（『梁書』巻四九「何遜伝」）。〇鮑照　南朝・宋の詩人（↓「人物説明」）。「春日李白《しゅんじつりはく》を憶《おも》う」〇〇二八に「俊逸《しゅんいつ》なるは鮑参軍《ほうさんぐん》」。〇絶倒　きわめて敬服する。他の詩人が薛華の詩才のすばらしさに圧倒される。〇新知樂　主人と賓客が新たに知り合う楽しみ。『楚辞』九歌「少《しょう》司命《しめい》」に「楽《たの》しきは新《あたら》しく相《あ》い知《し》るより楽《たの》しきは莫《な》し」。〇不自保　世の乱れによって我が身さえ生きながらえることができない。〇添金杯　野の水を酒に変えて黄金の杯に満たす。〇如澠之酒　川のように多量の酒。「澠」は、山東省北部を流れる川の名。『春秋左氏伝』昭公十二年に「酒《さけ》有《あ》りて澠《じょう》の如《ごと》し」。〇窮愁　困窮の悲しみ。〇井　詳注は貴人の墳墓とする。井戸と解する説もある（『施鴻保注』巻四、『吉川注』など）。〇塌　傾き崩れる。

［太田］

〇三八

晦日尋崔戢李封

朝光入甕牖　尸寢驚敝裘
起行視天宇　春氣漸和柔
興來不暇懶　今晨梳我頭
出門無所待　徒步覺自由』
杖藜復恣意　免値公與侯
晩定崔李交　會心眞罕儔
毎過得酒傾　二宅可淹留
喜結仁里歡　況因令節求』
李生園欲荒　舊竹頗修修
引客看掃除　隨時成獻酬
崔侯初筵色　已畏空樽愁
未知天下士　至性有此不』
草芽既青出　蜂聲亦暖遊
思見農器陳　何當甲兵休

晦日《かいじつ》に崔戢《さいしゅう》 李封《りほう》を尋《たず》ぬ

朝光《ちょうこう》 甕牖《おうゆう》に入《い》り、尸寝《ししん》 敝裘《へいきゅう》に驚《おどろ》く
起行《きこう》天宇《てんう》を視《み》れば、春気《しゅんき》漸《ようや》く和柔《わじゅう》す
興《きょう》 来《き》たりて懶《らん》なるに暇《いとま》あらず、今晨《こんしん》我《わ》が頭《かしら》を 梳《くしけず》る
門《もん》を出《い》ずるに待《ま》つ所《ところ》 無《な》く、徒歩《とほ》自由《じゆう》なるを覚《おぼ》ゆ
藜《あかざ》を杖《つえ》つきて復《ま》た意《い》を 恣《ほしいまま》にし、公《こう》と侯《こう》とに値《あ》うを免《まぬが》る
晩《ばん》に定《さだ》む崔李《さいり》の交《まじ》わり、会心《かいしん》真《まこと》に儔《たぐい》 罕《まれ》なり
過《よぎ》る毎《ごと》に酒《さけ》を得《え》て傾《かたむ》け、二《に》宅淹留《たくえんりゅう》す可《べ》し
仁里《じんり》の歓《よろこ》びを結《むす》ぶを喜《よろこ》ぶ、況《いわん》や令節《れいせつ》に因《よ》りて求《もと》むるをや
李生《りせい》は園荒《えんあ》れんと欲《ほっ》し、旧竹《きゅうちく》 頗《すこぶ》る修《しゅう》 修《しゅう》たり
客《かく》を引《ひ》きて掃除《そうじょ》を看《み》、時《とき》に随《したが》いて献酬《けんしゅう》を成《な》す
崔侯《さいこう》は初筵《しょえん》の色《いろ》、已《すで》に空樽《くうそん》を畏《おそ》れて愁《うれ》う
未《いま》だ知《し》らず天下《てんか》の士《し》、至性《しせい》此《こ》れ有《あ》りや不《いな》や
草芽《そうが》既《すで》に青《あお》くして出《い》で、蜂声《ほうせい》も亦《ま》た暖《あたた》かくして遊《あそ》ぶ
農器《のうき》の陳《つら》ぬるを見《み》んことを思《おも》う、何《いつ》か当《まさ》に甲兵《こうへい》を休《や》むべき

上古葛天民　不貽黄屋憂
至今阮籍等　熟醉爲身謀』
威鳳高其翔　長鯨吞九州
地軸爲之翻　百川皆亂流
當歌欲一放　淚下恐莫收
濁醪有妙理　庶用慰沈浮』

上古葛天《じょうこかってん》の民《たみ》、黄屋《こうおく》に憂《うれ》いを貽《おく》らず
今《いま》に至《いた》りて阮籍《げんせき》等、熟酔《じゅくすい》して身《み》の謀《はかりごと》を為《な》す
威鳳《いほう》は高《たか》く其《そ》れ翔《かけ》り、長鯨《ちょうげい》は九州《きゅうしゅう》を呑《の》む
地軸《ちじく》は之《こ》れが為《ため》に翻《ひるがえ》り、百川《ひゃくせん》は皆《み》な乱《みだ》れ流《なが》る
当《まさ》に歌《うた》うべくして一《ひと》たび放《ほしいまま》にせんと欲《ほっ》するも、涙下《なみだくだ》りて恐《おそ》らくは収《おさ》むる莫《な》し
濁醪妙理《だくろうみょうり》有《あ》り、庶《こいねが》わくは用《もっ》て沈浮《ちんぷ》を慰《なぐさ》めん

＊五言古詩。韻字は下平一一尤「裘・柔・頭・由・侯・儔・留・求・修・酬・愁・不・遊・休・憂・謀・州・流・收・浮」。

【題意】　天宝十五載（七五六）正月の晦日《みそか》に崔戢《さいしゅう》と李封《りほう》を尋ねて詠んだ詩。洛陽は安禄山《あんろくざん》（↓「人物説明」）に占領されたが、長安はまだ無事だった時期。「晦日」は月の終わりの日で、また休暇日だった。唐代、正月晦日は佳節（めでたい節句）であった。崔戢と李封については未詳。乾元元年（七五八）の春の作とする説もあるが、時に両京は回復し、安禄山が亡くなっていることから、「長鯨呑」「地軸翻」などの語に問題がある。また至徳二載（七五七）とする説もあるが、賊に囚われていながら佳節の宴会を催すことに問題がある。詳注一-二九六、鈴木注一-三四一。

【現代語訳】　粗末な家のおんぼろな窓から朝の光が差しこんできて、大の字になって寝ていた私は破れた皮衣の中で目を覚ました。起きあがって歩き出し、空を見上げると、春の陽気がようやく柔らかく感じられる。うれしくなってもの憂いと感じる暇もなく、今朝は久しぶりに自分の髪を整えた。（役所も休みの今日は）外出するのに車馬や従者が必要なわけもなく、ぶらぶらと歩いて勝手気ままで具合がよい。』

藜《あかざ》の杖をついて思うままに行動しても、公とか侯といったお偉いさんに会わずにすむ。晩年になって崔戢《さいしゆう》・李封《りほう》と交際するようになり、その気の合いようといったら類い稀である。訪問するたびに酒を得ては杯を傾け、二人のお宅には長くお邪魔してしまう。お二方のような仁者が住む地で交情の歓びを結ぶことは喜びの極みであり、まして今日は正月晦日の佳節なので逗留を期待することはなおさらである。』

李封のお宅では園が荒れかかっており、久しく生えている竹はよほど高く伸びている。客である私を招き入れると掃除をさせ、準備ができると杯を酌み交わす。崔戢にいたっては宴が始まる前から、罇が空になりはすまいかと心配顔だ。いったいこの世の人々の中に、お二人ほど善良なお方がいるだろうか。』

草の芽はすでに青みがかって地上に顔を出し、蜂は羽音をたてて暖かな春に遊んでいるかのよう。耕作に向けて田畑に農具が並べられるのを見たいものだが、いつになれば鎧《よろい》や武器が要《い》らなくなるのか。遠い昔、葛天氏《かつてんし》が世を治めていた平和な時代の人々は、天子に心配をかけるようなことはなかった。しかし今では我々阮籍《げんせき》のような者たちは闘争に巻きこまれないようにと、ひどく酔っぱらって自分の身を守るはかりごとを巡らすばかりだ。』

威儀ある鳳凰（賢人）は高く飛んで去って行き、長大な鯨（悪人）は全国土を呑みこもうとしている。天地を支える心棒もそのためにひっくり返ってしまい、多くの川が氾濫《はんらん》している。酒を飲んで歌い、一度思い切り気分を晴らそうと思うが、涙がとめどなくこぼれて止まなくなるのが心配だ。濁り酒には優れた道理がある、願わくはそれで世における我が身の浮き沈みを慰めよう。』

■語釈

○甕牖　割れたかめの口を壁にはめこんで作った窓。貧しい家の喩え。○尸寝　仰向けになって手足を伸ばして寝る。「尸」は屍《しかばね》。『論語』郷党に「寝《い》ぬるに尸《しかばね》せず（寝る時は死骸が仰向けになって手足を伸ばしているようにして寝ない）」。○敝裘　破れた皮衣。○天宇　そら。○興來　面白く感じる。楽しくなる。○懶　不精なさま。○梳　髪をとかして整える。○無所待　自分が乗るための車馬や従者を必要としない。役人として登庁するには必要だが、今日は私用という意。「待」は必要とする。○杖藜　あかざの杖をつく。「藜」は茎が堅くて軽く、杖になる。隠者の持ち物として、杜甫の詩にしばしば見られる。○値　出会う。○公與侯　公爵と侯爵。高貴な人。○崔李　崔戢《さいしゅう》と李封《りほう》。○會心　心にかなう。気に入る。○罕儔　類いまれである。○淹留　長く留まること。○仁里　仁者である崔戢と李封とが住む地。『論語』里仁に「仁《じん》に里《お》るを美《び》と為《な》す」。○因令節求　晦日であるので迎え留められることを期待する。「令節」は良き節句。正月の晦日。○李生　李封。「生」は軽い敬称。○舊竹　久しく生えている竹。○修修　高く伸びているさま。○看掃除　使用人に掃除の指図をする。詳注では「看」は平声で、見守る、世話をする。鈴木注は去声に読んで、みるみるうちに。○隨時　適宜な時に行うさま。宴会の準備ができたことをいう。○**獻酬**　主人が賓客のために酌むことを「献」、その逆が「酬」。『詩経』小雅「楚茨《そじ》」に「献酬《けんしゅう》交錯《こうさく》す」。○**崔侯**　崔戢。「侯」は「李生」の「生」と同じく軽い敬称。○**初筵色**　宴が始まったときの顔色。『詩経』小雅「賓之初筵《ひんししょえん》」に「賓《ひん》の初《はじ》めて筵《えん》する、左右秩秩《さゆうちつちつ》（秩序が整っているさま）たり」。○**至性有此不**　この上なく善良な性格があるかどうか。崔戢・李封の人格を賛美。「不」は文末に来る「否」と同じで、疑問を表す。○**蜂聲**　蜂の飛ぶ音。○**暖遊**　春の暖かさの下で浮遊する。○**農器陳**　戦乱がなければ、本来は農器具が田畑に並べられる。○**甲兵休**　甲冑と兵器を使わなくなる。○**葛天**　古代伝説中の帝王。無為の政治を行い世が良く治まった。○**貽**　人に物を贈る。○**黃屋**　天子の敬称。天子の車の傘の裏に黄色の絹を用いたことからいう。○「至今」二句　作者と崔戢・李封が阮籍（↓「人物説明」）と同じく自分のためにのみはかりごとをなし、天子のために役に立つことができないことをいう。「熟酔」はひどく酔っぱらう。「身謀」は自分の身を守るための小さなはかりごと。○**威鳳**　威儀ある鳳凰。賢人を指す。○**長鯨**　長大な鯨。欲深い悪人の喩え。ここでは安禄山を指す。○**呑九州**　中国全土を呑みこむ。○**地軸**　大地を支えているとされる心棒。○**當歌**　酒を飲むにあたっては歌うべきである。三国・魏・曹操「短歌行《たんかこう》」に「酒《さけ》に対《たい》しては当《まさ》に歌《うた》うべし」。○**濁醪**　濁り酒。○**妙理**　優れた道理。酒の憂いを慰める力。○**沈浮**　世の境遇における浮き沈み。

［太田］

白水崔少府十九翁高齋三十韻　　白水《はくすい》の崔少府十《さいしょうふじゅう》 九翁《きゅうおう》の高斎三十韻《こうさいさんじゅういん》　〇一三九

客從南縣來　浩蕩無與適　　客南県《かくなんけん》より来《き》たるも、浩蕩《こうとう》として与《とも》に適《てき》する無《な》し

旅食白日長　況當朱炎赫』　　旅食《りょしょく》 白日長《はくじつなが》く、況《いわん》や朱炎《しゅえん》の赫《かく》たるに当《あ》たるをや

高齋坐林杪　信宿遊衍闃
清晨陪躋攀　傲睨俯峭壁
崇岡相枕帶　曠野廻咫尺
始知賢主人　贈此遣愁寂』
危階根青冥　曾冰生淅瀝
上有無心雲　下有欲落石
泉聲聞復息　動靜隨所激
鳥呼藏其身　有似懼彈射』
吏隱適情性　茲焉其窟宅
白水見舅氏　諸翁乃仙伯
杖藜長松下　作尉窮谷僻
爲我炊雕胡　逍遙展良覿』
坐久風頗怒　晚來山更碧
相對十丈蛟　欻翻盤渦坼
何得空裏雷　殷殷尋地脈
煙氛靄崷崒　魍魎森慘戚

高斎林杪《こうさいりんびょう》に坐《ざ》す、信宿《しんしゅく》遊衍《ゆうえん》するも闃《げき》たり
清晨躋攀《せいしんせいはん》に陪《ばい》し、傲睨峭壁《ごうげいしょうへき》に俯《ふ》す
崇岡《すうこう》相《あ》い枕帯《ちんたい》し、曠野《こうや》咫尺《しせき》に廻《めぐ》る
始《はじ》めて知《し》る賢主人《けんしゅじん》、此《こ》れを贈《おく》りて愁寂《しゅうせき》を遣《や》らしむるを
危階《きかい》青冥《せいめい》に根《ね》ざし、曾氷《そうひょう》淅瀝《せきれき》を生《しょう》ず
上《うえ》には無心《むしん》の雲《くも》有《あ》り、下《した》には落《お》ちんと欲《ほっ》する石《いし》有《あ》り
泉声《せんせい》聞《き》こえて復《ま》た息《や》むは、動静《どうせい》激《げき》する所《ところ》に随《したが》えばなり
鳥《とり》呼《よ》びて其《そ》の身《み》を蔵《かく》すは、弾射《だんせき》を懼《おそ》るるに似《に》たる有《あ》り
吏隠《りいん》情性《じょうせい》に適《かな》い、茲焉《ここ》に其《そ》れ窟宅《くつたく》とす
白水《はくすい》に舅氏《きゅうし》を見《み》るに、諸翁《しょおう》は乃《すなわ》ち仙伯《せんぱく》なり
藜《あかざ》を杖《つえ》つく長松《ちょうしょう》の下《もと》、尉《い》と作《な》る窮谷《きゅうこく》の僻《へき》
我《わ》が為《ため》に雕胡《ちょうこ》を炊《た》き、逍遥《しょうよう》良覿《りょうてき》を展《の》ぶ
坐《ざ》すること久《ひさ》しくして風《かぜ》頗《すこぶ》る怒《いか》り、晩来《ばんらい》山《やま》更《さら》に碧《みどり》なり
相《あ》い対《たい》す十丈《じゅうじょう》の蛟《みずち》、欻《たちま》ち翻《ひるがえ》りて盤渦《ばんか》坼《さ》く
何《いず》くにか空裏《くうり》の雷《かみなり》、殷殷《いんいん》として地脈《ちみゃく》を尋《たず》ぬるを得《え》ん
煙氛靄《えんぶんあい》として崷崒《しゅうしゅつ》、魍魎《もうりょう》森《しん》として惨戚《さんせき》

崑崙崆峒巓　回首如不隔』　崑崙崆峒《こんろんこうどう》の巓《いただき》、首《こうべ》を回《めぐ》らせば隔《へだ》たらざるが如《ごと》し
前軒頽反照　巉絶華嶽赤　前軒《ぜんけん》反照《はんしよう》頽《くず》れ、巉絶《ざんぜつ》華岳《かがく》赤《あか》し
兵氣漲林巒　川光雜鋒鏑　兵気《へいき》林巒《りんらん》に漲《みなぎ》り、川光《せんこう》鋒鏑《ほうてき》を雑《まじ》う
知是相公軍　鐵馬雲霧積　知《し》る是《こ》れ相公《しようこう》の軍《ぐん》、鉄馬《てつば》雲霧《うんむ》積《つ》むを
玉觴淡無味　胡羯豈強敵　玉觴《ぎよくしよう》淡《あわ》くして味《あじわい》無《な》し、胡羯《こかつ》豈《あ》に強敵《きようてき》ならんや
長歌激屋梁　涙下流衽席』　長歌《ちようか》屋梁《おくりよう》に激《げき》し、涙《なみだ》下《くだ》りて衽席《じんせき》に流《なが》る
人生半哀樂　天地有順逆　人生《じんせい》哀楽《あいらく》半《なか》ばなり、天地《てんち》順逆《じゆんぎやく》有《あ》り
慨彼萬國夫　休明備征狄　慨《がい》す彼《か》の万国《ばんこく》の夫《ふ》、休明《きゆうめい》に狄《てき》を征《せい》するに備《そな》えしを
猛將紛塡委　廟謀蓄長策　猛将《もうしよう》紛《ふん》として塡委《てんい》し、廟謀《びようぼう》長策《ちようさく》を蓄《たくわ》う
東郊何時開　帶甲且未釋』　東郊《とうこう》何《いず》れの時《とき》か開《ひら》かん、帯甲《たいこうか》且《か》つ未《いま》だ釈《と》けず
欲告清宴罷　難拒幽明迫　清宴《せいえん》の罷《お》わるを告《つ》げんと欲《ほつ》す、幽明《ゆうめい》の迫《せま》るを拒《こば》み難《がた》し
三嘆酒食傍　何由似平昔』　三嘆《さんたん》す酒食《しゆしよく》の傍《かたわら》、何《なん》に由《よ》りてか平昔《へいせき》に似《に》ん

＊五言古詩。韻字は入声一一陌「適・赫・尺・石・射・宅・伯・僻・碧・坼・脈・隔・赤・積・席・逆・策・釋・迫・昔」と入声一二錫「闃・壁・寂・瀝・激・覿・戚・鏑・敵・狄」、以上、陌・錫韻は庚部の通押。

【題意】 白水県（陝西省渭《い》南《なん》市白水県）の県尉（↓「用語説明」）である崔十九翁が小高い

所に建てた書斎で詠んだ詩。白水県は奉先県《ほうせんけん》の北隣に位置し、杜甫は〇一二七、〇一二六に見られるように天宝十四載（七五五）に訪れている。「崔少府十九翁」は「白水明府舅」〇一二七と「白水崔明府」〇一二六と同一人物か。「少府」（県尉）と「明府」（県令）の違いから同一人物としない説もある（鈴木注）。「十九」は排行（↓「用語説明」）。諸本の原注に「天宝十五載五月《てんぽうじゅうごさいごがつ》の作《さく》」とあり、奉先県より母方の叔父である崔某を訪れた時の作。詳注一‐二九九、鈴木注一‐三四五。

【現代語訳】　旅人は南の奉先県よりこの白水にやってきたが、心はとりとめもなく落ち着かず、気の合う相手もいない。この居候の生活では日中がひどく長く、ましてや今は太陽が真っ赤に照りつける季節なのだ。』

　小高い所に建てられた書斎では林の梢《こずえ》に坐っているかのようで、一日二日は気ままに過ごしながらもひと気もなく寂しいものであった。しかし今日は清々《すがすが》しい朝に崔氏にお供して山を登り、傲然と睨《にら》みつけるようにして険しい絶壁を見下ろしている。高い山々が重なり、荒野が間近にうねるのを見渡すことができる。そこでようやく賢明な主人の崔氏がこの絶景を私に御馳走《ごちそう》し、心の憂いや寂しさを晴らして下さろうとしていることを知った。』

　高い階段が青々と茂る木々の間に根を張るように続き、重なりあった氷のように見える木陰は寂しい音を立てて葉を落としている。見上げると無心の雲が浮かび、見下ろすと今にも落ちそうな石がある。滝《たき》の音が鳴り響いたかと思うと聞こえなくなるのは、その響きが流れの激しさによって変わるため。また鳥が啼いたかと思うとその身をどこかに隠してしまうのは、弾《たま》に当たるのを恐れているかのようだ。』

主人はお役人でありながらも隠遁者の生活が性に合い、ここに住まわれている。白水県で信頼を寄せるおじの崔氏に出会ったが、一緒に乱を避けてきた多くのおじたちもみな仙人のようだ。高い松の木の下で藜《あかざ》の杖をつき、辺鄙な奥まった谷で県尉となっておられる。私のためにマコモまで炊いて下さり、なんの気兼ねもいらないまことに良い出会いを設けて下さった。』

しばらく坐っていると急に風が激しく吹き始め、夕暮れには山の緑が濃さを増す。目の前で十丈ものミズチが、たちまち身を翻して渦巻きを切り裂くように躍り出た。いったいどこで空中の雷が大きな音を鳴り響かせるや、地中の水脈を尋ねて落下したのか。悪気《あっき》がもやもやと高く立ちこめ、川沢《せんたく》の鬼神も身を潜めて不安げだ。西北にある崑崙山《こんろんざん》と崆峒山《こうどうざん》の頂上が、振り返れば目の前にあるかのようだ。』

書斎の前の軒端に夕日が落ち、高く険しい華岳が赤く染まって見える。戦《いくさ》の気配は山林にぎっしりと立ちこめ、川に照り輝く光には矛先や矢尻の煌《きら》めきが混じっている。これは宰相である哥舒翰《かじょかん》の軍隊が、勇敢精鋭の騎兵を雲霧を積み重ねるように集めたためだと知った。このような緊迫した状況の下では玉杯の美酒さえ薄くて味がしない。胡《えびす》の賊軍など手強い相手でもあるまいに。そこで声を長く引いて歌うと、その声は書斎のうつばりを激しく震わせ、涙が落ちて敷物にまで流れる。』

人生には哀しみと楽しみが半分半分、天地には道理にかなうこともあればかなわないこともある。嘆かわしいのは諸国から集められた兵士たちは、本来は平和な時世に夷狄《いてき》を征伐するための備えであったことだ。だが、今や猛将も多く集まり、朝廷には優れたはかりごとも準備されている。東方にはいつになったら道が通じるのだろうか、兵士たちはいまだに鎧《よろい》を脱ぐことができないのだ。』

今日の清らかな宴会もそろそろお開きになろうとしている。夕闇が刻々と迫ってくるのを防ぐことはできない。御馳走を前に何度もため息を漏らしてしまう。どうすれば太平の昔に戻れるだろうか。』

■語釈

○客　旅人。杜甫自身をいう。○南縣　奉先県を指す。○浩蕩　とりとめもなく定まらないさま。○無與適　自分の思いにかなう相手がいない。○朱炎　太陽。○赫　真っ赤。○林杪　林のこずえ。○信宿　一日二日をいう。「信」が二晩、「宿」が一晩。○遊衍　気ままなこと。『詩経』大雅「板《はん》」に「爾《なんじ》と游《ゆう》衍《えん》す」。双声語「ユウエン」。○闃　ひと気がなくひっそりとしている。○躋攀　よじ登る。○傲睨　傲然とにらみつける。○峭壁　険しい絶壁。○崇岡　高い山上。○枕帶　山々が重なり連なる。○曠野　とめどもなく広がる原野。○咫尺　きわめて短い距離。間近に見えることをいう。双声語「シセキ」。○賢主人　作者をもてなす崔氏。○贈此　良い風景を提供する。「此」は山上から見える絶景。○遣心配などを紛らわす。晴らす。○危階　高い階段。○青冥　青空。詳注は木々の色とする。畳韻語「セイメイ」。○曾冰　木陰が重なりあった氷のように見える。○淅瀝　風雨や落葉などの寂しい音の形容。畳韻語「セキレキ」。○無心雲　自然のままにわき出る雲。東晋・陶淵明「帰《き》去来《きょらい》の辞《じ》」に「雲《くも》は無《む》心《しん》にして以《もっ》て岫《しゅう》より出《い》ず」。○泉聲　滝《たき》の音。滝は「懸泉」とも称される。○聞復息　音が聞こえてはまた止む。○動靜　聞こえてくる滝の音が「動」、音が止むことが「静」。○隨所激　滝の流れの激しさによって「動静」が変わることをいう。○弾射　弾《たま》を発して射る。○吏隠　崔氏が「少府」（↓「用語説明」）でありながら隠遁者の生活を送っていること。○適情性　心にかなう。「情性」は持って生まれた性質。○茲焉　ここ。○窟宅　住まう。「窟」は岩屋《いわや》だが、ここでは動詞。○白水　白水県。春秋・晋の重耳《ちょうじ》（文公）が子犯《しはん》に対して自身の誠実さを「白き水」に比したこと（『春秋左氏伝』僖公二十四年）を暗にいう。○舅氏　母方のおじ。○仙伯　仙人の長。もと南昌《なんしょう》県の尉《い》であった前漢の梅福《ばいふく》が後に仙人になったこと（『漢書』巻六七「梅福伝」）を踏まえ、県尉である崔氏を「仙伯」と称した。○窮谷僻　奥深い谷で辺鄙な場所。○雕胡　マコモ。食用になる。○逍遥　のびのびして満足するさま。畳韻語「ショウヨウ」。○展　くりひろげる。○良覿　よい人との会合。南朝・宋・謝霊運「南楼中《なんろうちゅう》にて遅《ま》つ所《ところ》の客《かく》を望《のぞ》む」（『文選』巻三〇）に「領《うなじ》を引《ひ》きて良覿《りょうてき》を冀《こいねが》う」、李善注に「良覿《りょうてき》は良人《りょうじん》に見《まみ》ゆるを謂《い》うなり」。○坐久　しばらく坐って。以下、場面が急展開し、山中の変幻する状景を述べつつ、暗に時の戦乱の状況を示す。○十丈　約三〇メートル。○蛟　ミズチ。想像上の動物で龍の一種。水を好み、大水を起こすという。○盤渦　渦巻き。○殷殷　大きな音が鳴り響くさま。○尋地脈　雷が地中の水脈を尋ねて落ちる。○煙氛　悪気。○靄　もやもやと立ちこめる。○崷崒　高く険しいさま。双声語「シュウシュツ」。○魍魎　水の精。畳韻語「モウリョウ」。『春秋左氏伝』宣公三年に「魑魅魍魎《ちみもうりょう》」、「魍魎」の注に「川沢《せんたく》の神《しん》なり」。『説文解字』に「状《じょう》は三歳《さんさい》の小児《しょうじ》の如《ごと》く、赤黒《せきこく》の色《いろ》、赤《あか》き目《め》、長《なが》き耳《みみ》、美《うつく》しき髪《かみ》あり」。○森　奥深く陰気なさま。○惨戚　痛み憂える。双声語「サンセキ」。○崑崙崆峒　ともに西方にある神山。崑崙「コンロン」と崆峒「コウドウ」はともに畳韻語。○前軒　高斎の前の軒端。○頽　沈んでいく。○反照　夕陽の光。「返照」と同じ。○巉絶　高く険しいさま。双声語「ザンゼツ」。○華嶽　白水県の東南にある山。華山。○兵氣張林巒　「林巒」は林と山。双声語「リンラン」。時に哥舒翰《かじょかん》が二〇万の兵を率いて潼関《どうかん》を守っていた。潼関は華州に属し、白水県と近いために兵気が盛んなことをいう。〇**鋒鏑**　矛先と矢尻。〇**相公**　宰相の位にあった哥舒翰。天宝十四載（七五五）、安禄山（↓「人物説明」）が反乱を起こした時、哥舒翰は太子先鋒《たいしせんぽう》・兵馬元帥《へいばげんすい》となり、明年正月には尚書左僕射《しょうしょさぼくや》・同中書門下平章事《どうちゅうしょもんかへいしょうじ》（宰相の位）となった。〇**鐵馬**　勇猛精鋭な騎兵。〇**雲霧積**　雲と霧が積み重なるように多く集まる。〇**玉觴**　玉《ぎょく》でできた杯。〇**胡羯**　えびす。安禄山の賊軍。〇**長歌**　声を長く引いて歌う。〇**屋梁**　高斎のうつばり。〇**衽席**　しきもの。〇**順逆**　道理に従うことと従わないこと。恭順と反逆。〇**萬國夫**　諸国の兵士。〇**休明**　立派で明らか。平和な時世。〇**征狄**　夷狄を征伐する。〇**紛**　多いさま。〇**塡委**　積もり重なる。李光弼《りこうひつ》と郭子儀《かくしぎ》など、多くの将軍が集まる様子。〇**廟謀**　朝廷のはかりごと。双声語「ビョウボウ」。〇**蓄長策**　「長策」は優れたはかりごと。朝廷では優れたはかりごとが練られているが、ただ楊国忠《ようこくちゅう》（↓「人物説明」）がその策を誤るのを恐れるという意を含む。〇**開**　通じる。〇**帶甲**　鎧を着た兵士。〇**釋**　鎧を脱ぐ。〇**幽明迫**　暗い「幽」と明るい「明」の境が近づく。夜が訪れてきたことをいう。〇**平昔**　昔。平穏な世を指す。

［太田］

〇四〇

三川觀水漲二十韻

我經華原來　不復見平陸
北上惟土山　連天走窮谷
火雲出無時　飛電常在目』
自多窮岫雨　行潦相豗蹙

三川《さんせん》にて水《みず》の漲《みなぎ》るを観《み》る二十韻《にじゅういん》

我《わ》れ華原《かげん》を経《へ》て来《き》たれば、復《ま》た平陸《へいりく》を見《み》ず
北上《ほくじょう》するに惟《た》だ土山《どざん》、天《てん》に連《つら》なりて窮谷《きゅうこく》に走《はし》る
火雲《かうん》は出《い》ずるに時無《ときな》く、飛電《ひでん》は常《つね》に目《め》に在《あ》り
自《おのずか》ら窮《きゅう》岫《しゅう》の雨多《あめおお》く、行潦相《こうろうあ》い豗蹙《かいしゅく》す

蓊匌川氣黃　群流會空曲
清晨望高浪　忽謂陰崖踣
恐泥竄蛟龍　登危聚麋鹿
枯査卷拔樹　礧磈共充塞
聲吹鬼神下　勢閱人代速
不有萬穴歸　何以尊四瀆』

蓊匌《おうこう》として川気黄《せんきき》に、群流《ぐんりゅう》空曲《くうきょく》に会《かい》す
清晨高浪《せいしんこうろう》を望《のぞ》めば、忽《たちま》ち謂《おも》う陰崖《いんがい》の踣《たお》るるかと
泥《なず》まんことを恐《おそ》れて蛟龍《こうりょう》竄《かく》れ、危《たか》きに登《のぼ》りて麋鹿《びろく》聚《あつ》まる
枯査《こさ》抜樹《ばつじゅ》を巻《ま》き、礧磈共《らいかいとも》に充塞《じゅうそく》す
声吹鬼神《せいすいきじん》下《くだ》り、勢《いきおい》は人代《じんだい》を閲《す》べて速《すみ》やかなり
万穴《ばんけつ》の帰《き》するところ有《あ》らずんば、何《なに》を以《もっ》て四瀆《しとく》を尊《たっと》しとせん

＊五言古詩。韻字は入声一屋「陸・谷・目・蹙・鹿・速・瀆」、入声二沃「曲」、入声一三職「踣・塞」。

【題意】　三川県で激しい洪水を見て詠んだ詩。三川は鄜州《ふしゅう》（陝西省延安市富県）に属し、その名は、華池《かち》水・黒水・洛水が合流することに因む。天宝十五載（七五六）夏、哥舒翰《かじょかん》の軍が潼関《どうかん》で敗れたため、杜甫は危険の迫った白水県を去り、華原県を経由して、さらに北に進み、鄜州を目指したが、華原県を経て三川県を通過する時、激しい洪水に見舞われた。「二十韻」とあるのは概数で、実は二三韻、四六句。詳注一‐三〇四、鈴木注一‐三三。

【現代語訳】　私は華原県を通り過ぎてここまで来たが、再び平野を見ることはない。難を避けて北に向かって進んでも、ただ土門山が見えるばかりで、毎日ひたすら奥深い谷を歩く。空には入道雲が時をかまわず現れ、稲妻の光がひっきりなしに目に入ってくる。』（そんな空模様だから）当然のこと奥深い峰には雨が激しく降り、濁水が路上に溢れ出して

激しくぶつかりあう。濁流には濁った水けむりが黄色く立ちのぼり、多くの水流が山の隈に集まる。晴れ上がった朝になって高波を眺めると、北側の断崖が高波のために倒れはしないかと思われる。ミズチは洪水に難渋するのを恐れてどこかに隠れ、鹿は水に巻きこまれないように高いところに集まっている。濁流に浮かぶ枯れ枝が根こそぎ抜けた大木にからみつき、そこへ砂石が堆積して水の流れを塞いでいる。激流に響く轟音は、まるで恐ろしい鬼神が天から降ってきたようで、その勢いは人の世をも巻きこむように凄まじい。もし無数の穴から湧き出る水に大河という落ち着き先がなかったならば、四つの大河がどうして尊ばれることがあろうか。』

■語釈

○華原　県名。陝西省銅川《どうせん》市耀州《ようしゅう》区。白水県から洛水沿いに鄜州に至るまでにあった。○平陸　平らな地。○北上　北の疎開先（鄜州）に向かってゆく。○土山　土門山（華原県の東南四里）。『吉川注』筑摩版第三冊などは、地名と取らず、泥土の山と見る。○連天　毎日。○窮谷　奥深い谷。せばまった谷。○火雲　入道雲。雷や雷雨をもたらす雲。○出無時　時をかまわず出現する。○飛電　稲妻。○窮岫　奥深い峰。○行潦　路上に溢れる濁水。○豗蹙　激しくぶつかりあう。○蓊匒　もやもやと立ちこめるさま。○川氣黄　濁流から立ちのぼる水けむりが黄色く見える。○群流　華池水・黒水・洛水等の川の流れ。○空曲　ひと気のない山の隈。双声語「クウキョク」。○陰崖踣　日の当たらない断崖が高波で押し倒される。○泥　なずむ。洪水によって難渋する。○蛟龍　ミズチ。水中に住み、雲や雨に乗じて天に昇り龍になるといわれる。○危　高い場所。○枯査　洪水によって流された枯れ枝。○抜樹　根こそぎ抜けた大木。○礧磈　砂石。砂石が堆積して水の出口を塞ぐ。畳韻語「ライカイ」。○聲吹洪水の凄まじい音。「吹」は去声で読んで音の意。○**鬼神下**　鬼神が叫ぶ声のように恐ろしい響きを立てて流れ下る。○**勢閲人代速**　洪水の勢いが人の世を巻きこむように凄まじく速いこと。「閲」は、総の意で、すべる、まとめる。西晋・陸機「嘆逝《たんせい》の賦」（『文選』巻一六）に「世《よ》は人《ひと》を閲《す》べて世《よ》と為《な》る」、その呂延済注に「衆人《しゅうじん》を総《す》べて世《よ》と成《な》る」。○**萬穴帰**　多くの穴から湧き出る水が帰着するところ。○**四瀆**　四つの大きな川。長江・黄河・淮《わい》水・済水を指す。

及観泉源漲　反懼江海覆
漂沙圻岸去　漱壑松柏禿
乗陵破山門　廻斡裂地軸
交洛赴洪河　及關豈信宿
應沈數州沒　如聽萬室哭
穢濁殊未清　風濤怒猶蓄
何時通舟車　陰氣不黲黷』
浮生有蕩汨　吾道正羈束
人寰難容身　石壁滑側足
雲雷屯不已　艱險路更跼』
普天無川梁　欲濟願水縮

泉源《せんげん》の漲《みなぎ》るを観《み》るに及《およ》び、反《かえつ》て江海《こうかい》の覆《くつがえ》りしことを懼《おそ》る
沙《すな》を漂《ただよ》わして圻岸《ぎんがん》去《さ》り、壑《たに》を漱《か》みて松柏《しょうはく》禿《は》げたり
乗陵《じょうりょう》して山門《さんもん》を破《やぶ》り、廻斡《かいあつ》して地軸《ちじく》を裂《さ》く
交洛《こうらく》より洪河《こうが》に赴《おもむ》き、関《かん》に及《およ》ぶこと豈《あ》に信宿《しんしゅく》ならんや
応《まさ》に数州《すうしゅう》を沈《しず》めて没《ぼっ》すべし、万室《ばんしつ》の哭《こく》するを聴《き》くが如《ごと》し
穢濁《わいだく》殊《こと》に未《いま》だ清《きよ》からず、風濤《ふうとう》怒《いか》り猶《な》お蓄《たくわ》う
何《いず》れの時《とき》か舟車《しゅうしゃ》を通《つう》じ、陰気《いんき》黲黷《さんとく》ならざらん
浮生《ふせい》に蕩汨《とういつ》有《あ》り、吾《わ》が道《みち》正《まさ》に羈束《きそく》せらる
人寰《じんかん》身《み》を容《い》れ難《がた》く、石壁《せきへき》滑《なめ》らかにして足《あし》を側《そばだ》つ
雲雷《うんらい》屯《あつ》まりて已《や》まず、艱険《かんけん》路《みち》更《さら》に跼《せぐくま》る
普天《ふてん》川梁《せんりょう》無《な》く、済《わた》らんと欲《ほっ》するに水《みず》の縮《ちぢ》まんことを願《ねが》う

因悲中林士　未脱衆魚腹　　因《よ》りて悲《かな》しむ中林《ちゅうりん》の士《し》、未《いま》だ衆魚《しゅうぎょ》の腹《はら》を脱《だっ》せざるを
擧頭向蒼天　安得騎鴻鵠』　　頭《かしら》を挙《あ》げて蒼天《そうてん》に向《む》かい、安《いずく》んぞ鴻鵠《こうこく》に騎《の》るを得《え》ん

＊韻字は入声一屋「覆・禿・軸・宿・哭・蓄・黷・縮・腹」、入声二沃「束・足・跼・鵠」。

【現代語訳】（だが、大河がその役割を果たさず）水源が水で溢れ返っているのを見ると、大河と海がひっくり返って逆流してきたのではないかと恐ろしい思いになる。洪水は辺りの砂を引きさらって、岸をも破壊し、谷をかみ砕いて松柏の林もなくなってしまった。水の勢いはあらゆる物を乗り越え、土門山を突き破り、渦を巻いて地軸を裂かんばかりである。この勢いなら、ここ洛交県の地から黄河に至り、さらに潼関に及ぶまでに一日二日とはかかるまい。そうなると、幾つかの州に相当する広い地域を水没させてしまうだろう。無数の家々で人々が泣き叫ぶのが聞こえてくるようだ。河の濁りは一向に澄まず、風や波はまだ怒り狂う力を蓄えている。いつになったら舟や車が元通り行き通い、天地を覆う陰惨な気の汚れがなくなるのだろう。』

　はかない人生には動揺や不穏がつきものであり、私の進むべき道もがんじがらめに制限されている。人の世に身を落ち着けるのが難しいように、石の絶壁は滑りやすく、足をすくませて歩かなければならない。いつまでも雲が群がり雷が鳴り、山道は険阻でいっそう慎重に身をかがめて歩かねばならない。』

天下に川に架かる橋がなくなってしまった、川を渡りたいので水量が減るのを願うばかりだ。（こうして我が身を思うにつけて）それにしても悲しまれるのは、山林に住む人々が溺れて、群がる魚の餌食となることから逃れられないでいることだ。頭を挙げて青空をふり仰ぐ、いったいどうしたら大きな鳥に乗り、洪水にかまわず自由に飛翔することができるのだろう。』

■語釈

〇**泉源漲**　水源であるこの地が水で溢れている。〇**江海覆**　水が流れこむはずの大河と海がひっくり返って逆流してきたように見える。〇**漂沙**　水の流れが砂をゆり動かす。〇**圻岸去**　岸がなくなる。〇**漱壑**　水が山谷をかみ砕くように浸食する。東晋・郭璞「江の賦」（『文選』巻一二）に「壑《たに》を漱《か》みて浦《うら》を生《しょう》ず」、その李善注に「漱《そう》は齧《か》むなり」。〇**乗陵**　水の勢いが増して乗り越える。畳韻語「ジョウリョウ」。〇**山門**　土門山。一説に門のように相い対して聳える山峰（『吉川注』筑摩版第三冊）。〇**廻斡**　水の流れが渦巻き流れる。〇**裂地軸**　大地の回転を支えていると想像された軸が裂けてしまう。〇**交洛**　洛交県を指す。幾筋かの川が洛水に交わり合流するのでこの地名がある。一説に、ここでは具体的な県名を指さず、水流が洛水に合流するとする（『読杜心解』巻一之二）。〇**洪河**　大きな河。黄河。双声語「コウガ」。〇**及關**　潼関へ達する。〇**信宿**　一日二日をいう。「信」が二晩、「宿」が一晩を意味する。双声語「シンシュク」。〇**沈數州没**　幾つかの州に相当する広い地域が水没する。〇**通舟車**　水陸の交通が元通りになる。〇**黲黷**　色々なものが混じって汚らわしいさま。〇**蕩汩**　動揺して不穏なこと。〇**羈束**　束縛する。〇**人寰**　人の世。〇**難容身**　身を落ち着ける場所がない。〇**側足**　足をすくませて歩く。〇**屯**　あつまる。〇**跼**　せぐくまる。危ぶみ慎重に身をかがめて歩く。〇**普天**

天下。○川梁　川に架かった橋。○水縮　水量が減る。○中林士　山林の中に住む人々。在野の平民。○衆魚腹　多くの魚の腹。戦国・楚・屈原「漁父の辞」に「寧《むし》ろ湘流《しょうりゅう》に赴《おもむ》きて江魚《こうぎょ》の腹中《ふくちゅう》に葬《ほうむ》らるとも、安《いずくん》ぞ能《よ》く皓皓《こうこう》の白《しろ》きを以《もっ》て世俗《せぞく》の塵埃《じんあい》を蒙《こうむ》らんや」。○鴻鵠　鴻も鵠も大きな鳥。天を自由に飛翔する。双声語「コウコク」。

【補説】本詩について、『草堂詩箋』巻八の解釈では、「甫の意《い》は水《みず》に在《あ》らず」とし、それぞれの詩句に時世の局面を当てはめて解釈する。しかし、『吉川注』筑摩版第三冊の解釈にあるように、避難する道中の山奥に中央政府の詳報が届いていたとはとうてい考えられず、一々の句に裏の意味を詮索する必要はあるまい。

［太田］

〇四一

月夜

今夜鄜州月　閨中只獨看
遙憐小兒女　未解憶長安
香霧雲鬟濕　清輝玉臂寒
何時倚虛幌　雙照淚痕乾

月夜《げつや》

今夜《こんや》鄜州《ふしゅう》の月《つき》、閨中《けいちゅう》只《た》だ独《ひと》り看《み》るならん
遥《はる》かに憐《あわ》れむ小児女《しょうじじょ》の、未《いま》だ長安《ちょうあん》を憶《おも》うを解《かい》せざるを
香霧《こうむ》雲鬟《うんかん》湿《うるお》い、清輝《せいき》玉臂《ぎょくひ》寒《さむ》からん
何《いず》れの時《とき》か虚幌《きょこう》に倚《よ》りて、双《なら》び照《て》らされて涙痕《るいこん》乾《かわ》かん

*五言律詩。韻字は上平一四寒「看・安・寒・乾」。

【題意】月のきれいな夜に詠んだ詩。天宝十五載（七五六）六月、安禄山（↓「人物説明」）の乱によって長安が陥落し、玄宗（↓「人物説明」）は蜀に落ちのび、七月に皇太子の李亨《りこう》（粛宗《しゅくそう》↓「人物説明」）が霊武《れいぶ》で即位した。杜甫は家族を鄜州《ふしゅう》に預け、即位した粛宗のもとへ駆けつけようとしたところ、賊に捕らえられて長安に軟禁されてしまう。八月、長安での作。詳注一―三〇九、鈴木注一―三六。

【現代語訳】今宵、鄜州《ふしゅう》を照らしているであろうこの美しい月を、妻は居室でただ独りでじっと見ていることだろう。遥かに愛《いと》おしく思われるのは、幼い子供たちがまだ長安にいる父親のことを思うこともできないこと。香《かぐわ》しい夜霧は妻の黒く豊かな髪を潤《うるお》し、清らかな月光は妻の白く美しい腕を冷たく照らしていよう。いったい何時《いつ》になったら、薄いカーテンの窓辺に寄り添い、二人並んで月光に照らされつつ流す涙の痕が乾く日が訪れるのだろうか。

■語釈

○**鄜州**　陝西省《せんせいしょう》延安《えんあん》市富県《ふけん》。○**月**　異なった地点にある二人の心を一つに結びつけるものとされる。○**閨中**　婦人の部屋。○**只獨看**　「只」は「独」にも「看」にもかかり、ただ独りで、じっと見つめる意。○**小児女**　「児」は息子、「女」は娘。杜甫には宗文《そうぶん》と宗武《そうぶ》の二人の息子の他に二人の娘がいたとされる。○**未解憶長安**　長安にいる父親（自分）のことを思い、その身を案じることができない。「解」は「能」（できる）の意。○**香霧**　香しい秋の夜霧。詳注は、「香」は「鬟」につける油より生じたものとする。○**雲鬟**　女性の黒く豊かな髪。「鬟」は、みずら、わげ。束ねて輪にした髪。○**清輝**　清らかな月の光。○**玉臂**　玉《ぎょく》のように白く美しい腕。「臂」は肘から手首の部分。○**寒**　つめたい。髪が

「湿《うるお》」い、肘が「寒《さむ》」くなるのは、夫を強く思うあまり長時間月を見ていたため。〇**倚**　寄り添う。〇**虚幌**　月光を通す薄く透明なカーテン。鈴木注は、他に人の居らぬまどかけとする。〇**雙照**　夫婦二人が並んで月の光に照らされる。〇**涙痕乾**　戦乱が収まったのちに涙の痕が乾く。

［太田］

〇二四三

哀王孫

長安城頭頭白烏
夜飛延秋門上呼
又向人家啄大屋
屋底達官走避胡』
金鞭折斷九馬死
骨肉不得同馳驅
腰下寶玦青珊瑚
可憐王孫泣路隅
問之不肯道姓名
但道困苦乞爲奴
已經百日竄荊棘

哀《かな》しきかな王孫《おうそん》
長安《ちょうあん》 城頭《じょうとう》 頭白《とうはく》の烏《からす》
夜延秋《よるえんしゅう》 門上《もんじょう》に飛《と》びて呼《よ》ぶ
又《ま》た人家《じんか》に向《む》かいて大屋《たいおく》に啄《ついば》めば
屋底《おくてい》の達官《たつかん》走《はし》りて胡《こ》を避《さ》く
金鞭《きんべん》折断《せつだん》して九馬《きゅうば》死《し》し
骨肉《こつにく》同《おな》じく馳駆《ちく》するを得《え》ず
腰下《ようか》の宝玦《ほうけつ》青珊瑚《せいさんご》
憐《あわ》れむ可《べ》し王孫《おうそん》路隅《ろぐう》に泣《な》く
之《こ》れに問《と》うも肯《あえ》て姓名《せいめい》を道《い》わず
但《た》だ道《い》う困苦《こんく》なれば奴《ど》と為《な》るを乞《こ》うと
已《すで》に百日《ひゃくにち》 荊棘《けいきょく》に竄《かく》れ

身上無有完肌膚
高帝子孫盡隆準
龍種自與常人殊
豺狼在邑龍在野
王孫善保千金軀』
不敢長語臨交衢
且爲王孫立斯須
昨夜東風吹血腥
東來橐駝滿舊都
朔方健兒好身手
昔何勇鋭今何愚
竊聞天子已傳位
聖徳北服南單于
花門剺面請雪恥
愼勿出口他人狙
哀哉王孫愼勿疏

身上《しんじよう》完《まつた》き肌膚《きふ》有《あ》る無《な》し
高帝《こうてい》の子孫《しそん》は尽《ことごと》く隆準《りゆうせつ》
龍種《りようしゆ》自《おのずか》ら常人《じようじん》と殊《こと》なり
豺狼《さいろう》は邑《ゆう》に在《あ》り龍《りよう》は野《や》に在《あ》り
王孫《おうそん》善《よ》く保《たも》てよ千金《せんきん》の軀《からだ》を
敢《あえ》て長語《ちようご》して交衢《こうく》に臨《のぞ》まざるも
且《か》つ王孫《おうそん》の為《ため》に立《た》つこと斯須《ししゆ》
昨夜《さくや》東風《とうふう》血《ち》を吹《ふ》きて腥《なまぐさ》く
東来《とうらい》の橐駝《たくだ》旧都《きゆうと》に満《み》つ
朔方《さくほう》の健児《けんじ》は好身手《こうしんしゆ》
昔《むかし》は何《なん》ぞ勇鋭《ゆうえい》にして今《いま》は何《なん》ぞ愚《ぐ》なる
窃《ひそ》かに聞《き》く天子《てんし》已《すで》に位《くらい》を伝《つた》え
聖徳北《せいとくきた》のかた南単于《なんぜんう》を服《ふく》せしめ
花門《かもん》は面《めん》を剺《さ》きて恥《はじ》を雪《すす》がんことを請《こ》うと
慎《つつし》みて口《くち》より出《い》だす勿《な》かれ他人《たにん》に狙《ねら》われん
哀《かな》しきかな王孫《おうそん》慎《つつし》みて疏《そ》なること勿《な》かれ

五陵佳氣無時無』　五陵《ごりょう》の佳気《かき》は時《とき》として無《な》きこと無《な》し

＊七言古詩。韻字は上平六魚「狙・疏」と上平七虞「烏・呼・胡・驅・瑚・隅・奴・膚・殊・軀・衢・須・都・愚・于・無」の通押。

【題意】　至徳元載（七五六）九月頃、長安（陝西省西安市）での作。王族の子弟の困窮を哀しんで詠んだ詩。天宝十五載（七五六）六月九日、安禄山《あんろくざん》（→「人物説明」）の反乱軍によって潼《どう》関《かん》が破られてしまう。楊国忠（→「人物説明」）の進言に従い、十二日に玄宗（→「人物説明」）は楊貴妃（→「人物説明」）を始め王子・皇孫等を連れて延秋門より出て蜀へ落ち延びた。その時に王族の子弟でその場にいなかった者は置き去りにされてしまった。粛宗（→「人物説明」）が即位し、七月十二日には至徳に改元するも、禄山は同月十五日に霍国長公主《かくこくちょうこうしゅ》及び王妃駙馬《おうひふば》等を殺し、後日に王族の子弟及び郡県主二十余人を殺した。詩に「已《すで》に百日《ひゃくにち》荊棘《けいきょく》に竄《かく》れ」とあることから、六月の玄宗の都落ちから数えると、九月下旬に杜甫が生き延びた王族の子弟に出会って詠んだ作。詳注一―三二〇、鈴木注一―三五九。

【現代語訳】　不吉の予兆といわれる頭の白いカラスが長安城のほとりに集まり、夜になると都落ちの玄宗皇帝が通る延秋門の上を飛んで鳴き叫んだ。そして民家の方へ舞い戻り、大きな邸宅に留まって、その屋根をしきりに嘴《くちばし》でつつくと、屋根の下の高官どもは異変を察して逃げ去り、胡賊の侵入から慌《あわ》てて避難した。』

天子は黄金の鞭を叩き折れるほどに激しく打ったため、九頭の名馬も死んでしまい、近親の皇族でさえ天子と一緒に馬を馳せて逃げることはできなかった。腰につけた青い珊瑚の帯《おび》玉《だま》、してみれば王族の子弟であろうが、可哀相にも道端で泣いておられた。私がお尋ねしても、どうしても名前を明かそうとはされず、ただ困苦のあまり私の下僕にして下さいと泣きつくばかりである。すでに百日あまりもの間イバラの荒れ地を逃げ隠れし、身体中傷だらけの有り様。しかしさすがに皇帝の子孫はみな高い鼻筋が通り、その血筋はおのずと庶民とは異なっておられる。今や豺狼のように凶悪な安禄山が都に侵入し、龍の子孫である天子が野に逃れている状態。王族の子弟よ、どうかその千金にも値するお体を十分に御自愛下さい。』

往来の盛んな十字路で長話をしようとは思わないが、王族の子弟であるあなたのためにしばらく立ち止まってお話ししたい。昨夜より東の戦場の血を吹き飛ばしてきた風が生臭く、財宝を運ぶために東から来たラクダが旧都の長安に満ちている。朔方軍と呼ばれた河西《かせい》・隴《ろう》右《ゆう》にいた兵士は武芸に長《た》けた強者《つわもの》揃い、昔は実に勇猛精鋭であったのに今は何と頼りないことよ。漏れ聞くところによると、天子（玄宗）はすでに御位を皇太子（粛宗）にお譲りになり、粛宗の御聖徳は北方のウイグルの王を服従させ、その兵士たちは顔面を切り裂いて忠誠を誓い、唐朝の恥辱をすすぐことを願い出たそうだ。ここでお話ししたことは用心して口外なさらないように、裏切り者に狙われますぞ。まことに哀しいことだ、王族の子弟よ、よく気を付けてぞんざいな行動はなさらないように。唐朝の歴代天子の御陵から興隆のめでたい気が立ちのぼらない時はございませんから。』

一■語釈

○頭白烏　頭の白いカラス。不吉なことの起きる兆し。楊慎『丹鉛総録』巻二一に引く『三国典略』（佚書）に、南朝・梁《りょう》の太清二年（五四八）、異民族出身の将軍侯景《こうけい》が反乱を起こし、梁を簒奪《さんだつ》して朱雀門《すざくもん》を修繕させたところ、その日に頭の白いカラスが一万羽ばかり門に集まったという。侯景を安禄山に比す。○延秋門　長安の宮殿の西門。玄宗が長安から逃げ出す時、この門から出て蜀に向かった。○啄大屋　大きな邸宅の屋根を嘴でつつく。○達官　高位高官。その名が天子に達することからいう。○胡　西北異民族の総称。安禄山の賊軍をさす。○九馬　九頭の名馬。前漢の文帝が代の国から長安に迎えられた時に九頭の名馬を連れてきた（『西京雑記』巻二）。○骨肉　近親の者。○寶玦　腰に帯びる玉。「玦」は環状で一部が切れている玉。○不肯道姓名　賊軍から王族に対する厳しい追及があるため名前を明かそうとしない。○乞爲奴　下僕となることで賊軍からの追及を逃れようとする。○已經　二字で、すでにの意。口語的用法。○百日　玄宗が都落ちした六月十二日から計算すると九月下旬に当たる。○荊棘　イバラ。またイバラなどが生えた荒れ果てた土地。○完肌膚　傷のない完全な皮膚。○隆準　高い鼻。『史記』巻八「高祖本紀」に「高祖《こうそ》の人《ひと》と為《な》り、隆準《りゅうせつ》にして龍顔《りょうがん》なり」。「準」は鼻筋を意味する時の読みは「セツ」。○龍種　皇帝の血を引き継ぐ子孫。○豺狼　山犬や狼。欲深く酷《むご》い人の喩え。安禄山を指す。○龍　玄宗を指す。○千金軀　千金にも値する大事な体。○交衢　往来の盛んな十字路。双声語「コウク」。○立斯須　しばらくの間立ち止まる。前漢・李陵が蘇武と別れた時の「蘇武《そぶ》に与《あた》うる詩三首《しさんしゅ》」其の一に「長《とこし》えに当《まさ》に此《こ》れより別《わか》るべし、且《しばら》く復《ま》た立《た》ちて斯須《ししゅ》す」。「斯須」は双声語「シス（シュ）」。上句の双声語「交衢」と対になる。○東風　時に安禄山は長安の東の洛陽にいたのでいう。○東來槖駝滿舊都　安禄山は長安の財宝を根拠地である范陽に運び出す際、ラクダに持ち運ばせた（『旧唐書』巻二〇〇「史思明伝」）。「旧都」は長安がすでに陥落しているのでいう。「槖駝」は双声語「タクダ」。○朔方健兒　哥舒翰《かじょかん》が河西《かせい》と隴右《ろうゆう》で率いていた勇猛果敢な兵士。哥舒翰は二〇万の兵を率いて賊を拒むも、潼関《どうかん》で敗れてしまう。もと官軍だった兵士も禄山の軍に編入されたことをいう。○好身手　優れた腕前。○天子已傳位　玄宗は位を粛宗に譲り、粛宗は霊武《れいぶ》（寧夏回族自治区霊武市）で即位した。○聖徳　天子の徳。○北服南單于　「単于」は匈奴の王。漢代に匈奴が南北に分かれ、南部の王を「南単于」と呼んだ。南匈奴は漢に好意的であった。このことを踏まえ、ここでは唐朝の西北部を支配するウイグルの王を指して「南単于」という。玄宗が都落ちし、皇太子と別の道を行くことになった時、皇太子に対して、「私は西北のウイグル族を手厚くもてなしていたので、きっとおまえの役に立つだろう」といった。粛宗はその言を実行して九月にウイグルと和睦した（『資治通鑑』巻二一八）。○花門　ウイグルの居住地である甘州《かんしゅう》張掖郡《ちょうえきぐん》に花門山堡《かもんさんぽう》がある。ウイグルのことを「花門」という。〇二六七「花門《かもん》を留《とど》む」参照。○剺面　ウイグルの風習として、忠誠を示すために顔の表面を刀で切る。○請雪恥　粛宗は即位して九月にウイグルと和睦し、ウイグル族は賊に追いやられた唐朝の恥辱をすすぎ清めることを願い出、翌年二月にその首領が唐朝に入った。○他人狙　賊に寝返った兵士が、賊の耳目となり、城中に残った王族を捜し出して献じる行為が横行していた。○愼勿疏　用心してぞんざいな行動を取らないように。「愼勿」を連続して用い、忠告の意を強める。○五陵　長安の北にある漢の五人の皇帝の陵墓。ここでは、唐の高祖から睿宗《えいそう》までの五陵に比していう。○佳氣　唐朝の興隆を示すめでたい気。○無時無　いかなる時も存在する。

［太田］

〇一四三

悲陳陶

陳陶《ちんとう》を悲《かな》しむ

孟冬十郡良家子

孟冬《もうとう》十郡《じゅうぐん》良家《りょうか》の子《こ》

血作陳陶澤中水
野曠天清無戰聲
四萬義軍同日死
群胡歸來雪洗箭
仍唱夷歌飲都市
都人廻面向北啼
日夜更望官軍至

血《ち》は陳陶沢中《ちんとうたくちゅう》の水《みず》と作《な》る
野《の》は曠《むな》しく天《てん》は清《きよ》くして戦声《せんせい》無《な》く
四万《しまん》の義軍《ぎぐん》同日《どうじつ》に死《し》す
群胡《ぐんこ》は帰《かえ》り来《き》たりて箭《や》を雪《すす》ぎ洗《あら》い
仍《な》お夷歌《いか》を唱《とな》えて都市《とし》に飲《の》む
都人《とじん》面《おもて》を廻《めぐ》らせて北《きた》に向《む》かいて啼《な》き
日夜《にちや》更《さら》に望《のぞ》む官軍《かんぐん》の至《いた》るを

＊七言古詩。上声四紙「子・水・死・市」と去声四寘「至」との支部通押。詳注では「至」が去声であることから、「子・水・死・市」を去声で読むとするが、『施鴻保注』巻四によって、その説は取らない。

【題意】　至徳元載（七五六）冬、長安（陝西《せんせい》省西安市）での作。陳陶斜《ちんとうしゃ》で官軍が敗北したのを悲しんで詠んだ詩。「陳陶」は、陳陶斜。咸陽県の東、長安の西北に位置する山沢。至徳元載十月、宰相房琯《ぼうかん》（↓「人物説明」）は賊を討つことを粛宗《しゆくそう》（↓「人物説明」）に願い出て、軍を三隊に分けて進ませた。楊希文《ようきぶん》は南軍を率いて宜寿《ぎじゆ》から、劉秩《りゆうてつ》は中軍を率いて武功《ぶこう》から、李光進《りこうしん》は北軍を率いて奉天《ほうてん》から進み、房琯自らも中軍を率いて先鋒を担った。二十一日、房琯は中軍と北軍を進めて陳陶斜で戦ったが、大敗を喫し、二十三日、再び南軍を率いて戦ったが、またもや敗れた。杜甫は長安で囚われの身であり、賊が戦勝でにぎわう中、官軍の惨敗をひたすらに悲しむ。詳注一―三四、鈴木注一―三六四。

【現代語訳】 初冬十月、陝西《せんせい》十郡の良家出身の子弟は戦いに敗れて、流れた血は陳陶沢《ちんとうたく》の水となってしまった。野は空しく広がり、空は澄みわたり、戦《いくさ》による大音声《だいおんじょう》も聞こえないのもそのはず、四万の正義の軍隊が一日にして死んだのだから。勝利を収めた胡《えびす》の賊兵どもは、この長安に帰ってきて箭《や》を洗い、いつもどおり胡の歌を歌い市中で酒を飲み騒いでいる。長安の人々はみな胡兵から顔をそむけて天子のおられる北方に向かって泣き、日夜官軍がやってくるのを待ち望んでいる。

■語釈

○孟冬　冬の初め、陰暦十月。○良家子　戦《いくさ》を知らない良家出身の子弟。○血作陳陶澤中水　この戦で四万の兵士が殺され、野が血で赤く染まった（『新唐書』巻一三九「房琯伝」）。○無戰聲　大敗を喫した後の静けさ。○四萬義軍同日死　房琯は古法によって牛車を主とする車戦を用いたが、賊軍は風に従って火を放ち、車もろとも焼き払ったため、官軍の兵卒及び牛馬は大混乱し、その死傷者は四万余人にのぼった（『旧唐書』巻一一一「房琯伝」）。○群胡　賊軍の多くを占める胡人の兵。○歸來　時に杜甫は長安城に囚われていた。○雪洗箭　箭についた血を洗いすすぐ。「雪」は、すすぐ。○仍　そのまま、いつもどおり。○都市　長安の市場。○迴面　胡人の兵の行為から顔をそむける。○向北啼　北方の霊武《れいぶ》に粛宗がいる行在所《あんざいしょ》があるため、北方に向かって泣く。○日夜更望官軍至　安禄山《あんろくざん》は、乱に乗じて多くの財宝を盗む民がいるのを聞いて、長安を奪い取るや、私財を尽く我がものとした。民間は騒然とし、人々は唐室の復興を願い、粛宗が北の兵を治めて長安を奪還しようとしていることを伝え聞いて、日夜待ち望んでいた（『資治通鑑』唐紀三四）。

［太田］

〇二四

悲青坂

我軍青坂在東門
天寒飲馬太白窟
黄頭奚兒日向西
數騎彎弓敢馳突
山雪河冰晩蕭瑟
青是烽煙白是骨
焉得附書與我軍
忍待明年莫倉卒

青坂《せいはん》を悲《かな》しむ

我《わ》れ青坂《せいはん》に軍《ぐん》して東門《とうもん》に在《あ》り
天寒《てんさむ》くして馬《うま》に飲《みずか》う太白《たいはく》の窟《いわや》
黄頭《こうとう》の奚児《けいじ》日《ひ》に西《にし》に向《む》かい
数騎《すうき》弓《ゆみ》を彎《ひ》き敢《あえ》て馳突《ちとつ》す
山《やま》は雪《ゆき》ふり河《かわ》は氷《こお》り晩蕭瑟《ばんしょうしつ》たり
青《あお》きは是《こ》れ烽煙《ほうえん》白《しろ》きは是《こ》れ骨《ほね》
焉《いずくん》ぞ書《しょ》を附《ふ》して我《わ》が軍《ぐん》に与《あた》え
忍《しの》びて明年《みょうねん》を待《ま》ちて倉卒《そうそつ》なる莫《な》からしむるを得《え》ん

＊七言古詩。韻字は入声六月「窟・突・骨・卒」。

【題意】　制作時、制作地は前詩とほぼ同じ。青坂《せいはん》で官軍が敗北したのを悲しんで詠んだ詩。「青坂」は前詩の舞台となった陳陶斜《ちんとうしゃ》から遠くない地。至徳元載（七五六）十月二十一日、官軍は陳陶斜で大敗し、兵を休めるべきであったが、粛宗《しゅくそう》は勅使を通じて速やかに賊を討つよう命じた。そのため房琯《ぼうかん》は、二十三日、南軍を率いて青坂で戦ったが、またもや敗れた。

一説に、二十三日の敗戦ではなく、何十日か後、陳陶斜より西に位置する場所で対峙した時の作（『吉川注』筑摩版第三冊）。詳注一―三六、鈴木注一―三六。

【現代語訳】　我が官軍は青坂の東門に駐屯し、冬の寒空の下、馬には太白山《たいはくざん》の岩屋で水を飲ませる。賊軍の勢力は日々西に向かって進み、少数ながら血気壮《さか》んな兵士が弓を引き、馬を走らせて果敢に攻めこんでくる。山には雪が降り、河には氷が張り、夕暮れには風が寂しく吹きわたる。青く見えるのは烽火《のろし》の煙、白く見えるのは味方の死者の骨。どうにかして我が官軍に手紙を言づけ、今はじっと耐え忍んで明年を待ち、決して慌てないようにと伝えることができないものか。

■語釈

○**飲馬太白窟**　古楽府「飲馬長城窟行」を踏まえる。同楽府題では出征の様子を詠う。「飲」は馬に水を飲ませる。「太白」は太白山。武功《ぶこう》県の西南に位置する。軍を三隊に分けたうち、中軍が武功から進んだので、太白の岩屋で馬に水を飲ませることを詠んだ。○**黄頭奚児**　「黄頭」も「奚」も北方部族の名。安禄山《あんろくざん》が乱を起こすにあたり、両部族の若者が軍の一翼を担った。○**向西**　西方の官軍の陣する場所に向かう。○**數騎**　賊軍のわずかな精鋭。一説に官軍の三、四の騎兵（鈴木注）。○**彎弓**　弓を引き絞る。○**馳突**　馬を走らせて突入する。○**蕭瑟**　風がもの寂しく吹くさま。双声語「ショウシツ」。○**焉得附書與我軍**　「焉得」は、どうにかして……できないものか。強い願望を表す。「附書」は手紙を言づける。当時杜甫は賊に囚われていたため、官軍に手紙を届けることができなかった。○**忍待**　堅く耐え忍んで待つ。○**倉卒**　慌ただしいさま。双声語「ソウソツ」。

［太田］

〇一四五

避地

地《ち》を避《さ》く

避地歳時晩　竄身筋骨勞
詩書遂牆壁　奴僕且旌旄
行在僅聞信　此生隨所遭
神堯舊天下　會見出腥臊

地《ち》を避《さ》けて歳時《さいじ》晩《く》れ、身《み》を竄《かく》すに筋骨《きんこつ》労《ろう》す
詩書《ししょ》遂《つい》に牆壁《しょうへき》、奴僕《どぼく》且《か》つ旌旄《せいぼう》
行在《あんざい》僅《わず》かに信《しん》を聞《き》く、此《こ》の生《せい》遭《あ》う所《ところ》に随《したが》う
神堯《しんぎょう》の旧天下《きゅうてんか》、会《かなら》ず腥臊《せいそう》より出《い》ずるを見《み》ん

＊五言律詩。韻字は下平四豪「勞・旄・遭・臊」。

【題意】至徳元載（七五六）冬、賊の占拠する地を避けて（避地）、白水《はくすい》・鄜州《ふしゅう》の間に逃れ、ひそかに粛宗《しゅくそう》（↓「人物説明」）のいる鳳翔《ほうしょう》に赴こうとした時の詩。異説については【補説】参照。詳注一-三三七、鈴木注一-三六八。

【現代語訳】賊軍の危険な地を避けながら今年も終わりに近づき、この身を隠すことに体力を消耗して疲れた。『詩経《しきょう》』や『書経《しょきょう》』といった書物も無用となれば壁に隠さねばならず、下僕のような輩《やから》でさえ武力を握って指揮する旗を立てている有り様だ。粛宗がおられる場所についてわずかばかりの便りを耳にしたが、今やこの命は事の成り行きに任せるばかりだ。高祖《こうそ》が建てられたもとの唐の天下が、この血生臭い世の中を抜け出て現れる日がきっと来る。

■語釈

○歳時晩　一年が終わろうとする。「歳時」は春夏秋冬の四季。○竄身　身を隠す。○筋骨勞　体力が疲弊する。○牆壁　土塀。ここでは書物を土塀の中に隠す意。秦《しん》の始皇帝《しこうてい》が焚書坑儒《ふんしょこうじゅ》を行った時、大事な書物を孔子の家の壁に隠して難を逃れた。○奴僕且旌旄　「旌旄」は、指揮するときの旗。ここでは軍を指揮する旗を擁する意。本来雑役に使われるような下賤な者が武力を握っており、天下が正道に反していることを譏《そし》っていう。具体的には田乾真《でんかんしん》・蔡希徳《さいきとく》・崔乾祐《さいかんゆう》等を指す。○行在　行在所。天子が都を離れた時に設けた仮の御殿。ここは粛宗の行在所。○信　便り。○神堯　唐の高祖李淵。古《いにしえ》の堯が舜に禅譲したように、次男の李世民に禅譲したことから、上元元年（六七四）「神堯皇帝《しんぎょうこうてい》」と称された。○腥臊　生臭くて汚らわしいさま。安禄山（↓「人物説明」）の支配を指す。

【補説】詳注は、顧宸《こしん》の至徳元載冬の作とする説に拠る。しかし、本詩は『九家注』『黄鶴補注』等には収載されていない。また『草堂詩箋』巻四〇「逸詩拾遺」には、趙次公本の題注に「至《し》徳二《とくに》載《さい》丁酉《ひのととり》の作《さく》」とあったとし、厳羽『滄浪詩話』巻五「考証」にも、本詩の自注に「至《し》徳二《とくに》載《さい》丁酉《ひのととり》の作《さく》」とある書を見たとする。別に劉辰翁『集千家注批点杜工部詩集』巻一〇には広徳二年（七六四）の作として配列する。諸本で制作時期が定まっていない。

［太田］

對雪　〇二四六

戰哭多新鬼　愁吟獨老翁
亂雲低薄暮　急雪舞廻風

雪《ゆき》に対《たい》す

戦哭《せんこく》新鬼《しんき》多《おお》く、愁吟《しゅうぎん》するは独《ひと》り老翁《ろうおう》
乱雲《らんうん》薄暮《はくぼ》に低《た》れ、急雪《きゅうせつ》廻風《かいふう》に舞《ま》う

瓢棄樽無緑　爐存火似紅
數州消息斷　愁坐正書空

瓢棄《ひょうす》てられて樽《たる》に緑無《みどりな》く、炉存《ろそん》して火《ひ》は紅《あか》きに似《に》たり
数州消息《すうしゅうしょうそく》断《た》え、愁坐《しゅうざ》して正《まさ》に空《くう》に書《しょ》す

＊五言律詩。韻字は上平一東「翁・風・紅・空」。

【題意】至徳元載（七五六）冬、長安（陝西省西安市）での作。雪への感懐を核にしつつ、同年十月、房琯《ぼうかん》（↓「人物説明」）が陳陶斜《ちんとうしゃ》で大敗したことを嘆く。詳注一-三八、鈴木注一-三六九。

【現代語訳】戦場で哭《な》き声がするのは、戦死したばかりの多くの亡魂であり、それを愁いて歌うのは、この独りぼっちの年寄りだ。乱れ飛ぶ雲が夕暮れに垂れこめ、激しく降る雪がつむじ風に舞う。瓢《ひさご》の柄杓《ひしゃく》がうち捨てられているのは、樽の中に酒がないからであり、残された囲炉裏はあるものの火が赤く点《とも》っているように思うだけ。賊軍に近い幾つかの州とは連絡を取ることができず、愁いに打ちひしがれて坐り、やるせなく手で空中に文字を書く。

■語釈

○戦哭多新鬼　後漢の人、陳寵《ちんちょう》が太守の折、洛陽城《らくようじょう》で雨のたびに哭《な》き声がするので、部下に調べさせたところ、世が乱れた時、この地で多くの死者の亡骸が葬られなかったためだった。寵がことごとく回収して葬ると、哭き声はやんだ（『後漢書』巻四六「陳寵伝」）。○愁吟　官軍が新たに敗れたことを愁いて歌う。○「瓢棄」二句　杜甫の寒中の貧窮をいう。「瓢」は、ひさご。ヒョウタンを刳《く》りぬいて乾かし、酒の容器などにした。「緑」は酒に浮かぶ緑色の泡。借りて酒。○數州　賊軍に近い地域を指す。

○書空　東晋の殷浩《いんこう》は、桓温《かんおん》の讒言によって左遷されるが、不平不満を言葉や顔色には出さず、ただ空

一中に手で「咄咄怪事《とつとつかいじ》」（チェッチェッ、実にけしからん）と書いた（『世説新語』黜免）。　［太田］

〇一四七

元日《がんじつ》韋氏妹《いしまい》に寄《よ》す

近《ちか》ごろ聞《き》く韋氏妹《いしまい》、迎《むか》えられて漢《かん》の鍾離《しょうり》に在《あ》りと
郎伯《ろうはく》は殊方《しゅほう》に鎮《ちん》し、京華《けいか》は旧国《きゅうこく》移《うつ》る
秦城《しんじょう》北斗《ほくと》を廻《めぐ》らし、郢樹南枝《えいじゅなんし》を発《ひら》く
朝正《ちょうせい》の使《つか》いを見《み》ず、啼痕《ていこん》面《おもて》に満《み》ちて垂《た》る

元日寄韋氏妹

近聞韋氏妹　迎在漢鍾離
郎伯殊方鎮　京華舊國移
秦城廻北斗　郢樹發南枝
不見朝正使　啼痕滿面垂

＊五言律詩。韻字は上平四支「離・移・枝・垂」。

【題意】　至徳二載（七五七）の元日に韋氏に嫁いだ妹に送った詩。杜甫は反乱軍の占拠する長安城内にいた。詳注一―三二九、鈴木注一―三七〇。

【現代語訳】　近頃聞けば、韋氏に嫁いだ妹は、迎えられて鍾離《しょうり》県にいるという。夫は地方で軍事の長官を務めて無事だが、花の都はもとの都の長安から（霊武に）移ってしまった。ここ長安では北斗星の柄が廻って春が訪れ、お前のいる楚《そ》の地の樹々は南向きの枝に花を咲かせているだろう。天子に謁見して元日をお祝いする使者を見ることができず、顔一面の涙の痕にさらに涙が流れる。

■語釈

○漢鍾離　漢代の鍾離《しょうり》県。安徽《あんき》省滁州《ちょしゅう》市鳳陽《ほうよう》県の東北。〇三六七にも「妹《いもうと》有《あ》り 妹《いもうと》有《あ》り鍾離《しょうり》に在《あ》り」。○郎伯　「郎」「伯」はともに夫に対する呼称。○殊方　他郷。「殊」は異なる。鍾離県を指す。○鎮　地方の軍事長官として治める。○京華　京城（都）の美称。○舊國　以前の都、長安。長安が賊軍に占拠され、朝廷が不在であるのでいう。○秦城　杜甫がいる長安。○廻北斗　北斗星の柄がめぐって東を指すと、天下が春になったことを示す。○郢樹　楚《そ》の国に生える樹。「郢」は楚の国都を指し、妹のいる鍾離県は楚に属する。○發南枝　南に向かって伸びた枝から花が開く。○朝正使　元日に地方長官から新春のお祝いを皇帝に奏上するために派遣される使者。本来ならば夫の韋氏が使者を寄こし、これによって消息がわかったはずなのに、それがかなわなかった。一説に韋氏本人が上京する（『吉川注』筑摩版第三冊）。

［太田］

春望　〇二四八

國破山河在　城春草木深
感時花濺淚　恨別鳥驚心
烽火連三月　家書抵萬金
白頭搔更短　渾欲不勝簪

春望《しゅんぼう》

国《くに》破《やぶ》れて山河《さんが》在《あ》り、城《しろ》春《はる》にして草木《そうもく》深《ふか》し
時《とき》に感《かん》じては花《はな》にも涙《なみだ》を濺《そそ》ぎ、別《わか》れを恨《うら》みては鳥《とり》にも心《こころ》を驚《おどろ》かす
烽火《ほうか》三月《さんげつ》に連《つら》なり、家書《かしょ》万金《ばんきん》に抵《あ》たる
白頭《はくとう》搔《か》けば更《さら》に短《みじか》く、渾《すべ》て簪《かんざし》に勝《た》えざらんと欲《ほっ》す

*五言律詩。韻字は下平一二侵「深・心・金・簪」。

【題意】　春の眺めを詠んだ詩。至徳二載（七五七）三月の作。杜甫は長安に軟禁され、家族を鄜州《ふしゅう》（陝西省延安市富県）に疎開させていたが、世の情勢は悪化する一方であった。詳注一‐三二〇、鈴木注一‐三七二。

【現代語訳】　国家はことごとく破壊されたが、山や河はもとのまま、長安城にも春が訪れて草木が生い茂っている。痛ましい世の情勢を思うと、花を見ても涙がこぼれ、家族との別離を悲しんで、鳥の鳴き声にも心を痛める。戦乱の烽火《のろし》は三月にまで続いており、家からの便りは万金に値するほど貴重だ。この白髪頭は掻けば掻くほどに抜けて薄くなり、もはや簪を挿せないほどになってしまった。

■語釈

〇**國破**　安禄山《あんろくざん》（→「人物説明」）の乱によって国家が破壊されたことをいう。一説に「国」を長安と解する（鈴木注）。ただし、後藤秋正「『春望』の『国』について」によれば、杜詩において「国」が単独で用いられる場合、長安の意で用いられることはない（『東西南北の人―杜甫の詩と詩語』研文出版）。〇**城**　城都、長安。〇「**感時**」**二句**　一説に、主格を杜甫ではなく花・鳥とし、花も時世を思って涙を流し、鳥も別離を恨んでおののくとする（『吉川注』筑摩版第三冊）。〇**烽火**　敵の襲来や兵乱の急を告げる合図の狼煙《のろし》。〇**連三月**　三月にまで続く。三ヵ月続く、の説も。一説に「三」を概数として何ヵ月も続く（松浦友久『詩語の諸相―唐詩ノート』「烽火連三月―数詞の声調をめぐって」、研文出版）。〇**短**　少なくなる。〇**不勝簪**　役人の冠をかぶる時、簪を冠の外からまげに挿してとめた。髪が一薄くなってそれができない。

〇二四九　［太田］

得舍弟消息二首

近有平陰信　遙憐舍弟存
側身千里道　寄食一家村
烽擧新酣戰　啼垂舊血痕
不知臨老日　招得幾時魂

＊五言律詩。韻字は上平一三元「存・村・痕・魂」。

舍弟《しゃてい》の消息《しょうそく》を得《え》たり二首《にしゅ》
近《ちか》ごろ平陰《へいいん》の信《しん》有《あ》り、遥《はる》かに憐《あわ》れむ舍弟《しゃてい》の存《そん》するを
身《み》を側《そば》む千里《せんり》の道《みち》、食《しょく》を寄《よ》す一家《いっか》の村《むら》
烽《ほう》は挙《あ》がる新酣戦《しんかんせん》、啼《てい》は垂《た》る旧血痕《きゅうけっこん》
知《し》らず老《お》いに臨《のぞ》む日《ひ》、幾時《いくとき》の魂《こん》を招《まね》き得《う》るかを

【題意】　天宝十五載（七五六）、弟からの便りを得た時に詠んだ詩。「舍弟」は、四人の弟（穎・観・豊・占）のうちの穎（→「人物説明」）。詳注一-三二、鈴木注一-三七三。

【現代語訳】　近頃、平陰県《へいいんけん》の弟から便りがあり、遥かに離れた地に弟が生きているのをかわいそうに思った。弟は戦乱の危険をかいくぐって、遠く長い道のりを逃げ延び、辺境の村に身を寄せて世話を受けている。急を告げる烽火《のろし》が上がって、新たに激しい戦《いくさ》が始まり、古い血の涙の痕にまた涙が垂れてしまう。老いが差し迫るこの頃、いったい遊離した魂を呼び寄せる時間がどれくらいあるのだろう。

■語釈

○平陰　平陰県。山東省済南市平陰県。隋の時に済州《さいしゅう》に属したが、済州は天宝十三載（七五四）に廃されて鄆州《うんしゅう》となった。○遙憐　遥か彼方から弟をかわいそうに思う。○側身　片方に身を寄せ避ける。戦乱を避けて進むことをいう。○寄食　他人の家に身を寄せ、世話を受ける。○一家村　平陰県の辺境の村。○新酣戰　新たに激しい戦が始まる。「酣」は、もっとも盛んなさま。殺戮が終わらないことをいう。○啼垂　泣いて涙が垂れる。○舊血痕　以前の血の涙の跡。○臨老　老いが差し迫る。○招得幾時魂　遊離した魂を呼び戻すことができる時間はどれくらいあるのだろう。広義には弟たちの窮境を救い、狭義には弟たちと再会できるように努力する時間が自分にどれほど残されているだろうか、の意。「招魂」は文献上は、『楚辞』招魂が源。死者の魂を呼び戻す、生者のそれを呼び戻すの両方の意を持つ。杜甫の用例では「彭衙行《ほうがこう》」〇一九一をはじめとして後者がほとんどである。「幾時」を「幾人」とするテキストがあるが、その場合は、其の二に「両京の三十口《りょうけいのさんじっこう》」とある家族のうち、どれほどの生命を救うことができようか。

［太田］

其二

汝懦歸無計　吾衰往未期
浪傳烏鵲喜　深負鶺鴒詩
生理何顏面　憂端且歲時

其《そ》の二《に》　〇一五〇

汝《なんじ》は懦《だ》にして帰《かえ》るに計無《けいな》く、吾《わ》れは衰《おとろ》えて往《ゆ》くに未《いま》だ期《き》あらず
浪《みだ》りに烏鵲《うじゃく》の喜《よろこ》びを伝《つた》え、深《ふか》く鶺鴒《せきれい》の詩《し》に負《そむ》く
生理《せいり》何《なん》の顔面《がんめん》ぞ、憂端且《ゆうたんか》つ歳時《さいじ》

兩京三十口　雖在命如絲　　両京《りょうけい》の三十口《さんじっこう》、在《あ》りと雖《いえど》も命《いのち》は糸《いと》の如《ごと》し

＊五言律詩。韻字は上平四支「期・詩・時・絲」。

【現代語訳】　お前は気が弱くて、こちらに帰ろうにも計画が立つまいし、私はといえば老い衰えてそちらへ出かけていくあてもない。カササギが鳴くと旅人が帰ってくるというが、お前からの便りはぬか喜びだったし、私は難儀な折には兄弟が助けあえという鶺鴒《せきれい》の詩の教えにひどく背いている。この困窮した暮らし向きは恥じ入るばかりで、心配事は一年中絶えない。東西二つの都に養うべき家族は三十人ばかり、みな生きてはいるが、その命は今にも切れそうな糸のようだ。

■語釈

○懦　気が弱い。○烏鵲喜　カササギが鳴き騒ぐと旅人が帰ってくるという吉兆を信じて喜ぶ。『西京雑記』巻三に、「乾鵲《かんじゃくさわ》噪げば行人至《こうじんいた》る」。○鶺鴒詩　水鳥である鶺鴒《せきれい》が原野にあって鳴き、連れだって艱難をともにしているように、兄弟は危急の時は互いに助けあうべきであることをいう。『詩経』小雅「常棣《じょうてい》」に「脊令原《せきれいげん》に在《あ》り、兄弟難《けいていなん》を急《きゅう》にす」。○生理　生活、暮らし向き。○何顔面　何の面目があるのか。困窮を恥じることをいう。○憂端　心配事。○兩京　杜甫がいる西京《せいけい》（長安）と弟がいる東京《とうけい》（洛陽《らくよう》）。○三十口　杜甫と弟の家族を合わせた三十人。○命如絲　兄弟のみならず、家族全員の生命が今にも切れそうな糸のように危険である。

［太田］

憶幼子　〇二五一

驥子春猶隔　鶯歌暖正繁
別離驚節換　聰慧與誰論
澗水空山道　柴門老樹村
憶渠愁只睡　炙背俯晴軒

＊五言律詩。韻字は上平一三元「繁・論・村・軒」。

幼子《ようし》を憶《おも》う

驥子《きし》春《はる》猶《な》お隔《へだ》たり、鶯歌《おうか》暖《あたた》かくして正《まさ》に繁《しげ》し
別離《べつり》節《せつ》の換《か》わるに驚《おどろ》き、聡慧《そうけい》誰《たれ》と与《とも》に論《ろん》ぜん
澗水空山《かんすいくうざん》の道《みち》、柴門老樹《さいもんろうじゅ》の村《むら》
渠《かれ》を憶《おも》うて愁《うれ》えて只《た》だ睡《ねむ》るに、背《せ》を炙《あぶ》りて晴軒《せいけん》に俯《ふ》す

【題意】　至徳二載（七五七）春、杜甫が長安城内に軟禁されている時、鄜州《ふしゅう》（陝西省延安市富県）の幼子を思って詠んだ詩。諸本の原注に「字《あざな》は驥子《きし》、時《とき》に隔絶《かくぜつ》して鄜州《ふしゅう》に在《あ》り」とあるように、「幼子」は次男の宗武《そうぶ》（幼名を驥子《きし》）。詳注一―三三、鈴木注一―三七五。

【現代語訳】　春になったが次男の驥子とは離れたままだ。鶯のさえずりは暖かになっていっそうさわがしい。別れてからの季節の移り変わりには驚かされ、さぞかし利口になったろうそのさまを誰に語ればいいのだろう。鄜州の谷川やひと気のない山道、そして柴で編んだ門に老木が聳える村。（長安で）驥子のことを心配しながらただ居眠りをし、晴れた軒端で俯《うつむ》いてひなたぼっこをしている。

■語釈

○**春猶隔**　前年の夏より家を離れ、春になってもまだ離れている。○**鶯歌**　ウグイスのさえずりを暗に言葉を覚える子に喩える。○**節換**　季節が移り変わる。○**聰慧**　智恵がつき、利口なさま。○「**潤水**」**二句**　鄜州の景をいう。○「**憶渠**」**二句**　驥子への深い思いを持ちながらも何もできず、ただ居眠りをし、ひなたぼっこをする自分を半ば自嘲して表現している。「憶渠」は、驥子を思う。「渠」は、かれ。口語の第三人称代名詞。「炙背」は、ひなたぼっこをする。魏・嵇康「山巨源《さんきょげん》に与《あた》うる絶交書《ぜっこうしょ》」に、『列子』楊朱の、ひなたぼっこを好み、芹をうまいと思う者がいて、天子に献上しようとした男を挙げ、これを世の道理に疎い男とする記述がある。

［太田］

一百五日夜對月　〇一五三

無家對寒食　有淚如金波
斫却月中桂　清光應更多
仳離放紅蕊　想像顰青蛾
牛女漫愁思　秋期猶渡河

＊五言律詩。韻字は下平五歌「波・多・蛾・河」。

一百五日《いっぴゃくごにち》の夜《よ》に月《つき》に対《たい》す

家無《いえな》くして寒食《かんしょく》に対《たい》し、涙有《なみだあ》りて金波《きんぱ》の如《ごと》し
月中《げっちゅう》の桂《かつら》を斫却《しゃくきゃく》せば、清光《せいこう》応《まさ》に更《さら》に多《おお》かるべし
仳離《ひり》紅蕊《こうずい》を放《はな》ち、想像《そうぞう》す青蛾《せいが》顰《ひそ》まんことを
牛女《ぎゅうじょ》は漫《みだ》りに愁思《しゅうし》するも、秋期猶《しゅうきな》お河《かわ》を渡《わた》る

【**題意**】　至徳二載（七五七）、寒食節《かんしょくせつ》の夜に長安（陝西省西安市）で、月に向かって思いを詠んだ詩。「一百五日」は、前年の冬至から数えて一〇五日目。陰暦三月初めの寒食節に当た

る。この日は火気を用いないで冷たい食事をした。詩題に日数を示したのは、前年の冬至に鄜州《ふしゅう》（陝西省延安市富県）の妻子と別れてから久しいことを表したいためである（『杜臆』巻二）。詳注一―三三、鈴木注一―三七六。

【現代語訳】　妻がいないまま、一人で寒食節を迎えると、涙は月に照らされて輝く波のように流れ落ちる。月に生えている五百丈もの桂を切り倒せば、清らかな光はいっそう多く照り、我が愁いも晴れるだろう。二人は離れ離れなのに赤い花が盛んに咲いている、それを見た妻が美しい眉を顰《ひそ》めるさまを思い浮かべる。牽牛星と織女星はめったに会えないとやたらに心配するが、秋になれば天の川を渡って会うことができるのだ。

■語釈

○**無家**　妻がいない。広義で家族がいない。○**如金波**　月が波に映じてきらきら輝いて見える。ここでは波の字を借りて涙をいう。○**斫却**　切り倒す。○**月中桂**　「桂」は香木の総称。ここは月に生えているという伝説の木。月桂。月に五百丈もの高さがある桂が生えており、過ちを犯して月に追放された呉《ご》剛《ごう》という仙人がその桂を常に伐っているが、桂はすぐに新たに生えてくる（『酉陽雑俎』天咫）。○**清光応更多**　清らかな光が溢れることで、愁いを晴らそうと思う。○**仳離**　別れる。妻との別離をいう。『詩経』王風「中谷有蓷《ちゅうこくゆうたい》」に「女《じょ》有りて仳離《ひり》、嘅《がい》として其《そ》れ嘆《なげ》けり」。一説に「仳離」を「披離」とし、花がしどろに開く形容（『吉川注』筑摩版第三冊）。畳韻語「ヒリ」。下句の「想像」は畳韻語「ソウゾウ」で、対になる。○**放紅蕊**　離れている夫婦の気持ちなど関係なく紅色の花が咲いている。「放」は、解きはなす、四方に広げる。○**顰青蛾**　妻が赤い花を見て美しい眉をひそめる。眉をひそめるのは不安を表す動作。一説に月の仙女姮娥《こうが》が、夫の羿《げい》と別れ、月中の桂の赤い花を見て美しい眉をひそめる

（『草堂詩箋』巻九）。○牛女　牽牛星と織女星。○秋期猶渡河　七月七日にはやはり織女星が天の川を渡って牽牛星に会うことができる。杜甫は妻と会うことすらできないが、きっと秋には会うことができるだろうと願っている。

【補説】五言律詩の場合、首聯は対句でなくてもよく、頷聯が対句でなければならない。しかし、この詩は逆に首聯が対句で、頷聯が対句ではない。このような格を、あたかも梅の花が春を偸《ぬす》んで真っ先に咲くようなので「偸春格《とうしゅんかく》」という。

［太田］

〇一五三

遣興

驥子好男兒　前年學語時
問知人客姓　誦得老夫詩
世亂憐渠小　家貧仰母慈
鹿門攜不遂　雁足繫難期
天地軍麾滿　山河戰角悲
儻歸免相失　見日敢辭遲

興《きょう》を遣《や》る

驥子《きし》は好男児《こうだんじ》なり、前年語《ぜんねんご》を学《まな》びし時《とき》
問知《もんち》す人客《じんかく》の姓《せい》、誦《しょう》し得《え》たり老夫《ろうふ》の詩《し》
世《よ》乱《みだ》れて渠《かれ》が小《しょう》なるを憐《あわれ》み、家貧《いえひん》にして母《はは》の慈《いつく》しみを仰《あお》ぐ
鹿門《ろくもん》携《たずさ》うること遂《と》げず、雁足《がんそく》繋《か》くること期《き》し難《がた》し
天地《てんち》軍麾《ぐんき》満《み》ち、山河《さんが》戦角《せんかく》悲《かな》しむ
儻《もし》くは帰《かえ》りて相《あ》い失《うしな》うことを免《まぬか》るれば、見《み》る日《ひ》敢《あえ》て遅《おそ》きを辞《じ》せんや

＊五言排律。韻字は上平四支「時・詩・慈・期・悲・遲」。

【題意】 至徳二載（七五七）春、長安（陝西省西安市）でふと興にふれて幼い次男を思って詠んだ詩。詳注一―三六、鈴木注一―三七八。

【現代語訳】 驥子よ、お前はほんとうにいい子だ。去年、言葉を覚え始めた時、お客の名前を聞いたり、私の詩をそらんじたりしたっけ。こんな乱世に出合うとは、がんぜないお前が可哀想。貧しい家に生まれて、母さんの愛情に頼るしかない。いっそのことこんな濁世を離れ、龐徳公《ほうとく》のように妻子を連れて鹿門《ろくもん》山に隠遁しようかとも思うが、今の状況では無理。蘇武《そぶ》は雁の足に手紙を託したが、この賊中ではそれもかなわない。今、天地はどこも軍旗がはためき、山河にはもの悲しい角笛を聞かぬところとてない。もしも帰ることができて互いに行方不明でなければ、再び家族に会える日はどんなに遅くてもかまわない。

［加藤国］

■語釈

○**驥子** 杜甫には二人の息子がいて、長子を宗文《そうぶん》、次子を宗武《そうぶ》という。この宗武の幼名が驥子《きし》。○**渠** かれ。驥子をいう。○**鹿門** 湖北《こほく》省襄陽《じょうよう》市にある山の名。後漢《ごかん》の龐徳《ほうとく》公は召されても赴かず、妻子を連れてこの山に隠れた（『後漢書』巻八三「龐公伝」）。○**雁足** 匈奴《きょうど》に捕えられた前漢の蘇武が雁の足に手紙をつけて天子に己の生存を告げた故事（『漢書』巻五四「蘇武伝」）。○**軍麾** 軍の旗。○**戰角** 戦中で吹き鳴らされる角笛。今のラッパ。○**儻** もしも。万一。○**相失** 互いに行方不明になる。

塞蘆子　蘆《ろ》子《し》を塞《ふさ》ぐ　〇一五四

五城何迢迢　迢迢隔河水
邊兵盡東征　城內空荊杞
思明割懷衞　秀巖西未已
廻略大荒來　崤函蓋虛爾』
延州秦北戶　關防猶可倚
焉得一萬人　疾驅塞蘆子
岐有薛大夫　旁制山賊起
近聞昆戎徒　爲退三百里』
蘆關扼兩寇　深意實在此
誰能叫帝閽　胡行速如鬼』

五城《ごじょう》何《なん》ぞ迢迢《ちょうちょう》たる、迢迢《ちょうちょう》として河水《かすい》を隔《へだ》つ
辺兵《へんぺい》尽《ことごと》く東征《とうせい》す、城内《じょうない》空《むな》しく荊杞《けいき》あり
思明《しめい》は懐衛《かいえい》を割《さ》き、秀巌《しゅうがん》は西《にし》して未《いま》だ已《や》まず
廻《はる》かに大荒《たいこう》を略《りゃく》し来《き》たらば、崤函《こうかん》は蓋《けだ》し虚《きょ》ならんのみ
延州《えんしゅう》は秦《しん》の北戸《ほくこ》なり、関防《かんぼう》は猶《な》お倚《よ》る可《べ》し
焉《いずくん》ぞ一万人《いちまんにん》もて、疾駆《しっく》して蘆子《ろし》を塞《ふさ》ぐことを得《え》ん
岐《き》に薛大夫《せつたいふ》有《あ》り、旁《かたわ》らに山賊《さんぞく》の起《お》こるを制《せい》す
近《ちか》ごろ聞《き》く昆戎《こんじゅう》の徒《と》、為《ため》に退《しりぞ》くこと三百里《さんびゃくり》
蘆《ろ》関《かん》は両寇《りょうこう》を扼《やく》す、深意《しんい》実《じつ》に此《こ》こに在《あ》り
誰《たれ》か能《よ》く帝閽《ていこん》に叫《さけ》ばん、胡《こ》の行《ゆ》くこと速《すみ》やかなるは鬼《き》の如《ごと》し

＊五言古詩。韻字は上声四紙「水・杞・已・爾・倚・子・起・里・此」、上声五尾「鬼」。紙・尾韻が支部の通押。

【題意】　前詩〇一五三と同じく至徳二載（七五七）春、長安での作。蘆子関《ろしかん》（陝西《せんせい》省鄜《ふ》州北の延安《えんあん》にある塞《とりで》）に兵を駐屯させて、賊軍の侵入をくい止めよとの意見を述べたもの。詳注一―三七、鈴木注一―三八〇。

【現代語訳】　五城はなんと遥かなことよ。黄河を隔てたずっと向こう。それらの辺境を守

る兵隊はみな東征して、城内は人の気配なく雑草ばかり。賊将の史思明《ししめい》は懐《かい》・衛《えい》の二州を捨て、太原《たいげん》をめざし、高秀巌《こうしゅうがん》もまた史思明と合流し、さらに西に進軍してやまない。彼らが西北方面を攻略すれば、長安を守るべき崤山《こうざん》や函谷関《かんこくかん》があっても無意味なものになってしまう。』

延《えん》州は秦《しん》地の北の守りの塞。この関門は防衛する上で大いに依拠しうる。何とかして一万人ほどの兵を、この蘆子関に急ぎ糾合せんことを。岐山《きざん》方面に、太守・薛景仙《せつけいせん》その人あり。付近でしばしば山賊が暴れているのを制圧しているようだ。近頃聴いた話では、ために（侵犯を繰り返していた）吐蕃《とばん》も、三〇〇〇里も後退したとのこと。』

蘆子関は、史思明・高秀巌の西進をくい止めるべき要衝の地。私のこの詩の深意も、まさにここにある。誰かこの建議を天子の御門に伝えてくれ。時間は緊迫している。賊軍の進行は鬼のように素早いのだ。』

■語釈

○五城　朔方《さくほう》節度使の管轄する定遠《ていえん》・豊安《ほうあん》（寧夏《ねいか》）の城や内蒙古の境界にある三つの城。○迢迢　遥かなさま。○荊杞　いばらやクコ。○思明　叛将・史思明のこと。至徳二載正月、懐・衛の二州（河南省済源市・衛輝市）を捨てて太原に兵を進めた。○秀巌　高秀巌。史思明の下で河東《かとう》節度使となる。○西未巳　至徳二載正月、高秀巌は大同《だいどう》より兵を引き、史思明軍と合流し太原を攻撃しようとした。さらには西の蘆子関をも目指した。○大荒　辺境の不毛の地。○崤函　崤は崤山《こうざん》、函は函谷関《かんこくかん》。ともに河南省にある。双声語「コウカン」。○延州　今の延安市。○秦北戸　この時、粛宗《しゅくそう》（↓「人物説明」）は北の霊武《れいぶ》（寧夏回族自治区霊武市）に、賊軍は南の長安に拠っていた。延州はちょうどこの間にあった。○塞蘆子　黄河を隔てて東面すると太原があり、ここに史思明・高秀巌連合軍が攻め入ろうとしていた。○岐　扶風《ふふう》郡（陝西省宝鶏市）。○薛大夫　扶風太守の薛景仙《せつけいせん》。○昆戎徒　周代の西方の異民族。ここは吐蕃《とばん》をいう。この時、史思明と連合して東に侵攻しようとしていた。○兩寇　二人の侵略者。史思明・高秀巌。○帝閽　天子の御門。

［加藤国］

〇二五

哀江頭

少陵野老呑聲哭
春日潛行曲江曲
江頭宮殿鎖千門
細柳新蒲爲誰緑』
憶昔霓旌下南苑
苑中萬物生顏色
昭陽殿裏第一人
同輦隨君侍君側
輦前才人帶弓箭

哀《かな》しいかな江頭《こうとう》

少陵《しょうりょう》の野《や》老声《ろうこえ》を呑《の》みて哭《こく》す
春日《しゅんじつ》潜行《せんこう》す曲江《きょくこう》の曲《くま》
江頭《こうとう》の宮殿《きゅうでん》千門《せんもん》鎖《とざ》す
細柳《さいりゅう》新蒲《しんぼ》誰《た》が為《ため》にか緑《みどり》なる
憶《おも》う昔《むかし》霓旌《げいせい》南苑《なんえん》に下《くだ》りしを
苑中《えんちゅう》の万物《ばんぶつ》顔色《がんしょく》を生《しょう》ず
昭陽《しょうよう》殿裏《でんり》第一《だいいち》の人《ひと》
輦《れん》を同《おな》じくし君《きみ》に随《したが》いて君側《くんそく》に侍《じ》す
輦前《れんぜん》の才人《さいじん》弓箭《きゅうせん》を帯《お》ぶ

白馬嚼齧黄金勒
翻身向天仰射雲
一笑正墜雙飛翼』
明眸皓齒今何在
血汚遊魂歸不得
清渭東流劍閣深
去住彼此無消息
人生有情涙沾臆
江草江花豈終極
黄昏胡騎塵滿城
欲往城南望城北』

白馬《はくば》嚼齧《しやくげつ》す黄金《おうごん》の勒《くつわ》
身《み》を翻《ひるが》えし天《てん》に向《む》かいて仰《あお》ぎて雲《くも》を射《い》る
一笑《いっしょう》 正《まさ》に墜《お》つ双飛翼《そうひよく》
明眸皓歯《めいぼうこうし》今《いま》何《いず》くにか在《あ》る
血《ち》汚《けが》して遊魂《ゆうこん》帰《かえ》り得《え》ず
清渭《せいい》は東流《とうりゅう》し剣閣《けんかく》は深《ふか》し
去住《きょじゅう》 彼此《ひし》消息《しょうそく》 無《な》し
人生《じんせい》情《じょう》 有《あ》り涙《なみだ》 臆《おく》を沾《うるお》す
江草江花《こうそうこうか》豈《あ》に終《つい》に極《きょく》あらんや
黄昏《こうこん》胡騎《こき》塵《ちり》城《しろ》に満《み》つ
城南《じょうなん》に往《ゆ》かんと欲《ほっ》して城北《じょうほく》を望《のぞ》む

＊七言古詩。韻字は入声一屋「哭」、入声二沃「曲・緑」、屋・沃韻が東部入声の通押。換韻して入声一三職「色・側・勒・翼・得・息・臆・極・北」。

【題意】 至徳二載（七五七）春、長安（陝西省西安市）に軟禁中ながらもある程度自由な行動ができ、曲江《きょくこう》のほとりを歩いての感慨。玄宗皇帝（↓「人物説明」）が都落ちしてからのここ遊興の地たる曲江の南のさびれよう、また楊貴妃（↓「人物説明」）の非命、天子の落胆ぶりを深い嘆息の情をもって詠んだもの。杜詩中の出色の作。詳注一―三二九、鈴木注一―三八三。

【現代語訳】　少陵のいなか親爺が、声を呑みこみしのび泣く。この春の日、こっそり長安南郊の曲江を歩くと、水辺の宮殿はどの門もすべて閉じている。か細く愛らしい柳の枝も、若々しい蒲の新芽も、誰のための装いなのか。

思えば昔、この苑に帝が御幸され虹の御旗があざやかに翻ったっけ。そして苑中のすべてが色めきたったもの。その時、後宮第一のお方が君と御車《みくるま》を同じくされ、また親しくおそばに侍っておられた。御車の前では女官らが弓矢を帯び、黄金の轡《くつわ》をかませた白馬に跨《また》がっていた。そして女武者が身を翻し天に向かって雲を射れば一対の鳥が墜ちてきて、貴妃《きひ》がお見事とばかりに微笑まれる。』

あの明るい瞳、真白き歯は今いずこに。亡骸《なきがら》は血に汚され、さまよう御霊は帰りたまわず。渭水《いすい》はただ東にのみ流れ、剣閣《けんかく》は万山の奥にある。渭水の側からも剣閣の彼方からも、消息は途絶えたまま。人とは有情の生き物、されば涙が胸をぬらしてやまぬ。けれど川辺の草よ花よ、汝らにはこれでおしまいなどないだろう。この夕暮れ、長安城には賊軍の兵馬の塵が満ちて、城南に行こうとするのに気になってしきりに望むのは城北の賊兵ばかり。』

■語釈

○少陵　前漢の宣《せん》帝の許《きょ》皇后の陵墓。長安の南郊にある。杜甫はかつてこの近くに住んでいた。自称としていう。○曲江　長安城の東南にある遊園の地。○宮殿　曲江の南に紫雲《しうん》楼・芙蓉《ふよう》苑、西に杏《きょう》園・慈《じ》恩《おん》寺があり、芙蓉苑中に宮殿があった。○霓旌　虹のような皇帝の御旗。○南苑　芙蓉苑。○昭陽殿前漢の成《せい》帝の皇后趙飛燕《ちょうひえん》の妹・昭儀《しょうぎ》のいた宮殿で、ここでは玄宗の後宮の意。〇第一人　楊貴妃。〇君玄宗。〇才人　宮中の女官の名。正四品。〇血汚　楊貴妃の死をいう。玄宗が蜀へ蒙塵し馬嵬《ばかい》駅に到った時、軍隊に迫られて楊貴妃を縊死《いし》させたことを指す。〇清渭　清らかな渭水《いすい》（陝西省を流れて黄河に入る川）。〇劍閣　四川省の北部にある険しい道で、長安から蜀に入る際には必ずここを通る。〇去住　去った者と住《とど》まる者。〇城南　原注に、「甫《ほ》、（長安の）城南《じょうなん》に家居《かきょ》す」。杜甫はこの住まいを目指していた。

［加藤国］

大雲寺贊公房四首

心在水精域　衣霑春雨時
洞門盡徐歩　深院果幽期
到扉開復閉　撞鐘齋及茲
醍醐長發性　飲食過扶衰
把臂有多日　開懷無愧辭
黃鸝度結構　紫鴿下罘罳
愚意會所適　花邊行自遲
湯休起我病　微笑索題詩

大雲寺《だいうんじ》の賛公《さんこう》の房四首《ぼうししゅ》　〇一五六

心《こころ》は水精《すいせい》の域《いき》に在《あ》り、衣《ころも》は春雨《しゅんう》の時《とき》に霑《うるお》う
洞門《どうもん》尽《ことごと》く徐歩《じょほ》し、深院幽期《しんいんゆうき》を果《はた》す
扉《とびら》に到《いた》れば開《ひら》きて復《ま》た閉《と》じ、鐘撞《かねつ》かれて斎茲《さいこ》こに及《およ》ぶ
醍醐《だいご》長《とこし》えに性《せい》を発《はっ》せしむ、飲食《いんしょく》衰《すい》を扶《たす》くるに過《す》ぐ
臂《うで》を把《と》りて多日《たじつ》有《あ》り、懐《かい》を開《ひら》きて愧辞《きじ》無《な》し
黄鸝《こうり》結構《けっこう》を度《わた》り、紫鴿《しこう》罘罳《ふし》より下《くだ》る
愚意《ぐい》適《てき》する所《ところ》に会《あ》う、花辺《かへん》行《ゆ》くこと自《おのずか》ら遅《おそ》し
湯休《とうきゅうわ》我が病《や》めるを起《た》たしめ、微笑《びしょう》して題詩《だいし》を索《もと》む

＊五言古詩。韻字は上平四支「時・期・茲・衰・辭・罳・遲・詩」。

【題意】　至徳二載（七五七）春、長安（陝西省西安市）の西市の南に接する懐遠坊《かいえん》の東南隅にあった大雲寺に宿し、賛公の歓待を受けての作。なお後年の秦《しん》州（甘粛省天水市）での詩に「賛公の房に宿《やど》る」〇三〇六がある。詳注一―三三、鈴木注一―三八六。

【現代語訳】　心は水晶のように透明、着ている服も春雨にしっとり包まれる時。幾重もの門を一つ一つゆっくりと歩み、奥庭まで入ってこの雅《みや》びな集《つど》いの約束をかなえることができた。庵の前まで来ると、扉が開かれまた閉じられる。そこへおりしも鐘の音が聞こえる。食事の時になったようだ。この醍醐の味はいつもながら私に深い本性を起こさせ、また飲食もわが衰弱を助けて余りある。賛公との親交は長年にわたるので、腹を割って話しあい偽りの言葉などこれっぽちもない。鶯が殿内の柱の間を自由に飛び移り、鳩も軒の張り網から下りてくる。そんな眺めが私の心にはぴったりかない、花咲く辺りを歩む足取りもゆったりとなる。賛公の接待は、ほんとうに病苦の私を元気にしてくれる。すると公が微笑みながらいう、詩を作ってくださらんかと。

■語釈

○水精　水晶。寺が清浄の地であることをいう。○洞門　門と門が向きあった所。○幽期　清らかな約束。○齋　僧院の食事。○醍醐　乳製品。仏教が衆生を悟りへと導く教義の喩え。○把臂　親しく交わる。臂は腕の意。○開懐　胸を開く。○愧辭　自分を偽り飾る言葉。○罘罳　軒端に張る鳥よけの網。

○湯休　南朝・宋《そう》の僧・湯恵休《とうえきゅう》。詩を善くした。ここでは賛公を指す。下句の「題詩《だいし》を索《もと》む」と呼応。
○起我病　病気の楚の太子を見舞った客人が治療法を進言し、「太子《たいし》能《よ》く強《し》いて起《た》ちて之《こ》れ（音楽）を聴《き》かんとするか」「太子《たいし》能《よ》く彊《し》いて起《た》ちて之《こ》れ（滋養食）を嘗《な》めんとするか」などと尋ねるたびに、太子は「僕病《ぼくや》みて未《いま》だ能《あた》わざるなり」と謝絶する故事（前漢・枚乗《ばいじょう》「七発《しちはつ》」）。

［加藤国］

〇二五七

其二

細軟青絲履　光明白氎巾
深藏供老宿　取用及吾身
自顧轉無趣　交情何尙新
道林才不世　惠遠德過人
雨瀉暮簷竹　風吹春井芹
天陰對圖畫　最覺潤龍鱗

其《そ》の二《に》

細軟《さいなん》なる青糸《せいし》の履《くつ》、光明《こうみよう》なる白氎巾《はくじようきん》
深《ふか》く蔵《ぞう》して老宿《ろうしゆく》に供《きよう》す、取《と》り用《もち》いて吾《わ》が身《み》に及《およ》ぶ
自《みずか》ら顧《かえり》みるに転《うた》た趣《おもむ》き無《な》し、交情《こうじようなん》何ぞ尚《な》お新《あら》たなる
道林才《どうりんさい》は世《よ》ならず、恵遠徳《えおんとく》は人《ひと》に過《す》ぐ
雨《あめ》は瀉《そそ》ぐ暮簷《ぼえん》の竹《たけ》、風《かぜ》は吹《ふ》く春井《しゆんせい》の芹《せり》
天陰《てんくも》りて図画《ずが》に対《たい》すれば、最《もつと》も覚《おぼ》ゆ龍鱗《りようりん》の潤《うるお》うを

＊五言古詩。韻字は上平一一真「巾・身・新・人・鱗」、上平一二文「芹」、真・文韻が真部の通押。

【現代語訳】細く柔らかな青糸のクツ、輝くような白い手ぬぐい。これまでは長老の僧のために大切にしまっておいたもの。それを御親切にも自分ごとき者に供与される。自分を顧

みるになんとも面白みのない人間だが、このような御交情は以前と変わらずいつも真新しい。賛公は今の世の道林《どうりん》か、はたまた恵遠《えおん》か。その才は不世出であり、その徳もまた人に過ぎるものがおありになる。夕暮れ、軒端の竹に雨が降り注ぎ、春の井戸端の芹に風が吹きそよぐ。空が曇っている中で壁画を見ると、龍の鱗がほんとうに潤い出して飛び上がらんばかりだ。

■語釈

○**白氎巾**　白く細い毛織物の手拭き。○**老宿**　長老の僧をいう語。○**道林**　東晋《とうしん》の高僧・支遁《しとん》。字は道林。○**恵遠**　同じく東晋の高僧。いずれも賛公の喩え。○**圖畫**　大雲寺には名手による壁画があった（唐・張彦遠《ちょうげんえん》『歴代名画記』巻三）。

［加藤国］

〇二五八

其三

燈影照無睡　心清聞妙香
夜深殿突兀　風動金琅璫
天黑閉春院　地清棲暗芳
玉繩迴斷絕　鐵鳳森翺翔
梵放時出寺　鐘殘仍殷牀

其《そ》の三《さん》

灯影《とうえい》照《て》らして睡《ねむ》る無《な》く、心《こころ》清《きよ》くして妙香《みょうこう》を聞《き》く
夜深《よるふか》くして殿突兀《でんとつこつ》たり、風動《かぜなぶ》りて金琅璫《きんろうとう》たり
天黒《てんくろ》くして春院《しゅんいん》閉《と》じ、地清《ちきよ》くして暗芳《あんぽう》棲《す》む
玉縄迴《ぎょくじょうはる》かに断絶《だんぜつ》し、鉄鳳森《てっぽうしん》として翺翔《こうしょう》す
梵放《ぼんはな》たれて時《とき》に寺《てら》を出《い》で、鐘残《かねのこ》りて仍《な》お牀《しょう》に殷《いん》たり

明朝在沃野　苦見塵沙黄　明朝《みょうちょう》沃野《よくや》に在《あ》れば、塵沙《じんさ》の黄《き》なるを見《み》るに苦《くる》しまん

＊五言古詩。韻字は下平七陽「香・瑠・芳・翔・牀・黄」。

【現代語訳】灯火の明かりで寝つかれないが、心が澄み渡りお寺の香気が仏法の妙義のように感じられる。夜はふけ仏殿は高く聳え立ち、風になぶられて鈴鐸《れいたく》の音が涼しげだ。黒々とした空の闇に閉ざされる春の奥庭よ。また清らかなる大地の暗がりをねぐらとする花の香りよ。玉縄星《ぎょくじょうせい》は遥か天の彼方で途切れ、屋根の上の鉄の鳳凰は連なって飛び上がらんばかり。僧侶の朗唱する梵唄《ぼんばい》が高まって寺の外へと流れ出し、余韻を残す鐘の音は、なおこの寝《ね》床《どこ》に響いてくる。明朝、この寺を辞して野に身を置けば、また薄汚れた砂塵に苦しむことになろう。

［加藤国］

■語釈

○妙香　寺の香気。仏法の妙義の喩え。○突兀　高いさま。畳韻語「トッコツ」。○金　鈴鐸《れいたく》。○琅瑠　鈴の音の形容。畳韻語「ロウトウ」。○暗芳　暗がりの花の香り。○玉縄　北斗七星の一部。○鐵鳳　屋根の飾りの鉄製の鳳凰。○森　静かに立ち並ぶさま。○翺翔　自由に飛び巡る。○梵　僧侶の唱える経典。梵唄《ぼんばい》。○牀　ベッド。

其四

其《そ》の四《し》　〇二五九

童兒汲井華　慣捷瓶上手
霑灑不濡地　掃除似無箒
明霞爛複閣　霽霧搴高牖
側塞被徑花　飄飄委墀柳
艱難世事迫　隱遁佳期後
晤語契深心　那能總鉗口
奉辭還杖策　暫別終回首
泱泱泥汚人　狺狺國多狗
既未免羈絆　時來憩奔走
近公如白雪　執熱煩何有

童児《どうじ》井華《せいか》を汲《く》み、捷《はや》きに慣《な》れて瓶手《へいて》に上《のぼ》る
霑灑《てんさい》地《ち》を濡《うるお》さず、掃除《そうじよ》箒《ほうき》無《な》きに似《に》たり
明霞《めいか》複閣《ふくかく》に爛《らん》たり、霽霧《せいむ》高牖《こうゆう》に搴《あ》がる
側塞《そくそく》たり径《けい》を被《おお》う花《はな》、飄飄《ひようよう》たり墀《ち》に委《い》せる柳《やなぎ》
艱難《かんなん》世事《せじ》迫《せま》り、隠遁《いんとん》佳期《かき》に後《おく》る
晤語《ごご》深心《しんしん》契《ちぎ》り、那《なん》ぞ能《よ》く総《す》べて口《くち》を鉗《つぐ》まん
辞《じ》を奉《ほう》じて還《ま》た策《さく》を杖《つ》かん、暫《しばら》く別《わか》るるにも終《つい》に首《こうべ》を回《めぐ》らす
泱泱《おうおう》として泥人《どろひと》を汚《けが》し、狺狺《ぎんぎん》として国《くに》に狗《いぬ》多《おお》し
既《すで》に未《いま》だ羈絆《きはん》を免《まぬか》れず、時《とき》に来《き》たりて奔走《ほんそう》を憩《いこ》わしめん
公《こう》に近《ちか》づけば白雪《はくせつ》の如《ごと》し、熱《ねつ》を執《と》る煩何《はんなに》か有《あ》らん

＊五言古詩。韻字は上声二五有「手・箒・牖・柳・後・口・首・狗・走・有」。

【現代語訳】　寺の小僧が今朝一番の井戸水を汲む。手慣れたもので、釣瓶《つるべ》がすぐ手元に。それで打ち水しても、土がぬかるむまでにはせぬ。掃除をすれば、箒がないかのような動きで清められていく。朝焼けが楼閣に輝き、晴れて散った霧が高い窓の辺りに舞い上がっている。小道を覆う花々は咲き乱れ、きざはしの側の庭にはしだれ柳がゆらゆらと揺れる。浮き

世の難儀が身に迫っているうちに、隠遁する機会を逃してしまったが、ここで賛公と胸の内を話すと心がぴたり通いあう。さればどうして口をつぐんでなどいられよう。だが、もうおいとま乞いをする時間、また杖をついて参りましょう。しばしの別れなのに、後ろ髪をひかれるようだ。今日の天気では泥んこ道が人を汚すし、都には吠え立てる犬が多い。ただ自分はこの浮き世からどうしても離れることはできない。いずれまたここへやってきて、日頃の奔走の身を休めたい。あなたに近づくとまるで白い雪のよう。暑苦しい煩悶など、どこかに吹っ飛んでしまいます。

■語釈

○井華　夜明けに最初にくむ井戸水。○霑灑　庭に打ち水をする。○複閣　重なった楼閣。○搴　舞いあがる。○高牖　高い窓。○側塞　花の多いさま。双声語「ソクソク」。○飄颻　ゆらゆらするさま。畳韻語「ヒョウヨウ」。○墀　きざはしの側の空き地で、塗料や玉石などで手入れされた所。○晤語　顔を合わせての話しあい。○鉗口　口に鍵をかける。○泱泱　水が深く広い。○泥　雨後の道路の意だが、険しい世相の喩えでもある。○狺狺　犬の吠える声。○國多狗　「国」は国都の意。「狗《いぬ》」は親玉の手先の喩え。当時、賊将・張通儒《ちょうつうじゅ》は、反乱軍政府の偽官に就くよう人々に強要し従わなかった者は殺害した。「泱泱」の二句は、暗にこれをほのめかす。

［加藤国］

雨過蘇端

雨《あめ》に蘇端《そたん》に過《よ》ぎる

〇一〇

鶏鳴風雨交　久旱雨亦好
杖藜入春泥　無食起我早』
諸家憶所歴　一飯跡便掃
蘇侯得數過　歡喜毎傾倒
也復可憐人　呼兒具梨棗
濁醪必在眼　盡醉攄懷抱』
紅稠屋角花　碧秀牆隅草
親賓縱談謔　喧鬧慰衰老
況蒙霈澤垂　糧粒或自保
妻孥隔軍壘　撥棄不擬道』

鶏《とり》鳴《な》きて風雨《ふうう》交《まじ》わり、久旱《きゅうかん》には雨《あめ》も亦《ま》た好《よ》し
藜《あかざ》を杖《つ》きて春泥《しゅんでい》に入《い》り、食《しょく》無《な》くして我《わ》れを起《た》たしむること早《はや》し
諸家《しょか》歴《へ》し所《ところ》を憶《おも》うに、一飯《いっぱん》にして跡《あと》便《すなわ》ち掃《はら》う
蘇《そ》侯《こう》には数《しばしば》ゝ過《よ》ぎるを得《え》たり、歓喜《かんき》毎《つね》に傾倒《けいとう》せしむ
也《ま》た復《ま》た可憐《かれん》の人《ひと》なり、児《じ》を呼《よ》びて梨棗《りそう》を具《そな》えしむ
濁醪《だくろう》必《かなら》ず眼《め》に在《あ》り、酔《よ》いを尽《つ》くして懐抱《かいほう》を攄《の》ぶ
紅《くれない》は稠《おお》し屋角《おくかく》の花《はな》、碧《みどり》は秀《ひい》ず牆隅《しょうぐう》の草《くさ》
親賓《しんぴん》談謔《だんぎゃく》を縦《ほしいまま》にし、喧鬧《けんどう》衰老《すいろう》を慰《なぐさ》む
況《いわん》や霈沢《はいたく》の垂《た》るるを蒙《こうむ》るをや、糧粒《りょうりゅう》或《あるい》は自《おのずか》ら保《たも》たん
妻孥《さいど》軍塁《ぐんるい》を隔《へだ》つるも、撥棄《はっき》して道《い》わんと擬《ぎ》せず

＊五言古詩。韻字は上声一九皓「好・早・掃・倒・棗・抱・草・老・保・道」。

【題意】　至徳二載（七五七）春、長安（陝西省西安市）軟禁中の作。雨の中、友人の蘇端《そたん》の家を訪ね、酒のもてなしを受けたことを詠む。原注に「端《たん》、置酒《ちしゅ》す」。〇二三七にも蘇端が見える。詳注一―三三八、鈴木注一―三九四。

【現代語訳】　ニワトリが夜明けを告げる時、外は風交じりの雨模様。けれども日照り続き

だったから、雨もまたよし。そのぬかるむ道を藜《あかざ》の杖をついて出かけていく。なにせ食べ物がないから、朝早く起き出してしまう。』

思えば、これまであちこちの家を訪ねてきたけれど、一度食事をしただけでその後はさっぱり。けれど蘇公は違う。しばしばお邪魔させていただいている。その歓待ぶりはいつも私の心を感服させる。それにしても蘇公はよいお方だ。子供を呼んで梨や棗《なつめ》まで持ってこさせる。どぶろくは必ず目の前に用意され、それで酔いを尽くして胸の内を語るのだ。』

赤いのがたくさん見えるのは、家のかどの花。ひときわ緑が鮮やかなのは、垣根の隅の草。親戚、賓客らは思う存分に談話し、冗談をいいあう。そのはでな賑やかさに、しょぼくれがちの自分も慰められる。その上さらにこのように天の恵みが降り注げば、稲もよく育ち米の収穫もどうにか保証されるのではないか。そういえば妻と子は遠い兵塁の彼方だった。おっとっと、このことはしばしうっちゃって話題にすまい。』

［加藤国］

■語釈

〇春泥　春の泥んこ道。〇跡便掃　二度と行かない。交流が続かない意。〇蘇侯　侯は軽い敬称。蘇端のこと。〇可憐　愛すべき。〇濁醪　にごり酒。〇屋角　家のかど。〇親賓　親戚や賓客。〇喧鬧　やかましさ。騒がしさ。〇霈澤　天の恵みとしての雨。〇妻孥　妻と子。〇撥棄　うち捨てる。

喜晴　晴《は》れを喜《よろこ》ぶ　〇二六一

皇天久不雨　既雨晴亦佳
出郭眺西郊　肅肅春增華
青熒陵陂麥　窈窕桃李花
春夏各有實　我饑豈無涯』
干戈雖橫放　慘澹鬬龍蛇
甘澤不猶愈　且耕今未賒
丈夫則帶甲　婦女終在家
力難及黍稷　得種菜與麻』
千載商山芝　往者東門瓜
其人骨已朽　此道誰疵瑕
英賢遇轗軻　遠引蟠泥沙
顧慚昧所適　回首白日斜
漢陰有鹿門　滄海有靈査
焉能學衆口　咄咄空咨嗟』

皇天《こうてん》久《ひさ》しく雨《あめ》ふらず、既《すで》に雨《あめ》ふれば晴《は》れも亦《ま》た佳《か》なり
郭《かく》を出《い》でて西郊《せいこう》を眺《なが》むれば、粛 粛《しゅくしゅく》として春《はる》は華《はな》やぎを増《ま》す
青熒《せいけい》たる陵陂《りょうは》の麦《むぎ》、窈窕《ようちょう》たる桃李《とうり》の花《はな》
春夏《しゅんか》各ゝ《おのおの》実《みの》る有《あ》り、我《わ》が饑《う》えに豈《あ》に涯《かぎ》り無《な》きならんや
干戈《かんか》横放《おうほう》して、惨澹《さんたん》として龍蛇《りょうだ》闘《たたか》うと雖《いえど》も
甘沢《かんたく》猶《な》お愈《まさ》らずや、且《まさ》に耕《たがや》さんとすること今未《いまいま》だ賒《はる》かならず
丈夫《じょうふ》は則《すなわ》ち甲《こう》を帯《お》ぶるも、婦女《ふじょ》は終《つい》に家《いえ》に在《あ》り
力《ちから》は黍稷《しょしょく》に及《およ》び難《がた》きも、菜《さい》と麻《あさ》とを種《う》うるを得《う》
千載《せんざい》商山《しょうざん》の芝《し》、往者《おうしゃ》東門《とうもん》の瓜《うり》
其《そ》の人《ひと》骨《ほね》已《すで》に朽《く》つるも、此《こ》の道《みち》誰《たれ》か疵瑕《しか》とせん
英賢《えいけん》轗軻《かんか》に遇《あ》えば、遠《とお》く引《ひ》きて泥沙《でいさ》に蟠《わだかま》る
顧《かえり》みて慚《は》ず適《ゆ》く所《ところ》に昧《くら》きを、首《こうべ》を回《めぐ》らせば白日《はくじつ》斜《なな》めなり
漢陰《かんいん》に鹿門《ろくもん》有《あ》り、滄海《そうかい》に霊査《れいさ》有《あ》り
焉《いずくん》ぞ能《よ》く衆口《しゅうこう》を学《まな》びて、咄咄《とつとつ》と空《むな》しく咨嗟《しさ》せん

＊五言古詩。韻字は上平九佳「佳・涯」、下平六麻「華・花・蛇・賒・家・麻・瓜・瑕・沙・斜・査・嗟」の通押。

【題意】 至徳二載（七五七）春、前詩〇一六〇の後の作。長雨の後にやっと晴天となり、これで農耕ができると喜び、己の隠棲への思いをいう。詳注一―三四〇、鈴木注一―三九七。

【現代語訳】 このところ久しく雨が降らなかったが、いざ長雨続きになると、晴天もまたよいものだ。城郭を出て西の郊外を眺めると、春は粛々と華やぎを増しつつある。青々と光るのは丘陵の麦、あでやかなのは桃とスモモの花。春も夏もそれぞれ実りが期待できる。わが飢えもそういつまでも続く話ではないだろう。』

今の世は戦争が蔓延《まんえん》し、龍と蛇の凄惨な戦いを続けている。そんな御時世でも、雨が降ってくれるのはやはり旱《ひでり》よりも有り難い、そしてまた晴れ、これなら春の耕作も先のことではあるまい。けれども今男どもは戦争に出向いていて、家にいるのは結局女のみ。女手では黍《きび》や稷《あわ》の世話は行き届かないが、野菜や麻くらいは植えられるだろう。』

大昔、商山で霊草を採っていた人も、また漢の世に東門で瓜を育てていた人も、みなその骨は朽ちてしまったけれども、彼らが隠遁の道を選んだことに誰がケチを付けられよう。英賢の徒は、不遇に遭えば遠く身を引き、泥の中にでも覚悟の上の閉居を決めこむものだ。顧みるに、自分は出処進退に暗かったと恥じ入る。振り向けば、もう太陽は西の方に傾いている。漢水《かんすい》の南には鹿門《ろくもん》があるし、かの東海には不思議な筏《いかだ》だってある。どうして凡人と同じようにただ舌打ちして一生を終われよう。』

一■語釈

○皇天　大空。○靑熒　青く光る。畳韻語「セイケイ」。○陵陂　丘。○窈窕　あでやかで美しいさま。畳韻語「ヨウチョウ」。○干戈　たてとほこ。戦争。双声語「カンカ」。なお、下句の「慘澹」は畳韻語「サンタン」。○横放　ほしいまま。○龍蛇　天子と安禄山（↓「人物説明」）の喩え。○甘澤　よき恩沢、恵み。○帶甲　鎧《よろい》を身に着ける。戦場に出る。○商山芝　商山は、長安の東南商《しょう》州にある山。秦《しん》末の時、四人の老人が混乱を避けてこの山に隠れ、芝（霊草）を採って暮らした「商山《しょうざん》の四皓《しこう》」の故事（皇甫謐『高士伝』巻中）。○東門瓜　秦の東陵侯《とうりょう》邵平《しょうへい》が秦の滅亡後は、長安城の東門外で瓜を育てていたという故事（『漢書』巻三九「蕭何伝」）。○疵瑕　欠点。傷。○轗軻　不遇なさま。双声語「カンカ」。○漢陰　漢水《かんすい》の南。水の南を陰という。○鹿門　湖北《こほく》省襄陽《じょうよう》にある山。後漢の隠者・龐徳《ほうとく》公が妻子を連れて隠れた。○靈查　査は槎《いかだ》と同字。東海はどこかで天の川と繋がっていて、この不思議な筏に乗ると天上へたどり着けるという故事（西晋・張華《ちょうか》『博物志』巻一〇）。○衆口　凡人たちの口。○咄咄　舌打ちする音。東晋の将軍殷浩《いんこう》は軍事での失敗により庶民に降格され流されたが、毎日空に向かつて「咄咄怪事《とつとつかいじ》（チェッチェッ、わけがわからん）」の四文字を書いていたという（『世説新語《せせつしんご》』黜《ちゅつ》免《めん》）。○咨嗟　嘆いてため息をつく。双声語「シサ」。

［加藤国］

〇一六三

送率府程錄事還鄕
率府《そつぷ》の程録事《ていろくじ》が郷《きょう》に還《かえ》るを送《おく》る

鄙夫行衰謝　抱病昏忘集
鄙夫《ひふ》行ゝ《ゆくゆく》衰謝《すいしゃ》せんとし、病《やまい》を抱《いだ》きて昏忘集《こんぼうあつ》まる

常時往還人　記一不識十
常時往還《じょうじおうかん》の人《ひと》、一《いち》を記《き》して十《じゅう》を識《し》らず

程侯晩相遇　與語才傑立
薫然耳目開　頗覺聰明入』
千載得鮑叔　末契有所及
意鍾老柏青　義動修蛇蟄
若人可數見　慰我垂白泣
告別無淹晷　百憂復相襲』
内愧突不黔　庶羞以賙給
素絲挈長魚　碧酒隨玉粒
途窮見交態　世梗悲路澀
東風吹春冰　泱漭后土濕』
念君惜羽翮　既飽更思戢
莫作翻雲鶻　聞呼向禽急』

程侯晩《ていこうばん》に相《あ》い遇《あ》う、与《とも》に語《かた》れば才《さい》は傑立《けつりつ》
薫然《くんぜん》として耳目《じもく》開《ひら》き、頗《すこぶ》る聡明《そうめい》の入《い》るを覚《おぼ》ゆ
千載《せんざい》鮑叔《ほうしゅく》を得《え》、末契《まつけい》及《およ》ぶ所《ところ》有《あ》り
意《い》は老柏《ろうはく》の青《あお》きに鍾《あつ》まり、義《ぎ》は修蛇《しゅうだ》の蟄《ちつ》するに動《うご》く
若《かくのごと》き人《ひと》数ゝ《しばしば》見《み》る可《べ》くんば、我《わ》が垂白《すいはく》の泣《きゅう》を慰《なぐさ》めん
別《わか》れを告《つ》ぐるに晷《き》を淹《ひさ》しくする無《な》く、百憂《ひゃくゆう》復《ま》た相《あ》い襲《かさ》なる
内《うち》には突《とつ》の黔《くろ》まざるを愧《は》じ、庶羞《しょしゅう》以《もっ》て賙給《しゅうきゅう》す
素糸《そし》長魚《ちょうぎょ》を挈《さ》げ、碧酒《へきしゅ》玉粒《ぎょくりゅう》随《したが》う
途窮《みちきゅう》して交態《こうたい》を見《み》、世《よ》梗《ふさ》がりて路渋《ろじゅう》を悲《かな》しむ
東風《とうふう》春氷《しゅんぴょう》を吹《ふ》き、泱漭《おうもう》として后土《こうど》湿《うるお》う
念《おも》う君《きみ》が羽翮《うかく》を惜《お》しみ、既《すで》に飽《あ》くも更《さら》に戢《おさ》むるを思《おも》え
翻雲《はんうん》の鶻《こつ》の、呼《よ》ぶを聞《き》きて禽《きん》に向かうこと急《きゅう》なるを作《な》す莫《な》かれ

＊五言古詩。韻字は入声一四緝「集・十・立・入・及・蟄・泣・襲・給・粒・澀・濕・戢・急」。

【題意】　天宝十五載（七五六）春の作か。同僚の太子《たいし》衛率府《えいそつぷ》の録事《ろくじ》参軍《さんぐん》の程《てい》某が、自ら酒食を携えて杜甫を訪ね別れを告げにきたのを見送った詩。「率府」は、太子衛率府で皇太子の親

衛隊の職。左右の衛率府がある。この時、杜甫も右衛率府《ゆうえいそつぷ》兵曹参軍《へいそうさんぐん》（→「用語説明」）の職にあり、近い同僚だった。「録事」は、総務課書記の職。なお原注に、「程《てい》、酒饌《しゅせん》を携《たずさ》え相《あ》い就《つ》きて別《わか》れを取《と》る」とある。詳注一―三四三、鈴木注一―四〇一。

【現代語訳】　私はもう駄目になりかけた男、病を抱え物忘れもひどい。いつも行き来している人でも一割しか覚えられない。そんな老境に程君に出会った。語りあえば、君はすこぶる傑出した人物。いつしかわが耳目が開き、すこぶる高い見識が私の中に入ってくる。』

　まさに千年も昔の鮑叔《ほうしゅく》を友に得た気分。自分ごとき者とまで交際してくれる有り難さ。我らの友情の凝集していることは、あの古柏の常磐《ときわ》の青色のようだ。また義理の剛直さは、穴籠もり中の蛇さえも驚かすのではないか。このような人にしばしばお会いできるなら、この老軀の悲しみも癒やされるだろうに。君はこのたび別れの挨拶に出向いてこられた。でも、あまりゆっくりはできないという。されば百憂がまた重なってくる次第。』

　お恥ずかしいことに、私の方は炊事も満足にできない暮らし。貴方の方がいろいろな御馳走を持参してくださるとは、恐縮至極。白い糸に大きな魚をぶら下げ、お酒の次は米までも。人生の袋小路に知る、この情け。乱世の八方ふさがりに立ち往生する、この悲しみ。君の行く手には春風が氷を解かし始めていよう。大地も広々と潤っていよう。』

　貴君よ、どうか軽はずみな羽ばたきは慎まれよ。満足している時こそ、かえって羽をおさめられよ。雲に翻る鶻《こつ》のように、猟師が声を発したからといって、すぐ獲物に飛びかかることはしないように。』

■語釈

〇鄙夫　いやしい男。作者の謙遜の辞。〇衰謝　衰え駄目になる。〇昏忘　頭がぼんやりすることと、物忘れをすること。〇薫然　ほのぼのとした趣きで薫陶を及ぼす（あるいは受ける）さま。〇鮑叔　春秋期の斉《せい》の大夫・鮑叔牙《ほうしゆくが》。親友の管仲《かんちゆう》を斉の宰相に推挙した。「管鮑《かんぼう》の交わり」で知られる。〇末契　「末」は謙遜の辞。先方が自分と交わってくれることをいう。〇老柏青　長い年月を生き抜く老木の柏の青さはいつも変わらない。交情の変わらないことの喩え。〇修蛇　長い蛇。〇若人　このような人。『論語』公治長に「君子《くんし》なるかな若《かくのごと》き人《ひと》」。程《てい》某のこと。〇垂白　白髪を垂れる老人。〇淹晷　久しい時間。〇突不黔　炊事をしないので煙突が黒くならない。満足に食事も取れないほど貧困である喩え。〇庶羞　諸々の御馳走。〇賙給　貧しい者に与える。〇挈　引っ提げる。〇交態　交情。〇決漭　広々としているさま。畳韻語「オウモウ」。〇后土　大地。〇羽翮　つばさ。「翮」は羽の根元。〇鶻　ハヤブサ。〇聞呼　猟師の声を聞くと、上司の命令を聞くとの両義がある。

［加藤国］

鄭駙馬池臺喜遇鄭廣文同飲　鄭駙馬《ていふば》が池台《ちだい》にて鄭広文《ていこうぶん》に遇《あ》い同《おな》じく飲《の》むを喜《よろこ》ぶ　〇一六三

不謂生戎馬　何知共酒杯　謂《おも》わざりき戎馬《じゆうば》を生《しよう》ずとは、何《なん》ぞ知《し》らん酒杯《しゆはい》を共《とも》にせんとは
燃臍郿塢敗　握節漢臣回　臍《へそ》を燃《も》やして郿塢《びう》敗《やぶ》れ、節《せつ》を握《にぎ》りて漢臣回《かんしんかえ》る
白髪千莖雪　丹心一寸灰』　白髪千茎《はくはつせんけい》の雪《ゆき》、丹心一寸《たんしんいつすん》の灰《はい》
別離經死地　披寫忽登臺　別離《べつり》は死地《しち》を経《へ》、披写《ひしや》は忽《たちま》ち台《だい》に登《のぼ》る

重對秦簫發　倶過阮宅來　　重《かさ》ねて秦簫《しんしょう》の発《はっ》するに対《たい》し、倶《とも》に阮宅《げんたく》に過《よぎ》り来《き》たる
留連春夜舞　涙落强徘徊』　　留連《りゅうれん》す春夜《しゅんや》の舞《ま》い、涙《なみだ》落《お》ちて強《し》いて徘徊《はいかい》す

＊五言排律。韻字は上平一〇灰「杯・回・灰・臺・來・徊」。

【題意】　至徳二載（七五七）春、長安（陝西《せんせい》省西安市）での作。この年の冬、粛宗《しゅくそう》（↓「人物説明」）が長安を奪還すると、鄭広文（鄭虔《ていけん》↓「人物説明」）は賊軍協力者として流刑の判決を受け台州《たい》（浙江《せっこう》省台州市）へ去る。よってこれはそれ以前の作。鄭潜曜《ていせんよう》の池に臨む高台でともに飲酒しての詩。鄭駙馬《ていふば》は鄭潜曜。玄宗皇帝（↓「人物説明」）の姉の代国長公主《だいこくちょうこうしゅ》が鄭氏に嫁して生まれた子。また玄宗皇帝の第一二女の臨晋《りんしん》公主の婿。「駙馬」は駙馬都尉《ふばとい》で、公主の婿に与えられた称号。詳注一―三四五、鈴木注一―四〇四。

【現代語訳】　よもや安禄山《あんろくざん》の兵乱が起きようとは。もっと驚いたのは、そんな中、今日の酒宴の場で御一緒できたこと。安禄山めの死に様は董卓《とうたく》のようであり、あなたは忠義を守って帰還した蘇武《そぶ》のようだ。その頭は、すっかりまっ白髪となり、その忠義心も燃え尽きて、今や灰となった。』

互いに別れていた間は、まさに死地をくぐり抜ける者同士。今日は一転、心の底からいろいろなものを吐き出して、この池台に登ることになった。昔の蕭史《しょうし》夫妻の演奏のような簫《しょう》の音色に、また向きあえるとは。あなたの甥の鄭駙馬の邸宅にやってきたら、ここでばったり

出会うとは。長居をしているうちに、春の夜の舞いが始まる。けれど無性に涙がこぼれ、空気に乗れず足元がうろうろと。』

■語釈

○燃臍　安禄山（↓「人物説明」）は肥大漢だった。至徳二載正月、重臣の裏切りにより腹を切られると、腸が飛び出して息絶えたという（『旧唐書』巻二〇〇上「安禄山伝」、『新唐書』巻二二五上）。「燃臍」の原話は、『後漢書』巻七二「董卓《とうたく》伝」に見える。董卓の肥えたしかばねの臍《へそ》の上に火を燃したら夜明けまで達したという。○郿塢　董卓は漢の天子を脅して長安に遷都させ、塢《う》（塞《とりで》の土塁）を郿《び》（陝西省鳳翔《ほうしょう》県）に築いた。○握節　節は国の使者のしるし。○漢臣　前漢の蘇武《そぶ》が匈奴《きょうど》から帰還した故事を借りて、賊軍に偽官を強いられ洛陽に送られていた鄭虔が、長安へ帰ってきたことをいう。○千莖　千筋の。多くの髪筋。○披寫　結ぼれた愁いを披《ひら》き瀉《そそ》ぐ。「寫（写）」は「瀉」と同義で、心中の思いを吐き出す意。○秦簫　この酒宴の場所が、臨晋《りんしん》公主の婿・鄭潜曜の邸宅であることを、秦の穆《ぼく》公の娘の弄玉《ろうぎょく》が、簫の名手・蕭史《しょうし》に恋してともに合奏したという故事（『芸文類聚』巻四四に引く『列仙伝』）を借りていったもの。○阮宅　鄭潜曜の邸宅の意。『晋書』巻四九に、魏の阮籍《げんせき》とその甥阮咸《げんかん》の家屋が道の南側にあったとある。ここでは叔父・鄭虔と甥・鄭潜曜の関係に即していう。○留連　長く留まる。双声語「リュウレン」。下句の「徘徊」は畳韻語「ハイカイ」。

［加藤国］

自京竄至鳳翔喜達行在所　〇二六四

京《けい》より竄《かく》れて鳳翔《ほうしょう》に至《いた》り、行在所《あんざいしょ》に達《たつ》するを喜《よろこ》ぶ

西憶岐陽信　無人遂却回

西《にし》のかた岐陽《きよう》の信《しん》を憶《おも》うに、人《ひと》の遂《つい》に却回《きゃくかい》する無《な》し

眼穿當落日　心死著寒灰
眼《め》は穿《うが》たれて落日《らくじつ》に当《あ》たり、心《こころ》は死《し》して寒灰《かんかい》を著《つ》く

茂樹行相引　連山望忽開
茂樹《もじゅ》行《ゆく》ゝ《ゆく》相《あ》い引《ひ》き、連山《れんざん》望《のぞ》み忽《たちま》ち開《ひら》く

所親驚老瘦　辛苦賊中來
親《した》しむ所《ところ》 老瘦《ろうそう》に驚《おどろ》き、辛苦《しんく》賊中《ぞくちゅう》より来《き》たるやと

＊五言律詩。韻字は上平一〇灰「回・灰・開・來」。

【題意】　至徳二載（七五七）四月、長安を脱出し粛宗皇帝（↓「人物説明」）の行在所である鳳翔《ほうしょう》（陝西省宝鶏市鳳翔県）にたどりついたのを喜ぶ詩。『朱鶴齢注』巻三、『銭注』巻一〇など、詩題を「行在所《あんざいしょ》に達《たっ》するを喜《よろこ》ぶ三首《さんしゅ》」とし、原注「京より竄《かく》れて鳳翔《ほうしょう》に至《いた》る」とする。詳注一―三四六、鈴木注一―四〇七。

【現代語訳】　西の岐陽《きよう》の方から便りが来るかと待ち焦がれていたが、戻ってくる者は誰もない（それで自分から行くこととした）。落日を見続けながら逃走するので、日射しで眼底がうがたれるよう。心は恐怖のあまり死者同然で冷たくなった灰のよう。茂った木立が行く手を導いてくれていると思っていたら、たちまち目の前に連山が見えた。（行在所に着くと）これまで親しかった人々は自分のふけこみように驚き、賊軍の中をかくも難儀してやってきたのかと問う。

■語釈

〇岐陽　陝西省岐山県《きざんけん》。鳳翔府に属した。行在所のある地。〇却回　唐代の俗語で「戻ってくる」の

意。〇寒灰　冷たい灰。〇相引　手引きしてくれる。〇老瘦　杜甫自身の容貌。〇辛苦賊中來　詳注は「辛苦《しんく》賊中《ぞくちゅう》は、親知《しんち》の驚問《きょうもん》の詞《し》なり」とするが、鈴木注、『吉川注』筑摩版第三冊は杜甫自身が語った言葉とする。

［加藤国］

〇一六五

其二

愁思胡笳夕　凄涼漢苑春
生還今日事　間道暫時人
司隷章初睹　南陽氣已新
喜心翻倒極　嗚咽涙沾巾

其《そ》の二《に》

愁思胡笳《しゅうしこか》の夕《ゆうべ》、凄涼《せいりょう》たり漢苑《かんえん》の春《はる》
生還今日《せいかんこんにち》の事《こと》、間道暫時《かんどうざんじ》の人《ひと》
司隷章《しれいしょう》 初《はじ》めて睹《み》る、南陽気《なんようき》已《すで》に新《あら》たなり
喜心翻倒《きしんほんとう》の極《きわ》み、嗚咽涙《おえつなみだ》 巾《きん》を沾《うるお》す

＊五言律詩。韻字は上平一一真「春・人・新・巾」。

【現代語訳】（長安にいた時は）夕暮れの賊軍の笛が悲しかった、春の御苑の遊びもつらかった。生きて帰還したのはほんの今しがたの出来事、昨日は間道を走っていていつどうなるかわからない身だった。こうして初めて大唐《だいとう》の典章の復活を目にしたが、ここ鳳翔には中興の気がもう起こっている。喜びのあまりひっくり返りそう、嗚咽し涙が流れてハンカチが濡れる。

■語釈
○胡笳　賊軍の葦笛。○漢苑　漢代の御苑。ここでは唐の長安の宮苑。○間道　裏道、わき道。○司隷章　後漢の中興の主・光武《こうぶ》帝の故事を借りて、粛宗が賊軍から権力を奪回し、唐の旧制に戻したことをいう。光武帝は中興の途中で司隷校尉《しれいこうい》（警視総監）に就いていたことがあり、漢の旧《ふる》い章《おきて》を回復したことで人々が随喜の涙を流したという（『後漢書』巻一上「光武帝紀上」）。○南陽氣　南陽（河南《かなん》省南陽市）は光武帝の生まれた地。その気とは天子の気をいう。『後漢書』巻一下「光武帝紀下」に、予言者の蘇《そ》伯阿《はくあ》が南陽でその気を見たという。

［加藤国］

其三　〇二六六

死去憑誰報　歸來始自憐
猶瞻太白雪　喜遇武功天
影靜千官裏　心蘇七校前
今朝漢社稷　新數中興年

其《そ》の三《さん》

死《し》し去《さ》らば誰《たれ》に憑《よ》りてか報《ほう》ぜん、帰《かえ》り来《き》たりて始《はじ》めて自《みずか》ら憐《あわれ》む
猶《な》お瞻《み》る太白《たいはく》の雪《ゆき》、遇《あ》うを喜《よろこ》ぶ武功《ぶこう》の天《てん》
影《かげ》は静《しず》かなり千官《せんかん》の裏《うち》、心《こころ》は蘇《よみがえ》る七校《しちこう》の前《まえ》
今朝《こんちょう》　漢《かん》の社稷《しゃしょく》、新《あら》たに数《かぞ》う中興《ちゅうこう》の年《とし》

＊五言律詩。韻字は下平一先「憐・天・前・年」。

【現代語訳】途中で死んでいたなら、それを誰に託して知らせえただろう。こうして無事に帰還できた今になって、初めて自らをいとおしむことよ。行在所へ近づいてきた時は、太《たい》

白《はく》山の雪を仰ぎつつ、武功《ぶこう》の空に会えたという思いでほんとうに嬉しかった。（そして今）百官が居並ぶ中に、わが身も粛然と立っている。将校の護衛を目の当たりにすると、心が生き返ってくる。今朝からわが大唐帝国は、新たな中興の年を刻んでいくのだ。

■語釈

○太白　武功県の南にある山。○武功　県名。鳳翔に属す。○千官　多くの文官。○七校　前漢の武帝が設けた七人の校尉。粛宗の護衛の将校をいう。○中興　衰えかけた王朝が再び盛んになる。漢は王莽《おうもう》により一度滅びかけたが、光武帝により再興された。

［加藤国］

送樊二十三侍御赴漢中判官　〇二六七

威弧不能弦　自爾無寧歳
川谷血横流　豺狼沸相噬
天子從北來　長驅振凋敝
頓兵岐梁下　却跨沙漠裔
二京陷未收　四極我得制
蕭索漢水清　緬通淮湖稅
使者紛星散　王綱尚旒綴

樊二十三侍御《はんにじゅうさんじぎょ》が漢中判官《かんちゅうはんがん》に赴《おもむ》くを送《おく》る

威弧《いこ》弦《げん》する能《あた》わず、爾《しか》りしより寧歳《ねいさい》無し
川谷《せんこく》血横流《ちおうりゅう》し、豺狼《さいろう》沸《ふつ》として相《あ》い噬《か》む
天子《てんし》北《きた》より来《き》たり、長駆《ちょうく》して凋敝《ちょうへい》を振《すく》う
兵《へい》を頓《とん》す岐梁《きりょう》の下《もと》、却《かえ》って跨《また》ぐ沙漠《さばく》の裔《すえ》
二京《にけい》陥《おちい》りて未《いま》だ収《おさ》めざるも、四極《しきょく》我《わ》れ制《せい》するを得《う》
蕭索《しょうさく》として漢水《かんすい》清《きよ》く、緬《はる》かに淮湖《わいこ》の税《ぜい》を通《つう》ず
使者《ししゃ》紛《ふん》として星散《せいさん》し、王綱《おうこう》尚《な》お旒綴《りゅうてい》す

南伯從事賢　君行立談際
坐知七曜曆　手畫三軍勢
冰雪淨聰明　雷霆走精鋭』
幕府輟諫官　朝廷無此例
至尊方旰食　仗爾布嘉惠
補闕暮徵入　柱史晨征憩
正當艱難時　實藉長久計』
廻風吹獨樹　白日照執袂
慟哭蒼煙根　山門萬重閉
居人莽牢落　遊子方迢遰
徘徊悲生離　局促老一世』
陶唐歌遺民　後漢更列帝
我無匡復資　聊欲從此逝』

南伯《なんぱく》の従事賢《じゅうじけん》なり、君《きみ》行《ゆ》きて立談《りつだん》の際《さい》
坐《ざ》して知《し》る七曜《しちよう》の暦《こよみ》、手《てずか》ら画《えが》く三軍《さんぐん》の勢《いきお》い
氷雪《ひょうせつ》 聡明《そうめい》を浄《きよ》くし、雷霆《らいてい》精鋭《せいえい》を走《はし》らす
幕府《ばくふ》諫官《かんがん》を輟《や》むるは、朝廷《ちょうてい》に此《こ》の例《れい》無《な》し
至尊《しそん》方《まさ》に旰食《かんしょく》し、爾《なんじ》に仗《よ》りて嘉恵《かけい》を布《し》く
補闕《ほけつ》暮《くれ》に徴《め》されて入《い》り、柱史《ちゅうし》晨《あした》に征《ゆ》きて憩《いこ》う
正《まさ》に艱難《かんなん》の時《とき》に当《あ》たり、実《じつ》に長 久《ちょうきゅう》の計《けい》に藉《よ》る
廻風《かいふう》独樹《どくじゅ》を吹《ふ》き、白日《はくじつ》執袂《しっぺい》を照《て》らす
蒼煙《そうえん》の根《もと》に慟哭《どうこく》すれば、山門《さんもん》万重《ばんちょう》 閉《と》ざす
居人《きょじん》莽《もう》として牢落《ろうらく》たり、遊子《ゆうし》方《まさ》に迢遰《ちょうてい》たり
徘徊《はいかい》して生離《せいり》を悲《かな》しみ、局促《きょくそく》として一世《いっせい》に老《お》ゆ
陶唐《とうとう》遺民《いみん》に歌《うた》われ、後漢《ごかん》列帝《れってい》を更《か》う
我《わ》れ匡復《きょうふく》の資《し》無《な》く、聊《いささ》か此《こ》れより逝《ゆ》かんと欲《ほっ》す

＊五言古詩。韻字は去声八霽「歳・噬・敝・裔・制・税・綴・際・勢・鋭・例・恵・憩・計・袂・閉・遰・世・帝・逝」。

【題意】 至徳二載（七五七）の夏、鳳翔《ほうしょう》（陝西省宝鶏市鳳翔県）の行在所に赴いた頃の作。樊《はん》侍御《じぎょ》は未詳。「二十三」は排行（→「用語説明」）。樊侍御が天子の側近として「補闕」に任命されたばかりで、すぐ漢中《かんちゅう》の「判官」（→「用語説明」幕職官）へ慌ただしく赴任することになったのを見送る詩。漢中は主に陝西《せんせい》省南部にあり、交通の要衝地。当時、漢中王は玄宗の兄李憲の子・李瑀《りう》（→「人物説明」）が封ぜられていて、樊《はん》某はその下で参謀として補佐することになった。詳注一―三五〇、鈴木注一―四一一。

【現代語訳】 弧《こ》星が狼《ろう》星を威圧できなくなってから、平和は失われた。川や谷には血が溢れるように流れ、山犬や狼どもが降って湧いたように現れて人に咬みつく。』

おりしも粛宗皇帝が北の霊武《れいぶ》からここ鳳翔《ほうしょう》へ、はるばる馳せてこられ疲弊した民をお救いたもう。岐山《きざん》や梁山《りょうざん》のふもとに兵を駐屯させておられるが、その連絡網は遠い砂漠の回紇《かいこつ》（ウイグル）にまでまたがっている。陥落した長安・洛陽はまだ賊軍から奪還していないが、我が朝の統制権は四方の遠方にまで及んでいる。（あなたの行かれる）漢中方面はもの静かなたたずまいの中を漢水が清らかに流れており、その水路を用いて遥かな淮水《わいすい》や両湖《りょうこ》（湖南《こなん》・湖北《こほく》）の租税が運びこまれよう。』

目下、朝廷から使臣が四方八方へ遣わされているが、なお王室の秩序は旗あしのように揺れ続けている。南方の長官たる漢中王（李瑀）の幕僚はみな賢人たちだが、あなたがそこへ赴いて立ち話される際には、七曜の暦学はお手のものだし、大軍の陣立てもたちどころに描いてしまう。その聡明さは氷雪のごとく透きとおり、その知勇で雷電のごとく精鋭軍を素早く動かす。』

天子側近の諫官から地方の幕府の判官への転任は破格の人事であり、これまで朝廷には前例がない。今、陛下におかせられてはお食事の時間さえままならぬ多忙さ。そこで万民へ恩恵を与えることをあなたの力に委ねられた。夕方、補闕に召し出されたかと思ったら、朝には侍御史として旅路につき路傍に憩われることに。世はまことに艱難の時である。さればこそ長期的な視点に立った大計によらねばならない。』

一本の木に吹きつのるつむじ風。別れを惜しんで袂《たもと》をつかむ手元を照らす白昼の日射し。もやのかかった木の根元で声を上げて泣けば、山々も行くなとばかりに何重にも立ちはだかる。あとに残る自分は心もうつろ、旅行くあなたは遥か彼方へ。あなたとの生き別れを前にただうろうろと悲しみ、あくせくして老いてゆくだけなのか。』

唐堯《とうぎょう》の御代はいつまでも遺民に慕われ歌い継がれ、漢も（王莽《おうもう》が平定され）後漢が中興された後は、何代にもわたり受け継がれていった。ただ自分には唐室の復活を果たすだけの力はない。いっそのこと今よりここを離れ、どこかへ行こうと思う。』

■語釈

○威弧不能弦　「威弧」は社会の秩序を維持するための威厳を持った力。もとは星に由来する語で、東方に大星があって狼《ろう》といい、狼の下の四星を弧《こ》という（『史記』巻二七「天官書」）。前漢・揚雄《ようゆう》の「河《か》東《とう》の賦《ふ》」に、「天狼《てんろう》の威弧《いこ》を 覆《ひきしぼ》る」。「弦《げん》する」は、弓を絞ってにらみをきかす。天下に兵乱が起きるのを防ぐ意。第一句は、玄宗が安禄山（↓「人物説明」）の反乱に素早く対応しなかったことを指す。

○自爾　「自此」（此《こ》れより）と同義。安禄山の挙兵以来。○寧歳　安らかな年。○豺狼　山犬や狼。盗賊の喩え。○北　霊武《れいぶ》。粛宗（↓「人物説明」）即位の地。○振凋敝　凋《しお》れ敝《つか》れた民を救う。「振」は救済する。○岐梁　岐山《きざん》と梁山《りょうざん》。ともに鳳翔の東にある。○沙漠裔　砂漠の果て。「裔」は衣の裾。回紇を指す。○二京　長安・洛陽。○四極　四方の果て。○蕭索　戦塵が直接及ばず、もの静かなさま。双声語「ショウサク」。○緬　はるかに遠いさま。○淮湖税　淮水《わいすい》一帯や湖南《こなん》・湖北《こほく》地方の税収。それを漢水《かんすい》で漢中へ運び、さらに鳳翔まで陸送しようとした。樊侍御は、鳳翔府の軍資金の調達役として派遣された。○星散　四方八方へと散らばる。双声語「セイサン」。○王綱　王室の綱紀。畳韻語「オウコウ」。○旒綴　「旒」は、旗竿に垂らしたきれの末端。旗あし。それが旗に綴られている。「綴旒」を韻の関係で転倒。王綱の危機の喩え。開元年間の中書舎人《ちゅうしょしゃじん》・賈曾《かそう》「皇太子《こうたいし》に即位《そくい》を命《めい》ずる制《せい》」（「唐冊《とうさつ》玄宗《げんそう》明皇帝文《めいこうていぶん》」とも題する）に、「大業《たいぎょう》に綴旒《ていりゅう》の懼《おそ》れ有《あ》り、宝位《ほうい》は墜地《ついち》の憂《うれ》い深《ふか》し（天下の大事業に危機が襲う心配があるし、帝位が権威を失墜する憂いもまた深い）」。○南伯　南方の伯、つまり長官。漢中王・李瑀。○従事　幕僚。○立談　多忙なために短い立ち話をする。○七曜暦　日月と五星に基づく暦法。兵事は星象と関係すると考えられていた。「七曜暦」はそれらの星象に関する暦。○三軍勢　大軍の陣立て。○氷雪　氷と雪。樊侍御の人柄や識見が清らかな喩え。○雷霆　激しい雷。知勇が威力ある喩え。「霆」はいなびかり。○輟　やめる。臨時政府なので急な人事が行われる意。○諫官　天子の過ちを諫める官。後出の「補闕」も同じ。○旰食　政務が多忙なため食事の時間が「旰《おそ》」い。○嘉恵　よき恵み。善政。○補闕　諫官。○柱史　侍御史の別称。もと宮殿の柱の間で執務したことから柱下史《ちゅうかし》と称したが、秦《しん》以後は侍御史と呼ぶようになった。○長久計　樊侍御が漢中判官となって長期的に行在所の物資を確保する計画。○迴風　つむじ風。○執袂　別れを惜しんで相手の袂をつかむこと。○山門　門のように聳える山々。○居人　あとに残る人。杜甫自身。○莽　茫漠とした気持ち。○牢落　空虚なさま。双声語「ロウラク」。〇局促　あくせくと。畳韻語「キョクソク」。前句の「徘徊」も「ハイカイ」で畳韻語。〇老一世　この一代に老いてゆく。〇陶唐　太古の聖帝堯《ぎょう》（↓「人物説明」）のこと。はじめ陶丘《とうきゅう》（山東省荷沢《かたく》市定陶《ていとう》県南西）におり、のち唐《とう》（河北省保定市唐《とう》県）に封じられた。唐堯《とうぎょう》ともいう。〇歌遺民　堯の遺徳を継承する遺民の歌が「唐風《ふう》」（『詩経《しきょう》』）。春秋の呉の季札《きさつ》がこれを聞いて「思《おも》うこと深《ふか》きかな。其《そ》れ陶唐氏《とうとうし》の遺民《いみん》有《あ》るか」といった（『春秋左氏伝』襄公《じょうこう》二十九年）。〇後漢更列帝　後漢は光武《こうぶ》帝が中興して以後、およそ一二代の天子が即位した。我が唐朝もこのようでありたいことをいう。〇匡復資　王室を匡《ただ》し回復する資質。

［加藤国］

送韋十六評事充同谷防禦判官　韋十六評事《いじゅうろくひょうじ》が同谷《どうこく》の防禦判官《ぼうぎょはんがん》に充《あ》てらるるを送《おく》る　〇一六八

昔沒賊中時　潛與子同遊　昔《むかし》賊中《ぞくちゅう》に没《ぼっ》せし時《とき》、潜《ひそ》かに子《し》と同《おな》じく遊《あそ》ぶ
今歸行在所　王事有去留』　今《いま》行在所《あんざいしょ》に帰《き》す、王事《おうじ》去留《きょりゅう》有《あ》り
偪側兵馬閒　主憂急良籌　偪側《ひょくそく》たり兵馬《へいば》の間《かん》、主《しゅ》憂《うれ》えて良籌《りょうちゅう》に急《きゅう》なり
子雖軀幹小　老氣橫九州　子《し》は軀幹《くかん》小《しょう》なりと雖《いえど》も、老気《ろうき》九州《きゅうしゅう》に横《よこ》たわる
挺身艱難際　張目視寇讎　身《み》を挺《てい》す艱難《かんなん》の際《さい》、目《め》を張《は》り寇讎《こうしゅう》を視《み》る
朝廷壯其節　特詔令參謀』　朝廷《ちょうてい》其《そ》の節《せつ》を壮《そう》とし、特《とく》に詔《みことのり》して謀《はかりごと》に参《さん》ぜしむ
鑾輿駐鳳翔　同谷爲咽喉　鑾輿《らんよ》鳳翔《ほうしょう》に駐《とど》まり、同谷《どうこく》は咽喉《いんこう》為《た》り

西扼弱水道　南鎮枹罕陬
此邦承平日　剽刦吏所羞
況乃胡未滅　控帯莽悠悠』
府中韋使君　道足示懐柔
令姪才俊茂　二美又何求』
受詞太白脚　走馬仇池頭
古色沙土裂　積陰雲雪稠
羌父豪豬靴　羌兒青兕裘
吹角向月窟　蒼山旌旆愁
鳥驚出死樹　龍怒拔老湫
古來無人境　今代横戈矛』
傷哉文儒士　憤激馳林丘
中原正格鬬　後會何縁由
百年賦命定　豈料沈與浮
且復戀良友　握手歩道周
論兵遠壑靜　亦可縱冥搜

西《にし》は扼《やく》す弱水《じゃくすい》の道《みち》、南《みなみ》は鎮《ちん》す枹罕《ふかん》の陬《くま》
此《こ》の邦《くに》承平《しょうへい》の日《ひ》、剽刦《ひょうきょう》は吏《り》の羞《は》ずる所《ところ》
況《いわ》んや乃《すなわ》ち胡《こ》未《いま》だ滅《ほろ》びず、控帯莽《こうたいもう》として悠悠《ゆうゆう》たるをや
府中《ふちゅう》の韋使君《いしくん》、道《みち》は懐柔《かいじゅう》を示《しめ》すに足《た》る
令姪才《れいてつさい》は俊茂《しゅんぼう》、二美《にび》又《ま》た何《なに》をか求《もと》めん
詞《ことば》を受《う》く太白《たいはく》の脚《ふもと》、馬《うま》を走《はし》らす仇池《きゅうち》の頭《ほとり》
古色沙《こしょくさ》土《ど》裂《さ》け、積陰雲雪稠《せきいんうんせつおお》し
羌父豪豬《きょうふごうちょ》の靴《くつ》、羌児青兕《きょうじせいじ》の裘《かわごろも》
角《かく》を吹《ふ》きて月窟《げっくつ》に向《む》かえば、蒼山旌旆愁《そうざんせいはいうれ》う
鳥驚《とりおどろ》きて死樹《しじゅ》を出《い》で、龍怒《りょういか》りて老湫《ろうしゅう》より抜《ぬ》きんず
古来無人《こらいむじん》の境《きょう》、今代戈矛《きんだいかぼう》を横《よこ》たう
傷《いた》ましきかな文儒《ぶんじゅ》の士《し》、憤激《ふんげき》して林丘《りんきゅう》に馳《は》す
中原正《ちゅうげんまさ》に格闘《かくとう》す、後会何《こうかいなに》にか縁《よ》り由《よ》らん
百年賦命《ひゃくねんふめい》定《さだ》まる、豈《あ》に沈《ちん》と浮《ふ》とを料《はか》らんや
且《か》つ復《ま》た良友《りょうゆう》を恋《こ》い、手《て》を握《にぎ》りて道周《どうしゅう》に歩《あゆ》む
兵《へい》を論《ろん》じて遠壑《えんがく》静《しず》かならば、亦《ま》た冥捜《めいそう》を縦《ほしいまま》にす可《べ》し

題詩得秀句　札翰時相投』　詩《し》を題《だい》して秀句《しゅうく》を得《え》ば、札翰《さつかん》時《とき》に相《あ》い投《とう》ぜよ

＊五言古詩。韻字は下平一一尤「遊・留・籌・州・讎・謀・喉・陬・羞・悠・柔・求・頭・稠・裘・愁・湫・矛・丘・由・浮・周・捜・投」。

【題意】　制作時、制作地は前詩と同じ。韋十六評事は未詳。「十六」は排行（↓「用語説明」）。評事は司法の大理寺に属する。中央の本官がこの評事で、韋評事が同谷《どうこく》（甘粛省成県、後には杜甫自身もこの地に流寓する）の防禦判官として赴くのを送別する詩。「充」は担当する意。詳注一―三五四、鈴木注一―四一六。

【現代語訳】　以前、長安で賊に囚われていた頃、人目を避けてあなたと親しくさせていただいた。それがともにこの行在所に帰属することになったが、今度は国の政治によりあなたは去り、私は留まりと別々の人生に。』

世は兵馬でごった返しどん詰まり状態。陛下は御心を傷められ何よりも良策が急務と思《おぼ》し召される。貴方は小柄だが、老練な気概は全土を蔽うほどの貫禄。困難にもひるまず身を挺して立ち向かい、目をカッと見開き仇《あだ》なす輩《やから》をにらみつける。朝廷はその忠節ぶりをあっぱれとして、特に詔して同谷郡防禦使の参謀を仰せつけられた。』

陛下の御輿は鳳翔にお留まりになっており、同谷はまさにその喉元。西は弱水《じゃくすい》の方面を押さえ、南は枹罕《ふかん》の辺地を鎮める重要な拠点。この地ではかつて平和な折には、強盗でも起きたら役人は恥としたほど。まして今は胡賊がまだ平定されておらず、辺境地帯が後方にはる

かにめぐり連なっている土地柄なので、なおのこと（人材を得てしっかり統御すべき）である。』

幕府の韋《い》長官は、周辺の民の懐柔に手腕を発揮しておられる。甥御《おいご》のあなたも俊才であれ、お二人の高い力量が揃えばこれ以上のものはない。』

赴任の辞令をここ太白山のふもとで受けられ、これから仇池《きゅうち》のほとりを目指し馬を走らせる。途中の様子は古色がかった砂漠の断層が広がり、また分厚い陰気な雲や雪も多かろう。羌族《きょう》のおやじは猪の長靴をはき、その若者は野牛の毛皮を身につける。西の果てに向かい角笛を吹けば、凄涼な響きで青い山上の旗も憂わしげ。鳥も驚き枯れた樹から飛び出し、龍も怒って古い淵から躍り出そう。古来、ここは誰も住まなかったのに、今では手に手に武器を持って相い闘う戦場となったがゆえに。』

痛ましいことよ、温厚たるべき文人儒者が、憤怒の身と化して野山を馳せ巡るとは。今まさに中原地方は闘争のさなか。ここでお別れすれば次の出会いはいついかなる御縁によろうか。人生百年、運命は天の定める所。未来の浮き沈みはあえて問いますまい。しばし我が良き友を思い、手を握り道の辺をともに行きましょう。現地で軍議を凝らし遠くの山岳まで平穏になったなら、幽邃《ゆうすい》な境地を思う存分愛《め》でられませ。そして詩を題して秀句が得られたなら、時に手紙に添えてお寄せくださいますように。』

■語釈

○王事　天子の仕事。○偪側　行き詰まる。畳韻語「ヒョクソク」。○良籌　よいはかりごと。○軀幹体格。〇老氣　老成した面持ち。〇九州　天下。〇艱難　国家の苦難。畳韻語「カンナン」。〇寇讎　仇《あだ》をなす者。〇鑾輿　鈴のついた御輿。〇扼　押さえつける。〇弱水　西域を流れる川。弱水は各地にあるが、ここでは甘粛省の山丹河《さんたんが》。〇枹罕　甘粛省の臨夏《りんか》県付近。〇陬　偏った地。隅。〇此邦　同谷のこと。〇剽刦　強盗。〇控帶　ぐるりと帯のように連なる。同谷の地勢。「控御」「控制」等の用例における「コントロールする」意を暗に含む。〇莽　あてどない。〇使君　州や郡の長官。韋評事の叔父。〇令姪　甥御《おいご》。〇二美　叔父と甥御の二つの美質。〇太白脚　太白山のふもと。鳳翔府のこと。〇仇池　同谷の西にある山の名。山頂に池がある。〇豪豬靴　荒々しい猪の皮製の長靴。〇青兕裘　野牛の毛皮。戦国・楚・宋玉《そうぎょく》「招魂《しょうこん》」に、「君王親《くんのうみずか》ら発《はっ》して青兕《せいじ》を憚《おそ》れしむ」。〇月窟　西の果てにあり月が生まれる所。太陽は東の果てから生まれるとされた。前漢・揚雄「長楊《ちょうよう》の賦《ふ》」に、「西《にし》のかた月窟《げっくつ》を厭《ふさ》ぐ」。〇旌旆　旗。〇老湫　古い淵。〇文儒士　文に従事する儒者。〇後會　後日の出会い。〇賦命　天から与えられた運命。〇道周　道端。〇冥搜　幽邃な境地の探求。〇札翰　書簡。

［加藤国］

〇一六九

述懐

去年潼關破　妻子隔絶久
今夏草木長　脱身得西走
麻鞋見天子　衣袖見兩肘
朝廷慜生還　親故傷老醜

懐《おも》いを述《の》ぶ

去年潼関破《きょねんどうかんやぶ》れ、妻子隔絶《さいしかくぜつ》すること久《ひさ》し
今夏草木長《こんかそうもくちょう》じ、身《み》を脱《だっ》して西走《せいそう》するを得《え》たり
麻鞋《まあい》にして天子《てんし》に見《まみ》え、衣袖両肘《いしゅうりょうちゅう》を見《あら》わす
朝廷《ちょうてい》生還《せいかん》を慜《あわれ》み、親故老醜《しんころうしゅう》を傷《いた》む

涕涙受拾遺　流離主恩厚
柴門雖得去　未忍即開口』
寄書問三川　不知家在否
比聞同罹禍　殺戮到鷄狗
山中漏茅屋　誰復依戶牖
摧頽蒼松根　地冷骨未朽
幾人全性命　盡室豈相偶
嶔岑猛虎場　鬱結廻我首』
自寄一封書　今已十月後
反畏消息來　寸心亦何有
漢運初中興　生平老耽酒
沈思歡會處　恐作窮獨叟』

涕涙《ているい》して拾遺《しゅうい》を受《う》け、流離主恩厚《りゅうりしゅおんあつ》し
柴門去《さいもんゆ》くを得《う》と雖《いえど》も、未《いま》だ即《すなわ》ち口《くち》を開《ひら》くに忍《しの》びず
書《しょ》を寄《よ》せて三川《さんせん》に問《と》う、知《し》らず家在《いえあ》るや否《いな》やを
比《このご》ろ聞《き》く同《おな》じく禍《わざわ》いに罹《かか》りて、殺戮鶏狗《さつりくけいく》に到《いた》ると
山中《さんちゅう》の漏茅屋《ろうぼうおく》、誰《たれ》か復《ま》た戸牖《こゆう》に依《よ》らん
摧頽《さいたい》す蒼松《そうしょう》の根《ね》、地《ち》冷《ひや》やかにして骨未《ほねいま》だ朽《く》ちず
幾人《いくにん》か性命《せいめい》を全《まった》くせん、室《しつ》を尽《つ》くして豈《あ》に相《あ》い偶《ぐう》せんや
嶔岑《きんしん》たる猛虎《もうこ》の場《じょう》、鬱結《うつけつ》我《わ》が首《こうべ》を廻《めぐ》らす
一封《いっぷう》の書《しょ》を寄《よ》せてより、今已《いますで》に十月《じゅうがつ》の後《のち》
反《かえ》って畏《おそ》る消息《しょうそく》の来《き》たるを、寸心亦《すんしんま》た何《なに》か有《あ》らん
漢運初《かんうんはじ》めて中興《ちゅうこう》、生平老《せいへいお》いて酒《さけ》に耽《ふけ》る
沈思《ちんし》す歓会《かんかい》の処《ところ》、恐《おそ》らくは窮独《きゅうどく》の叟《そう》と作《な》らん

＊五言古詩。韻字は上声二五有「久・走・肘・醜・厚・口・否・狗・牖・朽・偶・首・後・有・酒・叟」。

【題意】　至徳二載（七五七）夏、鳳翔（陝西《せんせい》省宝鶏市鳳翔県）で左拾遺（→「用語説明」）を拝して後の作。鄜州《ふしゅう》（陝西省延安市富県）の家族からの消息がまだ届いていない時に、その

身の上を案じ、また自身の今後への不安を述べる。詳注一―三五八、鈴木注一―四三。

【現代語訳】　去年、潼関《どうかん》が陥落して以来、ずっと妻子とは離れ離れ。今年の夏、草木が茂った頃を見計らい、賊の支配する長安から脱出し西をめざして逃走した。そして麻わらじのまま天子に拝謁し、破れた衣服からは両肘がむき出しという有り様だった。朝廷はよくぞ生還したものとお哀れみ下さり、また親しい者や古なじみの者らは自分のひどい老醜ぶりを気の毒がった。おかげで感涙のうちに左拾遺の官を受けることができ、流離の身にその御恩情はまことに厚く思われた。鄜州の家族を見舞いに行くことは願い出れば許されるだろうが、任官したばかりの今それを口にするわけにはいかない。』

せめて手紙を三川《さんせん》県に出し、我が家の安否を問いたい。最近の知らせでは、その土地はともに兵禍にかかり、鶏犬に至るまで徹底的に殺されたという。山の中の雨漏りするあばら屋よ、誰か戸や窓に寄り添っているだろうか。そのしかばねは松の木の根元に崩れていても、土が冷たいので骨はまだ朽ちてはいまい。こんな状況では何人が生きながらえようぞ。一家揃っていることなどあろうか。もともと険しい山々の鄜州一帯だが、今や猛虎が跋扈《ばっこ》する地に。胸のふさがる思いをもってその方角に頭を向ける。』

一通の手紙を寄せてから、もう十ヵ月。消息がわかるのがなまじ怖くて、我が心は消えてなくなりそう。唐室も今や中興の御代。自分は平生、年をくって酒に耽っている。家族とのうれしい再会の場面をじっと思いやってみるものの、もしかしたら一人ぼっちの老いぼれになってしまったのではあるまいか。』

■語釈

○去年潼關破　天宝十五載（七五六）六月、洛陽と長安の中間点である潼関の守将・哥舒翰《かじょかん》の軍が賊軍に破れたこと。これを機に玄宗（↓「人物説明」）は蒙塵し長安が陥落した。○隔絶　当時、杜甫の家族は鄜州《ふしゅう》の羌村《きょうそん》に身を寄せていた。○西走　長安から西の方角の鳳翔に向けての逃走。○麻鞋　麻のわらじ。旅装のまま謁見する意。本来は官位に応じた身なりをする。○見兩肘　旅装の衣服が破れて両肘が露われる様子。○愍　愍（あわれむ）に同じ。○親故　親しい人々や古なじみの人。○拾遺　至徳二載五月十六日、左拾遺の職を授けられた。○流離　零落するさま。双声語「リュウリ」。○柴門　雑木で作った粗末な門。妻子がいる羌村の家。○三川　羌村が属する県。〇二四参照。○到鷄狗　人のみならず鶏と犬も残さずに。○摧頽　砕け崩れる。○嶔岑　山の険しいさま。初唐・宋之問《そうしもん》「楊六望《ようろくぼう》の金水《きんすい》に赴《おもむ》くを送《おく》る」詩に、「借問《しゃもん》す梁山《りょうざん》の道《みち》、嶔岑《きんしん》たり幾万重《いくまんちょう》」。畳韻語「キンシン」。下句「鬱結」も畳韻語「ウツケツ」。○猛虎　たけだけしい虎。賊軍の喩えでもある。○漢運　ここでは唐室の国運をいう。○歡會　家族との再会。

［加藤国］

〇二七

得家書

去憑遊客寄　來爲附家書
今日知消息　他鄉且舊居
熊兒幸無恙　驥子最憐渠

家書《かしょ》を得《え》たり

去《さ》るは遊客《ゆうかく》に憑《よ》りて寄《よ》せ、来《き》たるは家書《かしょ》を附《ふ》するが為《ため》なり
今日《こんにち》消息《しょうそく》を知《し》る、他郷《たきょう》なるも且《か》つ旧居《きゅうきょ》なり
熊児《ゆうじ》は幸《さいわ》いに恙《つつが》無《な》く、驥子《きし》は最《もっと》も渠《かれ》を憐《あわ》れむ

臨老羈孤極　傷時會合疏』　老《お》いに臨《のぞ》みて羈孤《きこ》極《きわ》まり、時《とき》を傷《いた》みて会合疏《かいごうそ》なり
二毛趨帳殿　一命侍鸞輿　二《に》毛帳殿《もうちょうでん》に趨《はし》り、一命鸞輿《いちめいらんよ》に侍《じ》す
北闕妖氛滿　西郊白露初　北闕妖氛満《ほくけつようふんみ》ち、西郊白露《せいこうはくろ》初《はじ》めなり
涼風新過雁　秋雨欲生魚　涼風《りょうふう》新《あら》たに雁《がん》を過《す》ぎしめ、秋雨魚《しゅうううお》を生《しょう》ぜしめんと欲《ほっ》す
農事空山裏　眷言終荷鋤』　農事《のうじ》空山《くうざん》の裏《うち》、眷《かえり》みて言《ここ》に終《つい》に鋤《すき》を荷《にな》わん

＊五言排律。韻字は上平六魚「書・居・渠・疏・輿・初・魚・鋤」。

【題意】　至徳二載（七五七）秋、鳳翔（陝西《せんせい》省宝鶏市鳳翔県）での作。待ちに待った家族からの手紙が来た時の心境を詠ずる。詳注一―三六〇、鈴木注一―四二六。

【現代語訳】　鄜州《ふしゅう》へ行く旅人に托して家族へ手紙を寄せたら、同じ人が家族の手紙を持って鳳翔へやってきた。それで今日、家族の消息を知ることができた。それによると、他郷ながらもともとの住まいのままだという。長男の熊児《ゆうじ》は幸いに無事だが、次男の驥子《きし》はことに不憫でならない。自分は年を取って独り旅住まいの極みにある。今の時世は傷ましく家族の団《だん》欒《らん》はむずかしい。』

　ごま塩頭で行在所のお勤めに走り回り、微官ではあるがおそば近くに侍っている。長安の北面には賊徒らの妖気がたちこめているが、西のはずれのここ鳳翔には白露が降り初めた。涼しい風が初雁を渡らせ、秋雨に促されるように魚も出てこよう。人の少ない山で農業でも

して、結局は鋤を担いで暮らそうかとも思いみる。』」

■語釈

○憑遊客　鄜州へ行く旅人に托す。○熊兒　長子宗文《そうぶん》の幼名。○驥子　次子宗武《そうぶ》の幼名。○羈孤　旅（羈旅）にあって孤独である。双声語「キコ」。下句の「会合」も双声語「カイゴ（コ）ウ」で、対になる。○疏　関係が遠い。会う機会がまばら。○二毛　頭が黒白二種の毛。老境。○帳殿　粛宗（→「人物説明」）のいる行在所。○一命　官職の最高位が「九命」で、最下位が「一命」。杜甫の左拾遺は従八品上で微小の官。○鑾輿　天子の乗り物。○北闕　長安の宮殿の北部の建物。○妖氛　安慶緒《あんけいしょ》ら賊軍の悪気。○西郊　長安から西の郊外にある鳳翔の地。○白露　『礼記《らいき》』「月令《がつりょう》」に、「孟秋《もうしゅう》の月、涼風至《りょうふういた》り白露降《はくろくだ》る」。「孟秋」は陰暦七月。〇〇七の語釈参照。○眷言　「眷」は「かえりみる」、「言」は「ここに」と訓ずる。

［加藤国］

〇二七

送長孫九侍御赴武威判官

驄馬新蹙蹄　銀鞍被來好
繡衣黄白郎　騎向交河道
問君適萬里　取別何草草』
天子憂涼州　嚴程到須早
去秋群胡反　不得無電掃

長孫九《ちょうそんきゅう》侍御《じぎょ》の武威《ぶい》の判官《はんがん》に赴《おもむ》くを送《おく》る

驄馬《そうば》新《あら》たに蹄《ひづめ》を蹙《うが》ち、銀鞍《ぎんあん》被《こうむ》り来《き》たりて好《よ》し
繡衣黄白《しゅういこうはく》の郎《ろう》、騎《の》りて向《む》かう交河《こうか》の道《みち》
君《きみ》に問《と》う万里《ばんり》に適《ゆ》くに、別《わか》れを取《と》ること何《なん》ぞ草草《そうそう》たると
天子《てんし》涼州《りょうしゅう》を憂《うれ》う、厳程《げんてい》到《いた》ること須《すべか》らく早《はや》かるべし
去秋《きょしゅう》群胡《ぐんこ》反《はん》し、電掃《でんそう》する無《な》きを得《え》ず

此行收遺甿　風俗方再造』　此《こ》の行《こうい》遺甿《ぼう》を収《おさ》め、風俗《ふうぞく》方《まさ》に再《ふた》び造《つく》る
族父領元戎　名聲國中老　族父《ぞくふ》元戎《げんじゆう》を領《りょう》し、名声《めいせい》は国中《こくちゅう》の老《ろう》なり
奪我同官良　飄颻按城堡　我《わ》が同官《どうかん》の良《よ》きを奪《うば》い、飄颻《ひょうよう》として城堡《じょうほう》を按《あん》ぜしむ
使我不能餐　令我惡懷抱』　我《わ》れをして餐《さん》する能《あた》わざらしめ、我《わ》れをして懐抱《かいほう》を悪《わる》からしむ
若人才思闊　溟漲浸絶島　若《かくのごとき》人《ひと》才思《さいし》闊《ひろ》く、溟漲《めいちょう》絶島《ぜつとう》を浸《ひた》す
樽前失詩流　塞上得國寶　樽前《そんぜん》詩流《しりゅう》を失《うしな》う、塞上《さいじょう》国宝《こくほう》を得《え》たり
皇天悲送遠　雲雨白浩浩』　皇天《こうてん》も遠《とお》きを送《おく》るを悲《かな》しみ、雲雨《うんう》白《しろ》くして浩浩《こうこう》たり
東郊尙烽火　朝野色枯槁　東郊《とうこう》尚《な》お烽火《ほうか》、朝野《ちょうや》色《いろ》枯槁《ここう》す
西極柱亦傾　如何正穹昊』　西極《せいきょく》の柱《はしら》亦《ま》た傾《かたむ》く、如何《いかん》ぞ穹昊《きゅうこう》を正《ただ》さん

＊五言古詩。韻字は上声一九皓「好・道・草・早・掃・造・老・堡・抱・島・寶・浩・槁・昊」。

【題意】　制作時、制作地は前詩と同じ。侍御史の長孫某《ちょうそん》が武威《ぶい》の判官となって赴任するのを送る詩。長孫は複姓《ふくせい》。「九」は排行（→「用語説明」）。武威は甘粛省中部に位置し、涼州《りょう》とも呼ばれた。張掖《ちょうえき》郡・酒泉《しゅせん》郡・敦煌《とんこう》郡と合わせて河西《かせい》四郡と称された。武威には、杜甫の「族父」（遠縁のおじ）の杜鴻漸《とこうぜん》が節度使となっていて、長孫某はその判官（参謀）を務めることになった。当時、ここは吐蕃《とばん》との隣接地帯にあたり緊張関係にあった。詳注一―三六三、鈴木注一―四二九。

【現代語訳】 葦毛《あしげ》の馬の蹄を改めて削り整え、背中に銀の鞍をつけた姿はなかなか立派だ。華やかな衣服に金銀の官印を帯びた青年役人が、馬に乗って向かうのは遥かに遠い交河《こうか》の地。あなたにお尋ねします。万里の果てへ行くのに、この慌ただしい別れは何故《なにゆえ》かと。』

天子におかせられては涼州のことを心配しておられる。厳しい旅程をできるだけ早く到着せねばならない。去年の秋、多くの胡賊が謀叛したが、それを素早く片付けなければならない。そして今回の赴任により乱後の離散した貧しい民衆を救済し、生活習慣をもう一度作り直すのだ。』

かの武威は我が族父が長官を務める地。その声望は今や一国の元老。長官は我が良き同僚を引き抜き、あちこちの城《まち》や堡《とりで》を見回らせることにした。おかげで私は食事も喉を通らず、気分もさえない有り様。』

あなたのような広い才能の持ち主はめったにいない。絶海の孤島にまで潮を及ぼせるほどの大海のような度量。私はといえば酒を前にしての詩友を失い、かわりに武威の砦《とりで》はあなたという国宝を得た次第。天もあなたの遠征を悲しみ、どこまでも雲が垂れこめ雨が降る。』

東の長安・洛陽はまだ戦火の中にあるので、朝廷も民間も死にかけた状態。また西の果てでも天を支える柱が傾いている。どうすればこの青い天球を正しく直せるのか。』

■語釈

○驄馬　青と白の混じった毛並みの馬。葦毛《あしげ》。御史の乗る馬。○鑿蹄　蹄に不具合がないかを見て、削り整える。長旅を前にしての入念な検査。○繡衣　縫い取りをした衣。○黄白郎　金色と銀色の印を帯びる青年役人。○交河　新疆《しんきょう》ウイグル自治区のトルファン辺り。「高都護驄馬行《こうとごそうばこう》」〇〇三七の語釈参照。○去秋群胡反　前年の秋に河西《かせい》兵馬使蓋庭倫《がいていりん》等が節度使周泌《しゅうひつ》を殺し、武威《ぶい》城の大部分を占拠した。○電掃　いなずまのように素早く一掃する。○遺甿　騒乱後に残された貧民。○族父　遠縁のおじの杜鴻漸《とこうぜん》。○領元戎　「元戎」は大きな戦車。「領」はそれを率いる。節度使のこと。当時、杜鴻漸は粛宗（↓「人物説明」）を皇帝に擁立した功により、河西節度使涼州都督の任にあった。○同官　同僚。左拾遺（杜甫）も侍御も同じ非を諫める官。○飄颻　あちこちと落ち着かないさま。畳韻語「ヒョウヨウ」。○按調べる。○城堡　城や堡《とりで》。○使我不能餐　良友との離別を悲しむあまり食事が喉を通らない。『詩経』鄭風「狡童《こうどう》」に「維《こ》れ子《きみ》の故《ゆえ》に、我《わ》れをして餐《さん》する能《あた》わざらしむ」。○溟漲　大海。梁・沈約《しんやく》「碣石《けっせき》を臨《のぞ》む」に、「溟漲《めいちょう》は端倪《たんげい》する無《な》し」。○詩流　詩の仲間。○東郊　行在所から見て東方にある長安と洛陽。○枯槁　枯れて痩せているさま。○西極柱亦傾　昔、女媧《じょか》氏が天を支える柱を四隅に立てたが、共《きょう》工《こう》氏が顓頊《せんぎょく》と帝位を争って破れ、怒って天柱を折ってしまったため、地勢が西高東低に傾いたという伝説（『列子』湯問）。○穹昊　アーチ型の空。

［加藤国］

〇一七三

送従弟亞赴河西判官

南風作秋聲　殺氣薄炎熾
盛夏鷹隼擊　時危異人至』
令弟草中來　蒼然請論事

従弟《じゅうてい》の亜《あ》の河西《かせい》の判官《はんがん》に赴《おもむ》くを送《おく》る

南風《なんぷう》秋声《しゅうせい》を作《な》し、殺気《さっき》炎《ほのお》の熾《さか》んなるに薄《せま》る
盛夏《せいか》鷹隼《ようじゅん》撃ち、時危《ときあや》うくして異人《いじん》至《いた》る
令弟《れいてい》草中《そうちゅう》より来《き》たり、蒼然《そうぜん》として事《こと》を論《ろん》ぜんと請《こ》う

詔書引上殿　奮舌動天意
兵法五十家　爾腹爲筐笥
應對如轉丸　疏通略文字
經綸皆新語　足以正神器』
宗廟尙爲灰　君臣俱下淚
崆峒地無軸　靑海天軒輊
西極最瘡痍　連山暗烽燧』
帝曰大布衣　藉卿佐元帥
坐看淸流沙　所以子奉使
歸當再前席　適遠非歷試
須存武威郡　爲畫長久利』
孤峰石戴驛　快馬金纏轡
黃羊飫不羶　蘆酒多還醉
踴躍常人情　慘澹苦士志
安邊敵何有　反正計始遂』
吾聞駕鼓車　不合用騏驥

詔書《しょうしょ》もて引《ひ》きて殿《でん》に上《のぼ》れば、舌《した》を奮《ふる》いて天意《てんい》を動《うご》かす
兵法五十家《へいほうごじっか》、爾《なんじ》が腹《はら》を筐笥《きょうし》と為《な》す
応対転丸《おうたいてんがん》の如《ごと》く、疏通文字《そつうもんじ》を略《りゃく》す
経綸《けいりん》皆《み》な新語《しんご》、以《もっ》て神器《しんき》を正《ただ》すに足《た》る
宗廟《そうびょう》尚《な》お灰《はい》と為《な》り、君臣倶《くんしんとも》に涙《なみだ》を下《くだ》す
崆峒《こうどう》地《ち》に軸無《じくな》く、青海天《せいかいてん》は軒輊《けんち》す
西極《せいきょく》最《もっと》も瘡痍《そうい》、連山烽燧《れんざんほうすい》暗《くら》し
帝曰《ていいわ》く大布衣《だいふい》よ、卿《けい》に藉《よ》りて元帥《げんすい》を佐《たす》けしめんと
坐《そぞろ》に流沙《りゅうさ》を清《きよ》むるを看《み》ん、子《し》の使《つか》いを奉《ほう》ずる所以《ゆえん》
帰《かえ》らば当《まさ》に再《ふたた》び席《せき》を前《すす》むべく、遠《とお》きに適《ゆ》くは歴試《れきし》するに非《あら》ず
須《すべから》く武威郡《ぶいぐん》を存《たも》ち、為《ため》に長久《ちょうきゅう》の利《り》を画《かく》すべし
孤峰石《こほういし》は駅《えき》を戴《いただ》き、快馬《かいば》金《きん》は轡《たづな》に纏《まと》う
黄羊飫《こうようあ》けば羶《くさ》からず、蘆酒《ろしゅ》多《おお》ければ還《ま》た酔《よ》う
踴躍《ゆうやく》するは常人《じょうじん》の情《じょう》、惨澹《さんたん》たるは苦士《くし》の志《こころざし》
辺《へん》を安《やす》んずる敵《てき》は何《なに》か有《あ》らん、正《せい》に反《かえ》して計始《けいはじ》めて遂《と》ぐ
吾《わ》れ聞《き》く鼓車《こしゃ》に駕《が》するには、騏驥《きき》を用《もち》う合《べ》からずと

龍吟廻其頭　夾輔待所致』　龍吟《りょうぎん》して其《そ》の頭《こうべ》を廻《めぐ》らせ、夾輔《きょうほ》致《いた》す所《ところ》を待《ま》つ

＊五言古詩。韻字は去声四寘「熾・至・事・意・笥・字・器・涙・輊・燧・帥・使・試・利・轡・酔・志・遂・驥・致」。

【題意】　至徳二載（七五七）夏、鳳翔（陝西省宝鶏市鳳翔県）での作。「従弟」は年下のいとこ。同じ杜姓による親しみをこめた呼び方。杜亜《とあ》は『旧唐書』巻一四六、『新唐書』巻一七二に伝がある。大言壮語の癖があった。杜甫は本詩において高く評価するが、後には粛宗の孫の徳宗《とくそう》に嫌われた。「河西判官」は、前詩の長孫《ちょうそん》某と同じく河西節度使・杜鴻漸《とこうぜん》の判官（参謀）。詳注一―三六四、鈴木注一―四三三。

【現代語訳】　南からの夏の風に秋の気配が漂い、炎熱のさなかに凛烈《りんれつ》の気が迫りくる。真夏などおかまいなく鷹や隼が獲物を急襲するような勢いで、危急のおりに型破りな人間がやってきた。』

我が弟は草深い所より現れ出て、切羽詰まった形相で申し上げたいことがあると願い出た。詔が下され昇殿が許されるや、汝は雄弁を振るい大いに御意を動かした。世にいう兵法五十家は、汝の腹の中の本箱にぎっしりと詰まっている。陛下との応対も玉を転がすようにすらすらと、論旨のよく通るのを第一にして細かな字句は脇にやる。汝の国策の方針はどれも新鮮で、天下を正すのに十分だ。』

賊に焼かれた宗廟はまだ灰のままで、君臣ともに涙する今日。崆峒《こうどう》山は地軸が失われ、青《せい》

海《かい》の空も不安定。河西方面の損傷たるや甚大で、連なる山々はのろしに暗く沈んでいる。』

天子は仰せになった。大いなる平民よ、そちの力で元帥を補佐してほしいと。そのうち沙漠の地が清められるのを目にすること、それこそ汝が河西方面へ使いを奉じて赴く理由なのだ。他日、帰朝して良い報告ができれば、陛下も思わず席から身を乗り出されよう。今回、汝の遠征は幾度もの試験を経てのものではなく、大抜擢なのだ。（その知遇にお報いすべく）ぜひとも武威《ぶい》郡を確保して、お国のために長く後世に残る成果を計られよ。』

旅路の途中は、孤峰が聳え岩山の上に宿駅が乗っかるという奇観。そこを快速の馬が黄金をまとった手綱に操られて通り過ぎて行く。黄羊《こうよう》の肉は腹いっぱい食べるうちに生臭さも忘れよう。水っぽい蘆酒《ろしゅ》も多く飲めば酔えるもの。勇躍して任務につくだけなら所詮は凡人、苦心惨憺の所業こそ大志ある人のなすべきこと。辺境を安んずるのに敵など何ほどのものがあろう。世をあるべき姿に戻してこそ汝の任務は成し遂げられるのだ。』

聞くところでは、太鼓を載せた車を引くのにむだに駿馬を用いるべきではないと。駿馬の威勢の良いいななきとともに朝廷に帰り、皇帝を補佐する臣下として貢献する日の来るのを待っている。』

■語釈
○南風作秋聲　以下四句は、時候の異変をもって何かが起こる予兆を示し、それに呼応するかのように、杜亜が鳳翔にやってきたことをいう。「鷹隼」は杜亜のこと。「異人」は非凡な人。○兵法五十家　昔、兵法は五三家あったという（『漢書』巻三〇「芸文志」）。○筺笥　箱。○疏通　論旨をよく通す。

〇**經綸**　天下を治める大方針。〇**新語**　新しい説。〇**神器**　天下。『老子』第二九章。〇**崆峒**　甘粛省の山。鳳翔の西方にある。北周・庾信《ゆしん》「秦州《しんしゅう》の天水郡《てんすいぐん》の麦積崖《ばくせきがい》の仏龕銘《ぶつがんめい》」に、「冀城《きじょう》の余俗《よぞく》、河西《かせい》の旧《きゅう》風《ふう》。水声《すいせい》は幽咽《ゆうえつ》し、山勢《さんせい》は崆峒《こうどう》（この辺りは昔の風俗や伝統が残っていて、谷川はむせぶがごとく、山の険しさは崆峒山が物語る）」。畳韻語「コウドウ」。〇**地無軸**　大地を支える軸が失われる。〇**青海**　新疆東部にあるココノール湖及びその周辺。崆峒・青海ともに河西節度使の治める土地。〇**軒輊**　「軒」は車の前が下がり後ろが上がっていること、「輊」は車の後ろが下がり前が上がっていること。高低が合わず不安定なさま。「崆峒」以下四句は、西方が安定していないことをいう。『詩経』小雅「六《ろく》月《がつ》」に「輊《ち》の如《ごと》く軒《けん》の如《ごと》し」。〇**烽燧**　のろし。〇**帝曰**　鈴木注は「元帥」まで、『吉川注』筑摩版第四冊は「流沙」までが天子の言葉とする。〇**藉**　よる、たよる。〇**前席**　座席の前へ身を乗り出す。〇**非歴試**　一挙にこの官に任ぜられたとの意。〇**武威郡**　前詩〇一七一を参照。〇**飫**　飽きる。〇**蘆酒**　蘆《あし》の管で吸って飲む酒。薄いが多く飲めば酔える。〇**踴躍**　喜んで躍り上がる。双声語「ユウヤク」。〇**惨澹**　心を苦しめる。畳韻語「サンタン」。〇「**吾聞**」二句　「鼓車」は、太鼓を載せた楽隊の車。「騏驥」は駿馬。『後漢書』巻七六「循吏伝」に、光武帝は倹約を重んじて異国から献じられた名馬でも「鼓車」を駕《ひ》かせたという。「合」は「当（まさに……べし）」と同じ。〇**廻其頭**　朝廷に帰ってくる意。〇**夾輔**　国家の重臣。天子を左右から挟んで抱くようにして扶けるのでいう。

［加藤国］

〇一七三

送靈州李判官

霊州《れいしゅう》の李《り》判官《はんがん》を送《おく》る

羯胡腥四海　回首一茫茫

羯胡《けつこ》四海《しかい》腥《なまぐさ》し、首《こうべ》を回《めぐ》らせば一《いつ》に茫茫《ぼうぼう》

血戰乾坤赤　氛迷日月黄　血戦《けつせん》乾坤《けんこん》赤《あか》く、氛《ふん》迷《まよ》いて日月《じつげつ》黄なり
將軍專策略　幕府盛才良　将軍《しようぐん》策略《さくりやく》を専《もつぱ》らにし、幕府《ばくふ》才良《さいりよう》盛《さか》んなり
近賀中興主　神兵動朔方　近《ちかごろ》賀《が》す中興《ちゆうこう》の主《しゆ》、神兵《しんぺい》朔方《さくほう》に動《うご》くを

＊五言律詩。韻字は下平七陽「茫・黄・良・方」。

【題意】 制作時、制作地は前詩と同じ。朔方軍節度使の判官李某が霊州に行くのを見送る詩。霊州は霊武《れいぶ》（寧夏回族自治区銀川市）。朔方軍節度使の治所。李判官は未詳。鈴木注では至徳元載（七五六）八月以後の作とする。乾元二年（七五九）説もある。詳注一―三六九、鈴木注一―四三六。

【現代語訳】 胡族めが謀叛して天下は生臭くなった。どこを見回してもただただ果てしなく見通しがきかない。血で血を洗う戦い続きに天地は真っ赤に染まり、兵乱の悪い気がさ迷って日月も黄ばんでいる。あなたの仕える将軍は戦略を熱心に練り、その幕府には人材が結集している。最近、慶賀すべきは中興の主によって、神兵をあなたの赴く朔方方面へ動かそうとしていることだ。

［加藤国］

■語釈
○羯胡　安禄山（↓「人物説明」）等の反乱軍。「羯」は去勢した牡羊で、人を罵る語。○氛迷　兵乱の悪気がさ迷う。○将軍　朔方軍節度使の郭子儀《かくしぎ》。○中興主　粛宗（↓「人物説明」）。○朔方　霊武。

奉送郭中丞兼太僕卿充隴右節度使三十韻　〇二七四

郭中丞《かくちゅうじょう》が太僕卿《たいぼくけい》を兼《か》ね隴右節度使《ろうゆうせつどし》に充《あ》てらるるを送《おく》り奉《たてまつ》る三十韻《さんじゅういん》

詔發山西將　秋屯隴右兵
淒涼餘部曲　燀赫舊家聲
鵰鶚乘時去　驊騮顧主鳴
艱難須上策　容易卽前程
斜日當軒蓋　高風卷旆旌
松悲天水冷　沙亂雪山清
和虜猶懷惠　防邊詎敢驚
古來於異域　鎮靜示專征』
燕薊奔封豕　周秦觸駭鯨
中原何慘黷　遺孽尚縱橫
箭入昭陽殿　笳吹細柳營
內人紅袖泣　王子白衣行
宸極妖星動　園陵殺氣平

詔《みことのり》して山西《さんせい》の将《しょう》を発《はっ》し、秋隴右《あきろうゆう》の兵《へい》を屯《とん》せしむ
淒涼《せいりょう》として部曲《ぶきょく》を余《あま》し、燀赫《せんかく》として家声《かせいふ》旧りたり
鵰鶚《ちょうがく》時《とき》に乗《じょう》じて去《さ》り、驊騮主《かりゅうしゅ》を顧《かえり》みて鳴《な》く
艱難上策《かんなんじょうさく》を須《ま》ち、容易《ようい》前程《ぜんてい》に即《つ》く
斜日軒蓋《しゃじつけんがい》に当《あ》たり、高風旆旌《こうふうはいせい》を巻《ま》く
松悲《まつかな》しみて天水冷《てんすいひや》やかに、沙乱《すなみだ》れて雪山清《せつざんきよ》し
虜《りょ》に和《わ》するは猶《な》お恵《めぐみ》を懐《おも》わしむ、辺《へん》を防《ふせ》ぐに詎《なん》ぞ敢《あえ》て驚《おどろ》かさんや
古来異域《こらいいいき》においては、鎮静《ちんせい》もて専征《せんせい》を示《しめ》す
燕薊《えんけい》に封豕《ほうし》奔《はし》り、周秦《しゅうしん》に駭鯨《がいげいふ》触る
中原《ちゅうげんなん》何ぞ慘黷《しんとく》なる、遺孽《いげつ》尚お縦横《じゅうおう》
箭《や》は入《い》る昭陽殿《しょうようでん》、笳《か》は吹《ふ》かる細柳営《さいりゅうえい》
内人《ないじん》は紅袖《こうしゅう》に泣《な》き、王子《おうじ》は白衣《はくい》にて行《ゆ》く
宸極《しんきょく》に妖星《ようせいうご》動き、園陵《えんりょう》に殺気《さつき》平《たいら》かなり

空餘金碗出　無復繐帷輕
毀廟天飛雨　焚宮火徹明
罘罳朝共落　棆桷夜同傾』

空《むな》しく余《あま》す金碗《きんわん》の出《い》ずるを、復《ま》た繐帷《けいい》の軽《かる》き無《な》し
廟《びょう》を毀《こぼ》てば天《てん》は雨《あめ》を飛《と》ばし、宮《きゅう》を焚《や》けば火《ひ》は明《めい》に徹《てっ》す
罘罳《ふし》朝《あした》に共《とも》に落《お》ち、棆桷《りんかくよる》夜同《おな》じく傾《かたむ》く

＊五言排律。韻字は下平八庚「兵・聲・鳴・程・旌・清・驚・征・鯨・横・營・行・平・輕・明・傾」。

【題意】　至徳二載（七五七）八月、鳳翔《ほうしょう》（陝西省宝鶏市鳳翔県）で詠んだ詩。当時、粛宗（↓「人物説明」）の政府はここにあった。「郭中丞」は御史台《ぎょしだい》（検察庁）の中丞（次官）である郭英乂《かくえいがい》。「太僕卿」は太僕寺（皇帝の車馬を掌る役所）の長官。「隴右節度使」は隴右道（およそ甘粛・新疆及び青海の東北部方面）の司令官。御史中丞兼太僕卿の郭英乂が、さらに隴右節度使に任ぜられたのを送る詩。詳注一―三六九、鈴木注一―四四〇。

【現代語訳】　詔勅により甘粛出身の将たる閣下が、隴右軍の長官として出発し、この秋より彼の地で兵士を駐屯させることになりました。かつて御尊父の旗本だった部隊の兵らは、父君の死後は悲しげな面持ちでいたでありましょう。閣下がこれから赴く地方は、この父君以来の輝くご家名がある所。その勇姿は、いざこの時とばかりに飛び立つ勇猛なオオタカか、はたまたご主君を案じられることを忘れず、ふり返って嘶《いなな》く駿馬かと思われます。国難の時には最上の策が肝要、さればなんの躊躇もなくこの旅程につかれますよう。夕陽が車を照らし、上空からの風が旗を巻きます。松は悲壮感を帯びて天水《てんすい》地方の寒冷の中にたたず

み、砂は風に乗って吹きすさんでも雪山の清冽さは変わりません。吐蕃と和するにはわが恩恵に感じ入らせるべきです、辺境の守りに軽率な武力はお控えなされませ。古来、蛮夷に対しては犯しがたい威厳をもって臨み、万一の時には征討するお覚悟を示されるのがならいとなっております。』

河北の大イノシシの暴走から始まったこの騒乱。気が立った鯨《くじら》めがちょいと触れただけで、東西の二都が陥落しました。中原のさまはなんとも無残、なお遺児や郎党どもが横暴を振るっています。長安の後宮に射こまれる敵の矢、官軍の陣営にうなりを上げる奴らの笛。妓女らはあでやかな紅い袖を着て泣き、親王らは目立たぬよう白い服に着替えて逃げ惑います。妖星が天極を脅かしてうごめき、殺気は帝陵を平らにするほどに垂れこめています。遺体に添えて埋葬された黄金の碗は盗掘されて、うつろな輝きを闇市に曝《さら》し、霊を慰めるべく掛けられた軽やかなカーテンも、今はどこにもありません。太廟は破壊され、天も涙の雨を降らせ、宮殿の火災は夜明けまで続きました。朝が来て焼け落ちたのは御殿の高い簷《のき》に張られた鳥よけの網、それ以前に垂木は夜の間に傾いてしまっていました。』

■語釈

○山西將　郭英乂の出身である瓜州《か》（甘粛省敦煌市）は山西に位置するが、この山西は、古来名将を出すことで知られる。山西は、太行《たいこう》山脈の西。郭英乂は、安禄山（↓「人物説明」）の反乱に伴い秦州都督に任じられていたが、至徳二載、隴右節度使を加えられた。○部曲　軍閥などの私兵。英乂の父・郭《かく》知運《ちうん》は玄宗（↓「人物説明」）の初年、隴右諸軍節度使・鄯州《せんしゅう》都督としてこの地方に武功があり、それ以来の部下が残っていた。○**熚赫**　火が熱く赤いさま。○**舊家聲**　郭知運以来の家名。玄宗は郭知運の名誉を称えて宰相張説《ちょうえつ》に墓碑を書かせている。○**鵰鶚**　いずれも猛禽で飛行に長《た》ける。武勇の人の喩え。○**驊騮**　駿馬。名将の子に対する尊称。○**艱難**　国家の苦難。畳韻語「カンナン」。次句の「容易」は双声語「ヨウイ」で、対となる。○**主**　粛宗皇帝を含意。○**前程**　これからの旅程。○**軒蓋**　馬車の蓋《おおい》。○**旆旌**　軍旗。○**天水**　秦州ともいう。今の甘粛省天水市。○**雪山**　甘粛省の南境に聳える祁《き》連山《れんざん》はこう呼ばれた。○**和虜**　「虜」は辺境の少数民族を指し、ここでは吐蕃の意。それとの宥和を図ること。○**懷惠**　恵みにより懐柔する。○**專征**　節度使は、帝命により征討の権力を委任されていたので、こういう。○**燕薊**　河北一帯。安禄山の盤踞した幽州地方。○**封豕**　大きな猪《いのしし》。安禄山の喩え。○**周秦**　洛陽・長安一帯。○**駭鯨**　いきり立った鯨。鯨は悪人の比喩。魏・陳琳《ちんりん》「曹洪《そうこう》の為《ため》に魏《ぎ》の文帝《ぶんてい》に与《あた》うる書《しょ》」に、「我《わ》が軍《ぐん》の之《こ》れに過《す》ぐるや、駭鯨《がいげい》の細網《さいもう》を決《けっ》するが若《ごと》し」。○**摻黷**　「摻」は清澄でないさま、「黷」は汚れたさま。西晋・陸機《りくき》「漢高祖功臣の頌」に、秦末漢初の混乱状態を「上《うえ》は摻《しん》に下《した》は黷《とく》なり」、また北周・庾信《ゆしん》「哀江南の賦」に「茫茫《ぼうぼう》として摻黷《しんとく》たり」、同「竹杖の賦」に「風霜惨黷《ふうそうしんとく》たり」。○**遺孽**　安禄山の残党。安禄山の養子・安慶緒《あんけいしょ》。それにその部将・史思明《ししめい》も含む。「孽」は、切り株から生えた芽（ひこばえ）の類い。○**昭陽殿**　前漢の成帝の寵姫・趙飛燕《ちょうひえん》のいた宮殿。ここでは楊貴妃（↓「人物説明」）の居所の喩え。○**笳**　葦笛。胡人（西方の異民族）が好んで吹くので、胡笳ともいう。反乱軍には胡人が多くいた。○**細柳營**　前漢の周亜夫《しゅうあふ》が駐屯した咸陽の西南の陣営。転じて官軍の営舎の意。○**內人**　広義では、後宮の女性の意。ここでは唐・崔令欽《さいれいきん》『教坊記』の「妓女《ぎじょ》の宜春院《ぎしゅんいん》に入《い》るは、之《こ》れを内人《ないじん》と謂《い》う」や、杜甫「公孫大娘《こうそんだいじょう》の弟子《ていし》の剣器《けんき》を舞《ま》うを観《み》るの行《こう》」序三六三の「高頭《こうとう》（優秀の意）の宜春《ぎしゅん》・梨園《りえん》の二伎坊《にぎぼう》の内人《ないじん》」、及び「紅袖」との関連で、妓女のこと。○**王子**　帝王の子孫。○**白衣**　飾りのない質素な服。これを着るとは、身をやつして身分を隠すこと。○**宸極**　天上の中心で帝位の喩え。○**園陵**　長安郊外の帝陵。○**金碗出**　帝陵が盗掘されて陪葬品の黄金のお碗が世に出ること。○**繐帷**　魏の武帝の遺言で、陵墓のそばの銅雀台《どうじゃく》に六尺の床と繐帷《けいい》を用意させ、自身の霊魂に対して供え物と伎楽をさせた故事。繐帷の前で音楽を奏し、帳《とばり》の向こうの霊魂を慰める礼楽。○**毀廟**　皇帝の霊を祀る太廟を毀損する。唐朝の太廟は洛陽・長安にあった。この時、洛陽の太廟は敵営代わりに占拠され、そこに祀られていた諸帝の位牌は街に遺棄された（『旧唐書』巻二六「礼儀志」）。○**罘罳**　宮殿の簷《のき》などに張る鳥よけの網。○**棆桷**　「棆」はクスに似た木。「桷」はそれで作った垂木（屋根を支えるために、棟《むね》から軒先にわたす角材）。

三月師逾整　群胡勢就烹
瘡痍親接戰　勇決冠垂成
妙譽期元宰　殊恩且列卿
幾時廻節鉞　戮力掃欃槍
圭竇三千士　雲梯七十城
恥非齊說客　祇似魯諸生
通籍微班忝　周行獨坐榮
隨肩趨漏刻　短髮寄簪纓
徑欲依劉表　還疑厭禰衡

三月《さんがつ》師《し》逾ゝ《いよいよ》整《ととの》い、群胡《ぐんこ》勢《いきお》い烹《に》らるるに就《つ》く
瘡痍《そうい》あるも親《みずか》ら接戦《せっせん》し、勇決《ゆうけつ》もて垂成《すいせい》に冠《かん》たり
妙誉《みょうよ》元宰《げんさい》を期《き》し、殊恩《しゅおん》且《しばら》くは列卿《れっけい》
幾時《いくとき》か節鉞《せつえつ》を廻《めぐ》らし、力《ちから》を戮《あわ》せて欃槍《さんそう》を掃《はら》わん
圭竇三千《けいとうさんぜん》の士《し》、雲梯七十城《うんていしちじゅうじょう》
恥《は》ずらくは斉《せい》の説客《ぜいかく》に非《あら》ざるを、祇《た》だ魯《ろ》の諸生《しょせい》に似《に》たり
通籍《つうせき》微班《びはん》を忝《かたじけな》くし、周行《しゅうこう》独坐《どくざ》栄《さか》ゆ
肩《かた》に随《したが》いて漏刻《ろうこく》に趨《おもむ》き、短髪《たんぱつ》簪纓《しんえい》に寄《よ》す
径《ただ》ちに劉表《りゅうひょう》に依《よ》らんと欲《ほっ》するも、還《ま》た疑《うたが》う禰衡《でいこう》を厭《いと》わんかと

漸衰那此別　忍涙獨含情』
廢邑狐狸語　空村虎豹爭
人頻墜塗炭　公豈忘精誠
元帥調新律　前軍壓舊京
安邊仍扈從　莫作後功名』

＊韻字は下平八庚「烹・成・卿・槍・城・生・榮・纓・衡・情・爭・誠・京・名」。

漸《ようや》く衰《おとろ》う那《なん》ぞ此《こ》こに別《わか》れん、涙《なみだ》を忍《しの》びて独《ひと》り情《じょう》を含《ふく》む
廃邑《はいゆう》に狐狸《こり》語《かた》り、空村《くうそん》に虎豹《こひょう》争《あらそ》う
人《ひと》頻《しき》りに塗炭《とたん》に墜《お》つ、公豈《こうあ》に精誠《せいせい》を忘《わす》れんや
元帥《げんすい》新律《しんりつ》を調《ととの》え、前軍旧 京《ぜんぐんきゅうきょう》を圧《あつ》す
辺《へん》を安《やす》んずれば仍《よ》りて扈従《こじゅう》せよ、功名《こうめい》に後《おく》るるを作《な》す莫《なか》れ

【現代語訳】　この三月、官軍の軍容はいよいよ整い、賊徒らもやがて釜ゆでで、その命運もここに窮まろうとしています。先だって閣下は自ら敵と戦って負傷されました。その勇猛果敢なこと誰よりも早く功を成し遂げられることでしょう。公のご評判は宰相へという期待を高めておりますが、とりあえずは卿に列せられるという格別のご恩寵。いくばくもなく節度使のお役目を果たして帰還され、諸臣らと力を合わせて残党を平らげてくださいますようように。』

この周辺には三〇〇〇人もの不遇の士、近隣には多数の戦闘中の城。かつて斉の遊説家酈《れき》食其《いき》はおのが弁舌の才で七十余城を降伏させましたが、私はそんな能力などとてもない、その他大勢の一書生。しかもやっと宮中に籍を得て下位をかたじけなくする程度ですが、公は御史中丞として特別の座におられます。行在所では出勤を告げる時計に促されて閣下の後に

付き従い、老いて少なくなった髪をこの礼帽に託しております。いっそのことかつて劉表に身を寄せた王粲《おうさん》のように、隴右に赴かれる閣下に頼ろうかと思ったり致しますが、禰衡のような偏屈者をお厭《いと》いになりはすまいかとも案じられます。私、このように年を取りお別れするのが辛うございます。この期に及び、涙をこらえつつじっと辛い思いでいるのでございます。』

いま天下は、荒廃した城郭では狐や狸が謀議をこらし、ひと気《け》のない村落では虎と豹が略奪しあっており、人民は塗炭の苦しみに喘《あえ》いでおります、公がお国のために忠義を尽くすことをお忘れになろうはずもございません。今、広平王元帥殿下（後の代宗）には新たな法令をお示したまい、また李嗣業《りしぎょう》の率いる前軍も長安に迫り、都を奪回せんとしております。閣下、辺境を安んじられましたなら、陛下のおそばに付き従われて都にお戻りください。功名を立てるのに遅れを取られることがございませんように。』

■語釈

○師逾整　粛宗が鳳翔に至るや、隴右・河西・安西・西域の兵がみな集結したことをいう。○就烹　やがて釜ゆでの酷刑となる。反乱軍が鎮圧されることをいう。「就」は近い未来にそうなることを示す。○瘡痍親接戰　郭英乂は、自ら瘡痍（傷）を蒙るほどに陣頭に立って戦った。二月、粛宗が鳳翔に至り、王思礼《おうしれい》・郭英乂・王難得《おうなんとく》らが布陣した。安守忠《あんしゅちゅう》らが武功《ぶこう》（陝西省咸陽市）を侵すと、郭英乂が防戦。しかし利あらず、その頤《おとがい》を矢が貫いたため後退した。すなわち指揮官でありながらも前線に出て戦ったことをいう。○妙譽　世上の誉れ。○元宰　宰相。○列卿　御史中丞は定員二人で正四品下なのに対し、太僕卿は一人で従三品と上位にある。中丞に太僕卿を兼ねるのは皇帝の特別の恩賞による。○**節鉞**　天子から軍権を委任された大将に与えられる「割り符」と「まさかり」。畳韻語「セツエツ」。○**戮力**　「戮」は勠と同義。力を合わせる意。○**欃槍**　ほうき星。兵乱の象。双声語「サンソウ」。○**圭竇**　貧士の住まい。「竇」は穴。牆に穴を開けただけのくぐり戸。○**雲梯**　城攻めに用いた長いはしご。○**七十城**　酈食其《れきいき》（?～前二〇三）は前漢の高祖劉邦に仕え、弁舌を振るって斉の七十余城を降した。○**齊説客**　酈食其のこと。説客は遊説の人。○**通籍**　名札を宮中に置く。出仕する。○**微班**　下位。この時、杜甫は左拾遺（↓「用語説明」）で従八品上。○**周行**　官吏の序列。『詩経』に散見し、もと「周王朝の列位」の意。○**獨坐**　特別の光栄ある座席。後漢の光武帝は御史中丞を拝した宣秉《せんぺい》に特に詔して、尚書令（首相）・司隷校尉（警視総監）と並べて坐を賜った。都の人々はこれを号して「三独坐」と称した（『後漢書』巻二七「宣秉伝」）。○**隨肩**　前の人の後に畏まって付き従う。○**漏刻**　水時計。ここでは朝廷に出勤する時刻。○**短髮**　少ない髪の毛。「短」は少ない意。○**簪纓**　官僚の身分の譬喩。「簪」は冠を止めるかんざし。「纓」は冠のあごひも。○**劉表**　三国時代の荊州の長官。魏の王粲《おうさん》が擾乱たる長安を離れて身を寄せた人物。王粲は杜甫自身、劉表は郭英乂の喩え。○**禰衡**　後漢末期の文人。傲慢な才人だったため、曹操・劉表・黄祖と行く先々でいやがられて最後に殺された。そのように郭英乂が自分を厭うのではと案ずる。○**狐狸・虎豹**　ともに盗賊（反乱軍）の喩え。西晋・傅玄《ふげん》「放歌行」に、「但《た》だ見る狐狸《こり》の跡《あと》、虎豹《こひよう》自《おのずか》ら群《む》れを成《な》す」。○**精誠**　朝廷への精励なる忠勤。○**元帥**　広平王の李俶《りしゆく》（粛宗の子で後の代宗）。畳韻語「セイセイ」。なお、上句の「塗炭」は双声語「トタン」。○**調新律**　律は法の意（『易』師に「師は出《い》ずるに律《りつ》を以《もつ》てす」）。新たに軍紀を整える。○**前軍**　李嗣業《りしぎよう》のこと。かねてより西域でその名を馳せていた李嗣業が鳳翔に駆けつけると、粛宗は喜んで「卿《けい》の至《いた》るや、数万衆《すうまんしゆう》に賢《まさ》る」と語ったという（『新唐書』巻一三八「李嗣業伝」）。実際、この年の九月、李嗣業が前一軍となって長安を奪還した。〇扈従　天子の乗り物のお供をする。

［加藤国］

〇一七五

送楊六判官使西蕃

送遠秋風落　西征海氣寒
帝京氛祲滿　人世別離難』
絶域遙懷怒　和親願結歡
敕書憐贊普　兵甲望長安
宣命前程急　惟良待士寬
子雲淸自守　今日起爲官』
垂淚方投筆　傷時卽據鞍
儒衣山鳥怪　漢節野童看
邊酒排金碗　夷歌捧玉盤
草肥蕃馬健　雪重拂廬乾』
愼爾參籌畫　從茲正羽翰
歸來權可取　九萬一朝摶』

楊六判官《ようろくはんがん》の西蕃《せいばん》に使《つか》いするを送《おく》る

遠《とお》きを送《おく》れば秋風《しゅうふう》落《お》つ、西征《せいせい》海気《かいき》寒《さむ》し
帝京《ていけい》氛祲《ふんしん》満《み》ち、人世《じんせい》別離《べつり》難《かた》し
絶域《ぜついき》遥《はる》かに怒《いか》りを懐《いだ》く、和親《わしん》して歓《かん》を結《むす》ばんことを願《ねが》う
勅書《ちょくしょ》賛普《さんぷ》が、兵甲《へいこう》長安《ちょうあん》を望《のぞ》むことを憐《あわれ》む
宣命《せんめい》前程《ぜんてい》急《きゅう》に、惟良《いりょう》士《し》を待《たい》すること寛《かん》なり
子雲《しうん》清《きよ》く自《みずか》ら守《まも》る、今日《こんにち》起《た》ちて官《かん》と為《な》る
涙《なみだ》を垂《た》れて方《まさ》に筆《ふで》を投《とう》じ、時《とき》を傷《いた》みて即《すなわ》ち鞍《くら》に拠《よ》る
儒衣《じゅい》山鳥《さんちょう》怪《あや》しみ、漢節《かんせつ》野童《やどう》看《み》る
辺酒《へんしゅ》金碗《きんわん》を排《はい》し、夷歌《いか》玉盤《ぎょくばん》を捧《ささ》ぐ
草《くさ》肥《こ》えて蕃馬《ばんば》健《すこや》かに、雪《ゆき》重《おも》くして払廬《ふつろ》乾《かわ》く
慎《つつし》みて爾《なんじ》籌画《ちゅうかく》に参《あずか》り、茲《こ》れより羽翰《うかん》を正《ただ》しくせよ
帰《かえ》り来《き》たらば権《けん》取《と》る可《べ》し、九万《きゅうまん》一朝《いっちょう》にして摶《はばた》かん

＊五言排律。韻字は上平一四寒「寒・難・歓・安・寛・官・鞍・看・盤・乾・翰・摶」。

【題意】　制作時、制作地は前詩と同じ。楊六判官は事跡未詳。西蕃は吐蕃《とばん》。その吐蕃から朝廷に和親の使者が派遣されてきて、ともに賊徒を討とうという。そこで唐は給事中の南巨川《なんきょせん》を遣わして事に当たらせた。楊六の赴任はその任務を補佐するためのもの。詳注一―三七六、鈴木注一―四四九。

【現代語訳】　遠くへ行くあなたを見送る今は、秋風が木の葉を落とす季節。西に行けば青海辺りはもう寒いだろう。帝都が悪い空気に充ち満ちている中、あなたとお別れするのはつらい。』

遥かに隔たった地にある吐蕃だが、賊徒のやり方に怒りを抱いており、我が唐と和親して誼《よし》みを結ぼうという。天子におかせられては勅書をもって、吐蕃の首領が戦いの準備をして長安を望み支援に出かけようとしているのを、たいそう思いやられた。かくてその御命令を伝える使者を当地に派遣する次第だが、なにせ前途ははなはだ急がねばならない。そこで賢良な南《なん》長官は自らの属官たる士を寛大な方針で選ぶことになり、揚雄《ようゆう》のように一途に清貧な人となりのあなたが、そのお役目を担うこととなった。』

あなたは歓喜の涙を流し筆を捨てて、時世を傷みつつすぐ鞍に乗った。旅路を行けば山の鳥は儒者の衣服を見慣れないと訝《いぶか》り、野良《のら》の子供は使節一行の旗を（好奇な目で）見るであろう。向こうでは金のお碗に辺地の酒を並べ、鄙《ひな》びた歌とともに玉盤に御馳走が捧げられよう。また彼《か》の地は牧草が肥えていて馬も壮健だし、雪は重く積もっていてもテントの中はよく乾燥していよう。』

しかし（相手が相手だけに）どうか慎重にこの度《たび》の軍議に参与し、今から飛躍のために翼を整えておかれるように。そして帰任されたならさらに重要な職権を得て、大鵬《たいほう》のように九万里もの大空を一朝で羽ばたかれんことを。』

■語釈

○**海氣**　青海（ココノール湖）に立ちこめる気。○**氛祲**　兵乱の悪気。○**絶域**　かけ離れた地域。吐蕃。○**和親**　吐蕃が唐に対して親和的な関係をとる。○**賛普**　吐蕃の首領。彼らの俗語で強雄であるのを「賛」、またますらお、一人前の男を「普」という。初唐の陳子昂《ちんすごう》「西蕃《せいばん》の辺州《へんしゅう》の安危《あんき》の事《こと》を上《たてまつ》る」に、「今又《いまま》た聞《き》く、其《そ》の賛普《さんぷ》の已《すで》に国権《こくけん》を擅《ほしいまま》にして、上下和好《じょうげわこう》の兵《へい》の久《ひさ》しく出《い》でざるを。其《そ》の意《い》量《はか》り難《がた》し」。○**兵甲**　吐蕃の兵。○**望長安**　吐蕃が支援に赴くべく長安の方を望む。○**宣命**　唐室の命を吐蕃側に伝える。○**惟良**　よき重臣。「昔《むかし》漢《かん》の宣《せん》（帝《てい》の）嘆《たん》じて曰《いわ》く、朕《ちん》と共《とも》に天下《てんか》を理《おさ》むる者《もの》は、惟良《いりょう》の二千石《にせんせき》のみなるかと」（『晋書《しんじょ》』巻三八「司馬攸《ゆう》伝」）。また『梁書《りょうじょ》』、『南史《なんし》』にも同様の記述がある。○**待士**　楊六判官を待遇する。○**子雲**　前漢の揚雄《ようゆう》の字《あざな》。借りて楊判官を指す。揚雄は富貴に齷齪《あくせく》とせず、また貧賤にも安んじて「自ら守る」ような人物だった。○**漢節**　漢を借りて、ここでは唐の使者の旗印。○**邊酒**　辺地で醸された酒。なお酒宴の情景として、岑参《しんじん》「梁州《りょうしゅう》に過《よぎ》り張尚書大夫公《ちょうしょうしょたいふこう》に贈《おく》り奉《たてまつ》る」の、「置酒《ちしゅ》して高館《こうかん》に宴《えん》し、嬌歌青糸《きょうかせいし》を雑《まじ》う。錦席《きんせき》に繡払廬《しゅうふつろ》、玉盤《ぎょくばん》に金屈巵《きんくつし》」がよく類する。○**排**　並べる。○**夷歌**　吐蕃の鄙《ひな》びた歌。○**拂廬**　吐蕃の厚いテント。○**愼**　相手が吐蕃だけに慎重な交渉が求められるため。○**參**　参与する。○**籌畫**　はかりごと。○**正羽翰**　羽を整える。将来に備えてしっかり準備をする意。そのためにはまずは任務を見事に果たすことだという思いがこめられている。「翰」は大きな羽。〇九萬　九万里。『荘子』逍遥遊に、「扶揺《ふよう》に摶《はばた》きて上《のぼ》ること九万里《きゅうまんり》（大鵬は旋風に乗って九万里の空の高みに上ってゆく）」。李白《りはく》「大鵬《たいほう》の賦《ふ》」に、「九万《きゅうまん》に向《む》かいて迅征《じんせい》す」。

［加藤国］

哭長孫侍御　〇一七六

道爲詩書重　名因賦頌雄
禮闈曾擢桂　憲府屢乘驄
流水生涯盡　浮雲世事空
惟餘舊臺柏　蕭瑟九原中

＊五言律詩。韻字は上平一東「雄・驄・空・中」。

長孫《ちょうそん》侍御《じぎょ》を哭《こく》す

道《みち》は詩書《ししょ》の為《ため》に重《おも》く、名《な》は賦頌《ふしょう》に因《よ》りて雄《ゆう》なり
礼闈《れいい》曾《かつ》て桂《けい》と擢《ぬ》かれ、憲府《けんぷ》屢ゝ《しばしば》驄《そう》に乗《の》る
流水《りゅうすい》生涯《しょうがい》尽《つ》き、浮雲《ふうん》世事《せいじ》空《むな》し
惟《た》だ余《あま》す旧《きゅう》台柏《だいはく》、蕭瑟《しょうしつ》たり九原《きゅうげん》の中《うち》

【題意】　制作時、制作地は前詩と同じ。侍御史の長孫某を哭した詩。前掲の〇一七一の長孫《ちょうそん》九侍御《きゅうじぎょ》とは別人か。大暦年間（七六六〜七七九）頃在世の杜誦《としょう》の詩との説もある（唐・高仲武《こうちゅうぶ》『中《ちゅう》興間気集《こうかんきしゅう》』巻上）。今、杜甫の詩として掲げる。詳注一―三七八、鈴木注一―四五二。

【現代語訳】　あなたの徳は『詩経』『書経』の教えにかなうことにより世に重んじられ、その名も賦頌に優れることにより評判が高かった。礼部の試験では優秀な成績で及第し、御史

の役所ではしばしば葦毛《あしげ》の馬に乗ったものだ。しかしその生涯は流れる水のようにあっけなく終わり、世の中との関わりも浮き雲のように消えてなくなってしまった。役所にはただ昔からの柏樹が残るだけ。墓地にはもの寂しい風が吹き過ぎてゆく。

［加藤国］

■語釈

○**詩書**　『詩経』と『書経』。○**賦頌**　ともに韻文の文体の名。○**禮闈**　尚書省の礼部。開元末以来、進士の試験はここが掌った。○**擢桂**　優等の成績で及第したこと。「桂」は「桂林」の意。科挙及第をいう「桂林一枝」の故事による。○**憲府**　御史の役所。○**臺**　御史台。○**蕭瑟**　風音がしてもの寂しい。双声語「ショウシツ」。○**九原**　墓地。

奉贈嚴八閣老

〇一七

扈聖登黄閣　明公獨妙年
蛟龍得雲雨　鵰鶚在秋天
客禮容疏放　官曹可接聯
新詩句句好　應任老夫傳

＊五言律詩。韻字は下平一先「年・天・聯・傳」。

嚴八閣老《げんはちかくろう》に贈《おく》り奉《たてまつ》る

聖《せい》に扈《こ》して黄閣《こうかく》に登《のぼ》る、明公《めいこう》独《ひと》り妙年《みょうねん》なり
蛟龍《こうりょう》雲雨《うんう》を得《え》、鵰鶚《ちょうがく》秋天《しゅうてん》に在《あ》り
客礼《かくれい》疏放《そほう》を容《い》れ、官曹《かんそう》接聯《せつれん》す可《べ》し
新詩《しんし》句句《くく》好《よ》し、応《まさ》に老夫《ろうふ》が伝《つた》うるに任《まか》すべし

【題意】　制作時、制作地は前詩と同じ。厳八は厳武（↓「人物説明」）のこと。当時、鳳翔

府で門下省（↓「用語説明」）の給事中という要職にあった。杜甫も同省の左拾遺（↓「用語説明」）にあったことから、互いに敬意をこめて「閤老」と呼んだもの。詳注一-三七九、鈴木注一-四五四。

【現代語訳】 天子のお供をして殿内に登られる官僚のうち、貴方ひとりがお若くていらっしゃる。その勢いは蛟龍が雲や雨を得たようなもの、あるいはクマタカが秋の高い空に舞うようなもの。（身分はあなたのほうが高いのに、）私ごときを客の礼をもってもてなし、また粗略な振る舞いも大目に見てくださるので、役所が近くもあり連携してやっていける。近作はどれもよいできばえ。どうかこの老人に宣伝役をお任せください。

［加藤国］

■語釈

○**扈**　付き従う。○**黄閣**　官庁一般を指す場合もあるが、ここでは門下省の異称。開元年間、黄門省と称されたこともある。○**妙年**　若い年齢。この時、厳武は三二歳。杜甫は一四歳年上。杜甫はむしろ武の父の厳挺之《げんていし》と友人だった。○**鶻鶚**　クマタカ。○**客禮**　厳武は正五品上、杜甫は門下省最下級の従八品上。しかし下僚としてではなく賓客の礼でもって接する。○**疏放**　粗略。○**官曹**　役所の部屋。○**接聯**　繋がっている。

〇一七八

月

天上秋期近　人間月影清

月《つき》

天上《てんじょう》秋期近《しゅうきちか》く、人間月影清《じんかんげつえいきよ》し

入河蟾不沒　搗藥兔長生　河《か》に入《い》りて蟾《せん》没《ぼつ》せず、薬《くすり》を搗《つ》いて兎《うさぎ》長生《ちょうせい》す
只益丹心苦　能添白髮明　只《た》だ丹心《たんしん》の苦《くる》しきを益《ま》す、能《よ》く白髪《はくはつ》の明《あき》らかなるを添《そ》う
干戈知滿地　休照國西營　干戈《かんか》地《ち》に満《み》つるを知《し》らば、国西《こくせい》の営《えい》を照《て》らすを休《や》めよ

＊五言律詩。韻字は下平八庚「清・生・明・營」。

【題意】制作時、制作地は前詩と同じ。七月の作。鳳翔にあって月を見ての感慨。詳注一―三八二、鈴木注一―四五五。

【現代語訳】天上に秋の星座が近づけば、地上にも清らかな月の光がやってくる。あの銀河の中に踏みこんでも、月の中の蛙は泳げるので消え隠れはしないし、霊薬をつく白兎も長寿を得ている。けれどもこの冴え渡る光源が私には苦しみを増し、よけいに白髪の色を目立たせる。地上が戦争に満ちていることを知りたもうなら、鳳翔の兵営は照らさずにおくれ。

■語釈

○河　天の川。○蟾　月に住む伝説上のヒキガエル。月の代称。○搗藥兎　月中の兎は霊薬をついているという。西晋・傅玄《ふげん》「天問《てんもん》に擬《ぎ》す」に、「月中《げっちゅう》に何《なに》か有《あ》る、白兎《はくと》薬《くすり》を擣《つ》く」。李白「酒《さけ》を把《と》りて月《つき》に問《と》う」に、「白兎《はくと》薬《くすり》を擣《つ》いて秋《あき》復《ま》た春《はる》」。○干戈　戦争。○國西　国都長安の西。鳳翔の陣営。

［加藤国］

留別賈嚴二閣老兩院補闕　得雲字　〇一七九

賈《か》厳《げん》の二《に》閣老《かくろう》両院《りょういん》の補闕《ほけつ》に留別《りゅうべつ》す、雲《うん》の字《じ》を得《え》たり

田園須暫往　戎馬惜離群　田園《でんえん》須《すべから》く暫《しばら》く往《ゆ》くべし、戎馬離群《じゅうばりぐん》を惜《お》しむ
去遠留詩別　愁多任酒醺　去《さ》ること遠《とお》くして詩《し》を留《とど》めて別《わか》れ、愁《うれ》い多《おお》くして酒《さけ》の醺《くん》ずるに任《まか》す
一秋常苦雨　今日始無雲　一秋《いっしゅう》常《つね》に雨《あめ》に苦《くる》しむ、今日《こんにち》始《はじ》めて雲無《くもな》し
山路時吹角　那堪處處聞　山路《さんろ》時《とき》に角《かく》を吹《ふ》く、那《なん》ぞ堪《た》えん処処《しょしょ》に聞《き》くに

*五言律詩。韻字は上平一二文「群・醺・雲・聞」。

【題意】　至徳二載（七五七）八月、鳳翔より鄜州《ふしゅう》（陝西省延安市富県）に赴き家族を見舞う時の作。中書舎人賈至《かし》・給事中厳武《げんぶ》（→「人物説明」）の両名、及び両院の補闕《ほけつ》に別れる時に残した詩。「留別」は、旅立つ者が詩を書き残して別れること。またその詩。反対が「送別」。なお「両院《りょういん》の遺補《いほ》の諸公《しょこう》、聞《ぶん》の字《じ》を得《え》たり」とするテキストもある。「遺補」なら「拾遺と補闕」の意であり、左拾遺（→「用語説明」）の杜甫の同僚も含むこととなる。別離の宴席で韻脚を決め、杜甫は「雲」の字が回ってきた。それが第六句「今日始無雲」。「群・醺・聞」は「雲」と同じ韻。詳注一―三八二、鈴木注一―四五六。

【現代語訳】　しばらく田舎に行かねばならない。戦乱の御時世ゆえ、諸君らとのお別れが名残惜しい。遠く離れた土地への旅であれば、詩を留めてお別れする。心配事だらけで頭は

いっぱい、ただ酔っぱらって放り投げたい気分。この秋はずっと雨ばかり、今日やっとの晴れ間。山路を行けば角笛の旋律に出会うこともあろう。それをあちこちで耳にしたらこの心はもちこたえられようか。

［加藤国］

■語釈

○田園　ここでは杜甫の家族のいる鄜州。○戎馬　兵馬。戦乱の喩え。○醺　酔いがまわる。○一秋　秋じゅうずっと。○吹角　兵士が角笛を吹く。○那　何ぞ。

〇二〇

晩行口號

三川不可到　歸路晩山稠
落雁浮寒水　饑烏集戍樓
市朝今日異　喪亂幾時休
遠愧梁江總　還家尚黑頭

＊五言律詩。韻字は下平十一尤「稠・樓・休・頭」。

晩行口号《ばんこうこうごう》

三川《さんせん》には到《いた》る可《べ》からず、帰路《きろ》晩山《ばんざん》稠《おお》し
落雁《らくがん》寒水《かんすい》に浮《う》かび、饑烏《きう》戍楼《じゅろう》に集《あつ》まる
市朝今日《しちょうこんにち》異《こと》なり、喪乱《そうらん》幾時《いくとき》か休《や》まん
遠《とお》く愧《は》ず梁《りょう》の江総《こうそう》の、家《いえ》に還《かえ》りて尚《な》お黒頭《こくとう》なるに

【題意】至徳二載（七五七）、鳳翔から鄜州《ふしゅう》に赴く途中、暮れの旅路で口ずさんでの作。「口号」は、即興の詩。詳注一―三八三、鈴木注一―四五八。

【現代語訳】三川の道のりの遠いことよ、なかなかたどり着けず、家路を急げど次々に山が現れもう日が暮れる。雁が降りてきて寒そうな川に浮かび、腹を空かせた烏は番兵のいる楼に群がっている。城下はすっかり今昔の感がある。戦乱はいつになったらやむのか。梁の江総が帰郷した時は、まだ頭も黒々としていたとか。それに比べたら、なんともお恥ずかしい。

■語釈

○三川　家族のいる鄜州三川県（陝西省延安市富県の西南）。○晩山　夕暮れの山。○戍楼　兵士のいる楼。○市朝　商店街と官庁街。○「遠愧」二句　江総は梁・陳《ちん》・隋に仕えた詩人。詳注は、清初の顧《こ》炎武《えんぶ》『日知録《にっちろく》』巻二七「杜子美詩注」を引いて、梁の太清《たいせい》三年（五四九）、江総三一歳の時に梁の都・建康《けんこう》が陥落し、以来十四、五年放浪の後、陳の天嘉《てんか》四年（五六三）、建康に帰ったのが四五歳、このことを指すとする。杜甫は四六歳だから同世代同士の比較として江総を想起したことになる。

【補説】江総の伝は、『陳書』や『南史』（唐・李延寿《りえんじゅ》撰）にあるが、「家《いえ》に還《かえ》りて尚《な》お黒《こく》頭《とう》」に合致する記述は見られない。一方、『吉川注』筑摩版第四冊に紹介するのは、清《しん》中期の浦《ほ》起龍《きりよう》説で、四五歳では「合わず」として、建康陥落後に会稽《かいけい》に避難し、遠祖の故居である龍華寺にたどり着いた時とする。吉川はその時の作「修心《しゅうしん》の賦《ふ》」より「寺域《じいき》は則《すなわ》ち宅《たく》の旧《きゅう》基《き》」「寔《まこと》に豫章《よしょう》の旧圃《きゅうほ》」を引いて、「家に還」った根拠に掲げるが、この他にも「意《おも》わざりき、華戎《かじゅう》の弁《べん》ずる莫《な》く、朝市《ちょうし》の傾淪《けいりん》するを。此《こ》れを以《もっ》て情《こころ》を傷《いた》む。情知《じょうし》る可《べ》し」が第五・六句に類似し、また「累《るい》を妻子《さいし》に忘《わす》るることを庶《ねが》う」は杜詩と逆方向だが、「家」への顧慮は相い通ずる。杜甫が「修心の賦」を踏まえたとすると、江総は三〇代のことであるから「尚《な》お黒頭《こくとう》」も自然である。

［加藤国］

独酌成詩　〇二八

燈花何太喜　酒綠正相親
醉裏從爲客　詩成覺有神
兵戈猶在眼　儒術豈謀身
苦被微官縛　低頭愧野人

独酌《どくしゃく》して詩《し》を成《な》す

灯花《とうか》何《なん》ぞ太《はなは》だ喜《よろこ》べる、酒緑《さけみどり》にして正《まさ》に相《あ》い親《した》しむ
酔裏《すいり》客《かく》と為《な》るに従《まか》せ、詩《し》成《な》りて神《しん》有《あ》るを覚《おぼ》ゆ
兵戈《へいか》猶《な》お眼《め》に在《あ》り、儒術《じゅじゅつ》豈《あ》に身《み》を謀《はか》らんや
苦《くる》しくも微官《びかん》に縛《しば》られ、頭《こうべ》を低《た》るるは野人《やじん》に愧《は》ず

*五言律詩。韻字は上平一一真「親・神・身・人」。

【題意】制作時、制作地は前詩と同じ。一人で酒を酌みながら詩を書いたもの。詳注一―三六四、鈴木注一―四五九。

【現代語訳】灯《ともしび》の火花よ、なぜにそうはしゃぐのか。余《よ》がうまい酒とこんなにいい仲だからかね。酔い痴《し》れていれば、旅の身空などどうでもよいわ。できた詩も傑作、こりゃあ霊感がこもっているぞ。すわった眼に見えてくるのは、なお忌まわしき惨禍。儒学は己一人のためのものだろうか（天下のためにと思いはつのるが）、微官ゆえに縛りが多く、民が自由

なのに及ばず恥じ入ってしまう。

■語釈

○燈花　灯芯の花。火花がはぜると吉兆とされた。前漢・陸賈《りくか》の語に「灯火華《とうかはな》あれば銭財《せんざい》を得《う》」（『西京雑記』巻三）。酒を得た杜甫の心情も含意する。○微官　低い官職。杜甫は門下省の左拾遺（↓「用語説明」）。従八品上。○低頭　上官に向かい平身低頭する意。微官の身では上部の指示を承知するしかなく、思うに任せぬこと。○野人　田野の民。

［加藤国］

〇一八二

徒歩歸行

明公壯年値時危
經濟實藉英雄姿
國之社稷今若是
武定禍亂非公誰』
鳳翔千官且飽飯
衣馬不復能輕肥
青袍朝士最困者
白頭拾遺徒歩歸』

徒歩帰行《とほきこう》

明公壮年時《めいこうそうねんとき》の危《あやう》きに値《あ》い
経済《けいざい》は実《じつ》に英雄《えいゆう》の姿《し》に藉《よ》る
国《くに》の社稷《しゃしょく》　今是《いまか》くの若《ごと》し
武《ぶ》の禍乱《からん》を定《さだ》むるは公《こう》に非《あら》ずして誰《たれ》ぞ
鳳翔《ほうしょう》の千官且《せんかんか》つ飯《はん》に飽《あ》く
衣馬《いば》復《ま》た軽肥《けいひ》なる能《あた》わず
青袍《せいほう》の朝士最《ちょうしもっと》も困《くるし》める者《もの》
白頭《はくとう》の拾遺徒歩《しゅういとほ》して帰《かえ》る

人生交契無老少　　人生《じんせい》交契《こうけい》老少《ろうしょう》無《な》し
論心何必先同調　　心《こころ》を論《ろん》ずる何《なん》ぞ必《かな》ずしも同調《どうちょう》を先《さき》にせん
妻子山中哭向天　　妻子《さいし》山中《さんちゅう》に哭《こく》して天《てん》に向《む》かう
須公櫪上追風驃』　須《ま》つ公《こう》が櫪上《れきじょう》の追風《ついふう》の驃《ひょう》を

＊七言古詩。韻字は上平四支「危・姿・誰」、上平五微「肥・帰」、去声一八嘯「少・調・驃」。

【題意】　至徳二載（七五七）八月、鳳翔から鄜州《ふしゅう》に帰る途中、邠州《ひんしゅう》（陝西省）をよぎった時に、徒歩の長旅の苦痛を李嗣業《りしぎょう》に訴え、馬を借りたいと願い出た詩。原注に、「李特進《りとくしん》に贈《おく》る。鳳翔《ほうしょう》より鄜州《ふしゅう》に赴《おもむ》き、途《みち》に邠州《ひんしゅう》を経《へ》て作《つく》る」という。李特進は李嗣業のこと。天宝七載（七四八）、高仙芝《こうせんし》に従って西域に出征し、十載、石国などを平定した功績により「特進」を加えられた。李嗣業は現今の世を憂えて私財を顧みず名馬を集めていた。『旧唐書』巻一〇「粛宗本紀」によると、至徳二載二月、粛宗（→「人物説明」）の行在所《あんざいしょ》が鳳翔に移った直後、両京を奪還すべく公私の馬が集められたという。ゆえに杜甫は徒歩で行くしかなかったのである。詳注一―三六五、鈴木注一―四六〇。

【現代語訳】　あなたは壮年の時に国家危急の事態に出会われた。今、ともかくもこの国が治まり民が安んじていられるのも、まことに英雄たるあなたの力による。国家は今このような状態にあり、武力で戦乱を鎮圧できるのは、あなた以外誰がおりましょうか。』

鳳翔府の多くの役人はたかだか飯が食える程度で、軽い衣を着たり体格のよい馬に乗ったりすることはできない。しかし、青い官員の服を着ているこの私こそ、最も困窮している者。白髪の左拾遺は、このように徒歩で帰路についております。』

人生、よき交際というのに年の大小は関係ありません。心と心のふれあいこそ大事で、職務が同じかどうかを重んずることも不要。我が妻子は山の中で天に向かって泣いているでしょう。どうかあなたの廄《うまや》の足の速い馬を貸してはいただけませんか。』

■語釈

○**明公**　李嗣業のこと。『旧唐書』巻一〇九「李嗣業伝」に「身長《しんちょう》は七尺《ななしゃく》、壮勇《そうゆう》にして絶倫《ぜつりん》。天宝《てんぽう》の初《はじ》め、募《ぼ》に随《したが》いて安西《あんせい》に至《いた》り、頻《しき》りに戦闘《せんとう》を経《ふ》」とあり、以後、多くの戦功を立て歴戦の勇士となった。○**値**　会う。○**時危**　高仙芝に従って西域方面に赴いたこと。○**經濟**　世をおさめ民を救う。○**藉**　因《よ》る。『旧唐書』同伝に、「鳳翔《ほうしょう》に至《いた》りて謁見《えっけん》す。上曰《しょういわ》く『今日卿《こんにちけい》を得《え》たるは、万衆《ばんしゅう》を数《かぞ》うるに勝《まさ》れり。事《こと》の済《な》るや否《いな》やは、実《まこと》に卿《けい》に在《あ》るなり』と」。○**社稷**　土地の神と五穀の神。昔の天子や諸侯はこの二神を宮殿の右に、宗廟を左に祀った。国家の最も重要な守り神。転じて国家をいう。○**輕肥**　「軽」は「衣」について、「肥」は「馬」についていう。○**靑袍**　青い色の上着。官吏の服。○**朝士**　朝廷の役人。○**白頭拾遺**　杜甫自身。○**交契**　深い交情。○**先**　優先する。重しとする。○**同調**　ここでは官職が同種である意。杜甫は文官だが李嗣業は武官なので、こういう。○**須**　待ち望む。必要とする。○**櫪**　廄のかいば桶。○**追風驃**　「追風」は秦の始皇帝の一名馬。「驃」は黄白色の馬。

［加藤国］

〇八三

九成宮

蒼山入百里　崖斷如杵臼
曾宮憑風迴　岌嶪土囊口』
立神扶棟梁　鑿翠開戶牖
其陽產靈芝　其陰宿牛斗
紛披長松倒　揭巘怪石走
哀猿啼一聲　客淚迸林藪』
荒哉隋家帝　製此今頹朽
向使國不亡　焉爲巨唐有
雖無新增修　尙置官居守
巡非瑤水遠　跡是雕牆後』
我行屬時危　仰望嗟嘆久
天王守太白　駐馬更搔首』

＊五言古詩。韻字は上声二五有「臼・口・牖・斗・走・藪・朽・有・守・後・久・首」。

九成宮《きゅうせいきゅう》

蒼山《そうざん》入ること百里《ひやくり》、崖《がけ》断えて杵臼《しょきゅう》の如《ごと》し
曾宮《そうきゅう》風《かぜ》の廻《めぐ》るに憑《よ》り、岌嶪《きゅうぎょう》たり土嚢《どのう》の口《くち》
神《しん》を立《た》てて棟梁《とうりょう》を扶《たす》け、翠《すい》を鑿《うが》ちて戸牖《こゆう》を開《ひら》く
其《そ》の陽《みなみ》に霊芝《れいし》を産《さん》し、其《そ》の陰《きた》に牛斗《ぎゅうと》を宿《しゅく》せしむ
紛披《ふんぴ》として長松《ちょうしょう》倒《たお》れ、掲巘《けつげつ》として怪石《かいせき》走《はし》る
哀猿《あいえん》啼《な》くこと一声《いっせい》、客涙《かくるい》林藪《りんそう》に迸《ほとばし》る
荒《すさ》めるかな隋家《ずいか》の帝《てい》、此《こ》れを製《せい》して今《いま》頽朽《たいきゅう》す
向《さき》に国《くに》をして亡《ほろ》びざらしむれば、焉《いずくん》ぞ巨唐《きょとう》の有《ゆう》と為《な》らん
新《あら》たに増修《ぞうしゅう》する無《な》しと雖《いえど》も、尚《な》お官《かん》を置《お》き居守《きょしゅ》せしむ
巡《じゅん》は瑤水《ようすい》の遠《とお》きに非《あら》ざるも、跡《あと》は是《こ》れ雕牆《ちょうしょう》の後《のち》なり
我《わ》が行《こう》は時《とき》の危《あやう》きに属《ぞく》し、仰望《ぎょうぼう》して嗟嘆《さたん》すること久《ひさ》し
天王太白《てんのうたいはく》に守《しゅ》す、馬《うま》を駐《とど》めて更《さら》に首《こうべ》を掻《か》く

【題意】　制作時は前詩と同じ。鄜州《ふしゅう》へ赴く途中、九成宮を経過しての感慨。九成宮は鳳翔

府の東北の麟遊《りんゆう》県（陝西省宝鶏市）の西五里の山中にあった。隋の文帝（楊堅《ようけん》）が創建し仁寿宮《じんじゅ》と称した。それを唐の太宗が貞観《じょうがん》年間にここを避暑地として受け継ぎ、九成宮と改めた。太宗・高宗の臨幸があったが、玄宗は訪れていない。杜甫が来た時はかなり荒廃していたため、それを悲しんでの作。詳注一-三六、鈴木注一-四六三。

【現代語訳】　青い山に分け入ること百里。そこで山並みは途切れて断崖となり、丸い臼のようにくぼんでいる。そこには何層もの宮殿が、吹きぬける風に寄り添うように立ち、また山谷の出入り口に高々と聳えている。』

神像を柱に立ててその御加護で建物が守られ、また窓が山の翠《あお》い壁をうがつように開いている。南側には霊芝が採れ、北側には牽牛と北斗の星座が宿る。大きな松の木が散乱して転がり、積み重なった奇岩は今しも駆け出さんばかりだ。悲しげな猿の声が一たび聞こえると、旅人ゆえにこらえきれずこの山林に涙してしまう。』

無茶苦茶やったものよ、隋の文帝は。立派な宮殿を造ったものの、今はこんなに荒廃してしまって。もし国を滅亡させなければ、わが唐朝のものともならなかったものを。朝廷におかせられては増修はされず、ただ官署を置いて守らせただけ。皇帝のここへの巡幸も、西の果ての瑶池まで出かけた穆王《ぼくおう》に比べればずっと慎ましい。ここは隋の贅沢を物語る地だから。』

こんなに険しい世の道中。遺構を振り仰いで久しく嘆きため息をつく。今なお帝はあの太白山の辺境におられる。馬の足を留めて、ますます頭を掻きむしらずにはおられない。』

■語釈

○曾宮　「曾」は層に同じ。幾重にも重なった宮殿。初唐・魏徴《ぎちょう》「九成宮醴泉碑銘《きゅうせいきゅうれいせんひめい》」に「貞観六年孟夏《じょうがんろくねんもうか》の月《つき》、皇帝九成の宮《こうていきゅうせいきゅう》に避暑《ひしょ》す。此《こ》れ則《すなわ》ち隋《ずい》の仁寿宮《じんじゅきゅう》なり。山《やま》に冠《かぶ》せて殿《でん》を抗《あ》げ、壑《たに》を絶《た》ちて池《いけ》と為《な》す。水《みず》を跨《また》ぎて楹《はしら》を架《か》け、巌《いわお》を分《わ》かちて闕《けつ》を竦《そばだ》つ。高閣《こうかく》は周《めぐ》り建《た》ち、長廊《ちょうろう》は四《よ》もに起《お》こる。棟宇《とうう》は膠葛《こうかつ》として、台榭《たいしゃ》も参差《しんし》として、仰《あお》ぎ視《み》れば則《すなわ》ち迢遰《ちょうてい》たること百尋《ひゃくじん》、下《した》に臨《のぞ》めば則《すなわ》ち崢嶸《そうこう》たること千仞《せんじん》。珠璧《しゅへき》交ゞ《こもごも》映《えい》じ、金碧《きんぺき》相《あ》い輝《かがや》き、雲霞《うんか》を照灼《しょうしゃく》し、日月《じつげつ》をも蔽虧《へいき》す」（……山の上に宮殿を建て上げ、谷は絶ち切って池となした。また水の上には柱を渡し、岩は分かって宮闕を聳えさせた。高い楼閣がぐるりと建ち並び、長い廊下が四方にめぐらされた。建物群が入り乱れ、高殿も入り交じり、空を仰げば百尋もの高さほどもあり、下を望めばこれまた千仞《せんじん》も深い。珠と璧がこもごも照り映え、金と碧も互いに輝きあい、雲霞〈朝焼け、夕焼けの意〉を照らし、太陽や月をも満ち欠けさせてしまう）。○岌業　高く険しい。畳韻語「キュウギョウ」。後漢・張衡《ちょうこう》「西京《せいけい》の賦《ふ》」に、「〈未央宮《びおうきゅう》の〉状《じょう》は嵬峩《かいが》として以《もつ》て岌業《きゅうぎょう》たり」（〈未央宮の〉様はどっしりとして高く聳え立つ）。○土嚢口　大きなくぼみの入り口。戦国・楚・宋玉《そうぎょく》「風《かぜ》の賦《ふ》」に「渓谷《けいこく》に侵淫《しんいん》して、土嚢《どのう》の口《くち》に盛怒《せいど》す」（風は渓谷にしだいに流れ、山の穴から盛んに吹き出る）。○扶棟梁　「棟梁」は棟木《むなぎ》や梁《はり》。また建物の意。後漢・王延寿《おうえんじゅ》「魯《ろ》の霊光殿《れいこうでん》の賦《ふ》」に、「神霊《しんれい》は其《そ》の棟宇《とうう》を扶《ささ》え、千載《せんざい》を歴《へ》て弥〻《いよいよ》堅《かた》し」（神霊がその建物を支えているので、千年を経てもますます堅固なのである）。○靈芝　瑞草。『吉川注』筑摩版第四冊に、魏・何晏《かあん》「景福殿《けいふくでん》の賦《ふ》」（『文選』では、「魯の霊光殿の賦」の直後に配される）の、「醴泉《れいせん》は池圃《ちほ》に涌《わ》き、霊芝《れいし》は丘園《きゅうえん》に生《しょう》ず」（甘い泉は池より湧き出し、芝は丘に生える）を示す。また「魯の霊光殿の賦」に、「蘭芝《らんし》は東西《とうざい》に阿那《あだ》たり」（東西には蘭芝《らんし》が盛んに茂っている）。○宿牛斗　牽牛と北斗が天に宿る。「魯の霊光殿の賦」に、「上《うえ》は星宿《せいしゅく》に応《おう》ずることも、亦《ま》た永《なが》く安《やす》かりし所以《ゆえん》なり」（〈霊光殿が残ったのは〉天上の星宿にのっとったことも、長く安泰をたもった理由であろう)。○**紛披**　乱れたさま。双声語「フンピ」。○**掲嶫**　岩が重なったさま。「嶫」字、宋本はおおむね「嶭」。「魯の霊光殿の賦」に、「飛陛《ひへい》は掲嶭《けつげつ》として」(浮かぶきざはしは高く懸かり)。畳韻語「ケツゲツ」。○**製此今頽朽・雖無新増修**　前掲「九成宮醴泉碑銘」に、「以為《おも》えらく、隋氏《ずいし》の旧宮《きゅうきゅう》は、曩《さき》の代《だい》に営《いとな》む。之《こ》れを棄《す》つれば則《すなわ》ち惜《お》しむ可《べ》し。之《こ》れを毀《こぼ》てば則《すなわ》ち重《かさ》ねて労《ろう》す。事《こと》は因循《いんじゅん》を貴《とうと》ぶ。何《なん》ぞ必《かなら》ずしも改《あらた》め作《つく》らんと。是《こ》こに於《お》いて彫《ちょう》するを斲《けず》りて樸《ぼく》と為《な》し、之れを損《へら》して又《ま》た損《へら》す。其の太甚《はなはだ》しきを去《さ》りて其《そ》の頽《くず》れ隤《こわ》れしを葺《ふ》く」(創業の労務で健康を害した太宗に臣下らが離宮を新設して休養するよう進言したが、太宗はそれには従わず)思うには、隋の宮殿は昔造られたもの。これを捨てるのはもったいない。これを解体するのも二度手間になる。伝統を守り活かすのは大切なこと。必ずしも新築するには及ばぬと。そこで彫琢した物は削って質朴にし、余計な無駄は省きに省いた。大仰なものは廃して、むしろ崩れかかったような建物に屋根を葺いた)。○**置官**　『旧唐書』巻四四「職官志」三には、「九成宮総監」に属する官として、監《かん》一人、従五品下。副監一人、従六品下。丞《じょう》一人、従七品下。主簿《しゅぼ》一人、従九品下。録事《ろくじ》一人、府三人、史五人と記される。○**巡**　巡幸。天子がここへ来られる。○**瑤水**　古代の周の穆王《ぼく》は西の果てにいる西王母《せいおうぼ》を訪ねて瑶池《ようち》のほとりで酒盛りをしたことを示す(『穆天子伝』)。○**雕牆**　美しく飾った土塀。隋の贅沢の喩え。○**天王**　粛宗(↓「人物説明」)。○**太白**　鳳翔の近くの山。借りて行在所をいう。○**搔首**　いらだちでどうかなりそうなゆえの仕草。

[加藤国]

〇一八四

玉華宮《ぎょくかきゅう》

玉華宮

溪廻松風長　蒼鼠竄古瓦
不知何王殿　遺構絶壁下
陰房鬼火靑　壞道哀湍瀉
萬籟眞笙竽　秋色正蕭灑
美人爲黃土　況乃粉黛假
當時侍金輿　故物獨石馬
憂來藉草坐　浩歌淚盈把
冉冉征途閒　誰是長年者

溪廻《たにめぐ》りて松風《しょうふう》長《なが》く、蒼鼠《そうそ》古瓦《こが》に竄《かく》る
知《し》らず何《いず》れの王《おう》の殿《でん》ぞ、遺構絶壁《いこうぜっぺき》の下《もと》
陰房鬼火《いんぼうきか》青《あお》く、壊道哀湍《かいどうあいたん》瀉《そそ》ぐ
万籟《ばんらい》真《しん》に笙竽《しょうう》、秋色《しゅうしょく》正《まさ》に蕭灑《しょうしゃ》たり
美人《びじん》も黄土《こうど》と為《な》る、況《いわ》んや乃《すなわ》ち粉黛《ふんたい》の仮《か》なるをや
当時《とうじ》金輿《きんよ》に侍《じ》す、故物《こぶつ》独《ひと》り石馬《せきば》のみ
憂《うれ》い来《き》たりて草《くさ》を藉《し》きて坐《ざ》し、浩歌《こうか》涙《なみだは》 把に盈《み》つ
冉冉《ぜんぜん》たる征途《せいと》の間《かん》、誰《たれ》か是《こ》れ長年《ちょうねん》の者《もの》ぞ

＊五言古詩。韻字は上声二一馬「瓦・下・瀉・灑・假・馬・把・者」。

【題意】　玉華宮は唐の太宗が貞観《じょうがん》二十一年（六四七）七月、長安の西北方、坊州宜君県《ぼうしゅうぎくん》の近くに建てた離宮（『旧唐書』巻三「太宗本紀下」）。装飾を施さない質素な造りであったという。この詩はそれから百年余りのちの至徳《しとく》二載（七五七）秋、鳳翔府《ほうしょうふ》の行在所を出発し、鄜州《ふしゅう》（陝西省延安市富県）に疎開していた家族のもとに向かう途中、当地を過ぎた時の作。荒廃した遺跡を前に、過ぎ行く歳月を嘆く。なお、高宗の永徽《えいき》二年（六五一）、玉華宮は玉華寺と改められたが、杜甫はもとの名で称している。詳注一－三八九、鈴木注一－四六六。

【現代語訳】　谷川はうねりつつ流れ、松風は彼方から吹きわたり、灰色の老いた鼠が古び

た瓦に身を隠す。いったいいずれの御世の王宮か、切り立った崖の下には残された建物の跡。北向きの陰気な部屋には鬼火が青く、崩れた道には早瀬が悲しげな水音を立てて流れている。この万物が奏でる音が真《まこと》に笙や竽の笛の響きに聞こえる、秋景色のなんと清々しいこと。』

美しい宮女も死して黄色い土となる、ましてその美を飾るに過ぎない白粉《おしろい》や黛《まゆずみ》は跡形もない。その昔、みかどの乗る金の輿《こし》にお供した者たちは姿も見えず、昔ながらの物とてはただ石造りの馬があるばかり。憂いがこみあげ、草を敷物にして坐り、声張りあげて歌えば涙が流れて手に溢れる。次第に年老いてゆく人生の旅路、いったい誰が永遠《とわ》の命を得られよう。』

■語釈

○渓廻　谷川が曲がりくねって流れる。**○蒼鼠**　灰色の古鼠《ふるねずみ》。「蒼」は白髪まじり。**○不知何王殿**　いったいいずれの御世の宮殿であろうか。玉華宮が太宗の建てた宮殿であることを知らなかったわけではなく、往時の姿を留めることなく荒廃しているのを詠嘆するもの。**○陰房**　北向きの部屋。「陰」は「陽」（南）の対。**○鬼火**　燐火。おに火。「鬼」は死者のたましい。**○壊道**　崩れた道。**○哀湍**　悲しげな水音を立てる早瀬。**○萬籟**　松風や早瀬など、天地自然の奏でるあらゆる音。詳注に、「松風・哀湍・万籟」は「聞」（聴覚）に属し、「蒼鼠・鬼火・秋色」は「見」（視覚）に属するという。**○笙竽**　ともに管楽器。「真に笙竽」は「万籟」を自然の吹奏と見立てていう。**○秋色**　秋の景色・気配。**○蕭灑**　清々しい。双声語「ショウシャ」。**○美人**　かつて玉華宮に住した宮女たち。**○爲黄土**　死んで土に帰る。「黄」は大地の色。**○況乃粉黛假《かりそめ》**　美しい宮女でさえその身は土に帰したのだから、まして宮女の肌を装った「粉黛《おしろいまゆずみ》」などは仮初のものにすぎず、今や跡形もない。「況乃」は強調の語。**○金輿**　君主の乗る黄金作りの輿《こし》。**○故物**　もとからある事物。「水檻」〇七四三に「人生《じんせい》故《ふる》き物《もの》に感《かん》ず、慷慨《こうがい》余《あま》る悲《かな》しみ有《あ》り」。○石馬　石造りの馬。○藉草坐　草を敷物にして坐る。○浩歌　声を張りあげて歌う。感慨を表す行為。○涙盈把　涙が手に満ち溢れる。「把」は一握り。○冉冉　歳月が次第に過ぎゆくさま。○征途　旅路。鄜州への旅路と人生の旅路とを含めていう。○長年　永遠の命。

［澤崎］

羌村三首

崢嶸赤雲西　日脚下平地
柴門鳥雀噪　歸客千里至』
妻孥怪我在　驚定還拭涙
世亂遭飄蕩　生還偶然遂
鄰人滿牆頭　感嘆亦歔欷
夜闌更秉燭　相對如夢寐』

羌村《きようそん》三首《さんしゅ》　〇一八五

崢嶸《そうこう》たる赤雲《せきうん》の西《にし》、日脚《にっきゃく》平地《へいち》に下《くだ》る
柴門《さいもん》鳥《ちよう》雀《じやく》噪《さわ》ぎ、帰《き》客《かく》千里《せんり》より至《いた》る
妻孥《さいど》我《わ》れの在《あ》るを怪《あや》しみ、驚《おどろ》き定《さだ》まりて還《ま》た涙《なみだ》を拭《ぬぐ》う
世《よ》乱《みだ》れて飄蕩《ひようとう》に遭《あ》い、生還偶然《せいかんぐうぜん》に遂《と》げたり
隣人《りんじん》牆頭《しようとう》に満《み》ち、感嘆《かんたん》して亦《ま》た歔欷《きよき》す
夜《よる》闌《たけなわ》にして更《さら》に燭《しよく》を秉《と》り、相《あ》い対《たい》すれば夢寐《むび》の如《ごと》し

＊五言古詩。韻字は去声四寘「地・至・涙・遂・寐」、去声五未「欷」。寘・未韻は支部の通押。

【題意】　羌村は鄜州《ふしゆう》（陝西省延安市富県）にある妻子の疎開先。三首連作で、其の一は、至徳二載（七五七）秋、妻子のもとに辿りついた日の夕方から夜にかけての悲喜こもごもの情景、其の二は子供たちの姿と杜甫の心情、其の三は村人の来訪を詠う。詳注一‐三九一、鈴木注一

―四六九。

【現代語訳】 聳え立つ夕焼け雲の西のかた、雲間から日の光が大地に垂れる。粗末な柴の戸に雀たちが騒ぎたて、旅人は千里彼方から帰ってきた。

　妻子らは私が目の前にいるのを見て信じられない様子だったが、驚きが収まるとようやく今度は涙を拭うのだった。混乱した世の中にさすらう身とはなったが、思いがけなくも生きて帰ることができた。近所の人たちが垣根いっぱいに集まってきて、ため息つくやらすすり泣くやら。夜がふけて改めて灯火《ともしび》をつけ、互いに向きあえばまるで夢のようだ。』

■語釈

○**峥嶸**　高く聳えるさま。ここでは「赤雲」の形容。畳韻語「ソウコウ」。○**赤雲**　夕焼け雲。○**日脚**　雲間から地上を照らす日の光。○**鳥雀噪**　「鳥雀」はスズメなどの小鳥。詳注には「雀《じやく》」は同音の「鵲《じやく》」とすべきと注する。『西京雑記《せいけいざつき》』巻三に前漢・陸賈《りくか》の語として「乾鵲噪《かんじやくさわ》ぎて行人至《こうじんいた》る」。当時、乾《かさ》鵲《さぎ》が騒げば旅人が帰ってくるという俗信があった。○**帰客**　帰ってきた旅人。杜甫自身。○**妻孥**　妻と子。○**飄蕩**　あてどなくさすらう。○**鄰人満牆頭**　隣近所の人たちが垣根越しに大勢集まる。家の中から外へと驚きが広がっていく情景。○**歔欷**　すすり泣く。双声語「キョキ」。「欷歔」に同じ。○**夜闌**　夜がふける。「闌」は盛りが過ぎた状態。○**秉燭**　灯火を手にとる。明かりを点《とも》すこと。夜遅くまで語りあう様子。○**夢寐**　「寐」は寝入る。

［澤崎］

〇一八六

其二

晩歳迫偸生　還家少歡趣
嬌兒不離膝　畏我復却去
憶昔好追涼　故繞池邊樹
蕭蕭北風勁　撫事煎百慮』
頼知禾黍收　已覺糟牀注
如今足斟酌　且用慰遲暮』

＊五言古詩。韻字は去声七遇「趣・樹・注・暮」、去声六御「去・慮」。御・遇韻は魚部の通押。

其《そ》の二《に》

晩歳《ばんさい》偸生《とうせい》に迫《せま》られ、家《いえ》に還《かえ》るも歓趣《かんしゅ》少《すく》なし
嬌児《きょうじ》膝《ひざ》を離《はな》れず、我《わ》れを畏《おそ》れて復《ま》た却《しりぞ》き去《さ》る
憶《おも》う昔《むかし》好《この》みて涼《りょう》を追《お》い、故《ことさら》に池辺《ちへん》の樹《じゅ》を繞《めぐ》りしを
蕭《しょう》蕭《しょう》として北風《ほくふう》勁《つよ》く、事《こと》を撫《ぶ》すれば百慮《ひゃくりょ》煎《に》る
頼《さいわ》いに知《し》る禾黍《かしょ》の収《おさ》めらるるを、已《すで》に覚《おぼ》ゆ糟床《そうしょう》の注《そそ》ぐを
如今《じょこん》斟酌《しんしゃく》するに足《た》れり、且《しばら》く用《もっ》て遅暮《ちぼ》を慰《なぐさ》めん

【現代語訳】　年の暮れにどうにか生きながらえて、家には帰ったがなかなか楽しい気持ちにならない。愛し子は膝にまつわりついていたかと思うと、今度は私を怖がって後ずさりする。思えば以前この地に来た時は、涼を求めてよく池のほとりの木々の間を歩き回ったものだ。今はもの寂しく北風が吹きつけ、あれこれと思いめぐらせば山のような心配事にさいなまれる。』

有り難いことにイネやキビは収穫を終えたとのこと、はやもう酒搾《しぼ》りから酒が滴る様子が目に浮かぶようだ。今は酌み取って飲むだけの酒はたっぷりとある、これでひとまず年老いていく日々を慰めよう。』

■語釈

○晩歳　年の暮れ。詳注が隋・孫万寿の詩句「晩歳《ばんさい》に函関《かんかん》を出《い》で、方春《ほうしゅん》に京口《けいこう》を度《わた》る」を挙げるのは、年の暮れの意と解している。鈴木注も。ただし、晩年の意と取る説が多い。この時、杜甫四六歳。○偸生　命を偸《ぬす》む。戦乱の世に死んでいてもおかしくはないこの命を、ようやくに生きながらえているという意。○少歓趣　楽しい心持ちはほとんどない。子供や家計やわが身のこと、さらには世情を思っていう。○嬌児　愛し子。○畏我復却去　私を怖がって後ずさりする。一説に、「我《わ》れの復《ま》た却《かえ》って去《さ》るを畏《おそ》る」と書き下し、父親が再び行ってしまうのではないかと恐れる（明・邵宝『杜少陵先生詩分類集註』巻二など）。○憶昔　以前は……だったものだ。前年の夏にこの地に疎開してきた時の情景を回想する。○追涼　涼しさを求める。○蕭蕭　もの寂しい様子。○北風勁　北風が厳しく吹きつける。○撫事　あれこれと心に思いめぐらす。○煎百慮　さまざまな心配事に心を痛める。○頼知　有り難いことに……とわかって。下句の「已に覚ゆ」（もうすでに……心地がする）と呼応する。○禾黍　イネやキビ。酒の材料。○糟牀　酒のもろみを搾る道具。○如今　ただ今。○斟酌　酒を酌んで飲む。双声語「シンシャク」。○遅暮　晩年。だんだんと年を取る意。杜甫がしばしば用いる語。

［澤崎］

〇一八七

其三

群鶏正亂叫　客至鶏闘争
驅鶏上樹木　始聞叩柴荊

其《そ》の三《さん》

群鶏《ぐんけい》正《まさ》に乱《みだ》れ叫《さけ》ぶ、客至《かくいた》るとき鶏《にわとり》闘争《とうそう》す
鶏《にわとり》を駆《か》りて樹木《じゅもく》に上《のぼ》らしめ、始《はじ》めて柴荊《さいけい》を叩《たた》くを聞《き》く

父老四五人　問我久遠行
手中各有攜　傾榼濁復清
莫辭酒味薄　黍地無人耕
兵革既未息　兒童盡東征
請爲父老歌　艱難愧深情
歌罷仰天嘆　四座涕縦横』

父老《ふろう》四五人《しごにん》、我《わ》れの久《ひさ》しく遠行《えんこう》せしを問《と》う
手中《しゅちゅう》各〻《おのおの》携《たずさ》うる有《あ》り、榼《こう》を傾《かたむ》くれば濁《だく》復《ま》た清《せい》
辞《じ》する莫《な》かれ酒味《しゅみ》の薄《うす》きを、黍地《しょち》人《ひと》の耕《たがや》す無《な》し
兵革《へいかく》既《すで》に未《いま》だ息《や》まず、児童《じどう》尽《ことごと》く東征《とうせい》す
請《こ》う父老《ふろう》の為《ため》に歌《うた》わん、艱難《かんなん》深情《しんじょう》に愧《は》ず
歌罷《うたや》みて天《てん》を仰《あお》ぎて嘆《なげ》けば、四座《しざ》涕《なみだ》縦横《じゅうおう》たり

＊五言古詩。韻字は下平八庚「争・荊・行・清・耕・征・情・横」。

【現代語訳】　鶏どもが突然けたたましく鳴き叫んだ、客人がやってきて驚いてケンカを始めたのだ。鶏を木の上に追いやると、ようやく木戸を叩く音が聞こえてきた。村の長老が四、五人、私の長旅を見舞いに来てくれたのだ。手にはそれぞれ持参の物を提げ、酒壺を傾ければ濁酒や清酒が流れ出る。』

（父老）「酒の味が薄いとお断りなさるな。キビ畑は誰も耕す者がおりません。ずっと戦《いくさ》続きなもので、子供らは残らず東の方に出征してしまいましてな」。（杜甫）「どうか一つ村役の方々のために歌わせてください。この難儀なさなかに、みなさんの真心を有り難く存じます」。歌い終わって天を仰いで嘆息すれば、満座のものはとめどなく涙を流すのであった。』

一■語釈

○正　まさにその時。○驅鷄上樹木　鶏を追い立てて木に上らせる。木の上は鶏のねぐら。○始聞　やっと聞こえてくる。○柴荊　柴《しば》や荊《いばら》でできた粗末な門。其の一の「柴門」に同じ。○父老　村の長老。○問我　贈り物を携えて慰問する。○榼　酒を入れる器。しばしば携帯に用いる。○濁復清　濁酒や清酒。○莫辭　（酒を）辞退めさるな。以下「尽東征」まで父老の語。○黍地　キビ畑。○兵革　戦争。「兵」は武器、「革」はよろいかぶと。○東征　東に出征する。「東」は安史の乱の収まらぬ洛陽方面を指す。○「請爲」二句　父老に対する杜甫の語。○艱難　苦しみ、災い。父老にとっても杜甫にとってもの難儀と解した。畳韻語「カンナン」。杜甫の詩に二十数例見える。○愧深情　真心を有り難く思う。「愧」は感謝する意の口語的用法。○四座　その座にいるすべての人々。「四」は四方、周囲の意。○涕縱横　涙がとめどなく流れる。

［澤崎］

〇一八八

北征

皇帝二載秋　閏八月初吉
杜子將北征　蒼茫問家室
維時遭艱虞　朝野少暇日
顧慚恩私被　詔許歸蓬蓽
拜辭詣闕下　怵惕久未出
雖乏諫諍姿　恐君有遺失

北征《ほくせい》

皇帝二載《こうていにさい》の秋《あき》、閏八月《うるうはちがつ》の初吉《しょきつ》
杜子《とし》将《まさ》に北征《ほくせい》して、蒼茫《そうぼう》家室《かしつ》を問《と》わんとす
維《こ》れ時《とき》に艱虞《かんぐ》に遭《あ》い、朝野《ちょうや》暇日《かじつ》少《すく》なし
顧《かえり》みて慚《は》ず恩私《おんし》を被《こうむ》りて、詔《みことのり》して蓬蓽《ほうひつ》に帰《かえ》るを許《ゆる》さるるを
拝辞《はいじ》して闕下《けつか》に詣《いた》り、怵惕《じゅってき》して久《ひさ》しく未《いま》だ出《い》でず
諫諍《かんそう》の姿《すがた》に乏《とぼ》しと雖《いえど》も、君《きみ》に遺失《いしつ》有《あ》らんことを恐《おそ》る

君誠中興主　經緯固密勿
東胡反未已　臣甫憤所切
揮涕戀行在　道途猶恍惚
乾坤含瘡痍　憂虞何時畢』

君《きみ》は誠《まこと》に中興《ちゅうこう》の主《しゅ》なり、経緯《けいい》固《もと》より密勿《みつぶつ》たり
東胡《とうこ》反《はん》して未《いま》だ已《や》まず、臣甫《しんぽ》の憤《いきどお》りの切《せつ》なる所《ところ》なり
涕《なみだ》を揮《ふる》いて行在《あんざい》を恋《こ》い、道途《どうと》猶《な》お恍惚《こうこつ》たり
乾坤《けんこん》瘡痍《そうい》を含《ふく》む、憂虞《ゆうぐ》何《いず》れの時《とき》にか畢《おわ》らん

＊五言古詩。韻字は入声四質「吉・室・日・華・出・失・畢」、入声五物「勿」、入声九屑「切」、入声六月「惚」。

【題意】　至徳二載（七五七）閏《うるう》八月一日、杜甫は粛宗《しゅくそう》の行在所である鳳翔《ほうしょう》を発ち、邠州《ひんしゅう》（陝西省咸陽市彬県《ひんけん》）を経て九月頃、鄜州《ふしゅう》（陝西省延安市富県）の妻子のもとに帰った。本詩はその後の作。「北征」は北に旅する意。鄜州は鳳翔から見て北（北東）に当たるのでいう。『草堂詩箋』巻一一の題下に「帰《かえ》りて鳳翔《ほうしょう》に至《いた》るに、墨制《ぼくせい》（皇帝自ら下した詔勅）もて放《はな》たれて鄜州《ふしゅう》に往《ゆ》きての作《さく》」の原注あり。「放たれて」とは宮中勤務から解放されたことをいうが、杜甫が時の宰相房琯《ぼうかん》（↓「人物説明」）を弁護して粛宗の不興を買い、帰省を余儀なくされたことを背景とする。本詩は、旅の始まり、主君への思い、道中の光景、戦乱の傷痕、妻子との再会、子供たちの姿、国家の命運に対する憂慮と期待を詠う。全一四〇句よりなる、杜詩中屈指の雄篇。賦のジャンルでは『文選』に班彪《はんぴょう》「北征《ほくせい》の賦《ふ》」、班昭《はんしょう》「東征《とうせい》の賦《ふ》」、潘岳《はんがく》「西征《せいせい》の賦《ふ》」などがあり、旅の文学として本詩の先蹤をなす。詳注一―三九五、鈴木注一―四七五。

【現代語訳】　今上皇帝の至徳二載秋、閏《うるう》八月の一日。私、杜甫は北に向けて出発し、慌ただしくも妻子を訪ねようとする。』

時に困難極まりない時世に巡りあわせ、朝野を挙げて休息の日とてなかった。それなのに、天子のご恩を賜り、詔によってわがあばら家に帰ることを許されたのはなんと有り難いことか。おいとまごいにと宮門に参上したものの、心中憂いおそれていつまでも退出しかねた。諫言の職にふさわしい資質には乏しいが、わが君の政《まつりごと》にまちがいやお忘れはないかと案じられる。わが君は真《まこと》に中興の主、もとより国家の経営に精励しておられます。しかし、東方の胡人の反乱がまだ収まらないのは、臣下たる甫の憤慨に堪えぬところ。涙をぬぐっては天子のおられる行在所が慕わしく、道中もなお心はうつろ。天下は戦乱に傷だらけの有り様、この憂いはいつになったら尽きるのか。』

■語釈

○**皇帝**　粛宗（↓「人物説明」）。○**閏八月初吉**　至徳二載八月は閏月があり、「初吉」はそのついたち。この日、西暦では九月十八日。○**杜子**　杜甫自身をいう。○**蒼茫**　慌しいさま。詳注に陳・陰鏗《いんこう》「傅郎の歳暮湘州に還るに和す」の「蒼茫《そうぼう》歳《とし》晩《く》れんと欲《ほっ》す」を引き、「急遽《きゅうきょ》の意《い》」とする。一説に、はっきりしないさま（鈴木注）。畳韻語「ソウボウ」。○**問**　訪ねる。見舞う。○**維時**　とき。「維」は発語の辞。○**艱虞**　困難と憂い。安禄山（↓「人物説明」）の乱によるそれ。○**朝野**　朝廷でも在野でも。○**顧慚**　顧みて有り難く思う。○**恩私被**　天子からの恩寵を賜る。朝野を挙げて艱難の時であるにもかかわらず、自分だけは家族のもとを訪ねることを許されたことをいう。○**蓬蓽**　蓬《よもぎ》や蓽《いばら》で作られた粗末な門。妻子の疎開先の家をいう。西晋・傅咸《ふかん》「何劭《かしょう》と王済とに贈る」に「身《み》を蓬蓽《ほうひつ》の廬《ろ》に帰《き》す」。○拜辭　いとまごい。○闕下　宮門のもと。天子の居所をいう。○怵惕　憂いおそれる。宋玉《そうぎょく》「九弁」に、「心《こころ》は怵惕《じゅってき》して震盪《しんとう》す、何《なん》ぞ憂《うれ》うる所《ところ》の多方《たほう》なる」。○諫諍姿　天子を諫める資質。左拾遺（↓「用語説明」）の職にあったのでいう。○遺失　過ち。○中興主　衰えた国勢を盛り返した君主。○經緯　国を治める。織物を織る際の、「経」は縦糸、「緯」は横糸。○密勿　勤め励む。○東胡　長安から見て東方を占拠している胡人。当時なお安禄山の子、安慶緒《あんけいしょ》が洛陽を占拠していた。○臣甫　臣下たるわたくし甫。君主に奉る上奏文に用いる言葉遣い。○揮涕　手で涙を払う。○行在　天子の仮御所。鳳翔を指す。○恍惚　心がうつろなさま。双声語「コウコツ」。○乾坤　天地。天下をいう。杜甫が頻用する語。双声語「ケンコン」。○瘡痍　きず。戦乱によるそれ。○憂虞　うれい。

靡靡踰阡陌　人煙眇蕭瑟
所遇多被傷　呻吟更流血
回首鳳翔縣　旌旗晩明滅
前登寒山重　屢得飲馬窟
邠郊入地底　涇水中蕩潏
猛虎立我前　蒼崖吼時裂
菊垂今秋花　石帶古車轍
青雲動高興　幽事亦可悦

靡靡《びび》として阡陌《せんぱく》を踰《こ》ゆれば、人煙眇《じんえんびょう》として蕭瑟《しょうしつ》たり
遇《あ》う所《ところ》は多《おお》く傷《きず》を被《こうむ》り、呻吟《しんぎん》して更《さら》に血《ち》を流《なが》す
首《こうべ》を鳳翔県《ほうしょうけん》に回《めぐ》らせば、旌旗《せいき》晩《ばん》に明滅《めいめつ》す
前《すす》みて寒山《かんざん》の重《かさ》なれるに登《のぼ》り、屢〻《しばしば》飲馬《いんば》の窟《いわや》を得《え》たり
邠郊《ひんこう》地底《ちてい》に入《い》り、涇水中《けいすいうち》に蕩潏《とうけつ》たり
猛虎《もうこ》我《わ》が前《まえ》に立《た》ち、蒼崖《そうがい》吼《ほ》ゆる時《とき》に裂《さ》く
菊《きく》は垂《た》る今秋《こんしゅう》の花《はな》、石《いし》は帯《お》ぶ古車《こしゃ》の轍《わだち》
青雲《せいうん》は高興《こうきょう》を動《うご》かし、幽事《ゆうじ》も亦《ま》た悦《よろこ》ぶ可《べ》し

山果多瑣細　羅生雜橡栗
山果《さんか》瑣細《ささい》なるもの多《おお》く、羅生《らせい》橡栗《しょうりつ》を雑《まじ》う

或紅如丹砂　或黑如點漆
或《あるい》は紅《くれない》なること丹砂《たんさ》の如《ごと》く、或《あるい》は黒《くろ》きこと点漆《てんしつ》の如《ごと》し

雨露之所濡　甘苦齊結實
雨露《うろ》の濡《うるお》す所《ところ》、甘苦《かんく》斉《ひと》しく実《み》を結《むす》ぶ

緬思桃源內　益嘆身世拙
緬《はる》かに桃源《とうげん》の内《うち》を思《おも》い、益ゝ《ますます》身世《しんせい》の拙《せつ》なるを嘆《なげ》く

坡陀望鄜畤　巖谷互出沒
坡陀《はだ》として鄜畤《ふじ》を望《のぞ》めば、巌谷《がんこく》互《たが》いに出没《しゅつぼつ》す

我行已水濱　我僕猶木末
我《わ》が行《こう》は已《すで》に水浜《すいひん》なるに、我《わ》が僕《ぼく》は猶《な》お木末《ぼくまつ》なり

鴟鳥鳴黃桑　野鼠拱亂穴
鴟鳥《しちょう》黄桑《こうそう》に鳴《な》き、野鼠《やそ》乱穴《らんけつ》に拱《こまぬ》く

夜深經戰場　寒月照白骨
夜深《よるふか》くして戦場《せんじょう》を経《ふ》れば、寒月《かんげつ》白骨《はくこつ》を照《て》らす

潼關百萬師　往者散何卒
潼関《どうかん》百万《ひやくまん》の師《し》、往者《おうしゃ》散《さん》ずること何《なん》ぞ卒《にわ》かなりし

遂令半秦民　殘害爲異物』
遂《つい》に半秦《はんしん》の民《たみ》をして、残害《ざんがい》して異物《いぶつ》と為《な》らしむ

＊韻字は入声四質「瑟・栗・漆・實」、入声七曷「末」、入声九屑「血・滅・潏・裂・轍・悦・拙・穴」、入声六月「窟・沒・骨・卒」、入声五物「物」。

【現代語訳】　歩みも遅く畑中の畦道《あぜみち》を行けば、人家の煙は遠くかすかにわびしげだ。道に出会う人の多くは負傷し、呻《うめ》いたり血を流したり。鳳翔県を振り返れば、行在所の旗が夕暮れの中に見え隠れする。重なりあったひと気のない山を登っていけば、あちこちで馬に水をやる岩穴《いわあな》を見つける。邠州《ひんしゅう》近郊の地は谷底に向かって窪まり、涇水《けいすい》がそのただ中を湧き出る

ように流れている。猛虎はわが前に立ちはだかり、鬱蒼《うっそう》とした断崖がその咆哮《ほうこう》に崩れんばかりだ。菊はこの秋に咲いて花を垂れ、馬車道の石にはかつて行き来した車の轍《わだち》の跡が刻まれている。青空に浮かぶ白雲に心は高ぶり、自然の眺めも実《まこと》に喜ばしい。山の木の実はどれも小粒で、鈴なりになってどんぐりも混じっている。丹砂のように赤い実や、漆《うるし》のしずくを垂らしたような黒い実。雨や露にぬれて、甘いのも苦いのもみな揃って実をつけている。遥かに桃源郷を思い浮かべては、わが身の処世の拙さをいっそう嘆くばかり。起伏ある道を行きつつ鄜州《ふしゅう》にある天を祭った祭壇を望めば、岩山と谷間とがかわるがわる見え隠れする。妻子のもとへと心はやる私は早や水辺を歩んでいるのに、わが従者はまだ遠く山の木の梢《こずえ》の辺りに。フクロウは黄色く枯れた桑畑に鳴き、野鼠は無造作に掘られた巣穴で人にお辞儀をするかのように、両手を前に組んで立っている。夜ふけに戦場の跡を通り過ぎれば、寒々とした月が白骨を照らし出す。思えば潼関《どうかん》を守った百万もの兵が、先ごろ潰滅してしまったのはなんとあっけない出来事であったことか。あげくの果てに、秦の民の半ばは傷つき殺され、亡骸《なきがら》となってしまったのだ。』

■語釈

○靡靡　旅程のはかどらないさま。○阡陌　あぜみち。南北を「阡」、東西を「陌」という。○人煙　人家のかまどの煙。○眇　かすかなさま。○蕭瑟　もの寂しい様子。双声語「ショウシツ」。○呻吟　うめく。畳韻語「シンギン」。○回首　振り返る。○鳳翔縣　行在所の置かれた地。陝西省宝鶏《ほうけい》市の北東。至徳二載八月、雍《よう》県を鳳翔県と改めた（『旧唐書』巻一〇「粛宗本紀」）。○旌旗　はた。行在所の所在を示す。○**寒山**　寒々とした、ひと気のない山。○**邠郊**　邠州《ひんしゅう》の郊外。○**入地底**　邠州一帯が周囲よりも低い地形であることをいう。○**涇水**　甘粛《かんしゅく》省涇川《けいせん》県の西に発し、邠州を経て長安の北で渭水《いすい》に注ぐ川。○**蕩潏**　水が湧き出るように流れるさま。○**猛虎**　猛々しい虎。同年の作「彭衙行《ほうがこう》」〇二九に「痴《ち》女《じょう》饑えて我《わ》れを咬《か》む、啼《な》きては虎狼《ころう》の聞《き》くを畏《おそ》る」。○**蒼崖**　鬱蒼として古びたがけ。○**高興**　湧き起こる感興。東晋・殷仲文《いんちゅうぶん》「南州桓公九井の作」に「独《ひと》り清秋《せいしゅう》の日《ひ》有《あ》りて、能《よ》く高興《こうきょう》を尽《つ》くさしむ」。○**幽事**　興趣深い自然の景物。○**山果**　山の木の実。○**瑣細**　小さい。双声語「ササイ」。○**羅生**　連なって生える。○**橡栗**　どんぐり。粗末な食料を意味する。○**丹砂**　水銀と硫黄の赤い化合物。仙薬に用いる。○**點漆**　ぽつんと漆《うるし》を垂らす。小さく黒く光沢を帯びている様子。○**桃源**　桃源郷。東晋・陶淵《とうえん》明《めい》の「桃花源記」に描かれる、戦乱を逃れて隠れ住んだ人々の平和な仙境。○**身世拙**　世渡りの拙劣なこと。○**坡陀**　土地に起伏あるさま。畳韻語「ハダ」。○**鄜畤**　鄜州にある、天地五帝を祭る祭壇。春秋・秦の文公が、黄蛇が天からこの地に降りたのを夢に見て作ったという（『漢書』巻二五上「郊祀志上」）。○**木末**　梢《こずえ》。○**鴟鳥**　フクロウ。不気味な鳥とされる。○**黄桑**　黄色く枯れた桑。○**拱**　こまぬく。両手を胸の前で組みあわせて捧げ持ち、敬意を表すしぐさ。ここではそれを野鼠がなす異様な光景。南朝・宋・劉敬叔《りゅうけいしゅく》『異苑』巻三に、拱鼠《きょうそ》なるものは尾が短く、野中で人を見ればすぐに手を拱《こまぬ》いて立ち、捕まえようとすると逃げていく。秦川《しんせん》（長安一帯）にいる、とある。○**亂穴**　むぞうさに掘られた巣穴。○**白骨**　戦死者の白骨。魏・王粲《おうさん》「七哀詩」に、漢末の戦乱に荒廃した長安を逃れる際に目にした情景を詠って「白骨平原《はくこつへいげん》を蔽《おお》う」。○**潼關**　陝西省華陰《かいん》市にある関所。洛陽から長安に至る途中の要衝。天宝十五載六月九日、将軍哥舒翰《かじょかん》はこの地を守っていたが、朝廷に促されて出兵し、安禄山の軍と戦って敗れ、ために黄河に溺死した兵は数万に上った（『旧唐書』巻一〇四「哥舒翰伝」、『新唐書』巻一三五）。○**師**　軍隊。○**往者**　先ごろ。○**半秦民**　秦の多くの民。「秦」は陝西省一帯の古称。

一○殘害　傷つき殺される。○異物　死者。

況我墮胡塵　及歸盡華髮
經年至茅屋　妻子衣百結
慟哭松聲廻　悲泉共幽咽
平生所嬌兒　顏色白勝雪
見耶背面啼　垢膩脚不襪
牀前兩小女　補綴才過膝
海圖拆波濤　舊繡移曲折
天吳及紫鳳　顚倒在裋褐
老夫情懷惡　嘔泄臥數日
那無囊中帛　救汝寒凜慄
粉黛亦解苞　衾裯稍羅列
瘦妻面復光　癡女頭自櫛
學母無不爲　曉妝隨手抹
移時施朱鉛　狼籍畫眉闊

況《いわん》や我《わ》れ胡塵《こじん》に堕《お》ち、帰《かえ》るに及《およ》びて尽《ことごと》く華髪《かはつ》なり
年《とし》を経《へ》て茅屋《ぼうおく》に至《いた》れば、妻子《さいし》衣《ころも》は百結《ひゃくけつ》
慟哭《どうこく》すれば松声《しょうせい》廻《めぐ》り、悲《ひ》泉《せん》共《とも》に幽咽《ゆうえつ》す
平生《へいぜい》嬌《きょう》とする所《ところ》の児《じ》、顔色《がんしょく》白《しろ》きこと雪《ゆき》に勝《まさ》れり
耶《ちち》を見《み》て面《おもて》を背《そむ》けて啼《な》く、垢膩《こうじ》脚《あし》に襪《たび》はかず
床前《しょうぜん》の両 小女《りょうしょうじょ》、補綴《ほてつ》して才《わず》かに膝《ひざ》を過《す》ぐ
海図《かいず》波濤《はとう》を拆《さ》き、旧繡《きゅうしゅう》移《うつ》りて曲折《きょくせつ》す
天呉《てんご》及《およ》び紫鳳《しほう》、顚倒《てんとう》して裋褐《じゅかつ》に在《あ》り
老夫《ろうふ》情懐《じょうかい》悪《あ》しく、嘔泄《おうせつ》して臥《ふ》すこと数日《すうじつ》
那《なん》ぞ嚢中《のうちゅう》の帛《きぬ》の、汝《なんじ》が寒《さむ》くして凜慄《りんりつ》たるを救《すく》う無《な》からんや
粉黛《ふんたい》亦《ま》た苞《つつみ》を解《と》き、衾裯《きんちゅう》稍《やや》羅《ら》列《れつ》す
瘦妻《そうさい》は面《おもて》復《ま》た光《ひか》り、痴《ち》女頭《じょかしら》自《みずか》ら櫛《くし》けずる
母《はは》を学《まな》びて為《な》さざる無《な》く、暁 妝《ぎょうしょう》手《て》に随《したが》いて抹《まつ》す
時《とき》を移《うつ》して朱鉛《しゅえん》を施《ほどこ》せば、狼籍《ろうぜき》として眉《まゆ》を画《えが》くこと闊《ひろ》し

生還對童稚　似欲忘饑渴
問事競挽鬚　誰能卽瞋喝
翻思在賊愁　甘受雜亂聒
新歸且慰意　生理焉得說

生還《せいかん》して童稚《どうち》に対《たい》すれば、饑渇《きかつ》を忘《わす》れんと欲《ほっ》するに似《に》たり
事《こと》を問《と》いて競《きそ》いて鬚《ひげ》を挽《ひ》くも、誰《たれ》か能《よ》く即《すなわ》ち瞋喝《しんかつ》せん
翻《ひるがえ》りて賊《ぞく》に在《あ》りしときの愁《うれ》いを思《おも》い、甘《あま》んじて雑乱《ざつらん》の聒《かまびす》しきを受《う》く
新《あら》たに帰《かえ》りて且《か》つ意《い》を慰《なぐさ》む、生理《せいり》焉《いずくん》ぞ説《と》くを得《え》ん

＊韻字は入声六月「髪・襪」、入声九屑「結・咽・雪・折・列・說」、入声四質「膝・日・慄・櫛」、入声七曷「褐・抹・闊・渴・喝・聒」。

【現代語訳】 ましてや私は胡賊の手に捕らえられ、家に帰り着いてみればすっかり白髪頭だ。一年ぶりに茅葺《かやぶき》の粗末なわが家に着くと、妻や子が着ているものはつぎはぎだらけ。声をあげて泣けば松風の音は吹き巡り、悲しげな泉の水ももろともにむせび泣く。日頃甘えん坊のわが子は、飢えて顔色が雪より白い。久しぶりに帰ってきた父を見て顔を背けて泣き出し、汚れて垢《あか》じみた足は靴下も履いていない。寝台の前の幼い娘二人は、接《は》ぎ合わせた着物でやっと膝が隠れるほど。海を画いた絵柄は波が二つに裂かれ、刺繡はゆがんでもとの位置が変わってしまった。海の神、天呉や紫の鳳凰の絵柄も粗末な上着の上でひっくり返っている。老いぼれた私は気分がすぐれず、吐いたり下したりして数日床《とこ》についてしまった。それでも、持参した袋の中には絹織物がないことがあろうか、これで寒さに震えるお前たちを救

ってやろう。白粉《おしろい》や黛《まゆずみ》を入れた包みをほどき、夜具のたぐいも次々と並べた。すると、痩せこけた妻の顔に輝きが戻り、頑是《がんぜ》ない娘たちもさっそく自分で髪を梳く。なんでもお母さんのまねをして、朝の化粧だと手当たり次第に塗りつける。ひとしきり紅白粉《べにおしろい》をつけると、むやみやたらと太い眉に画いてしまった。生きて帰って幼子に向きあえば、飢えも渇きも忘れてしまいそうだ。子供らは色んなことを問いかけ、てんでにあごひげを引っ張ったりするが、誰が叱りつけたりできようか。賊軍に捕らえられていた時の辛さを思い返せば、子供らの騒がしさなどなんでもない。帰ってきたばかりなのだから、ひとまずこれで気持ちを慰めよう。これからの暮らし向きのことなど、どうして口にできようか。』

■語釈

○墮胡塵　胡人による戦禍に陥る。安禄山の賊軍に捕らえられたことをいう。○華髪　白髪。○經年　一年ぶり。昨秋鄜州を発ち、今秋帰ってきたことをいう。○茅屋　粗末な茅葺《かやぶき》の家。○百結　衣服がつぎはぎだらけである様子。「百」は数の多いこと。○悲泉　悲しげな音を立てて流れる泉。○幽咽　低くむせび泣くような音。水音や哭声についていう。○所嬌兒　かわいい甘えん坊。次男の驥子《きし》を指す。○白勝雪　飢えのために顔が青白い。明・王嗣奭《おうしせき》『杜臆《とおく》』巻二に「乃《すなわ》ち饑《う》えし色《いろ》なり」とあり、詳注はこれを引く。色白でかわいかった（それなのに今は垢《あか》じみている）とも解される。（『吉川注』筑摩版第四冊）○耶　父親を意味する俗語。「爺」に同じ。「兵車行」〇〇四六に「耶嬢妻子走《やじょうさいしはし》りて相《あ》い送《おく》る」。○垢膩　汚れて垢じみている。○不襪　靴下を履いていない。「垢膩」とともに貧窮の様子。○牀　ベッド。○補綴　衣服の綻びを繕って接《は》ぎ合わせる。○才　やっと。○海圖　衣服に描かれた海の絵柄。○拆波濤　衣服がつぎはぎだらけのために、波濤の絵柄が裂けている。○移曲折　刺繡の絵柄が曲がったり折れたりして、もとの姿ではなくなっている。○天吳　水神の名。南朝・宋・謝霊運《しゃれいうん》「赤石に遊び進みて海に汎ぶ」（『文選』巻二二）の李善《りぜん》注に『山海経《せんがいきょう》』海外東経を引いて「是《こ》れ水伯《すいはく》（水の神）なり。其《そ》の獣《じゅう》たるや八首《はちしゅ》（八つの頭）・八足《はちそく》・八尾《はちび》にして、背《せ》は黄青《こうせい》なり」。○紫鳳　紫の羽の鳳凰。○裋褐　粗末な服。「裋」は子供の着る短い上着。「褐」は毛や麻で作った服。○老夫　年取った男の自称。杜甫は四〇代からよく用いる。○情懐惡　気分がすぐれない。○嘔泄　嘔吐や下痢。○凜慄　寒さに震える。双声語「リンリツ」。○粉黛　白粉《おしろい》と黛《まゆずみ》。化粧品の代表。○衾裯　夜具の類。詳注に「衾」は「寝衣《ねまき》」、「裯」は「床帳《かや》」。○面復光　嬉しさに顔がまた輝きだす。○癡女　頑是ない娘。○學母　母親の（化粧の）まねをする。○隨手抹　手当たり次第に塗りつける。○移時　ひとしきり時間が経つ。○朱鉛　紅白粉《べにおしろい》。「朱」は口紅、「鉛」はおしろいで、鉛《なまり》が原料。○狼籍　乱雑な様子。「狼藉」に同じ。○畫眉闊　眉を幅広く画く。詳注は唐・張籍《ちょうせき》「倡女の詞」に「闊《ひろ》く眉《まゆ》を掃《は》く」とあるのなどを例に、幅広の眉は当時の流行だとする。なお、やんちゃな娘が母親のまねをして化粧する姿については西晋・左《さ》思《し》「嬌女の詩」との類似が指摘される（『吉川注』）。○鬚　あごひげ。○瞋喝　叱りつける。「瞋《しん》」は目を見開いて怒る。「喝《かつ》」は大声で叱る。○新歸　帰ってきたばかり。「新」は、したばかり。○且　ひとまず。○生理　暮らし向き。○焉得說　どうして口にできようか。

至尊尚蒙塵　幾日休練卒
仰觀天色改　坐覺妖氛豁
陰風西北來　慘澹隨回紇
其王願助順　其俗善馳突

至《し》尊《そん》尚《な》お蒙塵《もうじん》し、幾日《いくにち》か卒《そつ》を練《ね》るを休《や》めん
仰《あお》ぎて天色《てんしょく》の改《あらた》まるを観《み》、坐《そぞろ》に妖氛《ようふん》の豁《かつ》なるを覚《おぼ》ゆ
陰風西北《いんぷうせいほく》より来《き》たり、慘澹《さんたん》として回紇《かいこつ》に随《したが》う
其《そ》の王助順《おうじょじゅん》を願《ねが》い、其《そ》の俗《ぞく》馳《ち》突《とつ》を善《よ》くす

送兵五千人　驅馬一萬匹
此輩少爲貴　四方服勇決
所用皆鷹騰　破敵過箭疾
聖心頗虚佇　時議氣欲奪』
伊洛指掌收　西京不足拔
官軍請深入　蓄鋭可倶發
此擧開靑徐　旋瞻略恆碣
昊天積霜露　正氣有肅殺
禍轉亡胡歳　勢成擒胡月
胡命其能久　皇綱未宜絶』

兵《へい》を送《おく》る五千人《ごせんにん》、馬《うま》を駆《か》る一万匹《いちまんびき》
此《こ》の輩《はいすく》少なきを貴《たっと》しと為《な》す、四方勇決《しほうゆうけつ》に服《ふく》す
用《もち》うる所《ところ》は皆《み》な鷹《たか》のごとく騰《あが》り、敵《てき》を破《やぶ》ること箭《や》の疾《はや》きに過《す》ぐ
聖心頗《せいしんすこぶ》る虚佇《きよちょ》し、時議気《じぎき》奪《うば》われんと欲《ほっ》す
伊洛《いらく》 掌《たなごころ》を指《さ》して収《おさ》めん、西京《せいけい》も抜《ぬ》くに足《た》らざらん
官軍深《かんぐんふか》く入《い》らんことを請《こ》う、鋭《えい》を蓄《やしな》いて倶《とも》に発《はっ》す可《べ》し
此《こ》の挙青徐《きよせいじょ》を開《ひら》かん、旋《たちま》ち恒碣《こうけつ》を略《りゃく》するを瞻《み》ん
昊天霜露《こうてんそうろ》積《つ》み、正気粛殺《せいきしゅくさつ》たる有《あ》り
禍《わざわい》は転《てん》ぜん胡《こ》を亡《ほろ》ぼさん歳《とし》、勢《いきおい》は成《な》らん胡《こ》を擒《とりこ》にせん月《つき》
胡《こ》の命其《めいそ》れ能《よ》く久《ひさ》しからんや、皇綱未《こうこういま》だ宜《よろし》く絶《た》ゆべからず

＊韻字は入声六月「卒・紇・突・發・月」、入声七曷「豁・奪」、入声四質「匹・疾」、入声九屑「決・碣・絶」、入声八黠「拔・殺」。

【現代語訳】　天子は兵乱を、避けて今も都を逃れておられるが、いつになったら兵卒の訓練をやめる日がくることか。それでも天を仰ぎ見れば空模様が変化し、なんとはなしに妖しい気配もからりと晴れそうな心地がする。おりしも冷たい風が西北から吹きつけ、陰鬱にも回紇《かいこつ》とともにやってきた。回紇の王は官軍を救援しようと願い出たが、その習俗は馬を馳せ

て突撃するのが大得意。兵士五千人を送りこみ馬一万頭を駆り立てる。この者たちの力を借りるのはその数が少ないほどよい、周囲の国々はみなその勇猛果断に屈服している有り様だ。兵士たちは鷹のように勢いよく飛び翔け、矢よりもすばやく敵を打ち破る。天子はつとめて平静に援軍を受け入れられたが、輿論は後難を恐れてびくびくしている。』

洛陽は容易に回復するだろう、西都長安もたやすく奪還できる。官軍には、敵陣深く進入してほしいもの、鋭気を養って回紇軍とともに出兵するがよい。このたびの挙兵によって賊軍どもが占拠する青州・徐州は解放され、恒山《こうざん》・碣石《けっせき》の攻略もすぐさま目にすることができるだろう。大空から霜や露が厚く降《お》り、天地は草木を枯らす秋の厳粛さに満ちている。今や禍《わざわい》を転じて胡賊を亡ぼす年、形勢整って胡賊を捕らえる月なのだ。胡賊の命運がどうしていつまでも続こうか、皇帝の治世が絶えてよかろうはずがない。』

■語釈

○至尊　天子の敬称。粛宗を指す。○蒙塵　皇帝が都を逃れ出て、他所に行くこと。○休練卒　兵卒の訓練を休《や》める。戦争の終結をいう。○妖氛豁　あやしい気配がからりと晴れる。反乱の平定をいう。○陰風　冷たい北風。次句の「惨澹」とともに不吉な事態を予感させる。○西北　回紇のいる方向。○惨澹　暗澹たるさま。畳韻語「サンタン」。○回紇　ウイグル族。トルコ系の遊牧民族。「廻紇《かいこつ》」も同じ。○助順　官軍を助ける。回紇の王が兵馬を派遣して唐軍を救援したいと申し出たことをいう（『旧唐書』巻一九五「廻紇伝」）。○其俗　回紇の習俗。○馳突　馬を馳せて突撃する。○「送兵」二句　『旧唐書』廻紇伝に「兵馬四千余衆」を率いてきたとある。○少爲貴　救援を頼む回紇の兵力は少ないほどよい。詳注に「但《た》だ兵《へい》を外夷《がいい》に借《か》るは、終《つい》には国《くに》の患《わずらい》と為《な》る。故《ゆえ》に少《すく》なきを貴《たっと》しと為《な》すと云《い》う」。別に、回紇は少数精鋭を貴ぶとする説や、「少」をわかいと読み、回紇は若者を貴ぶとする説（『吉川注』筑摩版第四冊）もある。○**勇決**　勇敢で決断力がある。○**聖心**　天子の御心。○**虚佇**　虚心に待つ。粛宗が回紇の援軍をひたすら待っていることをいう。○**時議**　当時の輿論。○**氣欲奪**　意気沮喪する。回紇軍を受け入れて後難を生じるのではないかと心配する様子。○**伊洛**　洛陽を流れる伊水《いすい》と洛水《らくすい》。ここでは洛陽を指す。○**指掌**　極めて容易であること。『礼記《らいき》』仲尼燕居《ちゅうじえんきょ》に「国《くに》を治《おさ》むること其《そ》れ諸《こ》れを掌《たなごころ》に指《さ》すが如《ごと》し」。○**西京**　西の都、長安。東の都、洛陽に対していう。○**不足拔**　容易に奪取できる。「抜く」というほどのこともないの意。○**青徐**　青州と徐州。現在の山東省から江蘇省北部にかけての一帯。○**略**　奪い取る。○**恒碣**　恒山《こうざん》と碣石《けっせき》。恒山は山西省の東北から河北省に至る山。碣石は河北省昌黎県《しょうれいけん》にあり、その東は海に至る。「青徐」「恒碣」ともに賊軍の支配地。○**昊天**　大空。○**正氣**　天地の厳正なる気。○**肅殺**　秋の気の厳粛さが草木を枯らす。そのように、賊軍を平定するのにふさわしい時であることをいう。○**胡命**　胡賊の命運。○**皇綱**　皇帝の治世の大綱。

憶昨狼狽初　事與古先別
姦臣竟葅醢　同惡隨蕩析
不聞夏殷衰　中自誅妹妲
周漢獲再興　宣光果明哲
桓桓陳将軍　仗鉞奮忠烈

憶《おも》う昨《さく》狼狽《ろうばい》の初《はじ》め、事《こと》は古先《こせん》と別《べつ》なり
姦臣《かんしん》竟《つい》に葅醢《そかい》にせられ、同悪《どうあく》随《したが》いて蕩析《とうせき》さる
聞《き》かず夏殷《かいん》の衰《おとろ》えしとき、中自《うちみずか》ら妹妲《まつだつ》を誅《ちゅう》せしを
周漢《しゅうかん》再興《さいこう》するを獲《え》しは、宣光《せんこう》果《は》たして明哲《めいてつ》なればなり
桓桓《かんかん》たり陳将軍《ちんしょうぐん》、鉞《えつ》に仗《よ》りて忠烈《ちゅうれつ》を奮《ふる》う

微爾人盡非　於今國猶活』
淒涼大同殿　寂寞白獸闥
都人望翠華　佳氣向金闕
園陵固有神　掃灑數不缺
煌煌太宗業　樹立甚宏達』

爾《なんじ》微《な》かりせば人《ひと》尽《ことごと》く非《ひ》ならん、今《いま》に於《おい》て国《くに》猶《な》お活《い》く
淒涼《せいりょう》たり大同殿《だいどうでん》、寂寞《せきばく》たり白獣闥《はくじゅうたつ》
都人《とじん》翠華《すいか》を望《のぞ》み、佳気《かき》金闕《きんけつ》に向《む》かう
園陵《えんりょう》固《もと》より神有《しんあ》り、掃灑《そうさい》数《すう》欠《か》けず
煌煌《こうこう》たり太宗《たいそう》の業《ぎょう》、樹立《じゅりつ》甚《はなは》だ宏達《こうたつ》なり

＊韻字は入声九屑「別・哲・烈・缺」、入声一二錫「析」、入声七曷「妲・活・闥・達」、入声六月「闕」。以上、質・物・月・曷・黠・屑韻は真部入声の通押。

【現代語訳】　思い起こせば、慌ただしく都を後にされた際、天子がとられた処置は古《いにしえ》の先例とは違っていた。姦臣楊国忠《ようこくちゅう》はついに処刑され、その一味も一緒に追い払われてしまった。その昔、夏《か》・殷《いん》が衰えた時、宮中自らその原因となった妹喜《まっき》や妲己《だっき》を誅したとは聞いていない（わが天子は楊貴妃の誅殺に同意された）。周・漢が再興できたのは、周の宣王や後漢の光武帝が聡明英哲であったからだ（わが天子のように）。武勇に優れる陳玄礼《ちんげんれい》将軍は、兵権の象徴たる鉞《まさかり》によって忠義を示された。もしもあなたがおられなかったなら我々の今日はなかった、あなたのおられたおかげで今なおわが国は存続しているのだ。』

もの寂しい大同殿《だいどうでん》、ひっそりとした白獣闥《はくじゅうたつ》。都の人々は天子の翡翠の旗を待ち望み、めでたい霊気は朝廷の金門に向かって湧き起こる。王室の御陵《みささぎ》はもとより神霊のおわしますとこ

ろ、払い清めて祭礼を欠かすことなどありはしない。輝かしき太宗建国の大業は、真《まこと》に広く大きく樹立されたのだ。』

■語釈

○憶昨　その昔を思い起こせば。「昨」は玄宗（↓「人物説明」）が都を棄てて蜀に逃れた時をいう。○初　「時」に同じ。「彭衙行《ほうがこう》」〇一九の起句に「憶《おも》う昔賊《むかしぞく》を避《さ》けし初《はじ》め」。○姦臣　邪《よこしま》な臣下。宰相楊国忠（↓「人物説明」）。○葅醢　塩漬けの野菜や肉。楊国忠が斬殺された有り様になぞらえる。○同惡　ともに悪事をなす者。楊貴妃（↓「人物説明」）の姉、虢国《かくこく》夫人など、楊国忠の一族同党。○蕩析　除き去る。「蕩」は払いのける、「析」はばらばらとなる。ただし、「析」（入声一二錫）では押韻しないので、吉川幸次郎は「折」（入声九屑）が本来の字かとする（『吉川注』筑摩版第四冊）。○夏殷　ともに古代王朝の名。二句あとの「周漢」がこれに続く王朝。○中　宮中。またその中心にいる皇帝。○妹妲　夏の桀王《けつおう》の寵妃妹喜《まつき》と殷の紂王《ちゅうおう》の寵妃妲己《だっき》。ともに国を傾けた悪女とされる。ここでは楊貴妃に喩える。なお、「妹妲」は詳注が独自に定めた文字。諸本は「褒妲《ほうだつ》」。「褒妲」であれば西周末の褒姒《ほうじ》（幽王の寵妃）と殷末の妲己となり、先に「夏殷」というのと王朝が齟齬する。ただし、「夏殷」で古代王朝を代表し、「褒妲」でその悪妃を代表したものと読むこともできる。○宣光　周の宣王と後漢の光武帝。ともに衰えた王朝を再興した。ここでは粛宗に喩える。○明哲　聡明で道理に通じている。○桓桓　武勇に優れるさま。○陳将軍　左龍武大将軍陳玄礼《ちんげんれい》。玄宗とともに長安を脱出したが、長安西方の馬嵬《ばかい》において兵士をなだめるために楊国忠・楊貴妃の誅殺を進言し、事態の転換を図った。○仗鉞　鉞《まさかり》に仗《よ》る。軍を統率すること。「鉞」は兵権の象徴。○微爾　あなた（陳将軍）がいなかったならば。「微」は、もし……がなかったならば。事実に反する仮定をなす語。『論語』憲問に「管仲微《かんちゅうな》かりせば、吾《わ》れ其《そ》れ髪《かみ》を被《こうむ》り衽《えり》を左《ひだり》にせん」。○**人盡非**　我々の今日はない。「人」は杜甫を含む人民。王朝の滅亡をいう。○**淒涼**　もの寂しいさま。○**大同殿**　長安の興慶宮勤政務本楼の北にあった宮殿。天宝七載（七四八）、大同殿の柱から玉芝（霊芝の類）が生じ、神光が辺りを照らすという瑞祥があり、ために玄宗に「開元天宝聖文神武応道」という尊号が加えられ、また百官は宴を賜った（『旧唐書』巻九「玄宗本紀下」）。○**白獸闥**　長安宮中の門。「闥」は門の意。景雲元年（七一〇）、後の玄宗が、中宗の皇后韋氏《いし》が夫を弑逆したのを討伐すべく攻め入った門の一つ（『旧唐書』巻八「玄宗本紀上」）。なお、漢の未央宮に白虎殿があり、唐では太祖李虎の諱《いみな》を避けて「虎」を「獣」に改めた。○**翠華**　翡翠の羽飾りを施した天子の旗。「望翠華」は天子の都への帰還を待望することをいう。○**佳氣**　めでたい霊気。○**金闕**　金で飾った門。朝廷を指す。○**園陵**　王室の陵墓。○**掃灑**　ほうきで塵を掃き、水を灑《そそ》いで清める。○**數不缺**　神霊を祭る決まり事を欠かさない。「数」は儀礼上の決まり事。「園陵」二句は唐王室の平安無事をいう。○**煌煌**　光り輝く。○**太宗業**　太宗の成し遂げた大事業。唐王朝の創業。○**宏達**　広く大きい。

［澤崎］

〇一八九

行次昭陵

行《ゆ》きて昭陵《しょうりょう》に次《やど》る

舊俗疲庸主　群雄問獨夫

旧俗《きゅうぞく》 庸主《ようしゅ》に疲《つか》れ、群雄独夫《ぐんゆうどくふ》を問《と》う

讖歸龍鳳質　威定虎狼都』

讖《しん》は帰《き》す龍鳳《りょうほう》の質《しつ》、威《い》は定《さだ》む虎狼《ころう》の都《みやこ》

天屬尊堯典　神功協禹謨

天属尭典《てんぞくぎょうてん》を尊《たっと》び、神功《しんこう》禹謨《うぼ》に協《かな》う

風雲隨絕足　日月繼高衢
文物多師古　朝廷半老儒
直詞寧戮辱　賢路不崎嶇』
往者災猶降　蒼生喘未蘇
指麾安率土　盪滌撫洪鑪』
壯士悲陵邑　幽人拜鼎湖
玉衣晨自擧　鐵馬汗常趨
松柏瞻虛殿　塵沙立暝途
寂寥開國日　流恨滿山隅』

風雲《ふううん》絶足《ぜっそく》に随《したが》い、日月《じつげつ》高衢《こうく》に継《つ》ぐ
文物《ぶんぶつ》多《おお》く古《いにしえ》を師《し》とし、朝廷《ちょうてい》半《なか》ばは老儒《ろうじゅ》
直詞《ちょくし》寧《なん》ぞ戮辱《りくじょく》せられん、賢路《けんろ》崎嶇《きく》ならず
往者《おうしゃ》災《わざわ》い猶《な》お降《くだ》り、蒼生《そうせい》喘《あえ》ぎて未《いま》だ蘇《よみがえ》らず
指麾《しき》して率土《そつど》を安《やす》んじ、盪滌《とうでき》して洪鑪《こうろ》を撫《ぶ》す
壮士《そうし》陵邑《りょうゆう》に悲《かな》しみ、幽人《ゆうじん》鼎湖《ていこ》に拝《はい》す
玉衣《ぎょくい》晨《あした》に自《おのずか》ら挙《あ》がり、鉄馬《てつば》汗《あせ》して常《つね》に趨《はし》る
松柏《しょうはく》虚殿《きょでん》を瞻《み》、塵沙《じんさ》暝途《めいと》に立《た》つ
寂寥《せきりょう》たり開国《かいこく》の日《ひ》、流恨《りゅうこん》山隅《さんぐう》に満《み》つ

＊五言排律。韻字は上平七虞「夫・都・謨・衢・儒・嶇・蘇・鑪・湖・趨・途・隅」。

【題意】　至徳二載（七五七）の秋、鄜州《ふしゅう》への帰途、昭陵のほとりに宿泊した時の作。「次」は宿泊する。昭陵は唐太宗李世民《りせいみん》の陵墓。陝西省咸陽《かんよう》市礼泉（旧名は醴泉《れいせん》）県の北東、九嵕山《きゅうそうざん》にあり、山下には皇族や功臣等の陪葬墓が多数配される。詩の前半は太宗の創業と治世の功績を称え、後半はひと気のない御陵《みささぎ》に独りたたずんで太宗をしのびつつ国家の衰退を嘆く。詩題に昭陵を取り上げるのは、杜甫が最も早い。なお、本詩を安禄山（↓「人物説明」）の乱以前の作とする説もある。『吉川注』筑摩版第二冊「余論」参照。詳注一‐四〇七、鈴木注一‐

四九二。

【現代語訳】　前王朝の人々の暮らしは凡庸な君主たちのために疲弊した。そこで群雄が挙兵し、君主の道を失ったただの男煬帝《ようだい》の罪を問うた。新たな皇帝となるべしとの予言は、龍鳳のような優れた資質を持った太宗において実現し、その威勢により暴虐の国、隋の都は平定された。』

賢者に位を譲ることを謳《うた》う堯典《ぎようてん》を尊び、高祖は親族の中から次男の太宗に位を譲ったが、太宗の神業のごとき功績は、『書経』の「大禹謨《だいうぼ》」に記された聖人禹《う》のそれにかなうものであった。龍虎が風雲に乗じて天に上るように、多くの臣下たちが駿馬のように優れた太宗につき従い、日月のごとき威光は治世の大道において受け継がれた。わが朝の諸制度は、多く古代の制度を理想の手本とし、朝廷の臣下の大半は老成した徳高き儒者である。彼らは直言によって刑罰の辱めを受けることなどあろうはずもなく、賢人登用にはなんの困難もなかった。』

先頃はなお天災が降りかかり、民衆は喘ぎ苦しんで生きた心地もしなかったものだが、太宗は臣下を指揮して国家を安んじ、それまでの災禍を一掃して、大きな炉にも似たこの世界を撫《な》でさするように慈しまれた。』

勇士は太宗の御陵を前にして悲しげにたたずみ、隠者にも等しい私は、古の鼎湖を思わせる太宗の御陵に参拝する。安置された玉衣は毎朝廟を抜け出て舞い上がり、国を守る鉄馬は汗を流しつつ常に馳せているかのようだ。松や柏の茂みにひと気のない御陵を見、砂塵の中、夕暮れに去りがたい思いで立ち尽くす。王朝建国の日は寂寥として遥か昔となり、尽きることのない恨みはこの山陵の隅々にまで満ちている。』

■語釈

○舊俗　前王朝の人々、またその暮らしぶり。○庸主　凡庸な君主。六朝・隋の諸君主を指す。○群雄　英雄たち。隋末に割拠した李密《りみつ》・竇建徳《とうけんとく》や王世充《おうせいじゅう》等を指す。○問　罪を問う。○獨夫　君主でありながら民の信頼を失ったただの男。もと、殷《いん》の紂王《ちゅうおう》をいうが、ここでは暴虐であった隋の煬帝《ようだい》を指す。○讖　予言。○龍鳳質　皇帝となるべき優れた資質。『旧唐書』巻二「太宗本紀上」に、太宗四歳の時、善く人相を見るという男が、「龍鳳《りょうほう》の姿《すがた》、天日《てんじつ》の表《すがた》、年将《としまさ》に二十《にじゅう》にならんとして、必《かなら》ず能《よ》く世《よ》を済《すく》い民《たみ》を安《やす》んぜん」と予言したとある。李世民の名はこれによる。○威定　武力によって平定する。○虎狼都　隋の都、長安。「虎狼」は暴虐のさま。『史記』巻六九「蘇《そ》秦《しん》伝」に「秦《しん》は虎狼《ころう》の国《くに》なり」。ここでは隋を秦に比す。○天屬　天然の血縁関係。親族。高祖・太宗父子の関係をいう。『荘子』山木に父子の関係について「天《てん》を以《もっ》て属《つな》がる」。○堯典　『書経』の篇名。堯《ぎょう》が実子にではなく賢者であった舜《しゅん》に譲位したことを記す（↓「人物説明」）。「堯典《ぎょうてん》を尊《たっと》ぶ」は高祖が長男ではなく、次男（太宗）に譲位したことになぞらえる。○神功　神業のごとき優れた功績。○禹謨　『書経』の篇名「大禹謨《だいうぼ》」。夏の王、禹（↓「人物説明」）の功績を述べる。「禹謨《うぼ》に協《かな》う」は太宗の功績が禹のそれにも等しいことをいう。詳注は具体的に、太宗のときに制定された舞楽「九功舞」が「大禹謨」に依るためとする。○風雲　太宗に従った臣下たちに喩える。○絶足　駿馬。太宗に喩える。○日月　太宗の威光が光り輝くことに喩える。○高衢　大きな道。「衢」は四方八方に通じる道。魏・王粲《おうさん》「登楼の賦」に「冀《こいねが》わくは王道《おうどう》の一《ひと》たび平《たい》らかに、高衢《こうく》を仮《か》りて力《ちから》を騁《は》せんことを（世が平和となり、治世の大道を借りて力を発揮したいものだ）」。○文物　国家の諸制度。○師古　古《いにしえ》を手本とする。唐朝の諸制度が、理想とされる古代の制度に則っていること。○老儒　老成した学徳ある儒者。杜如晦《とじょかい》・房玄齢《ぼうげんれい》・虞世南《ぐせいなん》等、朝廷の重臣であった十八学士などを指す。○直詞　直言。『晏子春秋』に「古《いにしえ》は明君上《めいくんうえ》に在《あ》れば、下《した》に直辞《ちょくじ》有《あ》り」。「直詞」二句は太宗がよく臣下の諫言を受け入れたことをいう。唐・呉兢《ごきょう》編『貞観政要』に太宗と臣下との率直な対話が記される。○戮辱　刑罰による辱めを受ける。畳韻語「リクジョク」。○賢路　賢人登用の道。○崎嶇　道の険しいさま。双声語「キク」。「崎嶇ならず」は太宗による賢人登用が適切であること。○往者　先頃。○災猶降　隋末唐初に水害や旱魃などの天災に見舞われたこと。○蒼生　民衆。○指麾　指揮する。「麾」は指揮するための旗。○率土　国じゅうすべて。『詩経』小雅「北山」に、「率《そっ》土《ど》の浜《ひん》、王臣《おうしん》に非《あら》ざる莫《な》し（土地に率《したが》って行く果てまで、みな王の臣下だ）」。○盪滌　汚れを洗い流す。○洪鑪　洪《おお》きな炉。天地・天下に喩える。『荘子』大宗師に、天地は「大鑪《たいろ》」（大きな炉《るつぼ》）で自然は「大冶《たいや》」（鋳物師）だとある。ここでは、太宗が鋳物師のように天下を作り上げ、人々を慰撫したことをいう。○壮士　勇士。陵墓を守る者を指す。○陵邑　陵墓のある邑《むら》。昭陵をいう。○幽人　隠遁者。杜甫自らをいう。『吉川注』は宋・邵博《しょうはく》『邵氏聞見後録』巻八に「唐の故事」として「天下《てんか》に冤有《えんあ》る者《もの》は、太宗《たいそう》の昭陵《しょうりょう》の下《もと》に哭《こく》するを許《ゆる》す」とあるのを引き、「幽人」を「冤有る者」（冤罪を抱く者）と説く。○鼎湖　黄帝が銅で鼎《かなえ》を鋳て、完成するや龍に騎って天に上ったという地（『史記』巻二八「封禅書」）。借りて皇帝崩御の地をいい、昭陵になぞらえる。○玉衣晨自擧　「玉衣」は玉片を縫い合わせて鎧《よろい》状にした埋葬用の服。『三輔故事』に、漢の高祖の廟中の御衣が、箱の中から出て殿上に舞ったとある（宋・程大昌『演繁露』巻一二所引）。○鐵馬汗常趨　「鉄馬」は鉄製の甲冑を着けた馬。詳注に『南史』巻五一「蕭猷《しょうゆう》伝」に、蕭猷が益州《えきしゅう》刺史であった時、反乱に遇って兵糧が尽きたが、楚王廟の神に祈ると一鉄騎とこれに続く数百騎が風のように現れて危急を救ってくれた。時に廟中の侍衛の土偶はみな汗をかいていた、とあるのを引く。また、唐・姚汝能《ようじょのう》『安禄山事跡』に、潼関《どうかん》の戦いに黄旗を立てた数百隊が現れるや、たちまち消え去ったが、この日、昭陵の石の人馬が汗をかいていたという。「玉衣」二句は太宗が今も生きて在るかのようであることをいう。○松柏　マツとコノテガシワ。貴人の墓に植える樹木。○暝途　夕暮れ時の暝《くらがり》の途《みち》。○開國　唐朝の建国。○流恨　流れてやまぬ恨み。

［澤崎］

〇一九

重經昭陵

草昧英雄起　謳歌曆數歸
風塵三尺劍　社稷一戎衣
翼亮貞文德　丕承戢武威
聖圖天廣大　宗祀日光輝』
陵寢盤空曲　熊羆守翠微
再窺松柏路　還有五雲飛』

＊五言排律。韻字は上平五微「歸・衣・威・輝・微・飛」。

重《かさ》ねて昭陵《しょうりょう》を経《へ》たり

草昧英雄《そうまいえいゆう》起《おこ》り、謳歌暦数《おうかれきすう》帰《き》す
風塵三尺《ふうじんさんせき》の剣《けん》、社稷《しゃしょく》一戎衣《いちじゅうい》
翼亮《よくりょう》文徳《ぶんとく》を貞《ただ》し、丕承《ひしょう》武威《ぶい》を戢《おさ》む
聖図《せいと》天《てん》のごとく広大《こうだい》に、宗祀《そうし》日《ひ》のごとく光輝《こうき》あり
陵寝《りょうしん》空曲《くうきょく》に盤《わだかま》り、熊羆《ゆうひ》翠微《すいび》を守《まも》る
再《ふたた》び松柏《しょうはく》の路《みち》を窺《うかが》えば、還《ま》た五雲《ごうん》の飛《と》ぶ有《あ》り

【題意】　至徳二載（七五七）、再び昭陵（前詩参照）に立ち寄っての作。杜甫が鄜州《ふしゅう》に戻って後、官軍は至徳二載九月に長安を、十月には洛陽を奪還し、粛宗は長安に戻る。そこで、杜

甫は妻子を連れて長安に向かい、その途次に再び昭陵に立ち寄った。経書の語を多用して、太宗創業の徳を称える。詳注一―四三、鈴木注一―四六。

【現代語訳】 隋末の混乱の時代に幾多の英雄が立ち上がったが、人々がその徳を褒め称えて、天命はわが唐朝の太宗の上に帰した。太宗は風塵巻き起こる戦場に三尺の剣を引っ提げて、国家のために一たび軍服を身につけるや天下を平定された。高祖を補佐して文治による教化を堅持し、立派に継承して武力による統治は終わりを告げた。聖天子の優れたはかりごとは天のごとく広大で、祖宗として祭られて日の光が輝くようだ。』

御陵《みささぎ》はひと気のない山の隈《くま》にしっかと地を占めて建ち、熊《くま》や羆《ひぐま》のような勇士たちが緑に茂るこの山腹を守護している。今日再び松や柏の茂るこの御陵への道をうかがえば、以前に変わらず五色の瑞雲がたなびいている。』

■語釈

○草昧　草も生え揃わず、辺りもまだ昧《くら》い、天地がまだ混沌とした時代。『易』に見える語。ここでは、隋末の乱世を指す。○謳歌　天子の徳を褒め称えて歌う。『孟子』万章上に、人々が「堯《ぎょう》の子《こ》を謳《おう》歌《か》せずして舜《しゅん》を謳歌《おうか》」し、天の意思が示されて、堯から舜へと譲位が決まったことを記す。隋から唐へと王朝が交替したことを踏まえる。○暦數　天命により、天子となるべき順位。○風塵　戦場に起こる風と土ぼこり。戦乱。○三尺剣　三尺の長さの剣。『史記』巻八「高祖本紀」に、漢・高祖の語として「吾《わ》れ布衣《ふい》（平民）を以《もっ》て三尺《さんせき》の剣《けん》を提《ひっさ》げ、天下《てんか》を取《と》る。此《こ》れ天命《てんめい》に非《あら》ざるか」。太宗が挙兵して天下を取ったことに喩える。○社稷　国家。「社」は土地の神、「稷」は五穀の神。双声語「シャショク」。○

戎衣　軍服。「戎」は戦争。『書経』武成に、「一《ひと》たび戎衣《じゅうい》して天下《てんか》大《おお》いに定《さだ》まる」。北周・庾信《ゆしん》の「周宗廟歌」皇夏に「終《つい》に三尺《さんせき》の剣《けん》を封《ふう》じて、長《なが》く一戎衣《いちじゅうい》を巻《ま》く」。○翼亮　補佐する。「翼」も「亮」も助けること。○貞　堅く守って変らない。○文徳　学問・教育によって人々を教え導く徳。○丕承　立派に継承する。「丕」は大いに。○戢武威　武力による威圧をやめる。「戢」は武器をしまいこむ意。○宗祀　祖先を祭る。「宗」は祖先、また祖先の廟《みたまや》。○陵寝　天子の御陵。○盤　うずくまるように場所を占める。○空曲　ひと気のない山の隈《くま》。双声語「クウキョク」。○熊羆　熊《くま》や羆《ひぐま》。勇士に喩える。○翠微　緑に茂る山の中腹。○五雲　五色のめでたい雲。

［澤崎］

〇一九

彭衙行

憶昔避賊初　北走經險艱
夜深彭衙道　月照白水山
盡室久徒步　逢人多厚顏
參差谷鳥吟　不見遊子還
癡女饑咬我　啼畏虎狼聞
懷中掩其口　反側聲愈嗔
小兒強解事　故索苦李餐

彭衙行《ほうがこう》

憶《おも》う昔《むかし》　賊《ぞく》を避《さ》けし初《はじ》め、北《きた》に走《はし》りて険艱《けんかん》を経《へ》たり
夜《よる》は深《ふか》し彭衙《ほうが》の道《みち》、月《つき》は照《て》らす白水《はくすい》の山《やま》
室《しつ》を尽《つ》くして久《ひさ》しく徒歩《とほ》し、人《ひと》に逢《あ》えば厚顔《こうがん》多《おお》し
参差《しんし》として谷鳥《こくちょう》　吟《ぎん》ずるも、遊子《ゆうし》の還《かえ》るを見《み》ず
痴女《ちじょ》饑えて我《わ》れを咬《か》む、啼《な》きては虎狼《ころう》の聞《き》くを畏《おそ》る
中《うち》に懐《いだ》きて其《そ》の口《くち》を掩《おお》えば、反側《はんそく》して声《こえ》愈ゝ《いよいよ》嗔《いか》る
小児《しょうじ》強《し》いて事《こと》を解《かい》し、故《ことさら》に苦李《くり》を索《もと》めて餐《くら》わんとす

一旬半雷雨　泥濘相攀牽
既無禦雨備　徑滑衣又寒
有時經契闊　竟日數里間
野果充糇糧　卑枝成屋椽
早行石上水　暮宿天邊煙』
小留同家窪　欲出蘆子關
故人有孫宰　高義薄曾雲
延客已曛黑　張燈啓重門
煖湯濯我足　剪紙招我魂』
從此出妻孥　相視涕闌干
衆雛爛熳睡　喚起霑盤飧
誓將與夫子　永結爲弟昆
遂空所坐堂　安居奉我歡』
誰肯艱難際　豁達露心肝
別來歲月周　胡羯仍構患
何當有翅翎　飛去墮爾前』

一旬《いちじゅん》半《なか》ばは雷雨《らいう》、泥濘《でいねい》相《あ》い攀牽《はんけん》す
既《すで》に雨《あめ》を禦《ふせ》ぐの備《そな》え無《な》く、径滑《みちなめら》かにして衣《ころも》又《ま》た寒《さむ》し
時《とき》有《あ》りてか契闊《けつかつ》を経《へ》、竟日《きょうじつ》数里《すうり》の間《かん》
野果《やか》糇糧《こうりょう》に充《あ》て、卑枝《ひし》屋椽《おくてん》と成《な》す
早《あした》に行《ゆ》く石上《せきじょう》の水《みず》、暮《く》れに宿《やど》る天辺《てんぺん》の煙《けむり》
小《すこ》しく留《とど》まる同家《どうか》窪《あ》、出《い》でんと欲《ほっ》す蘆子関《ろしかん》
故人《こじん》に孫宰《そんさい》有《あ》り、高義《こうぎ》曾雲《そううん》に薄《せま》る
客《かく》を延《ひ》くとき已《すで》に曛黒《くんこく》なり、灯《とう》を張《は》りて重門《ちょうもん》を啓《ひら》く
湯《ゆ》を煖《あたた》めて我《わ》が足《あし》を濯《あら》い、紙《かみ》を剪《き》りて我《わ》が魂《たましい》を招《まね》く
此《こ》れより妻孥《さいど》を出《い》だし、相《あ》い視《み》て涕《なみだ》闌干《らんかん》たり
衆雛《しゅうすう》爛熳《らんまん》として睡《ねむ》るも、喚《よ》び起《お》こして盤飧《ばんそん》に霑《うるお》わしむ
誓《ちか》いて将《まさ》に夫子《ふうし》と、永《なが》く結《むす》びて弟昆《ていこん》と為《な》らんと
遂《つい》に坐《ざ》する所《ところ》の堂《どう》を空《むな》しくして、居《きょ》を安《やす》んじて我《わ》が歓《よろこび》を奉《ほう》ず
誰《たれ》か肯《あ》えて艱難《かんなん》の際《さい》に、豁達《かったつ》として心肝《しんかん》を露《あら》わさん
別来歳月《べつらいさいげつ》周《めぐ》るも、胡羯《こけつ》仍《な》お患《かん》を構《かま》う
何《いつ》か当《まさ》に翅翎《しれい》有《あ》りて、飛《と》び去《さ》りて爾《なんじ》が前《まえ》に堕《お》つべき

＊五言古詩。韻字は上平一五刪「艱・山・顔・還・閒・關」、上平一二文「聞・雲」、上平一一真「嗔」、上平一四寒「餐・寒・干・歡・肝」、下平一先「牽・椽・煙・前」、上平一三元「門・魂・飧・昆」、去声一六諫「患」の真部通押。

【題意】　彭衙《ほうが》の歌。彭衙は同州白水県（陝西省渭南市《いなんし》白水県）の東北の古地名。奉先《ほうせん》から鄜州《ふしゅう》に至る途中に当たる。「行」は、うた。至徳二載（七五七）秋の作。前年六月、杜甫は安禄山（↓「人物説明」）の乱を避けて奉先県（渭南《いなん》市蒲城《ほじょう》県）に預けていた家族を引き連れ鄜州へと向かうが、途中、雨にぬかるむ悪路に阻まれ、この地の住人孫宰《そんさい》の家に宿泊する。この詩はその経緯とともに、孫宰の情誼に厚い人柄を回想して詠う。詳注一―四三、鈴木注一―四九八。

【現代語訳】　思い起こせば去年、賊軍の乱を避け、北に逃れて苦しい旅をしたものだった。夜ふけて彭衙の道を行けば、月が白水の山々を照らしていた。』

一家を挙げてずっと歩き続け、人に出会うたびにしばしば恥ずかしい思いをした。谷間の鳥は入り乱れて囀《さえず》り、長安に戻る旅人に出会うことはなかった。頑是《がんぜ》ない娘が腹をすかせて私に嚙みつき、虎や狼が泣き声を聞きつけはすまいかと心配したものだ。胸に抱きかかえて娘の口を手で覆えば、そっくり返ってますます大声で泣き叫ぶ。息子はなんでもわかったようなことをいって、まだ苦いスモモをむやみと食べたがった。』

十日のうち半分は雷雨で、泥道を互いに手を取りあって歩いて行った。雨具の用意もないうえに、道は滑りやすく衣服もぬれて寒かった。時には難所を抜けるのに一日かけて数里も進まない。野山の果実を食料に充てたり、低い樹の下で野宿したり。朝には岩場を流れる谷川を渡り、暮れには空の彼方の人家の煙を頼りに寝泊りしたものだ。』

しばらくの間、同家窪《どうかあ》に滞在し、蘆子関《ろしかん》を出て北の行在所に向かうつもりだった。ここに孫宰という旧友がおり、その高い節義は天にも達するほど。灯火をつけて幾重もの門を開き、私たち旅人を奥に招き入れてくれたのは早や夕暮れ時であった。湯を沸かして足を洗わせ、紙を切って旗を作り旅に疲れた私たちの魂を呼び返してくれたのだ。』

それから妻子を引き合わせたが、お互い顔を見合わせてはらはらと涙を流すばかり。幼子たちは疲れてぐっすりと眠りこんでしまったが、呼び起こして夕食をいただかせた。君はいう、あなたとは誓っていつまでも兄弟でいましょうと。そこで君は自分の部屋を空け、うれしいことに私たち家族のために居心地良い場所を用意してくれた。』

いったい誰がこんな苦難の時に、大らかにも心の底からもてなしてくれようか。君と別れてから一年が過ぎたが、北方の異民族の反乱はまだ続いている。いつになったら翼を生やして飛んでいき、君の前に降り立つことができるだろう。』

■語釈

○憶昔避賊初　「憶昔」は回想の場面の詠い出しに用いる語。「憶昨」に同じ。「初」は時。「憶……初」、「憶……時」は唐詩に散見する表現。○険艱　険しい土地。また、世の困難。○盡室　一家を挙げて。○多厚顔　恥ずかしいことが多い。家族で北に逃げる際、平時ならばしないですむことをもしないわけにはいかなかったことを恥ずかしく思う意。一説に、家族離散の世にあって自分の家族のみ揃って旅をしていることを恥じる（鈴木注）。○參差谷鳥吟　「参差」は鳴き声が入り乱れるさま。一説に鳥が飛び交う様子（鈴木注）。双声語「シンシ」。この句について詳注に「鳥鳴《とりな》きて人無《ひとな》く、一路荒涼《いちろこうりょう》の景《けい》」。○不見遊子還　自分たちとは逆に長安の方に帰って行く旅人には出会わない。「遊子」は旅人。戦乱から逃避する光景。○癡女　幼くて聞き分けのない娘。「痴」は幼稚。○反側　体の向きを変える。抱きしめられた娘が胸の中で暴れる様子。○强解事　物事がわかった振りをする。実際は聞き分けがない。○苦李　熟していない苦いスモモ。北周・庾信《ゆしん》「帰田《きでん》の詩」に「苦李人《くりひと》の摘《つ》む無《な》し」。○一旬　十日間。○攀牽　つかまり、引っ張る。ぬかるみで手を取りあって歩く様子。○「旣無」二句　「既……又……」は、……である上にまた……。○契闊　苦労する。双声語「ケツカツ」。○竟日　一日中。○數里　唐代の一里は約五六〇メートル。「数里」は一日の行程としてはわずかな距離。○野果　野生の果実、木の実。○糇糧　食料。「糇」はほしいい。干して乾燥させた飯。保存用、携帯用の食料。○卑枝成屋椽　低く垂れた枝を屋根の垂木《たるき》とする。樹の下で野宿する意。「卑」は低い、「屋椽」は屋根を支えるために棟から軒にわたした材木。○天邊煙　空の彼方に見える人家の炊煙。旅の目印となる。一説に彼方に立ちこめるもや（『吉川注』筑摩版第四冊など）。○同家窪　孫宰の住む土地の名。「同」を「固」ないし「周」に作るテキストもある。○蘆子關　延安の北に位置する関所。粛宗（→「人物説明」）の行在所・霊武はここよりさらに北西にある。「蘆子《ろし》を塞《ふさ》ぐ」〇一五四参照。○故人　旧友。○孫宰　旧友の名。本詩以外には登場しない。「宰」は一説にこの地の県令（『黄鶴補注』巻三など）。○高義　高い節義。○薄曾雲　天にも届かんばかり。「曾雲」は高く層をなす雲。「薄」は迫る。南朝・梁・沈約《しんやく》「宋書謝霊運伝論《そうじょしゃれいうんでんろん》」に「高義雲天《こうぎうんてん》に薄《せま》る」。○曛黑　日が暮れて暗い。○張燈　明かりをともす。○重門　幾重もの門。立派な家の奥に招き入れられたことをいう。○煖湯　湯を沸かす。「煖」は暖に同じ。○

剪紙招我魂　紙を切って旐《ちょう》（はた）を作り、旅に疲れた私の魂を呼び戻してくれた。人は病気になったり極度に疲労したりすると、魂が肉体（魄《はく》という）から抜け出し、ついには死に至るとされた。その魂を招き返す。『楚辞』に「招魂《しょうこん》」がある。また〇三六の語釈参照。〇**妻孥**　杜甫の妻と子（孥）。一説に孫宰の妻子（『吉川注』）。〇**闌干**　涙がはらはらと流れる。畳韻語「ランカン」。〇**衆雛**　多くのひな鳥。幼い子供たち。「衆」は多い。〇**爛熳**　熟睡する様子。畳韻語「ランマン」。〇**霑盤飧**　御馳走にあずかる。「盤飧」は皿に盛った夕食。「霑」はうるおう、恩恵にあずかる。〇**夫子**　目上の者に対する尊称。孫宰が杜甫に対していう。孫宰を指すとする説（『草堂詩箋』巻一〇）もある。〇**弟昆**　兄弟。「昆」は兄。「昆弟」に同じ。押韻のために語を入れ替えた。〇**奉我歡**　私に喜びを与えてくれる。〇**豁達**　からりと開けた様子。大らか。畳韻語「カツタツ」。〇**心肝**　真心。〇**周**　年が一巡りする。〇**胡羯**　北方の異民族。安慶緒《あんけいしょ》・史思明《ししめい》らの反乱軍を指す。〇**構患**　乱を起こす。〇**何當**　しばしば一首の終わりに用いられ、いつかきっと……したいものだ、という願望を表す。〇**翅翮**　鳥の羽。〇**爾**　孫宰を指す。

［澤崎］

〇一九二　喜聞官軍已臨賊境二十韻

官軍《かんぐん》已《すで》に賊境《ぞくきょう》に臨《のぞ》むと聞《き》くを喜《よろこ》ぶ二十韻《にじゅういん》

胡騎潛京縣　官軍擁賊壕
胡騎《こき》京県《けいけん》に潜《ひそ》み、官軍《かんぐん》賊壕《ぞくごう》を擁《よう》す

鼎魚猶假息　穴蟻欲何逃
鼎魚《ていぎょ》猶《な》お息《いき》を仮《か》す、穴蟻《けつぎ》何《いず》こに逃《のが》れんと欲《ほっ》する

帳殿羅玄冕　轅門照白袍
帳殿《ちょうでん》玄冕《げんべん》羅《つら》なり、轅門《えんもん》白袍《はくほう》照《て》る

秦山當警蹕　漢苑入旌旄
路失羊腸險　雲横雉尾高
五原空壁壘　八水散風濤
今日看天意　遊魂貸爾曹
乞降那更得　尙詐莫徒勞』
元帥歸龍種　司空握豹韜
前軍蘇武節　左將呂虔刀
兵氣回飛鳥　威聲沒巨鼇
戈鋋開雪色　弓矢向秋毫
天步艱方盡　時和運更遭
誰云遺毒螫　已是沃腥臊』
睿想丹墀近　神行羽衛牢
花門騰絶漠　拓羯渡臨洮
此輩感恩至　羸俘何足操
鋒先衣染血　騎突劍吹毛
喜覺都城動　悲憐子女號

秦山警蹕《しんざんけいひつ》に当《あ》たり、漢苑旌旄《かんえんせいぼう》入《い》る
路《みち》は羊腸《ようちょう》の険《けわ》しきを失《うしな》い、雲《くも》は雉尾《ちび》の高《たか》きに横《よこ》たわる
五原《ごげん》空《むな》しく壁塁《へきるい》、八水風濤《はちすいふうとう》を散《さん》ず
今日天意《こんにちてんい》を看《み》るに、遊魂爾《ゆうこんなんじ》が曹《そう》に貸《か》す
降《こう》を乞《こ》うも那《なん》ぞ更《さら》に得《え》ん、許《さ》を尚《とうと》びて 徒《いたずら》に労《ろう》する莫《な》かれ
元帥龍種《げんすいりょうしゅ》に帰《き》し、司空豹韜《しくうひょうとう》を握《にぎ》る
前軍蘇武《ぜんぐんそぶ》の節《せつ》、左将呂虔《さしょうりょけん》の刀《かたな》
兵気飛鳥《へいきひちょう》を回《めぐ》らし、威声巨鼇《いせいきょごう》を没《ぼっ》せしむ
戈鋋雪色《かせんせつしょく》を開《ひら》き、弓矢秋毫《きゅうししゅうごう》に向《む》かう
天歩《てんぽ》艱《かん》方《まさ》に尽《つ》き、時和《じわ》運《うん》更《さら》に遭《あ》う
誰《たれ》か云《い》う毒螫《どくせき》を遺《のこ》すと、已《すで》に是《こ》れ腥臊《せいそう》を沃《そそ》ぐ
睿想丹墀《えいそうたんち》近《ちか》く、神行羽衛《しんこううえい》牢《かた》し
花門絶漠《かもんぜつばく》に騰《あが》り、拓羯臨洮《たくけつりんとう》を渡《わた》る
此《こ》の輩恩《はいおん》に感《かん》じて至《いた》る、羸俘《るいふ》何《なん》ぞ操《と》るに足《た》らん
鋒先《ほうさき》だちて衣《ころも》 血《ち》に染《そ》み、騎《き》突《つ》きて剣《つるぎ》 毛《け》を吹《ふ》く
喜《よろこ》びは覚《おぼ》ゆ都城《とじょう》の動《うご》くを、悲《かな》しみは憐《あわ》れむ子女《しじょ》の号《さけ》ぶを

家家賣釵釧　只待獻香醪』　家家《かか》釵釧《さいせん》を売《う》り、只《た》だ待《ま》つ香醪《こうろう》を献《けん》ずるを

＊五言排律。韻字は下平四豪「壕・逃・袍・旄・高・濤・曹・勞・韜・刀・鼇・毫・遭・臊・牢・洮・操・毛・號・醪」。

【題意】　官軍がすでに賊軍の占拠する都長安に進攻しようとしていると聞き、喜んで作った詩。至徳二載（七五七）九月、官軍は広平王《こうへいおう》・俶《しゅく》を元帥、郭子儀《かくしぎ》らを副とし、回紇《かいこつ》（ウイグル）の援軍を得て長安に進攻した（『旧唐書』巻一〇「粛宗本紀」）。これらの動静を耳にして、首都奪回が間近であることを詠う。同年九月、鄜州《ふしゅう》（陝西省延安市富県）での作。詳注一―四一七、鈴木注一―五〇四。

【現代語訳】　胡賊の騎兵は都一帯に身を潜め、官軍は賊軍の塹壕を包囲した。彼らは今や煮えたぎる釜の中の魚同然の仮初《かりそめ》の命、穴の中のアリどもがいったいどこに逃れようというのか。』

幕をめぐらした仮御殿に黒い衣冠の大臣たちが並び立ち、仮の御門に回紇兵の白い服が照り映える。長安の山々は天子帰還の先払いの道筋に当たり、都の宮苑に官軍の御旗が入場する。道中はもはや曲がりくねった難所もなく、瑞雲が雉《きじ》の羽に飾られた儀仗の上にたなびいていよう。都周辺の五原の城塁は無用のものとなり、畿内八つの川の波風も静まった。今ここに天子の御心をうかがうに、賊どもよ、お前たちの命はもはや風前の灯《ともしび》なのだ。今さら降伏を申し出たとてかなうはずもなく、偽りの策略は無駄というもの。』

元帥の任に当たるのは皇帝の長子・広平王殿、司空（副元帥）である郭子儀殿の手中には豹韜《ひょうとう》（兵法書）の巻。前衛を受け持つ李嗣業《りしぎょう》殿の軍は漢の忠臣蘇武《そぶ》のような忠節を抱《いだ》き、左翼に当たる僕固懐恩《ぼくこかいおん》将軍には呂虔《りょけん》の刀が握られている。手にした武器が発する気は空を飛ぶ鳥さえもたじろがせ、鬨《とき》の声に大海亀さえ身を隠す。鋭い矛は雪のように白い刃《やいば》を輝かせ、弓矢は毛筋ほどのものをも射抜く。このたびの国難はここに終わりを告げ、四時陰陽の気は調和して良き命運に巡り合おうとしている。誰がいうのか、毒虫の針がまだ残っていると、もうすでに賊軍の放つ生臭いにおいは洗い流されたのだ。』

　天子の御心では赤く塗られた宮殿はもはや間近であり、帰還の行列は羽飾りの旗を手にした兵士たちにしっかりと守られている。思えば回紇軍は遥かな砂漠地帯の花門から身を躍らせてやってきて、安西の異民族の戦士は臨洮《りんとう》を流れる川を渡ってきた。この者たちはわが皇帝の恩に感じてやってきたのであり、弱りきった賊軍など容易に虜《とりこ》にできるだろう。先鋒隊が突き進めば敵の衣は血に染まり、騎兵隊が突撃すれば手にした剣の切れ味は吹きかけた毛も切れるほど。天子が帰還されれば、その喜びに都じゅう揺れ動かんばかりであろうが、戦死者を悲しんで女子《おんな》供たちは泣くだろう。どの家でも簪《かんざし》や腕輪を売って、帰還兵にうまい甘酒を献じようとひたすら待っている。』

■語釈

○鼎魚　鼎《かなえ》の中の魚。賊軍が絶体絶命の状態にあることをいう。「鼎」は物を煮炊きする青銅製の器具。南朝・梁・丘遅《きゅうち》「陳伯之《ちんはくし》に与《あた》うる書《しょ》」に、敵国の将軍となった陳伯之を「沸鼎《ふってい》（煮えたぎる釜）の中《うち》に遊《あそ》ぶ」魚のようなものだと喩える。○假息　仮りの息。つかの間の命。○穴蟻　穴の中のアリ。逃れようのない状態。○帳殿　軍中の帳《とばり》を巡らした御殿。鳳翔の行在所。○玄冕　玄《くろ》い礼服と冠。高官の服装。借りて高官を指す。○轅門　車の轅《ながえ》で作った仮りの門。軍中の門。○白袍　白い上着。回紇軍の服装。○秦山　長安一帯の山々。○警蹕　天子が出入する際、声を上げて先払いすること。出るとき「警」と、入るとき「蹕」という（『漢書』巻四七「文三王伝」）。○漢苑　長安の宮苑。「漢」は唐の言い換え。○旌旄　旗。尖端に羽などをつけ、軍中の指揮に用いる。○羊腸　羊の腸のように曲がりくねった険しい道。畳韻語「ヨウチョウ」。○雲横　雲がたなびく。天子の所在地の上空には雲がたなびくとされる。鈴木注は次の「雉尾」の扇が群がるさまの比喩とする。○雉尾　雉《きじ》の尾羽で飾った柄の長い扇。儀仗に用いる。畳韻語「チビ」。○五原　長安周辺の五つの高原、畢原《ひつげん》・白鹿原《はくろくげん》・少陵原《しょうりょうげん》・高陽原《こうようげん》・細柳原《さいりゅうげん》（詳注所引『長安志』）。『吉川注』筑摩版第四冊は粛宗（↓「人物説明」）が即位したオルドス地帯を漢代の郡名によっていうとする。五丈原をいうとする説もある（『九家注』巻一九）。○空壁塁　塁《とりで》だけが無駄に残されている。賊軍が平定されたことをいう。○八水　長安近郊を流れる八つの川、涇水《けいすい》・渭水《いすい》・滻水《さんすい》・灞水《はすい》・澇水《ろうすい》・滈水《こうすい》・灃水《ほうすい》・潏水《けっすい》（詳注所引、西晋・潘岳《はんがく》「関中記」）。○風濤　風と大波。世の困難。○遊魂　さ迷える魂。命脈が尽きようとしている賊軍のそれ。○爾曹　お前たち。賊軍をいう。○乞降那更得　降伏を願ったところで、どうしてできようか、滅ぼされるのみだ。「那」は疑問詞「何」に同じ。○尚詐　詐《いつわり》の謀《はかりごと》を画策する。○元帥　全軍の総司令官。広平王・俶を指す。粛宗の長男、後の代宗。○龍種　皇族の子孫。○司空　官名。重職である三公の一つ。副元帥、郭子儀を指す（『旧唐書』巻一〇「粛宗本紀」）。○豹韜　古代の兵法書『六韜《りくとう》』の篇名の一つ。「豹韜《ひょうとう》を握《にぎ》る」は郭子儀が兵法に優れること。○前軍蘇武節　「前軍」は前衛の軍。李嗣業の軍。李嗣業は武勇に優れ忠義に厚く、「忠勇」と諡《おくりな》された（『新唐書』巻一三八「李嗣業伝」）。「蘇武」は匈奴《きょうど》に使いした漢の忠臣（↓「人物説明」）。李嗣業になぞらえる。「節」は朝廷の使者であることを示す旗。○左将呂虔刀　「左将」は左翼の将軍。詳注は『資治通鑑』巻二二〇を引き、朔方左廂兵馬使僕固《ぼくこ》懐恩《かいおん》とする【補説】参照）。「呂虔」は西晋の人。曹丕《そうひ》のとき徐州刺史となり、王祥を信任して治績を挙げた。呂虔は、身に帯びる者は三公の位に登るという刀を持っていたが、持つべき人が持たなければ害を為すといって王祥に与えた。はたして後に王は出世した（『晋書』巻三三「王祥伝」）。○「兵氣」二句　官軍の勢いが極めて盛んで、賊軍が恐れる様子に喩える。「兵」は武器、「威声」は鬨《とき》の声。「巨鼇」は大海亀。○「戈鋋」二句　官軍の武器が鋭く優れることをいう。「戈」はほこ、「鋋」は小さいほこ。「雪色」は刃が雪のように白く光って鋭いさま。「秋毫」は秋に生えかわる獣の細い毛、微細な物。「向秋毫」は放たれた矢がどんな小さな物にも命中する様子。○天歩　国家の命運。『詩経』小雅「白華《はくか》」に「天《てん》の歩《あゆ》みは艱《かん》難《なん》なり」。○時和　四時陰陽の気が調和する。○毒螫　毒虫が刺す。毒針。賊軍を指す。後漢・班固《はんこ》「西都《せいと》の賦《ふ》」に「亡秦《ぼうしん》の毒螫《どくせき》を盪《ほろぼ》す」。○沃腥臊　賊を一掃する。「沃」は洗い流す。「腥臊」は生臭いにおい。双声語「セイソウ」。○睿想　天子の思い。「睿」は天子に関わることに用いる敬語。○丹墀　赤く彩色された宮殿前の広庭。○神行　天子の行幸。○羽衛　羽飾りの旗を持った侍衛。○花門　回紇が拠った土地の名。甘粛省張掖《かんしゅくしょうちょうえき》市の北方。ここでは回紇軍を指す。二年後の作「留花門」〇三六七は回紇軍が内地に留まることの脅威について詠う。同詩参照。○騰絶漠　遥かな砂漠に躍り出る。「絶」は極めて遠いさま。○拓羯　安西に居住した異民族の語で、戦士の意。○臨洮　黄河上流の地名。甘粛省定西市臨洮県。蘭州の南。○羸俘　弱った俘虜。○鋒　先陣、先鋒隊。○剣吹毛　刃先に吹きかかるだけで毛が切れてしまうほど剣が鋭い。○「喜覺」二句　長安の人々の悲喜こもごもの情景を想像していう。「都城動」は都じゅうが戦勝の喜びに沸き立つ。「子女号」は子供や女たちが戦死者のために泣く。○釵釧　「釵」は先が二股になった簪《かんざし》、「釧」は女性の腕輪。○香醪　香りのよい酒。

【補説】「左将呂虔刀」の「左将」について、『吉川注』は呂虔の刀の故事に登場する王祥と同姓の王思礼《おうしれい》とする。王思礼は高麗出身の武将で、粛宗の長安帰還に優れた働きをした。「八哀詩」の一首目「贈司空王公思礼《ぞうしくうおうこうしれい》」〇九四四参照。別に李嗣業を指すとする説もある（『九家注』巻一九）。　［澤崎］

収京三首　〇一九三

京《けい》を収《おさ》む三首《さんしゅ》

仙仗離丹極　妖星帶玉除
須爲下殿走　不可好樓居
暫屈汾陽駕　聊飛燕將書
依然七廟略　更與萬方初

仙仗《せんじょう》丹極《たんきょく》を離《はな》れ、妖星《ようせい》玉除《ぎょくじょ》を帯《お》ぶ
須《すべか》らく殿《でん》を下《お》りて走《はし》るを為《な》すべし、楼居《ろうきょ》を好《この》む可《べ》からず
暫《しばら》く汾陽《ふんよう》の駕《が》を屈《ま》げ、聊《いささ》か燕将《えんしょう》の書《しょ》を飛《と》ばす
依然《いぜん》たり七廟《しちびょう》の略《りゃく》、更《あらた》めて万方《ばんぽう》と初《はじ》めん

＊五言律詩。韻字は上平六魚「除・居・書・初」。

【題意】官軍による長安奪還の期待と喜びとその後の不安を詠う三首。「収」は回復する。至徳二載（七五七）十月十九日、粛宗（→「人物説明」）は長安に帰還、同月二十八日の詔に「京城初《けいじょうはじ》めて収《おさ》むるに縁《よ》り、百姓《ひゃくせい》を安《やす》んずるを要《よう》す」。ほどなくこの報を鄜州《ふしゅう》（陝西省延安市富県）で聞いての作。詳注一‐四三二、鈴木注一‐五二〇。

【現代語訳】 天子の儀仗は都を逃れ出、不吉な星が宮殿の階段を包みこんだ。こんな時には天子は宮殿を降りて走り不吉な星を祓《はら》うべきであり、仙人のように楼閣住まいを好んではならない。天下を失って、堯《ぎょう》のように汾陽に逃れてもそれはしばらくの間のこと、一たび投降を勧める矢文を放ったならば賊軍はたちまち降伏するであろう。七代にわたる天子の霊廟において軍略が練られ、再び天下に新たな息吹が起こるのだ。

■**語釈**

○**仙仗**　天子の儀仗。玄宗（↓「人物説明」）を指す。○**丹極**　天子の居所。「丹」は丹砂の赤色。『吉川注』筑摩版第四冊に「紫微宮の北極星が、地上の帝座と対応するのを、丹極という」。○**妖星**　災いをもたらす前兆となる星。安禄山（↓「人物説明」）を指す。唐・姚汝能《ようじょのう》『安禄山事跡』の冒頭に、禄山が生まれたとき赤光が辺りを照らし獣たちが鳴き、「妖星」が輝いて穹廬《きゅうろ》（禄山が生まれたテント造りの家）に落ちたとある。○**玉除**　美しい階段。「玉」は美称。○**下殿走**　南朝・梁の中大通六年（五三四）、熒惑《けいわく》（火星）が南斗星に入るという不吉な現象が起き、武帝は「熒惑南斗《けいわくなんと》に入《い》れば、天子殿《てんしでん》を下《お》りて走《はし》る」という諺によって、はだしのまま宮殿から降りて自《みずか》らこれを祓った（『資治通鑑』巻一五六「梁紀」一二）。非常時における皇帝のあるべき姿をいう。○**不可好樓居**　『漢書』巻二五下「郊祀志」に、道士の公孫卿が「僊人《せんにん》（仙人）は楼居《ろうきょ》を好《この》む」というので、武帝は長安に飛廉館・桂館などを建てさせたとある。玄宗が興慶宮に華萼相輝楼《かがくそうきろう》や勤政務本楼《きんせいむほんろう》などの楼閣を建てたことになぞらえ（『銭注』巻一〇）、また道教を好んだことを批判する。○**汾陽駕**　堯《ぎょう》（↓「人物説明」）は天下を治めたが、遥か姑射《こや》の山（仙人の住む山）、汾水《ふんすい》の北（汾陽）で四人の神人に出合って心もうつろとなり、天下のことなど忘れてしまった（『荘子』逍遥遊）。玄宗が蜀に逃れたことになぞらえる。○**燕將書**　戦国時代、燕《えん》の将軍が斉《せい》の聊城《りょうじょう》を攻め落として占拠したが、讒言によって燕に帰ることができず籠城を余儀なくされた。斉の将軍田単《でんたん》は一年余りかかっても聊城を落とせなかったが、魯仲連《ろちゅうれん》が降伏を勧める手紙を矢に結わえて城中に飛ばしたところ、燕の将軍は動揺して自殺し、聊城は陥落した（『史記』巻八三「魯仲連伝」）。燕は安慶緒《あんけいしょ》等の根拠地。ここではその燕の賊軍に対して書を飛ばしたならば容易に平定できるであろうということ。詳注に、当時官軍は長安南郊の香積寺《こうしゃくじ》の北で勝利を収め、賊軍が動揺していたため、魯仲連の故事を用いたとする。○**七廟略**　「七廟」は皇帝の祖先七代の霊廟。「略」は軍略。朝廷で軍議がなされたことをいう。○**萬方**　天下すべて。

［澤崎］

〇一九四

其二

生意甘衰白　天涯正寂寥
忽聞哀痛詔　又下聖明朝
羽翼懐商老　文思憶帝堯
叨逢罪己日　灑涕望青霄

其《そ》の二《に》

生意《せいい》衰白《すいはく》に甘《あま》んじ、天涯《てんがい》正《まさ》に寂寥《せきりょう》
忽《たちま》ち聞《き》く哀痛《あいつう》の詔《みことのり》、又《ま》た聖明《せいめい》の朝《ちょう》より下《くだ》るを
羽翼《うよく》商老《しょうろう》を懐《おも》い、文思《ぶんし》帝堯《ていぎょう》を憶《おも》う
叨《みだ》りに己《おのれ》を罪《つみ》するの日《ひ》に逢《あ》い、涕《なみだ》を灑《そそ》ぎて青霄《せいしょう》を望《のぞ》む

＊五言律詩。韻字は下平二蕭「寥・朝・堯・霄」。

【現代語訳】老いて白髪となった我が身の境遇に甘んじながら、私は天の果てに寂しく過している。にわかに耳にしたのは、哀痛の思いを述べられた天子（粛宗）の詔が再び朝廷か

ら下されたこと。皇太子を補佐した商山の四皓のような人（李泌《りひつ》）を慕い、聡明で思慮深い聖天子堯《ぎょう》のようなお方（玄宗）を思う。かたじけないことに、天子自ら我が身の罪を認められるというこの日に出合い、涙ながらに宮城の上に広がる青空をながめやる。

■語釈

○**生意**　境遇。○**哀白**　老衰して白髪となる。○**天涯**　天の果て。今いる鄜州《ふしゅう》。○「**忽聞**」**二句**　「哀痛詔」は【題意】に記した詔。「又《ま》た下《くだ》る」とは至徳元載（七五六）七月十三日に粛宗が霊武で即位して大赦の詔が下されたのに続いて、翌年十月二十八日、帰還後の長安で再び詔が下されたこと（詳注の説）。一説に、最初の詔を至徳元載八月、玄宗が成都に着いて間もなく発したそれとする（『銭注』巻一〇、『吉川注』筑摩版第四冊など）。○**羽翼懐商老**　「羽翼」は補佐する。「商老」は商山の四皓。四人の白髪の高士。前漢の高祖が皇后の子に換えて寵妃の子を跡継ぎに据えようとした時、商山からやってきて皇后の子を守り補佐した（『史記』巻五五「留侯世家」）。詳注は玄宗の子、粛宗を補佐した李泌《りひつ》のこととする。『朱鶴齢注』巻四は広平王李俶《りしゅく》（〇一九三参照）とする。○**文思**　才知と道徳を身につけて思慮深い様子（『書経』堯典）。堯の徳をいい、上皇となった玄宗になぞらえる。○**罪己**　皇帝が自分の過ちを認めて自らを責める。○**青霄**　青空。また朝廷。

［澤崎］

其三

〇一九五

汗馬收宮闕　春城鏟賊壕

其《そ》の三《さん》

汗馬《かんば》宮闕《きゅうけつ》を収《おさ》め、春城《しゅんじょう》賊壕《ぞくごう》を鏟《けず》らんとす

賞應歌杕杜　歸及薦櫻桃
雜虜橫戈數　功臣甲第高
萬方頻送喜　無乃聖躬勞

賞《しょう》は応《まさ》に杕杜《ていと》を歌《うた》うべく、帰《かえ》りは桜桃《おうとう》を薦《すす》むに及《およ》ばん
雑虜《ざつりょ》戈《ほこ》を横《よこた》うること数《しばしば》ゝなり、功臣甲第《こうしんこうてい》高《たか》し
万方《ばんぽう》頻《しき》りに喜《よろこ》びを送《おく》る、乃《すなわ》ち聖躬《せいきゅう》の労《ろう》する無《な》からんや

＊五言律詩。韻字は下平四豪「壕・桃・高・勞」。

【現代語訳】 軍馬の働きで宮城を取り戻し、来春、長安城では賊軍の陣地が取り壊されるだろう。帰還兵の恩賞には「杕杜《ていと》」の詩が歌われようし、夏には天子が桜桃を霊廟に捧げることであろう。しかしながら、回紇《かいこつ》兵らは戈《ほこ》を手にしてたびたび横暴に振る舞い、功臣たちの邸宅は高く聳え立つ。各地から祝意が寄せられるが、これでは天子の御身は御苦労が絶えないのではなかろうか。

■語釈

○**汗馬**　馬に汗をかかせる。戦功を立てる。○**宮闕**　宮城。○**鏟賊壕**　賊軍が作った塹壕を削って元にもどす。○**杕杜**　『詩経』小雅の篇名。詩序に「還役《かんえき》（帰還した兵士）を労《ねぎら》う」。「杕杜」はヤマナシ。バラ科の落葉高木。双声語「テイト」。○**薦櫻桃**　『礼記』月令に、仲夏（陰暦五月）には天子は「含桃」（桜桃）をまず寝廟《おたまや》に薦めるとある。「薦」は供える。○**雜虜**　官軍を助けた回紇（ウイグル）などの異民族。○**橫戈**　戈《ほこ》を横ざまに持つ。武器を手に横暴に振る舞う。○**甲第**　第一級の邸宅。豪邸。安史の乱後、都では大臣や将軍が競って豪壮な邸宅を建てたため、「木妖」（木の妖怪）といわれた（『旧唐書』巻一五二「馬璘伝」、北宋・宋敏求『長安志』巻七）。○**無乃**　かえって……ではなかろうか。○

一聖躬　天子のお体。「躬」は身体。

【補説】『黄鶴補注』巻一九（杜詩叢刊本は巻五）は其の三のみ乾元元年（七五八）の作かとする。理由として、其の三は「春」字を用い、「薦桜桃」は夏の行事であることが挙げられる（黄生『杜詩説』巻四、『校注』九八五頁）。『吉川注』の本詩「余論」は、筑摩『杜甫II』（二九七二）では乾元元年作としたものを、其の三も至徳二載、皇帝の帰還を明春以後と予想しての作とする。［澤崎］

〇一九六

送鄭十八虔、貶台州司戶、傷其臨老陷賊之故、闕爲面別、情見於詩

鄭十八虔《ていじゅうはちけん》の台州《たいしゅう》の司戸《しこ》に貶《へん》せらるるを送《おく》る、其《そ》の老《ろう》に臨《のぞ》み賊《ぞく》に陥《おちい》るの故《ゆえ》を傷《いた》み、面別《めんべつ》を為《な》すを闕《か》く、情《じょう》は詩《し》に見《あら》わる

鄭公樗散鬢成絲
酒後常稱老畫師
萬里傷心嚴譴日
百年垂死中興時
蒼惶已就長途往
邂逅無端出餞遲
便與先生應永訣

鄭公樗散《ていこうちょさん》にして鬢糸《びんいと》を成《な》し
酒後《しゅご》常《つね》に称《しょう》す老画師《ろうがし》と
万里《ばんり》心《こころ》を傷《いた》ましむ厳譴《げんけん》の日《ひ》
百年《ひゃくねん》死《し》に垂《なんなん》とす中興《ちゅうこう》の時《とき》
蒼惶《そうこう》已《すで》に長途《ちょうと》に就《つ》きて往《ゆ》く
邂逅《かいこう》端無《たんな》く出餞《しゅつせん》遅《おそ》し
便《たと》い先生《せんせい》と応《まさ》に永訣《えいけつ》すべきも

九重泉路盡交期　　九重《きゅうちょう》の泉路《せんろ》交期《こうき》を尽《つ》くさん

＊七言律詩。韻字は上平四支「絲・師・時・遲・期」。

【題意】「鄭虔《ていけん》が台州の司戸に左遷されるのを送る。老年になって賊軍に捉えられたという事情に心を傷め、面会してお別れすることはしなかった。思いをこの詩に記す」。鄭十八虔については「人物説明」及び〇九五〇参照。「十八」は排行（→「用語説明」）。「台州」は浙江省台州市臨海。「司戸」は司戸参軍事。州の属官。至徳二載（七五七）十二月末、長安（陝西省西安市）での作。詳注一－四三四、鈴木注一－五二四。

【現代語訳】 鄭公はその才能が世間に用いられないまま白髪頭となり、飲めばいつも自分のことを「年老いた絵描き」と称しておられる。このたび厳しいお叱りを受けて万里の彼方に旅立つことになったのは何と傷ましいことか、国家中興のめでたいこの時にその一生が尽きようとしているとは。すでに慌しく遠路の旅に出発されたが、それでも思いがけない出会いがかなわぬかと見送りに出向いたものの時すでに遅かった。これが先生との永遠《とわ》の別れとなろうとも、九重の黄泉路《よみじ》で再会して交わりを結びましょう。

■語釈

○樗散　役に立たない大木や材木（『荘子』逍遥遊・人間世）。世に用いられない人物の喩え。○老畫師　鄭虔は山水画に巧みで、詩と書画を献上したところ、玄宗から「鄭虔三絶《ていけんさんぜつ》」（「三絶」は詩書画に優れる意）と讃えられた（唐・張彦遠『歴代名画記』巻九、『新唐書』巻二〇二「鄭虔伝」）。ただし「画師」

は職業的な画家（画工）の意で、詳注に「老画師」は自分を知る語にしてまた慨嘆する語だとあるように、自らを誇る語ではない。〇**厳譴**　厳しく罪を罰する。賊軍の官職（水部郎中）を受けたために罪に問われたことをいう。〇**百年垂死**　「百年」は人の一生、「垂死」は死にかけている。鄭虔は死罪となるところをあやうく崔円《さいえん》に助けられた（『新唐書』鄭虔伝）。〇**中興**　粛宗（↓「人物説明」）による唐朝の復興。〇**蒼惶**　慌しい。畳韻語「ソウコウ」。〇**長途**　都から台州までの長い道のり。〇**邂逅無端出餞遅**　「邂逅」は思いがけない出会い。双声語「カイコウ」。「無端」は糸口がない。「出餞」は見送り。詩題とは異なり、この句では見送りに出かけたがすでに遅かったとする。なお、左遷された者はただちに都を出発しなければならず、またその見送りは危険な行為とされた。〇**便**　仮定の辞。たとえ……としても。〇**先生**　有徳の年長者に対する敬称。人柄に親しみをこめていう。鄭虔に贈る作「酔時《すいじ》の歌《うた》」〇〇九〇参照。〇**永訣**　永遠の別れ。死別。〇**九重泉路**　いくえにも重なった冥土へと続く黄泉路《よみじ》。

［澤崎］

〇一九七

臘日

臘日常年暖尚遙
今年臘日凍全消
侵陵雪色還萱草
漏洩春光有柳條
縱酒欲謀良夜醉

臘日《ろうじつ》

臘日常年《ろうじつじょうねん》　暖尚《だんな》お遥《はる》かなり
今年臘日凍《こんねんろうじつこおり》　全《まった》く消《き》ゆ
雪色《せっしょく》を侵陵《しんりょう》するは還《ま》た萱草《けんそう》
春光《しゅんこう》を漏洩《ろうせつ》するは柳条《りゅうじょう》有《あ》り
酒《さけ》を縦《ほしいまま》にして謀《はか》らんと欲《ほっ》す良夜《りょうや》の酔《すい》

歸家初散紫宸朝　家《いえ》に帰《かえ》らんとして初《はじ》めて散《さん》ず紫《し》宸《しん》の朝《ちょう》
口脂面藥隨恩澤　口脂《こうし》面薬《めんやく》恩沢《おんたく》に随《したが》い
翠管銀罌下九霄　翠管《すいかん》銀罌《ぎんおう》九霄《きゅうしょう》より下《くだ》る

＊七言律詩。韻字は下平二蕭「遙・消・條・朝・霄」。

【題意】「臘」は陰暦十二月の年送りの祭り。詳注が引く趙大綱『測旨《そくし》』に、唐代では大寒後の辰の日を「臘」とするとある。この年は十二月十三日（太陽暦では一月二十六日）。春の兆しが見える中、宮中に参内して下賜品を給わったことを詠い、大乱後におとずれた平安を喜ぶ。至徳二載（七五七）十二月臘日、長安での作。詳注一-四二六、鈴木注一-五二六。

【現代語訳】いつもの年なら臘日は暖かさとは程遠いけれど、今年はすっかり氷も融けて暖かい。雪の白さを押しのけるのは芽吹いたばかりのワスレグサ、春の光が漏れ出るのはヤナギの枝。思う存分酒を飲んでこのすばらしい夜に酔おうと、今しがた紫宸殿《ししんでん》での朝見を終えて帰宅の途についた。天子の恩沢により、寒さよけのクリームも翠の筒や銀の壺に入れて宮中で賜ってきたのだ。

■語釈

○常年　いつもの年。○侵陵　攻めこんで上に出る。押しのける。「陵」は「凌」に同じ。○萱草　ワスレグサ。憂いを忘れるとされる。○柳條　ヤナギの細い枝。○縱酒　ほしいままに酒を飲む。○良夜　すばらしい夜。祭日であるのでいう。○紫宸朝　「紫宸」は紫宸殿《ししんでん》。大明宮の中にあり、宣政殿《せんせいでん》の北に位置する。群臣が朝見する所。「朝」は臣下が皇帝に謁見する。朝見。「紫宸殿退朝口号《ししんでんたいちようこうごう》」〇三〇〇参照。〇**口脂面薬**　「口脂」は唇につけるクリーム、「面薬」は顔にぬるクリーム。ともに防寒用。唐・段成式《だんせいしき》『酉陽雑俎《ゆうようざつそ》』巻一「忠志」に、臘日には北門の学士に「口脂《こうし》・臘脂《ろうし》」を「碧鏤《へきる》の牙筩《がとう》（筒）」に入れて下賜したとある。『文苑英華』巻五九六「節朔謝物」に、初唐・李嶠《りきよう》の「臘日臘脂口脂《ろうじつろうしこうし》を賜《たまわ》るを謝する表《ひよう》」を始めとする臘日の下賜品に関する作が収められる。〇**翠管銀罌**　「口脂面薬」を入れる翠《みどり》の筒と銀製の罌《かめ》。『酉陽雑俎』にいう「碧鏤牙筩」に当たろう。「罌」は口が小さく腹部が大きいかめ。〇**九霄**　九重の天。「霄」はそら。天子の居所。

［澤崎］

奉和賈至舎人早朝大明宮　〇一九八

賈至舎人《かししやじん》の早《つと》に大明宮《だいめいきゆう》に朝《ちよう》するに和《わ》し奉《たてまつ》る

五夜漏聲催曉箭　五夜《ごや》の漏声暁箭《ろうせいぎようせん》を催《もよお》し
九重春色醉仙桃　九重《きゆうちよう》の春色《しゆんしよく》仙桃《せんとう》酔《よ》う
旌旃日暖龍蛇動　旌旃《せいき》日《ひ》暖《あたた》かにして龍蛇《りようだ》動《うご》き
宮殿風微燕雀高　宮殿《きゆうでん》風《かぜ》微《かす》かにして燕雀《えんじやく》高《たか》し
朝罷香煙攜滿袖　朝《ちよう》罷《や》みて香煙《こうえん》携《たずさ》えて袖《そで》に満《み》ち
詩成珠玉在揮毫　詩《し》成《な》りて珠玉《しゆぎよく》毫《ふで》を揮《ふる》うに在《あ》り
欲知世掌絲綸美　世ゝ《よよ》糸綸《しりん》を掌《つかさど》るの美《び》を知《し》らんと欲《ほつ》せば

池上于今有鳳毛　池上《ちじょう》今《いま》に于《おい》て鳳毛《ほうもう》有《あ》り

＊七言律詩。韻字は下平四豪「桃・高・毫・毛」。

【題意】乾元元年（七五八）春、長安（陝西省西安市）で左拾遺（門下省）の任にあった時の作。中書舎人（中書省）賈至（七一八〜七七二）の詩（【附録】参照）に対する唱和詩。『宋本杜工部集』巻一〇に「舎人《しゃじん》の先世《せんせい》嘗《かつ》て糸綸《しりん》を掌《つかさど》る」の原注あり。「大明宮」は長安の東北隅の宮城。その宣政殿や紫宸殿でしばしば朝見が行われた。中書省と門下省とは宣政殿から南に見て右（西側）と左（東側）に相い対しており、中書省を右省・西省、門下省を左省・東省とも称した。詳注一—四三七、鈴木注一—五一八。

【現代語訳】水時計の音が夜明けの訪れを告げると、甍《いらか》を連ねた宮城は桃の花が酔って紅に染まったかのような春景色となる。居並ぶ儀仗兵が手にした旗指し物に暖かい日が射して龍蛇の絵柄が揺れ動き、宮殿には穏やかな風が吹いてツバメやスズメが空高く舞い上がる。あなたが参内を終えて退出すれば殿中に焚かれた炉の香りが袖に満ち、筆を揮えば珠玉の詩ができあがる。代々詔勅の起草を掌る賈至舎人の家柄の立派さを知りたければ、今この鳳凰池におられる賈至舎人の、父君に似て文才ある姿を見るがよい。

■語釈

○五夜　夜の時刻を五分した甲夜・乙夜・丙夜・丁夜・戊夜。ここでは暁方の戊夜を指す。○漏聲　漏刻（水時計）の水音。○曉箭　夜明けの時刻を示す漏刻の針。○九重　いくえにも重なった門。天子の居所。○酔仙桃　夜明けの宮城が春景色に染まっていることに喩える。「仙」は宮中を仙界になぞらえていう。○旌旂　儀仗兵の持つ旗。鳥の羽を裂いたのが「旌」、龍を交差して描いたのが「旂」。○香煙　朝見の時に宮中で焚かれる御香。退出時に袖に香りが満ちるのは、天子のそば近くに侍していたことを意味する。賈至の元の詩に、「衣冠《いかん》の身《み》は惹《ひ》く御炉《ぎょろ》の香《こう》」。○珠玉　賈至の優れた詩。○世掌絲綸美　父の賈曾《かそう》と子の賈至とは二代にわたって「糸綸」（詔勅）の起草を掌る中書舎人の任にあった。玄宗（↓「人物説明」）が先帝・睿宗《えいそう》から譲位された時、その詔勅を起草したのは父の賈曾であり、後に安禄山（↓「人物説明」）の乱を逃れた玄宗が成都で子の粛宗（↓「人物説明」）に譲位した時、その詔勅を起草したのは子の賈至であった。玄宗が「両朝《りょうちょう》の盛典《せいてん》、卿《けい》が家《いえ》の父子《ふし》の手《て》より出《い》ず。美《び》を継《つ》ぐと謂《い》う可《べ》し」というと、賈至は頓首して感激の涙を流した（『新唐書』巻一一九「賈至伝」）。○池　中書省の傍らにあった鳳凰池。また中書省の雅称。賈至の詩に「共《とも》に恩波《おんぱ》に沐《もく》す鳳池《ほうち》の裏《うち》」。○鳳毛　鳳凰の羽毛。子が父に似て優れることの喩え。東晋の桓温《かんおん》は、王劭《おうしょう》が父の王導に似ているのを見て「固《もと》より自《おのず》ら鳳毛《ほうもう》有《あ》り」（『世説新語』容止）といい、南朝・宋の孝武帝は謝霊運の孫・謝超宗の文才を讃えて「超《ちょう》宗《そう》殊《こと》に鳳毛《ほうもう》有《あ》り」（『南斉書』巻三六「謝超宗伝」）といった。

【附録 一】

早朝大明宮呈兩省僚友　早《つと》に大明宮《だいめいきゅう》に朝《ちょう》して両省《りょうしょう》の僚友《りょうゆう》に呈《てい》す　賈至《かし》

銀燭朝天紫陌長　銀燭《ぎんしょく》 天《てん》に朝《ちょう》して紫陌《しはく》長《なが》し
禁城春色曉蒼蒼　禁城《きんじょう》の春色《しゅんしょく》 暁《あかつき》に蒼蒼《そうそう》
千條弱柳垂青瑣　千条《せんじょう》の弱柳《じゃくりゅう》 青瑣《せいさ》に垂《た》れ

百囀流鶯遶建章　百囀《ひゃくてん》の流鶯《りゅうおう》 建章《けんしょう》を遶《めぐ》る
剣佩聲随玉墀歩　剣佩《けんぱい》の声《こえ》は随《したが》う玉墀《ぎょくち》の歩《ほ》
衣冠身惹御爐香　衣冠《いかん》の身《み》は惹《ひ》く御炉《ぎょろ》の香《こう》
共沐恩波鳳池裏　共《とも》に恩波《おんぱ》に沐《もく》す鳳池《ほうち》の裏《うち》
朝朝染翰侍君王　朝朝《ちょうちょう》 翰《ふで》を染《そ》めて君王《くんおう》に侍《じ》す

〔現代語訳〕「早朝に大明宮に参内して中書省・門下省の同僚に差し上げる」。銀のかがり火を手に、長い都大路を通って宮中に参内すれば、皇城の春景色は夜明けとともに白んでいく。無数の柔らかな柳の枝が青い宮門にしだれ、鶯が囀りながら建章宮の周りを飛ぶ。宮殿の階段を歩むにつれて腰に帯びた剣と玉とが鳴り響き、衣冠の身に御炉の香りがくゆる。諸君と共に恩寵に与ったのは鳳凰池のそばの中書省でのこと、毎朝筆を執って天子のおそばにかしこまるこの喜びよ。

【附録 二】

和前　前《まえ》に和《わ》す　王維《おうい》

絳幘鷄人報曉籌　絳幘《こうさく》の鶏人《けいじん》暁籌《ぎょうちゅう》を報《ほう》じ
尚衣方進翠雲裘　尚衣《しょうい》方《まさ》に進《すす》む翠雲《すいうん》の裘《きゅう》
九天閶闔開宮殿　九天《きゅうてん》の閶闔《しょうこう》 宮殿《きゅうでん》を開《ひら》き

萬國衣冠拜冕旒　万国《ばんこく》の衣冠《いかん》冕旒《べんりゅう》を拝《はい》す
日色纔臨仙掌動　日色《にっしょく》は纔《わず》かに仙掌《せんしょう》に臨《のぞ》みて動《うご》き
香煙欲傍袞龍浮　香煙《こうえん》は袞龍《こんりょう》に傍《そ》いて浮《うか》ばんと欲《ほっ》す
朝罷須裁五色詔　朝《ちょう》罷《や》みて須《すべか》らく五色《ごしょく》の詔《しょう》を裁《さい》すべく
佩聲歸向鳳池頭　佩声《はいせい》帰《かえ》りて向《む》かう鳳池《ほうち》の頭《ほとり》

〔現代語訳〕　赤い頭巾の鶏人（周代の官名）が夜明けを告げ、御衣を掌る官人が翠雲模様の裘《かわごろも》をお出しする。幾重にも連なった宮殿の門が開くと、衣冠を正した万国の高官が天子の尊顔を拝する。日の光が仙掌（天露を受ける銅盤）を照らして微《かす》かに揺れ動き、芳しい香炉の煙が龍の衣の天子に寄り添って立ち昇る。朝会が終われば五色の詔勅を起草するべく、佩玉の音を響かせて鳳凰池のほとりの中書省に帰っていく。

【附録　三】

和前　前《まえ》に和《わ》す　岑参《しんじん》

鷄鳴紫陌曙光寒　鶏《にわとり》は紫陌《しはく》に鳴《な》きて曙光《しょこう》寒《さむ》く
鶯囀皇州春色闌　鶯《うぐいす》は皇州《こうしゅう》に囀《さえず》りて春色《しゅんしょく》闌《たけなわ》なり
金闕曉鐘開萬戸　金闕《きんけつ》の暁鐘《ぎょうしょう》万戸《ばんこ》を開《ひら》き

玉階仙仗擁千官　玉階《ぎょくかい》の仙仗《せんじょう》 千官《せんかん》を擁《よう》す
花迎剣珮星初落　花《はな》は剣珮《けんぱい》を迎《むか》えて星初《ほしはじ》めて落《お》ち
柳拂旌旆露未乾　柳《やなぎ》は旌旆《せいき》を払《はら》いて露未《つゆいま》だ乾《かわ》かず
獨有鳳凰池上客　独《ひと》り鳳凰池上《ほうおうちじょう》の客有《かくあ》り
陽春一曲和皆難　陽春一曲《ようしゅんいっきょく》 和《わ》すること皆《み》な難《かた》し

〔現代語訳〕　鶏が鳴いて都大路に朝がきたが夜明けの光はまだ寒い、鶯が都じゅうに囀って春景色はいまたけなわ。宮殿の暁の鐘を合図に万もの門扉が開き、玉階に居並ぶ儀仗兵が千もの官人を取り囲む。花が剣佩を帯びた人々を迎えるころ空の星は消え、柳が旗指物にそよいで朝露はまだ乾かない。ただひとり鳳凰池のほとりに佇むお方、賈至舎人が、高雅な調べの詩を詠えば唱和するのは誰もが難しい。

［澤崎］

宣政殿退朝晩出左掖　宣政殿《せんせいでん》より退朝《たいちょう》して晩《ばん》に左掖《さえき》を出《い》ず

〇一九九

天門日射黄金牓　天門日《てんもんひ》は射《い》る黄金《おうごん》の牓《ぼう》
春殿晴曛赤羽旗　春殿《しゅんでん》 晴《は》れは曛《くん》ず赤羽《せきう》の旗《はた》
宮草霏霏承委珮　宮草《きゅうそう》 霏霏《ひひ》として委珮《いはい》を承《う》け

鑪煙細細駐遊絲
雲近蓬萊常五色
雪殘鳷鵲亦多時
侍臣緩歩歸青瑣
退食從容出每遲

鑪《ろ》煙《えん》細細《さいさい》として遊糸《ゆうし》を駐《とど》む
雲《くも》は蓬萊《ほうらい》に近《ちか》くして常《つね》に五色《ごしょく》
雪《ゆき》は鳷鵲《しじゃく》に残《のこ》るも亦《ま》た多時《たじ》
侍臣《じしん》緩歩《かんぽ》して青瑣《せいさ》に帰《かえ》る
退食《たいしょく》 従容《しょうよう》として出《い》ずること毎《つね》に遅《おそ》し

*七言律詩。韻字は上平四支「旗・絲・時・遲」。

【題意】　制作時、制作地は前詩と同じ。前半は宣政殿での朝見の情景、後半は門下省から遅くに退出する様子を詠う。「宣政殿」は大明宮のうち含元殿の北にある正殿。天子が執務し、またしばしば朝見が行われた。「左掖」は、南面して左（東側）に位置する小門。杜甫のいた門下省（↓「用語説明」）を指す。詳注二-四三五、鈴木注一-五三一。

【現代語訳】　宮門に朝日が射して門の額は金色に輝き、春の宮殿では朱雀の御旗が晴れた日に照らされて匂いたつ。宮廷の草は百官の腰から垂れた玉佩に触れて芳しく、香炉の煙りが細く立ち上って遊糸が静止しているかのようだ。雲は蓬萊《ほうらい》宮の間近に浮かんで絶え間なく五色の瑞祥を表し、雪は鳷鵲《しじゃく》観にいつまでも消え残っている。臣下たる私はゆっくりとした足取りで青い鎖の門扉のある門下省に帰る、退朝して我が家に戻るのはいつも遅い。

一■語釈

○天門　宮殿の門。**○牓**　門に掲げる額。**○晴曛**　晴れた陽の光が旗を匂いたたせる。「曛」は「薫」に同じ。「曛」を夕暮れととる説もある（鈴木注など）。**○赤羽旗**　赤い羽の朱雀を画いた旗。**○霏霏**　草の芳しいさま。「霏霏」は通常は雨や雪がしきりに降る意であるが、詳注はここでは「菲菲」（芳しいさま）と同義に解釈する。**○委珮**　地に垂れた玉佩。「珮」は「佩」に同じ。玉佩が地に垂れるのは、百官が恭しく腰をかがめる様子（『礼記』曲礼）。**○鑪煙**　天子の出御とともに殿中で焚く香炉の煙り。**○遊絲**　空中に浮遊するクモの糸。**○蓬莱**　蓬莱宮。大明宮の別名。「蓬莱」は東海中にあって神仙が住む島。**○雪残**　消え残った雪。詳注に、「杜詩《とし》『残《ざん》』字《じ》を用《もち》いるに、多《おお》く『餘《よ》』字《じ》の解《かい》を作《な》す」とあり、「残」は通常「そこなわれる」意であるが、杜甫はしばしば「あまる」「のこる」の意に用いると指摘する。**○鳷鵲**　前漢の武帝が甘泉宮の近くに建てた宮殿、鳷鵲観（前漢・司馬相如「上林の賦」）。「鳷鵲」は瑞鳥。双声語「シジャク」。**○青瑣**　鎖形の模様を彫り、青い漆を塗った門扉。門下省を指す。双声語「セイサ」。**○退食**　退朝する。一日の職務を終えて朝廷を退出し、帰宅して食事することから（『詩経』召南「羔羊《こうよう》」）。**○従容**　ゆったりとした様子。畳韻語「ショウヨウ」。**○出毎遅**　いつも退出が遅くなる。通常、官吏の勤務は早朝から昼まで。帰宅が遅くなる理由について『吉川注』筑摩版第五冊は、「同僚との雑談、あるいは詩の唱和に花が咲いたから」とする。

［澤崎］

〇二〇〇

紫宸殿退朝口號

紫宸殿《ししんでん》退朝《たいちょう》　口号《こうごう》

戸外昭容紫袖垂　　戸外《こがい》の昭容《しょうよう》　紫袖《ししゅう》垂《た》れ

雙瞻御座引朝儀　　御座《ぎょざ》を双《なら》び瞻《み》て朝儀《ちょうぎ》を引《ひ》く

香飄合殿春風轉
花覆千官淑景移
晝漏稀聞高閣報
天顔有喜近臣知
宮中每出歸東省
會送夔龍集鳳池

香《こう》は合殿《ごうでん》に飄《ひるがえ》りて春風《しゅんぷう》転《てん》じ
花《はな》は千官《せんかん》を覆《おお》いて淑景《しゅくけい》移《うつ》る
昼漏《ちゅうろう》聞《き》くこと稀《まれ》にして高閣《こうかく》報《ほう》じ
天顔《てんがん》喜《よろこ》び有《あ》りて近臣《きんしん》知《し》る
宮中《きゅうちゅう》より出《い》でて東省《とうしょう》に帰《かえ》る毎《ごと》に
会送《かいそう》す夔龍《きりょう》の鳳池《ほうち》に集《あつ》まるを

＊七言律詩。韻字は上平四支「垂・儀・移・知・池」。

【題意】　制作時、制作地は前詩と同じ。紫宸殿での朝見が終わって退出する時、思い浮かぶままに詠った詩。「紫宸殿」は宣政殿の後方（北側）に位置する奥向きの宮殿、便殿。通常、皇帝は宣政殿で政務を執るが、紫宸殿で執務することもあり、また朔望の日（毎月一日と十五日）にはここで百官の朝見を行った。「口号」は即興の詩。詳注二―四三六、鈴木注一―五三三。

【現代語訳】　戸外では女官の昭容が紫の袖を垂らし、左右から御座に目をやりつつ朝見の列を導いている。香炉の香りが春風に吹かれて紫宸殿に漂い、居並ぶ百官の上を覆う花々の影が刻々と所を移している。奥深い宮中では昼の漏刻の音は稀にしか聞こえず、時刻は外の高閣から報じられる。天子の尊顔に喜びが浮かぶご様子は、間近に仕える近臣のみが知っている（私はその一人なのだ）。朝見が終わり、宮中を退出して門下省に帰るたびに、宰相や大臣が鳳凰池のある中書省に集まるのをみなでお見送りする。

■語釈

○昭容　宮中の女官。位は正二品。朝見のさい群臣を先導する。○雙瞻　左右からうかがい見る。○朝儀　朝廷での儀式。ここでは参列する群臣たち。○合殿　紫宸殿をいう。鈴木注、『李寿松注』三九頁は殿内全体をいうとする。○淑景　春の麗らかな日影。それが「移る」とは、花影が時間の経過につれて所を移動させること。朝見が長時間にわたることをいう。○晝漏稀聞　『吉川注』筑摩版第五冊は、昼の漏刻が稀にしか聞こえないのは春は日永により刻限の間隔が延びているためとする。○高閣　含元殿東南の翔鸞閣と西南の棲鳳閣。○近臣　天子に近侍する臣下。杜甫自身。左拾遺（→「用語説明」）であった杜甫は、朝見の時には宰相に随って御前に侍した。○東省　門下省。〇一九〇の【題意】参照。○會送　同僚たちが集まって見送る。○夔龍　古代の聖天子舜《しゅん》を補佐した大臣。夔は音楽を司り、龍は民の言葉を君に伝えた。ここでは当代の宰相・重臣たちを指す。○集鳳池　「鳳池」は中書省のそばにある池、鳳凰池。借りて中書省を指す。朝見のあと、宰相等は中書省の政堂に戻って執務したので「鳳池に集まる」という。

［澤崎］

〇二〇一

春宿左省

花隱掖垣暮　啾啾棲鳥過
星臨萬戸動　月傍九霄多

春左省《はるさしょう》に宿《しゅく》す

花《はな》は隠《いん》たり掖垣《えきえん》の暮《く》れ、啾啾《しゅうしゅう》として棲鳥《せいちょう》過《す》ぐ
星《ほし》は万戸《ばんこ》に臨《のぞ》みて動《うご》き、月《つき》は九霄《きゅうしょう》に傍《そ》いて多《おお》し

不寝聴金鑰　因風想玉珂　　寝《い》ねずして金鑰《きんやく》を聴《き》き、風《かぜ》に因《よ》りて玉珂《ぎょくか》を想《おも》う

明朝有封事　數問夜如何　　明朝《みょうちょう》封事《ほうじ》有《あ》り、数〻《しばしば》問《と》う夜《よる》は如何《いかん》と

＊五言律詩。韻字は下平五歌「過・多・珂・何」。

【題意】　制作時・制作地は前詩と同じ。「宿」は宿直。「左省」は門下省。天子への奏上を翌朝に控えて、門下省に宿直した夜の情景と思いを詠う。詳注二―四三八、鈴木注一―五三五。

【現代語訳】　花がぼんやりと見える宮中の垣根の夕暮れ時、鳥は鳴きながらねぐらに帰っていく。星は宮殿の無数の扉に瞬き、月は天に聳える宮城に寄り添って明るさを増す。眠れぬままに金の錠前が開けられる音に耳を澄まし、風の音さえ早くも参内に向かう馬の玉飾りの響きかと思われる。明朝は天子様に意見を奏上する封事があるのだ、それが気にかかって、いま何時かと何度も尋ねてみる。

■語釈

○掖垣　宮殿わきの垣根。門下省の別名。○啾啾　鳥の鳴く声。○棲鳥　ねぐらに帰る鳥。○動　星が瞬くさま。○九霄　遥かに高い天。ここではその下に聳える宮殿をいう。○多　宮殿が天高く月に聳えているので、そこに光が多くふり注ぎ明るいという意。○玉珂　五品以上の者が馬の轡《くつわ》に下げる玉飾り（『旧唐書』巻四五「輿服志」）。馬が歩めば玉珂が触れあって鳴る。『杜臆』巻二は、風が吹けば御殿の軒先の鈴鐸が鳴り、そのため玉珂の響きが想われる意とする。○封事　天子に奉る意見書。密封してあるので「封」という。拾遺の任にある者は、大きな問題は朝廷で直に奏上し、小さな問題は「封事」を

奉る（『新唐書』巻四七「門下省」）。○夜如何　明朝の封事をしきりに気にかける様子。『詩経』小雅「庭燎《ていりょう》」に「夜如何《よるいかん》、夜未《よるいま》だ央《なかば》ならず」とあり、君主が早朝の出御に遅れぬかと気にかける様子を詠うのに拠る。　［澤崎］

晩出左掖　〇二〇三

晝刻傳呼淺　春旗簇仗齊
退朝花底散　歸院柳邊迷
樓雪融城濕　宮雲去殿低
避人焚諫草　騎馬欲鷄棲

晩《ばん》に左掖《さえき》を出《い》ず
昼刻《ちゅうこく》伝呼《でんこ》浅《あさ》く、春旗《しゅんき》簇仗《ぞくじょう》斉《ひと》し
朝《ちょう》より退《しりぞ》きて花底《かてい》に散《さん》じ、院《いん》に帰《かえ》らんとして柳辺《りゅうへん》に迷《まよ》う
楼雪《ろうせつ》城《しろ》に融《と》けて湿《うるお》い、宮雲《きゅううん》殿《でん》を去《さ》りて低《ひく》し
人《ひと》を避《さ》けて諫草《かんそう》を焚《や》く、馬《うま》に騎《の》れば鶏棲《けいせい》ならんと欲《ほっ》す

＊五言律詩。韻字は上平八斉「齊・迷・低・棲」。

【題意】　制作時、制作地は前詩と同じ。宮中での朝会を終えて左掖（門下省）に戻り、遅くまで執務に励む様子を詠う。詳注三-四四〇、鈴木注一-五三六。

【現代語訳】　昼の時刻を告げる宮人の声がかすかに聞こえ、春景色の中に無数の旗と儀仗とが整然と立ち並ぶ。朝会を終えて花のもとで各署に分かれ、門下省に帰ろうとしては茂った柳に遮られて道に迷う。楼閣の雪が溶け出して城壁をぬらし、宮城の上の雲が飛び去って

宮殿も低く見える。人目を避けて諫書の下書きを燃やし、一日の勤務を終えて馬に乗れば、鶏も早やねぐらに帰ろうとする夕暮れ時だ。

■語釈

○**晝刻**　昼の間の漏刻（水時計）。○**傳呼**　時刻を次々と伝えて回る。○**淺**　夜には遠くまで響く声も、昼にはそうではないのでいう。○**簇仗**　衛兵が手にした多数の儀仗（儀式用の武器）。「簇」は群がる。○**花底**　花のもと。「底」は場所を表す口語的用法。唐代、宮中には多くの花が植えられていた（宋・龐元英《ほうげんえい》『文昌雑録』巻四）。○**歸院**　「院」は中庭。またその官署。朝見の後、門下省に戻って執務に当たった。○**柳邊迷**　柳の枝に遮られて帰途に迷う。『吉川注』筑摩版第五冊は「宮苑の春景色のめでたさに立ち去りかね、柳の煙る辺《そば》で、うろうろする」。○**宮雲去殿低**　宮殿は雲に逼《せま》るほど高く聳えているが、その雲が飛び去ると低く見える。一説に、宮殿の上を雲が低く過ぎる様子（『全訳』一九一頁、『李寿松注』三三頁）。○**諫草**　封事のための草稿。これを人目につかぬところで燃やすのは、諫言を掌る臣下の心得。○**鶏棲**　鶏がねぐらに帰る。またその時刻。

［澤崎］

〇三〇

題省中壁

掖垣竹埤梧十尋
洞門對霤常陰陰
落花遊絲白日靜

省中《しょうちゅう》の壁《へき》に題《だい》す

掖垣《えきえん》の竹埤《ちくひ》梧《ご》十尋《じゅうじん》
洞門《どうもん》霤《りゅう》に対《たい》して常《つね》に陰陰《いんいん》
落花《らくか》遊糸《ゆうし》白日《はくじつ》静《しず》かに

鳴鳩乳燕青春深
腐儒衰晩謬通籍
退食遲廻違寸心
袞職曾無一字補
許身愧比雙南金

鳴鳩《めいきゅう》 乳燕《にゅうえん》 青春《せいしゅん》 深《ふか》し
腐儒《ふじゅ》衰晩《すいばん》謬《あやま》りて籍《せき》を通《つう》じ
退食《たいしょく》 遲《ち》廻《かい》寸心《すんしん》違《たが》う
袞職《こんしょく》 曾《かつ》て一字《いちじ》の補《おぎな》う無《な》く
身《み》を許《ゆる》して双南金《そうなんきん》に比《ひ》するを愧《は》ず

＊七言律詩。韻字は下平一二侵「尋・陰・深・心・金」。

【題意】 制作時、制作地は前詩と同じ。官署の壁に書きつけて自戒とした作。思いどおりには職責を果たせない自分を恥じる。平仄上、近体詩の規則に外れる拗体《おうたい》の詩で、作者の失意を込める。詳注二―四二、鈴木注一―五二七。

【現代語訳】 宮殿わきの竹で編んだ垣根には十尋もの高さの梧桐が植わり、門や雨樋《あまどい》が向きあいながら幾重にも連なって、いつも薄暗い。花が散り遊糸《ゆうし》が漂い、昼の光は静かに、鳩が鳴き燕が雛をかえし、知らぬ間に春はふけていく。役立たずの儒者にすぎない自分はこの年になってまちがって宮中に出仕することとなり、退朝の時間も遅れがちだが、本来の志とは違って思いどおりには職責を果たせない。これまで諫言の職にあったが、天子のために一字も役立ったことはなく、以前わが身を一対の南金のように価値があると思っていたことが恥ずかしい。

■語釈
○竹埤　竹で編んだ低い垣根。○梧　アオギリ。○十尋　一尋は八尺。高木であることをいう。○洞門　重なり連なる門。○霤　屋根の庇《ひさし》の下で雨水を受ける樋《とい》。○陰陰　薄暗く奥深い様子。○遊絲　浮遊するクモの糸。○乳燕　子ツバメ。○青春　春。五行思想で、春は青色に当たる。○腐儒　役立たずの儒者。杜甫自身。○衰晩　老衰した晩年。このとき杜甫四七歳。○謬通籍　「通籍」は、宮門の出入りの確認に当人の身分を記した札を通じておくこと。「謬《あやま》りて」は謙遜していう。○退食　退朝する。〇二九の語釈参照。○遅廻　ぐずぐずする。○寸心　こころ。一寸四方の心臓の意。○袞職　天子の職務。「袞」は皇帝や三公が身につける服。○曾無　これまで一度もない。「曾」は否定詞「無」を強調する。○一字補　『詩経』大雅「烝民《じょうみん》」に「袞職《こんしょく》に闕《か》くる有《あ》れば、維《こ》れ仲山甫《ちゅうざんほ》之れを補《おぎな》う」（天子に不十分な点があれば、宰相の仲山甫が補った）。○許身　自分で自分をそれと認める。○雙南金　南方の荊州・揚州に産する一対の金（『詩経』魯頌「泮水《はんすい》」）。価値ある人材の喩え。

［澤崎］

〇二〇四

送賈閣老出汝州

西掖梧桐樹　空留一院陰
艱難歸故里　去住損春心
宮殿青門隔　雲山紫邏深
人生五馬貴　莫受二毛侵

賈《か》閣老《かくろう》の汝州《じょしゅう》に出《い》ずるを送《おく》る

西掖《せいえき》梧桐《ごどう》の樹《き》、空《むな》しく留《とど》む一院《いちいん》の陰《かげ》
艱難《かんなん》故里《こり》に帰《かえ》り、去住《きょじゅう》春心《しゅんしん》損《そこな》う
宮殿《きゅうでん》青門《せいもん》隔《へだ》て、雲山《うんざん》紫邏《しら》深《ふか》し
人生《じんせい》五馬《ごば》貴《とうと》し、二毛《にもう》の侵《おか》すを受《う》くる莫《な》かれ

＊五言律詩。韻字は下平一二侵「陰・心・深・侵」。

【題意】乾元元年（七五八）春、長安（陝西省西安市）で左拾遺（→「用語説明」）の任にあった時の作。中書舎人であった賈至《かし》が汝州刺史（→「用語説明」）として赴任するのを送別する。「閣老」は中書舎人の年輩者に対する尊称。汝州は河南省平頂山市汝州市。汝州赴任は事実上左遷であり、粛宗の取り巻きが玄宗の旧臣・房琯（→「人物説明」）等を排斥しようとしたもの。賈至は杜甫と同じく房琯と親しかった。詳注三-四三、鈴木注一-五二九。

【現代語訳】中書省の垣根のそばの梧桐の樹は、君が去ったあともむなしく中庭いっぱいに木陰を落としている。道中多難な中を故郷に帰るので、行く者も留まる者もともに別れを悲しみ、楽しいはずの春の気分を損ねてしまった。君は長安城の東門を隔てた遥か彼方、雲に覆われた紫邏《しら》の山々を歩んでいくだろう。人の一生で、五頭立ての馬車に乗る刺史ともなれば尊い身分です、どうかその黒髪が白髪に侵されないよう、いつまでもお元気でお過ごし下さい。

■語釈

○**西掖**　中書省の別名。賈至の勤務先。○**梧桐**　アオギリ。落葉高木で、大きな葉陰を作る。○**空留**　「空しく」は梧桐の木陰に涼むべき賈至が今はいないのでいう。○**一院**　中庭じゅうすべて。○**艱難**　道中の困難。『銭注』巻一〇は、【題意】に記した政治情勢の困難に思いを致すものとする。畳韻語「カンナン」。下句に対置された「去住」も畳韻語「キョジュウ」。○**故里**　故郷。汝州は賈至の故郷・洛陽と隣接する。○靑門　長安城の東門、覇城門。漢代の名称を借りていう。汝州に向かうにはこの門を出る。○紫邏　汝州にある山の名。○五馬　五頭立ての馬車。漢代、太守（長官）の美称。唐代では刺史がこれに当たる。赴任先での身分が高いことをいう。○二毛　白髪の混じった髪。西晋・潘岳《はんがく》の「秋《しゅう》興《きょう》の賦《ふ》」に、「余《わ》れ春秋《しゅんじゅうさんじゅうゆうに》三十有二にして、始《はじ》めて二毛《にもう》を見《み》る」。当時、賈至は四一歳。

［澤崎］

送翰林張司馬南海勒碑　〇三〇五

冠冕通南極　文章落上台
詔從三殿去　碑到百蠻開
野館穠花發　春帆細雨來
不知滄海使　天遣幾時廻

翰林張司馬《かんりんちょうしば》の南海《なんかい》に碑《ひ》を勒《ろく》するを送《おく》る

冠冕南極《かんべんなんきょく》に通《つう》じ、文章《ぶんしょう》上台《じょうだい》より落《お》つ
詔《みことのり》して三殿《さんでん》より去《さ》り、碑《ひ》は百蛮《ひゃくばん》に到《いた》りて開《ひら》く
野館穠花《やかんじょうか》発《ひら》き、春帆《しゅんぱん》細雨《さいう》来《き》たらん
知《し》らず滄海《そうかい》の使《し》、天幾時《てんいくとき》か廻《かえ》らしめん

＊五言律詩。韻字は上平一〇灰「台・開・來・廻」。

【題意】　制作時、制作地は前詩と同じ。翰林の張司馬が石碑に文字を彫るために南海地方に赴くのを見送る詩。「翰林」は翰林院。詔勅の起草を掌るが、絵画の技能を持った技術者なども所属した。「司馬」はもと軍事を掌る官。しかし、翰林に司馬の官はなく、詩題にいう張司馬は碑文を彫るのに優れた技能を有する士人であろう。「南海」は広東省あたり。原

注に、「相国《しょうこく》文《ぶん》を製《せい》す」とある。「相国」は宰相。碑文が宰相の手になることをいう。詳注三―四四、鈴木注一―五三一。

【現代語訳】君は立派な冠をかぶって南の果ての国へと派遣されるが、手にする碑文は宰相殿が直々に認《したた》められたものだ。詔は宮中の三殿より下され、多くの南方異民族の地で石碑に刻まれる。道中の旅館にはあでやかな花が咲き、春景色の中を行く帆船には小雨が降り注ぐだろう。海路の使者はいったいいつになったら、天が司る天候に恵まれて無事に都に帰ることができるのだろう。

■語釈

○冠冕　高官がかぶる冠。張司馬を指す。○文章　石碑に刻む文章。○上台　宰相。○三殿　大明宮の北にある麟徳殿の別名。翰林院はその近く。○百蠻開　「百蛮」は南方異民族の総称。「開」は石に碑文を刻む。一説に、蛮夷の地がこの碑文によって開化される（『杜詩鏡銓』巻四、『李寿松注』三四頁など）。○穠花　美しく咲く花。「穠」は草木が盛んに茂るさま。○滄海使　大海原を行く使者。○天遣幾時廻　「天」は世界の主宰者。海路は天が司る天候に左右されるためにいう。

［澤崎］

曲江陪鄭八丈南史飲　　曲江《きょくこう》にて鄭八丈南史《ていはちじょうなんし》に陪《ばい》して飲《の》む　〇二〇六

雀啄江頭黄柳花　　雀《すずめ》は啄《ついば》む江頭黄柳《こうとうこうりゅう》の花《はな》

鵁鶄鸂鶒満晴沙　　鵁鶄鸂鶒《こうせいけいせき》晴沙《せいさ》に満《み》つ

自知白髮非春事
且盡芳樽戀物華
近侍即今難浪跡
此身那得更無家
丈人才力猶强健
豈傍青門學種瓜

自《みずか》ら知《し》る白髮春事《はくはつしゅんじ》に非《あら》ざるを
且《か》つは芳樽《ほうそん》を尽《つ》くして物華《ぶつか》を恋《こ》う
近侍《きんじ》即今《そっこん》跡《あと》を浪《みだ》りにし難《がた》し
此《こ》の身《み》那《なん》ぞ更《さら》に家無《いえな》きを得《え》ん
丈人《じょうじん》の才力《さいりょく》　猶《な》お強健《きょうけん》なり
豈《あ》に青門《せいもん》に傍《そ》いて瓜《うり》を種《う》うるを学《まな》ばんや

＊七言律詩。韻字は下平六麻「花・沙・華・家・瓜」。

【題意】　制作時、制作地は前詩と同じ。曲江で鄭八が開いた宴に陪席し、身の振り方について詠う。詳注は、この時すでに「官《かん》を去《さ》る志《こころざし》」が有ったとする。「曲江」は長安城の東南隅にある池。行楽地。〇〇六三の【題意】参照。鄭八は未詳。「八」は排行（→「用語説明」）。『九家注』巻一九は鄭虔（→「人物説明」）とするが、陳冠明・孫愫婷『杜甫親眷交遊行年考』（上海古籍出版社）二〇六頁によれば鄭虔の排行は十八。「丈」は年長者に対する尊称。詳注二―四四五、鈴木注一―五三二。

【現代語訳】　スズメが曲江のほとりの金色の柳の綿毛《わたげ》を啄《つい》ばみ、サギやオシドリが晴れた岸辺の砂地に群れている。自分でも白髪頭が春の花や鳥に似合わないことはわかっているが、まずはうまい酒でも飲んでこの春景色を愛でよう。天子のおそば近くに仕える立場では気ままにさすらうこともできず、またこの身が家族を養う手立てもなしにおれようか。あなたは才能・力量ともにまだまだ健在なのだから、召平《しょうへい》のように長安城の青門の傍らで瓜を植えて暮らす隠者のまねをする必要はありませんよ。

■語釈

○黄柳花　「花」は柳の綿毛、柳絮《りゅうじょ》。芽生えたばかりのときは黄色い。○鵁鶄鸂鶒　ともに南方の水鳥の名。玄宗は若い頃に江南から取り寄せて苑中で飼った（『資治通鑑』巻二一一）。○芳樽　美酒。○物華　自然の景物。ここでは春景色。○浪跡　さすらう。束縛のないさま。○那得　どうして……できようか。「何得」に同じ。○丈人　年長者を敬意を込めて呼ぶ語。鄭八を指す。○青門　〇三〇四の語釈参照。○種瓜　秦の東陵侯召平《しょうへい》は秦が滅ぶと長安城の東で美味な瓜を育てて暮らした（『史記』巻五三「蕭相国世家」）。

【補説】　詩題の「南史」、『九家注』巻一九は『春秋左氏伝』（襄公二十五年）に見える斉の史官の名、南史に拠るとする。斉の南史は死を恐れず史書に事実を記した直筆《ちょくひつ》の人。『施鴻保注』巻六は鄭八は以前史官だったであろうとし、『全訳』一九四頁もこれに拠る。『李寿松注』三五頁は御史台が南台とも称されることから、御史の意とする。御史台は監察官。鈴木注は鄭八の名であろうとする。

［澤崎］

曲江二首

曲江二《きょくこうに》首《しゅ》　〇三〇七

一片花飛減却春
風飄萬點正愁人
且看欲盡花經眼
莫厭傷多酒入脣
江上小堂巢翡翠
苑邊高塚臥麒麟
細推物理須行樂
何用浮名絆此身

一片花《いっぺんはな》飛《と》びて春《はる》を減却《げんきゃく》し
風《かぜ》は万点《ばんてん》を飄《ひるが》えして正《まさ》に人《ひと》を愁《うれ》えしむ
且《しばら》く看《み》ん尽《つ》きんと欲《ほっ》する花《はな》の眼《め》を経《ふ》るを
厭《いと》う莫《なか》れ多《おお》きに傷《そこな》わるる酒《さけ》の脣《くちびる》に入《い》るを
江上《こうじょう》の小堂《しょうどう》 翡翠《ひすい》巣くい
苑辺《えんぺん》の高塚《こうちょう》 麒麟《きりんが》臥す
細《こまか》に物理《ぶつり》を推《お》すに 須《すべから》く行楽《こうらく》すべし
何《なん》ぞ用《もち》いん浮名《ふめいこ》此の身《み》を絆《つな》ぐを

＊七言律詩。韻字は上平一一真「春・人・脣・麟・身」。

【題意】　制作時、制作地は前詩と同じ。「曲江」は前詩参照。其の一は、暮れゆく春景色を前に、官職に縛られずに行楽せよと詠い、其の二は酔って曲江に遊び、移ろいやすい春景色を愛でる。杜甫はこの頃しばしば曲江を訪ねて詩に思いを吐露している。詳注二―四四六、鈴木注一―五三四。

【現代語訳】　ひとひらの花びらが散ってさえ春は衰える、それがいま無数の花びらが風に翻ってまさに人を愁えさせる。しばらくは目の前に散っていく花を眺めよう、酒を飲みすぎて身を損なうことも気にしないでおこう。水辺の小さな建物にはカワセミが巣くい、芙蓉苑の辺りの墓には石造りの麒麟が倒れている。つくづくと物事の道理を推し量ってみれば、人生は楽しく過ごすのがなによりだ。どうして虚名に縛られて生きる必要があろうか。

■語釈

○**減却春**　春の気配が衰えてしまう。「却」は動詞の後に用いて、「……してしまう」意を表す口語的用法。○**萬點**　無数の花びら。○**且**　ひとまず、しばらくは。○**經眼**　目の前を通り過ぎる。○**傷多酒**　量が多くて体を損なう酒。「傷」は酒で体を損なう意。一説に「傷」は当時の口語で、程度がはなはだしい意。蔡鏡浩『魏晋南北朝詞語例釈』（江蘇古籍出版社）二六五頁、王鍈等『詩詞曲語辞集釈』（語文出版社）三六二頁等参照。○**翡翠**　カワセミ。水辺に生息する小鳥で、美しい羽を持つ。畳韻語「ヒスイ」。○**苑**　曲江西南の芙蓉苑。○**麒麟**　聖人が出現すると現れるとされる瑞獣。「麒麟臥す」は石造りのそれが倒れ臥す荒廃した情景。○**物理**　物事の道理。○**行樂**　楽しく過ごす。前漢・楊惲《ようun》「孫会宗《そんかいそう》に報《ほう》ずる書《しょ》」に「人生《じんせい》は行楽《こうらく》のみ、富貴《ふうき》を須《ま》つも何《いず》れの時《とき》ぞ」。○**浮名**　虚名。左拾遺（↓「用語説明」）の職にありながら十分に職責を果たしていないことをいう。一説に、はかない名誉（松浦友久編著『校注唐詩解釈辞典』大修館書店、三二頁参照）。

［澤崎］

其二　〇二〇八

朝回日日典春衣
毎日江頭盡醉歸

其《そ》の二《に》

朝《ちょう》より回《かえ》りて日日《ひび》春衣《しゅんい》を典《てん》し
毎日江頭《まいにちこうとう》酔《よい》を尽《つ》くして帰《かえ》る

酒債尋常行處有
人生七十古來稀
穿花蛺蝶深深見
點水蜻蜓款款飛
傳語風光共流轉
暫時相賞莫相違

酒債《しゆさい》は尋常《じんじよう》に行処《こうしよ》に有《あ》り
人生《じんせい》七十《しちじゆう》 古来《こらい》稀《まれ》なり
花《はな》を穿《うが》つ蛺《きよう》 蝶《ちよう》は深深《しんしん》として見《あらわ》れ
水《みず》に点《てん》ずる蜻蜓《せいてい》は款款《かんかん》として飛《と》ぶ
語《ご》を風光《ふうこう》に伝《つた》う共《とも》に流転《るてん》し
暫時《ざんじ》相《あ》い賞《しよう》して相《あ》い違《たが》うこと莫《なか》れと

＊七言律詩。韻字は上平五微「衣・歸・稀・飛・違」。

【現代語訳】　朝廷から戻ると毎日のように春着を質に入れて酒を買い、曲江のほとりですっかり酔ってから帰宅する。酒代のつけが行く先々にあるのはいつものこと、古来、人生七十まで生きる者は稀なのだ。チョウは深々と花の茂みを縫って見え隠れし、トンボはしっぽの先をちょんと水につけるとゆっくり飛んでいく。春景色に伝言する、しばしの間、チョウやトンボと一緒にこの穏やかな春景色を楽しんで、時節に違《たが》うことなく賞玩したいものだと。

■語釈
○典　質に入れる。○酒債　酒代のつけ。○尋常　いつも。双声語「ジンジョウ」。八尺を「尋」といい、「尋」の倍を「常」という。そこで「尋常」は次の句「七十」と対（数目対《すうもくつい》）を成す。○行處　行く先々に。○人生七十古來稀　古い諺に拠る語。○蛺蝶　チョウチョウ。畳韻語「キョウチョウ」。○點水　トンボが水面にしっぽの先を打ちつける。産卵する様子。○蜻蜓　トンボ。畳韻語「セイテイ」。○款款　ゆるやか。○傳語　伝言する。「伝語」する対象については、宮中の同僚たち、当時の人々、などの説がある（鈴木注の「余論」参照）。○風光　春景色。○共流轉　花や蝶などとともにさ迷う。一説に、杜甫が「風光」とともに流転する（『吉川注』筑摩版第五冊等）。○賞　自然を愛でる。○莫相違　時宜を違えてはいけない。おだやかな春景色はたちまち過ぎ去るので、愛ずべき時に愛でよう。　鈴木注は、風光に対して自分に背かないようにの意とし、『吉川注』は自分が風光を「賞」して「違《そむ》」くことはすまいとする。

［澤崎］

〇二〇九

曲江對酒

苑外江頭坐不歸
水精宮殿轉霏微
桃花細逐梨花落
黄鳥時兼白鳥飛
縱飲久判人共棄
懶朝眞與世相違

曲江《きょくこう》にて酒《さけ》に対《たい》す

苑外江頭《えんがいこうとう》に坐《ざ》して帰《かえ》らず
水精《すいせい》の宮殿《きゅうでん》 転《うた》た霏微《ひび》たり
桃花《とうか》細《こま》かに梨花《りか》を逐《お》いて落《お》ち
黄鳥《こうちょう》 時《とき》に白鳥《はくちょう》を兼《か》ねて飛《と》ぶ
飲《いん》を縦《ほしいまま》にし久《ひさ》しく人《ひと》の共《とも》に棄《す》つるに判《まか》せ
朝《ちょう》するに懶《ものう》く真《しん》に世《よ》と相《あい》違《たが》う

吏情更覺滄洲遠
老大徒傷未拂衣

吏情《りじょう》更《さら》に覚《おぼ》ゆ滄洲《そうしゅう》の遠《とお》きを
老大《ろうだい》徒《いたずら》に傷《いた》む未《いま》だ衣《ころも》を払《はら》わざるを

＊七言律詩。韻字は上平五微「歸・微・飛・違・衣」。

【題意】 制作時、制作地は前詩と同じ。曲江のほとりで酒を飲みながら、思いどおりにならないわが身の進退を嘆く。詳注二―四四九、鈴木注一―五三七。

【現代語訳】 芙蓉苑の外、曲江のほとりで、家には帰らず坐りこんで春景色を眺めていると、水晶のような宮殿が春の光の中に霞んで見え隠れする。桃の花は梨の花が散るあとから一片また一片と細やかに散り、黄色いウグイスがときおり白い鳥とともに飛んでいく。思うままに酒を飲んで、人から見捨てられようとかまいはしないし、宮中に参内するのもおっくうで、まったく世間とは折りあわない。役所勤めに縛られているので、東海の仙境はいっそう遠のいた心地だ。年取った私は、いまだに辞職しないのを、かいもなく嘆いている。

■語釈

○苑　芙蓉苑。○水精宮殿　水晶のように輝く宮殿。水辺にあるのでいう。鈴木注は、「水晶を用ひて飾りし宮殿か」とする。○轉　ますます。『全訳』一九六頁、『李寿松注』三七頁は、ぼんやりとした状態に「変わる」意とする。○霏微　宮殿が春の光の中にぼんやりと見え隠れする様子。鈴木注は、「水晶の光のちらつくさま」。畳韻語「ヒビ」。○黄鳥　コウライウグイス。○判　そのまま打ち棄てておく。口語的用法。後世、「拚」・「拼」とも表記する。「人共棄」（人々から見捨てられる）という状態に甘んじて随う意。○吏情　不自由な役所勤めの心持ち。○滄洲　東の海上にある仙境。○老大徒傷　年を取って、いたずらに嘆く。楽府古辞「長歌行《ちょうかこう》」（『楽府詩集』巻三〇）に「少壮《しょうそう》にして努力《どりょく》せずんば、老大《ろうだい》にして徒《いたずら》に傷悲《しょうひ》せん」。○拂衣　決然とした行動。ここでは思い切って官界を辞すこと。

【補説】「桃花細逐梨花落」の「梨」を『宋本杜工部集』巻一〇等は「楊」に作る。杜甫は最初この句を「桃花欲共楊花語」（桃花《とうか》楊花《ようか》と共《とも》に語《かた》らんと欲《ほっ》す）としたが、自ら薄墨で「桃花細逐楊花落」（桃花《とうか》細《こま》かに楊花《ようか》を逐《お》いて落《お》つ）に改めたという。この話は古人が日々推敲に努めた例として、宋・胡仔《こし》『苕渓漁隠叢話《ちょうけいぎょいんそうわ》』前集巻八に『漫叟詩話』からの引用として見える。

［澤崎］

〇三〇

曲江對雨

城上春雲覆苑牆
江亭晩色靜年芳
林花著雨燕支濕
水荇牽風翠帶長
龍武新軍深駐輦
芙蓉別殿漫焚香

曲江《きょくこう》にて雨《あめ》に対《たい》す

城上《じょうじょう》の春雲《しゅんうん》 苑牆《えんしょう》を覆《おお》い
江亭《こうてい》の晩色《ばんしょく》 年芳《ねんぽう》静《しず》かなり
林花《りんか》雨《あめ》を著《つ》けて燕支《えんし》湿《うるお》い
水荇風《すいこうかぜ》に牽《ひ》かれて翠帯《すいたい》長《なが》し
龍武《りょうぶ》の新軍《しんぐん》深《ふか》く輦《れん》を駐《とど》め
芙蓉《ふよう》の別殿《べつでん》漫《みだ》りに香《こう》を焚《た》く

何時詔此金錢會
暫醉佳人錦瑟傍

何《いず》れの時《とき》か此《こ》の金銭《きんせん》の会《かい》を詔《みことのり》して
暫《しばら》く酔《よ》わん佳人《かじん》錦瑟《きんしつ》の傍《かたわら》

＊七言律詩。韻字は下平七陽「牆・芳・長・香・傍」。

【題意】 制作時、制作地は前詩と同じ。雨の日の曲江の情景を詠い、玄宗上皇（↓「人物説明」）に対する感慨を述べる。詳注二‐四五〇、鈴木注一‐五三九。

【現代語訳】 長安城の上に浮かぶ春の雲が芙蓉苑の垣根を覆い、曲江の亭《あずまや》に日が暮れて春景色はしんと静まっている。林の花は雨に降られてほお紅《べに》を濡らしたかのよう、アサザの葉は風に吹かれて緑の帯が長く連なったかのよう。粛宗が新たに編成した近衛軍は上皇の御車を興慶宮の奥深くに留めており、芙蓉苑の別殿ではいたずらに香を焚いて上皇の御幸《みゆき》をお待ちするばかりだ。いったい何時になったら詔が下され、金銭を撒き散らす盛大な宴会が開かれて、錦瑟を演奏する美人のそばでしばしの酔いにふけることができるのだろう（そんな日は二度と来ないであろうが）。

■語釈
○苑牆　芙蓉苑の垣根。○年芳　芳しい春景色。○著雨　雨に降られる。「著」は「着」に同じ。○燕支　ほお紅《べに》。「燕脂」に同じ。ここでは雨に濡れた赤い花の形容。○水荇　アサザ。スイレンに似た水草の一種。○龍武新軍　安禄山（↓「人物説明」）の乱により玄宗の龍武軍は解体。これにかわって粛宗（↓「人物説明」）は長安回復後の至徳二載（七五七）、新たに左右神武軍を編成した（『新唐書』巻五〇

「兵志」)。そこで「新軍」という。○輦　天子が乗る車。○漫焚香　「漫」はかいがない。香を焚いて上皇の出御《しゅつぎょ》を待ち望んでも、もとよりそれはかなうはずもないという意。○金銭會　黄金を撒いて臣下に給うような盛大な宴会（『旧唐書』巻八「玄宗本紀」先天二年九月）。また唐・康駢《こうべん》『劇談録《げきだんろく》』巻下「曲江」に、玄宗の開元年間、上巳節《じょうしせつ》（三月三日）に曲江において宴が開かれ、教坊（宮中の音楽所）の楽人が演奏したとある。○錦瑟　美しい大琴《おおごと》。

［澤崎］

〇三一

奉答岑参補闕見贈

窈窕清禁闥　罷朝歸不同
君隨丞相後　我往日華東
冉冉柳枝碧　娟娟花蕊紅
故人得佳句　獨贈白頭翁

岑参補闕《しんじんほけつ》の贈《おく》らるるに答《こた》え奉《たてまつ》る

窈窕《ようちょう》たる清禁《せいきん》の闥《たつ》、朝《ちょう》を罷《や》めて帰《かえ》ること同《おな》じからず
君《きみ》は丞相《じょうしょう》の後《のち》に随《したが》い、我《わ》れは日華《にっか》の東《ひがし》に往《ゆ》く
冉冉《ぜんぜん》として柳枝碧《りゅうしみどり》に、娟娟《けんけん》として花蕊《かずい》紅《くれない》なり
故人《こじん》佳句《かく》を得《え》、独《ひと》り白頭翁《はくとうおう》に贈《おく》る

＊五言律詩。韻字は上平一東「同・東・紅・翁」。

【題意】　乾元元年（七五八）春、長安（陝西省西安市）で左拾遺（↓「用語説明」）の任にあったときの作。右補闕の岑参《しんじん》（↓「人物説明」）から贈られた詩（【附録】参照）に答える。「補闕」は天子の過ちを正し補う官で、従七品上。左右の補闕があり、右補闕は中書省（↓「用語説明」）に属する。詳注三-四五三、鈴木注一-五四一。

【現代語訳】　奥深く静かな禁中の小門、朝見を終えて帰っていく先は同じではない。君は宰相殿の後について西の月華門へ、私は東を向いて日華門へと入っていく。しなやかに伸びた柳の枝は緑に、美しい花の蕊《しべ》は赤い。君はいい詩ができたものだから、ありがたいことに白髪頭の私にだけとくに贈ってくれた。

■語釈
○窈窕　住まいが奥深く静かなさま。畳韻語「ヨウチョウ」。○清禁闥　清らかな禁中の小門。ここでは岑参が執務する中書省に通ずる月華門。○日華　宣政殿の東の門、日華門。杜甫が属する門下省（↓「用語説明」）に通ずる。○冉冉　しなやかに伸びるさま。○娟娟　美しいさま。「冉冉」と「娟娟」の対は、「狂夫」〇三九にも見える。○故人　旧友。岑参を指す。○白頭翁　白髪の老人。杜甫自身を指す。

【附録】
寄左省杜拾遺
聯歩趨丹陛　分曹限紫微
曉隨天仗入　暮惹御香歸
白髮悲花落　青雲羨鳥飛
聖朝無闕事　自覺諫書稀

左省《さしょう》の杜《と》拾遺《しゅうい》に寄《よ》す　岑参《しんじん》
歩《ほ》を聯《つら》ねて丹陛《たんぺい》に趨《はし》り、曹《そう》を分《わ》かちて紫微《しび》に限《かぎ》らる
暁《あかつき》に天仗《てんじょう》に随《したが》いて入《い》り、暮《く》れに御香《ぎょこう》を惹《ひ》きて帰《かえ》る
白髪花《はくはつはな》の落《お》つるを悲《かな》しみ、青雲鳥《せいうんとり》の飛《と》ぶを羨《うらや》む
聖朝《せいちょう》闕事《けつじ》無《な》し、自《みずか》ら覚《おぼ》ゆ諫書《かんしょ》の稀《まれ》なるを

〔現代語訳〕「門下省の左拾遺の杜甫に寄せる」。ともに宮殿の赤い階段を歩む身となったが、あなたは門下省、私は中書省と部署は違っている。夜明けに儀仗兵について参内し、暮

れには御炉の香りを身にくゆらせて帰っていく。老いて白髪の私は花が散るのを見ても悲しく、君が青雲に飛ぶ鳥のようであるのが羨ましい。それにしても聖朝には過ちがないので、（私は諫官であるが）諫めの上書も稀に思われる。

［澤崎］

〇三三

奉贈王中允維

中允聲名久　如今契闊深
共傳收庾信　不比得陳琳
一病緣明主　三年獨此心
窮愁應有作　試誦白頭吟

＊五言律詩。韻字は下平一二侵「深・琳・心・吟」。

王中允維《おうちゅういんい》に贈《おく》り奉《たてまつ》る

中允《ちゅういん》声名《せいめい》久《ひさ》し、如今《じょこん》契闊《けつかつ》深《ふか》し
共《とも》に伝《つた》う庾《ゆ》信《しん》を収《おさ》むと、比《ひ》せず陳琳《ちんりん》を得《う》るに
一病《いちへい》明主《めいしゅ》に縁《よ》り、三年《さんねん》独《ひと》り此《こ》の心《こころ》
窮愁《きゅうしゅう》応《まさ》に作《さく》有《あ》るべし、試《こころ》みに誦《しょう》す白頭吟《はくとうぎん》

【題意】　制作時、制作地は前詩と同じ。王維《おうい》（↓「人物説明」）は安禄山（↓「人物説明」）の乱の時、捕らえられて官職に就くことを強要された。乱平定後、罪に問われたが、洛陽の普施寺に拘禁されていた時に「凝碧」詩（【補説】参照）を詠じたことや弟・縉《しん》の働きにより、粛宗（↓「人物説明」）に許されて太子中允を授かる。「中允」は皇太子のお守り役。深く王維の心中を察して詠まれた作。詳注二‐四五四、鈴木注一‐五四三。

【現代語訳】 太子中允の王維殿の名声は久しく聞こえているが、今やご苦労の多い身となられた。粛宗に留め置かれたのは梁の元帝が庾信を採用したようだと人々は言い伝え、曹操が敵方だった無節操な陳琳を部下にしたのとは大違いだ。賊軍に捕らえられて病と称したのは賢明な君主のためであり、あなたはこの三年もの間忠誠を尽くされた。人は進退窮まってこそ優れた詩が生まれるはず、あなたの二心なき節義を表す「白頭吟」を吟じましょう。

■語釈

○契闊　労苦。双声語「ケッカツ」。前句の「声名」が畳韻語「セイメイ」であるのと対になる。○共傳收庾信　南朝・梁の庾信《ゆしん》（↓「人物説明」）は侯景の乱が起きるや簡文帝から宮中の守備を託されたが敗れて果たさず、江陵に置かれた元帝の行在所に逃れた。元帝は庾信を処罰せず、御史中丞に任命した（『周書』巻四一「庾信伝」）。「収」は元帝が庾信を御史中丞に採用したことをいい、一句は王維が粛宗に許されて太子中允を授かったことに喩える。○不比得陳琳　後漢の陳琳《ちんりん》は袁紹《えんしょう》の部下として曹操を激しく非難する檄文「袁紹《えんしょう》の為《ため》に豫州《よしゅう》に檄《げき》す」を表したが、後に袁紹が敗れるや、曹操は陳琳の才能を認めて配下とした。「得」は曹操が陳琳を配下に得たことをいい、「比《ひ》せず」は王維が陳琳のように主君を換えるような人物ではないことをいう。○一病　王維は賊軍に捕らえられるや薬を飲んで病を装い、偽って口が利けないと称した（『旧唐書』巻一九〇下「王維伝」）。○明主　賢明な君主、玄宗（↓「人物説明」）。○三年　天宝の末から乾元の初めまで。安禄山の乱の勃発から長安回復まで。○窮愁應有作　戦国時代、趙の虞卿《ぐけい》が困窮の中で『虞氏春秋』を著したことを、司馬遷は「窮愁《きゅうしゅう》に非《あら》ずんば亦《ま》た書《しょ》を著《あらわ》して以《もっ》て自《みずか》ら後世《こうせい》に見《あらわ》す能《あた》わざらん」と評した（『史記』巻七六「虞卿伝」）。○試誦白頭吟　前漢の司馬相如が妾を入れようとしたところ、妻の卓文君《たくぶんくん》は「白頭吟《はくとうぎん》」を詠じた。その歌詞に「願《ねが》わくは一心《いっしん》の人《ひと》を得《え》て、白頭《はくとう》まで相《あ》い離《はな》れざらん」とあり、王維が天子に対して二心なきことに喩える。『施鴻保注』巻六は杜詩に数例見える「白頭吟」はいずれも卓文君の故事を用いたものではなく、「白頭の吟」（憂愁のために白髪となった王維の詩）と読むべきだとする。鈴木注は杜甫が本詩を指して「白頭吟」といったとし、杜詩に見える「白頭吟」の語はいずれも自作についていうとする。

【補説】王維が罪を軽減されたときの証拠となった詩を掲げる。

菩提寺禁裴迪來相看説、逆賊等凝碧池上作音樂、供奉人等擧聲便一時
涙下、私成口號、誦示裴迪

菩提寺《ぼだいじ》の禁《きん》に裴迪《はいてき》来たりて相《あ》い看《み》て説《と》く、逆賊《ぎやくぞく》等《ら》凝碧《ぎようへき》池上《ちじよう》に音楽《おんがく》を作《な》す、供奉人等声《きようほうにんとうこえ》を挙《あ》ぐるに便《すなわ》ち一時《いちじ》に涙下《なみだくだ》ると、私《ひそか》に口号《こうごう》を成《な》し、誦《しよう》して裴迪《はいてき》に示《しめ》す　王維《おうい》

萬戸傷心生野煙　　万戸《ばんこ》傷心《しようしん》　野煙《やえん》を生《しよう》じ
百官何日再朝天　　百官《ひやつかん》　何《いず》れの日《ひ》にか再《ふたた》び天《てん》に朝《ちよう》せん
秋槐花落空宮裏　　秋槐《しゆうかい》　花《はな》は落《お》つ空宮《くうきゆう》の裏《うち》
凝碧池頭奏管絃　　凝碧《ぎようへき》　池頭管絃《ちとうかんげん》を奏《そう》す

〔現代語訳〕「菩提寺に捕らわれていた時、裴迪がやってきて、逆賊どもが凝碧池の辺りで音楽を演奏させています、楽人たちは声を挙げて一斉に涙を流しました、という。こっそりと口ずさんで裴迪に示した」。幾万の家々はみな悲しみに傷ついて、野には煙が立ち上る。

文武百官はいつになったらもう一度天子にまみえることができるのか。秋の槐《えんじゅ》の花がひと気ない宮中に散り、凝碧池の辺りでは逆賊どもが管弦を奏している。

［澤崎］

送許八拾遺歸江寧覲省、甫昔時、嘗客遊此縣、於許生處乞瓦棺寺維摩圖樣志諸篇末　〇二三

許八拾遺《きょはちしゅうい》の江寧《こうねい》に帰《かえ》り覲省《きんせい》するを送《おく》る、甫昔時《ほせきじ》、嘗《かつ》て此《こ》の県《けん》に客遊《かくゆう》し、許生《きょせい》の処《ところ》に於《おい》て瓦棺寺《がかんじ》の維摩《ゆいま》の図様《ずよう》を乞《こ》う、諸《こ》れを篇末《へんまつ》に志《しる》す

詔許辭中禁　慈顏赴北堂
聖朝新孝理　祖席倍輝光
內帛擎偏重　宮衣著更香』
淮陰清夜驛　京口渡江航
竹引趨庭曙　山添扇枕涼
十年過父老　幾日賽城隍』
看畫曾飢渴　追蹤恨淼茫
虎頭金粟影　神妙獨難忘』

詔《みことのり》して中禁《ちゅうきん》を辞《じ》するを許《ゆる》され、慈《じ》顔北堂《がんほくどう》に赴《おもむ》く
聖朝《せいちょう》孝理《こうり》新《あら》たにし、祖《そ》席《せき》倍ゝ《ますます》輝《き》光《こう》あり
内帛《ないはく》擎《ささ》ぐること偏《ひとえ》に重《おも》く、宮衣《きゅういつ》著けて更《さら》に香《かんば》し
淮陰清夜《わいいんせいや》の駅《えき》、京口渡《けいこうと》江《こう》の航《ふね》
竹《たけ》は庭《にわ》に趨《はし》る曙《しょ》を引《ひ》き、山《やま》は枕《まくら》を扇《あお》ぐ涼《りょう》を添《そ》う
十年《じゅうねん》父老《ふろう》に過《よ》ぎる、幾日《いくにち》か城隍《じょうこう》に賽《さい》せん
画《が》を看《み》るに曾《かつ》て飢《き》渇《かつ》、蹤《あと》を追《お》いて淼茫《びょうぼう》たるを恨《うら》む
虎《こ》頭《とう》の金粟《こんぞく》の影《えい》、神妙《しんみょう》独《ひと》り忘《わす》れ難《がた》し

＊五言排律。韻字は下平七陽「堂・光・香・航・涼・隍・茫・忘」。

【題意】　制作時、制作地は前詩と同じ。「許八拾遺が親の安否を問うために江寧に帰省するのを送別する。私は昔この県に旅し、許君のところで、瓦棺寺の維摩居士の図像を求めたことがある。そのことを詩の末尾に記す」。「許八」は陳冠明ほか『杜甫親眷交遊行年考』上海古籍出版社、一六四頁に許登かとする。岑参（→「人物説明」）にこの詩と同時の作「許拾遺《きょしゅうい》の恩《おん》もて江寧《こうねい》に帰《かえ》りて親《しん》を拝《はい》するを送《おく》る」がある。「八」は排行（→「用語説明」）。「拾遺」は杜甫と同じく天子の過ちを諫める官で、中書省に属する右拾遺（『吉川注』筑摩版第五冊参照）。「江寧」は江蘇省南京市。「覲省」は親を見舞いに帰省する。「昔時」は杜甫が若い頃、江蘇・浙江を旅したことをいう。「許生」は許八。「瓦棺寺」は東晋の頃に創建された江寧の名刹。東晋の画家、顧愷之《こがいし》（三四九?〜四一〇?）が描いた維摩居士の像で知られる（唐・黄元之《こうげんし》「潤州江寧県瓦棺寺《じゅんしゅうこうねいけんがかんじ》維摩詰画像碑《ゆいまきつがぞうひ》」、張彦遠《ちょうげんえん》『歴代名画記』巻五等参照）。「維摩」は維摩居士。「志」は「誌《しるす》」に同じ。詳注三-四五五、鈴木注一-五四四。

【現代語訳】　君は詔により禁中を辞去することを許され、慈母を訪ねて故郷の家に赴かれる。このたび聖朝では新たに孝の教えによって天下を治めることを重視されることとなったが、君はこの御意に沿って帰省されるのだから、送別の宴はますます輝きを増すというものだ。宮中から下賜された絹織物はとりわけ重く感ぜられるし、賜り物の宮衣を身につければいっそう芳しい香りが漂ってくる。』

この先、淮陰では清らかな夜に宿を借り、京口では長江に浮かぶ船に乗りこむことだろう。故郷の家で教えの庭を過ぎれば竹林から朝の光が差しこみ、枕元で慈母を扇げば山の涼気も君を手助けしてくれよう。十年ぶりに土地の長老たちを訪ねて敬意を表し、幾日も城隍廟にお参りして御礼を述べることだろう。』

昔、江寧を旅した時、瓦棺寺の絵を見たいと切望したものだった、あの頃の旧跡を回想しても茫漠として思い出せないのが残念だ。しかし、顧愷之が描いた金粟如来《こんぞくにょらい》の絵はまるで神業であって、とりわけ忘れがたい。』

■語釈

○慈顔　慈愛に満ちた母の顔。**○北堂**　北側の座敷。婦人（ここでは母）の居室。**○孝理**　孝の教えによって天下を理《おさ》める。至徳二載（七五七）十一月、粛宗が父親の玄宗（↓「人物説明」）を都に迎え、翌春、上皇に尊号（太上至道聖皇帝）を加えたことを踏まえる（『旧唐書』巻九「玄宗本紀」）。**○祖席**　送別の宴。「祖」は旅立ちに際して道祖神を祭り、旅の安全を祈る。**○内帛**　宮中で織られた絹織物。**○擎**　ささげ持つ。**○淮陰**　江蘇省淮安市。長安からここまでは陸路。**○京口**　江蘇省鎮江市。淮陰より運河で南下して京口に至り、ここから船で長江を遡れば江寧に至る。**○趨庭**　子が父親の教えを受ける。〇〇〇三の語釈参照。**○扇枕**　後漢の黄香《こうこう》は暑い夏に、親を枕元で扇いで孝行した（『東観漢記』巻一九「黄香」）。**○父老**　故郷の長老。**○賽**　神を祭る。**○城隍**　土地の守り神。城隍神。**○飢渇**　空腹と喉の渇き。渇望する意。双声語「キカツ」。**○追蹤**　往事の旧跡を追い求める。「蹤」はあしあと。ここでは杜甫が若い頃に目にした江寧の旧跡。**○淼茫**　水が果てしなく広がるさま。双声語「ビョウボウ」。**○虎頭**　東晋の画家・顧愷之《こがいし》の幼名（唐・張彦遠『歴代名画記』巻五）。一説に、虎頭将軍に任ぜられたため（宋・呉曾《ごそう》『能改斎漫録』巻五「弁誤」）。白居易「三年除夜《さんねんじょや》」の自注に「顧虎頭《こことう》、維摩居士《ゆいまこじ》図《ず》を画《えが》く」。○**金粟**　金粟如来。維摩居士の前世の姿。斉・王巾《おうきん》「頭陁寺碑文《ずだじひぶん》」（『文選』巻五九）に「金粟《こんぞく》は来儀《らいぎ》す」とあり、李善注に「発迹《ほっしゃく》経《きょう》に曰《いわ》く、浄名大士《じょうみょうだいし》は是《こ》れ往古《おうこ》の金粟如来《こんぞくにょらい》なり」。「浄名大士」は維摩居士。○**神妙**　神技。

【補説】　本詩はテキストによって文字の異同が多い。「詔許」二句、詳注は「有詔辞中禁、承慈赴北堂」（詔《みことのり》有《あ》りて中禁《ちゅうきん》を辞《じ》し、慈《いつく》しみを承《う》けて北堂《ほくどう》に赴《おもむ》く）に作るのがよいとする。「竹引」二句、『宋本杜工部集』巻一〇、『九家注』巻一九、『草堂詩箋』巻二二、『黄鶴補注』巻一九等は「春隔鶏人昼、秋期燕子涼」（春《はる》は鶏人《けいじん》の昼《ひる》を隔《へだ》て、秋《あき》は燕子《えんし》の涼《すず》しきを期《き》す）に作り、長安宮中の情景を描いて秋には君は戻ってくるだろうという再会への期待を詠う。「十年」二句、『宋本杜工部集』巻一〇等は「賜書誇父老、寿酒楽城隍」（賜書《ししょ》父老《ふろう》に誇《ほこ》り、寿酒城隍《じゅしゅじょうこう》に楽《たの》しむ）に作り、許八が故郷の長老たちに天子からの下賜品を見せたり、城隍廟で親の長寿を祝う酒を楽しんだりする情景を詠う。

［澤崎］

〇三四

因許八奉寄江寧旻上人

許八《きょはち》に因《よ》りて江寧《こうねい》の旻上人《びんしょうにん》に寄《よ》せ奉《たてまつ》る

不見旻公三十年
旻公《びんこう》を見《み》ざること三十年《さんじゅうねん》

封書寄與涙潺湲
封書《ほうしょ》寄与《きよ》して涙《なみだ》潺湲《せんえん》たり

舊來好事今能否
旧来《きゅうらい》の好事《こうじ》今《いま》能《よ》くするや否《いな》や

老去新詩誰與傳
棋局動隨幽澗竹
袈裟憶上泛湖船
問君話我爲官在
頭白昏昏只醉眠

老《お》い去《さ》りて新詩《しんし》誰《たれ》か与《ため》に伝《つた》えん
棋局《ききょく》動《やや》もすれば幽澗《ゆうかん》の竹《たけ》に随《したが》い
袈裟《けさ》　湖《みずうみ》　に泛《うか》ぶ船《ふね》に上《のぼ》りしを憶《おも》う
君《きみ》に問《と》わば話《はな》せよ我《わ》れ官《かん》と為《な》りて在《あ》り
頭《こうべ》　白《しろ》く昏昏《こんこん》として只《た》だ酔眠《すいみん》すと

＊七言律詩。韻字は下平一先「年・湲・傳・船・眠」。

【題意】　制作時、制作地は前詩と同じ。許八が江寧に帰省する（前詩参照）のにことづけて、旻上人に安否を問い、自分の近況を述べる。旻上人は未詳。詳注二－四五八、鈴木注一－五四七。

【現代語訳】　旻上人とお会いしなくなって三十年、この手紙を送り届けようとすればはらはらと涙が流れます。あの頃好きだった遊びは今もできるでしょうか、年老いて、あなたの新作の詩を伝えてくれる者がいないのが残念です。あの頃は、ひっそりとした谷間の竹林でよく碁を打ったものだし、袈裟を着ては湖に船を浮かべて遊んだものです。旻上人があなたに尋ねられたらこう話してください。私はその後役人となり、白髪頭になって毎日うとうと酔うて眠ったように暮らしていますと。

■語釈

○旻公　旻上人。「公」は尊称。○三十年　杜甫は二〇代の初めに呉越を旅している。その頃から数えて三〇年に近い。○寄與　送り届ける。○潺湲　涙が流れるさま。畳韻語「センエン」。○舊來好事　昔好きだった事。頸聯の囲碁や船遊びをいう。○新詩誰與傳　一説に、旻上人がいないので、杜甫自身の近作を世間に伝えてくれる者がいない（邵宝《しょうほう》『刻杜少陵先生詩分類集註』巻二二）。○棋局　碁盤。双声語「キキョク」。○幽澗　ひっそりとした谷間。○袈裟　けさ。旻上人を指す。畳韻語「ケサ（カサ）」。○問君話我爲官在　「問君」は『宋本杜工部集』巻一〇等「聞君」に作り、その解釈に諸説がある。詳注は『杜臆』が「問君」に作るのに従い、本文を「問君」とし、旻上人が問い、許八が答える意と解して、詩題の「許《きょ》に因《よ》る」の意を表したものとする。諸説については『吉川注』筑摩版第五冊参照。○昏昏　もうろうとするさま。

［澤崎］

〇二五

題李尊師松樹障子歌　李尊師《りそんし》の松樹《しょうじゅ》の障子《しょうじ》に題《だい》する歌《うた》

老夫清晨梳白頭　老夫《ろうふ》清晨《せいしん》に白頭《はくとう》を梳《くしけず》る
玄都道士來相訪　玄都《げんと》の道士《どうし》来《き》たりて相《あ》い訪《と》う
握髮呼兒延入戶　髪《かみ》を握《にぎ》り児《じ》を呼《よ》び延《ひ》きて戸《と》に入《い》らしむ
手提新畫青松障　手《て》に提《ひっさ》ぐ新画《しんが》の青松《せいしょう》の障《しょう》
障子松林靜杳冥　障子《しょうじ》の松林《しょうりん》静《しず》かにして杳冥《ようめい》
憑軒忽若無丹青　軒《のき》に憑《よ》れば忽《たちま》ち丹青《たんせい》無《な》きが若《ごと》し
陰崖却承霜雪幹　陰崖《いんがい》却《かえ》って承《う》く霜雪《そうせつ》の幹《みき》

偃蓋反走虬龍形』
老夫生平好奇古
對此興與精靈聚
已知仙客意相親
更覺良工心獨苦』
松下丈人巾屨同
偶坐似是商山翁
悵望聊歌紫芝曲
時危慘澹來悲風』

偃蓋《えんがい》反《かえっ》て走《はし》らす虬龍《きゅうりょう》の形《かたち》
老夫《ろうふ》生平《せいへい》奇古《きこ》を好《この》む
此《こ》れに対《たい》して興《きょう》 精霊《せいれい》と聚《あつ》まる
已《すで》に知《し》る仙客《せんかく》の意《い》相《あ》い親《した》しむを
更《さら》に覚《おぼ》ゆ良工《りょうこう》の心《こころ》 独《ひと》り苦《くる》しむを
松下《しょうか》の丈人《じょうじん》 巾屨《きんく》同《おな》じ
偶坐《ぐうざ》是《こ》れ商山《しょうざん》の翁《おきな》なるに似《に》たり
悵望《ちょうぼう》 聊《いささ》か歌《うた》う紫芝《しし》の曲《きょく》
時《とき》危《あや》うくして惨澹《さんたん》として悲風《ひふう》来《き》たる

＊七言古詩。韻字は去声二三漾「訪・障」、下平九青「冥・青・形」、上声七麌「古・聚・苦」、上平一東「同・翁・風」。

【題意】　乾元元年（七五八）、長安（陝西省西安市）での作。玄都観の李尊師が持参した松の絵の屛風に書きつけた歌。「尊師」は道教の僧、道士に対する尊称。「障子」は衝立《ついたて》。好みの絵画を愛でるとともに、画中の人物から連想して世の中がまだ安泰でないことを嘆く。詳注二―四五九、鈴木注一―五四九。

【現代語訳】　老いた私が夜明けに白髪頭を梳いていると、玄都観の道士が訪ねてきた。身支度もそこそこに子供を呼んで内に入っていただくと、道士は青い松が画かれたばかりの衝立を手にしていた。』

衝立の中の松林はしんとして小暗く奥深く、軒端から眺めればまるで絵が消え去って実物の松林が出現したかのようだ。日陰の崖が霜や雪の降り積もる松の幹を支え、その松が、臥せた笠のように枝を伸ばす姿は蚪《みずち》や龍が駆けるようだ。』

日ごろ古くて珍しい物が大好きな私は、この絵に向きあうや興が湧いてきて画中の精霊と一つになった。そして仙人のような李尊師と趣味が合うことがわかっただけでなく、さらには優れた画家の苦心の跡も知られるのであった。』

松の根元で同じような冠と履《くつ》とを身につけて坐っている老人たちは、まるで漢の商山の老翁、四皓《しこう》のようだ。慨嘆して絵を眺め、しばしの間紫芝《しし》の曲を口ずさめば、四皓の時代にも似て危ういこの時世に心が痛み、絵の中から悲しげな風が吹いてくる心地がする。』

■語釈

○**老夫**　年寄り。杜甫自らいう。○**清晨**　早朝。○**玄都**　玄都観。長安の崇業坊にあった、都最大の道教寺院、道観。○**握髪**　周の周公は髪を洗っている時でさえ、来客があれば洗い髪を手で束ねて面会した（『史記』巻三三「魯周公世家」）。熱心に人材を求める喩え。○**杳冥**　暗く奥深いさま。○**丹青**　絵画。赤（丹）と青の顔料を用いるのでいう。○**陰崖**　北側の日陰になった崖。○**偃蓋**　臥せた笠。松の枝ぶりをいう。○**蚪**　ミズチ。龍の一種。○**奇古**　珍しくて古風。○**仙客**　仙人。李尊師のこと。○**意相親**　好みが似通う。○**良工**　優れた画家。○「**松下**」二句　松の根方に坐る画中の人物を詠う。「丈人」は老人。「巾履」は冠と履物。「偶坐」は一緒に坐る。「商山」は長安南東の山。「翁」は秦末に世の乱れを避けて商山に隠れ住んだ四人の老人、四皓《しこう》。**○悵望**　嘆きつつ眺める。畳韻語「チョウボウ」。**○紫芝曲**　四皓が商山に隠れ住んで詠んだ四言十句の歌。その中に、「曄曄《ようよう》たる紫芝、以《もっ》て飢《う》えを療《い》やす可《べ》し」（『楽府詩集』巻五八「採芝操《さいしそう》」）。「紫芝」は仙薬の名。紫色の霊芝。**○時危**　安史の乱が今もなお平定されていないのでいう。**○慘澹**　心を痛める。畳韻語「サンタン」。

【補説】「仙客」「良工」について、『施鴻保注』巻六は「仙客」を画中の「丈人」とし、李尊師が丈人と「意相《いあ》い親《した》しむ」と解する。さらに、松の絵を画いた「良工」を李尊師自身とする。『全訳』二〇二頁、『李寿松注』三四頁も「良工」を李尊師とする。

［澤崎］

〇二六

得舍弟消息

風吹紫荊樹　色與春庭暮
花落辭故枝　風廻返無處
骨肉恩書重　漂泊難相遇
猶有淚成河　經天復東注

舍弟《しゃてい》の消息《しょうそく》を得《え》たり

風《かぜ》は紫荊樹《しけいじゅ》を吹《ふ》き、色《いろ》は春庭《しゅんてい》と暮《く》る
花落《はなお》ちて故枝《こし》を辞《じ》し、風廻《かぜめぐ》りて返《かえ》るに処無《ところな》し
骨肉恩書重《こつにくおんしょおも》し、漂泊《ひょうはく》して相《あ》い遇《あ》い難《がた》し
猶《な》お涙《なみだ》の河《かわ》を成《な》す有《あ》り、天《てん》を経《へ》て復《ま》た東《ひがし》に注《そそ》ぐ

＊五言古詩。韻字は去声七遇「暮・遇・注」、去声六御「處」。遇・御韻は魚部の通押。

【題意】　乾元元年（七五八）晩春、長安（陝西省西安市）で左拾遺（↓「用語説明」）の官職

にあっての作。舎弟は、他人に対して自分の弟をいう。河南にいる弟（この弟は〇〇一四に見える穎《えい》のことか？→「人物説明」）から手紙をもらって作った詩。詳注三-四六一、鈴木注一-五五三。

【現代語訳】風が庭の紫荊樹《しけいじゅ》を吹いて、樹の色は春の庭と同じ色に染まって暮れてゆく。その花が落ちてもとの枝に別れを告げると、風に吹かれて戻るところがない。肉親の愛情のこもった手紙はなによりも貴重、互いに漂泊の身でめったに会えないのだから。私は天の河のように流れる涙を、大空の彼方のお前のいる東へと注いでいる。

■語釈

○**紫荊樹**　落葉灌木の名。スオウ。ここでは、仲の良い兄弟の象徴。『続斉諧記《ぞくせいかいき》』「紫荊樹」の次の故事に拠る。田真《でんしん》兄弟三人が財産を分けようとした時、それまで葉や花を茂らせていた紫荊樹が枯れた。田真は、樹は兄弟が財産を分けようとしているのを聞いて枯れたのだろうと弟にいって、財産を分けるのをやめた。すると、樹はもとのとおり花や葉を美しく茂らせた。○**恩書**　愛情のこもった手紙。○**河**　天の川。天の川を「天河」という。略した表現。○**經天**　大空を通って。○**東注**　弟がいる「東」に向かって涙を流す。弟のいる河南は長安の東に位置する。

［谷口］

〇三一七

送李校書二十六韻

李校書《りこうしょ》を送《おく》る二十六韻《にじゅうろくいん》

代北有豪鷹　生子毛盡赤

代北《だいほく》に豪鷹《ごうよう》有《あ》り、子《こ》を生《う》めば毛《け》尽《ことごと》く赤《あか》し

渥洼騏驥兒　尤異是虎脊

渥洼《あくわ》の騏驥《きき》の児《こ》、尤《もっと》も異《こと》なるは是《こ》れ虎脊《こせき》

李舟名父子　清峻流輩伯
人間好少年　不必須白晳
十五富文史　十八足賓客
十九授校書　二十聲輝赫
衆中毎一見　使我潛動魄
自恐二男兒　辛勤養無益』
乾元元年春　萬姓始安宅
舟也衣綵衣　告我欲遠適
倚門固有望　斂衽就行役
南登吟白華　已見楚山碧
藹藹咸陽都　冠蓋日雲積
何時太夫人　堂上會親戚
汝翁草明光　天子正前席
歸期豈爛漫　別意終感激』

李舟《りしゅう》は名父《めいふ》の子《こ》、清峻《せいしゅん》 流輩《りゅうはい》の伯《はく》
人間《じんかん》の好少年《こうしょうねん》、必《かなら》ずしも白晳《はくせき》なるを須《もち》いず
十五《じゅうご》にして文史《ぶんし》に富《と》み、十八《じゅうはち》にして賓客《ひんかく》足《おお》し
十九《じゅうきゅう》にして校書《こうしょ》を授《さず》けられ、二十《にじゅう》にして声《こえ》輝《き》赫《かく》たり
衆中《しゅうちゅう》一《ひと》たび見《み》る毎《ごと》に、我《わ》れをして潜《ひそ》かに 魄《たましい》を動《うご》かさしむ
自《みずか》ら恐《おそ》る二《に》男児《だんじ》、辛勤《しんきん》して養《やしな》うも益無《えきな》からんことを
乾元元年《けんげんがんねん》の春《はる》、万姓《ばんせい》始《はじ》めて安宅《あんたく》す
舟《しゅう》や綵衣《さいい》を衣《き》、我《わ》れに告《つ》ぐ遠《とお》く適《ゆ》かんと欲《ほっ》すと
門《もん》に倚《よ》りて固《もと》より望《のぞ》む有《あ》り、衽《えり》を斂《おさ》めて行役《こうえき》に就《つ》け
南《みなみ》に登《のぼ》りて白華《はくか》を吟《ぎん》じ、已《すで》に見《み》る楚山《そざん》の碧《みどり》なるを
藹藹《あいあい》たり咸陽《かんよう》の都《みやこ》、冠蓋《かんがい》日《ひ》ゞ《び》雲積《うんせき》す
何《いず》れの時《とき》か太夫人《たいふじん》、堂上《どうじょう》に親戚《しんせき》を会《かい》せん
汝《なんじ》が翁明光《おうめいこう》に草《そう》し、天子《てんし》正《まさ》に席《せき》を前《すす》む
帰期《きき》豈《あ》に爛漫《らんまん》たらんや、別意《べつい》終《つい》に感激《かんげき》す

＊五言古詩。韻字は入声一一陌「赤・脊・伯・客・赫・魄・益・宅・適・役・碧・積・席」、入声一二錫「晳・戚・激」。

【題意】 制作時、制作地は前詩と同じ。秘書省校書郎の官にある李舟《りしゅう》が、湖北にいる母を見舞いに旅立つのを見送る時の作。李舟、字は公受。隴西の人。文才があり、虔州《けんしゅう》刺史、隴西県男などを歴任した（『新唐書』巻七二上「宰相世系表」）。この時、二〇歳。校書は、官名で、宮中の蔵書を校勘する校書郎の略。唐代ではエリート官僚の初任官。父の李岑《りしん》はかつて水部郎中、眉州刺史だったことがある。詳注二―四六二、鈴木注一―五三三。

【現代語訳】 代州の北に立派な鷹がいて、その生んだ子供の毛は揃って赤い。渥洼《あくわ》の水中から生まれたという駿馬の子、とりわけ人と異なるのは背中が虎のようであることだ。李舟は、有名なご父君の子息であり、その資質の清らかで優れること同輩の頭《かしら》といっていい。世の中で好青年というのは、必ずしも白皙明眸《はくせきめいぼう》の美男子である必要はない。李舟は一五歳で多くの書物に通じ、一八歳で多くの賓客に接するようになっていた。一九歳で校書郎の官を授けられ、二〇歳の今その名声は世に鳴り響いている。人々の中で李舟を見るたびに、私の心はひそかにときめいてしまう。うちの二人の息子は、どんなに苦労して育ててもこんなに立派にはなれないかもしれない。』

乾元元年の春、民衆の暮らしはようやく落ち着いた。李舟はいにしえの孝行者のように五色の美しい服を着て、母上を訪ねて遠く旅立つのですと私に告げた。母上はもちろん門に身を寄せてあなたの来るのを待ち望んでおられる。旅装を整えて旅路につきなさい。南に旅立ち、孝行の心のこもった「白華」の歌を口ずさみながら進めば、もう母上がおられる楚の山の緑が見えてきているでしょう。繁栄を誇る咸陽の都（長安を指す）には、役人たちの冠や車の覆《おお》いが、雲が湧くように群れ集まっている。いつになったら母上は都へお帰りになり、表座敷で親戚一同とお顔を合わされるのでしょう。ご父君は明光殿で詔勅を起草する職におられ、天子はいつも身を乗り出して父君の話を聞かれるほど信頼も厚い。あなたが都に帰られるのはいつかわからないというものではない。だがあなたはどうしても別れの気持ちを抑えがたい様子。』

■語釈

○**代北**　代州の北（山西省北部）。○**渥洼**　西域にある川の名。前漢の武帝の時、この川から神馬が生まれたという（『史記』巻二四「楽書」）。双声語「アクワ」。○**騏驥**　一日千里をゆくという優れた馬。○**虎脊**　虎の背のような模様のある駿馬。○**名父子**　有名な父李岑の子。○**清峻**　志が清らかで高い。○**流輩**　同輩。○**伯**　血縁関係の年長者。長兄、長男、伯父（父の兄）など。ここでは集団の中で目立って立派な存在。○**白皙**　顔色が白い。美男子を指す。「皙」は「晳」に通じる。○**文史**　文章と歴史。官僚として役に立つ教養・学問。○**輝赫**　評価が光り輝く。双声語「キカク」。○**動魄**　心をときめかせる。南朝・梁・鍾嶸《しょうこう》『詩品』上品・古詩に「陸機《りくき》の擬《ぎ》する所《ところ》の十四首《じゅうよんしゅ》は、（中略）心《こころ》を驚《おどろ》かし魄《たましい》を動《うご》かす」。○**二男児**　杜甫には、宗文、宗武の二人の息子がいた。○**乾元元年春**　乾元元年二月をさす。この時、粛宗《しゅくそう》（↓「人物説明」）が大赦を施し、安史の乱で被害を蒙った地域の税を免じたことをいう（『新唐書』巻六「粛宗本紀」）。○**萬姓**　天下のすべての民。○**安宅**　安らかに暮らす。○**舟也**　実名に「也《や》」を添えるのは、『詩経』小雅「鴻雁」に「則《すなわ》ち劬労《くろう》すと雖《いえど》も、其《そ》れ究《つい》に安宅《あんたく》せん」。○**衣綵衣**　子供の着るような美しい衣服を着て、親を楽しませること。西周の老萊子《ろうらいし》が七〇歳になって、五色の衣服を着て、親を喜ばせた故事（『初学記』巻一七人部「孝」に引く『孝子伝』）に拠る。「綵衣」は、五色のあや模様のある美しい衣服。○**倚門**　門に寄りかかって立つ。母が息子の帰りを待ち望むさま。『戦国策』斉策にみえる王孫賈の母の言葉に「汝《なんじ》朝《あした》に出《い》でて晩《ばん》に来《き》たれば、則《すなわ》ち吾《わ》れ門《もん》に倚《よ》りて望《のぞ》む」。○**斂衽**　えりを引き締める。衣服を整えること。○**南登**　南に向かって旅立つ。○**白華**　『詩経』小雅「白華」の篇名。親孝行の子を褒める詩。篇名のみが残され、本文は伝わらない。詩序に「白華《はくか》は、孝子《こうし》の潔白《けっぱく》なるなり」。○**楚山**　母のいる湖北の山。○**藹藹**　盛大なさま。畳字の擬態語「アイアイ」。西晋・左思《さし》「詠史」（『文選』巻二一）に「峨峨《がが》たる高門《こうもん》の内《うち》、藹藹《あいあい》たるは皆《みな》な王侯《おうこう》なり」とあり、李善注に『広雅』を引用して「藹藹《あいあい》は、盛《さか》んなり」。○**咸陽都**　咸陽は、渭水を挟んで長安の対岸に位置する町。咸陽を借りて首都長安をいう。○**冠蓋**　かんむりと車のかさ。高官の象徴。○**太夫人**　身分の高い人の母。父に次いで諸侯となった子が母を呼ぶ呼称。○**汝翁**　ご父君。○**草明光**　明光殿で詔勅を起草する。詔勅を起草する中書舎人の職にあること。中書舎人は、当時「文士の極任」（杜佑『通典』巻二一）といわれ宰相となることが期待される重職。「明光」は、漢の宮廷の明光殿、ここで詔勅が起草されたことからいう。○**前席**　皇帝が席《しきもの》を前《すす》めて、身を乗り出すように話を聞くこと。前漢の文帝に賈誼《かぎ》（↓「人物説明」）が謁見した時、賈誼の話を聞いて感じ入った皇帝が身を乗り出した故事から、皇帝の信頼を得ることをいう（『史記』巻八四「賈誼伝」）。○**爛漫**　あてどなく予定が立たないさま。反語の「豈に爛漫たらんや」で、きっと遠からず長安に帰れるの意。『荘子』在宥《ざいゆう》に「大徳《だいとく》は同《おな》じからず、而《しか》して性命《せいめい》は爛漫《らんまん》たり」。畳韻語「ランマン」。なお、下句の「感激」は双声語「カンゲキ」。

顧我蓬屋資　謬通金閨籍
小來習性懶　晩節慵轉劇
毎愁悔吝作　如覺天地窄
羨君齒髮新　行己能夕惕
臨岐意頗切　對酒不能喫』
廻身視綠野　慘澹如荒澤
老雁春忍饑　哀號待枯麥
時哉高飛燕　絢練新羽翮
長雲濕褒斜　漢水饒巨石
無令軒車遲　衰疾悲宿昔』

顧《かえり》みるに我《わ》が蓬屋《ほうおく》の資《し》、謬《あやま》りて金閨《きんけい》の籍《せき》を通《つう》ず
小来《しょうらい》 習《なら》い性《せい》として懶《ものう》し、晩節《ばんせつ》慵《ものう》きこと転《うた》た劇《はげ》し
毎《つね》に愁《うれ》う悔吝《かいりん》の作《おこ》るを、天地《てんち》の窄《せま》きを覚《おぼ》ゆるが如《ごと》し
羨《うらや》む君《きみ》が歯髪《しはつ》の新《あら》たにして、己《おのれ》を行《おこな》いて能《よ》く夕惕《せきてき》するを
岐《わかれみち》に臨《のぞ》みて意《い》頗《すこぶ》る切《せつ》なり、酒《さけ》に対《たい》して喫《きっ》する能《あた》わず
身《み》を廻《めぐ》らして緑野《りょくや》を視《み》れば、惨澹《さんたん》として荒沢《こうたく》の如《ごと》し
老雁春《ろうがんはるう》饑えを忍《しの》び、哀号《あいごう》して枯麦《こばく》を待《ま》つ
時《とき》なるかな高飛《こうひ》の燕《つばめ》、絢練《けんれん》たり新羽《しんう》翮《かく》
長雲《ちょううん》 褒斜《ほうや》を湿《うるお》し、漢水巨石饒《かんすいきょせきおお》からん
軒車《けんしゃ》をして遅《おそ》からしむる無《な》かれ、衰疾宿昔《すいしつしゅくせき》を悲《かな》しむ

＊韻字は入声二一陌「籍・劇・窄・澤・麥・翮・石・昔」、入声二三錫「惕・喫」。以上、陌・錫韻は庚部の通押。

【現代語訳】　顧みれば、自分は貧しい住まいがふさわしい性分だが、なんのまちがいか門下省に出仕する身の上となった。幼い頃から面倒くさがりやだったが、年をとって益々ものぐさが嵩《こう》じてきた。いつも気がかりなことが起こるのを心配し、広い天下も狭くて身の置きどころがないように感じている。君が歯も髪も若々しく、自分の考えを実行してしかも終始

慎重でおられるのが羨ましい。別れに臨んで切ない思いがこみあげ、酒を前にしながら飲むことができない。』

振り返って緑の野原を眺めると、もの寂しく、まるで荒れ果てた沼地のようだ。老いた雁は餌のない春を耐え忍び、悲しげな声で叫びながら麦の実りを待ちわびている。春ですね、空高く飛ぶ燕は、まことに素早く羽も真新しい。あなたの行く手には、連なる雲が褒谷・斜谷を潤し、漢水には巨石がたくさん横たわっているでしょう。どうか帰りの馬車を遅くなさらないように、老いて病がちの私は、昔からのあなたとの交情を思って悲しくてならないのです。』

■語釈

○**蓬屋資**　貧しい家に暮らすのがふさわしい資質。○**通金閨籍**　左拾遺（↓「用語説明」）として出仕していること。「金閨」は金馬門（学士の詰め所）の別称。南朝・斉・謝朓《しやちよう》「始《はじ》めて尚書省《しようしよしよう》を出《い》ず」に「既《すで》に金閨《きんけい》の籍《せき》を通《つう》じ、復《ま》た瓊筵《けいえん》の醴《れい》を酌《く》む」。○**慵**　ものぐさなさま。○**悔吝**　気がかりな事柄。「悔」は悔いる、「吝」は羞じる。○**窄**　狭い。○**夕惕**　晩になるまで終日恐れ慎む。『易経』乾卦《けんか》に「君子《くんし》は終日乾乾《しゆうじつけんけん》として、夕《せき》惕《てき》厲《はげ》むが若《ごと》きは咎無《とがな》し」。○**岐**　分かれ道。○**喫**　（酒を）飲む。口語的な表現。○**惨澹**　いたましくもの悲しいさま。畳韻語「サンタン」。○**哀號**　悲しげに叫ぶ。○**枯麥**　麦の実が熟する。麦は熟すると枯れるのでこういう。○**時哉**　時を得ていることへの賞讃の言葉。『論語』郷党にみえる孔子の語に「山梁《さんりよう》の雌雉《しち》、時《とき》なるかな、時《とき》なるかな」。○**絢練**　速いさま。畳韻語「ケンレン」。南朝・宋・顔延之「赭白馬《しやはくば》の賦《ふ》」（『文選』巻一四）に「輩《ともがら》に別《わか》れ群《ぐん》を越《こ》え、絢練《けんれん》として夐絶《けいぜつ》す」とあり、李善注に「絢練《けんれん》は疾《はや》き貌《さま》なり」。○**羽翮**　鳥の羽。○**褒斜**　長安から南の秦嶺山脈を越えて漢中盆地に出るときの道。褒・斜はいずれも終南山中の谷の名。後漢・班固「西都の賦」（『文選』巻一）に「右《みぎ》は褒斜《ほうや》隴首《ろうしゅ》の険《けん》に界《さかい》す」とあり、李善注の引く『梁州記』に「褒谷有《ほうこくあ》り、南口《なんこう》を褒《ほう》と曰《い》い、北口《ほくこう》を斜《や》と曰《い》う。長《なが》さ四百七十里《しひゃくしちじゅうり》なり」。○軒車　幌つきの立派な馬車。「古詩十九首」其の八に「君《きみ》を思《おも》えば人《ひと》をして老《お》いしむ、軒車《けんしゃ》来たること何《なん》ぞ遅《おそ》き」。

［谷口］

〇二八

偪側行贈畢四曜

偪側何偪側
我居巷南子巷北
可憐鄰里閒
十日不一見顔色』
自從官馬送還官
行路難行澀如棘
我貧無乘非無足
昔者相過今不得
不是愛微軀
非關足無力

偪側行《ひょくそくこう》、畢四曜《ひつしよう》に贈《おく》る

偪側《ひょくそく》　何ぞ偪側《ひょくそく》
我《わ》れは巷南《こうなん》に居《お》り子《し》は巷北《こうほく》
憐《あわ》れむ可《べ》し隣里《りんり》の間《かん》
十日《とおか》に一《ひと》たびも顔色《がんしょく》を見《み》ず
官馬《かんば》を官《かん》に送還《そうかん》せしより
行路《こうろ》行《ゆ》き難《がた》く渋《しぶ》きことは棘《きょく》の如《ごと》し
我《わ》れ貧《ひん》にして乗無《じょうな》きも足無《あしな》きに非《あら》ず
昔《むかし》は相《あ》い過《よ》ぎりしも今《いま》は得《え》ず
是《こ》れ微軀《びく》を愛《お》しむならず
足力《あしちから》　無きに関《かん》するに非《あら》ず

徒歩翻愁官長怒　徒歩《とほ》せば翻《かえ》って官長《かんちょう》の怒《いか》らんことを愁《うれ》う
此心炯炯君應識』　此《こ》の心《こころ》炯炯《けいけい》たり君《きみ》応《まさ》に識《し》るなるべし

＊七言古詩。韻字は入声一三職「側・北・色・棘・得・力・識」。

【題意】　作詩時期は前詩と同じ。詩題の「偪側」は、詩の冒頭の二字を取ったもの。「偪側」は迫ること。住居が接近していること。畳韻語「ヒョクソク」。詩友の畢曜《ひつよう》（?〜七六二?）に贈る詩である。畢四曜の「四」は排行（↓「用語説明」）。戸部尚書、魏景公となった畢講の甥（『新唐書』巻七五下「宰相世系表」、『杜甫大辞典』「畢曜」）。『旧唐書』巻一八六下「酷吏伝」に、畢曜の記載があり、そこでは後に監察御史となった彼が「酷吏」と評されたことが見える。詳注三-四六六、鈴木注一-五五九。

【現代語訳】　なんと近いことか、なんと近いことか。私は横丁の南にいるし、あなたは横丁の北にいる。こんなに近い所に住んでいるのに、一〇日に一度も顔を見ることができないとは情けない。』

政府の馬をお上に返還してからというもの、道を歩くのが難しいこと、まるで道に棘《とげ》があるようだ。私は貧乏で乗る馬はないが、別に足がないわけではない。前はよくあなたと行き来したものだが、今は無理。それは別に骨惜しみしているわけではないし、脚力がないからでもない。歩いて会いに行きたいのだけれど（いっぱしの官位にあるものが）、そうすると上司の怒りを買うのではと心配。あなたは私が（会いたい、でも会いに行けないと）目が冴えて寝られないほど苦しんでいるのをきっと理解してくれるだろう。』

■語釈

○巷　村や町の小路。○鄰里　近所。周代の制度で、五戸を隣、五隣を里という。○顔色　かおつき。様子。梁・江淹《こうえん》「古離別《こりべつ》」に「一《ひと》たび顔色《がんしょく》を見《み》んことを願《ねが》えども、瓊樹《けいじゅ》の枝《えだ》に異《こと》ならず」。○自従　より。事の発生した時を表す。○官馬　政府所有の馬。至徳二載（七五七）二月に粛宗《しゅくそう》（→「人物説明」）は鳳翔《ほうしょう》に行幸《ぎょうこう》し、大挙して両京（長安と洛陽）を奪回するため、国中の公私の馬を尽く集めて軍を助けよと命じた（『旧唐書』巻一〇「粛宗本紀」）。○愛微軀　自分の身を愛惜する。骨惜しみする。「軀」は、からだ。「微」は自分の身を謙遜していう。○炯炯　苦悩や悲哀で目が冴えるさま。畳字の擬態語「ケイケイ」。西晋・潘岳《はんがく》（→「人物説明」）「寡婦《かふ》の賦《ふ》」に「目《め》炯炯《けいけい》として寝《い》ねられず」。

曉來急雨春風顚　暁来《ぎょうらい》 急雨春風《きゅううしゅんぷう》 顚《てん》す
睡美不聞鐘鼓傳　睡《ねむ》り美《び》にして聞《き》かず鐘鼓《しょうこ》の伝《つた》わるを
東家蹇驢許借我　東家《とうか》の蹇驢《けんろ》我《わ》れに借《か》すを許《ゆる》さるるも
泥滑不敢騎朝天　泥滑《どろすべ》らかにして敢《あ》えて騎《の》りて天《てん》に朝《ちょう》せず
已令請急會通籍　已《すで》に急《きゅう》を請《こ》わしむ会《かなら》ず籍《せき》に通《つう》ぜん
男兒性命絶可憐』　男児《だんじ》の性命《せいめい》絶《はなは》だ憐《あわ》れむ可《べ》し
焉能終日心拳拳　焉《いずくん》ぞ能《よ》く終日《しゅうじつ》 心《こころ》 拳拳《けんけん》たらん

憶君誦詩神凜然　憶《おも》う君《きみ》詩《し》を誦《しょう》して神凜然《しんりんぜん》たるを
辛夷始花亦已落　辛夷《しんい》始《はじ》めて花《はな》さくも亦《ま》た已《すで》に落《お》つ
況我與子非壯年　況《いわん》や我《わ》れと子《し》と壮年《そうねん》に非《あら》ざるをや
街頭酒價常苦貴　街頭酒価《がいとうしゅか》常《つね》に貴《たか》きに苦《くる》しむ
方外酒徒稀醉眠　方外《ほうがい》の酒徒《しゅと》酔眠《すいみん》するは稀《まれ》なり
速宜相就飲一斗　速《すみ》やかに宜《よろ》しく相《あ》い就《つ》きて一斗《いっと》を飲《の》むべし
恰有三百青銅錢』　恰《あたか》も三百《さんびゃく》の青銅銭《せいどうせん》有《あ》り

＊韻字は下平一先「顚・傳・天・憐・拳・然・年・眠・錢」。

【現代語訳】　明け方、急に降り出した雨は春風に乗って吹き荒れ、私は心地よく眠っていて鐘や太鼓の音の伝わるのさえ聞こえないほどだった。東の家では自分に驢馬を貸してくれるとのことだが、道がぬかるんで滑りやすいので、それに乗って参朝しようとは思わない。すでに欠勤願いを出したのできっと出勤簿に書きこまれたことだろう（休暇を取ったからには、外出して滑って怪我などするわけにはいかない）。男というのは色々あってまことに哀れなものだ。』

私とて君のことばかり一日中気にかけていられるだろうか。きっと君は自作の詩を吟じて凜とした心境でいることだろう。辛夷《こぶし》の花が春を告げるように咲いたと思うともう散ってしまった。ましてや私も君ももう壮年ではない。街で売っている酒の値段がいつも高いのに閉口しているが、そのせいでこの頃は我々のような浮世離れした酒飲みも酔って眠ることはめったにない。早く私のもとへ来て、酒を一緒に飲むことだ、私の手もとにはちょうど三〇〇銭の青銅銭があるんだよ。』

■語釈

○**顚**　風が吹き荒れる。○**睡美**　眠りが心地よい。○**蹇驢**　足の不自由な驢馬。○**朝天**　朝廷へ参上する。○**請急**　休暇を申請する。「請仮」に同じ。『宋書』巻六七「謝霊運《しゃれいうん》伝」に「既《すで》に表聞《ひょうぶん》無ければ、又《ま》た請急《せいきゅう》せず」。○**通籍**　休暇を取って出勤しないことを帳簿に書きつける。○**男児性命**　男というもの。「性命」は本性。○**拳拳**　あることに一心に努める。畳字の擬態語「ケンケン」。○**凜然**　厳粛なさま、身の引き締まるさま。○**辛夷**　コブシ。早春に咲く白い花。○**方外**　世俗の外の世界。『荘子』大宗師《だいそうし》に「孔子《こうし》曰《いわ》く、彼《かれ》は方《ほう》の外《そと》に遊《あそ》ぶ者《もの》なり、而《しこう》して丘《きゅう》（孔子の名）は方《ほう》の内《うち》に遊《あそ》ぶ者《もの》なり、と」。○**酒徒**　酒飲み仲間。『史記』巻九七「酈食其《れきいき》伝」に「吾《わ》れは高陽《こうよう》の酒徒《しゅと》なり」。○**相就**　畢曜がこちらにやってくること。

［谷口］

〇三一九

贈畢四曜

畢四曜《ひつしよう》に贈《おく》る

才大今詩伯　家貧苦宦卑
飢寒奴僕賤　顔状老翁爲

才大《さいだい》にして今《いま》の詩伯《しはく》、家貧《いえまず》しくして宦《かん》の卑《ひく》きに苦《くる》しむ
飢《き》寒《かん》奴《ど》僕《ぼく》に賤《いや》しまれ、顔状《がんじょう》は老翁《ろうおう》の為《さま》なり

同調嗟誰惜　論文笑自知　調《ちょう》を同《おな》じくし嗟誰《ああたれ》か惜《お》しまん、文《ぶん》を論《ろん》じ笑《わら》いて自《みずか》ら知《し》る
流傳江鮑體　相顧免無兒　流伝《りゅうでん》せん江鮑《こうほう》の体《たい》、相《あ》い顧《かえり》みれば児《じ》無《な》きを免《まぬか》る

＊五言律詩。韻字は上平四支「卑・爲・知・兒」。

【題意】　乾元元年（七五八）春、長安（陝西省西安市）で左拾遺（↓「用語説明」）の官にあっての作。畢曜《ひつよう》（『全唐詩』巻二五五は、畢耀に作る）に贈った詩には、〇三八の詩を始め、杜甫が官を辞して秦州に旅立ってからの作「秦州にて勅目を見るに、薛三璩は司議郎を授けられ、畢四曜は監察に除せらる。……凡そ三十韻」〇三四四がある。本詩は、第二句に「宦の卑きに苦しむ」とあることから、畢曜がまだ監察御史に官を移される前の詩だろう。詳注二―四六九、鈴木注一―五六三。

【現代語訳】　あなたは詩才が豊かで、当代の詩の大家だが、家が貧しく官位が低いのに苦しんでいる。寒さと飢えのために下男にさえあなどられ、顔つきは老人のよう。あなたの詩には私と同じ趣《おもむ》きがあるが、誰がその才能を大事にしてくれるだろう。文学を論じあうといっても、お笑い草だが自分で自分の文学を理解するだけのことなのだ。鮑照《ほうしょう》や江淹《こうえん》のようなあなたと私の詩風を後世に伝えましょう。幸いにも（鮑照・江淹と違い）我々には家学を継いでくれる子供がいるのだから。

一■語釈

○才大　文章の才能が偉大。○詩伯　詩壇の長。詩の大家。伯はかしら。『全唐詩』巻二五五に畢耀の詩が三首収められる。杜甫には「詩伯」として映っていたのであろう。○奴僕賤　下男にもさげすまれる。一説に「しもべのように身分が卑しい」（鈴木注）。○顔狀　顔の様子。○同調　自分と趣きを同じくする。○嗟　ああ。感嘆の声。○論文　文学について語りあう。○自知　自分の文章の良さを自分だけが理解している。○流傳　後世に伝える。○江鮑體　南朝・宋の鮑照《ほうしょう》（↓「人物説明」）と梁の江淹《こうえん》の詩風。ここでは畢曜と杜甫の詩風に喩えている。○兎無兒　子供がある。作者には宗文・宗武の二人の息子がいた。『晋書』巻九〇「鄧攸《とうゆう》伝」に「天道《てんどうし》知る無《な》からん、鄧伯道《とうはくどう》をして児無《じな》からしめしを」。

［谷口］

〇三〇　題鄭十八著作丈故居

台州地闊海冥冥
雲水長和島嶼青
亂後故人雙別淚
春深逐客一浮萍
酒酣懶舞誰相拽
詩罷能吟不復聽
第五橋東流恨水

鄭十八著作丈《ていじゅうはちちょさくじょう》が故居《こきょ》に題《だい》す

台州《たいしゅう》 地《ち》は闊《とお》く海《うみ》は冥冥《めいめい》たり
雲水《うんすい》は長《なが》く島嶼《とうしょ》に和《わ》して青《あお》し
乱後《らんご》故《こ》人双別涙《じんそうべつるい》
春深《はるふか》くして逐客一浮萍《ちくかくいちふひょう》
酒《さけ》 酣《たけなわ》にして舞《ま》うに懶《ものう》し誰《たれ》か相《あ》い拽《ひ》かん
詩罷《しや》みて能《よ》く吟《ぎん》ずるも復《ま》た聴《き》かず
第五橋東《だいごきょうとう》恨《うら》みを流《なが》す水《みず》

皇陂岸北結愁亭』　皇陂《こうひ》岸北《がんほく》愁《うれ》いを結《むす》ぶ亭《てい》
賈生對鵩傷王傅　賈生《かせい》鵩《ふくろう》に対《たい》して王傅《おうふ》を傷《いた》み
蘇武看羊陷賊庭　蘇武《そぶ》羊《ひつじ》を看《み》て賊庭《ぞくてい》に陥《おちい》る
可念此翁懷直道　念《おも》う可《べ》し此《こ》の翁直道《おうちょくどう》を懐《いだ》き
也霑新國用輕刑　也《ま》た霑《うるお》う新国《しんこく》の軽刑《けいけい》を用《もち》うるに
禰衡實恐遭江夏　禰衡《でいこう》実《まこと》に恐《おそ》る江夏《こうか》に遭《あ》わんことを
方朔虛傳是歲星　方朔《ほうさく》虚《むな》しく伝《つた》う是《こ》れ歳星《さいせい》なりと
窮巷悄然車馬絶　窮巷《きゅうこう》悄然《しょうぜん》車馬《しゃば》絶《た》え
案頭乾死讀書螢』　案頭《あんとう》乾死《かんし》す読書《どくしょ》の蛍《ほたる》

＊七言排律。韻字は下平九青「冥・青・萍・聽・亭・庭・刑・星・螢」。

【題意】　乾元元年（七五八）季春、長安（陝西省西安市）で左拾遺（↓「用語説明」）の官にあっての作。鄭十八著作《ていじゆうはちちよさく》は鄭虔《ていけん》（↓「人物説明」）。「十八」は排行（↓「用語説明」）。鄭がかつて著作郎となったことがあったため、その役職を付して称した。「丈」は、長者を尊んで呼ぶ称。「故居」はもとの住居。鄭虔が台州に左遷されて後、鄭虔のもとの家を訪ねて書きつけた詩。『銭注』巻一〇では、詩題を「題鄭十八著作虔」に作る。詳注三‐四七〇、鈴木注一‐五六四。

【現代語訳】鄭虔の流された台州の地は遥か遠く、その海は暗く見え、雲のたちこめる海はいつも大小の島々とともに青く見える。安禄山の乱後、私はあなたとの別れを悲しんで両目から涙を流し続けている、春深い今、都を追われたあなたは寄る辺ない浮き草のようだ。昔は酒がたけなわになればともに舞ったものだが、今は舞うのがおっくうになった。私の手を引いてくれる人など誰もいない。詩ができあがると今も吟じてはいるが、かつてのように聞いてくれる人はいない。あなたと遊んだ第五橋の東を流れる水は、私の尽きない悲しみそのものだ。一緒に遊んだ皇子《こうし》陂《ひ》の北の亭は、私に愁いが解きがたいことを教える亭だ。』

台州にいる君は、漢の賈誼《かぎ》が鵩鳥《ふくちょう》に対して長沙《ちょうさ》王の太傅《たいふ》（王の補佐役）となった自分を痛んだ心境であり、忠臣蘇《そ》武《ぶ》が匈奴《きょうど》に捕らえられ、羊を飼うことを強《し》いられたのと同じ思いで賊軍に下ったのだろう。あなたがこれまで正道を堅持してきたことがよくわかる、新政府があなたに軽い刑を適用したのは幸いだった。禰衡《でいこう》が江夏《こうか》太守黄祖《こうそ》に遭遇したような目にあなたが遭わないかと気が気でなく、東方朔《とうほうさく》が歳星の生まれ変わりだと噂されはしたが、天子はその才能をお認めにならなかった。あなたの旧宅を訪れると、家の小道はひっそりと車の往来も途絶え、机の上にはあなたが読書するのを照らしたはずの蛍がひからびて死んでいる。』

■語釈

○台州　浙江省《せっこうしょう》台州市。鄭虔は、安禄山（→「人物説明」）の乱で強いられて反乱軍に水部郎中を授けられたことを朝廷によって厳しく譴責され、台州に流されていた。○闊　遥かに遠い。『爾雅《じが》』釈詁に「闊《かつ》は、遠《えん》なり」。○冥冥　暗い。畳字の擬態語「メイメイ」。○雲水　雲と海の水。○和　と、共に。

口語的な用法。〇故人　昔なじみの友。鄭虔にとって友人である作者自身。〇雙別涙　両目から別れの涙を流す。北周・庾信《ゆしん》「周尚書弘正を送る二首」其の二に「離期《りき》定《さだ》まりて已《すで》に促《うなが》し、別涙《べつるい》転《うた》た従《したが》うところ無《な》し」。〇逐客　放逐された鄭虔。〇浮萍　浮き草。またそのようにところ定めずさすらう者の喩え。〇拽　手を引く。〇第五橋　長安の南の韋曲《いきょく》近辺の名所で、鄭虔とかつて遊んだ場所。「鄭広文に陪し、何将軍の山林に遊ぶ十首」〇〇六八にも見える。〇皇陂　皇子陂。長安の南の韋曲にあったつつみで、かつて鄭虔と遊んだ場所。「重ねて何氏に過る五首」其の二〇〇八四の語釈参照。〇賈生對鵩傷王傅　前漢の賈誼（↓「人物説明」）は長沙王の太傅に左遷され、三年後、賈の宿舎に不吉な鳥とされる鵩鳥《ふくちょう》（フクロウ）が入って隅に止まったため、「鵩鳥の賦」を作り、流謫生活を痛んだ（『史記』巻八四「賈誼伝」）。鄭虔はかつて国史を私撰したかどで一〇年流刑されたことがあったので、それを賈誼になぞらえている。鈴木注は、ここに過去のことを持ち出す必要はない、台州に左遷されている鄭虔の今の心情を賈誼になぞらえるとする。〇蘇武看羊陷賊庭　前漢の蘇武（↓「人物説明」）は、匈奴《きょうど》と戦って破れ、匈奴に捕らえられ、その後北海に移されて羊飼いを命じられた（『漢書』巻五四「蘇武伝」）。「賊庭」は安禄山の軍に比した。鄭虔が忠義の心を賊中にあって貫いたことをいう。〇此翁　鄭虔を指す。〇直道　正しい道。〇也　また。口語。〇霑　恩恵を受ける。〇新國用輕刑　安史の乱時に賊軍に陥った者には、六等の罪が課されたが、鄭虔は崔円《さいえん》らの弁護により三等の罪に減刑され、台州司戸に左遷された。これを「軽刑を用う」と詠じている。「新国」は、本来は新しい国の意だが、ここは粛宗《しゅくそう》（↓「人物説明」）の新政府を指す。『周礼《しゅらい》』大司寇《だいしこう》に「新国《しんこく》に刑《けい》するには、軽典《けいてん》（寛大な法律）を用《もち》う」。〇禰衡實恐遭江夏　後漢の禰衡《でいこう》は文才があったが、傲慢だったため、後に曹操《そうそう》は彼を江夏《こうか》に送り、江夏太守の黄祖《こうそ》に殺させた。鄭虔が台州に送られたことをそれになぞらえ、禰衡のように殺されないかと案じている。〇方朔　前漢の東方朔《とうほうさく》が歳星、すなわち木星の生まれ変わりであるとの伝説があった（詳注の引く『漢武帝内伝』、『東方朔別伝』）。○虚傳　東方朔が歳星の生まれ変わりだという噂はあったが、皇帝にその才能が真には認められなかったように、鄭虔も評価されていないことをいう。○窮巷　鄭虔の住居のある路地。東晋・陶淵明《とうえんめい》「山海経を読む十三首」其の一に「窮巷深《きゅうこうふか》き轍《わだち》を隔《へだ》つるも、頗《すこぶ》る故人《こじん》の車《くるま》を廻《めぐ》らさしむ」。○悄然　ひっそり。○案頭　机の上。○乾死　ひからびて死ぬ。○讀書螢　本を読むために集められた蛍。東晋の車胤《しゃいん》は貧しく油を買えなかったため、蛍を集めてその明かりで書を読んだ（『晋書』巻八三「車胤伝」）。

［谷口］

〇三二

痩馬行

東郊痩馬使我傷
骨骼硉兀如堵牆
絆之欲動轉攲側
此豈有意仍騰驤
細看六印帶官字
衆道三軍遺路旁
皮乾剝落雜泥滓
毛暗蕭條連雪霜

痩馬《そうば》行《こう》

東郊《とうこう》の痩馬《そうば》我《わ》れをして傷《いた》ましむ
骨骼硉兀《こつかくろつこつ》として堵牆《としょう》の如《ごと》し
之《こ》れを絆《つな》がんとすれば動《うご》かんと欲《ほっ》して転《うた》た攲側《きそく》す
此《こ》れ豈《あ》に仍《な》お騰驤《とうじょう》せんとするに意有《いあ》るか
細《こま》かに看《み》れば六印官字《ろくいんかんじ》を帯《お》ぶ
衆《しゅう》は道《い》う三軍路旁《さんぐんろぼう》に遺《のこ》すと
皮《かわ》乾《かわ》き剝落《はくらく》して泥滓《でいし》に雑《まじ》り
毛《け》暗《くら》く蕭条《しょうじょう》として雪霜《せっそう》に連《つら》なる

去歳奔波逐餘寇
驊騮不慣不得將
士卒多騎內廏馬
惆悵恐是病乘黃
當時歷塊誤一蹶
委棄非汝能周防
見人慘澹若哀訴
失主錯莫無晶光
天寒遠放雁爲伴
日暮不收烏啄瘡
誰家且養願終惠
更試明年春草長』

去歳《きょさい》奔波《ほんぱ》余寇《よこう》を逐《お》う
驊騮《かりゅう》は慣《な》れず将《ひき》いることを得《え》ず
士卒《しそつ》多《おお》く騎《の》るは内廏《ないきゅう》の馬《うま》なり
惆 悵《ちゅうちょう》 恐《おそ》らくは是《こ》れ病《や》める乗黄《じょうこう》ならんことを
当時《とうじ》塊《かい》を歴《へ》て誤《あやま》りて一蹶《いっけつ》せり
委棄《いき》せらるること汝《なんじ》が能《よ》く周防《しゅうぼう》するに非《あら》ず
人《ひと》を見《み》て惨澹《さんたん》として哀訴《あいそ》するが若《ごと》く
主《あろじ》を失《うしな》いて錯莫《さくばく》として晶光《しょうこう》 無《な》し
天寒《てんさむ》く遠《とお》く放《はな》たれて雁《がん》を伴《とも》と為《な》し
日《ひ》暮《く》れて収《おさ》められず烏《からす》 瘡《きず》を啄《ついば》む
誰《た》が家《いえ》か且《しばら》く養《やしな》わん願《ねが》わくは恵《けい》を終《お》えんことを
更《さら》に明年《みょうねん》 春草《しゅんそう》の長《なが》きに試《こころ》みん

＊七言古詩。韻字は下平七陽「傷・牆・驤・旁・霜・將・黃・防・光・瘡・長」。

【題意】 乾元元年（七五八）、華州司功参軍（↓「用語説明」）に左遷された後の作。杜甫が華州に左遷された傷心の心境を馬に喩《たと》えたとされる（仇兆鰲、蔡興宗の説）。一説に、至徳二載（七五七）に宰相房琯《ぼうかん》（→「人物説明」）が罷免されたことに喩えたとする（黄鶴の説）。詳注二―四七二、鈴木注一―五六八。

【現代語訳】　長安の東郊に痩せた馬がいて、私はそれを見るともの悲しくなる。骨組みがそそり立って垣根のようだ。この馬を繋ぎ止めようとするとじっとせずに益々体を傾けてよろけるのは、前と同じように躍り上がって走りたいという気持ちがあるからだろうか。この馬をよく見ると、官馬であることを表す焼印が六つ付けられている。人々はこの馬は官軍が街道の傍《かたわ》らに棄てていったのだという。その皮は乾いて剝げ落ち、泥やかすがこびりついている。毛はつやがなく寂しげで雪や霜のような白っぽい色が続いている。

去年、官軍は安禄山の残党を追いかけて奔走していた。驊騮のような名馬はいても調教されていなければ兵士には乗りこなせないので連れてゆけず、兵士たちが乗るのは大概宮中でおとなしく調教された馬だった。嘆かわしいことだがこの馬は名馬なのに、病気だったのではなかろうか。病のせいで去年疾走している時に蹴つまずいてしまったのだろう、棄てられたのはお前が防げるものではない。お前は人を見ると痛ましく悲しげに訴えるが、主を失いおちぶれて目は光を失っている。この寒空に放り出されて雁を友としてさすらい、夕暮れも廏《うまや》に収められずに烏に傷をつつかれている。誰かとにかくこの馬を養って最後まで面倒をみてくれるものはないだろうか。来年春草が茂る頃、今一度試しに乗ってみたいと思うのだ。』

■語釈

○東郊　長安の東の郊外。○瘦馬　やせた馬。西晋・傅玄《ふげん》「乗輿の馬の賦」に「次《つぎ》に下廏《かきゅう》に至《いた》れば、的《てき》顱《ろ》の馬《うま》（額に白い斑点が流れて口に入っている馬。通常は凶馬とされるが、この後、劉備が乗馬として危急を脱したことから名馬とされる）有《あ》り、委棄《いき》されて視《み》る莫《な》く、痩悴《そうすい》（やつれる）して骨立《ほねた》つ。劉備《りゅうび》撫《ぶ》して之《こ》れを取《と》る。衆之《しゅうこ》れを笑《わら》わざる莫《な》し」。○骨骼　骨組み。○硉兀　馬の背骨が高くそそり立つ。畳韻語「ロツコツ」○堵牆　かき。骨格が垣根のように連なって立つさま。○絆　ほだす。綱に繋ぐ。○轉　ますます。○攲側　傾ける。そばだてる。○仍　なお。もとのように。○騰驤　飛び上がる、躍り上がり駆け出す。後漢・張衡《ちょうこう》「西京の賦」（『文選』巻二）に「筍業《じゅんぎょう》を負《お》いて余怒《よど》し、乃《すなわ》ち翅《はね》を奮《ふる》いて騰驤《とうじょう》す（楽器架けの羽の飾りのついた虎は怒りをもてあまし、翼をふるって飛び上がり駆け出しそうだ）」。○六印　六つの焼印。○帯官字　馬の体に官馬であることを示す焼印がつけられている。『唐六典』巻一七に「諸牧監《しょぼくかん》……凡《およ》そ牧《ぼく》に在《あ》るの馬《うま》、皆《み》な印《いん》す」。○衆道　衆人がいう。○三軍　天子の軍。○遺　遺棄する。○皮乾　馬の皮膚が乾燥しつやがない。○剝落　剝げ落ちる。畳韻語「ハクラク」。○泥滓　どろやかす。○毛暗　毛につやのないさま。○蕭條　寂しいさま。畳韻語「ショウジョウ」。○連雪霜　毛の先にほこりを帯びて、雪や霜のように白い色が続いている。○去歳　至徳二載。○奔波　奔走する。双声語「ホンパ」。○逐餘寇　安禄山（↓「人物説明」）の残党を追うこと。○驊騮　名馬の名。周の穆王《ぼくおう》の八駿の一。『荘子』秋水に「騏驥驊騮《ききかりゅう》は、一日千里《いちじつせんり》を馳《は》す」。○不慣　調教されていないため、兵馬として使用できない。○內廏　宮中にあるうまや。○惆悵　嘆き悲しむ。双声語「チュウチョウ」。なお、上句の「士卒」は双声語「シソツ」。○乗黄　神馬の名。転じて名馬。『管子』小匡に「地《ち》は乗黄《じょうこう》を出《い》だす」、唐・房玄齢の注に「乗黄《じょうこう》は神馬《しんば》なり」。一説に姿は狐のようで、背に角《つの》があり千年の寿命を保つという神馬。飛黄（『淮南子』覧冥訓）。○歴塊　極めて速い。土の一かたまりを越えるように速い。前漢・王褒《おうほう》の「聖主の賢臣を得る頌」に「都《みやこ》を過《す》ぎ国《くに》を越《こ》え、蹶《けつ》として塊《かい》を歴《ふ》るが如《ごと》し」。○蹶　つまずく。倒れる。○委棄　棄てられること。○周防　周到に身を防ぐ。○慘澹　いたましくもの悲しいさま。畳韻語「サンタン」。○**失主**　飼い主を失う。○**錯莫**　おちぶれてもの寂しいさま。錯漠。南朝・宋・鮑照《ほうしょう》（↓「人物説明」）の「行路難」に「今日《こんにち》我が顔色《がんしょく》の衰《おとろ》うるを見《み》れば、意中《いちゅう》錯莫《さくばく》として先《さき》と異《こと》なる」。畳韻語「サクバク」。○**晶光**　きらめく光。眼光。○**不收**　馬をうまやに入れない。○**啄瘡**　傷跡をついばむ。○**終惠**　命の終わるまで大切に養う。南朝・宋・顔延之《がんえんし》「赭白馬《しゃはくば》の賦」（『文選』巻一四）に「願《ねが》わくは恵養《けいよう》を終《お》えて本枝《ほんし》を蔭《しげ》らさんことを」、その李善注に『漢書』を引いて「疏広《そこう》曰《いわ》く、此《こ》の金《きん》なるものは、聖主《せいしゅ》の老臣《ろうしん》を恵養《けいよう》する所以《ゆえん》なり」。

［谷口］

〇三三

義鶻行

陰崖二蒼鷹　養子黑柏巓
白蛇登其巣　呑噬恣朝餐』
雄飛遠求食　雌者鳴辛酸
力強不可制　黄口無半存
其父從西歸　翻身入長煙
斯須領健鶻　痛憤寄所宣』

義鶻行《ぎこっこう》

陰崖《いんがい》に二《に》蒼鷹《そうよう》あり、子《こ》を養《やしな》う黒柏《こくはく》の巓《いただき》
白蛇《はくじゃ》其《そ》の巣《す》に登《のぼ》り、呑噬朝餐《どんぜいちょうさん》を恣《ほしいまま》にす
雄《おす》飛《と》びて遠《とお》きに食《しょく》を求《もと》め、雌《し》者《しゃ》鳴《な》きて辛酸《しんさん》なり
力強《ちからつよ》くして制《せい》する可《べ》からず、黄口半《こうこうなか》ばも存《そん》する無《な》し
其《そ》の父《ちち》西《にし》より帰《かえ》りて、身《み》を翻《ひるがえ》して長煙《ちょうえん》に入《い》る
斯須《ししゅ》健鶻《けんこつ》を領《りょう》し、痛憤《つうふん》宣《の》ぶる所《ところ》を寄《よ》す

＊五言古詩。韻字は下平一先「巓・煙・宣」、上平一四寒「餐・酸」、上平一三元「存」。

【題意】　乾元元年（七五八）春、長安（陝西省西安市）で左拾遺（→「用語説明」）の官にあっての作。「義」は義侠、「鶻」は隼《はやぶさ》。隼が鷹の雛を食べた白蛇に報復した、という話を樵《きこり》から聞き、隼の義侠心に感銘を受けて詠んだ作。詳注二―四七四、鈴木注一―五七三。

【現代語訳】　山の北側のがけにつがいの白鷹がいて、子供を黒い柏のてっぺんで育てている。ところが白蛇がその巣に上り、朝飯に雛たちを思いのままに噛んで呑みこんだ。』
その時、雄の鷹は遠くに餌をとりに出かけていて、雌の鷹は悲痛な声で泣き叫んだ。だが白蛇には力及ばず、生き残った雛は半分に満たなかった。雛の父は西から帰ってくると、身を翻してたなびく煙霧へと飛び入り、あっという間にたくましい隼を連れてくると、蛇への激しい憤りを言葉にして隼に訴えた。』

■語釈
○陰崖　山の北側のがけ。○蒼鷹　白タカ。西晋・張華《ちょうか》「鷦鷯《しょうりょう》の賦」に「蒼鷹《そうよう》は鷙《し》（猛禽）にして紲《きずな》を受《う》く（紐で繋がれている）」。○黒柏　黒々とした柏。柏は、コノテガシワ、ヒノキ、サワラなどの常緑樹の総称。○辛酸　辛く苦しい。双声語「シンサン」。○力強　蛇の力が強い。○黄口　黄色いくちばし。雛。○其父　鷹の雄。母である雌の鷹や雛の視点から擬人的に詠じている。○長煙　長くたなびく煙霧。○斯須　ごく短い時間。『礼記』祭儀に「礼楽《れいがく》は斯須《ししゅ》も身《み》を去《さ》る可《べ》からず」。双声語「シシュ」。○領　率いる。○健　強く逞《たくま》しい。○寄　鷹が隼に憤りを言葉にして訴える。

斗上捩孤影　噭哮來九天　　斗《たちま》ち上《のぼ》りて孤影《こえい》を捩《ねじ》り、噭哮《きょうこう》して九天《きゅうてん》より来《き》たる

修鱗脱遠枝　巨顙拆老拳　修鱗《しゅうりん》 遠枝《えんし》を脱《だつ》し、巨顙老拳《きょそうろうけん》に拆《さ》かる
高空得蹭蹬　短草辭蜿蜒　高空蹭蹬《こうくうそうとう》たるを得《え》て、短草蜿蜒《たんそうえんえん》たるを辞《じ》す
折尾能一掉　飽腸皆已穿』　尾《お》を折《お》りて能《よ》く一《ひと》たび掉《ふる》い、腸《はら》を飽《あ》かしめて皆《み》な已《すで》に穿《うが》たる
生雖滅衆雛　死亦垂千年　生《せい》衆《しゅう》 雛《すう》を滅《ほろぼ》すと雖《いえど》も、死《し》も亦《ま》た千年《せんねん》に垂《た》る
物情有報復　快意貴目前　物情《ぶつじょう》 報復《ほうふく》有《あ》り、快意《かいい》目前《もくぜん》なるを貴《とうと》ぶ
茲實鷙鳥最　急難心炯然　茲《こ》れ実《まこと》に鷙鳥《しちょう》の最《さい》たるなり、急難《きゅうなん》に心《こころ》 炯然《けいぜん》たり
功成失所往　用舍何其賢』　功《こう》成《な》りて往《ゆ》く所《ところ》を失《うしな》い、用舎《ようしゃ》何《なん》ぞ其《そ》れ賢《けん》なる
近經潏水湄　此事樵夫傳　近《ちか》く潏水《けっすい》の湄《みぎわ》を経《へ》て、此《こ》の事《こと》樵夫《しょうふ》伝《つた》う
飄蕭覺素髮　凜欲衝儒冠　飄蕭《ひょうしょう》 素髪《そはつ》の、凜《りん》として儒冠《じゅかん》を衝《つ》かんと欲《ほっ》するを覚《おぼ》ゆ
人生許與分　只在顧盼間　人生《じんせい》許与《きょよ》の分《ぶん》、只《た》だ顧盼《こはん》の間《かん》に在《あ》り
聊爲義鶻行　用激壯士肝』　聊《いささ》か義鶻行《ぎこっこう》を為《つく》り、用《もっ》て壮士《そうし》の肝《きも》を激《げき》せしめん

＊韻字は下平一先「天・拳・蜒・穿・年・前・然・賢・傳」、上平一四寒「冠・肝」、上平一五刪「間」。以上、元・寒・刪・先韻は真部の通押。

【現代語訳】　隼はたちまち飛び上がると小さな点となり身をねじるようにして、鋭い声を挙げつつ大空から急降下した。蛇の長い体は木の枝先から引きはがされ、大きな頭は隼の一撃を受けて砕けた。高い空に弱々しく揺れ動いたかと思うと、草むらに落ちて身をうねらせ

ることもできない。しっぽは折れてひと振りはできたが、雛でいっぱいの腹は大きく引き裂かれていた。』

この蛇は生きては多くの雛を殺したが、死んでは千年の長きにわたって悪名を垂れることとなる。物事には仕返しというものがあるのだが、蛇が隼に敵討ちされたのは目の前でのことで心の晴れる思いはひとしおである。隼は猛禽の中でも最も強く、にわかに起こった災難を一点の迷いもなく救った。しかも、蛇を倒して手柄を立てた後は、どこかに行ってしまった。出処進退のなんと立派なことだろうか。』

近頃、潏水《けっすい》の岸辺を通りかかった時に、樵《きこり》がこの話を教えてくれた。これを聞いた途端、身が引き締まり、風に吹かれていた白髪が逆立って冠を突き上げるように思われた。人生において気脈の通じる人物と心を許しあう機縁は、ほんの一瞬にあるものだ。この「義鶻行」を作って、なにはともあれ天下の勇気ある人の心を激励したいと思うのだ。』

■語釈

○斗　たちまち。急に。○捩　ねじる。○噭哮　叫ぶ。ほえる。○九天　天の最も高い所。大空。○修鱗　蛇。「修」は長い。○巨顙　大きな頭。○老拳　隼の強い一撃。○蹭蹬　勢いを失ってよろめく、揺れ動く。畳韻語「ソウトウ」。○蜿蜒　龍や蛇がうねるように這うさま。畳韻語「エンエン」。○掉　振るう。大きく揺する。○飽腸　雛を食べあきた腹。○衆雛　多くのひなどり。○物情　物事、世情。○快意　愉快に感じる。○鷙鳥　強い鳥。猛禽。○急難　にわかに起こった禍《わざわ》い。○炯然　なんのくもりもない。○用舎　出処進退。「用」は用いる。「舎」は、捨てる。「用舎行蔵」は『論語』述而に見える言葉。世に用いられると出て自分の道を行い、捨て置かれると退いて隠れる。○**滈水**　川の名。関中八川の一つ。源は陝西省西安市の南にある。○**湄**　草地の水に臨む所。○**飄蕭**　風に翻るさま。畳韻語「ヒョウショウ」。○**凜**　身が引き締まるさま。○**衝儒冠**　髪の毛が逆立って冠を突き上げる。「儒冠」は儒者のかぶる冠。杜甫自身の冠。○**許與分**　気脈の通じる人物と心を許しあう機縁。南朝・梁・任昉《じんぼう》「王文憲集の序」に「風流《ふうりゅう》を弘長《こうちょう》し、気類《きるい》を許与《きょよ》す」。○**顧盼**　振り返ってみる。○**激**　励ます。激励。○**壮士**　意気壮んな勇士。

〔谷口〕

〇三三

畫鶻行

高堂見生鶻　颯爽動秋骨
初驚無拘攣　何得立突兀
乃知畫師妙　巧刮造化窟
寫此神俊姿　充君眼中物』
烏鵲滿樛枝　軒然恐其出
側腦看青霄　寧爲衆禽沒
長翮如刀劍　人寰可超越
乾坤空崢嶸　粉墨且蕭瑟』

画鶻行《がこっこう》

高堂生鶻《こうどうせいこつ》を見《み》る、颯爽秋骨《さつそうしゅうこつ》動《うご》く
初《はじ》め驚《おどろ》く拘攣無《こうれんな》きに、何《なん》ぞ立《た》つこと突兀《とっこつ》たるを得《う》るやと
乃《すなわ》ち知る画師《がし》の妙《みょう》にして、巧《たく》みに造化《ぞうか》の窟《くつ》を刮《けず》り
此《こ》の神俊《しんしゅん》の姿《すがた》を写《うつ》して、君《きみ》が眼中《がんちゅう》の物《もの》に充《あ》つるを
烏鵲樛枝《うじやくきゅうし》に満《み》ち、軒然《けんぜん》として其《そ》の出《い》ずるを恐《おそ》る
脳《のう》を側《そばだ》てて青霄《せいしょう》を看《み》る、寧《なん》ぞ衆禽《しゅうきん》の為《ため》に没《ぼっ》せんや
長翮《ちょうかく》 刀剣《とうけん》の如《ごと》く、人寰超越《じんかんちょうえつ》す可《べ》し
乾坤空《けんこんむな》しく崢嶸《そうこう》たり、粉墨且《ふんぼくか》つ蕭瑟《しょうしつ》たり

緬思雲沙際　自有煙霧質　緬《はる》かに思《おも》う雲沙《うんさ》の際《さい》、自《おのずか》ら煙霧《えんむ》の質《しつ》有《あ》るを
吾今意何傷　顧歩獨紆鬱』　吾《わ》れ今意《いまい》何《なに》をか傷《いた》む、顧歩《こほ》して独《ひと》り紆鬱《ううつ》たり

＊五言古詩。韻字は入声六月「骨・兀・窟・没・越」、入声五物「物・鬱」、入声四質「出・瑟・質」。月・物・質韻は真部の通押。

【題意】　制作時、制作地は前詩と同じ。詳注は志を得ない時期の作かとする。鶻（ハヤブサ）を描いた絵画を見て感じたことを詠じた。詳注二－四七七、鈴木注一－五六六。

【現代語訳】　大広間の生きた隼《はやぶさ》を見ると、秋の隼の引き締まった骨組みがきびきびと動いている。初めは繫がれていないのにどうしてじっと聳《そび》えるように立っているのかと驚いた。しかしやっとわかった、なんとこれは絵師の腕前が絶妙で、自然の神秘をえぐり取り、この抜きん出た能力を持つ隼の姿を生きているかのように写し取って、主人である君の目を楽しませているのだ。』

曲がった枝いっぱいに棲む烏や鵲《かささぎ》は、隼が高々と飛んで襲撃してくるのを恐れている。隼は首をかしげ今にも飛び立とうと青空を見上げる、どうして多くの平凡な鳥たちの中に埋没しておれようか。その長い羽は刀のように鋭く、人間世界を超越して天翔《あまが》けるに違いない。だが天地は高く奥深く広がるばかりで、胡粉《ごふん》と墨の絵の世界はただひっそりと静かである。』

真の隼が空や岸辺を飛んでいる姿を思うと、その羽は生き生きと煙《もや》や霧のようなつやを帯

びている。私は今何に心を痛めているのだろう（真の隼になれないことだ）、左右を振り返りつつ歩み、ただ悶々としている。』

■語釈

○生鶻　生きている隼。○秋骨　秋の隼の骨格。○拘攣　繋ぎしばられる。○突兀　高くそびえたつさま。畳韻語「トッコツ」。○刮　けずりとる。○造化窟　天然の深淵、自然の神秘。「造化」は天然、「窟」はいわあな。○樛枝　曲がった枝。○神俊姿　極めて優れた才能を宿した容姿。○君　主人。○烏鵲　カラスとカササギ。○軒然　高く飛びたつさま。○其出　隼が飛び出す。○側脳　頭を傾ける。

○青霄　あおぞら。○寧爲衆禽没　詳注は、「為」を「ため」と読ませているが、『吉川注』筑摩版第五冊は宋人（趙次公や『草堂詩箋』）の説を取り、「寧《なん》ぞ衆禽《しゅうきん》の没《ぼっ》するを為《な》さんや」と読み、「どうして多くの平凡な鳥たちのように凡俗に埋没していられるだろうか」と訳す。「寧為」はどうして……できるだろうか。反語。○長翮　長い羽。○人寰　人の住む所。人間世界。○乾坤　天地。双声語「ケンコン」。○崢嶸　深遠で険しいさま。畳韻語「ソウコウ」。○粉墨　胡粉と墨。双声語「フンボク」。○蕭瑟　もの寂しいさま。双声語「ショウシツ」。○緬思　遥かに思う。「緬想」に同じ。「緬」は思うさま。○雲沙　雲浮かぶ空や砂広がる岸の上。○煙霧質　煙霧のような艶のある羽毛。南朝・宋・鮑照《ほうしょう》「舞鶴の賦」（『文選』巻一四）に「煙《けむり》のごとく交《まじ》わり霧《きり》のごとく凝《こ》り、毛質《もうしつ》無きが若《ごと》し」、李善注に「毛《もう》羽《う》と煙霧《えんむ》と同色《どうしょく》なり。故《ゆえ》に無《な》きが若《ごと》しと云《い》う」。○顧歩　左右を振り返りながら歩く。○紆鬱　愁いに心が結ぼれるさま。気がふさぐさま。双声語「ウウツ」。

［谷口］

端午日賜衣　〇三四

宮衣亦有名　端午被恩榮
細葛含風軟　香羅疊雪輕
自天題處濕　當暑著來清
意内稱長短　終身荷聖情

端午《たんご》の日《ひ》に衣《ころも》を賜《たまわ》る
宮衣《きゆうい》亦《ま》た名《な》有《あ》り、端午《たんご》恩栄《おんえい》を被《こうむ》る
細葛《さいかつ》は風《かぜ》を含《ふく》みて軟《やわ》らかく、香羅《こうら》は雪《ゆき》を畳《たた》みて軽《かろ》し
天《てん》より題《だい》する処《ところ》は湿《うるお》い、暑《しょ》に当《あ》たりて著《ちゃく》し来《き》たりて清《きよ》し
意内《いだい》長短《ちょうたん》称《かな》う、終身《しゅうしん》聖情《せいじょう》を荷《にな》わん

＊五言律詩。韻字は下平八庚「名・榮・輕・清・情」。

【題意】　前詩と同時期の作。端午の節句に宮衣を下賜する行事があり、杜甫も宮衣を賜ったことを詠ずる。「端午」は五月五日の節句。午《うま》の月（旧暦の五月）の初め（端）であるために端午という。詳注三―四七八、鈴木注一―五七九。

【現代語訳】　このたび宮衣を下賜される者の中に自分の名前もあり、端午の節句に有り難い栄誉を賜った。細い葛の糸で作られた衣は風をはらんで軟らかく、香を焚きこめた薄手の織物は雪のように白く軽やかである。御筆《ぎょひつ》で題された墨跡はまだ乾いておらず、暑い時にこれを着れば清々しいことこの上ない。心中衣《ころも》の丈を見積もってみると自分の体にぴったりだ、天子からこれを賜った御恩情は一生忘れはしない。

■語釈
〇宮衣　宮中で宮人が製作した衣。〇恩榮　皇帝の恩寵。〇含風　葛で織られた布が風を通しやすい様

子。○香羅　香を焚きこめた薄手の衣。「羅」は薄い織物。○疊雪　雪の重なったように衣が軽く、白い。○自天題　皇帝自ら衣に字を書き付ける。○著來　衣を身につける。「来」は語、動態を完成させる助詞。○荷聖情　皇帝の恩情を忘れず、臣下としての責任を果たす。

［谷口］

酬孟雲卿

〇二二五

樂極傷頭白　更長愛燭紅
相逢難袞袞　告別莫匆匆
但恐天河落　寧辭酒盞空
明朝牽世務　揮涙各西東

孟雲卿《もううんけい》に酬《むく》ゆ

楽《たの》しみ極《きわ》まりて頭《かしら》の白《しろ》きを傷《いた》み、更長《こうなが》くして燭《しょく》の 紅《くれない》 なるを愛《あい》す
相《あ》い逢《あ》うこと袞袞《こんこん》たり難《がた》し、別《わか》れを告《つ》ぐるに匆匆《そうそう》たること莫《なか》れ
但《た》だ恐《おそ》る天河《てんが》の落《お》つるを、寧《なん》ぞ辞《じ》せん酒盞《しゅさん》の空《むな》しきを
明朝《みょうちょうせいむ》世務に牽《ひ》かれ、涙《なみだ》を揮《ふる》いて各〻《おのおのせいとう》西東せん

＊五言律詩。韻字は上平一東「紅・匆・空・東」。

【題意】　乾元元年（七五八）六月、華州（陝西省華県）の司功参軍（↓「用語説明」）に任じられ長安（陝西省西安市）から去ろうとした時、友人孟雲卿に返答として送った詩。孟雲卿は杜甫の友人。『唐詩紀事』巻二五には、孟雲卿は、河南の人で、杜甫や元結（↓「人物説明」）と仲が良かったとある。「酬」は返事をする。詳注二-四七九、鈴木注一-五八一。

【現代語訳】　酒の楽しみの果てには、頭が白くなったのを悲しみ、夜のふけゆくにつれ、

灯火《ともしび》が赤く輝くこの一時《ひととき》を愛おしむ。いつでも会えるわけではないのだから、別れを告げるのを急いではならない。互いに語りあう夜には、ただ天の川が沈んで夜が明けてしまわないかと気懸かりだ、杯が空になるまで飲み明かそう。明朝になれば世俗の仕事にひかれ、涙を振り払って各々東西に別れなければならないのだから。

■語釈

○**樂極**　親友との飲酒の楽しみを極める。○**更長**　「更」は水時計の刻む時刻（また、一夜を五つに分けた時間の単位）、「長」いとは時がゆっくりと流れること。○**愛**　愛惜する。○**衮衮**　引き続いて絶え間のないさま。畳字の擬態語。○**匆匆**　あわただしいさま。「怱怱」に同じ。○**天河**　天の川。銀河。○**酒盞**　さかずき。酒杯。○**牽世務**　世の中のさまざまな義務に煩わされる。○**揮涙**　涙を手で振り払う。○**西東**　二人が西の長安と東の華州に別れる。

［谷口］

〇三六

至徳二載、甫自京金光門出、間道帰鳳翔、乾元初、従左拾遺移華州掾、與親故別、因出此門、有悲往事

至徳《しとく》二《に》載《さい》、甫《ほ》京《けい》の金光門《きんこうもん》より出《い》で、間道《かんどう》より鳳翔《ほうしょう》に帰《き》す。乾元《けんげん》の初《はじ》め、左拾《さしゅう》遺《い》より華州《かしゅう》の掾《えん》に移《うつ》され、親故《しんこ》と別《わか》る。因《よ》りて此《こ》の門《もん》を出《い》で、往事《おうじ》を悲《かな》しむ有《あ》り

此道昔帰順　西郊胡正繁

此《こ》の道《みち》昔《むかし》帰順《きじゅん》す、西郊《せいこう》胡《こ》正《まさ》に繁《しげ》し

至今猶破膽　應有未招魂
近侍歸京邑　移官豈至尊
無才日衰老　駐馬望千門

今《いま》に至《いた》るまで猶《な》お胆《きも》を破《やぶ》る、応《まさ》に未《いま》だ招《まね》かれざる魂《たましい》有《あ》るべし
近侍《きんじ》より京邑《けいゆう》に帰《おもむ》かしめ、官《かん》を移《うつ》すは豈《あ》に至尊《しそん》ならんや
才《さい》無《な》くして日《ひ》ゞ《び》に衰老《すいろう》す、馬《うま》を駐《とど》めて千門《せんもん》を望《のぞ》む

＊五言律詩。韻字は上平一三元「繁・魂・尊・門」。

【題意】「至徳二載に私杜甫は長安の金光門から逃れ出て、抜け道を通り鳳翔の行在所《あんざいしょ》に到った。乾元の初め、左拾遺から華州司功参軍に左遷され、親戚や友人と別れることとなった。そこで、この金光門を出るに際して、過ぎ去ったことが思い出されて悲しみがこみあげた」。前詩と同時期の作。前年の至徳二載（七五七）四月に、金光門から命がけで長安を脱出したことを思い出して詠じた。金光門は長安の西の城門。「間道」は、抜け道。「左拾遺」→「用語説明」。「掾」は、地方官の下役。華州（陝西省華県）の司功参軍のこと。「親故」は親戚と昔からの友人。「往事」は過去のできごと。ここでは前述の長安脱出をいう。詳注二―四八〇、鈴木注一―五六三。

【現代語訳】この道は昨年私が鳳翔の天子のもとにはせ参じた道である。長安の西郊には、ちょうど賊軍が満ちていた。今になってもその時のことを思い出すたび肝がつぶれる思いがして、あの時、恐怖のために体から離れてしまった魂がまだ呼び戻されないままさまよっているのではと思われる。このたび天子に近侍する左拾遺から、都に近い華州に左遷して

属官にしたのは、どうして天子の御心《みこころ》によることであろうか。私は才能もなく、日ごとに老い衰えていく、来《こ》しかたを思うにつけて万感こみあげ、馬を駐《とど》めて王宮を眺める。

■語釈

○西郊　長安の西の郊外で、金光門を出た場所。○胡　異民族出身の安禄山（↓「人物説明」）・安慶緒《あんけいしょ》の軍。○破膽　肝をつぶす。○未招魂　驚きや恐怖のために、体から遊離したまま呼び戻されていない魂。人の精神を掌る魂《こん》と肉体を掌る魄《はく》とは、生前は合体しているが、死ぬか、あるいは精神や肉体の疲れが甚《はなは》だしい時には分離すると考えられていた。○近侍歸京邑　天子の傍に仕える左拾遺（↓「用語説明」）の官から都に近い華州に赴く。「近侍」は、天子の傍に仕える左拾遺の官。「京邑」は、都に近い華州。一説に「近侍して京邑に帰る」と読み、「天子に左拾遺としておそば近くお仕えして都長安に戻ってきた」（鈴木注）。○移官　杜甫はこの時、朝廷の左拾遺の官から、地方の華州の司功参軍に左遷された。○至尊　この上なく尊い方、天子。○千門　王宮の数多くの門。天子の宮殿。

［谷口］

〇三七

寄高三十五詹事

安穩高詹事　兵戈久索居
時來知宦達　歲晚莫情疏
天上多鴻雁　池中足鯉魚
相看過半百　不寄一行書

高三十五詹事《こうさんじゅうごせんじ》に寄《よ》す

安穏《あんのん》なりや高詹事《こうせんじ》、兵戈《へいか》に久《ひさ》しく索居《さくきょ》す
時来《ときき》たらば宦《かん》の達《たつ》せんことを知《し》る、歳晩情《さいばんじょう》の疏《そ》なること莫《な》かれ
天上《てんじょう》鴻雁《こうがん》多《おお》く、池中鯉魚《ちちゅうりぎょ》足《おお》し
相《あ》い看《み》れば半百《はんびゃく》を過《す》ぐるに、一行《いっこう》の書《しょ》を寄《よ》せず

＊五言律詩。韻字は上平六魚「居・疏・魚・書」。

【題意】太子少詹事《たいししょうせんじ》の官にある高適《こうせき》（↓「人物説明」）に寄せた詩。高適は至徳二載（七五七）に揚州大都督府長史、淮南《わいなん》節度使に任じられたが、永王璘《りん》が破れると、今度は宦官の李輔国《りほこく》によって皇帝に讒言され、太子少詹事に左遷された（『旧唐書』巻一一一「高適伝」）。太子少詹事は、太子詹事（正四品上。東宮の三寺、及び十率府の政令を掌る）の副官。三十五は排行（↓「用語説明」）。おそらく乾元元年（七五八）、華州での作。詳注二‐四八二、鈴木注一‐五八四。

【現代語訳】高適よ、恙《つつが》なく暮らしているかな、戦乱が続く中、長いあいだ別れ別れになっている。君は少詹事に左遷されたが、時機がやってくれば官吏として出世することが私にはわかっている。どうか老いた私を疎んじないでくれ。空には雁が多く飛び、池には鯉がたくさん泳いでいて、手紙を寄せるのに不自由はないはず。互いに顧みれば五〇歳を過ぎているというのに、一行の短い手紙も寄せてくれないとは。

■語釈

○安穏　時候の挨拶語。『世説新語』排調に「行人安穏《こうじんあんのん》にして、布帆恙無《ふはんつつがな》し」。○兵戈　戦争。○索居　友を持たないで寂しく生活する。『礼記《らいき》』檀弓《だんぐう》に「吾《わ》れ群《む》れを離《はな》れて索居《さくきょ》すること已《すで》に久《ひさ》し」。○歳晩　晩年。年の暮れの意を重ねている。○鴻雁　カリ。雁は手紙を運ぶ鳥とされた。前漢の蘇武《そぶ》は匈奴《きょうど》に捕らえられ、昭帝は返還を匈奴に求めた。しかし、匈奴は蘇武は死んだと偽り返還に応じなかった。天子が上林苑で雁を弓で射たところ、その足に手紙がくくりつけられていたため、蘇武の生きていることがわかり、匈奴から取り戻すことができたという故事（『漢書』巻五四「蘇武伝」）による。○鯉魚　鯉。鯉は手紙を運ぶ手段とされた。楽府「飲馬長城窟行」に「客遠方《かくえんぽう》より来《き》たり、我《わ》れに双鯉魚《そうりぎょ》を遺《おく》る。児《じ》を呼《よ》んで鯉魚《りぎょ》を烹《に》しむれば、中《なか》に尺素《せきそ》の書有《しょあ》り（鯉の腹の中に手紙があった）」。一説に、手紙の結び目を双鯉魚の形にしたともいう。○半百　五〇歳。この時、高適は五九歳、杜甫は四七歳。○一行書　一行の短い手紙。

［谷口］

〇三八

贈高式顔

昔別是何處　相逢皆老夫
故人還寂寞　削跡共艱虞
自失論文友　空知賣酒壚
平生飛動意　見爾不能無

高式顔《こうしきがん》に贈《おく》る

昔《むかし》別《わか》れしは是《こ》れ何《いず》れの処《ところ》ぞ、相《あ》い逢《あ》えば皆《み》な老夫《ろうふ》なり
故人《こじん》還《ま》た寂寞《せきばく》、削跡《さくせき》共《とも》に艱虞《かんぐ》
文《ぶん》を論《ろん》ずる友《とも》を失《うしな》いてより、空《むな》しく知《し》る売酒《ばいしゅ》の壚《ろ》を
平生《へいぜい》飛動《ひどう》の意《い》、爾《なんじ》を見《み》れば無《な》きこと能《あた》わず

＊五言律詩。韻字は上平七虞「夫・虞・壚・無」。

【題意】 高適《こうせき》（→「人物説明」）の姪《おい》（甥）の高式顔に贈った詩。高適の「又た族姪式顔を送る」に「君《きみ》を惜《お》しむは才《さい》の未《いま》だ遇《あ》わざること、君《きみ》を愛《あい》するは才《さい》の此《か》くの若《ごと》きなること、世《せ》上五百年《じょうごひゃくねん》、吾《わ》が家一千里《いえいっせんり》」。作詩の年代には諸説あるが、詩中の「削跡」の語から、乾元元年（七五八）、華州に左遷された後の作であろう。ただし天宝十五載（七五六）とする説があり、

大暦元年（七六六）、夔州での作とする説もある。詳注二-四八三、鈴木注一-五六五。

【現代語訳】　昔あなたと別れたのはどこでだったか。会ってみればどちらも年をとったものだ。あなたは落ちぶれ、私と同様に世間から除かれる苦労を味わっている。文学を論じた高適と会えなくなってからは、ただ二人で飲んだ酒屋の跡を覚えているばかりだ。しかし、今あなたと会うと、常々胸に懐いている酒を飲みつつ詩を論じたいという思いが激しく湧き上がるのを抑えられない。

■語釈
○**故人**　友人である高式顔。○**寂寞**　寂しい。落ちぶれたさま。畳韻語「セキバク」。○**削跡**　足跡を消されるほどに排斥される。『荘子』譲王に「夫子《ふうし》再《ふたた》び魯《ろ》を逐《お》われ、跡《あと》を衛《えい》に削《けず》らる」。ここは職を免ぜられる意か。杜甫は乾元二年秋に華州司功参軍（→「用語説明」）を罷免されている（自ら辞めたとの説もある）。○**艱虞**　悩みと心配。艱難憂虞。双声語「カング」。○**論文友**　文学について議論する友。かつて高適と文学について論じたこと。「懐《かい》を遣る」〇九五六に「憶《おも》う高李《こうり》が輩《はい》と、交《こう》を論《ろん》じて酒壚《しゅろ》に入《い》る」。○**賣酒壚**　酒屋。「壚」は、酒売り場。酒がめを置くため、土を盛った所。○**飛動意**　飛び跳ねるように活発に動く思い。思いの内容については、諸説あるが「文酒之興」とする詳注に従う。○**爾**　高式顔をいう。

〔谷口〕

題鄭縣亭子　〇三九

鄭縣亭子澗之濱
戸牖憑高發興新
雲斷岳蓮臨大路
天晴宮柳暗長春
巣邊野雀群欺燕
花底山蜂遠趁人
更欲題詩滿青竹
晩來幽獨恐傷神

鄭県《ていけん》の亭子《ていし》に題《だい》す

鄭県《ていけん》の亭子《ていし》澗《たに》の浜《ひん》にあり
戸牖《こゆう》高《たか》きに憑《よ》れば興《きょう》を発《はっ》すること新《あら》たなり
雲《くも》断《た》えて岳蓮《がくれん》大路《たいろ》に臨《のぞ》み
天《てん》晴《は》れて宮柳《きゅうりゅう》長春《ちょうしゅん》に暗《くら》し
巣辺《そうへん》の野雀《やじゃく》群《む》れて燕《つばめ》を欺《あなど》り
花底《かてい》の山蜂《さんぽう》遠《とお》く人《ひと》を趁《お》う
更《さら》に詩《し》を題《だい》して青竹《せいちく》を満《み》たさんと欲《ほっ》し
晩来《ばんらい》幽独《ゆうどく》にして神《しん》を傷《いた》ましめんことを恐《おそ》る

＊七言律詩。韻字は上平一一真「濱・新・春・人・神」。

【題意】　乾元元年（七五八）、華州（陝西《せんせい》省華県）に赴く途中作られた詩。華州の鄭県《ていけん》には西渓があり、澄んで深く美しいという。その西渓にある亭を西渓亭（鄭県亭）という。詳注二―四八四、鈴木注一―五六七。

【現代語訳】　華州鄭県のあずまやは谷川のほとりにある。その高い窓から眺めれば新たな興趣が沸き起こる。雲がとだえてそこに現れた華山の蓮花峰《れんかほう》は街道に臨んでおり、空が晴れると黄河の彼方の長春宮の柳が小暗く茂って見える。燕の巣の辺りには雀が燕を侮るように飛び、花の咲く中、道行く人を山の蜂がどこまでも追っていく。その辺りの青竹の幹いっぱいにさらに詩を書きつけたいと思ったものの、夕暮れ時、独り静かにしていると悲しみが募るのではと心配になる。

■語釈

○**鄭縣**　華州の近くにある県の名。華州は隋代には京兆郡の鄭県だが、その後曲折を経て華州に改められた（『旧唐書』巻三八「地理志」）。○**亭子**　あずまや。簡易な建物。○**澗**　谷川。○**戶牖**　など。○**憑高**　高いところによって眺める。窓から眺める。○**發興**　興味を起こす。○**岳蓮**　華山すなわち西岳の蓮花峰。蓮花峰は山頂に池があり、蓮の千枚の花びらが重なっているようなので名づけられた（詳注に引く『華山記』）。○**大路**　街道。○**宮柳**　長春宮の柳。○**暗**　柳が茂って小暗く見えるさま。○**長春**　宮殿の名。長春宮。陝西省渭南市大茘県にあった。黄河を隔てて華州より東北にある。○**巢**　ツバメの巣。○**野雀**　野のスズメ。○**欺**　侮る。ここでは、雀が燕を気にもしないように自由に飛び交う様子。○**花底**　花のもと。「……底」は「……のなか」といった場所を表す口語的用法。花下。○**趁**　追いかけること。○**題詩滿青竹**　青い竹いっぱいに詩を書きつける。○**晚來**　夕暮れ時。○**幽獨**　静かに独りでいる。後漢・張衡《ちょうこう》「思玄の賦」（『文選』巻一五）に「幽独《ゆうどく》にして此《こ》の仄陋《そくろう》を守《まも》る。敢《あえ》て怠遑《たいこう》して勤《つと》めを舎《す》てんや」、その李善注に『楚辞』「幽独《ゆうどく》にして山中《さんちゅう》に処《お》る」を引く。○**傷神**　心を傷ませる。悲しませる。南朝・梁・江淹《こうえん》の「別れの賦」に「手《て》を分《わか》ちて涕《なみだ》を銜《ふく》むに造《いた》り、寂寞《せきばく》に感《かん》じて神《しん》を傷《いた》ましむ」。

［谷口］

〇三〇

望嶽

西岳崚嶒竦處尊
諸峰羅立似兒孫
安得仙人九節杖
拄到玉女洗頭盆
車箱入谷無歸路
箭栝通天有一門
稍待秋風涼冷後
高尋白帝問眞源

嶽《がく》を望《のぞ》む

西岳崚嶒《せいがくりょうそう》として竦《そばだ》ちて処《お》ること尊《とうと》し
諸峰羅立《しょほうらりつ》して児孫《じそん》に似《に》たり
安《いずくん》ぞ仙人《せんにん》の九節《きゅうせつ》杖《じょう》を得《え》て
拄《ささ》えられて玉女《ぎょくじょ》の洗頭盆《せんとうぼん》に到《いた》らん
車箱谷《しゃそうたに》に入《い》りて帰路《きろ》無《な》く
箭栝天《せんかつてん》に通《つう》じて一門《いちもん》有《あ》り
稍《ようや》く秋風《しゅうふう》の涼冷《りょうれい》なる後《のち》を待《ま》ち
高《たか》きに白帝《はくてい》を尋《たず》ねて真源《しんげん》を問《と》わん

＊七言律詩。韻字は上平一三元「尊・孫・盆・門・源」。

【題意】　乾元元年（七五八）華州（陝西《せんせい》省華県）に赴任する途中、華山を望んで作った詩。「嶽」は、五岳のうちの西岳・華山。陝西省華陰市の南にある。詳注二―四八五、鈴木注一―五八九。

【現代語訳】　西岳である華山は高く険しく、聳える姿は周りの山々の中でひときわ尊く思われる。その他の山々は親を囲み並んで立っている子や孫のようだ。どうにかして九つの節があるという仙人の杖を手に入れ、それに助けられて山頂にある玉女の洗頭盆まで登りたいものだ。車の形をした狭い谷に入れば帰路も見当たらず、矢はずのように切り立った山々のわずかな隙間に天に通じる門があるばかり。もうしばらく涼しい秋風が吹くのを待って、白帝が鎮座しているという華山に分け入り、仙人の真理の源を尋ねたいものだ。

■語釈
○西嶽　華山の別称。○崚嶒　高く険しく重なるさま。南朝・梁・沈約《しんやく》「鍾山《しょうざん》の詩《し》。西陽王《せいようおう》の教《おしえ》に応《こた》う」に「鬱律《うつりつ》として丹巘《たんけん》を構《かま》え、崚嶒《りょうそう》として青嶂《せいしょう》を起《お》こす」。畳韻語「リョウソウ」。○竦處尊　聳え立つ姿は、周囲の山々の中で尊い地位を占めている。「竦」は聳える。「処」は、地位を占めている。○羅立　連なり立つ。双声語「ラリツ」。○兒孫　子や孫。山が大小並び立つさま。○九節杖　仙人が持っているという九つの節がある竹。王遥《おうよう》が雨に遇った時、弟子に九節杖で篋《はこ》を担《かつ》がせて濡れないようにしたという（西晋・葛洪《かっこう》『神仙伝』巻八）。○拄　支《ささ》える。「拄杖」は杖をつくこと。魏武帝《ぎぶてい》「陌上桑《はくじょうそう》」に「芝英《しえい》を食《く》らい、醴泉《れいせん》を飲《の》み、杖枝《じょうし》なるを拄《ささ》えとし、秋蘭《しゅうらん》を佩《お》ぶ」。○洗頭盆　頭髪を洗うはち。詳注の引く『集仙録』に「（玉女《ぎょくじょ》）祠《し》の前《まえ》に五石臼《ごせききゅう》有《あ》り。号《ごう》して玉女洗頭盆《ぎょくじょせんとうぼん》という」。○車箱　峡谷の名。華陰県（陝西省華陰市）の西南にある深い渓谷（『太平寰宇記』巻二九）。一説に、峡谷の形状が車の胴のようである（『吉川注』岩波版第六冊）。○箭栝　やはず。箭筈と同じで、矢の端の弦をかけるところ。ここでは狭い道に喩えている。○白帝　五帝の一。西方の神で、華山を支配している（詳注に引く『洞天記』）。○眞源　仙道の本当の源。梁・劉孝儀《りゅうこうぎ》の「昭明太子の鍾山解講に和す詩」に「輿《こし》を廻《めぐら》して重閣《ちょうかく》を下《くだ》り、道《みち》を降《くだ》りて真源《しんげん》を訪《と》う」。

［谷口］

早秋苦熱堆案相仍　〇三一

七月六日苦炎蒸
對食暫餐還不能
常愁夜來皆是蝎
況乃秋後轉多蠅
束帶發狂欲大叫
簿書何急來相仍
南望青松架短壑
安得赤脚踏層冰

早秋《そうしゅう》　熱《あつ》きに苦《くる》しむ、堆案《たいあん》相《あ》い仍《よ》る
七月六日《しちがつむいか》炎蒸《えんじょう》に苦《くる》しみ
食《しょく》に対《たい》して暫《しばら》く餐《さん》せんとするも還《ま》た能《あた》わず
常《つね》に愁《うれ》う夜来《やらい》皆《み》な是《こ》れ蝎《さそり》なるを
況《いわ》んや乃《すなわ》ち秋後《しゅうご》転《うた》た蠅《はえ》の多《おお》きをや
束帯《そくたい》して狂《きょう》を発《はっ》して大《おお》いに叫《さけ》ばんと欲《ほっ》す
簿書《ぼしょ》何《なん》ぞ急《きゅう》に来《き》たりて相《あ》い仍《よ》る
南《みなみ》のかた青松《せいしょう》の短壑《たんがく》に架《か》くるを望《のぞ》む
安《いずくん》ぞ赤脚《せききゃく》もて層氷《そうひょう》を踏《ふ》むを得《え》ん

＊七言律詩。韻字は下平一〇蒸「蒸・能・蠅・仍・冰」。

【題意】　乾元元年（七五八）初秋に華州の役所で事務処理をしている時の情景を詠ずる。南朝・梁・何遜《かそん》に「苦熱行」がある。「堆案」は、うずたかく積もった文書。魏・嵇康《けいこう》の「山巨源に与うる絶交書」に「人間多事《じんかんたじ》にして、堆案《たいあん》机《つくえ》に盈《み》つ」。「仍」は、重なる。詳注二―四八七、鈴木注一―五九〇。

【現代語訳】　七月六日は秋の初めというのに蒸し暑くてたまらない。食事をしようと少し食べかけてはみるが食欲がなく食べられない。いつも困っているのは、夜になると蝎《さそり》が出ることだ、秋になって蠅も多くなってはなおさらやりきれない。帯を締め居ずまいを正しているともの狂おしい思いにかられて大きな声で叫びそうになる。どうして役所の文書は急にこんなに重なってやってくるのか。南を眺めると青い松の枝が狭い谷にまで懸かっていて涼しそうだ、なんとかして素足であの谷の分厚く重なった氷を踏んでみたい。

■語釈

○七月六日　旧暦では七月は秋の初め。○炎蒸　蒸し暑い。○蝎　サソリ。○轉　ますます。○束帯　帯を引き締め威儀を整える。○發狂　もの狂おしい思いにかられる。○簿書　役所の文書。○短壑　狭い谷。○安得　どうしたら……できるか？　何事かを実現したい強い願いを示す常套語。○赤脚　素足。○層氷　重なって張った厚い氷。「高都護驄馬行」〇〇三七に「腕《わん》は促《せま》り蹄《ひづめ》は高《たか》くして鉄《てつ》を踏《ふ》むが如《ごと》く、交河《こうか》幾《いく》たびか曾《そう》（層《そう》）氷《ひょう》を蹴《ふ》みて裂《さ》く」。

［谷口］

観安西兵過、赴關中待命二首　〇二三二

安西《あんせい》の兵《へい》の過《す》ぐるを観《み》る、関中《かんちゅう》に赴《おもむ》きて命《めい》を待《ま》つなり二首《にしゅ》

四鎮富精鋭　摧鋒皆絶倫
還聞獻士卒　足以靜風塵
老馬夜知道　蒼鷹饑著人
臨危經久戰　用急始如神

四鎮《しちん》精鋭《せいえい》富《と》み、鋒《ほう》を摧《くだ》くこと皆《み》な絶倫《ぜつりん》なり
還《ま》た聞《き》く士卒《しそつ》を献《けん》ずと、以《もっ》て風塵《ふうじん》を静《しず》かならしむるに足《た》る
老馬《ろうば》夜道《よるみち》を知《し》り、蒼鷹《そうよう》饑《う》えて人《ひと》に著《つ》く
危《き》に臨《のぞ》みて久戦《きゅうせん》を経《へ》たり、急《きゅう》なるに用《もち》うれば始《はじ》めて神《しん》の如《ごと》くな

らん

＊五言律詩。韻字は上平一一真「倫・塵・人・神」。

【題意】「安西都護の兵が華州を過ぎるのを観た。兵はこれから関中に赴き、天子の命令を待つのである」。乾元元年（七五八）秋、華州（陝西省華県）にあっての作。至徳元載（七五六）安西節度は鎮西と名を改めたが、ここでは旧称を使用する。乾元元年六月、粛宗（→「人物説明」）は李嗣業《りしぎょう》を懐州刺史となし、鎮西・北庭行営節度使に充てた。九月、郭子儀《かくしぎ》や李嗣業ら七節度に命じ、歩騎二〇万を率いて安慶緒《あんけいしょ》を討たせた（『資治通鑑』巻二二〇）。鈴木注もこの詩はこの戦《いくさ》の前の作とするが、『草堂詩箋』巻一六が乾元二年秋の作とするのを余論にあげている。「関中」は、西は隴西関を、東は函谷関を境界とする地域。ここでは長安。「待命」は、天子の命令が下るのを待つ。詳注三―四六八、鈴木注一―五九二。

【現代語訳】李嗣業の管轄する四鎮の兵は精鋭ぞろいであり、敵軍の鋭気をくじく威力は並み外れている。聞けばその気鋭の兵卒を献じて天子の御用を務めるとのことだから、これで安慶緒ら賊軍を鎮めることができるに違いない。老いた馬は夜道を知るというように彼らには歴戦の智恵があり、飢えた鷹は主人に付き従うというように李嗣業に従って意気壮んだ。彼らは危難に臨んで長く戦ってきた経験があり、危急の時に派遣されたならば、神業のように活躍することだろう。

■語釈

○四鎮　亀茲《きゅうじ》、畋沙《てんさ》、疏勒《そろく》、焉耆《えんき》の四鎮都督府はみな安西都護の管轄。○摧鋒　敵軍の先鋒を砕く。○風塵　戦乱。○老馬夜知道　春秋・斉の桓公が孤竹国を討って帰る途中で道に迷った時、管仲が「老馬の智恵を用いるべきです」と進言し、老いた馬を放ち、それに随って道を得た故事（『韓非子』説林上）。主将が戦《いくさ》になれていることをいう。○鷹饑著人　〇〇五六の語釈「饑鷹」参照。○臨危　あやうい時に。○如神　軍隊が神のように精鋭である。李嗣業は勃律《ぼつりつ》を討つ際、歩兵を率いて一旗を取り、険しい山に登って力戦し大いに破った。至徳二載、長安を奪回する時、官軍は幾度も敗れそうになったが、李嗣業が長刀を執って敵陣を陥落させたため、賊軍はついに壊滅した（『旧唐書』巻一〇九「李嗣業伝」）。危機に臨んで、李嗣業が長く力戦してきた功を讃える。

［谷口］

〇二三三

其二

奇兵不在衆　萬馬救中原
談笑無河北　心肝奉至尊
孤雲隨殺氣　飛鳥避轅門
竟日留歡樂　城池未覺喧

＊五言律詩。韻字は上平一三元「原・尊・門・喧」。

其《そ》の二《に》

奇兵《きへい》は衆《おお》きに在《あ》らず、万馬《ばんば》中原《ちゅうげん》を救《すく》わんとす
談笑《だんしょう》して河北《かほく》を無《な》みし、心肝《しんかん》より至尊《しそん》に奉《ほう》ず
孤雲殺気《こうんさっき》随《したが》い、飛鳥轅門《ひちょうえんもん》を避《さ》く
竟日《きょうじつ》留《とど》まりて歓楽《かんらく》するも、城池未《じょうちいま》だ喧《かまびす》しきを覚《おぼ》えず

【現代語訳】　兵法では奇策で敵の不意を襲うのが優れ、兵の多いのが良いのではない。ましてや李嗣業の兵は一万もの騎馬で中原の地を救おうとしているのだから万全だ。李嗣業殿は談笑のうちに戦わずして賊軍を退けようと河北にいる賊軍などものともせず、真心から天子に忠をつくしている。空に浮かぶ一片の雲に殺気がたちのぼり、空ゆく鳥もその気勢を畏れ軍営の門を避けて飛ぶ。彼らの軍は規律正しいので、一日中この城《まち》に留まって歓楽しても、騒がしさを感じない。

■語釈

○**奇兵**　奇策を用いて敵の不意を襲う。東晋の沈田子《しんでんし》は、奇策を用いて不意に敵を襲うことが重要で、兵が多いのが重要なのではないといった（『資治通鑑』巻一一八「晋紀」四〇）。○**談笑**　談笑の間に戦わずして敵を退ける。西晋・左思《さし》「詠史八首《えいしはっしゅ》」其の三に「吾《わ》れは慕《した》う魯仲連《ろちゅうれん》の、談笑《だんしょう》して秦軍《しんぐん》を却《しりぞ》けしを」。○**河北**　安慶緒が拠っていた河北道に属する相州（安陽市）・衛州（衛輝市）をいう。○**心肝**　心臓と肝臓。真心。○**殺氣**　殺伐とした戦争の気配。後漢・蔡琰《さいえん》「胡笳十八拍《こかじゅうはっぱく》・十拍《じゅっぱく》」に「殺気朝朝《さっきちょうちょう》として塞門《さいもん》を衝《つ》く」。○**轅門**　軍営の門。もと、車の轅《ながえ》と轅を向き合わせて門を作ったもの。○**城池**　城壁とそれを取り巻く濠《ほり》。ここでは華州の城中。

［谷口］

九日藍田崔氏荘　九日《きゅうじつ》　藍田《らんでん》の崔氏《さいし》の荘《そう》　〇三四

老去悲秋強自寛　老《お》い去《ゆ》きて悲秋《ひしゅう》強《し》いて自《みずか》ら寛《ゆる》くす

興來今日盡君歡
羞將短髮還吹帽
笑倩傍人爲正冠
藍水遠從千澗落
玉山高竝兩峰寒
明年此會知誰健
醉把茱萸仔細看

興《きょう》来《きた》りて今日《こんにち》君《きみ》が歓《かん》を尽《つ》くす
羞《は》ずらくは短髪《たんぱつ》を将《もっ》て還《ま》た帽《ぼう》を吹《ふ》かるるを
笑《わら》う傍人《ぼうじん》を倩《やと》いて為《ため》に冠《かんむり》を正《ただ》さしむるを
藍水《らんすい》遠《とお》く千澗《せんかん》より落《お》ち
玉山《ぎょくざん》高《たか》く両峰《りょうほう》に並《なら》びて寒《さむ》し
明年《みょうねん》此《こ》の会《かい》誰《たれ》か健《けん》なるを知《し》らん
酔《よ》いて茱萸《しゅゆ》を把《と》りて仔細《しさい》に看《み》る

＊七言律詩。韻字は上平一四寒「寛・歡・冠・寒・看」。

【題意】　乾元元年（七五八）、華州司功参軍（→「用語説明」）の職にあり、九月九日重陽の節句（「九日《きゅうじつ》岑参《しんじん》に寄《よ》す」〇一〇五参照）に、藍田の崔氏の別荘に至っての作。崔氏は未詳だが、杜甫の母は崔氏であり、親戚か。至徳元載（七五六）の作とする説もあり、そうであれば長安に軟禁中の作となるが、長安城を自由に出られるわけもなく、また「興来」という感興と齟齬を生じる。「藍田」は、長安の東南にある県の名で、華州から西に約五〇キロ。詳注二-四九〇、鈴木注一-五九五。

【現代語訳】　老いを痛感する身にことさらもの悲しく感じられる秋、つとめて胸の思いをくつろげようとする。興の起こるままに今日はあなたのおもてなしを十分に楽しみたい。髪が少なくなってなおかの孟嘉《もうか》のように風に吹かれ帽子を飛ばされるのは恥ずかしく、傍の人に頼んで冠を直してもらうのもなんだかてれくさい。藍水は遥かな多くの谷間の水を集めて流れ落ち、玉山は二つの高い峰と並んで寒々と聳える。来年この重陽の集いに誰が元気でいられるだろうか。そう思うと酔うほどに茱萸の赤い実を手に取りしげしげと見つめずにはおれない。

■語釈

○悲秋　『楚辞』九弁《きゅうべん》に「悲《かな》しいかな秋《あき》の気《き》為《た》るや、蕭瑟《しょうしつ》として草木揺落《そうもくようらく》す」。○自寛　胸の愁いをくつろげる。『列子』天瑞に、孔子が栄啓期《えいけいき》に会うと、彼は琴を奏で、おのが人生の楽しみを語った。孔子は「善《よ》きかな能《よ》く自《みずか》ら寛《ゆる》くするなり」といったとある。○興來　興趣が起こる。東晋の王徽之《おうきし》が雪の夜に戴逵《たいき》を思って訪ねたが、門まで来ると会わずに帰った。人が理由を聞くと、「もともと興に乗じて行ったのだから、興が消えたら、戴逵に会うこともない」といった（『晋書』巻八〇「王徽之伝」）。○盡君歡　あなたの歓待を十分に享ける。王徽之が呉中で竹の下まで来ると、留まって鑑賞し歓を尽くして帰った故事（同上）。○吹帽　帽子を風に吹かれる。東晋・陶淵明「晋《しん》の故《もと》の征西大将軍《せいせいだいしょうぐん》の長史孟府君《ちょうしもうふくん》の伝《でん》」に、桓温が重陽の宴を龍山で催し、孟嘉《もうか》が参軍として同席した際、部下が集う中、急に風が吹き孟嘉の帽子が吹き落とされたが気づかなかった。桓温は孫盛に命じて孟嘉を嘲る文を作らせたが、孟嘉はたちどころに反駁の文を作り、満座の感嘆を集めたという話が見える。○倩　人に頼む。○藍水　藍田谷より流れる川の名。詳注に引く『三秦記』に「藍田《らんでん》に水《みず》有《あ》り。方三十里《ほうさんじゅうり》、其《そ》の水《みず》は北流《ほくりゅう》し、玉石《ぎょくせき》を出《い》だし、渓谷《けいこく》の水《みず》を合《がっ》し、藍水《らんすい》と為《な》る」。○玉山　藍田山。長安藍田県の東南にある山。玉を産するのでいう。○茱萸　カワハジカミ（呉茱萸）。重陽の節句にその赤い実を身に帯びれば、邪気を避け、長寿を得るとされた。『西京雑記《せいけいざつき》』巻三に「九月九日《くがつここのか》、茱萸《しゅゆ》を佩《お》び、蓬餌《ほうじ》を食《しょく》し、菊花酒《きっかしゅ》を飲《の》めば、人《ひと》をして長寿《ちょうじゅ》ならしむ」。畳韻語「シュユ」。○仔細　くわしく。双声語「シサイ」。

［谷口］

〇三五

崔氏東山草堂

愛汝玉山草堂靜
高秋爽氣相鮮新
有時自發鐘磬響
落日更見漁樵人
盤剝白鴉谷口栗
飯煮青泥坊底芹
何爲西莊王給事
柴門空閉鎖松筠

崔氏《さいし》の東山《とうざん》の草堂《そうどう》

愛《あい》す汝《なんじ》が玉山《ぎょくざん》の草堂《そうどう》の静《しず》かなるを
高秋《こうしゅう》の爽気《そうき》相《あ》い鮮新《せんしん》
時有《ときあ》りてか自《おのずか》ら発《はっ》す鐘磬《しょうけい》の響《ひびき》
落日更《らくじつさら》に見《み》る漁樵《ぎょしょう》の人《ひと》
盤《ばん》には剝《は》ぐ白鴉《はくあ》谷口《こくこう》の栗《くり》
飯《はん》には煮《に》る青泥坊底《せいでいぼうてい》の芹《せり》
何為《なんす》れぞ西荘《せいそう》の王給事《おうきゅうじ》
柴門空《さいもんむな》しく閉《と》じて松筠《しょういん》を鎖《とざ》す

＊七言律詩。韻字は上平一一真「新・人・筠」、上平一二文「芹」。

【題意】 東山は藍田山であり、また玉山とも呼ばれる。長安藍田県の東南にある。『杜詩鏡銓』巻五の題下の邵長蘅《しょうちょうこう》の注に、王維《おうい》（↓「人物説明」）の輞川荘《もうせんそう》も藍田にあるので、崔氏の別荘と東西に隣接しているのであろう、と。王維は天宝年間に、初唐の詩人宋之問《そうしもん》（↓「人物説明」）の藍田《らんでん》の別荘を手に入れた（王維が輞川荘を手放し、寺として寄進したのは乾元元年冬である）。至徳二載（七五七）冬、官軍が賊軍より長安を回復した後、粛宗（↓「人物説明」）は長安に戻った。翌乾元元年（七五八）春、王維は賊軍から偽官を受けたことから罪に問われたが、弟王縉《おうしん》の助命活動により許されて太子中允となり、さらに給事中を拝した。この詩は第七句に「王給事」とあることから、乾元元年の作と考えられる。詳注三-四九三、鈴木注一-五九七。

【現代語訳】あなたの玉山の草堂は静かで愛《いと》しい。高く晴れ渡った秋の爽やかな空気と山の色とはどちらも新鮮で美しい。時々、鐘《かね》や磬《けい》の音がどこからともなく響き、夕陽の沈む頃、漁師やきこりの帰る姿を見かける。夕餉《ゆうげ》の大きな皿の中には白鴉谷辺りで拾われた栗が剝いて盛られ、御飯には青泥坊の辺りで摘まれた芹が煮こまれている。西隣りの山荘の王給事殿は、どうして山荘の門をひっそりと閉ざし、以前のように、この美しい自然に遊ぶことなく、無駄にその中に美しい松や竹を閉じこめておられるのだろう。

■語釈

○高秋　空が高く晴れ渡る秋。**○相鮮新**　山も空気もどちらも新鮮で美しい。「相」は、ともに。**○鐘磬**　鐘と磬。いずれも楽器の名。磬は、石製の打楽器。**○漁樵人**　漁師ときこり。唐・王維「輞川《もうせん》に帰《かえ》る作《さく》」に「谷口《こくこう》疏鐘《そしょう》動《うご》き、漁樵《ぎょしょう》稍《ようや》く稀《まれ》ならんと欲《ほっ》す」。**○白鴉谷口栗**　白鴉谷の栗。白鴉谷は藍田県の東南二〇里にあり、栗の産地（詳注に引く『長安志』）。「口」は入り口。**○青泥坊**　地名。坊は防と同じで堤《つつみ》。青泥城は藍田県の南七里にあった（同前）。〇底　あたり。〇西荘　崔氏の草堂の西隣りの別荘が、王維の別荘だったのだろう。〇王給事　王維。給事は、官名で給事中。門下省に属し、天子の詔勅に不都合があれば、意見を上奏することを職務とした。〇鎖　とざす。とじこめる。〇松筠　松と竹。常緑であることから、節操の堅さを象徴する。ここは王維その人を暗示。

〔谷口〕

遣興三首

興《きょう》を遣《や》る三首《さんしゅ》　〇二三六

我今日夜憂　諸弟各異方
不知死與生　何況道路長
避寇一分散　飢寒永相望
豈無柴門歸　欲出畏虎狼
仰看雲中雁　禽鳥亦有行

我《わ》れ今日夜《いまにちや》憂《うれ》う、諸弟各〻方《しょていおのおのほう》を異《こと》にするを
死《し》と生《せい》とを知《し》らず、何《なん》ぞ況《いわん》や道路《どうろ》の長《なが》きをや
寇《こう》を避《さ》けて一《ひと》たび分散《ぶんさん》し、飢寒永《きかんなが》く相《あ》い望《のぞ》む
豈《あ》に柴門《さいもん》の帰《かえ》るべき無《な》からんや、出《い》でんと欲《ほっ》して虎狼《ころう》を畏《おそ》る
仰《あお》いで雲中《うんちゅう》の雁《かり》を看《み》る、禽鳥《きんちょう》にも亦《ま》た行有《こうあ》り

＊五言古詩。韻字は下平七陽「方・長・望・狼・行」。

【題意】　乾元元年（七五八）、左拾遺（→「用語説明」）を辞めて後の作であろう。「遣興」は、憂いをはらす。「遣」は、はらす。発散する。詳注二―四九三、鈴木注一―五九九。

【現代語訳】　私がいま昼も夜も憂えているのは、弟たちがそれぞればらばらの地にいるこ

とだ。生死もわからない。ましてやお前たちとの道の隔たりがこんなにも遠いのだ。賊軍の難を避けようとひとたび散り散りになってから、飢えや寒さの中でいつも相手を思いやるばかり。帰るべき粗末な我が家がないわけではないが、出かけようとしては虎や狼のような狂暴な賊が恐ろしくてままならない。雲の中を飛ぶ雁を仰ぎ見ては、鳥でさえ兄弟仲良く並んで飛んでいるのが羨ましく思われる。

■語釈

○避寇　賊軍の侵攻を避けて他所に逃げる。○虎狼　虎や狼のように狂暴な賊軍。『戦国策』巻二「西周」に「今秦《いましん》は虎狼《ころう》の国《くに》なり」。○雲中雁　雲の中を飛ぶ雁。南朝・宋・謝霊運「魏《ぎ》の太子《たいし》の鄴中集《ぎょうちゅうしゅう》の詩《し》に擬《ぎ》す八首《はっしゅ》　応瑒《おうとう》」に「嗷嗷《ごうごう》たる雲中《うんちゅう》の雁《かり》」。○行　ならび。列。雁行。雁は兄弟仲良く列をなして飛ぶ。

［谷口］

〇三七

其二

蓬生非無根　漂蕩隨高風
天寒落萬里　不復歸本叢
客子念故宅　三年門巷空
悵望但烽火　戎車滿關東

其《そ》の二《に》

蓬生《ほうしょう》ずるに根《ね》無きに非《あら》ず、漂蕩《ひょうとう》 高風《こうふう》に随《したが》う
天寒《てんさむ》くして万里《ばんり》に落《お》ち、復《ま》た本叢《ほんそう》に帰《き》せず
客子《かくし》故宅《こたく》を念《おも》う、三年門巷空《さんねんもんこうむな》し
悵望《ちょうぼう》すれば但《た》だ烽火《ほうか》、戎車《じゅうしゃ》 関東《かんとう》に満《み》つ

生涯能幾何　常在羈旅中　生涯《しょうがい》 能《よ》く幾何《いくばく》ぞ、常《つね》に羈旅《きりょ》の中《うち》に在《あ》り

＊五言古詩。韻字は上平一東「風・叢・空・東・中」。

【現代語訳】蓬《ほう》の生えるのに根がないわけではないが、根が地中から抜けると高い空を吹く風のままにさすらう。寒空に遠く離れた地に落ちると、二度ともとの草むらに帰ることはない。旅人の私は故郷の家に帰りたいと思っているが、戦乱が起こってから三年間、家の門や門前の小道には誰もいなくなった。悲しげに眺めやるとただ危急を知らせるのろしだけが見え、兵車が関東地方に溢れている。自分の生涯は長くないというのに、いつもあてどない旅の途中だ。

■語釈

○**蓬**　「転蓬」の「蓬」。古来「ヨモギ」と読まれるが、藜《あかざ》（アカザ科）の一年草で、秋になると根元から抜けて、風に吹かれて漂う。『説苑』巻一〇に「是《こ》れ猶《な》お秋蓬《しゅうほう》の根本《こんぽん》を悪《にく》みて枝葉《しよう》を美《よみ》し、秋風《しゅうふう》一《ひと》たび起《お》これば、根《ね》且《まさ》に抜《ぬ》けんとするがごとし」。○**漂蕩**　ただよう。さすらう。「飄蕩」、「飄颻」に同じ。魏・曹植「雑詩《ざつし》六首」其の二に「転蓬《てんぽう》は本根《ほんこん》を離《はな》れ、飄颻《ひょうよう》として長風《ちょうふう》に随《したが》う」。○**本叢**　もと生えていた草むら。○**故宅**　故郷の家。○**門巷**　家の門と小道。○**悵望**　悲しい気持ちで眺めやる。畳韻語「チヨウボウ」。○**戎車**　兵車。○**關東**　函谷関以東の地。洛陽方面。

［谷口］

〇三八

其三

昔在洛陽時　親友相追攀
送客東郊道　遨遊宿南山
煙塵阻長河　樹羽成皋閒
回首載酒地　豈無一日還
丈夫貴壮健　慘戚非朱顔

其《そ》の三《さん》

昔《むかし》洛陽《らくよう》に在《あ》りし時《とき》、親友《しんゆうあ》相い追攀《ついはん》す
客《かく》を送《おく》る東郊《とうこう》の道《みち》、遨遊《ごうゆう》して南山《なんざん》に宿《しゅく》す
煙塵《えんじん》長河《ちょうか》を阻《へだ》て、羽《う》を樹《た》つ成皋《せいこう》の間《かん》
首《こうべ》を回《めぐ》らす載酒《さいしゅ》の地《ち》、豈《あ》に一日《いちじつ》の還《かえ》るべき無《な》からんや
丈夫壮健《じょうふそうけん》なるを貴《とうと》ぶに、慘戚《さんせき》として朱顔《しゅがん》に非《あら》ず

＊五言古詩。韻字は上平一五刪「攀・山・閒・還・顔」。

【現代語訳】昔、洛陽にいた頃、親友と手をたずさえて遊んだものだ。ある時は東郊の道に旅立つ客を送ったり、南の伊闕山《いけつざん》に遊んで宿ったりもした。今は戦《いくさ》の砂煙がたちこめて黄河を隔て、東の成皋関《せいこうかん》には官軍の戦《いくさ》の旗がいっぱい立っている。振り返れば、昔、酒を手に友人を訪ねたあの場所に、この先一日も帰れないというわけではあるまい。大の男たる者は壮健であるべきなのに、悲しく思うのは自分がもはや紅顔の若者ではないことだ。

■語釈
○追攀　手をたずさえて遊ぶ。攀は、たよる。魏・王粲《おうさん》「七哀詩《しちあいし》二首《にしゅ》」其の一に「親戚我《しんせきわ》れに対《たい》して悲《かな》しみ、朋友相《ほうゆうあ》い追攀《ついはん》す」。○東郊　洛陽の東。○遨遊　気ままに遊び楽しむ。○南山　洛陽の南にある伊闕山。○煙塵　戦乱。兵馬の巻き上げる砂けむり。○樹羽　五色の羽をつけた大将の旗をたてる。○

成皐　洛陽の東の関所。詳注に引く陸機『洛陽記』に「洛陽《らくよう》に四関《しかん》有《あ》り。東《ひがし》に成皐関《せいこうかん》有《あ》り、汜水県《しすいけん》の東《とう》南二里《なんにり》に在《あ》り」。この時、官軍は安慶緒《あんけいしょ》を成皐関の東の河北の地で攻撃していた。○**載酒**　酒を持って行く。前漢の揚雄の家は貧しかったが、酒好きだったので、好事家は彼の家に出かける時に酒を持って出かけた（『漢書』巻八七下「揚雄伝下」）。○**惨戚**　いたみうれえる。双声語「サンセキ」。○**朱顔**　血色がよい若者の顔。

［谷口］

〇二三九

獨立

空外一鷙鳥　河間雙白鷗
飄颻搏擊便　容易往來遊
草露亦多濕　蛛絲仍未收
天機近人事　獨立萬端憂

独《ひと》り立《た》つ

空外《くうがい》の一鷙鳥《いちしちょう》、河間《かかん》の双白鷗《そうはくおう》
飄颻《ひょうよう》搏撃便《はくげきべん》なり、容易《ようい》ならんや往来《おうらい》して遊《あそ》ぶこと
草露《そうろ》亦《ま》た湿《うるお》い多《おお》し、蛛糸《ちゅし》仍《な》お未《いま》だ収《おさ》めず
天機《てんき》人事《じんじ》に近《ちか》し、独《ひと》り立《た》ちて万端《ばんたん》憂《うれ》う

＊五言律詩。韻字は下平一一尤「鷗・遊・收・憂」。

【題意】　独りたたずみ、鳥や虫に託して感興を述べる。前詩と同じく乾元元年（七五八）、華州での作。詳注は劉須渓の説を引用して、頸聯の喩えについて、人を罪におとしいれるたくらみがやまず、李白や鄭虔《ていけん》などが禍いをこうむっていることをさすと指摘する。四川人民出版社『杜甫年譜』では、賀蘭進明《がらんしんめい》が房琯《ぼうかん》や厳武《げんぶ》、賈至《かし》らを中傷してやむことがないことをい

う、としている。詳注三―四九五、鈴木注一―六〇三。

【現代語訳】遥かな天空を飛ぶ一羽の猛鳥がおり、河の中にはつがいの白い鷗がいる。猛鳥は天空をさまよって獲物を撃つのに都合がいいだろうが、どうして鷗はのびのびと行き来して遊んでいられようか。野の草は露にしっとりとぬれ、クモの糸はそこに集まる獲物を捕ろうと張られたまま取り払われていない。造化の機微は人間界のできごとに似通っているものだ。私はさまざまな憂いを抱《いだ》きながらひとり立ちつくす。

■語釈

○空外　遥かなそら。○鷙鳥《しちょう》　たけだけしい鳥。タカやワシなどの猛禽類。『淮南子』巻一七「説林訓」に「猛獣《もうじゅう》は群《ぐん》せず、鷙鳥は双《なら》ばず」。○白鷗　しろいカモメ。鷗には自由な鳥のイメージがあり、杜甫の詩にしばしば描かれる。〇八三六の【補説】参照。○搏撃　うつ。やっつける。『漢書』巻八四「翟方進伝」に「豪彊《ごうきょう》を搏撃《はくげき》し、京師《けいし》之《こ》れを畏《おそ》る」。○便　都合がよい。○容易　たやすい。ここでは、反語に用いている。双声語「ヨウイ」。上句の「飄颻」は畳韻語「ヒョウヨウ」。○蛛絲　クモの吐く糸。クモの巣。○收　しまいこむ。蜘蛛が獲物の虫を捕るために張った網を取り払う。○天機　天の秘密。ここでは鳥や虫の世界の苛酷な現実。造化の機微。『淮南子』巻一「原道訓」に「内《うち》は以《もっ》て天機《てんき》に通《つう》ずる有《あ》り」、注に「機《き》は微《び》なり」。○獨立　ひとり立ちつくす。もの思いにふけるさま。○萬端　種々さまざま。西晋・陸機「董桃行《とうとうこう》」に「世道《せどう》は故多《ことおお》くして万端《ばんたん》、憂慮紛錯《ゆうりょふんさく》として顔《かお》を交《かわ》す」。

［谷口］

至日遣興、奉寄北省舊閣老兩院故人二首　〇三四〇

至日《しじつ》興《きょう》を遣《や》り、北省《ほくしょう》の旧閣老《きゅうかくろう》・両院《りょういん》の故人《こじん》に寄《よ》せ奉《たてまつ》る二首《にしゅ》

去歳茲晨捧御牀　　去歳茲《きょさいこ》の晨《あした》　御牀《ぎょしょう》を捧《ほう》ず
五更三點入鵷行　　五更三点《ごこうさんてん》鵷行《えんこう》に入《い》る
欲知趨走傷心地　　知《し》らしめんと欲《ほっ》す傷心《しょうしん》の地《ち》に趨走《すうそう》して
正想氤氳滿眼香　　正《まさ》に氤氳《いんうん》たる満眼《まんがん》の香《こう》を想《おも》うことを
無路從容陪語笑　　従容《しょうよう》として語笑《ごしょう》に陪《ばい》するに路《みち》無《な》し
有時顚倒著衣裳　　時有《ときあ》りて顚倒《てんとう》して衣裳《いしょう》を著《つ》く
何人却憶窮愁日　　何人《なんぴと》か却《かえ》って憶《おも》わん窮愁《きゅうしゅう》の日《ひ》
日日愁隨一線長　　日日《ひび》愁《うれ》いは一線《いっせん》に随《したが》いて長《なが》きことを

＊七言律詩。韻字は下平七陽「牀・行・香・裳・長」。

【題意】「冬至の日に心を晴らそうと詩を作り、門下《もんか》・中書《ちゅうしょ》両省の元の官僚や両省にいる知りあいに寄せる」。乾元元年（七五八）十一月、華州での作（四川人民出版社『杜甫年譜』。詳注が乾元二年の作とするのは誤認であろう）。至徳二載（七五七）九月に官軍が長安を奪回、十月に粛宗（↓「人物説明」）は鳳翔の行在所から長安に帰った。その知らせを聞き杜甫は家

族とともに十一月に長安に戻った。この詩は昨年のことを思い出して詠ずる。「至日」は、冬至の日。「北省」は中書省・門下省（→「用語説明」）のこと（『通典』巻二一「官職・中書省」）。「閣老」は、中書省・門下省の五品《ごひん》以上の高官に対する敬称。「両院故人」は、中書省・門下省の六品以下のかつての同僚を指す。詳注三―四九六、鈴木注一―六〇四。

【現代語訳】去年のこの朝、天子の御座《ぎょざ》を仰ぎ奉り、早朝の時刻に官吏たちの行列に連なっていた。あなた方に知ってほしいのは、今私は左遷された傷心の地で、華州の上官の前を忙しく走り回りつつ、昨年のこの日、かぐわしいお香が宮殿中に漂うのを目にしたのを想い出していること。ゆったりとくつろいであなた方と語りあって笑うことがかなわない上に、時に私は上官に急用を申しつけられ、あわてて衣裳をさかさまに着たりする。今私が悲しみの真っ只中にあって、冬至から日々日が長くなるにつれ愁いが長くなると、誰が思ってくれるだろうか。

■語釈

○**捧**　皇帝のおそばで親しく拝謁する。初唐・杜審言「守歳宴《しゅさいえん》に侍《じ》す応制《おうせい》」に「季冬除夜《きとうじょや》新年《しんねん》に接《せつ》し、帝子《ていし》王臣《おうしん》御筵《ぎょえん》を捧《ほう》ず」。○**御牀**　天子の御座。○**五更三點**　更は時間の単位で、日没から日の出までの夜の時間を五等分して一更、二更、三更、四更、五更と呼ぶ。毎更は三点に分けられていた。五番目の五更の三点は夜明けの時刻。○**鵷行**　朝廷に並ぶ位の高い官吏の行列。「鵷」は鳳凰の一種とされる尊い鳥。○**趨走**　走り回るような低い官職につく。ここでは、華州司功参軍（→「用語説明」）の職。〇二九の語釈参照。双声語「スウソウ」。○**氤氳**　盛んなさま。双声語「インウン」。○**従容**　ゆったりと落ち着いたさま。くつろぐさま。畳韻語「ショウヨウ」。『後漢書』巻二二「馬武伝」に「帝後《ていのち》に功臣《こうしん》・諸《しょ》侯《こう》と讌語《えんご》して従容《しょうよう》たり」。○語笑　語りあって笑う。○顚倒　衣裳をさかさまに着ける。急なお召しにあたふたと駆けつけるさま。『詩経』斉風「東方未明《とうほうみめい》」に「東方未《とうほういま》だ明《あ》けず、衣裳《いしょう》を顚倒《てんとう》す」。双声語「テントウ」。○窮愁日　愁いが極まる日。『史記』巻七六「虞卿伝」に「窮愁《きゅうしゅう》に非《あら》ざれば、亦《ま》た書《しょ》を著《あらわ》し、以《もっ》て自《みずか》ら後世《こうせい》に見《あらわ》すこと能《あた》わず」。一三六五に「年年《ねんねん》の至日《しじつ》長《つね》に客《かく》と為《な》り、忽忽《こつこつ》として窮愁《きゅうしゅう》人《ひと》を泥殺《でいさつ》す」。○一線長　冬至の後、日がだんだんと長くなるにつれ愁える時間も長くなること。冬至には日の影を量り、赤糸で印をつけ、その後夏至まで毎日影が短くなるにつれ糸で印をつけた。南朝・梁・宗懍《そうりん》『荊楚歳時記』「十一月」に「冬至《とうじ》の日《ひ》、日《ひ》の影《かげ》を量《はか》る」、その隋・杜公瞻《とこうせん》注に「魏《ぎ》・晋《しん》の間《かん》、宮中紅《きゅうちゅうこう》線《せん》を以《もっ》て日《ひ》の影《かげ》を量《はか》る。冬至《とうじ》の後《のち》、日《ひ》の影《かげ》、長《なが》さを添《そ》うること一線《いっせん》」。

〔谷口〕

〇三四一

其二

憶昨逍遙供奉班
去年今日侍龍顏
麒麟不動爐煙上
孔雀徐開扇影還
玉几由來天北極
朱衣只在殿中間

其《そ》の二《に》

憶《おも》う昨《さく》逍遥《しょうよう》たり供奉《きょうほう》の班《はん》
去年今日《きょねんこんにち》龍顔《りょうがん》に侍《じ》す
麒麟《きりん》動《うご》かず炉煙《ろえん》上《のぼ》り
孔雀《くじゃく》徐《おもむろ》に開《ひら》きて扇影《せんえい》還《めぐ》る
玉几《ぎょくき》は由来《ゆらい》天《てん》の北極《ほっきょく》
朱衣《しゅい》は只《た》だ在《あ》り殿《でん》の中間《ちゅうかん》

孤城此日腸堪斷　　孤城《こじょう》此《こ》の日《ひ》　腸《ちょう》断《た》ゆるに堪《た》えたり
愁對寒雲雪滿山　　愁《うれ》えて寒雲《かんうん》に対《たい》すれば雪山《ゆきやま》に満《み》つ

＊七言律詩。韻字は上平一五刪「班・顔・還・閒・山」。

【現代語訳】　思い出されるのは、昨年ゆったりと供奉と諷諫《ふうかん》の官の列に着き、去年のこの日に天子のおそばに侍ったこと。麒麟をかたどったどっしりとした香炉から煙が辺りにたちのぼり、孔雀の扇がゆっくりと左右に開くと御座に昇られた天子が現れ、扇は左右に移動する。今年も玉《ぎょく》の脇息《きょうそく》は天の北極の位置にあって変わりなく、官吏に着席を促す朱衣を着た従官たちは、宮殿の真ん中にいることだろう。私は一人華州にいて、断腸の悲しみに沈むばかりだ。悲しみながら寒々とした雲に向きあえば、遠くの山一面に雪の降り積むのが見える。

■語釈

○逍遙　ゆったりと過ごすさま。畳韻語「ショウヨウ」。○供奉　天子のおそばに仕えて用をつとめる。○龍顔　天子の面相。『史記』巻八「高祖本紀」に「高祖《こうそ》人《ひと》と為《な》り、隆準《りゅうせつ》にして龍顔《りょうがん》」。○麒麟　想像上の霊獣。ここは麒麟をかたどった香炉。詳注の引く『晋礼儀』に「大朝会《だいちょうかい》、即《すなわ》ち宮《きゅう》を塡《みた》すは、皆《み》な金《きん》を以《もっ》て鍍《と》したる九尺《きゅうせき》の麒麟《きりん》の香炉《こうろ》なり」。○孔雀　朝会の際に用いられる孔雀の羽扇。大朝会には一五六本の孔雀扇を宮殿の庭に左右に分けて並べた（『唐六典』殿中省巻一一「尚輦局」繖扇注）。○玉几　玉《ぎょく》で飾った脇息。○朱衣　儀式に官吏が着用する赤色の衣。朝会の際、朱衣を着た従官が百官に列次に着くよう促した（『新唐書』巻二三上「儀衛志」）。〇堪　……するのに十分だ。……するしかない。近体詩の平仄規則の中で「可《べし》」（仄声）と「堪」（平声）を使い分ける。〇寒雲　冬の寒々とした雲。東晋・陶淵明「歳暮張常侍《さいぼちょうじょうじ》に和《わ》す」に「夕《ゆう》べに向《む》かいて長風《ちょうふう》起こり、寒雲《かんうん》西山《せいざん》に没《ぼっ》す」。

［谷口］

路逢襄陽楊少府入城戲呈楊四員外綰　〇三四二

路《みち》にて襄陽《じょうよう》の楊少府《ようしょうふ》が城《しろ》に入《い》るに逢《あ》い、戯《たわむ》れに楊四員外綰《ようしいんがいわん》に呈《てい》す

寄語楊員外　山寒少茯苓
歸來稍暄暖　當爲斸青冥
翻動龍蛇窟　封題鳥獸形
兼將老藤杖　扶汝醉初醒

語《ご》を寄《よ》す楊員外《よういんがい》、山寒《やまさむ》くして茯苓《ぶくりょう》少《すくな》し
帰来《きらい》稍《ようや》く暄暖《けんだん》ならば、当《まさ》に為《ため》に青冥《せいめい》に斸《き》るべし
龍蛇《りょうだ》の窟《いわや》を翻動《ほんどう》し、鳥獣《ちょうじゅう》の形《かたち》に封題《ほうだい》し
兼《か》ねて老藤杖《ろうとうじょう》を将《もっ》て、汝《なんじ》が酔《よ》いの初《はじ》めて醒《さ》むるを扶《たす》けん

＊五言律詩。韻字は下平九青「苓・冥・形・醒」。

【題意】「旅の途中で襄陽の楊少府が長安に入ろうとするのに出会い、戯れに員外郎の楊綰《ようわん》君に詩を書き付けて送った」。原注に「甫《ほ》が華州《かしゅう》に赴《おもむ》く日《ひ》、員外《いんがい》に茯苓《ぶくりょう》を寄《よ》するを許《ゆる》す」。杜甫は、先に華州に赴任する時、楊綰の故郷華州の名産である茯苓を送る約束をしていた。楊少府は未詳。乾元元年（七五八）の冬、休暇を取って華州から洛陽に向う途中の作。楊綰は、

字は公権、華州華陰の人。粛宗（→「人物説明」）が霊武に即位した時、綰は賊中より危険を冒して行在に赴いた。起居舎人、知制誥を拝し、司勲員外郎、職方郎中を歴任し、乱の以前と同様に詔を掌った（『旧唐書』巻一一九「楊綰伝」）。この詩の制作当時は司勲員外郎。四は排行（→「用語説明」）。詳注三-四九九、鈴木注一-六〇七。

【現代語訳】楊員外君に言伝てします。山はまだ寒く、茯苓は少ないのです。私が洛陽から帰ってくる頃、少し暖かくなってきたら、君のためにきっと青い松の根元の茯苓を掘って差し上げましょう。龍や蛇の住処《すみか》のような岩穴を掘り返し、鳥や獣の形の茯苓に封をして上書きし、さらに年を経た藤の杖も添えて、あなたの酔い醒めのおぼつかない足取りを助けてあげようと思っている、と。

■語釈

○**茯苓**　松の根に寄生するきのこの類。形は円く皮は黒く皺があり、薬用にする。華州の名産。『淮南子』巻一六「説山訓」に「千年《せんねん》の松《まつ》、下《した》に茯苓《ぶくりようあ》有れば、上《うえ》に兎糸《とし》有《あ》り」、高誘注に「茯苓《ぶくりよう》は千歳《せんざい》の松《まつ》の脂《やに》なり」。『新唐書』巻三七「地理志」に「華州華陰郡《かしゆうかいんぐん》は上輔《じようほ》。…土貢《どこう》に鷂《はいたか》、烏鶻《うこつ》、伏苓《ぶくりよう》、伏神《ふくしん》、細辛《さいしん》あり」。○**暄暖**　日差しが暖かい。畳韻語「ケンダン」。○**斸**　くわで掘る。○**青冥**　あおい松の木の色。鈴木注は、山の高地の空気の色と解釈する。畳韻語「セイメイ」。○**翻動**　勢いよく動かす。西晋・木華「海《うみ》の賦《ふ》」（『文選』巻一二）に「翻動《ほんどう》して雷《かみなり》を成《な》し、翰《かん》を擾《みだ》して林《はやし》を為《な》す」、李善注に「翻《ほん》は、動《うご》く貌《さま》なり」。○**龍蛇窟**　龍蛇の住む岩屋。松の根の深い所に茯苓がある。○**封題**　手紙に封をする際、表書きを書くこと。○**鳥獣形**　茯苓が鳥獣の形である。『史記』巻一二八「亀策伝」に「伏霊《ふくれい》（茯苓）は兎糸《とし》の下《もと》に在《あ》り、……状《じよう》は飛鳥《ひちよう》の形《かたち》に似《に》る。……伏霊《ふくれい》は千歳《せんざい》の松《まつ》の根《ね》なり、之《こ》れを食《しよく》すれば

「死《し》せず」。○藤杖　藤で作った杖。華州の産物。

〔谷口〕

〇三四　冬末、以事之東都、湖城東遇孟雲卿、復歸劉顥宅宿、宴飲散、因爲醉歌

冬末《とうまつ》、事《こと》を以《もつ》て東都《とうと》に之《ゆ》かんとし、湖城《こじよう》の東《ひがし》にて孟雲卿《もううんけい》に遇《あ》い、復《ま》た劉顥《りゆうこう》の宅《たく》に帰《かえ》りて宿《しゆく》す、宴飲散《えんいんさん》ず、因《よ》りて酔歌《すいか》を為《つく》る

疾風吹塵暗河縣　　疾風《しつぷう》塵《ちり》を吹《ふ》いて河県《かけん》に暗《くら》し
行子隔手不相見　　行子《こうし》手《て》を隔《へだ》てて相《あ》い見《み》ず
湖城城東一開眼　　湖城《こじよう》の城東《じようとう》一《ひと》たび眼《め》を開《ひら》く
駐馬偶識雲卿面　　馬《うま》を駐《と》めて偶〻《たまたま》識《し》る雲卿《うんけい》が面《かお》
向非劉顥爲地主　　向《さ》きに劉顥《りゆうこう》が地主《ちしゆ》たるに非《あら》ずんば
懶回鞭轡成高宴』　　鞭轡《べんひ》を回《めぐ》らして高宴《こうえん》を成《な》すに懶《ものう》し
劉侯歡我攜客來　　劉侯《りゆうこう》我《わ》が客《かく》を携《たずさ》えて来《き》たれるを歓《よろこ》び
置酒張燈促華饌　　酒《さけ》を置《お》き灯《あかり》を張《は》り華饌《かせん》を促《うなが》す
且將款曲終今夕　　且《か》つ款曲《かんきよく》を将《もつ》て今夕《こんせき》を終《お》えん
休語艱難尚酣戰　　語《かた》るを休《や》めよ艱難《かんなん》尚《な》お酣戦《かんせん》すと

照室紅爐簇曙花　室《しつ》を照《てら》す紅炉《こうろ》は曙花《しょか》を簇《むらが》らせ
縈窗素月垂秋練』　窓《まど》に縈《めぐ》る素《そ》月《げつ》は秋練《しゅうれん》を垂《た》る
天開地裂長安陌　天《てん》開《ひら》け地《ち》裂《さ》く長安《ちょうあん》の陌《みち》
寒盡春生洛陽殿　寒《かん》尽《つ》き春《はる》生《しょう》ず洛陽《らくよう》の殿《でん》
豈知驅車復同軌　豈《あ》に知《し》らんや車《くるま》を駆《か》る復《ま》た同軌《どうき》なるを
可惜刻漏隨更箭　惜《お》しむ可《べ》し刻漏更箭《こくろうこうせん》に随《したが》う
人生會合不可常　人生会合《じんせいかいごう》常《つね》にす可《べ》からず
庭樹鷄鳴淚如霰』　庭樹《ていじゅ》に鶏《とり》鳴《な》きて涙《なみだ》霰《あられ》の如《ごと》し

＊七言古詩。韻字は去声一七霰「縣・見・面・宴・饌・戰・練・殿・箭・霰」。

【題意】「冬の末に用事で東都洛陽に出かけ、湖城県（河南省三門峡市霊宝市の西北）の東でたまたま孟雲卿に出会った。再び劉顥の家に帰って泊まり、酒宴が終わったので、酔っぱらいの歌を作った」。「酔歌」は六朝初期に詩題に登場する語。杜甫は、この詩の他、「酔歌行」〇二七、「蘇端と薛復の筵にて薛華に簡せし酔歌」〇三七等、この語を詩題に用いる例が、唐詩人中、最も多い。乾元元年（七五八）の冬、杜甫は華州から洛陽に出張し、翌春華州に戻った。その出張の途中で、孟雲卿に出会った。湖城県は潼関や閿郷《ぶんきょう》県（河南省霊宝市の西）の東の地。孟雲卿は『唐詩紀事』巻二五によれば、河南の人で、杜甫や元結（↓「人物説明」）と最も仲が良かった。〇三三五にも見える。劉顥は当地で杜甫を宿泊させ宴会を開いてくれた主人。詳注三-五〇〇、鈴木注一-六〇九。

【現代語訳】　つむじ風が塵を吹き上げて河県を暗く覆ったので、旅人同士ごく近い距離なのに相手が見えない。湖城県の東で目を開けてみると、孟雲卿の顔だとわかり馬を留めた。泊めてくれたこの地の主人が劉顥殿でなければ、馬を返して宴会を開くなど、私にはとてもできないことだった。』

劉顥殿は、私が客人を連れて帰ったのを歓迎し、酒盛りを開こうとあかりを灯して立派な御馳走の準備をお命じになる。まずは、今夜はうちとけてじっくりと語りあおう、今の艱難や戦乱の真っただ中であることを語るのはやめようといわれる。部屋を照らす赤い炉は暁の花が群がるように輝き、窓辺に見える白い月は、練り絹のような清らかな光を地上に注いでいる。』

長安の街には天が割れ地が裂けるような動乱が起こったが、洛陽の宮殿では寒さも終わり春がめぐってこようとしている。まさかこのようにあなたと同じ道に車を走らせようとは思いもしなかった。ただ、惜しまれるのは水時計の矢が進むこと。人生、友と会える機会はめったにない。庭の木で鶏が朝を告げると、涙が霰のようにこぼれ落ちる。』

■語釈

○河縣　湖城県のこと。その北に黄河が流れているのでいう。○行子　旅人。○隔手　手のひら一枚を隔て（視界をさえぎ）る。互いの距離がごく近い。○向　そもそも。○地主　土地の領主。ここは、宴会などで歓待してくれる主催者。〇鞭轡　馬のむちとたづな。〇華饌　豪華な御馳走。〇款曲　うちとけてじっくり語りあう。後漢・秦嘉の「婦《つま》に贈《おく》る詩《し》三首《さんしゅ》」其の二に「当《まさ》に遠《とお》く離別《りべつ》すべきを念《おも》い、因《よ》りて款曲《かんきょく》を叙《の》べんと念《おも》う」。双声語「カンキョク」。対句の「艱難」は「カンナン」。〇酣戰　戦《いくさ》の真っ最中。〇秋練　真白い練り絹。ここは月のつややかな光を練り絹に喩える。南朝・梁・沈約の「台《だい》に登《のぼ》りて秋月《しゅうげつ》を望《のぞ》む」に「秋月《しゅうげつ》を望《のぞ》めば、秋月《しゅうげつ》の光《ひかり》は練《ねりぎぬ》の如《ごと》し」。〇天開地裂　天が割れ地が裂ける。西晋・郭璞《かくはく》「江《こう》の賦《ふ》」に「䜭《ひら》くは地《ち》の裂《さ》くるが如《ごと》く、豁《ひら》くは天《てん》の開《ひら》くが若《ごと》し」。詳注の引く『京房易占』に「天《てん》開《ひら》き陽《よう》足《た》らず、地《ち》裂《さ》け陰《いん》余《あま》り有《あ》るは、皆《み》な兵《へい》起《お》こり下《しも》の上《うえ》を害《がい》するの象《しょう》なり」。〇驅車　車を走らせる。〇同軌　軌道を同じくする。後漢・班固の「幽通《ゆうつう》の賦《ふ》」に「天路《てんろ》を仰《あお》ぎて軌《き》を同《おな》じくす」。孟雲卿と同じ道をとっていたことをいう。「春生」とともに、天下が統一され、世情が安定しつつあることが背景にある。〇刻漏　水時計。〇更箭　水時計に浮かぶ時を示す矢の先。

［谷口］

閿郷姜七少府設鱠戲贈長歌

閿郷《ぶんきょう》の姜《きょう》　七少府《しちしょうふ》鱠《なます》を設《もう》く、戯《たわむ》れに長歌《ちょうか》を贈《おく》る　〇三四四

姜侯設鱠當嚴冬　　姜侯《きょうこう》　鱠《なます》を設《もう》くるは厳冬《げんとう》に当《あた》る
昨日今日皆天風　　昨日今日《さくじつこんにち》皆《み》な天風《てんかぜ》ふく
河凍味魚不易得　　河凍《かわこお》りて味魚《みぎょ》得《え》易《やす》からず
鑿冰恐侵河伯宮』　　氷《こおり》を鑿《うが》ちて河伯《かはく》の宮《きゅう》を侵《おか》さんことを恐《おそ》る
饔人受魚鮫人手　　饔人《ようじん》魚《うお》を受《う》く鮫人《こうじん》の手《て》

洗魚磨刀魚眼紅
無聲細下飛碎雪
有骨已剁觜春葱
落碪何曾白紙濕
放筯未覺金盤空
偏勸腹腴愧年少
軟炊香飯緣老翁』
新歡便飽姜侯德
清觴異味情屢極
東歸貪路自覺難
欲別上馬身無力
可憐爲人好心事
於我見子眞顏色
不恨我衰子貴時
悵望且爲今相憶』

魚《うお》を洗《あら》い刀《かたな》を磨《みが》けば魚眼《ぎょがん》紅《くれない》なり
声《こえ》無《な》くして細《こま》かに下《くだ》さば砕雪《さいせつ》飛《と》び
骨《ほね》有《あ》るは已《すで》に剁《き》れば春葱《しゅんそう》を觜《ついば》むがごとし
碪《ちん》に落《お》つる何《なん》ぞ曾《かつ》て白紙《はくし》湿《うるお》わん
筯《はし》を放《ほしいまま》にするも未《いま》だ金盤《きんばん》の空《むな》しきを覚《おぼ》えず
偏《ひと》えに腹腴《ふくゆ》を勧《すす》めらるるも年少《ねんしょう》に愧《は》ず
軟《やわ》らかに香飯《こうはん》を炊《かし》ぐは老翁《ろうおう》に縁《よ》る
新歓《しんかん》便《すなわ》ち飽《あ》く姜侯《きょうこう》の徳《とく》
清觴《せいしょう》異味《いみ》情《じょう》屢《しばしば》極《きわ》まる
東帰《とうき》路《みち》を貪《むさぼ》るも自《おのずか》ら難《かた》きを覚《おぼ》ゆ
別《わか》れんと欲《ほっ》して馬《うま》に上《のぼ》れば身《み》に力《ちから》無《な》し
憐《あわれ》む可《べ》し人《ひと》と為《な》り好《よ》き心事《しんじ》
我《わ》れに於《おい》て見《み》る子《し》が真《まこと》の顔色《がんしょく》
恨《うら》まず我《わ》れ衰《おとろ》え子《し》の貴《とうと》き時《とき》を
悵望《ちょうぼう》するは且《な》お今《いま》を相《あ》い憶《おも》わんが為《た》めなり

＊七言古詩。韻字は上平二冬「冬」と上平一東「風・宮・紅・葱・空・翁」は東部の通押、換韻して入声一

【題意】　乾元元年（七五八）冬、華州から洛陽に向かう途中での作。「閿郷の姜少府がなますの御馳走でもてなしてくれた。そこで戯れに長い歌を贈る」。「鱠」はなます。細かく切った生の魚。「閿郷」は河南省三門峡市霊宝市。潼関の東に位置する。「姜七少府」は未詳。七は排行（↓「用語説明」）、少府は県尉の雅称（↓「用語説明」）。詳注二−五〇二、鈴木注一−六三。

【現代語訳】　姜侯が厳冬にもかかわらず鱠をご馳走してくださった。昨日も今日も終始空を風が吹きすさび、黄河は凍ってうまい魚を手に入れるのは容易でない。氷に穴を開けると黄河の神の住処《すみか》を侵すのではと案じられる。』

料理人は漁師の手から魚を受け取り、魚を洗い包丁を磨くと、魚は新鮮で目は赤い。音もなく細切りにすると白身が粉雪のように飛ぶ、骨を切り刻めばその身は春のネギのように柔らかい。石のまな板に落としても白い紙はまるで湿らず、箸で好きなだけ食べても金《かね》の大皿は空にならない。魚の脂ののった腹の身ばかりをしきりと勧められるのが、年少の人に対して恥ずかしく、香りのよい飯を柔らかに炊いてくれるのも老いた自分への心遣いなのだ。』

初めてお会いしたのに姜侯の仁徳には感じ入った。清らかな杯に注がれた酒や珍しい料理にありったけの厚情がこもっている。私は東へ帰る道を急いでいたはずなのに、旅路の一つ一つそれは難しいと感じ、別れようと馬に上るものの体の力が抜けてしまう。姜侯の気立てのいいお人柄に感動し、私をもてなされる表情にあなたの真心が見てとれる。そのうち私が老いてあなたが偉くなられるのを残念だとは思わないが、ただ再びは難しい今の楽しいひときを振り返る日を思って、悲しみに襲われるのだ。』

■語釈

○天風　空を吹く風。○味魚　味の良い魚。○鑿冰　氷に穴を開けて漁をする。○河伯　黄河の神。『法苑珠林』巻七九『抱朴子』に「河伯《かはく》は華陰《かいん》の人《ひと》なり。……河《かわ》を渡《わた》りて溺死《できし》し、天帝署《てんていしょ》して河伯《かはく》と為《な》す」。○饔人　料理を掌る者。古代の官名。西晋・潘岳《はんがく》「西征《せいせい》の賦《ふ》」に「雍人《ようじん》縷《こま》かに切《き》り、鸞刀《らんとう》飛ぶが若《ごと》し」。○鮫人　水中にすむという人魚。ここでは漁師の意。『博物志』巻二に「南海《なんかい》の外《そと》に鮫人《こうじん》有《あ》り。水居《すいきょ》すること魚《うお》の如《ごと》し」。○剤　細かく切りきざむ。○觜春葱　春のネギをついばむように柔らかい。詳注の引く『杜臆』に「鱠《なます》を啄《ついば》めば葱《ねぎ》の脆《やわらか》きが如《ごと》し」とあり、鱠の食感が葱のように柔らかいことをいう。春葱をたとえとしたのは、春の鱠には葱が添えられたことによる（『礼記』内則）。○碪　魚を切る石のまな板。○何曾　反語。強い否定。○白紙濕　切り落とされた鱠を紙に載せて水分をとる。鱠は余分な水分を含まないのがよいとされた。○筯　はし。○腹腴　魚の下腹の肥えて脂ののった柔らかい肉。冬、特に脂がのって美味とされる（『礼記』少儀）。○炊香飯　杜甫のために香りのよい飯を特別に用意する。五〇歳を迎えると他の年代とは食物を別にすることが『礼記』王制に見える。○飽姜侯徳　姜侯の徳義を十分に感じる。『詩経』大雅「既酔」に「既《すで》に酔《よ》うに酒《さけ》を以《もっ》てし、既《すで》に飽《あ》くに徳《とく》を以《もっ》てす」。○異味　珍しい味。○貪路　旅路の先を急ぐ。以下二句に戯れの趣向がある。旅路を急いでいたはずなのに、逆に姜少府の人の好さに引かれ、立ち去り難いことをいう。○好心事　気立てがいい。南朝・宋・謝霊運「魏《ぎ》の太子《たいし》の鄴中集《ぎょうちゅうしゅう》の詩《し》に擬《ぎ》す八首《はっしゅ》」徐幹に「少《わか》くして宦情《かんじょう》無《な》く、箕頴《きえい》の心事《しんじ》有《あ》り。故《ゆえ》に世《よ》に仕《つか》えて素辞《そじ》多《おお》し」。○我衰子貴　自分が老いてあなたが富貴になる。『世説新語』識鑑に「玄《げん》に謂《い》いて曰《いわ》く、『恨《うら》むらくは吾《わ》れ老《お》いたり。君《きみ》が富貴《ふうき》となるを見《み》ざらん』と」。○悵望　悲しげに遥か遠く一を眺める。畳韻語「チョウボウ」。○今相憶　いつか今の楽しいひと時を思い起こす。

［谷口］

〇三四五

戲贈閿鄉秦少府短歌　戯《たわむ》れに閿郷《ぶんきょう》の秦少府《しんしょうふ》に贈《おく》る短歌《たんか》

去年行宮當太白　去年《きょねん》行宮《こうきゅう》 太白《たいはく》に当《あた》る
朝回君是同舍客　朝《ちょう》より回《かえ》れば君《きみ》は是《こ》れ同舎《どうしゃ》の客《かく》
同心不減骨肉親　同心《どうしん》減《げん》ぜず骨肉《こつにく》の親《しん》に
毎語見許文章伯　毎語《まいご》許《ゆる》さる文章《ぶんしょう》の伯《はく》と
今日時淸兩京道　今日《こんにち》時《とき》清《きよ》し両京《りょうけい》の道《みち》
相逢苦覺人情好　相《あ》い逢《あ》いて苦《はなは》だ覚《おぼ》ゆ人情《にんじょう》の好《よ》きを
昨夜邀歡樂更無　昨夜《さくや》歓《よろこ》びを邀《むか》えて楽《たの》しみ更《さら》なる無《な》し
多才依舊能潦倒　多才《たさい》旧《きゅう》に依《よ》りて能《よ》く潦倒《ろうとう》す

＊七言古詩。韻字は入声一一陌「白・客・伯」、上声一九皓「道・好・倒」。

【題意】　制作時、制作地は前詩と同じ。「秦少府」については未詳。「少府」は県尉の雅称。詳注に引く呉若本では、「秦少公」に作る。「少公」は「少府」に同じ。詳注二-五〇四、鈴木注一-六一六。

【現代語訳】　去年粛宗の行在所《あんざいしょ》は太白山の近くに置かれていた。朝廷から戻るとあなたは同じ宿舎だった。血の繋がった親戚に劣らないほど気持ちはぴったり合い、語りあうたび私を文学の大家だと認めてくださった。現在では戦乱が収まって東西の都を結ぶ道は安全になった。あなたと出逢えてお人柄のすばらしさを心から感じている。昨夜私を歓迎してくださった楽しさはこれ以上はないもの。あなたは豊かな才能を持ちながら、これまでどおりうだつがあがらないのに平気でおられる。

語釈

○**去年**　至徳二載（七五七）。○**行宮當太白**　「行宮」は天子の仮の御所。至徳元載、玄宗の太子李亨《りこう》（粛宗）は霊武（寧夏回族自治区霊武市）で即位し、その後鳳翔（陝西省鳳翔県）に行在所を移した。翌至徳二載九月に賊軍より長安・洛陽を奪回し、十月に都長安に戻るまで鳳翔に行在所があった。「太白」は鳳翔の南に位置する太白山。○**朝回**　朝廷から宿舎に帰る。杜甫は、四月に鳳翔の行在所に駆けつけ、翌月、左拾遺の官を授けられた。○**見**　受け身を表す助字。○**文章伯**　詩の大家。唐・孫逖《そんてき》「張《ちょう》丞相燕公挽歌詞《じょうしょうえんこうばんかし》二《に》首《しゅ》」其の一に「海内文章《かいだいぶんしょう》の伯《はく》」。○**時清**　時世が平和。○**潦倒**　落ちぶれる。うだつがあがらない。秦少府があい変わらず下役人のままであることをいう。畳韻語「ロウトウ」。魏・嵇康《けいこう》の「山巨源《さんきょげん》に与《あた》える絶交書《ぜっこうしょ》」に「足下《そっか》旧《もと》より吾《わ》が潦倒麤《ろうとうそ》疎《そ》にして事情《じじょう》に切《せつ》ならざるを知《し》る」。

［谷口］

〇三四六

李鄠縣丈人胡馬行

李《り》鄠《こ》県丈人《けんじょうじん》の胡《こ》馬《ば》行《こう》

丈人駿馬名胡騮
丈人《じょうじん》が駿馬胡騮《しゅんめこりゅう》と名《な》づけらる

前年避賊過金牛　前年賊《ぜんねんぞく》を避《さ》けて金牛《きんぎゆう》を過《す》ぐ
廻鞭却走見天子　鞭《むち》を廻《めぐ》らし却走《きやくそう》して天子《てんし》に見《まみ》ゆ
朝飲漢水暮靈州』　朝《あした》には漢水《かんすい》に飲《みずか》い暮《く》れには霊州《れいしゆう》
自矜胡騮奇絶代　自《みずか》ら矜《ほこ》る胡騮絶代《こりゆうぜつだい》に奇《く》し
乘出千人萬人愛　乗《の》り出《い》ずれば千人万人愛《せんにんばんにんあい》すと
一聞說盡急難才　一《ひと》たび急難《きゆうなん》の才《さい》を説《と》き尽《つ》くすを聞《き》かば
轉益愁向駑駘輩』　転《うた》た益〻《ますます》駑《ど》駘《たい》の輩《やから》に向《む》かうことを愁《うれ》う
頭上銳耳批秋竹　頭上《ずじよう》の鋭耳《えいじ》は秋竹《しゆうちく》を批《けず》り
脚下高蹄削寒玉　脚下《きやつか》の高蹄《こうてい》は寒玉《かんぎよく》を削《けず》る
始知神龍別有種　始《はじ》めて知《し》る神龍《しんりよう》 別《べつ》に種有《しゆあ》り
不比俗馬空多肉』　俗馬《ぞくば》の空《むな》しく肉多《にくおお》きに比《ひ》せざるを
洛陽大道時再清　洛陽《らくよう》の大道時再《だいどうときふたた》び清《きよ》し
累日喜得俱東行　累日倶《るいじつとも》に東行《とうこう》するを得《う》るを喜《よろこ》ぶ
鳳臆龍鬐未易識　鳳臆龍鬐未《ほうおくりようきいま》だ識《し》り易《やす》からず
側身注目長風生』　身《み》を側《そばだ》てて目《め》を注《そそ》げば長風《ちようふう》 生《しよう》ず

＊七言古詩。韻字は下平一一尤「騮・牛・州」、去声一一隊「代・愛・輩」、入声一屋「竹・肉」、入声二沃

「玉」、下平八庚「清・行・生」。屋・沃韻は東部入声の通押。

【題意】　制作時、制作地は前詩と同じ。「李鄠県《りこけん》」は鄠県（陝西省西安市西南の戸県付近）の県令である李某。「丈人」は、徳のある目上の人をいう尊称。「胡馬」は西域産の馬。西域、とりわけ大宛（天山山脈中のフェルガナ地方にある）は名馬の産地とされる。「行」はうた。李某の胡騮《こりゅう》と名づけられた西域産の馬が格別の駿馬であることを詠った詩。詳注二─五〇六、鈴木注一─六二八。

【現代語訳】　御長老の優れた馬には胡騮《こりゅう》と名がつけられている。数年前賊軍をお避けになられる天子とともに蜀の金牛を過《よぎ》られた。そして今度は馬首をめぐらし天子のもとに馳せ参じて謁見された。朝には漢水で馬に水を飲ませたかと思うと、暮れにはもう霊州へ向かわれたのである。』

胡騮は世に並ぶもののない名馬、乗って出かければ誰もがあこがれると。ひとたび、急場で発揮される優れた才能を聞くならば、駄馬に乗るのはいよいよ嫌になる。』

頭上の耳は秋の竹をそいだように鋭利に尖り、脚下の厚い蹄はまるで冷たい玉を削ったよう。ようやくわかった、この神龍のような馬は馬の中でも別格で、ただ肉づきがよいだけの平凡な馬とは比べ物にならないと。』

洛陽への大道は再び反乱の前の平和を取り戻し、連日、あなたと東へ一緒に旅できるのがうれしい。駿馬の勇壮な美しさはなかなか見抜けないもの、しかし私が身を縮めて馬に目を向けるとさっと遠くから風が吹き渡った。』

■語釈

○胡騮　西域産の栗毛。騮はたてがみの黒い赤馬。李某の愛馬の名前。○金牛　県の名。陝西省漢中市勉県の西、寧強県の北。地名は以下の故事による。秦は蜀を討とうとしたが侵入する道がなく、そこで偽って、秦には糞が金になる金牛がいるので、これを蜀に迎えさせたいと人をやって蜀王に告げた。蜀王が五人の力士に山を切り開かせて道を通じさせると、秦は蜀を討ちその国を奪い取った。そこでその国を金牛と呼んだ（詳注に引く揚雄『蜀土記』）。「金牛を過ぐ」とは、玄宗（↓「人物説明」）が蒙塵した折、李某が玄宗に従ってその地を通過したことをいう。○迴鞭　鞭打って馬の進む方向を変える。○却走　しりぞきはしる。○漢水　川の名。金牛県の東に位置する嶓冢《はちょう》山から流れ出ている（『元和郡県志』山南道・興元府）。○靈州　寧夏《ねいか》回族自治区銀川市霊武。粛宗（↓「人物説明」）が天宝十五載七月に霊武で即位した際、李某は馬を霊武に向かわせた。○絶代　世に並ぶものがないほど優れる。○駑駘　才能が劣ったのろい馬。○鋭耳批秋竹　馬の耳が秋の竹をそいだように鋭くとがっている。「房兵曹《ぼうへいそう》の胡馬《こば》」〇〇一〇に「竹批《たけそ》ぎて双耳《そうじ》峻《しゅん》なり」。○高蹄　ひづめが厚い。○削寒玉　堅くて冷たい玉を削ったようだ。○清　平和。○鳳臆龍鬐　鳳凰の胸の肉と龍のたてがみ。駿馬の雄健で美しい姿。『晋書』巻一一三「苻堅上」に「大宛天馬《だいえんてんま》千里《せんり》の駒《こま》を献《けん》ず。皆《み》な汗血《かんけつ》、朱鬣《しゅりょう》、五色《ごしき》、鳳膺《ほうよう》、麟身《りんしん》、及《およ》び諸珍異《しょちんい》五百余《ごひゃくよ》種《しゅ》なり」。○側身　身をそばめ、ちぢめる。恐れつつしみかしこまる。『詩経』大雅「雲漢」序に「災《わざわ》いに遇《あ》いて懼《おそ》れ、身《み》を側《そば》め行《おこな》いを修《おさ》め、之《こ》れを鎖去《さきょ》せんと欲《ほっ》す」。

［谷口］

観兵

北庭送壯士　貔虎數尤多
精鋭舊無敵　邊隅今若何
妖氛擁白馬　元帥待琱戈
莫守鄴城下　斬鯨遼海波

＊五言律詩。韻字は下平五歌「多・何・戈・波」。

兵《へい》を観《み》る

北庭《ほくてい》壮士《そうし》を送《おく》る、貔虎《ひこ》数《かず》尤《もっと》も多《おお》し
精鋭《せいえい》旧《もと》より敵《てき》無《な》し、辺隅《へんぐう》今《いま》若何《いかん》
妖氛《ようふん》白馬《はくば》を擁《よう》し、元帥《げんすい》琱戈《ちょうか》を待《ま》つ
守《まも》る莫《な》かれ鄴《ぎょう》 城《じょう》の下《もと》、鯨《くじら》を斬《き》れ遼海《りょうかい》の波《なみ》

【題意】　乾元元年（七五八）冬、洛陽で北庭（→語釈）の李嗣業《りしぎょう》の兵を見ての作。この年の九月、朔方節度使の郭子儀《かくしぎ》、淮西《わいせい》節度使の魯炅《ろけい》、北庭節度使の李嗣業等の七節度使に命が下り、歩騎二十万を率いて安慶緒《あんけいしょ》を討った。李光弼《りこうひつ》・王思礼もこれを助勢して九節度と号した。十一月に鄴城を取り囲んだが、翌年正月に李嗣業が陣中に没した（『資治通鑑』巻二二〇）。詳注三‐五〇七、鈴木注一‐六二二。

【現代語訳】　北庭から勇敢な若者が送り込まれた。この軍には豹や虎のように勇猛な兵士の数が最も多い。その精鋭はもとより無敵なので、辺境の地は今どうなるのだろう。恐ろしい事変の起こる気配が安慶緒らを包み、郭子儀は朝廷が総大将の戈《ほこ》を下されるのを待ち望んでおられる。鄴城の城下に留まるばかりではいけない。遼海の鯨というべき安慶緒を是非とも討ち取ってほしい。

■語釈

○北庭　軍政区域である節度の一。役所が北庭（新疆ウイグル自治区）に在った。李嗣業の管轄地。○貔虎　豹に似た猛獣と虎。勇猛な兵士の喩え。『後漢書』巻一下「光武帝紀」の賛に「尋《じん》・邑《ゆう》の百万《ひやくまん》、貔虎群《ひこぐん》を為《な》す」とあり、その李賢注に「書《しょ》に曰《いわ》く、虎《とら》の如《ごと》く貔《ひ》の如《ごと》しと。甚《はなは》だ猛勇《もうゆう》なるを言《い》うなり」。○邊隅　辺境の一角。鄴城のこと。鈴木注は別解で、范陽のあたり（安禄山挙兵の地）とする。○妖氛　悪いことが起こりそうな気配。○擁　すっぽりと包み込む。○白馬　南朝・梁の滅亡をもたらした侯景の乱を安史の乱に比した。侯景は青袍（上着）を着、白馬に乗っていた（『南史』巻八〇「侯景伝」）。○元帥　総大将。九節度の兵に統制がなく、郭子儀が元帥となることが嘱望されていた。○琱戈　彫刻で装飾されたほこ。○斬鯨　凶暴な鯨のような悪人安慶緒を斬る。『春秋左氏伝』宣公十二年に「其《そ》の鯨鯢《げいげい》を取《と》りて之《こ》れを封《ふう》ず」とあり杜預《どよ》注に「鯨鯢《げいげい》は大魚《たいぎょ》の名《な》、以《もっ》て不義《ふぎ》の人《ひと》に喩《たと》う」。○遼海　遼東の南は渤海に臨んでいる。

［谷口］

〇三四八

憶弟二首

喪亂聞吾弟　饑寒傍濟州
人稀書不到　兵在見何由
憶昨狂催走　無時病去憂
即今千種恨　惟共水東流

弟《おとうと》を憶《おも》う二首《にしゅ》

喪乱《そうらん》に聞《き》く吾《わ》が弟《おとうと》、饑寒《きかん》済州《せいしゅう》に傍《そ》うと
人稀《ひとまれ》にして書到《しょいた》らず、兵在《へいあ》り見《み》ること何《なに》にか由《よ》らん
憶《おも》う昨狂走《さくきょうそう》を催《うな》がし、時《とき》として病《やまい》にも憂《うれ》いを去《さ》ること無《な》し
即今千種《そっこんせんしゅ》の恨《うら》み、惟《た》だ水《みず》と共《とも》に東流《とうりゅう》す

＊五言律詩。韻字は下平一一尤「州・由・憂・流」。

【題意】 乾元二年（七五九）春、弟を思っての作。原注に「時《とき》に帰《かえ》りて河南《かなん》の陸渾荘《りくこんそう》に在《あ》り」。詳注に拠れば、陸渾荘は河南省洛陽市の南の陸渾（嵩県《すうけん》付近）にあった杜甫の荘園。ただし陳貽焮《ちんいきん》『杜甫評伝』上巻（北京大学出版社）では、洛陽東の偃師《えんし》（河東省偃師市）にあった杜甫一族の荘園とし、これが今の通説である。この詩の弟は杜甫の四人の弟のうち〇一四九、〇一五〇などに出てくる済州平陰（山東省）にいた穎《えい》であろう。詳注二－五〇八、鈴木注一－六三三。

【現代語訳】 戦乱の中、吾が弟が飢えと寒さで済州に身を寄せていると聞いた。ここ陸渾荘では人々の姿はまれで、弟からの手紙は届かない。戦争が続いている、どうしたら弟に会うことができるだろう。振り返れば昨年戦乱の中狂ったように走り回り、病の身でも一時も弟を案ずる気持ちが心から去ることはなかった。今こみ上げるさまざまな悲しみは、ただ水とともにお前のいる東に流れて尽きることがない。

■語釈

○喪亂　人命が失われ、世の中が乱れること。○傍　身を寄せる。○濟州　山東省済南市。○東流　杜甫は陸渾荘におり、弟は東方、黄河の下流域に位置する済州にいるため、悲しみが東へ向かう黄河の水とともに流れることをいう。

［谷口］

其二　〇三四九

且喜河南定　不問鄴城圍
百戰今誰在　三年望汝歸
故園花自發　春日鳥還飛
斷絶人煙久　東西消息稀

＊五言律詩。韻字は上平五微「圍・歸・飛・稀」。

其《そ》の二《に》

且《しばら》くは喜《よろこ》ぶ河南《かなん》の定《さだ》まるを、問《と》わず鄴《ぎょう》城《じょう》の囲《かこ》み
百戦《ひゃくせん》今《いま》誰《たれ》か在《あ》る、三年《さんねん》汝《なんじ》が帰《かえ》るを望《のぞ》む
故《こ》園《えん》花《はな》自《おのずか》ら発《ひら》く、春日《しゅんじつ》鳥《とり》還《ま》た飛《と》ぶ
断絶《だんぜつ》人煙《じんえん》久《ひさ》し、東西《とうざい》消息《しょうそく》稀《まれ》なり

【現代語訳】ひとまず嬉しいのは河南がようやく安定したこと。鄴城で賊軍を囲んでいることはまあいうまい。さまざまな戦《いくさ》が起こり今無事でいる人はまれだ。それでも三年間、お前が帰ってくるのを待ち続けている。春が来て故郷の庭に花はおのずと咲き、鳥もまた昔どおり飛んでいる。しかし、人家の炊事の煙は絶えて久しく上がらず、東からも西からも便りはめったに届かない。

■語釈
〇河南定　洛陽が賊軍から奪回されたことをいう。〇鄴城圍　九節度が鄴城で安慶緒を包囲していること。〇三四七参照。〇三年　至徳二載（七五七）から乾元二年（七五九）春までの三年間をいう。〇故園花自發　洛陽のふるさとの庭では人の思いをよそに花が咲いているだろう。詳注は、杜甫は本来無情のものである景に対して情をいうとき、好んで「自」を用いるという宋・葛立方『韻語陽秋』巻一の指摘を引用する。〇東西　東は済州、西は洛陽。〇消息　たより。双声語「ショウソク」。

〇三五〇　得舎弟消息　［谷口］

亂後誰歸得　他鄉勝故鄉
直爲心厄苦　久念與存亡
汝書猶在壁　汝妾已辭房
舊犬知愁恨　垂頭傍我牀

舎弟《しやてい》の消息《しょうそく》を得《え》たり

乱後《らんご》誰《たれ》か帰《かえ》り得《え》ん、他郷《たきょう》は故郷《こきょう》に勝《まさ》れり
直《た》だ心《こころ》の厄苦《やくく》を為《な》す、久《ひさ》しく念《おも》う与《とも》に存亡《そんぼう》せんことを
汝《なんじ》が書《しょ》猶《な》お壁《かべ》に在《あ》り、汝《なんじ》が妾《しょう》已《すで》に房《ぼう》を辞《じ》す
旧犬《きゅうけん》愁恨《しゅうこん》を知《し》り、頭《こうべ》を垂《た》れて我《わ》が牀《しょう》に傍《そ》う

＊五言律詩。韻字は下平七陽「鄉・亡・房・牀」。

【題意】　制作時、制作地は前詩と同じ。舎弟は、人に対して自分の弟をいう。詳注二-五一〇、鈴木注一-六二四。

【現代語訳】　戦乱の後、誰が故郷に帰れるだろう、よその土地でも戦禍に遭った故郷よりはましというものか。ただただ心を苦しませている。ずっとお前と生死をともにしたいと思ってきたのに。お前の手紙は壁にそのまま残っていて、お前の侍女はすでに里帰りした、と。昔から飼っていた犬は私の愁いと悲しみを察したのか、うなだれて私の寝台に寄り添っている。

■語釈

○他郷　よその土地。楽府古辞「飲馬長城窟行《いんばちょうじょうくつこう》」に「他郷《たきょう》各ゝ《おのおの》県《けん》を異《こと》にす」。○直　ただ。ひたすら。○厄苦　くるしむ。『吉川注』岩波版第六冊に「もと仏語か」として、『弘明集《ぐみょうしゅう》』弁惑論に「厄苦の生を度す」とあるのを引く。○「汝書」二句　詳注は「書」を手紙（書置き）、「妾已辞房」を手紙の内容と見る。これに対して鈴木注、『吉川注』岩波版第六冊は「書」を弟の読みのこした書籍と解している。○妾　めかけあるいは侍女。○舊犬　昔から飼っている犬。西晋・陸機の故事。陸機は黄耳《こうじ》という優れた犬を飼っていた。陸機が洛陽にいて、長く家族と音信がなかった時に、犬に「お前は手紙を持って行って返事をもらってくることができるか」と笑いながら尋ねると、犬は家を訪ねて消息を得て洛陽に帰ってきた（『晋書』巻五四「陸機伝」）。犬が飼い主の思いを理解することをいう。○愁恨　愁え悲しむ。○垂頭　頭を垂れる。○牀　寝台。

［谷口］

〇三五一

不歸

河間尚戰伐　汝骨在空城
從弟人皆有　終身恨不平
數金憐俊邁　總角愛聰明
面上三年土　春風草又生

帰《かえ》らず

河間《かかん》尚《な》お戦伐《せんばつ》す、汝《なんじ》が骨《ほね》空城《くうじょう》に在《あ》り
従弟《じゅうてい》人《ひと》皆《み》な有《あ》り、終身《しゅうしん》恨《うら》み平《たい》らかならず
数金《すうきん》俊邁《しゅんまい》を憐《あわれ》み、総角《そうかく》聡明《そうめい》を愛《あい》す
面上《めんじょう》三年《さんねん》の土《つち》、春風《しゅんぷう》草《くさ》又《ま》た生《しょう》ず

＊五言律詩。韻字は下平八庚「城・平・明・生」。

【題意】　死んだ従弟を悼む。天宝十四載（七五五）冬、安禄山（→「人物説明」）が河北諸郡を陥落させた。杜甫の従弟はその翌年に死んだと推測される。それから乾元二年（七五九）までで満三年となる。詳注二-五二一、鈴木注一-六三六。

【現代語訳】　河間郡では今なお戦乱が続いている、お前の骨は、ひと気のない城塞に横たわっているであろう。誰にも従弟はあるのに、一生涯お前を失った悲しみに心おだやかでいられない。幼いお前がお金を数えられるほど才知に優れているのが愛おしく、元服前から聡明なのをうれしく思っていた。三年の年月を経たお前の墓上の土には、春風が吹くと草がまた生えてくることだろう。

■語釈

○河間　郡の名（河北省河間市）。○空城　ひと気のない城塞。○人皆　人は誰しも。『論語』顔淵に「人皆《ひとみな》兄弟《けいてい》有《あ》り」。○不平　心が穏やかでない。○數金　金《かね》を数える。幼いのに金銭の勘定ができた賢さをいう。○俊邁　才知が優れている。『世説新語』任誕に「袁耽《えんたん》俊邁《しゅんまい》にして多能《たのう》なり」。○總角　あげまき。髪を頭の両側に集め、つのの形に結んだ髪型。元服前の少年。『晋書』巻七九「謝安伝」に「総《そう》角《かく》に及《およ》んで、神識沈敏《しんしきちんびん》なり」。○面上　墳墓の上。鈴木注では、作者の顔面の上とする。

［谷口］

〇三五三

贈衛八處士

衛八処士《えいはちしょし》に贈《おく》る

人生不相見　動如參與商

人生《じんせい》相《あ》い見《み》ざること、動《やや》もすれば参《しん》と商《しょう》との如《ごと》し

今夕復何夕　共此燈燭光』
少壯能幾時　鬢髮各已蒼
訪舊半爲鬼　驚呼熱中腸
焉知二十載　重上君子堂
昔別君未婚　男女忽成行
怡然敬父執　問我來何方』
問答未及已　驅兒羅酒漿
夜雨剪春韭　新炊間黄粱
主稱會面難　一擧累十觴
十觴亦不醉　感子故意長
明日隔山嶽　世事兩茫茫』

今夕《こんせき》は復《ま》た何《なん》の夕《ゆう》べぞ、此《こ》の灯燭《とうしょく》の光《ひかり》を共《とも》にするとは
少壮《しょうそう》 能《よ》く幾時《いくとき》ぞ、鬢髪《びんぱつ》各《おのおの》ゝ已《すで》に蒼《そう》たり
旧《きゅう》を訪《と》えば半《なか》ばは鬼《き》と為《な》る、驚呼《きょうこ》して中腸《ちゅうちょう》熱《ねっ》す
焉《いずくん》ぞ知《し》らん二十載《にじっさい》、重《かさ》ねて君子《くんし》の堂《どう》に上《のぼ》らんとは
昔《むかし》別《わか》れしとき君《きみ》未《いま》だ婚《こん》せざるに、男女《だんじょ》忽《たちま》ち行《こう》を成《な》す
怡然《いぜん》父執《ふしつ》を敬《うやま》い、我《われ》に問《と》う何《いず》れの方《かた》より来《き》たるやと
問答《もんどう》未《いま》だ已《や》むに及《およ》ばざるに、児《じ》を駆《か》りて酒漿《しゅしょう》を羅《つら》ねしむ
夜雨《やう》春韭《しゅんきゅう》を剪《き》り、新炊《しんすい》黄粱《こうりょう》を間《まじ》う
主《しゅ》は称《しょう》す会面《かいめん》難《かた》しと、一挙《いっきょ》十觴《じっしょう》を累《かさ》ぬ
十觴《じっしょう》も亦《ま》た酔《よ》わず、子《し》が故意《こい》の長《なが》きに感《かん》ず
明日《みょうにち》山岳《さんがく》を隔《へだ》つれば、世事《せじ》両《ふたつなが》ら茫茫《ぼうぼう》

＊五言古詩。韻字は下平七陽「商・光・蒼・腸・堂・行・方・漿・粱・觴・長・茫」。

【題意】「衛八処士」の衛は姓、八は排行（↓「用語説明」）。詳注は、蒲州に居た隠者衛大経の一族か、蒲州から華州へは一四〇里（七十数キロメートル）で遠くはないという。処士は、仕官せず民間にある人物。乾元二年（七五九）春、華州にいた時、衛の家を訪ねての作で

あろう。詳注二―五三、鈴木注一―六三七。

【現代語訳】　人生においてなかなか親しい友に会えないことは、必ず決まって、天の一方に離れている参星と商星のようだ。それなのに、今夜はまたなんとすばらしい夕べだろうか。この灯火《ともしび》の光に二人でともに照らされるとは。』

若く元気な時はいったいどれくらいあるだろう。鬢の毛もお互いもう白髪交じりになっている。昔の友の名を尋ねると半分は鬼籍に入っている。驚きの声をあげるたび、悲しみで腹の中が熱くなる。どうして予想できたろう、二〇年の年を経て再びあなたの家の座敷に上がろうなどとは。昔別れた時まだあなたは結婚していなかったのに、今ではなんと男の子と女の子が列をなしている。喜ばしげに父の友を敬い、私にどちらからいらしたのですかと尋ねる。』

受け答えがまだ終わらないうちに、あなたは子供たちを駆り立てて酒や飲み物をならべさせる。夜の雨の中、春のニラを切り取り、炊き立ての御飯には黄色いオオアワが混ぜられている。あなたはこうして出会うのはむずかしいといって、杯を挙げるや十杯も立て続けに飲み交わす。だが私は十杯飲んでも酔わない。あなたの昔からの友情の深さに胸を打たれるからだ。明日、別れて、山河で隔てられてしまえば、互いの状況はぼんやりとして分からなくなってしまう。』

■語釈

○動　必ず決まって。○參與商　参星と商星。オリオン座とサソリ座。参は西方の星、商は東方の星で、遠く離れ同時には空に現れない。遠く離れて会えない喩え。〇**今夕復何夕**　この夕べは何という夕べだろう。『詩経』唐風「綢繆《ちゆうびゆう》」に「今夕《こんせき》は何《なん》の夕《ゆう》べぞ、この良《よ》き人《ひと》を見《み》る」。〇**少壮**　若くさかんな時。双声語「ショウソウ」。〇**鬢髪**　頭の左右両側の髪の毛。双声語「ビンパツ」。〇**蒼**　髪に白髪が交じる。〇**鬼**　死者のたましい。『礼記』祭法に「人死《ひとし》すれば鬼《き》と曰《い》う」。〇**中腸**　腹の中。腸中。〇**怡然**　喜び楽しむさま。東晋・陶淵明「桃花《とうか》源詩《げんし》并《ならび》に記《き》」に「黄髪垂髫《こうはつすいちよう》、並《なら》びに怡然《いぜん》として自《みずか》ら楽《たの》しむ」。〇**父執**　父の友。〇**酒漿**　酒と飲み物。〇**春韭**　春の柔らかいニラ。『南史』巻三四「周顒《しゆうぎよう》伝」に、南朝・斉の文恵太子《ぶんけいたいし》が（周）顒《ぎよう》に野菜は何が最も美味しいだろうかと尋ねると、顒は春の初めなら出始めのニラ、秋の末はトウナですと答えた、とある。〇**黄粱**　粟の一種。黄色いオオアワ。〇**會面難**　会うことは難しい。「古《こ》詩《し》十九首《じゆうきゆうしゆ》」其の一に「道路《どうろ》阻《けわ》しくして且《か》つ長《なが》し、会面安《かいめんいずくん》ぞ知《し》る可《べ》けん」。〇**十觴**　同じ語「十觴」を重ねるのは、蟬聯体（尻取り式反復）という技法。大量に飲むことを強調する。杜甫が飲むとする説（鈴木注）と、二人で飲むとする説（『全訳』三三頁）がある。後者が自然。〇**故意**　昔からの友を思う心。〇**兩**　二つの解釈がある。一つは、杜甫と衛八の二人。お互い（鈴木注、『全訳』二三頁、『李寿松注』三五四頁等）。一つは、「世事」を社会の動きと個人の生活の両方を含むから「両」というとする（『校注』一三七頁）。〇**茫茫**　ぼんやりとしてあきらかでないさま。西晋・陸機「歎逝《たんせい》の賦《ふ》」（『文選』巻一六）に「咨余《ああよ》の命《いのち》の方《まさ》に殆《あやう》き、何《なん》ぞ天《てん》の茫茫《ぼうぼう》たるを視《み》る」とあり、呂向《りよきよう》注に「茫茫《ぼうぼう》は、明《あき》らかならざるなり」。

［谷口］

洗兵行

洗兵行《せんぺいこう》

〇三五三

中興諸將收山東
捷書夜報清晝同
河廣傳聞一葦過
胡危命在破竹中
祇殘鄴城不日得
獨任朔方無限功
京師皆騎汗血馬
回紇餧肉蒲萄宮
已喜皇威清海岱
常思仙仗過崆峒
三年笛裏關山月
萬國兵前草木風』
成王功大心轉小
郭相謀深古來少
司徒清鑑懸明鏡
尚書氣與秋天杳

中興《ちゅうこう》の諸将《しょしょう》　山東《さんとう》を収《おさ》む
捷書《しょうしょ》　夜報《よるほう》じて清昼《せいちゅう》も同《おな》じ
河《か》広《ひろ》きも伝聞《でんぶん》す一葦《いちい》過《す》ぐと
胡《こ》危《あやう》くして命《めい》は在《あ》り破竹《はちく》の中《うち》
祇《た》だ鄴城《ぎょうじょう》　城を残《のこ》すも日《ひ》ならずして得《え》ん
独《ひと》り任《にん》ず朔方《さくほう》無限《むげん》の功《こう》
京師《けいし》皆《み》な騎《の》る汗血馬《かんけつば》
回紇《かいこつ》肉《にく》を餧《くわ》す蒲萄宮《ぶどうきゅう》に
已《すで》に喜《よろこ》ぶ皇威《こうい》の海岱《かいたい》を清《きよ》くするを
常《つね》に思《おも》う仙仗《せんじょう》の崆峒《こうどう》に過《よぎ》りしを
三年《さんねん》笛《ふえ》の裏《うち》関山《かんざん》の月《つき》
万国《ばんこく》兵《へい》の前《まえ》草木《そうもく》の風《かぜ》
成王《せいおう》功《こう》大《だい》にして心《こころ》　転《うた》た小《しょう》なり
郭相《かくしょう》　謀《ぼう》深《ふか》くして古来《こらい》少《まれ》なり
司徒《しと》の清鑑《せいかん》明鏡《めいきょう》を懸《か》く
尚書《しょうしょ》の気《き》は秋天《しゅうてん》と杳《はるか》なり

二三豪俊爲時出
整頓乾坤濟時了
東走無復憶鱸魚
南飛覺有安巣鳥
青春復隨冠冕入
紫禁正耐煙花繞
鶴駕通宵鳳輦備
鷄鳴問寝龍樓曉』

二三《にさん》の豪俊《ごうしゅん》　時《とき》の為《た》めに出《い》で
乾坤《けんこん》を整頓《せいとん》して時《とき》を済《すく》い了《おわ》る
東走《とうそう》復《ま》た鱸魚《ろぎょ》を憶《おも》う無《な》く
南飛《なんぴ》巣《す》に安《やす》んずるの鳥《とり》有《あ》るを覚《おぼ》ゆ
青春《せいしゅん》　復《ま》た冠冕《かんべん》に随《したが》いて入《い》る
紫禁《しきん》正《まさ》に煙花《えんか》の繞《めぐ》るに耐《た》えたり
鶴駕《かくが》通宵《つうしょう》　鳳輦《ほうれん》備《そな》わり
鶏鳴《けいめい》寝《しん》を問《と》う龍楼《りょうろう》の　暁《あかつき》

＊七言古詩。韻字は上平一東「東・同・中・功・宮・峒・風」、上声一七篠「小・少・杳・了・鳥・繞・曉」。

【題意】「洗兵行」の「洗兵」は、武器を洗って戦争を収束する。「行」は『宋本杜工部集』巻三等に「馬」に作る。「京《けい》を収《おさ》めし後《のち》の作《さく》なり」の原注がある。「京を収む」は、都を賊軍から取り戻す。乾元二年（七五九）二月の作。鄴城では当時官軍側の郭子儀《かくしぎ》ら九節度が安慶緒を包囲していた。官軍の九節度が相州（鄴城）で敗れたのは、乾元二年三月初旬であり、その前の作であろう。「華州試進士策問五首《かしゅうししんしさくもんごしゅ》」其の五に「山東《さんとう》の諸将雲《しょしょうくも》のごとく合《がっ》し、淇上《きじょう》の捷書《しょうしょ》日《ひび》ゝ至《いた》る」（詳注巻二五）とあるのは前年の作。山東での官軍の勝利、鄴城での優勢の状況を踏まえ、唐中興への期待を述べ、戦後を見据えて平和への思いを詠じた作。詳注二－五二四、鈴木注一－六三〇。

【現代語訳】　唐王朝中興の諸将軍が賊軍より河北の地を奪回し、勝利の知らせが夜も昼も報じられている。黄河は広いが、葦のような小船一つでたやすく渡れると聞いている。官軍が破竹の勢いで進むなか、賊軍の運命は危機に陥っている。鄴城の敵のみは潰滅せずに残っているが、日を置かずに官軍が奪い取るだろう。これはひとり朔方節度使郭子儀の計り知れない功績に依っている。長安では、みな西方からもたらされた汗血馬に騎乗し、漢の蒲萄宮に比すべき宮殿でウイグルの兵を養っている。すでに唐王朝がその威光によって安禄山の乱勃発の地、河北から山東一帯の地の戦塵を一掃するに至ったことを喜び、お上《かみ》の儀仗が崆峒《こうどう》を往来されたことにいつも思いを致している。出征兵士は三年にわたって笛の曲「関山月」に別離の悲しみを託してきた、天下各地の戦場では人々が草木の姿や風の声にも敵の来襲かとおびえている。』

　成王は大功を立てるに従って、益々細心に努められ、郭子儀の策謀が深遠なことは、古来稀である。司徒李光弼《りこうひつ》の優れた見識は明るい鏡を掛けたかのようであり、尚書の王思礼の気性は秋の空のように清らかで奥深い。これら幾人かの才知に優れた人物は今の世のために現れ、天地を整え時世を救ったのだ。官吏は晋の張翰《ちょうかん》のように鱸魚を恋しがって故郷に帰ることもなく、民衆は越の鳥が南の枝に巣くうように、安堵している。高官たちが再び長安宮中に参朝するに随《したが》って、以前と変わらず春が訪れ、天子の宮廷は今やまさに美しい春景色に取り巻かれている。皇太子と粛宗の車が夜通し準備をして、夜明けにそろって龍楼を出て上皇玄宗に御機嫌うかがいにゆかれる。』

■語釈

○中興諸将　安禄山の乱で存亡の危機に瀕した際、唐王朝の中興を期していた粛宗の指揮下にあった郭子儀ら九節度使。○山東　賊軍に奪われていた河北諸郡の地。○捷書　戦勝を告げる報告書。○河廣傳聞一葦過　黄河は広いが葦の葉のような船で容易に渡れる。『詩経』衛風「河広《かこう》」に「誰《たれ》か河《か》を広《ひろ》しと謂《い》うや、一葦《いちい》之《こ》れを杭《わた》る」。「一葦」は、葦の葉のように小さい船。○破竹　竹が割れる時のような激しい勢い。『晋書《しんじょ》』巻三四「杜預《どよ》伝」に「今兵威《いまへいい》已《すで》に振《ふ》るう。譬《たと》えば竹《たけ》を破《やぶ》るが如《ごと》し」。○祇殘鄴城　『資治通鑑』巻二二〇の乾元元年十月の条に、郭子儀は兵を率いて杏園から黄河を渡り、東に安太清を破った。太清は逃げて衛州を保とうとしたが子儀がこれを包囲して勝ちを告げた。魯炅《ろけい》、季広琛《きこうちん》、崔光遠、李嗣業らの兵が子儀のいる衛州に集結。安慶緒は鄴中の兵七万を挙げてこれを救おうとしたが、子儀が復た兵を率いて慶緒を攻撃したため慶緒は大敗した、とある。○不日　多くの日数を要さない。○朔方無限功　朔方節度使に当てられた郭子儀の大きな功績。○京師　天子のいる都長安。○汗血馬　血の汗を流し、一日に千里を馳せるという名馬。○回紇　ウイグル。唐の北西方の異民族。乾元元年八月にウイグルはその臣の骨啜特勒《こっせつとくろく》及び帝徳を遣わし、優れた騎馬三〇〇〇を率いて、安慶緒討伐の救援に来た。粛宗は朔方左武鋒使の僕固懐恩《ぼくこかいおん》に命じてこれを統率させた（『資治通鑑』巻二二〇）。双声語「カイコツ」。○餧肉　ウイグルの兵隊を養う。「餧」は、食わせる。『漢書』巻三二「張耳伝」に「今倶《いまとも》に死《し》せば、肉《にく》を以《もつ》て虎《とら》に餧《くわ》すが如《ごと》し、何《なん》の益《えき》かあらん」。○蒲萄宮　漢の上林苑にあった蒲陶宮を来朝した単于《ぜんう》の宿舎とした（『漢書』巻九四下「匈奴伝」）ことから、唐の宮殿をなぞらえる。「蒲陶宮」は「蒲蔔宮」に同じ。○**皇威**　天子の威光。○**清**　戦《いくさ》の塵をきよめ、乱をおさめる。○**海岱**　太古の舜の時代の一二州の一つで、渤海から泰山（岱山）までの地、青州。河北省から山東省一帯。○**仙仗**　天子の儀仗、または護衛兵。○**過崆峒**　崆峒《こうどう》を経由する。「崆峒」は、山の名。甘粛省平涼市の西にある。詳注は粛宗が霊武に赴く際、および鳳翔に移る際に通過したと推測。ただし、崆峒を伝説上の山とし、玄宗が蜀に蒙塵したことをいうとする説もある（『吉川注』岩波版第六冊）。畳韻語「コウドウ」。○**關山月**　楽府題に「関山月」（『楽府詩集』巻二三「横吹曲辞」）があり、離別の悲しみを歌う。○**草木風**　草木の風にそよぐ姿さえ、敵兵かとおびえる。『晋書』巻一一四「苻堅下」に、苻堅が八公山を望んだ時、草木がみな人の姿に見え、風の声は悲しげで、敵兵かと疑ったとある。一説に草木が風になびくように敵軍がなびくこと（鈴木注）。○**成王**　粛宗の子広平郡王であった李俶。至徳二載十二月に楚王に封ぜられ、乾元元年三月、成王に封ぜられた（『旧唐書』巻一〇「粛宗本紀」、『新唐書』巻六）。○**心轉小**　いよいよ注意深くする。○**郭相**　中書令の郭子儀。○**司徒**　検校司徒の李光弼。鄴城包囲の際には、すでに官は侍中に移っていたが、ここでは旧称を用いている。○**清鑑**　優れた見識。○**明鏡**　明らかな鏡のように曇りのないさま。○**尚書**　戸部尚書の王思礼。「八哀詩《はちあいし》」の「贈司空王公思礼《ぞうしくうおうこうしれい》」〇九四〇に「暴《ぼう》を禁《きん》じて靖《やすん》ずること無双《むそう》、爽気《そうき》春淅瀝《はるせきれき》たり」。○**秋天**　秋の空のように清らかでさわやかな気性。○**杳**　深く遥かなこと。○**豪俊**　徳行・才知が人並みはずれて優れている人。ここでは、成王・郭子儀・李光弼・王思礼などの人々をさす。『史記』巻九七「酈食其《れきいき》伝」に「沛公時時邑中《はいこうじじゆうちゆう》の豪俊《ごうしゅん》を問《と》う」。○**整頓**　整えること。ここでは、天下国家を救う意。○**濟時**　時世を救う。○**憶鱸魚**　故郷を恋しく思って帰郷する。西晋の張翰の故事を踏まえる。張翰は、斉王冏《けい》に召されて東曹掾として洛陽に出仕していたが、秋風の起こるのを見て、呉のマコモのスープや鱸魚を思い出し、遂に駕《が》を命じて故郷に帰った（『世説新語』識鑑）。○**南飛**　魏・曹操「短歌行《たんかこう》」に「月明《つきあき》らかに星稀《ほしまれ》に、烏鵲南《うじやくみなみ》に飛《と》ぶ」。「古詩十九首」其の一に「胡馬《こば》は北風《ほくふう》に依《よ》り、越鳥《えつちょう》は南枝《なんし》に巣《す》くう」。ここでは、自分の落ち着くべきところにいること。○**青春**　春。○**冠冕**　冠をつける高位高官。冕は、天子から大夫までが用いる儀礼用のかんむり。○**紫禁**　紫微星は天帝の居所とされることから、宮中をいう。○**煙花繞**　美しい春景色。○**鶴駕**　皇太子、すなわち玄宗の孫、成王俶の乗り物。周の霊王の太子晋（王子喬）が仙人になり白鶴に乗って去った故事（『列仙伝』）による。○**通宵**　夜通し。○**鳳輦備**　鳳輦を準備する。鳳輦は天子、すなわち粛宗の乗り物。○**鶏鳴問寝**　一番鶏の鳴く時刻に、夜通し待機していた粛宗皇帝と孫の成王俶が上皇（玄宗）の御機嫌をうかがいにゆく。『礼記』文王世子《ぶんおうせいし》に周の文王《ぶんおう》が後継ぎとなると、父王季《おうき》に日に三度参朝した。早朝鶏の初めて鳴くや、衣服を整え寝殿の門まで出かけ、宮廷にお仕えしている召使に「今日の御機嫌は如何」と尋ねたとある。○**龍楼**　皇太子の宮門。

攀龍附鳳勢莫當
天下盡化爲侯王
汝等豈知蒙帝力
時來不得誇身強
關中既留蕭丞相
幕下復用張子房
張公一生江海客
身長九尺鬚眉蒼

攀龍《はんりょう》 附《ふ》鳳《ほう》 勢《いきお》い当《あた》る莫《な》し
天下《てんか》 尽《ことごと》く化《か》して侯王《こうおう》と為《な》る
汝等《なんじら》豈《あ》に知《し》らんや帝力《ていりょく》を蒙《こうむ》るを
時来《ときき》たるも身《み》の強《つよ》きに誇《ほこ》ることを得《え》ず
関中《かんちゅう》 既《すで》に留《とど》む蕭《しょう》 丞相《じょうしょう》
幕下《ばくか》 復《ま》た用《もち》う張子房《ちょうしぼう》
張公《ちょうこう》 一生《いっしょう》 江海《こうかい》の客《かく》
身《み》の長《たけ》九尺《きゅうせき》 鬚眉《しゅび》蒼《そう》たり

徵起適遇風雲會
扶顚始知籌策良
青袍白馬更何有
後漢今周喜再昌』
寸地尺天皆入貢
奇祥異瑞爭來送
不知何國致白環
復道諸山得銀甕
隱士休歌紫芝曲
詞人解撰清河頌
田家望望惜雨乾
布穀處處催春種
淇上健兒歸莫懶
城南思婦愁多夢
安得壯士挽天河
淨洗甲兵長不用』

徴《め》され起《た》ちて適〻《たまたま》遇《あ》う風雲《ふううん》の会《かい》
顚《てん》を扶《たす》けて始《はじ》めて知《し》る籌策《ちゆうさく》の良《よ》きを
青袍白馬《せいほうはくば》更《さら》に何《なに》か有《あ》らん
後漢今周《ごかんこんしゆう》 再《ふたた》び昌《さか》んなるを喜《よろこ》ぶ
寸地《すんち》尺天《せきてん》皆《み》な入貢《にゆうこう》し
奇祥《きしよう》異瑞《いずい》争《あらそ》いて来《き》たり送《おく》る
知《し》らず何《いず》れの国《くに》か白環《はくかん》を致《いた》す
復《ま》た道《い》う諸山《しよざん》銀甕《ぎんおう》を得《え》たりと
隠士《いんし》歌《うた》うを休《や》めよ紫芝《しし》の曲《きよく》
詞人《しじん》解《よ》く撰《せん》せん清河《せいか》の頌《しよう》
田家《でんか》望望《ぼうぼう》雨《あめ》の乾《かわ》くを惜《お》しみ
布穀《ふこく》処処《しよしよ》春種《しゆんしゆ》を催《うなが》す
淇上《きじよう》の健児《けんじ》は帰《かえ》るに懶《ものう》きこと莫《な》かれ
城南《じようなん》の思婦《しふ》は愁《うれ》えて夢多《ゆめおお》し
安《いずくん》ぞ壮士《そうし》天河《てんが》を挽《ひ》きて
浄《きよ》く甲兵《こうへい》を洗《あら》いて長《なが》く用《もち》いざるを得《え》ん

＊韻字は下平七陽「當・王・強・房・蒼・良・昌」、去声一送「貢・送・甕」、去声二宋「頌・種・夢・用」。

【現代語訳】　天子の御威光にすがって出世した軍人たちの威勢は抑える者もなく、このごろ天下では猫も杓子も侯や王の位に早変わりする有り様である。お前たちは皇帝の御恩徳を蒙っているなどこれっぽちも自覚していないに違いない。時世に乗って官位を得はしても、自身の能力が優れているなどと誇ることはできない。宮中では蕭何《しょうか》にも比すべきお方が丞相として後方を守っておられ、粛宗の行在所《あんざいしょ》で張良にも比すべき張鎬《ちょうこう》殿が宰相として用いられたからこそ今の中興があるのだ。張鎬殿は一生自由に暮らそうとなさっていた人物であり、身の丈《たけ》は高く真っ黒な美しい鬢と眉を蓄えた威厳ある風貌のお方である。粛宗に召されて出仕し、たまたま英雄が風や雲のように集まる機運に出合った。国家存亡の秋《とき》に粛宗を補佐して、初めてそのはかりごとの正しさが知られることとなった。叛将侯景のような安慶緒や史思明の輩《やから》はもう命脈が尽きるだろう。漢を中興した光武帝や周を再興した宣王のような粛宗皇帝によって再び唐王朝が隆盛となることは喜ばしい。』

どんな小国もみなこぞって貢物を献上し、珍しい瑞祥を示す品を送ってくる。どこの国か知らないが西王母の白玉製の環を献上したそうだし、また、太平の世に現れる銀の甕《かめ》があちこちの山で得られたという。時世に合わず隠れ住んでいる隠士たちよ、紫芝《しし》の曲など歌うのをやめてこの世の中に出てきてほしい。詩人は鮑照《ほうしょう》のように、清らかな河をことほぐ詩文を作ることができよう。農家は日照りが続いて雨がほしいと空を見上げているが、カッコウはあちらこちらで春の種まきを促すように鳴いている。淇水《きすい》のほとりの兵士たちよ、戦《いくさ》が終わった暁にはぐずぐずせずまっすぐに帰ってこい。長安城の南の留守宅では、夫の身の上を案ずる妻が心配のあまり夫の夢ばかり見ているのだから。どうにかして勇士に天の川《あまがわ》を引いてこさせ、よろいや武器をきれいさっぱり洗い流して、永遠に用いることがないようにしたいものだ。』

■語釈

○攀龍附鳳　龍や鳳凰に象徴される天子の威光にすがって出世する者。『漢書』巻一〇〇下「叙伝下」に「龍《りよう》に攀《よ》じ鳳《ほう》に附《ふ》して、並《なら》びに天衢《てんく》に乗《じよう》ず」。**○勢莫當**　威勢をさえぎるものがない。**○爲侯王**　論功行賞が適切に行われず、官位が濫発されてみなが侯や王になった。**○帝力**　帝王の恩徳。**○誇身强**　自身の能力が勝っていると誇る。**○關中既留蕭丞相**　関中には前漢の蕭何《しようか》に比すべき杜《と》鴻漸《こうぜん》が後方を守っている。ほかに蕭何を蕭華とする説（『草堂詩箋』巻一二）、房琯《ぼうかん》（→「人物説明」）とする説（『銭注』巻二）もある。『史記』巻五三「蕭相国世家」に「上《しよう》（漢の高祖）此《こ》こを以《もつ》て専《もつぱ》ら属《しよく》して（蕭《しよう》）何《か》に関中《かんちゆう》の事《こと》を任《まか》す」。**○張子房**　前漢の功臣、張良、字は子房。粛宗を支えた賢臣として宰相張鎬《ちようこう》をなぞらえた。至徳二載五月、房琯が陳陶斜《ちんとうしや》の戦いで大敗を喫した責任を問われて宰相を罷免されると、代わって張鎬が宰相に任じられた（『旧唐書』巻一〇「粛宗本紀」、『新唐書』巻六）。**○江海客**　川や湖のような隠棲の地にいる自由な士人。張鎬が、始めは自由な処士であったことをいう。『旧唐書』巻一一一「張鎬伝」に「風儀《ふうぎ》魁岸《かいがん》にして、廓落《かくらく》として大志《たいし》有《あ》り。経史《けいし》を渉猟《しようりよう》し、好《この》んで王覇《おうは》の大略《たいりやく》を論《ろん》ず」。**○身長九尺**　身の丈《たけ》が非常に高い偉丈夫。『後漢書』巻八〇下「趙壹《ちよういつ》伝」に「体貌魁梧《たいぼうかいご》、身長九尺《しんちようきゆうせき》、美《び》須豪眉《しゆごうび》、之《こ》れを望《のぞ》めば甚《はなは》だ偉《い》なり」。後漢時代の一尺は二三センチメートル、九尺は約二一メートル。○

風雲會　龍が雲に乗り、虎が風を従えるように、英雄が事変に際会する機運。魏・王粲《おうさん》の逸詩に「風雲《ふううん》の会《かい》に遭遇《そうぐう》し、身《み》を鸞鳳《らんぼう》の間《かん》に託《たく》す」。○**扶顚**　国家転覆の危機にあって皇帝を補佐する。『論語』季氏に「危《あや》うきに持《じ》せず、顚《くつが》えるも扶《たす》けずんば、則《すなわ》ち将《は》た焉《いずくん》ぞ彼《か》の相《しょう》を用《もち》いん」。○**籌策**　竹の計算用具。転じて、はかりごと。計略。○**青袍白馬**　賊軍の安慶緒、史思明らをいう。梁武帝の時、侯景が青い袍（上着）をまとい、白馬に乗って反乱を起こしたこと（『南史』巻八〇「侯景伝」）を踏まえる。北周・庾信《ゆしん》の「江南《こうなん》を哀《かな》しむ賦《ふ》」に「青袍《せいほう》は草《くさ》の如《ごと》く、白馬《はくば》は練《ねりぎぬ》の如《ごと》し」。○**後漢今周**　漢の中興を成し遂げた後漢の光武帝と周を再興した宣王になぞらえるべき、唐王朝を中興した粛宗皇帝。○**寸地尺天**　ごく狭い土地、小国。○**入貢**　貢物を宮廷に献上する。○**奇祥異瑞**　珍しく不思議な吉祥や瑞祥を示すもの。○**白環**　白玉製のたまき（輪の形をした玉）。南朝・梁・沈約注『竹書紀年』に「九《く》年《ねん》……西王《せいおう》母《ぼ》の来朝《らいちょう》するや、白環《はくかん》・玉玦《ぎょくけつ》を献《けん》ず」。○**銀甕**　汲まなくとも水をたたえた甕《かめ》。天下泰平であれば出現するとされる。『初学記』巻二七「銀」に引く梁・孫柔之《そんじゅうし》『瑞応図《ずいおうず》』に「王者宴《おうじゃえん》して酔《よ》うに及《およ》ばず、刑《けい》罰《ばつ》中《あた》りて、人非《ひとひ》を為《な》さざれば、則《すなわ》ち銀甕《ぎんおうい》出ず」。○**隠士**　時世に合わず隠棲している人。李泌《りひつ》を指す。○**紫芝曲**　秦末の乱を避けて商山に隠れた四皓《しこう》（東園公、甪里《ろくり》先生、綺里季、夏黄公）の歌「採芝操《さいしそう》」に「曄曄《ようよう》たる紫芝《しし》、以《もっ》て飢《う》えを療《い》やす可《べ》し」（『楽府詩集』巻五八「琴曲歌辞」）。唐の詩人は「紫芝曲」と称することが多い。「李尊師《りそんし》の松樹《しょうじゅ》の障子《しょうじ》に題《だい》する歌《うた》」〇三二五の語釈参照。○**詞人**　詩人・文人。○**解**　……できる。能と同じ。○**撰**　詩文を作る。○**清河頌**　南朝・宋の鮑照《ほうしょう》が「河清《かせい》の頌《しょう》」を作った故事を踏まえる。元嘉年間（四二四～四五三）に、黄河と済水がともに清らかに澄んで、当時瑞祥とされたため、鮑照は「河清の頌」を作った（『宋書』巻五一「鮑照伝」）。○**田家**　農家。○**望望**　失意のさま。○**惜雨乾**　日照りを恨めしく思う。乾元二年春は旱《ひでり》が続いた。○**布穀**　カッコウの別名。その鳴き声を模してつけられた名前。五穀を蒔《ま》く時期に鳴くという。○**淇上健兒**　淇水《きすい》のほとり、すなわち鄴城で戦っている兵士たち。淇水は、河南省に源を発し、衛河に注ぐ川で、鄴城の近くを流れている。○帰莫懶　帰るのを怠ってぐずぐずするな。○城南　長安城の南で、兵士たちの住んでいるところ。○思婦　出征兵士の身を思う妻。○安得　どうにかして……したいものだ。○天河　天の川。○浄洗　きれいに洗い流す。○甲兵　よろいと武器。

［谷口］

〇二五四

新安吏

客行新安道　喧呼聞點兵
借問新安吏　縣小更無丁
府帖昨夜下　次選中男行
中男絶短小　何以守王城』
肥男有母送　痩男獨伶俜
白水暮東流　青山猶哭聲
莫自使眼枯　收汝涙縱橫
眼枯卽見骨　天地終無情』
我軍取相州　日夕望其平
豈意賊難料　歸軍星散營

新安《しんあん》の吏《り》

客《かく》は行《ゆ》く新安《しんあん》の道《みち》、喧呼《けんこ》兵《へい》を点《てん》するを聞《き》く
新安《しんあん》の吏《り》に借問《しゃもん》すれば、県《けん》は小《しょう》にして更《さら》に丁《てい》無《な》し
府帖昨夜《ふちょうさくや》下《くだ》る、次選中男《じせんちゅうだん》行《ゆ》くと
中男《ちゅうだん》絶《はなは》だ短小《たんしょう》なり、何《なに》を以《もっ》て王城《おうじょう》を守《まも》らん
肥男《ひだん》は母《はは》の送《おく》る有《あ》り、痩男《そうだん》は独《ひと》り伶俜《れいへい》たり
白水暮《はくすいく》れに東流《とうりゅう》す、青山猶《せいざんな》お哭声《こくせい》あり
自《みずか》ら眼《め》をして枯《か》れしむる莫《な》かれ、汝《なんじ》の涙《なみだ》の縦横《じゅうおう》たるを収《おさ》めよ
眼《め》枯《か》れて即《すなわ》ち骨《ほね》を見《あらわ》すも、天地《てんち》終《つい》に情《じょう》無《な》し
我《わ》が軍相州《ぐんそうしゅう》を取《と》り、日夕《にっせき》其《そ》の平《たい》らかなるを望《のぞ》む
豈《あ》に意《おも》わんや賊料《ぞくはか》り難《がた》く、帰軍営《きぐんえい》に星散《せいさん》するを

就糧近故壘　練卒依舊京　糧《りょう》に就《つ》きて故壘《こるい》に近《ちか》づき、卒《そつ》を練《ね》りて旧京《きゅうけい》に依《よ》る
掘壕不到水　牧馬役亦輕　壕《ごう》を掘《ほ》るも水《みず》に到《いた》らず、馬《うま》を牧《ぼく》するも役《えき》も亦《ま》た軽《かる》し
況乃王師順　撫養甚分明　況《いわん》や乃《すなわ》ち王師《おうし》の順《じゅん》なるをや、撫養《ぶよう》甚《はなは》だ分明《ぶんめい》なり
送行勿泣血　僕射如父兄』　行《こう》を送《おく》るも泣血《きゅうけつ》すること勿《な》かれ、僕射《ぼくや》は父兄《ふけい》の如《ごと》し

*五言古詩。韻字は下平八庚「兵・行・城・傳・聲・横・情・平・營・京・輕・明・兄」と下平九青「丁」の通押。

【題意】詩題の原注に「京《けい》を収《おさ》めて後作《のちつく》る、両京《りょうけい》を収《おさ》むと雖《いえど》も賊猶《ぞくな》お充斥《じゅうせき》す」とある。「両京」は、長安と洛陽。「賊」は、安慶緒《あんけいしょ》らの軍を指す。この詩は、乾元二年（七五九）、杜甫が東都洛陽から長安の東に位置する華州に戻る途中の新安（河南省新安県）で、若者が徴兵されて洛陽へと送られる場面を詠じ、兵役に対する作者の考えを述べる。当時、安慶緒と史思《しし》明《めい》の軍に攻められながらも郭子儀《かくしぎ》は洛陽を守り、軍を立て直そうとしていた。「吏」は、下級役人。なお、本詩と以下に続く「潼関吏」「石壕吏」「新婚別」「垂老別」「無家別」の六首は、後世、「三吏三別」と総称されている。詳注二―五三三、鈴木注二―一。

【現代語訳】旅人である私は新安に向かう道で、（役人が）やかましく兵卒に点呼をとっている声を耳にした。新安の役人に聞いてみたところ、「新安県の規模は小さく、『丁』に当たる成年の男がもういないのだ。軍の役所から昨晩ここに徴兵名簿が届いたので、『丁』に次

いで若い『中男』を選んで出征させるのだ」という。「中男」は背が低く体も小さい。彼らはいったいどうやって帝都を守るのだろう。』

太った男には見送る母親の姿があるが、痩せた男には見送る者もなく独りぽつんとしている。夕暮れの中、清らかな川は「中男」たちが向かう東の洛陽の方へと流れてゆき、（墓地を連想させる）青々とした山にはまだ（出征を悲しむ）激しい泣き声が響いている。どうか涙が涸れるほど泣くのはおやめなさい、あなたたちのとめどなく流れる涙を抑えなさい。あなたたちが骨がむき出しになるほど泣きつくしたとしても、天地は結局同情などしてくれないのだから。』

私は我々の軍隊が賊のいる相州を奪還し、すぐさま賊が平定されることを望んでいた。しかし予想のほか賊軍は力を持っていて、官軍は戦《いくさ》に負け、自分たちの軍営にそれぞれ帰還してしまった。そこで将軍郭子儀は、兵糧《ひょうろう》が貯えてあるもとの軍営に戻り、兵卒を訓練し直すために洛陽を根拠地とすることになった。洛陽の兵役では壕を掘っても水が出るほど深く掘らされることはないし、軍馬を養うにしても、その労働は軽いものだ。ましてや我が官軍は道理に則っていて、郭子儀が兵卒を慈しみ養ってくれることははっきりしている。だから息子たちを見送るにあたっては、血の涙を流すのはおやめなさい。僕射の官にある郭子儀は父や兄のように、やさしく面倒を見てくれるだろうから。』

■語釈

○點兵　徴兵する際に点呼する。○借問　ちょっと尋ねる。○縣小　県の規模が小さい。この句から第六句までが杜甫の問いに対する新安の吏の返答。○無丁　壮丁がいない。「丁」は、徴兵にふさわしい年齢の成年男子。○府帖　将軍の役所である軍府から出された徴兵名簿。○下　徴兵名簿が軍府から県に送りつけられる。○次選　壮丁に次ぐ男を選ぶ。○中男　天宝三載（七四四）には、一八歳以上が「中男」、二三歳以上が「丁」とされた（『資治通鑑』巻一九一「胡三省注」）。この一聯は、兵士にふさわしい男がいなくなったことに対する杜甫の嘆きを表す。○絶　はなはだ。非常に。○短小　背が低く体格が小さい。○伶俜　一人でいるさま。畳韻語「レイヘイ」。○白水　清らかな川。○暮東流　夕暮れの中、従軍する人々が向かう方向である東の洛陽の方へと川が流れていくこと。○青山　青々と樹木が茂った山。三国・魏の阮籍「詠懐詩八十二首」其の十二に「高《たか》きに登《のぼ》りて四野《しや》に臨《のぞ》み、北《きた》のかた青山《せいざん》の阿《くま》を望《のぞ》む」。「青山の阿」は、北にある墓地を意味する。○莫自使眼枯　「眼枯」は、涙がつきるほど泣く。この句から末尾の句までは、作者が見送っている人々を悲しみ哀れむ言葉。○縦横　涙がとめどなく流れるさま。○眼枯即見骨　骨が見えてしまいそうなほど泣く。○天地　朝廷といわずに「天地」といったのは、朝廷を憚《はばか》ったもの（『杜臆』巻三）。○相州　鄴城《ぎょうじょう》（河南省安陽市）を指す。安慶緒が率いる賊軍の拠点。郭子儀ら九節度使が鄴城の安慶緒を攻めたが、乾元二年（七五九）三月、史思明が来援したために敗れてしまう。その後郭子儀は洛陽に行き、軍を立て直そうとしていた（『旧唐書』巻一〇「粛宗本紀」）。○日夕　朝から夕べまでのわずかな時間。すぐにも。○帰軍　敗走して軍営に戻ってきた軍隊。敗という言葉を嫌い、帰を用いた。○星散營　星が散らばるように軍隊がそれぞれの陣営に戻ってゆく。○就糧　兵糧のあるところに身を置く。官軍がまだ十分な兵糧を持っていたことを暗示する（詳注所引盧《ろ》世㴶《せいかく》注）。○故壘　官軍が駐屯していたとりで。○舊京　洛陽を指す。「故塁」、「旧京」というのは安禄山（↓「人物説明」）が一度洛陽を陥落させたことによる。○掘壕不到水　防衛のために城壁の周囲に堀を掘るが、水が出るほど深く掘らされることはない、兵役が過酷ではないことをいう。

○王師順　「王師」は、王の師団。天子の軍隊。「順」は、道理にしたがっていて正しいこと。○撫養　部下を慈しみ養う。○泣血　喪に服し、声を殺して血の涙を流す。『礼記』檀弓《だんぐう》上に「高子皐《こうしこう》の親《おや》の喪《も》を執《と》るや、泣血《きゅうけつ》すること三年《さんねん》」。ここでは、見送られる者に死を覚悟する必要はないことを暗示している。○僕射　尚書省の高官（従二品）。玄宗朝以後、実職を持たない、将軍などの高級武官の肩書きとなる。ここは将軍郭子儀を指す。郭子儀は至徳二載（七五七）、潏水《けつすい》で賊軍に大敗したおり、官職の降格を願い司徒（正一品）から左僕射となった。この詩が書かれた時には郭子儀が再び昇進して中書令（正二品）となっていたのに「僕射」と記していることについて、『杜臆』巻三は僕射在任中の功績が大きかったためと解釈し、一方『銭注』巻二は暗に郭子儀が相州で大敗したことを批判していると解釈する。

［大橋］

〇二五五

潼關吏

士卒何草草　築城潼關道
大城鐵不如　小城萬丈餘』
借問潼關吏　修關還備胡
要我下馬行　爲我指山隅
連雲列戰格　飛鳥不能踰』
胡來但自守　豈復憂西都
丈人視要處　窄狹容單車

潼関《どうかん》の吏《り》

士卒《しそつ》何《なん》ぞ草草《そうそう》たる、城《しろ》を築《きず》く潼関《どうかん》の道《みち》
大城《たいじょう》は鉄《てつ》も如《し》かず、小城《しょうじょう》は万丈《ばんじょう》の余《よ》
潼関《どうかん》の吏《り》に借問《しゃもん》す、関《かん》を修《おさ》めて還《ま》た胡《えびす》に備《そな》うるかと
我《わ》れに要《もと》めて馬《うま》より下《お》りて行《ゆ》かしめ、我《わ》が為《ため》に山《やま》の隅《すみ》を指《さ》す
雲《くも》に連《つら》なりて戦格《せんかく》を列《れつ》すれば、飛鳥《ひちょう》も踰《こ》ゆる能《あた》わず
胡《えびす》来《き》たらば但《た》だ自《みずか》ら守《まも》る、豈《あ》に復《ま》た西都《せいと》を憂《うれ》えんや
丈人《じょうじん》要処《ようしょ》を視《み》よ、窄狭《さくきょう》にして単車《たんしゃ》を容《い》る

艱難奮長戟　萬古用一夫』　艱難《かんなん》ありて長戟《ちょうげき》を奮《ふる》えば、万古《ばんこ》一夫《いっぷ》を用《もち》うるのみと
哀哉桃林戰　百萬化爲魚　哀《かな》しいかな桃林《とうりん》の戦《いくさ》、百万《ひゃくまんか》化して魚《うお》と為《な》る
請囑防關將　愼勿學哥舒』　請《こ》う防関《ぼうかん》の将《しょう》に嘱《しょく》せん、慎《つつし》みて哥舒《かじょ》を学《まな》ぶこと勿《な》かれと

＊五言古詩。韻字は上声一九皓「草・道」、及び上平六魚「如・餘・車・魚・舒」と上平七虞「胡・隅・踰・都・夫」の通押。

【題意】　制作時は前詩と同じ。潼関を修築し、賊軍の来襲に備える兵士の苦労を描き、相州（河南省安陽市）での大敗を繰り返さないことを願う。「潼関」は、陝西省渭南市潼関県の北にあった関所。函谷関の西にあり、洛陽から長安に入る要地であった。詳注二―五三六、鈴木注二―五。

【現代語訳】　兵士はなんと苦労していることか、潼関へ通ずる道中で塞《とりで》を築いている。大きな塞は鉄も及ばないほど堅固で、小さな塞は山上に高々と長く連なっている。』

私は潼関の役人にちょっと尋ねてみた、「潼関を補修してまた賊軍に備えるのですか」、と。すると官吏は私を馬から下ろして歩かせ、私に山のすみずみを指し示してくれた。そして役人は次のように答えた。「雲に連なるほどの防御柵を並べれば、空を飛ぶ鳥でさえ越えることができないでしょう。』

賊が来ても堅守できますから、どうして西の都長安について心配することがありましょう。あなたもじっくりとこの要害を御覧なさい。狭くて車一台しか通れません。万が一敵の

襲来があったとしても長いほこを振り回せば、永久に一人の兵士だけで守り通せるほどです」、と。』

　なんと哀しいことか、桃林の戦いで哥舒翰《かじょかん》は大敗し、黄河に落ちて溺死した多くの兵士は魚となってしまった。前線で防御を担当する将軍にくれぐれもお願いしたい、どうか哥舒翰にならって多くの兵士を死なせるようなまねだけはしないでください、と。』

■語釈

○**草草**　慌ただしく苦労するさま。『詩経』小雅「巷伯《こうはく》」に「驕人好好《きょうじんこうこう》たり、労人草草《ろうじんそうそう》たり」、その毛伝に「草草《そうそう》は心《こころ》を労《ろう》するなり」。○**鐵不如**　大きな塞《とりで》が鉄よりも堅固で難攻不落なこと。「不如」は、……には及ばない。『世説新語』文学に「便《すなわ》ち湯池鉄城《とうちてつじょう》の若《ごと》く、攻《せ》む可《べ》きの勢《いきお》い無《な》し」。○**小城萬丈餘**　小さな塞が山に沿って作られ、高く聳《そび》えている。『朱鶴齢注』巻五に「小城《しょうじょう》は山上《さんじょう》に在《あ》り、故《ゆえ》に万丈余《ばんじょうよ》と曰《い》う」。○**借問**　ちょっと尋ねる。杜甫が役人に尋ねる。○**修關還備胡**　鈴木注は役人の答えた言葉という。○**備胡**　かつて哥舒翰が戦《いくさ》に敗れ、いま潼関で再び兵を結集して賊軍に備える（『銭注』巻二）。○**要**　もとめる。要求する。○**指山隅**　山のすみずみを指す。○**連雲**　城郭が雲に連なるほど高い。「連雲」の句から「万古」の句までが役人の返答。鈴木注は「連雲」の二句を叙景とみなす。○**戰格**　敵を防ぐために設置した柵。○**西都**　長安を指す。○**丈人**　立派な男性。ここでは役人の杜甫に対する尊称。○**視要處**　要害をじっくりと観察する。「要処」は、防御にふさわしい場所。○**窄狭容單車**　道幅が狭く車が一台しか通れない。『史記』巻九二「淮陰侯伝」に「今井陘《いませいけい》の道《みち》、車《くるま》は軌《き》を方《なら》ぶるを得《え》ず、騎《き》は列《れつ》を成《な》すを得《え》ず」。○**艱難**　困難に出合って苦しみ悩むこと。ここでは賊が攻めてくること。畳韻語「カンナン」。○**長戟**　長いほこ。○**萬古**　とこしえに。これからずっと。○**用一夫**　一人の兵士が対峙すれば防御できる。西晋・左思《さし》「蜀都の賦」に「一人《ひとり》隘《せま》きを守《まも》れば、万夫《ばんぷ》も向《む》かう莫《な》し」。○**桃林戰**　「桃林」は、長安の東方にあった要塞。河南省霊宝県以西、陝西省渭南市潼関県以東の地。「桃林戦」は、哥舒翰が天宝十五載（七五六）六月、安禄山（↓「人物説明」）の軍に大敗した戦い。『旧唐書』巻一〇四「哥舒翰伝」に「（天宝十五載）六月四日、霊宝県《れいほうけん》の西原《せいげん》に次《やど》る。……兇徒《きようと》の乗《じよう》ずる所《ところ》と為《な》るに因《よ》り、王師《おうし》自《みずか》ら相《あ》い排擠《はいせい》（しりぞけおとす）して河《か》に墜《お》つ。其《そ》の後《うし》ろなる者《もの》は前軍《ぜんぐん》の陥敗《かんばい》するを見《み》、悉《ことごと》く潰《つい》えて、河《か》に塡委《てんい》（積み重なる）す。死者数万人《ししやすうまんにん》にして、号叫《ごうきよう》の声天地《こえてんち》を振《ふ》るわす。……十《じゆう》に一二《いちに》も存《そん》せず」。○**百萬化爲魚**　黄河に逃げた兵士が溺死して魚となる。『後漢書』巻一上「光武帝紀上」に「赤眉《せきび》（反乱軍）今河東《いまかとう》に在《あ》り、但《た》だ水《みず》を決《けつ》して之《こ》れに灌《そそ》げば、百万《ひやくまん》の衆《しゆう》をして魚為《うおた》らしむ可《べ》し」。○**請囑**　お願いする。○**愼勿學哥舒**　天宝十五載六月の哥舒翰軍のような大敗を喫しないことを願う。

［大橋］

〇三五六

石壕吏

暮投石壕村　有吏夜捉人
老翁踰牆走　老婦出看門』
吏呼一何怒　婦啼一何苦
聽婦前致詞　三男鄴城戍
一男附書至　二男新戰死

石壕《せきごう》の吏《り》

暮《く》れに投《とう》ず石壕村《せきごうそん》、吏有《りあ》り夜人《よるひと》を捉《とら》う
老翁《ろうおう》は牆《かき》を踰《こ》えて走《はし》り、老婦《ろうふ》は出《い》でて門《もん》を看《み》る
吏《り》の呼《よ》ばわること一《いっ》に何《なん》ぞ怒《いか》れる、婦《ふ》の啼《な》くこと一《いっ》に何《なん》ぞ苦《くる》しめる
婦《ふ》の前《すす》みて詞《ことば》を致《いた》すを聴《き》くに、三男《さんだん》は鄴 城《ぎようじよう》に戍《まも》り
一男《いちだん》は書《しよ》を附《ふ》して至《いた》り、二男《じだん》は新《あら》たに戦死《せんし》すと

存者且偸生　死者長已矣』
室中更無人　惟有乳下孫
有孫母未去　出入無完裙
老嫗力雖衰　請從吏夜歸
急應河陽役　猶得備晨炊』
夜久語聲絶　如聞泣幽咽
天明登前途　獨與老翁別』

存《そん》する者《もの》は且《しばら》く生《せい》を偸《ぬす》むも、死《し》せる者《もの》は長《とこし》えに已《や》みぬ
室中《しっちゅう》 更《さら》に人《ひと》無《な》く、惟《た》だ乳下《にゅうか》の孫《まご》のみ有《あ》り
孫《まご》有《あ》れば母《はは》未《いま》だ去《さ》らざるも、出入《しゅつにゅう》するに完裙《かんくん》無《な》し
老嫗《ろうおう》力《ちから》衰《おとろ》うと雖《いえど》も、請《こ》う吏《り》に従《したが》いて夜帰《よるき》せんことを
急《きゅう》に河陽《かよう》の役《えき》に応《おう》ぜば、猶《な》お晨炊《しんすい》に備《そな》うるを得《え》んと
夜久《よるひさ》しくして語声《ごせい》絶《た》え、泣《な》きて幽咽《ゆうえつ》するを聞《き》くが如《ごと》し
天明《てんめい》前途《ぜんと》に登《のぼ》るとき、独《ひと》り老翁《ろうおう》と別《わか》る

＊五言古詩。韻字は上平一一真「人」と上平一三元「村・門」の通押。換韻して去声七遇「怒・苦・戍」。換韻して去声四寘「至」と上声四紙「死・矣」の通押。換韻して上平一一真「人」と上平一三元「孫」と上平一二文「裙」の通押。換韻して上平四支「衰・炊」と上平五微「歸」の通押。換韻して入声九屑「絶・咽・別」。

【題意】　制作時は前詩と同じ。「石壕」は、河南省陝州陝県。杜甫が通ってきた新安の西、潼関の東に位置する。役人が、村の男たちを徴兵しようとしたところ、老婆が、戦地での飯炊きをするので、代わりに自分を連れて行くようにと懇願する場面を描き、戦乱下の民衆の苦しみを表現する。詳注二-五三八、鈴木注二-八。

【現代語訳】　日暮れに石壕の集落に宿を取ったところ、その夜、役人が人を捕まえようと

していた。すると爺さんは垣根を越えて逃げ、婆さんが役人に応対しようと門の番をしていた。』

役人の叫び声の、なんと怒気を含んでいることか、婆さんの泣き叫ぶ声の、なんと苦しげなことか。婆さんが役人の前に進み出て話す言葉にじっと耳を傾けた、「お役人さま、三人の息子は鄴城の駐屯地におります。幸いそのうちの一人の息子は人づてに手紙を寄こしましたが、二人の息子は最近あった鄴城の戦《いくさ》で死んだとのことです。生きている者はなんとか生きながらえているだけでいつ死ぬとも知れませんし、死んでしまった者は永遠にそのままでございます。』

この家にはもはや男手がなく、ただ乳飲み子の孫がいるだけです。孫がいるので嫁はまだこの家から出て行ってはおりませんが、外出しようにもちゃんとしたスカートもございません。この老婆めは力は衰えてしまいましたが、どうかお役人さまとともに今夜にでも軍営に行かせて下さいませんか。急いで河陽の労役に駆けつければ、きっと朝飯を炊くくらいのことはできるでしょう」。』

夜がふけて話し声も途絶えたが、嫁のむせび泣く声が聞こえたようだった。夜が明ける頃になって再び旅路につく時、ただ爺さんとだけ別れを告げた。』

■語釈

○**投**　宿をとる。投宿する。○**石壕村**　石壕の集落。「村」は、行政単位ではない。石壕が小さな集落であることを示す。○**踰牆走**　垣根を跳び越えて逃げる。○**出看門**　「看門」は、門の番をする。『銭注』巻二は、「出門看（門を出でて看る）」に作る。○**啼**　泣き叫ぶ。○**致詞**　言葉で思いを伝える。○**三男鄴城戍**　「三男」は、三人の息子。「鄴城」は、河南省安陽市。「戍」は、武器を持って守る。乾元二年（七五九）三月、郭子儀らの官軍は史思明らの反乱軍に鄴城で大敗した。○**一男附書至**　「一男」は、三人の息子のうちの一人。「附」は、人に頼む。「書」は、手紙。○**新戰死**　鄴城で戦死して間もない。○**偸生**　つらいことがあってもなんとか生き抜く。前漢・李陵「蘇武に答うる書」に「子卿《しけいりょう》陵を視《み》るに、豈《あ》に生《せい》を偸《ぬす》む士《し》にして、死《し》を惜《お》しむ人《ひと》ならんや」。○**長已矣**　死んでしまうと永遠にそのままの状態になってしまう。○**乳下孫**　乳離れしていない孫。○**無完裙**　「完裙」は、継ぎ当てなどのないスカート。それすらも息子の嫁にはない。○**「老嫗」二句**　「老嫗」は、年をとった女性の自称。「帰」は、あるべき所に落ち着く。行くべき所に行く。○**河陽役**　「河陽」は、河南省孟州市。洛陽を防衛する前線基地があった。「役」は、労役。詳注に「子儀《しぎ》の兵《へい》既《すで》に潰《つい》え、都虞侯《とぐこう》張用済《ちょうようさい》の策《さく》を用《もち》いて河陽《かよう》を守《まも》る。七月《しちがつ》、李光弼《りこうひつ》代わる」。○**備晨炊**　朝食を準備する。○**泣幽咽**　むせび泣く。詳注は嫁の、『杜詩鏡銓』巻五は嫁と孫の泣き声と解釈するが、鈴木注は嫁と老翁の泣き声と解釈する。○**天明**　夜明け。○**登前途**　先の旅程につく。「登」は、出発する。

［大橋］

〇三五七

新婚別

兎絲附蓬麻　引蔓故不長
嫁女與征夫　不如棄路傍
結髮爲妻子　席不煖君牀

新婚《しんこん》の別《わか》れ

兎糸《とし》蓬麻《ほうま》に附《ふ》し、蔓《つる》を引《ひ》くこと故《もと》より長《なが》からず
女《むすめ》を嫁《か》して征夫《せいふ》に与《あた》うるは、路傍《ろぼう》に棄《す》つるに如《し》かず
髪《かみ》を結《むす》びて妻子《さいし》と為《な》るも、席君《せききみ》の床《とこ》を煖《あたた》めず

暮婚晨告別　無乃太匆忙
君行雖不遠　守邊赴河陽
妾身未分明　何以拜姑嫜』
父母養我時　日夜令我藏
生女有所歸　鷄狗亦得將
君今生死地　沈痛迫中腸
誓欲隨君去　形勢反蒼黃』
勿爲新婚念　努力事戎行
婦人在軍中　兵氣恐不揚
自嗟貧家女　久致羅襦裳
羅襦不復施　對君洗紅妝』
仰視百鳥飛　大小必雙翔
人事多錯迕　與君永相望』

暮《く》れに婚《こん》して晨《あした》に別《わか》れを告《つ》ぐ、乃《すなわ》ち太《はなは》だ匆忙《そうぼう》なる無《な》からんや
君《きみ》の行《こう》遠《とお》からずと雖《いえど》も、辺《へん》を守《まも》りて河陽《かよう》に赴《おもむ》く
妾《しょう》の身《み》未《いま》だ分明《ぶんめい》ならず、何《なに》を以《もっ》てか姑嫜《こしょう》を拝《はい》せん
父母《ふぼ》我《わ》れを養《やしな》いし時《とき》、日夜《にちや》我《わ》れをして蔵《ぞう》せしむ
女《おんな》を生《う》みて帰《とつ》がしむる所《ところ》 有《あ》れば、鶏狗《けいく》も亦《ま》た将《ひき》いることを得《う》
君《きみ》今《いま》生死《せいし》の地《ち》にあり、沈痛中《ちんつうちゅう》 腸《ちょう》に迫《せま》る
誓《ちか》いて君《きみ》に随《したが》いて去《ゆ》かんと欲《ほっ》するも、形勢《けいせい》反《かえ》りて蒼黄《そうこう》たり
新婚《しんこん》の念《ねん》を為《な》すこと勿《な》かれ、努力《どりょく》して戎行《じゅうこう》を事《こと》とせよ
婦人《ふじん》軍中《ぐんちゅう》に在《あ》らば、兵気《へいき》恐《おそ》らくは揚《あ》がらざらん
自《みずか》ら嗟《なげ》く貧家《ひんか》の女《むすめ》にして、久《ひさ》しくして羅襦裳《らじゅしょう》を致《いた》せしことを
羅襦《らじゅ》復《ま》た施《ほどこ》さず、君《きみ》に対《むか》いて紅妝《こうしょう》を洗《あら》わん
仰《あお》ぎて百《ひゃく》 鳥《ちょう》の飛《と》ぶを視《み》れば、大小《だいしょう》 必《かなら》ず双《なら》び翔《かけ》る
人事《じんじ》には錯迕《さくご》多《おお》し、君《きみ》と永《なが》く相《あ》い望《のぞ》まん

＊五言古詩。韻字は下平七陽「長・傍・牀・忙・陽・嫜・藏・將・腸・黃・行・揚・裳・妝・翔・望」。

【題意】 制作時は前詩と同じ。新婚の妻に代わって、出征した夫を思うことを詠ずる詩。

「新婚」は、新妻を意味する。なお杜甫より以前の詩題で「新婚」の語が用いられる詩に、初唐・鄭世翼「看新婚（新婚を看る）」がある。詳注三-五三〇、鈴木注二-一三。

【現代語訳】　私は結婚してあなたに頼って生きようとしましたが、あなたはすぐに出征することになりました。新婚生活が長くは続かないのは、ちょうどネナシカズラがヨモギや麻《あさ》に絡みついても、その蔓《つる》はもとより長くは伸びないようなものです。出征する男に娘を嫁がせるくらいでしたら、道端に捨てるほうがまだましなのでしょう。』

私は髪を結ってあなたの妻となりましたが、あなたのベッドの敷物を暖める暇もないほど早くあなたは旅立たれてしまいます。夕べに婚礼をあげたかと思えば明朝には別れなくてはならず、なんと慌ただしいことでしょう。あなたの行く先はそう遠くはありませんが、辺境を守るために河陽に向かわれます。結婚したばかりなので私の立場も不安定で、いったいどうやってあなたのお父様、お母様にお仕えすればよいのかと、とまどっています。』

両親が私を育てて下さっていた時、毎日私を人目にさらすことなく大切にして下さいました。娘を産んで嫁がせる時には、家族が末永く幸福になるようにと家にいた鶏と犬をお供させて下さいました。それなのに、あなたは今、生と死の境目にある土地に身を置いていらっしゃる、それを思うと深い痛みがはらわたに突き刺さるような思いです。必ずあなたについて出向こうとは思いましたが、この情況ではかえってそれは慌ただしすぎます。』

どうか新婚であることをお忘れ下さい、全力で軍務にお勤め下さい。もし女が軍隊の中にいたら、兵士の士気は揚がらないでしょう。そうはいっても自分が哀れに思うのは、貧しい家庭に生まれ、やっとのことで絹の上下を揃えたのに、それをしまわなくてはならないことです。でも、もう二度とこの薄絹を身につけることはいたしません。あなたの目の前で紅の化粧を洗い流してしまいましょう。』

空を飛ぶ多くの鳥を見ると、大きい鳥も小さい鳥もつがいで飛んでいます。人の世は思うようにいかないことが多いのですね、離れ離れになってもいつでも互いを思いあう仲でありたいものです。』

■**語釈**

○**兎絲附蓬麻**　「兎糸」は、ネナシカズラ。蔓《つる》性の寄生植物。「蓬麻」は、ヨモギとアサ。蔓が他の植物に絡みついて生きることから、妻が夫に頼って生きることを表す。「古詩十九首」其の八に「君《きみ》と新婚《しんこん》を為《な》し、兎糸《とし》は女羅《じょら》に附《ふ》す」。○**引蔓故不長**　蔓が長く伸びない。新婚生活が長くないことに喩える。○**嫁女**　娘を嫁がせる。○**征夫**　出征する夫。『詩経』小雅「杕杜《ていと》」に「女《おんな》の心《こころ》は傷《いた》み、征夫《せいふ》は遑《いとま》あり」。○**路傍**　みちばた。○**結髮**　成人する。女子は十五歳で髪に笄《こうがい》を挿し、男子は二十歳で冠をつけた。○**妻子**　妻を指す。口語。○**席不煖君牀**　「席」は、敷物、敷蒲団。「牀」は、ベッド。ベッドに置かれた敷蒲団が暖まらないほどの短い時間を表す。○**暮婚**　婚礼は昏《たそがれ》に行われたので婚という。『白虎通』嫁娶に「昏《こん》の時《とき》に礼《れい》を行《おこな》うが故《ゆえ》に之《こ》れを婚《こん》と謂《い》うなり」。○**晨告別**　「晨」は、明朝。「暮」と「晨」を対比させて夫が婚礼後すぐに出征することを表す。「告別」は、不本意ながらも別れを告げて離れ離れになる。○**無乃**　なんと……ではないか。詠嘆を表す。○**匆忙**　慌ただしいさま。口語的な用法。○**君行雖不遠**　「君行」は、夫の出征。「不遠」は、出征先が洛陽近郊の河陽という近い場所であること。○**河陽**　河南省孟県。洛陽防衛の前線基地。○**妾身**　婦人の一人称。三国・魏・曹植「雑詩六首」其の三に「妾身空閨《しょうしんくうけい》を守《まも》り、良人《りょうじん》（夫）行《ゆ》きて軍《ぐん》に従《したが》う」。○**未分明**　はっきりしていない。嫁いだばかりで、妻としての立場が安定していない。○**姑嫜**　しゅうとめとしゅうと。三国・魏・陳琳「飲《いん》馬長城窟行《ばちょうじょうくっこう》」に「善《よ》く新《あたら》しき姑嫜《こしょう》に事《つか》えよ」。○**藏**　大切に育てる。『草堂詩箋』巻一三に「蔵《ぞう》は内《うち》に秘《ひ》して、人《ひと》をして見《み》ること勿《な》からしむるを言《い》う。蓋《けだ》し護《まも》り惜《お》しむことの甚《はなは》だしきなり」。○**歸**　嫁ぐ。○**鷄狗亦得將**　「鶏狗」は、嫁入りに際して連れてきた鶏と犬。幸福で平穏な暮らしの象徴。詳注に「按《あん》ずるに嫁《か》する時《とき》鶏狗《けいく》を将《ひき》いて以《もっ》て往《ゆ》き、室家久長《しつかきゅうちょう》の計《けい》を為《な》さんと欲《ほっ》す」。「将」は、率いる、引き連れる。○**君今生死地**　「今生死地」は、一本に「今死生地」、「今往死地」、「生往死地」に作る。○**沈痛迫中腸**　深い痛みがはらわたの中にまで達する。○**誓欲**　きっと……することを誓う。○**反蒼黃**　「反」は、かえって。「蒼黄」は、慌ただしいさま。畳韻語「ソウコウ」。○**努力**　懸命に力を尽くす。○**事戎行**　「事」は、従事する。「戎行」は、軍の部隊。○**「婦人」二句**　軍隊に女性がいると士気が落ちる。「兵気」は、兵士の士気。『漢書』巻五四「李陵伝」に「吾《わ》が士気《しき》少《や》や衰《おとろ》え鼓《こ》するも起《た》たざるは何《なん》ぞや。軍中《ぐんちゅう》に豈《あ》に女子《じょし》有《あ》るか。……陵《りょう》捜《さが》し得《え》て、皆《み》な剣《けん》もて之《こ》れを斬《き》る」。○**貧家女**　貧しい家に生まれた女。○**久致**　長い時間をかけてようやく手に入れる。○**羅襦裳**　「羅」は、薄絹。「襦」は、短い上着。「裳」は、スカート。○**羅襦不復施**　新婚を連想させる服を二度と着ないことをいう。「施」は、服を身にまとう。○**對君**　出征した夫に直接対面する。○**洗紅妝**　「紅妝」は、頰紅の化粧。新婚の女性の化粧。「洗」は、それを洗い落とし、新婚気分をなくす。○**百鳥**　多くのさまざまな鳥。○**大小必雙翔**　どんな鳥にも伴侶がいる。『春秋左氏伝』成公十一年に「鳥獣《ちょうじゅう》すら猶《な》お儷《つれあい》を失《うしな》わず」。○**人事**　人の世のこと。古楽府「孔雀東南飛《くじゃくとうなんひ》」に「君我《きみわ》れと別《わか》れし後《のち》より、人事《じんじ》量《はか》る可《べ》からず」。○**錯迕**　ちぐはぐで思い通りにならない。戦国・楚・宋玉「風の賦」に、風が吹くことを「耾耾《こうこう》として雷《かみなり》のごとく声《な》り、廻穴《かいけつ》（風が定まらないさま）錯迕《さくご》す」。○**與君永相望**　遠く離れ離れになりながらも互いに思い一あう。

【補説】「生女」の二句については解釈が一定していない。南宋・荘季裕『鶏肋《けいろく》篇』巻下に「杜少陵《としょうりょう》の新婚別《しんこんべつ》に、鶏狗《けいく》も亦《ま》た将《つれあい》を得《う》と云《い》うは、世《よ》に謂《い》う諺《ことわざ》に、嫁《か》して鶏《けい》を得《う》れば鶏《けい》を逐《お》いて飛《と》び、嫁《か》して狗《く》を得《う》れば狗《く》を逐《お》いて走《はし》ると云《い》うの語《ご》なり」とあり、『杜詩鏡銓』巻五はこの説をとる。また、目加田誠『杜甫物語』（現代教養文庫）はこの説に基づいて、「娘を生んで嫁にやれば、鶏は鶏づれ、犬は犬づれで、それぞれつれそってゆくものといいますのに、……」と訳す。一方、鈴木注は「むすめをうんでそれをほかへよめいらせるときには、家つきのにはとりやいぬさへもそれを送つてゆけるとまをすに（よめにきたわたくしは夫のたびたちにはお送りすることがなりませぬ）」と訳している。　［大橋］

〇三五八

垂老別

四郊未寧靜　垂老不得安
子孫陣亡盡　焉用身獨完』
投杖出門去　同行爲辛酸
幸有牙齒存　所悲骨髓乾
男兒既介冑　長揖別上官』

垂老《すいろう》の別《わか》れ

四郊《しこう》未《いま》だ寧静《ねいせい》ならず、老《お》いに垂《なんな》んとして安《やす》らかなるを得《え》ず
子孫《しそん》陣亡《じんぼう》し尽《つ》くせば、焉《いずくん》ぞ身《み》の独《ひと》り完《まった》きを用《もち》いん
杖《つえ》を投《とう》じて門《もん》を出《い》でて去《さ》れば、同行《どうこう》も為《ため》に辛酸《しんさん》たり
幸《さいわ》いに牙歯《がし》の存《そん》する有《あ》るも、悲《かなし》む所《ところ》は骨髄《こつずい》の乾《かわ》くを
男児《だんじ》既《すで》に介冑《かいちゅう》し、長揖《ちょうゆう》して上官《じょうかん》に別《わか》る

老妻臥路啼　歳暮衣裳單
孰知是死別　且復傷其寒
此去必不歸　還聞勸加餐』
土門壁甚堅　杏園度亦難
勢異鄴城下　縱死時猶寛
人生有離合　豈擇衰老端
憶昔少壯日　遲廻竟長嘆』
萬國盡征戍　烽火被岡巒
積屍草木腥　流血川原丹
何鄕爲樂土　安敢尚盤桓
棄絕蓬室居　塌然摧肺肝』

老妻《ろうさい》路《みち》に臥《ふ》して啼《な》き、歳暮《としく》れて衣裳《いしょう》単《ひとえ》なり
熟知《じゅくち》す是《こ》れ死別《しべつ》なるを、且《か》つ復《ま》た其《そ》の寒《さむ》からんことを傷《いた》む
此《こ》こより去《さ》れば必《かなら》ず帰《かえ》らざらんに、還《ま》た聞《き》く加餐《かさん》を勧《すす》むるを
土門《どもん》壁《へき》甚《はなは》だ堅《かた》く、杏園《きょうえん》度《わた》ること亦《ま》た難《かた》し
勢《いきお》いは鄴 城《ぎょうじょう》の下《もと》に異《こと》なり、縦《たと》い死《し》するも時猶《ときな》お寛《かん》ならん
人生《じんせい》に離合《りごう》有《あ》るも、豈《あ》に衰老《すいろう》の端《たん》を択《えら》ばんや
昔《むかし》の少壮《しょうそう》なりし日《ひ》を憶《おも》いて、遅廻《ちかい》して竟《つい》に長嘆《ちょうたん》す
万国《ばんこく》尽《ことごと》く征戍《せいじゅ》、烽火《ほうか》岡巒《こうらん》を被《おお》う
積屍《せきし》草木《そうもく》腥《なまぐさ》く、流血《りゅうけつ》川原《せんげん》丹《あか》し
何《いず》れの郷《きょう》か楽土《らくど》為《た》る、安《いずくん》ぞ敢《あ》えて尚《な》お盤桓《ばんかん》せん
蓬室《ほうしつ》の居《きょ》を棄絶《きぜつ》して、塌然《とうぜん》として肺肝《はいかん》を摧《くだ》く

＊五言古詩。韻字は上平一四寒「安・完・酸・乾・官・單・寒・餐・難・寛・端・嘆・巒・丹・桓・肝」。

【題意】　老夫が老妻を残して従軍する際の別れを、老夫に代わって歌う。「垂老」は、老齢に近い者。「垂」は、垂死の語が瀕死の状態を示すように、ほとんど……だ、の意。制作時は前詩と同じ。なお、鈴木注はこの詩の制作時期が、他の「三吏三別」の詩とは異なるとい

う（【補説】参照）。先の「新婚別」と比べると、出征という情況は共通していながら、年齢と性別が対照的な設定となっている。詳注二－五三四、鈴木注二－一六。

【現代語訳】帝都一帯は戦乱が続いて落ち着くことがなく、もう老いたというのに私は安らかになることができない。子も孫も戦死してしまった以上、どうして自分だけが一生を全うする必要があろうか。』

ふだん使っていた杖を投げ捨て故郷を離れて従軍するのだ。一緒に従軍する人たちも私が老齢であることを気遣って悲しんでくれる。幸運にもまだ歯がなくなるほどには老いぼれていないが、心の痛みのために骨の髄まで乾ききっていることが悲しい。そうはいっても男がよろいかぶとを身に着けた以上は、武具を身に着けたままであるので上官に略礼をして別れを告げるのだ。』

長く連れ添ってきた老妻は悲しみのあまり路に伏せてすすり泣き、年の暮れだというのに着ている上着もスカートもひとえである。きっと死に別れになるのだ、それでも目の前の老妻の寒そうな姿が痛ましい。ここから立ち去れば生きて帰れようとは思わぬが、戦地でもしっかり食事を取るようにという老妻の言葉が耳に入る。』

土門の関所は非常に堅固にできており、敵が杏園の渡し場を渡ってくることもまた難しいという。情勢は鄴城《ぎょうじょう》一帯での激しさとは異なっているので、たとえ自分が死ぬことになったとしても、その時が来るまでにはゆとりがあろう。人生に出会いと別れはつきものだから、いったいどうして年老い始める時にだけ出会いと別れが起ころうか、年齢には関係ないのだ。昔の若くて元気だった日々を思い出すと、ぐずぐずして出発できず、ため息をついてしまう。』

　この世のあらゆる場所が戦場となり、のろしが長く続く岡や峰を覆っている。積み重なったしかばねのために草や木も生臭く、流れ出た血で川や原野も赤く染まっている。いったいどこに安楽に暮らせる土地があるというのか、どうしてぐずぐずしておられよう。きっぱりと粗末な我が家を捨て去ってしまおう、心が折れて身も心も打ち砕かれてしまいそうだけれども。』

■語釈

○**四郊**　帝都一帯。○**未寧静**　戦乱が続き世の中が落ち着かない。○**子孫**　子供と孫。○**陣亡**　戦死する。陣没と同じ。○**焉用**　どうして……する必要があるだろうか。反語。○**投杖**　老人がふだん使う杖を投げ捨てる。従軍しようとする強い決意を表す。○**出門**　故郷を離れて従軍する。三国・魏・阮籍「詠懐詩八十二首」其の三十に「車《くるま》を駆《か》りて門《もん》を出《い》でて去《さ》り、意《い》は遠《とお》く征行《せいこう》せんと欲《ほっ》す」。○**同行**　ともに従軍する人々。○**辛酸**　辛く悲しい気持ちになる。双声語「シンサン」。○**牙歯存**　まだ歯が残っている。「牙歯」は、歯牙と同じく歯のこと。○**所悲骨髄乾**　心の痛みのため骨の髄まで乾いてしまうのを悲しむ。○**男児**　老兵士の自称。○**既介冑**　「既」は、……してしまった以上。「介」は、よろい。「冑」は、かぶと。武具。ここはそれを身に着ける。○**長揖**　略式の敬礼。拝は地に足をつけて礼をすることだが、武具を着けているため略式にする。『漢書』巻四三「酈食其《れきいき》伝」に「長揖《ちょうゆう》して拝《はい》せず」。○**上官**　徴兵しにきた役所の長官。○**老妻**　自分の妻を指す。「老」には年をとったという意味だけでなく、長年連れ添ったという意味も含まれる。○**臥路啼**　悲しみのあまり路に伏せてすすり泣く。○**歳暮**

衣裳單　老夫婦の生活が厳しく貧しいことをいう。「歳暮」は、年の暮れ。冬の寒い時期。「衣裳単」は、老婦の身に着けている上着とスカートがひとえで薄着であること。○**孰知是死別**　死に別れになることがはっきりしている。「孰知」は「熟知」に同じ。旧来、「孰《たれ》か知《し》らん」と反語に読むことが多かった。○**且復**　その上にまた。○**傷其寒**　老翁が、寒いのに老婦の着物がひとえであることを悲しく思う。○**此去必不歸**　どんなことがあっても家に帰らない。老翁の決死の覚悟を示す。『史記』巻六五「呉起伝」に「其《そ》の母《はは》死《し》するも起《き》は終《つい》に帰《かえ》らず」。○**還聞勸加餐**　「還」は、それでもなお。死別を覚悟していてもなお。「聞」は、耳に入る。「加餐」は、食事をとって体をいたわること。老妻の言葉。「古詩十九首」其の一に「棄捐《きえん》して復《ま》た道《い》うこと勿《な》けん、努力《どりょく》して餐飯《さんぱん》を加《くわ》えよ」。○**土門**　河北省獲鹿県にあった関所の名。『新唐書』巻三九「地理志」の鎮州獲鹿県の条に「故《もと》の井陘関《せいけいかん》有《あ》り、一名《いちめい》土門関《どもんかん》」。また、『旧唐書』巻二〇〇上「史思明伝」に「李《り》光弼《こうひつ》土《ど》門《もん》を出《い》で、常山《じょうざん》の郡《ぐん》を抜《ぬ》く」とあるように、天宝十四載（七五五）に唐軍が土門関から出撃し、史思明の軍を破ったことがあった。この句以降は老翁の老妻に対する慰めの言葉。○**杏園度亦難**　「杏園」は、衛州汲県（河南省衛輝市の東南）にあった黄河の渡し場。『新唐書』巻一三七「郭子儀伝」に「（郭）子儀《しぎ》杏園《きょうえん》より河《か》を済《わた》り、衛州《えいしゅう》を囲《かこ》む」とあるように、乾元元年（七五八）、郭子儀はここから黄河を渡り、衛州を包囲した。○**勢異鄴城下**　情勢が鄴城《ぎょうじょう》の戦いとは違う。「鄴城」は、河南省安陽市。○**縱死時猶寛**　戦死するにせよ、時間的にはまだゆとりがあるだろう。「寛」は、余裕がある。○**豈擇衰老端**　人生において離別は老人になってからだけ訪れるものではない。「豈択」は、反語。選ぶことがない。「衰老端」は、年老いて衰えるきっかけ。一本に「衰盛端」に作る。○**憶昔**　昔を思い出す。○**少壯日**　若くて元気だった頃。○**遲迴**　ためらい、ぐずぐずするさま。畳韻語「チカイ」。○**長嘆**　別れに際してため息をつく。○**萬國**　中国全土。全国あらゆる場所。○**征戍**　出征し守備する。ここでは戦乱のこと。○**烽火被岡巒**　のろしが岡や山の稜線を覆う。「烽火」は、のろし。「岡巒」は、岡と山。○積屍　積み重なったしかばね。『漢書』巻六七「梅福伝」に「尸《しかばね》を積《つ》み骨《ほね》を暴《さら》す」。○草木腥　死骸が散乱しているため草木も血腥い。○流血川原丹　流れ出た兵士の血が川辺や野原を赤く染める。後漢・班固「東都の賦」に「原野《げんや》は人《ひと》の肉《にく》に厭《あ》き、川谷《せんこく》は人《ひと》の血《ち》を流《なが》す」。○樂土　安楽に過ごせる土地。○盤桓　ぐずぐずして進まないさま。畳韻語「バンカン」。○蓬室　粗末な家。あばら屋。○塌然　壁などが崩れるさま。ここでは心の折れるさま。○摧肺肝　肺や肝臓がくだかれる。心に痛みを受ける喩え。

【補説】鈴木注は制作時期について、大略次のように指摘する。「三吏三別」の六篇は、通説ではすべて乾元二年の春、洛陽から華州へ帰る途中の作とされる。ただし、この詩には「勢異鄴城下」の句があるので、乾元二年三月、九節度が大敗して以後に書かれたものであり、また「土門」「杏園」の語があるので、詩の老夫は河陽の李光弼の軍に向かうと考えられる。李光弼が軍を統率したのは乾元二年の秋七月であり、この時には杜甫はすでに秦州に向かっているから、この詩は秦州で書かれたと見なすべきである。

［大橋］

〇三五九

無家別

寂寞天寶後　園廬但蒿藜
我里百餘家　世亂各東西
存者無消息　死者爲塵泥

無家《むか》の別《わか》れ

寂寞《せきばく》たり天宝《てんぽう》の後《のち》、園廬《えんろ》には但《た》だ蒿藜《こうれい》
我《わ》が里百余家《さとひゃくよか》、世《よ》乱《みだ》れて各〻《おのおの》東西《とうざい》す
存《そん》する者《もの》は消息《しょうそく》無《な》く、死《し》せる者《もの》は塵泥《じんでい》と為《な》る

賤子因陣敗　歸來尋舊蹊』　賤子《せんし》陣敗《じんぱい》に因《よ》り、帰《かえ》り来《き》たりて旧蹊《きゅうけい》を尋《たず》ぬ
久行見空巷　日瘦氣慘悽　久行《きゅうこう》空巷《くうこう》を見《み》れば、日《ひ》痩《や》せて気《き》惨悽《さんせい》たり
但對狐與狸　豎毛怒我啼　但《た》だ狐《こ》と狸《り》とに対《むか》う、毛《け》を豎《た》てて我《わ》れを怒《いか》りて啼《な》く
四鄰何所有　一二老寡妻　四隣《しりん》には何《なん》の有《あ》る所《ところ》ぞ、一二《いちに》の老寡妻《ろうかさい》
宿鳥戀本枝　安辭且窮棲　宿鳥《しゅくちょう》本枝《ほんし》を恋《こ》う、安《いずくん》ぞ辞《じ》せん且《か》つ窮棲《きゅうせい》するを
方春獨荷鋤　日暮還灌畦　方《まさ》に春《はる》にして独《ひと》り鋤《すき》を荷《にな》う、日《ひ》暮《く》るるも還《ま》た畦《あぜ》に灌《そそ》ぐ
縣吏知我至　召令習鼓鞞』　県吏《けんり》我《わ》れの至《いた》るを知《し》り、召《め》して鼓鞞《こへい》を習《なら》わしむ
雖從本州役　內顧無所攜　本州《ほんしゅう》の役《えき》に従《したが》うと雖《いえど》も、内《うち》に顧《かえり》みるも携《たずさ》うる所《ところ》無《な》し
近行止一身　遠去終轉迷　近《ちか》く行《ゆ》くに止《た》だ一身《いっしん》、遠《とお》く去《ゆ》かば終《つい》に転《うた》た迷《まよ》わん
家鄉既盪盡　遠近理亦齊　家郷《かきょう》既《すで》に盪尽《とうじん》し、遠近《えんきん》理《り》亦《ま》た斉《ひと》し
永痛長病母　五年委溝溪　永《なが》く痛《いた》む長病《ちょうびょう》の母《はは》の、五年《ごねん》溝渓《こうけい》に委《ゆだ》ぬるを
生我不得力　終身兩酸嘶　我《わ》れを生《う》むも力《ちから》を得《え》ず、終身《しゅうしん》両《ふた》りながら酸嘶《さんせい》す
人生無家別　何以爲蒸黎』　人生《じんせい》家《いえ》無《な》きの別《わか》れ、何《なに》を以《もっ》てか蒸黎《じょうれい》と為《な》さん

＊五言古詩。韻字は上平八斉「藜・西・泥・蹊・悽・啼・妻・棲・畦・鞞・攜・迷・齊・溪・嘶・黎」。

【題意】制作時は前詩と同じ。天宝年間に安禄山（→「人物説明」）の乱が起こった後に出

征し、荒れ果てた郷里に帰ってきた男が再び徴兵されることを、孤独な男に代わって詠ずる。「無家」とは、別れを告げるべき家族がいない者の意。詳注二-五三七、鈴木注二-二。

【現代語訳】　天宝年間に安禄山の乱が起こったあとは、畑と小屋には雑草しか生えていない。私の村里には百余りの家があったが、世の中が乱れると村人は各地に散ってしまった。生きている者からは何の知らせもなく、死んでしまった者はすでに土となってしまった。私は鄴城《ぎょうじょう》での戦《いくさ》に負け、故郷に帰ってきてもとの慣れ親しんだ村里の小径を尋ね歩いた。』

長い時間歩いて誰もいなくなってしまった村里を目にすると、太陽までもが痩せたように光を失い、辺りの様子も痛ましくみじめであった。出合ったのは狐と山猫だけで、これらの獣も毛を逆立てて私を威嚇する。四方の隣人には誰がいるかといえば、一人二人の年老いた未亡人だけだ。木に止まる鳥でさえ住みなれた枝を恋しく思うものだ、いったいどうして苦しい生活だからといってここでの暮らしをやめられようか。ちょうど春になったので一人で鋤を背負い、夕暮れになってもまだ田地に水をそそいでいる。ところが県の下級役人が、私が村里に戻ってきたことを聞きつけ、戦に必要な陣太鼓を習わせるのだ。』

同じ州内の兵役に従うとはいっても、自分には手を取りあって別れを告げる家族や親戚はいない。家からさほど遠くはない戦地に行くとはいえ、行くのはただ私一人だけ、もし遠く旅立ったならば結局は居場所を定めないさすらいの身になってしまうだろう。しかし、故郷にはもう戦乱のために何もかもなくなったのだから、遠近どこに行っても同じ道理だろう。私がずっと心を痛めているのは、長く病んで亡くなった母親のなきがらを、五年も谷間にうち捨ててあることだ。私を産んでくれたのになんの力にもなれず、私も母も苦しく辛《つら》い思いをかみしめてきた。別れを告げる家族がいないままに故郷を去ることになろうとは、（こうした情況なのに）どうして私たちを天下の公民といえるだろうか。』

■語釈

○**寂寞**　以前賑やかだった場所が、荒れ果てて静かになったさま。寂漠と同じ。畳韻語「セキバク」。○**天寶後**　鈴木注は天宝十四載（七五五）、安禄山が謀反を起こして以後といい、『吉川注』第六冊は華麗な世相を持った天宝の一五年間、それが過ぎ去った後という。○**園廬**　畑とその中にある小屋。○**但ただ……だけ**。○**蒿藜**　ヨモギとアカザ。雑草。○**世亂**　世の中が戦乱に見舞われる。○**各東西**　戦乱のために村人があちこちに離散する。○**無消息**　安否に関する知らせがない。○**爲塵泥**　死んで土になる。「塵泥」は、ちりとどろ。○**賤子**　卑賤な私。自身の謙称。○**陣敗**　鄴城《ぎょうじょう》での敗戦。○**舊蹊**　かつて頻繁に通った小径。○**久行**　郷里で長い時間歩き回る。○**空巷**　人の姿が見えなくなった村里。○**日瘦**　日が瘦せ細る。日光に力がない。擬人法。『漢書』巻三六「劉向伝」に「是《こ》の歳夏寒《としなつさむ》く、日青《ひあお》くして光無《ひかりな》し」。○**氣慘悽**　辺りの雰囲気が痛ましくみじめである。「慘悽」は、双声語「サンセイ」。○**但對狐與狸**　人がいなくなった結果、ただ狐と山猫だけが自分に向かいあう。西晋・傅玄《ふげん》「放歌行」に「曠野何《こうやなん》ぞ蕭条《しょうじょう》たる、顧《かえり》み望《のぞ》むも生人無《せいじんな》し。但《た》だ狐狸《こり》の跡《あと》を見《み》る、虎豹自《こひょうおのずか》ら群《む》れを成《な》す」。○**豎毛**　毛を逆立てておどす。○**四鄰**　四方の隣人。○**何所有**　誰がいるのか。続けて、その答えを導く質問の言葉。古楽府「隴西行《ろうせいこう》」に「天上何《てんじょうなん》の有《あ》る所《ところ》ぞ、歴歴《れきれき》として白楡《はくゆ》を種《う》う」。○**一二老寡妻**　夫と死別した数人の老婦人。○**宿鳥戀本枝**　鳥が住み慣れた枝を恋しく思う。東晋・陶淵明「園田の居に帰る五首」其の一に「羈鳥《きちょう》は旧林《きゅうりん》を恋《こ》い、池魚《ちぎょ》は故淵《こえん》を思《おも》う」。○**安辭且窮棲**　いったいどうして苦しい生活から逃げ出すことがあるだろうか。「安辞」は、反語。「且」は、……ですら。「窮棲」は、苦しい生活。○**方春**　ちょうど春になった時期。○**獨荷鋤**　たった一人で鋤をかついで野良仕事に出かける。○**還灌畦**　それでもなお田畑に水をそそぐ。「畦」は、五〇畝の田地。唐代の一畝は五・八アール。○**縣吏**　徴兵を担当する県の下級役人。村人を徴兵する下級役人の姿は〇三五四などに描かれる。○**鼓鞞**　大鼓《おおつづみ》と小鼓。戦《いくさ》の合図に用いる太鼓。○**本州役**　自身の県が属している州の仕事。○**內顧**　家族を顧みる。○**無所攜**　手を取りあって別れを惜しむ者がいない。「携」は、手を取りあう。○**近行**　家から遠く離れていない場所に行く。○**家鄉**　故郷。○**盪盡**　何もかもなくなる。○**五年**　天宝十四載（七五五）から乾元二年（七五九）までの五年間。乱が五年に及んでいること。○**委溝溪**　母の遺骸を谷間にうち捨てておく。本来であれば、子として母を埋葬する義務があるが、それが果たせていないことに対する無念さを表す。○**不得力**　子供の援助を得られない。○**終身兩酸嘶**　母と自分の生涯は、ともに辛《つら》いものであった。「酸嘶」は、苦しく辛いさま。双声語「サンセイ」。○**蒸黎**　人民。「蒸」も「黎」も民衆。『詩経』大雅「烝（蒸）民」に「天烝民《てんじょうみん》を生《う》む、物有《ものあ》り則有《のりあ》り」。

［大橋］

〇三六〇

夏日嘆

夏日出東北　陵天經中街
朱光徹厚地　鬱蒸何由開
上蒼久無雷　無乃號令乖

夏日《かじつ》の嘆《たん》

夏日東北《かじつとうほく》より出《い》で、天《てん》を陵《しの》ぎて中街《ちゅうがい》を経《わた》る
朱光厚地《しゅこうこうち》に徹《とお》り、鬱蒸《うつじょう》何《なに》に由《よ》りてか開《ひら》く
上蒼《じょうそう》久《ひさ》しく雷《かみなり》無《な》し、乃《すなわ》ち号令《ごうれい》の乖《そむ》くこと無《な》からんや

雨降不濡物　良田起黃埃
飛鳥苦熱死　池魚涸其泥』
萬人尚流冗　擧目惟蒿萊
至今大河北　化作虎與豺
浩蕩想幽薊　王師安在哉』
對食不能餐　我心殊未諧
眇然貞觀初　難與數子偕』

雨《あめ》降《ふ》るも物《もの》を濡《うるお》さず、良田《りょうでん》黄埃《こうあい》を起《お》こす
飛鳥《ひちょう》熱《ねつ》に苦《くる》しみて死《し》し、池魚《ちぎょ》其《そ》の泥《どろ》に涸《か》る
万人《ばんにん》尚《な》お流冗《りゅうじょう》、目《め》を挙《あ》ぐれば惟《た》だ蒿萊《こうらい》あるのみ
今《いま》に至《いた》りて大河《たいが》の北《きた》、化《か》して虎《とら》と豺《やまいぬ》と作《な》る
浩蕩《こうとう》として幽薊《ゆうけい》を想《おも》えば、王師《おうし》安《いず》くにか在《あ》る
食《しょく》に対《むか》いて餐《く》らう能《あた》わず、我《わ》が心《こころ》殊《こと》に未《いま》だ諧《かな》わず
眇然《びょうぜん》たり貞観《じょうがん》の初《はじ》め、数子《すうし》と偕《とも》にし難《がた》し

＊五言古詩。韻字は上平八斉「泥」、上平九佳「街・乖・豺・諧・偕」と上平一〇灰「開・埃・萊・哉」の通押。

【題意】　人々が夏の暑さと旱魃に苦しめられているのを悲しみ、安禄山（↓「人物説明」）の残党がなお跋扈しているのを嘆く。乾元二年（七五九）夏、華州（陝西省華県）での作。『旧唐書』巻一〇「粛宗本紀」の乾元二年四月の記事に「癸亥《みずのとい》、久《ひさ》しく旱《ひでり》あるを以《もっ》て市《いち》を徙《うつ》し、雩《う》（雨乞い）のまつりして雨《あめ》ふるを祈《いの》る」とある。詳注三-五四〇、鈴木注三-二五。

【現代語訳】　夏の太陽は東北から出てきて、天空より高く昇って黄道にある。赤い太陽の光が厚い大地を通り抜けるほどだ、この蒸し暑さは何によって解消されるのだろうか。』
天にはもう長いこと雷が鳴らないが、このことはやはり天子の命令にまちがいがあること

を示しているのではないか。雨が降ってもわずかで万物を潤しはしないし、多くの収穫が見こめる田畑には黄色い砂塵が舞っている。空を飛ぶ鳥は熱さに苦しんで死んでしまうし、池に棲む魚は水の涸れた泥の中でひからびている。』

幾千万の人々が例外なく大地をさまよい、遠くを見渡すと、ただ雑草が目に入るだけだ。今や大きな黄河の流れる北側は、狐狸のような臣下が化けて獰猛《どうもう》な虎や山犬のすみかとなるように、凶悪な群盗の巣窟となってしまった。遠く北方の幽州や薊州に思いを馳せると、天子の軍隊はいったいどこにいるというのだ。』

食事を前にしても心配事のために口をつけることができず、私の気持ちはとりわけ落ち着かない。貞観の御世《みよ》は遥かに遠い昔となり、当時の有能な家臣である房玄齢《ぼうげんれい》のような人々と治世をともにすることは、もはや困難になってしまった。』

■語釈

○**夏日出東北**　夏至の太陽が東北の方角から出てくる。『杜臆』巻三に「夏至《げし》の日《ひ》は寅《とら》より出《い》でて戌《いぬ》に入《い》る。寅《とら》は東北《とうほく》の地《ち》なり」。○**陵天**　天空よりも高く上がる。「陵」は、しのぐ。○**中街**　天空上の太陽の経路。黄道。○**朱光**　太陽。○**厚地**　大地。○**鬱蒸**　蒸し暑さ。○**上蒼**　天空。○**久無雷**　長い間、雷が鳴らない。「雷」は、お上から下される政令の比喩。○**號令乖**　政令にまちがいが生じている。○李《り》輔国《ほこく》らが権力を握って詔勅を勝手に出すことをいう。『後漢書』巻三〇下「郎顗伝《ろうぎでん》」に、「故《ゆえ》に易伝《えきでん》に曰《いわ》く、当《まさ》に雷《かみなり》すべきときに雷《かみなり》せざるは太陽弱《たいようよわ》きなり」。○**良田**　土地が肥えた良い田畑。○**起黄埃**　雨が降らないため黄色い土埃が起こる。○**涸其泥**　泥の中でひからびる。○**流冗**　流浪する。さまよう。○擧目　目をあげて辺りを見渡す。○蒿萊　ヨモギとアカザ。雑草。○「至今」二句　黄河の北側には朝廷の支配が及ばず、虎や山犬のように凶暴な者たちの巣窟となってしまったことをいう。乾元二年（七五九）四月、史思明《ししめい》が大燕皇帝と自称して年号を応天と建てた（『資治通鑑』唐紀三七）。○浩蕩　広く遠いさま。○幽薊　幽州と薊州。いずれも安禄山、史思明らの本拠地。○王師　天子の軍隊。○不能餐　気がかりなことがあって食事をとることができない。○殊未諧　「殊」は、ことに。「諧」は、気持ちが和らぐ。○眇然　時代が離れているさま。○貞觀初　貞観年間（六二七〜六四九）の初め。「貞観」は、唐王朝第二代皇帝・太宗の年号。太宗の政治は唐王朝繁栄の基礎を築いて「貞観の治」と称えられた。○難與數子偕　貞観年間に太宗を支えた有能な臣下たちとともに政治に参与したかったが、今となってはかなえられない。「数子」は、太宗に仕えた、房玄齢《ぼうげんれい》、杜如晦《とじょかい》、魏徴《ぎちょう》などの有能な臣下。「偕」は、そうした臣下と仕事をともにする。

［大橋］

〇三六一

夏夜嘆

永日不可暮　炎蒸毒我腸
安得萬里風　飄颻吹我裳
昊天出華月　茂林延疏光
仲夏苦夜短　開軒納微涼
虚明見纖毫　羽蟲亦飛揚

夏夜《かや》の嘆《たん》

永日《えいじつ》暮る可《べ》からず、炎蒸《えんじょう》我《わ》が腸《ちょう》を毒《どく》す
安《いずく》んぞ万里《ばんり》の風《かぜ》の、飄颻《ひょうよう》として我《わ》が裳《もすそ》を吹《ふ》くことを得《え》ん
昊天《こうてん》華月《かげつ》出《い》で、茂林《もりん》疏光《そこう》を延《ひ》く
仲夏《ちゅうか》夜《よる》の短《みじか》きに苦《くる》しみ、軒《けん》を開《ひら》きて微涼《びりょう》を納《い》る
虚明《きょめい》繊毫《せんごう》を見《み》、羽虫《うちゅう》も亦《ま》た飛揚《ひよう》す

物情無巨細　自適固其常』
念彼荷戈士　窮年守邊疆
何由一洗濯　執熱互相望
竟夕擊刁斗　喧聲連萬方
青紫雖被體　不如早還鄉』
北城悲笳發　鸛鶴號且翔
況復煩促倦　激烈思時康』

物情《ぶつじょう》　巨《きょ》と細《さい》と無《な》く、自《みずか》ら適《てき》するは固《もと》より其《そ》の常《つね》なり
念《おも》う彼《か》の戈《ほこ》を荷《にな》うの士《し》、窮年《きゅうねん》　辺疆《へんきょう》を守《まも》るを
何《なに》に由《よ》りてか一《ひと》たび洗濯《せんたく》せしめん、熱《ねつ》を執《と》りて互《たが》いに相《あ》い望《のぞ》まん
竟夕《きょうせき》　刁斗《ちょうと》を撃《う》ち、喧声万方《けんせいばんぽう》に連《つら》なる
青紫《せいし》　体《たい》に被《こうむ》ると雖《いえど》も、早《つと》に郷《きょう》に還《かえ》るに如《し》かず
北城《ほくじょう》　悲笳《ひか》発《おこ》り、鸛鶴《かんかく》号《さけ》びて且《か》つ翔《か》ける
況《いわん》や復《ま》た煩促《はんそく》に倦《う》むをや、激烈《げきれつ》　時《とき》の康《やす》からんことを思《おも》う

＊五言古詩。韻字は下平七陽「腸・裳・光・涼・揚・常・疆・望・方・鄉・翔・康」。

【題意】　寝苦しい夏の夜、窓辺で涼みながら戦地に思いを馳せる詩。制作時、制作地は前詩と同じ。詳注二－五四三、鈴木注二－二七。

【現代語訳】　日の出ている時間が長く、暮れそうにない。この蒸し暑さは自分の内臓を痛めつけるほどだ。いったいどうしたら、万里の彼方の仙界から来るような涼しげな風がひゅうひゅうと私のもすそに吹くのだろう。』

　夏空には白く清らかに輝く月が出て、茂った林の木々の間にその光が射しこんでいる。夏真っ盛りの時期は夜が短いことに苦しみながらも、窓を開けて涼しさを部屋に入れる。空気の澄んだ明るさのために細かい毛までも目に入り、羽のある虫が飛び回っている。虫も人も

そうであるように物事の有り様には大きい小さいにかかわらず、自分の思いにかなうことが当たり前なのだ。』

かの地にいる戈《ほこ》を背負った兵士が、一年中辺境を守備していることを思いやる。どうすれば暑さを払いのけるために体を洗い濯《すす》げるだろう、酷暑の中、彼らは辺境から故郷を遠く望み見ている。一晩中軍隊のドラを打ち鳴らし、けたたましい音をあちらこちらに響かせ続けている。戦功を立て立派な服を身につけられたとしても、そんなことは早く故郷に帰るには及ばない。』

華州の町では悲しげな葦笛《あしぶえ》の音《ね》が発せられ、その音色に反応するかのようにコウノトリと鶴が鳴き叫んで空を飛んでいる。この乱世は人を愁いに沈ませるが、まして俗事の煩わしさに苦しめられている私は、泰平の時代の到来を願って思い切り歌うのだ。』

■語釈

〇**炎蒸**　蒸し暑さ。〇**毒我腸**　体の中まで熱くする。「毒」は、害を与える。〇**安得**　どうしたら得られよう。「希望をしめす」（鈴木注）。〇**萬里風**　『吉川注』第六冊によれば、遠く仙界から吹きつけてくる風。〇**飄颻**　風にひるがえるさま。畳韻語「ヒョウヨウ」。〇**昊天**　夏の空。〇**華月**　白く清らかな月。「華」は白い。〇**茂林延疏光**　茂った林がまばらな月の光を引き入れる。茂った木々の間に月の光が射しこむ。「疏光」は、樹々の間を通って射しこむ光。〇**開軒**　窓を開ける。「軒」は、窓。〇**納**（涼しさを）部屋に入れる。〇**虚明**　空気がすっきりしていて明るい。〇**纖毫**　動物の細い毛。ごくわずかであることをいう。〇**羽蟲**　羽のある小さな昆虫。〇**物情**　事物の有り様。鈴木注に「虫についていふ」。○無巨細　大小に関係ない。○自適固其常　自ら適するところに従うのが常である。○窮年　一年中、ずっと。○邊疆　国境付近。○洗濯　洗い濯《すす》いで熱を取り去る。『詩経』大雅「桑柔」に「誰《たれ》か能《よ》く熱《ねつ》を執《と》りて、逝《ゆ》きて以《もっ》て濯《すす》がざる」。○竟夕　一晩中。○撃刁斗　ドラを打ち続けて警戒する。「刁斗」は戦場で使われる鍋。夜間はドラとして用いる。双声語「チョウト」。○萬方　あらゆる場所。○「青紫」二句　戦功を立てて高い官職が与えられ、高位高官が着る衣服が与えられるようになっても、早く故郷に帰るのには及ばない。「青紫」は、高位高官の着る衣服。金銭の報賞を与えられないために、兵士に官爵とそれを表す衣服を支給した（『資治通鑑』至徳二載の条による）。一説に、杜甫自身は官職に就いているが、早く仕事を辞めて故郷に帰る方がいい（『草堂詩箋』巻一一など）。○北城　華州を指す。○悲笳　悲哀を帯びた葦笛の音。○鸛　コウノトリ。○煩促　切迫した思い。俗事に関わる煩わしい思い。○激烈　激しい声で歌う。○時康　時代が泰平である。

［大橋］

立秋後題

〇三六三

日月不相饒　節序昨夜隔
玄蟬無停號　秋燕已如客
平生獨往願　惆悵年半百
罷官亦由人　何事拘形役

＊五言古詩。韻字は入声一一陌「隔・客・百・役」。

立秋《りっしゅう》の後《のち》に題《だい》す

日月《じつげつ》相《あ》い饒《ゆる》さず、節序昨夜《せつじょさくや》隔《へだ》たる
玄蟬《げんせんさけ》号ぶことを停《とど》むる無《な》きも、秋燕《しゅうえんすで》已に客《かく》の如《ごと》し
平生独往《へいぜいどくおう》の願《ねが》い、惆《ちゅう》悵《ちょう》す年半百《としはんびゃく》なるを
官《かん》を罷《や》むるも亦《ま》た人《ひと》に由《よ》る、何事《なにごと》ぞ形役《けいえき》に拘《こう》せられん

【題意】「立秋」は、二十四節気の一つ。夏至と秋分の間。乾元二年（七五九）、立秋の翌日に詠じた詩。「題」は、詩を書き記す。この詩を書いてまもなく、杜甫は華州（陝西省華県）司功参軍（→「用語説明」）の職を棄てて秦州（甘粛省天水市）に向かった。詳注二－五四、鈴木注二－三〇。

【現代語訳】月日は人におかまいなくあっという間に移りすぎてゆくもので、夏と秋とは、昨日の夜を境に入れ替わってしまった。秋の蟬、ヒグラシがひっきりなしに鳴き続け、秋を迎えた燕《つばめ》はもう旅人となり南に去って行く。ふだんから自分が思うように生きたいと願ってきたのに、嘆かわしいことにもう五十歳にもなろうとしている。官職を辞めることもやはり自分の資質によるものだから、いったいどうして世俗の欲に心を縛られることがあろうか。

■語釈

○日月不相饒　月日（時間）は人に寛容ではなくあっという間に移りゆく。「饒」は許す。大目に見る。○節序　季節の順序。○玄蟬　黒い蟬。鈴木注によれば、ヒグラシ。○獨往願　自分が生きたいように生きるという願い。「独往」は、ただ一人で行く。○惆悵　気落ちする。しょんぼりする。双声語「チュウチョウ」。なお、上句の「平生」は畳韻語「ヘイゼイ」。○年半百　人生百年の半分、五〇歳。杜甫は四八歳だが概数でいう（『黄鶴補注』巻四など）。○罷官　官職を辞める。「官」は、華州司功参軍。○由人　（官職に就くか就かないかは）その人の資質によって異なる。鈴木注等は、他人によって官職をやめさせられる。○何事　いったいどうして……だろうか。反語。○拘形役　欲望をかなえるために、心を肉体の奴隷とする。「形役」は、精神が肉体に支配され、使役される。世俗の欲に縛られる。東晋・陶淵明「帰去来の辞」に「既《すで》に自《みずか》ら心《こころ》を以《もっ》て形《かたち》の役《えき》と為《な》す」。

［大橋］

貽阮隠居　〇三六三

陳留風俗衰　人物世不數
塞上得阮生　迥繼先父祖』
貧知靜者性　白益毛髪古
車馬入鄰家　蓬蒿翳環堵』
清詩近道要　識子用心苦
尋我草逕微　褰裳踏寒雨』
更議居遠村　避喧甘猛虎
足明箕潁客　榮貴如糞土』

阮隠居《げんいんきょ》に貽《おく》る

陳留《ちんりゆう》　風俗《ふうぞく》衰《おとろ》え、人物《じんぶつよ》世数《かぞ》えず
塞上《さいじよう》　阮生《げんせい》を得《え》たり、迥《はる》かに継《つ》ぐ先父祖《せんふそ》
貧《ひん》には知《し》る静者《せいじや》の性《せい》、白《はく》は益《ま》す毛髪《もうはつ》の古《こ》なるを
車馬《しやば》隣家《りんか》に入《い》り、蓬蒿《ほうこう》環堵《かんと》を翳《おお》う
清詩《せいし》道要《どうよう》に近《ちか》く、識《し》る子《し》の心《こころ》を用《もち》うるの苦《くる》しめるを
我《わ》れを尋《たず》ぬ草径《そうけい》の微《び》なるに、裳《もすそ》を褰《かか》げて寒雨《かんう》を踏《ふ》む
更《さら》に遠村《えんそん》に居《お》らんことを議《ぎ》す、喧《けん》を避《さ》けて猛虎《もうこ》に甘《あま》んず
明《あき》らかにするに足《た》る箕潁《きえい》の客《かく》、栄貴《えいき》は糞土《ふんど》の如《ごと》きを

＊五言古詩。韻字は上声七麌「數・祖・古・堵・苦・雨・虎・土」。

【題意】　乾元二年（七五九）の秋、官を辞して華州（陝西省華県）から秦州（甘粛省天水市）

に向かった。この詩は秦州で隠者の阮隠居に贈ったもの。「阮隠居」は、原注に「名《な》は昉《ぼう》」。〇三四三にも見える。詳注二-五四四、鈴木注二-三。

【現代語訳】阮籍《げんせき》を代表とする優れた人物を輩出した陳留の伝統も衰えてしまい、阮一族には代々数えられるほどの傑出した人物がいなくなった。しかし、この秦州の近辺で阮先生に出会えた、先生は遠く阮籍から続く御先祖の伝統を継承している。』

その清貧な暮らしぶりからは静かで落ち着いた人柄が知られるし、白さの増した髪には古風なさまが表れている。隣家には車馬に乗った金持ちが出入りするが、阮先生の方は草むらが家の周りの垣根を暗くするほど覆っている。』

阮先生のすがすがしい詩は無為自然の道の核心に近づいており、先生が苦心して詩を作っていることがわかる。そのような先生が、草の生えている、かすかに道と見分けられるほどの道を通って私を訪ねてきて下さった、水に濡れないように裳裾をかかげ、冷たい雨の降る道を踏みながら。』

私たちは遠い村落に住むことを話しあった、人々の喧噪を避けて住むことができるならばたとえ獰猛《どうもう》な虎がいるような所にでも身を寄せたいと。それで、許由《きょゆう》や巣父《そうほ》のような隠者が、栄華や富貴は、腐った土くれのようにつまらないものと見なしていたことが十分に理解できたのだ。』

■語釈

○陳留　地名（河南省開封市）。竹林の七賢の一人である阮籍（↓「人物説明」）は陳留尉氏の人。阮氏の一族からは、阮咸《げんかん》など当時を代表する人物が輩出した（『晋書』巻四九「阮籍伝」）。○**風俗**　風習。優れた人物を輩出してきたという伝統。○**塞上**　秦州一帯を指す。○**得阮生**　阮昉先生のような人に出会えた。「生」は、尊称。○**先父祖**　阮籍を代表とする、優れた先祖。○**靜者性**　静かで落ち着いた無欲な人柄。『論語』雍也に「仁者《じんしゃ》は静《しず》かなり」、その孔安国の注に「無欲《むよく》なるが故《ゆえ》に静《せい》」。○**車馬**　裕福な訪問客。○**蓬蒿**　くさむら。後漢の隠者、張仲蔚《ちょうちゅううつ》の住居が草むらに覆われていた故事（西晋・皇甫《こうほ》謐《ひつ》『高士伝』巻中）を踏まえる。○**環堵**　家の周囲の垣根。小さく狭い家をいう。○**清詩**　すがすがしい詩。○**道要**　無為自然の道の要《かなめ》。○**識子**　「子」は、阮昉を指す。一本に「子」を「字」に作る。そうであれば阮昉が篆書や隷書に巧みである、との意。○**草徑微**　草の生えた小道は、かすかにそれと見分けられるほどである。○**甘猛虎**　猛々しい虎が住むような所に甘んじて住む。「時《とき》に猛獣暴《もうじゅうぼう》を為《な》し、屋《おく》に入《い》りて人《ひと》を害《がい》するも、文独《ぶんひと》り宿《しゅく》すること十余年《じゅうよねん》、卒《つい》に患害無《かんがいな》し」（『晋書』巻九四「郭文伝」）。○**箕潁客**　許由や巣父といった隠者。「箕」は、箕山、「潁」は、潁水を指す。箕山は許由が、潁水は巣父が隠棲した場所。なお、鈴木注は阮昉をいうと解釈する。○**糞土**　物が腐ってできた土。手入れのしようがない土。転じて、とるにたらない物に喩える。『論語』公冶長に「糞土《ふんど》の牆《かき》は、杇《ぬ》る可《べ》からざるなり」。

【補説】「車馬」の二句を、鈴木注は「彼の住宅には土塀がめぐらされてゐるがそれはよもぎの草でおほひかぶせられてゐるので、車馬で来訪する人などはかれの家にはひらずまちがつて隣の家へはひつてしまふ」と訳す。

［大橋］

〇二六四

遺興三首

下馬古戰場　四顧但茫然
風悲浮雲去　黄葉墜我前
朽骨穴螻蟻　又爲蔓草纏
故老行嘆息　今人尚開邊
漢虜互勝負　封疆不常全
安得廉頗將　三軍同晏眠

＊五言古詩。韻字は下平一先「然・前・纏・邊・全・眠」。

興《きょう》を遣《や》る三首《さんしゅ》

馬《うま》より下《くだ》る古戦場《こせんじょう》、四顧《しこ》すれば但《た》だ茫然《ぼうぜん》たり
風《かぜ》悲《かな》しくして浮《ふ》雲《うん》去《さ》り、黄葉《こうよう》我《わ》が前《まえ》に墜《お》つ
朽骨《きゅうこつ》には螻蟻《ろうぎ》穴《うが》ち、又《ま》た蔓草《まんそう》に纏《まと》わらる
故老《ころう》行《ゆ》くゆく嘆息《たんそく》す、今人《きんじん》尚《な》お辺《へん》を開《ひら》くと
漢虜《かんりょ》互《たが》いに勝負《しょうぶ》あり、封疆《ほうきょう》常《つね》には全《まった》からず
安《いずくん》ぞ廉頗《れんぱ》の将《しょう》を得《え》て、三軍《さんぐん》同《おな》じく晏眠《あんみん》せん

【題意】　詳注は、詩中に「馬邑州」「鄴中の事」（其の二）、「秋雨足る」（其の三）の語があることから、乾元二年（七五九）秋、秦州（甘粛省天水市）での作とする。「遺興」は、思いを詠じて憂いをはらす。「其の一」は古戦場を経て、将軍たちが戦功を追い求めることを批判し、「其の二」は馬邑の地を望みながら、将軍が敗戦したことを諷刺し、「其の三」は秋の収穫が遅いことを詠じて賢者が登用されないことを諷刺する。詳注三―五四六、鈴木注三―三四。

【現代語訳】　古戦場で馬を下り、四方を見回せば、遠く果てしなく大地が続いている。風が悲しげに吹いて浮かんだ雲は流れ去り、黄ばんだ葉が私の目の前に落ちてきた。兵士の朽ちた骨にはケラやアリが穴を開けて巣くい、蔓草《つるくさ》にも巻きつかれている。目の前を通り過ぎ

る老人がため息混じりに嘆く、今の人もやはり昔の人と同じく領土を拡げようとする、と。漢族も異民族もそれぞれ勝ち負けを繰り返しており、国境線がどこに引かれるか、安定することがない。どうしたら廉頗将軍のような人物を得て、全軍の兵士がみな安眠できるようになるだろうか。

■語釈

○古戰場　秦州辺りの、かつて戦場であった場所。○四顧　四方を見回す。○茫然　遠く果てしないさま。○風悲　寒々とした風が悲しげに吹く。○穴螻蟻　ケラやアリが穴をあけて巣くう。○蔓草纏　蔓草に絡みつかれる。○故老　その土地の昔のことをよく知っている老人。○漢虜　漢族と異民族。○勝負　勝ち戦《いくさ》と負け戦。○封疆　国境。○安得　どうにかして……したいものだの意。願望を表す。○廉頗　戦国・趙の将軍。藺相如《りんしょうじょ》との「刎頸《ふんけい》の交《まじ》わり」で知られる。一本に「廉頗」を「廉恥《れんち》」に作る。○三軍　国の全軍。○晏眠　安らかに眠る。「晏」は、「安」に同じ。この場合は節義を重んじる将軍の意。

【補説】　鈴木注は「漢虜」以下の句も、「故老」の言葉と解釈することができるという。　［大橋］

〇三六五

其二

高秋登寒山　南望馬邑州
降虜東撃胡　壮健盡不留
穹廬莽牢落　上有行雲愁

其《そ》の二《に》

高秋《こうしゅう》寒山《かんざん》に登《のぼ》り、南《みなみ》のかた馬邑州《ばゆうしゅう》を望《のぞ》む
降虜《こうりょ》東《ひがし》のかた胡《えびす》を撃《う》ち、壮健《そうけん》なるは尽《ことごと》く留《とど》まらず
穹廬《きゅうろ》莽《ぼう》として牢落《ろうらく》たり、上《かみ》に行雲《こううん》の愁《うれ》うる有《あ》り

老弱哭道路　願聞甲兵休
鄴中事反覆　死人積如丘
諸將已茅土　載驅誰與謀
＊五言古詩。韻字は下平一一尤「州・留・愁・休・丘・謀」。

老弱《ろうじゃく》道路《どうろ》に哭《こく》し、願《ねが》わくは甲兵《こうへい》の休《や》むを聞《き》かんと
鄴中《ぎょうちゅう》事《こと》反覆《はんぷく》し、死人《しにん》積《つ》むこと丘《おか》の如《ごと》し
諸将《しょしょう》は已《すで》に茅土《ぼうど》、載《すなわ》ち駆《か》るも誰《たれ》と与《とも》にか謀《はか》らん

【現代語訳】 空の高さがわかるほど晴れ渡った秋の日に寒々とした山に登って、南の方角を向き馬邑州に目をやった。投降した異民族は東の方へえびすを撃つために向かったので、丈夫で健康な若者はみんなここから出て行ってしまった。そのため彼らの住んでいたテントはがらんとして寂しくなり、その上には、愁いを帯びているかのような、流れる雲が浮かんでいる。若者がいなくなったため老人や子供は道端で泣き叫び、どうか戦争が終わったという知らせを早く聞きたいものだと願っている。鄴城《ぎょうじょう》では、臣下が天子だと詐称し、天地がひっくりかえるような事態となって、死人が山のように積み上げられている。我々の将軍たちは、すでに土地を与えられて王侯となり驕りたかぶっている、彼らを駆りたてたとしても、誰がこの危急を救う手立てを考えるのだろうか。

■**語釈**
○**高秋**　空が高く晴れわたった秋。○**寒山**　寒々とした山。○**馬邑州**　州の名。秦州の南に位置する。州治は成州長道県（甘粛省礼県）。帰属した異民族を居住させた。○**降虜**　投降した異民族の兵士。○**東撃胡**　東の方に異民族を討伐しに行く。鈴木注、劉雁翔『杜甫秦州詩別解』（甘粛教育出版社）など

は「胡」を安史の乱の残党とする。〇壮健　健康な若者。〇穹廬莽牢落　異民族の住むテントは人がおらずがらんとしていても寂しい。「莽」は、人がおらず広くみえるさま。「牢落」は、広々としてもの寂しいさま。双声語「ロウラク」。〇老弱　年寄りと子供。〇哭　声をあげて泣き叫ぶ。〇甲兵　よろいと武器。戦争を指す。〇休　戦争が終結する。〇鄴中事反覆　鄴中（河南省安陽市）では、郭子儀《かくしぎ》の率いる官軍が敗れ、史思明《ししめい》が大燕皇帝を僭称するという事態が起こってしまった。「反覆」は上下がひつくり返る。〇茅土　領地。天子が諸侯に領地を与えて封ずる時、領地の方角の色の土（東は青、南は赤、西は白、北は黒、中央は黄）を白い茅《かや》に包んで与えたことによる。〇載驅　馬を追い立てて走らせるように人を働かせる。

【補説】「諸将」の指す人物については解釈が分かれる。詳注に引く黄希注は、大将軍の孫《そん》守亮《しゅりょう》ら九人と李商臣《りしょうしん》ら一三人を指すといい、『朱鶴齢注』巻五は、僕固懐恩《ぼくこかいおん》を指すという。

［大橋］

〇三六

其三

豐年孰云遲　甘澤不在早
耕田秋雨足　禾黍已映道
春苗九月交　顏色同日老
勸汝衡門士　勿悲尚枯槁
時來展才力　先後無醜好

其《そ》の三《さん》

豊年《ほうねん》孰《たれ》か遅《おそ》しと云《い》わん、甘沢《かんたく》早《はや》きに在《あ》らず
耕田《こうでん》秋雨《しゅうう》足り、禾黍《かしょ》已《すで》に道《みち》に映《は》ゆ
春苗《しゅんびょう》 九月《がつ》の交《こう》、顔色《がんしょく》 同日《どうじつ》に老《お》ゆ
汝《なんじ》 衡門《こうもん》の士《し》に勧《すす》む、悲《かな》しむ勿《な》かれ尚《なお》枯槁《ここう》するを
時来《ときき》たらば才力《さいりょく》を展《の》べん、先後《せんご》醜好《しゅうこう》 無《な》し

但訝鹿皮翁　忘機對芝草　　但《た》だ訝《いぶか》る鹿皮《ろくひ》の翁《おう》の、機《き》を忘《わす》れて芝草《しそう》に対《むか》うを

＊五言古詩。韻字は上声一九皓「早・道・老・槁・好・草」。

【現代語訳】　いったい誰が豊作の年は収穫が遅いというのだろう、作物に恵みの雨の降るのが遅かっただけのことだ。耕された畑には秋の雨が十分に降り、イネやキビは穂をつけて、その色がもう道に照り映えているほどだ。春に植えられた苗が晩秋の九月に入る頃になると、いっせいに色付いてくる。今は貧しい生活をしているあなたに勧めよう、今雨が降らずひからびているからといって悲しんではいけない。来るべき時がくれば雨が降り、自分の才能と実力を伸ばせるだろうし、才能の開花の早い遅いに醜いとか格好がいいとかということはないのだから。そうはいっても、ただ隠者の鹿皮翁が、いま不遇だからといって世俗を忘れて、芳しい草を相手に暮らしていたのはなかなかできることではないと不思議に思うのだ。

■語釈

○**豊年**　作物が豊かに実る年。三国・魏・曹植「徐幹《じょかん》に贈《おく》る」に「良田《りょうでん》に晩歳無《ばんさいな》く、膏沢《こうたく》に豊年多《ほうねんおお》し」（『文選』巻二四）、その李善注に「良田《りょうでん》、膏沢《こうたく》は徳有《とくあ》るに喩《たと》うるなり、晩歳無《ばんさいな》し、豊年多《ほうねんおお》しは必《かなら》ず栄《さか》ゆるに喩《たと》うるなり」。○**孰**　だれが。疑問の代名詞。○**甘澤**　農作物に降り注ぐ恵みの雨。○**禾黍**　イネとキビ。○**交**　八月と九月が交わる際。九月の初め。○**顔色**　穀物の色。穂の色。○**老**　実が成熟する。○**衡門士**　粗末な家に住んでいる者。「衡門」は、二本の柱の上に横木を置いただけの門。粗末な

家。〇才力　才能と実力。〇鹿皮翁　仙人、鹿皮公とも。淄川《しせん》（山東省淄博市）の人。岑山《しんざん》の頂に住み、仙草を食べ、神聖な水を飲んで暮らした（『列仙伝』巻下）。「忘機」は、世俗のことを忘れる。鈴木注は、「鹿皮翁を以て自己に期するなり」という。なお、鹿皮翁の処世を疑問視するという別解もある。

【補説】『吉川注』第七冊は『黄鶴補注』巻五により、この詩の冒頭は、乾元二年に実際にひでりがあったという史実を襲うと考え、「今年は豊かな年《みの》りが遅いなどと、おろかなことを云うのは孰《た》れか」と解釈する。また、二句目について鈴木注は「また耕作物に対してくださるる甘露のしめりも早くおりるだけがよいというわけではないのである」と解釈する。

［大橋］

〇三六七

留花門

花門天驕子　飽肉氣勇決
高秋馬肥健　挾矢射漢月
自古以爲患　詩人厭薄伐
修德使其來　羈縻固不絕
胡爲傾國至　出入暗金闕
中原有驅除　隱忍用此物
公主歌黃鵠　君王指白日

花門《かもん》を留《とど》む

花門《かもん》は天《てん》の驕子《きょうし》、肉《にく》に飽《あ》きて気勇決《きゆうけつ》なり
高秋《こうしゅう》 馬肥《うまこ》えて健《すこや》かなり、矢《や》を挟《さしはさ》みて漢月《かんげつ》を射《い》る
古《いにしえ》より以《もっ》て患《わざわ》いと為《な》す、詩人《しじん》薄伐《はくばつ》を厭《いと》う
徳《とく》を修《おさ》めて其《そ》れをして来《き》たらしめ、羈縻《きび》固《もと》より絶《た》えず
胡為《なんす》れぞ国《くに》を傾《かた》むけて至《いた》り、出入《しゅつにゅう》 金闕《きんけつ》を暗《くら》くする
中原《ちゅうげん》に駆除《くじょ》有《あ》り、隠忍《いんにん》して此《こ》の物《もの》を用《もち》う
公主黄鵠《こうしゅこうこく》を歌《うた》い、君王白日《くんおうはくじつ》を指《さ》す

連雲屯左輔　百里見積雪
長戟鳥休飛　哀笳曙幽咽
田家最恐懼　麥倒桑枝折』
沙苑臨清渭　泉香草豐潔
渡河不用船　千騎常撇烈
胡塵踰太行　雜種抵京室
花門既須留　原野轉蕭瑟』

雲《くも》に連《つら》なりて左輔《さほ》に屯《とん》し、百里積雪《ひゃくりせきせつ》を見《み》る
長戟《ちょうげき》 鳥《とり》飛《と》ぶことを休《や》め、哀笳《あいか》 曙《あけぼの》に幽咽《ゆうえつ》す
田家《でんか》最《もっと》も恐懼《きょうく》す、麦倒《むぎたお》れて桑枝《そうし》折《お》らるるを
沙苑《さえん》清渭《せいい》に臨《のぞ》めば、泉《いずみ》香《かんば》しく草豊《くさゆた》かにして潔《きよ》し
河《かわ》を渡《わた》るには船《ふね》を用《もち》いず、千騎《せんき》常《つね》に撇烈《へつれつ》たり
胡塵《こじんたいこう》太行を踰《こ》え、雑種京室《ざつしゅけいしつ》に抵《いた》る
花門《かもん》既《すで》に須《すべから》く留《とど》むべきも、原野《げんや》転《うた》た蕭瑟《しょうしつ》たらん

＊五言古詩。韻字は入声四質「日・潔・室・瑟」、入声五物「物」、入声六月「月・伐・闕」と入声九屑「決・絶・雪・咽・折・烈」の通押。

【題意】　乾元二年（七五九）秋、秦州（甘粛省天水市）での作。「花門」は、堡《とりで》の名。甘粛省山丹県の北、内蒙古自治区との境界にあった（『新唐書』巻四〇、地理志四「隴右道」）。ここでは花門に住んでいた回紇《かいこつ》（ウイグル）族を指す。安史の乱を平定するために援軍として招いた回紇族を中原の地に留めておくことの弊害について詠ずる。詳注三-五九、鈴木注三-四〇。

【現代語訳】　回紇族は天性の暴れん坊で、肉を十分に食べてその気性は決断力に富んでいる。空が高く澄む秋になると彼らの乗る馬は肥えてたくましくなり、彼らも弓矢を差し挟んで漢の月を射るほどの勢いがある。』

いにしえから異民族は心配の種であり、『詩経』の詩人も異民族を討伐することを嫌がっていた。異民族が従わなければ天子は徳を積み修養して彼らを来朝させてきたし、異民族を手なずけておくことも、もともといにしえから絶えたことはなかった。いったいどうして回紇族は全勢力を傾けて我が国にやってきて、出入りするごとに宮中を暗くするのだろう。そうはいっても都の付近には取り除かなくてはならない賊がいるから、やむを得ず回紇族の手を借りているのだ。』

回紇族に嫁いだ寧国《ねいこく》公主は故郷を恋しく思い「黄鵠」の歌を口ずさみ、我が天子は太陽の下で回紇族と固い盟約を結んだ。雲に連なるように多くの回紇軍は牧畜に適した沙苑に駐屯しており、その白い装いは遠くまで積もった雪のように見える。彼らの長い戟《ほこ》が天を指しているため鳥は怖れて飛ばず、哀しげな音色を出す回紇族の葦笛は朝方にもむせび泣くように鳴り響いている。農家の人々が最も怖れるのは、彼らのせいで麦が踏み倒され桑の枝が折られてしまうことだ。』

沙苑は渭水の清流に臨んでおり、その泉は芳しく草も青々として清らかだ。回紇族の人々は黄河を渡る際にも船を使うことはせず、多くの騎馬がいつも勢いよく颯爽と河を駆け抜けていく。史思明《ししめい》の軍が騎馬を率いて砂塵を巻き上げつつ太行山脈を越えて洛陽に殺到したために、忌々しい異民族の軍隊が東都洛陽に来援することになったのだ。こうして回紇軍を留めなくてはならなくなってしまったが、平原はいよいよ戦争で何もかもなくなり、もの寂しくなるだろう。』

■**語釈**

○**天驕子**　天性の暴れん坊。もと匈奴の自称（『漢書』巻九四上「匈奴伝上」）。強大な勢力を持つ異民族をいう。○**飽肉**　肉を食べ飽きる。回紇族が肉を常食していたことによる。○**勇決**　思い切って事を行う。○**高秋**　空が高く晴れわたった秋。○**馬肥健**　馬が肥えてたくましくなる。異民族が力をつけて事変を起こしかねないこと。『漢書』巻六九「趙充国伝」に「秋に至《いた》りて馬肥《うまこ》ゆれば、変必《へんかなら》ず起《お》こらん」。○**射漢月**　漢の月を射る。唐を脅かす。○**詩人**　『詩経』の詩の作者。具体的には「六月」（次の語釈参照）の作者。○**厭薄伐**　異民族を討伐することを嫌がる。「薄伐」は、討伐する。『詩経』小雅「六月」に「玁狁《けんいん》（周代の異民族）を薄伐《はくばつ》す」。○**修徳**　異民族を治められる徳を積む。『国語』巻一「周語上」に「王《おう》たらざること有《あ》れば則《すなわ》ち徳《とく》を修《おさ》む」、その韋昭注に「遠《とお》くの人服《ひとふく》せざれば則《すなわ》ち文徳《ぶんとく》を修《おさ》めて以《もっ》て之《こ》れを来《き》たらしむ」。○**羈縻**　馬のおもがいと、鼻づな。異民族を手なずけること。○**胡爲**　いったいどうして。○**傾國**　国の全力を傾注する。一説に、「傾国」は絶世の美女であり、回紇に嫁いだ寧国公主を指すとする（李済阻他『杜甫隴右詩注析』甘粛人民出版社など）。○**暗金闕**　天子の宮殿を暗くする。「金闕」は宮殿の門。劉雁翔『杜甫秦州詩別解』（甘粛教育出版社）は、至徳二載（七五七）、回紇の支援によって長安と洛陽を奪回したが、その後、回紇の兵士が洛陽で三日にわたり略奪を働いたことを指すとする。○**驅除**　取り除かなくてはならないもの。異物。安慶緒《あんけいしょ》や史思明を指す。○**隱忍**　辛いことを耐え忍ぶ。回紇族の手を借りること。○**此物**　回紇族。○**公主歌黃鵠**　「公主」は天子の娘。この句は乾元元年（七五八）七月、粛宗（↓「人物説明」）が幼少の寧国公主を回紇の王に嫁がせたことを踏まえる（『旧唐書』巻一〇「粛宗本紀」、同巻一九五「廻紇伝」など）。その見返りとして、唐王朝は安史の乱の討伐に回紇族の援軍を得た。「黄鵠」は、黄色を帯びた白鳥。ここは前漢・江都王の女《むすめ》細君が烏孫（トルコ系の遊牧民族）に嫁いだときにうたった歌。その歌に「願《ねが》わくは黄鵠《こうこく》と為《な》りて故郷《こきょう》に帰《かえ》らん」（『漢書』巻九六下「西域伝下」）。双声語「コウコク」。○**君王**　天子。寧国公主を嫁がせた粛宗。○**指白日**　太陽の下、固い盟約を結ぶ。『詩経』王風「大車」に「予《よ》に信《しん》あらずと謂《い》えば、皦日《きょうじつ》の如《ごと》き有《あ》り（太陽の下に誓って二心はない思いがある）」。○**連雲**　雲に連なるような、回紇族の大軍。○**屯**　駐屯する。○**左輔**　漢代の三輔（長安を中心にして区分した行政区）の一つ左馮翊《さひょうよく》。長安の東北に位置するので左輔ともいう。ここでは沙苑（陝西省大茘県の東南）を指す。牧畜に適した場所として知られた。○**見積雪**　回紇軍の衣冠が白いので雪のように見える。「積雪」が何の比喩であるかについては、この他に、回紇の軍旗の色（『朱鶴齢注』巻五）、沙苑の砂の色（『銭注』巻二、鈴木注）という見解もある。○**長戟**　回紇の兵士が持つ長い戟《ほこ》。○**哀笳**　哀しげな音色を奏でる回紇族の葦笛。○**幽咽**　むせび泣く。○**田家**　農家。○**恐懼**　恐れおののく。○**沙苑**　「左輔」の語釈参照。○**清渭**　清らかな渭水。○**草豊潔**　草が青々と伸びて清らか。○**撇烈**　馬が勢いよく駆け抜けるさま。畳韻語「ヘツレツ」。○**踰太行**　安史の反乱軍が太行山脈を越えてやってくる。「太行」は、河北省と山西省の間を南北に走る山脈。『吉川注』第六冊は「踰」えるのは回紇軍とする。○**雑種**　異民族。安禄山（↓「人物説明」）や史思明らに率いられて反乱を起こした異民族。○**抵京室**　東都洛陽に迫る。「京室」は都。「抵」は、いたる。「至」に同じ。乾元二年（七五九）九月、史思明が洛陽を陥落させている。なお、鈴木注は「京室」を長安とみなし、史思明が勢いに乗じて長安を陥落させようとしていると解釈する。○**原野**　広々とした平野。鈴木注は「耕作物の地をいふ、上の麦桑の語と応ず」と解する。○**轉**　ますます。○**蕭瑟**　もの寂しいさま。双声語「ショウシツ」。

［大橋］

佳人

絕代有佳人　幽居在空谷
自云良家子　零落依草木
關中昔喪亂　兄弟遭殺戮
官高何足論　不得收骨肉』
世情惡衰歇　萬事隨轉燭
夫壻輕薄兒　新人美如玉
合昏尚知時　鴛鴦不獨宿
但見新人笑　那聞舊人哭』
在山泉水清　出山泉水濁
侍婢賣珠廻　牽蘿補茅屋
摘花不插髮　采柏動盈掬
天寒翠袖薄　日暮倚修竹』

＊五言古詩。韻字は入声一屋「谷・木・戮・肉・宿・哭・屋・掬・竹」と入声二沃「燭・玉」、入声三覚「濁」の通押。

佳人《かじん》

絶代《ぜつだい》佳人《かじん》有《あ》り、幽居《ゆうきょ》して空谷《くうこく》に在《あ》り
自《みずか》ら云《い》う良家《りょうか》の子《こ》、零落《れいらく》して草木《そうもく》に依《よ》る
関中《かんちゅう》昔《むかし》喪乱《そうらん》あり、兄弟《けいてい》殺戮《さつりく》に遭《あ》えり
官高《かんたか》きも何《なん》ぞ論《ろん》ずるに足《た》らん、骨肉《こつにく》を収《おさ》むるを得《え》ず
世情《せじょう》衰歇《すいけつ》を悪《にく》み、万事《ばんじ》転燭《てんしょく》に随《したが》う
夫壻《ふせい》軽薄《けいはく》の児《じ》、新人《しんじん》美《うつく》しきこと玉《ぎょく》の如《ごと》し
合昏《ごうこん》すら尚《な》お時《とき》を知《し》る、鴛鴦《えんおう》独《ひと》り宿《しゅく》せず
但《た》だ見《み》る新人《しんじん》の笑《わら》うを、那《なん》ぞ聞《き》かんや旧人《きゅうじん》の哭《こく》するを
山《やま》に在《あ》れば泉水《せんすい》清《きよ》く、山《やま》を出《い》ずれば泉水《せんすい》濁《にご》る
侍婢《じひ》珠《しゅ》を売《う》りて廻《かえ》り、蘿《つた》を牽《ひ》きて茅屋《ぼうおく》を補《おぎな》う
花《はな》を摘《つ》むも髪《かみ》に挿《さしはさ》まず、柏《はく》を采《と》りて動《やや》もすれば掬《きく》に盈《み》つ
天寒《てんさむ》くして翠袖《すいしゅう》薄《うす》し、日暮《ひく》れて修竹《しゅうちく》に倚《よ》る

〇二六八

【題意】「佳人」は、美しい女性。以前貴族に嫁いでいたが、年老いて夫の情愛を失った美女を描く。詳注は前漢・司馬《しば》相如《しょうじょ》「長門《ちょうもん》の賦《ふ》」の「夫《そ》れ何《なん》ぞ一佳《いちか》人《じん》、歩《あゆ》むこと逍遥《しょうよう》として以《もっ》て自《みずか》ら虞《はか》る」を踏まえるという。乾元二年（七五九）、秦州（甘粛省天水市）での作とされるが、確証はない。詳注二-五五二、鈴木注二-四。

【現代語訳】絶世の美女がいた、その女性は俗世間を避けてひと気のない谷間にひっそりと暮らしていた。その女性が次のようにいう、「良い家柄の娘だったが、今は落ちぶれて、草木とともに暮らしている。その昔の天宝（七四二～七五六）の末年、長安一帯が大混乱に陥った時、兄弟は殺されてしまった。兄弟が高い官職に就いていたからといってどんな価値があろう、肉親である自分の面倒を見てくれることもなかったのです。』

世間の人情は盛りを過ぎた者を忌み嫌うもので、私も蠟燭の影がその光に従って揺れるように、成り行きに身を任せたのです。しかし、私の夫は薄情な上辺だけの男で、宝玉のような美人を新しく迎え入れたのです。ネムノキですら夜には時を知って葉を合わせるし、オシドリも常に夫婦で行動して一人で眠りにつくようなことはしません。夫はただただ新しく来た女が笑うのを喜んで見ます、どうしてもとからいる私が声をあげて泣き悲しむことに耳を傾けてくれましょうか」。』

湧き出る泉は山にあっては清らかで、山を出ると濁ってしまう。だから彼女は貞節を守るために山中に居続けるのだ。生活のために召使いの女が真珠を売って戻り、ツタをひっぱっては屋根を修繕している。花を摘んでも自分の髪に差し挟んだりはしないし、食用の柏の実を採っていると、気づかないうちに両手いっぱいになっている。寒空の中、彼女はみどり色の袖の薄い衣服を身につけ、日が暮れると長くのびた竹に寄りかかっている。』

■語釈

○**絶代**　世に並ぶ者のない。絶世。○**幽居**　俗世を避け、ひっそりと暮らす。○**空谷**　ひと気のない谷。○**零落**　落ちぶれる。双声語「レイラク」。○**依草木**　草木に囲まれる。○**關中**　長安一帯。長安は函谷関の西に位置する。○**昔喪亂**　天宝の末年、戦乱が起こって多くの人命が失われた。「喪乱」は、天宝十五載（七五六）、安禄山（↓「人物説明」）の乱が起こって長安が陥落したことを指す。○**不得收骨肉**　佳人の世話をしてくれない。「骨肉」は、親子や兄弟などの血族。ここは佳人を指す。○**世情**　世間の人々の思い。○**惡衰歇**　盛りを過ぎた者を忌み嫌う。「衰歇」は魅力が衰えた者。○**隨轉燭**　蠟燭の影がその光に従って揺れ動くように、成り行きに身を任せる。○**夫壻**　夫。○**輕薄兒**　人情の薄い上辺だけの男。「兒」は接尾辞。軽蔑の意味合いを含む。○**新人**　新しく迎えた女性。○**玉**　宝玉。美人に喩える。○**合昏尙知時**　ネムノキですら時を心得て夜に葉を合わせて閉じる。「合昏」は、ネムノキ。合歓に同じ。夫婦が睦みあうことの象徴。双声語「ゴウコン」。○**鴛鴦**　オシドリ。夫婦離れずに行動することから夫婦が睦まじいことの象徴。双声語「エンオウ」。○**那聞**　どうして……を耳にするだろう。「那」は反語。口語的表現。○**舊人**　以前からいる女性。佳人。○**哭**　声を立てて泣く。○「在山」二句　二句が何を喩えているかについては、清らかだった夫の性格が濁ったものに変化したことをいう（『九家注』巻五）、富貴な時から貧困になった佳人の境遇を暗示する（鈴木注）などの説がある。○**珠**　真珠。佳人の所持していた装飾品。○**牽蘿補茅屋**　ツタをひっぱってあばら屋を繕う。家屋が粗末なことをいう。○**摘花不插髮**　装いを気にしなくなったことをいう。○**采柏動盈掬**　食用の柏の実を採っていると、気づかないうちに両手いっぱいになっている。「柏」は、柏（ヒノキ類の樹木の総称）の実。漢代の「古詩」に「馬《うま》は柏葉《はくよう》を啖《くら》い、人《ひと》は柏脂《はくし》を啖《くら》う。常《つね》に飽《あ》く可《べ》からざるも、聊《いささ》か飢《う》えを過《とど》む可《べ》し」。「動」は、そうなりがちなこと。「盈」は、満ちる。「掬」は手ですくい取る。ここはひとすくいの意。○修竹　長く伸びた竹。「修」は、長い。竹は、寒い冬でも青々と茂っていることから、佳人が貞節を守ることを象徴する（『杜陵詩史』巻一〇）。

【補説】鈴木注は、三句目から最後の句まで佳人の言葉と解釈することができると述べている。また『吉川注』第七冊は、仙女以外で山に住む女性を描くことは従来はなく、杜甫の新機軸であると指摘する。また、『杜陵詩史』巻一〇などは、「佳人」を杜甫自身に喩えると解釈する。

［大橋］

〇二六九

夢李白二首

死別已吞聲　生別常惻惻
江南瘴癘地　逐客無消息
故人入我夢　明我長相憶
君今在羅網　何以有羽翼
恐非平生魂　路遠不可測

李白《りはく》を夢《ゆめ》む二首《にしゅ》

死別《しべつ》已《すで》に声《こえ》を吞《の》むも、生別《せいべつ》は常《つね》に惻惻《そくそく》たり
江南《こうなん》は瘴癘《しょうれい》の地《ち》にして、逐客《ちくかく》は消息《しょうそく》無《な》し
故人《こじん》我《わ》が夢《ゆめ》に入《い》りて、我《わ》れの長《なが》く相《あ》い憶《おも》うを明《あき》らかにす
君今《きみいま》羅網《らもう》に在《あ》り、何《なに》を以《もっ》て羽翼《うよく》有《あ》らん
恐《おそ》らくは平生《へいぜい》の魂《たましい》に非《あら》ざらん、路遠《みちとお》くして測《はか》る可《べ》からず

魂來楓林靑　魂返關塞黑
魂《たましい》は楓林《ふうりん》の青《あお》きより来《き》たり、魂《たましい》は関塞《かんさい》の黒《くろ》きより返《かえ》る
落月滿屋梁　猶疑照顏色
落月屋梁《らくげつおくりよう》に満《み》つれば、猶《な》お疑《うたが》う顔色《がんしよく》を照《て》らすかと
水深波浪闊　無使蛟龍得』
水深《みずふか》くして波浪闊《はろうひろ》し、蛟龍《こうりよう》をして得《え》しむること無《な》かれ

＊五言古詩。韻字は入声一三職「惻・息・憶・翼・測・黑・色・得」。

【題意】夢で李白（↓「人物説明」）に会い、その境遇に思いを馳せる。其の一に、「君今羅網に在り」とあることから、杜甫は、李白が永王璘《えいおうりん》の反乱軍に加わった罪によって、潯陽の獄に繋がれていたことを知っていたのであろう。李白は後に流罪になって夜郎に流されることになるが、夜郎に向かう途中、乾元二年（七五九）の春に恩赦にあっている。このことについて、李白は「去歳左遷《きよさいさせん》せらる夜郎《やろう》の道《みち》……、今年《ことし》は巫山《ふざん》の陽《みなみ》に勅放《ちよくほう》せらる」（「漢陽《かんよう》より酒《さけ》に病《や》みて帰《かえ》り、王命府《おうめいふ》に寄《よ》す」）という。杜甫のこの詩に「関塞」「江南」の語が見えることから、これらが「巫山」を指す可能性があることを踏まえ、本詩を乾元二年（七五九）、秦州（甘粛省天水市）での作とみなす（詳注所引、盧元昌注）。其の一では、獄に繋がれている李白の姿を想像し、その境遇を案じる。其の二では、何度か李白が夢に現れたことを述べ、李白の身を案じるとともに、その境遇が改善されることを願う。詳注二-五五六、鈴木注二-四七。

【現代語訳】死に別れには無言で悲しみ泣くだけだが、生き別れにはずっと悲しみや痛ましさが続く。あなたのいる江南は毒気のために病気になりやすい土地であり、追放されたあ

なたからの便りもなくなってしまうほどだ。』

友であるあなたの魂は私の夢の中に入ってきたが、そのことは私が長くあなたのことを思っていたことを証明してくれている。あなたは今、法の網にかかって獄に繋がれる身になっているのに、どうやって翼を手に入れ私の夢に入ってきたのだろう。夢に現れたあなたの魂は、どうも普段のあなたではなさそうだが、あまりにも道が遠すぎてそれを確かめることもできない。』

あなたの魂は、楓樹の林が青々としている所からやってきたが、またこの塞外の土の黒々とした暗い土地から元いた所に帰っていく。目が覚め西に沈みゆく月の光が屋根の梁《はり》に満ちているのが目に入る、するとこの光がまだあなたの顔をも照らしているのではないかと疑う。長江の水は深く荒波が続いているというから、蛟《みずち》や龍に捕まることのないよう、舟旅には気をつけてほしい。』

■語釈

○呑聲　無言で悲しみ泣く。○惻惻　悲しみ痛むさま。○江南瘴癘地　李白が獄に繋がれた潯陽は江南東路に属した。「瘴癘地」は、瘴気（毒を含んだ気）が漂う土地。隋・孫万寿「江南《こうなん》を遠戍《えんじゅ》する（遠く国境を守る）に京邑《けいゆう》の親友《しんゆう》に寄《よ》す」に「江南《こうなん》は瘴癘《しょうれい》の地《ち》にして、従来逐臣多《じゅうらいちくしんおお》し」。○逐客　罪を得て放逐された人。李白を指す。○消息　便り。知らせ。双声語「ショウソク」。○故人　友人。李白を指す。○入我夢　李白が自分（杜甫）の夢に現れる。李白の魂が杜甫の夢に入ってくる。○長相憶　李白のことを長い間思い続ける。「相」は、思うという行為が相手に及ぶこと。○「君今」二句　法律を犯した者を捕らえる網にかかる。「羅網」は、鳥を捕らえる網。「何以」は、どうやって。この二句を、詳注以外の諸本は「魂返」の句のあとに置く。○**恐非平生魂**　どうもふだん見ていた李白の姿をした魂ではないようだ。李白が死んでいるかもしれないと想像している。○**魂來楓林青**　李白の魂が楓樹の林が緑に茂る温かい南の土地からやってきて夢に現れたことを示す。『楚辞』招魂の「湛湛《たんたん》たる江水《こうすい》、上《うえ》に楓有《ふうあ》り、目《め》は千里《せんり》を極《きわ》めて、春心《しゅんしん》を傷《いた》ましむ。魂《たましい》よ帰《かえ》り来《き》たれ、江南哀《こうなんかな》し」を踏まえる。「楓」は、マンサク科の落葉高木。カエデに似て秋に紅葉する。○**關塞黑**　杜甫のいる秦州。黒々とした辺塞の地。○**落月**　西に沈みかかった月の光。○**屋梁**　屋根の梁《はり》。○**猶疑**　（夢から覚めた後も）まだ……かと疑う。○**照顔色**　月の光が李白の顔を照らす。○**水深波浪闊**　長江の水が深く波が広がっている。李白が繫がれている獄中を暗示する。○**蛟龍**　蛟（水を好むという蛇に似た想像上の動物）と龍。李白が荒波によって舟から落ち、それらの餌食になることを案じている。

［大橋］

〇三七

其二

浮雲終日行　遊子久不至
三夜頻夢君　情親見君意』
告歸常局促　苦道來不易
江湖多風波　舟楫恐失墜
出門搔白首　若負平生志』

其《そ》の二《に》

浮雲《ふうん》終日《しゅうじつ》行《ゆ》き、遊子《ゆうし》久《ひさ》しく至《いた》らず
三夜《さんや》頻《しき》りに君《きみ》を夢《ゆめ》み、情《じょう》親《した》しめば君《きみ》の意《い》を見《み》る
帰《かえ》るを告《つ》ぐるに常《つね》に局促《きょくそく》として、苦《ねんご》ろに道《い》う来《き》たること易《やす》からず
江湖《こうこ》風波《ふうは》多《おお》く、舟楫《しゅうしゅう》恐《おそ》らくは失墜《しっつい》せんと
門《もん》を出《い》でて白首《はくしゅ》を掻《か》くは、平生《へいぜい》の志《こころざし》に負《そむ》くが若《ごと》し

冠蓋滿京華　斯人獨顦顇
孰云網恢恢　將老身反累
千秋萬歲名　寂寞身後事』

冠蓋京華《かんがいけいか》に満《み》ち、斯《か》の人《ひと》独《ひと》り顦顇《しょうすい》す
孰《たれ》か云《い》う網恢恢《もうかいかい》たりと、将《まさ》に老《お》いんとして身《み》反《かえ》って累《るい》せらる
千秋万歳《せんしゅうばんざい》の名《な》は、寂寞《せきばく》たる身後《しんご》の事《こと》なり

＊五言古詩。韻字は去声四寘「至・意・易・墜・志・顇・累・事」。

【現代語訳】　空に浮かんだ雲が一日中流れてゆき、その雲のような旅人のあなたは長く私のところに来ることはなかった。ただ、この三晩は続けてあなたを夢みたが、それはあなたが日頃から私を思っていてくれたことの現れなのだろう。』

あなたが帰りを告げる時はいつもくよくよとうなだれて、ここまで来るのは簡単ではない、江南は風も波も多く、舟が転覆するのではと心配なのだと、切実に訴える。門を出て白髪頭を掻《か》きむしっているのは、日頃から抱いている願いに背いているからのようだ。』

都には冠を被り、傘のある車に乗るような貴人たちが溢れているが、このお人は一人やつれて元気がない。いったい誰が、天の網は粗いようでも善悪を見誤らないといったのか、あなたはもう年老いてきているのに、その無実の身は逆に獄に繋がれてしまった。永遠の名声は生前には望めず、ひっそりともの寂しいあなたの死後のものなのだ（今のあなたの不遇こそが痛ましい）。』

一■語釈

○遊子　旅人。李白を指す。○三夜　三日間の夜。○情親　李白の杜甫に対する親愛の情。○局促　身をかがめるさま。のびのびしないさま。畳韻語「キョクソク」。○苦道　切実にいう。「道」は、いう。○江湖　李白のいる江南の土地。○舟楫　舟と舵《かじ》。舟をいう。「江湖」の二句について『吉川注』第七冊に「以上二句、李白自身の語と見ること、杜甫の憂慮と見ること、いずれとも自由」とあり、鈴木注は李白の言葉とする。○失墜　やりそこなう。舟が川に沈没すること。○搔白首　白髪頭を搔《か》きむしる。願いを実現できずに不満を抱く仕草。○平生志　日頃から抱いている願い。○冠蓋　冠を着け、覆いのある車に乗るような貴人たち。○京華　都。長安。○斯人　李白を指す。○顦顇　やつれて元気のないさま。双声語「ショウスイ」。○網恢恢　天の網にかかるはずもない李白のような正しい人物が獄に繋がれていることを批判する。『老子』七三章に「天網《てんもう》恢恢《かいかい》、踈《そ》にして失《うしな》わず（天の網の目は大きいが、善悪を見誤ることはない）」。○千秋萬歳　永遠に伝えられていく名声。三国・魏・阮籍「詠懐詩《えいかいし》十七首」其の十二に「千秋《せんしゅう》万歳《ばんざい》の後《のち》、栄名《えいめい》安《いず》れの所《ところ》にか之《ゆ》く」。「千歳」は双声語「センザイ」。○寂寞身後事　ひっそりとしてもの寂しい李白の死去した後のこと。「寂寞」は、畳韻語「セキバク」。「身後」は、死後。詳注に「身《み》は累《つな》がるるも名《な》は伝《つた》われば、其《そ》の屈伸《くっしん》も亦《ま》た相《あ》い慰《なぐさ》むるに足《た》る……還《ま》た是《こ》れ目前を悼むなり（身体は獄に繋がれてもその名声は後世に伝わるのだから、人生に不幸があっても慰めにはなるだろう。……やはり李白の現在の不幸を悲しんでいる）」とあるように、末尾の二句には不遇な人生を嘆くことはないという意味が込められている。

［大橋］

有懐台州鄭十八司戸　〇二七一

台州《たいしゅう》の鄭十八《ていじゅうはち》司《し》戸《こ》を懐《おも》う有《あ》り

天台隔三江　風浪無晨暮
鄭公縱得歸　老病不識路』
昔如水上鷗　今爲罝中兔
性命由他人　悲辛但狂顧
山鬼獨一脚　蝮蛇長如樹
呼號傍孤城　歲月誰與度』
從來禦魑魅　多爲才名誤
夫子嵆阮流　更被時俗惡
海隅微小吏　眼暗髮垂素
鳩杖近青袍　非供折腰具』
平生一杯酒　見我故人遇
相望無所成　乾坤莽回互』

天台三江《てんだいさんこう》を隔《へだ》て、風浪晨暮《ふうろうしんぼ》無《な》し
鄭公《ていこう》縦《たと》い帰《かえ》ることを得《う》るも、老病《ろうびょう》路《みち》を識《し》らざらん
昔《むかし》は水上《すいじょう》の鷗《かもめ》の如《ごと》く、今《いま》は罝中《しゃちゅう》の兔《うさぎ》と為《な》る
性命《せいめい》他人《たにん》に由《よ》り、悲辛《ひしん》但《た》だ狂顧《きょうこ》す
山鬼《さんき》独《ひと》り一脚《いっきゃく》あるのみ、蝮蛇《ふくだ》長《なが》きこと樹《き》の如《ごと》し
呼号《こごう》して孤城《こじょう》に傍《そ》い、歳月《さいげつ》誰《たれ》か与《とも》に度《わた》らん
従来《じゅうらい》 魑魅《ちみ》を禦《ふせ》ぐは、多《おお》くは才名《さいめい》に誤《あやま》らる
夫子《ふうし》は嵆阮《けいげん》の流《りゅう》なれば、更《さら》に時俗《じぞく》の悪《にく》みを被《こうむ》る
海隅《かいぐう》小吏《しょうり》微《かす》かなり、眼《め》暗《くら》くして髪《かみ》素《そ》を垂《た》る
鳩杖《きゅうじょう》 青袍《せいほう》に近《ちか》づくも、腰《こし》を折《お》るの具《ぐ》を供《きょう》するに非《あら》ず
平生《へいぜい》一杯《いっぱい》の酒《さけ》、我《わ》れを見《み》れば故人《こじん》もて遇《ぐう》す
相《あ》い望《のぞ》むも成《な》す所《ところ》無《な》し、乾坤《けんこん》莽《ぼう》として回互《かいご》す

＊五言古詩。韻字は去声七遇「暮・路・兔・顧・樹・度・誤・惡・素・具・遇・互」。

【題意】　台州に左遷された鄭虔《ていけん》に対する思いを述べる。「台州鄭十八司戸」は、鄭虔（↓「人物説明」）を指す。鄭虔は司戸参軍事（↓「用語説明」）として台州（浙江《せっこう》省台州市）に

流されていた。「十八」は、排行（→「用語説明」）。鄭虔が台州に左遷された至徳二載（七五七）、杜甫は送別の詩〇一九六を作り、翌乾元元年（七五八）に〇三一〇を作っている。この詩はこれらよりさらに後、乾元二年（七五九）、杜甫が華州司功参軍（→「用語説明」）を辞した後、秦州（甘粛省天水市）にあった頃の作。詳注二-五五九、鈴木注二-五三。

【現代語訳】　天台山は長江、浙江《せっこう》、曹娥江《そうがこう》という三つの大きな川を隔てた南の遠くにあり、川に吹く風や波は一日中やむことはない。鄭虔殿がたとえ都に帰ることができたとしても、老いて病気がちなのだから帰り道がわからないだろう。』

昔、都では鄭虔殿は水上のカモメのようにのびのびと羽ばたいていたのに、今は網にかかったウサギのようになって自由がきかなくなってしまった。鄭虔殿の命運は他人に握られ、悲しみと辛さのせいで落ち着くことなく辺りを見回していることだろう。かの地の化け物である山鬼は一本足で、毒蛇の長いことはまるで樹木のようだ。君は大声で叫んで周囲から隔絶した台州の町に身を寄せて、残りの年月を誰と一緒に過ごすことになるのだろう。』

かねてから山の怪物を防御するために辺境に追われた者がいたが、彼らは評判が高くなってしまったがために他人にねたまれ、流罪という思わぬ災いにあったのだ（鄭虔殿も同じである）。鄭虔先生は嵇康や阮籍と同じように思いのままに生きている人であるから、時の俗人たちからいっそう憎まれてしまったのだ。台州のような辺鄙《へんぴ》な土地で下役人となり、目も老眼になって白髪が垂れている。ハトの飾りのついた杖をお持ちの老齢の鄭虔殿が台州の下っ端役人の間近におられるが、この杖は腰を曲げて彼らにこびるために朝廷より与えられた道具ではない。』

以前長安で一杯の酒を御一緒したが、私に会うと鄭虔殿は古くからの友人としてもてなしてくれた。私は鄭虔殿のいる方向を遠く眺めるばかりでなすすべもなく、天地は大きく広がり、繰り返し遠くにいる鄭虔殿のことを思いやっている。』

語釈

○**天台**　山名（浙江省天台市）。鄭虔の左遷された台州は天台山のすぐそば（東南五〇キロ）にあるので、天台山をもって台州を指した。○**三江**　曹娥《そうが》江《こう》、浙江《せっこう》（銭塘江）、長江の三つの川。台州から北の長安に帰るには曹娥江、浙江、長江という順に渡る。長安から台州（天台山）が遠く離れていることを示す。○**無晨暮**　朝も暮れもない。一日中。○**罝**　ウサギを捕らえる網。○**性命**　天から与えられた命運。○**狂顧**　あわただしく辺りを見回す。○**山鬼**　山に棲む、踵《きびす》の反り返った一本足の化け物。『述異記』（『朱鶴齢注』巻五所引）に「山鬼《さんき》は、嶺南《れいなん》に在《あ》る所《ところ》に之《こ》れ有《あ》り。独足《どくそく》にして反踵《はんしょう》」。○**蝮蛇**　マムシ。毒蛇。○**呼號**　大声で叫ぶ。○**傍孤城**　孤立した台州の町に身を寄せる。「傍」は近づく、身を寄せる。鈴木注によれば、さまよう。彷徨する。「孤城」は、近隣から隔絶した台州。○**誰與度**　一人きりで過ごす。○**禦魑魅**　山に住む怪物の侵入を防ぐ。「魑魅」は、山林の気から生じるという怪物。鄭虔が流罪になっていることを『春秋左氏伝』の故事を用いていう。同書の文公十八年に「諸《こ》れを四裔《しえい》に投《とう》じて、以《もっ》て螭魅《ちみ》を禦《ふせ》がしむ（舜が四つの氏族を四方の辺境に流罪にして怪物の侵入を防がせた）」。○**多爲才名誤**　評判が高くなってしまったために他人にねたまれて思わぬ災いにあう（鈴木注）。「才名」は、才能と名声があるという評判。○**夫子**　鄭虔に対する尊称。先生。○**嵇阮流**　自分の思いのままに生きた嵇康と阮籍（→「人物説明」）のような人々に共通する生き方をしていること。○**海隅**　都から離れた辺鄙《へんぴ》な場所。左遷先の台州を指す。○微小吏　小役人。○眼暗　目がかすんでよく見えない。老眼。○素　白髪。○鳩杖　ハトの飾りのついた老人用の杖。朝廷から下賜された。ここではその杖をつく鄭虔。○青袍　台州の官吏が着ている服。官位が八、九品にあたる下級官吏が着る青い服。○非供折腰具　「折腰」は、腰を折り曲げ、役人の前に卑屈になる。『晋書』巻九四「陶潜伝」に「吾れ五斗米の為《ため》に腰《こし》を折《お》ること能《あた》わず」。「具」は、道具、材料。○平生　杜甫と鄭虔が長安でともに過ごした頃。畳韻語「ヘイゼイ」。○乾坤　天地。双声語「ケンコン」。○莽　天地が広々と続いているさま。○回互《え》　交互にめぐる。双声語「カイゴ」。詳注に、「乾坤莽莽《けんこんぼうぼう》たる中《うち》、何《いず》れの時《とき》にか重《かさ》ねて首《こうべ》を聚《あつ》むるを得んや。仍《すなわ》ち老病《ろうびょう》にて帰《かえ》ること難《かた》きの意《い》に応《おう》ず（天地が広がる中、いつになったら再び顔をあわせられるだろうか。つまり杜甫も鄭虔も老いと病気のために都に戻って再会することが難しいという冒頭の意と呼応する）」。

【補説】「鳩杖近青袍」の句について、鈴木注は「正解を得ず」といい、「已に鳩杖でもつかるべき身を以てゐるなか役人の青袍にまぢかく居られる」と解する。『吉川注』第七冊は一句を別のテキストによって「黄帽映青袍」とした上で、この句は難解で「充分には読めない」という。馮至編選『杜甫詩選』は、鄭虔の年齢は七〇になるのに、まだ地方の小役人をしている、と解する。

［大橋］

遣興五首

興《きょう》を遣《や》る五首《ごしゅ》

蟄龍三冬臥　老鶴萬里心
昔時賢俊人　未遇猶視今
嵇康不得死　孔明有知音
又如壟坻松　用舍在所尋
大哉霜雪幹　歳久爲枯林

蟄龍《ちつりょう》三冬《さんとう》に臥《ふ》す、老鶴《ろうかく》万里《ばんり》の心《こころ》
昔時《せきじ》賢俊《けんしゅん》の人《ひと》、未《いま》だ遇《あ》わざるは猶《な》お今《いま》を視《み》るがごとし
嵇康《けいこう》は死《し》を得《え》ず、孔明《こうめい》は知音《ちいん》有り
又《ま》た壟坻《ろうてい》の松《まつ》の如《ごと》く、用舎《ようしゃ》は尋《たず》ぬる所《ところ》に在《あ》り
大《だい》なるかな霜雪《そうせつ》の幹《みき》、歳久《としひさ》しくして枯林《こりん》と為《な》る

＊五言古詩。韻字は下平一二侵「心・今・音・尋・林」。

【題意】　乾元二年（七五九）、秦州（甘粛省天水市）での作。「遣興」は、心を伸びやかにする。憂さを晴らす。諸本によって連作の構成が異なる。たとえば『銭注』では「其の一」「其の二」の後に〇二三六〜〇二三八の三首が続き、「其の三」〜「其の五」は、〇二七七、〇二七八の後に置かれ、五首からなる連作としてまとめられる。連作五首全体について、王嗣奭《おうしせき》『杜臆』巻三は「倶《とも》に古人《こじん》に借《か》りて以《もっ》て自己《じこ》の興《きょう》を遣《や》る、尚《たっと》びて古人《こじん》を論《ろん》ずるに非《あら》ざるなり」という。詳注二-五六二、鈴木注二-五五。

【現代語訳】　冬ごもりしている龍は冬の間じゅうその身を伏せて潜んでおり、年老いた鶴は遠くへ飛び立とうという思いを持つ。その昔、優れた人物は不遇な目に遭っても志を伸ばそうとしていたが、それは現代でも同じである。才知に長《た》けた嵇康は不自然な死に方をしたが、同じく才知に長けた孔明には自分を理解してくれる人物との出会いがあった。また、山

中の坂に生えている松のように、木が使われるか使われないかは、その木を見出す人次第である。霜や雪にも耐える大きく立派で高潔な松の幹も、人に見出されることがなければ長い年月の果てには枯れた松林と化してしまうのだ。

■語釈

○蟄龍　冬ごもりしている龍。○三冬　冬の三ヵ月（鈴木注）。○老鶴　年老いた鶴。また、上品で優雅な鶴（劉雁翔『杜甫秦州詩別解』甘粛教育出版社）。○萬里心　遠くへと飛び立とうとする思い。○賢俊人　優れてぬきんでている人物。○未遇猶視今　『漢書』巻七五「京房伝」に見える「後《のち》の今《いま》を視《み》るも、猶《な》お今《いま》の昔《むかし》を視《み》るがごときなり」を踏まえる。後代の人々が今の状況を批判的に見るであろうことは、今の人々が批判的に昔のことを見ているのと同じであることをいう。○嵆康不得死　三国・魏・嵆康（↓「人物説明」）は、鍾会《しょうかい》の讒言《ざんげん》によって司馬昭に殺された。「不得死」は、まっとうな死に方をしない。○孔明有知音　「孔明」は、三国・蜀・諸葛亮（↓「人物説明」）の字《あざな》。劉備は三顧の礼をもって諸葛亮を迎えた。「知音」は、自分の気持ちや真価を十分に理解してくれる人物。知己。○隴坻松　隴山《ろうざん》の坂に生えている松。優れているのに人目につかないことの喩え。「隴山」は、長安の西北の陝西省隴県にある山脈。「松」は、節操のある高潔な人物の喩え。○用舎　用いられることと捨ておかれること。松が利用されるか、されないかということを通して、自分の真価を見出してくれる君主に出会えるかどうかを暗示する。○所尋　辺鄙《へんぴ》な所に生える松を探し出す人。○霜雪幹　厳しい霜や雪にも耐える丈夫な松の幹。○枯林　枯れた松林。

［大橋］

其二

昔者龐徳公　未曾入州府
襄陽耆舊閒　處士節獨苦
豈無濟時策　終竟畏羅罟
林茂鳥有歸　水深魚知聚
擧家隱鹿門　劉表焉得取

＊五言古詩。韻字は上声七麌「府・苦・罟・聚・取」。

其《そ》の二《に》　〇二七三

昔《むかし》は龐徳公《ほうとくこう》、未《いま》だ曾《かつ》て州府《しゅうふ》に入《い》らず
襄陽《じょうよう》　耆旧《ききゅう》の間《かん》、処士《しょし》節《せつ》独《ひと》り苦《くる》しむ
豈《あ》に時《とき》を済《すく》うの策無《さくな》からんや、終《つい》に竟《つい》に羅罟《らこ》を畏《おそ》る
林《はやし》茂《しげ》れば鳥帰《とりかえ》ること有《あ》り、水深《みずふか》ければ魚聚《うおあつ》まることを知《し》る
家《いえ》を挙《あ》げて鹿門《ろくもん》に隠《かく》るれば、劉表《りゅうひょう》焉《いずくん》ぞ取《と》ることを得《え》ん

【現代語訳】　その昔、隠者の龐徳公は一度も役人として州の庁舎に入ることはなかった。襄陽の長老たちの中でも、処士として生きる龐徳公だけが節操を頑《かたく》なに守った。いったいどうして彼がこの時世を救える策略を持っていなかったことがあろうか、結局は法の網にかかることを恐れただけなのだ。林が茂ると鳥が帰る場所となり、水が深いと魚は多く集まる（龐徳公も鳥や魚と同じく自分にふさわしい生き方を知っていた）。龐徳公は一家を挙げて鹿《ろく》門山《もんざん》に隠棲したが、荊州《けいしゅう》刺史の劉表はどうして自分の部下として彼を取りこむことができようか。

■語釈
○龐徳公　名は未詳。後漢末の隠者。荊州刺史の劉表が出仕を要請したが断り、家族とともに襄陽《じょうよう》（湖

北省襄陽《じょうよう》市）の鹿門山《ろくもんざん》に隠遁した（『後漢書』巻八三「龐公伝」）。○州府　州の政庁の所在地。○耆舊　その土地に住む長老たち。○處士　能力がありながら家にいて官吏として仕えない人物。○節獨苦　節操を頑《かたく》なにひたすら守る。○豈無　いったいどうして……がないだろうか。反語。○濟時策　疲弊した時世を救う策略。○終竟　結局。つまるところ。○畏羅罟　網に捕らえられることを恐れる。「羅罟」は動物や魚を捕らえる網。法律に喩える。政治に参画することで、図らずも犯罪者を捕らえる網にかかることを恐れる。○「林茂」二句　鳥や魚が、帰ったり集まったりする場所、本来自分がいるべき場所を心得ている。劉表が龐徳公に出仕を要請した時、「鴻鵠《こうこく》は高林《こうりん》の上《うえ》に巣《す》くい、暮《くれ》にして栖《す》む所《ところ》を得《う》。黿鼉《げんだ》（カメ、ワニの類い）は深淵《しんえん》の下《もと》に穴《あな》して、夕《ゆう》べにして宿《やど》る所《ところ》を得《う》。夫《そ》れ趣舎行止《しゅしゃこうし》（取捨選択）も、亦《ま》た人《ひと》の巣穴《そうけつ》なり。……天下《てんか》は保《たも》つ所《ところ》に非《あら》ざるなり」と答えたことを踏まえる（『後漢書』巻八三「龐公伝」）。○焉　いったいどうして……だろうか。反語。

［大橋］

其三　〇三七四

陶潛避俗翁　未必能達道
觀其著詩集　頗亦恨枯槁
達生豈是足　默識蓋不早
有子賢與愚　何其掛懷抱

其《そ》の三《さん》

陶潛《とうせん》は俗《ぞく》を避《さ》くるの翁《おう》たるも、未《いま》だ必《かなら》ずしも能《よ》く道《みち》に達《たっ》せず
其《そ》の詩集《ししゅう》を著《あらわ》すを観《み》るに、頗《すこぶ》る亦《ま》た枯槁《ここう》なるを恨《うら》む
達生《たっせい》豈《あ》に是《こ》れ足《た》らんや、黙識《もくし》蓋《けだ》し早《はや》からず
子《こ》有《あ》り賢《けん》と愚《ぐ》と、何《なん》ぞ其《そ》れ懐抱《かいほう》に掛《か》けん

＊五言古詩。韻字は上声一九皓「道・槁・早・抱」。

【現代語訳】　陶潜は世俗のしがらみを避けた老人であったが、必ずしも理想的な生き方ができるような域にまで到達できなかった。その詩集に残された詩文をじっくり読むと、けっこう俗人と同じように貧乏生活を恨んでもいる。貧乏を恨んでいるような歌を詠じている以上どうして思うがままに充分生きていたといえるだろうか。おそらく胸中に悟る力を早く身につけられなかったのだろう。彼は五人の息子のことを賢いとか愚かだとかいっているが、俗世間を超越しているのであればどうして息子の出来不出来を気にかけることがあっただろう。

■語釈

○陶潜避俗翁　東晋・陶淵明（↓「人物説明」）が、彭沢県の県令を辞任し郷里で隠遁生活をしたことを踏まえ「避俗」という。○達道　道（理想的な生き方）に到達する。○恨枯槁　貧乏な生活を恨みに思っている。「枯槁」は、貧しい生活をする。陶淵明「飲酒《いんしゅ》二十首《にじっしゅ》」其の十一は、孔子の弟子顔淵《がんえん》について「身後《しんご》の名《な》を留《とど》むと雖《いえど》も、一生亦《いっしょうま》た枯槁《ここう》す（後代に名前を残したが、その生涯は一方で貧しい生活であった）」。○達生　人生の本質を悟り、世俗の拘束を受けない生き方。『荘子』達生に「生《せい》の情《じょう》に達《たっ》する者《もの》は、生《せい》の以《もっ》て為《な》す無《な》き所《ところ》に務《つと》めず（生き方が真実に通じている者は、もはや生きられないのに無理に生きようと努めたりしない）」。達道と同じ。○豈　いったいどうして……だろうか。反語。○默識　無言のうちに心に知る。『吉川注』第七冊は、「事柄を見透す能力」と解する。○有子賢與愚　陶淵明には五人の息子がいた。「子《こ》を責《せ》む」詩に「五男児《ごだんじ》有《あ》りと雖《いえど》も、総《すべ》て紙筆《しひつ》を好《この》まず」と詠ずる一方で、「子《こ》に命《めい》ず」詩に「夙《つと》に興《お》き夜《よる》に寐《い》ね、爾《なんじ》に斯《こ》の才《さい》を願《ねが》う、爾《なんじ》の不才《ふさい》、亦《ま》た已《や》んぬるかな」と詠ずる。○掛

一懐抱　思いをいたす。気にかける。

【補説】　この詩では、杜甫が陶淵明の生き方を否定しているかに見える。詳注は、このことについて、陶淵明の詩集に書かれていることを踏まえて杜甫の思いを述べただけで、陶淵明を批判するものではない、という。　［大橋］

其四　〇三七五

賀公雅呉語　在位常清狂
上疏乞骸骨　黄冠歸故鄉
爽氣不可致　斯人今則亡
山陰一茅宇　江海日清涼

其《そ》の四《し》

賀公雅《がこうつね》に呉語《ごご》す、位《くらい》に在《あ》るも常《つね》に清狂《せいきょう》たり
上疏《じょうそ》して骸骨《がいこつ》を乞《こ》い、黄冠故郷《こうかんこきょう》に帰《かえ》る
爽気《そうき》致《いた》す可《べ》からず、斯《こ》の人今《ひといま》は則《すなわ》ち亡《な》し
山陰《さんいん》の一茅宇《いちぼうう》、江海日〻《こうかいひび》に清涼《せいりょう》なり

＊五言古詩。韻字は下平七陽「狂・郷・亡・涼」。

【現代語訳】　賀知章《がちしょう》殿はいつでも南方のお国訛《なま》りを使い、官位にあってもいつも俗人とは違って自由奔放に振る舞っておられた。晩年は朝廷に文書を奉って辞職を願い、道士の用いる黄色の冠をかぶって故郷に帰られた。しかし今となっては役所に爽やかな風を吹き入れることはできなくなった、かの人は今はもう死んでしまったのだから。山陰には主人を亡くし

たあばら屋が一軒あるだけだが、大江や海に近いこの場所には毎日すがすがしい気持ちのよい風が吹きつけているだろう。

■語釈

○賀公　盛唐の詩人、賀知章（六五九〜七四四）。字《あざな》は季真。永興（浙江省）の人。四明狂客と号した（『旧唐書』巻一九〇中「賀知章伝」）。○呉語　賀知章の出身地、越州（浙江《せっこう》省紹興市）永興のなまり。○在位常清狂　「在位」は、官にあること。「清狂」は、俗人離れした自由奔放な振る舞いをする、またその人。賀知章は、則天武后の証聖元年（六九五）、進士に及第し礼部侍郎などを歴任した。性格は豪放で、当時の賢人たちが敬慕した。○乞骸骨　辞職を願い出る。君主に差し上げた自分の体について、肉体は君主のために使い果たしたのでせめて骨だけは自分に返してほしいと乞い求めたことによる。○黄冠帰故郷　「黄冠」は、道士がかぶる黄色の冠。賀知章は晩年官を辞し故郷に戻った。○爽氣　爽やかな気。『世説新語』簡傲《かんごう》に見える東晋・王徽之《おうきし》の話を踏まえる。王徽之が車騎将軍桓沖《かんちゅう》の幕僚だった時、桓沖から勧めが長くなったので、最近は仕事をうまく処理できるようになっただろうと問われると、すぐに答えず、頬杖をつきながら、「西山朝来《せいざんちょうらい》、爽気《そうき》有《あ》るを致《いた》す（西の山には朝から、爽やかな風が吹きつけてくる）」と返答した。役所勤めをしていながら、自由気ままに生きていたことを示す。賀知章もまた、王徽之と同じような生き方をしていたが、賀知章が死去したために、役所には爽やかな風が吹かないことをいう。○斯人　賀知章を指す。○山陰　地名。浙江省紹興市。賀知章の故郷。○一茅宇　一軒のあばら屋。○江海　大きな江《かわ》と海。自由な世界の象徴。なお山陰には銭塘《せんとう》江が流れ、東側には海がある。○日清涼　日々すがすがしい。『銭注』巻三などは、「清」を「凄」に作る。この場合は、もの悲しい。

［大橋］

〇二七六

其五

吾憐孟浩然　裋褐卽長夜
賦詩何必多　往往凌鮑謝
清江空舊魚　春雨餘甘蔗
每望東南雲　令人幾悲吒

＊五言古詩。韻字は去声二二禡「夜・謝・蔗・吒」。

其《そ》の五《ご》

吾《わ》れは憐《あわれ》む孟浩然《もうこうねん》の、裋褐《じゅかつ》にして長夜《ちょうや》に即《つ》きしを
詩《し》を賦《ふ》すること何《なん》ぞ必《かなら》ずしも多《おお》からんや、往往《おうおう》にして鮑謝《ほうしゃ》を凌《しの》ぐ
清江旧魚《せいこうきゅうぎょ》空《むな》しく、春雨甘蔗《しゅんうかんしょ》に余《あま》る
東南《とうなん》の雲《くも》を望《のぞ》む毎《ごと》に、人《ひと》をして幾《いく》たびか悲吒《ひた》せしむ

【現代語訳】私は孟浩然を心から気の毒に思う、彼が粗末な服を着たまま死んでしまったことを。作った詩は必ずしも多くはなかったが、そこにはしばしば鮑照や謝霊運よりもぬきんでているものがあった。清らかな江《かわ》には彼が釣ろうとしていた魚が人知れず泳いでいるし、サトウキビには彼の生前と変わりなく春雨がたっぷりと降り注いでいるだろう。東南の雲を遠く眺めやるたびに、不遇だった孟浩然のことが思い出されて悲しくなり嘆きの声を発してしまう。

■語釈

〇**孟浩然**　六八九～七四〇。盛唐の詩人。襄陽《じょうよう》（湖北省襄陽市《じょうよう》）の人。科挙を受けたが登第することなく無官に終わる。襄陽の鹿門山に隠棲した（『新唐書』巻二〇三「孟浩然伝」）。〇**裋褐**　粗末な衣服。貧しい人の着る服。〇**卽長夜**　永遠に続く夜につく。死ぬこと。〇**賦詩何必多**　孟浩然の詩作は生前多くはな

く、しかも孟浩然と同時代の王士源が散逸した作品を集めようとしたが半分も集まらなかった（王士源「孟浩然集序」）。現存する孟浩然の詩は二〇〇首あまり。「何」は、どうして……だろう。反語。○**往往**　しばしば。○**凌鮑謝**　南朝・宋・鮑照（↓「人物説明」）と南朝を代表する詩人である三謝、すなわち南朝・宋・謝霊運（↓「人物説明」）、南朝・宋・謝恵連、南朝・斉・謝朓《しゃちょう》の詩よりもぬきんでている。○**空舊魚**　孟浩然の詩には「峴潭《けんたん》の作《さく》」のように釣りを詠じたものがあり、ここではそれらの詩を意識していよう。○**甘蔗**　サトウキビ。孟浩然が畑で育てていた作物であろう。王士源「孟浩然集序」（『九家注』巻五所引）に「園《えん》に灌《みずそそ》ぎ圃《ほ》に芸《う》え以《もっ》て高《たか》きを全《まっと》うす（田園に水を引き入れて作物を植え高潔を全うした）」。○**東南雲**　襄陽は杜甫のいる秦州の東南にあたる。○**悲吒**　声を出して悲しむ。

［大橋］

遣興二首　〇二七

天用莫如龍　有時繫扶桑
頓轡海徒湧　神人身更長
性命苟不存　英雄徒自强
呑聲勿復道　眞宰意茫茫

興《きょう》を遣《や》る二《に》首《しゅ》

天《てん》の用《よう》は龍《りょう》に如《し》くは莫《な》し、時有《ときあ》りて扶《ふ》桑《そう》に繫《かか》る
轡《たづな》を頓《とど》むれば海《うみ》徒《いたずら》に湧《わ》き、神人《しんじん》身《み》更《さら》に長《なが》し
性命《せいめい》苟《いやしく》も存《そん》せずんば、英雄《えいゆう》徒《いたずら》に自《みずか》ら強《つよ》くせん
声《こえ》を呑《の》みて復《ま》た道《い》うこと勿《な》かれ、真宰《しんさい》意《い》茫茫《ぼうぼう》たり

＊五言古詩。韻字は下平七陽「桑・長・强・茫」。

【題意】「遣興」は、心を伸びやかにする。気晴らしをする。詳注は「此《こ》の詩《し》当《まさ》に是《こ》れ乾元《けんげん》

二《に》年《ねん》秦《しん》州《しゅう》に在《あ》りしときの作《さく》なるべし」という黄鶴の注（『集千家注分類杜工部詩』巻一七）を引き「今姑《いましばら》く之《こ》れに仍《よ》る」という。其の一は、臣下を暗示する龍の力を統制することについて述べる。其の二は、駿馬に借りて、才能のある人物が用いられないことを嘆く。詳注は「此《こ》の章《しょう》は朝《ちょう》廷《てい》専《もっぱ》ら李《り》・郭《かく》を用《もち》うるを冀《ねが》うなり」と述べ、駿馬を郭子儀《かくしぎ》・李光弼《りこうひつ》に、駄馬を哥舒翰《かじょかん》・僕固懐恩《ぼくこかいおん》に比定する。詳注三―五六六、鈴木注三―六三。

【現代語訳】天上で役立つものといえば龍に及ぶものはない、ただ時には扶桑に繫がれることもある。手綱を引き締めて龍を御すると、龍は動けず扶桑の側にある海がただ波をたてるだけだ、また扶桑には神人がいて、その背丈は龍よりもいっそう高い。天から与えられた命はその場限りのもので永遠に続かないのだから、英雄が強がったとしても、それは無駄な強がりとなろう。恨みを飲みこんで二度と口に出してはいけない、真の主宰者の思いはぼんやりとしてはっきりとはうかがい知れぬのだから。

■語釈

○天用莫如龍　『史記』巻三〇「平準書」の「天《てん》の用《よう》は龍《りょう》に如《し》くは莫《な》く、地《ち》の用《よう》は馬《うま》に如《し》くは莫《な》く、人《ひと》の用《よう》は亀《かめ》に如《し》くは莫《な》し」を踏まえる。其の二の冒頭に「地の用は馬に如くは莫し」とあり、これら二首が連作として強く意識されていることがわかる。其の一では、龍が天の車を牽引する動物として描かれている。其の一について、詳注所引の『朱鶴齢注』は、安禄山（↓「人物説明」）や史思明《ししめい》らの賊を深くとがめている、といい、続けて「龍《りょう》は乃《すなわ》ち君《くん》の象《しょう》にして、人臣《じんしん》にして竊《ひそか》に天《てん》の位《くらい》に拠《よ》らんと欲《ほっ》すれども、勢《せい》必《かなら》ず行《おこな》われず、故《ゆえ》に轡《たづな》を頓《とど》むと曰《い》う（一句目の「龍」はつまり君主の象徴であって、臣下が天子の位を奪おうとしても、うまく行くはずもないので、三句目で、手綱をとどめる、と述べている）」という。○**繋扶桑**　龍を扶桑の枝に繋ぐ。「扶桑」は、神木の名。『十洲記』に「扶桑《ふそう》は碧海《へきかい》の中《うち》に在《あ》り」とあるように、扶桑は東の海中にあった。またこの地は、安禄山と史思明の拠点であった、中国の東北に位置する燕の地を連想させる。前漢・劉向《りゅうきょう》「九嘆《きゅうたん》」の「遠遊《えんゆう》」に「六龍《ろくりょう》を扶《ふ》桑《そう》に維《つな》ぐ」。○**頓轡**　手綱を締める。龍を操ること。暗に謀反した臣下の行動を止めることに喩える。○**神人身更長**　「神人」は、巨人。暗に謀反を企てた臣下を止める名将に喩える。前漢・東方朔の地理書『神異経』に「西北《せいほく》の海《うみ》に外人《がいじん》有《あ》り、長《たけ》は二《に》千里《せんり》、両脚《りょうきゃく》の中間《ちゅうかん》相《あ》い去《さ》ること千里《せんり》、腹囲《ふくい》は一千六百里《いっせんろくひゃくり》」。○**性命**　天から与えられた命。畳韻語「セイメイ」。○**英雄**　才能があり、武勇に優れた人物。双声語「エイユウ」。○**道**いう。口に出す。○**眞宰**　天地の真の主宰者。暗に天子を指す。○**茫茫**　ぼんやりとしているさま。

【補説】　浦起龍は、「二《に》詩《し》は何《なに》を指《さ》すかを知《し》らず」（『読杜心解』巻一之二）と、これらの二首が具体的に何を象徴しているかわからないと述べる。李済阻等『杜甫隴右詩注析』（甘粛人民出版社）は、この詩には、悪賢い人物がはびこり、賢人がないがしろにされていることに対する怒りと、天子に対する信頼感の喪失が象徴されているという。劉雁翔『杜甫秦州詩別解』（甘粛教育出版社）は、前半四句は、龍が時の成り行きによって飛躍できないことを、後半四句は、人が時の成り行きによって才能を発揮できないことを暗示するという。鈴木注は「英雄の身を以てして自然にはうちかてず、むなしく老い去らんとするを歎ず」といい、『吉川注』第七冊は「世界の力関係は、すべて相対的であるのを、広汎に、神話の世界の幻想に托してうたう」という。

［大橋］

其二

地用莫如馬　無良復誰記
此日千里鳴　追風可君意
君看渥洼種　態與駑駘異
不雜蹄齧間　逍遙有能事

＊五言古詩。韻字は去声四寘「記・意・異・事」。

其《そ》の二《に》

地《ち》の用《よう》は馬《うま》に如《し》くは莫《な》し、良《りょう》無《な》ければ復《ま》た誰《たれ》か記《しる》さん
此《こ》の日《ひ》千里《せんり》に鳴《な》く、追風君《ついふうきみ》が意《い》に可《か》なり
君看《きみみ》よ渥洼《あくわ》の種《しゅ》は、態《たい》は駑駘《どたい》と異《こと》なれり
蹄齧《ていげつ》の間《かん》に雑《まじ》わらず、逍遥《しょうよう》として能事《のうじ》有《あ》ることを

【現代語訳】地上で役立つものといえば馬に及ぶものはないが、才能がないものをいったい誰が取り立てるだろうか。この日も一日千里を走るという名馬が鳴いている。風に乗って速く走り君主の思いに十分応えられるというのに。ごらん、西方、渥洼産の名馬の姿態は普通の馬とは違い、また飼い主を蹴ったり咬《か》んだりするような駄馬とは交わらず、ゆったりとかまえていて十分な才能があるさまを。

■語釈

○地用莫如馬　『史記』平準書を踏まえた言葉。前詩の語釈参照。○無良　才能がないこと。詳注は一説として、『九家注』巻五に「一《いつ》に曰《いわ》く王良《おうりよう》なり。言《い》うこころは世《よ》に王良無《おうりような》ければ、豈《あ》に地用《ちよう》の馬《うま》を記《き》省《せい》するを知《し》らんや」とあるのを引く。これは、「良」は馬の目利きである伯楽の意であることを示す

が、詳注は「非」としてとらない。○**復誰記**　「記」は、記省、とりあげる。記録し認識する。馬の善し悪しを判断して取り立てること。なお、この三字について、鈴木注は詰問の意にとり、どうして無能の馬をとりあげて用いるのか、と解釈する。○**追風**　馬が風にのって速く走るさま。暗に郭子儀《かくしぎ》や李光《りこう》弼《ひつ》のような有能な将軍に喩える。趙注（『九家注』巻五所引）は、始皇帝の名馬の名とする。○**可君意**　十分に主君の期待に応えられる。「可」は、ふさわしいこと（鈴木注）。○**渥洼種**　渥洼産の馬。名馬。郭子儀や李光弼を暗示する。「渥洼」は、西域を流れる川。名馬の産地として知られる。『漢書』巻六「武帝本紀」に「馬渥洼《うまあくわ》の水《みず》の中《うち》より生《う》まる」。「渥洼」は**一三四**でも有能な人物の喩えとして用いられる。双声語「アクワ」。○**態**　馬の姿態。様子。○**駑駘**　能力の劣った馬。駄馬。暗に十分な戦果を挙げられなかった哥舒翰《かじょかん》や僕固懐恩《ぼくこかいおん》のような将軍に喩える。双声語「ドタイ」。○**蹄齧間**　人を蹴ったり咬《か》んだりする駄馬。○**逍遙**　あてもなくぶらぶら歩くさま。畳韻語「ショウヨウ」。○**能事**　馬の真の能力。本領（鈴木注）。

【補説】　この詩の寓意にはさまざまな説がある。詳注は、朝廷が特に李光弼と郭子儀とを取り立てることを願ったものと考えている。ただ「其の一」と同じく異説があり、李済阻『杜甫隴右詩注析』は、馬に托して朝廷で有能な人物が登用されることを熱望していると解する。劉雁翔『杜甫秦州詩別解』も同様。鈴木注は「みづからを千里の馬に比し世上の駑馬と雑居せざるをいふ」という。

［大橋］

〇三七九

遣興五首

朔風飄胡雁　惨澹帯砂礫
長林何蕭蕭　秋草萋更碧
北里富薫天　高楼夜吹笛
焉知南鄰客　九月猶絺綌

興《きょう》を遣《や》る五首《ごしゅ》
朔風《さくふう》胡《こ》雁《がん》を飄《ひるがえ》し、惨澹《さんたん》として砂礫《されき》を帯《お》ぶ
長林《ちょうりん》何《なん》ぞ蕭蕭《しょうしょう》たる、秋草《しゅうそう》萋《せい》として更《さら》に碧《みどり》なり
北里《ほくり》富《とみ》は天《てん》を薫《くん》じ、高楼《こうろう》夜《よる》に笛《ふえ》を吹《ふ》く
焉《いず》くんぞ知《し》らん南隣《なんりん》の客《かく》、九月《くがつ》に猶《な》お絺綌《ちげき》なるを

＊五言古詩。韻字は入声一二錫「礫・笛」と入声一一陌「碧・綌」の通押。

【題意】　乾元二年（七五九）、秦州（甘粛省天水市）での作と考えられているが確証はない。「遣興」は、興にふれ、思いをうたい憂いをはらすの意。五首を通じ、財産や権力を持つ強者と持たない弱者とを対比しながら、自ら後者の立場に立って両者ないし一方を詠ずる。詳注三-五六八、鈴木注三-六六。

【現代語訳】　北風が胡地から飛んできた雁を吹きひるがえし、雁は悲しげに砂や小石の舞う空をゆく。高い木々の立ち並ぶ林のもの寂しいことよ、秋の草が茂りみどりを濃くしている。北の地区には金持ちが住み、その勢いは炎が天に届いていぶすほど、高殿から夜な夜な笛の音が聞こえる。彼らは知るよしもないだろう、南隣に身を寄せている私が、秋の末だというのにまだ絺綌の薄い服を着ていることを。

一■語釈

○朔風　北風。○胡雁　北地から飛んでくる雁。南朝・宋・鮑照「擬古《ぎこ》」に「胡雁《こがん》已《すで》に翼《つばさ》を矯《あ》ぐ」。○惨澹　もの寂しいさま。痛ましく悲しいさま。畳韻語「サンタン」。○帯　ともなう。○砂礫　砂や小石。○長林　高い木々の立ち並ぶ林。○萋　草の茂るさま。○碧　あおみどり。濃い青色。○北里　町の北側の地域。金持ちが住んだ。西晋・左思「詠史詩八首」其の四に「南隣鐘磬《なんりんしょうけい》を撃ち、北里《ほくり》笙竽《しょうう》を吹《ふ》く」。○薫天　天をいぶす。富貴の勢いを天にまで届く炎に喩える。○焉知　どうしてわかろうか。反語。○南鄰客　南隣にいる旅人。杜甫自身を指す。○絺綌　葛の繊維で織った布。その布製の一重の衣服。寒い晩秋に薄い粗末な衣服を着ていることをいう。

［樋口］

〇二八〇

其二

長陵鋭頭兒　出獵待明發
騂弓金爪鏑　白馬蹴微雪
未知所馳逐　但見暮光滅
歸來懸兩狼　門戸有旌節

其《そ》の二《に》

長陵《ちょうりょう》鋭頭《えいとう》の児《じ》、出猟《しゅつりょう》明発《めいはつ》を待《ま》つ
騂弓《せいきゅう》金爪《きんそう》の鏑《かぶら》、白馬《はくば》微雪《びせつ》を蹴《け》る
未《いま》だ知《し》らず馳逐《ちちく》する所《ところ》を、但《た》だ見《み》る暮光《ぼこう》の滅《めつ》するを
帰《かえ》り来《き》たりて両狼《りょうろう》を懸《か》く、門戸《もんこ》に旌節《せいせつ》有《あ》り

＊五言古詩。韻字は入声六月「發」と入声九屑「雪・滅・節」の通押。

【現代語訳】長陵の意気盛んな若者は、夜が明けるのを待って狩りに出る。よく整えられた赤い弓と金の爪のように鋭く研がれた矢を手にし、白馬を駆り、うっすら積もった雪を蹴

散らしてゆく。どこまで駆けたか知らないが、ひたすら日が沈むまで駆け巡る。家に戻れば獲物の二頭の狼をつり下げ、門には節度使の旗印がはためいている。

■語釈

○長陵　前漢高祖の陵墓。陝西省咸陽市の北東にあり、周辺には古くから遊侠の徒が多く住み、唐代には多くの豪族が居住していた。**○鋭頭兒**　頭の形が小さく尖った若者。戦国末、秦の武将の白起《はくき》は頭が小さく尖っており、勇猛果敢であることの証とされた（『太平御覧』巻三六四「頭」所引『春秋後語』）。**○明發**　夜明け。**○騂弓**　具合良く調整した赤い弓。騂は赤。『詩経』小雅「角弓」に「騂騂《せいせい》たる角弓《かくきゅう》」とあり、その毛伝に「騂騂《せいせい》は、調利《ちょうり》なり」。**○暮光**　夕日の光。**○金爪鏑**　金の爪のような鋭いやじり。「鏑」は、矢の先端のとがった部分。**○兩狼**　狩りで仕留めた二頭の狼。双声語「リョウロウ」。**○旌節**　旗の名。唐代、節度使はその旗印として一対の旌と節の旗をそれぞれ賜った。身分の高い家であることをいう。双声語「セイセツ」。

［樋口］

〇三八一

其三

漆有用而割　膏以明自煎
蘭摧白露下　桂折秋風前
府中羅舊尹　沙道尙依然
赫赫蕭京兆　今爲時所憐

其《そ》の三《さん》

漆《うるし》は用《よう》有《あ》りて割《さ》かれ、膏《あぶら》は明《めい》なるを以《もっ》て自《みずか》ら煎《い》る
蘭《らん》は摧《くだ》く白露《はくろ》の下《もと》、桂《かつら》は折《お》る秋風《しゅうふう》の前《まえ》
府中《ふちゅう》旧尹《きゅういん》を羅《ら》し、沙道《さどう》尚《な》お依然《いぜん》たり
赫赫《かくかく》たる蕭《しょう》京兆《けいちょう》、今時《いまとき》の憐《あわれ》む所《ところ》と為《な》る

＊五言古詩。韻字は下平一先「煎・前・然・憐」。

【現代語訳】 漆の木は有用であるために割かれるし、油はその明るさのために自らを焼く。かぐわしい蘭の花は白露の下に枯れ果て、木犀《もくせい》も秋風の前には散り果てる。丞相の役所ではかつて京兆尹《けいちょういん》（長官）を引きこみ、徒党を組んで威勢を誇っていた、（彼らはすでに失脚したが）砂を敷き美しく整備された道は以前のまま。威名を輝かせた京兆尹の蕭炅《しょうけい》は、今では世間の憐れみをかっている。

■語釈

○「漆有」二句　有用であることによってかえって身を損なうことをいう。漆の樹液は塗料に用いられる。「膏」は、明かりをともすあぶら。『荘子』人間世に「山木《さんぼく》は自《みずか》ら寇《そこな》うなり、膏火《こうか》は自《みずか》ら煎《い》るなり。桂《かつら》は食《く》らう可《べ》きが故《ゆえ》に之《こ》れを伐《き》り、漆《うるし》は用《もち》う可《べ》きが故《ゆえ》に之《こ》れを割《さ》く」。○府中　「府」は役所。ここでは丞相府をいう。○舊尹　もとの京兆尹。尹は長官で、ここでは蕭炅のことをいう。○羅　取りこむ。ここでは徒党に引き入れること。○沙道　砂を敷いた道路。沙堤。身分の高い者が通行する道。唐代、宰相を乗せた車馬が行く道は砂が敷かれ整備されていた。『大唐伝載』によれば、沙堤は、天宝三載（七四四）、当時、京兆尹であった蕭炅の建議によって始まったという。○赫赫　威名の輝くさま。○蕭京兆　京兆尹であった蕭炅。玄宗（↓「人物説明」）の頃、宰相の李林甫（↓「人物説明」）に取り入り権勢を誇っていたが、贈賄の罪で汝陰《じょいん》太守に左遷された。

［樋口］

〇二八二

其四

猛虎憑其威　往往遭急縛
雷吼徒咆哮　枝撐已在脚
忽看皮寢處　無復睛閃爍
人有甚於斯　足以勸元惡

＊五言古詩。韻字は入声一〇薬「縛・脚・爍・惡」。

其《そ》の四《し》

猛虎《もうこ》其《そ》の威《い》に憑《よ》り、往往《おうおう》にして急縛《きゆうばく》に遭《あ》う
雷吼《らいこう》徒《いたず》らに咆哮《ほうこう》するも、枝撐《しとう》已《すで》に脚《あし》に在《あ》り
忽《たちま》ち皮《かわ》の寝処《しんしよ》せらるるを看《み》、復《ま》た睛《ひとみ》の閃爍《せんしやく》たる無《な》し
人斯《ひとこ》れより甚《はなは》だしき有《あ》り、以《もつ》て元悪《げんあく》を勧《いまし》むるに足《た》る

【現代語訳】　勇猛な虎はその威勢にたのむあまり、しばしばきつく縛られる目に遭う。雷のようにいたずらに猛《たけ》り吠えても、すでに脚は柱に繋ぎ止められている。そしてたちまち皮を剝がれて寝床に敷かれ、もはや目に輝きが戻ることはない。人間世界の事はこれよりさらにひどいのだから、大悪人たちにも反省を促すことができるだろう。

■語釈

〇憑　たのむ、よりどころとする。〇急縛　きつく縛る。魏・曹操に捕まった呂布《りよふ》が縛られた縄のきついことに不満を述べたところ、曹操は「縛虎《ばくこ》は急《きゆう》ならざるを得《え》ず」と答えた（『魏志』巻七「呂布伝」）。〇雷吼　雷のように吠え叫ぶ。〇咆哮　獣が吠えたてる。畳韻語「ホウコウ」。〇枝撐　木の柱。虎が縛りつけられている場所をいう。〇皮寢處　捕まえられた虎が皮を剝がれ寝床の敷物とされる。春秋・晋の州綽《しゆうしやく》は斉の荘公に自身の武功を誇って「臣其《しんそ》の肉《にく》を食《く》らいて、其《そ》の皮《かわ》に寝処《しんしよ》するなり」と述べた（『春秋左氏伝』襄公二十一年「伝」）。「寝処」は双声語「シンショ」。〇睛　ひとみ、黒

目。〇閃爍　きらきらと光り輝く。双声語「センシャク」。〇斯　これ。猛威を振るっていた虎が一朝にして捕らえられ敷物になってしまったことを指す。〇勸　教え導く。いましめる。〇元惡　ひどい悪人。「元」は大きい。『書経』康誥に「元悪《げんあく》は大《おお》いに憝《にく》まる」。

［樋口］

其五　〇二八三

朝逢富家葬　前後皆輝光
共指親戚大　緦麻百夫行
送者各有死　不須羨其強
君看束縛去　亦得歸山岡

*五言古詩。韻字は下平七陽「光・行・強・岡」。

其《そ》の五《ご》

朝《あした》に富家《ふうか》の葬《そう》に逢《あ》う、前後《ぜんご》皆《み》な輝光《きこう》あり
共《とも》に指《さ》す親戚大《しんせきだい》にして、緦麻《しま》百夫《ひやくふ》の行《こう》ありと
送者《そうしや》各ゝ《おのおの》死《し》する有《あ》り、其《そ》の強《きよう》なるを羨《うらや》むを須《もち》いず
君看《きみみ》よ束縛《そくばく》せられて去《さ》るも、亦《ま》た山岡《さんこう》に帰《き》するを得《う》るを

【現代語訳】　朝方、金持ちの葬式に出くわした、死者を送る者たちの列は前も後ろもみな輝かしい。見物人たちは一緒になって指差し、親戚たちは数多く盛大で、緦麻の喪服を着ける者でさえも一〇〇人の男が列を成していると感服する。死者を送る者にもみなそれぞれ死が待っているのだから、威勢の盛んなことを羨む必要はない。見よ、縄で括られ簡素に葬られた者とて、同じように山の墓地に帰って行くということを。

■語釈

○前後　前と後ろ。葬送に参加する者たちの列についていう。○輝光　盛大で光り輝いている。○大数が多くて盛大である。○緦麻　喪服の名。目の粗い麻布製で三カ月の軽い喪に服する者が着用する。○百夫　一〇〇人にもなる多くの男。『詩経』秦風「黄鳥」に「維《こ》れ此《こ》の奄息《えんそく》は、百夫《ひゃくふ》の特《とく》（この奄息こそ、一〇〇人の男にも匹敵する強者《つわもの》）」。○送者　死者を送る者たち。○東縛　亡骸を縄で縛り、また筵《むしろ》でくるむなどして簡素に葬ること。貧者や罪人が葬られることをいう。三国時代、諸葛恪《しょかつかく》は孫峻《そんしゅん》に殺され、遺骸を筵でくるまれて丘に捨ておかれた（『呉志』巻一九「諸葛恪伝」）。○山岡　丘陵。ここでは丘陵にある墓地をいう。魏・阮籍「詠懐詩十七首」其の十一に「丘墓山岡《きゅうぼさんこう》を蔽《おお》う」。

［樋口］

〇二八四

秦州雑詩二十首

満目悲生事　因人作遠遊
遅廻度隴怯　浩蕩及関愁
水落魚龍夜　山空鳥鼠秋
西征問烽火　心折此淹留

秦州《しんしゅう》雑詩《ざつし》二十首《にじっしゅ》

満目《まんもく》生事《せいじ》を悲《かな》しみ、人《ひと》に因《よ》りて遠遊《えんゆう》を作《な》す
遅廻《ちかい》隴《ろう》を度《わた》りて怯《おび》え、浩蕩《こうとう》関《かん》に及《およ》びて愁《うれ》う
水《みず》は落《お》つ魚龍《ぎょりょう》の夜《よる》、山《やま》は空《むな》し鳥鼠《ちょうそ》の秋《あき》
西征《せいせい》して烽火《ほうか》を問《と》い、心《こころ》折《くじ》けて此《こ》こに淹留《えんりゅう》す

＊五言律詩。韻字は下平一一尤「遊・愁・秋・留」。

【題意】　乾元二年（七五九）の秋に家族を引き連れて秦州（甘粛省天水市）に至り、見聞し、

感じた種々の事を詠じた連作。雑詩は自己の心情を自由に吐露する詩として、『文選』にすでに見え、魏・阮籍「詠懐」以来の言志の系譜に連なるジャンル。国内では河北で勃発した安史の乱が未だ収束を見ず、また秦州は西方の前線地域であったことから隣接する吐蕃《とばん》と緊張関係にあり、そうした不安定な政治情勢に対する憂慮が二〇首を通してしばしば詠じられる。詳注三―五七二、鈴木注三―七三。

【現代語訳】目に映る何につけても人生が悲しまれ、人をたよりにこの旅をしてきた。行きつ戻りつしながら険しい隴山を越えると気持ちはおじけてためらい、はるばる関所にたどりつくと心はとめどなく揺らぎ憂える。水かさの減った魚龍川に夜がふけ、木々が枯れ禽獣も隠れ、ひと気のない鳥鼠山に秋が訪れる。西に旅をしてきてのろしがあがるのを心配し、心をくじかれこの地にしばらく留まることになった。

■語釈

○満目　目に映るものすべて。双声語「マンモク」。○生事　人生における種々の事柄。○遅廻　行きつ戻りつしながらさまよう。南朝・宋・鮑照「放歌行」に「路《みち》に臨《のぞ》みて独《ひと》り遅廻《ちかい》す」。○隴　隴山。隴州（陝西省）の西北にある大きな山脈。山越えの道は何度も屈曲し、越えるのに七日かかったと伝えられる（『太平御覧』巻五六「隴」所引「三秦記」）。○浩蕩　広大なさま。心が揺らいでとりとめのないさま。○關　隴山の関所。○水落　冬になって川の水かさが減る。○魚龍　川の名。渭水《いすい》の支流である汧水《けんすい》には二つの源流があり、一つには五色の魚が棲むことから魚龍川とも呼ばれた（『水経注』巻一七「渭水」）。なお現行の『水経注』は「魚龍」を「龍魚」に作る。○鳥鼠　山の名。鳥と鼠がつがいとな

―って棲むことから名付けられたと伝えられる。秦州の町からさらに西の渭源にあった。渭水発源の地（『水経注』巻一七「渭水」、『書経』禹貢「孔安国伝」）。○西征　西に旅する。秦州への旅をいう。○烽火　危急を伝えるのろし。吐蕃の情勢が不安定であることをいう。○淹留　久しく留まる。

［樋口］

〇二八五

其二

秦州城北寺　勝跡隗囂宮
苔蘚山門古　丹青野殿空
月明垂葉露　雲逐度溪風
清渭無情極　愁時獨向東

其《そ》の二《に》

秦州《しんしゅう》城北《じょうほく》の寺《てら》、勝跡《しょうせき》隗囂《かいごう》の宮《きゅう》
苔蘚山門《たいせんさんもん》古《ふ》り、丹青野殿《たんせいやでん》空《むな》し
月《つき》は葉《は》に垂《た》るる露《つゆ》に明《あき》らかに、雲《くも》は渓《たに》を度《わた》る風《かぜ》を逐《お》う
清渭《せいい》は無情《むじょう》の極《きわ》み、愁《うれ》うる時《とき》独《ひと》り東《ひがし》に向《む》かう

＊五言律詩。韻字は上平一東「宮・空・風・東」。

【現代語訳】　秦州の町の北にある寺、その名勝はかつての隗囂の宮殿。苔生《こけむ》した山門は古び、朱と青で彩られた野ざらしの宮殿はひと気がなくがらんとしている。月が葉の上に結んだ露に光ってきらめき、雲が谷を吹き抜ける風を追って流れゆく。清らかな水をたたえる渭《い》水《すい》の何とも無情であることよ、私の愁いをよそにひとり東へと流れてゆく。

―■語釈

○城北寺　町の北に建つ寺。詳注は『杜臆』を引いて、町の東北の山にある崇寧寺とする。○勝跡　名勝の跡。○隗囂宮　隗囂は後漢の初めに秦州に割拠して覇を唱えた群雄の一人。秦州の東北に位置する仁寿山の山麓には隗囂の宮殿跡と伝えられる遺跡があり、そこには寺が建てられていた。○苔蘚　コケ。○山門　寺院の門。○丹青　朱色と青色。寺院に彩色した顔料。○野殿　山野に建つ野ざらしの宮殿。○清渭　清らかに流れる渭水。渭水は鳥鼠山に源を発し、渭河平原を東に流れ、潼関県の辺りで黄河に注ぐ黄河最大の支流。渭水の支流で流れが濁っている涇水《けいすい》と対比してしばしばその清らかさが強調される。○無情　非情であること。○向東　東に向かう。秦州より東方にある長安に向かって自分を置き去りにするように流れ行くことをいう。

［樋口］

〇二八六

其三

州圖領同谷　驛道出流沙
降虜兼千帳　居人有萬家
馬驕朱汗落　胡舞白題斜
年少臨洮子　西來亦自誇

其《そ》の三《さん》

州図同谷《しゅうとどうこく》を領《りょう》し、駅道流沙《えきどうりゅうさ》に出《い》ず
降虜千帳《こうりょせんちょう》を兼《か》ね、居人万家《きょじんばんか》有《あ》り
馬驕《うまおご》りて朱汗落《しゅかんお》ち、胡　舞《えびすま》いて白題斜《はくていなな》めなり
年少　臨洮《ねんしょうりんとう》の子《こ》、西《にし》より来《き》たりて亦《ま》た自《みずか》ら誇《ほこ》る

＊五言律詩。韻字は下平六麻「沙・家・斜・誇」。

【現代語訳】州の地図では秦州は（大きな町で）同谷郡をも管轄下に置き、宿場の設けら

れた大きな道が北西の砂漠へと繋がっている。投降してきた胡人たちは合わせると千ものテントに住み、もともとの漢民族の住人は万もの戸数を数える。馬は気勢をあげて血のような赤い汗をしたたらせ、胡人は舞い踊りながら白く塗った額《ひたい》をかしげる。血気盛んな臨洮出身の若者が、西からやってきて威勢を張っている。

■語釈

○**州圖**　秦州の地図。○**領同谷**　同谷郡を治める。秦州には都督府が置かれ、天水（秦州）、隴西、同谷の三郡を管轄した（『旧唐書』巻四〇「地理志」）。同谷郡は甘粛省隴南市成県。秦州の南方約七〇キロメートルに位置する。○**驛道**　車馬を乗り継ぐための宿場が設置された大道。ここでは吐蕃へ通ずる街道。○**流沙**　中国北西部の砂漠地帯。○**降虜**　唐王朝に帰順した異民族。○**兼**　統べ合わせる。○**千帳**　たくさんのテント。西北の異民族は羅紗製のテントに居住していた。○**居人**　もともと当地に住んでいる人々。「降虜」に対して漢民族をいう。○**朱汗**　赤い汗。西方から伝えられた駿馬は血のような赤い汗を流すとされていた。北周・庾信「三月三日、華林園馬射の賦序」に「朱汗《しゆかん》の馬《うま》を選《えら》ぶ」。○**胡**　えびす。西方及び北方に居住していた非漢民族の総称。○**白題**　白く塗られた額。胡族の慣習。○**臨洮子**　臨洮（甘粛省定西市）出身の若者。勇敢なことで知られる。

［樋口］

其四　　〇二八七

鼓角縁邊郡　川原欲夜時

其《そ》の四《し》

鼓《こ》角《かく》縁辺《えんぺん》の郡《ぐん》、川原《せんげん》夜《よる》ならんと欲《ほっ》する時《とき》

秋聽殷地發　風散入雲悲
抱葉寒蟬靜　歸山獨鳥遲
萬方聲一概　吾道竟何之

秋《あき》に聴《き》けば地《ち》に殷《いん》として発《はっ》し、風《かぜ》に散《さん》じ雲《くも》に入《い》りて悲《かな》し
葉《は》を抱《いだ》きて寒蟬《かんせん》静《しず》かに、山《やま》に帰《かえ》りて独鳥《どくちょう》遅《おそ》し
万方《ばんぽう》声《こえ》一概《いちがい》、吾《わ》が道《みち》竟《つい》に何《いず》くにか之《ゆ》かん

＊五言律詩。韻字は上平四支「時・悲・遲・之」。

【現代語訳】　太鼓と角笛が辺境の郡に鳴り響く、川沿いの平原が夜になろうとしている頃。秋にその音に耳を傾けると、（音は）大地をとどろかせて起こり、風に吹き散らされ雲に吸いこまれて悲しげに消えてゆく。木の葉につかまり鳴いていた秋の蟬はひっそりとし、山へ帰り行く一羽の鳥はゆっくりとねぐらに向かう。どこにいても鼓角の音が聞こえてくるのであれば、私の道は結局どこへ向かう定めなのだろうか。

語釈
○**鼓角**　軍中で用いる太鼓と角笛。戦場で用いられる楽器。双声語「コカク」。○**緣邊郡**　辺境の郡。秦州をいう。○**川原**　川沿いの平原。畳韻語「センゲン」。○**殷地發**　大地にとどろきながら起こる。「殷」は雷鳴がとどろきわたる音の形容。○**寒蟬**　寒い時節に鳴く蟬。また、ヒグラシ。畳韻語「カンセン」。○**萬方**　あらゆる場所。○**一概**　一様であること。○**吾道**　己れの道。孔子は暴徒に囲まれて陳・楚の間に窮した際に、弟子たちに向かって「吾《わ》が道《みち》は非《ひ》なるか、吾《わ》れ何為《なんす》れぞ此《こ》こに於《お》てする」と述べた（『史記』巻四七「孔子世家」）。

［樋口］

〇二八八

其五

西使宜天馬　由來萬匹強
浮雲連陣沒　秋草遍山長
聞說眞龍種　仍殘老驌驦
哀鳴思戰鬬　迥立向蒼蒼

＊五言律詩。韻字は下平七陽「强・長・驦・蒼」。

其《そ》の五《ご》

西使《せいし》天馬《てんば》に宜《よろ》しく、由来万匹強《ゆらいまんひききょう》
浮雲《ふうん》陣《じん》に連《つら》なりて没《ぼっ》し、秋草《しゅうそう》山《やま》に遍《あまね》くして長《ちょう》ず
聞説《きくなら》く真《しん》の龍種《りょうしゅ》、仍《な》お老驌驦《ろうしゅくそう》を残《のこ》すと
哀鳴《あいめい》して戦闘《せんとう》を思《おも》い、迴《はる》かに立《た》ちて蒼蒼《そうそう》に向《む》かう

【現代語訳】西方に送られた使者はよく駿馬を集め、この秦州の地には以来一万匹以上の名馬がいたものだ。しかし、多くの駿馬は空に浮かぶ雲のように軍陣とともに姿を消し、今ではただ秋の草が山一面に生い茂るばかり。聞くところによると真の龍の血筋を引く馬として、老いた驌驦が今もまだ残っているそうだ。馬は悲しげにいなないて戦場に思いを馳せながら、遥か遠く青空を見上げて立っている。

■語釈

○西使　西方への使者。前漢・武帝の命を奉じ、黄河の源流を尋ねるなど、中国西方を調査した張騫《ちょうけん》をいう。なお『宋本杜工部集』巻一〇、『九家注』巻二〇、『銭注』巻一〇などの古いテキストは「西使」を「南使」に作り、『全訳』三六五頁、『吉川注』第七冊では、「南使」を隴右地方で馬を牧養する官職と解釈している。○宜天馬　うまく天馬を集める。「宜」は都合がよい。「天馬」は西域産の駿馬。張騫の報

告によって大宛を討ち、駿馬を手に入れたので、当時の朝廷では「西極天馬の歌」を歌い祝った（『漢書』巻六一「張騫伝」、巻六「武帝本紀」）。○由來　それからこのかた。○强　あまり。端数を表す。○浮雲　浮き雲。また、駿馬の名を連想させる。前漢・文帝の頃に「浮雲」という名の駿馬がいた（『西京雑記』巻二）。○秋草　秋の草。馬の餌になることからしばしば馬を連想させる。隋・孔徳紹「夜荒村《よるこうそん》に宿《しゅく》す詩」に「秋草辺馬《しゅうそうへんば》を思《おも》う」。○遍　広く。余す所なく。「浮雲」の二句は、この年の三月の鄴城《ぎょうじょう》の戦いで官軍が史思明《ししめい》に大敗し、多くの軍馬も失われたことを暗示。次詩の「解鄴城囲」の語釈参照。○聞說　聞くところによれば。○龍種　龍の血筋を引く名馬。優れた馬。○驌驦　古《いにしえ》の駿馬の名。「肅爽」ともいう（『春秋左氏伝』定公三年「伝」）。ここでは、名将の郭子儀《かくしぎ》が兵権を失って活躍できないことを暗示。双声語「シュクソウ」。○迥　はるか。遠い。○蒼蒼　青々とした天。

［樋口］

〇二八九

其六

城上胡笳奏　山邊漢節歸
防河赴滄海　奉詔發金微
士苦形骸黑　林疏鳥獸稀
那堪往來戍　恨解鄴城圍

＊五言律詩。韻字は上平五微「歸・微・稀・圍」。

其《そ》の六《ろく》

城上《じょうじょう》胡笳《こか》奏《そう》せられ、山辺漢節《さんぺんかんせつ》帰《かえ》る
河《か》を防《ふせ》ぎて滄海《そうかい》に赴《おもむ》き、詔《みことのり》を奉《ほう》じて金微《きんび》を発《はっ》す
士《し》は苦《くる》しみて形骸《けいがい》黒《くろ》く、林《はやし》は疏《まば》らにして鳥獣《ちょうじゅう》稀《まれ》なり
那《なん》ぞ堪《た》えん往来《おうらい》の戍《まも》り、恨《うら》むらくは鄴城《ぎょうじょう》の囲《かこ》みを解《と》くを

【現代語訳】城郭の上で葦笛が奏でられ、山の麓に王朝の使節が戻ってきた。河北での反乱を防いで東に広がる海にまで向かおうと、詔を奉じて金微の兵士を出発させたのである。兵士たちは苦しそうで体が真っ黒に汚れている、林の木々が疎らで鳥獣の姿も見えないような寒い季節になったのに。このような行ったり来たりの兵役に誰が堪えられようか、鄴城の包囲を解いてしまったことが恨めしい。

［樋口］

■語釈

○**城上**　城壁の上。○**胡笳**　葦で作った笛。○**漢節**　漢の使節。ここでは唐王朝の使節をいう。○**防河**　河北地方の黄河が流れる辺りを防備する。当時、反乱軍との交戦地帯であった。『九家注』巻二〇は吐《と》蕃《ばん》の侵攻に対する河西地方の防備と解釈し、鈴木注などもそれに従う。○**滄海**　青海原《あおうなばら》。黄河が注ぐ渤《ぼっ》海《かい》を指す。『九家注』巻二〇は青海地方と解釈し、鈴木注などもそれに従う。○**金微**　都督府の名。安北都護府の管轄に属し、帰順した胡族を居住させる地域であった。山の名でもあり、新疆《しんきょう》ウイグル自治区とモンゴルの境界にあるアルタイ山脈を指す。○**形骸**　からだ。外貌。○**疏**　まばら。少ない。○**往来戍**　防衛の兵役に就くために赴き、また戻ってくること。西は吐蕃の侵攻に備え、東は反乱軍に対処すべく従軍を繰り返すことをいう。○**解鄴城圍**　鄴城（河南省）の包囲を解く。乾元二年（七五九）三月、郭子儀らの九節度使軍は安慶緒の率いる反乱軍を鄴城に囲んだが援軍に来た史思明に敗れ、官軍による包囲は解かれた。

其七

其《そ》の七《しち》

〇三九

莽莽萬重山　孤城石谷間
無風雲出塞　不夜月臨關
屬國歸何晩　樓蘭斬未還
煙塵一長望　衰颯正摧顏

莽莽《もうもう》たる万重《ばんちょう》の山《やま》、孤城石谷《こじょうせきこく》の間《あいだ》
風無《かぜな》くして雲塞《くもさい》を出《い》で、夜《よる》ならずして月関《つきかん》に臨《のぞ》む
属国帰《ぞくこくかえ》ること何《なん》ぞ晩《おそ》き、楼蘭斬《ろうらんき》らんとして未《いま》だ還《かえ》らず
煙塵一《えんじんひと》たび長望《ちょうぼう》すれば、衰颯正《すいさつまさ》に顔《かお》を摧《くだ》く

＊五言律詩。韻字は上平一五刪「山・間・關・還・顏」。

【現代語訳】 奥深く幾重にも重なった山々、孤立したこの町はその谷間にある。風はないのに雲が城塞より湧き出て、夜でもないのに月が関所にかかる。吐蕃《とばん》に出向いた使者は戻ってくるのがなんとも遅く、楼蘭王の首を斬ろうと向かったまま帰らない。立ちこめる砂煙を遥かに眺めやると、老いさらばえた私を憂えさせるばかりである。

■語釈
○**莽莽**　奥深いさま。○**孤城**　周辺から孤立した城塞。秦州の町を指す。○**石谷**　岩ばかりの谷。○**屬國**　漢代の官職名。典属国ともいう。帰順した国を管轄する。前漢・蘇武（↓「人物説明」）が匈奴《きょうど》より帰国した後に拝命した（『漢書』巻五四「蘇武伝」）。ここでは吐蕃に向かった使者をいう。畳韻語「ゾクコク」。○**樓蘭**　国名。漢の頃の西域諸国の一つで、新疆《しんきょう》ウイグル自治区にあった。前漢・傅介子《ふかいし》は楼蘭に使いして王を斬り、楼蘭を漢の支配下に置いた（『漢書』巻七〇「傅介子伝」）。ここでは吐蕃を指す。双声語「ロウラン」。○**衰颯**　老衰する。双声語「スイサツ」。○**摧顏**　憂え顔にさせる。

［樋口］

〇二九一

其八

聞道尋源使　従天此路廻
牽牛去幾許　宛馬至今來
一望幽燕隔　何時郡國開
東征健兒盡　羌笛暮吹哀

＊五言律詩。韻字は上平一〇灰「廻・來・開・哀」。

其《そ》の八《はち》

聞道《きくなら》く 源《みなもと》を尋《たず》ぬる使《し》、天《てん》よりして此《こ》の路《みち》に廻《かえ》るを
牽牛《けんぎゅう》 去《さ》ること幾許《いくばく》ぞ、宛馬《えんば》今《いま》に至《いた》るまで来《き》たる
一望《いちぼう》すれば幽燕《ゆうえん》隔《へだ》たる、何《いず》れの時《とき》か郡国《ぐんこく》開《ひら》かん
東征《とうせい》して健児《けんじ》尽《つ》き、羌笛《きょうてき》 暮《く》れに吹《ふ》くこと哀《かな》し

【現代語訳】聞くところによれば、漢の頃に黄河の源流を尋ねた使者は、天上から戻りこの道を帰ってきた。牽牛星を尋ねたのは今を去ること大昔のことだが、大宛産の駿馬は今の世にまでもたらされることとなった。しかし、今や一望すれば（大宛よりも近い）幽・燕の地すら隔絶してしまっている、いつになったら町々を結ぶ道が開けるのだろうか。東伐に向かう勇敢な兵士はいなくなってしまい、羌族の吹く笛の音が夕暮れ時に悲しく響きわたる。

■語釈

○聞道　聞くところによれば。「聞説」に同じ。○尋源使　黄河の源流を尋ねた使者。前漢・張騫を指す。また、後になって張騫は天の川伝説と結びつけられ、筏に乗って黄河を遡り織女と牽牛に出会ったとも伝えられる（『草堂詩箋』巻一五所引『荊楚歳時記』）。○牽牛　牽牛星。○去幾許　今を去ること

久しい大昔。鈴木注や『全訳』二六六頁は、張騫の使いした場所（牽牛星）が中国から遠いとする。〇**宛馬**　大宛産の駿馬。〇**幽燕**　幽州と燕州。河北省北部と遼寧省一帯の古称。安禄山（↓「人物説明」）の反乱軍が反旗を翻した地であり、当時も反乱軍が占拠していた。双声語「ユウエン」。〇**郡國**　郡と国。漢代の郡国制において、郡は天子直轄の地をいい、国は諸侯の封地をいう。ここでは、諸々の地域や町。双声語「グンコク」。〇**東征**　東に征伐に出かける。秦州から反乱軍を征伐する軍役に従う。〇**健兒**　勇敢な兵士。天宝十四載（七五五）、京師で一〇万の衆が召集され「天武健児」と号した（『唐会要』巻七二「軍雑録」）。〇**羌笛**　羌族の吹く笛の音。「羌」は、中国北西部の甘粛、青海、四川一帯に住んでいた異民族の名で、チベット族と近縁。

［樋口］

其九　〇三九二

今日明人眼　臨池好驛亭
叢篁低地碧　高柳半天青
稠疊多幽事　喧呼閲使星
老夫如有此　不異在郊坰

其《そ》の九《きゅう》

今日人眼《こんにちじんがん》を明《あき》らかにす、池《いけ》に臨《のぞ》みて駅亭好《えきていよ》し
叢篁地《そうこうち》に低《た》れて碧《みどり》に、高柳天《こうりゅうてん》に半《なか》ばして青《あお》し
稠畳幽事《ちゅうじょうゆうじ》多《おお》く、喧呼《けんこ》使《し》星閲《せいえつ》す
老夫《ろうふ》如《も》し此《こ》れ有《あ》らば、郊坰《こうけい》に在《あ》るに異《こと》ならず

＊五言律詩。韻字は下平九青「亭・青・星・坰」。

【現代語訳】　今日私の目を明るくしてくれたのは、池に臨むすばらしい駅亭。こんもり茂

った竹藪が地面に低く垂れて緑を輝かし、丈の高い柳の木は空の半ばまですっくと伸びて青々と葉を茂らせている。このように多くの優れた景色が重なりあっているところを、がやがやとやかましく吐蕃《とばん》に向かう使者たちが通り過ぎていく。私はこのような美しい景色さえあるならば、（町の喧噪こそあるとはいえ）遠く離れた郊外にいるのと変わらない。

■語釈

○明人眼　目をはっきりさせる。目に映るものがすばらしいこと。○驛亭　街道に設けられた宿場。○叢篁　群がり茂った竹藪。○稠疊　びっしりと重なる。双声語「チュウジョウ」。○幽事　おごそかで愛でるべき事柄。自然の美しい風景をいう。○喧呼　役人たちがやかましく呼び叫ぶ。双声語「ケンコ」。○閲　経る。通過する。○使星　星の名。使者を象徴する。ここでは吐蕃に向かう使者。○老夫　年老いた男。杜甫の自称。○郊坰　郊外。都会の喧噪から離れた場所。双声語「コウケイ」。

［樋口］

〇三九三

其十

雲氣接崑崙　涔涔塞雨繁
羌童看渭水　使客向河源
煙火軍中幕　牛羊嶺上村
所居秋草靜　正閉小蓬門

其《そ》の十《じゅう》

雲気《うんき》崑崙《こんろん》に接《せっ》し、涔涔《しんしん》として塞雨《さいう》繁《しげ》し
羌童《きょうどう》は渭水《いすい》を看《み》、使客《しかく》は河源《かげん》に向《む》かう
煙火《えんか》軍中《ぐんちゅう》の幕《ばく》、牛羊《ぎゅうよう》 嶺上《れいじょう》の村《むら》
居《お》る所《ところ》 秋草《しゅうそう》 静《しず》かに、正《まさ》に小蓬門《しょうほうもん》を閉《と》ざす

＊五言律詩。韻字は上平一三元「崙・繁・源・村・門」。

【現代語訳】 雲は崑崙山へと連なり、辺境のこの町に雨がしとしとと降りしきる。羌族の子供は渭水の様子をうかがい、使者は黄河の源流へと赴く。炊事の煙が軍営に立ちのぼり、（放牧された）牛や羊が山上の村に見える。私の住まいには秋の草がひっそり茂り、粗末な門をずっと閉ざしたままでいる。

■語釈

○雲氣　雲の気配。雲。○崑崙　山名。中国西方にあると考えられていた霊山。西王母が住むと伝えられ、また黄河発源の地とも考えられていた。畳韻語「コンロン」。○涔涔　雨の多いさま。西晋・潘尼《はんじ》「苦雨の賦」に「長霤《ちょうりゅう》の涔涔《しんしん》たるを聴《き》く（軒の雨だれうけに注ぐ雨水が流れ落ちるのを聴く）」。○塞雨　辺境の塞《とりで》に降る雨。○羌童　羌族の子供。○看渭水　渭水の様子を見張る。「看」は注意して見る。この動作について、詳注所引の邵注は、渭水の源流にある故郷の臨洮《りんとう》を思慕するものとし、鈴木注は、大水などを心配するものとし、また、『吉川注』第七冊は「下流にある都長安の情勢をさぐる」とする。「渭水」は鳥鼠山に源を発し、秦州付近を流れ長安の北を経て黄河に注ぐ川。○使客　使者。黄河の源流を尋ねた前漢・張騫《ちょうけん》を連想させる。○河源　黄河の源流。○煙火　炊事の煙。○軍中幕　軍営に張られた幕。○蓬門　カワラヨモギ（砂地に生えるアカザ科の植物）を編んで作った質素な門。そうした門構えの粗末な家をいう。秦州城内の旅館を指すであろう。

［樋口］

其十一

蕭蕭古塞冷　漠漠秋雲低
黄鵠翅垂雨　蒼鷹饑啄泥
薊門誰自北　漢將獨征西
不意書生耳　臨衰厭鼓鞞

其《そ》の十一《じゅういち》

蕭 蕭《しょうしょう》として古《こ》塞《さい》冷《ひや》やかに、漠漠《ばくばく》として秋雲《しゅううん》 低《た》る
黄鵠《こうこく》翅《はね》雨《あめ》に垂《た》れ、蒼鷹《そうよう》饑《う》えて泥《どろ》を啄《ついば》む
薊門《けいもん》誰《たれ》か自《みずか》ら北《きた》せん、漢将《かんしょう》 独《ひと》り征西《せいせい》す
意《おも》わざりき書生《しょせい》の耳《みみ》、衰《すい》に臨《のぞ》みて鼓鞞《こへい》に厭《あ》くとは

＊五言律詩。韻字は上平八斉「低・泥・西・鞞」。

【現代語訳】　この古びた塞《とりで》の町はもの寂しく寒々としており、一面に秋の雲が低く垂れこめている。白鳥は雨の中に力なく翼を垂れ、鷹は腹を空かせて泥を啄んでいる。薊門の反乱軍を誰がすすんで北伐するのか、我らが王朝の将軍はただ西へと軍を進めるばかり。一書生である私の耳が、老衰にさしかかってまで陣太鼓の音に聞き飽きることになろうとは思いもよらなかった。

■語釈

○**蕭蕭**　もの寂しいさま。○**古塞**　古びたとりで。秦州の町をいう。○**漠漠**　広々としたさま。一面に続くさま。○**黄鵠**　鳥の名。黄色を帯びた白鳥。双声語「コウコク」。○**蒼鷹**　鳥の名。タカ。○**薊門**　薊州。天津市薊県。安禄山がはじめに反旗を翻した范陽郡の治所があり、当時も反乱軍が占拠していた。○**自北**　反乱軍に対して自主的に北伐する。『杜詩鏡銓』巻六は、史思明（反乱軍）が北より南進するとみる。○**漢將**　漢の将軍。唐王朝の将軍をいう。○**征西**　西方の敵を征伐する。吐蕃征伐に向け

て軍を進めること。○不意　思いもよらない。○書生　学問をする者。杜甫自身をいう。○厭　あきる。○鼓鞞　陣太鼓。進軍する際に打ち鳴らす太鼓。

［樋口］

〇二九五

其十二

山頭南郭寺　水號北流泉
老樹空庭得　清渠一邑傳
秋花危石底　晩景臥鐘邊
俛仰悲身世　溪風爲颯然

其《そ》の十二《じゅうに》
山頭《さんとう》の南郭寺《なんかくじ》　水《みず》は号《ごう》す北流泉《ほくりゅうせん》
老樹空庭《ろうじゅくうてい》に得《え》、清渠一邑《せいきょいちゆう》に伝《つた》わる
秋花危《しゅうかき》石《せき》の底《もと》、晩景臥鐘《ばんけいがしょう》の辺《あた》り
俛仰《ふぎょう》して身世《しんせい》を悲《かな》しむ、渓風《けいふう》為《ため》に颯然《さつぜん》たり

＊五言律詩。韻字は下平一先「泉・傳・邊・然」。

【現代語訳】山頂に建つ南郭寺、そこを流れる川は、北流泉と称される。ひと気のない境内には老木が立ち、清らかな水は堀を通って村中に潤いを行き渡らせる。秋の花が切り立った岩の根元で咲いており、夕陽が地面に倒れた鐘を照らしている。うつむいたり振り仰いだりしながら我が身と世の中のことを悲しんでいると、谷間を渡る風が私にさっと吹いた。

■語釈

○南郭寺　秦州の南のはずれにある寺。「郭」は、町を囲む城郭。現在も天水市の慧音山の山頂にその名の寺があって、境内には柏の老樹が立ち、井戸に泉が湧いているという（『杜甫大辞典』「南郭寺」）。○**北流泉**　川の名。北に流れ出る泉の意味。○**空庭得**　ひと気のない境内にある。「得」は、存在する。○**清渠**　清らかな水を伝える堀。○**一邑**　村落全体。○**危石**　高く切り立った岩。○**晩景**　夕方の日の光。○**臥鐘**　使われなくなって地面に倒れている鐘。○**俛仰**　うつむき、また振り仰ぐ。○**身世**　我が身と世の中。双声語「シンセイ」。○**颯然**　風がさっと吹くさま。　［樋口］

其十三　〇二九六

傳道東柯谷　深藏數十家
對門藤蓋瓦　映竹水穿沙
瘦地翻宜粟　陽坡可種瓜
船人近相報　但恐失桃花

其《そ》の十三《じゅうさん》
伝《つた》え道《い》う東柯谷《とうかこく》、深《ふか》く数十家《すうじっか》を蔵《ぞう》すと
門《もん》を対《たい》して藤《ふじ》は瓦《かわら》を蓋《おお》い、竹《たけ》を映《うつ》して水《みず》は沙《すな》を穿《うが》つ
瘦地《そうち》は翻《かえ》りて粟《あわ》に宜《よろ》しく、陽坡《ようは》は瓜《うり》を種《う》う可《べ》し
船人近《せんじんちか》づけば相《あ》い報《ほう》ぜしめん、但《た》だ桃花《とうか》を失《うしな》うを恐《おそ》る

＊五言律詩。韻字は下平六麻「家・沙・瓜・花」。

【現代語訳】　人づてに聞くと東柯谷は、奥まった所に数十軒の家があり、門を向かいあわせて並ぶ家々には藤が屋根瓦を掩うように茂り、水面に竹を映しながら清らかな水が砂地を通って流れている。瘦せた土地はかえって粟を植えるのに適しており、日のよく当たる斜面

は瓜を育てるのにふさわしいとのこと。船頭に彼の地が近づいたなら伝えさせよう、とにかく桃の花咲くあの場所を見失うのが心配なのだ。

■語釈

○**東柯谷**　谷の名。秦州の東南約三〇キロメートルにあり、杜甫の甥の杜佐が住んでいた。○**深藏**　奥深くに隠れている。○**對門**　門を向かいあわせる。家が向かいあう。鈴木注は、藤が門のむかいに生えるとする。○**瘦地**　肥沃でない土地。○**翻**　かえって。○**陽坡**　日当たりのよい丘。○**種**　うえる。○**船人**　船頭。○**相**　ある対象に。動作に対象があることを表す。多くは、自分に対して……してくれる、の語感。ここでは船頭が自分に対して教えてくれる。○**但**　ただ……だけ。限定して意味を強調する。○**失桃花**　桃の花咲く土地への道を見失いたどりつけなくなる。東晋・陶淵明「桃花源記」を踏まえる。漁師の男が舟に乗って谷川を遡っていくと桃の林に至った。林を通りさらに源流へと遡って洞窟を通り抜けると、現世とは異なる別世界が広がっていた。漁師は住人のもてなしを受けしばらく逗留して家に戻ったが、後日話を聞いた者が訪れようとしても道を見失い、再びたどりつくことはできなかった。

［樋口］

〇三九七

其十四

萬古仇池穴　潛通小有天
神魚今不見　福地語眞傳

其《そ》の十四《じゅうし》

万古《ばんこ》仇池《きゅうち》の穴《けつ》、潜《ひそ》かに通《つう》ず小有天《しょうゆうてん》
神魚《しんぎょ》今《いま》見《み》えず、福地《ふくち》語《ご》真《しん》に伝《つた》う

近接西南境　長懷十九泉　　近《ちか》く接《せっ》す西南《せいなん》の境《さかい》、長《つね》に懐《おも》う十九泉《じゅうきゅうせん》
何時一茅屋　送老白雲邊　　何《いず》れの時《とき》か一茅屋《いちぼうおく》、老《お》いを送《おく》らん白雲《はくうん》の辺《へん》に

＊五言律詩。韻字は下平一先「天・傳・泉・邊」。

【現代語訳】 大昔から仇池の洞穴は、ひそかに小有天に通じているとのこと。神魚の姿は今では見えないが、そこが仙人の住まう福地であることは本当に語り継がれている。秦州西南の境に接しているので、いつも山上にある九十九の霊泉のことを思っている。いつの日にかあばら屋を構え、白雲のたちこめる辺りで老い先を送りたいものだ。

■語釈

○**萬古**　大昔、永久。○**仇池**　山の名。同谷郡の西（甘粛省西和県の南）に位置する。山頂に天池があったのでこのようにいう。○**小有天**　道教に伝わる洞府の名。王屋山（河南省済源市の西）にあると伝えられ、いわゆる三十六洞天の第一に目される。○**神魚**　霊妙な魚。小有天に棲み、食べると仙人になるという（『黄鶴補注』巻二〇所引王洙注）。○**福地**　道教に伝わる仙人の住み処とされる地。三十六洞天と並び、七十二福地があるとされた。○**西南境**　秦州の西南の境。○**十九泉**　九十九の霊泉。仇池には九十九の霊泉が湧いていたと伝えられ、「九十九」の「九」を省略して述べた。九十九のうち、最も優れた十九をいうとする説もある（『朱鶴齢注』巻六）。○**茅屋**　茅葺きの粗末な家。○**白雲邊**　白雲の湧き出る辺り。古来、雲は山奥の洞穴より湧き出るものと考えられ、「白雲」の語にはしばしば神仙のイメージが託された。『荘子』天地に「彼《か》の白雲《はくうん》に乗《じょう》じて帝郷《ていきょう》（天帝の住む場所）に至《いた》る」。

〔樋口〕

〇二九八

其十五

未暇泛滄海　悠悠兵馬間
塞門風落木　客舍雨連山
阮籍行多興　龐公隠不還
東柯遂疏懶　休鑷鬢毛斑

＊五言律詩。韻字は上平一五刪「間・山・還・斑」。

其《そ》の十五《じゅうご》

未《いま》だ滄海《そうかい》に泛《う》かぶに暇《いとま》あらず、兵馬《へいば》の間《かん》に悠悠《ゆうゆう》たり
塞門風木《さいもんかぜき》を落《お》とし、客舎雨山《かくしゃあめやま》に連《つら》なる
阮籍《げんせき》行《ゆ》きて興《きょう》多《おお》く、龐公隠《ほうこうかく》れて還《かえ》らず
東柯《とうか》疏懶《そらん》を遂《と》げ、鬢毛《びんもう》の斑《まだら》なるを鑷《はさ》むを休《や》めん

【現代語訳】いまだ海に浮かんで俗世を逃れることがかなわず、兵乱のうちをさまよっている。秦州の関門では風が木の葉を吹き落とし、身を寄せている宿には雨が山の方へと続いて降りしきっている。阮籍は出かけては楽しみが多く、龐徳公《ほうとくこう》は山に隠れて戻ることはなかった。私も東柯の地でものぐさに暮らし、白髪を抜きとりながら仕官を待つようなことをやめてしまおう。

■語釈
○泛滄海　青海原に舟を浮かべる。俗世を逃れる。『論語』公冶長に「道行《みちおこな》われず、桴《いかだ》に乗《の》りて海《うみ》に浮《う》かばん」。○悠悠　定まらないさま。○兵馬　武器と馬車。ここでは、長らく続いている戦乱。○塞門

辺塞の関門。秦州の関門。**○阮籍行多興**　阮籍（↓「人物説明」）がしばしばあてもなく馬車を駆って出かけ、行き止まりに遭うと慟哭して戻ってきたという故事（『晋書』巻四九「阮籍伝」）を踏まえつつ、ここでは隠遁生活における楽しみをうたう。「興」は、ものに触発されて思いをおこすこと。またその興趣。**○龐公**　龐徳公。後漢末の隠者。**○東柯**　秦州の東南にある東柯谷。杜甫の甥の杜佐が住んでいた。**○遂**　遂行する。**○疏懶**　ものぐさ。**○鑷鬢毛斑**　耳ぎわに生えた白髪を毛抜きで抜きとる。仕官の準備をすることをいう。西晋・左思「白髪賦《はくはつふ》」に「星星《せいせい》たる白髪《はくはつ》、鬢垂《びんすい》に生《しょう》ず。……将《まさ》に抜《ぬ》かんとし将《まさ》に鑷《はさ》まんとす、好爵《こうしやく》是《こ》れ縻《つな》がん（良い官職が繋がっている）」。「斑」は、黒髪に白髪が混じってまだらになっている様子。　［樋口］

其十六

東柯好崖谷　不與衆峰群
落日邀雙鳥　晴天巻片雲
野人矜絶險　水竹會平分
採藥吾將老　兒童未遣聞

＊五言律詩。韻字は上平一二文「群・雲・分・聞」。

其《そ》の十六《じゅうろく》　〇三九九

東柯《とうか》は好《よ》き崖谷《がいこく》、衆峰《しゅうほう》と群《ぐん》せず
落日《らくじつ》双鳥《そうちょう》を邀《むか》え、晴天《せいてん》片雲《へんうん》を巻《ま》く
野人《やじん》絶険《ぜっけん》を矜《ほこ》り、水竹《すいちく》会ゝ《たまたま》平分《へいぶん》す
薬《くすり》を採《と》りて吾《われ》将《まさ》に老《お》いんとす、児童《じどう》にも未《いま》だ聞《き》かしめず

【現代語訳】　東柯はすばらしい峡谷で、周りの多くの山々から抜きん出ている。日の沈む

頃合いにはつがいの鳥を迎え入れ、晴れた空にはちぎれ雲が巻かれるように浮かんでいる。村人たちはその極めて険しいことを誇りとしており、水と竹はちょうどよい具合に分かれている。薬草を採りながら私はここで老いを送ろう、子供たちにはまだ聞かせていないけれども。

■語釈

○東柯　谷の名。杜甫の甥の杜佐が住んでいた。○片雲　ちぎれ雲。○野人　村人。○絶険　非常に険しい。○會　ちょうどよい具合に。○平分　均等に分かれる。〇三九六の「竹《たけ》を映《うつ》して水《みず》は沙《すな》を穿《うが》つ」の句を承けて、水が流れ竹が生い茂る様子の調和がとれていることを述べる。○採藥　薬草を採取する。後漢の龐徳公《ほうとくこう》は、荊州刺史の劉表から出仕を求められたが断り、妻子を引き連れて鹿門山《ろくもんざん》に登り、薬草を採取して俗世には戻らなかった（『後漢書』巻八三「龐公伝」）。

［樋口］

〇三〇〇

其十七

邊秋陰易夕　不復辨晨光
簷雨亂淋幔　山雲低度牆
鸕鷀窺淺井　蚯蚓上深堂
車馬何蕭索　門前百草長

其《そ》の十七《じゅうしち》

辺秋《へんしゅう》 陰《くも》りて夕《ゆう》べなり易《やす》く、復《ま》た晨光《しんこう》を弁《べん》ぜず
簷雨《えんう》乱《みだ》れて幔《とばり》に淋《したた》り、山雲《さんうん》低《た》れて牆《しょう》を度《わた》る
鸕鷀《ろし》浅井《せんせい》を窺《うかが》い、蚯蚓《きゅういん》 深堂《しんどう》に上《のぼ》る
車馬《しゃば》何《なん》ぞ蕭索《しょうさく》たる、門前百草《もんぜんひゃくそう》 長《ちょう》ず

＊五言律詩。韻字は下平七陽「光・牆・堂・長」。

【現代語訳】 辺地の秋は薄暗くてすぐに日が暮れ、夜が明けても朝の光が全くわからない。軒端の雨が乱れ注いでとばりを濡らし、山の雲が低く立ちこめて垣根を渡っていく。水鳥が魚を探して浅い井戸の中をのぞきこみ、ミミズが水を避けて堂の深くまで這《は》い登ってくる。車馬の往来もひっそり途絶え、門の前にはさまざまな草が生い茂っている。

■語釈

〇邊秋　辺地の秋。〇晨光　朝の日の光。〇淋　水がしたたる。〇幔　とばり。幔幕。〇鸕鷀　水鳥の名。鵜《う》。水に潜って魚を捕らえる。〇蚯蚓　ミミズ。〇車馬　車や馬。訪問客をいう。東晋・陶淵明「飲酒二十首《いんしゅにじっしゅ》」其の五に「盧《いおり》を結《むす》びて人境《じんきょう》に在《あ》り、而《しか》も車馬《しゃば》の喧《かまびす》しき無《な》し」。〇蕭索　もの寂しいさま。双声語「ショウサク」。

［樋口］

1030

其十八

地僻秋將盡　山高客未歸
塞雲多斷續　邊日少光輝
警急烽常報　傳聞檄屢飛
西戎外甥國　何得迕天威

其《そ》の十八《じゅうはち》

地僻《ちへき》にして秋将《あきまさ》に尽《つ》きんとし、山高《やまたか》くして客未《かくいま》だ帰《かえ》らず
塞雲断続多《さいうんだんぞくおお》く、辺日光輝少《へんじつこうきすく》なし
警急烽《けいきゅうほう》常《つね》に報《ほう》じ、伝聞檄屢〻《でんぶんげきしばしば》飛《と》ぶ
西戎《せいじゅう》は外甥《がいせい》の国《くに》、何《なん》ぞ天威《てんい》に迕《さか》らうを得《え》んや

＊五言律詩。韻字は上平五微「歸・輝・飛・威」。

【現代語訳】　僻遠の地に秋が暮れようとしており、山が高く聳え旅人である私はまだ故郷に帰らずにいる。塞外に浮かぶ雲は途切れたり繋がったりし、辺地に昇る太陽は日差しが弱い。危急を告げて烽火がいつものぼり、消息を伝えて檄文がたびたび飛び交う。吐蕃は唐王朝の外甥の国であるから、どうして我が君の御威光に逆らうことができようか。

■語釈

○僻　ひなびている。国の中央から遠く離れている。○客　旅人。故郷を離れ秦州に身を寄せる杜甫自身。○少光輝　日差しが少ない。○警急　急変に備える。魏・曹植「白馬篇《はくばへん》」に「辺城《へんじょう》警急《けいきゅう》多《おお》く、胡《こ》虜《りょ》数ゝ《しばしば》遷移《せんい》す」。双声語「ケイキュウ」。○檄　ふれぶみ。○西戎　西方の異民族。ここでは吐蕃を指す。○外甥國　婿の治める国。「外甥」は、姉や妹が他家に嫁いで生んだ男子。唐王朝は、懐柔策として吐蕃の王に天子の娘（公主）を妃として嫁がせていた。また、吐蕃は当時の公文書の中で唐王朝に対して自らを「外甥」と称することもあった。○迕　そむきさからう。○天威　天子の威光。

［樋口］

〇三〇二

其十九

鳳林戈未息　魚海路常難
候火雲峰峻　懸軍幕井乾
風連西極動　月過北庭寒

其《そ》の十九《じゅうきゅう》

鳳林《ほうりん》戈《ほこ》未《いま》だ息《や》まず、魚海《ぎょかい》路《みち》常《つね》に難《かた》し
候火《こうか》雲峰《うんぽう》峻《けわ》しく、懸軍《けんぐん》幕井《ばくせい》乾《かわ》く
風《かぜ》は西極《せいきょく》に連《つら》なりて動《うご》き、月《つき》は北庭《ほくてい》を過《す》ぎて寒《さむ》し

故老思飛將　何時議築壇　　故老《ころう》飛将《ひしょう》を思《おも》う、何《いず》れの時《とき》にか築壇《ちくだん》を議《ぎ》せん

＊五言律詩。韻字は上平一四寒「難・乾・寒・壇」。

【現代語訳】鳳林では戦乱が収まらず、魚海への道は進むのが困難なままである。のろし火が雲まで届く峰のように高くあがり、遠征軍の幕営地に掘った井戸は枯れてしまった。風が西の果てに連なるように起こり、月が北庭の地を過ぎり寒々と輝いている。年老いた私はかの飛将軍李広《りこう》のような名将が現れるのを心待ちにしているが、いつになれば拝命の儀について話しあわれるのだろう。

■語釈

○鳳林　県の名。また、関所の名。ともに河州（甘粛省臨夏市）に属した。当時、吐蕃の侵攻を受けていた。○戈　ほこ。転じて戦《いくさ》。○魚海　地名。甘粛省民勤県の東北、吐蕃の地にあった。○候火　のろし。双声語「コウカ」。○雲峰　雲のかかった高い山。ここでは、高く燃え上がるのろし火に喩える。鈴木注はのろし火の上がる地と解し、また、峰のような形の雲と解する説もある（『吉川注』第七冊）。○懸軍　遠征軍。○幕井　幕営地に掘った井戸。○風連西極動　「西極」は西の果て。吐蕃の地のこと。吐蕃が蜂起することをいう。○月過北庭寒　「北庭」は唐の六都護府の一つ、北庭都護府。庭州（新疆ウイグル自治区吉木薩爾県）に置かれた。北庭行営節度使であった李嗣業《りしぎょう》は安慶緒《あんけいしょ》ら賊軍との鄴城《ぎょうじょう》（河南省安陽市）での戦いで陣没した。吐蕃を統治すべき地にしかるべき将軍がいないことをいう。○「故老」二句　郭子儀を再登用することへの期待をうたう。当時、郭子儀《かくしぎ》は反乱軍との戦《いくさ》において多くの功績をあげながらも、宦官の魚朝恩の謀略により都に呼び戻され、前線を離れていた。「故老」は

老人。杜甫自身。鈴木注は、秦州の地の老人たちと解する。「飛将」は、前漢・李広のこと。匈奴との戦いで活躍し、匈奴から「飛将軍」と恐れられた（『漢書』巻五四「李広伝」）。「築壇」は、将軍を任命するための土を高く盛った壇場を築く。漢王であった劉邦は壇場を設けて韓信を大将軍に任命した（『漢書』巻一上「高帝紀上」）。　［樋口］

〇三〇三

其二十

唐堯眞自聖　野老復何知
曬藥能無婦　應門亦有兒
藏書聞禹穴　讀記憶仇池
爲報鴛行舊　鷦鷯在一枝

其《そ》の二十《にじゅう》

唐堯《とうぎょう》真《しん》に自《おのずか》ら聖《せい》なれば、野老《やろう》復《ま》た何《なに》をか知《し》らん
薬《くすり》を曬《さら》すに能《よ》く婦《ふ》無《な》からんや、門《もん》に応《おう》ずるに亦《ま》た児《じ》有《あ》り
書《しょ》を蔵《ぞう》するは禹《う》穴《けつ》を聞《き》き、記《き》を読《よ》むは仇池《きゅうち》を憶《おも》う
為《ため》に報《ほう》ぜよ鴛行《えんこう》の旧《きゅう》に、鷦鷯《しょうりょう》一枝《いっし》に在《あ》りと

＊五言律詩。韻字は上平四支「知・兒・池・枝」。

【現代語訳】唐堯にも比すべき我が君は全く生まれながらに知徳に優れておられるから、私のような老いぼれには何もわからない。薬草を日にさらして乾燥させるには妻がおり、客を出迎えるには息子がいる。書物をしまうには禹穴があると聞いているし、書物を読むには仇池があると考えている。今も朝廷に居並ぶ旧友たちに伝えてくれないか、ミソサザイが一

本の枝に宿るように、私はまずは満足しているということを。

■語釈

○「唐堯」二句　「唐堯」は、堯帝（↓「人物説明」）。時の皇帝である粛宗（↓「人物説明」）を指す。「野老」は、いなかの老人。杜甫自らをいう。堯の治世が太平で長く続いたことから、民衆は世の平和を意識せず、平和であるかどうかさえわからなかったという故事を踏まえる（『列子』仲尼）。ただ、現実には当時の世の中は混乱しているのであって、ここでは、粛宗が正しい諫めの言葉を聞き入れず、朝廷の政治が見るにたえない状況にあることを暗に批判している。○曬　日にさらして乾かす。○「蔵書」二句　隠棲への思いを述べる。「禹穴」は、禹（↓「人物説明」）が金や玉《ぎょく》の簡牘《かんとく》（文字を書きつける札）に刻された書物を発見したと伝えられる洞穴（『呉越春秋』「越王無余外伝」）。古来、蔵書の場所とされた。「仇池」は山の名。同谷郡の西にあり、山頂に天池があったので名づけられた。後漢の許靖《きょせい》は仇池を訪れ、樹下に建てられていた碑文をひと目見て、忘れなかったという（『方輿勝覧』巻七〇「同慶府・仇池山」）。○鴛行舊　鴛鴦《えんおう》（オシドリ）が列を成すように朝廷に集まった文官の旧友たち。○鷦鷯在一枝　「鷦鷯」は、鳥の名で、ミソサザイ。畳韻語「ショウリョウ」。隠者の許由は堯より帝位を譲られようとした際、ミソサザイのような小鳥は一本の枝で充分に安息できると述べて拒絶した（『荘子』逍遥遊）。現在の境遇に甘んじ、隠棲への願望を述べる。

【補説】「禹穴」は、普通は会稽（浙江省紹興市）の地にあったとされるが、詳注は杜甫が会稽の地を想起するのは不自然だとして、禹の出生地とされる石紐山《せきちゅうざん》（四川省汶川県）を指すとし、当時すでに蜀の地に身を寄せる考えがあったと解する。また、甘粛省永靖県にある炳霊寺《へいれいじ》の石窟を指すとする説もある（李済阻『杜甫隴右詩注析』甘粛人民出版社）。

[樋口]

〇三〇四

月夜憶舍弟

戍鼓斷人行　邊秋一雁聲
露從今夜白　月是故鄉明
有弟皆分散　無家問死生
寄書長不達　況乃未休兵

＊五言律詩。韻字は下平八庚「行・聲・明・生・兵」。

月夜《げつや》に舎弟《しやてい》を憶《おも》う

戍鼓《じゆこ》人行《じんこう》断《た》え、辺秋《へんしゆう》一雁《いちがん》の声《こえ》あり
露《つゆ》は今夜《こんや》より白《しろ》く、月《つき》は是《こ》れ故郷《こきよう》の明《めい》なり
弟《おとうと》の皆《み》な分散《ぶんさん》する有《あ》り、家《いえ》の死生《しせい》を問《と》う無《な》し
書《しよ》を寄《よ》するも長《なが》く達《たつ》せず、況《いわん》や乃《すなわ》ち未《いま》だ兵《へい》を休《や》めざるをや

【題意】　秋の夜に空にかかる月を眺めながら戦乱で連絡のつかない弟たちを思いやる。乾元二年（七五九）の秋、秦州（甘粛省天水市）での作。詳注二―五八九、鈴木注二―一九八。

【現代語訳】　物見櫓《やぐら》の鼓が打たれて人通りは絶え、辺塞の秋空に一羽の雁の鳴き声が響きわたる。今夜から露が白くむすぶ時節となり、頭上の月は故郷と同じように輝いている。弟たちはみな離れ離れになり、今や存否を心配すべき家もなくなってしまった。手紙を寄せたけれどもいつまでも届かない、ましてや戦乱はいまだに収束していないのである。

■語釈

○戍鼓　戍楼（兵営の物見櫓）で打つ太鼓。太鼓の音によって人々に外出禁止の時刻を知らせる。○邊

秋　辺塞の秋。○露従今夜白　季節が秋に入ったことをいう。『礼記』月令《がつりょう》に「孟秋《もうしゅう》（陰暦七月）の月《つき》、……涼風《りょうふう》至《いた》り白露《はくろ》降《くだ》る」。○故郷明　故郷の空にかかる月と同じような明るさ、輝き。鈴木注は鄙説として、「故郷でも同じ様にあかるくかがやいてゐるであらう」という解釈を紹介している。○有弟皆分散　杜甫には穎《えい》、観、豊、占の四人の弟がおり、占は杜甫一家に同行していたが、他は河南や山東にいた（↓「人物説明」）。○家問死生　存否を心配しなければならない家。「家」は、兄弟一族がともに住まうべき故郷の家。○況乃　ましてや……である。

［樋口］

天末懐李白　〇三〇五

涼風起天末　君子意如何
鴻雁幾時到　江湖秋水多
文章憎命達　魑魅喜人過
應共冤魂語　投詩贈汨羅

天末《てんまつ》にて李白《りはく》を懐《おも》う
涼風《りょうふう》天末《てんまつ》に起《お》こる、君子《くんし》意《い》は如何《いかん》
鴻雁幾時《こうがんいくとき》か到《いた》らん、江湖《こうこ》秋水《しゅうすい》多《おお》し
文章《ぶんしょう》は命《めい》の達《たっ》するを憎《にく》み、魑魅《ちみ》は人《ひと》の過《よ》ぎるを喜《よろこ》ぶ
応《まさ》に冤魂《えんこん》と共《とも》に語《かた》り、詩《し》を投《とう》じて汨羅《べきら》に贈《おく》るなるべし

＊五言律詩。韻字は下平五歌「何・多・過・羅」。

【題意】　秦州（甘粛省天水市）で李白（↓「人物説明」）を思って詠じた。乾元元年（七五八）、李白は永王璘《えいおうりん》の反乱軍に加わったことをとがめられて夜郎（貴州省西部）の地に流されることとなった。杜甫は李白が流刑地ですでに没したものと思い、この詩を詠じた。詳注二―

五九〇、鈴木注三―九九。

【現代語訳】　涼しい風がこの天の果ての秦州の地に吹いた、あなたはどのようなお気持ちでおられるのだろう。便りを持った雁はいつになればやってくるのだろうか、あなたのいる南方の川や湖には秋の水が溢れていることだろう。文学の才能は人の運命が順調に開けるのを嫌うものであるし、南方に巣くう魑魅魍魎《ちみもうりょう》は人が訪れるのを待ち望んでいる。おそらくあなたは無実の罪で亡くなった屈原の魂と語りあい、彼が身を投げた汨羅の淵に詩を投げ入れて贈ったことだろう。

■語釈

○「涼風」二句　「涼風」は、季節が孟秋（初秋）であることを示す。「天末」は、天の果て。杜甫のいる秦州の地をいう。「君子」は李白を指す。前漢・趙飛燕「帰風送遠操《きふうそうえんそう》」に「涼風起《りょうふうお》こりて天霜《てんしも》を隕《お》とし、君子《くんし》を懐《おも》うも渺《びょう》として望《のぞ》み難《がた》し」。○**鴻雁幾時到**　李白から便りがないことをいう。「鴻雁」は大きい雁。雁は手紙を運ぶ鳥とされていた。杜甫から李白に手紙を託すという解釈もある（『九家注』、『吉川注』第七冊）。○**江湖**　川や湖。李白の流された地をいう。〇三七〇に「江湖《こうこ》風波《ふうは》多《おお》し」。○**文章**　文学、またその才能。○**命達**　運命が開ける。○**魑魅**　化け物。中国南方には蛮族がおり、北方には見られない生き物が生息し、風土病が蔓延するなど、不気味で不健康な土地と見られていた。○**冤魂**　無実の罪で亡くなった人の魂。戦国・楚の屈原（→「人物説明」）の魂をいう。畳韻語「エンコン」。○**投詩贈汨羅**　「汨羅」は、川の名。湖南省北東部を流れ、洞庭湖に注ぐ。屈原が身を投げたと伝えられる。前漢・賈誼《かぎ》（→「人物説明」）は左遷されて汨羅に立ち寄り、屈原を悼《いた》み、自らの不遇と重ね合わせて「屈原《くつげん》を弔《とむら》う文《ぶん》」を著した。鈴木注は、詩を投じるのは杜甫であるとして、「自分はあなたをおもひ詩を一投げて汨羅の客ともいふべきあなたに贈るのである」と訳す。

［樋口］

〇三〇六

宿贊公房

杖錫何來此　秋風已颯然
雨荒深院菊　霜倒半池蓮
放逐寧違性　虚空不離禪
相逢成夜宿　隴月向人圓

贊公《さんこう》の房《ぼう》に宿《やど》る

錫《しゃく》を杖《つえ》つきて何《なん》ぞ此《こ》こに来《き》たるや、秋風《しゅうふう》已《すで》に颯然《さつぜん》たり
雨《あめ》は荒《あ》らす深院《しんいん》の菊《きく》、霜《しも》は倒《たお》す半池《はんち》の蓮《はす》
放逐寧《ほうちくなん》ぞ性《せい》に違《たが》わんや、虚空禅《きよくうぜん》を離《はな》れず
相《あ》い逢《あ》いて夜宿《やしゅく》を成《な》す、隴月人《ろうげつひと》に向《む》かいて円《まど》かなり

＊五言律詩。韻字は下平一先「然・蓮・禪・圓」。

【題意】　乾元二年（七五九）の秋、秦州（甘粛省天水市）での作。僧侶の贊公の僧房に宿り、再会を喜ぶ。杜甫と贊公はすでに長安で面識があった。「大雲寺の贊公の房」〇二五六を参照。原注に「京師《けいし》の大雲寺《だいうんじ》の主《あるじ》なり。此《こ》こに謫《たく》して安置《あんち》せらる」。『杜律趙注』巻中に、贊公が房琯《ぼうかん》（↓「人物説明」）の賓客であったことから、房琯の左遷にともない、秦州の地に流されたと述べるが、確証はない。詳注三‐五九二、鈴木注三‐一〇二。

【現代語訳】　あなたは錫杖をついてなぜこの地に来られたのだろうか、すでに秋風がさっと吹きつける時節となった。奥深い中庭に咲く菊は雨にひしがれ、池の半分を覆うハスは霜

に倒され枯れている。あなたは辺地に流されても本性を失わず、空寂の境地におり禅の教えに背いていない。こうして出会い夜に宿ることとなった、秦州の地に浮かぶ月は私たちに丸い姿を見せている。

■語釈

○錫　錫製の杖。僧侶や道士が使う杖。○颯然　風のさっと吹くさま。○深院　奥深い中庭。○半池　池の水面の半分。○放逐　罪に坐して流される。○違性　本性に背く。「性」は生まれ持った性質。○虚空　何もないこと。妨げるものがない、無限、普遍の空間を表す仏教語。秦州がもの寂しい土地であることも踏まえている。○離　そむく。○禅　禅宗の教え。○隴月向人圓　「隴月」は隴山の西にある秦州の空に浮かぶ月。「円」は満月であること。仏教において、満月はしばしば完全なものの喩えとされ、「円満月」は如来の別称でもあった（『華厳経』如来名号品）。

［樋口］

赤谷《せきこく》の西崦《せいえん》の人家《じんか》　〇三〇七

険《けわ》しきを躋《のぼ》りて自《みずか》ら安《やす》んぜず、郊《こう》に出《い》でて已《すで》に目《め》を清《きよ》む
渓《けい》は廻《めぐ》り日気《にっき》煖《あたた》かく、径《けい》は転《てん》じ山田《さんでん》熟《じゅく》す
鳥雀《ちょうじゃく》茅茨《ぼうし》に依《よ》り、藩籬《はんり》松菊《しょうきく》を帯《お》ぶ
武陵《ぶりょう》の暮《く》れに行《ゆ》くが如《ごと》し、桃源《とうげん》を問《と》いて宿《やど》らんと欲《ほっ》す

赤谷西崦人家

躋險不自安　出郊已清目
溪廻日氣煖　徑轉山田熟
鳥雀依茅茨　藩籬帶松菊
如行武陵暮　欲問桃源宿

＊五言古詩。韻字は入声一屋「目・熟・菊・宿」。

【題意】 赤谷の人家を訪れ、落ち着いた風景を詠じながら土地のすばらしさを讃える。「赤谷」は秦州の西南に位置する山谷。時に杜甫は、隠居に適した場所を探して秦州周辺の村落や山中を散策していた。前詩と同じ頃の作。「西崦」は崦嵫《えんし》山《ざん》。赤谷の西にあった。天水市の西南に位置する嶓冢山《はちょうざん》がそれに当たるといい、また、太陽山に当たるともいう（劉雁翔『杜甫秦州詩別解』甘粛教育出版社）。単に西方の山とする説もある（『読杜心解』巻一之二、鈴木注、『吉川注』第七冊など）。詳注三―五九三、鈴木注三―一〇三。

【現代語訳】 険阻な山道を登り心が穏やかではなかったが、田野に出て広がる光景に目が洗われた。谷はうねうねとめぐり日の光は暖かく、小道がくねくね続き山の田畑に穀物が実っている。雀などの小鳥がかやぶきの屋根に身を寄せ、まがきの辺りに松や菊が植わっている。武陵の夕暮れ時を歩んでいるかのようで、桃源郷を尋ねて宿をとりたいと思う。

■語釈

○**躋険** 険しい山を登る。南朝・宋の謝霊運《しゃれいうん》「石門《せきもん》にて新《あら》たに住《す》む所《ところ》を営《いとな》むに四面《しめん》は高山《こうざん》、廻渓《かいけい》、石《せき》瀬《らい》、脩竹《しゅうちく》、茂林《もりん》」詩に「険《けわ》しきを躋《のぼ》りて幽居《ゆうきょ》を築《きず》く」。○**不自安** 苦しさや怖さで落ち着かない。『吉川注』は「分不相応として気がひける」。○**郊** 田野。○**清目** 目を喜ばせる。○**茅茨** かやぶきの屋根。○**藩籬** まがき。粗末な垣根。○**松菊** 松と菊。東晋・陶淵明「帰去来の辞」に故郷の家の安らぎを詠じて「松菊《しょうきく》猶《な》お存《そん》す」。○「**如行**」**二句** 陶淵明「桃花源記《とうかげんき》」を踏まえて赤谷のたたずまいが武陵の桃源郷を思わせることをいう。

〔樋口〕

〇三〇八

西枝村尋置草堂地夜宿贊公土室二首

西枝村《せいしそん》に草堂《そうどう》を置《お》く地《ち》を尋《たず》ね夜《よる》に贊公《さんこう》の土室《どしつ》に宿《やど》る二首《にしゅ》

出郭眄細岑　披榛得微路
溪行一流水　曲折方屢渡
贊公湯休徒　好靜心跡素
昨枉霞上作　盛論巖中趣』
怡然共攜手　恣意同遠步
捫蘿澀先登　陟巘眩反顧
要求陽岡煖　苦涉陰嶺沍
惆悵老大藤　沈吟屈蟠樹』
卜居意未展　杖策廻且暮
層巓餘落日　草蔓已多露』

郭《かく》を出《い》でて細岑《さいしん》を眄《み》、榛《しん》を披《ひら》きて微路《びろ》を得《う》
溪行一流水《けいこういちりゅうすい》、曲折《きょくせつ》方《まさ》に屢《しばしば》渡《わた》る
贊公《さんこう》は湯休《とうきゅう》の徒《と》、静《せい》を好《この》みて心跡素《しんせきそ》なり
昨《さく》に霞上《かじょう》の作《さく》を枉《ま》げ、盛《さか》んに巌中《がんちゅう》の趣《おもむ》きを論《ろん》ず
怡然《いぜん》として共《とも》に手《て》を携《たずさ》え、意《い》を 恣《ほしいまま》にして同《とも》に歩《ほ》を遠《とお》くす
蘿《ら》を捫《と》りて先《さき》に登《のぼ》るに渋《しぶ》り、巘《けん》に陟《のぼ》りて反《かえ》り顧《かえり》みるに眩《くら》む
要《もと》めて陽岡《ようこう》の煖《あたた》かきを求《もと》め、苦《くる》しみて陰嶺《いんれい》の沍《さむ》きを渉《わた》る
老大《ろうだい》の藤《ふじ》に惆 悵《ちゅうちょう》し、屈蟠《くつばん》の樹《き》に沈吟《ちんぎん》す
卜居意《ぼくきょい》未《いま》だ展《の》びず、策《さく》を杖《つえ》つきて廻《めぐ》れば且《まさ》に暮《く》れなんとす
層巓落日余《そうてんらくじつあま》り、草蔓已《そうまんすで》に露多《つゆおお》し

＊五言古詩。韻字は去声七遇「路・渡・素・趣・步・顧・沍・樹・暮・露」。

【題意】　隠棲すべき地を探して秦州近郊の西枝村を訪れ、昼に山中を散策し、夜に賛公の部屋に泊まった。前詩と同じ頃の作。賛公については〇一五六、〇三〇六を参照。「草堂」は草葺きの質素な家。「土室」は黄土の山崖に掘った横穴式の住居。窰洞《ヤオトン》。一説に、西枝村は賛公の住む土室とは隔たった地にあり、まずは賛公の土室を訪れたとする（『読杜心解』巻一之二）。詳注二-五九四、鈴木注三-一〇四。

【現代語訳】　秦州の町を出て小さな峰を眺めやりつつ、やぶをかき分け細い道を見つけた。谷間の道には一筋の川が流れ、曲がりくねった谷川を何度か渡りつつ歩を進める。賛公はかの湯恵休《とうえきゅう》のともがらで、静寂を愛しその心持ちと行いに虚飾がない。先日、人里離れた雲の上からの手紙を頂戴し、そこには岩石の切り立つ山中での楽しみが大いに述べられていた。』

　そこで愉快に手を携え、気の向くままに一緒に遠くへ出かけた。ツタをつかみながら斜面を先に登っていくのに尻ごみしたり、険しい峰に登って下を振り返り目がくらんだりする。南向きの暖かい丘を探し求め、北向きの寒々しい峰を難儀しながら渡っていく。歳月を経た大きな藤の下で嘆いたり、根株がごつごつと屈曲した古木の下でうなって考えこんだりする。』

　居を構える土地を決めようにもまだ気乗りせず、杖をつきながら戻ってくると日が暮れようとしていた。山の頂にはまだ夕日の光が残っているが、草やツルには露がびっしりと降りている。』

■語釈

○郭　町を囲む城郭。秦州の町。○眄　斜めに見る（『草堂詩箋』巻一六）。○細岑　小さな峰。○榛　雑木や草の茂る場所。やぶ。○微路　細い道。○溪行　谷間を行く。また、その道のり。○湯休　南朝・宋の僧侶湯恵休、字は茂遠《もえん》。詩人としても著名。○心跡　心持ちと行い。○素　素朴。飾り気がないこと。○枉　わざわざ……する。動作主への尊敬を表す。賛公が手紙を寄こしたことをいう。○霞上作　俗塵を離れた山中の雲の上での作。賛公からの手紙。一説に、賛公の才能が雲を突き出るほど優れていることを表す（『草堂詩箋』巻一六）。また、鈴木注は「いかなる詩篇か知らざれども、その中に『霞上』の語を用ひてある作なり」と解する。○巖中趣　隠者が棲むような岩石が切り立つ山中での面白さ。○怡然　喜び楽しむさま。○恣意　思ったとおりにする。○捫蘿　ツタをつかむ。○澀　しぶる。尻ごみする。○巘　角ばったみね。高く険しい山。一説に、「まるみをおびたみね」（鈴木注）。○反顧　振り返る。○陽岡　南向きの丘。○陰嶺　北向きの峰。○冱　寒い。また、凍る。○惆悵　嘆き悲しむ。双声語「チュウチョウ」。○沈吟　思いに沈む。畳韻語「チンギン」。○屈蟠樹　根株がわだかまるように屈曲した老樹。○卜居　土地の善し悪しを占って住居を定める。○意未展　気持ちが伸びやかにならない。まだ気が乗らない。○杖策　杖をつく。「策」はつえ。○廻　戻る。○層巓　層をなすほどの高い山頂。○草蔓　草やツル。

［樋口］

〇三〇九

其二

其《そ》の二《に》

天寒鳥已帰　月出山更静

天寒《てんさむ》く鳥已《とりすで》に帰《かえ》り、月出《つきい》でて山更《やまさら》に静《しず》かなり

土室延白光　松門耿疏影
躋攀倦日短　語樂寄夜永
明燃林中薪　暗汲石底井』
大師京國舊　德業天機秉
從來支許遊　興趣江湖迥
數奇謫關塞　道廣存箕潁
何知戎馬間　復接塵事屛』
幽尋豈一路　遠色有諸嶺
晨光稍朦朧　更越西南頂』

土室《どしつ》白光《はくこう》を延《ひ》き、松門《しょうもん》 疏影《そえい》耿《こう》たり
躋攀《せいはん》日《ひ》の短《みじか》きに倦《う》み、語楽《ごらく》夜《よる》の永《なが》きに寄《よ》す
明《あか》るく林中《りんちゅう》の薪《たきぎ》を燃《も》やし、暗《くら》きに石底《せきてい》の井《せい》を汲《く》む
大師《だいし》は京国《けいこく》の旧《きゅう》なり、徳業《とくぎょう》 天機《てんき》を秉《と》る
従来《じゅうらい》 支許《しきょ》の遊《ゆう》、興趣《きょうしゅ》 江湖《こうこ》迥《はる》かなり
数《すう》は奇《き》にして関塞《かんさい》に謫《たく》せらるるも、道《みち》は広《ひろ》くして箕潁《きえい》を存《そん》す
何《なん》ぞ知《し》らん戎馬《じゅうば》の間《かん》、復《ま》た塵事《じんじ》を屛《しりぞ》くるに接《せっ》せんとは
幽尋《ゆうじん》豈《あ》に一路《いちろ》ならんや、遠色《えんしょく》 諸嶺《しょれい》有《あ》り
晨光《しんこう》稍《ようや》く朦朧《もうろう》たれば、更《さら》に西南《せいなん》の 頂《いただき》を越《こ》えん

＊五言古詩。韻字は上声二三梗「靜・影・永・井・秉・潁・屛・嶺」と上声二四迥「迥・頂」の通押。

【現代語訳】　空は寒くなって鳥がねぐらに帰り、月が浮かんで山はいっそう静けさを深める。部屋に白々と光が射しこみ、戸口の松がまばらな葉影を鮮やかに落としている。山中を散策し短い日中のうちに疲れ果て、語りあう楽しみを秋の夜長に託す。明々と林で拾った薪を燃やし、暗がりの中で石の底から湧き出る井戸水を汲んで茶をいれる。』

大師は都の旧友で、徳の高い立派な行いは身につけた天賦の性質から生まれる。かねてより我々は支遁《しとん》と許詢《きょじゅん》のような交遊を深め、その楽しみは俗塵を忘れ遠く遥かな江湖に浮かぶ

ようであった。いまあなたは不運にも辺地に流されているが、抱く道は広々としており超俗の思いを保っている。思いがけなくもこのような兵乱のさなかにあって、再び脱俗の人と交わることができた。』

山の奥深くを散策するのに一つの道しかないということはあるまい、遠くの景色を望めばまだいろいろな峰が見える。明日夜が明けた頃には、さらに西南の山の頂を越えていくこととしよう。』

■語釈

○延白光　月明かりを引きこむ。部屋に月光が射しこむ。**○松門**　戸口に門のように植わった松。**○耿**　あきらか。はっきりしている。**○疏影**　地面に映った松の枝葉のまばらな影。**○躋攀**　よじ登る。其の一にうたわれた日中の登山をいう。**○倦**　くたびれる。**○語樂**　語らい楽しむ。**○大師**　高僧への尊称。贊公を指す。**○京國舊**　都の旧友。贊公は都にあって大雲寺の住職であり、杜甫はかつて大雲寺に宿泊して贊公と知りあいとなった。**○天機**　天賦の性質。天から与えられた役割。**○秉**　にぎる。身につける。**○支許**　東晋の支遁《しとん》と許詢《きょじゅん》。支遁、字は道林、当時を代表する名僧。許詢、字は玄度《げんたく》、当時を代表する玄言詩（魏・晋の頃に流行した、『老子』や『荘子』の言葉を用いて作る哲学的な詩）の作者で、仏法を好んだ。会稽王司馬昱《かいけいおうしばいく》の邸宅で支遁が仏法を講釈し、それに対して許詢が質問をし、聴衆は二人のやりとりに感心したという（『世説新語』文学）。支遁を贊公に、許詢を自らに喩える。**○江湖**　川や湖。古くから隠者が身を寄せる場所とされた。**○數奇**　命運が良くない。不運。**○關塞**　関所ととりで。辺地。秦州を指す。**○箕潁**　箕山《きざん》と潁水《えいすい》。隠者の住む地。許由《きょゆう》は堯から天下を譲られようとして箕山に逃げ隠れ、汚らわしいことを聞いたとして山の南に流れる潁水で耳を洗っていたところ、それを聞いた隠者の巣父《そうほ》は川が汚れたとして牛に水を飲ませなかった（『高士伝』巻上）。〇戎馬　戦争に用いる馬、転じていくさ。兵乱。〇塵事　俗世の煩わしいことがら。〇屏　しりぞく。かくれる。〇幽尋　奥深く訪ねる。山中を散策する。〇遠色　遠くの景色。〇朦朧　ぼんやりと薄暗いさま。ここでは夜が明けて間もない頃合いをいう。畳韻語「モウロウ」。〔樋口〕

〇三〇

寄贊上人

一昨陪錫杖　卜鄰南山幽
年侵腰脚衰　未便陰崖秋
重岡北面起　竟日陽光留
茅屋買兼土　斯焉心所求』
近聞西枝西　有谷杉桼稠
亭午頗和暖　石田又足收
當期塞雨乾　宿昔齒疾瘳
徘徊虎穴上　面勢龍泓頭』
柴荊具茶茗　徑路通林丘
與子成二老　來往亦風流』

贊上人《さんしょうにん》に寄《よ》す

一昨《いっさく》錫杖《しゃくじょう》に陪《ばい》し、隣《となり》を南山《なんざん》の幽《ゆう》なるに卜《ぼく》す
年《とし》侵《おか》して腰脚《ようきゃく》衰《おとろ》え、未《いま》だ陰崖《いんがい》の秋《あき》に便《べん》ならず
重岡《ちょうこう》 北面《ほくめん》に起《お》これば、竟日《きょうじつ》 陽光《ようこう》留《とど》まらん
茅屋《ぼうおく》買《か》いて土《ど》を兼《か》ぬれば、斯《こ》れ焉《ここ》ぞ心《こころ》の求《もと》むる所《ところ》
近《ちか》ごろ聞《き》く西枝《せいし》の西《にし》、谷《たに》有《あ》りて杉桼《さんしつ》稠《おお》し
亭午《ていご》頗《すこぶ》る和暖《わだん》にして、石田《せきでん》も又《ま》た収《おさ》むるに足《た》ると
当《まさ》に塞雨《さいう》の乾《かわ》き、宿昔《しゅくせき》 歯《し》疾《しつ》の瘳《い》ゆるを期《き》すべし
徘徊《はいかい》す虎穴《こけつ》の上《ほとり》、面勢《めんせい》は龍泓《りょうこう》の頭《ほとり》
柴荊《さいけい》茶茗《ちゃめい》を具《そな》え、径路《けいろ》林丘《りんきゅう》に通《つう》ず
子《なんじ》と与《とも》に二《に》老《ろう》を成《な》し、来往《らいおう》して亦《ま》た風流《ふうりゅう》ならん

＊五言古詩。韻字は下平一一尤「幽・秋・留・求・稠・收・瘳・頭・丘・流」。

【題意】　賛公に寄せて住居のことを相談する。〇三〇八に詠われた山中散策の数日後に書かれた。「上人」は僧侶に対する敬称。詳注三-五九七、鈴木注二-一〇九。

【現代語訳】　先日錫杖をつくあなたにお供して、南の山の奥深くで近隣に住もうかと土地を探した。しかし、年老いて足腰の衰えた身には、秋を迎えた北向きの山崖はふさわしくなかった。重なる山が北側に聳えていれば、一日じゅう日溜まりとなるだろうに。そうであれば、茅葺き屋根の家を構えて土地も買い、そここそが我が心に求める場所なのである。』

ところで、近頃西枝村のその西に、谷間に杉や漆《うるし》が豊富に茂り、昼時には随分暖かく、痩せ地であるがそれなりに収穫できる地があると耳にした。辺地に降るこの雨が収まり、かねてからの歯痛が治るのを待って出掛けてみようと思っている。虎穴の辺りをぶらぶらし、龍泓のほとりで地勢を調べよう。』

粗末な家に茶を用意し、小道をあなたの住む山林へと通すのだ。そしてあなたとともに「二老」となり、行き来しあうのもまた風流なことではないか。』

■語釈

○**「一昨」二句**　賛公に従って山中を散策し、居を構える土地を探したことを指す。「一昨」は先日。「卜隣」は隣人として住居を定める。○**年侵**　年老いる。○**便**　都合がよい。適している。○**陰崖**　北側にある崖。○**竟日**　一日中。○**買兼土**　耕作用の土地とあわせて購入する。○**斯焉**　ここそ。

「斯」は断定を強める語。「焉」は、ここ。此などに同じ。鈴木注は「此焉《ここぞ》」と訓み、『吉川注』第七冊は「斯《こ》れ焉《ここ》に」と訓む。〇西枝　西枝村。〇三〇八を参照。〇谷　谷間。一説に同谷《どうこく》（甘粛省隴南市成県）を指す（『杜詩闡』巻一〇）。〇杉桼　杉と漆。「桼」は漆の古字。〇稠　多い。〇亭午　正午。昼時。〇石田　石の多い田畑。痩せ地。〇收　穀物を収穫する。〇宿昔　むかし。以前から。〇瘳　癒える。病気が治る。〇「徘徊」二句　「虎穴」と「龍泓」は当地にあった景勝地。「虎穴」は双声語「コケツ」。「泓」は水が深く溜まった淵。『杜詩闡』巻一〇は「同谷県より発す」〇三七二に見える「龍潭《りょうたん》」と「虎崖《こがい》」がそれに当たると指摘する。また、一説に、実在の地名ではなく、風水が見合うように、虎と龍の二字を並べたともいう（劉雁翔『杜甫秦州詩別解』甘粛教育出版社）。「面勢」は、土地の様子や形勢。『周礼』冬官「考工記」に「曲面勢《きょくめんせい》を審《つまびら》かにす（材料の曲直、方面、形勢を調べる）」。『草堂詩箋』巻一五は「左右《さゆう》を相度《そうたく》す（左や右を観察して測る）」と解し、『吉川注』も「測量する」と訳す。〇柴荊　雑木やいばらで組んだ門。そのような門をしつらえた粗末な家。〇茶茗　茶のこと。新芽を摘んだ茶を「茶」といい、遅くに摘んだ茶を「茗」という。〇徑路　小道。〇林丘　林や丘。賛公の住む山林を指す。〇二老　二人の老人。『孟子』離婁上に周の呂尚《りょしょう》と伯夷を二老と称す。ここでは、自身と賛公を指す。

［樋口］

〇三一一

太平寺泉眼

招提憑高岡　疏散連草莽

出泉枯柳根　汲引歳月古』

太平寺《たいへいじ》の泉眼《せんがん》

招提《しょうだい》　高岡《こうこう》に憑《よ》り、疏散《そさん》として草莽《そうもう》に連《つら》なる

泉《いずみ》を出《いだ》す枯柳《こりゅう》の根《ね》、汲引《きゅういん》して歳月古《さいげつふる》し

石間見海眼　天畔縈水府
廣深丈尺間　宴息敢輕侮
青白二小蛇　幽姿可時睹
如絲氣或上　爛熳爲雲雨』
山頭到山下　鑿井不盡土
取供十方僧　香美勝牛乳
北風起寒文　弱藻舒翠縷
明涵客衣淨　細蕩林影趣』
何當宅下流　餘潤通藥圃
三春濕黃精　一食生毛羽』

石間海眼《せきかんかいがん》を見《み》、天畔水府《てんぱんすいふ》に縈《めぐ》る
広深丈尺《こうしんじょうせき》の間《あいだ》、宴息《えんそく》にも敢《あえ》て軽侮《けいぶ》せんや
青白《せいはく》の二《に》小蛇《しょうだ》、幽姿《ゆうし》時《とき》に睹《み》る可《べ》し
糸《いと》の如《ごと》く気《き》或《ある》いは上《のぼ》り、爛熳《らんまん》として雲雨《うんう》と為《な》る
山頭《さんとう》より山下《さんか》に到《いた》るまで、井《い》を鑿《うが》つに土《つち》を尽《つ》くさず
取《と》りて十方《じっぽう》の僧《そう》に供《きょう》すれば、香美《こうび》牛乳《ぎゅうにゅう》に勝《まさ》る
北風寒文《ほくふうかんもん》を起《お》こし、弱藻《じゃくそう》翠縷《すいる》を舒《の》ぶ
明《あき》らかに涵《ひた》して客衣《かくい》浄《きよ》く、細《こま》かに蕩《うご》かして林影《りんえい》趣《おもむ》きあり
何《いず》れか当《まさ》に下流《かりゅう》に宅《たく》し、余潤薬圃《よじゅんやくほ》に通《つう》じ
三春《さんしゅん》黄精《こうせい》を湿《うるお》し、一食《いっしょく》毛羽《もうう》を生《しょう》ずべき

*五言古詩。韻字は上声七麌「莽・古・府・侮・睹・雨・土・乳・縷・趣・圃・羽」。

【題意】　乾元二年（七五九）、秋から冬にかけての作。秦州（甘粛省天水市）にあった太平寺を訪れ、湧き出る泉を愛でて詠じた。太平寺は一名、甘泉寺。清の頃、寺には春暁泉と呼ばれる泉が湧いていたという。泉眼は、泉の湧き出る洞穴。眼は穴の意。詳注三-五九八、鈴木注三-一二。

【現代語訳】　寺院は高い丘によっており、もの寂しく草むらに続いている。枯れた柳の木の根元から泉が湧き出ており、随分古くから水を汲み上げ引いてきた。』

岩の間には海へと通じる小さな洞穴が見え、丘の上の高くから遥か水神の住む龍宮にまでめぐり続いているかのようだ。洞穴の大きさは一丈一尺程度の狭さだが、（神が宿っているようで）そこで休息する人も軽んじることはない。青と白の二匹の蛇が、おごそかな姿をときおり見せる。蛇の吐くか細い糸のような気は時に細々と空に立ちのぼり、広がって雲や雨になる。』

山の頂からふもとまで、（岩ばかりで）井戸を掘ろうにも土を掘り尽くせない。しかし、この泉の水を方々から来た僧侶たちに提供すると、そのかぐわしくうまいことは牛乳にも勝るほど。北風が吹き、水面は寒々しく波立ち、しなやかな藻草がみどりの糸を伸ばしている。明るく輝く水面に映し出された私の旅の服は清潔で、小さく揺れる水面に映った林の木々の影は趣き深い。』

いつの日かこの泉の下流に家を構え、溢れる水の恵みを薬草畑に引き入れ、そして、春には黄精の薬草をうるおし育て、一口食べて仙人となり長寿を得たいものだ。』

■語釈

○招提　寺院。四方から僧侶が集い居る場所という意味の梵語に由来する。○高岡　高い丘。双声語「コウコウ」。○疏散　まばらなさま。もの寂しく廃れているさま。双声語「ソサン」。○草莽　深く茂った草むら。○汲引　泉の水を汲み上げ引く。○海眼　泉の湧き出る洞穴。詩題の「泉眼」に同じ。古代中国では泉の水は地下を潜流して海へと通じているという伝承があった。○**天畔**　空の辺り。洞穴が高所にあることをいう。○**水府**　水神の住み処。龍宮。また、**00七四**では石林の高く聳えるさまを「石林《せきりん》水府《すいふ》に蟠《わだかま》り、百里独《ひゃくりひと》り蒼蒼《そうそう》たり」と詠ずる。○**丈尺**　丈も尺も長さの単位。ここでは狭い場所の喩え。○**宴息**　休む、安らかにくつろぐ。○**小蛇**　秦州の南西に神蛇戍《しんだじゅ》（甘粛省西和県洛峪鎮《らくよく》）があり、その付近の山渓には五色の蛇が多くいたと伝えられる（『水経注』巻二〇「漾水」）。蛇はまた龍を連想させ、龍は古くから雲を呼び雨を降らすものとされていた。○**幽姿**　おごそかな姿。南朝・宋・謝霊運「池上の楼に登る」詩に「潜虬《せんきゅう》（水深くに潜むみずち）は幽姿《ゆうし》を媚《うるわ》しくす」。○**爛熳**　乱れて多いさま。また、散乱するさま。畳韻語「ランマン」。○**鑿井**　井戸を掘る。太平の世における素朴な生活ぶりを歌う古歌「撃壌歌」に、「井《い》を鑿《うが》ちて飲《の》み、田《た》を耕《たがや》して食《く》らう」。○**十方**　東西南北の四方と、南東、南西、北東、北西の四隅と、上下の二つを合わせた十方向。転じて、世界中。○**牛乳**　釈迦《しゃか》は瞑想して悟りを開く前に牛乳で作った粥《かゆ》を村の娘から与えられたという故事が伝わる。また、釈迦の高弟であった阿難《あなん》は釈迦が病気になった際に牛乳を飲ませようと托鉢《たくはつ》した（『維摩経』）。○**寒文**　寒々しい水紋。○**弱藻**　しなやかな藻草。○**翠縷**　緑色の糸。藻草の形容。○**涵**　ひたす。水などがうるおす。ここでは、水面に自分の影が映っていることをいう。○**客衣**　旅人の衣服。杜甫の服をいう。○**何當**　いつか必ず……したいものだ。○**藥圃**　薬草の畑。○**三春**　春の三ヵ月、旧暦の一月から三月。○**黃精**　薬草の名。「太陽之草」ともいい、食べると長生きできるという（『芸文類聚』巻八一引「博物志」）。○**生毛羽**　羽が生える。ここでは仙人となって仙界に昇ることをいう。

［樋口］

〇三三二

東樓

萬里流沙道　西行過此門
但添新戰骨　不返舊征魂
樓角淩風迥　城陰帶水昏
傳聲看驛使　送節向河源

＊五言律詩。韻字は上平一三元「門・魂・昏・源」。

東楼《とうろう》

万里《ばんり》流沙《りゅうさ》の道《みち》、西行此《せいこうこ》の門《もん》を過《す》ぐ
但《た》だ新戦《しんせん》の骨《ほね》を添《そ》うるのみ、旧征《きゅうせい》の魂《たましい》を返《かえ》さず
楼角風《ろうかくかぜ》を淩《しの》ぎて迥《はる》かに、城陰《じょういん》水《みず》を帯《お》びて昏《くら》し
伝声駅使《でんせいえきし》を看《み》、節《せつ》の河源《かげん》に向《む》かうを送《おく》る

【題意】　秦州城の東の城楼に佇みながら、依然として収束しない戦乱を傷み、西へ赴く使者を見送る。乾元二年（七五九）の作。詳注三ー六〇〇、鈴木注三ー二四。

【現代語訳】　遥か万里の沙漠へ続く道、西へ出征するにはこの城門を通る。新たに戦死する者の骨を積み重ねるばかりで、かつて征戦して死んでしまった者の魂は戻ってこない。楼閣のひさしは風を淩いで空高くに反り返り、城壁の日陰は、じめじめしていて薄暗い。先触れの声が聞こえてまもなく使節の姿が見えた、私はこうして黄河の源流に近い遥かな吐蕃の地へと向かう使節を見送るのだ。

■語釈

○流沙　中国北西部の沙漠地帯。吐蕃の割拠する地。○西行　西へ出征する。○新戰骨　これから新たに戦死する者の骨。○舊征魂　以前征戦して死んだ者の魂。○樓角　高楼のひさしの角。反り返った形

状をしている。○**帯水**　水気を帯びている。じめじめしている。『吉川注』第七冊は「たまり水と、帯《とも》に」。また一説に、町の北側が渭水に面している（『全訳』二八〇頁）。また、水堀が城郭を取り囲む（劉雁翔『杜甫秦州詩別解』甘粛教育出版社）。○**傳聲**　使節が通ることを告げる声。「駅使が先きぶれして人払ひなどするなるべし」（鈴木注）。杜甫が駅使に言葉を寄せるという解釈もある（『杜詩闡』巻八）。○**驛使**　宿駅から各地へ公文書やさまざまな物品を送り届ける使者。ここでは吐蕃に赴く使者。○**節**　使節。また、使者が持つ旗印。『九家注』巻二〇は、吐蕃との和平工作の任務を帯びていたと解するが、吐蕃に向けた出兵として理解する説もある（『杜詩鏡銓』巻六）。○**河源**　黄河の源流。ここは吐蕃を指す。前漢・張騫《ちょうけん》の故事を踏まえる。

［樋口］

〇三三

雨晴

天外秋雲薄　從西萬里風
今朝好晴景　久雨不妨農
塞柳行疏翠　山梨結小紅
胡笳樓上發　一雁入高空

雨晴《あめは》る

天外《てんがい》秋雲《しゅううん》薄《うす》く、西《にし》よりす万里《ばんり》の風《かぜ》
今朝《こんちょう》好《よ》き晴景《せいけい》、久雨《きゅうう》農《のう》を妨《さまた》げず
塞柳《さいりゅう》疏翠《そすい》を行《なら》べ、山梨《さんり》小紅《しょうこう》を結《むす》ぶ
胡笳《こか》楼上《ろうじょう》に発《はっ》し、一雁《いちがん》高空《こうくう》に入《い》る

＊五言律詩。韻字は上平一東「風・紅・空」と上平二冬「農」の通押。

【題意】　長雨が明けた後の朝晴れを喜ぶ。乾元二年（七五九）の秋、秦州（甘粛省天水市）での作。『宋本杜工部集』巻一〇に「一《いっ》に秋霽《しゅうせい》に作《つく》る」とある。詳注三―六〇一、鈴木注三―一一五。

【現代語訳】 空の向こうに秋の雲がうっすらとかかり、西の彼方から風が吹いてきた。今朝はすばらしい晴天で、長らく降っていた雨が止んで農事を妨げなくなった。塞《とりで》に植えられた柳の木々はまばらになった葉を連ね、山梨は淡い紅色の実を結んでいる。葦笛《あしぶえ》の音が城楼の上に起こり、一羽の雁が秋の高い空に吸いこまれていった。

■語釈

○天外　天の外。遥かに遠い所。○従西萬里風　五行思想で、秋は西に配されるので、秋風は西方から吹くとされた。「万里風」は万里の彼方から吹く風。○久雨　長雨。○妨農　農事を邪魔する。○行　並べる。○疏翠　枯れ落ちてまばらになった葉。○胡笳　葦の茎を用いて作った笛。胡（西方の異民族）が愛用した。

［樋口］

〇三一四

寓目

一縣葡萄熟　秋山苜蓿多
關雲常帶雨　塞水不成河
羌女輕烽燧　胡兒掣駱駝
自傷遲暮眼　喪亂飽經過

寓目《ぐうもく》

一県《いっけん》葡萄《ぶどう》熟《じゅく》し、秋山《しゅうざん》苜蓿《もくしゅく》多《おお》し
関雲《かんうん》は常《つね》に雨《あめ》を帯《お》び、塞水《さいすい》は河《かわ》を成《な》さず
羌女《きょうじょ》は烽燧《ほうすい》を軽《かろ》んじ、胡児《こじ》は駱駝《らくだ》を掣《ひ》く
自《みずか》ら傷《いた》む遅暮《ちぼ》の眼《め》の、喪乱《そうらん》経過《けいか》するに飽《あ》くを

*五言律詩。韻字は下平五歌「多・河・駝・過」。

【題意】目に映る秦州の秋の風景を詠う。前詩と同じ頃の作。「寓目」は目をとめる。詳注二-六〇二、鈴木注二-一二六。

【現代語訳】県中に葡萄が熟し、秋の山にはウマゴヤシが生い茂っている。関所に浮かぶ雲はいつも雨を含み、辺塞の水は流れをなす河とはならない。羌族の娘は危急を告げるのろしが上がるのも気にせず、胡《えびす》の子供は駱駝を操っている。この老いぼれの目が、戦乱を飽きるほど経験したことに自ら傷み悲しんでいる。

■語釈

○一縣　県全体。○苜蓿　ウマゴヤシ。馬が好んで食べる豆科の植物。もともと西方に繁殖し、前漢の頃、張騫《ちょうけん》ら西方に使いした者によって葡萄などとともに中国にもたらされた（『史記』巻一二三「大宛伝」）。畳韻語「モクシュク」。○不成河　河にならない。土地が高く、水が下に流れてしまいまとまって河流とならない。一説に、砂地なので水がしみこみ河流とならない（『杜詩闡』巻八）。○羌女　中国北西部に住む羌族の娘。○烽燧　危急を告げるのろし。「烽」は昼に煙を上げ、「燧」は夜に竿の先に火を高く掲げるのろし。○掣　制御する。あやつる。○遅暮眼　年老いた目。自身のまなざし。詩題の「目」に対応する。「遅暮」は年をとること、暮年。○喪亂　戦争によって人の命が失われ、世の中が乱れること。○飽　充分である。これ以上堪えがたい。

［樋口］

山寺　〇三一五

野寺殘僧少　山園細路高
麝香眠石竹　鸚鵡啄金桃
亂水通人過　懸崖置屋牢
上方重閣晩　百里見秋毫

＊五言律詩。韻字は下平四豪「高・桃・牢・毫」。

山寺《さんじ》

野寺《やじ》残僧《ざんそう》少《すく》なく、山園《さんえん》細路《さいろ》高《たか》し
麝香《じやこう》石竹《せきちく》に眠《ねむ》り、鸚鵡《おうむ》金桃《きんとう》を啄《ついば》む
乱水《らんすい》人《ひと》を通《とお》して過《す》ぎしめ、懸崖《けんがい》屋《おく》を置《お》くこと牢《かた》し
上方《じょうほう》重閣《ちょうかく》の晩《くれ》、百里《ひやくり》秋毫《しゅうごう》を見《み》る

【題意】　山寺を訪れ目に映る景色を詠う。前詩と同じ頃に、東柯谷《とうかこく》（〇三九六を参照）の南、麦積山《ばくせきざん》の瑞応寺《ずいおうじ》での作とする（『草堂詩箋』巻一四）。麦積山は甘粛省天水市の東南約五〇キロメートルに位置し、北魏以来の多くの仏龕《ぶつがん》と石窟があることで知られる山。詳注三-六〇三、鈴木注二-一二七。

【現代語訳】　山寺には残っている僧侶は少なく、境内の庭園へと細い道が高く通じている。ひと気のない庭園では麝香が石竹の辺りで眠り、鸚鵡が金桃をついばんでいる。縦横に流れるせせらぎはかちで渡っていくことができ、切り立つ崖には屋室がしっかり構えられている。山寺の楼閣に日が暮れ、そこから百里の向こうまで細かに見える。

■語釈

〇残僧　寺を去らずに残っている僧侶。〇山園　山中の庭。ここでは寺の境内の庭園を指す。〇麝香

動物の名。ジャコウジカ。後漢の頃、冉駹《ぜんもう》という西域の小国に生息していた（『後漢書』巻八六「冉駹伝」）。○**石竹**　花の名。セキチク。ナデシコ科の多年草。○**鸚鵡**　オウム。後漢・禰衡《でいこう》「鸚鵡の賦」に「此《こ》れ西域《せいいき》の霊鳥《れいちょう》、自然《しぜん》の奇姿《きし》を挺《ぬきん》ず」。○**金桃**　桃の一種。唐・太宗の頃、西域の小国康国《こうこく》から献上され、庭園に植えられた（『旧唐書』巻一九八「西戎伝」、『新唐書』巻二二一下「西域伝下」）。○**亂水**　縦横に流れる渓流。○**懸崖置屋牢**　山崖の壁面を掘って石窟が堅牢に構えられていることをいう。五代・王仁裕『玉堂閑話』（『太平広記』巻三九七）に、麦積山について、「梯子が架けられていて険しく上へと続き、途中に千万もの屋室があり、空中に懸かっている」とある。「懸崖」は高く切り立った崖。○**上方**　寺院。仏教語で寺の住職、またその部屋。○**重閣**　数層建ての楼閣。○**秋毫**　細かいこと。もともと秋になり毛先が細くなった獣の毛。

［樋口］

〇三一六

即事

聞道花門破　和親事却非
人憐漢公主　生得渡河帰
秋思抛雲髻　腰支賸寶衣
群凶猶索戰　回首意多違

即事《そくじ》

聞道《きくなら》く花門《かもん》破《やぶ》れ、和親事《わしんこと》却《かえつ》て非《ひ》なりと
人《ひと》は憐《あわれ》む漢《かん》の公主《こうしゅ》、生《い》きながらに河《か》を渡《わた》りて帰《かえ》るを得《う》るを
秋思雲髻《しゅうしうんけい》を抛《なげう》ち、腰支《ようし》宝衣《ほうい》を賸《あま》す
群凶《ぐんきょう》猶《な》お戦《いくさ》を索《もと》む、首《こうべ》を回《めぐ》らせば意《い》に違《たが》うこと多《おお》し

＊五言律詩。韻字は上平五微「非・歸・衣・違」。

【題意】 事に感じて詠じたうた。郭子儀《かくしぎ》が回紇《かいこつ》族の部隊を率いて賊軍と交戦し、敗北したことを憂える。乾元二年（七五九）の秋、秦州（甘粛省天水市）での作。詳注三-六〇四、鈴木注二-二八。

【現代語訳】 聞くところによると、援軍の回紇族の部隊が賊軍に敗れ、彼らとの和平政策はかえって誤りであったとのこと。人々は王朝より降嫁した公主が、生きながらえて黄河を渡り帰朝したことを哀れんでいる。彼女は秋のもの思いに雲のようなまげをふりほどき、痩せてしまった腰に美しい衣を余していることだろう。賊軍は依然として好戦的で、思い返してみると意に反することが多いものだ。

■**語釈**

○**聞道** 聞くところによれば。○**花門破** 回紇部族が敗れる。「花門」は居延海の北一五〇キロメートルに位置する山の名で、その地に割拠していた回紇部族を指す。乾元二年（七五九）三月、先に官軍の援軍として迎えた回紇族の部隊が郭子儀に従い賊軍と相州（河南省安陽市）で戦い、敗退したことをいう（『旧唐書』巻一九五「廻紇伝」）。○**和親** 回紇部族と和平して援軍とした政策をいう。「花門を留む」〇三六七を参照。○**「人憐」二句** 回紇部族との和平政策の中で、部族長の毗伽可汗《ビルゲカガン》に降嫁した粛宗の二女寧国《ねいこく》公主が帰朝したことを詠う。相州で敗北した翌月、毗伽可汗が没し、公主には子がいなかったため、同年の八月に長安に帰った（『旧唐書』巻一九五「廻紇伝」）。○**秋思** 秋のもの思い。『吉川注』第七冊は特に「秋の夜の女性の思い」と解する。○**拋雲髻** 雲のようなまげを乱暴に解く。「雲髻」は女性の美しく高く結った髪型。○**腰支** 腰。「支」は肢に同じ。○**賸** あまる。剰と同じ。体が痩せて衣服がだぶつく。○**寶衣** 宝玉を飾った衣。一説に、嫁入り衣装（『吉川注』）。○**群凶** 安史の賊軍を指す。公主が戻った同年の九月、史思明《ししめい》率いる賊軍は黄河を越え、李光弼《りこうひつ》は洛陽を棄てて河陽に退いた。
○回首　こうべをめぐらす。振り返って思う。　［樋口］

〇三一七

遺懐

愁眼看霜露　寒城菊自花
天風隨斷柳　客淚墮清笳
水靜樓陰直　山昏塞日斜
夜來歸鳥盡　啼殺後棲鴉

遺懐《けんかい》

愁眼《しゅうがん》 霜露《そうろ》を看《み》、寒城《かんじょう》 菊《きく》 自《おのずか》ら花《はな》さく
天風《てんぷう》断柳《だんりゅう》に随《したが》い、客涙《かくるい》清笳《せいか》に堕《お》つ
水《みず》静《しず》かにして楼陰《ろういん》直《なお》く、山《やま》昏《くら》くして塞日《さいじつ》斜《なな》めなり
夜来《やらい》帰鳥《きちょう》尽《つ》き、啼殺《ていさつ》す後棲《こうせい》の鴉《からす》

＊五言律詩。韻字は下平六麻「花・笳・斜・鴉」。

【題意】秋の秦州のもの悲しい風景を詠じる。「遺懐」は胸の思いを述べる。心の憂いを晴らす。前詩と同じ頃の作。暗に時事を傷んでいるとする説もある（『杜臆』巻三）。詳注三―六〇五、鈴木注三―一二九。

【現代語訳】愁いのまなざしに映るのはしとど降りる霜や露、寒々とした町に菊がおのずと咲いている。空に吹く風がちぎれた柳の葉を吹いて舞わせ、旅人である私の涙が清らかな葦笛の音につれて落ちる。川の水面は穏やかで城楼がまっすぐ影を落とし、山は暗くなり塞

外の地に太陽が傾く。夜になってねぐらへ戻る鳥も見えなくなり、帰り遅れたカラスが鳴き続けている。

■語釈

○**寒城**　寒空の町。秋の秦州を指す。○**「天風」二句**　風が柳の枯れ葉を吹き上げ、また笛の音が涙を促すという情景を、主客を転倒させて詠っている。「断柳」は枯れて吹きちぎれた柳の葉。「客涙」は旅人の流す涙。ここでは杜甫自身の涙をいう。○**樓陰**　水面に映る楼閣の影。○**塞日**　塞外の太陽。○**夜來**　夜がおとずれる。○**啼殺**　ひどく啼く。「殺」は動詞の後に置いて頻度、程度を強める接尾辞。○**後棲鴉**　ねぐらに帰るのが遅れたカラス。「棲」は鳥が巣に宿ること。隠棲の思いを遂げられない杜甫自らに喩える。

［樋口］

〇三一八

天河《てんが》

常時《じょうじ》顕晦《けんかい》に任《まか》せ、秋《あき》至《いた》れば転《うた》た分明《ぶんめい》なり

縦《たと》い微雲《びうん》に掩《おお》わるるとも、終《つい》に能《よ》く永夜《えいや》に清《きよ》し

星《ほし》を含《ふく》みて双闕《そうけつ》に動《うご》き、月《つき》を伴《ともな》いて辺城《へんじょう》に落《お》つ

牛女《ぎゅうじょ》年年《ねんねん》渡《わた》る、何《なん》ぞ曾《かつ》て風浪《ふうろう》生《しょう》ぜん

天河

常時任顯晦　秋至轉分明

縦被微雲掩　終能永夜清

含星動雙闕　伴月落邊城

牛女年年渡　何曾風浪生

＊五言律詩。韻字は下平八庚「明・清・城・生」。

【題意】　天の川を詠う。乾元二年（七五九）七月の作。詳注は言外に寓意があるとしている。【補説】を参照。詳注三-六〇六、鈴木注三-一三。

【現代語訳】　天の川は普段は時にまかせて現れたり隠れたりしているが、秋になるといよいよはっきり明るくなる。たとえほのかな雲に覆われようとも、ついには秋の夜長に清らかに輝く。星々を包むように都の宮城の門に移り動き、月と一緒に西のこの辺塞の町に傾く。牽牛と織女は毎年この川を渡る、これまで波風が生じて渡れなかったことはないのだ。

■語釈

○常時　普段の時。○顯晦　明るく現れることと暗く隠れること。双声語「ケンカイ」。なお、下句に対置された「分明」も双声語「ブンメイ」。「明」は、『広韻』に「武平の切」とあるように、本来の漢音では「ベイ」とも読み得る。○轉　いよいよ。ますます。○縦　たとえ。もし……とも。○永夜　秋の夜長。○雙闕　宮城門外の両側に設けられた二つの物見台。長安城を指す。○邊城　辺塞の町。長安の西約三五〇キロメートルの秦州を指す。○牛女　牽牛星と織女星。伝説では、七月七日に織女と牽牛が鵲《かささぎ》が架けた橋を通って天の川で出会うとされた。○何曾　どうして。反語。

【補説】　詳注は、詩中の「微雲掩」、「風浪生」は杜甫が小人に嫉妬されていることを寓意していると述べる。また、君子が小人に阻まれながらも、節義を保ち続けることを寓意しているという説（『杜工部詩通』巻七）、或いは杜甫自身が落ちぶれた身でありながら王朝への忠誠心を明らかにしているという説（『読杜心解』巻三）、さらには、讒言に阻まれながらも再三戦功をあげた郭子儀《かくしぎ》のことを詠っているとする説（『杜臆』巻三）もある。鈴木注は牽

牛と織女を自身の平穏な夫婦生活に比していると述べる。　［樋口］

初月　〇三一九

光細弦初上　影斜輪未安
微升古塞外　已隱暮雲端
河漢不改色　關山空自寒
庭前有白露　暗滿菊花團

＊五言律詩。韻字は上平一四寒「安・端・寒・團」。

初月《しょげつ》

光《ひかり》細《ほそ》く弦《げん》初《はじ》めて上《うえ》にして、影《かげ》斜《なな》めにして輪《わ》未《いま》だ安《やす》からず
微《かす》かに古塞《こさい》の外《そと》に升《のぼ》り、已《すで》に暮雲《ぼうん》の端《はし》に隠《かく》る
河漢《かかん》色《いろ》を改《あらた》めず、関山《かんざん》空《むな》しく自《おのずか》ら寒《さむ》し
庭前《ていぜん》に白露《はくろ》有《あ》り、暗《あん》に菊花《きくか》に満《み》ちて団《おお》し

【題意】　新月を詠う。乾元二年（七五九）秋、秦州（甘粛省天水市）での作。時局を寓意しているという説もある。【補説】を参照。詳注三―六〇七、鈴木注三―一三。

【現代語訳】　光が細く輝き月の弦は上を向いたばかり、光り輝く姿は斜めに傾き月輪はまだ満ちておらず不安定である。古びた塞《とりで》の彼方にわずかに昇ったかと思うと、暮れ時の雲の端にもう隠れてしまった。天の川はその色を変えず、塞のある山は月が消えがらんとして寒々しい。庭先に白露が降り、暗がりの中、菊の花いっぱいに結んでいる。

一■語釈

○**弦初上**　月の弦が上を向いたばかり。○**影**　月の輝く姿。○**輪未安**　月輪がまだ安定していない。『杜少陵先生詩分類集注』巻一八に、「光満《ひかりみ》つれば則《すなわ》ち輪《わ》の如《ごと》し、未《いま》だ安《やす》からずとは、未《いま》だ輪《わ》を成《な》さざるなり」。○**古塞**　古びたとりで。秦州のとりで。○**河漢**　天の川。双声語「カカン」。○**關山**　とりでのある山。畳韻語「カンザン」。○**暗**　暗がり。また、ひそかに。○**團**　多くあつまる。露がしげく結ぶ。

【補説】北宋・黄庭堅《こうていけん》は、王原叔《おうげんしゅく》の説として粛宗を詠じたものと指摘し（『山谷別集』巻四）、詳注はさらにそれを解説して、前四句が粛宗を中心にした時の政局を批判し、後四句が羈旅の身にあり、恩恵の及ばない自身の不遇を嘆いていると述べる。

［樋口］

〇三〇

擣衣

亦知戍不返　秋至拭清砧
已近苦寒月　況經長別心
寧辭擣衣倦　一寄塞垣深
用盡閨中力　君聽空外音

擣衣《とうい》

亦《ま》た戍《まも》りて返《かえ》らざるを知《し》り、秋至《あきいた》りて清砧《せいちん》を拭《ぬぐ》う
已《すで》に苦寒《くかん》の月《つき》に近《ちか》し、況《いわ》んや長別《ちょうべつ》の心《こころ》を経《ふ》るをや
寧《なん》ぞ衣《ころも》を擣《う》ちて倦《う》むを辞《じ》せん、一《いっ》に塞垣《さいえん》の深《ふか》きに寄《よ》す
用《もち》い尽《つ》くす閨中《けいちゅう》の力《ちから》、君《きみ》よ聴《き》け空外《くうがい》の音《おと》を

＊五言律詩。韻字は下平一二侵「砧・心・深・音」。

【題意】戍役《じゅえき》に赴いた夫に向けて、砧《きぬた》を打ち冬着を用意する婦女の思いを詠う。「擣衣」は

秋の風物詩として古くから多くの詩人によって詠われたモチーフで、楽府題にもなっている。前詩と同じ頃の作。杜甫の君主への思いを寓意しているとする説もある（『杜臆』巻三）。詳注三‐六〇八、鈴木注三‐一三。

【現代語訳】 またもあなたが国境守備の兵役から戻らないことを知り、秋が訪れたので砧を拭い布を打つ準備をする。はや厳寒の月になろうとしているし、ましてやずっと離れ離れにある悲しみを抱いているのだから。どうして布を叩いて疲れるのを厭うことがあろうか、冬着を作り、ひたすら遠くの長城へ送り届けようとするばかり。弱々しい女の力をふりしぼり砧を打つ、聴いてください、辺境のもの寂しい地の空にまで響くこの音を。

■語釈

○戍　国境などを守備する兵役。○清砧　きぬたの美称。○苦寒月　ひどく寒い月。鈴木注に「仲冬の頃をさす」。○長別心　長く別れている悲しい気持ち。○辭　いやがる。拒絶する。○倦　疲労する。○塞垣　辺塞の城壁。長城。○深　遠く奥深いところ。○閨中　寝室。婦女の部屋。○空外　辺境のもの寂しい場所。夫のいる地。鈴木注、『吉川注』第七冊は空の遥か彼方の意とする。

［樋口］

〇三二

歸燕

不獨避霜雪　其如儔侶稀
四時無失序　八月自知歸

帰燕《きえん》

独《ひと》り霜雪《そうせつ》を避《さ》くるのみならず、儔侶《ちゅうりょ》の稀《まれ》なるを其如《いかん》せん
四時《しじ》序《じょ》を失《うしな》う無《な》く、八月《はちがつ》自《おのずか》ら帰《かえ》るを知《し》る

春色豈相訪　衆雛還識機
故巣儻未毀　會傍主人飛

春色《しゅんしょく》相《あ》い訪《おとず》るるを豈《ねが》う、衆雛《しゅうすう》も還《ま》た機《き》を識《し》らん
故《こ》巣《そう》儻《も》し未《いま》だ毀《こぼ》たれずんば、会《かなら》ず主人《しゅじん》に傍《そ》いて飛《と》ばん

＊五言律詩。韻字は上平五微「稀・歸・機・飛」。

【題意】　秋になって南方へ帰る燕を詠じ、羈旅の身である自己を傷む。以下の「促織」、「蛍火」、「蒹葭」、「苦竹」とともに、乾元二年（七五九）、秦州（甘粛省天水市）での作。詳注二―六二〇、鈴木注二―一三五。

【現代語訳】　燕はただ霜雪を避けることだけのために南へ帰るのではない、仲間のないことがどうしようもなくつらいのだ。時節は順序を違わずめぐり、仲秋の月になればもとより南に帰ることを知っている。来年の春にはどうかまた訪れてほしい、ひな鳥たちもその機微を理解していることだろう。（燕がいうには）もとの巣が壊されずに残っていれば、必ずや戻ってきて家主に寄り添って飛び回りましょう。

■語釈
○其如　どうしようもない。無奈に同じ。一説に、「其《そ》れ如《いかん》せん」と訓む（鈴木注、『吉川注』第七冊）。○儔侶　ともがら。つれあい。○四時　四季。○八月　仲秋の月。この月になると、燕は寒さを避けて南へ帰るとされた（『礼記』月令）。○春色　春景色。春めくこと。○豈　どうか……してもらいたい。推測の意味を含みながら願望の気持ちを表す。○衆雛　ひな鳥たち。夏に北方で育ったひな鳥。○機　機微。タイミング。ここでは北方へ戻ってくる時機。○「故巣」二句　燕に代わって答える。

「故巣」はもと棲んでいた巣穴。杜甫自身に喩えるとする解釈があり、『杜臆』巻三は「官《かん》を棄《す》てて去《さ》ると雖《いえど》も、世《よ》を忘《わす》るるを果《は》たすに非《あら》ざるなり」と述べ、また、『杜詩闡』巻八は「身《み》は官《かん》を棄《す》つると雖《いえど》も、心《こころ》は還《ま》た主《しゅ》を恋《こ》うなり」と述べる。 ［樋口］

〇三三

促織

促織甚微細　哀音何動人
草根吟不穩　牀下意相親
久客得無涙　故妻難及晨
悲絲與急管　感激異天眞

促織《そくしょく》

促織《そくしょく》 甚《はなは》だ微細《びさい》にして、哀音何《あいおんなん》ぞ人《ひと》を動《うご》かす
草根《そうこん》吟《ぎん》じて穏《おだ》やかならず、床下《しょうか》意《い》相《あ》い親《した》しむ
久客《きゅうかく》は涙《なみだ》 無《な》きを得《え》んや、故妻《こさい》は晨《あした》に及《およ》び難《がた》し
悲糸《ひし》と急管《きゅうかん》と、感激天真《かんげきてんしん》に異《こと》なる

*五言律詩。韻字は上平一一真「人・親・晨・眞」。

【題意】コオロギを詠じ、羈旅の身を嘆く。「促織」は蟋蟀《しつしゅつ》。畳韻語「ソクショク」。詳注三―六二、鈴木注三―二六。

【現代語訳】コオロギは何ともちっぽけな存在であるが、その悲しげな声は何とも人の心を揺さぶる。草の根もとで切なげに鳴き、寝台の下で私に向かって親しげに鳴いている。その声を聴いて、旅人は涙を流さずにはおられないし、夫に棄てられた妻は朝になるまで我慢

できない。悲しげな調べの弦楽器と急な調べの管楽器の音色でさえも、人の心を高ぶらせるのにこの自然のコオロギの鳴き声と同じようにはいかない。

■語釈

○哀音　悲しげな鳴き声。双声語「アイオン」。**○牀下**　寝台の下。『詩経』豳風《ひんぷう》「七月《しちがつ》」に「十月《じゅうがつ》蟋《しつ》蟀《しゅつ》我《わ》が床下《しょうか》に入《い》る」。**○意相親**　親しみを寄せる。孤独な杜甫に寄り添う。**○久客**　長く旅する者。**○故妻難及晨**　棄てられた妻は朝までコオロギの声を聞くのに堪えられない。「故妻」は夫に棄てられた女。南朝・宋・鮑照《ほうしょう》「山行《さんこう》して孤桐《ことう》を見《み》る」詩に「棄妾《きしょう》は望《のぞ》みて涙《なみだ》を掩《おお》い、逐臣《ちくしん》は対《むか》いて心《こころ》を撫《ぶ》す」。**○悲絲**　悲しい調べの弦楽器。畳韻語「ヒシ」。なお、下句に対置された「感激」は双声語「カンゲキ」。**○急管**　急な調べの管楽器。**○天眞**　天然。自然の本来の姿のまま。コオロギの声をいう。東晋の孟嘉《もうか》は、弦楽と管楽と声楽を比べて、「糸《いと》は竹《たけ》に如《し》かず、竹《たけ》は肉《にく》に如《し》かず」と述べ、その理由として「漸《ようや》く自然《しぜん》に近《ちか》ければなり」と述べたという（東晋・陶淵明「晋《しん》の故征西大将軍長史孟府君伝《こせいせいだいしょうぐんちょうしもうふくんでん》」）。

［樋口］

〇三三

螢火

幸因腐草出　敢近太陽飛
未足臨書巻　時能點客衣
隨風隔幔小　帶雨傍林微
十月清霜重　飄零何處歸

螢火《けいか》

幸《さいわ》いに腐草《ふそう》に因《よ》りて出《い》で、敢《あえ》て太陽《たいよう》に近《ちか》づきて飛《と》ぶ
未《いま》だ書巻《しょかん》に臨《のぞ》むに足《た》らず、時《とき》に能《よ》く客衣《かくい》に点《てん》ず
風《かぜ》に随《したが》い幔《とばり》を隔《へだ》てて小《ちい》さく、雨《あめ》を帯《お》び林《はやし》に傍《そ》いて微《ほの》かなり
十月《じゅうがつ》清霜《せいそう》重《おも》く、飄零《ひょうれい》して何処《いずく》にか帰《かえ》らん

＊五言律詩。韻字は上平五微「飛・衣・微・歸」。

【題意】 蛍を詠う。時に粛宗を取り巻いていた宦官李輔国《りほこく》らへの批判を寓意するという解釈もある。【補説】を参照。詳注三―六三、鈴木注三―一二七。

【現代語訳】 蛍は幸いにも萎《しお》れた草から生まれ出て、太陽に近づくことも憚《はばか》らない。書物を読むのに充分ではなく、しばしば旅人の衣服に明かりを灯《とも》している。風に乗ってとばりの向こう側で小さく光り、雨を受けて林のそばで仄《ほの》かに光る。十月、清らかな霜が降りれば、おちぶれて何処へ帰っていくのだろうか。

■語釈

○腐草 萎《しお》れた草。古い言い伝えで、萎れた草が変化して蛍になるとされた。『礼記』月令《がつりょう》「季夏《きか》の月《つき》……腐草《ふそう》蛍《ほたる》と為《な》る」。○敢近太陽飛 太陽に近づいて飛ぶのを恐れない。反語として理解し、「太陽に近づいて飛ぼうとしない」と解する説もある。○臨書巻 書物を前にする。蛍の光によって書物を読む。東晋の車胤《しゃいん》が蛍を集めてその光で読書したという故事（『晋書』巻八三「車胤伝」）を踏まえる。○點客衣 旅人の衣に留まって光を灯す。○幔 とばり。垂れ幕。○飄零 おちぶれる。

【補説】 詳注は、起聯は蛍に比せられる宮刑（腐刑とも呼ばれる）を受けた宦官が太陽に比せられる天子を取り巻いていることを、頷聯は宦官らの暗愚さを、頸聯は彼らが隠密に行動することを、そして尾聯はやがては身を滅ぼすものであることを寓意すると解する。『草堂詩箋』巻一四、『黄鶴補注』巻二〇などの古い注釈が多く同じような寓意の説を採るのに対し、蛍を杜甫自身に喩えていると解する説もある（『杜臆』巻三）。また、鈴木注、『吉川注』第七冊は、こうした寓意説には従わず、自然物への関心として蛍を詠じたものと解する。

［樋口］

〇三四

兼葭

摧折不自守　秋風吹若何
暫時花戴雪　幾處葉沈波
體弱春苗早　叢長夜露多
江湖後搖落　亦恐歲蹉跎

兼葭《けんか》

摧折《さいせつ》して自《みずか》ら守《まも》らず、秋風《しゅうふう》 吹きて若何《いかん》せん
暫時《ざんじ》花雪《はなゆき》を戴《いただ》き、幾処《いくところ》か葉波《はなみ》に沈《しず》む
体弱《たいよわ》くして春 苗《しゅんびょう》 早《はや》く、叢長《そうなが》くして夜露《やろ》多《おお》し
江湖《こうこ》後《おく》れて揺落《ようらく》するも、亦《ま》た歳《さい》に蹉跎《さた》たるを恐《おそ》る

＊五言律詩。韻字は下平五歌「何・波・多・跎」。

【題意】　弱々しい葦を詠いつつ、自己を含む賢人の失意を傷む。小人や凡人を風刺するという説もある（『杜詩闡』巻八、『杜少陵先生詩分類集注』巻一八）。「蒹葭」は水草の名。葦。『詩経』秦風に同じ篇名のうたがあり、離れ離れになっている友人への思いが詠われる。詳注二―六二三、鈴木注二―一二八。

【現代語訳】　葦はくだけ折れて自ら保てず、秋の風に吹かれるとどうしようもない。しば

しの間は雪のような花をつけても、所々葉がすでに波に浸かっている。その身は弱々しく春に早く芽を伸ばし、群がり生長して秋ともなれば夜露がしとどに降りる。南方の江湖では北方よりも遅くに枯れしぼむが、また晩年に空しく時が過ぎ行くことを恐れるのである。

■語釈

○摧折　くだけ折れる。双声語「サイセツ」。**○自守**　自身をしっかり保つ。**○若何**　如何に同じ。**○暫時**　しばらくの間。**○花戴雪**　雪のような花を載せている。葦の白い花が咲いた様子に喩える。**○春苗**　春先の芽。**○叢**　くさむら。葦の群生をいう。**○夜露多**　秋の景。『礼記』月令《がつりょう》に「孟秋《もうしゅう》の月《つき》、白《はく》露《ろ》降《くだ》る」。**○江湖**　川や湖の多い南方を指す。**○揺落**　枯れ落ちる。戦国・楚の宋玉《そうぎょく》「九弁《きゅうべん》」に「悲《かな》しいかな秋《あき》の気《き》為《た》るや、蕭瑟《しょうしつ》として草木揺落《そうもくようらく》して変衰《へんすい》す」。**○歳**　晩年。**○蹉跎**　時機を得ないまま空しく速やかに時が経つこと。畳韻語「サタ」。

［樋口］

〇三二五　苦竹

青冥亦自守　軟弱強扶持
味苦夏蟲避　叢卑春鳥疑
軒墀曾不重　剪伐欲無辭
幸近幽人屋　霜根結在茲

苦《く》竹《ちく》

青冥《せいめい》亦《ま》た自《みずか》ら守《まも》り、軟弱《なんじゃく》強《し》いて扶持《ふじ》す
味苦《あじにが》くして夏虫《かちゅう》避《さ》け、叢《くさむら》卑《ひく》くして春鳥《しゅんちょう》疑《うたが》う
軒墀《けんち》曾《かっ》て重《おも》んぜず、剪伐《せんばつ》も辞《じ》する無《な》からんと欲《ほっ》す
幸《さいわ》いに幽人《ゆうじん》の屋《おく》に近《ちか》く、霜根《そうこん》結《むす》びて茲《こ》こに在《あ》り

＊五言律詩。韻字は上平四支「持・疑・辭・茲」。

【題意】　苦竹を詠じ、静かに本分を守って生きる君子を称える。「苦竹」は筍に苦味があり食用に適さず、珍重されない竹。東晋・張鷹《ちょうち》は、隠棲して家の周囲数十頃に苦竹を植え、王《おう》羲《ぎ》之《し》が面会を求めても逃げて会わなかったという（『太平御覧』「永嘉郡記」）。詳注三―六三、鈴木注二―一三〇。

【現代語訳】　苦竹は青空に向かって立ち自ら節操を守り、か弱い身で努めて自らを支えている。その筍は味が苦いので夏の虫は避け、群がり生えても低いので春の鳥は住《す》み処《か》になるかといぶかる。富貴な人々からは全く重んじられず、伐《か》られてもことわれない。しかし、幸いなことに伐られずに隠者の住み家の近くで、霜の降りた根をしっかり下ろしている。

■語釈

○青冥　青い空。畳韻語「セイメイ」。なお、下句に対置された「軟弱」は双声語「ナンジャク」。○自守　自身の節操を保つ。○強　つとめる。○扶持　助け支える。○叢　苦竹の群生。○疑　いぶかる。不審に思う。○軒墀　富貴な者の家。また、富貴な人々。「軒」は窓のある長い廊下。「墀」は宮殿の階段の上に広がる漆喰《しっくい》で固めたり石を敷くなどして整備した庭地。『詩経』召南《しょうなん》「甘《かん》棠《とう》」に「蔽芾《へいはい》たる甘棠《かんとう》、剪《き》る勿《な》かれ伐《き》る勿《な》かれ」。○辭　ことわる。拒絶する。○幽人　世を避けて静かに暮らす人。杜甫自身。○霜根　霜の降りた根。寒さを経ても枯れない丈夫な樹木の根。晩節を全うしようとする気持ちを託す。

〔樋口〕

用語説明

＊杜甫の詩の理解に有用な用語を重点的に取り上げたもので、網羅的ではない。

排行　同姓一族の従兄弟までの同世代の男子に年齢順に付けた番号。第一位は「大」、以下は数字。杜甫の排行は「二」なので、「杜二」「杜二甫」などと呼ぶ。親密な関係では、相手を排行で呼ぶことが多い。

†地方の行政単位

県　最も基本的な行政単位で、全国に約一五〇〇の県が設置された。県の長官を令（県令）と呼び、雅称は明府。収税・警察を担当する属官を尉（県尉）と呼び、雅称は少府。

州　複数の県を統括する上級の行政単位で、全国に三〇〇余りの州が置かれた。長官は**刺史**（雅称として太守・使君）。副官は**長史**・**別駕**。

郡　州と同等の行政単位であり、玄宗の一時期は州を改めて郡と称した。郡の長官は**太守**。太守は刺史の雅称としても用いる。

府・**都督府**　要衝の地には州の代わりに府が置かれた（日本の大阪府や京都府に相当）。京兆府（長安）・河南府（洛陽）・太原府、安史の乱後には成都府・江陵府などがある。府の長官は**尹**《いん》、副官は**少尹**《しょういん》。杜甫の滞在時期、成都尹は厳武と高適《こうせき》、江陵尹は衛伯玉だった。民政官である尹は、軍政官である**節度使**や**都督**を兼任した。成都尹の厳武と高適は剣南西川節度使、江陵尹の衛伯玉は荊南節度使を兼任した。また秦州や夔州などの軍事的要衝には**都督府**が置かれた。杜甫の滞在期の夔州都督は柏茂琳《はくもりん》だった。

†地方官

令・**明府**《めいふ》　県の長官。県令ともいう。雅称は明府。

尉・**少府**　県の属官で、収税・警察を担当。県尉ともいう。雅称は少府。

刺史・**太守**・**使君**　州の長官。雅称は**使君**。州と郡は同等なので、郡の長官である太守を刺史の雅称にも用いる。

長史　州の副官。

司馬　州の属官。唐の後半期は重要な実務を担当せず、もっぱら中央官の左遷されるポスト（白居易が江州司馬に左遷された例など）。

参軍　州の長史・司馬の下に位置する属官で、参軍事の略称。上から録事参軍事・諸司参軍事・参軍事がある。なお諸司参軍とは司功参軍・司倉参軍・司戸参軍・司兵参軍・司法参軍・司士参軍の六つの総称。うち杜甫が華州で就任した司功参軍は文教と祭事を担当。「杜甫の官歴」参照。

尹《いん》　府の長官。

少尹　府の副官。

功曹参軍　府の属官。州では司功参軍というものを、府では功曹参軍という。杜甫は、七六四年春、京兆府（長安）の功曹参軍を授けられたが辞退（「奉寄別馬巴州」〇七三五）。「杜甫の官歴」参照。

節度使　唐の府兵制の崩壊後に令外《りょうげ》の官として新設された、傭兵からなる国境防衛軍団の司令官。多くは民政官である観察使も兼任し、複数の州を管轄下に置いて地方軍閥化した。安禄山（↓「人物説明」）は范陽（北京）・平盧（河北省北部～遼寧省）・河東（山西省）の三つの節度使を兼ね、部将の史思明を率いて安史の乱（七五五～七六三）を起こす。なお安史の乱後は、成都や江陵など内地の要衝にも配置された。

幕職官　節度使は、朝廷の手続きを経ずに幕府の役人を採用（辟召《へきしょう》）できた。これを幕職官・幕僚・僚佐・従事などと呼ぶ。幕職官は、上級に節度副使・行軍司馬・判官、中級に掌書記・支使・参謀、下級に推官・巡官があった。杜甫は厳武の幕府で参謀を務めた（「杜甫の官歴」参照）。幕職官は官品（品秩）を持たず、名目的に中央官の肩書き（参照：京官銜）を持つことがあった。

京官銜《けいかんがん》**・京銜**　令外の官である節度使や、その配下の幕職官は、唐朝の正式官制に位置づけられておらず、官品（品秩）がない。そこで朝廷に奏請して中央官（京官）の肩書きを帯びることが多かった。この実務のない肩書きを京官銜（京銜）と呼ぶ。また安史の乱以後になると、正式官制の中にある地方官でも、さらに肩書きとして中央官の肩書きを帯びることが多くなる。成都尹の厳武や、夔州刺史の柏茂琳が中央官である御史中丞の肩書きを持つのは京官銜である。杜甫の成都期の肩書きは「参謀」と「検校工部員外郎」で、後者が京官銜と考えられてきた。しかし近年の陳尚君の研究で「検校工部員外郎」が長安で就任を予定した実職であることが主張された。詳しくは「検校工部員外郎」参照。

†中央官庁

中書省　右省・右掖《うえき》ともいう。政策の立案と詔勅の起草を担当。門下省とともに皇帝の直属機関として「中書門下」と一括される。両省の官僚は皇帝の供奉官（側近）として、朝礼では全員が殿上で皇帝の左右に侍立。他方、行政実務を担当する尚書省の官僚は殿前の広庭に整列した。

門下省　左省・左掖ともいう。中書省が作成した案文の審議を担当。中書省とともに「中書門下」と一括される。杜甫は安史の乱の一時期、門下省の左拾遺となった。

尚書省　南省ともいう。名臣の壁画が描かれていたので画省・粉省・粉署ともいう。門下省から送付された政令を実施する行政機関。吏部・戸部・礼部・兵部・刑部・工部の六部に分かれる。六部のそれぞれの長官は尚書、次官は侍郎。また尚書省の郎中（従五品）と員外郎（従六品上）を漢代以来の雅称によって**郎官**と呼ぶ。「杜甫の官歴」参照。

†中央官

侍御　**殿中侍御史・監察御史**を指す。官吏の不正を糾弾する検察官。またその実務を持たずに、節度使の幕職官が中央官の肩書き（京官銜）として帯びることも多い。

†杜甫の官歴

右衛率府兵曹参軍　東宮の職。武官の宿直の順番等を掌る。従八品下。四四歳で杜甫が初めて得た官職。杜甫は科挙（通常試験の常科と特別試験の制科を含めて）に及第せずに任官した。最近の杜甫研究によれば、七五一年に延恩匭《えんおんき》（投書函）に「三大礼の賦」を献上して玄宗の目に止まり、集賢院の面接試験に合格して官吏資格（出身）を与えられ、規定の満三年の任官準備期間（守選）を経て吏部（人事所轄官庁）によって官を授けられた。吏部の内示に不満の時は三回まで変更を請求できる規定（三注三唱）によって河西県尉を辞退し（「官定後戯贈」〇二九）、代わりに右衛率府兵曹参軍を授けられた（以上、王勲成「杜甫初命授官説」（『唐代文学研究』一一輯、二〇〇六年）、同「杜甫授官・貶官与罷官説」（『天水師範学院学報』二〇一〇年第四期）、また韓成武・韓夢沢「杜甫献賦出身而未能立即得官之原因考」（『杜甫研究学刊』二〇〇八年第三期））。

左拾遺　従八品上。四六歳～四七歳。門下省の官吏。皇帝の失政を諌め正す諌官。官品は低いが、吏部（人事所轄官庁）を介さずに皇帝に直接任命される勅授官、また皇帝に近侍する供奉官であり、エリートコースの入口にある名誉ある官職。

華州司功参軍　従七品下。四七歳～四八歳。華州は長安の東一八〇里（約一〇〇キロ）。司功参軍は州の属官で、人事・祭祀・文教を担当。杜甫は反主流の房琯《ぼうかん》派の一味として、左拾遺から華州の司功参軍に左遷された。見かけ上の官品はこちらが高いが、勅授官・供奉官の栄誉に浴する左拾遺から見れば、明らかな降格人事。

京兆府功曹参軍　正七品下。五三歳。京兆府（長安）の属官。人事・祭祀・文教などを担当。華州司功参軍を辞めてから規定である五年の待機期間（守選）を終えて、吏部により内示されたが、杜甫は満足できる官ではないので辞退した（「奉寄別馬巴州」〇七三五、前記の王勲成論文参照）。

節度参謀　五三歳。剣南西川節度使厳武の幕職官で、朝廷の正式な官制に位置づけられない、いわば私設職員。節度使には幕僚を自由に採用する権限（辟召権）があった（参照：幕職官）。

検校工部員外郎　従六品上。五三歳～。尚書省に属する工部の員外郎。杜甫の詩では古名によって「尚書郎」「郎官」「郎」などと称される。通常は六品以下の官吏は吏部（人事所轄官庁）の任命によるが、員外郎は、例外的に皇帝に直接任命される勅授官で、かつ皇帝出御の朝礼に常に参加が許される常参官（日本の殿《てん》上人《じょうびと》に相当）としてエリートコースにある。この官から地方に転出時には刺史（州の長官）となるほどの高官である（参照：「潭州送韋員外迢牧韶州」一四〇〇）。杜甫が剣南西川節度使厳武（→「人物説明」）の節度参謀だった時期に朝廷から授けられた。「検校」は、実職を担当せずにその官を授けるときの称号。唐代後期（安史の乱以後）は、多くは節度使の幕僚に名目的に与えられた中央官の肩書き（参照：京官銜）となる。ただし近年の陳尚君の研究によれば、杜甫の当時は制度変革の途中で「検校」の用法も流動的であり、杜甫の場合は実職就任を前提にした用法であると判断。その上で、杜甫は工部員外郎を授けられてすぐに任官のために成都の草堂を去って長安に向かったが、糖尿病の悪化で行程が遅れて就任時期に間に合わなくなり、絶望して長安とは反対の南に向かって放浪生活を続けたと推定する。本訳注はこの解釈を妥当とする立場にある。参照：陳尚君「杜甫の離蜀後の行跡に関する考察」（『生誕千三百年記念　杜甫研究論集』研文出版、二〇一三年に所収）。

人物説明

＊杜甫の詩に多く言及された人物を重点的に取り上げたもので、網羅的なものではない。配列は時代順とし、杜甫と同時代人については権力者・支援者・知友・一族に分類した。

堯《ぎょう》　『史記』巻一。伝説中の天子で、陶唐氏と称した。自己の子に継がせず、人望のあった舜に帝位を禅譲した。堯、舜は帝王の理想像となり、「君を堯舜の上に致す」〇〇三五 は杜甫の宿願となった。

舜《しゅん》　『史記』巻一。伝説中の天子で、堯から天下を禅譲された。堯舜と併称。舜は孝行者で、暗愚な父にもよく仕えた。舜は南巡して蒼梧の野に崩じて九疑山（湖南省南部）に葬られた。舜を追って娥皇、女英の二人の妃（堯の娘）は湘水《しょうすい》に身を投げ、水の女神の湘君、湘夫人になったという。

禹《う》　『史記』巻二。伝説中の天子で、夏王朝の初代の王。堯・舜とならぶ古代の聖王。舜は、禹に治水を命じた。長江の三峡は、洪水を海に流した禹の治水の功績の名残とされる。舜の禅譲を受けて天子となり、自分の子に位を譲って夏王朝を開く。禹の墓とされる禹穴が、会稽山（浙江省紹興市）の禹陵にある。

文王《ぶんのう》　生没年不詳、『史記』巻四。周王朝の創始者。姓は姫《き》、名は昌。中国の西部（後の長安一帯）を本拠地として西伯と称される。殷の紂王は、文王の実力を恐れて羑里《ゆうり》に幽閉し、文王はこの時に五経の一つ『易経』を著したといわれる。子の武王の時に、殷を倒して周王朝を興す。太公望呂尚は、渭水で釣りをしていた時に文王によって抜擢され、文王・武王の二代に仕えて、殷の討伐に功績を挙げた。

武王《ぶおう》　生没年不詳、『史記』巻四。周王朝の初代の王。姓は姫、名は発。父の文王が天命を受けたと称し、殷の紂《ちゅう》王を倒して周王朝を開く。文王とともに文武と併称される聖王。また弟の**周公**は第二代の成王を補佐して周王朝の基礎を固め、儒教の祖として孔子に尊崇される。**伯夷・叔斉**《しゅくせい》の兄弟は、武王が殷を討伐するのを不義として諫め、後、不義の周の粟《ぞく》（穀物）を食べるのを恥じて首陽山（場所は諸説あり）に籠り、蕨しか食べず餓死したという故事は有名。

孔子《こうし》　前五五一〜前四七九、『史記』巻四七。春秋時代後期の魯の思想家。名は丘、字は仲尼《ちゅうじ》。儒教の祖として、周公（周の武王の弟）とともに周孔と併称。政治改革に挫折して魯国を追われ、衛・陳・宋・蔡《さい》・楚の諸国を一四年間放浪し、徳治を掲げて諸侯に遊説したが失敗。孔子は自らの放浪の境遇を「東西南北の人」（『礼《らい》記《き》』檀弓上）と称した。晩年は魯国に帰り、弟子の教育に従事。『論語』は、弟子たちの記録に基づいて編集された孔子の言行録。

屈原《くつげん》　前三四三?〜前二七七?、『史記』巻八四。名は平。字の原で知られる。楚の王族。楚の懐王、頃襄王に仕えたが、強国の秦に対する和親派に讒言されて国都を追われ、最後は汨羅《べきら》江（湖南省）に身を投じた。代表作に、『楚辞』所収の「離騒」「九章」「九歌」「天問」があり、また屈原作と伝えられる「漁父《ぎょほ》の辞」の屈原と漁父（隠者）との対話は有名。

宋玉《そうぎょく》　前三〇三?〜前二二二?、『史記』巻八四。戦国時代後期の楚の宮廷文人で、屈原の弟子といわれ、屈宋と併称。「九弁」は秋の悲しみを主題とする文学の元祖。「高唐の賦」「神女の賦」「登徒子好色の賦」は男女の情愛を取り上げる。「高唐の賦」の序に、楚の懐王が昼寝の夢に巫山の神女と逢い、神女が別れ際に「朝には雲となり、夕べには雨となって王のもとに参ります」と語った故事は有名で、「高唐の夢」「朝雲暮雨」「巫山雲雨」の成語となる。

李斯《りし》　?〜前二一〇、『史記』巻八七。秦の政治家。荀子に師事（法家の韓非子とは同門）。のち秦に行き、呂不韋の推薦で始皇帝と二世皇帝に仕えて丞相《じょうしょう》（宰相）となる。郡県制の確立、度量衡や文字（小篆《しょうてん》）の統一など重要な働きをしたが、二世皇帝の怒りを買い刑死。

賈誼《かぎ》　前二〇〇〜前一六八、『史記』巻八四。「洛陽の才子」と才知を称賛され、前漢の文帝に抜擢されて国家の制度改革に参与。しかし二三歳のとき周囲に出世をねたまれて長沙（湖南省）に左遷される。この不遇期に「鵩鳥《ふくちょう》の賦」「屈原を弔う賦」を作る。のち長安に召し返されたが三三歳で病死。賦の作者として屈原とともに屈賈と併称。

司馬相如《しばしょうじょ》　前一七九〜前一一七、『史記』巻一一七。字は長卿《けい》。成都の人。梁《りょう》（河南省）の孝王（前漢景帝の弟）に仕えて文名を上げる。その後、臨邛《りんきょう》（成都の南西）の富豪卓王孫の娘、卓文君を誘惑して駆け落ちし、食い詰めた二人は成都で酒場を開く。卓王孫は、娘の窮乏を見るに忍びず財産を与える。やがて「子虚の賦」が武帝（在位前一四一～前八七）の目に止まり宮廷文人として活躍。最後は消渇（糖尿病）を病んで茂陵に隠居し、卓文君に看取られて逝去。賦の大家として、揚雄（後掲）とともに揚馬と並称。

蘇武《そぶ》　前一四〇?～前六〇、『漢書』巻五四。字は子卿。前漢の武帝の時、北方の遊牧帝国匈奴に漢の使節として赴いたが、抑留されて北海（バイカル湖）のほとりで十数年、羊の放牧をして耐乏生活。蘇武の生存の消息を知った昭帝は、長安で射落とした雁の足に蘇武の手紙が結びつけられていたと使節にいわせ、匈奴は渋々蘇武を漢に帰した。成語「雁信」。蘇武と、匈奴に降った将軍李陵（中島敦に小説『李陵』）の間に交わしたとされる詩（『文選』巻二九など）があり、これが五言詩の始まりとされる。

揚雄《ようゆう》　前五三～後一八、『漢書』巻八七。楊雄とも書く。字は子雲。成都の人。四一歳で長安に上り、前漢の成帝に仕える。屈原を敬愛して「反離騒」など、また同郷の司馬相如を敬愛して「甘泉の賦」「羽猟の賦」などを作る。賦の大家として、司馬相如とともに揚馬と併称。また『易経』『論語』にならって『太玄経』『法言』を著す。晩年は王莽《おうもう》が建てた新に仕えたが、王莽の追っ手から逃れようとして天禄閣から身を投げて重傷を負う。「投閣」は後世、文人が高位に執着して禍いにかかる比喩。

曹植《そうしょく》　一九二～二三二、『三国志』巻一九。字は子建。**曹操**（一五五～二二〇）の第四子で、陳王に封ぜられ死後の諡《おくりな》が「思」だったので陳思王とも呼ばれる。兄の文帝曹《そう》丕《ひ》（一八七～二二六）に迫害され、不遇の中で死んだ。文才に恵まれた三曹（曹操・曹丕・曹植）の中でも最も優れ、「建安の風骨」といわれる悲憤慷慨の文学の代表的詩人と評される。劉楨とともに曹劉と併称。

王粲《おうさん》　一七七～二一七、『三国志』巻二一。字は仲宣。後漢末期の文人で、名門貴族の出身。一七歳の若さで、文壇の重鎮である蔡邕《さいよう》の表敬訪問を受ける。やがて長安の混乱を悲しんで（「七哀詩」）、荊州《けいしゅう》の軍閥劉表に身を寄せ、望郷の思いを「登楼の賦」に綴る。その後、魏の曹操に帰参し、**建安の七子**（孔融・陳琳《ちんりん》・王粲《おうさん》・徐幹・阮瑀《げんう》・応瑒《おうとう》・劉楨）の一人となる。

劉楨《りゅうてい》　?～二一七、『三国志』巻二一。字は公幹。曹操に仕え、建安の七子の代表格となる。曹植とともに曹劉と併称。

諸葛亮《しょかつりょう》　一八一～二三四、『三国志』巻三五。字は孔明。襄陽（湖北省襄陽市）に隠遁し臥龍の評判があった。劉備は「三顧の礼」を取って孔明を召し抱え、孔明は「天下三分の計」を劉備に進言して、魏・呉・蜀の三国時代を作り出す。劉備は孔明を信頼して丞相（宰相）に任じ、両者の密接な関係を「水魚の交わり」と称した。二二三年、白帝城で死の床にあった劉備は、子の劉禅の後見を孔明に託す。その後、漢を再興するために北伐を開始、その出陣の時に劉禅に呈したのが「出師《すいし》の表」。七年間の北伐のさなか、五丈原（陝西省）で魏の将軍司馬懿《しばい》と対峙していたとき病没。

阮籍《げんせき》　二一〇～二六三、『三国志』巻二一。三国・魏の文人。建安の七子の一人である阮瑀の子で、自らは**竹林の七賢**（阮籍・嵆康《けいこう》・山濤・劉伶《りゅうれい》・阮咸《げんかん》・向秀《しょうしゅう》・王戎）の代表格として「詠懐詩八十二首」の作がある。魏の宗室（曹爽）と、権臣の司馬昭との政争に巻きこまれないように酒を飲んで狂人を装い、親愛なるものには青眼（黒目）、俗物には白眼で対応した。成語「青眼白眼」。また気の向くままに馬車を走らせ、途が行き止まりになると慟哭して引き返したという。成語「窮途の哭」。

嵆康《けいこう》　二二四～二六三、『三国志』巻二一。字は叔夜。中散大夫《たいふ》となったので嵆中散とも呼ばれる。阮籍とともに竹林の七賢の中心人物で、玄学（老荘思想や易学に基づく哲学）の大家。医学や音楽にも精通し、「養生論」「琴《きん》の賦」がある。魏の宗室と姻戚関係にあり、対立関係にあった権臣の司馬昭（西晋を建てた司馬炎の父）に殺される。

杜預《どよ》　二二二～二八四、『三国志』巻一六。字は元凱《げんかい》。杜甫の一三世の祖。西晋の学者・政治家。『春秋経伝集解』の著者で、鎮南大将軍として三国・呉を討伐して当陽県侯となる。杜甫は杜預を誇りとし、「遠祖の当陽君を祭る文」を著すほか、多くの詩文で杜預に言及。

潘岳《はんがく》　二四七〜三〇〇、『晋書』巻五五。字は安仁。陸機とともに潘陸と併称。美貌で、羊にひかせる車で洛陽の都大路を行くと娘たちは求愛の印に果物を車に投げ込むほどで、三二歳で白髪（二毛）が生えると容貌の衰えを悲嘆した。妻の死に際して作った「悼亡詩三首」は名作。河陽県（河南省）の長官となった時、県中に桃の花を植えて「河陽は一県の花」（庾信《ゆしん》「枯樹の賦」）の故事となる。西晋末期の八王の乱（二九一〜三〇五）の渦中で刑死。

陸機《りくき》　二六一〜三〇三、『晋書』巻五四。字は士衡。三国・呉の名門貴族の出だが、呉の滅亡の後、弟の陸雲とともに洛陽に上って西晋に仕えた。潘岳とともに潘陸と併称。賦（韻を踏む美文）で綴られた文学論「文の賦」は有名。八王の乱の渦中で殺された。

謝安《しゃあん》　三二〇〜三八五、『晋書』巻七九。字は安石。東晋の宰相。会稽郡上虞《じょうぐ》（浙江省）の東山に隠居し、王羲之らと風流の生活を楽しむ。四〇歳を過ぎて出仕すると権力を握り、王朝簒奪を企てる軍閥の桓温を退け、三八三年には甥の謝玄を差し向けて、南下する前秦の苻堅の大軍を淝水《ひすい》に破って東晋の危機を救った。

王羲之《おうぎし》　三〇三?〜三六一?、『晋書』巻八〇。字は逸少。東晋の書家。書聖と称される。官名により王右軍と呼ばれる。東晋の元老王導とは従兄弟の関係。右軍将軍・会稽内史として会稽郡山陰県（浙江省紹興市）に赴任。永和九年（三五三）の三月三日上巳の日、蘭亭に名士謝安、孫綽《しゃく》ら四一名を集めて禊《みそぎ》を行い、宴では曲水に杯を浮かべ詩を作った。このときの詩を一巻にまとめ、これに王羲之が添えた序文が有名な「蘭亭集の序」。退任後もこの地に留まり隠遁生活を送った。少年の頃に書法に精進して、筆を洗った池が真っ黒になった。成語「墨池」。また鵝鳥を愛したことで有名。子に王徽之《きし》、王献之がいる。

陶淵明《とうえんめい》　三六五〜四二七、『宋書』巻九三。東晋の詩人。字は元亮。一説に名が潜、字が淵明。自伝「五柳先生伝」によって五柳先生、死後の諡《おくりな》は靖節先生。「隠逸詩人」「田園詩人」の祖。東晋の大将軍陶侃《とうかん》の曾孫だが家運は没落。四一歳のとき、彭沢県の県令を辞任して郷里の潯陽（江西省九江市）で隠遁生活を始め、「帰去来の辞」「園田の居に帰る五首」「飲酒二十首」等を作る。虚構も交えて別天地を描いた「桃花源の記」や性愛を詠ずる「閑情の賦」もある。頭巾で酒を漉《こ》して飲むほどの酒好きだった。「漉酒巾《ろくしゆきん》」。謝霊運とともに陶謝と併称。

謝霊運《しやれいうん》　三八五〜四三三、『宋書』巻六七。東晋〜南朝・宋の詩人。「山水詩」の祖。北宋以前の評価は、陶淵明の評価を凌いで南朝最大の詩人。陶謝と併称。南朝の名門・謝氏の出身で、祖父の謝玄は淝水《ひすい》の戦いで前秦の苻堅《ふけん》を撃破した東晋の名将。祖父の爵位である康楽公を継いで謝康楽とも呼ばれる。傲慢不遜で官界に敵が多く、郷里の会稽に引きこもり山野を跋渉して山水詩を作る。最後は謀反の嫌疑をかけられて刑死。仏教に詳しく、『金剛般若経注《こんごうはんにやきようちゆう》』なども著したとされる。登山のために考案した、登る時と降る時に下駄の歯を差し替える山屐《さんげき》も有名。

鮑照《ほうしよう》　四一四?〜四六六、『宋書』巻五一。字は明遠。南朝・宋の詩人。臨海王劉子頊《りゆうしぎよく》の前軍参軍となったので、鮑参軍とも呼ばれる。劉子頊の反乱が鎮圧されたとき鮑照も殺された。貴族文学の全盛期に、下積み暮らしの鬱屈した思いを清新な言葉で詠じ、杜甫は「俊逸なるは鮑参軍」〇〇二八と高く評価。謝霊運とともに鮑謝、顔延之とともに顔鮑と併称され、合わせて「元《げん》嘉《か》の三大家」と称する。

何遜《かそん》　四六七?〜五一八?、『梁書』巻四九。字は仲言。南朝・梁の中期を代表する詩人。尚書省水部郎となったので何水部と称せられ、陰鏗《いんこう》とともに陰何と併称。生活感のある繊細で感傷的な詩風を樹立。

庾信《ゆしん》　五一三〜五八一、『周書』巻四一。字は子山。南北朝末期の詩人。父の庾肩吾らとともに、梁の簡文帝のもとで華麗な詩風を競う宮廷詩人として活躍。徐陵とともに徐庾と併称。梁末に外交使節として北朝・西魏の長安に滞在中に祖国が滅亡し、北に留まって西魏と北周に仕えた。晩年は、「哀江南の賦」「擬詠懐二十七首」などに故郷喪失の思いを述べて新境地を開拓。

褚遂良《ちよすいりよう》　五九六〜六五八、『新唐書』巻一〇五。字は登善。唐初の書家、政治家。高宗が武氏（のちの則天武后）を皇后に立てるのに反対し、武氏の怒りに触れて潭州《たんしゆう》（湖南省長沙市）都督、さらに桂州《けいしゆう》（広西壮族自治区桂林市）都督、愛州（ベトナム北部）刺史へと遠方に流されて死んだ。書は欧陽詢《おうようじゆん》・虞世南《ぐせなん》とともに初唐の三大家。

初唐の四傑（王楊盧駱）　王勃（六五〇?～六七六?）、楊炯《ようけい》（六五〇～六九三?）、**盧照隣**（六三四?～六八六?）、**駱賓王**（?～六八四?）。四人とも『新唐書』巻二〇一）の総称。唐の三代皇帝、高宗（在位六四九～六八三）の時期に活躍した。彼らは下級士族出身で仕官の道に不遇であり、当時はまだ南朝以来の宮廷文学の盛んだった中で宮廷の圏外に文学活動の場を求める新しい型の文人となる。雄大な空間把握や高揚した感情表現という唐詩の真骨頂は、彼らに始まる。杜甫に「楊王盧駱当時の体」〇五四四の句がある。

陳子昂《ちんすごう》　六六一?～七〇二?、『新唐書』巻一〇七。初唐の詩人。字は伯玉。梓州《ししゅう》射洪県（四川省）の人。則天武后に仕えたが政治上の主張が受け入れられず、辞職して帰郷。陳家の財産に目を付けた県令に陥れられて獄死した。当時の南朝風の美文主義を排撃し、漢魏詩の気骨を目標に復古を唱えて勇健な詩風を開き、盛唐の李白・杜甫らに影響を与える。代表作は「感遇詩三十八首」。

杜審言《としんげん》　六四五?～七〇八、『新唐書』巻二〇一。字は必簡。杜甫の祖父。則天武后に仕えた宮廷詩人で、李《り》嶠《きょう》・崔融《さいゆう》・蘇味道《そみどう》らとともに「文章四友」と呼ばれ、沈佺期《しんせんき》・宋之問《そうしもん》とともに近体詩を完成に導いた重要詩人。吉州（江西省）の地方官だった時、同僚の郭若訥《かくじゃくとつ》と長官の周季重を侮辱したため、二人は杜審言を誣告し死罪とした。一三歳になる息子の杜并は周季重を刺殺し、杜并はその場で殺された。杜并は孝行者として称賛され、杜審言は則天武后によって都に呼び戻される。則天武后退位の後、峰州（ベトナム北部）に流される。やがて中央に復帰し中宗に仕えた。杜甫は、遠祖の杜預と祖父の杜審言を誇りとし、たびたび詩に詠じた。

沈佺期《しんせんき》　?～七一三?、『新唐書』巻二〇二。字は雲卿《うんけい》。則天武后に仕えた宮廷詩人で、宋之問とともに近体詩を完成に導き、沈宋と併称。則天武后の退位の後、驩《かん》州《しゅう》（ベトナム北部）に流されるが、やがて中央に復帰し中宗に仕えて活躍。

宋之問《そうしもん》　六五六～七一二、『新唐書』巻二〇二。字は延清。則天武后に仕えた宮廷詩人で、沈佺期とともに沈宋と併称。「年年歳歳花相い似たり、歳歳年年人同じからず」の詩句を譲ってくれぬために劉庭芝を殺したという伝説は有名。則天武后の退位の後、瀧州《そうしゅう》（広東省）に流されるが長安に逃げ帰り、権力者の間を渡り歩いて中宗の朝廷で活躍。睿宗《えいそう》が即位すると再び南方の欽州（広西壮族自治区）に流され、その地で処刑される。陸渾《りくこん》（洛陽の南）と偃師《えんし》（洛陽の東）、そして輞《もう》川《せん》（長安郊外）に別荘を持ち、前者を訪ねて杜甫は詩 〇〇二 を作り、輞川は王維が取得して輞川荘とした〇三三五。

†杜甫の時代の権力者

玄宗《げんそう》　六八五～七六二、在位七一二～七五六、『新唐書』巻五。李隆基。早年は果断な政治家、また詩文・書画・音楽にも精通する風流天子。則天武后・韋后《いごう》（中宗の皇后）と続く女性の専権（武韋の禍《か》）を収束して、在位前半の開元年間は「開元の治」と呼ばれる善政を行うが、後半の天宝年間は李林甫や楊国忠を重用し、自らは楊貴妃を宮中に迎えて政治を怠る。安禄山の乱では、七五六年六月、長安を脱出して蜀の成都に都落ちする。途中の馬嵬《ばかい》駅では禁軍の不満を抑えるために楊貴妃を殺す。随従した房琯《ぼうかん》を宰相に抜擢し、皇太子（粛宗）を含む皇子たちを各地に分封して安禄山の侵攻に備える「諸王分鎮」策を決定。しかし粛宗の即位を承けてやむなく譲位する。やがて上皇として長安に帰るが、晩年は粛宗と不和となり不遇。

粛宗《しゅくそう》　七一一～七六二、在位七五六～七六二、『新唐書』巻六。李《り》亨《こう》。玄宗の第三子で皇太子。安禄山の乱で都落ちする時、危機分散のために玄宗と分かれて西北の霊武に向かい、杜鴻漸らの進言を承けて七五六年七月、玄宗の承認を得ずに即位。玄宗はやむなく譲位し、宰相房琯《ぼうかん》を伝位の使者として粛宗につかわす。七五七年四月、杜甫は反乱軍占領下の長安を脱出して鳳翔の行在所に赴くと、粛宗は杜甫を左拾遺に抜擢。しかし杜甫が玄宗派の房琯を擁護したことに立腹して、以後杜甫を冷遇する。

李林甫《りりんぽ》　？～七五二、『新唐書』巻二二三上。七三四年、宰相となり、七三七年に張九齢を中央から排除して専権を振るう。李林甫は老練な政治家で、「口に蜜あり、腹に剣あり」と称された陰謀家だった。張説《ちょうえつ》・張九齢らの文儒（文学的素養を重んずる官僚）とは異なって実務を重んじ、文士を抑圧した。七四七年、玄宗は特別試験（制科）を実施し、杜甫も受験したが、李林甫は「野《や》に遺賢なし」（民間に忘れられた賢人はいない）と称して全員を落第させた。杜甫は李林甫の政治姿勢に批判的だったが、一方、族弟の杜位（参照：杜位）が李林甫の女婿《むすめむこ》であり、李林甫の死後に権力を掌握した楊国忠によって杜位が左遷されたことに同情した。

楊貴妃《ようきひ》　七一九～七五六、『新唐書』巻七六。名は玉環。玄宗の妃。「貴妃」は皇后に次ぐ女官の名称。玄宗の第一八皇子寿王・李瑁《りぼう》の妃であったが、玄宗は皇后の武恵妃を失った寂寞を慰めるために召して貴妃とした。三人の姉はそれぞれ韓国夫人・虢《かく》国夫人・秦国夫人の称号を賜って自由に宮中に出入りし、また再従兄の楊国忠は宰相として実権を掌握。安禄山の乱で、玄宗に従って成都へと都落ちする途中、馬嵬駅で禁軍の兵士たちは楊貴妃一門の横暴を悪んで楊国忠を殺害し、玄宗に迫って楊貴妃を殺させた。

楊国忠《ようこくちゅう》　?～七五六、『新唐書』巻二〇六。楊貴妃の再従兄。早年は、無学で酒と博打を好む放蕩者だった。楊貴妃が玄宗の寵愛を受けるに伴って財務畑で成果を上げて出世し、李林甫の死後は、権勢を独占。また楊貴妃の姉の虢国《かくこく》夫人と私通するなど醜聞があった。杜甫は「麗人行」〇〇七八で楊氏一門の横暴を批判する。安禄山と玄宗の寵愛を争い、安禄山の乱を引き起こす原因となった。都落ちする玄宗に随従したが、馬嵬《ばかい》駅で禁軍の将士によって殺害された。

安禄山《あんろくざん》　七〇五～七五七、『新唐書』巻二二五上。胡人（ソグド人）の父と突厥《とっけつ》（トルコ）人の母を持つ。安はブハラ出身のソグド人を示す中国姓、禄山は光を意味するソグド語「roxsan」の音訳とされる。幽州（北京一帯）節度使張守珪《ちょうしゅけい》の部下となり、やがて玄宗の信任を得て七五一年には平盧・范陽・河東の三節度使を兼ね、巨大な軍事力を掌握。配下には、胡人など多くの異民族を含んでいた。楊貴妃に取り入って養子となり中央政権に影響力を持つが、宰相楊国忠と反目して七五五年十一月に反乱を起こし、十二月に洛陽を攻略。翌年一月、帝位に即いて国を大燕と称した。同年六月、長安を攻略。やがて糖尿病によると思われる眼病や疽《そ》（できもの）を発症。七五七年一月、後継問題で不安をつのらせた次男の安慶緒に殺害される。

†杜甫の支援者

房琯《ぼうかん》 六九七〜七六三、『新唐書』巻一三九。字は次律。玄宗・粛宗の宰相。二八歳で張説《ちょうえつ》に抜擢されて官につく。張説・張九齢と続く文儒（文学的素養を重んずる官僚）の系譜に属する。玄宗が成都に都落ちする時に随従して宰相となる。粛宗が即位すると、伝位の使者として粛宗のもとにつかわされ、粛宗の宰相となる。陳陶斜・青坂の二つの決戦に牛車を用いた古戦法で臨んで、安禄山軍に大敗。しかも玄宗の人脈に属する房琯は粛宗の側近にうとまれて、宰相を罷免される。杜甫はこのとき天子のご意見番ともいうべき左拾遺の官にあり、旧知の房琯を救おうと弁護した。これが粛宗の怒りを買い、以後杜甫は房琯派の人物として冷遇される。七五八年の春に賈至《かし》が汝州《じょしゅう》刺史に左遷され、六月、房琯が邠州《ひんしゅう》刺史に、劉秩が閬州《ろうしゅう》刺史に、厳武は巴州刺史に、杜甫が左拾遺から華州司功参軍に左遷されたのは、粛宗政権による房琯派の排斥である。最後は、漢州刺史から長安に召還される途中で病没。

厳武《げんぶ》 七二六〜七六五、『新唐書』巻一二九。字は季鷹《きよう》。宰相厳挺之《げんていし》の子。杜甫は厳挺之と旧知で、またともに房琯派に属したので、親密な関係にあった。七六一年、成都尹《いん》・剣南西川節度使として成都に赴任し、杜甫と再会する。また七六四年に再度成都に赴任した時には、節度使の幕府に節度参謀として招き、朝廷に奏請して杜甫に検校工部員外郎が授けられる。厳武は猛将として知られ、成都を脅かす吐蕃（チベット）を撃退した。七六五年、任地の成都で急逝する。杜甫の「八哀詩其三・贈左僕射鄭国公厳公武」〇九四六 は詩による厳武の伝記。

漢中王李瑀《りう》 七一二〜?、『新唐書』巻八一。睿宗《えいそう》の孫、玄宗の甥。杜甫は天宝年間、李瑀の屋敷に出入りする。玄宗が成都に都落ちした時、李瑀は随行し、漢中王・漢中郡太守となる。七六二年、杜甫は梓州《ししゅう》にいた漢中王李瑀を訪ね、これ以後も詩を度々寄せている。なお「飲中八仙歌」〇〇三六 に登場する李璡《しん》は李瑀の兄で、杜甫は親交を結んだ。「八哀詩其四・贈太子太師汝陽郡王璡」〇九四七 は詩による李璡の伝記。

章彝《しょうい》 ?〜七六四、伝無し。七六二年、剣南西川節度使厳武の幕府で節度判官となる。七六三年、梓州《ししゅう》刺史・

東川節度使留後（留守役）となり、蜀の東半分の最高権力者となる。この時期、梓州に身を寄せていた杜甫の支援者となり、杜甫は多くの詩を章彝のために作る。七六四年、任を終えて長安に帰ろうとする時、上官の厳武の機嫌を損ねて成都で杖殺された。

柏茂琳《はくもりん》　生没年未詳、伝無し。後に貞節と改名。もと蜀の邛州《きょうしゅう》の牙将（部将）で、厳武の死後に崔旰《さいかん》が成都で反乱を起こしたとき、崔旰と戦う。杜鴻漸が蜀に派遣されて乱を調停したとき、朝廷は柏茂琳に御史《ぎょし》中丞の中央官の肩書き（参照：京官銜）とともに夔州刺史、夔府都督（一一五五 原注）、および夔州など数州を管轄する都防禦使（軍政長官）の官職を与えた。夔州着任は大暦元年の冬以後。杜甫は柏茂琳のために宴席で詩文を作って風雅を添え、柏茂琳は杜甫に俸禄を分与し、瀼西の草堂と四〇畝の果樹園を与え、また東屯の水田管理の仕事を与えて支援した。

衛伯玉《えいはくぎょく》　?～七六六、『新唐書』巻一四一。天宝年間に西域に従軍して頭角をあらわす。七六一年に安禄山の残党の史朝義を撃破して河東郡公に封ぜられ、七六三年に吐蕃（チベット）に長安が占領されて代宗が陝州《せんしゅう》に都落ちした時に軍功を挙げて芮国公《ぜいこくこう》に封ぜられ、江陵尹《いん》（江陵府長官）・荊南節度使となる。また七六七年には陽城郡王（『新唐書』は「城陽」）の称号を与えられる。杜甫は夔州にいる時期から江陵の権力者である衛伯玉と連絡を取り、江陵に至っては彼の宴席で詩を作るなどして、便宜の提供を求めた。しかし杜甫に対して特別の待遇を与えた形跡はない。

†杜甫の知友

李邕《りよう》　六七五～七四七、『新唐書』巻二〇二。字は泰和。父は、『文選《もんぜん》』の注釈（いわゆる文選李善注）で有名な李善。七四五?年に北海郡太守となり、李北海と称せられる。その年の夏、斉州《せいしゅう》（山東省済南市）で杜甫に会う。杜甫の『文選』愛好には李邕の影響がある。宰相李林甫に嫌われ、杖殺される。杜甫の「八哀詩其五・贈秘書監江夏李公邕」〇九四八 は、詩による李邕の伝記。

張旭《ちょうきょく》　生没年未詳、『新唐書』巻二〇二。字は伯高。草書に巧みで、酒を好む。酔うと大声を出して走り回り、筆を求めて揮毫し、時に頭を墨汁に浸して筆としたので張顚《ちょうてん》（顚は頭）と呼ばれた。杜甫の「飲中八仙歌」に登場。当時は、詩人としても評価された。

李白《りはく》　七〇一〜七六二、『新唐書』巻二〇二。字は太白。杜甫とともに李杜と並称。中央アジアで生まれ、五歳の頃、家族とともに蜀に移住。少数民族出身の可能性が高い。二五歳、蜀を出て各地を放浪。四二歳、玄宗の妹の玉真公主の推薦で長安に至り、文壇の重鎮賀知章の称賛を得て、玄宗に召され翰林供奉（皇帝の私設秘書）となる。賀知章・崔宗之《さいそうし》・張旭らと飲中八仙と称される。四四歳、宦官の高力士らに讒言され宮廷から追放される。この年の夏、洛陽で杜甫に会う。杜甫・高適と宋州（河南省商丘市）一帯に遊び、また北海高天師から道籙《どうろく》（道士の資格）を賜る。その後数年は長江中下流域を漫遊。五六歳、安禄山の乱を平定するために永王李璘《りりん》（粛宗の弟）の水軍に加担するが、皇族内の対立から反乱軍と見なされて高適《こうせき》（参照：高適）らが率いる官軍に撃破され、李白は投獄される。五八歳、死罪を免れ夜郎（貴州省）に流罪。五九歳、白帝城で恩赦の報を受けて長江を下り、六二歳、当塗（安《あん》徽《き》省馬鞍山市）県令の李陽氷の宅で病没。李白の詩風は奔放飄逸と評され、現実の中に重く沈潜する杜甫の詩風とは対照的。

王維《おうい》　六九九?〜七六一、『新唐書』巻二〇二。字は摩詰。仏教信者で、彼の名と字を続けると仏典『維摩経《ゆいまきょう》』の主人公「維摩詰」となる。詩・書・画・音楽に秀で、画は山水画に長じて明代以後には南宗画の祖とされた。安禄山の乱では強要されて反乱軍の政府に仕え、乱平定後に弟の王縉《しん》の助命運動により死罪を免れる。「天下の文宗」と目され、同時代の評価は李白や杜甫をしのいだ。長安の東南にかつて宋之問《そうしもん》が所有した輞《もう》川《せん》荘を取得。そこでの半官半隠の生活の中で作られた「輞川集」の諸作などは、静謐な山水美を描く。杜甫が門下省の左拾遺に任官していた時期、王維は上司の給事中であり、詩文の交遊を持った。

高適《こうせき》　七〇二?〜七六五、『新唐書』巻一四三。字は達夫《たつぷ》。若くして貧賤、宋州（河南省商丘市）で不遇の生活を送る。その間、薊州《けいしゅう》（北京）の荒涼とした風土の中で辺塞詩を作る。七四四年の夏秋、宋州一帯を李白・杜甫と連れ立って遊ぶ**〇九四**。七四九年、封丘県（河南省）の県尉となり、七五三年、将軍哥舒翰《かじょかん》の幕僚となって西域に従軍。安禄山の乱で粛宗の信任を得て淮南節度使となり、永王李璘《りりん》の水軍を鎮圧。宦官の李輔国に嫌われて中央を追われ、蜀の地で彭州刺史や蜀州刺史を歴任、また剣南西川節度使となって成都に着任。この間、杜甫と交遊（〇三八四、〇五〇九、〇五八五、一四二九など）。長安に帰り左散騎常侍に栄達して高常侍と称される。

岑参《しんじん》　七一五?～七七〇、両唐書に伝無し。宰相を輩出した名門の出で、曾祖父の岑文本は太宗の宰相、伯祖（一族の二世代上）の岑長倩《しんちょうせん》は則天武后の宰相、堂伯父（一族の一世代上）の岑羲《しんぎ》は中宗と睿宗《えいそう》の宰相を務めた。しかし岑長倩は則天武后に誅され、岑羲は玄宗に誅されて家産没収、岑参の代には一族は没落。杜甫と親交を結び、長安西南の名勝渼陂《びひ》湖をともに訪れる。「渼陂行」〇〇九二。高仙芝や封常清の幕僚となって西域に従軍し、辺塞詩の作者として高適とともに高岑と併称。粛宗の朝廷では杜甫の推薦で右補闕となる。晩年は蜀の嘉州の長官となり、岑嘉州と称される。

元結《げんけつ》　七一九～七七二、『新唐書』巻一四三。字は次山。杜甫の親友の蘇源明に詩文を評価される。七四七年、玄宗は特別試験（制科）を実施し、元結や杜甫も受験したが、宰相李林甫は「野《や》に遺賢なし」と称して全員を落第させた。安史の乱後、道州（湖南省）の長官となり、悲惨な民衆の境遇を見て「舂陵行《しょうりょうこう》」「賊退きて官吏に示す」を作り、杜甫はそれを読んで「元使君の舂陵行に同ず」一一五四を作る。

鄭虔《ていけん》　六八五?～七六四?、『新唐書』巻二〇二。字は若斉。杜甫の親友。早年、文壇の重鎮蘇頲《そてい》に評価される。開元末、国史の私撰を批判されて一〇年左遷される。天宝九載に長安に帰ると、玄宗は「三絶」（詩書画に卓絶）と称賛し広文館博士に抜擢したので、鄭広文と称される。安禄山の乱では強いられて反乱軍の政府に仕えたことを、後日朝廷によって譴責され、辺境の台州（浙江省）に流されてそこで没する。画は、王維とともに文人山水画の創始者とされ、書は草書の達人として張旭・懐素と併称。杜甫の「八哀詩其七・故著作郎貶台州司戸滎陽鄭公虔」〇九五〇は詩による鄭虔の伝記。

蘇源明《そげんめい》　七〇七～七六四、『新唐書』巻二〇二。名は預、後に源明と改名。字は弱夫。七五三年、国子司業となる。安禄山が長安を占領した時、反乱軍政府への出仕を強要されたが病を理由に固辞。粛宗に仕えて知制誥《ちせいこう》また中書舎人となり、最終官は秘書少監。杜甫は、斉《せい》趙《ちょう》(山東、河北省)を漫遊した二五歳の時に蘇源明と相い知り、その後長安で蘇源明・鄭虔と親交を深める。杜甫の「八哀詩其六・故秘書少監武功蘇公源明」〇九四九は詩による蘇源明の伝記。

鄭審《ていしん》　?〜七六九?、伝無し。詳注によれば鄭虔の姪《おい》。七五二年、杜甫は諫議大夫《たいふ》の鄭審に推挽を求めて「敬みて鄭諫議に贈る十韻」〇〇四七を贈る。七六六年、秘書少監から江陵少尹《しょういん》(副官)に左遷されると、夔州《きしゅう》の杜甫と詩の往来が始まり、江陵に至ってからは数少ない杜甫の知己となる。

薛據《せつきょ》　七〇一?〜七六八?。「璩《きょ》」とも書く。両唐書に伝無し。七四四年に杜甫が李白・高適と連れ立って宋州(河南省商丘市)一帯に遊んだ時に同伴した可能性が高い。七五二年には高適《こうせき》と薛據が長安の大雁塔に登って詩を作り、これに杜甫(〇〇四四)・岑参《しんじん》・儲光羲《ちょこうぎ》が追和。安禄山の乱後に水部郎中となるも、江陵に左遷される。杜甫は、夔州《きしゅう》期に薛據と詩を唱和したが、江陵に至った時にはすでに死去。

李之芳《りしほう》　?〜七六八、伝無し。七四五年、杜甫と斉州(山東省済南市)で会う。七六四年、礼部尚書(長官)となる。晩年は峡州(湖北省宜昌市)また江陵に滞在、杜甫が夔州にいる時には詩を応酬し、杜甫が江陵に至ってからは鄭審を加えて交遊。杜甫の晩年期の重要な友人。

†杜甫の一族

四人の弟(杜穎《えい》・杜観・杜豊・杜占)　杜甫は長男で、四人の弟は、みな父杜閑の後妻である盧氏の生んだ子である。安史の乱によって兄弟が離散するまで、兄弟たちは杜甫の家郷である洛陽東郊の偃師《えんし》の荘園(陸渾荘)を本拠に暮らしていた。

杜穎は斉州臨邑《せいしゅうりんゆう》県(山東省徳州市臨邑県)の主簿だったが〇〇一四、七五五年の安史の乱を逃れて済州平陰県(山東省済南《さいなん》市平陰県)に避難〇二四八。その後、斉州に戻り、七六四年には杜甫を訪ね、杜甫は斉州に帰る杜穎を送別する詩を作った〇七八五。さらにその後、許州(河南省許昌市)陽翟《ようてき》県に移居一三九〇。

杜観は安史の乱を逃れて許州（長葛・陽翟県）に避難。七六七年に杜甫を夔州《きしゅう》に訪ね、ついで長安の藍田で娶った新婦を伴って江陵の当陽県に移居し、杜甫の没後もここに住む。杜甫の江陵逗留の時期には、杜甫一家の世話をした。

杜豊は、杜甫の詩の中では排行の五によって「第五弟」と呼ばれる。安史の乱を逃れて山東方面に避難し〇七八七、その後は長江下流の杭州（浙江省杭州市）から越州（浙江省紹興市）の一帯に移居〇九八〇。

杜占は末弟で、杜甫が成都に赴く時に同行。杜甫が成都を離れて梓州にいた時期、草堂の管理のために杜占を成都に遣わしている〇六九六。

妹（韋氏妹）は七五七年以前に、濠州鍾離県《しょうりけん》（安徽《あんき》省滁州《ちょしゅう》市鳳陽県）の韋氏に嫁ぎ〇二四七、何人かの子を授かるものの、七五九年以前に夫に先立たれる〇三六七。

杜《と》位《い》　生没年未詳。杜甫の従弟（一族の同世代の年少者）で、杜佑（『通典《つてん》』の著者）の兄。長安で杜甫と交友を結ぶ〇〇四六。李林甫の女婿で、李林甫没後の楊国忠による李林甫派排斥のため七五三年に嶺南に左遷。その後、七六四年に成都の剣南西川節度使厳武の幕府で節度従事となる。同じ時期、杜甫も節度従事として出仕。七六五年には衛伯玉の腹心として江陵府少《しょう》尹《いん》（副官）・行軍司馬となる。七六九年に湖州（浙江省湖州市）刺史。杜位は、成都・江陵の土地で杜甫の間近におり、密接な交流があった。

杜《と》済《せい》　七三〇～七七七。杜甫の従孫（一族の二世代下）。長安で杜甫と交友を結ぶ〇一〇四。七五九年に成都県令（長官）、七六二年に綿州（四川省綿陽市）刺史となる〇五五八。いったん長安で戸部郎中となり、七六四年に剣南西川節度使厳武の幕府で行軍司馬となる。この時期、杜甫も幕府で従事となる。行軍司馬は節度使の副官としての重職であり、杜甫は幕府で長官（節度使）の厳武、副官の杜済、同僚では杜位という知人に囲まれた。七六六年、梓州《ししゅう》刺史・東川節度使となり、七七〇年には京兆府少尹（長安の副知事）となるも、杭州刺史に左遷される。

幽州
渤
海
新羅
黄
河
済州
泰山
汶水
兗州
単父
洛陽
潼関
洛水
偃師
鞏県
汴州
宋州
汴河
淮水
伊水
華山
商州
水
江寧
蘇州
唐
襄州
巴東
帰州
峡州
太湖
長
江
鄂州
荊州
君山
江州
越州
西陵峡
公安
岳州
廬山
彭蠡湖
浙江
台州
洞庭湖
湘陰
湘
潭州
水
衡山
衡州
耒
耒陽
肥
水
0
500km

N
霊武
青海
吐谷渾
吐蕃
鄜州
涇州
邠州
三川
麟遊
奉先
秦州
渭水
麦積山
岐州
咸陽
同谷
長安
華州
終南山
藍田
嘉陵江
龍門閣
利州
松州
剣閣
漢
綿州
閬州
夔州
巫山
雲安
涪江
漢州
青城
梓州
万州
蜀州
成都
忠州
瞿唐峡
巫峡
峨眉山
岷江
中江
水
渝州
南詔

杜甫関係中国全図

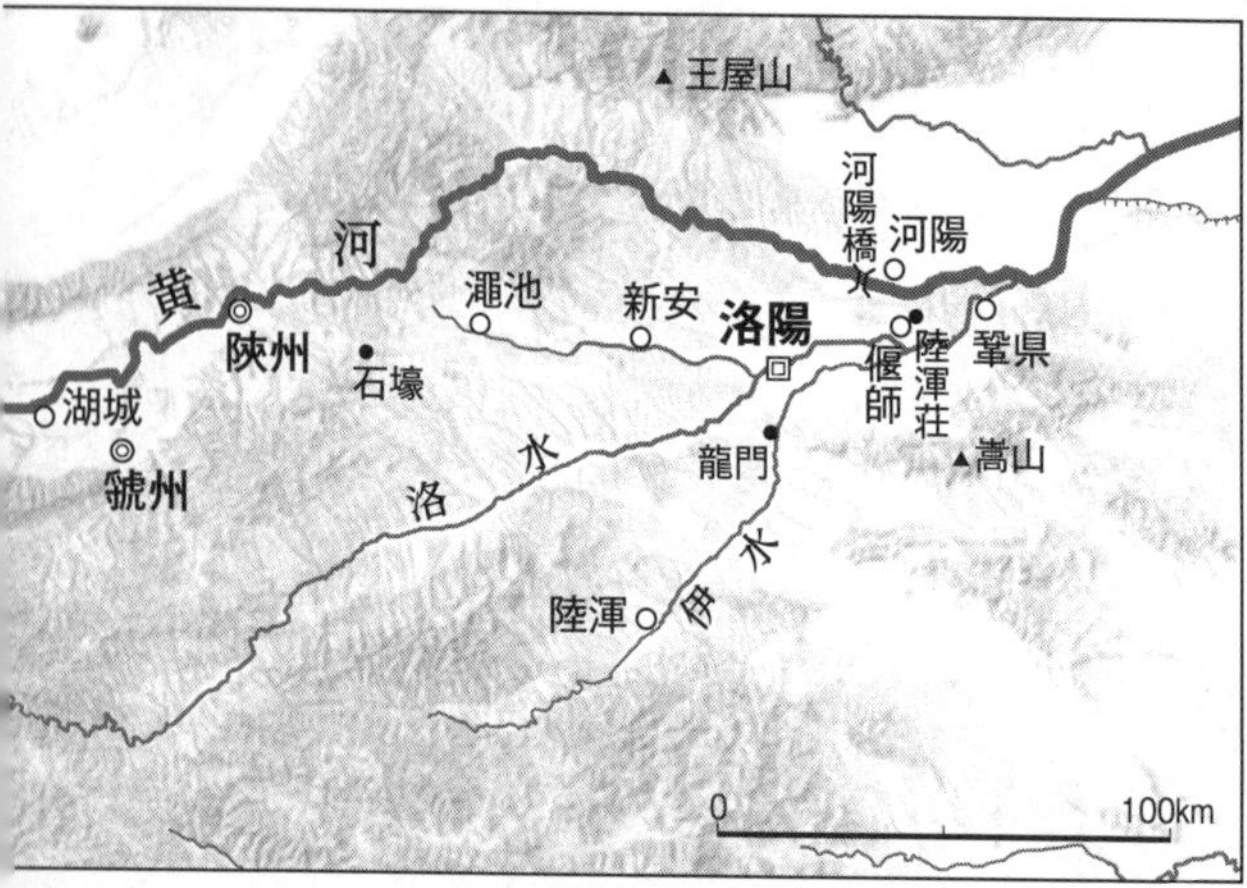

洛陽郊外の夕日

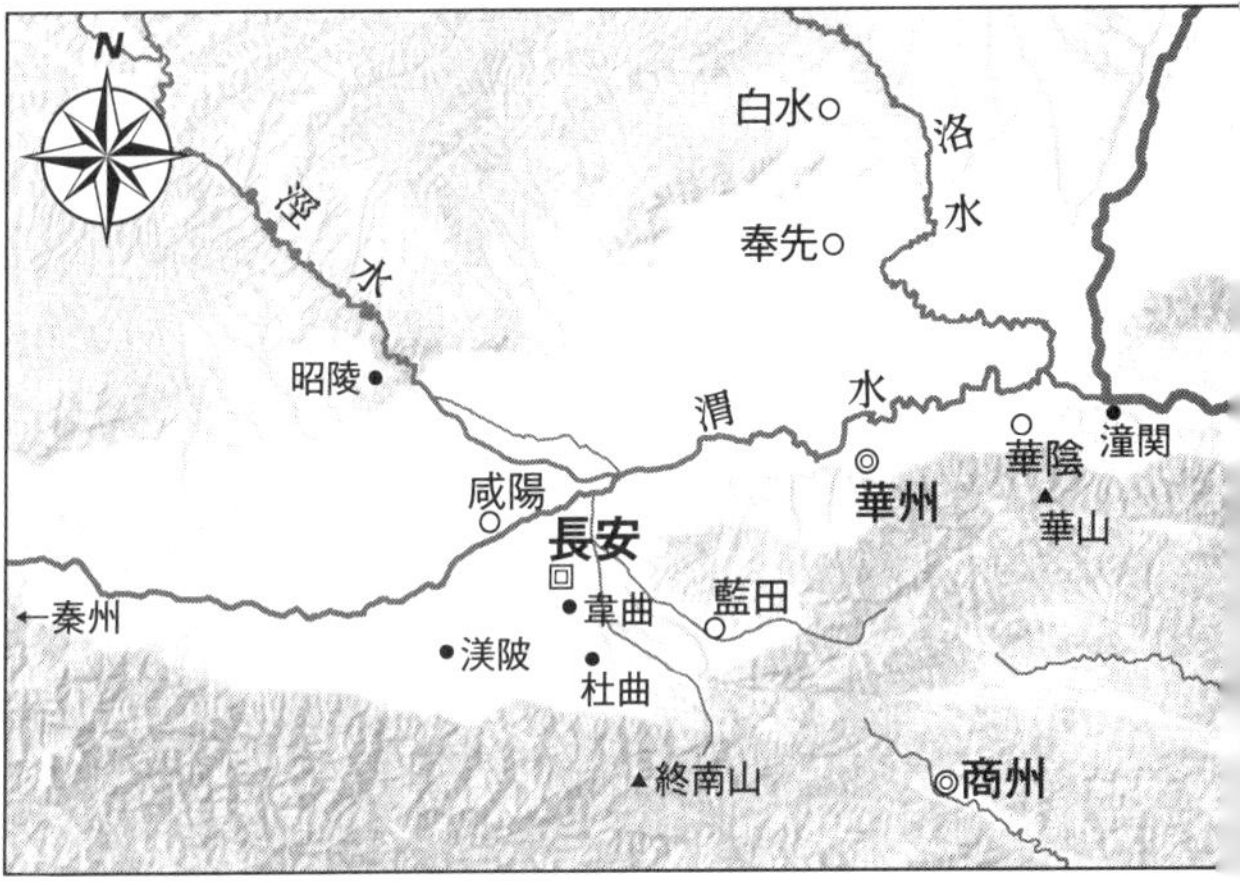

長安・洛陽地図

杜甫草堂（四川省成都）

伝・杜甫生家（鞏県筆架山麓）

杜甫とその時代

松原　朗

杜甫は、詩を引っ提げて世界に立ち向かった。

これは杜甫のために思いついた比喩ではなく、ありのままの事実である。杜甫は、詩の力で世界を変えることができると、天下の政治も社会の不義も詩の力で正すことができると信じた、おそらく中国の文学史上にただ一人の詩人だった――。

一　杜甫の生涯

杜甫が生きた盛唐は、大唐が太平を謳歌した時代だった。しかしその光輝に満ちた半世紀の時代は、玄宗《げんそう》（在位七一二～七五六↓「人物説明」）治世の末年に起こった安禄山《あんろくざん》の乱（安禄山の死後は配下の将の史思明《ししめい》によって引き継がれるので安史の乱とも呼ばれる）によって奈落の底へと突き落とされた。長安の都は鉄騎の蹄《ひづめ》に蹂躙《じゅうりん》され、玄宗はほうほうの体で成都へと都落ちする。杜甫は、太平の頂点からこの破滅までをその一身に体験し、杜甫の文学は、その未曾有の顚末の証人となった。

盛唐は玄宗の時代であり、杜甫は奇《く》しくも玄宗即位の年に生まれ合わせた。しかもこの時期は近体詩（律詩・排律・絶句）の形式が成熟する時期に当たっていた。こうしてできあがったばかりの近体詩を背負うようにこの世に生をうけた杜甫は、玄宗の盛唐という輝かしい時代に成長し、やがて安史の乱（七五五～七六三）の渦中で玄宗が退場するのを追うようにその生を閉じる。一つ一つはただの偶然に過ぎない巡り合わせが、杜甫という中国史上にただ一人の詩人を作り出したのである。

杜甫、字《あざな》は子美《しび》。「甫」は卓越した男子。字にある「子」は男子の尊称、大きな羊を表す「美」は卓越を意味する。杜甫は、前漢に遡る一族の故郷を長安の南の杜陵（また少陵）と考え、「杜陵の翁」「少陵の野老」などと自称した。後世の杜少陵の称は、ここに由来する。また検校工部員外郎（↓「用語説明」）を授けられたので、杜工部とも称される。

杜甫は、誇り高き家柄に生まれている。西晋の将軍にして儒学者でもあった杜預《どよ》（↓「人物説明」）の十三代の子孫であることを自負し、祖父に則天皇帝（武后）朝の高名な宮廷詩人である杜《と》審言《しんげん》（↓「人物説明」）を持つことを誇りとした。もっとも一族は、父親の杜《と》閑《かん》が中堅の地方官に終わるなど没落していた。杜甫がまだ無官の頃に玄宗に献上した「鵰《たか》の賦」は、序文に「臣《しん》の近《ちか》き代《よ》は陵夷《りょうい》（没落）せり」と述べている。

杜甫が生まれた洛陽は、唐代には西京《せいけい》の長安に対して、東都と称される副都だった。しかも直前の則天皇帝の時期には、洛陽を神都と称して首都機能を長安からここに移していた。

また洛陽は、江南から大運河を通って運ばれてくる物資の集散地として、経済の繁栄は西の長安を凌駕するほどでもあった。杜甫はこの首都の名残のさめやらぬ華やかな洛陽で少年時代を過ごし、ここに邸宅を構える貴族や名士たちと交友を結んだ。やがて二十代になると長江下流の呉越（江蘇《こうそ》省・浙江《せっこう》省）まで足を伸ばし、黄河下流の斉趙《せいちょう》（山東省・河北省）も数年をかけて漫遊するが、これは当時の知識階層の若者の風尚であり、杜甫にとっては生涯を通じた放浪癖の萌芽でもあった。

開元二十九年（七四一）、三十という而立《じりつ》の歳を節目に、杜甫は気ままな生活に区切りを付けて、洛陽の故郷で遠祖の杜預を祭って思いを新たにし、楊氏の娘を娶って身を固めた。ただ天宝三載（七四四）、三十三歳の夏に、宮廷から放逐されたばかりの詩名赫々《かくかく》たる李白（当時四十四歳↓「人物説明」）とたまたま洛陽で出会い、一年余り連れ立って遊ぶこともあった。奔放飄逸と称される李白の闊達な文学を目の当たりにすることで、杜甫は自分の個性に目覚めたことであろう。

三十代の半ばになると、生活の拠点を長安に移して仕官の道を求め奔走することになる。科挙の受験についてはわからないことが多いが、二十四歳で呉越の漫遊から洛陽に帰ったときに、初めて科挙を受験して落第したらしい。また三十六歳で皇帝主催の科挙の特別試験である制科を受験したようだが、この時は宰相李林甫《りりんぽ》（↓「人物説明」）の陰謀で受験者は全員が落第となった。

そもそも杜甫が科挙に及第しなかったのは、科挙をほとんど受験しなかった結果であり、それも杜甫が科挙に大きな興味を持っていなかったためなのだろう。当時役人になるには科挙や、科挙の特別試験である制科以外にも、詩文をもって臨む「献賦」というもう一つの方途があった。おそらく杜甫はそこにかけたのである。杜甫には、自分だけは特別だという自負心があって、大勢の受験者と十把一絡げの扱いを受ける科挙の受験を潔しとしなかったのではあるまいか。

第一回目の献賦となる「鵰の賦」は梨のつぶてに終わった。しかし翌天宝十載（七五一）に献上した「三大礼《さんたいれい》の賦」は玄宗の目にとまり、集賢院に召されて高官たちの面接試験を受けて晴れて合格となる。もっとも杜甫の期待に反してただちに任官とはならず、三年間の守選（任官待機）が言い渡された。七五四年の秋に長安は三カ月もの長雨に見舞われて物価は騰貴し、杜甫は生活に窮して妻子を長安の北の奉先県（陝西《せんせい》省蒲城《ほじょう》県）の県令楊慧《ようけい》（妻の親戚）のもとに預けている。

守選期間も明けた七五五年の冬、四十四歳にして右衛率府《ゆうえいそつぷ》兵曹参軍《へいそうさんぐん》（→「用語説明」）という東宮づきの末官を授けられる。しかしあたかもその時に安禄山の乱が勃発して、翌年六月には長安も陥落し、官もあえなく失ってしまう。「長安十年」と呼ばれる杜甫の苦節の生活はこうして破綻するが、その中で杜甫は社会に蔓延する権力者の不義を凝視し、不義の下にあえぐ庶民の生活を凝視した。「兵車行」〇〇四八（四桁数字は『杜詩詳注』に拠る杜甫詩の通し番号）や「麗人行」〇〇七六などの現にそこにある事件を捉えた政治批判詩は、杜甫以前には見当たらない新しい文学の領域であった。

天宝十四載（七五五）十一月、節度使（↓「用語説明」）安禄山が本拠地の范陽（北京市）で反乱を起こした。唐の軍隊は外敵の侵入に備えて辺境に配置されて内地は無防備だったため、反乱軍はその虚を衝《つ》いて、翌十二月には東都洛陽を陥落させ、長安はたちまち厳戒態勢となる。老将哥舒翰《かじょかん》は長安の東の潼関《どうかん》を死守して膠着状態に持ち込むことに成功した。こうして敵の自壊を待とうとしたのである。しかし功を焦った宰相楊国忠（楊貴妃の又従兄弟↓「人物説明」）に唆《そそのか》されて、玄宗は哥舒翰に潼関から打って出るよう命じた。その結果、翌年六月に哥舒翰率いる官軍は大敗し、十三日の未明、玄宗は禁軍に守られ居合わせた側近だけを引き連れて密かに長安を脱出した。取り残された官僚や庶民たちは恐慌状態に陥り、その数日後には反乱軍は長安を占領した。

杜甫は反乱勃発の直前に、任官の内示を受けたものと思われる。そして十一月、奉先県に預けている妻子のもとに帰省する。この時に作られた雄篇が「京《けい》より奉先県に赴く詠懐五百字」〇三九である。

正月には長安に戻って右衛率府兵曹参軍に就任するが、反乱軍が迫り来る長安を脱して、五月には奉先県の家族を連れて北に向かい、長安から二百キロも離れた鄜州《ふしゅう》（陝西省富県）の羌村《きょうそん》に妻子を避難させた。だがもはや安全な地はなかった。杜甫は反乱軍側に寝返った人々に捕らえられて長安に連行される。もっとも一介の下級官吏に過ぎない杜甫は厳重に監視されることもなく、占領下の長安の有り様をつぶさに閲《けみ》して詩に書き留めることができた。「国破《くにやぶ》れて山河《さんが》在《あ》り」で始まる有名な「春望」〇一四八、また「哀《かな》しきかな王孫」〇一四二、「哀《かな》しいかな江頭」〇一五五などはこの時期の作品である。

至徳二載（七五七）の初夏、杜甫は危険を冒して長安を脱出、新帝粛宗（↓「人物説明」）の行在所《あんざいしょ》に帰参し、忠誠心を賞《め》でられ晴れて左拾遺（従八品上↓「用語説明」）に抜擢されることになる。この左拾遺は官位こそ低いが、皇帝がみずから任命する勅授官であり、皇帝の御側に仕える供奉官でもあり、高級官僚への登龍門と目される衆人羨望の官職だった。

皇帝を補佐して理想の政治を実現しようという杜甫の平生の願いは、ここに果たされるかに見えた。しかし杜甫は就任早々に、敗軍の責めを負って宰相を罷免された房琯《ぼうかん》（↓「人物説明」）を弁護して粛宗の逆鱗に触れた。その時は友人たちのとりなしによって事なきを得たものの、ほどなく羌村の家族のもとに帰省を命じられた。実質的な謹慎処分である。「北征」〇一八六は、この旅の感慨を述べた大作である。九月には長安が奪還され、杜甫は左拾遺の役目に復帰するが、粛宗の朝廷で非主流となった房琯派の排除に伴って、乾元《けんげん》元年（七五八）六月、長安東方の華州（陝西省華県）の司功参軍に左遷された。杜甫の転落の始まりである。

杜甫は華州司功参軍の在任中に洛陽に出張し、故郷の陸渾荘《りくこんそう》に足を伸ばすが、弟妹は戦乱を避けて離散しており、昔の飼い犬だけが家を守っていた。杜甫がこの時期、なぜ戦争地域にも近い洛陽に出かけたのかはわからない。ただ、杜甫は任地の華州で、旧知の将軍である李《り》嗣業《しぎょう》が安史の乱の討伐のために東征するのを見送っている。李嗣業は先の長安奪還の戦いで大功を立てた猛将であり、今度の戦いでも朝廷は彼の活躍に期待するところが大きかった。杜甫は、職務を放棄して李嗣業の後を追いかけたのであり、それも李嗣業に抜擢されて幕僚になることを期待したためではなかろうか[1]。しかし李嗣業は緒戦の突撃で流れ矢に当たって斃《たお》れてしまった。しかも不運は重なるもので、官軍は鄴城《ぎょうじょう》の攻囲戦でまさかの総崩れとなり、杜甫は慌てて華州に引き返す。この帰路に、杜甫は長安防衛のために根こそぎ徴発される悲惨な民衆の姿を目撃した。杜甫の政治批判詩の頂点と目される「新安の吏」〇三五四以下のいわゆる「三吏三別」は、この時の見聞をもとに作られている。

華州司功参軍もやがて在任一年で辞官となり、家族を伴って長安の西の辺境秦州（甘粛省天水市）に赴くことになる。後から見れば、これが死をもって終わる放浪の始まりであった。

杜甫は華州を発つと西に向かい、脇目も振らず長安を素通りし、隴山《ろうざん》と呼ばれる険しい山脈を越えて、秦州に辿り着く。

辺境の秦州は唐の最大の軍馬の生産地だったが、安史の乱の平定のために投入されて草原に馬の姿はほとんどなかった。また西域を守る軍隊も秦州を通って東の戦場に移動した。その隙を衝いて、吐蕃《とばん》（チベット）が触手を伸ばそうとする不穏な気配もあった。杜甫は結局、秦州の殺伐とした雰囲気になじむことができず、三ヵ月でここを去ることになる。

この秦州の時期は、杜甫の文学の画期となった。豊麗な七言詩が姿を消して、禁欲的な五言詩ばかりが作られた。しかもその五言詩は、病的なまでに研ぎ澄まされた神経によって隅々まで支配されていた。

杜甫は華州司功参軍を辞したが、それが自発的か強いられてのものかはわからない。しかし杜甫自身が語らないという事実が、この時の懊悩の深さをうかがわせる。華州から秦州までの約一ヵ月の旅において、杜甫はただの一首も詩を作ることができなかった。秦州の詩は、この「詩の死」ともいうべき空白の後に復活したのであるが、世界には善意があって自分の願いに応えてくれるという、それまでの杜甫にはあった確信がそこにはなくなっていた。また、皇帝に対する信頼の思いは断ち切られて、社会の不義を憎んだ政治批判詩も姿を消していた。(2)

杜甫は、険しい秦嶺山脈を越えて南の同谷《どうこく》に向かった。「秦州を発す」〇三五二は「大《おお》いなるかな乾坤《けんこん》の内、吾《わ》が道長《みちなが》くして悠悠《ゆうゆう》たり」の二句で締めくくられる。このとき杜甫は、これから自分の向かう未知の世界の果て知れぬ大きさを思いながら、長安の朝廷とはこれが訣別となることを予感していた。

同谷には楽園の甘い夢を見て来たものの、真冬の生活は悲惨だった。杜甫は同谷の生活に一ヵ月で見切りをつけて、十二月一日に、古来天険として知られる蜀の桟道に向かって苦難の旅に上り、乾元《けんげん》二年（七五九）の年末に成都に辿り着くことになる。

杜甫が幸運だったのは、明くる年の春に成都西郊の浣花渓《かんかけい》のほとりに草堂を営めたことである。今は成都の名所となった「杜甫草堂」はその故地を整備したものである。

杜甫が手に入れた草堂は、従来想像されてきたような簡素なものではなく、友人から貰い受けた数百本の果樹、それに松や竹を植えても余るほどの広さがあり、優に一個の荘園の規模があった。

杜甫は大きな草堂の敷地を数年がかりで整備したが、これは無官の身で成都に流れついた詩人が受け取るには分不相応の待遇だった。強力な支援者が存在したとしか考えようがない。そしてその人とは、成都府長官で剣南西川《せいせん》節度使を兼ねる蜀中の最高権力者だった裴冕《はいべん》以外にいないだろう。杜甫はこの粛宗朝の元勲である人物と、鳳翔《ほうしょう》の行在所で知遇を得ていたのであろう。杜甫は成都を目前にした鹿頭山《ろくとうざん》まで辿り着いて「鹿頭山」〇三八三を作ったが、その末尾には裴冕を賛美して「冀公《きこう》（裴冕）柱石《ちゅうせき》の姿《すがた》、道《みち》を論《ろん》じて邦国《ほうこく》活《い》く。斯《こ》の人《ひと》（成都の民衆）亦《ま》た何《なん》の幸《さいわ》いぞ、公鎮《こうちん》して歳月《さいげつ》を踰《こ》ゆ」とある。この部分は、成都到着後に裴冕に謁見してこの詩を献上するときに書き足されたものに違いない。そして裴冕は、その気になれば自分を頼ってきた杜甫を受け入れるだけの実力を持っていた(3)。

杜甫は草堂の生活の中で落ち着きを取り戻す。成都での最初の年の春から夏にかけて作られた「居《きょ》を卜《ぼく》す」〇三八五、「堂成る」〇三九三、「蜀相《しょくしょう》」〇三九四、「江村」〇四〇一などのよく知られた詩では、杜甫は草堂を取り巻く自然の中でゆったりくつろいでいる。こうして杜甫は、かつて天子の御側《おそば》近くに仕えたこともあるが、都を追われて流浪の詩人となり、今は成都の西の浣花渓の畔《ほとり》に茅屋《ぼうおく》を結んで隠者となったという自画像を、詩に描き始めるのである。これらの詩篇は「幸福なる不遇者」という魅力的な人物像を中国の文学史に付け加えることになった(4)。

裴冕は間もなく長安に召し返されたが、近隣の州の長官には詩友の高適《こうせき》（↓「人物説明」）がいた。それに旧知の厳武（↓「人物説明」）も成都府長官兼剣南西川節度使として赴任して来た。

このうち厳武は、杜甫の後半生を語る上でとりわけ重要な人物である。厳武、字は季鷹《きよう》。杜甫は父親の宰相厳挺之《げんていし》とも付き合いがあったらしく、厳武その人とは共に房琯派に属する政治的にも近い立場にあった。二人が特に親密になるのは、厳武が成都に赴任してからである。

厳武は半年の在任後、宝応元年（七六二）秋から翌々年の春まで長安に召還される。この厳武の不在を狙って徐知道が成都で反乱を起こしたため、杜甫は草堂にいた家族を梓州《ししゅう》（四川省綿陽市三台県）に呼び寄せ、梓州と閬州《ろうしゅう》（四川省閬中市）の四川盆地の中央部を転々とした。梓州の実力者で、東川《とうせん》節度使留後（留守役）の章彝《しょうい》は杜甫を大事にしてくれた。ちなみにこの章彝は、やがて成都に戻ってきた厳武の怒りに触れて杖殺《じょうさつ》される運命にある。

厳武は、七六四年春、再度成都に来任した。蜀を去って長江を下る計画を立てていた杜甫だったが、厳武の再来を知り、予定を変えて成都の草堂に帰った。厳武は杜甫を厚遇した。自分の幕府に節度参謀（↓「用語説明」幕職官）として迎え入れ、また朝廷に働きかけて中央官である検校工部員外郎を手に入れてやった。「検校」とは一般に、その実務を持たずに中央官の肩書きを帯びることである。ただ近年、これが長安の朝廷において就任を予定された実職である可能性が提起された。[5] 杜甫の伝記研究における画期といってよかろう。

杜甫は、厳武が永泰元年（七六五）四月に成都で急逝した前後に、成都を去って長江を下る旅に出る。しかし長江を三峡の入り口まで下ったところで持病の糖尿病が悪化したために、夔州《きしゅう》（重慶市奉節県）で二年ばかりの療養を余儀なくされた。朝廷で工部員外郎に就任する望みは、この間にほぼ絶たれたであろう。[6]

夔州は、東瀼水《とうじょうすい》（草堂河）がつくる小さな平地と山の斜面に人家がひしめく、谷間の町であり、また長江の舟行を監視する江関が置かれる水運と軍事の要衝だった。四方の視界を山に遮られた閉塞した空間、長江を行き交う商船や軍艦の喧騒、この異様な世界が杜甫の病を養う地となった。

夔州では、初め一年ばかりは西閣《せいかく》とよばれる白帝山の中腹の長江を見下ろすところに仮住まいした。その後、夔州の長官（都督）として赴任してきた柏茂《はくも》琳《りん》（→「人物説明」）の物心両面の援助を得て、瀼西の地に自宅を兼ねた果樹園を手に入れて住まい、少し離れた東屯の稲田の経営を行うことで経済的には安定した。杜甫はこの果樹園や稲田の収穫で、次の旅の資金を蓄えることになる。

外部との交渉が細くなるのと反比例するかのように創作力は異様に高揚した。任官への絶望と募る老衰の不安の中で文学は内省化し、自伝的な「壮遊」〇九五五などの長篇の追想詩が立て続けに作られた。また彫琢された言辞を用いて記憶の中の長安と夔州の現在とを交錯させる七言律詩の連作「秋興《しゅうきょう》八首」〇九八五〜〇九九二は、杜甫晩年の文学の頂点を作るものともなった。さらに瀼西《じょうせい》の宅に落ち着いてからの後期になると、前期の緊張感がほぐれて、平淡な表現の中に日常の滋味を詠み込んだ作風へと転じてゆく。それは杜甫の田園詩と称してよいものであろう。結果としてこの二年足らずの夔州期の詩作は実に四三〇首余りに上り、それは杜甫の現存する作品一四五七首の約三割に当たる。

大暦三年（七六八）、五十七歳の春に、杜甫は生涯最後の旅に上る。三峡を下って途中の江陵（湖北省荊州《けいしゅう》市）に半年余り逗留したのは、長安に帰って工部員外郎に就任する可能性が残っているかどうかを見極めるのに時間を要したためであろう。江陵は長江中流域の要衝として、江陵府が置かれていた。長江の水運の結節点であり、長安や洛陽にはここから陸路を取って北上する南北交通の枢軸にも位置している。この江陵府の実力者は、江陵尹《いん》（長官）と荊南節度使を兼務する衛伯玉《えいはくぎょく》（→「人物説明」）だった。杜甫は、この衛伯玉を通じて長安の朝廷との接触を試みたものと思われる。しかし衛伯玉は、杜甫のために特別に尽力した様子はなかった。

杜甫は彷徨の果て、ついに南へと向かい、その年の暮れに洞庭湖に臨む岳陽楼に達した。名篇「岳陽楼に登る」一三六三はこの時の作である。それから洞庭湖を渡って、潭州《たんしゅう》（湖南省長沙市）に達し、そのまま旧知の韋之晋《いししん》が刺史（↓「用語説明」）を務める南の衡州《こうしゅう》（湖南省衡陽市）に向かった。しかし韋之晋は入れ違いに潭州刺史に転任しており、ほどなくその地で亡くなった。杜甫は潭州に引き返して、大暦四年（七六九）の夏から翌年春まで半年余りを過ごす。かつて玄宗に寵愛された歌手の李亀年に会い「江南《こうなん》にて李亀年《りきねん》に逢《あ》う」一四四〇を作ったのはこの頃であろう。

潭州で臧玠《ぞうかい》が反乱を起こしたため、いったんは南の郴州《ちんしゅう》に刺史代行の崔偉《さいい》を頼ろうとしたが、乱の終息を聞いて潭州に引き返した。しかし江南の地に、杜甫が頼るべき友はもういなかった。晩秋には、漢陽（湖北省武漢市）から襄陽《じょうよう》（湖北省襄陽市）に行こう、さらには長安にも帰ろうと思い立って潭州を出発したが、通説ではこの冬、潭州と岳州の間で客死している。

この死に至る最後の放浪の中にあっても、杜甫は新しい詩境を開拓した。夔州期の粘着的な作風を改めて、沈痛な悲しみを自在で軽やかな文辞に寄せることに成功したのである。(7) 杜甫こそは生涯を通じて自己を乗り越えて、新しい文学を作り続けることができた希有の詩人だった。

杜甫の生前の評価は、同時代の王維（↓「人物説明」）や李白に及ばなかった。しかし半世紀後の韓愈・元稹《げんしん》・白居易らがこぞって顕彰し、北宋の後期に至ると王安石・蘇軾《そしょく》・黄庭堅《こうていけん》らによって古今第一の詩人としての評価を確立する。目前の事件を詩によって克明に綴ったことで「詩史」と評され、李白の「詩仙」に対して、杜甫は詩人に与えられる最高の称号である「詩聖」をもって称されるようになった。

二　杜甫の時代

杜甫が生きた盛唐は、詩が栄えた唐代の中でもとりわけ盛んな時期と目されてきた。この時期の詩人といえば、王維も、孟浩然も、岑参《しんじん》（→「人物説明」）も、高適もいる。そこで問われるべきは、なぜこの時期に李白や杜甫のようなあざやかな個性を持った詩人が輩出したかである。

盛唐は、詩に特別に栄誉が与えられた時代だった。詩的能力は、その人の能力全般の指標であり、政治的手腕も詩的能力によって推し量れると社会が認識していた。杜甫もその時代の詩人たちも、このことを信じて疑わなかった。

中国では、詩が担うべき責任が大きかったことはよく知られている。曹操《そうそう》の長子で三国・魏の文帝曹丕《そうひ》（一八七〜二二六）は、文学の地位について重要な発言を残している。「文章《ぶんしよう》（彫琢された言辞）は経国《けいこく》の大業《たいぎよう》にして不朽《ふきゆう》の盛事《せいじ》なり」（「典論」の「文を論ず」）。文学とはかりそめのものではない、国家を治めるための大事業であり、不朽の偉業でなければならない。この発言が広く深く浸透する中で、文学＝詩にはたんなる風流以上のものが要請され、国家の選良たちはこの「経国」の抱負を抱く限りで、詩を作ることから逃れられなくなった。また政治権力の側も、それがいかに建前に過ぎなかったにせよ、詩人を丁重に扱わざるをえなくなった。中国において文学が格別の地位を占めることになる発端にこの曹丕の言葉があったことは、いくら強調してもし足りないものがある。

詩が余技ではなく、国家の選良たちの本分に関わるとされたとき、詩そのものの性格も決まってくる。詩は、個人の生活の些事を語るだけでは物足りず、天下国家をも呑み込むような気宇を備えなければならなくなった。もっとも中国の文学に要請されたその「気宇」は、いつの時代も同じように大きかったわけではなかった。文学が、真に巨大な気宇を実現するのは、玄宗が即位した時代になってからである。

その盛唐期の詩の特徴は誇大さにある。その限りでは、対照的な個性といわれる李白も杜甫も同断だった。彼らはそもそも、詩を作るときに謙虚さということを知らなかった。

李白の「白髪三千丈《はくはつさんぜんじょう》、愁《うれ》いに縁《よ》りて箇《か》くの似《ごと》く長《なが》し」（「秋浦の歌」其の十五）などは誇張表現の代表とされるのだが、大事なことは、このような表現が違和感なく受け入れられる雰囲気が当時にはあった点である。杜甫が我が身一人もままならぬ無力の分際だった時、高官に向かって「君《きみ》を堯舜《ぎょうしゅん》の上《うえ》に致《いた》さん（天子さまを堯舜よりも立派にしてさし上げたい）」00三五という大法螺《おおぼら》を吹いてみせたのも、杜甫が李白と同じ空気を吸っていたため。野放図な雰囲気がこの時代を蔽《おお》っていて、その雰囲気が李白や杜甫の文学を育んだのである。

そうした盛唐の雰囲気は、どこから来ているのか。よく言われるのは玄宗の時代に、唐の充実した国力が周辺諸国をなびかせ、国内では「開元《かいげん》の治《ち》」と称される極盛期を出現させる、このような当時の上昇気分が詩人たちに格別おおらかな「気宇」を与えたのだと。ただここで忘れてはならないのは、時の皇帝玄宗が、人々を焚《た》きつけてその功名心を煽り立てたというもう一つの事実である。

科挙には、常科と制科の二つがあった。普通に科挙といえば、毎年の春に実施される常科を指す。これに対して制科とは、「非常の材」つまり非凡な人材を求めて皇帝が臨時に実施する試験である。制科というこの皇帝自らが試験官となる「皇帝親試」の及第は、格別に名誉あるものとされた。

このほかに献賦《けんぷ》という方途もあった。賦とは、漢以来の伝統を持つ韻文の名であり、伝統的には詩よりも格上の様式だった。宮門の前に延恩匭《えんおんき》という投書函を置いて詩賦を献上させ、作品が皇帝の目にとまれば、朝廷の大会議室＝中書堂に召して高官たちの面接試験（中書試）を受けさせ、成績に応じて任官、または任官の資格を授けた。杜甫は、近年の研究で、この献賦によって任官の資格を手に入れたことが明らかになった。(8) 杜甫の献賦は、天宝九載（七五〇）の「鵰《たか》の賦」、翌年の「三大礼の賦」、天宝十三載（七五四）の「西岳《せいがく》に封ずる賦」の三回である。このうち二回目の「三大礼の賦」が玄宗の目にとまり、翌年の面接試験において合格とされ、任官資格である「出身」を与えられたのである。

「三大礼の賦」献賦の翌年の作に「集賢院《しゅうけんいん》の崔于《さいう》二《に》学士《がくし》に留贈《りゅうぞう》し奉《たてまつ》る」〇〇五九があり、その自注に「甫《ほ》、三大礼《さんたいれい》の賦《ふ》を献《けん》じて出身《しゅっしん》し、二《に》公嘗《こうかつ》て謬《あやま》りて称述《しょうじゅつ》（称賛）す」とある。崔国《さいこく》輔《ほ》と于休烈《うきゅうれつ》はこの時の試験官であり、二人の合格判定があって杜甫には「出身」という任官資格が与えられたという意味である。杜甫にすれば、この体験こそ無上の光栄だった。後年

「莫相疑《ばくそうぎ》行《こう》」〇八三でその時の有り様を、大切な宝物を取り出すかのように思い出している。

　常科が毎年の春に実施されるのとは異なり、制科や献賦は皇帝が臨時に「非常の材」を求める制度だった。この制科と献賦の二つは、士人たちに計り知れないほどの衝撃をもたらした。皇帝が国士を招く制度として目に映ったのである。こうして士人たちは顕貴の間を闊歩し、大言壮語して皇帝に自分を売り込もうとした。そのような風情を見事に体現しているのが、やがては杜甫の友となる若き日の高適だった。

「韋《い》参軍《さんぐん》に別《わか》る」の詩では、仕官の道を求めて二十歳で上京した時のことを思い出す。高適は国士として抜擢されたいと願った。詩中には「明主《めいしゅ》に干《もと》む」とあるので、高適は、皇帝を相手に自分を売り込もうとしたのであろう。高適の上京は常科ではなく、皇帝主催の制科の受験、もしくは皇帝への献賦を目的としていたはずである。

　希望は無残に打ち砕かれたが、この挫折を経ることで高適の国士としての自覚はかえって深められる。高適は己れを戦国の遊説家である蘇《そ》秦《しん》の若き日の挫折に重ね合わせることで、奮起を心に誓うのである。事実としてあるのは、二十歳の青年が上京し仕官に失敗したというどこにでもある話である。しかしそれをどのように受け止めるのかが文学なのであり、高適はここに見事に盛唐の文学を描き切っている。

　李白にも似たような趣きの詩がある。「南陵《なんりょう》にて児《じ》童《どう》に別《わか》れて京《けい》に入《い》る」は李白が四十二歳、制科実施の詔勅を知って、南陵（山東省兗州《えんしゅう》市）の家族に別れを告げて長安に上るときの作である。李白はこれを機に、玄宗に見出されて翰林供奉《かんりんきょうほう》として御側に仕えることになった。

高歌取酔欲自慰
起舞落日争光輝
遊説萬乗苦不早
著鞭跨馬渉遠道
會稽愚婦輕買臣
余亦辭家西入秦
仰天大笑出門去
我輩豈是蓬蒿人

高歌《こうか》し酔《よ》いを取《と》りて自《みずか》ら慰《なぐさ》めんと欲《ほっ》す
起舞《きぶ》すれば落日《らくじつ》と光輝《こうき》を争《あらそ》う
万乗《ばんじょう》に遊説《ゆうぜい》す早《はや》からざるに苦《くる》しむ
鞭《むち》を著《つ》け馬《うま》に跨《また》りて遠道《えんどう》を渉《わた》る
会稽《かいけい》の愚婦《ぐふ》（朱買臣の妻）は買臣《ばいしん》を軽《かろ》んず
余《わ》れも亦《ま》た家《いえ》を辞《じ》して西《にし》のかた秦《しん》（長安）に入《い》る
天《てん》を仰《あお》ぎ大笑《たいしょう》して門《もん》を出《い》でて去《さ》らん
我《わ》が輩豈《はいあ》に是《こ》れ蓬蒿《ほうこう》（草深き田舎）の人《ひと》ならんや

ここでも興味深いのは「万乗に遊説す」という言い回しである。「万乗」とは戦車一万乗（輛）を動員できる天子を意味した戦国時代の用語である。その「万乗」に対して「遊説」の語を組み合わせることで、李白は、戦国の世に自説を売り込むべく諸国の王に遊説した国士を演じてみせるのである。制科は皇帝が主催し、試験官は皇帝自身である。じかに皇帝と向かい合うというこの制科の仕組みが、いかに士人たちの精神を鼓舞したかが察せられる。

玄宗は才を愛した。制科という皇帝親試の制度は、この玄宗という大振りの華やかな個性を後ろ盾とすることで、その持てる衝撃力を最大に発揮したのである。やがて玄宗が退場すると、科挙制度の成熟と共に例外措置に当たる制科の役割は過去のものとなり、太和二年（八二八）を最後に行われなくなる。また制科を補完して「非常の才」を抜擢する献賦の制度も、歴史的な役割を終えようとしていた。そこには毎年の常科を目指して勤勉な秀才たちがしのぎを削る姿が見えるばかりで、もはや高適や李白が立ち現れて皇帝の前で大見得を切るような晴れの舞台はなくなり、盛唐の文学も姿を消すのである。

杜甫は、高適や李白と共にこの盛唐の空気を呼吸した詩人である。しかし杜甫には、高適とも李白とも違う立場があった。彼ら二人の「国士」は、自己の詩才をどれほど自負していても、最後には政治の手腕で評価されることを念願していた。高適には確かに政治的手腕があり、玄宗の後を継いだ粛宗の廷臣として栄達を果たすことができた。しかし李白に至っては、詩才を除けばほとんど見るべき能力がなかったにもかかわらず、政治的功名の前では、詩は添え物に過ぎなかった。高適と李白の最期はまるで違うのだが、二人をひっくるめてこれこそが盛唐の空気が作り出した文学的風土だった。それがいかに逆説的に聞こえたところで、盛唐の文学はその風土の中で「文学などはものともしない大きな気宇」を手に入れたのである。

杜甫も同じ盛唐の空気を呼吸していたのだが、しかし政治的功名は文学と手を携えることで成し遂げられると信じていた点で、盛唐の詩人の中で独自の位置を占めている。

杜甫の思いが高適や李白とは異なるのは、文学の伝統を背負うべき家柄に生まれたことと関係している。杜甫は祖父の杜審言が高名な宮廷詩人だったことを誇りとし、詩業をもって家業とみなした。五十五歳のときに次男宗武《そうぶ》の誕生日を祝って作った「宗武の生日」〇九七八の中で、「詩《し》は是《こ》れ吾《わ》が家《いえ》の事《こと》」と述べている。

また杜甫が若き日に親炙《しんしや》した李邕《りよう》（→「人物説明」）は、漢魏以前から南朝にかけての貴族文学の詞華集『文選《もんぜん》』に注を付けた李善の子であり、また彼自身も文選学の大家だった。また李邕は頼まれて多くの墓誌を制作した能書家でもあり、貴族的教養を体現する文人だった。杜甫は、杜審言を祖父に持ち、李邕を師とすることで、文学が宮廷政治を美しく飾っていた時代の息吹を肌に感じて育ったのである。

儒教は日本ではもっぱら精神論であるが、中国ではしばしば礼教と言い換えられた。朝廷やこれを模した地方の官署で政治が厳かに執り行われる。その整然とした進行の中に士人たちは天下の秩序の縮図を見たのであり、それこそが儒教の本質と捉えたのである。その厳粛な秩序を演出するのが礼楽《れいがく》だった。礼楽とは、儀礼と、儀礼を荘厳《しようごん》する奏楽である。後世になると「楽」はその重要性を文章（文学）に譲ることになる。文章とは、荘重な言葉で飾られた皇帝の詔勅や臣下の上奏文であり、また皇帝が賜る宴席で廷臣たちが唱える華やかな辞賦や詩歌のことである。『陳書《ちんじよ》』巻三四に、隋によって滅ぼされた陳の後主（五代皇帝）の文章溺愛を描いた興味深い一文がある。

後主業《こうしゆぎよう》を嗣《つ》ぎ、雅《つね》に文詞《ぶんし》を尚《たつと》び、傍《あまね》く学芸《がくげい》を求《もと》むれば、煥乎《かんこ》として倶《とも》に集《あつ》まる。臣下《しんか》の疏《そ》（上奏文）を表《ひよう》し及《およ》び賦頌《ふしよう》を献上《けんじよう》する者《もの》ある毎《ごと》に、躬自《みずか》ら省覧《せいらん》（閲覧）し、其《そ》の辞《じ》の工《たくみ》なる有《あ》れば、則《すなわ》ち神筆《しんぴつ》もて賞《め》で激《はげま》し、其《そ》れに爵位《しやくい》を加《くわ》う。是《こ》こを以《もつ》て、搢紳《しんしん》（高官）の徒《と》、咸《み》な自《みずか》ら励《はげ》むを知《し》れり。

注目すべきは、「賦頌」といった文学的作品ばかりか、「疏」のような政治の実用文書もが文学として玩賞されていた事実である。つまり朝廷で披露される文辞は、その内容の如何にかかわらず、すべてが朝廷の権威を美しく潤色するための文学だった。しかもその文学評価の元締めを、陳の後主みずからが買って出ていた。陳の後主といえば、文弱の天子として亡国の責めを帰せられる人物である。しかしここで繰り広げられた朝廷の模様は、後主の独占物だったわけではなく、程度の差こそあれ中国の歴代王朝に共通していた。貴族の時代と目される魏晋南朝から唐代前期にかけてこの傾向は著しく、近体詩が成熟へと向かう則天皇帝から玄宗治世の初年にかけての時期は、その一つの頂点に当たっていた。杜甫が生をうけたのはまさしくそんな時代である。

杜甫の文学は、政治の潤色を事とするような宮廷文学とは対蹠《たいせき》的であったが、それでも文学が政治と手を取り合って太平の秩序を現出する姿を理想としたのは、この時代に生をうけたからである。杜甫が玄宗の開元の治を支えた文人宰相の張説《ちようえつ》や張九齢《ちようきゆうれい》を敬慕し、安史の乱のさなかに玄宗の宰相となった房琯を失脚の後まで支持したのは、彼らがこの理想を共にする文儒だったからにほかならない。

杜甫は、玄宗の「開元の治」に権力と文学が美しく寄り添う理想の姿を認めた。職能的良吏によって効率よく行われる政治よりも、伝統文化の教養に拠って立つ文儒たちが朝廷を厳かに飾る政治を求めたという点で、杜甫は貴族文化の残照を浴びて立つ詩人であった。李白や高適が背負うべき過去を持たなかったのとは、この点で立ち位置が異なっていたのである。

三　杜甫の文学

杜甫が過去に面《おもて》を向ける詩人であるとは、唐の前期までを蔽《おお》った貴族の時代の流儀を尊重するという意味である。杜甫は名門の出身者に敬意を表し、没落した貴族に同情を寄せ、その一方で安禄山の乱後ににわかに擡頭した新興層を無知な強欲者と侮蔑した。「錦樹行」一三五八に「五陵《ごりょう》の豪貴《ごうき》反《かえつ》て顚倒《てんとう》し、郷里《きょうり》の小児《しょうじ》は狐白裘《こはくきゅう》（お屋敷町の貴族たちは落ちぶれ、田舎の小童《こわっぱ》が白狐の裘《かわごろも》を着る有り様だ）」と苦々しく舌打ちしたのは、杜甫にすれば当たり前のことだった。(9)

1　近体詩

近体詩は貴族的美文の精粋である。精巧な対句や華麗な詩語の活用は、貴族支配が確立する西晋（二六五～三一六）の頃にはすでに目立ち始め、五世紀末の南斉《なんせい》になると、漢字一字ごとに声調（平声《ひょうしょう》・上《じょう》声・去《きょ》声・入《にっ》声）が備わることが知られて、沈約《しんやく》によって四声八病《しせいはっぺい》説という韻律論が提唱される。さらに唐代になると、四声の煩瑣《はんさ》な分類が、平声と仄声《そくしょう》（上声・去声・入声）の二元対立に集約されて近体詩の韻律は成熟することになる。この最後の段階で大きな役割を果たしたのが杜審言だった。杜甫がこの祖父を持つことを一族の誇りとしたとき、近体詩を担う詩人となるのは既定のこととなった。

忘れてならないのは、近体詩の中で最も遅れて成熟した詩型が七言律詩であり、その実質的な完成者が杜甫だったことである。この事実は、杜甫が貴族文学の最終局面に位置して、そこに有終の美を飾る詩人となったことを証している。

後世になれば、律詩は数ある詩型の一つにすぎない。詩型は言葉を盛るたんなる器となり、それ以上の思想的な意味を持つことはなくなった。しかし盛唐の時期に律詩に愛着を示すことは、一つの文学的主張であり、自分が過去に根を持つ貴族文化の継承者であることを表明する行為だった。この貴族文化とは、朝廷においては政治と文学が渾然と一体のままにある状態のことであり、一個の人間の中で政治的能力と文化的修養が一続きであることが尊重される精神風土をいう。杜甫はこの貴族文化を繋ぎ止めようとしたのである。

ちなみに杜甫の好敵手の李白の場合はどうだったのか。李白は、名作のほとんどが絶句と古詩に集中して、律詩は得手とするところではない。そればかりか貴族の修辞主義を拒否して「建安《けんあん》（魏の時代）より来《この》かた、綺麗《きれい》にして珍《ちん》とするに足《た》らず」（「古風」其の一）と宣言するほどであった。盛唐という玄宗の時代は貴族の文化が盛りを過ぎようとする段階にあり、李白のような貴族文化を否定する主張の方が、時人の耳には潑溂と響いたのである。

しかし杜甫が過去に面を向けた詩人であったにもかかわらず、その文学は、同時代の誰にもまして新しいものとなり、次の時代の文学を先取りするものとなった。これは杜甫が文学について、機能主義のさばけた見方をとらなかったためである。文学は、文学のためにあるのでもなく、特定の目的のために奉仕するものでもなく、人間の世界のすべてに関与する根源的営為と捉えていた。その見方の雛型は、朝廷で繰り広げられる、文学が政治と美しく交響する姿であり、さらに遡れば儒家の礼楽の思想にまで行き着くだろう。ただ杜甫は、文学を、貴族たちの宮廷の狭い世界に閉じ込めなかった。天子の政治が及ぶ天下のすべてを文学の相手として捉えることで、杜甫の文学は、未知の表現空間を手に入れることになる。中国文学の歴史において礼楽的文学観が極限まで至り着いた姿を、杜甫の文学の中に見ることができるだろう。

2　杜甫における伝統と創造

杜甫は、新しい詩人だったのか、それとも古い詩人だったのか。「中国第一の詩人」とする評価が清朝まで揺るがなかったことを考えるならば、杜甫以後の千年余りは、杜甫の文学が先取りした枠組みの中で展開したと言えなくもない。杜甫が新しい時代を切り拓いた詩人だったことは歴史的な事実である。

しかしこのことは、杜甫が伝統を重んずる詩人であることを否定するものではない。すでに述べたように、杜甫の出発点には祖父杜審言の宮廷文学があり、李邕《りよう》から授けられた漢魏南朝の貴族文学の精華としての『文選』の教養があった。黄庭堅《こうていけん》が杜甫の詩について「一字《いちじ》として来処《らいしょ》無《な》きは無し」と主張したのは必ずしも誇張ではない（黄庭堅『山谷集』巻一九「洪駒父《こうくほ》に答《こた》うる書《ふみ》、三首《さんしゅ》」）。しかし杜甫は伝統を継承してそれを未来に繋いだと、もしこのように片付けてしまったならば、杜甫が成し遂げたことをなんら語らないようなものである。杜甫は、伝統を構成するものをすべてを、用字・用語に始まって主題設定の次元に至るまで咀嚼しなおした。こう言って足りなければ、杜甫は、文学の伝統のすべてを一度粒子のレベルまで磨《す》り潰《つぶ》して、それをもう一度組みなおしたのである。杜甫はそれを生の形で引用するのではなく、それとわからないところまで粉砕して詩の中に撒《ま》き散らした。そもそもすぐに来処がわかるものについて、黄庭堅は「一字として来処無きは無し」とあえて念を押す必要はなかったはずである。

問題となるのは、その粒度《りゅうど》である。杜甫は古典を、意味単位の最小値まで分解した。言い換えれば、古典との脈絡が見失われるその寸前のレベルまで古典を粉砕した。ここで李白との比較をすることが必要になるだろう。李白は奔放不羈《ふき》の詩人とみられるが、その主題の設定や語辞の用法において思いのほか伝統の枠組みに行儀よく収まり、逸脱することがない。つまり李白は、大きな粒度で古典を継承したのである。それは花崗岩の肌理《きめ》が大きく、その中に大粒の鉱物結晶がはっきり見て取れるようなものである。[10]

ともあれ古典は、杜甫の手の中でいったん鋳つぶされ、真新しく鍛え上げられた。杜甫の詩はその威力を縦横に駆使することで、途方もない爆発力を手に入れたのである。

おわりに

杜甫は、詩の力を信じて世界と対峙した。このことを可能にしたのは、杜甫の個性をひとまず措《お》くとすれば、生まれ合わせた時代の独特の状況だった。宮廷の中で育まれた礼楽的秩序と、その体現としての宮廷文学は、杜甫が生まれたときにはまだ身近に息づいていた。さらにそこには玄宗の開元の治がもたらした野放図で開放的な雰囲気が漲っていた。玄宗は才を愛して、周囲に人々を惹き寄せようとしていた。杜甫はそんな時代の空気を呼吸する中で、詩をもって世界と対峙しうるという確信に達したのである。

中国には古来、優れた文学的造形は造物者と功を争う高みにも達するという一種の芸術至上主義の考えがあった。この立場によれば、文学はそのものとして自律的な原理を持ち、他の価値尺度から自由である。そのような文学において獲得された表現は、あたかも最も霊妙な、造物者の功にも擬《なぞら》えることができるのだと。

このような考えが一方にあるときに、杜甫の文学観は対極的なものだった。文学の創造は、そもそも天という造物者の根源の営みの一部である。だから文学は、造物者と同じ原理を共有して、世界という有機体の隅々まで関与しうると考えたのである。この考えは、儒家の礼楽観に遡り、また近い過去における宮廷の儀礼的空間において政治と文学が一体だった時代に根を下ろすものだった。杜甫はその古風ともいえる文学観を引き継ぎながら、己れの文学を、宮廷の狭い儀礼空間から、天地の間を埋《うず》める森羅万象と、天子が掌《つかさど》り、人々の生活が繰り広げられる無際限の地平に向けて解き放った。

杜甫の中では古さが新しさを包み込み、目前にある部分が世界の全体と分かちがたく結び合わされる。この互いにひしめく力を内部に抱え込むことで、杜甫は中国文学史にひときわ複雑な表情を持つ詩人となったのである。

【注】

（1）松原「杜甫の華州司功参軍時期についての覚書――併せて閻琦・王勲成の免官説の検討」（『中国詩文論叢』三〇集）。

（2）松原「杜甫の「詩の死」――そして秦州における詩の復活」（松原編『生誕千三百年記念 杜甫研究論集』研文出版）。

（3）松原「杜甫と裴冕――成都草堂の造営をめぐる覚書」（『専修人文論集』九一号）。

（4）松原「杜甫の百花潭荘――浣花草堂のもう一つの顔」（『中国詩文論叢』三三集）。

（5）陳尚君「杜甫の離蜀後の行跡に関する考察――ならびに杜甫の死について」（石井理訳、松原編『生誕千三百年記念 杜甫研究論集』研文出版）。

（6）松原「杜甫夔州詩考序論――尚書郎就任を巡って」（『中国文学研究』二九期）。

（7）松原「杜甫の詩の「放」――江陵時期における新しい詩境」（『新しい漢字漢文教育』五〇号）。

（8）王勲成「杜甫初命授官説」（『唐代文学研究』一一輯、二〇〇六年）、同「杜甫授官・貶官与罷官説」（『天水師範学院学報』二〇一〇年第四期）、また韓成武・韓夢沢「杜甫献賦出身而未能立即得官之原因考」（『杜甫研究学刊』二〇〇八年第三期）。

（9）松原「杜甫の没落者を詠ずる詩――礼楽的秩序への追想」（『中国詩文論叢』二五集）。

（10）松原「杜甫の詩に見える「石」――詩的認識における「型」の解体」（『〔植木久行教授退休記念〕中国詩文論叢』三三集）。

澤崎久和（さわざき　ひさかず）

1955年生まれ。東北大学文学部卒業，同大学大学院博士後期課程単位取得。福井大学教育学部教授。専門は唐代詩，特に白居易。著書に『白居易詩研究』，共著書に『宋代の詞論——張炎『詞源』』等がある。

詹　満江（せん　みつえ）

1956年生まれ。慶應義塾大学文学部卒業，同大学大学院博士課程単位取得。博士（文学）。杏林大学教授。専門は李商隠，日本漢詩。著書に『李商隠研究』，共著書に『新井白石『陶情詩集』の研究』『柳宗元古文注釈』がある。

高芝麻子（たかしば　あさこ）

1977年生まれ。東京大学文学部卒業，同大学大学院博士課程単位取得。博士（文学）。横浜国立大学准教授。専門は唐詩，日本漢詩。共著書に『中国古典小説選　第一巻』，『新井白石『陶情詩集』の研究』『柳宗元古文注釈』『幕末漢詩人杉浦誠『梅潭詩鈔』の研究』等がある。

谷口眞由実（たにぐち　まゆみ）

1959年生まれ。都留文科大学卒業，お茶の水女子大学大学院修士課程修了，筑波大学大学院博士課程中途退学。博士（人文科学）。長野県短期大学教授。専門は唐代詩，杜甫。著書に『杜甫の詩的葛藤と社会意識』，共著書に『詩語のイメージ』等がある。

樋口泰裕（ひぐち　やすひろ）

1969年生まれ。北海道教育大学札幌校卒業，同大学大学院修士課程修了。筑波大学大学院博士課程単位取得。文教大学准教授。専門は六朝・唐代文学。共著書に『詩語のイメージ——唐詩を読むために』等，共訳に『中国古典学への招待——目録学入門』がある。

『杜甫全詩訳注』第一巻　執筆者略歴（五十音順）

市川桃子（いちかわ　ももこ）

1949年生まれ。東京大学文学部卒業，同大学大学院博士課程単位取得。博士（文学）。明海大学名誉教授。専門は中国古典詩，日本漢詩。著書に『中国古典詩における植物描写の研究』，共著書に『李白の文』，編著書に『幕末漢詩人杉浦誠『梅潭詩鈔』の研究』等がある。

遠藤星希（えんどう　せいき）

1977年生まれ。法政大学文学部卒業，東京大学大学院博士課程単位取得。博士（文学）。青山学院大学文学部助教。専門は唐詩，特に李賀，日本漢詩。共著書に『新井白石『陶情詩集』の研究』『柳宗元古文注釈』『幕末漢詩人杉浦誠『梅潭詩鈔』の研究』がある。

太田　亨（おおた　とおる）

1975年生まれ。広島大学文学部卒業，同大学大学院博士課程後期修了。博士（文学）。愛媛大学教育学部准教授。専門は日本中世禅林文学。著書に『柳文抄』，論文に「日本中世禅林における杜詩受容」「日本中世禅林における柳宗元受容」等がある。

大橋賢一（おおはし　けんいち）

1969年生まれ。北海道教育大学札幌校卒業，同大学大学院修士課程修了。筑波大学大学院博士課程単位取得。北海道教育大学旭川校准教授。専門は六朝・唐代文学。共著書に『中国古典の便利辞典』等，共訳に『中国古典学への招待――目録学入門』がある。

加藤国安（かとう　くにやす）

1952年生まれ。東北大学文学部卒業，同大学大学院博士課程単位取得。博士（文学）。二松学舎大学教授。専門は六朝・唐宋詩，及び日本漢学。著書に『越境する庾信』『漢詩人子規』『子規蔵書と『漢詩稿』研究』，訳書に『杜甫論の新構想』等がある。

KODANSHA

下定雅弘（しもさだ　まさひろ）

1947年生まれ。京都大学文学部卒業，同大学大学院博士課程単位取得。博士（文学）。岡山大学名誉教授。専門は六朝・唐代詩。

松原 朗（まつばら　あきら）

1955年生まれ。早稲田大学文学部卒業，同大学大学院博士課程単位取得。博士（文学）。専修大学文学部教授。専門は唐代詩，杜甫。

講談社学術文庫

定価はカバーに表示してあります。

杜《と》甫《ほ》全《ぜん》詩《し》訳《やく》注《ちゅう》（一）

下定雅弘《しもさだまさひろ》・松原《まつばら》 朗《あきら》 編

2016年6月10日　第1刷発行
2022年3月11日　第2刷発行

発行者　鈴木章一
発行所　株式会社講談社
東京都文京区音羽 2-12-21 〒112-8001
電話　編集（03）5395-3512
販売（03）5395-4415
業務（03）5395-3615
装　幀　蟹江征治
印　刷　豊国印刷株式会社
製　本　株式会社若林製本工場
本文データ制作　講談社デジタル製作

ISBN978-4-06-292333-0

「講談社学術文庫」の刊行に当たって

これは、学術をポケットに入れることをモットーとして生まれた文庫である。学術は少年の心を養い、成年の心を満たす。その学術がポケットにはいる形で、万人のものになることは、生涯教育をうたう現代の理想である。

こうした考え方は、学術を巨大な城のように見る世間の常識に反するかもしれない。また、一部の人たちからは、学術の権威をおとすものと非難されるかもしれない。しかし、それはいずれも学術の新しい在り方を解しないものといわざるをえない。

学術は、まず魔術への挑戦から始まった。やがて、いわゆる常識をつぎつぎに改めていった。学術の権威は、幾百年、幾千年にわたる、苦しい戦いの成果である。こうしてきずきあげられた城が、一見して近づきがたいものにうつるのは、そのためである。しかし、学術の権威を、その形の上だけで判断してはならない。その生成のあとをかえりみれば、その根は常に人々の生活の中にあった。学術が大きな力たりうるのはそのためであって、生活をはなれた学術は、どこにもない。

開かれた社会といわれる現代にとって、これはまったく自明である。生活と学術との間に、もし距離があるとすれば、何をおいてもこれを埋めねばならない。もしこの距離が形の上の迷信からきているとすれば、その迷信をうち破らねばならぬ。

学術文庫は、内外の迷信を打破し、学術のために新しい天地をひらく意図をもって生まれた。文庫という小さい形と、学術という壮大な城とが、完全に両立するためには、なおいくらかの時を必要とするであろう。しかし、学術をポケットにした社会が、人間の生活にとってより豊かな社会であることは、たしかである。そうした社会の実現のために、文庫の世界に新しいジャンルを加えることができれば幸いである。

一九七六年六月

野間省一

中国の古典

論語新釈

宇《う》野《の》哲《てつ》人《と》著（序文・宇野精一）

「宇宙第一の書」といわれる『論語』は、人生の知恵を滋味深く語ったイデオロギーに左右されない不滅の古典として、今なお光芒を放つ。本書は、中国哲学の権威が詳述した、近代注釈の先駆書である。

451

大学

宇野哲人全訳注（解説・宇野精一）

修己治人、すなわち自己を修練してはじめてよく人を治め得る、とする儒教の政治目的を最もよく組織的に論述した経典。修身・斉家・治国・平天下は真の学問の修得を志す者の熟読玩味すべき哲理である。

594

中《ちゅう》庸《よう》

宇野哲人全訳注（解説・宇野精一）

人間の本性は天が授けたもので、それを〝誠〟で表し、「誠とは天の道なり、これを誠にするのは人の道なり」という倫理道徳の主眼を、首尾一貫、渾然たる哲学体系にまで高め得た、儒教第一の経典の注釈書。

595

菜《さい》根《こん》譚《たん》

洪《こう》自《じ》誠《せい》著／中村璋八・石川力山訳注

儒仏道の三教を修めた洪自誠の人生指南の書。菜根とは粗末な食事のこと。そういう逆境に耐えてこそこの世を生きぬく真の意味がある。人生の円熟した境地、老獪極まりない処世の極意などを縦横に説く。

742

孫子

浅野裕一著

人間界の洞察の書『孫子』を最古史料で精読。春秋時代末期に書かれ、兵法の書、人間への鋭い洞察の書として名高い『孫子』を新発見の前漢末の竹簡文をもとに解読。組織の統率法や人間心理の綾など詳細に説く。

1283

墨子

浅野裕一著

博愛・非戦を唱え勢力を誇った墨子を読む。中国春秋末、墨子が創始した墨家は、戦国末まで儒家と思想界を二分する。兼愛説を掲げ独自の武装集団も抱えたが秦漢期に絶学、二千年後に脚光を浴びた思想の全容。

1319

中国の古典

論語 増補版
加地伸行全訳注

人間とは何か。溟濛の時代にあって、人はいかに生くべきか。儒教学の第一人者が『論語』の本質を読み切り、独自の解釈、達意の現代語訳を施す。漢字一字から検索できる「手がかり索引」を増補した決定新版！

1962

倭国伝 中国正史に描かれた日本　全訳注
藤堂明保・竹田　晃・影山輝國訳注

古来、日本は中国からどう見られてきたか。漢委奴国王金印受賜から遣唐使、蒙古襲来、勘合貿易、倭寇、秀吉の朝鮮出兵まで。中国歴代正史に描かれた千五百年余の日本の姿を完訳する、中国から見た日本通史。

2010

荘子 内篇
福永光司著

中国が生んだ鬼才・荘子が遺した、無為自然を基とし人為を拒絶する思想とはなにか？　荘子自身の手によるとされる「内篇」を、老荘思想研究の泰斗が実存主義的に解釈。荘子の思想の精髄に迫った古典的名著。

2058

「淮南子」
池田知久訳注
訳注

淮南王劉安が招致した数千の賓客と方術の士に編纂させた思想書『淮南子』は、道家、儒家、法家、兵家、墨家の諸子百家思想と、天文・地理などの知識を網羅した古代中国の百科全書である。その全貌を紹介する。

2121

茶経 全訳注
布目潮渢訳注

中国唐代、「茶聖」陸羽によって著された世界最古の茶書。茶の起源、製茶法から煮たて方や飲み方など、茶のあらゆる知識を科学的に網羅する「茶の百科全書」を豊富な図版を添えて読む、喫茶愛好家必携の一冊。

2135

荘子 （上）（下）全訳注
池田知久訳注

「胡蝶の夢」「朝三暮四」「知魚楽」「万物斉同」「庖丁解牛」「無用の用」……。宇宙論、政治哲学、人生哲学まで、森羅万象を説く、深遠なる知恵の泉である。達意の訳文と丁寧な解説で読解・熟読玩味する決定版！

2237・2238

十二世紀ルネサンス
伊東俊太郎著（解説・三浦伸夫）

中世の真っ只中、閉ざされた一文化圏であったヨーロッパが突如として「離陸」を開始する十二世紀。多くの書がラテン訳され充実する知的基盤。先進的アラビアに接し文明形態を一新していく歴史の動態を探る。

1780

紫禁城の栄光　明・清全史
岡田英弘・神田信夫・松村　潤著

十四〜十九世紀、東アジアに君臨した二つの帝国。遊牧帝国と農耕帝国の合体が生んだ巨大な多民族国家・中国。政治改革、広範な交易網、度重なる戦争……。シナが中国へと発展する四百五十年の歴史を活写する。

1784

文明の十字路＝中央アジアの歴史
岩村　忍著

ヨーロッパ、インド、中国、中東の文明圏の間に生きた中央アジアの民。東から絹を西から黄金を運んだシルクロード。世界の屋根に分断されたトルキスタン。草原の民とオアシスの民がくり広げた壮大な歴史とは？

1803

生き残った帝国ビザンティン
井上浩一著

興亡を繰り返すヨーロッパとアジアの境界、「文明の十字路」にあって、なぜ一千年以上も存続しえたか。皇帝・貴族・知識人は変化にどう対応したか。ローマ皇帝の改宗から帝都陥落まで「奇跡の一千年」を活写。

1866

英語の冒険
M・ブラッグ著／三川基好訳

英語はどこから来てどのように世界一五億人の言語となったのか。一五〇〇年前、一五万人の話者しかいなかった英語の祖先は絶滅の危機を越えイングランドの言葉から「共通語」へと大発展。その波瀾万丈の歴史。

1869

中世ヨーロッパの農村の生活
J・ギース、F・ギース著／青島淑子訳

中世ヨーロッパ全人口の九割以上は農村に生きた。舞台はイングランドの農村。飢饉や黒死病、修道院解散や囲い込みに苦しむ人々は、村という共同体でどう生き抜いたか。文字記録と考古学的発見から描き出す。

1874

外国の歴史・地理

ウィリアム・H・マクニール著／清水廣一郎訳
ヴェネツィア 東西ヨーロッパのかなめ　1081〜1797
ベストセラー『世界史』の著者のもうひとつの代表作。十字軍の時代からナポレオンによる崩壊まで、軍事・造船・行政の技術や商業資本の蓄積に着目し、地中海最強の都市国家の盛衰と、文化の相互作用を描き出す。
2192

パット・バー著／小野崎晶裕訳
イザベラ・バード 旅に生きた英国婦人
日本、チベット、ペルシア、モロッコ……。外国人が足を運ばなかった未開の奥地まで旅した十九世紀後半の最も著名なイギリス人女性旅行家。その幼少期から異国での苦闘、晩婚後の報われぬ日々まで激動の生涯。
2200

南川高志著
ローマ五賢帝「輝ける世紀」の虚像と実像
賢帝ハドリアヌスは、同時代の人々には恐るべき「暴君」だった！「人類が最も幸福だった」とされるローマ帝国最盛期は、激しい権力抗争の時代でもあった。平和と安定の陰に隠された暗闘を史料から解き明かす。
2215

川北　稔著
イギリス　繁栄のあとさき
今日英国から学ぶべきは、衰退の中身である――。産業革命を支えたカリブ海の砂糖プランテーション。資本主義を担ったジェントルマンの非合理性……。世界システム論を日本に紹介した碩学が解く大英帝国史。
2224

本村凌二著
愛欲のローマ史 変貌する社会の底流
カエサルは妻に愛をささやいたか？　古代ローマ人の愛と性のかたちを描き、その内なる心性と歴史の深層をとらえる社会史の試み。性愛と家族をめぐる意識の変化は、やがてキリスト教大発展の土壌を築いていく。
2235

笈川博一著
古代エジプト 失われた世界の解読
二七〇〇年余り、三十一王朝の歴史を繙く。ヒエログリフ（神聖文字）などの古代文字を読み解き、『死者の書』から行政文書まで、資料を駆使して、宗教、死生観、言語と文字、文化を概観する。概説書の決定版！
2255